개인기록연구총서 11

금계일기 2

이정덕 · 소순열 · 남춘호 · 임경택 · 문만용 · 안승택 · 진양명숙
박광성 · 곽노필 · 이성호 · 손현주 · 이태훈 · 김예찬 · 박성훈 · 유승환

지식과교양

이 책은 2014년도 정부(교육부)의 재원으로 한국연구재단의 지원을 받아 연구되었음(NRF-2014S1A3A2044461).

서 문

우리 연구팀이 개인기록을 통하여 근현대사를 재구성한다는 연구목표를 세우고, 현대일기를 찾아 나선 지 약 5년이 지났다. 그동안 우리는 전라북도와 경상북도의 농민일기 원문을 읽고 입력 · 해제하여 출판하였고, 그 일기들을 토대로 현대 농촌사회의 변동과 압축적으로 전개된 근대화과정이 농민의 삶에 미친 영향을 분석해왔다.

그 사이 우리는 연구의 시야와 영역을 확장하기 위하여, 도시 생활을 담고 있는 개인기록, 노동자, 지식인, 여성의 삶을 보여주는 기록들을 찾기 위해 노력하였다. 그 결과 몇 편의 일기 기록을 구할 수 있었고, 또 몇 편의 소재를 확인하기도 하였다. 처음 연구를 시작할 때의 우려와 달리, 개인기록의 부재가 문제가 아니라 그것을 연구 자료로 복원하고 분석할 수 있는 우리의 물리적 역량과 시간 부족이 훨씬 심각한 문제가 되었다. 무엇보다 다행이고 고마운 일은 우리의 개인기록 연구에 관심을 가지는 분들이 늘어나고 있어서, 일기에 관한 다양한 정보를 제공받을 수 있게 되었다는 점이다. 우리는 좀 느리더라도 보다 충실하게 개인기록을 원문대로 복원하고, 주석 · 해제하여 좋은 학술연구 자료로 만드는 것이 자신과 가족의 소중한 기록을 제공해주신 분들에게 보답하는 길이라고 믿고 있다.

우리 연구팀의 세 번째 성과물은 청주시 옥산면 금계리에서 태어나, 평생을 교육자로 헌신해 온 곽상영(郭尙榮, 1921~2000) 선생의 일기이다. 선생이 태어난 고향마을의 이름을 따서 제목으로 붙인 『금계일기』는 선생이 소학교에 다니던 1937년부터 2000년까지, 약 64년에 걸친 방대한 기록이다.

1년 전 우리는 이 기록을 선생의 10남매 중 막내아들인 「한겨레신문」의 곽노필 기자로부터 넘겨받았다. 일기 원본은 그 자체로 현대사 연구의 사료였다. 일제강점기부터 해방과 전쟁, 4 · 19 혁명 등 우리 현대사의 전환점을 빠짐없이 겪으면서 그때그때의 사건을 꼼꼼히 적어간 일기의 내용은 물론이고, 64년 동안 사용한 일기장의 변화만으로도 우리 역사의 흐름을 가늠할 수 있었기 때문이다. 우리 연구팀은 2년 예정으로 『금계일기』의 입력 · 해제 작업에 착수하였다. 그리고 1년 간의 작업을 모아 1937년부터 1970년까지의 일기 내용을 우선 출판하기로 하였다.

무엇보다도 우리 연구팀에 선친의 일생이 담긴 소중한 기록을 맡겨주신 선생의 가족들께 연구진 모두의 마음을 모아 감사 인사를 드린다. 곽노필 기자는 선친의 유고를 읽으면서 내용의 일부를 직접 입력하는 작업을 진행 중이었고, 이것까지도 우리에게 넘겨주셨다. 이것을 토대로 한 덕분에 우리의 작업이 속도를 낼 수 있었다. 뿐만 아니라 직접 전북대학교까지 와서 우리 연구팀에게 선친의 일생을 세세히 설명하고 고향에서의 생활에 대한 기억까지를 소개해주셨다. 그리고 선친의 생애를 정리하여 해제 원고로 만들어 보내주는 수고까지도 마다하지 않았다.

선생의 장남이신 곽노정 선생께서는 우리가 현지조사를 위해 금계리를 방문하였을 때, 직접 마중을 나와 우리를 마을 구석구석까지 안내하고 설명해주셨을 뿐 아니라 부모님에 대한 기억들을 하나하나 끄집어내어 설명해주셨다. 그리고 선생의 다섯째 자제이자 둘째 딸인 재응 스님께서는 불쑥 찾아간 연구팀의 질문에 친절하게 과거의 이야기를 들려주셨다. 이 분들의 기억과 친절한 설명 덕분에 『금계일기』의 해제와 주석 작업을 할 수 있었고, 우리의 작업이 조금 더 일기 원문의 뜻에 가까워질 수 있었다.

언제나 그렇듯이 자료의 입력과 해제 작업을 진행할 때, 자질구레한 일들은 보조연구원의 몫이다. 이 작업을 묵묵히 감당해 준 전북대학교 사회학과의 이태훈, 고고문화인류학과의 김예찬, 농업경제학과의 박성훈 그리고 사회학과의 유승환 군에게 이제야 고맙다는 인사를 하게 된다. 앞으로 『금계일기』가 이들의 연구에 좋은 자료가 될 수 있기를 바란다. 일기 원문과 하나하나 대조해야 하는 힘들고 지루한 교정 작업을 맡아준 고고문화인류학과의 김희숙 선생과 우리 연구팀

이 마지막까지 해독하지 못한 일본어 원문을 일본의 모든 백과사전까지 찾아가면서 해석해준 전북대학교 고고문화인류학과 BK21+사업단의 이택구 선생께 깊은 감사를 드린다. 우리 연구팀 모두의 노력과 이분들의 도움으로 『금계일기』가 저자인 곽상영 선생의 본래의 마음과 뜻을 크게 거스리지 않고 복원될 수 있었다고 믿는다.

일기는 그것을 쓴 개인의 경험과 느낌을 그대로 드러내는 기록이다. 일기는 다른 어떤 기록보다 사실적이며, 그래서 가장 구체적인 역사자료이다. 그러나 다른 한편 일기는 한 개인의 내밀한 사정을 숨김없이 담고 있는 기록이다. 그 때문에 우리는 일기를 읽고 분석하는 작업을 할 때마다 윤리적인 문제에 직면하게 된다. 우리 연구팀에 선친의 일기를 선뜻 제공하고, 학술연구 자료로 공개하는데 동의해주신 선생의 자제들께 다시 한 번 감사의 인사를 드린다. 우리는 이 일기의 내용이 연구과정에서 오독, 오용되지 않도록 모든 노력을 기울이겠다는 약속을 드린다.

마지막으로 어려운 사정 속에서도 『금계일기』의 출판을 맡아주신 도서출판 「지식과교양」의 윤석원 사장님과 관계자들께도 감사드린다.

2016년 4월

연구팀을 대표하여 이성호 씀

목 / 차 /

『금계일기 1』

제1부 해제: 교사 곽상영의 일기쓰기와 근대 기록

제2부 금계일기(1937년~1945년 8월 13일)

일 / 러 / 두 / 기

1. 『금계일기』는 저자인 교사 곽상영이 1937년부터 2000년까지 적은 64년간의 기록이다.
2. 일차로 1937년부터 1970년까지의 원문 기록을 입력과 해제의 과정을 거쳐 출판한다.
   1) 저자는 1937년부터 해방 이전까지는 일본어로, 그리고 해방 이후는 한글과 한자를 혼용하여 일기를 썼다. 입력본에서는 일본어 원본은 한글로 번역하고, 의미의 이해를 위해 필요하다고 판단되는 경우는 [ ] 속에 원문을 넣었다.
   2) 일본어 지명, 인명, 고유명사 등의 한자는 관행에 따라 일본어 발음이나 한글 발음으로 표기하였다. 예를 들어 다나까(田中) 등 일상적으로 익숙해진 발음은 일본어 발음으로 표기하고, 익숙하지 않은 인명이나 지명, 창씨개명한 한국인의 이름 등은 한자의 음을 한글로 표기하였다.
   3) 원문의 날짜 표기는 1937년부터 해방 전까지는 일본력(昭和), 해방 이후 1969년까지는 단기(檀紀), 그리고 그 이후는 서기(西紀)로 표기되어 있다. 입력본에서는 이를 모두 서기로 통일하였다. 다만 매년 첫머리에 일기장의 표지에 표기된 원문의 날짜표기 방식을 기록해 두어, 그 해의 일기표기 방식을 알 수 있도록 하였다.
   4) 날씨 표기는 전 기간 동안 모두 한자로 표기되어 있어 원문 그대로 입력하였다.
   5) 1937년과 1938년은 저자가 집에서 쓴 [가정일기] 외에 학교에서 기록한 [학교일기]가 별책으로 따로 기록되어 있다. [학교일기]는 학교에서 그날그날의 행사나 지시사항 등을 당번을 정해 기록케 한 것으로, 일기의 저자가 2년 동안 기록을 담당한 당번이었던 것으로 보인다. 이것은 해방 이전(1945년 8월 14일)까지의 [가정일기] 뒤에 따로 넣었다.

6) 저자가 학생이던 1940년까지의 일기 원문은 일제강점기의 학제에 따라 매년 4월 1일부터 다음해 3월 말까지가 한 책으로 묶여있다. 입력본에서는 일기장의 각 책과 관계없이 매년 1월 1일부터 12월 말일까지를 한해로 묶어 편집하였다. 다만 1937년과 1938년의 [학교일기]는 당시의 학제에 따른 원본의 구성을 그대로 두었다.

7) 해방 전과 후를 구분하여 1945년 8월 14일까지의 일기와 8월 15일 이후의 일기를 나누어 편집하였다.

3. 원문의 한글 표기는 교정하지 않고 원문을 그대로 입력하는 것을 원칙으로 하였다.
4. 뜻풀이가 필요한 경우에는 [ ], 빠진 글자는 { } 표시를 하여 뜻풀이를 하거나 글자를 채워 넣되, 첫 출현지점에서 1회만 교정하였다. 단, 일제강점기의 일기에서는 번역의 의미 해석을 위해 필요한 원문 한자를 입력할 경우에도 [ ] 속에 넣었다.
5. 설명이 필요한 용어나 문장에는 각주를 달아 설명하였다.
6. 해독이 불가능한 글자는 ㅁ 표시를 하였다.
7. 일기를 쓴 날짜와 날씨는 모두 〈 〉 안에 입력하되, 원문에 음력 날짜가 기입되어 있는 경우에는 〈 〉 밖에 입력하였다.
8. 날짜 표기 이외의 문장 안에서 ( ) 또는 〈 〉 표시가 나타나는 경우는 저자가 기입한 것으로, 이는 따로 바꾸지 않은 채 그대로 입력하였다.
9. 원문 안의 ( )는 저자가 기입한 것이다.
10. 자료에 거명된 개인에 관련된 정보는 학술적 목적 이외의 용도로 사용할 수 없다.

금계일기 2

금계일기

(1945년 8월 15일~1970년)

1945년(8월 15일~)

〈1945년 8월 15일 수요일 晴天氣〉(七月 八日)[1]
ㅅ대[때]는 온 模樣이다. 日本國은 相手國에 無條件 降服하엿다는 라디오 放送이 잇다는 것이다. 朝鮮이 엇지 될 것인가가 問題인 모양이다. 가슴〃〃이 울넝〃〃하여진다.
午後 車로 아번님과 魯井이가 報恩에 到着되시엿섯다.

〈1945년 8월 16일 목요일 晴天氣〉(七月 九日)
아번님의 誕生하옵신 生日이랍니다. 아츰에 일즉이 起床하야 魯井 母와 갓치 料理를 製造하엿다. 닭도 2羽 잡엇섯다. 찬 업는 飮食을 마음으로 待接하였다.
오늘만큼은 잇지 못할 날이엿다. 午後 放送에 朝鮮 독립위원장이 발표되오매 그 氏는 安在鴻 氏라고 稱한다.

〈1945년 8월 17일 금요일 晴天氣〉(七月 十日)
아츰 車로 아번님이 가시엿다.
學校에서는 職員 一同이 朝鮮獨立을 祝賀하기 위하야 태극旗를 製作하야서 萬歲를 高唱하면서 市街를 行列하엿섯다. 郡廳 職員들도 ㅆ라러서[따라서] 이러한 行事를 이루웟다. 인제부터는 무엇보담도 敎育이 第一 必要하다고 生覺하며 구든 決心과 覺悟를 盟誓하엿다.

〈1945년 8월 18일 토요일 晴天氣〉(七月 十一日)
오날도 어제와 갓흔 行事가 잇섯다. 報恩面民 一同의 旗 行列이 잇섯다. 學校 職員은 獨立祝歌를 高唱하며 一般民에게 指導하엿다. 午後에는 江山里에 出張하야 宣傳部隊에 一人이 되여서 지금부터 行할 바를 說明하엿다. 學校職員이 된 고마움을 비로소 今日로써 ㅅㅐ다럿섯다[깨달았다]. 理由는 他 職員은 不祥事가 發生하기 쉬운 ㅅㅏ닭이엿다.

〈1945년 8월 19일 일요일 晴天氣〉(七月 十二日)
今日도 깁븜[기쁨]의 空氣가 通하는 模樣 갓하엿다. 然이나 日本人에 대한 우리의 態度에는 어데ㅆ지든지[어디까지든지] 自重할 必要가 잇다고 生覺하엿다. 그럼으로 報恩에도 이 趣旨를 達키 위하야 自治會라는 것이 組織되엿다. 余는 自治會員이엿다. 祖國을 위하여서는 生命을 밧처도 조흔 것이다. 힘껏 일하자!!
밤에는 鳳坪里 崔 先生들 宅에 가서 珍味를 포식하엿다(學校 職員 一同).

〈1945년 8월 20일 월요일 晴天氣〉(七月 十三日)
感激無量한 事實에 一日이라도 治安이 되도

1) 저자는 해방을 맞은 이 날부터 한글(한자 포함)로 일기를 기록하였다.

록 軍部의 援助가 무엇보담 必要하다고 生覺하는 바외다. 暗한 山村에는 云云한 小事件 等이 發生되는 것 갓흐다.

東辰共和國 愛國歌[2]

一. 白頭山 버더나려 半島 三千里
　無窮花 이 東山에 歷史 半萬年
　代〃로 버더나려 우리 三千萬
　빛나도다 그예 이름 朝鮮이라네.
二. 보아라 이 東山에 날이 새이면
　三千萬 너도나도 함께 나가서
　기러운 힘과 재조를 모다 合하야
　우리들에 앞길은 탄탄하도다.

〈1945년 8월 25일 토요일 晴天氣〉(七月 十八日)
朝鮮建國에 대하야서는 着〃 準備가 되는 模樣 갓흐나 아직 確實한 組閣 發表는 업는 양樣이다. 一日이 다 速히 達成키를 國民 一同이 可望하는 바외라. 國利民福를 祝願하노라. 學校도 間分當 停止가 되엿다.
朝鮮建國準備委員長 呂運亨 氏
　〃　　副委員長 安在鴻 氏

〈1945년 8월 28일 화요일 雲天氣〉(七月 二十一日)
鎭海에 入團하엿든 李基現(國本治雄) 先生任이 歸還되여서 報恩ㅏ지 왓섯다. 夕飯을 갓치하고 同宿할 적에 過去의 이야기를 만히 드럿섯다.

〈1945년 8월 31일 금요일 小雨天〉(七月 二十四日)
기다리던 비가 브슬브슬 쏘다진다. 蔬菜에 대하야는 千 兩 싼 비라고 할 수 있다. 저녁ㅐ에는 모종들 하기에 밧븐 樣이더라.
今月 俸給에는 九月分을 加算하여 二個月分을 受領하얏다.

〈1945년 9월 5일 수요일 雨天〉(七月 二十九日)
새벽붙허 쏘낙비가 쉴 사이 없이 쏟아젔다. 正午까지 쏟아젔다. 東편 南편에 흐르는 江은 兩쪽에 잇는 堤防과 닫훌[다툴] 만치 벅채엿드라. 이곳저곳서 防칢하느라고 밧부더라. 報恩온 지 처음 當하는 일이엿다. 蔬菜덜이 더욱 被害가 잇는 樣이더라.

〈1945년 9월 18일 화요일 晴天氣〉(八月 十三日)
秋夕 名節을 本家에서 마즈랴고 하야 午前 九時頃에 韓 先生, 鄭 先生, 李 先生과 갗이 淸州를 향하야 出發하얏다. 步行이엿다.
日前 大雨에 道路가 상한 곳이 만흔 樣이므로 自動車는 不通이다. 懷仁을 것처 皮盤嶺 재를 너멋다. 相當히 길은 고개이더라. 淸州邑에 到着하니 午後 八時임으로 淸州서 밤을 새윗다.

〈1945년 9월 20일 목요일 晴天氣〉(八月 十五日)
三十六 年 만에 처음으로 自由스러운 秋夕이 도라왓다. 집안 食口들이 모여서 이야기하는 것도 대단히 깁브더라.
兵隊로 나갓던 從弟 弼榮이가 無事히 歸還된 것도 참으로 깁분 일이엿다. 오날은 누구나 다 깁븐 마음으로 祖先의 祭祀를 기내엿더라.

〈1945년 9월 22일 금요일 晴天氣〉(八月 十七日)
집을 나와 報恩으로 向하얏다. 淸州까지는 아

---

2) 이하는 해당일자의 하단에 눕혀 지면 아래서부터 위로 세로쓰기로 기록되어 있다.

번님과 갓치 왓섯다.
午後 一時 車를 타고서 無事히 報恩에 到着되엿다. 車賃은 過去에 업든 巨額이더라. 四年 前에 二 圓 四十 錢이더니 今日은 十 圓 八十五 錢이더라.
집에 드러오니 幼兒까지 充實하야 私幸으로 生覺하얏다.

〈1945년 9월 30일 일요일 晴天氣〉(八月 二十五日)
오날은 공일이엿스나 午後 三時에 全 職員이 出勤하야 殘務를 整理하고 排球 運動을 하엿다. 解放의 運動도 참으로 깁브더라. 同 五時頃붙허 一同이 깁브게도 自由의 노래를 부르며 踊舞하야 慈味잇게 노랏더라.
豚 …… 배얌 …… 4.

〈1945년 10월 1일 월요일 小雨天氣〉(八月 二十六日)
授業을 맞인 후 李澤永 先生의 授業을 參觀하엿다. 한글 指導의 研究 …… ㅅ ㅏ = [3] 等.
其後에 職員會가 잇섯다.
會計를 보게 되여 衛生係에도 關係잇고 公民科의 研究主任이라는 責任을 입게 되엿다.

〈1945년 10월 4일 목요일 晴天氣〉(八月 二十九日)
午後 五時頃에 아번님과 云榮이가 來報하시었다.

〈1945년 10월 5일 금요일 晴天〉(八月 三十日)
市勢(時勢)는 참으로 高價에 넘치드라. 今日로써 비로소 白米 五 升에 五十 圓 주고 파러 보앗다. 물건 값이 턱업시 빗산 것을 오날로 더욱 늣기엿다.

〈1945년 10월 10일 수요일 曇天氣〉(九月 五日)
今日부터 四日間 한글 강습을 밧게 되엿다. 郡內 教職員 全部와 其他 有志者이다.
講師는 成南校長 崔 先生任이엿다. 場所는 本校이다.
昨日 밤에 美軍이 報恩에 進駐하엿다. 歡迎이 성대하엿다.

〈1945년 10월 13일 토요일 晴天氣〉(九月 八日)
오날로써 한글 강습은 끝을 맞우었다. 研究가 깊으신 崔昶楠 先生님의 강의를 드르매 우리 한글의 世界的 優秀함을 늪기며 世宗大王의 거륵하시고 훌륭하시옴에 對하야 一同이 늪기는 바이였다.

〈1945년 10월 15일 월요일 晴天氣〉(九月 十日)
本校 校長 金基衡 氏의 赴任인사가 있섰다. 朝鮮人 校長을 맞기는 처음이므로 感激無量함을 늪기였다. 오날로붙어 校長, 師弟 一同이 全 朝鮮 우리 同胞끼리여다. 힘차게 나갈 覺悟이다.

〈1945년 10월 22일 월요일 晴天氣〉(九月 十七日)
우리 學校 職員 一同이 俗離山으로 遠足을 하였다. 步行으로 갔다.
번갈로 荷物 실은 구루마 끄는 것도 한 가지 趣味이더라. 점심 후 水晶峯에 오르매 望見하오니 마음조차 상쾌하더라. 夕飯 後에는 一同이 歌踊에 넘치여 마음과 몸이 참으로 解放됨을 늪기였더라.

3) 한글 '사'가 자음 'ㅅ'과 모음 'ㅏ'를 합하여 이루어진다는 것을 가르치고 있었다는 뜻으로 보인다.

〈1945년 10월 23일 화요일 晴天氣〉(九月 十八日)
個人事情으로 朝飯 後 水晶旅館을 出發하야 報恩으로 向하였다. 뒤에 둔 여러 先生의 愉快하옴을 비렀다. 黃紅의 단풍나무길(속길)을 홀로 거르니 더욱이나 적적하더라.

報恩서 午後 二時頃에 步行으로 出發하야 金溪로 向하오니 마음이 저절로 廣大하여지드라. 途中의 苦生은 筆舌로 表現치 못할 만하다. 夜間 中 步行.

〈1945년 10월 24일 수요일 晴天氣〉(九月 十九日)
어먼님ㅔ 듸릴 八珍湯 漢藥을 가지고 집에 到着되온 때는 今日 午前 四時頃이였다. 어먼님ㅔ서는 몸을 푸르신 모양이다. 오날이 三日이라든가. 어먼님의 健全함을 빌다. 그리고 再從弟 天榮의 婚事가 있섰다. 오날이 장가가는 날이였섰다.

〈1945년 10월 25일 목요일 晴天氣〉(九月 二十日)
동생 云榮이와 같이 朝飯을 지여서 어먼님께 듸리였다. 어먼님께서는 順産은 하시였스나 무릎이 성차넛슴으로[성치 않았으므로] 걱정 中이다.

再從嫂 氏는 오날로 우리 집안에 사람이 되여 온 것이다. 모든 손님을 대접하기 밧버섰다.

〈1945년 10월 27일 토요일 晴天氣〉(九月 二十二日)
魯井 母親을 보내여 어먼님께 봉양하라고 決心하야 報恩으로 向하였다. 淸州에서는 美國의 進駐軍들이 市街에 往來가 繁頻[頻繁]하더라.

學校는 엇지 되엿나. 今日까지 家庭實習을 施行하엿든 것이다.

〈1945년 10월 29일 월요일 晴天氣〉(九月 二十四日)
三山學校 教頭[4]로 계시든 姜昌洙 先生님께서는 今般에 山外校長으로 榮轉하시게 되였다. 今日 出發하시였다. 우리 先生님이다. 拙者가 三山校로 赴任한 以後 五 個 星霜을 無事히 지내온 것도 이 姜 先生님의 德과 사랑에 있다고 볼 수가 잇는 겄이다.

〈1945년 10월 30일 화요일 晴天氣〉(九月 二十五日)
오날 아침은 李澤永, 鄭相來, 李基顯 先生과 같이 우리 집에서 들게 하였다.

近日 中에 우리 職員이 大移動이 있다든가. 希望은 玉山이였다. 모두가 발광하며 기다리고 있다. 午後 車로 云榮이가 온 것이다.

參考記載
十月 三十一日부터 十二月 三十日까지의 日氣는 어느 치부책에 記載하였든 것이나 마침 同 치부책을 잊어버린 關係로 漏記되는 바이다. 매우 遺憾之事이다. 其同安[그동안]에는 다음과 같은 일이 있었을 것이다.

一. 玉山學校 勤務의 發令이 있었고
二. 밤새도록 이사짐 싼 일이 있고
三. 玉山學校로 赴任한 일이 있고
十一月 十日인 듯
四. 自動車로 싫어온 이사짐을 牛車로 淸州에 가서 運搬한 일이 있고
五. 學校에서 率先 執務한 일이 있고
六.[5]

---

4) 일제 때 소학교나 중학교의 수석교사를 일컫던 용어이다.
5) 이하 六, 七, 八은 숫자만 적혀 있고 내용은 적혀 있지 않다.

七.
八.

〈1945년 12월 31일 월요일 晴天〉 음력 11월 27일
淸州에 갔다가 信託統治라는 삐라에 나는 놀랬든 것이다. 反對運動이 展開될 모양이다. 市內 各處에서 수군수군하고 있다. 信託統治라 함은 아마 우리 朝鮮 自主獨立을 지연시키는 장애물임이 틀림없는 모양이다. 우리는 절대 반대 運動을 展開하여야 할 것

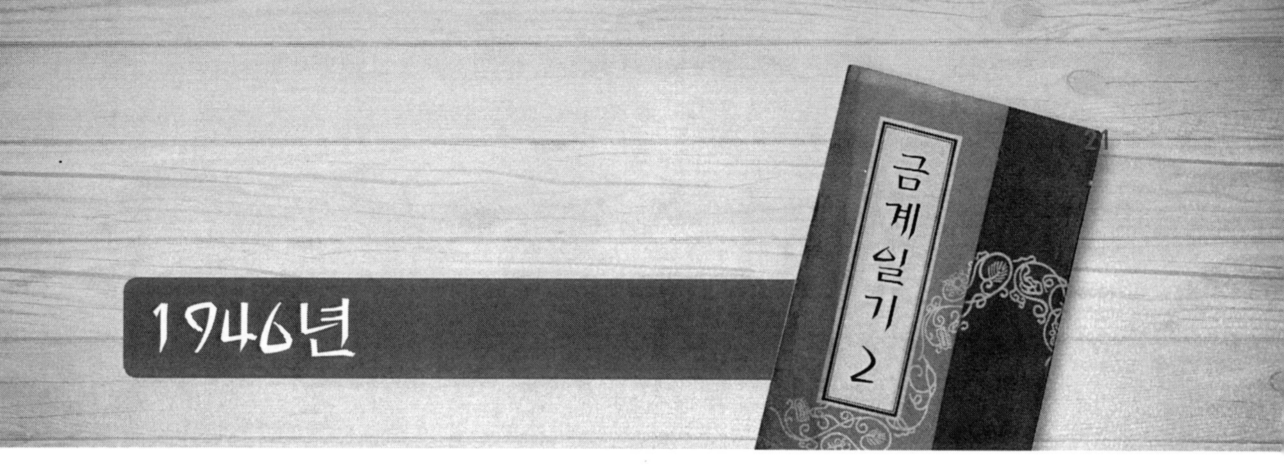

〈앞표지〉
1946년
日記帳
檀紀 四二七九年
郭尙榮

〈1946년 1월 1일 화요일 晴天氣〉(11月 28日)
檀紀 4279年 1月 1日
西曆 1946年 1月 1日
오날(늘)은 陽曆으로 正月 初하로이다. 昨年까지는 우리나라도 방방곡곡 초은까지 오날이 설날이였었다. 古來 우리나라는 陰曆을 使用하였든 까닭이다. 지금으로부터 約 十年 前부터 陽曆을 使用하게 되였든 것이다. 當時에 들은 말에는 「世界의 文明 나라는 양력을 使用하고 있다」는 宣傳이 있었다. 日本의 無道侵略에 依하야 合併이 되였으되 우리 朝鮮만은 음력을 實行하였든 것이다. 陽曆을 使用케 된 것은, 小學校 四學年 때부터라고 記憶이 된다.
後로는 몰라도 今年만은 陰曆 명일을 세여야 한다는 一般의 여론이다. (數千 年間 우리 祖上들이 세여 왔든 陰曆설이라고.)
昨年 오날은 報恩에서 「도시노 하지메노…」라는 日本國의 祝歌[1]를 불렀으나 인제는 다 사라지고 말었고나. 日本人 校長이 今年은 必勝의 해라고 악을 쓰든 그 생각이 나는구나. 그열고[기어코] 우리 朝鮮이 必勝한 것이 되였다. 오날을 마지하니 깁븐 마음을 무엇이라고 표현할 수 업고나.
자…… 우리도 가자. 새해의 첫거름을 밟자. 우리 朝鮮 나라의 完全自主獨立을 爲하여 힘차게 씩씩하게 나가자. 깁븐 한편에 짐이 묵어운 것을 늣겼다. 意味 있는 오늘을 當하니 쓰고 싶은 말이 수수첩첩이오나 이만 긑이자. 내일은 生日인 모양이다. 24回째 마지한다. 今年은 至月이 小月임으로 하로가 빨르다. 下午 3時頃에 一同이 金溪 本宅으로 갔었다. 눈은 아직도 녹지 안해서 길이 대단히 험하더라.

---

1) "としのはじめの(年の始めの)". 'いちがつついたち(一月 一日)'이라는 제목의 일본의 설날 노래의 첫 소절이다.

〈1946년 1월 2일 수요일 曇雪雨天氣〉(陰 11月 29日)

아침 일즉이 좁고 좁은 위ㅂ방[윗방]에서 나는 일어났다. 청결치 못한 위ㅂ방에서 밤을 새웠다. 오늘은 나의 生日이다. 父母任의 恩惠를 生覺하건대 나는 不孝이다. 莫大한 不孝子이다. 오늘까지 父母님 德으로 無事하게 지내니 었지하면 내 힘으로 父母님을 奉養치 못할까. 家庭生活이 었지면 이러케도 貧한가. 나의 努力과 誠心이 不足한 탓이겠지.

父母님이 子息 귀여워하는 것은 一平生 變치 않은 模樣이더라. 成長한 이 자식을 오늘날 生日에도 맛있는 떡과 珍味를 작만하시는구나. 어느 父母나 다 맟안가진가?

해거름에는 눈이 펄펄 날리더라. 밤에는 윷을 놀었다. 밤中에는 비가 부슬부슬 나리더라. 매우 푹한 模樣이다.

〈1946년 1월 4일 금요일 晴天氣〉(12月 2日)

오늘까지도 눈이 들 녹었다. 午後 一時頃에 父母님과 여러 가지 相議를 하였었다. 「빗은 다 갊었다」「빗은 한 푼도 없다」라는 아번님의 말슴에 나는 뛰는 듯이 깃뻤다. 참 깃벘다. 철이 나서 이 사람 저 사람의 말을 대강 아러들을 수 있을 때부터 걱정으로 지내던 빗이다. 어려서부터 빗 없는 사람이 대단히 부러웠었다. 七, 八 歲 時代였든가? 싸리門前에 와서 아번님을 부르는 사람은 全部 돈 갑흐라는 재축질하는 사람뿐이였었다. 其時부터 우리 家庭生活이라는 것은 형편없는 常態였었다. 然이나 아번님과 어먼님께서는 他人의 二, 三倍나 힘쓰시면서 勞動하신 것을 나는 잘 記憶하고 있다. 20餘 年間 借金으로 困難을 받든 우리 家庭이 今日에 와서 빗을 벗어나게 되였으니 얼마나 기쁘리요. 참으로 기쁘도다. 연니나 얼마 後에는 또다시 若干의 借金이 생길 것이다. 云榮 君의 婚事가 미구에 닥처오기 때무니다. 現世의 各種 物價는 말할 수 없이 高騰하여젔다. 約 十 年 前과 比한다면 百倍 百五十 倍는 普通으로 高騰한 것이다. 여기에 對해서 父母님께서도 매우 걱정의 말슴이 계신 모양이다.

午後 四時頃에 魯井 母親과 같이 金溪를 떠나 學校로 向하였었다. 길이 어찌나 빈판이든지 一步도 精神 놓고는 다닐 수가 없더라.

밤에는 李 校長先生님 舍宅을 방문하였는데 校長先生님께서 훌륭한 말슴을 하여 주셨다. 要는 眞(科學) 善(道德) 美(藝術) 聖(宗教)에 對한 이야기였었다.

〈1946년 1월 8일 화요일 晴天氣〉(陰 12月 6日)

이러케도 우리나라는 危機에 있는 것인가. 들리는 말에 依하면 聯合國 側에서는 우리 朝鮮의 獨立을 遲延시키기 爲하여 信託統治를 한다는가 云〃[云云]의 말이다. 事實로 聯合國側에서 其와 같은 마음으로 信託統治를 한다면 원통한 노릇이다. 어데까지든지 國家를 찾기 爲하여 싸워야 한다. 그러나 엇떠한 사람의 말을 들어 보면 信託統治는 獨立을 促進시키기 爲하여 施行하는 것이라고 말하는 사람도 있다. 國民은 어찌하여야 좋을는지 갈 바를 모른다. 三千萬 同胞가 다 같이 손을 잡고 國家를 爲하여 努力한다면 무엇이고 되겠지마는 其 中間에는 ㄱ의 마음 ㄴ의 마음 其他의 마음이 있는 模樣이더라. 오늘도 우리 學校 運動場에서 信託統治反對運動이 있는 모양인데 數人의 講演과 所感의 發表가 있었는데 여기에

도 意見相反되는 點이 뵈이더라.

〈1946년 1월 9일 수요일 晴天氣〉(陰 12月 7日)
오늘은 어쩐 셈인지 이때것 없든 찬바람이 부는구나. 길 가는 사람의 귀뿌리를 후린다.
學級의 長期缺席者의 家庭訪問을 하기로 작정하고 國仕里로 갔다. 金永淑, 申玉順, 金福順 學生의 집에를 訪問하였는데 아무 理由 없이 무단결석이였다. 解放 以後 安着이 안 돼서 生徒들을 놀리고 있는 모양이더라. 第一 큰 問題는「언문 배울 테면 집에서 배우라무나. 월사금 내며 學校에 갈 것 없이」의 思想으로 보내지 않는 父兄도 있다. 이러한 父兄이 어느 地方을 勿論하고 많은 모양이다. (참된 우리 朝鮮教育의 날이 미구에 올 테지.)
나슨 절에[나선 김에] 그리운 동무들을 訪問하였다. 金昌錫 君, 高寧權 君, 李重球 君 等이다. 明日 나의 집에 뫃여서 舊情談이나 하며 놀자는 것을 付託하였더니 기뻐하며 찬성하더라.

〈1946년 1월 10일 목요일 晴天氣〉(12月 8日)
약소하나마 약간 준비하였다(술과 고기를). 午後 三時頃되니 동무들이 몇 간 모이더라. 서로 주고받으며 옛이야기 하는 것도 意味 깊더라.
밤에는 近處에 계신 先生님들을 招待하여서 탁주나마 待接하였다. 우리 學校 經營 上의 여러 가지 打合이 있었으니 어찌나 기쁜지 모르겠더라. 校長 先生님의 指揮를 받아서 各其 努力 鬪爭하며는 틀림없이 으뜸가는 學校를 만드리라고 나는 믿었다.

〈1946년 1월 11일 금요일 晴天氣〉(12月 9日)
볼릴이 있어서 清州師範學校 勤務 中인 李澤永 先生님 宅에 들렸다. 외떠러저 있는 洞里에 師母님 혼자서 계시니 매우 적적한 感이더라. 邑內로 住宅을 옴겼으면 하는 意見의 말슴이 계시구나. 後에 차차 갈 터이지요 하고 나는 安心의 말슴을 디렸다. 도라오는 길에 師範附屬學校에 들려서 李 先生님을 訪問하였다. 同校 教務室에 드러가니 공부될 點이 大端히 많더라. 第一은 職員의 研究態度이며 清潔 整頓에 매우 留意하고 있는 點에도 感服되더라. 무거운 짐을 잔뜩 어든 듯이 생각나더라. 清州驛에 오니 지금도 역시 손님들이 數없이 많더라.

〈1946년 2월 2일 토요일 晴天氣〉(陰 正月 一日)
아침 空氣도 新鮮하더라. 오늘은 무슨 날인고. 설날이란다. 解放 以後의 처음 당하는 陰曆설이다. 지금으로부터 十餘 年 전의 설을 生覺하여 본다면 참으로 盛大하고 기뻤었다. 日本國이 戰爭을 이러쿤 後로 우리 朝鮮의 美風이 많이도 消滅을 當하고 마른 것이다. 연이나 오늘의 설은 말할 수 없는 感激의 눈물이 저절로 솟아나오는 설날이다. 참된 우리 朝鮮 獨自의 설이기 때무니다. 차례를 마추고 집안 형님들과 여러 아우들의 一行은 先祖의 山所에 다니며 성묘하니 또한 意味 깊은 感 말할 수 없더라. 約 五 年間을 報恩에서 지내다가 처음으로 故鄕에서 설의 명절을 마지하니 그 기쁜 마음이 었더하리요. 오날의 이 마음을 記念하고자 한다.

〈1946년 2월 5일 화요일 晴天氣〉(正月 四日)
어찌면 그러케도 마음들이 合하여졌는지. 오

늘이야말로 萬事를 잊고 滋味있게 興味 좋게 잘 놀았다. 여러 아저씨, 여러 형, 여러 대부, 여러 동생, 여러 조카들의 數十 名이 몰여서 金北(지룰)의 끝집부터 金坪(번말)의 끝집까지 도라다녔다. 풍장을 가지고 요란시럽게도 성황히 도라다녔다. 었더한 집에서는 떡, 떡국, 술, 其他의 珍味를 많이도 내더라. 今年에는 疾病이 도라다닌다는 風說이 있다. 풍장의 소리로 집집의 터를 눌렀다. 머리가 하얐케 쉰 할머니, 또는 하라버지들께서도 우리들의 노는 짓을 보시고 기뻐하시더라. 日政의 때에 軍隊로 出征 또는 報國隊라는 이름으로 또는 徵用으로 海外까지 갔었든 여러 분들이 무사히 도라왔음으로 동리 일동이 경사로 여기는 차이다. 우리의 四寸 弼榮이도 六寸 公榮이도 軍隊로 뽀피여 갔었다. 六寸 兄 憲榮 氏께서도 北海島의 먼 地方까지 四五年間에 亘하여 報國隊로 갔었다. 모두 월 前에 無事히 康健한 몸으로 도라왔으니 그 아니 기쁠손가. 오늘은 여러 가지로 보아서 마음껏 힘껏 자미있게 잘 노른 것이다.

〈1946년 2월 12일 화요일 晴天氣〉(正月 11日)

우리 學校에서 解放 以後 처음으로 父兄會를 여른 것이다. 解放 後 갑자기 出席率이 나뻐진 것이다. 學校 敎育의 必要性을 느낄 때까지 우리는 困難한 편이 많을 줄 믿는다. 오늘의 後援會 總會는 過冬의 件도 있었으나 先決問題는 兒童敎育 發展에 絶對한 後援이 必要하다는 것이였다. 學校 校舍 增築問題도 있었다. 時態에 비추어 父兄들은 많은 認識이 된 것같이 보이더라. 어린이 敎育에 努力할 다름.

〈1946년 2월 14일 목요일 晴天氣〉(正月 十三日)

동생 云榮이의 婚日이다. 간구한 家庭 事情으로 넓은 敎育을 받지 못하게 된 것이 대단히 유감스럽다. 간신히 때를 끄려가면서 父母님께서는 저의들 兄弟를 工夫시켜 주신 것이다. 우리 형제는 이것으로 滿足을 表하며 父母님께 感謝의 뜻을 표할 따름.

아우의 後行이 되여서 江內面까지 다녀왔다. 年少한 저의 마음에 여러 가지 이상스러운 生覺도 많이 나더라. 우리의 家門을 어데까지라도 保留할랴는 마음. 우리의 兄弟에 對한 稱辭가 놀랍더라. 江內面에서 집에 도라오니 午後五時頃이더라.

〈1946년 2월 15일 금요일 晴天氣〉(正月 14日)

아우의 혼인날이다. 우리 집의 慶事의 날이다. 해가 밝으매 집안 어른들과 일가친척 양반들께서는 우리 집을 向하여 몰이시더라. 오늘 종일을 바쁜 중에 보내였다. 한 가지 생각할 점은 잔치에서 빈곤한 점을 느낀 바 있었다. 고기도 많고 떡도 많었으면 하는 생각이 금치 않더라. (어느 때든가 어느 부자집의 풍족한 잔치설비를 보고 난 끝이므로.)

좌우간에 오늘날을 기쁘게 지내오니 榮光이더라. 저녁 늦도록 잔치를 끝마추니 곤하기도 하더라.

〈1946년 2월 18일 월요일 晴天氣〉(正月 17日)

또 한 번 週番이 되였다. 나날이 兒童에게 注意시켜 왔으되 充分히 實行치 못함으로 今週間에 어느 程度 成績의 結果를 나타내기로 作定을 하고 週訓을 發表하였다. 1은 集合 …… 속히 몰이자, 빨리 몰이자(朝會 時, 保健 時,

職業 時, 其他 集合 時). 이야기 없이 뛰여와서 제가 잘 스기로 하자.
2는 朋友 …… 동무 사이에 친절히 하자. 싸우지 말고 서로 도와주어라. 日前에 아니 間間의 集合 時에 참으로 속상하는 때가 많더라. 어찌면 이러케도 兒孩들 마음이 탁 푸러졌을까. 學科 工夫인들 充實하랴 하는 生覺. 또는 집에 가다오다 벗 사이에 싸움이 있는 모양이더라. 學校에서도 우는 소리가 간간 事務室까지 들린다. 이 두 가지를 말하니 兒孩들은 잘 지키겠다는 눈치로 응답하는 거와 같이 보이더라.

〈1946년 3월 1일 금요일 晴天氣〉(正月 28日)
오늘이야말로 우리 朝鮮國民으로서는 굳세인 마음을 더욱 갖게 하는 날인 모양이다. 아니 그러야만 하는 날이다. 三一運動 記念日이다. 己未運動 記念日이라고도 한다. 도리켜 생각하여 보건대 當時에 우리 愛國熱에 피가 끌며 도는 烈士들은 命의 위테함을 시아리지 않고 우리나라의 獨立萬歲를 부르지즈며 서울 복판을 正正堂堂히 行進한 모양이다. 악독한 日本軍 憲兵과 警察係들은 無道한 行動을 하였든 모양이다. 生覺컨대 其 內容을 말하면 서러운 눈물이 돌며 피가 몸을 움즈기는구나. 우리 學校에서도 當時의 烈士에 對한 追悼式과 運動의 記念式을 擧行하였다(獨立宣言書를 읽으며). 學校에서 式을 마추고 全 職員이 登山하여 봄의 볕을 쪼이다가 歸校하니 運動場에서는 面民들이 뫃여서 亦是 記念行事를 擧行하는 中이더라.
午後에 들리는 말에 依한바 어느 몇 名의 간사로 우리 學校 全 職員을 困難狀態에 늫랴고 모략行爲를 하는 사람이 있었든 모양이다. 原因은 꼬토리 없이 다만 어느 어느 點에 個人的 感想으로 그리한 모양인데 아무턴지 못쓸 사람들의 行爲이더라. 前에 數次의 言行에도 느낀 바 있었다.

〈1946년 4월 3일 수요일 晴天氣〉(陰 3月 2日)
우리의 恩師이신 任尙淳 先生님께서 辭任하셨기에 其 宴會가 오늘 있었다. 任 先生님은 우리가 本校(母校) 通學 時에 赴任하셨고 特히 六學年 때에 설울로 修學旅行 갈 적에는 우리와 같이 가신 일이 있었다. 景福宮에 들어가서는 日本人 先生 귀에 들리지 않는 소리로 이러저러한 말슴을 하여 주신 것이 記憶난다. 다만 任 先生님의 後幸福을 축원할 따름이다.
午後에 特急한 公文이 學務課로부터 왔으니 內容은 우리 玉山學校에서 硏究會가 있으니 準備하라는 公文이더라. 解放 以後의 처음 當하는 큰 行事인만큼 責任을 느끼게 되더라. 硏究科目은 公民科, 國語科, 理科의 三 科目인데 協議한 結果 理科는 내가 하게 되었다. 日字가 촉박하였기 때무네 諸般 準備와 計劃을 세우기에 바쁘더라.

〈1946년 4월 8일 월요일 晴天氣〉(3月 7日)
어제ㅅ날까지는 오늘 硏究會 準備에 밤낮없이 바쁘더라. 學校 內外의 整理整頓 等에 午前 八時 半부터 오늘의 行事는 始作되였다.
學事 視察者는 金順石 氏, 李貞燦 氏, 吳炳球 各 視學이였고 江外, 江內, 江西, 月谷, 內谷, 金溪校의 校長과 同 六 介 校 職員 一同 合하여 七十餘 名의 參席을 보게 되였다. 나의 理科 特定 授業은 二學年 女子學級의 「버들피

리」라는 教材를 取扱하였었다. 午後에는 批評과 講評會가 있었는데 吳 視學의 字典과 같은 指導에 느낀바 많더라. 硏究會가 끝나자 懇談會가 있었는데 內谷學校 校長으로 계신 朴鐘元 先生님께서 고마운 말슴을 나에게 들려주시더라. 朴 先生님께서는 우리들 四 學年 時에 理科를 擔任하여 주신 恩師이시고 우리 母校에서 滿 十 年間을 努力하셨든 先生님이시다. 어쨌든 今日의 우리 學校 硏究會는 解放 以後 第一回의 會이며 따라서 우리나라 敎育의 첫 거름 道中에 있느니만큼 意味가 기프며 칭찬의 말이 많었으므로 우리 玉山學校라는 훌륭한 마음에 가슴이 저절로 펄처지드라. 後로도 全心全力을 다할 따름이였다.

〈1946년 4월 10일 수요일 雲天氣〉(3月 9日)

授業을 마치고 봄 菜蔬의 씨앗을 디리였다. 父親께서 쌀을 가저오셨다. 時態가 어려운 때이라 할지라도 제 힘으로 生計하지 못함을 大端히 부끄럽게 生覺하였다. 어서어서 빨리 父母님을 봉양하여야만 되겠다는 것을 또다시 맹세하였다.

〈1946년 4월 15일 월요일 晴天氣〉(3月 14日)

두 분 先生님이 우리 學校에 新任하셨다. 한 분은 나와 同期同窓인 柳在琨 氏이고 한 분은 李采淑 氏인데 두 분이 다 나와 같은 靑年敎師이더라. 午後에 職員會가 있었다. 二部 授業 問題와 其他 二, 三 件이 있었는데 모두 圓滿히 解決되였다. 本校에는 硏究部, 敎務部, 訓育部 以上의 三部로 나누어 있게 되였다. 其中에 訓育部는 내가 보게 되였는데 더욱 責任感을 느끼게 되더라.

〈1946년 4월 29일 월요일〉(3月 29日)[2]

밤에 新聞을 읽고 있었다. 「統一政府 樹立에 눈떠라. 單獨政府 樹立 云〃은 不當」이라는 欄을!! 官舍를 訪問하니 數人의 職員이 앉으셨다. 우리 學校 運營에 대한 相議와 敎育界의 重大性에 對해서 여러 가지 좋은 말슴들이 있었다.

〈1946년 6월 14일 금요일 晴天氣〉(5月 15日)

양복점에서 지은 아우의 양복을 가지고 午後 四時頃에 金溪로 갔었다. 가보니 마침 큰어먼님들의 移種(모심기) 일이 있었더라. 큰어먼님께서 일ㅅ밥이라 하시며 꽁보리밥을 주시는구나. 처음으로 맛보는 것이였었다. 매우 맛있게 먹었다. 버드러지 들판을 얼른 거처서 烏山으로 올 적에 아우 云榮이는 멀리까지 바라다 주더라. 兄을 至極히도 섬기는 아우의 마음을 生覺하며 돌아옥 적에 또 한 가지 이찌 못할 것은 팔십객의 老하라버지께서는 오늘도 모심기에 같이 일하신 點이다.

점심나즐찜[점심나절쯤] 해서 욕본 것이 하나 있다. 魯井이가 토사광난[토사곽란(吐瀉癨亂)]으로 잠시간 큰 욕을 본 것인데 이러 경험을 겪지 못한 관계로 배 아프다는 말을 드르면서도 본칙만칙하였었다. 約 一 時間 가량 後에는 얼골색이 샙파랗게 변함으로 겁결에 醫生을 뵈인 것이다. 그리하여는 속히 치료가 되였다.

2) 이 날의 일기는 다른 날과 달리 요일과 날씨가 적혀 있지 않다. 또한 날짜 옆에 부기한 음력 날짜는 3월 29일로 되어 있으나, 1946년 4월 29일의 음력 날짜는 3월 28일이다. 저자의 착오로 보인다.

〈1946년 6월 15일 토요일 晴天氣〉(5月 16日)
어느덧 세월도 많이도 흘러서 불과 一 介월 後에는 여름放學이 시작될 것이다. 擔任의 全 兒童이 한 달 뒤에는 一學年 過程을 마추게 될 것이다. 요새는 劣等生을 放課 後에 特別指導를 하되 亦是 頭腦가 明晳하지 못한 生徒는 마찬가지더라. 字母의 取扱에 여러 가지 法을 꾸미어 본 結果 오늘은 그림을 硏究하여서 指導하니 生徒들이 자미있게 興味를 가지고 배우더라.

〈1946년 6월 16일 일요일 晴天氣〉(5月 17日)
日後에 移植의 일이 있음으로 淸州에 가서 반찬거리를 사왔으나 意外에 物價가 高騰되여 있더라. 싸전에 가보니 白米 小斗(平斗)에 270圓이고 보리쌀은 190圓 고추는 300圓씩이더라.
올적에는 차ㅅ간에서 申不出 氏의 혼난 이야기를 들었다. 驛에는 지금도 滿員이다. 호열자病[3] 件으로 其의 防疫에 의사, 간호부가 총출동하여 注射를 놓고 있더라.

〈1946년 6월 19일 수요일 晴天氣〉(5月 20日)
오늘은 우리 집 모심는 날이다. 공부를 마치고 용소세미 들로 速히 갔었다. 十餘 人의 일ㅅ군이 열심으로 모를 심고 있더라. 나도 感激에 넘치어 作業服으로 變하여 물논으로 달려드러 같이 모심기를 하였다. 五, 六 年 동안 客地(報恩 地方)에 가서 있는 關係로 집의 農事일에 助力한 일이 없었다가 오늘에는 같이 일을 하게 되니 기쁘기 짝이 없더라. 한 폭이라도 자라도록 정성껏 공디려서 심었다.

〈1946년 6월 23일 일요일 雲天氣〉(5月 24日)
몇 일간 날이 꾸물꾸물하여 보리 일에 위험성이 있다. 대가 넘어서 보리비기에 곤란되는 밭들이 많은 모양이다. 오늘은 日曜日이니 집에 가서 보리나 빌ㅅ가 하여 魯井이를 다리고 金溪를 가니 父母님께서는 역시 생각하든 바와 같이 보리를 비시고 계시구나. 아우 云榮이는 남의 집에 품아스러 간 모양이다. 윗도리 옷을 벗고 낫을 가지고 나도 보리를 비기 시작하였다. 느른함을 무릅쓰고 비였다. 해가 미구에 西山으로 숨으랴 할 지음에 끝마추었다. 아번님께서는 오늘에 다 비게 된 것을 大端히 기뻐하시드라. 저녁을 먹고 學校로 다름박질하여 오니 午後 八時頃이더라.

〈1946년 6월 24일 월요일 曇 後 雨天氣〉(5月 25日)
아침에 이러나니 하늘은 장마의 하늘을 빛내더라. 점심때쯤이 지나더니 쏘낙비가 오기 시작하여 졸연히 그치지 않더라. 어제에 보리 빈 것이 天幸으로 生覺되더라. 저녁때에 소식을 드르니 밭에서 보리를 집으로 디려간 모양이여서 더욱 다행으로 생각이 든다. 이번 비를 마추게 되면 싹이 날 지경에 있는 今年의 형세이였다.
밤에 이르러서도 비는 그치지 않는다.

〈1946년 6월 25일 화요일 曇 後 雨天氣〉(5月 26日)
밤새도록 나리든 비는 겨우 오늘 아침에 비로소 마치게 되더라. 支署의 불ㅅ종이 울린다. 동리사람들의 고함소리도 들린다. 烏山 앞 堤防 뚝에는 도링이[도롱이] 삭갓[삿갓] 한 사

3) 虎列刺. 콜레라(cholera)의 음역어이다.

람들이 數百 名 뫃여 있다. 危險한 모양이다. 궁금해서 學校 兒孩들을 全部 歸家시킨 後 뚝방을 나가보니 엄청스럽더라. 양쪽 뚝방머리만 조고만큼 보일 뿐이고 其外는 紅海와 갈더라. 新垈, 小魯 쪽의 上流 편에서는 어느 마을이 떠ㅅ는지 집이 연다라 둥실둥실 떠나려온다. 기둥나무 보리ㅅ단, 솥 가마니가 數없이 떠나려 온다. 집웅이 물에 출렁대며 무첫다 나왔다 하며 내 한복판을 나려가는 것을 보니 저절로 비참한 생각이 가슴을 움즈기더라. 金溪里 형편이 걱정되더라. 우리 집 생각이 나더라. 午後에 이르러서 또 비가 나리기 시작하더라.

〈1946년 6월 28일 금요일 雲天氣〉(5月 29日)
오래ㅅ동안의 비에 냇물가의 동리와는 전전 교통이 두절된 관계로 金溪의 집이 걱정되더라. 물론 소식을 알 수 없었든 것이 궁금한 마음 참지 못하여 몽단이고개를 넘어 번말 내ㅅ가까지 가보니 아직도 내ㅅ물은 개웅이 꼭 차서 나려간다. 안산 꼭대기로 올라가서 金溪洞을 내려다보니 억만진창이더라. 번말 앞, 안말구레, 방아다리, 보ㅅ들, 대구레, 버드러지의 各 들이 바다와 같더라. 터진 데도 몇 군데 있더라. 집을 바라다보니 마당 밑에까지 물이 철름철름하더라. 金溪 사람들이 다 죽은 듯 조용한 물 가운데 잠겨 있더라. 용소셈이 들만은 물이 속히 빠졌는지 푸릇푸릇 모끗이 보이니 其 들에 農場이 있는 저의 마음은 한편 반가운 감이 있어마지 않는다. 어찌면 부자의 저 논들이 물에 잠겨 버렸을까. 파락굴 산꼭대기에서 두어 시간 서서 望遠鏡으로 이 光景을 바라보다가 해가 졌는지 어둔 색감이 있기에 오미로 도라왔다. 우리 집의 無事함을 빌면서!! 하누재 김기호 씨 댁의 농장과 그 水害의 막대함은 이로 말할 수 없을 만한 것을 보았다.

〈1946년 7월 2일 화요일 晴天氣〉(6月 4日)
장마 전에 비어 논 보리가 걱정이 되어서 집에 갔었더니 마침 타작 중이더라. 잘 알고 간 듯 생각이 드니 더욱 기쁘더라. 아번님, 어먼님, 아우, 나 넷이 타작에 구슬 같은 땀을 흘리면서 알 같은 보리를 끌어 뫃일 적의 기쁜 마음 측냥할 수 없었다.

〈1946년 7월 4일 목요일 晴天氣〉(6月 6日)
本校 第二十四回 (解放 以後 第一回) 卒業式이 午前 九時부터 始作되였다. 卒業式 唱歌 中에 卒業生들의 「잘 있거라 아우들아 정든 교실아……」의 곡조에는 가슴이 쓰라리더라. 이러한 것은 教育界에 있는 저의들만이 겪는 일이다. 그네들의 後幸福을 더욱 빌 뿐이였다. 교문 나가는 저의 卒業生들의 擧動을 보니 事務室편을 바라다보더니 우뚝 서서 있다가 절 한 번 하더니 도라서며 눈물 씻는 저의 거동 누가 보고 마음 좋을손가. 오냐 잘 가거라 열심히 노력하려무나의 마음으로 처다보면서 그네들의 헛치는 것을 보며!!

〈1946년 7월 14일 일요일 晴天氣〉(6月 6日)
오늘은 우리 집 논매는 날이란다. 전부가 일즉이 金溪로 가서 助力에 힘썼다. 오늘 일도 일찍이 일을 마추었든 것이다. 일을 마치고 烏山으로 올 적에 여러 가지 생각을 하였다. 今年 농사에는 일 때마다 구경을 하게 된 것이 대단히 다행으로 生覺하는 바이다.

〈1946년 7월 20일 토요일 雲天氣〉(6月 22日)

授業式을 擧行하였다. 昨年 八月 十五日에 三百八十度나 변경되듯이 一大 변혁을 본 후 우리는 뛸 듯이 기뻐하며 우리나라 글에 두 팔을 걷어잡고 칠판 밑에서 우리나라를 다시 찾으랴고 모든 機關 中에도 率先히 先頭에 나서서 일하여 왔든 것이었다. 授業式을 올리게 된 오늘에 와서 生覺컨대 一年間을 바쁜 中에도 꿈결같이 지낸 듯싶더라.

〈1946년 7월 26일 금요일 晴天氣〉(6月 28日)

夏季放學이 始作되면서부터 日直 當番이 되였음으로 今日까지는 밖에 나가지 못하고 晝夜로 學校를 지키었다. 其 동안에는 學校의 修理修繕(집웅)에 每日 工事의 일이 있었다. 일터에 가서 소킴 없는 일이 되도록 잘 살펴보았었다. 밤에는 烏山市場 青年들 演劇이 있었으므로 거의 火災注意도 많이 하였다. 오늘로써 나의 當直은 끝났었다. 一學年 召集을 하여서 校舍內外의 清潔整頓하고 다시 放學 中의 注意事項을 일어주어서 歸家시키었다.

〈1946년 7월 27일 토요일 晴天氣〉(6月 29日)

아침 일즉이 勞動을 始作하였다. 배추, 무의 씨앗을 디릴랴고 공을 디려서 일하였다. 午後에는 金溪를 가 보았다. 水害가 막심한 우리 金溪는 田畓의 穀物들이 再生할려고 더운 포양에 힘쓰고 있는 듯이 보이더라. 용소셈 들까지 가서 우우의 논 구경을 하였었다. 쓸쓸하게 된 模樣이었다. 지금까지도 우리 伯父님께서는 신병으로 신고하고 계시다. 數十 年 前부터 健康ㅎ지 못하신 큰아번님은 昨年의 食糧 困難 時에 더욱이 榮養을 取하지 못하여서 다른 이보다도 더욱 衰弱하시였었다. 病席에 누신 큰아번님께 여러 가지 慰勞의 말슴을 디리였다. 큰아번님의 말슴 中 나에게만 傳하는 말슴이 두서너 가지 있었다. 나는 決心한 點이 있었다. 아버님과 어머님께 今年의 生活 형편에 대하여 상의하고 午後 七時頃에 學校로 왔다.

〈1946년 8월 3일 토요일 晴後雨天氣〉(7月 7日)

오늘은 七夕날이다. 예부터 우리 朝鮮에서는 이 날을 잊지 않고 行事하여 오든 날이다. 正午까지 그럭저럭 지나며 집이 궁금한 生覺이 나든 차에 큰아번님의 病患이 위중하시다는 急報가 왔다. 가슴이 떨렁해지더라. 빨리 드러가 보니 사랑방에 누어계시든 백부님은 안ㅅ방에 누어 계시더라. 사촌들의 부르진는 소래가 비참이도 들리더라. 큰아번님 겻헤 앉어서 「큰아번님」하고 부르니 눈을 떠 보시드니 「상영이」하는 소리를 한마디 하시드니 눈을 다시 가므시더라. 참으로 위중상태에 계시드라. 十餘 名의 집안 食口가 伯父님을 둘러싸고 앉어 있다. 날은 더워서 땀이 비오 듯 난다. 무윾[미음]을 떠 느으시며 정신 차리시도록 간병하여 두어서너 時間이 지나 午後 三時가 되였다. 불ㅅ상하도다. 큰아번님은 同 三時에 이 세상을 떠나시고 말었다. 집안 全 식구가 암만 부르짖으되 對答이 없지 않는가. 큰아번님의 몸을 부뜰고 실컨 우렀다. 옛 生覺이 간절하다. 같이 세배 다니든 생각, 옛이야기하여 주시든 생각. 생각할수록 눈물이 더 쏘다지드라. 영구의 이별이 된 伯父님이 되고 말었고나. 슬픈 中에도 오늘부터는 여러 가지 일이 바쁘게 되었다. 술, 하인, 장볼 릴, 其他 장례 모실 준비에 참으로 바쁘더라. 때가 대단히 어신 때가 돼 놔서 모든 준비에 막대한 곤란이더라.

〈1946년 8월 6일 화요일 晴天氣〉(7월 10일)
일수의 관계로 伯父님의 장례는 오늘 모시게 되였다. 어제까지는 일긔가 흐려서 오늘 날이 걱정이 되더니 새벽부터 날이 개이기 시작하더라. 발인 시에는 통곡하였다. 아번님도 통곡하시더라. 하라번님께서는 묵묵히 누어 계시드라. 행상이 떠날 지음의 슬픈 마음과 그 상형은 표현할 수 없을 만하다. 墓地는 전자리 종산에 안장하였다.

〈1946년 8월 15일 목요일 晴天氣〉(7월 19일)
解放 一周年 記念日이다. 昨年의 오늘……. 말할 수 없이 기쁘게 萬歲를 부르던 八月 十五日이다. 만 一年이 되였으되 完全한 獨立國이 되지 못하여서 三千萬 겨레가 주야로 근심걱정이며 가슴을 두다리고 있는 이때이다. 完全自主獨立에 새로히 마음을 굳게 하기 爲하여 記念式과 其他의 行事가 있었다.

〈1946년 8월 20일 화요일 晴後雨天氣〉(7월 24일)
아번님께서는 胃腸病으로 편찬어 계시다. 이른 여름부터이다. 每年 여름철에는 해마도 욕을 보신다. 今年에는 例年버더도 대단하신 모양이다. 간간 藥을 잡수시되 듣지 않는 모양이다. 速히 完治 않 되는 原因도 한 가지 있는 것이다. 그렇다. 눈물이 나올 일이다. 貧困, 貧困 그 때문이다. 胃腸이 弱하신데다가 험한 飮食을 하시는 까닭에 消化가 不良하신 것이다. 쌀, 쌀……. 었지하면 求하나. 어찌하면 좋을까. 번연히 알면서 父親께 괴롬을 長期間 기치게 하는 이 不孝의 者, 때만 기다릴 그 뿐이로다. 어찌면 一秒라도, 그 마음을 이즐손야. 때가 돌아오겠지. 必然 때가 오겠지. 그 때는 그 때는 나의 힘을 다하야?

〈1946년 8월 24일 토요일 雲天氣〉(7월 28일)
오늘도 역시 채소밭에 나아가서 공을 디리였다. 작년에는 김장 한 폭이 구경할 수 없었든 것이다. 우박에 부서졌기 때문이다. 금년에는 학교의 실습지가 넓은 관계로 어느 직원이고 상당히 갈고 심ㅅ게 되여서 모두가 아침저녁에 들밭에 뫃여서 이야기하며 자미있는 듯이 풀 뽑고 있는 것이다. 공든 탑 이 무너지랴……. 지성이면 감천이라드니 어느 것보다 우리들 학교 직원들의 채소가 가장 잘 되여 있다. 지나가는 사람마도 부러워하며 칭찬을 하는구나. 연이나 요새에 이르러서는 뜸물이 일키 시작이 되여 나날이 성적이 떠러저 가는 모양이다. 그 때문이 모두가 락심하고 있다. 금년의 뜸물 찌는 병은 이상하게도 각처마두인 모양이다. 날마도 잡고 소독을 하되 듣지 않는다. 한나즐이나 오늘도 뜸물을 죽이고 허리가 아파서 쉬느라고 집에(숙직실) 돌아오니 마침 옥산지서장 김착곡 씨가 전근이 되여 그의 송별연회가 있어서 참석하였다. 장시간 술을 마시어서 삼십여 명이 전부 취하였더라. 물론 나도 취하였다. 끝난 후에 학교장과 몇몇이 학교 운영에 대한 이야기가 있었으나, 요새 와서는 아무 원인 알지 못하나 마음이 이상할 만치 내 귀에 들리는 말이 많고나. 그러나 올바른 길로 나아가면 고만이라는 생각으로 참고 반성하고 결심한 것이다. 학교에서도 상당한 책임자가 될 만한 아무개 선생에게도 교장은 불쾌하게 하는구나. 참말로 이상하드라. 작년 겨울, 올 봄, 그의 마음, 그의 말슴……. 도리켜 생각해 볼 적에? 서로서로 취한 짓을 다하고 나니 시간은 오후 아홉시 가량 되여서 캄캄하드라. 오늘은 약 십 년 전에 돌아가신 당숙(고 한규씨) 어른의 긔고이다. 암만 어둡기로 안 갈 수 없을 만치 양심이 용서ㅎ지 않는다. 옷을 갈아입고, 비틀거리며 나는 금계로 향하였다. 어찐 일인지 무서운 생각도 없이 잘 도착하였든 것이다. 집안 식구들이 깜짝 놀래드라.

〈1946년 8월 28일 수요일 晴天氣〉(8월 초이일)
요새 와서는 채소가 더욱 볼 것 없이 절딴나고 말었다. 조고만한 버러지이나 참으로 독한 동물이드라. 아침저녁으로 헛애만 쓴 것이 되여 버렸다. 「에라 나들이나 가겠다」하고 노정이를 다리고 북일면 빙ㅅ댁[娉宅, 즉 처가]에 갔었다. 노정이는 처음으로 제 발로 삼십 리를 걸었든 것이다. 저의 외가에서 맛난 음식을 하여주니 조아하며 잘 먹드라……. 복상[복숭아], 떡, 옥수수, 감저 등. 오늘도 가며 보니 넓은 들에 갈은 채소가 전멸이 되고 말었더라.

〈1946년 9월 2일 월요일 晴天氣〉(8월 7일)
길고 길든 夏季放學은 다 지나가고 오늘부터는 새 學年 새 學期의 새 出發이다. 解放 以後 우리 朝鮮敎育을 始作한 지 거의 一年 된 것이다. 約 一年 동안에 우리나라는 모든 機關이 安着되지 못하였든 것이다. 然이나 우리 敎育界에서는 꾸준히 解放 卽後부터 오날까지 建設에 이바지하였든 것이다. 그래도 敎育界에도 참다운 充實한 교육 사업이라 할만치는 이를 수 없는 點이 있지 않을까 생각이 든다. 當局부터도 아직 敎育法令 敎科書 敎職員의 報酬 其他가 모두 不完成되여 있다. 이것이 아직 나라를 찾지 못한 까닭으로 原因이 있으며 世上 사람들의 뜬 마음 뜬 세상에 살고 있다는 그 뿌리가 너머나 단단한 까닭이다. 四十年間의 악정. 참으로 영향이 많은 것이다. 學校의 敎科書 其他 書物의 印刷도 容易하지 못하며 철자법 문법도 지금지금 연구 중이라 할만치 풍부한 책이 없는 모양이다. 나 역시 이 日記帳에 그리는 말도 철자 문법에 틀리는 點이 많이 있다는 것을 인정한다.
오늘부터는 새 학년의 처음날인 만큼 아동과 같이 새 마음을 가슴에 잔뜩 받었든 것이다. 今年度 內에 建國이 틀림없음을 빌고 빌며!!

〈1946년 9월 10일 화요일 晴天氣〉(8월 15일)
秋夕 名節이다. 새벽에 오미에서 집으로 갔었다. 차레를 끝맞추니 午前 十一時 가량 되였다. 一家親戚에 다니며 음식을 먹고 이야기하다가 午後 四時頃에 一家族이 다시 오미로 왔다. 魯鉉이가 돌 지난 지 불과 수개월이나 오는 길에 제 발로 아장아장 상당히 걸어왔든 것이다.

〈1946년 9월 16일 월요일 晴天氣〉(八月 二十一日)
新年度 新入生의 入學式을 擧行하였다. 男子 한 학급 女子 한 학급 두 학급을 모집한 것이다. 今年부터는 義務敎育이 準備實施하게 되였다. 그리하여 滿 六歲의 兒童은 全部 收容케 된 것이다. 우리 집 魯井이도 入學하였다. 빠른 세상. 벌서 學齡에 達하니 責任과 많은 希望을 굳게 갖었다. 나는 一學年 男子반을 擔任하였다.

〈1946년 9월 17일 화요일 晴天氣〉(8月 二十二日)
學校의 行事를 맞추고, 淸州府까지 學校物品 購入 때문에 갔었다. 풋볼 參個, 其他 拾數 點을 사 가지고 驛에 오니 車가 延着이므로 기달렸으나 좀처럼 消息이 없었다. 午後 十時가 되니 빈번한 府內 街路도 조용하드라. 待合室에는 數百 名의 손님들이 졸고 있고 驛員들도 어데론지 뿔뿔이 가버려서 더욱 조용하더라. 이럴 줄 알았드면 걸어 나갈 것을!! 하는 생각이 자꾸 든다. 열한시 열두시 기달렸으나 여하의 消息은 없다. 翌日 午前 一時頃에 차 한 대가 떠나게 되였으나 타지 못하였다. 驛員들의 不親切함과 努力 不足에 느끼는 點이 多少 있었다. 同 三時 半頃의 列車를 타고 나와 丁峯 堤防을 올라스니 고요한 새벽 공기는 몸을 얼구는구나. 마침 同行이 二 三人 있었다. 오늘이 야말로 고생고생으로 밤을 새운 것이다. 연이나 母校의 일이라는 그 마음을 굳게 가진 나이다. 母校를 爲해서는 如何한 難關이 있드라도 힘 있는 데까지는!!

〈1946년 9월 24일 화요일 晴天氣〉(八月 二十九日)
요새는 運動會 準備에 매우 바뿌다. 午後 六時까지에 대충대충 今日의 計劃하였든 것을 맞추고 魯井이와 같이 金溪로 向하였다. 처음으로 魯井이의 學校 生徒 제복으로 내세운 것이다. 길 걸을 적에도 나는 魯井이의 態度만 처다보았다. 귀여운 마음인지 希望에 넘치는 마음인지 나도 모르게 魯井이의 뒤 모양을 처다보았다. 집에 당도하니 아번님께서도 노정이를 끼안을 만치 귀여워 여기시드라. 집에 들어간 그 시는 저녁 후이었기 때문에 어먼님께서는 다시 석반 준비에 바쁘시다. 오늘 저녁밥은 금년에 처음 먹는 해쌀밥이다. 달콤하고 새내움새 나는 밥이다. 노정이도 많이 먹고 나도 잔뜩 먹었다. 二十日 전부터 양식으로 곤란이었었다. 인제는 해ㅅ베가 나왔으니 한걱정은 덜은 듯하드라.

〈1946년 9월 30일 월요일 晴天氣〉(九月 六日)
우리 학교 나의 학교의 秋季 大運動會의 豫行演習을 하였다. 날씨가 매우 따뜻하여서 예상버더도[예상보다도] 以上의 성적으로 연습을 맞우게 되였다. 끝나서는 직원의 타합회가 있었다. 오늘의 형태를 본 결과의 개선 타합회다. 해방 후 처음으로 행하는 운동회이며 내 학교인 만큼 여하한 관관이 있다 하드라도 부끄렵지 않은 大會를 할랴고 결심하였다.

〈1946년 10월 2일 수요일 時時雨天氣〉(九月 八日)
소사[4]를 다리고 운동회 상품을 살랴고 淸州에 갔었다. 어제부터 오는 가을비는 지금까지도 역시 개이지 않았다. 길도 대단히 험악하여서 길 것기에 고약하드라. 철도 종업원 총파업으로 인하여 기차도 불통이다. 몇 군데의 개울물은 벅차서 흘은다. 바람도 살살 부는 모양이어서 웃식웃식 서늘징이 난다. 십여 개 소의 볼일을 바쁘게 보고 나니 午後 六時더라. 가진 채비를 단단히 차리고 출발하니 벌서 電氣불이 환하게 들어왔다. 급한 걸음으로 玉山을 向하여 돌아오는 길이다. 비는 부슬부슬 쏟아진다. 어둠컴컴하여서 길은 잘 보이지를 않는구

4) 小使. 관청이나 회사, 학교 등에서 잔심부름을 하던 사람을 일컫는 말이다. 현재는 사환(使喚), 사동(使童) 등으로 순화하여 표현한다.

나. 정신을 차리지 않으면 미끄름을 탈 지경이다. 짐을 한 짐 질머진 小使도 대단히 어려운 모양이다. 어찌면 이러케도 고상을 하는고 하는 생각이 난다. 아니다. 우리 학교 나의 학교를 위해서다. 조흔 일이다. 맛당이 할 일이다. 제 마음을 돋으며 정봉을 지나 미호천변까지 왔다. 한밤중에 배사공을 부르니 졸연히 알아들리지 않은 모양이다. 수십 번의 고함소리에 큰 내를 무사히 건는 것이다. 물도 개옹이 꽉 차서 흐르는 모양이다. 학교에 다다르니 밤 열한시가 훨신 지났더라.

〈1946년 10월 3일 목요일 曇天氣〉(九月 九日)
날씨가 흐리다. 모레는 운동회인데 일긔가 염녀된다. 개이기를 기원하며 오늘을 지냈다. 밤에는 상품 싸기에 매우 바뻤다. 種別로 差等있게 공평하게 분명히 상품을 지어서 묵고 풀칠하고 쓰고 하였다. 밤 열두시가 지나도 졸린 줄은 물랐다. 기운을 차릴 수는 없었다. 머리가 멍하다. 바람 쏘이러 바깥을 나갈랴고 서니 오곰이 잘 뻘처지지를 않는다. 하눌을 치어다보니 별이 총총 났구나. 가슴이 확 풀리었다. 하눌에 감사의 뜻을 표하며 절하고 싶었다. 가벼운 마음 기쁜 마음. 모레의 大運動會를 상상하며 금침 속에서 나는 기냈다.

〈1946년 10월 4일 금요일 晴天氣〉(九月 十日)
불과 두 시간바께 눈을 못 부치고 나는 뛰어 일어났다. 말께 개인 아침이나 쌀쌀한 찬바람을 알 수 있었다. 운동장에는 군데군데 발자옥에는 물이 고여 있다. 점심때가 지나서 운동장은 훌룽히 말렀다. 직원 되는 우리는 각기 책임진 일을 보았다. 금 치고 말 박고 포장치고 색기 얼꼬 만국기 달고 솔문을 만들었다. 秋季運動會 奮鬪門. 門의 간판이 뚜렷이 달릴 적에 나는 감격에 넘친 것이다. 할량없이 기뻤다. 맑고 넓은 가을 하늘에 우리 태극기는 날리더라.

〈1946년 10월 5일 토요일 晴天氣〉(九月 十一日)
오래ㅅ동안 기달이든 기쁜 날이다. 나도 딴 직원도 생도들도 같이 손꼽아 기다리든 날이다. 하늘은 맑게 개인 날이다. 오늘 행사는 틀림없이 순조롭게 맞추리라고 생각이 든다. 그렇기를 빌었다. 세상에 나온 지 처음으로 당하는 대사이다. 우리나라 우리 조선나라 국기 태극기의 기빨 밑에서 행하게 된 때문이다. 참으로 기쁘도다. 많은 희망과 기대와 울렁거리는 가슴을 갖인 여러 부형들도 기쁜 듯이 몸 가볍게 校門에 들어온다. 本部에는 우리 태극기가 넌출지게 달려 있어서 바람에 팔랑거린다. 이것을 보아도 한없이 기쁘더라. 운동회는 시작되였다. 단에 올러슨 직원의 「차려ㅅ」하는 구령에 많은 관람자들도 조선적의 구령에 이상하고도 좋은 듯이 구는 것을 나에 눈에 알린다. 교장 선생의 훈화는 더욱 우리를 격동시키드라. 「넓고 맑게 개인 하늘 밑에서 우리는 날뛰게 된 오늘이다. 아름다운 태극기 기빨 밑에서 건국의 컨 길을 밟으랴는 운동회다. 있는 힘을 다하야 어머니 아버지 앞에서 공부하자.」라는 뜻으로 말슴하였다. 머리띠를 힘 있게 졸러 맨 七百 名의 생도나 가벼운 백색 운동복으로 갈아입은 직원이나 모두가 운동장에 박힌 듯이 있는 모양은 우러러 나라를 찾게 되온 회덕으로 오늘의 운동회를 맞이하게 된 것을 기뻐하며 자랑하는 듯의 정신에 넘치드라. 뜻한바와 같이 예측대로 만점으로 오늘을 맞추게 되였었다. 오늘의 생각나는 기쁜 마음을 긔록하고자 하나 오히려 욕이 될가 두려워하야 이만 긑이노라.

〈1946년 10월 7일 월요일 晴天氣〉(九月 十三日)
밤새도록 신고하고 새벽 내- 욕을 보아도 낫지 않는다. 배도 앞으다. 머리도 앞으다. 팔다리가 떨어지는 듯하다. 누어있기가 대단히 괴롭더라. 아무것도 먹기 싫더라. 머리 들을 기운도 없으니 참으로 된 모양이다. 운동회는 끝낫으니 걱정은 없다. 저녁때에 의사를 뵈온 후로는 차도가 있고 어둠컴컴할 지음에는 완전히 나흔 듯하야 밖에 나가니 어지러워서 단길 수가 없더라.

〈1946년 10월 14일 월요일 晴天氣〉(九月 二十日)
우리 학교에 있어서는 대단히 기다리든 여선생이 온 것이다. 아해들도 기뻐하며 역시 우리 직원들도 나도 다행으로 생각하는 듯이 인사하였다. 여직원이 안이면 거북스러운 점이 있는 까닭 때문이다. 요번 운동회 時에도 여선생님이 없었으므로 많은 불편을 느끼였든 것이다.

〈1946년 10월 19일 토요일 晴天氣〉(九月 二十五日)
가을 원족을 시행하였든 것이다. 三 四 五 六學年은 小魯 方面으로 가고 一 二學年은 雙淸으로 갔었다. 나는 雙淸으로 간 것이다. 擔任의 學級은 처음으로 당하는 원족이다. 천진만진한 新入生 一學年生은 원족의 뜻을 아는지 퍽도 좋아하드라. 길고 긴 美湖川 堤防으로 나려가기 시작하였다. 네 줄로 가다가 보니 일곱 줄 여덟 줄이 넘치고 堤防 빡빡이 느러서서 간다. 고치고 또 고처서 가도 다시 틀리더라. 흰 편 한 줄 붉은 편 한 줄이라는 두 줄로 가기로 하였다. 줄이 너머나 길어서 불편한 점도 있더라. 다시 잘 꾸며서 네 줄로 가기로 하였다. 지금은 잘 가는 편이다. 먼저는 점심보자기, 신발 관계로 줄이 자꾸만 틀린 것이다. 여(余)는 잘 보았다. 그네들을 잘 보았다. 앞사람을 떼밀어서 우는 사람도 있고 신을 밟아서 우는 사람도 있고 변또를 노처서 우는 사람도 있더라. 만 가지로 달개서 다리고 갔다. 이 줄 가운데는 魯井이도 있었든 것이다. 校外 工夫를 맞치고 돌아올 지음에도 수저 등을 잊고서 우는 생도도 있었다. 여는 잘 찾아 주었다. 午後 三時頃에 돌아오니 무거운 짐을 버서 논 듯 하더라.

〈1946년 10월 21일 월요일 晴天氣〉(九月 二十七日)
三日 前부터 읽기 시작한 方仁根 氏 著의 단편집 「눈물의 편지」는 오늘 저녁에 읽기를 맞추었다. 자지 잘게 속속디리 뜻 속에 뜻을 표현하며 사람의 마음속을 그 행동을 잘도 적어내는 선생, 임을 느꼈다. 잘도 표현된 단문은 딴 긔록장에 적어 노았다.

〈1946년 10월 24일 목요일 晴天氣〉(九月 三十日)
學校 일을 完全이 맞치고 午後 六時頃에 金溪를 간 것이다. 明日 伯父님의 상식을 올리랴고 갔었다. 저녁에는 아번님과 이야기하며 相議하였다. 今年의 秋收 籾은 大略 열 섬 가량은 되겠다는 것과 其中에 小作料가 三石이고 誠出(供出)이 三 石이라는 것인데 그리면 家用은 四 石 가량바께 없으므로 어찌하면 조흘른

지를 모르겠다. 열 식구가 헐신 넘치는 대식구에 적어도 한 달에 섬 반은 있어야 한다. 七 개月간은 秋收한 것으로 살아야 할 텐데. 그리면 열 섬 半이라는 수ㅅ자가 必要하다. 그러나 所得이 그에 半도 안 되므로 걱정이다. 今年 春節과 여름 끝頃에도 이 때문에 수없는 고통을 받었으며 빗을 진 것이다. 도모지 計劃도 세울 수 없는 일이였다. 살아가는 대로 살아갈 수바께는 없다. 보리나 넉넉하게 갈아야 할 텐데 맛당한 밭도 없는 것이다. 캄캄한 앞길을 살아나가기에 조흔 방책이 서지를 않는다. 다만 하늘에서 저의들 일동의 생명을 보호하여 주시겠지 하는 마음뿐이다. 그러나 의뢰심을 갖은 것은 아니다. 노력 우에 또 노력을 가겠다는 결심은 있는 것이다.

〈1946년 10월 26일 토요일 晴天氣〉(十月 初二日)
金東仁 氏 著의 短篇集 小說을 읽기를 맞추었다. 마음이 넓고 크고 굵더랗게 썼으며 愛國者임을 느끼게 되매 先生님께서 지으신 딴 著物을 읽고 싶은 마음이 금치 않더라.

〈1946년 10월 28일 월요일 晴天氣〉(十月 四日)
어제는 開天節이였었다. 우리나라가 처음으로 세워진 날이다. 지금으로부터 4279年 前陰 十月 初三日에 단군임금께서는 白頭山 아래에 나라를 세우시고 이름을 朝鮮이라고 하셨다는 것이다. 그리하야 어제는 엄숙한 記念式을 올리었든 것이다. 오늘은 月曜日이지마는 公休日로 된 것이다. 어제 때문이다. 事務室에서 小說을 보잔인까 누가 찾아왔다. 여[余]의 친구가 반가운 동무가 온 것이다. 李基顯 氏이다. 이 사람은 아니 先生님은 報恩에서 數年間 같이 있든 先生님이시다. 여를 퍽도 숭배하여 주신다. 아니 정이 많은 사람이다. 생각하건대 한 이불 속에서 자본 일도 많고 같은 밥도 많이 먹었든 것이다. 그의 대접도 많이 받었었다. 술ㅅ집에서 놀기를 시작하였다. 이 先生은 지금은 교편을 내던지었다는 것이다. 자미있게 놀으시도록 여급집으로 갔었다. 여자의 날뛰며 기뻐하는 언어 行動이 이상스럽게도 뵈이더라. 여자란 것은 남자의 비위 맞처 주는 노리개 같기도 하고 부속물 같기도 하더라. 진심으로 노래 부르고 춤을 추는 것인지 저의 영업상 하는 수 없이 끌려서 노는 것인지 일편 가엽기도 하더라. 그네들도 만족한 어진 임자를 만나서 조흔 행락을 누리고 한 가정을 세워서 가랴는 것의 마음을 갖었으며 이의 희망을 갖었겠지 할 지음에는 불상한 생각도 나더라. 오늘이야말로 넘치게 논 것이다. 해도 지고 시간이 넘도록 논 것이다. 나는 깜짝 놀라는 것을 깨달았다. 경제 경제의 문제 나의 생활 형태 등을 생각할 제 가슴이 뜨끔함을 놀랬다. 이럴 적에 한편 李 先生의게 미안한 생각도 나서 마음을 도리키고 「李 先生은 나의 은인」이라는 것으로 스스로 제 마음을 위로하며 유쾌하게 놀았다. 李 先生은 역시 나의 형편을 생각함인지 오늘 행사에 대하여서 중지의 뜻을 자꾸만 표하더라. 밤에는 나와 같이 자고 또 이야기하였었다. 잠 중에도 후의 걱정을 금치 못하여 잠을 편이 이루지 못함을 깨달았다. 아니다 아니다 내가 이래서 못쓴다. 술 먹고 춤추고 돈 쓰고 하는 것도 이때뿐이다. 놀 때도 있고 돈 쓸 때도 있어야만 하는 것이 세상 살아나가는 여러 길을 밟는 것이라고 생각하여 다시 잠 오기를 원하였든 것이다.

〈1946년 10월 30일 수요일 晴後曇天氣〉(十月 初六日)

長篇小說 李光洙 氏의 著「그 여자의 일생」의 前篇 읽기를 맞추고 생각하여 보았다. 文學家 풍부한 內容은 實로 감탄할 만하더라. 한마디 한마디가 다 연결된 구절이었고 그 말이 아니면 後에 無滋味었으리라고 느끼는 바가 많았다. 發行 時를 살펴보니 지금으로부터 約 十年 前이었다. 其 時의 先生의 思想은 진실한 愛國者였음을 알 수 있었다. 그러나 지금은 환영치 않는 말을 가끔 들을 때가 있다. 생명을 구함인지 의지가 변함인지 數年 前에 先生의 행한 일이 부당한 점이 있었든 모양이더라.

〈1946년 10월 31일 목요일 雨後曇天氣〉(十月 初七日)

학교 일을 마추고 금계로 갔었다. 욕촌 누이동생「소제」가 출가하는 날이다. 누이한테 여러 가지 주의의 말을 알아듣도록 일러주었다. 시집에 가면 처음에는 서이한 맘뿐이며 한심하는 때가 많으나 제 마음만 변치 않고 착하게 나간다면 가족 일동이 둘러싸고 귀여워하매 따라서 자미가 나고 희망의 날을 보낼 수가 있다는 것과 가정에 따라서 변함이 많다는 것이며 동리 ○○의 가정형상을 례 들어 알리었다. 성품과 버릇 몇 가지를 솔직이 말하여서 충고하고 시집 받드는 몇 가지 요소를 말려서 아무쪼록 선량한 안해가 되며 착한 며누리가 되라고 다섯 번 열 번이나 말해 주었다.

〈1946년 11월 1일 금요일 晴天氣〉(十月 八日)

새벽에 丁峯驛을 가려고 일즉이 아침밥을 지어먹었다. 오늘부터 三 日間 府內 國民學校에서 硏究會가 열리게 된 것이다. 榮町學校 運動場을 들어서니 많은 會員이 꾸역꾸역 모여든다. 會員 중에는 恩師이신 李 校長, 朴 校長 선생님도 계시다. 인사를 올리니 반갑게 귀여워하시는 마음으로 받아주신다. 兒童朝會가 始作되였다. 學校 全體가 울리는 듯한 우렁찬 음악소리에 兒孩들은 날뛰며 뫃인다. 이 긔분 좋은 레코-도에 잡것이 淸掃되여 버리고 敎育의 마당이라는 신성한 공기가 일시에 물 넘치듯 하더라. 골마루에를 들어서니 敎職員 우리가 아니면 깨닫지 못할 긔분이다. 授業案을 들고 스리빠를 소리 없이 끌면서 길고 긴 돈네루 굴[터널(トンネル)]과 같은 골마루를 다니는 우리 先生들. 누가 보아도 우러러 사모하지 않겠는가. 모두가 새朝鮮 建設 敎育에 이바지하려는 열렬한 책임을 느끼며 授業에 대한 硏究檢討에 정신없드라.

〈1946년 11월 2일 토요일 晴天氣〉(十月 九日)

府內 國民學校 硏究會 第二日채이다. 壽町國民學校 生徒들의 아침朝會는 無言 中에도 活潑한 態度이다. 이 學校는 元來 女生徒만을 수용하였든 것인데 수년 前부터 男生徒도 入學시켰든 것이다. 二層으로 우뚝 서 있는 壽町校는 昨日의 榮町校 校舍가 散在되여 있는 데 比較하여서 웅장함과 便利幸福의 感을 느끼지 않을 수 없다. 아래ㅅ층에서 우ㅅ층으로 올나가니 외모를 보아 상상한 바와 같이 室內가 淸潔整頓되여 있다. 敎室마도 美化方面이 만점이드라. 女生徒가 태반이 넘는 關係인지 女職員도 他校에 비교하야 많으며 따라서 女子의 손이 것친 성적품이 많아서 사치에 화려함은 처음으로 보는 것이다. 이층에서 內外를 잠산

살펴보았다. 공중에 떠 있는 굴속과 같은 골마루에서 왔다 갔다 하는 會員의 진중한 태도와 教室에서 분필을 손에 쥐고 授業에 도취한 듯이 生徒와 칠판만을 상대하고 있는 先生의 태도, 나려다 보이는 後園의 菜蔬밭에는 二學年인 듯한 女生徒들이 教師를 둘러싸고 있는 模樣이 理科의 自然觀察인 듯하더라. 合同訓鍊은 시작되였다. 行進曲에 발마처서 열을 지여가는 어린이의 씩씩한 태도는 우리 教育者만이 맛보는 점이다. 길 것든 外國人(米國人)의 一行도 이 어린이들의 가벼운 律動運動과 行進曲에 마처서 씩씩하게 걸어가는 모양을 저를 이른 듯이 보고 있다. 널리널리 이 세상에(國內는 勿論 外國까지) 자랑하고 싶더라.

〈1946년 11월 3일 일요일 晴天氣〉(十月 十日)
石橋町國民學校의 研究會이ㅅ날이다. 어제 저녁에는 친구들에게 부뜰려서 밤늦도록 놀았다. 술을 과음하온 관계인지 오늘 아침에는 몸이 무거움을 느꼈다. 목적 學校에 다다르니 오늘도 前日과 다름없이 會員되시는 先生님들이 數百 名이더라. 本校는 설립된 지 오래지 않은 學校임으로 모두가 새것이다. 校舍의 웅장 清潔함은 道內 第一이라고 할 수 있다. 석조 이층의 本校는 말없이 서 있으되 우리 조선 아동을 삼키고 배ㅅ속에서 길러내고 소화시키는 듯한 느낌을 더욱 우리에게 준다. 指導者들의 授業法은 별로 差가 없는 듯이 뵈이나 榮町校는 自學自習의 訓練이 되여 있는 듯하며 壽町學校는 其의 途中에 있다고 볼 수가 있다. 本校는 指導者의 計劃에 따라 공부하는 듯한 느낌을 주더라. 그러나 本校는 擔任이 없는 時에 兒童 自習의 態度가 훌륭하더라. 府內 各 國民學校(三個校) 研究會는 오늘로써 마추게 되였다.

〈1946년 11월 5일 화요일 晴天氣〉(十月 十二日)
小說 '그 女子의 一生' 後篇을 읽기를 마추었다. 前篇에서도 느낀 바이나 內容이 풍부하믄 이룰 바가 아니며 넉넉하고도 著者의 思想을 알 수가 있다. 學識도 最高知識이야만 하며 貧富의 經驗者이야만 하며 苦樂을 맛본 者야만 하며 內外 各國 地方을 구경하야 地歷에도 몰름이 없어야만 하겠다는 것을 깨달았다. 解放된 오늘에 있어서 이 훌륭한 文學家들이 建國之大業의 精神을 國民 全部가 알고 까닫고 實踐心을 갖게 하도록 많은 책을 지여내기를 마음속으로 바라고 원하며 先生 各位들의 幸福發展을 비는 바이다.
어제는 金溪에서 若干의 不祥事가 있었든 모양이어서 이를 타파하고 원만해결하기에 밤늦도록 辛苦하였다. 父母의 子息된 의무와 責任이 누구나 다 같다는 것을 더욱이 느꼈다. 단편的으로 생각지를 않고 우리 「郭」이라는 넓은 환경을 위하여 나는 이 일을 해결지웠다. 父母님께 미안하기도 하였다.

〈1946년 11월 10일 일요일 晴天氣〉(十月 十七日)
수일 전부터 읽기 시작한 朴啓周 先生의 지음 「殉愛譜」 長篇小說을 마추었다. 朴 先生은 宗教家이다. 人生이 一平生 지나는 동안에는 모든 苦痛이 있는 것이나 사람의 참된 하나님께서 만드러 주신 길을 반듯이 밟아 나아가는 사람이 사람의 가치가 있는 것이다. 양심적으로 나를 알고 해결하고 용서하고 일하여 가는 이가 사람 된 가치 있는 것이다. 「나」를 광고하기에 온갖 수단을 다 부리는 이 세상에서 자기의 선행을 숨기고 자기의 이름을 감추는 그 아름답고 갸륵한 행실을 갖인 사람이에야 하겠다는 것을 느끼며 현재 이 자리에서 하고 있는 자기의 일이 동작이 악이냐 선이냐도 양심으로 해결하여야 한다. 이 책을 읽으매 지나간 모든 일을 반성 않이 할 수 없더라.

〈1946년 11월 23일 토요일 晴天氣〉(陰 十月 三十日)

내일은 동기회를 열기로 하였든 것이다. 발기회 측의 몇 사람이 일전에 한 자리에 뫃여서 여러 가지 준비에 대한 상의가 있었다. 동기생 제위는 물론 건국지사에 바쁠 것으로 믿으나 만사를 제폐하고 뫃여 줄 줄로 생각이 드나 경제관계 등으로 어떠할가 염녀도 된다. 아무턴 명일의 행사에 관해서 예정을 세워 보기로 하였다.

會順 1. 開會辭 2. 愛國歌 合唱 3. 司會者의 인사 4. 故 同期生 靈魂의 默想 5. 個人 紹介 6. 母校 現況 發表 7. 同期生의 狀況 報告 8. 恩師 소식 9. 舊情 回想 10. 꿈 世上에 이룬 經驗談 11. 協議事項과 其他(討論 希望) 12. 愛國愛校의 建設談 13. 同窓會長 인사(校長) 14. 晝食 15. 運動會(籠球 도찝볼[터치볼] 蹴球) 16. 餘興會 17. 萬歲三唱 18. 閉會辭

〈1946년 11월 24일 일요일 晴天氣〉(十一月 一日)

이른 아침 후부터 동무를 기달이나 좀처럼 뫃이지 않는다. 동무들의 옛 모양을 가슴 속에 그리면서 애써 기달여 보았으나 오는 사람이 없더라. 속상하고 갑갑하기 짝이 없고 어이가 없어서 발기회의 몇 사람은 낙망하였다. 점심때가 혈신 기우러서 할 수 없이 뫃인 李晳均 君, 宋榮柱 君, 申鉉戊 君, 張基哲 君, 李炳憶 君, 柳在琨 君 計 나까지 겨우 일곱 사람이 別會席을 準備하고 오늘의 유감을 다투면서 즐거운 듯이 마시고 먹고 잘 놀았다. 三 四十 名의 晝食 準備가 數日 前부터 되여 있으므로 할 수 없이 處分策을 求하며 놀은 結果 큰 費用이 났으니 어데다 하소연할손가. 同期會는 연기하기로 하였든 것이다.

〈1946년 11월 26일 화요일 晴天氣〉(十一月 三日)

校內 硏究會의 차레가 돌아왔다. 第一學年의 綜合敎育 學習指導를 하였든 것이다. 내용의 일편을 硏究會錄 第一號에 記載하였노라.

〈1946년 12월 7일 토요일 雪天氣〉(十一月 十四日)

금년 겨울을 당하여서는 처음으로 많은 눈이 나리였다. 이삼일 전에 처음으로 눈이 왔으되 불과 일 미리에 지나지 못하였다.

〈1946년 12월 17일 화요일 雪天氣〉(十一月 二十四日)

새벽부터 눈이 나리기 시작한다. 아침이 지나서도 역시 긏이지 않는다. 護喪으로 江外面 拱北里까지 갔었다. 同期 柳在琨 君이 祖父 喪을 당하였든 것이다. 찬바람이 산기슭을 후리는 치위는 아마도 영하 10度나 되는 듯싶더라. 가마솟을 산허리에 걸고 생나무 불로 국을 펄펄 끌여서 바가지 밥에 말어 먹는 조상꾼들의 찬 입에다 훌훌 들어마시고 치위를 면하는 겨을장사를 나는 처음 맛보았다.

〈1946년 12월 20일 금요일 晴天氣〉(十一月 二十七日)

철도가의 넓은 논에 기러기(왜가리) 한 떼가 굼실굼실 거닐며 무엇을 좇고 있다. 표수[포수]가 않인 나는 아까운 듯이 쓸쓸한 마음을 억제하면서 지나가고 말았다. 淸州까지 가려고 驛에 나가 보니 엉터리없는 연착이므로 동무를 한 사람 만나서 이야기하면서 철도 길을 걸었다. 왼손에 들은 돈 보따리는 꽤 묵칙하건만 돈이라는 의식 하에인지 묵어운 줄을 그리 느끼지는 않앴다. 우리학교 생도용의 겨을방학 과제장 값이 만여 원 되었든 것이다.

한흥서관 고문당 우편국 상업은행에 가서 볼일을 다 보고 나니 머리가 가볍고 빈손인 듯 자유스럽드라.

午後 一時에 榮町校 講堂에 들어서니 晝食時間인 듯이 會員들은 十餘 名만이 날로 옆에서 머리에 재티를 디지버쓴 채 무엇인가를 이야기하고 있다. 은사이신 선생님도 두세 분 뵈였다. 오늘부터 내일가지 敎科 講習會가 열리게 된 것이다. 서울서 오신 大學講師들의 로령하심과 진중한 언변은 천근만근이나 되는 듯하였다. 강습의 내용은 講習筆記帳에 정리하였다.

〈1946년 12월 24일 화요일 晴天氣〉(十二月 二日)

전날에는 方仁根 先生의 지음 長篇小說 「새길」(雙虹舞)를 맞추며 여자의 구든 절개라 할까 정조라 할까에 대하여 많은 비판을 하지 않을 수 없었으나 오늘에 읽기를 맞춘 金東仁 先生의 지음 短篇小說 「王府의 落照」는 外 十餘 편이 있으되 모두가 굵은 통과 같이 씨어 있음을 느끼지 않을 수 없다. 고려말세의 공민왕께서 훌륭하신 노국공주을 이르시고 실망하신 점에는 동정 않이 할 수 없더라.

〈1946년 12월 26일 목요일 晴天氣〉(十二月 初四日)

李泰俊 先生이 지은 「思想의 月夜」를 읽기에 맞추었다. 징글한 고상을 하여가면서 自己의 숙망에 뚫고 향하려는 결심에 지성이면 감천이라고 기여히 성공하고야 말려는 훌륭한 인대는 누구나 다 갖어야 할 것이라고 믿는 바이다.

〈1946년 12월 30일 월요일 晴天氣〉(十二月 八日)

長篇小說 李泰俊 先生의 지음 「靑春茂盛」을 맞추었다. 묘하게 쓰기와 잘도 이론적 타파에는 先生의 훌륭하신 문학계에 계신 덕행을 다행으로 생각하며 많은 小說을 지으시기 우러러 바라지 않을 수 없다. 특히 學校 敎育을 담당하고 있는 敎育者들은 (國民學校 敎師는 그다지 크게 느끼지 않지만) 모든 사물에 원리적으로 훌륭히 통하여야 할 것이며 인생관이라든지 중청년의 남녀심리를 알고 또 그에 대한 처리 방도와 각기 심리에 따라서 고처 주는 지도법 등을 공부하여야 할 것이라고 생각 든다.

옛 일기를 우리말로 정리하기로 결정하였다.

〈1946년 12월 31일 화요일 晴天氣〉(十二月 九日)

세상이 어지럽고 소란스럽고 인심이 사나운 1946年이라는 해도 오늘로써 끝을 졸르게 되였다. 서산에 넘는 해 빛을 보며 일 년 동안을 살작 돌이켜 생각하지 않을 수 없다. 봄부터 일어난 「호열자」(고레라[콜레라]) 병은 가을 찬바람이 일을 때까지 방방곡곡에서 사람의 마음을 졸인 것이다. 그 외 손림[손님, 즉 천연두], 장감병[장티푸스] 같은 질병도 연달아 꼬리를 감추지 않이 함으로 하루 한시를 안심치 못하였든 것이다. 각 병 방역에 여행이 금지되며 악행동의 무리가 각지마두 일어남으로 야간의 통행을 금지하였든 것이다. 각종 물가는 한없이 올으며 商品(상품)의 품질은 형식인 것이 많었었다. 교통기관의 제반 형태는 이로 형현할 수 없을 만치 가여웠든 것이다. 농작물은 풍년이라 할 만치 잘 되였었든 모양이나 쌀자루를 옆에 끼고 마을로 나오는 사람들이 일년을[5]

5) 이 해의 일기장은 앞뒤 표지가 온전히 남아있기는 하나 내용을 기록할 수 있는 마지막 지면은 여기에서 끝난다. 이후의 내용을 따로 적어 두었을지도 모르나 현재 남아있는 원본에서는 발견되지 않았다.

1947년

〈앞표지〉

4280년 日記帳

〈1947년 1월 13일 월요일〉(12월 22일)[1]

「許生傳」을 읽었다. 글 읽기를 매우 좋아하는 이더라. ○○부자의 마음 또 묘한 말을 쓰고 있다(낯모르는 사람에게 순순히 돈을 꾸어준 것). 안성장의 실과를 전부 매입하여 큰돈을 버렸으나 만민을 위하여 싸[쌀] 장사는 않이 하였든 것이다. 끝으로 제주도에 가서 살았다는 것이다.

〈1947년 1월 16일 목요일〉(12월 25일)

「물은 고이는 데만 고인다」는 말이 있기는 하다. 인간생활에도 그러할까. 그러한 점이 많이 있다고 볼 수가 있지 않은가? 아- 굼주리는 농민이여!! 해마도[해마다][2] 해마도 피땀을 흘려가며 노력하되 생활형편은 여전하다. 이유는 있다. 확실한 노릇이다. 머슴사리와 마찬가지이기 때문이다. 오늘 다시 나는 마음깊이 느낀 점이 있었든 것이다……. 신한공사의 ○○직원과 이야기하였다. ○○면장과 이야기하였었다. 과연 나의 의지는 틀림이 없었든 것이다.

〈1947년 1월 20일 월요일〉(12월 29일)

어찌면 그렇게도 힘을 못 펼까. 우리 대출 할머니 댁의 간구사리[3]에는 조선 내의 빈민생활 상태의 대표될 만한 표시라고도 볼 수 있을 만하다. 오늘도 놀러 갔다가 가슴깊이 파고드는 느낌이 있었든 까닭이다. 머리가 긴 10촌 아우들에 이발을 하여 주었다. 날뛰며 기뻐하더라.

〈1947년 1월 21일 화요일〉(12월 30일)

생각할수록 뼈가 저리는 듯 머리가 제 정신을 잃고 넓은 벌판을 헤매는 듯하다. 옛옛 생각에 보고지고 보고지고 우리 숙부 보고지고 우리 숙모 보고지고. 엇저녁의 꿈에 나는 자근아버지 자근어머니의 얼굴을 확실이 보았다. 그러

1) 이 해의 일기는 년도 없이 월과 일, 그리고 괄호 안에 음력 날짜를 적고, 이어 요일을 적은 다음 줄을 바꾸어 내용을 기록하는 형식으로 되어 있다. 거의 모든 내용이 한글로 적혀 있으나, 요일만은 한 글자씩 한자로 괄호 안에 표기되어 있다.

2) 저자는 일기 전반에 걸쳐 '~마다'를 '~마도', '~마두'라고 적고 있다. 지역 방언형으로 보인다.

3) 艱苟+살이. 가난하고 구차한 생활을 뜻한다.

나 그려낼 수는 없다. 모르는 듯이 안다. 아-언제나 보일른지……. 우러러 빌 뿐이다. 만날 날을.

〈1947년 1월 22일 수요일〉(정월 초하루)
설을 마지하였다. 작년의 오늘은 백부님께서도 같이 이 날을 지냈건만 오늘은 그렇지 못하였다.
차례를 마치고 성묘를 하였다. 오후에는 우리 종형제, 재종형제(자랑할 만한 장정 열 명)가 동레 어른들께 세배를 다니었다.

〈1947년 1월 27일 월요일〉(정월 6일)
한 달이 훨신 넘었든 동기 방학이 지나서 오늘부터는 공부가 시작되게 되었다. 오랫동안 만나지 못하였든 아동들의 얼굴을 마지하며 새 출발을 하게 되니 기쁘기 한량없더라.
방과 후에는 윷을 자미있게 놀았든 것이다.

〈1947년 1월 28일 화요일〉(정월 7일)
금계까지 갔었다. 무이대부(奎鍾 氏)의 작고에 조문 때문에이다. 내물[냇물]이 매우 차더라(다리가 없는 까닭).

〈1947년 1월 29일 수요일〉(1월 8일)
공부를 마치고 강서면 내곡리까지 갔다. 외숙들 집에 간 것이다. 오늘 저녁에 외조부 기고[4]가 들기 때문이다. 외숙께서 매우 반가워하시며 있는 힘으로써 위로하여 주더라.

4) 해마다 사람이 죽은 날에 지내는 제사, 또는 그 날을 가리키는 말이다.

〈1947년 2월 2일 일요일〉(1월 12일)
요번 겨울을 당하며 오늘이 제일 추운 듯하다. 하루 종일의 온도가 평균 영하 10도쯤이나 나려간다.

〈1947년 2월 3일 월요일〉(1월 13일)
남녀 간의 사랑은 이성의 성욕 사랑이 태반이었만 원수를 사랑하고(간호부가 어느 병자이거나 같은 마음으로 사랑의 치료를 하는 것과 같이) 세상 사람에게는 누구에게든지 차별없는 사랑이어야 한다는 것이다. 이광수 지음 「사랑」의 후편을 읽었다. 안 박사와 순옥 사이의 사랑은 서로 앞길을 사랑하는 마음씨었다. 몸을 서로 멀리 하려는 사랑은 인간의 사랑 중에 썩 두물이라고[드물리라고] 생각하는 바이다.

〈1947년 2월 4일 화요일〉(정월 14일)
노정의 모친은 금계로 갔다…… 산월 달이가[달이기] 때문이다. 낮은 아무 느낌 없이 그냥 저냥 지났다. 밤이 돌아온 것이다. 말게 개인 날씨었다. 숙직실에서 있을 수가 없어서 밖으로 나갔든 것이다. 꽃밭이었다. 앞뒤 넓은 들의 제방은 꽃밭으로 보기 좋게 변하였든 것이다. (정월 개보름날[5] 제불여[6]) 하는 아해들의 기쁜 목소리가 여기저기서 들려오더라. 나는 무엇인지 모를 만치 정신을 노처 버렸었다. 우리 조선 풍속의 아름다움에 감사의 뜻이 가슴

5) 정월 대보름날 개한테 음식을 먹이면 그해 내내 파리가 끓고 개가 쇠약해진다고 여겨 개에게 먹이를 주지 않던 풍습에서 나온 말이다.
6) 정월 대보름날 쥐불놀이를 하면서 외치던 "쥐불이야"의 방언형 표현으로 보인다.

속 깊이 삭여젓든 까닭이리라. 나는 달빛의 시장을 두어 번 왔다 갔다 하였다. 바람은 조금 차지마는 추운 줄을 몰랐었다. 어렸을 때부터 이 보름 명일을 하도 자미있게 지내왔든 까닭인지도 모른다. 이 기쁨을 어찌하리. 달빛 저 달빛 차지도 않은 저 달빛 집집마두 희미한 밤연기가 올라간다……. 먹을 떡 산신제떡 터주떡 제사떡을 찌느라고이다. 열한시쯤 되니 떡 날르는 아해들과 처녀(이 집 저 집으로)는 나묵신 소리도 가볍게 뛰어다닌다. 벌서 길바닥에는 액을 때우는 방법의 제공물이 노여 있다. 조용하고도 변화한 오늘의 명절이다. 지금과 같은 이 쾌감과 기쁨을 어찌할고. 밤아 새지 말아라. 달아 가지 마라.

〈1947년 2월 5일 수요일〉(1월 15일)
오늘은 대보름이다. 아침에 기도를 디렸다. 무엇한테 비렀는지도 모른다(부모님의 무사하시믈, 집안이 무고하믈, 노정 모친의 순산하믈, 나의 직장을).
날이 밝아 해가 뜨니 각 동네의 새닥내와 각씨들은 꽃이 되여 떼를 저서 다닌다. 늘도 뛴다. 남자들은 술과 떡을 진탁 먹고 춤추고 노래한다. 사랑간에서는 윷을 놀고도 있다. 오늘은 누구의 집에서도 음식이 풍족한 모양이다. 학교도 휴업하였었다. 오늘도 기쁘게 잘 노랐다. 소설 「다정불심」을 읽어본 나는 이 보름명절에 더욱 취미를 얻은 것이다.

〈1947년 2월 8일 토요일〉(1월 18일)
이과 시간에 재미를 보았다. 6학년 생도의 전기에 관한 공부. 재료 관계로 충분한 실험을 이루지는 못하였것만 많은 취미를 갖고 공부하는 마음이 보이어서 기뻤다. 흥에는 과학 공부에 더 비할 데 없다고 생각하였다.

〈1947년 2월 10일 월요일〉(1월 20일)
청주부까지 출장하였다. 다녀오니 날이 저물었다. 아우가 집을 지켜주고 있었다. 잠도 같이 잤으므로 적적하믈 면하였다. 형을 대접하는 마음 항상 변함이 없으믈 사례한다.

〈1947년 2월 14일 금요일〉(1월 24일)
이광수 선생 지음 「사랑」의 前편을 읽기에 마추었다.

〈1947년 2월 17일 월요일〉(1월 27일)
현진건 선생 지음 「무영탑」 읽기를 마추었다.

〈1947년 2월 23일 일요일〉(2월 3일)
잡기장에 이것저것 두서없이 그려 보고 있을 지음에 아우가 금계에서 왔다. 저의 형수가 생남하였다는 것을 기쁜 듯이 전한다. 순산이었다는 것에 안심이 되었다. 생녀하기를 나는 바랐든 것이다. 그러나 삼남이 되고 마랐다. 어제 밤 열한시 반경인 모양이다. 「가난한 놈 자식 많다」라는 말이 있잖은가? 그러나 나는 다행으로 생각한다. 다음번에는 누구일까?

〈1947년 3월 13일 목요일〉(2월 21일)
노정 모친이 금계에서 왔다. 정월 14일에 갔다가 몸을 풀고서 오는 것이다. 유아는 어머님께서 안고 오셨다. 한 달이 넘는 동안에 나는 자취를 하였었다.

〈1947년 3월 21일 금요일〉(2월 29일)

방과 후에 직원회가 열리었다. 모든 회의사항이 예정대로 진행이 된 후 마주막의 교장선생의 이야기에 머리가 쭈뼛함을 느꼈다. 학급 담임이 변경되 온 까닭이다. 1학년을 담임하였든 차에 의외로 5학년을 담임하게 된 것이다. 하여 마찬가지 힘을 내여 하여 보리라는 결심을 갖았다.

〈1947년 3월 22일 토요일〉(2월 30일)
6개월 전에 온 이병희(李丙熙) 선생이 각리 학교로 전근이 되어 방과 후에 그 송별연회가 있었다.

〈1947년 3월 23일 일요일 晴天〉(윤 2월 1일)
어머니께서 오셨다. 구내에 가서 생선을 사고 있는 반찬을 장만하여서 술 한 병을 갖다가 대접하였다. 좋은 반찬은 없으나 어머니께서 만나게 잡수시는 듯하여 마음속으로 한량없이 기쁘더라. 오늘 날씨는 매우 따뜻하여 봄 향기를 주고 있다.

〈1947년 3월 30일 일요일 晴天〉(윤 2월 8일)
다리가 몹시 아파 골란이었으나 괴로우믈 무릅쓰고 길을 걸었다. 조치원까지 가서는 허벅다리가 한 짐은 되는 듯하다. 홍농원에 들어가 직원 하나와 같이 원전부를 구경하고 나왔다. 학교의 화단에 상록수를 심어 보려고 우선 가격과 모양을 본 것이다.

〈1947년 4월 3일 목요일 曇天〉(윤 2월 12일)
노래에 있는 말과 같이 인생 일생 춘몽이믈 다시 놀랐다. 사십 내외의 족숙 한근 씨께서 작고하여 발인이 오늘이라는 기별이 잇어서 수업을 마추고 금계로 간 것이다. 내환 때문에 약 지으러 가다가 번말 다리에서 떠러저 물에 빠아 죽었다는 것이다. 물 깊이도 오금장이밖에 다찌 않는 물이다. 이상도 하고 놀랍기도 한 일이지. 마음씨 좋기로 유명한 아저씨었다. 소생의 내영이는 지금 오학년이어서 내가 담임하고 있는 학급에 다닌다.

〈1947년 4월 5일 토요일 晴天〉(윤 2월 14일)
"산아 산아 조선 산아 옷 입어라 옷 입어라 비단 때때옷 입어라." 학교시대에 이런 노래를 배웠고 또 학교림에 식목도 하여 보았었다. 해방 이후에 우리나라 산이 얼마나 손상이 되였는지 가히 숫자를 모를 만치 막대하다. 산마다 발가숭이가 되여 있다. 수년 전에 사방공사를 하여서 어느 정도 지서 있는 곳도 다시 사방공사를 부르게 될 만치 가련하게 되었다. 참으로 한심 아니 할 수 없다. 이것 한 가지로도 나에게 자극(刺戟)을 심히 높인다. 오늘은 담임생도와 육학년과 사학년들이 호죽리의 학교림으로 낙엽송 3000주를 심으러 간 것이다. 지금으로부터 7, 8년 전에는 송충이도 잡으러 왔었고 오늘과 같이 식목하러도 왔든 곳이므로 옛 생각에 사무치어 정답기가 한량없더라. 상상봉까지 올라가 아래를 내려다보니 우리 학교림이 근방에서는 제일 높은 듯싶더라. 우리들이 심은 나무, 우리의 선배들이 심은 나무가 산골짜기마두 욱어저 있으믈 보고도 반가웠다. 새태박이[세살박이]도 많아서 지슨[7] 산이라고는 하지 못하겠드라. 나무 심기를 마추

7) '짓다'. '나무나 풀 따위가 무성하게 나다'는 뜻의 충북지방 방언이다.

고 아동들을 점심 먹이며 동무 몇 사람과 옛 이야기를 끄내기도 하였었다. 생도를 해산시키고 민씨들 집에서 점심을 대접하므로 사양치 않고 맛있게 먹었다. 우리들을 위하여 닭까지 잡았든 모양이어서 폐를 많이 기치는 점에 마음 깊이 사례를 하였다. 옛 친구 몇 사람을 만나서 가재 철렵[천렵(川獵)]도 하고 노래도 부르고 주안을 하두 많이 차려주므로 잘도 노랐다. 달밤에 호죽을 떠나 오미까지 오니 술이 얼반은 깨여졌는지 골머리가 띵하더라.

〈1947년 4월 9일 수요일 晴天〉(윤 2월 18일)

침을 삼키려면 한 손으로 입을 막고 목을 꾸뻑하여야 넘어가든 목병이 오늘에 와서는 차도가 있는 듯하다. 물론 음식 먹기에는 몹시 괴롭다. 나의 직무관계로 어느 정도 2, 3일간 뇌심하였더니 그 까닭인 듯도 하다. 소곰물로 자주자주 적시었드니 차차로 나어가는 듯하다. 처음으로 이런 병에 고통을 당하는 것인 듯하다.

〈1947년 4월 11일 금요일 晴天〉(윤 2월 20일)

나의 목우치 실습지에다가 고추씨를 파종하였다. 작년에는 고추를 소두 일곱 말 가령 땄든 것이다. 기시미라는 버러지 때문에 재배하기에 많은 공이 들었든 것이다. 금년에는 얼마나 딸른지는 모르나 경작면적은 작년보다두 더 넓다. 잘 되기를 마음속으로 빌며 씨앗을 디렸다.

〈1947년 4월 13일 일요일 晴天〉(윤 2월 22일)

요새는 봄 씨앗 디리기에 가장 적당한 시기이다. 마침 일요일이어서 오늘은 땀 빼기를 작정하고 삽을 들었든 것이다. 좋은 땅이 못되고 진흙이어서 파 엎기에 매우 힘이 들었다. 점심 때 까지 땅을 파니 허리도 앞아지고 허벅다리도 둔하여지드라. 점심밥을 먹고 나니 더욱 피곤함을 느꼈다. 오늘이야말로 각오하였든 날이어서 삼태기에 퇴비를 넣어 바쁘게 왔다 갔다 하였다. 감자 씨를 약 한 말 반 가량 무덨다. 오후 세시쯤 하여 일을 마추고 재로 분발랐든 손과 발을 찬물로 씻고 나니 그 개온한 마음은 이를 때 없더라.

어제는 달걀을 15개 앙겼든 것이다.[8]

〈1947년 4월 14일 월요일 晴天〉(윤 2월 23일)

"아비의 죄를 용서하여라." 급한 일을 당하면 오히려 침착하게 태도를 취하여야 한다더니 그렇지도 못한 나는 일을 저질렀든 것이다. 학교일을 마추고 돌아와 노현이의 이발을 하였섰다. 이전까지는 머리 깎을 적마두 온 발광을 하든 녀석이 잠잫고 있다. 귀업기도 하여서 "예뿌다 예뿌다." 하면서 깎이를 마추었든 것이다. 다음에 노원(원자)이를 담발[단발] 하려고 기계를 대다가 골 부리기에 기계로 머리를 따렷든 것이다. 옹골지게 맞았든지 상착이 나서 피가 샘 솟 덨하더라. 상처에 손을 대 보니 상당히 다쳤으믈 알린다. 병원에 가서 수술한 뒤에 나는 생각하였다. 자식에 대하여 심히 구웠든 것을 반성 아니 할 수 없더라. "용서하여라."[9]

---

8) 이 문장은 앞 문장과 구분하여 둥근 괄호 모양의 점선을 그려 넣은 후 따로 기재하였다. 잉크 색도 이전까지의 푸른빛과는 다른 검은빛이다.

9) "상처에 손을 대 보니" 이하 문장부터 이전까지 써오던 푸른빛 대신 검은빛 잉크로 바뀌어 있다. 이후 일기 내용 모두가 검은빛 잉크로 기록되어 있다.

〈1947년 4월 16일 수요일 晴天〉(윤 2월 25일)
"만나자 이별이라" "정들자 이별이라" "만나는 것은 이별의 초음이라" 이러한 노래나 또는 격언으로 보아서 사람은 만났다가 서로 이별하는 수가 평생에 많기도 한 모양이다. 더구나 관청생활 하는 사람에게는 더욱 이별이 심한 것을 각오하는 바이나 그때마두 섭섭함은 매한가지더라. 나의 모교를 위하여 노력하여 주시든 "이임조" 교장선생님께서 금번에 영정학교로 가시게 되여 오늘은 송별연회가 있었든 것이다. 동 직원이었든 "이채숙" 선생도 내곡학교로 전근이 되는 것이었다. 금일의 연회는 참으로 성대하게 베풀었든 것이다. 전 직원이 만족히 권하며 축하도 하고 위로도 하여 디렸든 것이다. 해방 후 모든 기관이 갈 바를 모르고 어리둥절하였으며 인심 기타가 물란하여저서 우리 교육게에도 그 영향이 많았든 것이다. 때에 이 교장께서는 모든 고통을 도타하여서 우리 학교를 위하여 경영에 힘써 주셨든 것이다.

〈1947년 4월 17일 목요일 晴天〉(윤 2월 26일)
터밭에 시금치와 상추 씨앗을 디렸다. 학교 수업이 끝난 후 면 주최의 학교장 송별연회에 참석하였다. 오후 네 시쯤 하여 이 교장이 출발함으로 아동들을 다리고 앞 제방까지 전송하였다. 마지막으로 이별할 때(배가 떠날 때) 생도들이 만세소리를 높이어 이 교장의 행복을 비니 이 교장께서는 얼굴 전면이 붉어지며 눈에 눈물이 어리었으믈 우리의 눈에 띠인다. 이러한 감상은 우리의 교육자만이 맛보는 것이다.

〈1947년 4월 18일 금요일 晴天〉(윤 2월 27일)
아침 일즉이 호박씨, 아옥씨, 오이씨, 옥수수씨를 심었다.

〈1947년 4월 19일 토요일 晴後曇天〉(윤 2월 28일)
수업을 마추고 방과 후에 금계로 갔었다. 어머니 아버지를 뵈옵고 봉사공 할아버니의 아우되시는 분의 산소를 사초하는 곳으로 가서 한참동안이나 구식에 젖은 유교, 사대사상 봉건적한 사상이 두터운 몇 분의 할아버니들과 다투드시 이야기하였섰다. 유식하고 너그러운 말슴에는 감복하였든 것이나 연대를 아직 모르시는 양반들이라고 나는 믿었다.
저물은 저녁을 먹고 오미로 급히 돌아왔든 것이다.

〈1947년 4월 21일 월요일 晴天〉(3월 1일)
새루 오신 교장선생님을 마지하였다. "강민선" 교장선생이라 한다. 원자의 머리 상착은 아직 낳지를 안는다. 도리여 던나는 모양이다. 병원에 가서 간단한 치료를 다시 받았다. 원자 모친도 어제부터 얼굴에 좁쌀만큼 도톨도톨한 것이 발생되여 오늘은 병원에 가서 약을 발랐으나 밤까지 아무 효력이 나타나지를 않는다.

〈1947년 4월 23일 수요일 晴天〉(3월 3일)[10]
오늘 아침까지도 원자 모친의 얼굴에 발생된 병은 조금도 차도가 없다. 조반 후에 한의 정○○씨에게 가서 침을 마잤다. 원자 모친을 잔뜩 부뜰었으나 역시 내 몸까지도 달달 떨린다.

---

10) 날짜의 "23일" 이하 내용이 다시 푸른빛 잉크로 기록되어 있다.

온몸에 소롬이 쪽 기치는 것을 깨달았다. 모든 치료를 끝난 후 학교에 돌아오려 하나 다리가 웬일인지 덜덜 떨리어서 헛전헛전 하여진다. 오늘은 마침 우리 학교에서는 춘기 원족을 하게 된 것이다. 여러 선생들은 나를 보고 몸이 괴로우냐고 뭇는다. 몇 시간 전에 원자 모친이 무시무시한 침을 맞게 되여 나의 얼굴색이 변하여졌든 모양이다. 아무 연고 없는 듯이 나는 생도를 인솔하여 동림산으로 향하였다. 3학년 이상은 전부이다. 사거리 못미처 가서는 나의 가슴이 쓰라리믈 느꼈다. 아버지께서 흙 지게를 지시고 피땀을 흘리시며 제방공사에 군을 스시는 것이다. 뛰어가서 아번님의 지게를 달래어 지고 싶었든 마음이 가슴 가뜩이 올라감을 눌렀다. 오늘은 마침 3월 3진이어서 동림절에는 부녀들이 백치알[11] 츤 것 같더라. 절에서 어머니도 만났다. 상상봉까지 올라가서 망원경으로 사방을 바라보는 것도 한 쾌감을 주더라. 점심 후에 다시 절에 와서 놀았다. 절에서는 우리에게 점심을 대접하더라. 또 가좌 각교에서도 원족을 하여 왔기에 직원들 사이에 새 인사를 하고 많은 진미를 같이 먹었든 것이다. 오다가는 사거리 주막에서 장시간에 걸처 놀다가 오미까지 오니 오후 열시이더라. 원자 모친의 얼굴은 분데다가[부은 데다] 거문 약을 발라서 보기에 매우 딱하기도 하고 숭칙도 [흉측도] 하더라.

〈1947년 4월 25일 금요일 晴天〉(3월 5일)

안식구의 얼굴에 일어난 단은[12] 침이 효력이 나타낟는지 더 벙기지는 않았 모양이나 역시 불그스름하고도 뚱뚱 부었다. 속히 풀리도록 못하는 나의 불열성함을 속으로 부끄러히 생각할 따름이다. 어제도 수십 대의 침을 맞고 오늘도 맞았것마는 엄살이 없는 안해의 굳센 마음과 인내력이 센 점에는 나의 배울 점이라고 생각이 되며 한편 미안한 생각이 금치 않더라.

〈1947년 4월 27일 일요일 晴天〉(3월 7일)

원자 모친의 병은 확실히 잡힌 모양이어서 부기가 상당이 나린 듯하였다. 그 동안에는 다리로 팔로 벙기였으나 괴로움을 참고 좆는 바늘침에 지지 안했던 것이므로 속히 치료가 되는 모양이다.

〈1947년 4월 29일 화요일 晴天〉(3월 9일)

풀잎사귀에는 이슬이 방울방울 구슬같이 매달렸고 안개는 자욱하게 끼었다. 윗도리 양복을 벗어 억개에 걸치고 펄펄 뛰어갔다. 숨이 헐떠거리어도 참고 뛰어갔다. 하누재 넓은 벌판을 펄펄 뛰어간 것이다. 오늘은 돌아가신 백부님의 생신이라고 하기에 오미장에서 아침 시간을 대려고 바쁘게 간 것이다. 상식을 올리고 학교에 출근하니 시업 전 30분이더라. 땀을 씻고 한숨을 둘른 후에 나의 자리로 갔다.

11) '치알'. '차일(遮日)'의 방언이다. 흰옷을 입은 부녀자들이 많아 하얀 차일을 친 것 같더라는 뜻이다.

12) 밑줄은 원문에 그어진 대로이다. 이하 원문에 밑줄이 그어진 부분은 출판본에서도 밑줄을 그어 표시하고 따로 설명을 덧붙이지 않되, 가령 일기를 적은 필기구와 다른 재질이나 색상의 필기구로 강조한 경우에는 각주를 달아 설명하기로 한다.

〈1947년 4월 30일 수요일 晴天〉(3월 10일)
시장에 있는 학교 숙사로 반이를 하였다. 학교 숙직실 생활도 오늘로써 끝을 마춘 모양이로구나. 숙사(주택) 난으로 곤란을 받고 있는 직원이 몇 사람 있는 형편이어서 모 직원에게 이사하도록 기권하였으나 여러 선생들의 권고로 내가 들어온 것이다. 방으로 부엌으로 복도로 마루로 어점부리하게 늘어 논 것을 밤새도록 치우고 대강 청결을 하였으나 그리도 개온하지 못하였다. 일주일간 날마두 조금씩 정돈하기로 작정하였다.

〈1947년 5월 1일 목요일 晴天〉(3月 11日)[13]
학교 모자리판 할 곳이 적당치 아니 하여서 여러 가지로 궁리하였으나 좋은 곳을 얻지 못하였다. 결국 학교 실습답 한 곳을 물 품어 올려 가지고 만들기로 하였다. 소와 쟁기를 구별치 않고 담임 학급생(5학년)들에게 삽으로 모조리 파기로 하였다. 4시간가량 열심으로 한 결과 묘자리판 같이는 되었다.

〈1947년 5월 22일 목요일 晴天〉(4月 3日)
아침 일직이 스리퍼 소리도 바쁘게 강당에 왔다 갔다 하는 것은 가장 교육자로서 기쁨을 품고 다망함을 느끼는 학예회라고 아니 볼 수 없는 것이다. 해방 후 처음 행하는 대사인 만큼 많은 연구를 싸아 연습하였든 관계인지 참으로 잘 되었었다. 관중에서 나를 잃고 생도의 일 동작을 열심히 보고 있을 때 나는 자랑의 기쁨에 가슴이 벅찼었다. 오늘의 감상은 별책에 적기로 하여 일기장은 일로 표하노라.

〈1947년 5월 25일 일요일 晴天〉(4月 6日)
백모래톱에서 저즌 빤쓰대로 앉아서 약주 한 잔에 모래모지[모래무지] 한 마리 고추장에 찍는 것도 별게의 흥미라 볼 수 있다. "직원 일동이 내안(川內라는 부락)으로 천렵을 간 것이였다." 오늘의 자미있었든 것도 별책에 올리기로 하여 이만 두노라.

〈1947년 5월 3일 금요일 晴天〉(4月 11日)
웬일인지 비가 아니 온다. 농촌의 아버지들은 나날이 비를 기다린다. 학교 모자리판에도 "물 물" 하고 있다.

〈1947년 6월 3일 화요일 晴天〉(4月 15日)
문맹퇴치의 한글 강습이 전국적으로 실행하게 되었다. 동포에 오늘 저녁에도 나가서 격려와 지도를 하였다.

〈1947년 6월 10일 화요일 曇雨天〉(4月 22日)
청주부 동정학교에서 교육연구회가 열리게 되어 그리로 출장하였다. 새 교육법을 참관한 것이다. 내일까지에 본 연구회는 마추는 것이다.

〈1947년 6월 16일 월요일 晴天〉(4月 28日)
어제 밤에 비가 조금 나리었든 것이다. 아침 일직이 고추 모종을 하였다. 인분도 주었다.
우리 학교도 어느 정도 새 학교가 된 것 같으다. 건축 이래 고치지를 아니 하여서 기둥과 벽판이 썩어서 추하고 위험한 곳이 많았었다. 많은 경비를 써서 수선하였다. 매우 깨끗하고 완박해진 것 같아 마음이 개온하다.

13) 이 날부터 일기의 날짜가 한자로 기록되어 있다.

〈1947년 6월 20일 금요일 晴天〉(5月 2日)

학교일을 마치고 뛰어서 용수셈 들판으로 갔다. 오늘은 마침 본집의 모심기 하는 날이다. 10여인의 일꾼들이 상사디 소리를 높이어 열심이 심드라. 버서자치고 나도 흙물에 발을 디디어 모첨[모춤]을 자브니 신선한 생각이라는 것보다 어려서부터 흙에 자라난 나는 한없는 유쾌감을 머리끝까지 느끼어지더라.

〈1947년 6월 25일 수요일 晴天〉(5月 7日)

송편달을 안꼬서 부락의 공민의숙(한글강습소)에 출장하였다. 시험을 뵈이었든 것이다. 어느 정도 깨달았다고 평할 수 있으나 글을 바다쓰기까지에는 아직 아직 머렀다고 느끼었다.

〈1947년 7월 10일 목요일 晴天〉(5月 22日)

아부지께서 병환이 계시다고 급보가 왔었다. 학교를 마치고 아우(재종형과 같이 정미소 하는)와 같이 급히 급히 집에 갔더니 아부지께서는 하루 동안에 매우 욕을 보신 것 같았다. 머리를 짚어보니 근 40°가령은 되는 듯이 뜨겁다. 급히 약을 다리어서 디렸다. 매년 여름철에는 속병(위장)으로 신고하시드니 지금은 몸에 열이 심하기에 더욱 걱정이 되더라. 밤새도록 아부지 옆에서 뜬 눈으로 새웠다. 통치되는 약은 디리지 못하고 다만 마음속으로 나시기를 비렀든 것이다.

〈1947년 7월 16일 수요일 晴天〉(5月 28日)

아번님의 병환은 아직 차도가 없는 듯하다. 12日에도 14日에도 15日에도 방과 후에 가보았으나 늘 병세는 한결같다. 오늘은 마침 전동의사가 왔기에 진찰과 치료를 받으시게 하였다. 의사의 말에는 그다지 위중하고 위험치는 않으니 간병이나 잘 하고 무윰[미음]이라도 긑이지 말고 디려야 한다는 것이었다.

〈1947년 7월 22일 화요일 雨天〉(6月 5日)

빠른 세월은 쉴 새이 없이 흐르는 모양이다. 본교 제25회 졸업식(해방 후 제2회)을 거행하였다. 송사, 답사, 졸업식 노래, 끝다발 받기, 책 물려주기 등에는 가슴을 억제할 수 없이 요동시키며 침 너머가기에 매우 힘을 디리게 한다. 이 맛은 교육자가 아니면 느낄 수 없는 맛이다.

〈1947년 7월 23일 수요일 雨天〉(6月 6日)

어제부터 나리는 비는 계속되어 나린다. 집에 가는 데에도 내물이 매우 깊어서 건느기에 힘드렀다. 아번님의 병세는 오늘까지도 마찬가지이더라. 속히 완치되도록 하지 못하고 아픈 심신으로 지내시는 아버지 가엽스기도 하고 자식으로써 머리가 숙으러지더라.

〈1947년 7월 24일 목요일 雨天〉(6月 7日)

어찌나 비가 많이 왔던지 새벽에는 장태 사람들이 비를 마지면서 뛰여다니는 듯 들려온다. 어느 곳의 방채가 상하였거나 논이나 밭에 물이 들었거나 하여튼 급한 일들이 생긴 모양이다. 나도 급히 일어나서 학교로 조차갔다. 역시 큰비였었다. 다리는 모두가 꾸여졌다. 산골짝의 똘 옆의 뚝도 전부가 터저 버렸다. 학교의 가교사도 쓰러져 버렸다. 조그만 개울도 건늘 수가 없이 물이 벅차 흐른다. 앞의 들은 바다와 같이 되였다. 점심때가 되어 겨우 비가 글이더라.

〈1947년 7월 28일 월요일 晴天〉(6月 11日)
신봉급령의 사령장을 받았다. 「8급 4계단」. 아번님의 병환은 아직까지도 차도가 계시지 않다.

〈1947년 8월 1일 금요일 晴天〉(6月 15日)
요새도 급작시리 쏘낙비가 쏟아지는 일이 많다. 그젂에도 왔었고 어제도 왔었다. 오늘은 마침 개인 날이다. 6학년생을 소집하여 특별지도를 하였다. 방학을 시작한 지 1주일이 되어간다. 오늘부터 十日간 소집하여 모든 교과를 연구 보충하기로 작정하였다. 약 5시간 가령 공부를 하고는 전교 청소를 6년생이 하였든 것이다.

〈1947년 8월 6일 수요일 曇天〉(6月 20日)
비는 역시 가끔 가끔 나리는 셈이다. 비가 하도 오기에 사람들은 진저리를 낸다. 가을 채소의 씨앗을 뿌릴 때가 되었겠만 날씨 관계로 시작하지 못하고 있다.

〈1947년 8월 10일 일요일 晴天〉(6月 24日)
아침 첫차로 청주에 가서 양복을 찾아 입고 10시 반 차로 조치원으로 갔었다. 모든 준비를 가추어 오후 세시에 급행열차로 서울로 간 것이다. 오후 6시에 남대문역에 도착되었다. 족형 계영 씨들 댁에서 유하기로 하였다. 금번에 수송국민학교에서 전국교육연구발표회가 있다는 것이어서 좋은 기회에 견학하러 간 것이다. 서울에 도착될 적에 제일 눈에 띠이는 것은 미군들이 많이 있는 것이었다. 해방 후로 우리 서울을 처음으로 간 것이다. 나는 우리나라의 잘됨을 빌고 또 빌며 시가를 걸었든 것이다(마음속으로).
(오늘부터의 5日간 일기는 別冊 旅行記에 올리기로 하고 다음부터는 그 후의 일기로 간다.)

〈1947년 8월 21일 목요일 小雨曇天〉(7月 6日)
세월은 빠르기도 하지. 백부께서 도라가신 지가 벌써 일주년이 되어 오늘은 소긔[소기(小朞)]를 올리게 된 것이다. 밤중까지 손님을 받기에 곤하기도 하였다.

〈1947년 8월 24일 월요일 晴天〉(7月 9日)
아침 첫차로 청주부 영정국민학교 강당으로 갔다. 금일부터 잇과 강습회가 있는 것이다. 사범학교 교장(최 선생)의 물상(物象) 강의는 나에 정도가 높은 듯하더라. 더욱 닦으려는 결심을 굳게 하였다.

〈1947년 8월 29일 금요일 晴天〉(7月 14日)
잇과 강습회는 오늘로써 마치게 된 것이다. 내용과 감상 같은 것은 별책의 강습기록장에 옴겼으므로 성략한다. 오늘까지 6일 동안 매일 기차 통근한 것이었다. 어제는 연초공장, 군세공장, 우편국, 방송국을 견학하였었다. 주로 이번 강습회는 과학교육 교수법에 대하여 서울서 오신 문교부에 계신 장학사 박만규 선생님께서 지도하여 주신 것이다.

〈1947년 8월 30일 토요일 晴天〉(7月 15日)
작년 이만 때에 부임하였든 본면 지서장 남정달 씨의 전근이 되어 오늘은 면 회의실에서 송별연회가 있었든 것이다. 이 연회를 마치고 방학 동안의 것을 정리하였다. 내일이면 끝나는 것이다. 방학 동안에 여러 가지 의문을 해결하였기 때문에 신학년도에서부터는 신출발을 하여 보려는 포부를 가진 것이다.

〈1947년 9월 1일 월요일 雨曇天〉(7月 17日)
오늘부터 신학년도가 시작되는 것이다. 단기 4280년도이다. 새로운 마음으로 오늘을 맞이한 것이다. 직원조회 시에 신년도 학급 담임이 결정되었다. 나는 6학년을 맡게 되었다. 열심히 갈고 닦고 연구하지 아니하면 안 될 것을 느꼈다. 사무는 후원회를 맡게 되었다. 해방 이후로 모교에서 후원회비 사무를 계속하여 본 것이나 국가적으로 경제난이 막심한 때이니만큼 학교 운영에도 많은 곤란이 있었든 것이다. 복잡하여지기에 골머리가 아퍼찌마는 모교에서 이러한 일을 돌파하여 나가는 것이 나는 영광스럽게 생각한다. 모교를 위하여 힘이 부족됨을 한탄하는 바이다.

〈1947년 9월 3일 수요일 晴天〉(7月 19日)
금년도 신입생 160명(2學級)의 입학식을 올렸든 것이다. 신입생의 학용품대, 입회금, 특지기부 등 수만 원의 거액을 세어서 금고에 넣어두었다.

〈1947년 9월 10일 수요일 晴天〉(7月 26日)
방학 동안에 연구하고 배웠든 「아동의 자학중심교육」을 실시하기 시작하였다. 전 학년 시에도 이 방면에 애는 썼으나 방법을 찾지 못하여 실패에 도라가고 마렀든 것이다. (내 힘으로 아라내자. 알려고 애쓰자. 모르는 것은 조사하자. 다른 사람에 물어보자. 어떻게 하면 좋을까 연구하고 생각하기로 하자. 누구든지 발표하자. 실지의 사물에 부닥치기로 하자.)

〈1947년 9월 11일 목요일 晴天〉(7月 27日)
신교육법을 강구하여 이미 몇 시간째이나 여의대로 자발적한 학습이라고 볼 수는 없으나 발표하는 태도가 매우 좋아질 듯한 공기가 보였든 것이다. 오늘은 퇴비증산에 힘쓰는 풀깎이를 하였다.

〈1947년 9월 21일 일요일 晴天〉(8月 7日)
일요일이지마는 전교생을 소집하였든 것이다. 운동회 연습 때문이다. 운동회는 9月 30日로 결정하였다. 추석 이튼날이 되는 것이다. 일주일 전부터 연습이 맹렬하다.

〈1947년 9월 26일 금요일 晴天〉(8月 12日)
운동회의 예행연습을 하였다. 6학년에서는 「농사짓기, 체조, 장해물경주 200m, 용감한 말쌈(騎馬戰)」이 있었다.

〈1947년 9월 27일 토요일 晴天〉(8月 13日)
소사 태룡이를 다리고 청주로 운동회 상품을 사러 갔었다. 상품은 학용품으로 마련한 것이나 물가가 고등하여 예산보다두 2000圓이 넘는 약 5000圓이라는 거액이 드렀든 것이다. 오후 8시의 막차로 나오는데 이석로 씨와 동반이 되었다.

〈1947년 9월 28일 일요일 晴天 後에 흐리었음 雨〉(8月 14日)
상품을 싸고 운동구를 재조사하여 수리수선

하기에 오늘도 매우 바빴었다. 오늘은 소위 작은추석이라고 이르는 날이다. 오후 해가 다 갈 무릅 하여 바람이 잠잠하여 지드니 구름이 온 하늘을 덮어놓는다. 거먹구름이 모이기 시작하여 비방울이 뚝뚝 떠러지드라. 모레의 대운동회가 열려되드니 두어 시간 후에 비가 긎이었든 것이다.

〈1947년 9월 29일 월요일 晴天〉(8月 15日)
새벽에 이러나서 집(금계)으로 간 것이다. 하늘은 역시 꾸믈꾸믈한 상태로 있다. 옷을 가라입고 백부님의 상식을 올리고 차례를 마치었다. 모든 행사가 끝난 후에 아번님께 많은 꾸중과 주의를 들었든 것이다. 일 개월이 넘도록 집에를 가지 못하였든 것이다. 더구나 아번님께서는 편찮으신 몸으로 계시는데……. (나는 마음속으로 아번님께 잘못을 비렀든 것이다. 불효의 이 자식은 언제나 참다운 자식노릇을 할른지……. 눈물이 비 오듯 함을 참을내야 참을 수 없었다. 아무리 하려도 고생으로 일평생을 지나시는 부모님!! 내가 부족하거는 노정모친이라도 만족한 효성과 완전한 인생의 길을 밟는 사람이었드면……. 그대 역시 나의 가슴을 약간 뜯어주는 사람이다. 나의 복은 이뿐인가? 항상 한심의 길을 발켜 씻으지 못하는 터이다. 어느 사람이고 장(長) 단(短)이 있는 것이지마는 항상 나는 느끼고 있는 바이다. 이것도 아마 나의 욕심인지도 모른다. 아번님 용서합소서라는 마음뿐이었다.)
집을 떠나 학교에 오니 직원 두셋이 운동장 준비에 분주하더라. 말뚝 박고 색기 느리고 솔문 세우고 만국기 느려보고 치얄 처보고. 나도 부지런히 협력하여 운동장 설비를 완전히 마치니 오후 5시 반이더라. (내일 날의 개임을 빌면서) 집으로(숙사) 도라왔다. 저녁에는 노명모친과 이런 이야기 저런 이야기를 분주히 느러 노았든 것이다.

〈1947년 9월 30일 화요일 晴天〉(8月 16日)
바람이 서늘하다. 어짜면 비는 피할 듯도 싶었다. 안개와 구름 때문에 하늘은 보이지 않았다. 애를 태우면서 아침 준비를 마치었다. 운동회가 시작되자마자 비방울 뚝뚝 떠러진다. 하늘 복판에는 거먹 이불을 덮어씨운 듯하였다. 애가 한없이 탔었다. 생도들은 빤쓰 하나의 몸으로 달달 떨고 있다. 갓을 빵 돌려싼 부형들은 혹시에 양산으로 바이고 학교 복도로 처마 밑으로 뛰어가니 정이 뚝 떠러졌었다. 어느 직원이고 하늘을 치어다보기에 수가 없다. 구경꾼들도 걱정하여주는 듯 구름 가는 곳을 살펴보드라. 20여분 후에 우리의 운동회를 알아보았든지 서편 한 쪽이 탁 터져 푸른 하늘의 한 점이 보이기 시작하드니 순식간에 거먹구름은 동쪽으로 다라나 버렸든 것이다. 밝근! 양지가 생도석을 쪼여주니 그네들은 두 손을 들고 조아하더라. 구경 온 부녀석에서도 다행인 듯이 아동석을 손가락질하며 흰 이를 보킨다. '딱'하는 피스톨 소리에 100m 달리는 씩씩한 어린이들이 한 패가 트락 선을 돈다. 따라서 북소리가 떵떵덩 마춰 주매 쾌활한 운동회는 막을 여른 것이다. (중간 략) 기운찬 응원가로 하로의 운동회는 무사히 마치게 되었든 것이다. 어제가 추석이었든 관계도 있겠지마는 둘레의 관람석은 화단과 같아였다. 점심시간의 상태는 붓으로 형용할 수 없을 만치 굉장스러웠든 것이다. 6학년생을 다리고 끝마감의 운동장 정리를 하였다. 모두를 정리하고 나니 무슨 큰 대사를 치룬 것 같아였다.

〈1947년 10월 5일 일요일 晴後曇 小雨天〉(8月 21日)
오후 2시까지는 채소밭을 까꾸고 점심 후에 집(금계)으로 갔었다. 앞들 똘에서 아번님께서 물고기를 잡으시고 계시길래 버서자치고 얼기미 뒤의 물을 바께쓰로 품어 넘겼다. 도중에 비가 약간 쏟아지나 무릅쓰고 계속하였든 것이다. 약 너덧 사발 가령 잡았든 것이다(새뱅이, 붕어). 저녁밥이 어찌나 맛이 있든지……. 아번님 옆에서 오늘 밤을 유하였든 것이다.

〈1947년 10월 9일 목요일 雨後曇天〉(8月 25日)
「한글날」이므로 공휴일로 되어 있다. 학교에 나가서 후원회 장부 정리를 하였다. 몇 일 전부터 사회공기가 안전치 못하고 주야로 떠들석한 모양이다. 이유는 정객들의 정당 문제인 모양인데 매우 맹열히 나가는 셈 같더라. 해방 이후의 우리나라는 한심할 노릇이 수없이 많다고 할 수 있다. 즉시로 훌륭한 건국이 될 줄 믿었기 때문이다. 그 후로 조선 전체에는 두 패로 크게 나누어진 모양이다. 즉 우(右)익과 좌(左)익으로……. 요새는 남조선 전체에 있는 좌익을 탄압하기로 된 모양같이 보인다. 독립을 방해하는 자를 깨닫게 한다는 것이겠지……. 하여튼 나라를 사랑하는 마음이 많을수록 각자 사상의 길을 맹렬히 밟아나가는 것이겠지!! 어서 독립을 찾도록 나도 마음속으로 합장하여 기다린다. 그러나 나의 찾을 길은 하나밖에 없는 것이다. 무엇이냐? 어린이를 훌륭하게 기르는 것이다. 새 나라의 일꾼이 되도록.

〈1947년 10월 12일 일요일 晴天〉(8月 28日)
국에 말고 김치에 비벼서 보기에 소담스럽게 후닥닥 한 그릇씩 치우는 것을 보고 나는 참 기뻤었다. 보리밥이나마 맛있게만 먹는다면 나는 만족하였다. 아…… 나의 아우들이라고 할까 자식들이라고 할까. 머리가 둥굴둥굴하고 몸이 거뿐하여 실내에서도 잠시를 입을 다무리지 않고 무엇인가를 지저귀는 그네들이다. 어제 그네들은 운동선수로 뽑히어 청주에 가서 훌륭한 성적을 얻고 도라와서 저믈기에 숙직실에서 자고 오늘 아침밥을 같이 하게 한 것이다. 교실에서 일단 떠나 동리 들판 같은 데서 그네들을 대하면 일종의 귀어움을 더 느끼게 되더라. 더 가까이 내 집 방안에 앉지고 보니 더욱 귀어워지더라. 그네들의 장래를 나는 소리 없이 비렀다.

〈1947년 10월 18일 토요일 晴天〉(9月 5日)
지나간 일요일에 큰 당숙모의 병세가 더욱 위중하시다는 소식을 듣고 즉시 갔었든 바 과연 기독상태에 계시더라. 내 손으로 무읍을 세 번 떠 너 디리기도 하였었든 것이다. 어제 밤의 꿈자리도 뒤숭숭하였지만 오늘 오후 4시경에 급보가 오니 당숙모께서는 별세하셨다는 것이다. 다년간 중풍으로 욕을 보시더니 회복되지 못하신 채 기어히 어젯날로 도라가시고 만 것이다. 학교 사무 정리를 중도에 마치고 급히 쇠재(본동)로 가서 나는 빙소 당숙모의 시체 앞에 엎드리어 엉엉 슬피 통곡을 하였다. 연세는 당년 60이신 모양인데 병환으로 약 10

년간 고생을 하시었다는 것이다. 불상도 하시지…….

〈1947년 10월 20일 월요일 晴天〉(9月 7日)
당숙모의 장례를 모시었든 것이다. 재종형제 10여인의 복인이 시체를 받드러 하관을 시켰든 것이다. 장소는 안끌이었다.

〈1947년 10월 21일 화요일 晴後曇天〉(9月 8日)
고 당숙모와 남매간 되시는 나의 장인께서 본댁으로 가시는 길에 나의 숙소에 들리시었다. 점심 한 기나마 극진히 대접할 량으로 힘썼으나 그저 그럴 많지 된 정도이더라.
오늘 수업에는 월전 교수법을 더욱 강조하여 자학자습의 훈련을 철저히 시켰든 것이다. 너머나 안존스러운 학습태도이기 때문에 변천을 하여 보려는 것이다. 역시 열등아는 열등아대로 뒤떠러지고 말더라. 한심할 노릇이다…….

〈1947년 10월 23일 목요일 晴曇雨曇天〉(9月 10日)
탈곡기 소리도 바쁘게 밟어 넘기는 우리 6학년들의 비지땀방울은 금과도 같고 은과도 같은 감이다. 이른 봄에 묘자리 때도 삽으로 파서 만드렀든 것이다. 심고 물 품고 매고 뜯고 피사리하고 비고 오늘은 타작까지 하여 일을 마치는 것이었다. 몬지를 더 쓰면서 풍구(風具)질하여 마당을 완전히 정리하니 오후 다섯시가 헐씬 넘은 해진 뒤었었다.

〈1947년 10월 25일 토요일 晴天氣〉(9月 12日)
오전 9시에 출발한 우리들은 동 11시 반에 청주 서문다리에 도착이 되었다. 새교육전람회(본도本道)가 어제부터 5일간 동정국민학교에서 열리게 된 것이고 오늘은 중학 운동장에서 국민학교 아동체육대회(육상경기)가 군 대항으로 개최되게 되어서 4, 5, 6학년의 견학을 위하여 보행으로 청주까지 갔었든 것이다. 넓이뛰기에 우리 이상원(李商源)이가 신기록을 내는 모양이어서 나는 기쁨을 참지 못하고 뛰어드러가 상원이를 붓뜰고 좋아하였든 것이다. 전람회장의 화려함과 작품의 진렬 상태는 해방조선의 처음 열리는 전람회이나 우리 조선의 어린이와·교사들의 재조를 미루어 생각아니 할 수 없게 놀래키는 점이 많더라.

〈1947년 10월 30일 목요일 晴天〉(9月 17日)
전교생이 장남 방면으로 소풍을 갔었든 것이다. 유심히 오늘은 따뜻한 볕을 우리에게 쫓여준다. 높은 돗대산에 올라서서 나려다 보았다. 이름에 맏드시 이 산은 묘하게도 배 모양으로 남북에 통한 시냇물이 둘러싸고 있다. 중앙의 제일 높은 봉우리가 돗대라는 모양이다. 이 근처에는 산들이 발가벗은 것으로 유명한 곳이다. 남쪽으로 바라볼 때만이 먼 산에 나무가 서 있는 듯이 약간 검게 보이나 그 외는 지도 보듯이 붉은 날맹이로 되어 있는 산뿐이다. 산은 첩첩이 솟아 있다. 맑게 개인 하늘 끝까지 수없는 산봉우리가 솟아 있다. 지구는 둥그렇다는 것이 생각난다. 지구는 이처럼 되어 있으면서도 공과 같은 모양이라 한다. 저 산 끝까지 가면 우리 삼천리강산은 이웃나라와 경계가 보이는 것인가? 나는 어제의 군수 영감과 경찰서장의 이야기가 생각났든 것이다. 군수 영감께서는 양심과 독립에 대하여 말씀이 계셨다. 동포애를 가저야 할 것이다. 책임진 일을 보아야 할 것이다. 나는 이곳에서도 무궁화 동산의 완전독립을 비렀다!!

〈1947년 11월 7일 금요일 晴天〉(9월 25일)

학교일을 오후 3시까지 마치고 반이하는 데 바뻤었다. 반이는 약 200m쯤 되는 것으로 하는 것이다. 면사무소 앞에 있든 숙사를 네거리 왼편 아래 서쪽남쪽에 있는 면 소유 주택과 교환을 하였든 것이다. 담임 6학년생 열 명이 와서 저녁 늦도록 조력을 하여 주었기 때문에 완전히 끝을 마치었든 것이다. 그네들의 열성은 어찌나 내 눈에 금은이 음즈기는 모양으로 아니 보일 수 없었다.

〈1947년 11월 9일 일요일 晴天〉(9월 27일)

대동천년단 옥산면단부 결성식이 열리었든 것이다. 나는 오늘까지에 이 진행부원으로 활약하게 되었든 것이다. 시장단부의 훈련을 담당케 되었으며 면단부의 정훈의 일단을 맡게 된 모양이다. 이 대동천년단이라는 것은 모든 좌우익 계통의 정당을 초월하여서 오로지 독립 전취에 일로매진하는 것인 모양이다. 학교교육을 책임지고 여유가 있다면 이 독립의 길을 점점 돆아서[돋워서] 이바지하련만은 그만한 열이 있을른지 의문되는 점이다.

〈1947년 11월 15일 토요일 晴天〉(10월 3일)

음력으로 10月 3日……. 4279년 전에 거룩하신 단군께서 백두산을 중심으로 우리 강토를 정하시고 모든 겨레의 살림사리를 돌보아 주시고 가리쳐 주시기 시작한 '개천절'이라는 국경일이다. 식을 마치고서 우리 6학년들은 시식회(試食會)를 베풀었든 것이다. 가진 준비를 마치고서 선생님들을 초대하여 맛있는 떡을 먹으면서 노래와 유희 마술 등을 자미있게 하여서 우리 눈에 뵈여 주니 가히 우습기도 하며 일편 맹랑하고 귀엽기도 하더라.

〈1947년 11월 23일 일요일 晴天〉(十月 十一日)

12대조 봉사공 하라버니의 시사가 오늘이므로 나는 어제 저녁에 금계 본집으로 갔었든 것이다. 7, 8년 만에 처음으로 시사 참사를 하게 되는 모양이다. 마침 이 하라버니의 시사 준비를 우리 집에서 하게 된 모양이어서 어제 저녁의 바쁜 일에 나도 노력을 하였든 것이다. 뒷동산에 엄중이 모시어 있는 산소는 많은 자손들을 나려다 보시며 앞길을 살펴 주시는 듯하다.

〈1947년 11월 25일 일요일 晴天〉(10月 13일)

나의 연구수업이 있었든 것이다. 6학년 사회생활과에서 국사인 "당나라를 쳐 물리침"이라는 교재를 다룬 것이다. 씩씩한 학생들의 조사발표가 끝나고 교사에 참고의 이야기를 부탁받은 나는 교단에 오르자 1천수백 년 전의 우리 하라버지들은 천하에 호령을 하려든 중국의 수(隋), 당(唐)은 구고구려를 몹시 두려워하여 오든 차에 싸움이 벅으러졌든 것이다. 꿋꿋하고 사기가 맹렬 용감스럽든 훌륭하신 하라버지들이어서 1차도 패망 없이 최후까지 크게 이겨옴에 대하여 지금 우리들이 어떠한 일에 어리석게도 벌벌 떤다 하면 조상에 대하여 매우 부끄러운 일이다. 그러나 용감한 피줄이 이제꺼지 나려온 우리들이인 만큼 우리들도 세계 어느 나라 사람한테도 짜히지 않는 재주

와 힘을 갖인 것이다라는 민족정신을 양성하려는 심사로 열렬한 말을 하여 주었다.

〈1947년 11월 30일 일요일 晴天〉(10월 18일)
요새 날씨는 매우 눅쪄서 일전에 나린 눈이 흠씬 녹았다. 길 가는 사람의 신바닥은 누덕누덕 묻은 진흙을 떠러 버리느려고 10발작에 한 번씩은 콱콱 굴은다. 금년에는 금월 18일에 "첫눈"이 꽤 나렸고 27일에는 본격적으로 나려서 온천지가 은세계로 변하였든 것이나 어제부터 매우 눅져서 철철 녹인다. 오래간만에 만나보는 공일 같다. 전 공일까지는 무엇 때문에 그리도 사분하였든지! 집에서는 콩 2말의 메주를 쑤기에 바쁘므로 어린 아해(노명) 보느라고 애썼다. 오후에는 학생들의 성적품 쳐리에 바뻤었다.

〈1947년 12월 1일 월요일 曇天〉(10월 19일)
겨울 날씨로는 상당히 푹한 쪽이나 흐리어서 기분이 개운치를 못하다. 밤새에 나린 눈이 철철 녹아서 길바닥은 몹시 철벅어린다. 점심때쯤 하여 아번님께서 오셨다. 추곡 공판날이어서 공출벼를 가지고 오신 것이다.
저녁에는 당숙 어른께 가 뵈옵고(윤경 씨) 여러 가지 형편이야기를 들었다. 오산시장을 떠나시는 재종형의 앞길을 또다시 나는 비렀든 것이다.

〈1947년 12월 3일 수요일 晴天〉(10月 21日)
일가친척이란 참으로 좋은 것이다. 더욱 객지에서 그 점을 극히 느껴지는 때가 많다. 오늘 아침에는 족숙 전의 아저씨(潤百 氏) 댁에서 시장에 있는 일가 사람들이 뫃여서 조반을 같이 하였든 것이다. 아저씨니, 형님이니 동생이니 족하니 하며 서로 권하며 먹는 중에는 무엇인지 뵈이지는 않으나 굵다란 인연 줄이 서로 얼켜 있는 듯함을 느끼게 되었다.
음 10월 21일 노정 모친의 생일이란다. 오래간만에 나는 생일백기를 하여 주었다. 국거리도 사고 생선도 조그마치 사서 어린 것들과 맛있게 나도 먹었든 것이다. 어린 것들이 넷이나 되는 그대는 잠시도 지기를 페지 못하고 주야로 뵈끼고 있는 것이다. 맞이가 9살 다음이 6, 3, 1살이어서 모두가 말꾸럭이뿐이다. 그렇거든 내라도 성심껏 도조하여야 할 텐데 신경질인 나여서 되리어 지청구를 할 뿐이다. 미안한 감이 가끔 날 때도 아주 없지는 않다. 오늘을 당하여 그대의 안녕을 마음속으로 나는 빌었다.

〈1947년 12월 4일 목요일 晴天〉(10月 22日)
근일에 이르러 학생들의 학습욕이 점점 늘어가는 듯함을 보고 매우 기뻐하는 바이다. 오늘에도 점심시간에 국어공부를 계속하고저 하여 철저한 지도를 하여 주었다.
학교일을 일찍이 마치고 정해국 선생과 같이 소로 방면으로 출장하였든 것이다. 용무는 학생용 난로 나무 때문이었다. 봉정 소로 창리 부락의 학부형들게 부역하여 주십사고 원고하였더니 쾌히 승락하더라. 밤 10시에 왔다.

〈1947년 12월 7일 일요일 曇天〉(10월 25일)
재종형의 ○○사건으로 왼 집안이 걱정 근심중이다. 일요일을 당하여 마련 잡은 일거리가 한 보통이 되지마는 내게 당한 근심 같아여 여러 가지로 위로와 방책의 길을 이야기하였든 것이다. 육촌형은 원만하기에 지방에서 칭찬함이 자자하여 금번에 오산시장을 떠나게 되매도 많은 사람들이 원통이 생각하고 있는 바이다. 육촌은 여러 가지로 강구책을 구하여 모두를 와해 진행케 되었든 것이나 ○○편의 공작으로 도탄 속으로 빠질 염녀가 있는 것이다. 연이나 하늘이 무너져도 솟을 궁리가 있다고 챙챙 얼키었든 끈은 잘 풀어지리라고 믿었다. 죄 없는 형의 무사를 나는 빌었다.

〈1947년 12월 20일 토요일 晴天〉(11월 9일)
오늘로 하여금 금년의 수업은 마치었다. 내일부터는 겨울방학으로 들어가는 것이다. 본교는 연료 관계로 일찍 시작하는 셈이다. 수업을 마친 후에 방학 동안의 행사 계획을 학생들에게 발표하고 대청소를 시작하는 것이었다. 곳곳 틈틈이 내외를 물론하고 깨끗이 털어 버리었든 것이다. 학생들이 전부 간 후에 직원들은 연말회를 교장 댁에서 베풀어서 쾌히 마시고 놀았었다. 다음은 시장 ○○에서 또 한 번 자미있게 놀았더니 만취가 되어서 매우 괴로웠었든 것이다. 신을 한 짝 잃어서 기분이 나쁘더라.

〈1947년 12월 21일 일요일 晴天〉(11월 10일)
먼동이 틀 지음에 금계 본집으로 향하였다. 어제 저녁에 술로 하두 골아서 길 것기에 허둥지둥하여지며 속이 쓰리더라. 마침 오늘이 아우 운영의 생일이어서 부모님과 아침이나 같이 할 량으로 고기를 조금 사가지고 갔든 것이다. 어제 저녁에 갈려다가 술이 정도가 넘게 취하여서 가지 못하였든 것이다. 정미소에 근무인 아우도 마침 와서 있더라. 아우는 어제 밤에 왔다는 것이다. 아침밥을 잘 먹고 곤하기에 뜻뜻한 아랫목에서 한심 느러지게 잤었다. 아버지와 어머니께서는 나더러 말렸다고 한 걱정을 하신다. 가진 고기반찬과 떡을 하여 주시므로 맛있게 먹었든 것이다.

〈1947년 12월 22일 월요일 晴天〉(11월 11일)
아침밥에도 잘 먹었었다. 불효 나를 위하여 닭을 잡으셨다는 것이다. 부모님을 봉양하여야 할 입장에 있으면서도 되리혀 부모님의 사랑을 받으니 죄송만만이더라.
오후에 나는 집(오산시장에 있는 숙사)으로 왔다.
재종형 점영 씨께서는 모모의 사정으로 오산시장을 떠나시고 본댁(금계)으로 들어가시게 되어 오늘 반이를 하시더라.

〈1947년 12월 25일 목요일 晴天〉(11월 14일)
담임학年[14](6학년)의 소집일이 되어서 출근하여 7시간 가령 수업하였다. 방학이련만 모두가 잘 출석하고 공부에 열심임을 보고 매우 기쁘더라. 금일부터 30일까지를 일차 소집일로 정한 것이었다.
수업을 마치고 금계까지 경해국 선생과 같이 갔든 것이다. 양 교장선생님의 청첩으로이다……. 집에 오니 오후 8시 반이더라.

〈1947년 12월 26일 금요일 晴天〉(11월 15일)
오늘도 역시 생도들은 모두 출석하여 열심히 공부하여 주므로 기뻐하였다.

---

14) 원문에는 한자 '年' 아래에 한글로 '년'이라고 부기되어 있다.

저녁에는 주조공장에 가서 마작 하는 것을 구경하였다.

〈1947년 12월 30일 화요일 晴天〉(11월 19일)

6학년생을 오늘까지에 제일차 소집을 마치려고 하였든 것이 어젯날까지 마치게 되었다. 오늘은 교장회의에 대리로 나아가게 되었든 것이다. 교장선생님은 병세로 누어 계시고 교감선생님은 또한 사정이 있다는 것이었다.

오전 7시라면 상당한 일은 아침이것만 모든 차비가 완료된 연후에 나는 청주로 출발하였다. 보행이다. 요새는 철도국에서 석탄난으로 인하여 충북선까지도 불통이 되어 버리었기 때문이다. 외투의 깃까지 올려서 목과 턱까지 가리우고 가든한 헌겁구두를 신고 나시었다. 오래간만에 청주를 가보는 것이었다. 미군이 쏼거리든 청주도 어느새에 어데로 가벼렸는지 1사람도 구경할 수 없더라. 과연 들은 바와 같더라. 그러나 상급관청에는 몇 사람씩 아직도 있다는 것이다.

청주에 도착되었을 때는 오전 9시었다. 회의는 아직 시작하지 못하였더라. 청원군수로 계신 족형 '의영 씨'[15]를 찾아 군수실로 들어가 인사하니 반갑게 맞아주며 안부까지 하여주시는 공손한 태도는 항상 그 점을 우럴어 보는 바이다. 회의가 시작되어서 모두는 학무국장, 군수, 학무과장, 사회교육과장들의 이야기를 들어 건설적으로 나갔든 것이다. 요는 국문개학의 철저를 기하자는 것인데 이 자리에서 나도 결심한 바가 있었다 ― "나의 힘으로 한 사람이라도 한글을 깨치도록 하자는 것을……."

중대한 문제가 이 외에두 두서너 가지 있었든 것이다.

회의를 마치고 모두는 음식점으로 가서 한 상을 잘 받았든 것이다. 날이 저물기에 자기로 하였다. 지정식당의 청주관에서 유하였다. 밤에는 이기현 씨와 정열래 씨의 많은 대접을 받았든 것이다. 밤 10시에 전등불이 꺼지기에 잠을 불렀든 것이다.

〈1947년 12월 31일 수요일 晴天〉(11월 20일)

몇 군데의 상점을 거쳐서 열시 차로 빨리 오게 되었다. 오늘은 마침 충북선이 한 번 왕래키로 되어서 계제가 잘 닿았으믈 다행으로 생각하였든 것이다.

학교에 도착하니 몇 분의 선생님들이 기다리고 계시더라. 12월분 봉급도 갖아오게 되었었기 때문이다. 잠간 경과의 이야기도 하여 주고 봉급도 나누었든 것이다.

저녁에는 몇 사람의 친구들에게 끌려서 술집으로 가서 밤 깊도록 먹고 마시고 뛰고 노래 불르며 유쾌하게 놀았든 것이다. 섣달금음날이어서 망년회를 한다는 것이었다. 야…… 금년의 해도 벌서 기우러진 것이다. 어찌어찌 하다 보니 일 년을 넘겨 버리고 마지막의 오늘을 당하게 되매 무엇인지 부족한 듯 잊어버린 듯 속이 텅 빈 듯한 감이 머리속에서 떠나지를 않는다. 과연 그렇겠다고 머리가 저절로 끄덕끄덕하여진다.

3000만의 겨레가 다 같이 그러허리라고 머리가 끄덕여지는 것이다. 바쁜 중에 어-하다 오늘을 당하니 끈이 얽힌 듯이 뒤숭숭하여지는구나. 뒤로 1년을 회고한 기록을 간단히 남기

15) 본래 이름을 구분하는 따옴표 없이 표기하였다가 나중에 표시한 흔적이 있다.

기로 하여 일 년 마감의 오늘 일기를 이만 끝이겠다.

1년 단기(4280년)을 회고하여[16]

16) 한 해 일기를 모두 쓰고 난 다음 남은 지면에 일 년 회고를 쓰려 했던 모양이나 제목만 있고 내용은 기록되어 있지 않다.

1948년

〈앞표지〉
4281년
1948년
日記帳

〈1948년 1월 1일 목요일 개임〉(11월 21일)
새해는 또다시 왔다. 세월만은 멈출 줄을 몰르는구나. 3천만이 기대하는 그날은 어찌하여 못 오는지!! 건국, 독립은 그다지도 어려운지. 해방 후 세 번째의 이날(양력설날)을 맞이하도록 나라가 서지 못하였다. 원통한지고. 3000만 동포는 주인 없는 여객 모양으로 어찌할 바를 몰으고 있다. 나가자 힘껏 나가자. 너와 나와 힘을 합하여 굳게 나가자. 금년이야말로 이[1] 땅을 찾지 않으면 안 될 것이다. 모두는 일심개행하여 가차운 길로 돌진하여 틀림없이 나라를 찾으리라. 그렇기를 나는 마음속으로 빌었다.

1) 1월 1일과 3일의 일기가 적혀 있는 일기장의 첫 장은 제본에서 떨어져 나간 것을 붙여 놓은 흔적이 있다. 오랫동안 떨어진 채로 가장자리가 마모되었던지 이 첫 장 중 세 군데에서 마지막 글자가 누락되어 있다. 앞 문장의 "그다지도"의 '다', "주인 없는"의 '주', 그리고 이 문장의 '이'가 이러한 경우로, 문장 흐름 상 무리가 없다고 보아 이상과 같이 채워 넣었음을 밝힌다.

〈1948년 1월 3일 토요일 개임〉(11월 23일)
작년의 가계부(家計簿)를 총결산하여 보니 눈이 캄캄하여지드라. 수입보다 지출액이 근 만 원이나 더 되니 어찌된 꼴인가. 그럴 수바께는 없다. 월평균 2000원에 대하여 가을 이후로는 쌀값과 나무값이 상당하여졌다. 더군다나 쌀 한 말에 근 700원이요, 나무 한 짐에 근 300圓이다. 합하여 1000원이라는 돈은 한 장 또막[2](5일만큼)에 쓰게 된다. 5일간에 쌀 한 말과 나무 한 짐 없이는 도저히 지낼 수 없다. 그렇다면 한 달에 6,000원이 필요한 것이니 빗지지 않고 어찌 살 도리가 있으랴. 지나간 일은 어찌할 도리가 없는 것이니 금년이나 더 절약하려는 것으로 계산을 세워 보았다.
저녁을 먹은 뒤에는 아해들이 창가 하기를 보채기로 "조선 어린이의 노래" "꾀꼴이" 등 댓 가지 노래를 같이 불으고 동요 "나팔대장"을 이야기하여 주었다. 아해들은 몹시 좋아하여 시간 가는 줄 몰으고 자꾸만 보채더라. 맨 큰

2) 장(5일장)이 한번 지나는 동안.

놈은 2학년 9살(노정), 6살백이 계집아해(원자, 호적에는 노원), 3살백이 집 대통령(노현), 끝으로 한 살백이(노명)이 네 아해이나 밤에 잠들기 전에는 어찌나 북쌔를 놓든지 곳하는 폭은 된다. 오늘 저녁에는 위로 세 아해들이 합하여 보채기로 노래와 이야기를 하여 주었다.

'이십 전 자식이요 삼십 전 재산'이라는 말이 있으나 한 가지만은 이루었다 할지라도 한 가지가 빠자서 걱정이다. 빠진 것이 아니라 벌지를 못하였다. 나의 욕심이 너머나 과대한 모양이다. 그러나 절대로 부자 되기를 바라지는 않는다. 부자 되는 것을 싫여하지는 않겠지마는 춘하추동 조석으로 목구멍에 풀칠이나 떨어지지 않게 하고 자식들 교육이나 남들에게 빠지지 않도록 시킬 수 있는 정도이면 만족으로 생각한다. 아니 큰 부자로 생각한다. 이것도 아마 나의 욕심인지도 몰은다.

큰 부자가 되면 무엇 하나. 돈에 녹이 싫고 쌀에 곰팡이가 끼면은 쓸데없는 부자요 쓸데없는 욕심이요 가치 없는 돈과 쌀인 줄 나는 믿는다. 부잣사람들은 세상에 자기 혼자이면 부도 빈도 없는 것이다. 사는 땅이 있고 인류가 있고 자연의 변천이 있으므로써 부자가 된 것이 아닐까. 모든 자연과 인류사회에 보은(報恩)하여야 될 것이라고 나는 역설하고 싶다. 그리면 나는 빈궁하기 때문에 이런 말을 함부로 내놓는지 몰으나 나의 본심만은 거의 결심한 바 있다. 그 무엇을 '구제 구제'…… 救濟.

오후 8시부터 9시 반까지에 2학년 재학의 노정이를 특별 지도하여 보았다. "겨울학교"(과제장)를 취급하였다. 읽는 법, 쓰는 법, 생각하는 태도와 그 처리에 대하여. 뇌가 둔한 놈은 아니더라. 1학년 시대 직접 담임하였을 때도 느낀 바 있었지마는 싹수 있게 뵈이믈 기뻐하는 점이었다. 이제까지는 제 자유로 마껴 돌렸으나 조곰조곰 고칠 점을 지적하여 몰으는 듯 아는 듯 한도루[핸들(ハンドル)]를 잡기로 마음먹은 것이다.

〈1948년 1월 4일 일요일 날씨 개임〉(11월 24일)

나무 한 짐 하려다가 도끼가 절딴 나서 고만두기로 하고 인분풀이를 하였다. 집(사택) 변소가 넘을 지경도 되고 날도 오늘은 몹시 푹하기에 4시간 가령(오전 9시부터 오후 1시까지)의 시간을 써서 보리와 밀 몇 되박 간 데다 뿌리었다. 질이 어찌나 질든지 철벅거리어서 흔접구두가 녹초가 되고 밭고랑에 발자국이 수없이 생기었다.

오후 2시 반부터 면 회의실에서 회의가 있기로 정각에 갔었다. 회의에 참가하는 사람은 본면 관공서 직원과 지방유지 5, 6인이다. 국문보급(國文普及)에 대하여 그 철저를 기하자는 것이다. 3월내로 국련조선위원회(國聯朝鮮委員會) 감시 하에 정부수립의 보선(普選)이 실시된다 하여 창졸간에 한글을 모두가 해득하여서 투표에 응하도록 하자는 것이다. 나는 그 자리에서 "이보다 더 급선 문제는 없다. 강토를 찾는 무이 중대 사업이다. 보선이 없다 할지라도 우리 한글만은 시급히 보급시켜야 하겠다. 더구나 국민총선거를 앞두고 있으니 우리는(오늘 회의에 뫃인 사람) 본면 한글 전해(全解)에 절대책임이 있으믈 자각하여서 문맹퇴치에 전심전력 이바지하여야 되겠다."고 역설하였다. 외면적이 아니고 실질적 내면적으로 실행하겠다는 결심을 스스로 결정하였다.

저녁때부터 콤물이 나오며 눈물이 간질간질 눈자위에 돌며 머리가 살살 아푸기 시작한다. 감기의 시초인 듯하다.

〈1948년 1월 7일 수요일 개임〉(11월 27일)

3남의 노명(魯明)이가 어제부터 몸에 열이 있기에 고뿔인가 싶더니 마진(혼역[홍역])인 모양이다. 눈알이 붉은 듯하고 잘 뜨지를 못하고 코를 질질 흘린다. 문을 자주 여닫지 않도록 아해들에게 주의시켰다.

나의 감기는 아직 풀리지 않고 두통이 심하다. 잡지 "조선교육"를 읽기 시작하였으나 두통으로 인하여 얻음이 적은 듯하다. 약은 안 쓰기로 작정하였다.

〈1948년 1월 10일 토요일 개임〉(11. 30.)

노명이는 틀림없는 혼력이었든 모양이다. 어제부터 전신에 꽃이 일기 시작하드니 오늘은 더 심한 듯하다. 숨소리도 매우 빠르게 되었다. 장시간 안아주며 헐덕어리는 얼굴 모양을 디려다 볼 적에 딱하기 짝이 없더라. 무사히 마치기를 빌었다. 나의 감기도 역시 풀리지 않아서 코 속이 맥맥한 중이다.

오늘은 나의 생일인 모양이다. 불안 중이라 생일배끼를 안 하기로 하였다. 원자 모친이 서운하다하여 두부 한 모 물명태 한 코를 사다가 끓여주기에 맛있게 먹었다. 다만 아번님 어먼님께 고기 한 칼 사 보내 디리지 못함을 죄송히 생각한다. 차후에 미루기로 하였다.

오후 1시에 담임 아동의 가정을 방문하기로 하여 정봉 방면으로 갔던 것이다. 이상원(李商源), 최영준(崔英俊), 김은신(金彦信) 집을 다녀왔다. (방문기 참조…… 訪問記參照)

금월 사일부터 본면에 한글 강습이 시작되어 이미 일주가 되었다. 나는 오산리의 동포 부락을 책임지게 되었다. 시간이 용서되는 대로 격려와 지도를 할 예정이다. 그러나 시장의 여자반을 직접 지도 담임하기로 하여서 예정대로 실시될른지 의아스럽다. 담임한 시장 여자 반은 오늘까지에 모음 반쯤을 지도하였으나 그 결과가 우수치는 못하나마 자미를 부쳐서 배우는 듯하다. 가끔 참고될 만한 이야기(공민과, 부인도덕, 가정주부)를 들려주기로 하여 실시하니 흥미를 갖고 닭는 듯하다.

〈1948년 1월 11일 일요일 개임〉(12월 1일)

노명의 혼역은 날수를 가하여 어제보다도 꽃이 더욱 심한 듯싶다. 숨을 매우 가쁘게 쉰다. 점심때까지에는 간신히 눈을 뜨는 일이 있으나 휘휘 둘러보지를 못한다. 울지도 못하더라. 담임학생의 가정방문을 가려고 학교까지 나갔다가 마침 친구 되는 이기현 씨와 정영래 씨가 청주에서 찾아왔기에 그를 중지하기로 하고 음식점에 가서 놀았다. 오후 6시쯤에 또 자리를 옴겨서 놀고 있는 중에 노정 모친이 찾기에 나가 들으니 노명의 병이 더욱 심하다는 것이다. 나는 새 정신이 펄쩍 나서 집으로 와보니 마루 끝에 올라슬 때부터 숨소리가 가쁘게 들린다. 역시 탈진이 되어서 까라져 있다. 눈은 딱 감은 채이고 숨만 가쁘게 쉴 따름이지 입도 다무린 채 울지도 않는다. 안색은 별안간에 틀려서 희다. 손발을 만자 보니 차다. 갑자기 겁이 펄쩍 나드라. 의생을 되려다 뵈이고 포룡환을 한 개 먹였다.

오후 열시쯤에 이기현 씨를 모셔다 웝방에서 같이 자기로 하였다. 노명이 때문에 잠이 오지 아니하여 아랫방으로 올르락나리락 하느라고 뜬눈으로 새이다싶이 하였다.

마침 아환 중이라 손님에게 미안한 감이 있으나 그대는 그만한 나의 사정을 잘 알아주시는 분이어서 관계치는 않았다.

〈1948년 1월 12일 월요일 개임〉(12월 2일)

닭은 울어서 동편은 밝아저오나 속마음은 겁만 쌓일 뿐이었다. 하는 수 없이 버리는 자식이 되는 듯싶었다. 날이 밝거든 아번님과 어먼님께 이 일을 알려드리기로 하자는 뜻이다. 날샐 때를 기다렸든 것이다.

일찍이 약국에 가서 자초(紫草)를 한 옥큼 사다가 다려 먹인 후에 이불을 푹 덮어주고 저의 어머니가 머리맡에 끼고 누어서 젖꼭지나 물리고 있으라 하였든 것이다.

학교에 용무가 있어서 서너 시간 가령 있다가 급히 집에 와보니 하느님이 도으심인지 깨성이 되어 울기도 하고 눈도 떠서 이리저리 보기도 하며 손을 내어젓끼도 하더라. (싸느랗게 식은 손발을 쥔 채 이불 속에서 날을 새이든 공이 있었든 셈인지. 아- 그만치 하고 있는 것을 보기도 자식하나 살린 듯 생각이 든다) 엿한 개를 쥐어 주니 입에 갖다가 넣고 우물거리드라. 그렇기에 금계 가기로 한 것을 중지하였다.

오늘의 한글 지도에는 ㅚ ㅢ ㅒ ㅂ 외 새로운 것을 다루었는데 모두가 열심이어서 자학자습에 성적이 매우 좋음을 보고 자신 기쁘기 한량없드라.

〈1948년 1월 18일 일요일 개일[개임]〉(12월 8일)

대한(大寒)이 박두하였으나 매우 좋은 날씨이다. 어끄제 나린 눈도 오늘 어제 사이에 녹아 버려서 은세계는 다시 검은 흙으로 변하였다. 꽝꽝 얼었든 땅이 녹아 버려서 길과 뜰은 진흙의 수렁이 되어 버렸다.

노명의 혼역은 12일 이후로 증감(增感)이 심하더니 지금에는 확실이 차도가 있는 듯하다. 그동안에는 안식구의 간하므로써 독경(讀經)까지 하였든 것이다. 나는 모르는 칙하였든 것이다.

〈1948년 1월 30일 금요일 개임〉(12월 20일)

그리 길던 방학도 며칠 남지 않았다. 내일이면 금년의 처음달도 지나버리고 마는 것이다. 책상 정리를 하고 나서 일 개월 동안을 회고하여 보았다.

노명의 혼역으로 욕보든 일, 나의 몸이 쇠약하여졌다고 견육으로 보신하여 주던 일(犬肉), 생도의 가정방문 등 여러 가지가 떠오른다. 차자 노현이도 혼역이 시작되어 겁이 났었으나 그 애는 큰 고통 없이 잘 지내었든 것이다.

금월 중순이 지난 후에는 각 부락으로 시국 좌담회 차로 다닌 일도 있었든 것이다.

일주일 전에 나린 눈은 금년 중에 제일 많이 쏟아졌다고 사람들은 말하고 있다. 28cm 쌓였다고 한다. 26년 만에 처음이라는 말도 있다.

나의 수양이라고 할까? 독서로는 9권 가령 교육잡지를 읽어 보았으나 새해 공부에 그다지 도움 되리라는 확고한 자신은 나지 않는다.

〈1948년 2월 2일 월요일 개임〉(12월 23일)

저녁을 먹고 나니 하도 다리가 아파서 견딜 수 없으며 왼몸이 느른하다. 어제 점심때쯤 하여 집에서 떠나 남이면 강민선 교장님들 본댁까지 갔었다가 오늘 아침에 청원군청에까지 들려서 오후 4시경에 모든 일을 마치고 청주를 떠나 집으로 향하였든 것이다.
들으니 연료관계로 방학을 연기하였다는 것이다. 16일부터 시업하기로 하였다는 것이다.

〈1948년 2월 10일 화요일 개임〉(1월 1일)
음력으로 정월 초하루 "설" 날이다. 차례를 마치고서 12대조 "봉사공" 산소를 비롯하여 조상의 성묘를 다니고 오후에는 일가친척에 세배를 다녔으며 몇 분의 아저씨와 형님들과 같이 자미있게 잘 놀았든 것이다.
올해의 큰일 없기를 빌며 오늘 해를 넘겨버린 것이다.

〈1948년 2월 12일 목요일 개임〉(1월 3일)
오늘부터 새해공부가 시작되었다. 50여 일간의 긴 방학은 어제까지에 완전히 마치었든 것이다.
개학에 임하여 "금년에는 더욱 힘쓰자"는 데 격려의 말을 하였다. 더욱 6학년생은 금년 중에 국민학교 생활을 마치는 것이니 충분히 자각하여서 열심 노력하도록 많은 주의를 하였든 것이다.
수업을 마치고서 어제 집에서 와가지고 세배 다니다가 빠진 곳을 다시 찾아가서 인사를 디리고서 또 금계로 간 것이다. 오늘 저녁에 작은 조부님의 긔고[기고(忌故)]가 드는 날이기 때문에…….

〈1948년 2월 22일 일요일 흐림〉(1월 13일)
일요일이지마는 화요일의 시간표의 것을 공부한 것이다. 모레는 정월 보름이기 때문에 놀리기로 하고 그날의 것을 오늘에 한 것이다.
상급학교 진학문제로 인하여 학부형들이 요새는 매일 몇 사람씩 찾아온다. 그럴 적마다 여러 가지로 자세히 일러 주었다. 성적 불량한 생도는 참으로 곤란하드라.
수일 전부터 정창오(鄭昌五), 정정영(鄭廷泳) 군이 저녁에 와서 공부를 하고 있다. 놀릴 때까지는 이끌어서 같이 하는 것이다.
강서면 내곡리 계신 외숙님께서 다녀가셨다.

〈1948년 2월 24일 화요일 개임〉(1월 15일)
정월 보름이란다. 저녁 늦도록 장터네거리에서 아해들은 뛰어올으며 길겁게 놀고 있는 소리가 들려온다. 저절로 옛 생각이 나더라. 학교에서는 별 달은 행사 없이 오늘을 휴업한 것이다. 저녁에는 누가 부르기에 갇더니 "윷" 노리 하자는 것이더라. 밤이 매우 깊도록 동네 여러 친구들과 자미있게 놀았다.

〈1948년 2월 28일 토요일 개임〉(1월 19일)
제1학기 종업식을 올린 것이다. "금년으로써 졸업하는 해요, 국민학교 생활을 마치는 해이다. 단 하루라도 금은같이 중히 여겨 아껴 쓰잖으면 아니 된다. 힘쓰자. 부지런히 일하자. 후에 후회하는 일 없도록." 6학년에게 나는 역설하였다. 모두는 가슴 깊이 느껴지는 바가 있는 듯이 조용히 듣고 있더라.
오후 3시쯤 하여 서촌(西村) 이 선생(榮宰 氏) 땍[댁]으로 초때[초대] 청첩을 받고 가서 잘 먹고 놀다가 온 것이었다.
밤 10경에 희소한 기동이 일어났든 것이다. 방구돌이 움즈기고 대들뽀가 약간 흔들리믈 느꼈다. 어느 곳인지 지진이 심하지나 않는가 우려되는 바이다.

〈1948년 2월 29일 일요일 흐림〉(1월 20일)
윤년(閏年)의 29일이다. 4년만큼 돌아오는 윤년!! 어제 밤의 '기동'이 아마 때와 자리를 마추어 놓느라고 일어나지나 않았는가 하는 느낌도 있다.
2월분의 가계부와 예산부를 내어 놓고 결산을 하니 과연 큰일이다. 생활비의 적자가 갑절이나 나니 이 도리를 어찌 해결하여야 할 것인가가 걱정이 된다. 암탉 한 마리 있는 것이 월여 전부터 알을 낳기 시작하여 30여 개를 낳더니 요새 와서 품는 태도이기에 달걀 14개를 안겼다.

〈1948년 3월 3일 수요일 개임〉(1월 23일)
그적게 오신 어먼님께 아무 공경하는 것 없이 다시 집으로 가시게 되매 속이 매우 쓰리고 가슴이 아프더라. 몇 달 만에 한 번씩 겨우 오시는 것을!!
오늘은 수험생(受驗生)한테 틀별한[특별한] 주의의 말을 하였다. "열심히 공부하라고."

〈1948년 3월 6일 토요일 눈, 흐림〉(1월 26일)
매우 오래동안 날씨가 좋아서 산골짝의 눈까지도 녹아나리고 길바닥과 운동장이 수렁 같더니 말으고 다여져서 굳은 땅이 되어 더욱 봄을 불으는 듯싶더니 어제 저녁 후에 구름이 약간 모임을 보자 기어코 아침에 가락눈이 날리기 시작하여 수 시간 만에 상당히 쌓였다. 오늘이 '경첩'이라는 말이 있더니 그 추위를 하는 느낌이더라.
학교일을 마치고 오후 4시경에 금계 본집으로 갔었던 것이다. 가산(家產) 문제로 금 3000원을 가지고 가서 아번님과 아우와 같이 상의하였다. 농장이 없어 다대한 곤란을 겪어 오던중 요새에 모(某) 형의 관리였던 위토를 팔리게 되기에 소작하기로 결정하고 16000원을 내주게 되었던 것이다. 아번님께서 기뻐하시믈 보고 나도 어느 정도 만족을 느끼었다.
밤에는 옆집 모 아저씨들 집에서 자미있게 여럿이 놀았다. 밤늦도록.

〈1948년 3월 12일 금요일 개임〉(2월 2일)
셋째 '노명'의 첫돐이 돌아온 모양이어서 어제 저녁부터는 집에서 무엇 무엇을 조금 차리는 모양인데 본집에서는 어먼님과 백모님께서 오셨던 것이다.
떡과 멱국[미역국]을 준비하여서 이웃집에게 돌린 모양이다. 오후에는 쓴 막걸리나마 몇 잔 준비하였기에 전 직원을 숙사로 초대하여 조금씩 대접하였다.

〈1948년 3월 22일 월요일 개임, 흐림〉(2월 12일)
몸이 쇠약하여짐인지 근일에 와서 더욱 심한 듯하다. 대단히 오래 전부터 인데 소변의 빛이 몹시 누른 모양이다. 역시 눈까지 누른빛이 나타나고 있다. 누구는 황달이라고 누구는 기달[3]이라고 하나 그다지 근심되지 않았었다. 그러나 요새에 이르러서는 몸이 약하여진 듯하믈 느껴지고 약간 가려운 증세가 있다. 지난여름

3) 氣疸. 혈액 속의 담즙 색소가 비정상적으로 증가하여 피부나 점액에 침착되는 상태를 이르는 용어이다.

부터 '강민선 교장선생님'께서 황달이란 병으로 매우 욕을 보시는데 소양증이 막심하였던 것을 생각할 때 역시 그 점이 우려되는 바이다.
어찌하면 나에게 이러한 병이 왔을까?…….
내가 내 놈을 생각할지라도 오늘날까지 큰 병이 전무였으며 잔병조차 그리 없었던 강건체라고 인증하고 있는데……. 물론 힘이 세고 육체가 큰 건강체는 아니다. 그렇지마는 남에 비교하여 무병으로 지내왔던 것이다.
운수가 불길하였든지 나의 보건이 부족하였던지 이왕에 부뜰린 병을 어찌할 수 없으니 치료에 힘쓰기로 작정이다. 연이나 어쩐지 그리 걱정되지 않는다. 더구나 아번님께서는 작년 하절에 큰 고통(장감[4])을 치루시고 어먼님께서는 지금까지도 습종[5] 같은 것으로 매우 신고를 느끼시지 않는가. 요 같은 병이야 나로서는 눈도 꿈적하지 않는 바인데 부모님과 동기는 큰 걱정으로 여러 가지 약을 준비하여 주신다. 그럴 적마다 죄송한 마음과 염치없는 마음에 잠기고 있다.
5일 전에 약감주(칙뿌리, 맥문동)를 만드러 주시기에 먹었더니 소변 빛이 맑아짐을 보았다. 그러나 그 약이 끊지면서 다시 누른빛이 되드라.
다음은 "메밀"로 묵을 많이 만들어 먹어 보았으나 아직 소암[효험]을 보지 못하였다.
오늘은 어머님께서 또 한 가지 약을 만들어주시기에 먹었다……. 검은 주녀니콩[콩나물콩]으로 두부를 만든 것이다. 그리 맛있게 많이 먹히지를 않는다.
학교일로는 강외까지 환등 견학을 갔었던 것이다. 3학년 이상 약 400명이 갔었다. 서윤복 선수의 마라손, 놀부와 홍부, 미술전람회 출품, 곤충, 심청 이 다섯 가지가 있었다.

4) 長感. 감기가 오래 되어 생기는 병을 일컫는 용어이다. 심하면 폐렴이 되기 쉽다.
5) 濕腫. 다리에 나는 부스럼의 하나로, 습사(濕邪)로 인하여 온몸이 붓고 누르면 자국이 남는다.

〈1948년 3월 25일 목요일 개임〉(2월 15일)
바람이 몹시 찼다. 두부 약을 먹었으나 아무런 효과가 없는 듯하다. 큰 붕어를 고아 먹기도 하였다. 6학년 셈본에 (높이와 기울기)의 문제가 나와서 相似形[6](닮은꼴)의 리치로 연구하여 산출하는 문제에서, 기구를 사용하며 계산하는데 매우 재미있게 하믈 보고 기뻐하였다.

〈1948년 3월 28일 일요일 개임〉(2월 18일)
채마 밭을 손질하려고 수험생도 불으지 아니하였든 것이다. 날이 밝기 시작하면서부터 지개로 져 날르기에 바쁘더니 오후 한 시에 끝을 마치었다.
점심밥을 먹고는 고추씨를 뿌리고 여러 가지 봄채소의 씨앗을 디렸던 것이다.

〈1948년 3월 30일 화요일 개임〉(2월 20일)
지난 장날에 감자 씨 한 말을 샀던 것을 오늘 아침 일찍이 퇴비를 날은 다음에 놓았다.

〈1948년 4월 3일 토요일 개임〉(2월 24일)
임업시험장에서 찾아온 묘목을 화단에 심었

6) 원문에는 한자 아래 '상사형'이라고 한글 덧말이 적혀 있다.

다. 즌나무[전나무], 종비나무 같은 상록수이다. 무궁화도 심고 개나리도 심었던 것이다.
후면 운동장에다가 모형을 따서 화단을 만들었는데 옥, 국기[7] 등의 모형이다. 갓과 변도리에 떼를 입히는데 학생 모두가 열심히 하여 매우 좋은 화단을 만들게 되었던 것이다.

〈1948년 4월 5일 월요일 개임〉(2월 26일)
국련 조선위원단이 청주까지 온다 하여 모두는 정봉역까지 환영을 나갔던 것이다.
오후 4시경에 회갑과 혼인에 초대가 있어서 대접을 잘 받았었다.

〈1948년 4월 6일 화요일 개임〉(2월 27일)
아침 일찍부터 보리밭의 김을 매고 비료를 주었다. 오후 3시경에는 매우 피곤함을 느끼지 아니할 수 없을 만치 노곤하더라.
나의 병은 아직까지 아무런 효과가 없는 듯하다. 그러나 요새 와서는 소변 빛이 맑아짐을 볼 때가 가끔 있다. 3일 전에는 아번님께서 붕어를 많이 잡아오시어서 회로도 많이 먹었던 것이다.

〈1948년 4월 12일 월요일 개임〉(3월 4일)
교과서에서 배우기도 하고 가르쳐도 보았지마는 종달새인가 노고조리인가는 일찍이도 눈을 뜨는 모양이더라. 교재 연구에 6시쯤 하여 일어나서 철필을 들고 몇 자 적으려니까 밖의 공중에 지주굴거리는 소리가 들렬 오기에 옛시조「동창이 밝았느냐 노고지리 우지진다…….」를 생각하며 무심코 한참 듣고 있었던 것이다. 해가 떠오르려면 아즉도 2시간 가령은 있어야 한다.
7시쯤 하여 그리 침침하믈 느끼지 아니할 지음에 호미를 메고 급히 나가 보리밭 한 골을 맨 것이다. 손이 몹시도 시러움을 느꼈다. 수업을 마치고는 소로 '오선생' 백모상의 조문을 갔었던 것이다.

〈1948년 4월 13일 화요일 개임〉(3월 5일)
시장 부자 김사현 씨의 회갑잔치에 초대를 받아서 수업을 마친 오후에 갔었던 것이다.
음식을 굉장이 준비하였는지 큰 상에 빽빽히 차리고서 없어지기 전에 가자오고 또 가자오고 하여 잘 먹고 잘 놀았던 것이다.
음식을 많이 잘 먹었다는 것보다 지방유지 몇몇 분이 다시 재 참가하여서 노래 부르고 춤추고 작란하며 농하여 놀았던 것이다.
나의 병세는 어찐 셈인지 술기가 있을 때에는 반듯이 소변 빛이 맑아지는 터이다. 그리하여 요새는 가끔가끔 술을 일부러 먹어보는 때가 있다. 하여튼 안색이 여전히 회복된 듯하며 소변이 맑아지므로 10분의 9는 안심하겠더라.

〈1948년 4월 17일 토요일 개임〉(3월 9일)
원족을 하였든 것이다. 오후에 직원은 철렵[천렵(川獵)]까지 겸하였던 것이다. 미평구장 "우" 씨에게 많은 폐를 기쳤던 것이다.

〈1948년 4월 18일 일요일 개임〉(3월 10일)
호미로 보리밭을 매려니까 청주에서 추럭 네 대로 어느 단체가 우리 구내(舊川)로 철렵을

7) 원문의 '옥' 앞에는 원 안에 'ㅗ'와 'ㄱ'을 넣어 한글 '옥'을 형상화한 그림이, '국기' 앞에는 사각형 안에 둥근 태극무늬를 그려 넣은 그림이 그려져 있다.

온 것이었더라. 친구 되는 이기현 씨 정영래 씨도 나와 같이 놀았던 것이다.

〈1948년 5월 9일 일요일 구름〉(4월 1일)
일요일이지마는 아동을 소집하였다. 5시간은 학과 교수를 하고 2시간은 작업을 실시하였다. 1시간은 학예회 준비로 극 연습을 하였다.
셋째 시간의 산수 수업 중이다. 구름이 끼어 흐리기는 하지마는 급작시리 어두어지를 보았다. '일식이다' 하며 몇 아이가 내다볼 지음에 나도 생각이 났든 것이다……. 오늘이 일식이었다는 것을. 생도와 같이 뛰어나가서 보았다. 11시경인데 태양의 일편을 가라막은 것이 확실히 뵈었든 것이다.
아동들도 매우 흥미 있게 보고 있다. 나는 그 자리에서 일식에 대한 재인식을 시켜 주었다. 참으로 좋은 기회였었다. 일식은 약 30분간이 계속되었던 것이다.
숙직이어서 저녁을 일직 먹고 학교에 나갔었다. 요새는 지서와 각 정당단체의 경계가 심하였었다. 특히 오늘 저녁은 더욱 심하였었다. 내일은 국회의원 선거 날인데 요새에 이르러서 각 지방에 사건이 많이 발생되는 모양이다. 이러하기 때문에 경비가 심한 모양이다.

〈1948년 5월 10일 월요일 흐림〉(4월 2일)
오늘까지도 역시 개이지 않고 날씨는 좋지 못하다. 숙직실에서 가장 일직 일어나서는 인분 풀이를 하였다. 인분 통으로 다섯 번을 왕래하니 끝에는 탈진이 되는 듯하였다. 그러나 해는 벌서 샛대[새(참) 때]나 된 듯이 이- 위까지 올랐스나 가든이[거뜬히] 일을 마치고 찬물로 세수를 하고 아침밥을 먹으니 딴 맛이 나는 듯 맛이 있더라.
오후 1시에 투표 장소에 가서 투표를 마치고 학교에 와서 명일분의 교안을 쓰고 교장관사 샘 일에 조력 좀 하였다.

〈1948년 5월 12일 수요일 개임〉(4월 4일)
학예회 연습 때문에 요새는 매우 바쁘다. 오늘도 방과 후에 극과 노래 연습을 하고 숨을 둘르니 해는 벌서 넘어가고 시계가 8시를 치려한다.
10일에 시행된 총선거는 겨우 오늘서 알게 된 모양인지 모든 사람들은 이러구저러구 떠들고 있는 것 같다. 야- 그리면 국회의원은 결정된 것이다. 차후의 진행이 어찌될 것인가가 의문이다. 어서 바삐 나라의 틀이 잡히도록 왼 국민들은 갈망하고 노력하고 있다.
근일에 이르러서는 국내 정세가 매우 시끄러운 모양이다. 극도로 암살사건이 왕왕 발생되는 모양인데 극히 우리는 명심하잖으면 아니 되겠다고 느껴진다. 정의에 벗어난 사람은 스스로 깨닫도록, 이를 해치려고 하는 자는 동포애를 갖고, 서로서로 양보하여 평화 중에 건국이 됨을 합장하여 원하며 비는 바이다. 세태를 원망할 수밖에 없음인지 어찌면 이렇게도 우리들은 자중자립을 못 할가?

〈1948년 5월 17일 월요일 개임〉(4월 9일)
비지땀을 흘려가며 연습에 또 연습, 검토에 검토를 거듭하고, 재처 만들고 고치고 골라오기에 애쓰던 "극" "노래" "유희"도 오늘로써 마치게 된 것이다. 오전 9시 반부터 시작된 '학예회'는 무사히 오후 1시 반에 끝났던 것이다. 끝으로 "인사의 말"을 '이경세' 군이 힘차게 할 때와 완전히 마치고 무대를 뜯고 나서 6학년생들을 집으로 돌려보낼 때 나의 가슴은 쓰라리었다……? '아- 나의 제자들이여 잘 되어라. 오늘의 학예회는 너의들의 졸업학예회이다. 다시 한 번 돌아오지 못할 끝마감의 학예회이다. 사회에 나가서도 오늘과 같은 그 용기로 씩씩하게 나가주기 바란다. 나의 체면도 너의들의 열성으로 하여금 완전치는 못하나마 탈을 벗은 듯이 개온하다. 너의들의 양양한 앞길을 비노라.' 쓰라린 가슴을 억제하고 빌었든 것이다. 해가 서산을 넘도록 쓸쓸이 시간을 보내로니까 더욱 괴롭더라.

극(劇) 남자부 25名 35분간 5막 8장 "고생은 성공의 길"

극(劇) 女子部 10名 10분간 2막 4장 "왕자 호동"

〈1948년 5월 26일 수요일 개임〉(4월 18일)

신년度 중등학교 입학에 대한 공문을 받고 가슴이 울렁거림을 금치 못하였다. 노력에 노력을 더욱 하겠다는 갱각[생각]뿐이다.

학교일을 마치고는 금계 본집으로 갔었다. 오늘 저녁에 조모님의 긔고가 들기 때문이다.

가난살이에 힘을 못 쓰는 대소가(大小家)에서이 보리고개 때에 긔고가 들으니 제물이 아주 형편없더라. 짐 자반을 조곰아치 사 간는데, 빈손으로 갔었더라면 그 형편은 더욱 하였으리라고…….

〈1948년 5월 27일 목요일 개임〉(4월 19일)

오미로 오는 길에 잘되었다는 논보리 밭을 구경하고 용소셈의 모자리판을 본 것이다.

하두 오래 동안 비가 오지 아니하므로 농가에서는 십여 일 전부터 야단들이다. 모자리가 타고 발곡들이 타기 때문이다. 집의 묘판에는 아직은 물이 있으나 이대로 날씨가 계속된다면 큰일이라고 느꼈다.

학교 모자리판도 바싹 마른지 일주일이 되어서 엉그림이 쩍쩍 갈라져 있다. 매일 샘물을 품어다가 끼얹으나 당할 도리가 없다. 나의 6학년이 긔묘년 때가 다시 회상된다.

〈1948년 5월 29일 토요일 개임〉(4월 21일)

오늘 역시도 날씨는 변함없다. 각처에서 모인 사람들이 다 같이 탈이라는 말 뿐이다. 어찌면 이렇게도 가무는지 모르겠다고.

전달 강습회가 동성국민학교에서 열리게 되고, 그에 출석하게 되어서 어제 내청한 바이다. 과목별 강습인데 나는 '잇과'를 받았던 것이다.

〈1948년 5월 30일 일요일 개임〉(4월 22일)

금년도 신립생(각 중등학교) 모집요항이 발표되어 더욱 긴장미를 갖게 되었든 것이다.

〈1948년 6월 1일 화요일 개임〉(4월 24일)

각 중등교 수험생에게 공부하여 나가는 길을 설명하여 주었다. (중등학교에 들어간다고 성공은 아닌 것이다. 시험에 낙제가 되어도 절대 낙심은 하지 마라.)

수험생 일동은 밤에도 등불을 가지고 와서 교실에서 공부하기를 시작하였다. 모기, 깔다귀가 수없이 뫃여 들어 공부에 방해가 좀 되드라. 이 난점을 무릅쓰고 노력하는 그네들의 숙망에 달함을 빌었다.

〈1948년 6월 7일 월요일 개임〉(5월 1일)

이렇게도 농민들이 애를 태우는 일이 있는가. 너머나 날이 가무는 동안에 인심들도 어느 정도 변한 폭이라 한다. 앞뒷내가 거이 말으다싶이 청명이 계속되는구나.

이양시기도 되었건만 모자리판의 물까지 말랐으니 이 낭패를 어찌 하리요. 농민들 아니 전 국민들은 조석으로 주야로 비 나리기를 고대하고 비는 터이다.

오늘은 면 주최로 면민 총 합하여 기우제(祈雨祭)를 지내였든 것이다. 동림산(東林山) 꼭대기에서 정성껏 지낸 모양이다.

〈1948년 6월 9일 수요일 개임 後 흐림 後. 비〉(5월 3일)

금년도 후원회 총회를 개회하였었다. 후원회비 30원, 후생비 30원, 합 60원씩을 매월 납부하기로 결정됨이 가장 큰 성사라고 하는 외에 아무것도 없었든 것이다.

3일 전에 기우제를 지내어 천지신령이 감동함인지 오후 4시경에 비가 오기 시작하였다. 농부도 관청사람들도 다 조아한다. 역시 나도 기뻐하였다.

윤태선 씨의 정미업 개업에 낙성의 의미로 많은 객을 초대하므로 나도 가서 잘 먹었다.

〈1948년 6월 10일 목요일 비〉(5월 4일)

제육학년생들의 성적 일람표를 작성하였다. 아직 시일은 상당히 있으나 상급학교 수험관계로 요새쯤 작성함이 좋을 듯하기에 미리 만든 것이다.

〈1948년 6월 13일 일요일 비〉(5월 7일)

붓대를 들고 꿉벅하다가 깜짝 놀라 보면 중한 종이에 점이 또 하나 찍혀진다. "정신 차리자. 아무리 졸려도 이것만은 완전무결이 마치고 다시 새 문서로 들어가야 한다." 또 한 번 철필촉에 잉크를 찍고 가만히 나는 빈다. '정성껏 만드는 이 지원서!! 아무쪼록 나의 자식과 동생과 달음없는 제자들의 시험 합벽을 잘도 시켜달라고.' 나도 몰으는 신령도 아닐 테요, 하느님도 아닐 테요. 아니 이 두 신이 다 포함되고, 또 나를 둘러싸고 있는 모든 만물들에게 기도하였다.

닷새를 계속하는 비는 그리 엄청나게 쏟아지는 것도 아니고 순하게 예뻐게 나리고 있다. 어느 곳이고 이종에는 문제없다고 하니 새나라 건설의 확실성을 보게 될 듯한 금년의 풍년을 누가 조아하지 아니할손가.

〈1948년 6월 14일 월요일 흐림〉(5월 8일)

어제까지 부실부실 나리던 순한 비는 오늘 아침에 힘없이 그치고 만다. 풍년을 엿보여 주는 비였다고 생각한다.

수업을 마치고 생도들을 모여 놓고 틀별한 이야기를 하여 주었다. '이달이 졸업달이라는 것. 6년간의 공부를 마친다는 것. 지금까지 잘 공부하였다는 것. 남은 2주일간을 더욱 잘 지내자는 것.' 모두는 좋은 중에도 섭섭하다는 눈치가 내 눈에 뚜렷이 보이더라.

〈1948년 6월 23일 수요일 개임〉(5월 17일)

청주사범학교에 강태건 군과 이경세 군을 수험케 하였더니 마침 오늘이 시험 시작하는 날이어서 아침 첫차로 나가 보았던 것이다. 강군이 233. 이군이 234의 번호를 가슴에 부치고

있다. 힘껏 나는 격려하여 주었다. ○에게 빌기도 하였다. '영관을 쓰라고.'

시험 받으러 들어갈 시의 얼굴. 치루고 나올 때의 얼굴. 딱하고 안씨렵고 동정하여주고 싶은 마음 내 가슴에 벅차더라. 그네들의 안색이 나의 안색임을 느끼고 수건으로 나는 땀을 씻었다.

오후 5시 차로 학교에 도라온 후 청주 각 중등학교 지원서를 잘 갖추어 남어지를 정리하기 시작하였다. 저녁때인지 밤인지, 낮인지 쓰다 보니 시계는 오전 3시를 가리키고 있다. 봉투에 공손히 접어 넣고 풀로 부치며 떨리는 손으로 일을 마치고서 원서 봉투를 토닥토닥 눌러서 책보자기에 둘둘 말아 싸고 교실 책상의 침대를 찾아가니 나의 제자들은 콜콜 자고 있다. 12시가 넘도록 열심히 연구한 모양이다. 호롱불 하나가 까막까막하고 있고나. 욧속으로 들어가 눈을 감으려 할 때 고요한 새벽을 깨트리는 기상 싸이렌 소리가 들려온다. 청주, 조치원 싸이렌이다. 오전 6시임을 알았다.

〈1948년 6월 24일 목요일 개임〉(5월 18일)

각 중등학교에 입학원서를 제출하였다. 어느 학교이고 교문을 들어설 적에는 원서를 싼 보퉁이를 다시 한 번 힘 있게 쥐고서는 "나의 제자들의 입학을 축원합니다."고 마음속으로 ○에게 빌었다. 서무실에서 제출할 적에도 그와 같은 마음으로 축원하였다.

〈1948년 6월 27일 일요일 흐림, 비, 흐림〉(5월 21일)

초등학교 학생 운동경기회가 청주중학교에서 열리게 되어서 우리 측에서도 출장하였든 것이다. 결과는 제3위를 따게 되었던 것이다.

사범학교 소식은 강 군만이 입격되었다는 것이었다. 이 군이 낙제된 데 대하여는 유감천만이었다.

졸업상품을 사 가지고 왔다.

〈1948년 6월 29일 화요일 개임〉(5월 23일)

모교 제26회 졸업식(해방 후 제3회)을 거행하였던 것이다. 정창구 이경세 군 외 77명의 졸업증서 수여가 끝나매 섭섭한 이별의 노래가 고막을 울리어 나의 머리는 슬픔인지 기쁨인지 분간할 수 없이 멍하여진 가운데에 진행되었다. 다만 앞길을 빌 따름이었든 것이다.

사은회가 시작되어 자미있는 시간을 보게 되었든 것이나 가슴속은 무엇인지 모르나 서운점이 돌아다니는 듯하여 상쾌하지 못하므로 그네들 편에서 노래를 청하기에 기쁜 듯이 불러 주었다. (느낀바 많기에 수필로 적기로 하여 이만 표만 쓰노라.)

〈1948년 7월 5일 월요일 개임〉(5월 29일)

2일부터 시작된 각 중등학교 입학시험은 오늘도 역시 계속 중이다. 한 시간의 고사를 치루고 나올 때마다 욕보았다고 머리를 한 번씩 쓰다듬어주며 격려하였다. 원기 있게 시험장을 출입하는 그네들의 씩씩한 태도를 보고 어느 점 안심의 가슴을 억눌으고 나는 다시 여관으로 발길을 돌렸든 것이다.

〈1948년 7월 8일 목요일 흐림. 비〉(6월 2일)

아침 일찍부터 조바심이 되어 일 초를 편안이 있지 못하였든 각 중등학교 입학시험 발표가 오후 1시경에 알게 되었다. 결과는 다음과 같다 학격자[합격자]만을 기록하노라.

- ㅇ청주중학교(정창구, 곽한병, 정환경, 이봉균)(박홍규)
- ㅇ청주농업학교(김동섭, 閔민두식, 정수영, 곽한순, 전재성, 전학근, 이시영, 유인출, 정응모)
- ㅇ청주상업학교(민병학, 전송현)(김영택)
- ㅇ청주공업학교(이경세, 김동욱, 서호원, 정승래, 박상룡)
- ㅇ천안중학교(정정영)
- ㅇ천안사범학교(강태건)

〈1948년 7월 21일 수요일 흐림, 개임〉(6월 15일)
하기 방학이 시작되었다. 내월 22일까지이다. 오후 5시경에 부형들의 초대가 있어서 음식점에 전 직원 출석하여 같이 잘 놀았다. 부형은 20여 명의 중등교 입격자 부형인 것이다.

〈1948년 7월 29일 목요일 흐림. 비〉(6월 23일)
약 3주일간을 계속하여 오다말다 한 비가 요새에 이르러 주야로 몇 시간 나리더니 근년에 없는 장마가 졌던 것이다.

〈1948년 8월 4일 수요일 개임〉(6월 29일)
오랫동안의 비에 밭들이 풀로 욱어져있다. 한 3, 4일간 글밭의 김을 맸더니 웟몸이 몹시 검어졌다.

〈1948년 8월 9일 월요일 개임〉(7. 5.)
좀 질은 편이나 아침에 괭이로 글거 두었다가 종일토록 햇볕을 쪼였드니 채소밭이 어느 정도 푸실푸실하기에 해질 무릅에 배추와 무의 씨를 디렸다.

〈1948년 8월 10일 화요일 개임, 흐림, 비〉(7월 6일)
백부님의 대기이다. 광음은 빨으기도 하여 재작년 이때에 종신할 지음 시체를 부뜰고 한없이 울든 생각 다시 나서 뜨거운 눈물이 눈갓을 어린다.

〈1948년 8월 11일 수요일 개임〉(7월 7일)
새벽에 백부님의 대기 철상이었다. 날이 새자 산소에 가서 혼백을 모시었든 것이다.
오후 1시경에 오미로 와 보니 졸업생 여자들이 7명 내방하였든 것이다.
공손한 태도로 인사를 하며 반가워서 반색을 하드라. 그네들은 참외, 옥수수, 빈대떡, 사과를 많이 갖아왔든[가져왔던] 것이다. 내가 대접을 할려고 하였으나 도리어 받게 된 셈이었다. 나는 많이 먹었든 것이다.
박종화, 정현희, 정순임, 심의섭, 권하자, 황영순, 정희모 내 사진을 한 장씩 달라기에 있는 대로 주었드니 셋이 부족되드라. 영순, 순임, 하자에게는 다음 기회에 주기로 하였다.

〈1948년 8월 13일 금요일 개임〉(7월 9일)
아번님 생신(47회. 금년에 48이심)이어서 어제 어물 몇 가지를 사들고 집에 온 것이다.
집안 어른들과 아침을 같이 하였다. 아무 음식도 새로운 것으로 작만한 것이 없는 것을 자식으로써 면목 없었다.

〈1948년 8월 15일 일요일 개임〉(7월 11일)
해방된 지 세 번째 마지하는 해방 기념일이다. 확실한 독립을 보지 못한(해방되어 만 삼 년이 되었어도) 오늘에 오늘을 당하니 더욱 각오하는 바 있었다.

지난 오월 10일에 남선만의 총선거로 인하여 7월 하순에 이르러 대통령(이승만 박사)과 부통령(이시영 씨)이 선거되고 8월 상순에 이범석 내각이 조각되어 대한민국 정부 수립이라는 명칭으로 축하기념식을 면 위원회 주최로 학교정에서 거행되었다.

〈1948년 8월 19일 목요일 개임〉(7월 15일)

강외면 중봉리에서 큰 당숙모의 소상이 있었다. 날이 몹시 더웠으나 무릅쓰고 중봉리에 갔었다.

〈1948년 8월 21일 토요일 개임〉(7월 17일)

사 일 동안을 계속하여 일 년 중 가장 높은 온도로 종일토록 볕이 쪼인다. 더운 정도는 머리에만 남겨 두겠다.

저녁 노리에 어느 분이 금년도 중학 입학에 대하여 칭사함을 오늘도 듣게 되었다. 그럴 적마다 ○의 마음이 든다.

영국 런던에서 열렸던 오림픽대회에 우리나라가 의외로 58개국 중 제24위를 한 원인(참패된 원인)을 말하믈 듣고 한심하였다.

월전에 종형님이 일가 한홍(漢弘) 씨에게 취중 무단이 마자서 월여를 욕보시더니 요새는 나신 듯하다.

8월8일에 25回分 동창회 개최하였던바 출석자가 소수 인이었다. 역원선거에 나는 총무가 되었다.

〈1948년 8월 23일 월요일 개임〉(7월 19일)

방학을 마치고 새 공부가 시작되었다. 그러나 새 학년 공부는 9월 1일부터이다. 금년에는 몇 학년을 담임할른지 아직 결정이 없다.

〈1948년 8월 28일 토요일 개임〉(7월 24일)

새 학년도 학급 담임에 나는 3학년 여자 반을 맡게 되었다.

〈1948년 8월 31일 화요일 개임〉(7월 27일)

금일로써 4280년의 학년도를 마치게 되는 것이었다.

8월도 다 지나버린 것이지마는 요새 와서는 아침저녁으로 몹시 선선하믈 느끼게 되었다. 너머나 오랫동안 가물기 때문에 밭곡식들이 타는 것이 많다는 것이다. 콩밭이 약 100평 가령 되는데 약간 소출이 줄을 모양이다. 콩 꼬토리가 말르기 때문에……. 짐장[김장, 즉 김장용 채소]은 아직까지는 좋은 편이나 장차가 의문이다. 8월을 마치고 내일부터는 새 정신으로 아동을 마지하렸다.

〈1948년 9월 3일 금요일 흐림, 비, 흐림〉(8월 1일)

음력 7월28일 저녁에는 당숙(한규 씨)님의 긔고가 있기에 다녀왔든 것이다. 그날 저녁에 잠을 못 잔 관계인지 오늘까지도 몸이 몹시 고단한 셈이다.

오늘은 금년도 신입생(新入生)의 입학식을 하였다. 장여(長女) …… 맛딸 원자를 입학시켰다. 이 애는 매우 영리하고 말을 잘 듣는다. 귀여운 맵시도 남에게 그리 빠지지 않을 만하다고 생각한다.

〈1948년 9월 5일 일요일 개임〉(8월 3일)

후원회 회계장부를 정리하고 신학년도의 새 장부를 몇 가지 작만하였다. 오후 3시까지에 대강을 마치었든 것이다.
고라리에 계신 사종조모(사종숙은 한섭 씨이시다)가 정오에 별세하신 급보를 받자 바삐 뛰어가 보았다. 돌아가신 것이 확실하였다. 부서 등 여러 가지 일에 참예하였었다. 금년에 79세이시다.

〈1948년 9월 7일 화요일 구름. 비〉(8월 5일)
사종조모의 장일(葬日)이다. 날씨가 불순하였었다.
담임학급의 당번제를 철저히 조직하고 단단히 책임을 지웠더니 참다운 신임으로 자율적으로 일을 보아가는 것을 보고서 자유란 여기에 있다고 나는 좋아하였었다.
오랫동안 가물기에 모든 사람들이 진저리를 친다는 것보다 전곡(田穀)이 타 없어질 지경이드니 사오 일 전에 정도에 맞도록 비가 나려서 기뻐하였든 것이나 오늘의 비는 가워 비이인 싶다. 오전 8시부터 나리던 비는 오후 10시가 되어도 그치지 않고 부슬부슬 나리고 있다.

〈1948년 9월 16일 목요일 개임〉(8월 14일)
학교일을 마치고 노정을 다리고 금계로 갔었다. 원자는 너덧 시간 전에 아번님께서 먼저 다리고 오셨던 것이다. 집 뒤 방차 뚝을 올라서니 원자도 같이 반겨하더라.
'아번님의 꿈 이야기를 드렀다. 굉장한 꿈이기에 '꿈'에 기록하였다.'

〈1948년 9월 17일 금요일 개임〉(8월 15일)
추수절(추석 …… 秋夕)이다. 차례가 끝나자 금계학교로 가서 구경하였다. 내일이 대운동회라고 여러 가지 준비에 매우 바쁘기에 몇 가지 조력하여 주었다.
낮 끝에는 일가친척의 몇 분 아저씨와 형님들과 같이 이 집 저 집을 방문하여 송편 떡을 얻어먹으면서 자미있는 담화를 함도 일층 의의 깊은 생각이 있더라.
금년의 추석은 햇곡식이 아직 익지를 아니하여서 송편 떡 하기에 곤란이 막심하였었다.
오후 4시경에 오미로 온 것이다. 노현과 노명이가 반가워함에는 다리 아픔이 썩 가시고 말더라.

〈1948년 9월 18일 토요일 개임〉(8월 16일)
금계학교 운동회기에 여러 선생님을 모시고 구경을 갔었다. 오후 5시가 헐신 지나서야 완전히 마치었는데 첫째는 우리 고향 학교인데에 자만심을 갖게 되었다.
직접 관계되는 게원은 아니지마는 힘 있는 데까지 거드러 주었다. 찬조금도 300원 하였다.

〈1948년 9월 21일 화요일 개임〉(8월 19일)
본교 운동회를 본월 28일로 결정하였는데 그 준비에도 매우 바쁘더라. 3학년 여자들 '독립행진곡'의 유희를 하기에 같이 배우고 지도하였다.

〈1948년 9월 24일 금요일 개임〉(8월 22일)
6시쯤 하여 채마밭에 나가서 벌레를 잡은 후에 비료(초산암모니아)를 주었다. 가꾸기에 공이 좀 들은 까닭인지 아직까지는 짐장이 좋은 형편이다. 배추에는 돼지벌레가 많은 까닭으로 보통이라 하겠지만 무는 성적이 매우 훌륭하다고 할 수 있다.
운동회에 광고용으로(안내, 주의, 소식 等) 할

문제를 몇 가지 박아냈다. 내일은 예행연습이어서 저물도록 준비에 분주하였었다.

〈1948년 9월 26일 일요일 비, 흐림〉(8월 29일)
새벽부터 나리던 구즌 비는 날이 새도록 그칠 줄을 모르고 오전 열시가 넘도록 나린다. 운동회 상품을 사러 청주에 갈 예정인데 사정이 딱하게 되었다.
오늘 일도 딱하거니와 모레(운동회)가 염려되는 바이었다. 그러나 11시쯤 하여 소사를 다리고 정봉역으로 나갔더니 그때야 마침 가랑비로 변하여지더라. 차 안에서도 역시 가랑비의 나림을 보고 몸이 달았다. 그러나 청주에 도착하였을 때는 북편 하늘이 개인 편이어서 뛸 듯이 반가웠다.
상품을 사 가지고 오후 5시 차로 나와서 물건을 재조사하여보니 이상 없이 잘 가추어짐에 다행으로 생각하였다.

〈1948년 9월 27일 월요일 개임〉(8월 25일)
오늘 일은 오전 중에 마치고 전 직원과 상급생 몇 사람이 장내 설비와 명일 준비에 착수하여 저믈게 대강을 마치었다.
밤에는 근처 직원 몇 사람과 상품 기타 몇 가지를 완비하고 침상에 누으니 오전 3시를 땅땅 치더라.

〈1948년 9월 28일 화요일 흐림〉(8월 26일)
피스톨의 화약 소리도 새로운 용감성을 품기어 기분 좋은 운동회가 시작되었던 것이다.
14명의 직원은 한결같이 발마쳐서 진행하기에 힘쓰니 한 가지 거리낌 없이 잘도 돼 나가더라.

전체 율동. 교아(敎兒) 리레-[릴레이] 모두가 인상 깊이 남아 있다고 생각하는 바이다.
종일토록 하늘은 맑게 개이지는 아니하였으나 그렇다고 가랑비 한 방울도 나린 적 없이 오후 4시 반쯤에 무사히 대운동회를 마치었던 것이다.

〈1948년 9월 29일 수요일 개임〉(8월 27일)
어제의 것을 잘 정리하여 두었던 것이다.

〈1948년 9월 30일 목요일 개임〉(8월 28일)
새 기분으로 공부하자고 아동들에게 단단히 부탁하고 또 약속을 받았든 것이다.

〈1948년 10월 1일 금요일 개임〉(8월 29일)
학교 수업을 오전 중에 마치고 직원 몇 간과 가치 강외학교 운동회 구경을 갔었다가 오후 6시쯤에 도라왔었다.
밤에는 사무실에서 교실 증축, 강외교 운동회, 김홍배 장학사 내교, 독서와 연구 등에 대하여 논하였다.

〈1948년 10월 4일 월요일 개임〉(9월 2일)
김홍배 장학사께서 오후 6시경에 본교로 오셨다. 명일에 우리 학교를 시찰하실 계획으로 오신 것이다. 김홍배 선생님은 지금으로부터 10여 년 전에 우리 옥산학교(나의 모교)에 교장 선생님으로 오셨었는데 그 해는 나의 5학년 때였다.
은사이신 김 선생님을 뵈오니 옛 생각이 더욱 나서 마음속으로 절을 열 번도 더 하였다. 전 직원이 김 선생님을 모시고 어느 좌석에서 긴 시간에 걸처 담화도 하고 술도 마시었다. 은사를 앞에 모신 나는 조심 중에도 술맛이 더욱 좋았다.

〈1948년 10월 5일 화요일 개임〉(9월 3일)
김 장학사께서는 우리의 수업을 시찰하셨다. 시찰 전의 아동조회 자리에서 옛 시절의 이야기를 하실 지음에는 나도 생도의 기분으로 들었던 것이다.
오후에는 강평(講評)이 있었는데 나는 꾸중을 많이 듣고 싶었었다. (차후의 행할 길에 대하여 많이 말씀하여 주심에는 참고 됨이 많았었다.)

〈1948년 10월 9일 토요일 개임〉(9월 7일)
소로를 거쳐 까치말을 단겨서 오창만 건지미에 들어가서 동기생인 박명규와 같이 잘 놀았었다. 오늘은 "한글날"이었기 때문에 학교는 휴업이 된 것이었다.

〈1948년 10월 10일 일요일 흐림. 구질려다가 개임〉(9월 8일)
오후 5시에 '수업안'을 써 놓고 밭에 가서 콩을 세 짐 지게로 날렀든 것이다.
밤 9시경에는 어떠한 경우에 장시형 지서장, 이재표 공의 이석로 씨, 재종(점영 씨)과 같이 서너 시간 자미있게 놀았든 것이다.

〈1948년 10월 15일 금요일 개임〉(9월 13일)
오후 7시경에 '아까찡' 약을 사가지고 금계 본집으로 갔었다. 아번님께서 아까시 까시에 찔리셔서 며칠 전부터 괴로우시다는 것이다. 집에 가서 약을 발라 디렸다.
문 앞 텃밭에는 종제 '필영'의 집을 세우고 있음을 보았다.

〈1948년 10월 16일 토요일 개임〉(9월 14일)
수업을 마치고 점심차로 청주에 갔었다. 용지와 도서 구입으로 갔었던 것이다. 아동들의 군 예선 경기회에 우리 학교에서 갔던 선수들의 성적이 좋음을 보고 기뻐하였다. 장소는 영정학교 운동장이었었다. 오후 6시 차로 집에 도라왔다.
학교 숙직실에는 저녁에 여러 손님들이 오셔서 여러 가지로 자미있게 잘 놀았었다.

〈1948년 10월 17일 일요일 흐림〉(9월 15일)
오후 4시에 금계로 가서 부평대부 소기의 조문을 갔다 왔다. 이 대부는 지금 금계학교 교감인 '종영' 형의 조부님 되시는 분이다.

〈1948년 10월 19일 화요일 흐림〉(9월 17일)
보리를 갈아야 하겠는데 소를 얻지 못하여 며칠 전부터 초조하다가 동무 장기철 군의 춘부장 되시는 장하봉 씨에게 부탁하였더니 오늘 아침에 보리 골을 타 주시기에 감사의 뜻을 바쳤다.
오늘 공부가 끝나자 소사 김태룡 군을 다리고 보리씨를 디렸다. 약 300평인데 씨는 거짐 한 말 가령 들었다. 완전히 끝마추니 오후 6시 반쯤 되더라.
밤에는 학교 숙직실에서 강 교장님 김동우 선생님 그 외 두 사람과 바둑을 두었다.

〈1948년 10월 20일 수요일 흐렸다 개임〉(9월 18일)
소풍을 갔었다. 오창면 각리 학교로 갔었다.

자미있게 놀다 집에 도라오니 오후 9시가 넘었다. 생도들은 오후 2시쯤 하여 먼저 보냈었다.

〈1948년 10월 22일 금요일 흐림, 개임〉(9월 20일)
오늘부터 4일간 가정실습을 시행한 것이다. 아동들의 힘써 일하는 모양을 가 보려다가 방을 수리하느라고 종일토록 바빴었다.

〈1948년 10월 23일 토요일 개임〉(9월 21일)
아침에는 온돌 수리에 시간을 보내다가 열두시 차로 청주에 갔었다. 군 대항(학생급 교직원) 운동경기의 구경을 한 것이다. 교직원 부는 남녀가 다 청원군이 우등한 모양이나 학생편은 남녀 같이 이등인 모양이다.

〈1948년 10월 24일 일요일 개임, 흐림, 가랑비〉(9월 22일)
장판에 콩댐을 하였다. 너벌너벌 떠러졌던 아랫방이 인제야 깔끔하게 수리가 되어서 개운하다.
10월분 배급식량을 갖아왔다. 대금은 약 1,300원쯤 되는 모양이고 분량은 백미 3두 6승이고 미국 밀이 10kg이다.
오후 6시경에는 가랑비가 오기 시작하였다. 족형 '부영' 씨 댁의 타작이 아직 끝을 마추지 못하여 몸 달게 일 갈머리에 급한 모양이어서 가서 거들어 주었다.
숙직실에서 놀다 오니 9시더라. 11시까지 독서를 하고 침상에 들었다. '교수신론'을 읽고 있을 지음에는 가슴이 헐덕이고 체내가 더움을 느꼈다. 학교에서 올 지음에 운동을 한 까닭이다. '운동'[8]
어제부터 조석으로 운동을 하기로 결심하고 단행한 것이다. 400미터와 높이뛰기이다. 근년에 와서 몸이 너머나 약하여져서 보건에 유의할 필요를 느낀 까닭이다.

〈1948년 10월 25일 월요일 비, 흐림, 개임〉(9월 23일)
새벽에도 비는 부슬부슬 내린다. 보리 같은 것으로는 비가 조금 오는 것도 좋으려니와 추수일에는 많은 지장이 있다. 오늘의 계획이 틀린 사람도 상당히 많으리라.
오늘까지 학생들은 가정실습을 하게 된 것이다. 밤에는 강 교장선생님과 과동 연료인 난로 장작에 대하여 상의하였다. 학교림 벌채를 하기로 된 것이다.

〈1948년 10월 26일 화요일 개임〉(9월 24일)
비 온 끝이라 날씨가 몹시 냉하여졌다. 아침 일찍이 밭에 나가서 보리 골을 한 골 밟아 주었다. '뺨에 스치는 가을 아침바람' 쌀쌀하더라.
국어과 '저고리'라는 곳을 보도할 적에 목화로 무명옷이 되는 경위를 취급하는데 농촌 학생의 생활경험에 관한 것이라 매우 자미가 있었다. 3의 1반 담임교사가 결근이어서 보결 수업을 하였다.
방과 후에는 교실에 게시할 '세계지도'를 한 벌 그렸다. 사날 전부터 실행한 운동(달리기)은 아직 빠짐없이 확보하였다. 오늘 아침부터

8) 저자는 이 두 글자를 강조하여 굵고 크게 기록하였다.

는 허벅다리와 장단지가 어느 정도 무겁고 아픔을 느끼게 되었다.

〈1948년 10월 29일 금요일 개임〉(9월 27일)
집(금계리 본집)에 다녀온 지도 여러 날이 되어서 궁금도 하려니와 추수 일에 하도 바쁘실 아번님과 어먼님을 생각하여 수업을 마치고 학교가 파하여서 급히 집으로 갔었던 것이다. 집에 도착되었을 때는 먼 산에 햇볕이 엷고도 붉은 빛이 뵈일 때였다. 집에는 어린 동생들만이 지키고 있을 뿐이고 들로 일들 나가셨든 것이다.
약 2km나 되는 농장(용소셈)에 급히 갔을 때는 어둡기 시작할 때였다. 부모님께 간단히 인사 말슴을 드리고 벼 걷기를 시작하였다.
몇 단쯤 거둘 새에 황혼이 되어서 벼 한 지게를 걸머지고 돌아갔다. 아우 운영이가 집에 없기에 궁금하여서 여쭈어 보았더니 시국지사(時局之事)로 인하여서 집에 없다는 것이다. 이 지면에 무엇이라고 나의 할 말을 적기가 난처하여서 기록지 않는다. 다만 마음이 디석걸할[뒤숭숭할] 따름이다.

〈1948년 10월 30일 토요일 개임〉(9월 28일)
오전 수업을 마치고 청주로 간 것이다. 사범학교 운동장에 들어서니 우리 선수들의 어린이들은 점심을 먹다가 나를 보고 인사를 한다.
사범학교 주최로 도내 국민학교 소년 소녀의 육상경기대회가 있어서 우리 옥산교도 출장(出場)한 것이다.
부내의 각 국민학교 선수들과 일이 등을 다투고 있더니 오후 4시쯤 되어 석교 학교와 동점이 되었었다. 최후에 400m 계주가 있더니 여자부가 일등을 하여 석교 학교와 13점차로 우승을 하고, 남자부가 또 다시 일등을 뽑아 7점차로 우승을 하였었다. 수천 명 관중 앞에서 아니 박수를 받으면서 우승기를 두개나 받을 때 기쁨에 넘쳐 가슴이 벅찼었다.
우리들은 스리코트[9](자동차)를 타고 우승기를 휘날리며 만세소리도 우렁차게 불으면서 옥산에 다달은 것이다. 지방에서도 환영을 하여주어 우리 선수들은 어깨가 읏슥하여졌던 것이다.

〈1948년 10월 31일 일요일 개임〉(9월 29일)
경기회에 옥산교가 우승을 하였다 하여 근방에 사는 학생들은 학교에 나와서 삐끔삐끔 디려다 보더라.

〈1948년 11월 1일 월요일 개임〉(10월 1일)
경기회 우승 기념식을 올리고 기행렬을 하였던 것이다.
자연 관찰에서 일출(日出), 일입(日入)의 방향과 시간을 재는 그림표를 작성하였다.

〈1948년 11월 3일 수요일 흐림, 개임〉(10월 3일)
'개천절'(開天節)의 봉축식을 올린 후 시식회(試食會)가 있었다. 오후 장기철 친구들 집으로 초대가 있어서 갔었던 것이다. 오늘까지 나의 조석운동은 계속 중이다.
육상경기 우승의 기념사진을 찍었든 것이다.
노정과 원자의 사진을 찍었다……. 원자의 입학 기념으로…….

---

9) 스리쿼터. 지프와 트럭의 중간쯤인 4분의3톤짜리 군용 트럭을 뜻하는 말이다.

〈1948년 11월 9일 화요일 개임〉(10월 9일)
어젯날까지 김장에 분주하던 노정 모친은 어린 아해들을 다리고 금계 본집으로 갔었다. 학교 일을 마치고서 나도 금계로 갔던 것이다. 시사 관계로 온 식구가 간 것이다.

〈1948년 11월 11일 목요일 개임〉(10월 11일)
방과 후 직원회까지 완료하고서 집에 가니 캄캄할 때이다. 그러나 달이 있기 때문에 어렵지는 안했다.
명일 시사물 준비에 식구들이 바쁘게 일을 보시었다. 나는 밤 생미를 쳤다.

〈1948년 11월 13일 토요일 개임〉(10월 13일)
해걸음에 호죽리에 도착되었다. 족조 '종현' 씨의 여혼이 있었던 것이다. 밤 깊도록 자미있게 주정도 하다가 밤을 지내었다. '정해국' 선생, '이영재' 선생도 같이 유하였던 것이다.

〈1948년 11월 14일 일요일 개임〉(10월 14일)
호죽리 한천동에서 아침 일직이 반송의 학교림까지 올라가 보니 아직 부형들은 모여 있지 아니하다. 열시가 넘어서나 지방 부형들이 모이고 11시 반쯤에 국사리 부형들이 모였든 것이다.
이 건너 저 건너에서 나무 뽀개는 소리가 '쾅, 쾅, 딱, 딱' 요란스럽게 들여올 때 우리 직원 몇 간은 산꼭대기까지 올라가서 휘둘러 발견하니 전망이 좋더라.
오후 5시에 벌채 작업을 마치고 부형들과 헤져서 집으로 돌아왔다.

〈1948년 11월 16일 화요일 개임〉(10월 16일)
내일의 학교용 발매 일 때문에 저녁 후에 강교장님과 같이 국사리 초마꼴로 출장 간 것이다. 그 동네 구장님(김주성)들 사랑방에 학부형을 모여 놓고 다음과 같은 말을 하였던 것이다.
1. 우리나라의 국민학교 교육에 대하여
2. 가정교육에 대하여
3. 매월 징수금에 대하여
4. 과동 연료 장작 발매에 대하여 …… 동원
회가 끝난 뒤 전씨들 두 집에서 초대가 있어서 밤늦도록 잘 놀았다.

〈1948년 11월 17일 수요일 개임〉(10월 17일)
국사 부형 약 30명을 인솔하여 호죽 학교림에 가서 벌채 작업을 마치고 오미에 도착하니 밤 10시이더라.

〈1948년 11월 18일 목요일 개임〉(10월 18일)
새벽에 금계 본집으로 간 것이다. 백부님의 담제(대상 후 백일 되는 날 지내는 제사)에 참례할려고 간 것이다.
제사 후 즉시 귀교하여 교수하고 난 뒤에 '마늘'을 노았던 것이다.

〈1948년 11월 20일 토요일 개임〉(10월 20일)
저념밥[저녁밥]을 먹고 부지런히 걸어서 남촌(띠실)에 도착될 때에는 어둠침침할 때이다.
정(鄭) ○○씨 댁의 사랑방에서 학부형회가 시작되어 약 3시간 만에 마치었던 것이다. 학부형회의 내용은 다음과 같다.
1. 家庭教育 …… 가정교육
2. 교육의 필요성
3. 한글 문제

4. 난로용 장적 운반

〈1948년 11월 21일 일요일 개임〉(10월 21일)
학부형들이 총 출동하여 호죽 학교림에 가서 하산하여 놓은 장작을 학교까지 운반하기로 되어 그 정리와 수습에 전 직원들도 분주하였었다.

〈1948년 11월 24일 수요일 흐림, 비〉(10월 24일)
며칠 전부터 온도가 상당히 올라가더니 기어히 오늘에는 비가 나린다. 금년의 가을 날씨는 희구할 만치 좋았었다. 추수 작업에 걱정된 사람이 하나도 없었다는 것이다. 김장 일이 끝난 제도 2주일이 헐신 지났다. 날씨가 하도 좋아서 김장 맛이 변하지 아니한 집이 그리 없으리라고 한다. 오늘의 비는 오래간만에 오는 비이다.

〈1948년 11월 28일 일요일 개임〉(10월 28일)
어제 저녁에는 대추리 하라버니의 기고가 들어서 같이 기내었다. 밤부터 바람이 몹시 불어서 온도가 헐신 나리고 구름까지 떠오르므로 눈이 올가 하였더니 새벽녘에 하늘은 맑에 개였다. 그러나 바람은 몹시 차졌다. 식전 온도가 영하 7도이고 오늘의 최고 온도가 영하 2도였다. 오늘까지에는 가장 춘 날이다.
소설 읽기를 시작하여 분주한 중에도 내처 읽었다.
부엌에서는 메주를 쑨다 하여 온돌방이 몹시도 뜨거웠다. 저녁때쯤에 절구에 찧은 메주를 뭉치로 만드는데 이 일만은 내가 맡아서 하였다.
오후 11시경에 소설 '상록수' 읽기를 마치었다. 저자 '심훈' 선생의 사상이 풍부함과 농촌진흥에 일신을 받힐 필요가 있는 우리 조선 청년들을 분개시키고 격려하는 데는 둘도 없는 좋은 소설이라고 믿어졌다.

〈1948년 12월 3일 금요일 개임〉(11월 3일)
금일에는 장래의 대사인 한 가지를 기초 잡아서 실시하기로 속 깊이 맹세하였다. 금년도 입학한 장녀 원자의 입학을 기하여 장남 노정까지, 학자예비금(學資豫備金)을 매월 300圓, 300圓 합하여 600圓式을 저축하기로 내심 결심한 것이다. 이 상태로 나가다가는 생활 곤란으로 인하여 상급(上級) 학교에 보낼 여지가 없을 듯하여서, 생활에는 곤란 중에 곤란을 더 받더라도 약간씩을 쥐어 짷아냄이 어떠할가 함이다.

〈1948년 12월 5일 일요일 개임〉(11월 5일)
식전 무렵에는 구름이 잔뜩 끼어 울울한 기분이었으나 맑게 개임에 따라 어찌나 따뜻한지 외투를 입고 나신 것이 벗어들고 가게 되었다. 하릴없는 봄의 날씨다. 동짓섣달이라고는 몇 철리 밖에서 꿈꾸는 듯한 느낌이다.
오래 간 만에 금계리 본집에를 다녀왔다. 오후 4시쯤 하여서 가락꿀 '정해준' 씨의 문병을 하였다.

〈1948년 12월 6일 월요일 개임〉(11월 6일)
오전 행사를 마치고서 청주 석교국민학교까지 갔었다. '국어 1-1' 지도법 연구회가 있어서 간 것이다. 오병구 장학사의 참고 될 만한 이야기도 들었다. 그 전에는 'ㅍ'을 지도할 때는 'ㅍ'를 알기 위한 단어(포도, 파리) 등을 취급하였으나 지금은 이야기하는 중간에 'ㅍ'을 인식시킨다는 것이다.
오후 차에 시간이 없어서 청주관에서 숙박하였다.

〈1948년 12월 7일 화요일 개임〉(11월 7일)
오전 5시라면 아직 캄캄할 때이다. 마침 5시 경에 잠이 깬 나는 학교 출근 시간 관계로 6시 차로 나와야만 되겠기에 준비를 하고 나섰으나 통행금지의 해제시간이 6시라는 것이어서 본정을 걷기에 곤란할 것이라고 말들 하나 여차한 경우에는 사정의 이야기를 하려는 마음을 먹고 정거장 편을 바라보고 줄다름질쳤다. 캄캄한 가로를 혼자 걷기는 기분이 몹시 안됐었다. 집에 도착되었을 때는 해가 돋으려 할 때였다.
오후 3시 반부터 어제의 것을 전달하기로 되어 직원회가 시작되었을 때 나의 의견대로를 열변한 바 있었다.

〈1948년 12월 10일 금요일 개임〉(11월 10일)
강민선 교장 선생님의 생신이라 하여 아침의 대접을 받았었다. 직원 전체가 교장님의 축하 이야기를 하면서 술을 마시고 반찬을 들었던 것이다.

〈1948년 12월 15일 수요일 개임〉(11월 15일)
12월 8일에 유엔총회 정치위원회에서 대한민국 정부 승인을 41 대 6으로 가결되었다는 것이어서 오늘은 면 주최로 그 경축식이 있었던 것이다. 어느 정도 기뻐할 것인지?
봉점 김기환 장로의 갑년 초대가 있어서 오후 3시쯤에 갔던바 진수성찬의 훌륭함은 다른 곳에서 그리 보지 못하였던 광경이었다. 종교(기독교)인의 가정임을 맛본 점도 적지 않았다.
밤에는 양조장 주임 댁에서 가을 떡을 먹게 되었던 것이다.

〈1948년 12월 20일 월요일 흐림〉(11월 20일)
청주 한벌국민학교에서 '국어 1-1' 지도법 연구회가 있어서 김동우 선생, 양기순 선생과 같이 참석하였다. 수업자는 이영순이라는 여선생인데 매우 활발하며 흥미 있게 함을 보고 감복하였던 바이다.
오후 5시 차로 올려고 청주역 '호무'에 들어설 지음에 어늘어늘하게 바쁜 차객들 앞을 다투어 차에 오르고 있다. 나도 차에 올을려 할 때에 어느 여학생이 반가히 앞에 나와서 경례를 한다. 인사는 받았으나 누구인지 얼른 생각이 나지는 않으면서도 혹시나 보은서 가르치던 제자가 아닌가 하는 생각이 난다. 학생은 빙글빙글 웃을 뿐이다. 궁금하여서 물었더니 보은에서 배웠다는 학생이다. 나는 반가워서 머리를 쓰다듬어 주었다. 청주여학교 사범과 재학중이라 하며 월곡에서 기차통학을 한다는 것이다.

〈1948년 12월 22일 수요일 개임〉(11월 22일)
'새싹' 제사 호(연말 호)를 내었다. 중간 중간에 오자가 있는 것이 유감이고 내용만은 풍부하였다.
오후에는 직원회가 있었는데 휴가 중의 행사 경영에 대하여 타합이 있었다. 교재윤독회, 교재 진도표 작성, 사회생활과 교수세목 作成, 각 부락 4, 5, 6세 아동 조사 등등 바쁘게 일하지 아니하면 안 될 동기휴가라고 생각났으나 돌파하려는 결심을 갖았다.

〈1948년 12월 23일 목요일 개임, 흐림〉(11월 23일)

3학년 이상 토끼 산양[사냥]을 갔었다. 국사봉으로 접직고개로 목단이고개로 포위 추격하여서 노루를 퉁겼으나 잡지는 못하였다. 산양개도 몇 마리 갔었으나 성공치 못하였었다.

〈1948년 12월 24일 금요일 개임〉(11월 24일)

오늘로써 금년의 수업을 마친 것이다. 전교생이 청소에 또는 정리정돈에 힘써서 오후 1시경에 모든 행사를 끝냈던 것이다. 내일부터 방학이 시작되매 따라 가정학습에 대한 구체안을 세워서 학생에도 끈을 느추지 않도록 철저히 주의시켰다.

몸조심하기 ― 운동 / 얼음지치기에 위험

불조심하기

공부 열심히 하기

생도들을 보내 놓고 사무실에 간단히 약주 한 잔을 마시며 과거를 논하였다. 다시 자리를 옴겨 시장 모 주점에 가서 두어 시간 홍푸리를 하였던 것이다.

저녁 후에 양조장 숙직실로 놀러갔다가 새 소식의 신문을 보았다. 국회 국무원 내에 소란한 일이 생기어 내무장관, 사회장관, 법무장관의 퇴임설 혹은 변명함을 읽은 것이다.

〈1948년 12월 25일 토요일 비〉(11월 25일)

여름비 모양으로 주룩주룩 쏟아지는 동지섣달 비는 저녁이 되어도 그칠 줄을 모른다. 겨울방학의 첫날이나 아침 일지에 출교하여 회계장부를 정리하기에 종일 바쁘다.

작년만 하여도 이때쯤의 온도가 영도 내외이었는데 오늘은 15도가 넘도록 온화하다. 진달래꽃과 개나리꽃이 피었다는 신문도 보았지마는 금년의 겨울 날씨는 참말로 특례라고 아니할 수 없다. 23일에 토끼사냥 갔을 때에 땅개비[방아깨비]와 뱀을 보았다는 것이다. 하옇든 40년 만에 처음으로 이처럼 기온이 좋다는 것이다. 한 변고가 있을 증조이라는 사람도 있다. 일본과 합병되던 해가 이러하였으며 일본이 패망하던 해에는 왜솔이 전부 죽은 것과 등등 묘하게 해석하는 이들의 말을 들을 때 이상한 생각도 아니 나는 것은 아니다.

-크리스마스-

〈1948년 12월 26일 일요일 흐림〉(11월 26일)

아침 하늘은 아직도 구름에 덮여서 개온치 않다. 어제부터 나리던 비는 오늘 새벽에야 꼬리를 감추었으나 개일 여망은 보이지 않는다. 비 나린 끝이었만 바람 한 번(한 점) 불지 않고, 당은 제대로 질퍽어리고 발 벗은 아해들은 여전히 다니며 노는 것을 보니 누가 겨울 날씨라고 할소냐?

24일에 조치원 장에 가셨다가 오신 아번님은 이틀 밤이나 지내셔도 별미 하나 대접하지 못하여 죄만하기 짝이 없다.

가장 춥다는 12월도 그믐이 가까웠는데 금년 해는 눈을 보지 못하고 넘길 것 같다.

10여일 전부터 감기로 욕을 보던 '노명'은 지금까지도 그리 차도가 없다. 체온은 높지 않으나 호흡을 몹시 괴롭게 한다. 의사의 말도 호흡기가 나쁘다는 것이다. 목이 착 가리어서 말소리를 내지 못한다. 낮에는 빨빨 거리고 잘 놀다가도 밤이면 병세가 극도로 악화되어 보는 사람으로 하여금 마음을 아니 조릴 수 없다.

〈1948년 12월 27일 월요일 흐림〉(11월 27일)
국어 교재 윤독회(輪讀會)가 오전 열시부터 시작되어 3학년 4학년 것을 마추니 오후 4시었다. 전 직원이 착실한 연구태도와 열성이 있음은 매우 아름다운 광경이었다.
오후 5시에 정해국 교감선생과 같이 정봉 서촌까지 갔다 왔던 것이다. 박성길 여선생이 돌연히 이번 방학의 기회에 가정 사정으로 인하여 사직하게 되매 따라 명일에 경상도 문경으로 가신다는 것이어서 섭섭하기에 인사차로 갔던 것이다. 선생은 우리 옥산교에 오셔서 많은 노력을 하였기에 항상 감사의 뜻을 잊지 않는 바이었다. 수고하였다는 인사의 말을 하고 장래를 축복하여 떠나오니 그는 섭섭한 마음과 감격에 넘치는 심정인지 눈물을 흘리더라.

〈1948년 12월 28일 화요일 개임〉(11월 28일)
오늘의 윤독회는 오후 3시 반에 마치었는데 매우 교재 습득에 효과적이었다. 오학년 전기용을 마친 것이나 좋은 교재가 많았었다.
오후 5시쯤에는 본교 교실 증축 문제로 면장(정윤모 씨), 후원회장(이근우 씨), 학교장(강민선 씨), 정해국 교감과 어느 장소에서 토의하고 결의를 보았다. 반드시 증축하자는 것으로…….
나도 이 자리에서 단단히 말한 바 있었다. 1. 증축하는 데 있어 덕절 공회당을 산다는 것. 2. 값은 15만 원 정도. 3. 거출 방법은 더 연구할 것. 이상으로 결의된 듯하니 잘 추진하여 주십사고…….
밤에는 금계 본집을 가려다가 이인로 선생 댁에서 몇 분의 직원과 같이 놀았으므로 늦어서 못 갔었다.

〈1948년 12월 29일 수요일 개임〉(11월 29일)
문살이 훤하자 나는 잠이 깨어 차비를 차린 후에 떠났다. 아침바람이라 몹시 차나 아우의 시국 영향을 받는 고생과 부모님을 생각할 때 추운 기미가 없어지고 집으로 집으로 달리게 되었다.
오늘이 음력 동짓달 그믐이란다. 마침 이 달이 적기 때문이다. 밥 한 때라도 어머니 앞에서 먹어 보려는 심정으러 고기 조금 사가지고 갔었다. 온 집안 식구들이 반가이 맞는 것이었다. 조금 있으려니까……도 와서 같이 먹었다.
아침 후에 바로 떠나 학교로 가니 1의 2 김동우 선생의 국어 연구수업이 시작되려는 것이다.
1학년 국어 지도법 연구 검토회가 끝나고 윤독회로 다시 들어가서 육학년 것을 읽기 시작한 것이다. 5과까지 마치고서 오늘의 수업 검토회와 윤독회를 완전히 마치니 오후 4시었다.
처제가(수신면) 어제 왔다가 오늘 간 것이다.

〈1948년 12월 30일 목요일 개임〉(12월 1일)
전 직원이 오늘도 출근하여 '교재 진도표'를 작성하고 개정된 용지에 이력서를 써서 제출하였다. 교장님은 봉급수리와 회의관계로 상군하시었다. 직원들은 오후 3시 반에 사무를 마치고 신촌 박씨 댁에서 초대가 있어서 다녀왔던 것이다.
노정과 원자는 방학이 되었다고 쇠재에 가고 싶어 하드니 오늘에서야 간 모양이다.
3남 노명은 이십여 일이 지나도 병이 낳아지를 않는다. 요새에 근동에 백일해(백일기침)가 유행되는 모양인데 그 병인 듯도 하다. 기침을 몹시 하며 호흡을 "그륵그륵" 소리를 내어 한다. 그러나 몇 해 전에 원자 같이 심한 기침은 아닌 듯하나……. 속히 고쳐주지 못하는 아비의 책임과 딱함을 알면서도…….

〈앞표지〉
1949년
단기 4282년(己丑年)
일기장
玉山校在勤

〈1949년 1월 1일 토요일 개임〉(12월 3일)
남북통일의 큰일을 이루어 완전한 독립국가가 성립되어서 강국의 기초를 탄탄히 세우는 새해 첫날의 아침인 것이 틀림없다. 솟아오르는 태양광선이 그를 의미하고 울타리에 앉은 참새까지도 그러함을 축원하는 듯이 짖으굴댄다. 이 나라의 한 백성이면서 잠시라도 그 마음을 잊을소냐. 예수교에서 찾는 하나님이 아니고 나 혼자만이 우러러 사모하는 하느님께 온몸을 바치는 마음으로 기원하였다.
나는 힘껏 빌고 빌었다. 탄탄한 나라가 서기를 첫째로 빌었다. 나의 가정의 무사함을 빌었다. 나의 책임된 업무에 성실히 나갈 수 있도록 챗직질하여 주심을 빌었다.

〈1949년 1월 3일 월요일 눈, 개임〉(12월 5일)
요번 겨울에 들어서는 이제까지 눈 나리는 것을 보지 못하였더니 오늘에야 겨우 나리기 시작한다. 해 떠오기 조금 전부터 날리던 눈은 오전 10시쯤 하여 그치니 15mm가량 쌓인 듯 싶었다. 눈 오는 것을 모두가 기뻐하는 듯이 맞는다.

〈1949년 1월 4일 화요일 흐림, 개임〉(12월 6일)
어제 나린 눈은 급작이 춘 관계인지 얼른 녹지 않앴다. 눈 위 바람은 코등과 귀뿌리를 에이는 듯이 차다. 이적까지 푹하던 날씨가 눈 한 번에 이렇게도 기온이 나린다.

〈1949년 1월 5일 수요일[1] 눈, 흐림〉(12월 7일)
오늘에 나리는 눈은 본격적으로 왕눈이 나린다. 주먹 같은 눈이 터벅터벅 쏟아진다. 서너 시간 후에는 발목이 빠질 정도로 쌓이었다. 오래동안 온화하던 겨울날씨어서 입 가진 사람마다 괴이한 겨울이라고 말하여더니 불과 몇 시간 사이에 지상은 은세계로 변하여 버린 것이다. 점심때쯤 하여 끔찍한 소식이 하나 있었

1) 원문에는 금요일로 표기되어 있다. 저자의 착오로 보인다.

다. 내곡학교 교감이 어제 저녁에 암살을 당하였다는 것이다. 이유는 자세히는 모르나 들리는 바에 의하면 현 국내정세에 관하여 편벽된 사상을 아동들에게 {고}취시켰기[2] 때문이라고 한다.

일직 당번이어서 출근하여서 남아지 사무 정리를 하였다. 종일토록 아무 사고 없었다.

〈1949년 1월 7일 금요일 개임, 흐림〉(12월 9일)

방학된 이후로 처음 본집에 갔었다. 아번님께서는 조치원 장에 가시었다는 것이어서 저녁 후에 사거리까지 마중을 갔었든 것이다.

부모님께서 노명(삼남)의 병세를 말씀하시기에 염려하실 것 없으시다고 안심의 말씀을 디렸다. 오래 전부터 호흡을 괴롭게 하며 목이 가려서 말을 하지 못하므로 몹시 염려가 되드니 지금에는 어지간히 나아간다. 그렇다고 급히 서들어서 의사 치료를 받도록 한 일도 없다. 그동안에는 다만 참새 두 마리를 다려 먹인 일이 있으나 이 새도 참으로 친절한 친구 이병억(현재 양조장 서기) 군이 잡아서 약에 쓰라고 친히 가자왔기에 사용한 것이다. 이 참새 약을 먹은 뒤로 차도가 있기 시작한 것인 줄 믿는다. 동기동창 이병억 군에게 진심으로 감사의 뜻을 표하는 바이었다.

〈1949년 1월 9일 일요일 개임〉(12월 11일)

오전 3시라면 첫닭이 울 때이다. 잠결에 징소리가 가슴까지 파고 울려 들어온 것이다. 몹시 걱정스러운 불안을 느꼈든 것이다. 자경단원이 야경을 밤새도록 돌기는 하지마는 징을 울리는 것이 아니라 북과 꽹과리를 치는 것이므로 어떤 변고가 생긴 것이 틀림없든 것이다.

금북(지룰) 일가의 형 관영 씨 댁에 강도가 들어와 현금과 물건을 상당히 가자갔다는 것이었다. 우리 금계에서 자고로 처음 보는 괴이한 사건이라고 어른들은 말씀하신다.

오후에 아우 운영에게 단단한 훈계를 하니 형의 말에는 어데까지나 순종하는 아우는 진심으로 감동하여 답변을 하면서 동의한다. 이를 들으시는 아번님께서도 형의 말대로 실행함이 가장 옳다고 찬의하시었다. "최후에는 정의가 승리한다. 악한 자는 벌 받는 일이 온당하다는 것을 역설하고 그러나 너(아우)는 절대로 악 행동이 없었음을 형은 단단히 인정할 수가 있으니 오해는 하지 말고 차후라도 변함없는 정의의 길을 밟도록 훈계하였든 것이다."

오후 3시경에 노정과 원자를 다리고 오산까지 왔다. 이 애들은 일주일 전에 갔던 것이다.

〈1949년 1월 10일 월요일 개임〉(12월 12일)

전교 소집일이어서 출근하였다. 과제장 검열과 교내 청소를 마치고 나서 우리 3의 2는 눈사람을 만들었다. 국어과에서 방학 시작하기 전에 배운 것이라 자미있게 만들고 놀았던 것이다.

〈1949년 1월 13일 목요일 개임〉(12월 15일)

며칠 전에 나렸든 눈은 아직도 녹지를 않아서 길바닥은 험하다.

무사히 기내오던 우리 옥산면도 시끄럽게 되

2) 지면 가장자리가 떨어져나가 앞 글자를 알 수 없으나, 이어지는 글자가 '취'인 것으로 보아 '고취'로 입력하였다.

었다. 청주서에서 경관대가 수십 명 오고 인접 면에서 응원대가 수십 명씩 와서 벅석이는 형편이다. 어젯날에 창리와 신촌에서 무장폭도라 하는 사람들이 다수 나타나서 면민의 가슴을 울렁거리게 한 일이 있었다는 것이다. 각 부락의 자경단원들이 총출동하여 불침철야하기로 하면서 이 방비에 대하도록 하는 것이었다.

아- 동족상잔이란 말과 같이 진상이 고대로이다. 이를 보고 어찌 한심하지 않알손가. 비나니 무혈통일을…….

〈1949년 1월 14일 금요일 흐림, 비, 눈〉(12월 16일)

오늘도 역시 경관대들은 대오를 지어 사방으로 감찰, 수사, 체포에 총출동이다. 요번 사건에 경비도 적잖이 날 것이다. 그러나 그까지 경비 같은 것은 아직 그리 큰 문제가 아니다. 오늘 저녁에도 수상적다는 사람인지 20여 명 묶여 왔다. "나는 원하고 빈다. 음모, 폭행, 파괴, 고문, 암살, 무도의 짓인 모든 행동 일절이 우리 세상에 없음을." 귀중한 인명과 재산을 없애잖고 통일 사업에 선심으로 매진할 것과 몸에 매를 대는 등의 체형 없이 취조, 질문, 응답이 선선히 나오도록 하는 착한 정치가 베푸러지는 도리가 없는가? 에 나의 마음이 몹시 괴로움을 속 깊이 느껴지는 바이다. 우리나라의 문화 정도가 낮은 관계인지 인간 행사에는 이밖에 도리가 없는 것인지 그냥 볼 수 없는 처지임을 나의 믿는 천상천하의 신에게 살펴주기를 나는 빈다.

진눈개비가 쏟아져서 길이 몹시 험악하여지나 이보다 더 괴롭고 곤란을 겪는 애국지사도 있는 것이라고 믿으면서 천내 최명락 씨 친긔[친기(親忌)][3]에 조문을 갔다 왔던 것이다.

노명의 낙서 3살백이[4]

〈1949년 1월 15일 토요일 흐림〉(12월 17일)

저녁을 먹고 나서 급보를 받은 나는 어쩔 줄을 몰랐다가 한참 후에 정신을 차리고 일을 수습하기에 어리둥절하였다. 아우가 좌익자라는 것으로 아번님께서 지서로 오시게 된 것이다. 아우는 피신하여서 경찰관 눈에 뵈이지 않았던 관계이다.

급히 지서에 가보니 아번님께서는 난로 옆의 의자에 앉아 계시믈 보고 가슴이 산뜻함을 느꼈다. 지서 안에는 지방유지 혹은 호출인으로 가득 찼다. 아번님과 눈이 마주칠 때의 느낌은 기록할 수 없을 만하다. 이 밤을 그럭저럭 넘기기로 하니 가슴이 뽀개지는 듯하다.

〈1949년 1월 16일 일요일〉(12월 18일)

날은 밝았으나 개온치 못한 이 사세를 어찌할가에 주저하였다. 아침진지를 지서로 갔다드리는 이 자식의 가슴이 어떠리요. 점심때가 지나서 오미장이 거진 허치게 될 무릅에는 우리 금계 청장년들이 약 30명이나 경찰관에 잡혀 옴을 보았다. 아- 이 일이 어찌될 것인가에 마음을 아니 조릴 수가 없었다. 그 중에는 종형과 종제도 끼어 온 것이다. 옥산지서의 가유치장에는 사람으로 꽉 차였다. 이 30여 명은 민

---

3) 부모의 제사를 일컫는 말이다.

4) 이 일기가 적혀 있는 지면에는 파란색 볼펜으로 어지럽게 선이 그려져 있다. 저자는 이것이 아들 3남 노명의 낙서임을, 낙서와 같은 색 볼펜으로 일기가 끝나고 난 여백에 적어 두었다.

애청[5]에 가입하였기 때문에 온 것이라 한다. 일락과 더부러 아번님께서는 지서에서 나오셨다. 가슴이 벅찬 마음으로 저녁을 같이 들고 곧 집으로 가시었다. 우리 부락 유지 몇 분과 걱정과 상의를 하고 한자리를 베풀었던 것이다.

〈1949년 1월 17일 월요일〉(12월 19일)
도피한 관계로 본인은 볼 수 없으니 가족이라도 여러 가지로 취조를 하겠노라는 수단이 경찰의 괴책이어서 일가의 몇 사람의 가족(안식구)이 지서에 와서 어느 정도 고통을 겪는 듯……. 게수[제수] 씨는 노정 모친의 산월 달이 이 달이어서 겸하여 나의 집에 계시기로 하였다.
각 부락마다 야경이 철저하였다. 동구마다 몇 사람씩이 입초를 서서 왕래 행인의 수사가 철저하였다. 저녁때가 되어 종형제가 지서에서 나오게 되었다. 한 20여 명 나온 것이다.

〈1949년 1월 18일 화요일〉(12월 20일)
금계에 올라가서 부모님께 만반 위로의 말씀을 드리고 오후 3시경에 나려왔다. 오는 길에 자경단원 수십 명과 경관 몇 사람이 금계 방면으로 감을 보고 또다시 놀라지 아니할 수 없었다. 일전에 금계사람 전체를 학교 운동장에 소집하여서 상당한 취조 끝에 30여 명을 나려오게 한 일이 있기 때문이다- 오늘은 어떠한 일이 있을가?

5) 해방 후에 설립된 좌익 청년단체 '조선민주애국청년동맹'의 약칭이다. 당시 결성되었던 우익단체로는 이범석의 민족청년단(족청), 서북청년단(서청)이 있었다.

기어코 금계사람 7인은 청주로 너머가게 되었다. 이 일곱 사람에 대한 취급이 원만히 해결되도록 몇 사람이 애를 쓴 것이다. 종래 그러한 서광을 보지 못한 채 오늘을 지나게 되었다.

〈1949년 1월 19일 수요일〉(12월 21일)
오전 12시 전에 청주에서 나온 스리코트[6](자동차)는 우리 일가 7인을 싫고 엔진소리도 엄하게 청주로 다라나 버리었다. 이를 본 그의 모자(母姊)들이 눈물 흘리며 발 구르는 광경은 차마 볼 수 없었다.

〈1949년 1월 21일 금요일〉(12월 23일)
청주 본서에 갔던 7인은 어찌 될 것인가에 의심이 되드니 5인은 오늘 저녁에 나왔다. 반갑기 짝이 없었다.

〈1949년 1월 22일 토요일〉(12월 24일)
아우로 인하여 침식을 편히 못하시는 아버지와 어머니께 무엇으로 위안해 드려야 옳을른지 알 바를 주저 아니 할 수 없다. 나 역시도 곤히 잠이 들면 잊을가 항상 머리와 가슴 속은 안개가 낀 듯이 개운치 못하다. 잠속인들 아주 잊은 때가 그리 없는 듯…….
피신하여 날을 보내는 아우의 마음은 더욱이겠지. 한두 시간이 아니요 몇 날 몇 달을 지기를 펴지 못하고 어떻게 지내나? 이 쇠사슬이라 할가 겁이라 할가 언제나 풀릴른지 까마득하다.

6) 스리쿼터. 지프와 트럭의 중간쯤인 4분의3톤짜리 군용 트럭을 뜻하는 말이다.

일전에 지서에 와서 고문을 당한 동네 젊은니 중에 종형도 같이 있었든 까닭에 의혈[어혈] 풀릴 약을 너덧 첩을 지어 가지고 집에 갔었다. 종형의 궁둥이를 볼 때 나의 가슴은 옥으라들고 상오는 공포에 찌프라졌다.

아- 밤에 짖는 저 개 소리는 나의 신경을 마비시켜 마음이 공중에 떠 있는 듯……. 다리를 편이 벋지 못하고, 잠을 부르지 못한 채 다시 낮을 마지하게 되는 이 심경을 어찌 다 기록하리요. 다만 아우의 무사함을 하늘에 또는 땅에 비누나…….

〈1949년 1월 24일 월요일〉(12월 26일)

옥산사건(창리사건)은 아직도 간정되지 못하여 면내가 편치 못하다. 부락의 일가친척 몇 사람은 루명을 쓴 채로 종시 사건이 진섭되는 듯……. 확실한 내용을 누가 알이요.

〈1949년 1월 28일 금요일〉(12월 30일)

음력 섣달금음 날이어서 저녁때쯤 하여 바지저고리를 입고 본집으로 향하였다. 도중에서 일가 족조 대종 씨와 만나 이런 얘기 저런 얘기 하면서 걸었다. 지금 정종 씨가 본서 유치장에 있어 그 면회 때문에 갔다 오는 모양…….

〈1949년 1월 29일 토요일 흐림, 비〉(1월 1일)

집안 어른들과 같이 설 차례를 지내었으나 아무 기쁨을 모른 채 오늘 해를 넘기었다. 우리 곽씨 일동이 상당한 참변을 당한 일이 있었기에 온 동네가 활기 없이 설날을 보내는 것을 볼 때 무엇인지 가슴에 치미는 것이 있었다. 아우와 한자리에서 오늘의 음식을 나누지 못하는 이 형편을 언제나 잊을 길이 있으랴.

성묘를 다닐 때 나는 조상들에게 빌고 빌며 원한 바 많았다. 날씨가 어찌나 푹 하던지 비가 나리었다. 세배 다닐 때의 나의 꼴은 활기가 없었던 모양이다.

〈1949년 2월 1일 화요일 개임〉(1월 4일)

겨울방학은 어제로 마치고 오늘부터 신년의 공부가 시작되었음.

학교 일을 마치고 강 교장님 댁에서 세연(歲宴)이 있었음.

〈1949년 2월 8일 화요일〉(1월 11일)

유엔총회에서 온 몇 나라의 대표자로 구성된 신한국위원단[7]이라는 단체가 들어옴. 이북까지는 입국치 못하였음. 중국은 중공군에 완전에 가까울 만치 국부 측에서 기우러졌음. 장개석 총통은 이로 인함인지 하야하였음. 근일에 와서 삼팔선 부근에서 남북군 간에 충돌됨을 신문에서 볼 수가 있음은 매우 섭섭한 일임.

권이섭 씨 댁에서 초대가 있어 전 직원 갔었음. 김재관 부면장 친기가 있어 방축까지 갔다 옴. 장선생 댁에서 윷놀이 함.

〈1949년 2월 12일 토요일 비, 흐림, 비〉(1월 15일)

오전 3시 반쯤 하여 딸(貳女)을 남. 나로서는 처음 당해 보는 광경임. 어머니께서 오심.

저녁에 나는 사랑간에 가서 옛 소설책을 노인들 앞에서 보아 드리었음.

---

7) [내용 보충하여 문장 수정!] 1948년 12월 파리에서 열린 제3차 유엔총회에서 소련을 비롯한 공산국가들의 반대를 48 대 6으로 제치고 남한 단독정부를 승인하고 유엔신한국위원단 설치.

〈1949년 2월 18일 금요일〉(1월 21일)
금계학교 직원이 전부 본교까지 오게 됨에 따라 기회를 이용하여 친목회를 하였음. 이영재 선생의 음악연구회가 있었음.

〈1949년 2월 19일 토요일〉(1월 22일)
금년에 다섯 살인 노현과 집에 갔음. 어린 다리도 빨빨거리고 뛰어서 따라오는 그 광경은 누가 보든지 귀여운 모양이더라. 집에 당도할 때까지 길 옆에 보이는 것마다 묻지 않는 것이 없이 잠시를 입을 다무리지 않음. "아버지 이 밭은 누구네 해여." "아버지 이게 무어여." 논이다. 저수지를 보고도 밀밭, 보리밭을 보고도……. 방안과 마당에서만 생활하든 그는 이 대자연 속에 나오니 마음이 몹시 기쁜 모양이더라. 순진하고 귀어운 천진한 말을 들으면서 자미있게 가다 보니 쉽사리 집에 당도하였다. 집 가까이 갔을 때 저의 고모들이 얼사 좋아라고 귀업게 둘처업고 달아나니 노현은 더욱 아양이 나는지 어리광에 잠기더라.

〈1949년 2월 20일 일요일〉(1월 23일)
집에서 오미 가는 도중에 강민선 교장님과 장시형 지서장을 맞나서 다시 금계로 가서 훈종씨 댁에서 한자리를 베푼 후에 금계 교장님들 댁에 유쾌히 놀다 왔다.
3살백이 노명의 낙서.[8]

〈1949년 2월 26일 토요일〉(1월 29일)
제1학기 종업식을 거행하였다. 박승률 선생의 송별연회가 있었다.

〈1949년 3월 1일 화요일〉(2월 2일)
삼일절 기념행사가 있었다. 고라리 송희철 군의 조부 소기에 조상을 하였다. 수년 전에 보은서 가르친 제자 김봉수 군이 먼 길을 차자왔다……. 감사하기 짝이 없더라.

〈1949년 4월 4일 월요일〉(3월 7일)
장터 네거리에서 "운영이가 오는 모양이야요."라고 어느 누가 말함을 듣자 어찌나 반갑고 기쁜지 말할 수 없어 주마대평으로 구내를 향하여 줄다름쳤다.
허연 얼굴과 엉성한 두발에 끈 없는 옷을 조끼 단추로 간신히 여미어서 형의 다라옴을 같이 달려 마자주는 그 심정은 시간과 용지가 부족하여 기록지 못하노라. 아우가 고생살이집으로 들어간 지 10여 일 동안 침식을 달게 한 적이 없었다.
입서(入署)되든 날부터 오늘까지의 경과를 어찌 다 기록하리요. 한때의 인간살이로 돌리기로 하고 기록하지 안노라.

〈1949년 4월 10일 일요일〉(3월 13일)
감자를 놓고 고추씨를 파종하였다. 지난 6월에 졸업한 송희철 군이 와서 조력하기에 일이 일찍 끝났다.

〈1949년 4월 12일 화요일〉(3월 15일)
어제부터 부내에서 연구회가 시작되어서 교동학교, 여자중학교, 공업학교의 수업을 참관하고 오늘은 동 연구회를 공업학교 강당에서

8) 지면에는 역시 앞에서와 마찬가지로 낙서가 그려져 있다. 앞서와 마찬가지로 저자는 어린 아들 노명의 낙서임을 빈 지면에 적어 두었다.

마치었다……. 과학교육 시찰을 문교부에서 하게 된 때문이었다.

〈1949년 4월 16일 토요일〉(3월 19일)
강서국민학교에서 연구회가 있었기에 전 직원이 출장하였다. 검토회 시에 우리 학교 직원들이 대활약을 하였다. 나도 과학에 대하여 몇 마디 소감을 말한 바 있다.

〈1949년 4월 21일 목요일〉(3월 24일)
학예회 총연습이 있었다.

〈1949년 4월 22일 금요일〉(3월 25일)
교동학교에서 연구회(본도 3부 연구회)가 있기에 출석하였다. 내일까지 마친다는 것이었다……. 교동교의 학예회는 기술적으로도 매우 성적이 훌륭하였었다.

〈1949년 4월 23일 토요일〉(3월 24일)
어제부터 시작된 연구회는 오늘의 검토회가 끝나자 행사를 마치었다. 저녁 막차로 집에 돌아왔다.

〈1949년 5월 3일 화요일〉(4월 6일)
본교 5학년 여자 선수들이 청주여중 주최인 육상경기에 출장하여 우승하여 왔음.

〈1949년 5월 9일 월요일〉(4월 12일)
아동의 부락 대항 축구회가 있었음. 어린이날(5월5일) 행사로 예정되었던바 우천인 관계로 오늘에서 실행하였음.

〈1949년 5월 10일 화요일〉(4월 13일)
나의 연구회가 있었음. - 3학년의 자연관찰 바람의 이용에 대한 문제였음. 검토 기타에 대하여는 연구기록장에 있으므로 이 자리에는 그만둘지라도 교사 아동 간에 흐르는 자연미가 좋았다는 것이다.

〈1949년 5월 13일(4. 16.) 금요일 비〉(4월 16일)
삼 일 전부터 나리는 비는 아직 긑이지 아니하여 보리에 해로울 듯하다. 금년에는 아직까지는 보리가 대풍이기 때문에 날씨의 잘함을 더욱 기대하고 있다.
나도 학교비 토지를 한 삼백 평쯤 경작하는데 보리를 갈았더니 그리 잘못되지는 않았다.

〈1949년 6월 18일 토요일 흐림, 개임〉(5월 23일)
새벽부터 태룡이와 함께 보리타작을 하였다. 오후 8시 반쯤 하여 완전히 마치었다. 약 30말(한 섬 반) 가량 수액[수확]이 있었다. 태룡이가 많이 수고를 하여 무사히 끝났음을 다행으로 여긴다.

〈1949년 6월 23일 목요일 개임〉(5월 27일)
우리 학교에 장학사 시찰이 있었다. 도 장학사 정원상 선생과 군 장학사 김홍배 선생께서 오셨든 것이다. 전 직원이 교장을 중심으로 아동교육에 열심 노력하고 있다는 칭사로 검토회를 마치고 간담회가 있었다.

〈1949년 6월 27일 월요일 개임〉(6월 2일)
조국해방에 평생을 지내시던 김구 선생께서 흉변을 당하여 세상을 떠나셨다는 보도가 신문에 발표되자 깜짝 놀라지 않은 사람이 없었든 것이다.

〈1949년 6월 30일 목요일 개임〉(6월 5일)
본교(나의 모교) 제27회 졸업식을 올리었다. 모교에 온 지 네 차례채 보는 졸업식이다.

〈1949년 7월 19일 화요일 개임〉(6월 24일)
16연대에서 아우를 보았다. 가정 형편에 나가 있을 사람이 못되련만 10여 일 전에 군문으로 들어간 것이다. 이 종이에 복잡한 사정을 기록하지 않겠다…….
학년 말 상품을 사가지고 학교에 돌아왔으나 아우의 문제는 나의 머리에서 도저히 사라지지 않았다. 아우의 말에 "들어온 이상 훈련을 열심히 받겠다."고 말함도 당연한 말이라고 생각된다.

〈1949년 7월 20일 수요일 개임〉(6월 25일)
수업식(修業式)을 거행하였다.
집에선 논을 뜯는다는 것이어서 수업식을 마치고 곧 용소셈 여덟 마지기를 항하여 줄다름쳤다. 가보니 우리 집 일은 벌써 마치고 종형들 논일들을 하고 있더라.
아우가 없어서 일하시기에 아버지께서는 몹시 글력 부치신 모양이어서 나는 면목 없으매 머리가 숙으러졌다.
금년에는 날이 하두 가믈으므로 모를 심지 못한 논이 엄청이도 많다. 약 10년 전에(己묘년) 샘물이 떠러지도록 가믈더니 금년에도 그 정도는 아니나 엄청나게도 가믄다. 오미 앞들에도 발동기를 대여섯 채나 들여대고 품으나 그래도 물은 늘 마른다.

〈1949년 7월 28일 목요일 비〉(7월 3일)
어제 아침에서야 비가 나리기 시작햇다. 학교 실습답은 일주일 전에 호미모[9]를 하였더니 한 폭이도 남지 않고 타버렸다. 진작 비가 아니온 것이 야숙하였다. 엉그림[엉그름][10]이 딱딱 가기 시작하여 베[벼]가 다 죽어가는 때에 비가 충실히 나리니 아니 좋아하는 사람이 없다.
들에는 도링이[도롱이] 삿갓 한 농부들이 삽을 들고 이리 뛰고 저리 뛰며 물고 보기에 바쁘다.

〈1949년 8월 1일 월요일 개임〉(7월 7일)
어제 저녁에 집으로 온 나는 어머니와 몇 가지 상의를 하였으나 아버지께서 만류하시는 바람에 모두를 그만 중지하기로 하였다. 모레는 아번님의 49回 생신이어서……. 아번님 말씀에 "그만 두어라. 내년에는 내 나이 50이니 그때나 동네 사람에게 술 한 잔씩이라도 나누어 먹기로 하자. 지금 네 동생도 없고 하니……."
아번님 말씀을 듣고 나는 다시 아우 생각을 하였다. 집에 같이 있어서 기쁨을 나누게 되면 얼마나 좋을가? 하는 생각이 조금 섭섭한 감으로 느끼게 되었다. 아들을 생각하시는 부모님의 마음은 어떠하리요. 만반진수가 있은들 달게 잡수실 이가 없으실 듯……. 나는 다시 이 점에 느끼게 된 것이다.
아번님께서는 논의 김매기 일을 가신 뒤 어먼님께 말씀을 드리고 병천장(아내장)을 갔었던 것이다. 근 10년 만에 보는 병천장이다. 옛을 생각할 때 애국에 몸을 희생당한 유관순 여사

9) 이앙기에 가물어 논에 물을 채워 모내기를 할 수 없을 때 논바닥을 호미로 파 심는 모를 일컫는 말이다.
10) 차지게 갠 흙바닥이 말라 터져 넓게 벌어진 금을 일컫는 말이다.

를 나으신 터임이 머리 위에 떠올라 옴을 느끼게 되었다.

장 구경을 언뜻하고 닭 두 마리와 갈치 두 마리를 사가지고 집에 오니 오후 5시경이다. 어찌나 덥든지 땀이 노오타이 한 개를 험벅 적시었다. 어머님께서는 깜작 놀라시며 장홍정을 받으시었다. "어먼님! 내일 저녁에 다시 오리다." 하고 오미로 나려왔다.

〈1949년 8월 2일 화요일 개임〉(7월 8일)

교장선생님과 같이 군청으로 가서 교장회의에 같이 참석하고 7월분 봉급을 받아가지고 나오는 길에 16연대에 가서 아우를 만나려고 빵 한 봉지를 사가지고 갔었으나 마침 야외연습을 나갔다 하므로 섭섭하게도 만나지 못하고 시간관계로 그냥 나와 버렸다. 오미 와서는 군 산림계 이석로 씨와 함께 소주를 한 잔씩 나누었던 것이다. 어느 정도 마시다 보니 상당히 올랐든 것이다.

원자가 부르기에 집에 가보니 아번님께서 오셨으나 몹시 걱정스러우신 안면을 하고 계시므로 나의 가슴이 선듯하였다. 청주에 가셔서 어떠한 불유쾌한 꼴을 보신 일이 틀림없으시다. 나도 몹시 궁금하지 아니할 수 없다.

아번님 말씀을 들으니 아우는 만났으나 더위에 훈련이 몹시 고디어서 꼴이 너무나 틀리고 눈물 흘리는 태도에 가슴이 아프므로 볼일 보러 갔던 토지(밭……대구레 제방 밑에 있는 것) 산다는 계약도 하지 않고 그대로 오셨다는 것이다.

저녁 후에 아번님을 모시고 집으로 올 때 불효이 놈은 소주에 정도가 넘쳐서 몹시 죄송하고 괴로웠든 것이다.

〈1949년 8월 3일 수요일 개임, 흐림〉(7월 9일)

새벽 일찍이 일어나서 닭을 잡았다.

아침을 먹을 때 아우 생각이 간절하였다. 집안 어른들을 모시고 아침을 같이 하였으나 아무 심명[신명] 없었다. 부모님의 마음은 더욱 하리라고 생각하며 아침 후에 학교로 와서 직원에게 봉급을 나누었다. 내일은 서울을 거쳐 인천 자근 외숙한테 가기로 예정을 세웠으므로 모든 준비를 하여 놓았다.

〈1949년 8월 4일 목요일 개임〉(7월 10일)

아침을 일찍 먹고 서울행 기차를 탔다. 기차 안에서는 옆에 앉은 여인 세 사람의 이야기와 접대를 받으면서 달리므로 졸지 않고 멀미도 모르게 가게 된 것이다.

차 안에서 본 양편의 논들은 벼가 잘 자라지 못하고 심기지 못한 논도 상당히 많았다. 나의 고향도 {가문}[11] 날 심근 곳이 우수 많았든 것이다. 하여튼 금년은 흉년인 듯하여 더욱 민생 문제가 우려된다. 서울역에 도착하니 오후 2시 반이었다. 남대문 옆 '옥산상회'에서 족형 제영 씨와 그 외 일가친척을 몇 분 만나서 점심까지 잘 먹었다. 재종형 점영 씨를 만나 가정의 안부를 말하였다.

〈1949년 8월 5일 금요일 개임〉(7월 11일)

인천으로 가서 자근 외숙을 찾아뵈었다.

〈1949년 8월 6일 토요일 개임〉(7월 12일)

산에 올라가서 관상대를 구경하고 바다 편과

11) 원본에는 이 부분에 구멍이 뚫려있어 알아볼 수 없다. 문맥을 보아 '가문'이라 입력하였다.

시내 편을 바라보는 전망이 나의 울울한 가슴을 시원하게 푸러주더라. 인천부립박물관에서는 고려자기를 비롯하여 옛적의 시대별로 놓여 있는 문화 풍속을 알리는 여러 가지 물건에 발길이 늦어졌었다.
수학여행 시에 보던 인천 항구를 구경을 하고 휘장 제작소에 가서 '옥산' 마-크를 주문한 다음에 월미도에 가서 목욕을 실컨 하였다.

〈1949년 8월 6일 토요일 개임〉(7월 12일)[12]
집에 올 계획으로 인천서 첫차로 서울까지 와서 충무로를 얼핏얼핏 다녀서 역으로 가니 시간이 조금 늦었고 족형 계영 씨가 하고[하도] 붇자부므로 할 수 없이 하루밤을 더 쉬게 되였든 것이다. 남산 구경을 시켜주므로 상봉까지 갔더니 서울 안팍을 눈 아래에 볼 수 있었다. 오늘은 마침 일요일이어서 그런지는 모르나 남산 전체에 사람들이 쪽 깔려서 흥을 푸는 사람, 술 파는 여인으로 상당히 번잡하드라.

〈1949년 8월 7일 일요일 개임〉(7월 13일)
아침에 눈을 뜨자 어머니께 이 불효의 잘못을 빌었다. 아- 어제 꼭 나려갈 것을 어찌하여 시간을 노쳤던가……. 반찬 없는 밥이라도 어먼님을 모시고 같이 길거할 것을…….
첫차를 잡아타고 집에까지 도착되니 오후 2시었다. 즉시 금계로 가서 어먼님과 아번님을 뵈었다. 저녁밥을 같이 하며 이야기하는 중에 아우는 요지음에 서울로 이동이 되었다는 것이다. 어머님께서는 매우 섭섭히 생각하고 계심을 말씀하시드라. 여러 가지 말씀을 드려서 위안을 드렸다.

〈1949년 8월 8일 월요일 개임〉(7월 14일)
논과 밭에 다니며 곡식 자란 것을 구경하였다.

〈1949년 8월 10일 수요일 개임〉(7월 16일)
오늘도 어머님께 위안의 말씀을 많이 드리었다.

〈1949년 8월 15일 일요일 개임〉(7월 21일)
해방 기념일과 여러 가지 축하 행사가 있었다.

〈1949년 8월 29일 월요일 개임〉(윤 7월 6일)
16연대에 들어가 아우를 면회하였다. 사과, 과자, 기타 몇 가지를 앞에 놓고 맛있게 먹어가며 이야기 저야기 하였다. 먼 곳에서 온 듯한 부형들도 수백 명 있었다. 다만 밀개떡이나마 아들을 먹이려고 고이고이 싸가지고 왔더라. 그리운 남편을 찾아온 여인도 있고 사위 보러 온 장모인 듯한 분도 있다. 나로서는 처음 보는 광경이었다.
군복에 체격이 더욱 어울리는 아우의 모습은 수천 명 중에서도 가장 뛰어나게 보이는 씩씩한 태도였다.
쉬일 간 타처로 출동한다는 것이어서 몸조심하기에 많은 부탁을 하였다.

〈1949년 9월 12일 월요일 개임〉(윤 7월 20일)
어제에 정해국 교감님을 송별하였고 그 사택에 반이하게 되어서 오늘 매우 분주하였다. 집에서 어머니께서도 오셨다. 동네 사람들도 많

12) 원문에는 이 날부터 8월 29일까지의 음력 날짜와 요일을 사선을 그어 지우고 고친 흔적이 남아있다. 이 날의 경우 처음에 13일로 적었던 음력 날짜를 12일로, 일요일을 토요일로 고쳤다.

이 거들어 주므로 가든히 마치었다.

〈1949년 9월 21일 수요일 개임〉(윤 7월 29일)
아우한테서 편지가 왔다기에 반가웠으나 언제나 오는지 궁금하기 짝이 없었다. 연대에 가서 어느 방면으로 갔는지, 언제나 오는지 등 몇 가지 질문을 하였더니 군사의 비밀인지 가르쳐 주지 않더라. 본도 관내라기에 단양 방면인 줄만 알았다.

〈1949년 9월 22일 목요일 개임〉(8월 1일)
교감에 임명된 사령장을 받았다. 회고컨대 8년간이란 긴 세월에 교육에 종사하였으나 뚜렷한 공적이 없어서 부끄러이 생각하는 바이다. 해방 후 모교에 와서는 있는 노력 아끼지 않고 해보겠다는 마음만은 일시도 잊지 않고 힘 미치는 데까지는 하여 왔다. 더구나 오늘의 사령장에는 옥산교 근무라는 것이 명령되어 책임을 더욱 느끼는 바이다. 전 직원 15명이 화목하게 학교 경영에 열심 노력하기를 나는 생각하였다. 직원에게 취임인사도 그런 의도로 말하였다.
회전의자에 자리를 옮기게 되고 '교감선생님'이라는 직원의 부름에 새로운 점을 흉중에 느꼈다.
저녁때에는 재종(헌영 씨) 형님의 밀주, 작부 관계로 지서 주임과 원만하게 타합하였다.

〈1949년 9월 23일 금요일 개임〉(8월 2일)
어제 저녁부터 세운 계획안은 겨우 오늘 아침 마치었다. 신학년도에 들어와서 몇 가지 사정으로 질서가 잡히지 못하여 할 일이 매우 창창하므로 1부터 10까지를 쇄신하기에 경영 방침을 세웠다. 오후 3시부터 개최한 직원회는 동 6시에 마치게 되었다. 직원의 마음 고르기에 몹시 애를 써서 회를 진행케 한 것이다. 교무와 회계를 겸한 점에 이의가 몇 가지 있었든 것이다. 밤에는 4종조모(대출이 할머니) 소기가 있어서 집안 형님들과 아저씨들과 같이 조객 대접에 분주하였다.

〈1949년 9월 28일 수요일 개임〉(8월 7일)
운동회를 음력 8월 16일(10월 7일)에 예정하였으므로 요새는 그 연습과 훈련 또는 계획에 말할 수 없이 바쁘다.
점심참에 집에 오니 마침 안식구가 노현의 양복을 사서 입히고 있다. 웃옷 등 밑에 잘룩한 띠를 붙인 모양과 해군복으로 꾸민 모습이 어찌나 예쁘던지 보고 또 보고 하였다. 어린이 자신도 퍽도 좋아서 껄껄 웃음과 속웃음을 금치 못하고 좋아하더라.

〈1949년 9월 29일 목요일 개임〉(8월 8일)
오늘도 바쁜 중에 해를 빠트렸다. 운동회가 며칠 남지 않해서 그 준비와 연습에 매우 바쁜 셈이다.
가장 신임하는 이병억 친구에게서 편지가 왔다. 공부하여 보겠다고 벼르고 벼르더니 기어히 서울에 가서 대학을 다니게 된 것이다. 결심이 대단하고 양심이 있는 나에게는 둘도 없는 친구이다. 소학교 동기동창이기도 하지만…….
아우에게 편지를 써 부치었다. 우편배달부가 빼어가지고 갈 지음에 아우를 다시 생각하고 그의 무사함을 빌었다. 속히 편지가 도착되기를 겸하여 빌었다.

저녁 후에 노명을 업고 숙직실에를 갔더니 숙직원 직원들이 막걸리 내기 화토를 치고 있기에 한참 구경을 하고 한 잔 얻어먹었었다.

〈1949년 10월 2일 일요일 개임〉(8월 11일)
일요일이지마는 전 직원 출근하여 체육회 연습에 노력하였다. 전교 율동에 전 직원이 솔선하여 그 행동을 같이함에는 참으로 아름다운 광경이었다. 행진에는 옥산[13]이라는 글자 모양을 만들었는데 매우 규율 있고 아름다웠다.

〈1949년 10월 5일 수요일 개임〉(8월 14일)
운동회 상품 구입 때문에 청주에 갔었다. 연대에도 갔었다. 혹 아우가 쉬 오는가 하고 질문하였더니 아직 원제[언제] 오는지 모른다는 것이었다. 매우 섭섭하였다.
그적게는 운동회 예행연습을 하고 난 뒤 나의사는 사택에서 전 직원을 초청하여다가 약주 한 잔씩 나누었었다. 손님들을 다 보내놓고 누어 생각할 때 아우 생각이 간절하였었다.

〈1949년 10월 6일 목요일 개임〉(8월 15일)
추수절(추석)이다. 새벽에 금계를 가서 차례를 지내고 바로 학교에 나와서 명일의 운동회 준비에 매우 바뻤었다.

〈1949년 10월 7일 금요일 개임〉(8월 16일)
날이야 참으로 맑게 개인 좋은 날씨었다. 운동회에 가장 적당한 날을 채택한 셈이다. 진행도 원만히 잘 되어서 오늘의 큰일을 무사히 넘기었다.

〈1949년 10월 8일 토요일 개임〉(8월 17일)
금계학교 운동회에 구경을 갔었다. 우리 학교 직원 전부가 갔었든 것이다. 점심 대접과 위로연도 받았다. 금계학교 교사는 삼개 소 두 칸씩 떨어져 있고 아직 미완성이며 더구나 두 채는 짚으로 덮은 지붕이다. 참으로 마련 없는 형편에 있다. 고향이니만큼 관심이 달고 연전에 인연이 있던 곳이라 생각 아니 날 수 없다. 아번님 명의로 500원을 찬조하였다.

〈1949년 10월 9일 일요일 개임〉(8월 18일)
학교 근처인 오산리에 있는 5, 6학년생을 소집하여 학교 내외를 대강 소제하였다. 신임 직원 김경혜 여선생이 부임하였었다. 그의 하숙을 알선하여 주었다. 한글날이다.

〈1949년 10월 10일(8. 19.) 월요일 비. 흐림. 개임〉
국어 강습회가 도 교육국에서 열리게 되어서 일직당번 외의 직원은 이에 출장을 하였다. 강사는 서울 덕수교 변 선생이다. 좌담회 시에 간음 문제가 나왔었으나 개온치 못하였다. 막차로 나왔으나 모두가 분벼서 차내는 몹시 복잡하였다. 제자였든 통학생 하나이 자리를 주어서 편이 잘 왔다.

〈1949년 10월 12일 수요일 개임〉(8월 21일)
강습을 마치고 돌아왔다. 국어과 지도에는 3단개를 읽기에 주력을 하라는 것이다.

〈1949년 10월 14일 금요일 개임〉(8월 23일)

13) 저자는 이 두 글자를 크게 점선으로 그려 넣었다. 전교 율동으로 형상화한 모양을 그대로 표현하려 했던 것으로 보인다.

신촌 박동규 씨가 병환으로 작고하여 학교 일을 마치고 조문을 하고 왔다.

〈1949년 10월 16일 일요일 개임〉(8월 25일)
교장님과 이일근 선생과 같이 국사리에 아동 가정방문을 갔었다. 전재수 씨 댁에서 점심을 차려 주기에 잘 먹었다.
일요일이어서 본집에 가 부모님을 도아서 추수 일을 하려 하였든 것이나 마음먹은 바와 같이 되지 않아서 죄송함과 미안한 감이 종일토록 사라지지 않았다.
밤에는 조문을 하였다. 남촌의 송희융 군이 국군에 갔다가 전사하여서 그 유골이 도착되어 면소에 안치하였던 것이다.

〈1949년 10월 17일 월요일 개임〉(8월 26일)
학교 행사를 마치고 바로 용소셈 논을 향하여 뛰어갔다. 아번님께서 일군들 대여섯을 다리고 벼를 비시고. 마침 점심참이었다. 밥을 내오신 어머님께서도 반가히 맞아 주시고 큰 아들 형제가 없어서 외롭게 생각하시든 아번님께서도 기뻐하신다. 어제에 전사한 사람의 유골이 와서 기분이 몹시 불유쾌하든 차에 오늘 11시경에 아우에게서 편지가 와서 어찌나 반갑든지 한거름에 이 소식을 부모님께 알려 드리고 싶었든 것이다. 편지 왔다는 말씀을 드리니 집에도 왔다는 것이어서 나는 더욱 안심할 수 있었다.
어먼님과 함께 남은 바가지 밥을 깍대기와 쓰레기국에 따라서 먹는 그 맛이(야)말로 경험자만이 아는 바이다. 낫을 한 가락 들고 모든 일군 사이에 끼어서 힘껏 일할 때의 나의 마음은 15년 전의 생일하던 생각이 떠올랐다. 섭벅섭벅 비어 들어갈 때 벼 폭이가 발바당을 쿡쿡 치받는 느낌과 허리가 약간 둔해지면서도 아픈 감이 옛 그대로이었다.

〈1949년 10월 21일 금요일 개임〉(8월 30일)
토요일이지마는 몇 가지 바쁜 일을 보고 나니 시간이 너무나 지났었다. 오늘은 벼를 걷는다는 것이어서 좀 거드려 드릴 양으로 오후 3시경에 옷을 작업복으로 가라입고 논을 향하여 다름질쳤다. 논에 다다르니 아번님과 종제 필영 단두리서 일하고 계시다. 내가 도착되었을 때는 일이 얼추 마감에 가까웠었으므로 벼 줄가리를 치기에만 조력하였던 것이다. 벼 열 단을 짊어지고 집에 들어갈 때 어깨가 몹시 백여서 아픔을 아니 느낄 수 없었으나 아번님께서 이만한 고통을 겪을 것을 잠시라도 대신한다는 생각으로 지고 들어갈 때 나의 마음은 자랑스러웠다. 따라서 아번님의 매일 당하시는 어려움을 생각하니 마음이 몹시 괴로웠다.

〈1949년 10월 22일 토요일 개임〉(9월 1일)
저녁에는 아버님과 몇 가지 상의를 하였었다. 대구레의 밭을 사기로 한 뒤 대금 27000원 중 10000원 만을 지불되어서 나머지를 결말지울 것과 뚝너머 모래밭도 우리 밭으로 매수할 것 등을 상의하였던 것이다.
오늘 아침에는 사거리에 가서 아침밥을 먹었었다. 숙모의 생신이어서 잘 먹었었다. 사거리에서 오미로 올 때에는 큰 당숙님과 함께 동행이 되었는데 집안의 모든 일에 대하여 이야기하며 왔었다.

〈1949년 10월 24일 월요일 개임〉(9월 3일)

저녁 마지막 차로 조치원으로 가서 중봉리 재종형님들 댁으로 갔다. 오늘 저녁에 큰 당숙모의 귀고가 드는 날인 것이다. 재종들 몇 사람은 먼저 와 있었다.

〈1949년 10월 26일 수요일 개임〉(9월 5일)

6학년들이 서울로 수학여행을 가게 되어서 새벽 일찌기 일어나 주선하여 주었다. 작년까지는 인가가 나지 않기 때문에 여행을 가지 못하였는데 금년에는 특히 과학전람회가 있는 관계로 가도록 된 것이다. 어제 여행할 사람 전부를 뫃여 놓고 만반의 주의를 시켰지마는 무사히 도라올른지 떠나게 된 그 시각인 만치 몹시 못 믿어웠었다. 오정 차로 청주에 들어가서 금월분 급료를 받아왔던 것이다. 집에 와 보니 금계학교 6학년인 누의동생 '재영'이가 있기에 학교에 지불할 여비를 주면서 다른 사람들과 같이 서울 여행하기를 권하였다. 어린 누의지마는 마음씨와 행동이 어찌나 착한지 마음속으로 깊이깊이 귀어워하는 바이다. 오빠가 돈이 없어 곤란일 줄 생각되는지 가지 않겠다고 하는 것을 간신히 달래어서 가도록 한 것이다. 명일 떠난다는 것이었다.

〈1949년 10월 30일 일요일 개임〉(9월 9일)

아침 첫차로 청주에 들어가 상무과장 의영 씨를 찾았다. 옥산학교가 교실 부족으로 곤란이 막심하다는 형편 이야기를 하고 군수로 계실 때의 적산 건물을 교섭하였던 그 물건을 다시 진섭하여 주기를 요청하였더니 과장 형님은 적극적으로 운동하겠노라고 말씀하심을 듣고 나는 좋아하였다.

대구레 밭을 사겠다고 여름에 계약금만 치루고 그냥 나려왔기 때문에 미안하게 되었다는 사과를 하고 나마지 대금을 지불하였다. 밭 600평 값이 27000원이었던 것이다. 또 한 자리 뚝너머 모래밭 350평짜리도 집터로 사용할 테니 주십사하고 간청하였더니 쌀로 25말(소두)로 작정이 되어 사기로 결정한 것이다. 현재 돈 문제로 곤란이 되는 형편이지마는 밭 두 자리를 내 땅으로 결정이 되어서 마음이 기쁠 뿐더러 걷는 걸음거리도 가든가든함을 느꼈든 것이다. 볼일을 속히속히 보고 나서는 어제 10월 29일에 후원회 역원회를 개최한 결과의 여러 가지 잔무를 정리하려고 상오 두시 차로 도라왔던 것이다.

〈1949년 10월 31일 월요일 개임〉(9월 10일)

아침 일찍부터 서들어서 학교 소사 김 군과 함께 보리를 갈았다. 한 말 가량 씨가 들었든 것이다. 작년에 약 30말 수액이 있었다.

〈1949년 11월 1일 화요일 개임〉(9월 11일)

10월분 일제고사 문제를 출제하여 등사하기에 매우 바빴었다. 저녁에는 숙직실에 가서 여러 가지 이야기하며 숙직원들과 놀다가 권은택 형이(현재 국민일보사에 근무) 와서 같이 양조장으로 마작 구경을 갔었든 것이다.

〈1949년 11월 4일 금요일 개임〉(9월 14일)

오늘은 학교로서 매우 기쁜 소식을 들었다. 교실 부족으로 아동 전체에 미치는 영향이 적지 않음은 물론 직원 일동의 고민은 잠들을 때는 잊을가 항시 머리를 앓고 있는 동시에 학급 경영과 따라서 교무의 전체에 그 거리낌이란 말할 수 없는 사정이다. 불원간에 두 칸을 짓게 된 데 대해서는 교장님의 무수한 노력임을 말 아니 할 수 없는 바이다.

〈1949년 11월 5일 토요일 개임〉(9월 15일)
노정 모친은 김장 뽑기에 매우 애를 썼던 모양이다. 학교를 마치고 같이 서들어 주었다.

〈1949년 11월 12일 토요일 개임〉({9월} 22일)
의영 씨의 땅인 뚝너머 모래밭을 사기로 결정하여 백미 소두 25말을 갖다 주었다.

〈1949년 11월 18일(9. 28.) 금요일 개임〉(9월 28일)
강내학교에서 청원군 서부지부의 연구회가 있어서 전 직원 출장하였던 것이다. 검투회[검토회]에 시간이 매우 부족되었었다.

〈1949년 11월 28일(10. 9.) 월요일 개임〉(10월 9일)
남일학교에서 연구회가 있기에 강 교장님과 같이 가 보았다. 전임지에서 같이 있던 한재구 선생도 이 학교에 근무 중이다. 협조하는 (외부 측) 후원회 측의 열성에 놀랄 만하였다.

〈1949년 12월 29일 목요일 개임〉(11월 10일)
금일로써 금년의 수업을 마치고 명일부터는 동기휴가로 들어가게 되었다. 교장님들 집에서 한 차례 먹고 나서 다시 음식점으로 가게 되어 유쾌히들 놀았던 것이다.

〈1949년 12월 31일 토요일 개임〉(11월 12일)
금음날을 마지하여 일 년 동안의 생활 반성을 하여 보렸다.

나의 직책인 아동교육에 결함은 없었던가?
부모님께 불효의 짓은 없었던가?
교육자로서의 불행한 짓은 없었던가?
생각할수록 잘못이 뉘우쳐짐을 아주 아니 느낄 수 없는 바이다. 선달금음을 당하면서 금년을 청산하는 이 날에 그 무엇을 남기리오. 몸과 마음을 깨끗이 하여 명일을 아니 새해를 새롭게 마지할 생각뿐이로다. 왜냐하면 기축년 일 년 동안이야말로 바쁘다는 것보다 일생에 잊을 수 없는 지긋지긋한 일 년 동안이었다. 일 년간 연기(年記)를 다음 페이지에 기록할가 한다.

— 기축년 일 년 동안을 디려 볼 때 —
기록하는 계획도 없고 조리 닫게 생각도 하지 않고 머리속에 대강대강 떠올으는 바를 펜촉에 맡기어 몇 가지 생활반성을 하여 보노라.

아- 이 가슴은 언제나 가라앉을른지-. 심장이 뛸 수 있는 능력 이상을 발휘하여 뛴 적이 수백 번이라할가 수만 번이라 할가? 이 나라 민족의 어두운 탓으로 일찌기 통일을 보지 못하고 지금도 역시 삼팔선을 경계로 양편에 반목은 더욱 심각하여 있도다. 인류세계에서는 용납치 못할 모든 모순은 언제나 해방될 것이냐?가 나의 뇌 속에 안개와 같이 사묻혀 언제나 희미하도다. 훌륭하신 선배 제씨들은 가진 애를 다 쓰건만 세계의 큰 바람에는 어찌할 수 없는지 이 난관을 돌파하지 못함을 억울하게 생각하노라. 우리 민족의 특징이라 할가 단점이라 할가 양보심이 부족하다고 할가 민족애의 차이점이 달으다고 할가. 어찌면 이다지도 전 국민에게 쾌감을 주지 못하는가? 바라노니 국토통일이요 민족의 정신통일이로다. 지도자층은 더 좀 큰 안목으로 나라와 민족을 살펴보렸다. 국내 정세가 이러할진대 어찌 높은 관리와 많은 재물을 탐낼 수 있으리요. 그러나 눈 뜨지 못하고 속이 캄캄한 지도자층은 반비례로 이런 기회에 더욱 잘못함이 많다는 모양……. 어찌 다 기록하리요. 이러한 파도 속에서 부족한 본인도 스쳐가는 바람을 느껴 보았다고 할가? 기축년의 연때가 나에게는 운이 불길한 편이라고 할가. 다음에 체험의 파도를 대충 적어 보아 후일 한 추억으로 돌릴가 하나 세세한 부면은 기록을 생략하고 뼈만 추려 놀 다름이다.

1. 금년에 22세인 아우(운영)ㅁ 어느 정도 정치운동을 하였던 것은 사실이다. 자발적으로 발길을 내어 딛인 것은 아니요 타인의 권고와 감화를 받아서 남북 정부의 비판까지 머리 속에 떠올랐던지 아우의 행동에 주목하여 감이 정이월에 어찌나 심하였는가를 생각할 때 부모님은 물론이요 나의 가슴은 항상 울렁거리기에 정지 없는 고동을 느끼었든 것이다. 경찰은 매일과 같이 뜰 앞에 올라서서는 운영을 찾느라고 야단법석이고 부모님은 이럴 때마다 전신의 용기를 잊으시고 기진맥진하신 적이 매일이었다고 해도 과언이 아니다. 형의 몸은 학교에 매어 있는 몸이 되어서 모든 광경을 목견치 못한 적이 많다. 연이나 밤잠과 밥맛을 모르고 항상 가슴만 조리고 있었다. 그러나 그러나 가정형편을 생각할 때 도저히 회피한 생활을 할 수가 없음을 깨달은 아우와 여러 가지로 협의한 결과 옥산지서에 자수를 하게 되었든 것이다. 자수할 때의 나의 가슴은 '화약을 지고 불로 들어가는 격'이 아닐가에 더욱 동동거렸든 것이다. 결국에 경찰서까지 넘어가서 철창생활을 십여 일 하고서야 석방되었든 것이다. 석방되어 집으로 돌아왔을 때의 기쁨은 형언할 수 없었든 것은 사실이다. 얼굴색은 하얗고 옷끈은 떼어진 그대로의 모습을 처음 볼 때 경험자가 아니면 맛볼 수 없는 느낌이었었다. 불행 중 다행이라고 생각을 돌리었었다. 인제는 모든 거리낌이 싹 없어진 것 같해서 나의 마음은 개온하고 시원하기에 짝이 없었다.

2. 그 후 얼마 가지 아니하여서 국군으로 뽑히게 되어 청주 16연대로 입대하게 되었든 것이다. 군인이라면 일정시대에 진저리가 나다시피 속을 태운 끝의 우리나라 아버지들과 어머니들이라 걱정으로 생각 아니 할 수 없었든 것이다. 더구나 외국과의 전투문제이라면 모르겠으나 현실에는 남북군인의 충돌사건이 심한 때이라 국가적으로 생각하여 볼 때에 동족상잔의 억울한 짓이 되므로 섭섭하기 짝이 없었던 것은 사실이다. 그러나 국가의 토대를 단단히 하여가는 기초라고 마음을 돌리고 장래에는 국제적으로 진출할 국방군임이 틀림없으리라 생각할 때, 부모님을 위안시키고 마랐든 것이다. 총칼을 멘 아우의 모습은 참으로 씩씩하고 용감한 군인임이 틀림없었다. 원성격이 이 방면에 적합할 뿐 아니라 군인 타이푸에 가장 알맞고 그 방면에 진출하려는 정신과 소질 취미를 겸한 사람이기 때문에 나로서는 찬성하고 환영하는 바이었다. 그러나 부모님께서는 배를 곯지나 않을가 매를 맞지나 않을가, 더위 고생이 오죽할가 추위에 고생이 오즉하리 항상 이 심정으로 걱정근심을 금하실 날이 없었든 것이다. 더구나 가을에는 태백산 지구로 일선에 출동하여 몇 달이 되어도

집에 오지 아니 하므로 걱정됨이 더욱 심하였던 것이다.

3. 직장인 학교도 정세에 따루는 파도였는지 여름철에 들어와서부터는 전 직원이 하루도 편할 날이 없이 정신 고통을 상당히 겪어왔든 것이다. 숙직 관계로 원인이 있었든 것이나 실에 있어서 숙직만은 철저를 기하여 왔음에도 불고하고 알력을 부리는 한편에서 별별 수단으로 우리를 구박하려고 애썼든 것이다. 약육강식이라는 말 그대로이었다. 이 점에 대하여 너무 기록하지 않으려 한다.

4. 어려서부터 정신적으로 많이 사랑하여 주시던 재종형(점영 씨)은 불행하게도 정치운동에 관계가 있었든 모양이어서 어느 정도 주목을 받아왔었는지 집에 잠간 다니러 왔다가(서울서 살기 시작한 지 2, 3개月 됨) 경찰에 구속되어 많은 구타를 당한 다음 본서로 넘어가서 10여 일을 구류 받았던 것이다. 석방되기 전까지의 모든 애쓴 경로를 어찌 다 말할소냐? 지낸 고생을 다시 쓸어 담을 수는 없는 것이고 불행 중 다행이라고 마음을 돌리었던 것이다. 재종형은 면내에서도 청년층에서 유지로 그 이름이 높았든 것은 사실이다. 그러므로 더욱 억울하기 짝이 없었든 것이다. 형님의 범에 대해서는 다소 굴한 점이 있는 것은 말할 여지가 없는 것은 사실이다. 불행의 천운으로 생각되었다.

5. 죽천 당숙(점영 씨의 춘부장)이라 하면 우리 금계 곽씨 중에 그 위품이 당당하신 분이며 면내에서도 경오 밝기에 유명하다고 이름이 높으신 분이다. 몇 달 동안 병환으로 곤란을 겪으시다가 재종형께서 석방되어 나오자 불과 얼마 아니하여 저 세상으로 가시었다. 아- 원통하도다. 아저씨시여 엄하신 훈계를 다시 한 번 듣고지고……. 영혼의 안녕을 비노라. 행여가 떠날 지음 나는 대성통곡을 하였다. 당년 54세이신데 너무 무심도 하였다.

6. 노정 모친은 건강한 몸으로 살림에 가진 규모를 짜고 있는 것은 사실이다. 한갓 양해하는 마음이 조금 부족하여 종종 말마디나 아니 할 수 없게 되는 때가 아주 없는 것은 아니다. 집안이 풍족지 못하여 제반사에 가끔 불평을 하는 때가 있는 것도 사실이다. 그러나 없는 살림을 어떻게든지 남에 지지 않는 살림으로 할려는 노력이 현저히 나타나서 항상 마음속으로 사례를 할 뿐이었다. 위가 튼튼치 못한지 늘 배알이로 건전치 못하였다. 연말이 가까이 와서는 몸이 쇠약했던지 시름시름 알키를 시작하여 몇 주일이 지나도 차도가 없고 도리혀 무섭다는 꿈만 밤마도 꾸는 모양이어서 쇠약해진 것이 사실이다. 어서어서 건강회복을 빌 뿐이다.

봄부터 연말까지에 이른 일 년 동안 마음 편할 날이 불과 며칠 안 된 셈이다. 연속되는 파란에 나의 이마에도 줄음살이 늘었을 것은 사실이다. 기축년의 나의 행운 이다지도 없음을 일생에 잊지 못한 해라고 한다. 그러나 반면에 직장에서 희망하든 바도 아니요 영광으로도 생각지 않으나 교감의 직에 승진이 된 점과 본집에서 얼마 되지 않지만 농사도 잘 지었고, 밭을 약 천 평쯤 사게 된 것은 기쁘지 않다고 할 수는 없다. 빚이 없는 것은 아니다. 만세만세. -끝-

1950년

〈앞표지〉
1950년
단기 4283년
일기장
玉山校在勤

단기 4283년〈1950년 1월 1일 일요일〉(11월 13일)
설날이다. 해방 후에 자연적으로 음력설을 세어 오더니 금년부터는 양력설을 세게 되었다. 그러나 아직 전부가 양력과세를 하지는 않는 모양이다. 우리 집안에서는 양력과세를 하게 되어서 금계로 가서 차례를 지내고 오전 11시쯤 하여서 왔다.
아침 일찍이 금년의 무사함을 빌면서 지난해의 모든 파란을 일생에 한 추억으로 아니 좋지 못한 기념으로 마음을 돌리었다. 아- 경인년이어 도와 주십소서…….

〈1950년 1월 2일 월요일〉(11월 14일)
학교 사환 권이복 군의 춘부장의 회갑으로 인하여 초대가 있어서 직원 몇 사람과 같이 환희에 가서 맛있는 잔치를 잘 먹었었다. 권이복 군은 재작년에 졸업한 제자이다.
의외로 박성률 선생을 만났다. 박 선생은 재작년에 우리 학교에 부임하셨다가 작년에 퇴직하신 분이다. 이 분은 아직 젊은 분이아 어찌나 부지런한지 항상 칭찬을 받던 분이며 아동교육에 열성이 지극하여 모두가 칭송하였었다. 지금은 군인으로 뽑히어 그 활약이 또 현저한 모양이다.
어느 주점으로 박 선생을 모시고 가서 몇 사람의 직원이 환영회를 하였었다.

〈1950년 1월 3일 화요일 흐린 후 눈〉(11월 15일)
오후 2시 반쯤에 직원 수인과 호죽을 갔었던 것이다. 최정록 씨의 회갑에 초대가 있었든 것이다. 최 씨 댁에서 잔치를 먹고서 반송부락으로 올라가서 민영식 씨(외척 관계로 형님 되는 분이다)를 만나서 두어 가지 상의를 하였다. 1은 학교림 벌채한 나무 관계이고 2는 영주(慶北 榮州) 가는 차례와 그 동정 여하를 질문하여 보았다. 이 형께서는 며칠 전에 영주를 다녀왔기 때문이다.
지금 아우 운영(云榮)은 지난 첫가을에 태백산 전투지구로 출동 나갔든 것이다. 편지는 종종 오나 부모님의 걱정이 보통이 아니시다. 마침 방학이 되었기 때문에 일선지구까지라도 면회할 수 있으면 가 보리라는 결심이 있는 차제이다. 여러 가지 상의 끝에 동리 몇 분과 직원 몇이 얼려서 윷놀이를 자미있게 하였다. 밤에도 몇 차례나 술을 먹고 또 밤참까지 먹었었다.

어듬침침할 때에 날리기 시작한 눈은 점점 심하더니 두어 시간 만에 그치었다. 약 15cm 가량 싸이었다.

〈1950년 1월 4일 수요일〉(11월 16일)

호죽에서 아침 일찍이 출발하여 오미로 나려왔다. 교무의 몇 가지 장부를 정리하고 또 계획을 세워서 대강 끝을 마치니 저녁때가 다 되었다. 저녁밥을 먹고 나서 박상균 선생과 신평으로 놀러 갔었다. 일전에 만났던 박성률 선생이 장가를 왔든 것이다. 한 자리에 앉아서 축복의 술을 마시고, 또 자미나는 이야기도 하면서 저녁 늦도록 놀았었다. 동직원인 이인로 선생도 같이 자미있게 놀았다.

이정로(나의 친구)와 그 외 몇 친구가 합석하여 어느 주점에서 다시 술을 마시게 되었었다. 이 술집은 월여 전부터 자주 다니게 되었다. 원인은 집안일에 또는 가정사에 또는 학교 형편에 또는 세태의 모든 파란에 술자리가 자주 벌려지게 되었던 것이다. 교육자로서 술집에 왕래하기가 몹시 괴로웠었으나 한때의 심신 양면의 고통을 받아야 할 운수라 돌리고 양심을 억제치 못하였다. 작년 일기장 끝에도 간단히 기록하였으나 참으로 기축년의 아니 스물아홉 살 시대의 해를 넘기기가 그다지도 어렵던가는 일생에 잊지 못할 나의 일생 역사에 한 구석을 차지할 만한 것이었다. 닥쳐오는 환경과 경우가 복잡스럽게 되매 따라서 철석이 아닌 다음에는 마음이 자연 안정이 되지 못함은 보통 인간으로써 어찌할 수 없음을 반성시키는 한 가지 재료임을 깊이 깨달았다.

아- 그동안에는 나 자신이 엄청나게도 타락이 되었는지 가만이 지난 일을 도리켜 생각할진대 어찌하여 침착한 태도로 더욱 더욱 굳세지 못하였었던가가 뉘우쳐지는 바이다. 연이나 심하던 그 파란도 나의 고통을 덜어 주려는 도움의 힘이 뻐쳤던지 모두가 결과에 있어서는 그리 악화된 점은 없었다. 세칭 불행 중 다행이라는 말과 같다고 할까?

참으로 술도 많이 마시었다. 교섭 교제에도 술이요, 상의와 협의에도 술이요, 결과가 잘 되었을 때도 술이요, 못됐을 때도 술이었다. 나의 심경을 잘 아는 몇 사람의 친구가 위로 위안의 술도 여러 번 주었도다. 따라서 나 역시도 사례한 적이 많이 있고 또 남의 위로 위안에도 술을 마시도록 베푼 적이 있다. 일이삼사의 모든 파도에 주석에 참례한 도수가 참으로 많았었다. 그러나 절대로 유흥본위가 아니고 사정에 의한 불가피하였다는 것은 나의 양심이 잘 가리키고 있다.

부르튼 입은 아직도 거리낌을 느낄 만치 시루맜다. 언제 어째서 입이 부르텄는가 생각하면 인생초록의 기쁜 일단을 자아낸 나의 일대 최고의 열정에서 생긴 부르틈이다. 어찌면 나와 같은 외업심이 없고 호화롭지 못한 인생인가? 하는 생각이 수없이 떠오른 때가 있다. 어느 친구의 말을 들던지 남자로서 청춘으로서 홍과 자미를 이루지 못한 친구는 없는 듯. 주, 색에 관련 없는 젊은 사람은 없는 듯. 여차한 이야기를 드를 때 진실인가 아닌가 그 사람을 의심 아니 할 수 없는 감이 든다. 그러나 틀림없이 남자 청춘으로서의 성욕을 기회에 따라 푸른 적이 저마다 있는 모양이다. 그러나 행운이라 할까 불행이라 할까 이때까지 그러한 기회와 경우가 전혀 없는 저를 생각할 때 멍칭이가 아닌가 하는 자포심이 생기는 때도 있으며 남에게 자랑꺼리인 하나가 아닌가 하는 자만심이 생기기도 한다. 그러나 연애와 성욕과 청춘심리를 만족히 풀려는 마음을 절대로 가진 것도 아니려니와 그런 것을 행복으로 생각하는 바도 아니다. 다만 남의 기활 좋은 한때의 지낸 실적을 드를 때, 저의 마음과 행동이 너무나 순진하고 쑥스러운 생활 반성이 될 뿐이다. 참으로 고결한 일점이 아닌가 하는 생각이다.

지난 섣달금음부터 사랑의 일단을 맛본 적이 있다면 있다고 할 만한 정도이기에, 이 사람에게도 꽃다운 때와 맛을 주려는가 마음이 아니 동요할 수 없었다. 그러나 성욕으로서 사랑을 받을려고 하는 바도 아니며, 그런 마음으로 나의 사랑을 줄려고도 하지 않는다. 실로 그런 생각은 추모도 없음을 맹세하고 굳게 나가는 바이다. 역시 상대의 태도가 나와 똑 같은 심정으로 사랑을 주기에 더욱 나는 감복하고 좋아하였다. 나는 일개 청춘의 남자이나 교육자의 직분과 위신을 단단히 지키고 상대는 또 나에게 그만한 태도와 사모하는 언어 행동이 현저히 나타날 때 진정한 나의 사랑하는 사람이 될 만하였다.

사랑, 사랑이라는 말이 너무나 남용케 된 이때임으로, 야비한 생각이 드는 바이다. 이 세상 사람들은 남녀 간 의사가 상통되어 같이 사는 것도 사랑, 남녀같이 손을 잡고 따뜻한 제방우를 거니는 것도 사랑, 점잖은 사람으로서 차마 보지 못할 행위의 일단도 사랑, 이와 같이 남녀 간에 잠을 자는 것과 좋아하는 것을 사랑이라고 이루기 때문에 사랑이란 말을 남이 볼 때는 나에게도 위에 말한 사랑으로 볼른지 매우 두려워하는 바이다.

그러나 C는 나를 많이 격려하여 주고 충고도 하여 주는 사람이다. 이 점에서 나는 사랑을 받고 있다. 나 역시 C를 많이 격려하여 주고 충고를 하였다. C는 유부한 가정에서 환경에 따라 흉한 생활을 하고 있다. C의 행복을 얼른 찾도록 밝히는 것이 가장 나의 힘쓰는 바이다. 오늘도 맞났다. 볼 때마다 가엽슨 생각이 나의 가슴을 찌른다. 생활이 생활이니만큼 C는 뭍 사람들에게 많이 시달리는 모양이다. 굳세게 나가라 씩씩하게 나가라 또 나는 격려하여 주었다. C는 오늘 저녁에도 나의 손을 붓들고 날마다 보기를 원한다. "선생님 자주 오시오. 오시기를 고대하였습니다. 술은 안 자셔도 좋으니." "고맙소. 시간 여유가 없을 뿐더러 남이 이해를 잘 못할가봐 두렵소. 그러나 오고 싶은 생각은 당신보다 더 많을 것이리다. 내 입이 부르튼 원인은 그 증거의 하나요." 다시 헤어져 사택으로 와서 잘 때 그 얼굴이 자취를 감추지 않았었다. 잠시도 잠을 이루지 못했다. C의 후 행복을 빌기에…….

〈1950년 1월 5일 목요일〉(11월 17일)

"여걸민비"라는 소설을 읽고 있을 지음에 박 선생 댁에서 부르기에 갔더니 해장술을 대접하더라. 때에 마침 이 선생도 오기에 세 사람이 취하도록 술을 마시었다.

오후 4시쯤 하여 재종형(점영 씨)께서 오셨

다. 면 보도연맹 조직 때문에 오신 모양이다. 형님의 친구와 C의 주점에서 술자리가 베풀어졌던 것이다. 형님께서는 술잔을 자주자주 나에게 주신다. 그럴 때마다 나는 황송하게 받아 마시었다.

C는 어제 저녁의 고마움을 나에게 사례한다. 나도 답례를 하였다. 서로 보고 고마움에 웃기를 몇 차례 웃었다. 오늘도 나는 술을 어지간히 마시었다. 아침 해장 때부터 이 자리까지에 상당한 분량임을 생각할 때, 남에게 부끄러운 감이 앞을 가리었다.

〈1950년 1월 6일 금요일〉(11월 18일)

교육학을 빼어 책상 우에 펴 놓고 읽자니 머리 속에 잘 들어가지 않았다. 다만 C의 자취가 흐미하게 떠올음이 크다. 이래서는 너무나 내가 타락의 길로 빠지지 않을가? 자신 반성을 아니 할 수 없었다. 독서에 취미를 다시 부치기로 마음을 돌렸다. 일각의 여유만 있어서 책을 펴들던 내가 금번 방학에는 취미가 바꿔진 듯한 감이다. 나의 마음이 너무나 약한 것을 크게 느꼈다. '남이야 아무리 불상한 처지에 있거나 말거나. 저를 아무리 생각하고 따뜻이 안기거나 말거나. 나는 나갈 길만 굵게 걸을 뿐이 아니냐?' 이런 마음이 수없이 떠오르는바 사실이다. 그러나 남의 곤경에 빠진 사정과 딱한 처지에서 헤매고 있는 정상을 볼 때마다 그 사람이 늙으니거나 어린이거나 남자거나 여자거나 동정하여 주고 싶은 이 승격이 내 나이 어렸을 때부터 천성으로 태어난 모양인지 참지 못할 사랑의 마음으로 며칠 밤(내 눈에 불상하다고 볼 때)은 잠조차 편히 이루지 못하는 심정이기 때문에 지금도 제 심정을 억일 수 없음을 깨닫는다.

오늘도 오후에 C는 나를 볼려고 나는 눈에 띠이지 않으려고 몸을 감추었다. 보아도 관계없지마는 혹 남이 오해할가봐……. 밤에 C의 집에 갈 경우가 닷기에 갔더니 "선생님 좀 볼려고 근처까지 갔더니 못본 체 합디다." "아- 고맙고 나 역시 보고 싶었으나 오늘 사정이 있어서 그리 되었오." 피차 눈으로 인사를 하고 다시 소리를 내어 깔깔 웃었다.

〈1950년 1월 7일 토요일〉(11월 19일)

오늘도 몇 가지 교육 잡지를 들쳐 보았다. 방학 동안에 이룰 몇 가지 계획을 세워 사무실 계시판에 써놓고 학급 장부를 몇 권 보았다.

아- 아우는 지금 어느 곳에서 어떻게 지내고 있는지……. 궁금하기 짝이 없도다. 보고 싶은 마음 비할 데 없구나. 총칼을 메고 무한이 넓고 높고 깊은 태백산 안에 있음은 분명하나 집에 도라옴은 아직 망연하도다. 청주 연대 안에서 지난여름에 과자를 같이 먹으며 이야기하던 그 때가 옛날과 같이 한 추억인 듯하다. 마침 방학이어서 경비가 어느 정도 날 각오를 하고 면회 차로 가보기를 전부터 계획하였었으나 요새 와서 더욱 보고 싶어졌다. 요새 와서 감정적으로 술을 마시는 것도 이에 원인이 큰 것이다.

밤에는 이인로 선생과 C의 집에서 합석하여 술을 마시었다. 이 자리에서 경상도 영주 땅에 가려는 상의를 하였더니 이 선생도 나를 격려하여 준다. 이 술은, 상의하기 위한 술이다. 멀고서도 위험한 태백산 지구에 군인인 아우를 면회하려고 떠나 볼가 하는 나의 마음도 출정하는 기분이 도는 듯하였다. 여행 중의 모든 주의할 바를 이 선생은 나에게 일러준다. 나도 그 점을 모르는 배 아니나 일러주는 말은 더욱 심각히 귀에 담기기 때문에 나는 한 커다란 힘을 얻었던 것이다. C도 무사히 다녀오기를 마음속으로 빌겠노라 하며 자꾸만 부탁이었다. 오늘 저녁을 기하여 무위 불일간 떠나기로 결심한 것이다.

〈1950년 1월 8일 일요일〉(11월 20일)

책을 읽고 집에 있으려니까 제자 이정애가 찾아왔다. 이 애는 전임지인 보은 삼산학교 시대에 가르친 애다. 지금은 벌서 청주고녀 사범과를 마친 것이다. 옥산학교에 채용되기를 부탁하러 왔던 것이다. 교장님께 말씀드려서 될 수 있는 대로 힘써 보겠다고 말하여 돌려보냈다. 키는 조고마하니 귀염성이 있는 제자의 하나다.

마침 아번님께서 장 보러 오셨기에 영주 가기를 결심하였다고 말씀드렸더니 아번님께서도 반가히 승락하여 주시었다. "경비(노비)가 많이 들어 걱정이지 형편에 따라 하는 것이지마는 형제지간의 우애로 궁금도 하니 다녀오너라." 아번님의 말씀은 미소를 띠이셨다. 명일 떠나겠다고 아번님께 말씀 드렸던 것이다.

밤에 마침 재종형(점영 씨)님께서 찾기에 나가보니 C의 집에서 정윤모 면장과 동석하여 술을 마시면서 여러 가지 상의 말씀을 하시더라. 형은 집상한 이후 근신하고 계시더니 금야는 어떠한 극단의 경우가 있었든 모양같이 보이며 춤과 노래까지 부르며 억지로 유쾌히 노시었다. 형님이 계셨기 때문에 나는 술도 삼가히 마시고 태도도 겸손하였다. C는 보기에 딱한지 많이 나를 동정하며 민망히 생각하여 주더라.

11시쯤 하여 형님을 올려 보내고 집에 돌아와서는 행장을 착착 준비하여 두었다. 증명서, 일기장, 노비, 소지품 등을…….

〈1950년 1월 9일 월요일〉(11월 21일)

어제 밤에는, 동생을 일선지구에서 만나서 이야기하는 장면이 머리속에 자꾸만 떠오르기 때문에 잠을 달게 자지 못하였다. 실지에 얼마나 반가울가 상상하기 어려울 만하였다. 총칼을 멘 아우가 철모도 위엄 있게 쓴 모양이 눈에 어리었다.

아침 여섯시에 일어나서 모든 준비를 가추고서 경상도 영주를 향하여 용감히 집을 나섰다. 서울로 돌아가기로 작정을 하여 조치원에서 급행열차를 탔다. 서울 가서 보니 중앙선 연락이 없으므로 여관에 찾아가서 밤을 기내었다. 여관방이 어찌나 차든지 밤새도록 달달 떨고 잠은 이루지 못하였다.

누어있을 지음에 잡지 파는 고학생이 들어와서 사기를 권고하므로 둬 가지 골라 사가지고 보았다. 손이 시려서 장시간 볼 수가 없었다. 침구를 폭 디지버쓰고 밤을 새웠다.

〈1950년 1월 10일 화요일〉(11월 22일)

새벽 첫차로 중앙선 안동행을 달리었다. 처음 타는 선로이고 처음 보는 지방이다. 가다 보니 강원도 원주이었다. 이 원주 땅에는 우리 일가 곽씨의 원주 파가 수효도 많이 살고 있다는 곳이어서 기분 상 반가웠다.

강원도는 이야기에서 들은 바와 같이 산비탈밭이 많었다. 우리 충북의 단양 제천 근처에 오니 산이 곡하기 심하였다. 똬리굴을 지날 지음에는 두렵고도 묘한 기분이었다. 경상도에 다다르니 이곳 사람들은 사투리가 많음을 역시 깨닫고 어찌나 떠드는지 귀가 솔을 지경이었다.

오후 4시쯤 하여 목적지인 영주에 도착되었다. 새벽에 탄 차가 종일토록 와서 당도하니 그 거리 얼마나 멀소냐? 영주역을 나오니 국군이 시글버글하매 일선지구의 기분인 한구석을 맛보게 되었다. 아우가 이곳에 있는 것도 확실히 모르기 때문에 의무대 본부에 가서 동기인 이용득 씨를 차자서 이야기를 들으니 영양이란 곳에 있다는 것이다. 안동까지 가서 자동차로 백 수십 리 더 들어가야 한다는 것이다. 풍기에 민은식 군이 있다기에 역행이지마는 오후 6시경에 풍기로 다시 올라가서 은식군을 만나고 여관에서 밤을 새웠다. 풍기 의무대에서도 군인들이 나를 잘 대해 주더라.

〈1950년 1월 11일 수요일〉(11월 23일)

풍기에서 첫차로 안동까지 달리었다. 안동역에서 나리니 안동의 넓고 큼에 깜짝 놀랠 만하였다. 이곳은 이황 선생의 출생지라고 볼 때 다시 한 번 안동의 지세와 자연환경을 둘러보게 된다. 안동 형무소 옆길을 지나서 내를 건너서 영양행 자동차를 기다렸다. 군인들도 십여 명이 자동차를 기다리고 있었다. 군인들과 인사를 하고 나의 볼 일을 이야기하니 임○○라는 군인의 말에 곽운영은 공용휴게로 지난 9일에 집에 갔다고 하지 않는가? 의외의 반가운 소식에 어리둥절하였었다. 참말이냐고 두세 번을 재처 물어보았다.

군인들과 작별하고 발길을 돌려 집을 향할 때 급한 마음에 날라오고 싶었다. 마침 군인들을 만나서 소식을 듣게 된 것이 큰 다행이었다. 안동역에 가서 차 시간을 보니 오후에야 서울행이 있고 그 전에는 없었다. 지도를 펴고 보니 그 거리가 실상 가까운 듯하나 지금부터 집에 도착되려면 적어도 이틀 밤은 자야 도착된다는 생각을 할 때 빈번하지 못한 우리나라의 교통기관을 한탄 아니 할 수 없었다. 오정이 되어 음식점에 가서 점심을 먹고 잡지를 보다가 곤하기에 한심 잤었다.

오후 네 시가 되어 서울행 열차를 타고 우리도 제천까지 다다렀다. 차중에서 귀가 중인 군인들 중에 전임교에서 가르친 제자 하나이 앞에 찾아와서 공손이 인사하기에 퍽도 반가웠다. 역전여관에서 하루 밤을 지내었다. 여관 대접이 좀 부실하였다.

〈1950년 1월 12일 목요일〉(11월 24일)

제천 자동차부에서 오전 9시에 충주행을 탔다. 충주에 도착하니 12시쯤 되었었다. 역에 가보니 청주행 열차가 없음에 또다시 낙심되었다. 점심 뒤에 자동차를 타고 대소원까지 와서는 음성까지 걷기로 하였다. 어찌나 피곤한지 말할 수 없었으되 용기를 내어 걸어서 음성에 오니 어듬어듬하였다. 저녁 후에 이발을 하고 여관에 돌아와서 잡지를 읽다가 잤다.

〈1950년 1월 13일 금요일〉(11월 25일)

음성에서 첫차로 청주행을 달렸다. 이번 여행 중에 음성에서 숙박한 여관의 대접이 가장 좋았다.

청주에 도착되니 내 집에나 도착된 듯이 반가웠다. 맥까지 풀리었다. 수일간의 여행에 심신 양면으로 피로된 것은 사실이다. 연이나 아우를 볼려는 그 마음이 상통되었든지 마침 귀가 됨은 실로 기쁜 일이 아니고 무엇이랴. 반가움에 피로가 싹 없어졌다. 집에 와서 만나는 것이 더욱 의미 심중하리라는 것을 느끼게 되었다.

오후 3시쯤 하여 집에서 아우가 내려와서 만났다. 씩씩한 군인의 모습이다. 여행 중 수고하였다는 인사를 하기에 전투 중 아우가 더욱 욕봤으리라고 나는 인사를 하였다. 형용할 수 없을 만치 반가웠었다. 그동안에는 남달리 뛰어난 인재이어서 하사의 계급까지 진급된 모양이다.

〈1950년 1월 16일 월요일〉(11월 28일)

오늘 저녁 막차로 아우는 떠나게 되는 모양이다. 또다시 태백산의 전투지구를 향하여 떠나는 그 심정이 어떠하리요. 집에서 일찍이 떠난는지 점심때쯤 하여 오미로 나려왔다. 친구(동직원) 몇 분이 그대로 작별하기 섭섭하다 하여 술을 나누게 되었던 것이다. 때마침 국군의 동기인 민은식 군도 합석이 되어서 두 사람의 군가 합창은 사기충천하여 용감하고도 엄엄하였었다. 전투지구에서 있다가 집에 도라와 부모형제를 반가히 만나고 여러 친구를 정있게 맞이하니 기쁘기 한량없을 터이고 그 우에 주석이니만치 마음이 쾌활할 수밖에 없었을 것은 사실이다. "남아의 꽃이라면 25 이 가슴, 내일은 싸움터로 나는 갑니다. 희망도 하소연도 무슨 소용이 있으리. 이것이 청춘의 나갈 길이요. 어머니요 아버지요 안녕히 사세요. 까마귀 우는 곳에 나는 갑니다. 三八선을 돌파하여 태극기를 날릴 제, 죽어서 뼈골이나 도라오리다……." 등 몇 가지 군가는 듣는 사람으로써 가슴이 쓰라리었다. 유쾌히 유쾌히 놀도록 나는 권하였다.

주석에서 나와서 시간이 되어가기에 저녁을 먹이려 도라오다가 인사차로 지서에 들어간 아우와 민 군은 의외의 사건이 발생되었다. 경관 측에서 인사를 공손히 받지 않아므로써 사건이 확대된 것은 사실이고 국군인 이 애들은 경찰관 앞에서 굽실거리지 아니 한 것이 그들의 눈에 아니꼬왔던 모양이다. 더구나 쫄병임을 무시한 것은 사실이요 낮에 의기충천하게 노는 것이 그네들 눈에나 귀에는 보기 싫었든 것이 사실인 모양이다. 군경 간 투쟁하는 장면에 내가 뛰어 들어 갔을 때, 나의 머리속 가슴속은 흔들리기 시작하고 정신이 암암하여 말조차 나오지 아니하였다. 떠나는 마당에 유쾌히 놀려보내자는 의도가 결과에 있어서 이 지경에 이르렀으니 발을 동동그린들 이제 와서 무슨 소용 있으며 어데다 하소연할가 보냐. 아…… 불상타 아우의 장래……. 아우는 심신이 나와는 천량지판인 사람이다. 마음이 정직하고 착한 가운데에 씩씩하고 용단성이 있다. 적극성이 있다. 그 우에 힘이 장사이다. 어느 누구한테나 짜이지 않는다. 이만한 실력이 있으매도 불구하고 경관에게 대항을 하지 않는다. "부모형제가 살고 있는 내 고향에서 저편에 실책이 있드라도 내가 참아야 한다." 이런 생각이 그 얼굴 그 태도에 확연이 나타나 보였다. 그러나 경관 측에서 그 심정을 알 바 없었다. 오해만 잔득 사고 있을 것은 사실이다. "이 두 사람의 국군은 계획적이다. 지서 습격이다" 등등 듣기에도 어마어마하고 소름이 쪽쪽 기칠 정도로 말하지 않는가? 아우는 제 몸에 해를 끼치려고 달려드는 경관에게는 순수히 막어 낼 뿐이다. 상대편에 먼저 대하지 않는다. 아우를 며칠려고 달려드는 경관은 문제없이 넘겨뜨리고는 서서 있을 따름이고 손 한 번도 대지 않고 있다. "참자 참자" 이 주의로 나가고 있다.

일은 점점 크게 벌어지는 모양이다. 싸이렝을 울려 소방대원을 소집하고 경찰서로 전화를 하여 헌병을 나오게 하고 외인은 절대 금하여지서 사무실 안에는 순경들만 벅석대어 큰 성과나 있는 듯이 희희낙락거리매 따라 나의 가슴은 더욱 타고 있다. 이 ○○과 박 ○○의 행위야말로 가소롭기 짝이 없었다. 권리 없고 실력 없는 두 국군은 기어히 십수 인의 수단에 밤중에 청주 헌병대로 간 것이다. 아- 어이없고 쓰라린 이 가슴---- 어디에 이 억울함을 풀으리요.

청주에서 나온 군경의 양 책임자는 사건진상을 조사하고, ○주점에서 장시간 동안 주찬을 든 뒤에 경찰의 구구한 부탁을 그대로 청취하여 간 것이다. 뜻하지 아니한 밤에 겁속에 아우를 보내는 이 마음을 어떻게 진정하리요. 그 멀고 먼 곳에서 간신히 집을 찾아 왔다가 의외로 이 지경이 났으니……. 아- 차라리 아니 옴만 못하였다. 제아무리 정직하게 말한들 헌병당국에서 알아 줄 리 만무하다. 시간 전에 중대로 복귀하려다가 이 지경될 줄 꿈에나 생각하였던가? 아- 쓰라리다.

〈1950년 1월 17일 화요일 흐림, 비〉(11월 29일)

간밤에 잠을 아주 설치었다. 어떻게 하면 아우가 무사히 해결될까가 문제이다. 하여간 사건진상과 그 동기를 그대로 중대본부로 알려줄 수바께 도리가 없다. 기간 내에 복귀하지 못하게 됨을 간밤에도 아우는 근심걱정이었다.

부여- 샐 때에 찬물로 세수를 하고 길을 떠났다. 마침 오늘은 만 29세의 생일이다. 생일 아침밥도 뜨지 못하고 충주행 정봉역 첫차를 잡아탔다. 일단 청주에서 어떻게 되었나 궁금하여서 헌병청에 들렸더니 취조 중이었다. 취조가 끝난 후 아우는 밖으로 나와서 거닐기에 반가히 만나서 차후의 동태를 물어 보고 즉시 연대 교육대 장교 ○ 소위를 방문하고 무사해결을 부탁하였다. 이 장교는 아우 운영을 많이 사랑하는 분이었다. 비가 주룩주룩 내리건만 헌병대로 가서 여차한 이야기를 한다고 자리를 이렀다. 중대본부 영양으로 가서 소식을 전할려는 계획도 그만 두기로 하고, 오늘 밤은 여관에서 쉬었으나 억울하고 분함과 걱정으로 밤을 새웠다.

〈1950년 1월 19일 목요일〉(12월 2일)

청주에 가서 연대를 방문하니 아우 영창에 들어있다. 아우는 반가하 마지하며 불일내에 퇴창될 것이니 아무 걱정 말라는 부탁의 말을 한다. 잠시간 같이 앉아 놀다가 작별하고 나올 때 무사하기를 빌며 발길을 집으로 돌렸다.

〈1950년 1월 21일 토요일〉(12월 4일)

아우는 영창에서 나와 부대로 돌아가게 되었다. 청주역에서 서로 작별할 때(충주행 열차로 경상도로 감) 아우는 나에게 미소를 보이면서 거수경례를 씩씩하게도 던진다. "아- 안타가웠다. 집에 잠간 다녀가게 된 좋은 휴가에 며칠 놀지도 못하고 근심과 걱정의 마음을 실은 채, 다시 전투지로 떠나는 그 마음……. 형에게도 미안한 감을 무한히 품은 채, 손을 들어 경례하는 그 마음이 오죽이나 쓰라릴가."

〈1950년 2월 2일 목요일〉(12월 16일)
아우를 전투지로 보낸 지 일주일이 헐신 넘어도 편지가 없어 몹시 궁금하다. 집에서도 부모님들께서는 걱정이 보통 아니시다.
학교는 금일부터 공부가 시작되어 다시 나는 바쁘게 되었다. 새해의 공부에도 아무 탈 없이 지나기를 여러 직원에게 부탁하였고 나 자신도 철저한 계획을 수립하였든 것이다.

〈1950년 2월 12일 일요일〉(12월 26일)
태백산지구에 갔던 군인들이 전부 복귀하였다는 말이 들리기에 기뻐서 청주에 들어가 연대를 방문하여 아우를 찾으니 아우는 불운하게도 영주에서 다시 영창생활을 한다는 것이 아닌가? 가슴이 덜컥 나려 앉으며 앞이 캄캄하였다. 중대장을 직접 만나 인사를 하고 많은 사과를 하면서 아우의 억울한 경우를 말하였다. 여러 가지 이야기 중에 상당한 냉정을 느끼며 집에 돌아올 때 가슴이 무너지는 듯하며 왼몸에 풀이 없어지는 듯하고 발길이 잘 노이지 않았다.

〈1950년 2월 19일 일요일〉(1월 3일)
기쁘기 한량없다. 아우가 영주에서 돌아왔다. 인제는 완전한 해결 밑에서 부대로 돌아온 것이다. 나는 마침 일요일이기에 과자, 술, 쓰루메[오징어], 빵 같은 몇 가지 음식을 사가지고 연대에 가서 아우를 면회하고서 같이 술 마시며 과거의 고생과 걱정을 서로 주고받으며 이야기하였다.
군인이란 기활이 참으로 좋더라.

〈1950년 2월 26일 일요일〉(1월 10일)
호죽 민영식 형씨와 같이 청주에 갔었다. 비족 의영 씨의 집을 한 채 소개하여 영식 씨가 사기로 결정이 되어서 그 대금을 치루러 갔었다. 민 형과 작별하고 나는 연대로 가서 아우를 면회하였다. 오늘의 태도는 몹시도 보기 좋고 씩씩하였다. 아우는 분대장급에 있는 것이다. 이로써 전사의 모든 걱정근심이 다 풀어지고 나는 다시 기쁜 마음으로 돌아오게 되었다.

〈1950년 2월 28일 화요일〉(1월 12일)
유재곤 군을 만나 주점에서 이야기하며 놀았다. 집은 마침 C의 집이다. 오래간만에 들려서 술을 마시니 취미가 한층 더한 듯하다. 유 군이 군가를 부르며 나의 마음을 위로하여 준다. "아우로 인하여 얼마나 걱정이 되었었느냐고……." 나는 다시 유 군을 격려하여 주었다. 유 군은 몇 주일 전부터 법관과 ○○ 사건으로 몹시 애를 쓰지 않으면 안 될 형편에 있기 때문에, 용기를 칭찬하며 정의대로만 나가라고 격려하여 주었다.

〈1950년 3월 1일 수요일〉(1월 13일)
三.一절이다. 기념식을 엄숙히 마치었다. 만세소리를 목청 있는 대로 높였다. 옛 선배들의 장함을 다시 회상하여 종일 뜻 깊이 느낀 바 있시 해를 넘겼다. 오후 1시부터 본교 운동장에서 옥산면 대한청년단 결성식을 거행하였다. 식이 끝나고 간부들의 초대로 위로연회석에 가서 장시간 놀았다. 저녁때에는 임순옥 씨 댁에서 술놀이를 하였다.

〈1950년 3월 3일 금요일〉(1월 15일)

학교 근무를 완전히 마치고 박상균 선생과 C의 집에 가서 술을 마시었다. 마침 오늘이 정월보름이란 명절이어서 C의 측에서 한턱내었었다. C의 집에서 이 박 선생과는 술 마시던 차례가 많았다.
오늘은 둘째 딸(노희)의 첫돐이어서 떡을 좀 만들었다. 작년의 오늘에 노희 출산으로 인하여 많이 애쓰던 생각이 다시 났었다.

〈1950년 3월 4일(1. 16.) 토요일〉(1월 16일)
오늘도 아무 탈 없이 잘 지내었으나 지난밤에 하도 이상스러운 꿈을 꾸었기에 종일토록 개운한 마음으로 넘기지 못하였다……. 'C와 함께 어느 좌석에서 만나서 이야기 저야기 하면서 놀았고, C의 젖을 한통 먹게까지 되며 C의 말에 이 젖 한 통은 선생님의 젖이니 빠르시오 하면서 내어맡기기에 나는 선듯 받아 훔켜진 채 용감히 빨았던 것이다.'

〈1950년 3월 5일 일요일〉(1월 17일)
어제 저녁에도 꿈을 꾸었다……. '국민학교 시대에로 다시 돌아갔던 것이다. 제5학년 때 가르쳐 주시던 권영서 선생님에게 따라 공부함을 꾸었다.'
어머니께서는 노정을 다리고 청주 연대에 아우 면회차로 다녀오셨다. 일요일이어서 박 선생 댁에서 술을 마시었다. 술 끝에 C의 젖, 은사 권 선생님에 대한 꿈 생각이 새로워짐을 느끼었다.

〈1950년 3월 6일 월요일〉(1월 18일)
오후에 볼일이 있어 시장에 나가서 용무를 마치고 돌아오는 길에 요새 며칠 전에 새로 온 정우용 주임을 만나게 되어 주점에서 술 마시며 담화하였다. 이 정주임은 전에 같은 교육계에서 근무하던 동지이기 때문에 마음속으로 반가웠다. 또 정주임 자신도 교육에 대한 관심이 클 뿐 아니라 많은 후원을 하고 계시다.

〈1950년 3월 8일 수요일〉(1월 20일)
본교 운영에 대하여 후원회 역원회가 있었으나 그다지 좋은 성과를 보지 못하였다. 변소 증축, 신교사용 책상, 걸상 또는 현관 건축이 시급한 문제여서 임시 100萬 圓은 나와야 되겠는데 현재 시국에 따른 경제란이란 면, 지서 각종 단체의 징수금이 거액에 달하여 최소 부담자가 약 1萬 圓씩은 밀리고 있으니 어찌할 수 없다는 것이었다. 몇 가지 강구책을 세워서 상의하였으나 별 강구책을 얻지 못한 채 헤어졌다. 다만 교육에 대한 이해 정도가 통 털어서 박약하기 때문이라고 돌려 생각할 뿐이다.
덕절 정해풍 씨의 갑년 잔치에 다녀와서는 본서 홍 주임과 박 선생이 C의 집에서 찾기에 같이 밤 깊도록 술 마시었다.
오늘 일제고사에는 많은 바쁨을 느끼었든 것이다.

〈1950년 3월 12일 일요일〉(1월 24일)
정주임이 오창으로 놀라 가자고 한사코 부다꾸기에 면장 외 수인이 자전거로 출발하였다. 도중에서 자전거가 고장이 나서 다시 돌아올려다가 무리하여 갔었으나 예측과 억으러진 대접이어서 모두는 섭섭한 생각으로 귀도하였다. 옥산에 와서 김종태 점에서 한자리 벌리었던 것이다.

〈1950년 3월 13일 월요일〉(1월 25일)

오후에 청주에 가서 아우를 면회하였다. 시간이 있기에 집으로 돌아오는 길에 의영 씨 댁에 들려서 민씨에 팔은 외덕정 주택에 대하여 상의를 하였다. 끝에 금번 제2회 대의원 선거에 출마 문제를 말하니 의영 형께서는 이번에 틀림없이 출마하실 예정 같았다. 우리 곽에서 이만한 분이 있다함은 기뻐 아니 할 수 없는 바이다. 친족관념에 젖은 마음보다 자격이 구비되었기 때문에 더욱 기뻐하는 것이다.

〈1950년 3월 19일 일요일〉(2월 1일)

아침 후에 책상을 정리하고 몇 가지 장부를 정리한 뒤에 학교에 나와서 교무철을 끄내어 계획 수립을 마치니 오후 1시가 되었다. 학교 경영의 일단이라도 철저하고 원만한 경영을 보려하나 뜻대로 되지 않는다. 보통 그대로의 상태로 나가고 있다.

오후 4시경에 C가 뵙고자 원한다기에 C의 집을 갔다. 반가운 기색으로 맞아주나 어느 곳인지 섭섭한 기미가 끼어 보인다. C는 술상을 차려오더니 한심을 쉬고 침착히 하는 말이 오늘만 이 집에 있다가 내일 아침에 일찍 떠난다는 끝인사였다. 그동안에 신세를 많이 끼쳤다는 것과 특히 애호를 받았다는 인사를 나에게 한다. 나는 C를 격려하여 주었다. 야- 반가운 소식이로다. 언제나 작부생활을 한다는 것은 너무 비열하니 장차 좋은 임자를 얻어 한 가정의 주부로써 착하게 내어 드디라. 옥산에 있을 동안에는 특별한 사랑을 받아 언제나 잊지 않고 충심으로 사례의 뜻을 표하며 장내 행운을 위하여 많이 빌겠노라고 끝인사를 하였다. C는 나의 손을 꼭 잡고 고맙다는 표정을 고백한다. 몇 잔 술을 마시고 이별하는 인사로 자리를 폐하여 나올 지음에 몇 친구를 만나 다시 자리에 앉아 술을 마시게 되었다. 밤이 깊도록 놀다가 친구들을 작별하고 집에 돌아오니 어린 자식들은 씩씩 자고 있다.

자리에 누어 C의 생각을 할 때 그 동안에는 참으로 고마웠었다. 정신적으로 물질적으로 많이 동정하여 주었다. 이 고마운 사례를 나는 무엇으로 갚을손가? 다만 충심으로 C의 장래를 (행복의 길로) 빌 뿐이었다. 그의 흔적으로 모모를 잘 간수하련다. 격려의 편지 한 장과 전별금 약간을 주어 보냈다. 이로써 한 때의 자미를 청산한 셈이었다.

〈1950년 3월 21일 화요일〉(2월 3일)

'청주서점'이란 책점에 가서 학교의 학용품대를 치루고 '고문당'에 와서 주문 교과서에 대한 협의를 하고 난 뒤 족형 의영 씨 댁에 들렸었다. 선거 사무에 노만 군의 분망함은 딱할 정도였다.

집에 와서는 몹시 목이 칼칼하기에 청주에서 동행이 된 정 주임과 술을 마시었다.

〈1950년 3월 23일 목요일〉(2월 5일)

금계국민학교의 연구회 전 직원 출장하였다. 교실 총수 6교실이나 지붕이 초가이고 두 칸씩 떨어져 있어 건물은 아울리지 않으나 수년 전에 비하면 매우 진보된 셈이다. 이 학교는 내 고향학교일 뿐 아니라 학교 졸업 후 수개월간 신세를 진 학교인 만큼 나의 모교라 할 수 있다. 연이나 불행히도 시국에 저촉된 화변 관계로 교감(족형 종영 씨)과 직원 몇 분이 이 대연구회에 있지 않게 됨은 참으로 유감이며 대불행이라 아니 할 수 없다. 본교 교장(민은식 씨)의 오해로 인한 사건이라고 말들 한다. 본교 발전 상 대지장이라 할 수 있다. 4개 면에서 뫃인 각 학교 직원들은 약 100명이나 되었다. 모두는 가족적이었으나 회장교의 불화에 심명을 잃었다. 점심 대접은 고기국밥으로 후대하드라.

〈1950년 3월 24일 금요일〉(2월 6일)

한 달 전부터 건축하기 시작한 신교사는 오늘로 상랑식을 하게 되었다. 신식으로 된 2개 교실은 우리학교 교실 중 가장 훌륭한 교실로 될 것 같했다. 이 교실을 청부하여 일하는 책임자도 역시 우리 학교 졸업생이므로 애교의 관심을 많이 가지고 있어서 건축하기 시작한 이래 나와 같이 모교의 애교지심으로 자미있는 이야기를 하면서 지내왔다. 오늘의 상랑식에 대들뽀에 '檀紀 四二八三年 庚寅 三月 二十四日 玉山國民學校 立柱上樑'(단기 사이팔삼년 경인 삼월이십사일 옥산 국민학교 입주 상랑)이라고 내 글씨로 써 올렸다. 상랑식이 끝난 뒤 대목 전원을 숙직실로 초대하여 위로주를 한 잔 대접하였으나 예측과 어그러졌다는 관계로 대접이 뿌실하다고 하는 말을 들었다.

〈1950년 3월 28일 화요일〉(2월 10일)

청주사범부속국민학교에서 연구회가 있어서 전 직원 출장하였다. 어찌나 큰 연구회인지 각 도에서 교육자가 많이 뫃이고 서울에서도 권위자들이 여러 분 온 모양이다. 엄숙한 주악으로부터 시작된 연구회는 구름같이 뫃여든 회원을 뚫고 착착 예정대로 진행한다. 교실 환경을 구경하고서 본교 직원들의 수고에 놀랐다. 저녁에 헤어지는 회원들의 머리는 얻은바 너무 많은 듯이 묵묵히 집에 돌아간다.

저녁에 몇 직원과 술을 마시고 난 뒤 흐미한 몇 가지 감정이 복바쳐서 홰가 나기에 주정을 혼자 하였더니 손가락을 좀 부상당하였다……. (학교 숙직 관계, 배급미 관계……공평한 행정을 요구)

〈1950년 3월 30일 목요일〉(2월 12일)

학교일이 끝난 뒤 반곡 정해풍 씨의 회갑 잔치에 갔다 왔다. 잔치 집에서 오는 길에 박, 정 교사 간에 언질로 다투는 정도이기에 이네들 포섭 관계로 어느 주점에 가서 여러 가지 이야기를 하여 주었다.

〈1950년 3월 31일 금요일〉(2월 13일)

오후에 금계로 가서 조상하였다. (한선 씨 춘부장 되시는 사마니 대부) 조문 후 즉시 집에 들려서 바로 집(오미)으로 왔다.

〈1950년 4월 1일(2. 14.) 토요일〉(2월 14일)

점심때에 면에 가서 김 부면장과 학교일에 대하여 상의하고, 그의 자제 진학문제에 관하여 협의한 뒤 ○주점에 가서 술을 마시고 있을 지음 뒷문에서 한 여자가 들어오는 것은 C가 아닌가? 반가히 만나 인사를 교환하였다. C는 3주일 전에 이별한 뒤로 처음 대하는 것이다. 잠간 놀러(다니러) 왔다는 것이다. 술상에 달려들어 주전자를 쥐고서 따루어 주며 몹시 유쾌한 태도이며 기뻐하는 모양이었다. 공손히 술을 나의 잔에 따루며 그동안에 무고하였느냐는 듯이. 모모의 눈치가 보이었다. 그의 하는 태도와 짓이 몹시 귀어웠다는 것보다 사랑스러웠다. C는 실은 어제 왔었는데 선생님을 어제 뵈이려고 하였으나 뵙지 못하였다는 여러 가지 사과 겸 인사를 한다.

〈1950년 4월 3일 월요일〉(2월 16일)
어제는 청주에 가서 아우를 면회하였다. 가정사에 대하여 자미있는 이야기를 하고 오후 5시 반의 막차로 집에 돌아왔다. 내일쯤은 집에 다녀가리라는 말을 하기에 퍽도 기뻤었다.
오늘 저녁 후에 학교에 잠간 나가서 숙직원과 이야기 하고서 집에 와서 쉬려니까 지서에서 전화 받으라는 급보가 왔기에 급히 가서 받으니 아우에게서 온 전화이었다. 급작시리 출동명령이 나리어서 어디로인지 내일 아츰에 출발한다는 것이었다.
지서에서 돌아와서는 가슴이 설레었으나 학교의 내일 행사인 일제고사 출제하기에 이래저래 밤잠을 이루지 못하고 새어 버렸다.

〈1950년 4월 4일 화요일〉(2월 17일)
아침 일찍이 청주에 갔었다. 마침 아우가 공용완장을 둘룬 채 급한 듯이 시가로 나와 돌아다닌다. 즉시 만나서 간단히 이야기하였다. 몇시에 어느 곳으로 출발할른지 모르오니 집으로 돌아가라는 말을 하므로 개용돈 몇 푼을 주면서 아무쪼록 잘 다녀오기를 인사로 하고 서로 작별할 때 나는 아우의 무사함 을 빌며 나올 때 과거의 아우 일을 생각할 때 허구 맹랑한 생각이 들었다. 하여튼 몸 무고하기를 나는 빌었다.

〈1950년 4월 5일 수요일 비 후 흐림〉(2월 18일)
식목일이었으나 비가 나리므로 예정한바 어그러졌다. 학교일을 마친 후 전 직원은 가락리 김 씨 댁으로 잔치 초대가 있어서 다녀왔다.
어젯날에 아우를 작별하고 궁금한 생각 금치 못하였으나 오후에 소식이 오기를 다시 청주로 돌아왔다는 소식이 있으므로 안심하였다.

〈1950년 4월 9일 일요일〉(2월 22일)
일요일이기에 음식을 조금 작만하여 가지고 아우 면회 차 청주로 갔다. 무심천 제방에서 만났다. 마침 청주 상과대학 주최로 축구, 농구, 배구 대회가 있었으므로 같이 구경을 한참 하다가 점심 요기를 한 뒤 무심천 제방 밑에서 형제 나란히 앉아 기념사진(카메라)을 찍고 나는 시간이 되어 바루 나왔다.
아우는 다시 일 계급 진급된 계급장을 가슴에 붙여 있다. 세전에 하사로 진급되었다가 옥산지서 순경들과 뒤재비하게 된 충돌 사건이 있은 다음 억울하게도 사고로 취급하게 되어 일 계급 강등되었던 것이다. 아우는 몹시 억울하게 생각하였을 것이며 분괘한 마음 측량할 수 없었을 것이었다.

〈1950년 4월 15일 토요일 개임〉(2월 28일)
본교의 춘기 원족을 시행하였다. 나는 별달은 볼일이 있는 관계로 일직 당번의 책임을 맡았다.
오후 2시경에 본교 신축교사 준공 검사가 있었다. 도에서 군에서 책임자 수인이 나왔으므로 시장 ○주점에서 점심대접을 하였다.

〈1950년 4월 16일 일요일 개임〉(2월 29일)
9시 반 차로 아우가 나왔다. 군인 5, 6인이 같이 내 집에 들렸기에 약주 두어 되 대접하였더니 모두는 자미있게 놀다가 헤어졌다. 점심을 먹은 후 아우와 같이 금계로 갔다.

아- 자식의 도리도 닦지 못하는 이 불효…….

어먼님께서는 수일 전부터 몸살로 몹시 편찮으시었던 모양이다. 땀을 흘리시고 글력을 차리시지 못하는 어머니는 음성조차 탈진이 되셔서 형편없이 기진되셨다. 아우는 달려들어 어먼님을 부여잡고 소리를 내어 울고 있을 지음 나는 가슴이 뽀개지는 듯이 앞았다.

어머니께서는 십여 일 전부터 사방공사에 다니시며 품팔이를 하시고 가사에 힘든 노력을 하셔서 몸이 하도 고달피셔서 몸살이 나셨던 모양이다.

아우는 나와 같이 집안 댁에 다녀 인사를 마치고서 오후 5시 차로 청주에 가려고 오후 3시경에 출발하여 오미로 나려와 다시 작별하였다. 아- 오래간만에 집에 잠간 나왔다가 유쾌히 놀기는 고사하고 도리혀 어먼님의 병환의 위중함을 보고 가니 오즉이나 그 가슴이 쓰라리랴. 정거장을 향하여 걸어가는 그 뒤 모양은 참으로 서글펴 보였다.

〈1950년 4월 18일 화요일〉(3월 2일)

금년도 후원회 총회가 있었다.

오후에 약 몇 첩을 지어가지고 집에 가서 어먼님 병환을 간병하였다. 아직 어머니께서는 차도가 그리 없으시다. 저녁에 약을 짜드리며 어제 아우는 무사히 귀청한 경로를 말씀드리었다. 그러나 어머니께서는 성한 몸으로 대하지 못하고 오래간만에 온 것이언만 위안도 되지 못하고 도리어 상심만 보게 하여서 마음에 대단히 안됐다는 말씀을 하신다.

〈1950년 4월 21일 금요일〉(3월 5일)

토지개혁법에 의한 학교 실습지 관계의 제반 수속 문제로 청원군청까지 출장하였었다. 학무과에도 잠간 들려 인사하였다.

연대에 가서 아우를 만나려 하였으나 오대산 방면으로 출동 간 모양이어서 면회가 안됐다……. 아- 편찮으신 어머님과 작별한 지 며칠이 안 되어 전지로 나간 그 마음은 어머니 생각이 오즉하리.

〈1950년 4월 24일 월요일〉(3월 8일)

C의 소식을 들었다. 이곳에서 그리 멀지 아니한 곳에서 사는 모양이고 남의 소실로 간 모양이다. 역시 직업은 주류 판매인 모양이다. 길이길이 잘 살기를 마음속으로 축원하였다. 나의 안부도 묻더라는 소식은 여전하였다.

〈1950년 4월 27일 목요일〉(3월 11일)

학교 뒤에서 보니까 밤나무 모퉁이에 기운 없이 오시는 분이 계시기에 뛰어가 마지하니 생각과 달음없이 어머니께서 오신다. 병환이 나신 것만 하여도 반갑기 짝이 없는 터인데 이곳까지 오시니 퍽도 기뻤다. 소주 한 병을 가지고 오셨다.

아우가 먼 곳으로 출동 나갔다는 소식을 전하니 어머님께서는 말씀은 아니 하셔도 섭섭한 생각이 측량할 수 없으신 표정이시다.

어머니께서는 바쁘시다는 것으로 점심도 아니 잡수시고 그냥 가신다. 그냥 가시는 어머니의 뒤에서 나는 남모르게 뜨거운 눈물을 흘리었던 것이다. 아- 어머니시어. 오래 동안 편찮으시다가 어짜다 자식들 집에 왔어야 점심도 못 잡수시고 떠나시는 우리 어머니…….

〈1950년 5월 5일 금요일〉(3월 19일)
오늘은 어린이날이다. 아침회(조회) 시에 몇 가지 기념행사를 하였다. 공부를 마치고 학교 전체는 일반 관공리와 일반인에 따라 정봉역까지 가서 복귀 군인의 환영을 하였던 것이다.

〈1950년 5월 6일 토요일〉(3월 20일)
졸업식이다. 본교(모교) 제28회 졸업식이다. 사은회 석상에서 나는 친애하는 여러 아우들이여 하는 웨침의 연설을 뼈 속에 들어갈 만치 부르지젔던 것이다.

〈1950년 5월 7일 일요일〉(3월 21일)
청주에 가서 아우를 면회하였다. 전투지에 가서 온 지 처음으로 만나는 것이다. 머리를 훌렁 깎았다……. 그 이유 일리가 있다 하며 오대산 방면의 전투는 처음으로 겪는 격전이었으나 어느 정도 패전되다 싶은 감이 있는 듯한 말이었다. 준비하여 가져간 몇 가지 다과를 먹으며 놀았다. 하오 5시 차로 나왔었다.

〈1950년 5월 13일 토요일〉(3월 27일)
점심시간에 사택으로 가니 할아버니께서 오셨다. (변소 창문에서 바라볼 때 지팡이를 짚으시고 시장 쪽으로 가시던…… 로인이 할아버니셨구나.) 안식구가 굴비 몇 마리를 사다가 점심밥을 지어드리니 참으로 맛있게 잡수셨다. 할아버니께서는 장에 볼 일도 없으시고 다만 다니러 오셨다는 말씀을 하시었다. 오늘은 이상히도 할아버니를 대하는 기분이 보통 때와 달랐다.

〈1950년 5월 15일 월요일〉(3월 29일)
오늘의 학업은 지장이 많았다. 남한의 국회의원 입후보자 11사람의 정견발표가 본교 운동장에서 있었기 때문이다. 수업을 적당히 마치고 발표를 듣기로 하였다. 청중은 약 1,500명 정도이다. 과연 의영 형의 발표야말로 상상 외에 훌륭하시었다. 뛸 듯이 기뻤다. 조리가 착착 맞고 과학적이란 것보다 계획이 철저하며 실천력을 띤 그 발표를 들을 때 과연 자격의 평가에 득점할 만하였다. 청중의 공기가 타인과 달은 기색이 동적으로 돌고 있음을 보고 나는 더욱 그 형을 숭배하고 싶었다.
오후 1시경에 아우가 왔다. 일주일간의 휴가로 온 것이라 한다. 점심 후에 아우는 집안사람들과 집으로(쇠재) 갔었다.

〈1950년 5월 19일 금요일〉(4월 3일)
경상남북도로 학사 시찰을 가게 되어서 모든 행장을 갖추어 가지고 오후 1시에 본군 14학급 이상의 학교 교감 10사람은 강외학교에 집합하여 일행은 경주를 향하여 급행열차로 출발하였다. 기차 안에서부터 공책을 한 권 꺼내어서 여행기를 적기로 하였다. 그리하여 금번 여행에 대하여는 별책(여행기)에 적은 것을 참조키로 하고 이 일기책에는 과정만 간단히 적기로 한다.
조치원역에서 떠난 일행은 경부선을 타고서 대구까지 달렸다. 점심 후 대구에서 차를 바꿔 타고 경주에 도착하니 해는 넘어갈 무렵이었다. 경주 안동여관에서 숙박하였다.

〈1950년 5월 20일 토요일 비〉(4월 4일)
지난밤부터 나리던 비는 좀처럼 그칠 줄을 몰은다. 일행은 근심 걱정에 싸인 채 비를 철철 맞으면서 경주 일대의 고적을 찾아보고 불국사 석굴암을 들려서 다시 차를 타고 해운대까지 와서 온천여관에 숙박하였다.
온천은 처음이다. 지하에서 열을 받아 솟아올으는 이 뜨거운 물이야말로 신기하기 일을 데 없구나. 온천, 온천 아- 소설에서 읽어 맛본 달콤한 온천-. 지금은 진미를 맛보는 기분 좋은 온천……. 깨끗하기 한량없는 온천이로구나.
금야는 이 여관에서 숙박하였다. 창밖으로 보이는 눈섭달은 몹시도 깨끗하였다. 날씨가 종일토록 궂더니 해가 질 때부터 개이기 시작하여 지금은 청명한 하늘이다. 바다물은 철썩거리고 앞집의 확성기에서 들여오는 음률은 청춘의 가슴을 동요시킬 만하며 시원한 이층 다다미방에서 상현달을 이 온천에서 바라보는 이 상쾌한 마음은 기념될 만하였다.

〈1950년 5월 21일 일요일〉(4월 5일)
아츰 일직이 일어난 일행은 해변가로 나갔었다. 만경창파라는 옛말 그대로이다. (여행기 참조)
동래, 울산을 지나 부산에 도착하였다. 우리나라의 제2 도시인 부산이다. 부산항을 구경하고 동광국민학교를 시찰하였다. 본교의 여직원의 칙은한 친절에 일행은 감복하였었다.
국제시장을 구경하고는 여관에 와서 쉬었다.

〈1950년 5월 22일 월요일 개임〉(4월 6일)
아침 첫차로 떠난 일행은 대전에 와서 자유해산이 되었다. 처음으로 우리나라의 최하단까지 가 본 감상은 무궁첩첩하다. (별책참조) 집에 도착하니 오후 7시었다.

〈1950년 5월 23일 화요일 개임〉(4월 7일)
할아버니께서 돌아가셨다는 급보를 받고 모든 홍정을 마친 다음 즉시 집으로 돌아왔다. 할아버니 시체 앞에서 나는 슬피 울었다…….
아~ 할아버지시어 영원이 가셨노라. 지난 13일장에 나의 곳으로 찾아오셨을 때의 기분이 이상하더니 그 때가 최후의 만남이었던 것이다. 아~ 연세는 많으시련만 떳떳한 대접도 못하여 드린 채 영원히 여웠노라. 아~ 하라번님의 혼령이시어 극락세계에서 안녕히 기내시기를 비옵나이다.
밤에는 부서 쓰기에 집안 형님들과 상당히 바빴었다.
염습은 내일 잡수시기로 결정되었다.

〈1950년 5월 25일 목요일 개임 후 흐림〉(4월 9일)
청주에 가서 아우를 다리고 오려고 수속을 갖추었으나 선거기가 가까워서 비상경계 관계로 도무지 다리고 올 수가 없었다.
영문에서 잠간 만났을 뿐이나 아우는 불행한 눈물을 흘리었다. 아~ 손자이나 장례식에 참가가 되지 못함을 억울이 생각할 뿐이었다. 나는 하는 수 없이 혼자대로 발길을 집으로 돌렸던 것이다.

〈1950년 5월 26일 금요일 개임〉(4월 10일)
할아번님 장례식을 모시었다. 전좌산에다 모셨다.

〈1950년 5월 28일 일요일 개임〉(4월 12일)
할아번님 삼우제를 지내려고 아침 일직이 오미서 나서서 집에 와 상식을 올린 뒤 일동은 산소에 가서 삼우제를 지냈다.

〈1950년 5월 30일 화요일 개임〉(4월 14일)
남한의 총선거일이다. 나의 선거인에 당선되기를 빌었다.

〈1950년 5월 31일 수요일 흐림 후 비〉(4월 15일)
기대하던 대의원선거의 개표가 끝났다. 영광스럽게도 우리 의영 형이 당당히도 당선되었다. 나는 기뻐서 뛸 듯싶었다.

〈1950년 6월 1일 목요일 개임〉(4월 16일)
신학년도가 시작되었다. 그의 식을(시업식) 거행하였다. 금년부터는 의무교육이 실시되게 되었다.

〈1950년 6월 4일 일요일 개임〉(4월 19일)
아우가 왔다. 같이 놀고 이야기 하다가 저녁차로 들어갔다.

〈1950년 6월 6일 화요일 개임〉(4월 21일)
금년도 신입생의 입학식이 있었다. 겸하여 의무교육 축하식을 올렸던 것이다. 3학급분이 입학하게 되었다.

〈1950년 6월 11일 일요일 개임〉(4월 26일)
아침 일직이 일어나서부터 이슬을 몸에 적시면서 보리를 베기 시작하였다. 점심때쯤은 멀미도 날 뿐더러 뜨겁기도 하려니와 몸이 고달펐었다. 그러나 무릅쓰고 베었더니 해거름에 베기를 마치었다. 저녁 후에는 김태룡 군과 둘이 지개로 져 날렀다. 보리단이 약 150단 가량 되었다.
인제는 비가 와도 나는 문제가 없게 되었다. 모두는 비를 기다리나 야속하게도 오지 아니함으로 큰 야단이다.

〈1950년 6월 18일 일요일 개임〉(5월 3일)
노정 모친이 보리마당질을 시작하기에 나도 조력하였다.

〈1950년 6월 19일 월요일 개임〉(5월 4일)
청주에서 치과의사 세 분이 나와서 본교 아동 전부에 걸쳐 구강검사를 하여 주셨다. 그 효과는 대단히 좋았다. 물론 군에서 계통 있는 검사이다.

〈1950년 6월 22일 목요일 비〉(5월 7일)
비가 나린다. 비가 나린다. 기다리던 비가 나린다. 모두는 살듯이 좋아 한다. 뛸 듯이 반가워한다. 나의 집에서도 아직 모 한 폭이 꽂아 보지 못하였던 것이다. 요번 비에 꼭 심겨야 할 텐데 어찌될 것인가?가 문제이다.
저녁때쯤에 모래쯤 모내기 한다는 기별이 왔다.

〈1950년 6월 24일 토요일 개임〉(5월 9일)
토요일이어서 학교 행사를 마친 후 즉시 용소셈 들로 뛰어갔다. 오늘은 모심기 한다는 기별이 있어서 좀 거들을려고 갔었다. 일군 10여 사람이 심기를 시작하였더라.
일은 봄부터 편찮으신 백모님은 날이 갈수록 위중하시더니 금일 하오 두 시경에 영영 세상을 떠나고 말았다. 아- 큰어머니시어 오래 동안도 심한 고통을 받으시더니 끝도 보시지 못하신 채 영원히 저 세상 사람이 되었나이까. 아- 불상도 하여라. 의사치료 한 번 못하여 드린 채 영원히 가셨노라……. 아- 아- 야숙한

이 세상이여…….
모내기에 바쁜 중 위급하시다기에 뛰어 들어 갔더니 백모님은 급한 지경에 다달았는지 숨결이 급하여지시더니 몇 분 후에는 기어히 이 세상을 이별하시고 만다. 아- 영혼이시어 부대부대 안녕하시요.
마침 아우가 나왔다. 오미서 아우와 같이 모든 홍정을 해 가지고 우차를 끌고 밤에야 집에 들어왔다. 아우도 백모님 시체 앞에서 슬피 운다. 할아버님 작고하신 지 불과 한 달 만에 이 일을 당하였으니 그 원통하고 슬허움[서러움]은 이로 형용할 수 없을 만하다.

〈1950년 6월 25일 일요일 개임〉(5월 10일)
큰어먼님 장례식을 지냈다. 행여가 마당을 떠날 때 어찌나 섭섭한 지 통분에 죽겠었다. 어머니께서도 기둥을 부여잡고 처량이 우신다. 어머니 우시는 것을 볼 때 나는 저절로 더욱 슬허워졌다. 삼 통세[동서]가 지내시다가 숙모님께서는 20년 전에 숙부 계신 일본으로 가시고 백모님은 지금에 별세하셨으니 단 혼자 남으신 신세는 참으로 서글퍼하실 만하다. 어머니 우시는 것을 보고는 동네 아주머니들과 부인들이 전수 울었었다. 아번님께서도 목이 매어 우시지 못할 지경이셨다. 하관 후 달기호시에 아번님께서는 통분에 못 이기시어 속울음을 우시면서 눈물을 흘리신다. 큰아번님과 합총 안장하였다.

〈1950년 6월 26일 월요일 개임〉(5월 11일)
어제 아침부터 벌어진 남북충돌사건은 3.8선 지역 전체에 결친 모양이다. 남한 전 군인이 출동된 모양이고 각 경찰계는 전시태세의 기분으로 변하여졌다. 신문지상에는 인민군이 불법침입을 하였다는 것이다. 하여튼 3.8선이 깨어져서 남북통일의 대업이 이루어진다면 이보다 더 좋은 일이 어디 있으랴만 동족간의 상쟁이니 우리는 너무나 참혹한 피를 흘리지 않도록 됨을 바라마지 안는다.

〈1950년 6월 30일 금요일〉(5월 15일)
싸움은 점점 확대되어 하늘에는 비행기가 쉴 사이 없이 날마다 날으고 있다. 발표에 의하면 미국 비행기가 와서 북한의 오대 도시를 여지없이 폭격한다는 것이니 동포의 인명은 그 얼마나 많이 억울한 죽엄을 하였으리요. 아- 슬프다 동족상잔, 상잔. 전 국민 모두는 반성하라. 무쳐[미처] 피난을 아직 가지 못함이 후회가 되었다. 할 수 없이 사택으로 다시 와서 잠을 자려 하나 어찐 일인지 잠이 오지 않았다. 마침 밖에서 무슨 소리가 들리더니 주인을 찾는다. 떨리는 가슴을 진정하고 나가 보니 국군들 약 30명이 와서 자고 가자는 것이다. 마침 집이 빈 때이라 전부를 방으로 들어오게 하고서 나는 이 군인들의 심부름을 하느라고 바빴었다.
잠 한심 못자고 날밤을 새웠다. 포성은 귀창을 울리어 고막이 둔하여질 지경이다.

〈1950년 7월 12일 수요일 개임〉(5월 27일)
날이 새자 군인들은 조치원 방면으로 행진하였다. 나도 결심하였다. 이제 와서는 아무리 생각하여도 피난할 수밖에 없다는 것을…….
마침 어제 지서원들이 후퇴한 뒤로는 마음이 점점 약하여진다. 엿그제쯤 피난 아니 감이 후회이다. 그러나 오늘도 과히 늦잖으리라 생각하고서 학교의 사택을 단속하고 학교 담요를 똘똘 말아 걸머지고서 부모님께 안심이나 시키고 갈려고 아침 일찍이 금계로 왔었다.
아버지께서 추호도 용허하여 주시지 않는다. "너의 동생이 전시에 나가서 생사 간에 몰라 환장지경에 너까지 집에 없다면 더욱 안심치 못하겠으니 죽더라도 아비와 같이 죽어라." 어머니께서도 한상고 반대하시고 안식구도 실혀한다. ………… 할 수 없이 집에서 피하여 보기로 결심할 수밖에 없어 생각다 못하여 주저앉았다.
집에는 북일면서 피난 온 사람이 약 20명이나 되었다. 아침부터 울리는 포성은 쉴 사이 없이 꽝 우루루 꽝 탕탕 하는 소리에 김매는 농부들이 안착이 되지 못한다. 들리는 말에 의하면 소위 인민군들은 오창과 전동까지 점령하였다는 것이다. 탈이다…….탈…….

〈1950년 7월 14일 금요일 개임〉(5월 29일)
궁금하기에 섬마섬마 하면서도 오미로 내려가 보았더니 학교와 사택에 이상이 좀 생겼었다. 지방민을 원망 아니 할 수 없다. 아직 피난 간 사람들은 들어오지 아니하여서 집 지키는 노인 몇 분이 있을 뿐이다. 다시 학교와 사택 단속을 하고는 저녁때에 집으로 돌아왔다.

〈1950년 7월 16일 일요일 개임〉(6월 2일)
피란민들이 조금씩 돌아가기 시작한다.
피란민들의 말을 들으면 미원, 청산, 부강이 인민군에게 완전 함락이 되었다고 한다. 포성은 완고히 남쪽 먼 데서 들려온다. 그러나 쉴 사이는 없다. 그동안에 인명은 얼마나 죽었는지 상상할 수 없을 터이다. +자형 비행기는 오늘도 날아오더니 폭격과 사격이 심하다.
어제는 집집의 김매기 일을 하는 데 조력을 하였더니 좀 노곤한 편이다. 연만하신 어먼님과 아번님께서는 전지에 운영(아우)이가 나가 있어서 불안하신데다가 농사일에 매일 땀을 흘리시므로 그 피곤하심은 한량없으실 것이다. 아- 부모님이시여 이 자식은 못생겼도다.

〈1950년 7월 19일 월요일 개임〉(6월 5일)
안식구와 같이 오미 사택으로 갔다. 아직 아무 연고는 없는 편이다. 오미 시장에 나와 사는 사람은 불과 5, 6세대밖에 없는 듯하다. 노정 모친과 함께 터밭의 잡초를 뽑고 들밭의 콩밭에 열무 씨를 뿌리었다. 점심은 감자 몇 알과 옥수수를 쪄서 먹었다. 일전 피난 준비 시에 곡식과 그릇을 땅속에 묻었던 것이다. 학교와 사택에 재단속을 엄밀히 하고 집에 올 지음에 우리 강 교장님에 대한 평이 있다는 말을 전하는 사람이 있기에 나는 절대 거절하였다. 사람으로써 이 난시에 감정을 푼다는 것은 공정치 못할 뿐 아니라 인의 도덕에 벗어난 일이라고……. 또 한 가지 부탁하였다. 소위 치안대의 행위에 대하여 불의의 사건이 발생치 않도록 할 것이며 동족애로써 인간을 대하되 타협적으로 일을 진행할 수 있게 계획하여 달라고……. 요새 며칠 사이에 남한의 국방군(후퇴군)과 소위 치안대 사이에 교전으로 인하여 일반 양민에까지 공포심을 느끼어 농사일에까지 악영향을 미치게 됨으로 누누히 말하여 주었다. (사거리, 샛뜸)

〈1950년 7월 25일 화요일 개임〉(6월 11일)
인민군의 남침으로 인하여 전쟁이 시작된 지

벌써 만 한 달이 되었구나. 아- 그동안에는 우리 민족은 얼마나 죽었을까? 수효도 몰을 만치 많을 것이다. 8.15 해방 이후로 무혈통일이냐? 유혈통일이냐? 문제되다싶이 떠들었건만 오늘에 와서 기어히 피를 흘리고서야 마는구나. 요번에 남북이 통일이나 될른지……. 아- 슬프다. 죽은 동포여! 형제, 자매, 부자끼리 총칼을 마주 대니 이런 원통한 일이 또 어데 있으리요. 동족끼리 싸우지 아니하면 아니 될 이 사정이야말로 애처럽기 짝이 없도다. 5년 전에 맞았던 (일침종결) 해방 당시에 이러할 줄은 꿈에도 상상치 못하였도다.

오늘은 마침 용소샘 논의 이듬매기 일을 하는데, 아번님까지 노인 세 분이 시작하게 되었었다. 글력 부치는 노인들 세 분을 위하여 나는 돼지고기 너덧 근을 사오고 술도 댓 사발 받아왔다. 일하시는 중에 가끔가끔 비행기 폭격소리는 꽈르릉 꽈르릉 앞산을 뚫어[무너뜨려] 버리는 듯 소리가 굉장하였다.

낮이나 밤이나 밥 먹을 때나 언제나 마음 한 구석이 텅 빈 것 같다. 잠도 깊이 잘 수 없으며 밥맛도 쓴지 달은지 진미를 몰으고 지내는 이 마음이 언제나 풀릴 것인가. 아- 어먼님께서도 아번님께서도 일구월심 애태우시는 그 간장은 살어름 녹듯 사르르 삭아 없어지는 듯한 표정을 엿볼 때 나의 가슴은 뽀개지는 듯하다. 지난달 오늘에 백모님 장례식을 올릴 때 아우 운영은 나와 같이 울고 원통이 여기면서 행여 뒤를 따르다가 방아다리에서 작별하지 않았는가. 아우는 작별하든 그 시로 전지로 가게 되었을 것이 아니냐? 아- 아우여 지금은 어디서 어떠한 고생을 하고 있는가. 어디서 죽지나 아니하였나. 끔직한 생각이 자꾸 나는구나. 7월 4일에 기별은 들었건만 만나보지도 못한 채 이날까지 걱정이로다. 들리는 말에 의하면 보은 지방에서 만나보았다는 것이나 내 눈으로 직접 보지 못하였으므로 어찌 궁금치 아니하리요. 오늘 저녁은 어데서 먹으며 잠은 어데서 자는가. 조석을 몇 끼나 굶다가 겨우 보리밥 한 덩이 얻어먹고는 어느 집 의지깐이나 혹은 산속 흐미진 숲속에서 잠을 잘 지경이나 아닌가! 또는 부대 속에 땀내 나는 노영에서 이슬비를 맞아가며 선잠을 이루는지……. 아- 아우여 부디 몸 조심하여 후일에 틀림없이 상봉되기를 만물에게 비노라. 이 지방에서도 국군의 신체를 처처에서 흔히 보게 될 때 내 몸에는 솔옴[설움]과 복통한 기분이 온몸을 덮어 씨우누나. 아- 아우여 살았는가 죽었는가 얼굴 한 번 보고지고……. 부모님께서도 때때로 한숨만 쉴 뿐이로다. 있는 간장 다 태우실 지경에 계신 부모님을 다시 회복시키시는 데는 아우가 살아와서 같이 밥을 먹게 되는 그시부터이리라. 아- 아우여 살아 돌아오도록 전심전력을 계주하라. 꼭 살아오도록 가진 노력을 다 써라. 부상을 당하였거든 이를 악물고 참아라. 어디가 아프거든 이곳까지 들리도록 형을 불러라. 아- 아우여 살았거든 꿈에라도 선몽하여라. 아우나 내나 부모님께서 악인이 아니어늘 만물의 혼과 정신은 운영을 보호하여 후일에 만나보도록 힘써 주시옵소서.

〈1950년 7월 31일 월요일 개임〉(6월 17일)

오경석 선생의 재촉과 소위 면인위[면인민위원회] 간부의 심한 말성으로 억제치 못하고 청주에 등록차로 갔었든 것이다. 오미서 떠난 직원 일행은 청주에 갈 때까지 우리의 입장을 이야기하면서 전쟁의 자취를 보면서 타달타달 들어갔다. 길옆에는 군인들 은신하는 굴이 열을 지어 파 있고 산에는 대포 묻었든 터가 있으며 길옆의 동네는 피난을 가 버려서 텅텅 빈 집뿐이었다. 모든 탄 깍지도 길에서 볼 수 있었다.

청주에 들어가니 엄청하다. 군시공장[1]의 전소로부터 서문다리의 뚫어짐과 동 철교의 2개소가 끊어졌음을 보고 끔직함에 아니 놀랠 수 없다. 이곳저곳에는 큰 못과 같이 파지고 이층 삼층집이 납작하게 부서지고 전선은 실꾸리 엉키듯 끊어져서 엉키어 버렸다. 유리창은 모두가 깨어져서 가로에 늘비하게 깔렸다. 무시무시하더라. 비행기의 폭격은 오늘도 있다. 오늘의 일은 좋도록 꾀를 써 마치고 나왔다.

〈1950년 8월 1일 화요일 개임〉(6월 18일)

소위 면인위로부터 학교 명부를 제출하라는 재촉이 있어서 긴급 직원회의에서 하는 수 없이 위원회를 조직하였다. 책임을 사퇴한 것이나 직원의 타합에 의하여 임시 책임을 졌든 것이다. 오후에는 공작대원이라는 사람한테 강연을 받게 된 후 환희리 동림리 가락리로 선전강연을 나가게 되어 금애는 환희에 갔었다. 강연 내용은 (1) 삼상회의와 쏘련의 대외정책, (2) 토지개혁 (3) 이북과 이남의 차이점(생활수준, 교육, 남녀평등권, 경제, 인권옹호, 평화적 통일, 현 전황 등이다). 천내에서 강연 도중에 총성이 나며 강연자의 태도가 의아하다는 관계로 위협을 당하였다. 설레는 가슴을 간신히 억제하고 환희에 와서 인택 군의 집에서 잤다.

〈1950년 8월 8일 화요일 흐림, 비, 흐림〉(6월 25일)

어제 밤부터 구름은 오락가락하나 좀체로 비는 내리지 않는다. 너무나 가무러서 곡식들이 탈 지경이다. 아침밥을 먹고 책을 읽고 있으려니까 아우 생각이 것잡을 수 없이 머리속 깊이 파고들더니 눈물이 떠올라 눈알을 가리운다. 흙흙 느껴짐을 금치 못하고 잠시 나는 어린이가 되어 울어 버렸다. 아- 아우여 부디부디 몸조심하여 다음날에 꼭 만나 보기로 하세.

〈1950년 8월 9일 수요일 흐림 후 개임〉(6월 26일)

밤에도 역시 비행기는 날으고 있다. 식렬한 전쟁이다. 어느 곳에서인지 꽝- 소리가 들려 올 때 아우 생각이 머리속으로부터 떠오르기 시작하드니 어제 저녁 생각이 문득 난다. (어제 저녁에 온 식구들이 축축한 마당에 멍석을 깔고 저녁놀이를 할 때 아번님께서는 무심한 한숨을 쉬시면서 대단히 괴로워 여기신다. 마침 이때에 이웃집 아저씨 한 분이 놀러 오셨든 것이다. "우리 운영은 아마 어느 곳에서 죽은 모양 같으네. 한 삼일 전부터 우연히 마음이 괴롭고 회심한 생각이 드네." 말씀을 하신 후에 다시 긴 한숨을 쉬시니 아저씨(한복 씨)는 "너무 속 썩이지 마시오. 후에 봐야 알겠지요." 라고 위안의 말씀이 있은 후에도 몇몇 이야기들을 하실 때 내 눈에는 눈물이 핑 돌고 입술이 저절로 벌쯤벌쯤 가볍게 떨림을 느꼈든 것이다. 울움을 간신히 참고 하늘만 바라보고 있으

---

1) 군시제사공장(郡是製絲工場). 1926년 6월 미쓰이 재벌이 설립한 제사공장. 대구, 대전, 청주에 공장이 있었다.

려니까 어먼님께서도 한숨을 쉬시며 먼 하늘의 구름 사이로 별 하나 보이는 그곳만을 바라보시고 계시다가 치마 끝으로 남모르게 눈물을 씻으신다. 아- 아우여 기운을 차리게. 몸조심에 조금도 게을리 하지 말게. 그리하여 이다음(전쟁 승리 후)에 꼭 집으로 찾아와서 만나 보도록 하게. 그리 되어야 이제까지 수심에 매친 모든 울감이 싹 없어질 만치 풀리실 것일세. 아- 비옵니다 천지의 자연신명이여 우리 아우의 무사함을…….) 이런 생각이 주마등과 같이 머리를 스치니 나는 다시 어제 저녁의 심리로 변한 나였다.

〈1950년 8월 11일 금요일 개임〉(6월 28일)
통촉에 의하여 이영재 선생과 같이 월곡으로 갔었다. 회의 주장은 홍익선이라는 사람인데 내용이 몹시 지지하였다.

〈1950년 8월 13일 일요일 개임〉(6월 30일)
11일의 회의 내용을 전달하였다. 장부 정리와 금전 관계를 적당히 하기로 하고 군으로부터 제출하라는 제반 보고 서류를 적당히 꾸미어 내었든 것이다.

〈1950년 8월 15일 화요일 개임〉(7월 2일)
만 5년 전에 보은에서 마지하든 해방의 날이 곧 오늘이다. 금년의 해방 기념행사는 마침 전쟁으로 인하여 거행치 못하게 됨은 억울하다. 금일의 제반 행사(○○국)는 우숩기도 하였다……. 기계적 선거 등.

〈1950년 8월 16일 수요일 개임〉(7월 3일)
가락리 김재관(부면장) 씨들 집에 가서 놀다가 김노현의 집을 찾아가서 아우의 소식을 다시 듣고 돌아올 때, 이네들과 만나 이야기하였다는 장면이 본 듯이 눈앞에 슨히[선히] 떠올라 와서 아우의 모습이 눈앞에 어리운다. 아우의 생각을 할 때마다 남쪽 하늘만 바라볼 뿐이다.

저녁식사를 마치고서는 마침 동행이 있기에 금계 집으로 갔었다. 아번님 어먼님께서는 오늘 저녁도 역시 멍석자리 위에서 실음없이 앉아 계시다–운영을 생각하시는 것이겠지……. 아번님과 어먼님께 절을 하고 오늘 가락리에서 들은 김 씨의 말씀(보은 회인지구에서 만나 반갑게 인사하였다는 것, 자기의 동생 노현은 죽은 것이 확실한 모양이라는 것, 부모 형제 본 듯이 반갑게 인사하며 옥산면 상태를 묻기에 피난상태라고 말하였다는 것, 집이 그리워 서글픈 말을 하더라는 것, 몸 무고히 있다가 가겠으니 집에 가거든 안부나 전하여 달라고 말하더라는 것, 몇 사람 중에 가장 낏낏하다는 것)을 들은 대로 부모님께 말씀드렸다. 아번님께서는 "네 동생은 꼭 죽었다. 네 꿈에나 내 꿈에 두 차례나 보였으니 죽었기에 꿈에 보인 것이 아니냐."라고 말씀하시며 낙심천만의 한숨을 쉬심에 따라 옆에 계신 어먼님께서도 한숨을 쉬신다. 나도 목이 매어 한참동안은 말이 나오지 아니하였다. "너무 상심하시지 마세요. 설마 죽었을나구요. 어찌하든지 죽지는 아니하였으리라고 믿사오니 걱정을 하시지 마세요." 이렇게 위안하여 드리면서도 나의 가슴속은 울울하고 답답하기 짝이 없었다. 종형님도 옆에 앉아 계시다가는 "우리 집안 운수가 그리 불길한 편은 아니니 설마 운영이도 살아오겠지요."라고 아번님을 위안하신다. 아- 살아와야만 이 가슴속에 맺친 주먹 같은 덩어리가 시원하게 풀릴 터인데…….

〈1950년 8월 20일 일요일 개임〉(7월 7일)
정성모 선생과 같이 월곡까지 갔었다. 회의에 참석하라는 기별이 있었든 것이다. 협의 내용은 (1) 학교 비품 일절 관리를 더욱 철저히 하기 위한 책임자 선택, (2) 이력서와 자서전 제출, (3) 결원 직원의 보충 등이다. 오다가 사인리의 사장들 댁에 잠간 들려 점심을 잘 얻어먹고 건너왔다. 사인에서도 사장과 같이 아우 운영에 대하여 궁금한 이야기를 하였었다. 아우 이야기가 나올 때마다 언제나 그리운 생각에 맥이 탁 풀리는 것이다. 아무쪼록 무사히 돌아오기만 바라마지 않는다.

〈1950년 8월 21일 월요일 개임〉(7월 8일)
호죽리 박상균 선생 댁에서 놀다가 오후 4시에 오미로 왔더니 학교 사무실에서 회의 중이다. 면당에서 와서 호소문 연판운동에 대한 회의이다. 회의 끝날 무렵에 불의의 비행기 공습을 당하였든 것이다. 발끝에 총탄이 떨어지는 위급한 경우야말로 놀라지 않을 수 없었다. 다행으로 부상자조차 없었다는 것은 일수가 좋았다. 당에서 소환이 있어 갔더니 까닭 몰으는 책망을 한다. 공포심을 아니 느낄 수 없었다. 저녁밥을 먹고 나서 금계 집으로 갔었더니 마침 사인리의 사장께서 오셔서 아번님과 말씀 중이시다.

〈1950년 8월 22일 화요일 개임〉(7월 9일)
아번님의 춘추가 50이시다. 칠월 초아흐랫날 오늘이 아번님의 생신이시다. 기쁘고 경사스러운 금일을 아우와 같이 마지하지 못함이 서글프도다. 아우여 오늘은 어디서 어떻게 지내는가?
동네 어른들에게 술이나 한 잔씩 대접하려고 개 한 마리를 잡았었다. 술도 약간 준비가 되었었다. 아침 일찍부터 부엌에서는 어먼님께서 며누리 둘을 다리고서 몇 가지 요리를 만드시느라고 분주하시었다. 안마당을 쓸어저치고 멍석을 깐 다음에 큰 상을 닦아 놓고는 모여드는 동리 어른들에게 술을 몇 잔씩 대접한 다음에 조반을 드리었더니 맛있게들 잡수시더라. 부엌에서도 집안 아주머니들이 바쁘게 일을 보아 주시고 손님들 접대에는 사촌 형제와 내가 하였다. 아번님께서는 먼저 잡수시고는 어린 노희를 업으시고 손님들의 광경을 바라보시며 거닐고 계신다. (아번님의 속마음은 더욱이 오늘 아침을 당하시어 쓰라리신 표정이시다. 표면에는 손님을 마지하시며 웃으시나 이 자리에 없는 작은 아들을 생각하시는 마음은 내포에 가득 찼으시리라…….) "아우여 오늘은 생신이신데 아우는 오늘을 알고 있는가? 아- 이 아침밥을 같이 못 먹고 나만 먹는 이 형의 가슴, 너머가는 국맛을 모르겠네그려. 다시 한 번 얼굴 보고지고. 만나는 날에는 이 철천지한이 탁 풀리련만 어찌면 이다지도 소식이 없는가. 아무쪼록 몸조심하여 일후에 반갑게 만나 보세 그려."
어제 저녁에 파견되어 금계로 온 이일근 선생과 그 외 수인을 집에 모시어 술을 몇 잔 대접한 후 오미로 나려 왔었다. 4일 전에 토지개혁이라는 것이 있었든 모양인데 위토 약 1,000평을 몰수당하여 억울하였다. 그러나 그의 실시가?

3일 전에 마루를 놓았는데 몹시 샛춤하였다.

〈1950년 8월 25일 금요일 개임〉(7월 12일)
이력서를 제출하라는 독촉이 심하여 할 수 없이 내었다. 결원을 보충하라는 명령 때문에 고민 아니 할 수 없다.
아우를 만난 꿈을 꾸었으나 개온치 못하였다.

〈1950년 8월 26일 토요일 개임〉(7월 13일)
오미서 노정과 같이 떠나서 나는 호죽으로 갔었든 것이다. 당에서 파견된 셈이나 발언을 중지하려다가 정선영 선생의 부탁을 심각히 생각하여 박재두의 억압에 할 수 없이 몇 말 지꺼렸으나 양심에 가책이 있었음을 느끼지 아니 할 수 없었다.
잠은 정선영 선생 댁에서 잤다.

〈1950년 8월 27일 일요일 개임, 흐림, 비(조금)〉(7월 14일)
어먼님 생신이시다. 호죽에서 나는 예정보다 늦게 깨었기 때문에 안개 속 이슬받이지마는 뛰어서 집으로 왔었다. 닭을 한 마리 잡아서 어먼님께 대접은 하였으나 어찌나 서운한지……. 고기도 못 사고 대접이 뿌실하였기 때문에…….
점심에 국수를 먹고서 오미로 나려 왔었다. 의외로 C를 만났다. 피차에 깜짝 놀라기만 하고서 바로 헤어졌다. 육촌 아우 천영이가 소위 의용군으로 간다는 소식이 있어서 말렸으나 기어히 가게 되었다.

〈1950년 8월 31일 목요일 개임〉(7월 18일)
수차에 결쳐 실내 환경에 대한 책망을 받아 후일을 염려하여서 하는 수 없이 몇 가지를 장만하여서 교원실만은 부쳐 놓았으나 허무맹랑한 생각에 웃읍기 짝이 없었다.
저녁에는 면인위로부터 재촉이 있어서 미호천 철교 복구사업에 나갔던 것이다.

〈1950년 9월 1일 금요일 개임〉(7월 19일)
어제 밤에 잠을 이루지 못한 탓인지 아침에 일어나기가 몹시 괴로웠고 허벅다리가 묵직함을 느끼게 되었다.
군 교육과장이라는 사람(성명 장성호 북한사람)이 학교에 의외로 들려서 예상치 않은 질문을 하매 따라 곤란하였었다. 더욱 실래(내) 환경에 대하여 꾸지람을 주더라.

〈1950년 9월 3일 일요일 개임〉(7월 21일)
저녁 후에 소위 오산 1구 인위장의 재촉으로 신촌 뒷산에 나가서 구덩이를 팠었다. 팔 때의 나의 생각은 아우로 인하여 불안을 느끼었다. 아우의 적이 숨어 있을 이 아궁이를 파지 아니하면 아니 될 이 사정…….

〈1950년 9월 4일 월요일 개임〉(7월 22일)
낮 몰으는 푸른 모자 쓴 사람이 와서 사택을 수색하였다. 아우의 사진 관계인 듯……. 다행히 사고 없었다.

〈1950년 9월 6일 수요일 흐림, 개임〉(7월 24일)
오늘 새벽에는 오래간만에 비가 내렸다. 인제서야 떡잎이 돈짝만큼바께 크지 아니한 나물잎이 생기를 띄게 되었다. 교원 교양강습에 참석하라는 공문이 왔었다.

〈1950년 9월 8일 금요일 개임. 흐림〉(7월 26일)
한별학교에서 강습이 시작되었다. 교원 교양 강습이다. 어떠한 강습을 받게 되는 것인지 궁금도 하였다. 개강식 시의 노래(소위 인민공화국의 애국가)가 있을 때 이상스러운 감을 느끼게 되었다. ― '이군불사충신이요, 이부불경열녀로다' 이 생각이 날 때 이 몸을 어떻게 처치하여야 좋을른지……. 독안에 든 쥐가 되었으니 어찌 하리요.
강습 내용은 '해방 후 조선, 민주개혁의 성과'였다. 통계적으로 나오는 모든 조건은 의심할 바 많았었다.
{엇저녁 꿈에 아우}[2]

〈1950년 9월 9일 토요일 비, 흐림〉(7월 27일)
선전부에서 강사로 온 (성명불명) 사람의 물 내려쏟 듯하는 강연은 기계적이요 또는 억지로 부합되게 마추는 이치에는 능통하다 아니할 수 없다. 대한민국의 비판에는 그럴 듯싶은 조건을 많이 대고 미국의 태도에 무리한 평이 없지 않으나 하여튼 기술적이었다.
소위 군 교육과장(장성호)의 심사에 아래와 같은 조건으로 공갈을 당하였다. (1) 교감의 인(기관장), (2)국방군 가족의 인, (3)당원 혹은 민청원이 아님의 인.

〈1950년 9월 22일 금요일 개임〉(8월 11일)
날이 갈수록 공포심이 쌓여지니 어찌 살 도리가 있으리요.
오후 3시경에 옥산면 주재 정치보위부원에게 조사를 당하고 다음과 같은 원인으로 위협을 당하였다. (1) 국방군 가족이다. (2) 직장 세포 조직 방해자다. (3) 허위보고를 한 자다. ― 상당한 공훈을 세우지 아니하면 않 될 것을 느끼게 한다. ―두렵다 두려워―.

〈1950년 9월 24일 일요일 개임〉(8월 13일)
어제 오미서 금계로 온 것이나 이상하게도 오미로 얼른 내려가고 싶은 생각이 적어서 오후 3시경에 호죽으로 갔었다. 박 선생과 같이 이야기하다가 정선영 선생이 오기에 셋이 시국담화가 버러졌든 것이다. 근일에 와서 인민군이 후퇴 아니 패전하여 가는 듯하다는 극비에 대한 밀담이 있었다. 오늘도 패전군인 듯한 인민군 10여 명이 학송 부락에 들어왔다는 것이다. 즉시 오미로 와서 내막을 알고 싶으나 도중의 일을 염려하여 호죽서 자 버렸다. 국군이 인천에 상륙한 지도 벌서 여러 날 전인 듯하다. 칼날 같은 세상이니 함부로 말할 수도 없다. 야- 그러면 어찌 될 것인가. 그립고 그립던 아우 운영이도 만나볼 것 아니냐? 하여튼 기쁘기 한량없다. 일러두 금년 말이나 명년 초에 밀을 줄 안 것이 의외로 빠르구나. 한편 생각이 난다. --- 정신적은 아니었으나 소위 인민공화국에 아부한 것은 사실이니 아무 탈이 없을 것인지…….

〈1950년 9월 25일 월요일 개임〉(8월 14일)
자고 나니 오미로 나려가고 싶은 생각이 더욱 없다. 이럭저럭 놀다가 오후 4시경에 내려왔다. 학교와 사택을 둘러보고 장터로 나가 보았

---

2) 저자는 이 내용을 일기장 지면의 남은 공간에 앞 문장의 내용과 구분하기 위하여 구불구불한 선으로 앞뒤를 막아 기록해 두었다. 이에 해당하는 마땅한 문장기호가 없으므로 여기에서는 가장 유사한 모양의 괄호로 표기하고 줄을 바꾸었다.

더니 두세두세 하며 쏼 거린다. 인공정치는 아마 금일로 종결을 짓는지 사무실들이 탕탕 비었다. 가소롭기 짝이 없었다.

〈1950년 9월 26일 화요일 개임〉(8월 15일)
추석날이다. 날리 중의 추석이다. 차례를 지낸 후 오미로 내려오니 패전한 인민군들이 파도와 같이 올라온다. 오늘에 와서는 북한정치가 그르다는 것을 인민군들 측에서도 말한다. 이전까지는 승리함은 진리니 정의전쟁이니 하고 떠들던 그네들이 아니었든가?
한편 불상도 하였다. 성한 사람이 한 사람도 없이 전부가 부상당한 사람이다. 고향이 청진 또는 웅기, 회령이라 하니 얼마나 북행을 해야 하나. 물론 이 보통군인들이야 무슨 죄 있으리요. 영도자들의 잘못일 뿐이다. 아- 개탄 아니할 수 없었다. 9월 17일에 보고대회니 경축대회니 하던 밤행사로써 성대히 하던 그 때가 아마 인민공화국의 최고봉이었든 모양.

〈1950년 9월 30일 토요일 개임〉(8월 19일)
옥산면에도 지방자치적으로 치안대를 조직하였다.
임시 면장 교장 회의가 있어서 대리로 청주에 가 보았더니 어마어마하다. 미군(유엔군)이 많이 와 있고 경찰대 국군 하여 청주가 미어지는 듯하다. 완전한 전투지구인 기분이다.
일반 청년은 무조건 조사를 당하는 모양이다. 가로에서 마침 이기성 형사를 만나고 박명규를 만나 주석에서 남쪽의 전항[전황]을 이 형사에게 들었다.
회의 내용은 첫째, 치안문제, 둘째 식량문제였다. 학교는 위험한 지구 외는 가능한 한 개교하라는 것이다. 그러나 아직 남하한 상사들이 오지 않고 남아 있든 사람들의 지시어서 아직 확실 분명한 결말의 말이 없다.
시간관계로 충일식당 아주머니 댁에서 잤다.
미군의 술 취한 사람 하나가 들어와서 모모의 일이 있었다.
장 선생(전 청중 체육선생)과 같이 이야기하면서 잤다.

〈1950년 10월 2일 월요일 개임〉(8월 21일)
7월 11일에 후퇴하였든 옥산지서원들이 복귀하였다. 환영석에 갔었으나 미안하기 짝이 없었다. 나라를 위하여 일신을 돌보지 않고 주야로 전투하여 온 공훈을 생각할 때 나 자신은 남진치도 못하고 도리혀 역에 부하지 않았든가? 어찌할 수 없는 형편(국군가족, 학교교감, … 공무원, 좌익가입단체 무)에 인명과 가산을 보호하기 위하여 위협공갈에 공포심을 느낀 후 부역하였건만 실로 반성할 바도 없지 않으나 이 사정을 누가 알소냐?
전 순경한테 들은 이 소식 이게 웬 소식인가? 아우여! 아우여! 이게 어찌된 소식인가? 영원히 죽었는가. 꿈인지 생시인지 몰으겠네…….
아- 영혼이여! 안식처로 찾아가라. 때는 어느 때인가. 6월 25일의 아침 백모님의 행여가 떠나갈 때 같이 울며 방아다리 앞까지 가다가 시간관계로 할 수 없이 작별하고 말았던 것이……. 그때가 최후의 작별이 되어 버렸네 그려. 때의 아우의 군복 입은 채의 휘적휘적 집을 향하여 걸어가든 뒷모양이 지금도 눈에 암암…….
아- 아우의 영혼이여! 잘 가거라. 아- 아- 아우여 이 사람아! 정말인가 낭설인가 어찌하면 좋단 말인가. 기가 막혀 말조차 아니 나오네. 아우여 이 사람아 다시 살아올 수 없는가? 아파서 못 견디겠거든 이를 악물고 정신을 차리게. 아- 아- 이 사람아 어찌 눈을 감았는가? 부모형제 저바리고 어찌 저 세상에 가려나? 출생 이후 고생고생 불상히도 커나드니 23세에 일생을 마추다니 아이구 어머니 아버지……. 씩씩한 그 태도 다시 못 보겠네 그려. 아- 이 뽀개질 듯한 가슴을 어찌하면 진정시킬 수 있을가. 아- 아우여! 아우여!

〈1950년 10월 3일 화요일 개임〉(8월 22일)
잠인지 밥맛인지 통이 몰으겠도다. 그리운 아우가 전사하다니 아무리 생각하여도 믿어지지 않으니 내가 미친 모양이다. 꿈도 아니련만 어찌면 이 세상이 이리 흐미한가? 나오나니 한숨과 눈물뿐이로다. 나 모르게 나오는 아이구 소리와 한숨과 군소리에 위로하여 주는 몇 직원의 말도 귀에 들어오지 않는다. 날아가는 저 비행기는 우리 운영의 전사를 알리는 듯 설음을 띠우며 날아가는구나. 늙으신 부모님이 이 소식을 알으시면 금방에 돌아가실 형편으로 변하실지로다.
세상은 일장춘몽이며 허무한 시간이로다. 세상은 무엇 때문에 생겼으며 사람은 왜 생겨났는가. 쓰라림과 설음을 맛보이려고 생겨났을가. 그렇지도 않을 텐데 나 하나만이 이 맛을 맛보는 세상인 듯하도다. 간밤에 잠을 이루지 못하였건만 졸리지도 않고 밥을 먹지 않았건만 시장끼가 없도다. 나는 산 사람이어늘 감각조차 없어진 듯.
내 위에 부모님이 계시거늘 이다지도 맥이 풀린 채 지낼 수 없을 이 사정이 아닌가. 견고한 정신을 차리기로 결심하여도 잠간 사이다. 그럭저럭 오늘 해도 넘어가것만 희소식은 없으니 이 가슴이 언제나…….

〈1950년 10월 4일 수요일 개임〉(8월 23일)
허둥지둥 청주를 쪼차가 보았다. 연대 앞을 지날 때 그리운 옛 추억이 새로워져 눈물이 주루루 흘러 앞길이 흐미하게 됨을 느끼었다. 이곳저곳을 차자다니며 16연대의 소식을 물어도 시원한 답변을 듣지 못하였다. 청주경찰서 사찰계에 근무하는 한영구 형사가 운영의 전사상황을 알 것이라 하여 차자갔다. 한 형사의 말을 듣고(대구 밑 경산에서 민은식을 만나서 안동서 전사한 모양을 말함) 바로 돌아서 집으로 향할 때 앞길이 캄캄하였다. 간신히 사창리 고개를 넘어와서 청주를 돌아다 볼 때 통곡이 저절로 터지더라. 울며울며 집을 찾아왔으나 아우의 얼굴이 자꾸만 앞에 어리고 "형님 나 여기 왔소."하며 달려드는 듯하나 손을 내어 저서도 아무것도 걸리는 것이 없다. 주저앉아 울을 때마다 "형님! 나 살았으나 우지 마오. 낙심마오." 하는 소리가 귀에 쟁쟁 울리듯 머리에 선뜻하여 저절로 울움이 끄쳐질 때가 많다. —살았지 살알지—.

〈1950년 10월 5일 목요일 개임〉(8월 24일)
아동을 등교시켜서 공부를 시작한 것이다. 전쟁으로 인하여 하기방학이 만 3개월이나 되어 교과 진도가 무한히 느져진 셈이니 다면 한 시간이라도 새로운 것이다. 그러나 학생들에게 미안한 생각이 없지 아니 하다. 본교 직원들의 (전부는 아니지마는) 가면적이었든 사실을 그 누가 알 바 있으리요. 조회 자리에서 학생들에게 잘못된 사실 내용을 말하면서 사과하였든 것이다. 모두는 눈을 또리방 또리방 하면서 이야기를 듣는 것이나 선생님들의 내용을 알아들었는지 '그러하였든 것이로구나.' 하는 눈치가 만장에 넘쳤었다.

〈1950년 10월 10일 화요일 개임〉(8월 29일)
소위 인민공화국 정치시대에 협력한 까닭으로 제 잘못을 고백하기 위하여 종제 필영이가 4일 전에 본면 지서로 자수차 왔다가 취조를 받고 오늘에서 석방되어 나왔다. 그 징글징글한 좌익분자도 인제는 뿌리가 빠졌으리라. 그 정신의 뿌리가.

〈1950년 10월 12일 목요일 개임〉(9월 2일)
직원들의 마음이 안착이 되지 못하여서 수업을 할 수가 없다는 것이다. 남하하지 않은 공무원은 무조건 휴직이라는 말이 항간에 들려오기 때문이라 한다. 책임상 할 수 없어 청주에 가서 상부 당국의 지시를 받고자 하여 군청에 들어갔으나 별 신통한 멋이 없어서 학무과로 가보았든 것이다. 과장(연 씨)의 냉정한 말에 정남이 뚝 떨어져서 얼굴을 붉히고 나왔던 것이다.

〈1950년 10월 13일 금요일 개임〉(9월 3일)
어젯날의 청주 출장 경과를 직원들에게 전달하고서 학생 등교를 중지하게 한 것이다. 학생들에게는 교장선생님께서 오실 때까지 집에서 공부하라는 정도로 말하여 다시 휴교한 것이다.
피난 갔던 재종 공영이가 오고 또 큰 당숙모의 제사가 금야에 들기에 모초름 만에 금계로 갔었다. 시국변천에 의하여 모모한 일에 참가했던 재종형(점영 씨)님이 도피하였다가 자수하러 오미로 나려갔으나 일이 생각대로 원만히 잘 될른지가 문제…….

〈1950년 10월 14일 토요일 개임〉(9월 4일)
인민공화국시대에 아부하였든 사람은 전부가 자수하게 되어(이달 15일까지) 본교 직원 전원도 자수서를 지서로 제출하였다. 아- 2, 3개월간의 고통도 심각하드니 기어히 이 모양까지 되게 한 생각을 하면 원수와 같고 지긋지긋한 생각에 머리가 흔들린다. 고백서를 제출하였으나 가면적인 행동을 지금에 와서 그 누가 인정하리요. 강제억압에 할 수 없이 취한 부락 파견과 이력서와 자서전을…….

〈1950년 10월 16일 월요일 개임〉(9월 6일)
어제 밤에 나리었든 비는 많이도 오더니 아침에서 그친다. 가을비로는 상당히 많이 내리었다. 경찰관 시험에 응시하러 갔든 종제 필영은 오후 5시쯤에 청주에서 나왔는데 반갑게도 합격이 된 모양이다. 최후로 신원조사에만 잘 통과되면 다행이련만…….

〈1950년 10월 18일 수요일 흐림〉(9월 8일)
지서 주임을 차자가서 종제 필영의 신원조사에 원만히 하여 주기를 원하였다. 금계 '곽'이라면 그리 환영치 않는 언사였으나 원만하고 공정한 인물로 숭배하는 이만큼 믿어지기는 하나 좀…….
강 교장님을 맞났다. 만 석 달 만에 맞나는 것이다. 언제나 친절하고 원만하신 우리 강 교장님이다. 그 인상이 첫째 숭배 아니 할 수 없다. 피차에 고생한 이야기를 하고 저녁에 헤어졌다.

〈1950년 10월 20일 금요일 비〉(9월 10일)
박상균 선생 댁에서 아침을 먹었다. 강 교장님과 같이…….
조반 후 강 교장님은 고향으로 가시었다. 개교할 때까지의 학교 부탁을 하시면서 말씀하시기에 안심하시기로 위안의 답변을 드리었다.
어제 저녁의 꿈 생각을 하고 있을 때 사촌형제가 들어왔다. 종제 필영이가 경찰학교에 입학을 하려 왔든 것이다. 지서 주임의 의견이 찬성치 않는 형편이어서 다음 기회로 미루기로 하고 도루 올려 보냈다. 비를 철철 맞아가며 새벽에 내려온 것이엇만 무정한 세상사를 어찌할 수 없으매 일가친척의 무식무도한 자 있어 희방[훼방]이 있는 관계로 쓰라린 가슴을 억제하고 포기하였든 것이다. 다시 올라가는 종제의 뒤모양이 어찌나 불상히 보이는지 억울함에 눈물이 나올 듯하고 가슴이 뽀개지는 듯함을 느끼었다.
종일토록 마음이 안정되지 못하고 이 생각 저 생각에 뒤숭숭하기 짝이 없었다. 전직…… 전직. 교원생활 만 9년이었만 왜 오늘에 와서 전직 문제를 가슴에 품고 있는가. 용감히 내어드딜가 말가?

〈1950년 10월 24일 화요일 개임〉(9월 14일)
전직 문제로 며칠 동안 고민한 끝에 금일은 용감한 붓대를 훔켜쥐고 이력서를 쓰기 시작한 것이다. 지원서, 이력서 5통, 사진, 신원보증서, 호적등본 등 각종 서류를 남모르게 갖추었다. 그 직업은 무엇일가? 이제까지 꿈에도 생각하지 않던 경찰관이다. 경찰관? 경찰관? 참으로 180도 전환의 직이 아닐가? 경사 시험이 있다기에 한번 치루어 보기로 한 것이다 내 승격에 부합될른지 ……. 신원보증은 옥산면장 정윤모 씨, 신억만 씨, 곽대영 씨이다.

〈1950년 10월 25일 수요일 개임〉(9월 15일)
청주경찰서 경무과(계)에 지원서를 제출하고 오후 2시부터 시험을 쳤다. 필기시험에는 서취(書取), 작문, 상식이 있었고 다음에 인물고사가 있었다. 서취는 금일 신문에 보도된 국제연합 5주년 창설에 대한 기념사를, 작문은 '경찰관을 지원한 동기를 기하라', 상식은 '澳門[마카오], 西貢[사이공], 白堊館, 君事以忠, 臨戰無退'이다.
저녁에 마침 정해국 선생님과 맞나서 충일식당에서 한잔씩 나누며 이야기하다가 잤든 것이다. 이야기는 나의 전직 문제를 주로 하였든 것이다. 하여간 용기 있는 출발이라고 칭찬함을 들었다.

〈1950년 10월 26일 목요일 개임, 흐림, 비〉(9월 16일)
아침 후 강 교장님께서 충일식당으로 찾아오셨다. 정 선생님과 세 사람이 나에 대한 이야기는 점점 고려할 점이라고 말한다. 특히 강 교장님께서는 "전직이란 참으로 썩해 어려운 것이니 잘 생각해 보시오. 물론 곽 선생도 깊이는 생각하였을 터이지마는." 좀 만류하시는 편이었다. 그것도 무리는 아니다. 직업 자체가 현 시국 하에 총을 메지 아니할 수 없는 직업이며 더구나 지역적으로 위험한 이북행이 되기 때문이다. 이 두 선생님들은 진심으로 나를 사랑하시는 말씀은 틀림없는 것이다.

오후 3시에 발표를 보니 나의 이름도 끼었다. 자- 그러면 영판 경찰관이 되고 말 것인가? 말조차 두서를 차릴 수 없는 나의 복잡한 전도가 주마등과 같이 달아난다. 아직 결정된 것은 아니다. 도 경찰국장의 심사가 또 있을 것이라 한다. 보안주임 정우용 씨와 같이 충일식당에서 구정을 말하면서 한잔씩 나누었던 것이다.

〈1950년 10월 27일 금요일 개임〉(9월 17일)

옥산지서 주임 김인태 씨와 같이 조반을 하며 이야기하였다. 첫째 결혼문제. 옥산교 근무 이정애 여선생을 중개하는 말이었다. 이 여선생의 자당한테서 부탁을 받았기 때문이다. 둘째 종제 필영이 신원조사에 대하여 부탁하고 기타 몇 가지 자미있게 이야기하였다.

〈1950년 10월 28일 토요일 개임〉(9월 18일)

경찰국장의 심사를 받았다. 인물고사 정도였으나 문제없이 파스[패스(pass)]인 모양 같았다. 통지가 있을 때까지 가정에서 대기하라는 것이다. 옥산면에서 이교성 씨, 정해형 씨도 같이 응시한 것이다.

〈1950년 10월 29일 일요일 개임〉(9월 19일)

해지기 전에 용소샘 들로 달려가서 벼를 비었다. 가 보니 아번님께서 호락질[3]로 일을 하시고 계시었다. 12살 먹은 노정이도 웃옷을 벗어 자치고 하라버니를 도와 땀을 흘리면서 일함을 불 때 나의 가슴이 뜨끔하여짐을 느끼었다.

밤에는 이북행 경찰관(경사급) 시험에 응시한 결과 불원간 출발되리라는 사정을 아번님과 아먼님께 말씀드리어서 용허를 얻었다. 돌변적인 전직에 대하여 아번님께서도 어느 정도 놀래시는 표정이시었으나 모든 형편을 아뢰오니 약간 안심되시는지 허락하여 주신 것이다.

〈1950년 10월 30일 월요일 개임〉(9월 20일)

종제 필영의 순경시험에 대하여 옥산 김 주임의 양해를 얻은 뒤 청주 경찰학교 이명성 경사와 동교 부교장 구덕만 씨에게 부탁편지(중도입교)를 보냈었다. 모든 형편에 의하여 차후 기회에 입교토록 하자는 것이었다.

〈1950년 10월 31일 화요일 개임〉(9월 21일)

금일부터 당분간 지서에 가서 사무 처리에 협조하여 주기로 하여 일을 보아주었든 것이다.

〈1950년 11월 2일 목요일 개임〉(9월 23일)

야- 참말인지 거짓말인지 뛰어 춤추며 기뻐하여도 넘치는 좋은 소식 반가운 소식이 있다는 것이다. 안동에서 전사하였다는 아우 운영이가 인민군이 패전하고 달아날 때 용감한 우리국군이 총공격을 개시하여 북방으로 돌입할 때에 서울을 거쳐서 북한으로 간 일이 분명하다는 것이다. 이 소식을 들을 때 꿈과도 같고 모략과도 같아야 가슴이 울렁거리었다. 그러나 정신을 차리고 차리어도 역시 생시임을 깨달을 때 좋은 기쁜 속웃음이 끈칠 사이 없이 연달아지고 세상에 이보다 더 기쁜 일은 도저히 없으리라고……. 체내에는 기쁜 피가 혈

3) 남의 힘을 빌지 않고 가족끼리 농사짓는 일을 가리키는 말이다.

맥을 왕성하게 돌고 있음을 아니 느낄 수 없었다.

〈1950년 11월 7일 화요일 개임〉(9월 28일)

다시 원통하고 복통을 하여 죽겠도다. 지난 2일에 살았다고 소식이 있었던 아우 운영은 금일의 소식에 의하면 분명히 죽은 모양이니 어찌 하리 어찌 하리……. 왜 이다지도 나의 가슴을 태우게 하는지. 아- 영원히 갔노라. 잘 가거라 아우야. 부모님은 형에게 맡기고 영원히 간 것이로구나. 아- 불상타 우리 아우. 23 평생을 1생으로 마치다니. 남과 같이 호강스럽게도 커나지 못한 헐벗고 못 먹고 고생고생이 자라나서 우애로는 세상에 둘도 없는 우리 아우가 아니였든가? 목이 매이고 눈물이 쏟아져서 일기조차 기록지 못하겠도다. 생각할수록 미치겠으니 이 원한이 언제나 풀리리요. 영원히 이렇다면 차라리 지금에 죽는 것이 상책이것만……. 같은 부대에 있던 강서면 민운식이란 군인이 부상을 당하여 치료 중에 있다가 요새에 집에 왔다기에 쪼차가서 물어본 것이다. 안동고지에서 진을 치고 있던 16연대는 후퇴명령을 받은 장교가 중도에서 변을 당하였는지 소식이 불통이어서 교전에 불리한 입장에 있으면서도 할 수 없이 수많은 적에게 육박전의 돌격나팔을 불었었다는 것이며 이곳에서 16연대는 5분지 1밖에 살지 못하였다는 것이다.

〈1950년 11월 8일 수요일 개임〉(9월 29일)

재종형 점영 씨는 아직도 해결이 나지 아니 하여서 옥산지서 유치장에 있는 것이다. 저녁에 이야기 좀 하고자 하여 지서 직원을 안내하여 모 주점에서 한잔 대접하였었다. 아직 신통한 해결책은 얻지 못하고 말았으나 좀 서광이 비치는 듯도 싶었다.

좌석에서 모두는 노래를 부르며 쾌활히 놀고 있으면서 춤까지 추고 있으나 모두가 나에게는 수심만 띄우게 느껴질 따름이었다. 무슨 기쁨이 있으리요. 끝에 표면적인 접객 행동에 있어서도 몹시 심중에는 가슴이 쓰라리어 견디지 못함을 느끼었다.

〈1950년 11월 15일 수요일 개임〉(10월 6일)

학교 직원은 서로가 궁금히 여기고 있다. 즉 부역자에 대한 당국의 심사에 따라 복직 또는 보류(파면)별로 결정되는 모양이기 때문이다. 본인이 제출하는 조사서, 지방의 여론, 경찰당국의 의견, 소속학교장의 의견 등을 종합하여 심사하는 모양이다.

군으로부터 보내준 통지서가 오후 5시쯤 하여 도착되었다. 펴고 보니 비피난자 11명 중 4명이 보류되고 본인 외 7명은 복귀명령을 내린 것이었다. 다행이라고 생각하였으나 4분(정성모, 김갑영, 박인규, 김대경)에 대하여 딱한 일이었다. 그러나 도 당국의 본심사에 좋은 해결이 날 듯한 서광이 있음을 믿고 마음을 스스로 위안하였다.

전시 요원 신청서를 작성하여서 오후에 군으로 직접 가지고 가서 제출하고 충일식당에서 이 형사를 만나 이야기하다가 잤다.

〈1950년 11월 17일 금요일 개임〉(10월 8일)

족형과(우영 씨) 옛정의 추억과 근자의 우리네의 입장 등을 이야기하다가 뒷산에 올라가서 시사에 참례하였다. 부제학을 지내시던 15

대조와 16대조의 시사이다. 10여 년 만에 처음으로 시사에 참가한 것이다. 그 시절의 이 조상들께서는 어떠한 생활을 하셨던가. 아득한 옛날을 알고 싶었다.

〈1950년 11월 19일 일요일 개임〉(10월 10일)
사변 이후로 학교는 약 5개월 동안 휴민[휴면] 상태였었다. 상부지시에 의하여 본교는 금일부터 개교한 것이다. 전 직원 15명 중 9명이 되고 생도는 재적 약 900명 중 출석아동 겨우 5할 정도이다. 금번의 사변으로 인하여 교육계는 상당한 영향을 입은 것이다.

〈1950년 11월 22일 수요일 개임〉(10월 13일)
전시의 학교 경영에 대한 본교 실정에 비춘 운영안을 수립하였다. 13개 학급을 임시 11학급으로 줄이고 1학년부터 3학년까지는 2부제를 실시케 하였다. 본인도 학급담임을 하여 여자 5, 6학년을 맡게 하였다.

〈1950년 11월 28일 화요일 개임, 흐림〉(10월 19일)
학교 행사를 마치고 강서면 내곡리 외숙 댁을 방문하였다. 외사촌(종화)의 혼일이 금일이기 때문이다. 가서 보니 마침 내곡학교 직원들이 와 있으므로 이 동지들에게 대접하면서 이야기하였었다. 외척들도 많이 모이고 각처에서 손님들의 왕래가 많음을 보고 기뻤었다. 밤에는 이슥하도록 외숙과 이모부를 비로소 왼가족이 한자리에서 자미있게 한잔씩 나누었다. 나는 술이 좀 취하였던 것이라 매우 떠들며 놀았다.
어머님께서와 아번님께서도 오시었었다. 청주 외당숙들께서도 전부들 오시었기 때문에 번화하였든 것이나 아우 운영이가 없어서 가슴속은 한 가지 맺힌 끈이 엉킨 듯 나는 개온함이 적었다.

〈1950년 12월 1일 금요일 개임〉(10월 22일)
직원회를 개최하였던 것이다. 전시하의 교육제도를 지시에 의한 경영안을 작성하여 협의하였었다.

〈1950년 12월 8일 금요일 개임〉(10월 29일)
아우 운영과 같이 입대하였던 오산리 김용득 씨가 임시휴가로 귀가하여서 반가히 맞고 아우 안부를 물으니 무사히 있다는 것이다. 하도 오랫동안 속을 썩였더니 좋은지 만지 할 정도이면서도 궁금하고도 기쁘기에 설레는 가슴을 억제할 수 없었다.
금일은 9년 전에 제이차 대전이 폭발된 날이며 양력으로는 나이[나의] 연령이 만 29세 되는 날이다.

〈1950년 12월 10일 일요일 개임〉(11월 2일)
당숙(고 윤경 씨)의 초기이다. 저녁상식 때에 온 친척들은 설어운 눈물을 흘리었던 것이다. 상주 되는 육촌형제는 없는 터이다. 큰 육촌(점영 씨)은 아직 철창에서 벗어나지 못하고 작은 육촌(천영)은 인공 때에 의용군으로 출발한 뒤로 아직 소식조차 없는 바이다.

〈1950년 12월 11일 월요일 개임〉(11월 3일)
육촌의 소식을 알기 위하여 청주에 갔었으나 아직 별무신통한 처지에 있다. 최단의 노력으로 무사해결이 되도록 모모의 친구와 협의한 바 있으나 결말이 어찌 될른지 의문? 의문? 소식통에 의하면 북진하였던 아군은 재후퇴를 한 지 오래인 모양이나 그 후퇴전술이란 종말에야 알 뿐이로다. 삼차전의 우려가 농후하다고 보고 있는 듯하다.

〈1950년 12월 12일 화요일 개임〉(11월 4일)
아번님께서 나무를 운반하여 오셨다. 사변 이후로 부역하였다는 과실(남하 못하였다는 과실)로 봉급이란 일전 한 푼 없었기 때문에 연료 및 식량은 전혀 금계에서 운반하여서 우선은 연명하는 형편에 있으나 오래간 그렇게도 못할 처지임으로 큰 야단은 났다. 어찌면 이 난관을 돌파하랴 상시 걱정이로다.

〈1950년 12월 17일 일요일 눈, 개임〉(11월 9일)
어제 낮부터 나리던 눈은 밤새도록 그치지 않고 나리어서 한 자 정도는 넉넉히 쌓인 듯하다. 제2 국민병 등록자들의 신체검사(징병검사)가 청주 중앙학교에서 오전 8시부터 시작된다는 출두명령서가 왔었기 때문에 옥산면 전체의 청장정(만 삼십 세 이하)들은 새벽부터 와글와글 끓다싶이 벅석을 대었다. 눈 쌓인 새벽길을 천여 명의 장정들 지나간 청주행 도로는 빙판으로 변하였기 때문에 신바닥이 반질반질 닳은 나는 서너 번 너머졌었다. 신체검사의 결과는 을종합격이었다.
육촌형 점영 씨의 소식을 알고 보니 아직 미결인 모양이다. 결국은 물질인사를 하여야 속한 해결이 될 듯!

〈1950년 12월 20일 수요일 개임〉(11월 12일)
종업식을 하였다. 명일부터 방학으로 들어간다. 2월(명년) 18일까지 60일간이다. 금년도의 겨울방학은 특례로 길다. 전시 하이므로……. 또는 연료 문제로. 휴가 중 제반시책은 직원회에서 결정하였었다.

〈1950년 12월 22일 금요일 개임〉(11월 14일)
재종형 점영 씨의 형편 때문에 청주에 다녀왔었다. 유치장에 들어간 지 40여 일이 되어도 아직 해결이 되지 못하였다.

〈1950년 12월 24일 일요일 개임〉(11월 16일)
끝째 아우 진영이가 몸이 성찮아서 옥산병원까지 다리고 와서 뵈온즉 비장이 부었다는 것이다. 진찰 후 약을 지어갖고 나왔다.

〈1950 12월 27일 수요일 개임〉(11월 19일)
재종형님 사건 관계로 청주에 들어가서 주선한 바 있었다. 어제 저녁 꿈에는 '한 문자로 적은 달이 뛰는' 아주머니와 성에 가까운 정이 있음을 보았다.

〈1950년 12월 29일 금요일 개임〉(11월 21일)
학교에는 국민방위군이 임시 사용하게 되어 그에 대한 방책을 수립하였다. 정황은 점점 식열하여져서 국민 총궐기의 기회를 꾸민다. 각처마다 청장년들은 조석으로 맹훈련을 받고 있는 처지이다.

〈1950년 12월 30일 토요일 개임〉(11월 22일)
재종형 관계로 재종형수씨와 함께 아침에 청주로 갈 예정이 청주경찰서장 김대벽 씨가 본면에 초두순시로 내옥하는 바람에 그의 영접에 참가하게 되어 오후 3시에 출발하였더니 청주에 도착하였을 때는 어둠컴컴하였을 때였다.

〈1950년 12월 31일 일요일 개임〉(11월 23일)

금년도 오늘로써 막을 나리게 되었다. 재종형 관계로 어제 청주에 왔었으나 아직 출옥치 못하게 되었다. 하는 수 없이 재종형수씨와 함께 저녁 늦게서야 빙판길을 허둥지둥 집으로 향하였다. 도중에서 아주머니와 모든 인생관에 대하여 이야기하는 심경에 어려운 줄 몰으고 집까지 다달았다.

오후 4시 반경에 삼녀 노임(魯姙)을 낳았다. 미리미리 작명하여 두었든 것이다. 즉 생녀할 시는 노임으로 생남할 시는 ○○으로 하기로…….

어먼님께서 오셔서 산파하시느라고 많은 애를 쓰셨을 터이리라. 당년 30세에 6남매(남3, 여3)를 두고 보니 책임이 상당히 무거움을 새삼스러히 깨닫게 된다. 장남 노정이는 금년에 12살이며 초등학교 5학년이다. 어린 것들이 방안에 가득한 본인의 심경은 참으로 책임이 중함을 아니 느낄 수 없다. 그러나 나는 행복으로 생각한다. 겁날 것은 하나도 없다. 어찌 되든지 닥치는 대로 살며 남에게 앞설 만치 가르쳐 보기로 결심하고 있는 바이다. …… 다음 페-지[페이지]부터는 년기를 쓰겠다.

〈경인년(4283년)의 회고〉

지난해에 엄청나게도 정신고통이 막심하더니 어찌면 금년에도 그를 면치 못하였는고. 아-나의 복은 그 뿐이런가? 30세를 넘게 된 이때 련마는 오늘 이때까지도 행락을 몰으고 지내왔으니 그 어찌 딱하지 아니 할손가? 내가 내 자신을 위로하고 내 마음을 위안시키는 이내 신세여…….

이조 500년의 치욕(한때는 좋은 때도 있고 또 있었지마는)된 국사를 말 아니 하는 자 없지마는 그 이상 잊지 못할 부끄럽고 원통하고 이가 갈리는 사실(史實)을 금년에 비져내게 되었으니 후세에 우리 자손들이 어찌 욕하지 아니함을 면하리요. 당장 현실에도 세계 각국에서는 손가락질할 노릇이리라.

뜻하지 아니한 6.25사변은 우리 강토의 문화를 완전히 파괴하여 버리고 말았다. 한없이 많은 인명과 재산이 없어졌다. 어째서? 3.8선은 기어히 터져서 남북한의 전쟁이 벌어졌다. 인민군도 우리 국민 국군도 우리 아우…… 서로 서로 죽이는 전쟁이 되어버렸다. 지난해에 입대한 아우 운영. 체격과 용맹이 강했던 운영. 정의를 위해서는 절대로 굽히지 않는 씩씩한 운영. 부모에게 효도하고 형에게 우애 많은 운영. 아- 슬프도다. 운영은 기어히 갔는지? 전사통지가 왔으니 이 어찌된 일이냐? 하느님도 무심하고 천지신명도 무심하지 참으로 저 세상에 갔다 하면……. 불상하고 가련한 이 가정도 몰라주시고 전사일자가 4283. 8. 2.이라 하였으니……. 아우의 영혼에 명복을 빌 용기조차 나지 않는다. 거짓말도 같기에. 아- 이 일을 어찌 하리요. 불쌍도 하여라. 이팔청춘의 우리 아우. 칙한 고생만 하다가……. 아니다 죽지 않았으리라. 허무한 일도 보지. 그럴 수가 있을가. 아무래도 미칠 듯한 이 마음 생각사록 못 견디어 이 지면에 쓰기를 그만두기로 한다.

5월에 할아버님께서 세상을 뜨시고 6월에 백모님께서 돌아가셨으니 이 또한 우리 가문에 일대불행이었다. 아무튼 금년의 일 년은 국가에 큰 환란이 있었으며 우리가정에도 큰 불행이 있었다. 후년이나 다행하기를 비는 바이다. 끝. 郭[4]

4) 저자는 일기의 마지막 장을 성이 새겨진 도장을 찍어 마무리하였다.

1951년

〈앞표지〉
4284년
1952년 辛卯年
日記帳
玉山校에서 北一校
北一校에서 江西校
(印)[1]

〈내지〉
일기장

〈1951년 1월 1일 월요일〉[2] (11월 24일)
설날이지마는 일부분만이 세는 모양이다. 우리 집안도 세지 아니 하였다. 오산시장에서 몇 집에 주는 설음식을 먹었다. 그리 설 기분이 아니다.
지난해를 어제에 청산하고 오늘부터는 새해의 새출발이다. 금년은 지난해의 액운을 완전히 벗어나서 모두가 허사였음을 깊이 축원하는 바이다. 천지신명이시여! 나에게는 가슴속에 낀 안개를 벗어나게 되는 반갑고 기쁜 광명을 주십소서.

1) 저자의 이름이 새겨진 도장이 찍혀 있다.
2) 1월 1일과 2일의 날짜에는 단기(4284)가 적혀 있고, 이후 날짜는 년도 없이 월, 일과 음력날짜(괄호 안에 한글로 기입), 요일 순으로 기록되어 있다. 요일은 괄호 안에 한자로 기록하였고, 모든 일기의 날짜 앞에는 '郭'이라고 새겨진 도장이 찍혀 있다.

〈1951년 1월 2일 화요일〉(11월 25일)
재종형(점영 씨)이 오늘은 나올가 하여 청주에 갔었으나 허사가 되었다. 아- 참으로 속도 상한다. 꼭 믿었던 것이 금일도 헛일이 되었다. 할 수 없이 청주에서 잤다.

〈1951년 1월 3일 수요일〉(11월 26일)
재종을 끄내지 못하고 혼자서 집으로 도라올 때 귀뿌리를 후리는 찬바람은 더욱 콧날을 여윈다. 아- 왜 이다지도 나는 걱정이 많이 쌓인 팔자인지…….

〈1951년 1월 5일 금요일〉(11월 28일)
금일은 틀림없이 육촌이 나오리라 꼭 믿고 다시 청주에 갔다. 재종형수도 동행하여 분주하게 이곳저곳 연락하여 보았으나 오늘도 허사이었다. 충일식당에서 형수와 같이 설업고 무심한 세상을 원망하면서 울었다. 그러나 다시 용기를 내어 또 또 연락을 취하였다.

〈1951년 1월 6일 토요일〉(11월 29일)

밤이 깊어서 육촌형은 나왔다. 수개월 만에 철창생활에서 벗어나온 것이다. 아- 기쁘기도 하다. 그러나 형은 몹시도 여위었다.

〈1951년 1월 8일 월요일〉(12월 1일)

이 세상은 어찌될 판인지 큰일도 났다. 또다시 서울 방면에서 남하 피란민이 수주일 전부터 보이더니 청주지구도(충북지구) 오늘에 철수 명령이 나리었다 하여 사람들마다 법석을 댄다. 이 추운 때에 어디로 피난을 가야 할른지 곤란이 막심하다.

지내고 보니 어제가 30세의 생일이었구나…….

〈1951년 1월 9일 화요일〉(12월 2일)

가증한 이 세상아. 30 이하의 청장년은 오늘 새벽에 옥산을 출발하였다. 대구로 향하고……본도 뿐만도 아니고…….

비와 눈은 오정 때부터 그칠 줄을 모르고 나린다. 종제 필영도 보따리 하나를 걸머지고 군중 속에 끼어 허덕이며 떠났다.

〈1951년 1월 10일 수요일〉(12월 3일)

우리도 떠나야 할 이 사정. 후퇴작전이 얼마나 기묘한지는 모르나 왼 국민이 가정을 버리고 떠나게 하는 이 작전이야말로……. 아번님과 어먼님께서도 자식이 출발한다는 소식을 들으시고 몇 가지 음식을 만드셔 가지고 오미로 오셨다. 옥산교직원 전체는 하절에 피난 못 하였다가 정신적 고통이 오늘까지 있었든 차제라 이번은 일동이 동행하기로 하였다. 나 있는 사택으로 전원은 모여서 이야기하며 막걸리 한 잔을 나누고 보찜을 다시 싸고 오후 1시 반에 출발하였다. 출발 당시의 심정이야말로 표현할 수 없는 가증한 일이었다. 우리 옥산교 교직원 단체는 郭尙榮, 朴相均, 李一根, 金甲榮, 朴仁圭, 鄭善泳, 金奭榮, 權彛福, 鄭然泳 9名이었다.

눈은 한 자 以上 싸이고 경기도로부터 나려오는 피난민과 금명에 출발한 청장년으로 길은 삽시간에 다워져서 미끄럽기가 어름 위와 다름없었다. 이곳저곳서 보찜 진 채 뻥뻥 콰콰 너머지는 사람이 그칠 새가 없었다. 아- 나만 살려고 떠나가는 이 못생긴 자식이며 무심한 아비로다. 설마 변함없이 다시 만나리라 결심하고 대구로 향하였다.

李일근 先生宅에서 점심을 하고 다시 무거운 보찜(침구, 쌀, 옷, 기타) 걸머지고 한참에 약 1km씩 갈 때 어깨가 뽀개지는 듯 몹시도 어려웠다. 첫날이고 또는 집에서 떠난 지 불과 몇 시간 안 되는데 이렇게도 어려워서야 수백리가 넘는 대구를 갈 듯싶지도 않았다. 대구는 공무원들의 집결처라는 말이기 때문에 향하는 것이다.

일행은 오후 5시 반쯤에 남이면 석판리 강민선 교장님 댁에 도착하였다. 가보니 강 교장님은 벌써 어제 새벽에 출발하셨다는 것이 아닌가? 언제나 친절하고 인정이 많으신 사모님은 우리를 보고 반색을 하신다. 아래 웁방에서 윈 방을 차지하고 모두는 명일을 상의하며 잤다. 하여간 동행하려든 강 교장님이 안 계셔서 걱정이다. 모두는 낙심천만이다. 전항은 玉山에서 듣던 바와도 의외로 긴박한 듯싶다. 사모님과 이야기하고 명일은 문의로 향하도록 결의가 되었다.
각처(면 소재지)에 매상베[매상벼]라고 쌓아논 것은 작금에 형편없이 파복하도록 된 모양이어서 차후의 식량문제가 더욱 우려될 듯하였다.

〈1951년 1월 11일 목요일〉(12월 4일)
오전 8시에 석판을 떠났다. 사모님께 큰 수고를 기쳤건만 보통때가 아니기 때문인지 피차가 그리 미안함을 느끼지 않은 듯……. 일행은 문의를 향하여 출발한 것이다. 약간 나린 눈을 밟으면서 석판 뒤 고개름[고개를] 간신히 넘어 南二校를 거쳐서 芙江行 도로로 약 4km 전진하다가 다시 동향 문의 쪽으로 옮기었다. 重量인 피난 보따리로 인한 피로는 말할 여지가 없을 만하였다. 문의에 도착하였을 때는 오후 두시경이다. 거리에는 피난민으로 개미장 선 듯.
개울 산 밑으로 나려오다가 문의면 섭탑을 지나 고개를 둘 넘고 同面 신대리 텩굴에 와서 김귀선 씨 댁에서 유하였다. 질퍽어리는 험한 길을 왼 종일 밟아서 신과 아랫도리 전체는 진흙으로 유갑이 되었다. 해질 무렵은 다시 이것이 얼어서 어찌할 도리를 몰랐다.
주인의 친절(이집 아들 3형제도 출발하였다는 것임)한 탓으로 뜻뜻한 방에서 잘 수 있었다. 전신의 피로는 말할 여지가 없었다. 문 앞에 지맹이 나루를 두고 명일의 행처를 상의하였다.

〈1951년 1월 12일 금요일〉(12월 5일)
지맹이 나루를 건너 금강 상류인 ○○천의 강변을 상행하여 충남 대덕군 동면 내탑리(大德郡 東面 內塔里) 탑산에 와서 김면구(金冕九) 씨 댁에서 유하였다. 금일의 도정 겨우 이십리 정도. 옥천행 도로변이며 동리 사람들의 말에는 일군(日軍)이 많이 건너왔다는 말이었으나 고지가 들키지 아니 하였다.
명일의 행쳐는 옥천으로 생각들 하나 전항을 몰라서 걱정걱정.

〈1951년 1월 13일 토요일〉(12월 6일)
북더기[북데기] 사랑방에서 탑시기[먼지]를 묻히면서 잤든 일행은 주인에게 쌀을 주어 밥을 지어 먹고 오전 9시에 내탑리에서 출발하여 약 2km 점에 있는 내탑국민학교 교장(朴氏)을 방문하였다. 전과 급 전항을 물은즉 별무신통하였다. 朴 교장도 불일내에 피난하겠다는 것이다. 다시 옥천행로를 걸어서 沃川郡 北面 大井里 大井국민학교 교장(鄭 氏)을 방문하고 짠지를 얻어 찬밥 점심을 하였다. 큰길은 막는다 하여 점심 후에 소로 길로 일행은 출발하여 가는 중 큰 고개를 넘어 沃川郡 郡北面 梨坪里에 와서 잤다. 老主人은 朴 氏이다. 잘 때에 沃川에서 汽車事件이 있었다는 이야기를 들었다. 일행은 찬 방에서 그리 넉넉지도 못한 침구를 서로 의지하여 밤을 새웠다. 쌀을 주고 국수를 먹음.

〈1951년 1월 14일 일요일〉(12월 7일)
옥천 갈벌(梨坪里)서 아침 9시에 출발하여 옥천읍에 다다르니 시간은 하오 1시 반이었다. 죽향국민학교 교장(전복석)을 방문하여 전항을 물으니 아직 별무하다는 것이다. 일행은 천산으로 향하기로 결의하고 오다가 옥천 수봉리에서 잤다. 집 구하기가 어찌도 곤란한지 왼 동리를 다 쏘다니다가 어느 과부댁에 일행은 유하였다. 이쪽 도로에도 충남 각 군 청장년들로 하여금 신작로가 메워지는 정도였다. 그러므로 저녁에는 숙소 구하기가 상당히 어려운 것이다.

〈1951년 1월 15일 월요일〉(12월 8일)
옥천읍 水北里에서 出發하여 오다가 道 엄 장학사를 방문하고 伊院 方面으로 나시었다. 도중에 동이(東二) 학교에서 잠간 쉬고 일행은 이원을 향하여 발을 옮기었다. 忠南에서 나오는 청년들은 이원 전부에 뻔혀 옛 8월 열사흗날의 조치원 대목장 폭이나 되듯 번잡하다. 이원 못 미쳐서 100圓짜리 싸래기 흔설기[흰설기, 즉 백설기] 떡으로 요기를 하고 숙소를 구하다 못하여 해질 무렵에 어느 빈집 하나를 간신히 구하였다. 이 집도 몇 식구나 되는지 왼 집안 식구가 전부 피난 간 모양이다. 우리는 밥그릇(항고[はんごう(飯盒)])에 쌀을 넣고 저녁을 지어 먹었다. 반찬이 없어 곤란이었으나 마침 내가 가지고 간 장아찌가 나우 있어서 맛있게 먹었든 것이다. 나무토막을 함부로 때어서 그런지 밥은 몹시도 뜨거웠다. 또는 방도 궁둥이를 부칠 수가 없을 만치 뜨셨다. 집 생각에 모두는 궁금하여 이야기 저야기 하다가 이웃집 막걸리 집에 가서 몇 잔의 술을 마시었다. 마침 朴 先生 두 분이 돈이 있어서 다행이었다. 나는 겨우 천백 원을 지니고 떠나왔었으므로 여러 가지로 돈 곤란이 있음은 물론이다. 이 지방의 인심은 좋은 폭은 못 되는 듯…….

〈1951년 1월 16일 화요일〉(12월 9일)
이원지서에 들려 전항을 듣고 보찜을 걸머지고 허덕허덕 걸어서 오다가 건느기 어려운(위험한) 철교를 건너 심천(深川)까지 오니 오후 3시경이었다. 심천 장터 어느(성명 불명) 초가집에서 전원 유하였다. 우리가 나가서 생나무나마 젝여다 주인에게 주어 밥을 짓도록 하였다. 이 심천 시가는 몹시도 폭격을 당하였던 모양이다.

〈1951년 1월 17일 수요일〉(12월 10일)
심천에서 출발한 일행은 永同郡 龍山面 漢城里에 와서 잤다. 이 동네에 와서는 이 집 저 집에 몇 사람씩 나누어서 잤다. 나는 朴相均 先生과 鄭池澤 氏 댁에서 잤다. 보기 드믄 대접을 받았다. 밥도 공밥이며 방도 老主人長과 같이 뜻뜻한 사랑방에서 쉬었던 것이다. 우리 두 사람은 술을 조금 사다가 老主人長께 드리었다. 朴 先生 돈으로 고기를 조금 사 먹었다. 술도 조금 사 먹었다.

〈1951년 1월 18일 목요일〉(12월 11일)
한성리에서 출발한 일행은 龍山面 山底里에서 100圓짜리 미리편떡 두 쪽으로 점심을 먹고 黃澗面 懷浦里에서 留하였으나 故鄕에서 떠난 이후 처음으로 숙소로 인한 곤난을 받았다. 黃澗이 가깝고 용산에서 통한 도로변이기 때문에 처소가 없는 것이다. 산저리는 6.25사변으로 큰 동네가 거이 폭격을 받아 있어 황폐해진 모양이더니 이 동리도 역시 폭격을 받은 집이 많음을 보았다. 일행은 할 수 없이 담배 건조실에서 옮겨 어느 집 토광과 잿간에서 짚을 깔고 잤다. 마침 날이 푹해서 다행이지만 날이 강취었더면[강추위였더라면] 큰일 날 뻔하였다. 싸가지고 간 옷과 외투로 왼몸을 감고 자나 잠이 잘 오지 않는다. 이는 설설 기어 북더기 냄새와 먼지가 일어나는 곳을 더욱 불유쾌하게 한다. 밤중에 가끔가끔 포성(砲聲)이 들려오나 어는 곳인지 방향을 잘 모르는 바이다. 요새의 전항은 어떠한지……?

〈1951년 1월 19일 금요일〉(12월 12일)
황간면 회포리에서 자고 황간에 갔다. 가는 도중은 가는 사람 오는 사람 하여 길은 파도가 부닥치는 격이었다. 며칠 동안의 침식이 부족하였는지 모두는 힘없는 여행이다. 오늘 아침 회포리에서는 아침밥(어제 저녁도 마찬가지었지만) 먹을 때에 맛없는 장물만 꼭꼭 찍어 먹었다. 그 장물조차 우리가 동네에 나가서 얻어온 것이다.
황간에 가니 충북 공무원은 청주에 시급히 집결하라는 것이다. 철수령이 너무나 빨리 또 광범위로 나린 까닭으로 책임자들은 아마 입장이 곤난이 되는 듯한 몇몇 이야기도 들린다.
교장님을 찾으려고 인접 부락에 다녀 보았으나 종내 만나지 못하였다. 충북 공무원들도 대개 이곳에 있는 듯하다. 이 황간은 충북, 강원도, 경기의 교차점이 되는 까닭으로 모든 피난민이 모여 있어 상상외의 번잡을 이루고 있다. 군내 몇몇 교장님네를 만나 반갑게 인사를 하였다. 이곳으로부터 다시 귀향하게 되는 모양이니 기쁘기는 하나 또다시 철수하지 않을넌지가 의심된다. 몇 군데 방문하다가 해가 넘어가고 찬바람은 세게 부는데 10여 군데로 숙소를 구하려다가 못하고 곤난은 시간이 갈수록 닥쳐왔었다. 어느 집에 들려서 무리한 떼를 써서 간신히 잘 곳을 구하였다. 밤에는 마침 나자는 방향의 창문이 떨어져서 솔솔 들어오는 찬바람에 잠을 편이 못 잤다.

〈1951년 1월 20일 토요일〉(12월 13일)
귀환하려고 일행은 황간에서 출발하여 용산을 거쳐 靑山面 閑谷里에 와서 유하였다. 걷는 도중에서 사변 이후 군인들의 전투하던 곳과 전사자의 가장한 무덤 같은 것을 볼 때 나는 새삼스러히 아우 云榮을 생각하여 뜨거운 눈물이 돌았던 것이다.
달이 넘도록 불을 때지 않은 어느 사랑방에서 떨어진 가마니때기를 깔고 네 사람이 옹송거리고 잤던 것이다. 사람이란 감정동물이라는 말들 잘 쓰고 있지만 요번에 각 지방에 다니며 인심을 엿볼 때에 노골적으로 들어남이 많다. 우리가 엿이나 쌀가루 등을 주인에 주면 없든 인정을 보이니 우수운 이 인심 이 세상이로다…….

〈1951년 1월 21일 일요일〉(12월 14일)
아침밥을 먹었것마는 몸이 몹시도 떨린다. 발이 감각을 모를 지경이며 손은 깨어지는 듯하고 콧날은 칼로 베는 듯한 아침이다. 한곡리에서 출발한 일행은 청산을 거쳐 옥천군내 안내면 방하목리(安內面 方下目里)에서 유하였다. 주인의 대접이 극진함을 보고 감사하기 짝이 없었다. 마침 이 집 주인도 황간까지 갔었다가 오늘 밤에야 들어왔다. 집 주인은 曺錫仁 氏이다.

〈1951년 1월 22일 월요일〉(12월 15일)
일행은 회인을 향하여 아침 일찍이 떠났다. 회

인 어구에서 청방군이란 청년 몇 사람의 행위에 괘심한 몇 가지를 보았으나 참고 참아서 그냥 지나와서 회인읍내에서 떡 한 조각과 막걸리 한 잔으로 점심을 먹고 문의 쪽을 향하여 목티고개를 넘어왔다. 음달 편은 눈이 녹지 못하여 치위[추위]에 솔아서 길 아닌 곳으로도 올라갈 수 있는 이 목티고개. '목티 목티 목티 고개.' 지난 7월에 이 고개를 우리 아우가 넘었다는 말을 듣지 않았는가. 아- 목티고개야 우리 아우가 밟은 발자국을 알켜다구. 아우는 이 고개를 아침 일찌기 넘었다는 것이 아닌가. 집 생각을 하면서 넘었다는 것이 아닌가. 피난민의 군중을 살피면서 넘었다지! 혹시 부모형제나 있지 않은가 하고. '아우 운영아! 형은 인제 여기를 지낸다. 아- 네가 드딘 발자국이나마 형이 다시 드뎌 보자. 땀내 묻은 군복에 총칼을 메고 이 고개를 넘었던 네 모습이 눈앞에 슨하구나. 네가 쳐다보며 가던 소나무를 형도 쳐다보고 있다. 네가 죽단 말이 웬말이냐. 아니 아니 절대 허언이 되었으면……. 아- 어찌면 이 고개를 내가 밟게 되었는고. 생각 생각에 걷는 발자욱마다 한숨이 길게 나오며 옛 생각이 환등과 같이 주마등과 같이 눈에 보이고 분함이 치올라 못젖[목젖]이 뚱뚱 분 듯 눈알이 뜨거워짐을 느끼면서 군소리를 내고 고개를 넘어가니 옆에서 가던 동직원들이 위안의 말을 하여 준다. 털석 주저앉아 실컷 마음이 시원하도록 울고 싶었다. 사람은 욕심 덩어리라 아우의 무사함을 바라고 바라며 축원 속에 이 목티고개를 넘었다.

일행은 문의읍 옆을 지나 가덕면 삼항리 유유성 氏 댁에서 유하였다. 마침 이 댁은 문의학교 교직원으로 재직 중인 모 교원의 집이라 상당한 우대를 받았던 것이다.

〈1951년 1월 23일 화요일〉(12월 16일)

일행은 문의행(고분티에서 문의로 들어가는 길) 도로를 건너 南二校 뒷길로 걸어 石坂里 강 교장님 댁을 찾았다. 이곳에 오니 오고가는 사람들이 전항이 몹시 불리하다 하며 두세두세 한다. 하여간 이곳까지 왔으니 집까지 가보자는 의도로 점심 후 즉시 玉山으로 향하였다. 아픈 다리를 억제하여 간신히 玉山에 도착하니 오후 4시 반이었다. 지서에 잠간 들려 전항을 들으니 아무 탈 없다는 말이어서 도중에 들은 바와는 아주 딴판이다. 잠간 쉬어서 금계 본가에까지 가니 오후 7시頃이었다. 부모님을 비롯하여 온 가족이 무한히 반가워하더라. 안식구와 아해들도 학교 사택에서 금계로 아주 옮긴 것이었다.

저녁밥을 먹은 후 재종형(점영 씨)님께로 가서 약주 한잔 먹어가며 약 二주일간의 객지 고생을 말하였다.

〈1951년 1월 25일 목요일〉(12월 18일)

학교에 나가서 사무실과 각 교실의 상항을 둘러보고 직원숙사를 순시하여 보니 그리 변함은 없었다. 그러나 교실마다 청방군의 출발 시에 함부로 한 탓인지 상당히 어질러져 있다.

나의 사택에는 서울 산다는 어느 가족이 살고 있으므로 정결이 쓰라고 부탁하니 감사하다고 인사를 한다.

〈1951년 1월 26일 금요일〉(12월 19일)

직원이 모여서 협의한 결과 강 교장님의 환가 여부를 알자하여 전달부 권이복 군을 보내 본

바 아직 귀환치 아니 하셨다는 것이다.

〈1951년 1월 27일 토요일〉(12월 20일)
호죽리에 가서 민영식 형님 댁에서 놀았다. 저녁에는 족숙 한용 씨와 친우 박맹순 씨와 늦도록 이야기하며 자미있게 놀았다.

〈1951년 1월 28일 일요일〉(12월 21일)
아침 後 박상균 선생 댁에서 주찬을 차리어 맛있게 먹었다. 마침 금일은 박 선생의 생일이라 하여 진미가 많이 있었다. 놀다놀다 오늘도 호죽리에서 잤다.

〈1951년 1월 29일 월요일〉(12월 22일)
학교에 가서 모든 것을 둘러본 후 심상희 씨 댁에서 유하였다. 나의 사택에는 아직도 피난민이 살고 있다. 지금은 안성인이 살고 있다.

〈1951년 2월 4일 일요일〉(12월 28일)
재당숙모님(삼종형 근영 씨 자당)의 회갑이어서 접객에 친절히 일 보았다. 가정형편대로 그럭저럭 지내는 모양이나 전시와 아울로 정신생활이 안정되지 못한 때 이만치라도 어려운 일이라 생각하였다.

〈1951년 2월 6일 화요일〉(正月 初一日)
음력 설날이다. 우리 집안은 음력 과세를 하게 되게 친족들이 모여 차례를 지내었다. 그러나 필영, 운영, 천영이가 없어서 섭섭하였다.

〈1951년 2월 7일 수요일〉(1월 2일)
조부님 귀원에 상식을 올린 다음 동네 어른들을 모셔다아 약주 한 잔씩을 대접하였다. 음정월 초이일은 조부님의 생신이기 때문이다.

〈1951년 2월 8일 목요일〉(1월 3일)
鄭善泳 先生과 같이 南二面 石坂里 강 교장님 댁에 세배를 갔었다. 밤에 눈이 어찌나 많이 오던지 겁이 날 만하였다. 방학 이후 처음으로 교장님을 대하는 것이다. 모든 이야기를 하면서 많은 대접을 받았다.

〈1951년 2월 9일 금요일〉(1월 4일)
점심 후 집에 오려하나 강 교장님 내외분이 하두 만류하는 바람에 다시 석판서 유하였다. 밤에는 강서면 거주 김 ○○선생님께서(老漢學者) 유식한 이야기를 많이 하기에 시간 가는 줄 모르고 들었다. 주로 옛 사적과 정감록에 대한 이야기이다. 신과학이 최고도로 발달된 오늘에 있어서 老先生이 이야기는 허무맹랑할 뿐이었다. 인심이 최고봉까지 악하여진 금일의 세상 형편을 건너다 볼 때 무리가 아닐 것이라는 생각까지 믿어지게 됨은 도의로 풀려나가는 인륜인가도…… 싶었다.

〈1951년 2월 10일 토요일〉(1월 5일)
수북하게 쌓인 눈을 서벅서벅 밟으면서 석판에서 떠난 우리 둘은 오미에 와서 점심을 하고 학교를 둘러본 후 무사히 본가에 갔다. 수일 전부터 혼역으로 앓고 있던 차녀 노희는 순조롭게 마치어 간다.

〈1951년 2월 11일 일요일〉(1월 6일)
족숙 한홍 씨, 한규 씨, 한업 씨, 족형 준영 씨와 함께 탁주 두 되 내기로 도람푸[트럼프]를 하였는데 나는 우승을 하였다. 밤 깊이 잘 놀왔다.

〈1951년 2월 12일 월요일〉(1월 7일)
족형 우영(雨榮) 씨와 족질 노일(魯日)이가 찾아 왔기에 약주를 대접하며 지난 일을 이야기하며 놀았다.

〈1951년 2월 18일 일요일〉(1월 13일)
작은 외숙을 오산시장에서 만나 술을 대접한 뒤 금계로 모시고 왔다. 작은 외숙에게 소식을 들으니 운영이가 원주에서 전투하다가 적에게 포위를 당하였더니 그 후로 소식을 모른다는 것이다. 참말인지 어쩐지 매우 궁금하다. 사실 그러하다면…… 며칠 전이로구나.
저녁을 먹은 후 지룰 가서 조상을 하였다. (범영 군 친기)

〈1951년 2월 19일 월요일〉(1월 14일)
오미로 가서 학교 각항을 둘러보고 점심을 얻어먹은 후 즉시 집으로 왔었다. 금일부터 새해 공부가 시작되련만 전란으로 말미암아 아직도…….

〈1951년 2월 20일 화요일〉(1월 15일)
음 정월보름이다.
차녀 노희의 생일이기도 하다.
어제 장질부사의 예방주사를 맞았더니 한축이 나므로 꼼작 못하고 앓았다. 전항은 한강부근, 여주, 이천, 원주 등지인 듯.

〈1951년 2월 21일 수요일 비〉(1월 16일)
금일도 출근은 하였으나 당국으로부터 아무런 지시(개교 문제)가 없어서 직원들은 이야기만 하다가 헤어졌다. 요새는 매일 이런 정도다. 요새의 전항은 피차 일진일퇴가 있는 모양이다. 죽나니 우리 민족만이 죽는 것이니 가탄할 노릇이다. 오미서 집에 갈 때 비를 함신 맞았다.

〈1951년 2월 23일 금요일〉(1월 18일)
새벽부터 비행기는 수없이 날으고 있다. 전세는 더욱 식렬하여지는 듯……. 오는 25일에는 35세까지의 제2 국민병 신체검사 및 점호가 있다는 것이다.

〈1951년 2월 25일 일요일〉(1월 20일)
청주 석교국민학교에서 국민병 해당자의 검사가 있었다.

〈1951년 3월 6일 화요일〉(1월 29일)
석판리 강 교장님 댁에 갔다. 요새 학교는 피난민 수용소가 되어서 형편없이 되었다. 군 당국과도 절충하여 좋은 도리를 취하도록 하였으나 역시 교육이란 이해가 박약하다고 보았다. 그보다 행정당국자들은 자기 임무만을 원만히 할 다름이라는 태도이라고 생각할 수 있었다. 전시에 사람이 죽느냐 사느냐 문제에 무리는 아니라고 생각되나 행정가로서 더 좀 크게 시야를 넓히기 요청되는 바이다.
학교는 28일에 개교하였으나 출석률이 매우 불양하였었다. 학교가 피난민 수용소로 된 원인도 있지마는 웬일인지 각지에 전염병이 유행되어 사람이 많이 죽는 모양이다. 장질부사, 혼역, 천연두, 발진지부사 등이 가장 심한 모양이다. 이런 관계로 학생을 내보내지 않는 듯도 하다. 이러한 사정을 강 교장님께 세세히 말씀 드리었다.

〈1951년 3월 7일 수요일〉(1월 30일)
석판에서 아침을 먹은 후 강 교장님과 같이 청주로 가서 교장회의에 참석하였다. 1, 2월분 봉급도 받았다.

〈1951년 3월 9일 금요일〉(2월 2일)
학교에서 전 직원을 소집하여 직원회를 개최하였다. 차후로의 우리의 행로를 협의한 것이다. (학교근무, 학생소집관계 등)
협의회가 끝난 다음에 정선영 선생과 조치원장에 가서 의류를 몇 가지 사왔다. 물가는 고등하여지고 급료는 적고 생활난이 막심하다. 요새의 식량은 수용소 관계로 약간의 쌀이 돌아오므로 간신히 지내는 터이다. 쌀 한 말에 6000원인데 봉급은 2萬여 원뿐.

〈1951년 3월 10일 토요일〉(2월 3일)
이장회의에 참석하여 13일부터 개교할 터이니 각 동리 학생들을 이 일에 틀림없이 등교하도록 극력 협조하여 달라는 것을 역설하였다. 이장회는 면에서 있는 것이다.

〈1951년 3월 11일 일요일〉(2월 4일)
전좌산에서 산 오리목(석가래감)을 저 날르기에 힘썼다. 글력 부치신 아버님께서 지게로 한 짐씩 아침저녁으로 운반하신 모양이다. 오늘은 아버님을 도아 8차례를 왕내하였다. 고개 넘어 다니기에 장단지가 팽팽하여지고 허벅다리에 알이 배였음을 느끼었다. 아직까지도 사랑 한 칸 없이 지내는 우리 가정이야말로 딱하기 짝이 없다. 아- 내 나이 30이 넘도록 가정을 풍부히 영위하지 못하고 때 끼도 아직 해결키 어려운 이 가난……. 어찌 하여서라도 사랑 한 칸을 우구려 보실 생각으로 애쓰시는 아버님도 가엽다. 하자하자 힘껏 일하자……. 아- 아우여 아우여!!

〈1951년 3월 13일 화요일〉(2월 6일)
금일부터 학교를 시작하게 되었으나 등교 학생 겨우 18명……. 사변은 이만치도 국민에게 큰 영향을 미치는구나. 오후 2시경에 강 교장님께서 건너 오셨다. 우리 직원은 함께 점심을 대접하였다.

〈1951년 3월 18일 일요일〉(2월 11일)
玉山 향방이란 단체에서 간부 측의 합숙훈련이 학교에서 있었는데 금야에 마침 국사 강연을 부탁하기에 建國以來로 變遷되어온 차례와 끝으로 우리 民族性에 對하여(長點, 短點) 講演하였다.

〈1951년 3월 23일 금요일〉(2월 16일)
향방 간부 합숙훈련생의 수료식이 있어 축사를 부탁하기에 실천이 제일이라는 취지로 말하였다. 내 담력이 그리 강한 편이 못되는 듯 (전에도 느낀바 가끔 있었지마는) 중간 중간에 말이 순조로히 흘르지 아니함을 느꼈다.

〈1951년 3월 24일 토요일〉(2월 17일)
청주경찰서 사찰주임(연 씨)이 옥산에 나와 시국강연을 하였다. 국가를 알아야 한다는 매우 좋은 제목을 내걸고 강연한다. 그대도 이 강연 내용과 같이 실천하는 사람이면 더 볼 것 없는 선견자(선각자)라고 인정할 수 있다.

오후에는 호죽에 가서 놀았다.

〈1951년 3월 29일 수요일〉(2월 22일)
식량난으로 수주일 전부터 곤난이 막심한 편이다. 피난민 구호미로써 구호를 받게 되었으나 사무담당 측이 불원만한 탓으로 불감이 많다. 이것이 우리 민족성의 단점에 양해하려나 몹시 유감지사이다. '나'만 아는 이 세상을 누구를 원망하랴만…….

〈1951년 3월 30일 금요일〉(2월 23일)
옥산지서 앞뜰에서 방호단 결성식이 있었다. 각 직장에도 틀설[특설] 방호단이 설치되게 되어 우리 학교에도 조직을 하였던 것이다. 방공시설을 완비하려는 취지이다. 방공호, 물, 모래, 표식기, 불 터리개 등 각종 기구를 갖추기로 하는 것이었다. 일정시대에 이에 대한 훈련과 성가시러움에 지긋지긋 하더니 뜻하지 아니한 6.25사변으로 말미암아 전세는 더욱 크게 발전되어서 방호단까지 조직됨을 보게 되니 앞으로 어찌 될 것인가가 의문이다.

〈1951년 4월 7일 토요일〉(3월 2일)
3월분 급료 수리와 교장회의 출석에 대리하여 청주군청까지 출장하였다. 교원의 대이동설이 있어 불일내에 발령이 있으리라는 말까지 있었기 때문에 매우 궁금하더니 오늘까지는 아직 별 이동 없는 모양이다.

〈1951년 4월 8일 일요일〉(3월 3일)
종매께서 월여 전에 별무조건하고 친정에 와서 있기에 까닭을 캐어 보니 자녀 간에 소생이 없어 배척을 당한 모양 같다. 30이 넘도록 자식이 없으니 누구를 막논하고 걱정되지 아니한 사람은 없는 것이나 사람을 버린다는 것은 인의도덕에 벗어난 행위라 아니할 수 없어서 종형님과 같이 학천을 건너가 내 의견대로 타합을 하여 주었더니 피차에 양해를 잘한 셈이었다. 하여간 재미없는 사건임에 양편이 딱한 편이었다. 인생 최고의 문제 부부지간의 의 문제를 소홀이 할 문제가 아니기 때문에 누누한 이야기를 하여 주었다.
오는 길에(학천서 오미로) 막걸리를 몇 잔 먹고 나서 다시 오미에 다다라서 종형님과 같이 술잔이나 먹었더니 빈속에 너무나 올라서 감정이 깊이깊이 파고들었다. 오미에서 종형님을 부뜰고 소리 없는 눈물을 많이 흘리었다. 첫째 사촌누님의 장래를 생각하고 둘째 닥쳐오는 조부님 초기와 백모님 초기를 생각하여 세간 없고 아우 없는 (아우 운영이도 없으려니와 종제 필영이도 세전에 이차 철수령 시에 남하하였다가 아직 오지 아니하였음) 우리 종형제의 신세를 생각하고…….

〈1951년 4월 11일 화요일〉(3월 6일)
면장을 면회하여 단단한 타합을 하였다. 학교 건물을 수용소로 사용하고 있기 때문에 우리 옥산 교육에 막대한 지장을 일으키고 있음을 생각하라는 것과 내 살림(피차 마찬가지)과 같은 모교를 이상 없이 유지하여야 한다는 생각하고 수용소를 적당한 곳으로 옮기고 좀 교실을 비우라는 충고를 하였다.

〈1951년 4월 17일 화요일〉(3월 12일)
오늘 또다시 속상함을 보았다. 국민일보에 전사자 명부가 발표되었는데 청원군 란에 郭云

架라 하는 名義가 있었다. 아우의 이름은 아니로되 근사하므로 인쇄 오기가 아닐까 매우 가슴을 조리게 하였다. 신문이 틀림없는 本名이라면 안심이려니와 오기라면 어찌하나 눈물이 다시 나옴을 느꼈다. 아니 느끼고 속 아니 썩일 수 없다.

〈1951년 4월 18일 수요일〉(3월 13일)
학교에서 모든 행사를 마치고 저녁때에 금계 본가에 갔었다. 저녁에 아버님과 어머님께서의 아우 생각하시기에 한없는 한심스러운 말씀하심을 듣고 나의 가슴은 뽀개지는 듯하였다. 아- 아우여! 죽지 말고 살아오라. 그리 하여야 가슴속에 끼어 있는 안개와 같은 수심과 원한이 풀어지겠고나. 아- 천지신명이시여…….

〈1951년 4월 19일 목요일〉(3월 14일)
아침 일찍이 대구레 밭(보리밭) 구경을 하고 바루 오미로 왔다.

〈1951년 4월 22일 일요일〉(3월 17일)
내가 북일교(北一校)로 전근이라는 풍설이 있다. 나는 깜짝 아니 놀랠 수 없다. 그러나 아직 정식 통지가 온 것도 아니기 때문에 날이 새면 확실한 기별이 있으리라 믿고 설레는 가슴을 억제하였다.

〈1951년 4월 23일 월요일〉(3월 18일)
강 교장님께서 군청에 다녀 나오시더니 이동 발령 통지와 사령장을 가지고 오셨다. 어제 들던 바와 같이 틀림없는 북일교로 전근되게 되었다. 강 교장선생님도 고향이신 남이국민학교로 전근이시다. 김갑영(金甲榮) 선생도 강서교로 전근이시다.
아- 모교를 떠나게 된 이 서운한 감…… 어찌하리요. 8.15해방이 되자 허덕이며 두 손 들어 좋아하며 찾아온 이 모교. 6.25사변은 나의 망사지변이라. 왜? 아우 잃고 전근하고…….

〈1951년 4월 24일 화요일〉(3월 19일)
姜 校長님과 같이 직원에게 아동에게 작별인사를 하였다. 모교에 와서 아무것도 남긴 것 없이 떠나게 되어 죄만할 뿐 아니라 나의 포부를 발휘치 못하고 기어이 떠나게 되었다는 것을 말하였다. 그러나 그러나 정신적으로 모교를 사랑하였던 마음은 과히 손색이 없었었다는 것을 생각할 때는 가슴이 남 모르게 페어진다. 일반에게 돌아다니며 인사를 할 때도 몹시 유감스러운 감을 나에게 보이고 있다. 그러나 내 고향이니만큼 자주 오리라는 답변을 하였던 것이다.

〈1951년 4월 28일 토요일〉(3월 23일)
송별연회가 있었다. 직원 측에서도 또는 면사무실에 일반 측에서도……. 나는 몹시 취하였었다. 취중에 실언실수가 있었을 것이어늘 잘 기억나지 않는다. 저녁 늦게서야 족형 부영 씨께서 나를 부추겨서 집까지 다려다 주기에 간신히 왔던 것이다. 왜 이렇게 술을 넘치게 먹었던가. 속이 상하였던가 상쾌하였던가 술이나 많이 먹고 이것저것 다 잊으려는 생각으로 덤벅덤벅 마시었던가. 나는 울었다. 소리를 쳐서 울었다. 왜? 아우 생각이 왈칵 나기에 서러워서 울었다.

〈1951년 4월 30일 월요일〉(3월 25일)

북일교로 부임. 옥산을 떠날 때의 나의 마음. '정말로 내가 옥산을 떠나는 모양인가 보다. 아- 아침저녁으로 문닫이 하던 옥산교 교무실, 저녁 후에 앉아 놀던 보건장의 조회대 이 모두가 나와도 이별이 되는구나.' 도중에서 만나는 사람마다 석별이로다. 악수를 힘껏, 서로 손을 잡아 흔드는 옥산교 직원 일동.

ㅡ 잘 있거라 옥산아! 모교야ㅡ. 그립고나. 떠나는 이 심정 아우 군인 운영도 내가 떠나는 줄은 모를 터이지. 다음에 혹 온다는 기회가 있을지 모르나 형 없는 옥산교 사택에 들릴 터이지…….

오동리에 와서 점심을 먹고 장인과 같이 북일학교로 왔다. 과연 6.25사변으로 포탄과 폭탄을 맞아 형편없이 파괴가 되었구나. 사무실(교무실)에 들어서니 책상 하나 온전한 것이 없고 왼 교사에 교실이나 골마루나 구멍이 뻥뻥 뚫어져 얼기미[어레미] 같고 바람벽도 역시 마찬가지이다. 지붕도 둠벙 아닌 샘이 패어서 검읏검읏하다. 비품이란 일절 구경할 수도 없다.

왕명성 교장님께 부임인사를 하고 직원에게 개인적으로 인사를 하였다. 여직원이 많음에는 생각외이다. 교장까지 전 직원 열 명에 남녀 5사람씩 반반이다. 새로 온 교감이라 기대가 큰지 모두는 극진히 공손히 울어러 보는 듯. 그러나 나는 자유스러운 공기를 만드러 줄려고 하나 아직 낯이 서러 그런지 잘 얼리지 아니하였다. 왕 교장은 마침 알고 보니 처 외재당숙이 되는 분이다. 척분이 되어 더욱 믿음직하다. 직원이 사변 전에는 17명이나 되든 곳에 참으로 변이 크게도 생겼다. 하여튼 인제는 북일교도 내 학교가 되었으니 있는 힘을 기우려서 복구건설에 이바지하며 학교 운영에 힘쓰고자 마음 깊이 맹서하였다.

〈1951년 5월 1일 화요일〉(3월 26일)

아침 직원조회 시에 전 직원에게 정식 인사를 하였다. '덕망 있는 교장님을 잘 모시어 학교 경영에 힘을 다하고 한 가족적 입장에서 화충협동[3] 신애로써 지내는 가운데 아동을 길러보자는' 뜻으로 인사하였다. 아동조회 때에 아동에게도 공부 잘하여서 나라에 이바지할 만한 사람이 되자고…….

최재황 선생의 안내로 지방기관과 유지에게 다니면서 초면 인사를 하였다. 오후 3시에 간단히 직원회가 있었는데 개교(창립) 10주년 기념행사로 학예회를 하기로 하고 그 외 몇 가지 중요한 문제를 협의하였다. 나는 6학년을 담임하기로 되었다. 좀 바쁠 것이라 생각되었다.

〈1951년 5월 2일 수요일〉(3월 27일)

오근장에서 출장소 모 직원의 송별연이 있어 초대(초대는 불원측이지마는 이상하게도 초대가 있었다)가 있기에 교장님 이형구 선생과 같이 가서 술을 마시었다.

〈1951년 5월 3일 목요일〉(3월 28일)

처음으로(북일교 부임 후) 교무집행을 실천에 옮기었다. 아직 학교 실정을 잘 모르기 때문에

---

3) 花衷協同. 일본식 한자 숙어로, 서로 화합하고 협력한다는 의미를 담고 있다. 당시 교육공무원 임용 관련법에 버젓이 이러한 일제 용어가 포함되어 있었다.

수일간은 형편을 보기로 예정하였던 것이다. 과목별 연구주임, 일과표 및 시간표 작성, 청소 관계 등을 계획대로 협의하였다. 오늘 저녁에 숙직을 하였는데 학교 숙직실이 폭격에 파괴가 되어서 교장관사 사랑방에서 임시 숙직을 하기로 된 것이다.

〈1951년 5월 4일 금요일〉(3월 29일)
6촌 처남 상호의 혼일이다. 학교에서 일을 마치고 가서 과방에 바쁘게 일을 보아 주었다. 오후 5시쯤에는 학교 직원이 왔으므로 그 접대에 성의를 다하였다.

〈1951년 5월 5일 토요일〉(3월 30일)
오근장 출장소에 계원 선생과 동행하여 방공훈련에 대한 제반지식을 체득하였다. 금일은 군내 일제훈련이 있다는 것이므로 학교도 그에 따라 방공호로 대피하는 연습을 시켰다(실지 이런 일을 당하게 되면 야단일 것이지마는). 끝난 후에 방공지식을 아동에게 넣어 주었다.
방과 후에 상호 집에서 초대한 유지들과 술을 마시었다.
밤 8시 반 지나서 옥산으로 향하였다. 술 취한 중에 그리 어려운지를 모르고 옥산 사택에 도착하니 오후 11시 반이었다.

〈1951년 5월 6일 일요일〉(4월 1일)
이인로 선생과 동행하여 호죽을 갔었다. 박상균 선생 댁에서 정선영 선생까지 합석하여 놀았다. 밤에는 방아꺼리 술집에서 놀다가 일행은 정선영 댁에서 잤다.

〈1951년 5월 7일 월요일〉(4월 2일)
박상균 선생과 민영식 형님과 함께 가재 철렵을 하였다. 밤에는 어찌 하다가 다시 작야에 놀던 곳으로 가서 취하도록 놀았으나 사람의 방탕(그 사람의 심리와 환경을 생각할 때 항상 양해는 하여 주지만)의 한끝을 엿볼 때 나는 그 사람에 대하여 가엾은 생각을 금치 못하였다. 밝는 날에 충고를 하리라고 생각하며 옆에서 말없이 잤다.

〈1951년 5월 8일 화요일〉(4월 3일)
금계로 가서 부모님께 문안을 드리고 오미장으로 가서 몇 가지 볼일을 보았다. 아우로 인하여(전장에 나간 뒤로 편지 한 장 없을 뿐더러 전사라는 풍설이 있기 때문에) 수심으로 항상 지내시기 때문에 여위어지신 부모님은 더구나 요새 불행이도 누이동생 숙자가 천년두로 오래간 신고를 하였던 관계로 바싹 늙으시었다……. 어먼님의 안력도 신경이(수심 때문에) 약하여지신 것인지 항상 앓으시더니 눈알에 백태까지 끼시었었다. 아- 아우여 빨리 소식을 전하여라. 살았거든…….

〈1951년 5월 9일 수요일〉(4월 4일)
옥산교에 가서 조명원 교장님과 타합하여 풍금 한 대를 임시 채용하기로 하였다. 북일교는 사변 후 두 대가 파괴되어 버리어서 음악 지도에 크나큰 지장을 받고 있는 형편이다. 더구나 오는 27일에 10주년 기념행사로 학예회를 하게 되었으므로 당분간 얻은 것이다.

〈1951년 5월 10일 목요일〉(4월 5일)
집안에서는 제물 준비에 안식구들은 매우 바

쁘다. 내일이 조부님 초기이기 때문이다. 벌서 일주년이 되었으니 참 세월은 빠르도다.

〈1951년 5월 11일 금요일〉(4월 6일)
제물 고이기에 아침부터 저녁(오후 3시)까지는 나도 매우 바빴다.
저녁상식을 올릴 때 나는 슬프기 짝이 없었다. 어머님께서 무한한 서러운 울움을 금치 아니시고 아우를 생각하는 그 심정을 나는 가슴 깊이 울리어 정신이 암암하였다. 아- 아우여 운영아 살아와라…….
조객들의 접대에 눈부시게 바빴다.

〈1951년 5월 12일 토요일〉(4월 7일)
새벽 제사가 끝나고 아침을 먹은 후 하라버님 산소에 가서 잔을 올리고 곡을 하였다. 하라버님 산소를 바라보니 작년 이때의 추억이 간절하였다.

〈1951년 5월 13일 일요일〉(4월 8일)
모교 옥산교에 와서 풍금 한 대(옥산교에는 3대 있음)를 얻어가지고 품군 한 사람을 사서 지워가지고 북일교로 왔다. 본교는 6.25사변 후 두 대를 완전 누실하였다는 것이다. 아마도 사변 후 변함이 없는 것은 옥산교 정도인 곳도 희소할 것으로 믿는다. 금월 27일의 행사를 마친 후 이달 말경에 반환하기로 하였다. 음악무용 지도에 곤난이 있으므로 직원의 요청을 듣고 잠시 채용하기로 교섭한 결과 성사가 된 것이다.

〈1951년 5월 15일 화요일〉(4월 10일)
문서상자(학교의 것)를 정리정돈하고 각종 서류를 종별로 나누어 철하였더니 개온함과 상쾌함이 나를 듯하다.

〈1951년 5월 16일 수요일 曇〉(4월 11일)
아침밥을 먹을 때 밖에서 찾는 소리에 뛰어나가 보니 의외로 종형님이 급히 건너오시지 아니하였나. 나는 깜짝 놀랬다(가정에 무슨 사고가 생기지나 아니하였나). 13일에 어머님을 작별하였으나 그날부터 급작시리 열이 심하시어 극도로 편찮으시더니 지금은 도라가실 지경이므로 어서 빨리 건너가자는 말씀이시다. 나는 눈앞이 캄캄하고 하늘이 내 머리위에 나려앉는 것 같았다. "아이구- 어머니-" 하고 주저앉고 싶었다. 아우 생각 때문에 뼈가 녹도록 근심걱정 설픔으로 지내시더니 기어히 위중한 병환이 드셨구나. 심신이 산해 같이 너그러우신 어머님께서 이만치나 중한 병환이 드시다니. 아- 어머니시어 정신 차리소서. 나(큰자식)까지도 객지에 나와 있게 되었으니 오죽이나 뇌심하실가 보냐? 불상하신 우리 어머님 정신을 잃지 말으시고 기운을 차리옵소셔.
학교로 뛰어가서(당분간 처가에서 출근하였음) 왕 교장님께 사연을 말씀드린 후 종형님과 급한 거름으로 집에 다다랐다.
수일 전에 뵙던 어머님이 이렇게도 딴 분이 되다싶이 여위인데 아니 놀낼 수 없으며 불상하기 짝이 없었다. 눈물이 나는 쏟아졌다. 말도 못하실 지경으로 까라지셨고 몸을 달삭 못하신 채 누어계시다. 아- 얼마나 고통이 심하셨는지……. 자식이 있으면서도 없는 편이 되신 아번님께서 그동안에 간호하시기에 주야로 심신을 아끼시지 않으신 관계로 편찮으신 어머님만치나 파리하시었다. 숫가락으로 무윰을 떠넣어 드릴 때 손과 마음이 저절로 떨리고 딱함과 서름이 복바치었다. 더욱 아우 생각이 간절하여 견디지 못할 지경이었다. 어머님 병환은 손님(천연두)이시다. 꽃이 낮에쯤 나기 시작하여 손님인 줄을 알았다. 작은 누이동생 난영(숙자)이가 요지음 손님을 앓을 때 병관을 하시더니 전염이 되신 모양이다. 어제 밤까지는 체온이 심하시어서 땀이 비 오듯 하신 모양-. 벗어놓은 적삼은 물동이에서 건져놓은 것 같음을 볼 때 오죽이나 심하신 고통을 겪으셨는지…… 미루어 알아볼 수 있었다. 나는 어머님 옆에서 무윰만을 떠어 드릴 뿐이다. 이웃집 아주머니들도 가끔 문병을 오신다. 이 손님에는 빌기를 공손히 하라는 충고도 하여 준다. 미신이란 것보다 정성을 다함이 자식 된 도리에 의당지사임은 틀림없다. 때때로 청수를 떠놓고 냉수로 수족을 씻은 나는 축원을 하였다. '불상하신 우리 어머님의 병환이 속히 순조롭게 나으실 것과 아우 운영의 무운장구를…….'

〈1951년 5월 19일 토요일〉(4월 14일)

어머님은 발반이 완전히 되었으며 무윰은 조그만큼 두어 숫갈씩 받으시는 형편이다. 주야로 누어만 계시는 어머님의 몸은 얼마나 아프실가? 축원은 밤으로 그치지 않고 정성을 드리나 마음이 급한 탓인지 어머님의 병환은 얼른 일어나시지 않는다. 아버님께서도 정성을 다 하시어 빌고 계시다.

〈1951년 5월 20일 일요일〉(4월 15일)

손님병에는 배송제를 지내야 한다는 이웃사람들의 말에 앓으시는 어머님께서도 이것을 원하고 계시므로 축을 지어 몇 가지 준비를 하여서 아버님과 같이 제를 마치었다. 밤에는 어머님께서 어느 정도 차도가 계신 듯한 감이 있었다. 말씀을 어느 정도 알아듣게 하실 때가 있어서 마음속에 안심이 되는 한편 매우 기뻤었다.

〈1951년 5월 21일 월요일 晴〉(4월 16일)

학교가 몹시 궁금하기에(어머님도 귀교하라고 말씀이 계심) 아버님의 양해를 얻어 오전 8시에 집을 떠났다. 편찮으신 어머님을 버려두고 다라나오는 불효막대한 이 자식은……
"아- 아버님 부탁합니다." 마음속으로 인사하며 "어머님 안녕히 계시옵소서." 걸어오는 걸음조차 근심의 발이로다. 활기 없는 걸음이로다.
학교에 도착하니 아동조회이다. 몹시도 빨리 온 것인지?
오전 수업을 마치고 학예회 예행연습을 하고 방과 후에 전 종목에 대한 교정 정정 반성회가 있었다. 기탄없는 고침을 좋았다.
오늘로 신임 이선구 선생이 부임하였다.

〈1951년 5월 25일 금요일 曇, 雨〉(4월 20일)

교생 이충복 선생이 등교하였다. 학급 5의 1을 맡아 지도를 받도록 계획 세웠다. 무대를 완성하였기에 불충분한 종목(학예회)을 무대에서 지도하여 고치어 주었다. 1년생부터 6년생까지.
오늘이 5월 25일 음으로 4월 20일. 안식구가 반이하여 아해들을 다리고 온다는 날이었다. 마침 북일면장 이형복 씨 댁에서 초대가 있었으므로 전 직원 일행이 다녀왔다. 와서 보니 그동안에 이사짐이 도착되었다. 아버님도 오시어서 장인과 같이 솥을 걸고 계시다. 비는 마침 부실부실 오므로 구징구징하다. 노정을 비로소 노임까지 6남매가 방안으로 마루로 시껄시껄 놀고 있다. 재종들 우차로 싫고 온 것이다.

〈1951년 5월 26일 토요일 雨, 晴, 曇, 雨〉(4월 21일)
새벽 2시 반쯤인 듯. 총성(銃聲)이 요란하기에 잠을 이루지 못하고 밖에 나가 보니 청주 쪽에서 야단이 난 듯하다. 불이 집동같이 치밀고 펑 펑 대포 소리가 나고 콩 티듯 총소리가 끝을 모르고 계속한다. 일동은 잠이 깨어 부산을 떨게 되었다. 교장님도, 이 선생 댁도. 날이 새어 소식을 들이니 습격을 당하여 시내(특히 도청)가 상당히 시끄러웠고 피해가 막대한 모양이러라. 아- 전쟁아 어찌 되려느냐.
전교 학생에게 학예회를 보였다. 직원들이 몹시도 바빴다. 내일에 대한 제반 준비와 주의를 시키고 오늘 행사를 마치었다.
아번님과 우차 끌고 온 족숙께서는 아침에 떠나시었는데 무사히 도착하셨는지…….

〈1951년 5월 27일 일요일 曇, 雨, 曇〉(4월 22일)
오전 10시 반부터 10주년 기념행사가 시작되었다. 군수를 비롯하여 내빈 학부형 모자 합하여 약 6, 7백 명은 되는 듯싶었다. 식순에 의하여 기념식을 마치었다. 다만 학교가 많이 파괴되어 아동교육에 크나큰 지장이 있으므로 당국에서도 원조하려니와 지방민들의 절대한 후원이 있어야 한다는 이야기들이었다. 이어서 기념 학예회가 있었다. 뛰고 춤추고 노래부르고 이야기하고 활발한 아동 동작은 우리 교원의 숨은 노력이 부형들 앞에 여실히 나타났던 것이다. 이 모든 행사가 끝난 다음에 유지 부형들과 주막에서 술을 마시었던 것이다. 위로연이 있었던 것이다.

〈1951년 6월 2일 토요일 晴〉(4월 28일)
나의 소개로 전달부 박창림(朴昌林) 군을 채용케 되어 금일부터 근무토록 하였다. 부임 이후 전달부(소사)가 없어서 학교 잔일에 불편이 많았었다. 그러나 몇 가지 형편으로 소사를 구하기가 어려운 모양인 듯하였다. 이 점을 초월하여 사람을 구하였더니 신통한 사람을 만나게 되었다.

〈1951년 6월 3일 일요일 晴, 曇, 雨〉(4월 29일)
박창림 군에게 풍금을 지워서 옥산교(모교)로 반환하였다. 교장 직원들에게 감사의 인사를 하였다. 사례로 탁주를 나누려다가 기회가 좋지 못하여 다음 기회를 타기로 하고 중지하였다. 옥산 부면장(김재관)이 전근되는 관계로 일반 측에서 송별연을 하기에 구정을 생각하고 잠간 참석하여 이야기하였었다. 몇 친구를 만나 술을 마시었더니 대취가 되었다. 저녁때에 비는 나리기 시작하고 바람은 세고 집(금계)에 갈 일이 문제였다. 박 군은 점심을 먹인 후 바로 돌려보냈더니 잘 되었으나 비 오기 전에 오미를 떠나지 못한 나는 주막에서 몇 차례 술을 마시었다. 엄청이도 취하였던 것이다. 왜 내가 이렇게 술을 마시었던가? 아- 무정도 하여라……. 어머님께서는 얼마나 쾌하셨을가? (얼마 전에 손님으로 욕보시더니…….) 아우의 행적은 어찌 되었나? 아- 내가 술을 마신 것도 이 까닭인지! …… 쏘낙비가 쉬지 않고 바람은 후리어 괴악한 밤길을 삼종형(근영 씨)님과 동행하여 금계를 갔다. 깊은 밤이었다. 싸리문을 들어갈 때 나는 "어머님 살아계십니까?"하고 큰소리로 부르면서 방안으로 들어갔다. 새 옷을 험벅 적신 나는 훌훌 벗고 딴 옷을 입고 부모님께 절한 다음 몇 가지 이야기를 하였다. 어머니께서는 딱지가 떨어지는 중인 듯하였다. 아- 인제는 안심이었다. 깊이 잠을 들게 되었다.

〈1951년 6월 5일 화요일〉(5월 1일)
그저께 비에 냇물이 많이도 나려 나려간다. 오전 9시에 집을 떠난 나는 까치내에서 배를 타고 건너와 학교에 오니 공부가 시작되었었다.

〈1951년 6월 6일 수요일〉(5월 2일)
청주에 갔다. 오래간만에 청주를 갔었다. 군에 가서 볼 일을 마친 후 학무과에 가서 인사를 하였다. 지난해 10월 초순에 연 과장에게 퉁망을 들은 후 기분이 몹시 불쾌하더니 금일은 순히 인사하는 듯. 내 어찌 유감이 없으랴마는 나도 반성할 수 있는 인간임을 그곳이 알가 보냐…….

〈1951년 6월 8일 금요일〉(5월 4일)
직원회를 열었다. 학교운영시설에 대하여 협의하였다. 전임교(모교인 옥산교)에서 하여 보든 研究部, 訓育部의 이부를 설치하고 각각의 업무에 대하여 설명을 하였던 것이다.

〈1951년 6월 13일 수요일〉(5월 9일)
오전 수업을 마치고 금계로 부지런히 갔다. 오늘이 백모님 초기이다. 오후 3시경에 집에 도착되었다. 집에 가보니 모내기는 어제에 마치었다는 것이어서 좋았다. 하오 6시에 저녁상식을 올렸다. 말할 수 없는 설픔을 간신히 억제하여 참았었다. (작년 이때에 아우를 만나지 않았던가? 아- 언제나 언제나…….)

〈1951년 6월 14일 목요일〉(5월 10일)
아침상식을 마치고 큰어머님 산소에 가서 (종형제와 같이) 잔을 부어 놓고 곡을 하였다. 아- 환갑도 못 사시고 돌아가시었도다.
작년(음력으로) 오늘은 연대에서 아우가 우연히 (휴가로) 나왔다가 큰어머님 장례식을 모시게 되지 않았던가? 뼈가 녹도다…….
오후 4시에 옥산교에 가서 전 직원에게 술을 대접하였다. 요전 날에 예정이 틀려서 오늘에 인사를 하게 된 것이다. 풍금도 잘 썼다는 사례를 또 하였다. 전 직원은 몹시 반가히 대하여 준다. 끝마친 후 옥산을 떠나 북일교에 도착하니 오후 9시 반이었다.

〈1951년 6월 15일 금요일〉(5월 11일)[4]
직원회를 개최하였다. 부회 결과의 협의를 주로 하고 농번기의 가정실습을 명일부터 20일까지 실시하기로 하였다.

〈1951년 6월 17일 일요일〉(5월 13일)
아침부터 가정 청소에 손을 대었다. 풀 뽑기, 쓸기, 울밑의 풀베기, 위험물 치우기 등에 시간이 걸려 오후 5시에 대충을 마치었다.

---

4) 원문에서는 이 날의 양력날짜와 음력날짜를 각각 16, 12로 적었다가 15, 11로 고친 흔적이 있다.

〈1951년 6월 19일 화요일 晴〉(5월 15일)
가정방문을 하였다. 주중(酒中) 오동(梧東), 외남(外南), 외평(外坪)으로 다녔다. 바쁜 때이지마는 어린 학생들까지 가정에서 부지런히 조력을 하고 있다.

〈1951년 6월 22일 금요일 晴〉(5월 18일)
어제는 주중에 사는 당고모의 3남 이호준의 장례가 있었다. 면민장을 하였다. 세전에 경관으로 있을 때 단양 방면으로 토벌 나갔을 때 불행히도 전사한 모양이다. 그 유골이 지금 왔으므로 온 동리 사람들과 같이 슬퍼하며 발인제를 지냈다. 아- 아까운 청춘을 꺾이었구나……. 아깝도다……. 나는 몹시 설어웠다. 아우를 생각하면(전지에 나가서 소식이 없기 때문에) 나에게도 당한 듯 어찌나 기분이 좋지 못한지 속이 울렁거리었던 것이다.
어제도 4학년 이상을 동원하여 모내기를 하였었더니 금일도 들판에 가서 모내기 작업을 하였다. 어제의 성적보다 오늘은 우수하였다. 인수도 적은데닥아 짧은 기간에 많이 심시었기 때문에…….

〈1951년 6월 24일 일요일 晴〉(5월 20일)
육학년 수험생 학부형 수인이 찾아와서 중등학교 입학시험 관계에 대하여 상의가 있었다. 실은 어제 이에 대한 협의회를 하였던바 바쁜 때이라 몇 분 모이지 아니 하였었다. 졸업시기와 입학시험기(입학시험에 관한 주의)와 시험생의 경비, 시험 준비 등을 부형과 협의하였다.
5월분 식량배급이 있었다. 10명분 백미 6두와 가루 3두이다. 대금은 6萬 圓이고 1개월분 봉급은 2萬 9千 圓이니 이 어찌 모순된 일이 아니랴. 본교(북일교) 직원 황태숙 여선생의 주인 되는 이 선생(청주중학 근무)께서 내교하였으므로 처음 인사를 하고 이야기하면서 약 2시간가량 놀았다……. 황 선생분치의 배급미 운반차로 온 듯.
육학년의 특별지도를 시작하였다. 오늘이 일요일이지마는 전원 등교케 하여 공부를 하였던 것이다.
소식통에 의하면 졸업기는 8월 상순이고 시험기는 8월 중순인 듯. 저녁에는 숙직실에서(교장 사택) 교장님과 이형구 선생과 같이 학생 등교 상항 및 사친회 관계, 여비 또는 학년말에 대한 상의가 있었다. 요새는 날이 너무 가무러서 농가에 매우 걱정을 주고 있다.

〈1951년 6월 26일 화요일〉(5월 22일)
교장회의에 참석하였다. 주로 중학입학고사의 건에 대하여 회의가 있었다. 금년부터는 국가시험이 되는 것이라 한다. 부정입학과 부형들의 부담을 없애기 위한 방도도 되려니와 수학자의 자격을 획득하는 한편 입학의 편리도 되는 듯하여 매우 좋은 방책이라고 생각되었다. 고사는 7월 말일로 결정이 되고 졸업기는 8월 5일 내지 10일 사이에 되는 모양이다.

〈1951년 7월 6일 금요일 晴〉(6월 3일)
입학원서(고사 원서)를 갖추어서 군에 제출하였다. 본교(북일교)는 6학년생 전원이 30명이고 지원자가 15명이다.
운이 나쁘게도 오늘은 귀중품을 잃어 버렸다. 검은 가죽 케-쓰에 넣어 있는 몇 가지 증명서와 더욱이나 아우와 같이 찍힌 기념사진까지

(기타 중요 傳票 몇 가지도 드러 있음) 송두리째 잃었으니 어찌하나. 무엇보다도 아우와 동영한 사진 없어진 것이 제일 분하고 찐하다. 날이 몹시 덥기에 웃옷을 벗어들고 다녔더니 아마 웃주머니 입이 거꾸로 되는 바람에 빠진 모양이다. 즉시 분실계를 제출하였다.

〈1951년 7월 11일 수요일〉(6월 8일)

의외로 기쁜 소식이 들려오므로 학교 일을 마치고 청주로 즉시 들어갔다. 수일 전에 잃었던 증명서 지갑이 경찰서에 있다는 것이 아닌가? "이 세상에도 정직한 사람이 한 사람 있구나." 감사히 생각하며 청주에 가서 찾아왔다.

〈1951년 9월 27일 목요일〉(8월 27일)

오래간만에 일기장을 꺼내어 보았더니 두 달이 지나도록 기록하지 못하여 있다. 게으른 점도 반성 아니 할 수 없지마는 몹시도 심란한 시국이라 정신이 어지러울 만치 바빴던 것도 부인할 수 없다. 금일은 어찌하여 일기장을 펼쳐 보았을가? 북일교 생활이 몇 달이나 되는 가를 알고 싶어서…….

우선 7월 11일 이후의 것을 생각나는 대로 대충만 적어 보기로 한다. 그동안에는 부모님 계신 고향을 몇 번이나 갔던가? 세 차례인 듯 머리에 떠오른다. 음력 7월 13일에 노정이를 다리고 배급쌀 1.5斗 가량 짊어지고 저녁 늦게 간 일이 있다. 14일은 어머님 생신이기 때문에……. 같은 달 9일은 아버님 생신이어서 꼭 가서 뵈워야 할 터이지마는 마침 교장님 댁에 내환이 위중하여서 출발하는 나를 정지시키었으므로 속눈물을 먹음고 주저앉았던 것이다. "아- 아버님 이 불효를 용서하소서. 객지의 자식은 이렇게도 여의치 못합니다." 하면서……. 14일은 집안어른들을 모셔닥아 아침을 잡숫게 하였다. 이때는 방학 때이지마는 여러 가지 행사가 있어서 몹시 바쁜 때이었다. 점심때쯤에 나는 집을 떠나 北一로 왔었던 것이다. 어머님의 몸은 아직도 손님하신 터가 완전히 사라지지 않았었다.

- 부강서 3일간 교감 강습회가 있어서 그에 출석한 일이 있다.
- 여름방학이 끝날 무렵에 다시 고향에 가서 부모님을 뵈옵고 농작물이 자라는 상황을 본 일이 있다. 금년 농사는 보통 된 셈이다. 금년은 비료 때문에 피농한 사람이 전판인 듯…….
- 추석에 노정이를 다리고 내 고향에 갔었다. 이튿날(16일) 모교 옥산교의 추계운동회가 있어서 몇 시간 구경하였었다.
- 월 초순에 우박이 쏟아져서 북일면 외하리의 농작물(호박덩굴, 김장, 벼)의 피해가 상당히 많았다.
- 오근장 앞들(팔결을 중심으로 한)은 뒷산을 까뭉겨서 미군들이 비행장을 닦는다 하여 북일교 관내 학부형들뿐만 아니라 왼 부락민들의 불안이 엄청 하였었다. 그러나 아직 공사 착수는 하지 않았으니 다행은 다행…….
- 북일교로 와서 6학년을 담임하여 교무에 바쁨을 이루었으나 무난히 통과……. 수험생 16名 전원이 합격.
- 금년도의 입학시험은 국가시험이었고 입학시의 경제난이 완화되도록 당국 방침이 서 있었음은 빈한 사람들은 큰 다행이었다.
- 전쟁은 아직도 시열한 중인 듯. 요새 와서는

대공중전이 가끔 전개되는 듯. 정전회담이니 무엇이니 떠들던 것은 철모르는 아해들 장난하듯 하니 믿지 못할 이 시국. 자급자립을 각오할 수밖에 없을 터. 38 선 지경에서 반년이 되도록 육박전만 되는 듯. 죽는 사람은 어느 나라 사람일가? 가탄가탄 불상한 민족이여 살 도리를 취하라. 위정자의 잘못도 하나둘이 아니어늘 자수활복 왜 못하나.

- 쌀 한 말에 17,000圓이니 3萬 圓 미만의 이 사람은 어떻게 살아가나? 누구 하나 딱하다 생각할가? 관청마도 큰 도탄임에 반하여 도적단체가 된 곳이 태반인 듯…….
- 3남 3녀를 둔 나는 자식들 공부는커녕 금방에 먹이고 입힐 것이 없으니 이런 답답하고 낭패가 어데 있을가? 장남 노정은 국민교 6학년, 장녀 노원은 4학년이니 차후 학비는 어떻게 대어 가나.
- 북일교는 요새 와서 운동회 연습이 열광적이니 교감으로서 전 직원의 한도루를 잘 틀자니 속도 가끔 상하지 않은 때 그리 없는 형편. 그러나 직원들은 참으로 순박한 사람뿐. 더구나 여직원이 많아서 큰 변동은 보지 못함.
- 학교가 사변 후 완전히 파괴되었으므로 과동 준비에 동동대나 워낙에 경제곤란이 전체에 파급되었으므로 어찌할 도리가 무. 열열한 사친회 역원 수인은 감사하기 짝이 없음.
- 의외로 요새 와서 이동설이 있으니 또다시 마음 안착이 깨어지기 시작. 들리는 말에 의하면 좋도록 이동되는 듯싶으나 확실한 것은 발령이 나야만……. 북일교의 형편은 어찌 될 것인가? 스클 마스타의 비난이 직원 전체에 와글와글하여 이를 조종하기에 무척 애를 써 왔으니 만약 내가 동하면 그 인계는 누가? 누가?
- 이때것 아우의 소식은 전연 없으니 먹는 밥인들 살로 갈 리 만무. 꿈에는 가끔 만나나 꿈이 깨면 다시 수심……. 꿈책 참조.
- 청주시가 가까운 북일학교에 온 지 몇 달이 되었어도 아해들에게 시가 구경을 시키지 못하든 차 노정과 원자가 가고 싶어 하기에 보리쌀 한 말(식량곤란이 막심하지만)을 짊어지고 청주시가 구경을 시킨 일이 있다. 점심은 뻬까리[베이커리(bakery)] 집에 가서 빵을 사 주었다.

〈1951년 9월 28일 금요일 개임〉(8월 28일)

운동회 예행연습이 있었다. 날씨가 좋아서 다행이었고 연습기간이 며칠 되지 않았었지마는 종목마다 잘 된 듯하다. 특히 5학년 남자의 도수교련(미식교련)은 담임의 요령이 능통하여 기술적으로 잘 되었다. 반성회(검투회)가 끝난 것이 하오 6시 50分. 해가 너머가서였다. 전 직원의 피로를 풀지 못하고 그대로 퇴청하였음이 미안하였다. 저녁 후 이형구 선생과 양선리 주막에 가서 탁주 일 배씩 나누었다.

〈1951년 10월 1일 월요일 晴〉(9월 1일)

운동회 예정일이나 이틀간 비가 나리는 바람에 10월 5일로 연기되었다. 학교 사무를 오후 4시까지 보고는 주중리 李숙원 친구와 동행하여 옥산을 갔었다. 명일이 당숙모(내안 아주머니) 회갑이기 때문에……. 집에 들어가니 부모님께서 반가워하신다. 마침 햇쌀밥을 지었으므로 친구와 같이 맛있게 먹었다.

〈1951년 10월 2일 화요일 때때로 흐림〉(9월 2일)

재종(흔영 씨) 형님은 사거리에서 주류 영업을 하기 때문에 당숙모의 회갑잔치도 역시 사거리 주막에서 베풀었었다. 나는 오후 3시에 출발하여 북일학교에 도착되었을 때는 해가 막 넘어갈 무렵이었다.

〈1951년 10월 4일 목요일 晴〉(9월 4일)

명일은 대운동회이기 때문에 전 직원은 상품과 장내설비를 비롯하여 모든 준비에 저녁 늦도록 근무하였다.

간단한 협의회가 있을 때 어제 열렸던 사친회 임시총회의 결과도 전달하였다. (임시회비건, 회비로 인한 퇴학자 없도록…….) (어제 총회 석상에서도 역설하였지만.)

이동발령 통지가 온 모양이다. 교장님이 형편상 뜯어보지도 않고 운동회 등 큰일이나 마치고 개봉하겠다고…….

저녁에는 좋은 친구 이형구 선생과 같이 주막에 가서 막걸리 한잔 마시며 이런 얘기 저런 얘기 하였었다. 이 친구와 한 자리에서 노는 것도 불과 며칠 동안임을 생각할 때 섭섭하다.

〈1951년 10월 5일 금요일〉(9월 5일)

북일학교의 대운동회이다. 아침 일찍부터 어젯날의 미비한 몇 가지를 완비하기에 분주하였다……. 만국기 달기 등으로.

일기가 매우 좋아서 가을운동회의 가장 적절한 날이었으며 그 기분을 더욱 돋아줌을 느꼈다.

예상한바 이상으로 진행이 잘 되고 종목 하나하나가 매우 활발하고 규율적이고 신교육 사조에 맞는 경기, 무용이기 때문에 북일교 운동회는 천하제일이라는 관람자의 칭찬도 있었다.

창공에 팔랑거리는 만국기는 평화 시의 기분을 우리에게 던져주나 지나가는 전투기는 또 다시 전시 기분을 쏘아준다. 운동장이 넓고 학교 주위가 관람하기 좋은 장소였기 때문에 많은 구경군들도 복잡함을 면하였다.

점심시간에 본교의 신교감(나의 후임이 될 사람)이 찾아서 몇 가지 이야기가 있어서 기쁜 운동회 일의 기분을 상케한 일이 있었으나 끝까지 전 직원 활약하여 잘 마치었다. 찬조금은 약 30萬 圓인 듯하나 이 비상시국에 또 경제곤란이 막심이 때이면서도 이만치 거액이었음을 아니 놀랄 수 없다.

운동장 정리를 싹 하여 버리고 남직원 일동은 부형의 초대를 받아(여직원은 저물어서 귀가하겠다고 사양하였었다.) 모 주막에 가서 주찬을 차리어 많이 먹고 흥취 있게 놀았던 것이다.

〈1951년 10월 6일 토요일 晴〉(9월 6일)

운동회가 끝난 관계로 긴장이 풀려서인지 심신이 매우 느른하였다. 그러나 학교건설 계획안(학교 경영안) 수립에 종일토록 바빴었다. 밤 12시가 되도록 입안하였었다.

〈1951년 10월 7일 일요일 晴〉(9월 7일)

어제부터 입안하기 시작한 학교 경영안은 잠을 자지 않고 밤을 새이면서(금명간에 二통을 군에 제출케 된 까닭으로) 꾸미었다. 밤을 홀랑 새웠던 것이다. 해 뜰 무렵에 편철을 마치

었다. 교장님께 드리니 매우 기뻐하신다. (왕명성 교장님)

점심때쯤 학교에 나가 교장실에서 이야기한 끝에 교장님은 나에게 '인비'라는 봉투를 틀어 꺼내 주니 강서국민학교 근무를 명함이라는 사령장을 준다(일전부터 눈치로는 알고 있었지마는). 역시 긴장 아니 할 수 없었다. 걱정스러운 교장님 말씀과 나의 소견을 오래도록 교환한 끝에 자리를 물러섰었다. 해질 무렵에는 배추밭에 오줌을 주고 풀을 뽑았던 것이다.

〈1951년 10월 8일 월요일 晴〉(9월 8일)

학교 청소 정돈을 마치고 직원회를 개최하였던 것이다. 종소리에 교무실로 집합이 된 전 직원은 긴장한 태도였다. 신학년도의 담임 결정이 되는 직원회이기 때문에…….

안건을 교장님께 돌려 발표케 한 다음 내용 설명을 상세히 직원에게 말하였더니 불평불만을 말하는 직원이 없었고 매우 잘 되었다는 표시를 하여 준다……. 주로 학급 담임, 사무 담임, 연구 과목, 소속, 어린이會 보도 책임, 부락 담당 등이었다.

직원회가 끝날 무렵에 교장님의 소개로 작별 인사를 하였던 것이다. 교장님의 말씀은 '교육계에 나온 지 처음으로 섭섭하다는 것과 불철주야로 학교부흥 사업에 일로매진하였었다는 것을 역설하며 전근하여 온 지 불과 5개월밖에 되지 않은 곽 교감을 이동시킬 줄을 꿈에나 생각하였을 가보냐? 이 학교의 큰 손실이 이보다 더 있을 수 없다'는 것 등등을 소개한다. 생각컨대 사변으로 말미아마 완전히 파괴된 이 북일학교를 어떻게 부흥시키나? 매우 동동 거리며 부임 당일부터 계획을 수립하고 착수하였던 것은 사실이다. 건물 복흥에는 그다지 현저한 성정을 내지 못하였으나 내무인 교과 경영과 각종 장부 복흥에는 자랑할 만치 꾸미었던 것이다. 나는 인사에 "부임 기분이 아직 사라지기도 전에 또다시 전근하게 되어 돌연적인 일을 당하게 되었다는 것과 전 직원은 형제자매와 같이 피차에 사랑하고 지도편달을 하여 교감을 어데까지나 옹호하여 주었기 때문에 금일까지 무사히 지내왔다는 것과 이 못 떠러진 북일교 교육에 계속적으로 매진하십소서."라는 몇 가지를 충심으로 인사말(이별인사말)을 할 때에 전 직원은 참으로 고마운 교감이었다 서로 작별하기 너무나 섭섭하다는 눈치와 공기가 교무실 한구석까지 벅참을 엿보았다. 더욱이 여직원 중에는 (장녀원자 담임선생) 눈물을 쏟고 흐느껴 우는 광경을 볼 때 나의 가슴은 더욱 섭섭한 감에 아품을 느끼게 하였다. 아- 자미있던 북일교. 남직원이 동정심이 많은 북일교. 온순하고 교육자의 모습을 보여주던 여직원들이 있는 북일교…….

회 끝에 막걸리 한잔씩 마시고 헤어졌다. 나는 풍금 앞에서 (이 풍금은 운동회 직전에 40만 원 주고 구하느라고 새벽에 나가 청주시가를 매대고 사물 소유쳐를 구하기에 종일 걸려서 간신히 구입하게 된 야마하 풍금이다) "고향을 떠나온 지 이삼 년이 되어도 어머니께 편지 못해 가슴 쓰라여……."의 군가를 서럽게 키면서 아우 생각에 골몰하였었다.

저녁은 이형구 선생 댁에서 대접하기에 잘 먹었었다. 이 선생은 수양이 깊고 의리가 밝은 친구로서 친구 중 절대로 잊지 못할 마음의 벗이다.

〈1951년 10월 9일 화요일 晴〉(9. 9)[5]
전 직원들은 나의 송별연회 준비에 아침 일찍부터 매우 분주한 모양 같다. 남직원은 둠벙물을 품어서 붕어와 미꾸리 등을 햔[한] 양철 가량 잡아 오고 여직원들은 채소와 조미료를 한 책보씩 갖아 와서는 요리 만들기에 진땀을 흘리는 눈치다. '한글날'이어서 학생들은 휴교하였다. 나는 일반에게 인사차로 나섰었다. 오근장을 거쳐 정북으로 정상으로 치다라 오동을 다녀서 주중리 일대를 돌은 다음 의평으로 해서 외하를 거쳐 학교에 돌아오니 오후 4시경이고 연회 준비는 완비되어 나를 기다리고 있던 것이었다.
각종 요리를 엄청이도 차려 놓았다. …… 아-여선생님들의 수고에 감사할 따름이었다. 나는 시장한 판에 맛있는 음식을 만족하게 먹었었다. 선생님들은 나에게 자꾸만 음식을 권한다. 사양치 않고 양껏 먹었다. 자리를 파하고 할 수 없이 '사랑'과 '정들자 이별'이란 두 노래를 불렀더니 박수가 굉장하였다. 여직원(권순남, 최인자, 이순원, 남정현)(황태숙 선생은 결)들도 강그리 하나씩 불러서 나에게 들려주었다. 이렇게 노는 동안에 일몰이 되므로 퇴청을 권고하여 모두 보내었다.
밤에는 근동 친구 수인이 찾아와서 교장 사택 사랑방에서 밤새도록 술 마시기, 장기, 마작에 자미들 있게 놀아준다.

〈1951년 10월 10일 수요일 晴〉(9월 10일)
아동들에게 작별인사를 하였다. 부임하던 그 날부터 학교 복흥에 침식을 제때에 하지 못하였었다는 교장님의 작별인사 소개로 나는 올 때의 인상, 학예회로 마지하고 운동회로 보내는 감, 풀싹이 새눈을 터서 한창 크고 있는 때이었으나 그 풀이 아직 말라버리기 전에 작별이 된다, 학교 복흥에 힘쓰라는 것 등등의 인사말을 하였다.
점심은 과수원 朴楨三 氏들 댁에서 포도주와 함께 잘 먹고 저녁은 양선이 李숙원(肅遠) 氏 댁에서 해쌀밥으로 맛있게 먹었다.

〈1951년 10월 11일 목요일 晴〉(9월 11일)
강서교에 부임하였다. 강서교문에 들어설 때 의의 있는 묵례를 하였다. 교무실에 들어서니 의외로 나이 많은 직원들이 여러 사람 있음을 느끼었다. 몇 직원에게 개인적으로 인사한 다음 교장 사택으로 안내가 되어 교장님에게 부임인사를 하였다. 연 교장님은 몇 해 전부터 잘 아는 분이다. 마침 술이 있어서 나도 권하는 대로 두어 잔 마시었다. 명일 반이할 문제가 있어서 작별하려고 할 때 학교 사친회 몇 분이 붙잡는다. (마침 금년에 중학교 입학한 부형들이 직원에게 위로연을 베풀게 되는 모양이다.) 나의 사정 이야기를 하고 기어히 강서를 떠나서 청주에 오니 해가 질 무렵이다. 사직동에서 이선구 선생을 만나 저녁을 같이 하고 이 선생 댁에서 잤다.

〈1951년 10월 12일 금요일 晴〉(9월 12일)
육촌 처남 창호가 우차로 이사짐을 싫고 강서로 향하고 나는 북일교 직원과 학생들의 전별금과 전송을 성대히 받고 청주로 향하였

5) 저자는 이 날의 일기 날짜를 '4284. 10. 9 (9. 9) (火) 晴'과 같이 단기와 함께 기록하였으며, 다음 날인 10일까지 단기로 날짜를 기록하였다. 다른 날에는 년도 없이 날짜를 기록하였다.

다……. 산모롱을 돌 때 최후의 만세와 아울러 나는 모자를 휘둘러 "잘들 들어가오. 고맙소." 마음속으로 감사를 바치며 몸을 감추었다. 아- 5개월의 북일교 생활도 참으로 못 잊을 만하였다. 노정 모친은 노희를 업고 노정은 젖먹이 노임을 업고 나는 노명을 걸려도 오고 조금씩 업어도 주고 하여 청주에 도착하니 오후 1시쯤 되었다. 국밥 3그릇을 사서 여럿이 나누어 먹고 다시 출발하여 강서로 올 때 노현과 노명이가 다리가 아파서 몹시 욕을 보는 것이었다. 간신히 달래어서 강서에 도착하니 오후 네 시가 되었다. 우선 들어갈 사택이 비어 잇지 않기 때문에 숙직실에서 밤을 기내었다. 처음이라 섬섬 글르기 짝이 없을 느끼었다.

〈1951년 10월 13일 토요일 晴〉(9월 13일)
노정과 원자를 금계 본집으로 보내고 나는 안식구와 종일토록 짐을 풀러 들여놓는 것과 집 청소(끄름까지 털었다)에 분주하였다. 교장 사택 옆에 있는 조그만 함석집으로 들었던 것이다.

〈1951년 10월 14일 일요일 晴〉(9월 14일)
일요일이지마는 학생들과 전 직원이 출근하였다. (금요일에 원족을 갔다가 토요일인 어제 쉬었기 때문이라 함) 아동조회 때에 인사를 하였다. '고향이 인접면 옥산면이며 북일교에서 근무하였다는 것과 강서교는 인연이 많다는 것, 또는 현 시국 하에 우리의 나갈 길' 등등을 말하였다.

〈1951년 10월 15일 월요일 晴〉(9월 15일)
각 기관(면, 지서 등)에 다니며 인사를 하고 오후에는 전병일 선생의 안내로 신전, 휴암, 수의, 강촌으로 다니며 인사하였다. 오는 도중에 어느 주막에서 사친회 서기 조 선생과 과음을 하였던 것이다.

〈1951년 10월 17일 수요일 晴〉(9월 17일)
아침 직원조회 시에 처음으로 發言하였다……. 아동조회 관계를…….
북일서 친한 박정삼 씨가 찾아왔기에 반가히 마지하고 주막에 가서 약주 한 잔 대접하였다. 술값이 너무나 비싼 것 같았다. 해질 무렵에 어머님께서 오셨다. 13일에 간 노정과 원자도 같이…….
밤에는 집에서 갖아온 한 병 술로 교장님과 마시며 학교 경영에 대한 이야기를 하였던 것이다.

〈1951년 10월 19일 금요일 晴〉(9월 19일)
제4학년 2반의 연구수업이 있었다. 본도 계획인 신생 '종합생활지도과'로서 '지성'을 취급하였기로 검토회 때에 조건이 닿도록 칭찬과 비평을 하였더니 전 직원은 나에 대한 주안점에 아니 놀랠 수 없었던 모양이다. 검토회를 마치고 나의 사택에 전 직원을 초대하여 접대하였다. 물가가 하도 고등한 이때이라 액수는 엄청나나 술은 탁주로 대접하였던 것이다. 밤이 이슥하도록 전 직원은 마시고 부르며 유쾌히 놀았던 것이다. 북일교에서 빗을 상당히 짊어졌었으나 출발 시에 전별금이 많았기 때문에 빗을 흘랑 갚고도 몇 만 원 남았으므로 이 돈으로 금일의 접대비에 대하였다.

〈1951년 10월 23일 화요일 雨, 曇, 晴〉(9월 23일)

교무일지(敎務日誌)를 정리하고 종회 때에 금년도 분장 사무를 검토한 후 교과경영에 있어 제 계획표 수립 문제를 토의한 결과 실행하기로는 되었으나 형식에 지나지 않는다는 직원들의 원치 않는 태도가 농후하였다. 그러나 교육적으로 양심껏 해석하여서 실천하자는 나의 의견에 모두는 응하여 주었던 것이다.

〈1951년 10월 24일 수요일〉(9월 24일)
꿈을 깨고 나니 새벽 서너 시쯤 된 모양이다. 원촌에서 닭의 소리가 은은하게 또는 처량하게 들려오는 것이었다. 밖에 나가 고향 쪽을 바라보고 부모님의 안녕하기를 합장하여 빌고 동해안 쪽을 다시 바라보고 아우의 무사 귀향함을 합장하여 천지신명에게 기원하였다. 꿈에는 풍금 한 대를 사서는 가정에서 노는데 아우 운영이가 있었드라면 얼마나 기뻐하며 사용할가 하는 왼 집안 식구들이 생각 들었던 것이다.

〈1951년 10월 25일 목요일 晴〉(9월 25일)
금일부터 4일간은 가정실습을 하기로 되었다. 그러나 6학년들만은 오늘은 철렵을 하는 모양이다. 점심때쯤 하여 6학년 대표자 몇 사람이 사택으로 찾아와서 오셔 달라는 말을 하기에 교장님과 같이 부모산 한 모퉁이로 올라갔다. 벌써 전 직원이 모여서 자미있게 노는 판이다. 6학년생들은 무딕이[무더기] 무딕이로 나누어져서 밥을 짓고 국을 끄리고 음식 만들기에 큰 잔치나 하는 듯하다. 이곳저곳에서 올라가는 연기는 한 동리에서 일제히 일어나는 저녁 연기와도 같았다. 전 직원은 학생들의 초대를 받아 이 자리에서 저 자리로 옮기면서 맛있는 음식과 술을 마시었다. 이 강서교는 춘추로 6학년생들의 철렵이란 유명한 전통이라 한다.

〈1951년 10월 26일 금요일 晴〉(9월 26일)
교장회의에 출석하였다. 요번의 이동으로 말미아마 낯모르는 교장님이 몇 분 계시었다. 연구회, 교과서 문제 등으로 시간이 상당히 오래 걸리었다. 옥산교 근무 시에 같이 있었던 정해국 선생이 군 장학사로 영전하여 왔다. 회 끝에 연회가 있었는데 모두가 자미있는 듯이 놀았다.
아버님께서 마차에 나무, 단지 등을 싣고 오셨다. 저녁에는 귀속농지의 상환료 또는 아우의 건에 관하여 이야기가 있었다.

〈1951년 10월 27일 토요일 晴〉(9월 27일)
아침 후에 아버님께서는 노현이를 다리고 떠나셨다. 나는 청주로 가서 귀속농지의 상환료에 대하여 문의하여 보고 바로 나왔다.

〈1951년 10월 28일 일요일 晴〉(9월 28일)
서기 조승윤 선생과 같이 인사차로 부락(동양촌, 비히, 신성)에 나갔었다. 오는 길에 이조영 선생 댁에서 저녁을 먹고 술 마시고 하여 자미있었다.

〈1951년 10월 31일 화요일 曇, 雨, 曇〉(10월 2일)
오후 1時부터 사친회 역원회가 있었다. 학교 수리급 시설비 또는 시탄비로 임시예산 640만 원을 거출하기로 입안한 것을 통과시키기에 많은 애를 썼고 학급비 하급생 월 500원 상급생 1,000圓으로 인상하여 징수키로 제안한 결과 반대론이 첩첩이 있었으나 역설에 역설을 가하여 이해 인식을 시키고 무사통과 되었던 것이다.
종회 후에는 학교 전달부 박종일 군의 혼인이 있어 전 직원 초대가 있어서 동양촌에 가서 성의껏 차리[차린] 주찬을 받았던 것이다.

〈1951년 11월 1일 목요일 曇 때때로 雨〉(10월 3일)
청주고등학교 직원들과 학생들이 부모산까지 행군차 본교에 들려서 점심을 먹기로 하여서 물을 끓여 대접하였다. 오후에는 동교 직원들과 배구시합을 하여 0:2로 강서 직원이 승리하였다. 그러나 약주 한 말과 쓰루메로 친목간담회를 베풀어 자미있게 놀았었다.

〈1951년 11월 3일 금요일 晴〉(10월 5일)
청주시 주체로 석교 학교에서 연구회가 있어서 본교(강서) 직원 3인이 출석하였다. 오후 6시쯤 하여 귀가하였다.
지난 27일에 귀속농지 상환료 관계로 동사무소에 간 일이 있었으나 잘 정리된 듯하였다.

〈1951년 11월 4일 일요일 晴〉(10월 6일)
일직 외 전 직원은 청주로 출장하고 조승윤 선생과 나만이 남았다. 일직 책임을 조 선생에게 맡기고 조치원 시장에 갔었다. 웃옷 하나를 사고 오후 7시 막차로 송정에 까지 와서 집에 오니 밤 9시쯤 되었다.

〈1951년 11월 21일 수요일〉(10월 23일)
일구월심 머리속에서 언제나 사라지지 않는 아우 생각. 밤 12時가 지났는지 반갑게도 생시와 같이 아우를 만나 피차 기뻐하다가 잠을 깨니 한꿈이었다. 한숨을 크게 쉬고 즉시 밖으로 나가니 밤하늘에 별만 반짝이고 있다. 고향을 바라보고 부모님의 무사하심을 기원하고 동해 쪽을 향하고는 아우의 무사 귀향하기를 축원하면서 천지신명에게 정성을 기우려 오늘도 빌었던 것이다. 근 3주일 동안을 일기치 못하고 겨우 아우 꿈이 있기에 일기장에 기록하는 나머지 그 동안의 몇 가지 많지 않은 행사를 기록하노라.
10일에 내곡학교로 전 직원 가서 배구시합을 하고 양 교직원 친목회를 열었었다. 11일에 금계 본집에 가서 부모님을 뵙고 시사에 차렸던 음식을 맛있게 먹었다. 어머님께서는 어제 강서로 오셨다가 곱지펴 오신 것이다. 아- 어머님의 딱하시고 불상하심에는 내 가슴이 뽀개지고도 남을 터이리라. 12일에 옥산에 와서 이인로 선생과 이야기하고 강서에 도착하니 해가 질 무렵이었다. (30일에 일제고사를 실시하였는데 실력주의였으며 엄정을 기하였던 것이다.) ( ) 안의 것은 11월 말일에 기록된 것이다.

〈1951년 12월 2일 일요일 晴〉(11월 4일)
제육학년 부형회에서 학교와 가정과의 긴밀한 연락의 필요성 및 담임교사의 로고에 대하여 역설하였다. 저녁때에는 교장님과 6학년 담임선생 두 분(박종영 선생, 박영순 선생)과 어느 주막에 가서 술을 많이 마시고 여러 가지 교육에 대한 유익한 담화를 서로 교환하였었다.

〈1951년 12월 7일 금요일 曇〉(11월 9일)
도 오병구 奬學士와 군 정해국 장학사께서 본

교(강서교) 학사 시찰이 있었다. 금일의 행사에 아무 지장 없이 흐르도록 여러 가지로 뒤를 잘 살펴보았다. 더구나 정 장학사께서는 모교(옥산교) 근무시대에 수년간 같이 고락을 겪은 분이어서 마음속으로 많은 기쁨과 감사함을 느끼었다.

〈1951년 12월 12일 수요일 晴〉(11월 14일)
밤중이나 되었는지 세상에 보고지고 애달프던 아우 운영의 꿈을 꾸고 나서 마음 산란하여 벗은 몸으로 문밖을 나가니 구름 낀 밤하늘은 윈 세상을 누르고 있으며 겨울밤의 찬 공기는 벗은 몸의 피부를 얼게 하는 듯 선뜻선뜻함을 느끼었다. 고향 쪽을 바라보고 부모님의 무사함을 빌고 곳 모르는 아우 있는 곳을 바라보고 다시 합장 축원하면서 천지신명에게 무사함을 빌고 빌었다.

〈1951년 12월 22일 토요일 晴〉(11월 24일)
휴암리에 가서 학부형 약 30명과 교육좌담회를 개최하였던 것이다. 가정교육과 학교교육에 대하여 장시간 역설하였다. 끝마치고 집에 도라오니 밤 11시 30분이었다.

〈1951년 12월 23일 일요일 晴〉(11월 25일)
오래동안 집 소식을 몰랐고 가려고 계획한 것도 사정으로 인하여 중지가 되던 차 6학년 재학 중인 장남 노정이가 집에 다녀오겠다기에 환영하였다. 내일 아침에 오도록 부탁을 하고 떠내보냈다.

〈1951년 12월 31일 월요일 晴〉(12월 4일)[6]
울울한 마음으로 보내던 신묘(辛卯)년도 금일로써 마치는구나. 아- 작년 여름부터 출정한 아우 운영의 소식이 없는 관계로 부모님은 바짝 늙으시고 연령이 겨우 31세밖에 안 된 나도 남이 보기에는 40이 넘은 사람 모양으로 뵈이는 모양이니 정신고통이란 참으로 대단한 것이로다.
망년회를 한다 하여서 집에도 못 가고 학교에서 저물도록 놀았구나. 어제 밤새도록 나린 눈은 쌓이고 쌓여서 온 세상은 은세계로 변하였다. 눈물로 이 해를 보낸 이 몸 이 마음은……?

〈4284년을 회고하면서〉
돌고 도는 역사의 체바퀴는 순조로히 돌려무나. 이 불쌍한 가련한 이 사람의 속을 태우면서 돌지를 마라라. 아- 우리 아우 운영을 어디다가 버렸기에 소식조차 없는고. 참으로 야숙하고 무정한 세상사로다. 이 가슴속에 잔뜩 끼어 있는 안개와 같은 이것을 어느 누가 사르르 푸러 줄가? 아- 살아오는 아우밖에는 도리가 없을 터인데…….
모교 옥산국민학교에서 전근이 되어 북일교로 간 것도 이 사변의 풍파로다. 애착심을 굳게 가진 우리 모교를 떠나게 한 이 사변이야말로 절치부심이라. 그 누가 이 심정을 알가 보냐. 한 학교에서 최소 5년씩은 계속 근무하던 이 몸이 불의에도 불과 5개월 만에 또 한 번 전근이 되어 강서국민학교로 왔으니 펄펄 날리는 가랑잎과도 같은 생각이로다.

6) 이 날 일기의 날짜에는 요일과 음력 날짜가 적혀 있지 않다.

아- 금년에는 설상가상으로 어머님께서 노라에 손님마마를 알으셔서 가지나 속을 태우시는 중에 몸이 형편없이나 휘지셨도다. 아- 대단하시게 앓으시던 마마병도 엄청도 하였다. 농작 상황은 비료가 극히 귀한 금년이었으므로 대체로 흉작이었다. 남모르게 속 썩이시는 글력 부친 아버님께서 농사지으시기에 뼈아프신 욕을 보셨다. 그러나 귀속농지의 상환료가 과하여 식량난에 더욱 곤란을 이루게 되었으니 참으로 탈이로다. 전쟁은 지금도 38도선상에서 휴전회담과 아울러 격전 중에 있으니 언제나 언제나……. 끝.

4285年 1952
日記帳
江西校 勤務
郭尙榮

〈1952년 1월 1일 화요일 개임〉(12월 5일)
새해, 새해. 금년은 나의 가슴에 있는 울울한 안개가 풀릴 해가 되려는가? 어제는 전 직원과 같이 망년회를 하고 학교 숙직실에서는 조승윤 선생, 박종영 선생, 박영순 선생과 함께 마작을 하면서 술을 마시었구나. 연 교장님도 옆에 앉아 보시며 술을 마시면서 우리에게 자꾸만 권하였었다.
밤을 새운 우리는 아침에 해장을 하고 교장님 댁에 가서 떡국을 한 그릇 먹고 또 술을 마시었더니 다시 술이 취하였다. 고향에서는 양력 과세를 하는 것인지 기별을 몰라 궁금하였으나 이 지방(강서)으로 볼 때 음력 과세할 듯한 추측이 든다. 간밤에 잠을 못 잤더니 곤하기 짝이 없어 하루 종일 쉬기로 하였다.

〈1952년 1월 2일 수요일 개임〉(12월 6일)
혹 가정(금계)에서는 양력 과세를 하였다면 자식으로서 너무나 잘못인 생각이 자꾸만 들었다. 아침밥을 먹고는 즉시 출발하여 금계로 갔었다. 역시 설을 세지는 아니 하였었다.

〈1952년 1월 3일 목요일 개임〉(12월 7일)
다시 부모님을 작별하고 강서로 도라왔다.

〈1952년 1월 7일 월요일 개임〉(12월 11일)
공부가 다시 시작되는 날이다. 금년의 겨울방학은 7일간밖에 아니 된다. 전시 하의 학원일 뿐 아니라 학제변경이 되매 따라서 금학년도의 기간이 줄었으므로 교과진도에 지장을 초래치 않도록 하는 방법이기도 하다.

〈1952년 1월 8일 화요일 개임〉(12월 12일)
낮 동안은 별 자극이 없이 그대로 지냈었다. 밤에 반가웁게도 아우 운영을 만난 꿈이 있었다. 꿈이 깨자 오늘도 나는 이불 속에서 벌떡 일어나서는 밖에 나가 합장하여 빌었다. '어머니 아버지 안녕히 주무십니까……. 천지신명이시여 우리 부모님에게 건강을 베푸십시요. 그리고 우리 동생 운영을 살피셔서 어떻게든지 살려주실 수 없으실가요…….' 이럴 때마다 가슴의 뜨거움을 다시 느낀다. 아우는 아우는 전사임이 분명한 듯한데 그래도 욕심에 혹씨 오전이 된 것으로 되어 버리고서는 살아 있는 것이었으면 하는 생각이기 때문에…….

〈1952년 1월 10일 목요일 개임〉(12월 14일)
우편배달부가 나에게도 봉투 한 개를 건니었다. 보니 육군본부(陸軍本部)라고 찍은 봉투이다. 나는 가슴이 덜컥 나려앉으며 간담이 서늘하여짐을 아니 느낄 수 없었다. 왜 월전에 육군본부로 아우 운영의 소식을 탐지의뢰(探知依賴)한 적이 있기 때문에 그의 회답이 온 것이기 때문이다. 이 봉투를 두 손으로 받들어 고요히 기도하면서 벌벌 떠는 손으로 열기 시작하였다. (기쁜 소식이 되는 통지서가 되어라……. 만약 낙심이 되는 소식이 되면 탈이다. 꼭 살아 있다는 기별이 적혀 있어야 한다. 천지신명은 이 기별통지의 내용이 낙심될 만한 것이거든 신의 변화로 기쁜 소식으로 변경하여 주옵소서…….) 하면서 폈으나 郭云榮과 行方不明 이란 잉크 글자가 뚜렷이 뵈었다. 울렁거리는 가슴을 억제치 못하고 처음부터 자세히 읽어보니 믿을 수 없는 엉터리 통지었었다. 입대 후 행방불명이라 하였으니 이런 당치 않는 소식이 어데 있는가. 입대 후 만 1년 만에 사변이 났으며 계급도 상당히 진급되었는데도 불구하고 입대 후 행박불명이라는 것은 어불성설이며 지금들의 관 측에서 하는 일들이 이러한 예가 많음을 생각할 때 한편 한심한 노릇이라고 생각 아니 할 수 없다.
오후 4시쯤에는 朴우정 先生의 송별연이 있었다.

〈1952년 1월 11일 금요일 개임〉(12월 15일)
점심을 박우정 선생과 같이 하였다. 이 분은 나이가 나와 같은 분으로 사회경험이 풍부하다고 볼 수 있으며 한편 고집이 있는 듯도 싶다. 수개월간 재미있게 지냈고 금번에 학교를 물러감으로 점심 한 때를 대접한 것이다.

〈1952년 1월 26일 토요일 개임〉(12월 30일)
오늘은 음력으로 섣달금음이다. 강서에서 출발하여 본집에 갔었다. 의외로 어머님께서 병환으로 누워계시지 아니한가? 아- 어머님이시어. 아우 운영으로 하여금 속을 푸덤 썩이시듯 하실 것이어늘 기어히 병환에까지 이르려셨도다. 천지신명은 불상하신 우리 모친을 돌보아 주셔야겠나이다. 내일의 음력설을 세려고 왔으나 정남이 뚝 떨어진다. 아버님은 어머님 옆에 계시나 알으시는 분과 다름없이 몸이 파리하시고 기운이 하나도 없어 보이지 않은가? 불상하신 우리 부모님……. 나는 눈물이 저절로 가슴을 적신다. 방안이 더욱 침침해지고 어머님이 불상하기 짝이 없는 생각이 점점 깊어져서 울음이 터질려고 한다. 다시 회생하시기 어려운 양으로 아버님의 모습이 보여질 때 어찌할 도리가 없어지고 맥이 풀려서 가슴만 답답하여진다. 저- 멀리 간 아우 황천에 갔는지 일절 소식이 없는 아우 생각이 다시 불끈 치밀어져서 머리속은 더욱 살란하여졌다.

〈1952년 1월 27일 일요일 개임〉(正. 1.)
음력 정월 초하루이므로 우리 조선 풍속으로는 크나큰 명절이다. 그러나 명절인지 만지 반가웁기는 고사하고 나의 가슴은 더욱 울울하여진다. 어머님의 병환은 조금도 차도가 없으시다. 병석에서 정신 모르시고 누어 계신 어머님은 아우 운영 생각을 하시고 계심이 틀림없으리라. 아버님인들 오죽 하시리……. 심명 없이 설 차례를 지내고 동리 어른들께 세배한 다음 나는 어머님 옆에서 앉아 있었다. 그때 아우 운영이가 있다면야 아니 살았다는 소식이 있다면 어머님의 병환은 씻은 듯이 나으시리라 하는 생각과 우리 가정의 낭패를 서럽게 생각 아니 할 수 없었다.

〈1952년 1월 28일 월요일 개임〉(正. 2.)
아침 일찍이 오미에 가서 약을 두 첩 지어닥아 다려드리고 사과 몇 덩이를 긁어 드리었으나 어머님은 한없는 괴로움과 아픔을 느끼시는 것 같았다. 숫가락으로 사과를 조금씩 긁어서 입에 넣어드릴 때 작년 봄 생각이 떠올랐다. 손님으로 대단히 고통을 겪으실 때 아무것도 잡수시지 못하시고 사과의 물 한 점도 간신히 잡수시던 그 괴로움이야말로 이루 말할 수 없음이 있다. 저녁때쯤에 약간 차도가 계신 듯하여 마음을 덜 조리었다.
노정과 원자, 노현이를 반송으로 보내었다. 며칠 전에 (노현이는 오래 전이고) 왔었으므로 집에 가서 공부하라고 보내었으나 어쩐지 마음이 개온치 않고 가엾은 생각(가기 싫어하는 태도였으므로)이 났다. 마음이 대단히 괴로웠다. 노정이는 아픈 곳이 있고 해서 더구나 오늘 가기를 원치 않았던 것이다. 울면서 갔다는 것과 추워서 달달 떨며 가는 모양을 보았다는 것을 전해들을 때 울고 싶었다. 노현은 저의 종매 노선에게 얼굴을 헐켜서 왼빰에 길게 피가 흘러 맺치었고…….

〈1952년 1월 29일 화요일 개임〉(正. 3.)
밤에는 작은 하라버지의 제사를 지냈다. 몇 해만에 지내게 되었다. 근년에 와서 집안 형편이 더욱 꼬여드는 형편이다. 넉넉히 살지도 못하면서…… 자꾸만 쇠하여진다. 새로 집을 진 제불과 3년이 못 되는 재종형 점영 씨 댁 가옥을 가정형편에 팔게 되었다는 것이다. 집안에 크고 잘 진 집이라고 해야 큰 당숙들 집과 이 집해서 두 채밖에 없건마는 꼭 팔아야 할 판인지? 집안의 꼴이 왜 이다지도 꾀이는가. 억울하고 분한 마음을 억제치 못하겠다.

〈1952년 1월 30일 수요일 개임〉(1. 4.)
어머님의 병환은 천지신명의 도움이신지 오늘 아침에는 약간의 차도가 계신 것 같아서 대단히 기쁘고 안심이 되었다. 직장의 사정도 있어서 완쾌하심을 보지 못한 채 강서로 향하였다. 발길이 가든가든 옮겨지지 않고 자꾸만 병석에 누워계신 힘없는 어머님이 얼굴만이 눈에 띠인다. 쓰라린 가슴과 울울답답한 가슴을 더욱 아프게 되는 이 발길……. 아- 아우 운영 생각에 좋은 일을 세통 몰으시는 우리 부모님- 천지신명은 밝혀 주시옵소서.

〈1952년 2월 3일 일요일 개임〉(1. 8.)
어머님의 병환이 그간에 어떠하신지 하도 궁금하기에 집에 건너갔었다. 겨우 고기 한 근을 사들고……. 아- 돈도 없는 이 신세. 아직 어머님은 완쾌라고 볼 수 없으며 글력이 쏙 빻아서 몸을 고느지 못하시는 형편이시다. 저녁때에 다시 강서로 도라왔다. 집에 도착되자마자 깜짝 놀랄 이 소식. 옥산에서 강서로 전화가 왔다는데 곽 교감의 아우 운영은 전사가 분명하다고. 노정이는 이 소식에 엉엉 처울고 서러운 눈물에 왼 눈텅이가 부숙부숙하였다.

아-참말인지. 이 일을 어찌하나 좌불안식을 못하였다. 만약에 이 소식이 본집에까지 도달되어 부모님께서 들으시면……. 금방에 탈인데……. 더욱이나 편찮으신 어머님은…….

〈1952년 2월 4일 월요일 개임〉(1. 9.)
하도 궁금스러워서 옥산에 건너가 면소에 들려서 병사계에 문의(어제의 소식 관계를) 하여본즉 전사통지서가 왔지 않은가. 전사자 성명이 鄭云榮으로 되어 있으나 성자 郭자의 오기인 듯하여 분명히 죽은 모양이다. 아- 마시옵소서. 천지신명은 영영 절망이 되오리까. 설마 설마 하면서 풍설에 들려오는 말을 확인치 않고 있었는데 이런 통지서가 오다니. 면사무소에서 이 통지서를 받고 나는 한참동안 눈을 감은 채 기도 아닌 기도를 우러러 올리고 폈다. 그러나 몇 가지 조건이 꼭 맞지를 아니하기는 하였다. 성 자 鄭 郭과 군번 2604855인데 270으로 된 것 등등의 틀림이 있기는 하나 도라올 때 앞눈(눈앞이)이 캄캄하였다. 울음과 서러운 눈물을 금할래야 금할 수 없었다.

〈1952년 2월 6일 수요일 개임〉(1. 11.)
요새 4, 5일간은 몹시도 춥다. 수업에도 변변치 못한 난로이기 때문에 곤란이 많다. 요새는 보결수업 중이다. 3학년 2반의……. 이 반 담임은 여교사인데 얼굴은 잘생긴 편이나 지나친 행위가 많으므로 교육자로서 극히 부당한 자이다. 교육열이란 추호도 없고 간사만 많아서 외부인 인력이 보통 아니며 직원 간의 분열도 시켜놓는 자이다. 이북 출신이라면서 어느 그 꼰꼰한 멋이 없다. 근자에 와서는 더욱이나 자미없는 사건이 많이 발생된 듯……. 이말 저말이 하도 많이 들려오더니 벼룩도 낯작이 있다고 양심에 가책을 받았는지 사표를 자진 제출하게 되었다. 그러므로 학교로서는 다행이었다. 후임이 결정될 때까지 3의 2의 보결수업을 하고 있으나 자미가 많은 중이다. 특히 '사생'의 한대지방의 에스키모의 생활에서 조리 있는 순서대로 지도를 하여 주었더니 수업시간을 기다릴 정도로 재미를 교아 간 부치게 되었다.

〈1952년 2월 8일 금요일 晴〉(1. 13.)
오늘은 나의 연구수업이 실시되었다. 3의 2반이며 종합생활지도의 애교(愛校)이다. 재미있는 한 시간을 보내었던 것이다. 오후에 연구검투회[검토회]가 있었는데 모범에 가까운 수업이라고 칭찬이 많았다. 발표할 수 있도록 힌뜨를 잘 한다는 것. 판서가 조리 있게 된다는 것. 전원을 활동케 한다는 것. 교수용어가 이해하기 쉬운 표준어이었다는 것. 아동의 의사(발표)를 존중한다는 등등의 찬사가 많았다.
검투회가 끝난 後 휴암(休巖)리 유(柳) 씨 댁에 초대를 받아 전 직원 출두하였다. 보기 두믄 훌륭한 잔치였다. 술이란 음식이 좋고도 나쁜 것이라고 세인은 떠들고 있다. 참으로 그러한 것인 듯……. 우리 교장님(연병국 씨)도 술은 한량없이 좋아는 하시나 주사가 심하신 데는 질린다. 강서에 온 지 수개월밖에 아니 되지마는 극심한 주정을 여러 차례 겪었다. 금일도 상당히 오해할 만한 정도의 주정이 또 출현되었었다. 집에 와서 보니 누이동생 재영이가 왔다.

〈1952년 2월 10일 일요일 晴〉(1. 15.)

정월 보름이다. 또 노희(둘째딸)의 생일이기도 하다. 낮에는 가경(발산이)에서 초대가 있어서 몇 분과 같이 다녀왔다. 동양촌 박동순 댁에 조문도 하였다. 노정 모친은 쇠재 본집에 갔다.
밤에는 아우 운영의 꿈이 있기로 잠이 깨자 즉시 밖에 나가 부모님 계신 곳을 향하여 절하고 동남 편(안동 방향)을 향하고 천지신명에게 기도하였다.

〈1952년 2월 18일 화요일 晴〉(1. 23.)
집에를 갔다. 기쁜 일로 간 것이 아니고 서러운 일로 간 것이다. 아우 운영에 관해서는 지금까지 부모님을 위안시켜 드리느라고 거짓말만 하여 왔던 것이다. "살았읍니다. 그렇게 허무하게 죽었을라구요. 전쟁이나 끝나고 보아야 확실한 것을 알 수가 있읍니다." 이렇게만 말씀드렸던 것이다. 이제 와서는 전사통지가 왔다는 것도 부모님들께서도 잘 알고 계시기 때문에 속일 수 없게 되었다. 도리혀 하루라도 빨리 알으셔서 마음에 두시지 말고 모든 것을 잊으시고서 앞으로 남은 자식이나 생각하실 수밖에 없다는 생각을 하시고 지내심이 옳다고 생각 들었다. (이런 생각을 할 때 나의 가슴은 더욱 뽀개지는 것이다.) 아버님께 아우의 전사 이야기를 드리었다. 4283년 8월 2일, 채촌리지구에서 전사하였다는 것을……. 목이 메이고 벌벌 떨리는 소리로 간신히 말씀드리었더니 아버님과 어머님께서는 벌서 다 알으시고 계시다. "할 수 없는 일이지. 네 동생으로 인하여 너무 상심치 마라라. 네 몸까지 자꾸 여위어감이 딱하고나. 그 애는 벌써 죽은 애다." 이런 말씀을 하시는 아버님이 어찌나 불쌍한지 아버님을 붓들고 울고 싶었다. "당체 생각할 것도 없다. 언제 죽든 죽는 자식이다. 다만 고생고생 하다가 군인에 가서 시원한 이야기도 못하고 기를 펴고 살지 못한 끝이어서 그게 않 된 일일뿐이지(아우는 입대 직전까지 토굴 생활을 어느 형편에 하였었다.) 다른 것은 아무 것도 생각이 없다. 그 애는 어려서 죽을 것으로 알았었다." 이런 말씀 저런 말씀 끝에 유골이라도 찾아오도록 하기로 하였다. "뼈다구니나 찾아닥아 한번 불러나 보고 싶다마는 ……." 불쌍하신 아버님과 어머님~ 금일로써 모-든 것이 폭로되었으니…… 아-하느님도 무심하시지……. 근일에 와서 어머님은 안환(눈병)이 더욱 심하셔서 고통이 심하시다. 걱정 끝에 아우 운영을 보고지고 한없으신 수심은 신경의 끝까지 영향이 계시온지 차도가 계시지 않는구나. 어머님은 삼눈이라고만 말씀하시고 대스럽게 생각지 않으시다.

〈1952년 2월 19일 수요일 晴〉(1. 24.)
우선 채촌리(菜村里)가 어디인가 알아가지고 그곳에서 가서 아우의 무덤을 찾아가지고 유골을 파오기로 마음먹고 부모님을 다시 작별하였다. 가정을 떠나 "안녕히들 계십시요."하고 인사드릴 때 나의 가씀은 또 한 번 뜨끔하였다. "당체 속 썩이지 말고 네 몸이나 건강히 조심하여 지내라." 어머님은 도리혀 이 자식을 위안시켜 주신다. 아- 속이 얼마나 쓰라리실가. 천지신명은 이 가엾은 가정을 어찌 몰라주시는지……. 오다가 옥산면소에 들려서 채촌리를 찾으니(어느 도 어느 군 어느 면인가?) 암만 조사하여 보아도 곳을 찾을 도리가 없었다.

〈1952년 2월 23일 토요일 晴〉(1. 28.)
내곡국민학교에서 연구회가 있어서 그곳에 출장하였다. 검투회 때에 연구재료를 나는 제출하였다. 1. 커리큘럼, 2. 生活教育, 3. 活躍 그리고 3분간 의견을 발표(비평)하였는데 매우 잘 되었다는 호평(好評)을 하였다.

〈1952년 3월 3일 월요일 晴〉(2. 8.)
2월분 일제고사를 실시하였는데 금번의 문제는 출제에 繼統계통[1]을 세워서 지능 방면에 관한 문제를 고르기에 매우 힘이 들었던 것이다.

〈1952년 3월 19일 수요일 晴〉(2. 24.)
중학 입학지원서 정리에 관하여 담임교사들의 바쁨을 도웁기 위하여 군청에 가서 사무를 보조하였{다}. 강서교의 6학년 담임은 박종영 선생과 박영순 선생인데 수년간을 계속하여 6학년을 맡아보신 분으로 훌륭한 인격자이고 자격자이다. 금번 지원에는 장남 노정이도 들어 있는 것이다.

〈1952년 3월 22일 토요일 晴〉(2. 27.)
아버님이 오셨다. 기운이 하나도 없으신 태도이시다. 요새 가정에서는 식량난이 막심하기도 할 뿐 아니라 아우 관계 등등으로 심신 양면의 걱정이 이만저만이 아니실 것이다. 가정에 계신 딱하신 부모님을 생각하니 밥 먹는 것이 살로 가는 것인지 어쩐지 요지음에도 이발소에서 나를 보고 40세가 넘었으리라는 어느 분의 말에 나는 깜짝 아니 놀랄 수 없었다. 속도 푸덤 썩이덧 썩으시는 우리 부모님~ 잡수시는 {것}까지 걱정이오니 아- 불상도 하여라. 생각 생각할수록 눈물밖에 나오지 않는다.

〈1952년 3월 23일 일요일 晴〉(2. 28.)
아버님이 가신다고 출발하신다. 쉬어서 며칠 동안 계셨으면 백반이라도 드리겠지만 기어히 가신다고……. 약 몇 첩을 지어다아 드릴려고 양방에 가서 얼핏 지어서 가지고 오니 그간에 출발하셔서 저그만치 가시지 않는가. 뛰어 뛰어서 아버님께까지 도착하고 보니 아버님의 양 눈에는 눈물이 글성글성하심이 내 눈에 띠인다. "바람이 세게 부러서 눈물이 자꾸만 나오는구나." 아번님은 변명을 하신다. 큰 자식네 집에 왔다가 가실 지음 어쩐지 운영 생각을 하시고서 한숨이 저절로 나시며 서러운 생각이 불연듯 나신 것같이 생각 든다. 나의 가슴은 또 뜨끔하여졌다. 옆 가개에서 쓰르메를 사가지고 우물우물하시며 가시라고 아버님 주머니에 넣어드렸다. 아버님을 배별하고 이만치 와서 합장하여 빌었다. "천지신명이시여 우리 아버님이 무사히 집에 도착되도록 밝히어 주옵소서. 불상하신 우리 부모님을 많이 동정하여 주시옵소서." 군소리를 하며 힘없이 나는 발길을 돌려 사택으로 도라왔다.

〈1952년 3월 24일 월요일 晴〉(2. 29.)
학년도 말 일제고사(전체시험)를 실시하였다. 어제 밤에는 금일의 준비(시험문제 출제)에 밤을 새웠다. 요새는 졸업식 준비에 좀 분주한 셈이다.

〈1952년 3월 27일 목요일 晴〉(3. 2.)

1) 원문에는 한자로 적은 위에 한글 첨자로 기입되어 있다.

강서교 제29회 졸업식이다. 장남 노정(魯井)이도 졸업이다. 세월은 쉬지 않고 흐르는 것이로구나. 억그제 입학시킨 것 같은데 벌서 6년이 지났고나. 첫 자식이므로 오늘의 기분은 감개무량할 뿐이다. 돈은 없어도 중학에 입학시킬 각오로 입학시험인 국가고시에 응시토록 주선도 하였으므로 어쩐지 마음이 가온도 하였다.

〈1952년 3월 28일 금요일 晴〉(3. 3.)
금학년도 수업식(修業式 …… 終業式)을 거행하였다. 작년까지는 8월 혹은 7월 또는 5월에 학년말이 되었었으나 금년부터는 다시 옛(왜정시대)으로 도라가 3월말이 학년말로 되기로 학제가 변경되었다. 장녀 원자(媛子)는 4학년을 금일로써 마치고 5학년으로 진급하게 되었다. 노정은 우등생으로 졸업하였다.

〈1952년 3월 30일 일요일 晴〉(3. 5.)
전 직원 강외교로 출장하였다. 청원군 서부직원 전원이 모여도 친목회를 하겠다는 것이다. 조치원에까지 가서 교동학교란 모범학교를 보고 와서 점심(주찬도 있었고)을 먹고서는 배구시합을 하는 등 일동은 재미있는 듯이 놀았던 것이다.

〈1952년 4월 1일 화요일 晴〉(3. 7.)
신학년의 첫날이다. 시업식을 거행하였다. 또 마침 노정의 국가고시가 있기로 일찍 보냈다. 장소는 청주여중교라 한다. 꼭 가보고 싶은 마음이 많았으나 학교는 교장님이 아니 계셔서 할 수 없이 가보지 못하게 되었다. (교장님도 이런 때에는 좀 생각이 덜한 듯.) 어찌나 속이 아프고 섭섭한지 종일토록 마음이 개온치를 못하였다.
감자를 파종하였다.

〈1952년 4월 5일 토요일 晴〉(3. 11.)
금년도 입학식이 있었다. 차남(노현……魯絃)도 입학하였다. 노정은 옥산 본가에 다녀온다고 갔다(쌀 한 말 짊어지고).

〈1952년 4월 6일 토요일 晴〉(3. 12.)
교장님이 자친상을 당하였으므로 대표로 직원들 몇 분을 다리고 사주면 과상미로 조문을 갔던 것이다. 놀다가 과상미에서 잤다.

〈1952년 4월 8일 화요일 晴〉(3. 14.)
사친회 역원회가 있었다. 마침 교장님도 상고로 아니 계시었으므로 책임을 단단히 느기고 신년도 예산에 역설에 역설을 가하였었다. 사친회장 개선에 있어서도 말이 많았으나 그냥 지내기로 하였다.

〈1952년 4월 9일 수요일 晴〉(3. 15.)
전 직원은 학교 행사를 간단히 마치고 과상미 교장님 댁으로 호상을 간 것이다. 학생 대표로 6학년도 보내었다.

〈1952년 4월 10일 목요일 晴〉(3. 16.)
4월 1일에 받은 국가고시의 성적발표가 되었다. 노정은 356점이라고 한다. 500점 만점에 청원군내에서도 350점 이상이 불{과} 30명밖에 아니 된다고 한다. 이렇다면 노정도 입격은 문제없으리라고 믿어졌다. 완전 입격 발표까지는 가슴을 조리게 될 것이다.

〈1952년 4월 12일 토요일 晴〉(3. 18.)
예술가에게 아우 초상화를 부탁하였다. 죽었으나마 뚜렸한 얼굴이라도 두고 볼려고……. 아~ 쓰라린 가슴 어찌 억제치도 못하겠구려. 암만해도 거짓말 같아서 사람 죽겠구려……. 오후에는 각종 봄채소를 파종하였다.

〈1952년 4월 14일 월요일 개임〉(3. 20.)
금년도 사친회 종회가 있었다. 본교(강서교)에 와서의 처음 당하는 총회다. 학교 교육에 대하여 상세히 설명하였으며 학부형에 대한 학교로서의 희망사항 5, 6가지를 역설하였다.

〈1952년 4월 22일 화요일 개임〉(3. 28.)
저녁 무릅에 아버님과 강내 사인리에 계신 사장님과 오셨다. 청주까지 가셨다가 만나신 모양이다. 약주를 받아닥아 드리었더니 두 분이 맛있게 잡수시었다. 다만 아버님께서 운영을 생각하시는 심정이 뵈이더니 눈물을 흘리신다. 집에 자조 다니지 않는다고 걱정도 하신다. 이모저모에 서러운 눈물이 나도 쏟아졌다. 아- 얼마 전에 이곳에 오셨다가 가실 때 바람으로 자꾸 눈물이 나신다고 하시던 생각도…….

〈1952년 4월 23일 수요일 개임〉(3. 29.)
장남 노정이가 청주중학에 후보자로 결정되었다. 영광이란 것보다 나의 문에 어떠한 영화가 오는 것도 같았다. 한편 더욱 생각나는 것은 아우 운영이가 집에 있다면 근심걱정은 하나도 없고 기쁜 일만 있는 것이 아닌가 하는 생각이 난다. 어제는 아버님께서 "집에 자주 와야 한다. 너의 동생이 있다면 별문제이다만……." 하시면 한숨을 지으시지 않았던가…….

〈1952년 4월 24일 목요일 개임〉(4. 1.)
교장님과 같이 청주중학에 갔다. 금년도 입학 후보자 부형회가 있다고 하여 오라는 통지가 있었다. 연 교장님도 세째 아드님이 이 학교에 입학이 된 것이다. 이 중학은 옛부터 성적이 투철하였고 특히 부자집 자식들이 많이 다니고 소위 지식층, 또는 지사들의 자식들이 많이 다니는 학교이다. 오늘 모인 부형들을 볼지라도 모두가 돈 많은 사람들의 모습이고 부인들이 반 이상은 되는 것 같으며, 양산에 한드백 또는 안경에 벨벨으 치마 등 소위 고등부인격인 사람들이 많았다. 타 중학에서 볼 수 없는 광채라고 느꼈다. 입학금이 25만 원이라 하며 입학식은 모레 26일이라 한다. 행사를 마치고 나오다가 교장님과 같이 모 음식점(식당)에 가서 점심을 먹고 술을 마시고 나왔다. 때에 교장님은 도가 넘도록 취하였는지 형언할 수 없는 주정이 중도 중도에서 있어가지고 간신히 모시고 왔던 것이다.

〈1952년 4월 25일 금요일 개임〉(4. 2.)
지방자치제가 실시되기로 되어서 지방의원(地方議會 議員) 선거를 하는 날이 금일이다. 도의원과 면의원이 있는데 오늘은 면의원을 선거하는 날이다. 지동리 투표소에 가서 투표를 하고 강촌을 거쳐서 돌아왔다. 강촌 송○○댁에서 초대가 있었던 것이다.

〈1952년 4월 26일 토요일 개임〉(4. 3.)
청중 입학식이다. 돈을 구별하여 가지고 희

망과 기쁨의 가슴으로 임하였다. 회비가 월 10,000圓씩이라 한다. 노정은 6반 중에 2반(1의 2)으로 편성되었는데 이 반은 입학시험(국가고시) 성적 350점 평균반이라 하며 특별반으로 편성되었다는 것이다. 담임은 강대현 선생이라 한다. 입학식이 끝나자 각 교실에 인도된 학생들은 한 30분 후에 이층으로부터 쏟아져 나오는데 단박에 달라졌고나. 모자 위에 날신하게 보이는 흰 테 두른 중학모자에 빳지 달고 나오는 노정의 모습 단눈에 뚜렷이 띄었다. 전 아동들의 기뻐하는 태도는 영원이 머리속에 남이[남아] 있을 나의 한 기념이다.

〈1952년 4월 29일 화요일 개임〉(4. 6.)
아침행사만을 마치고 금계 본집에 갔다. 오늘은 조부님의 대기이다. 벌써 하라버지께서 도라가신 제가 3년이 되는구나……. 그해가 바로 4283년 6.25사변이 일어난, 잊을내야 잊을 수 없는 해다. 왜. 동생을 잃은 해이기 때문에…….
오후 4시경에 강서학교(내가 현재 근무하고 있는 학교) 직원 일동이 조문차로 그 먼데서 왔구나. 있는 탁주로 어떻게어떻게 하여 간신히 접대하였다. 순만은[술만은] 어느 정도 만족하게 대접하였다.
오늘은 울고 싶은 생각이 많이 복받쳤으나 참고 참았다. 어머님, 아버님의 곡소리가 몹시도 서러운 감정이기 때문에 속울음으로 울고 간신이간신이 참았다.

〈1952년 4월 30일 수요일 개임〉(4. 7.)
하라버님 산소에 다녀온 후 부모님께 인사하고 즉시 귀교하였다. 중도에서 마침 본교 원족학급들을 만나서 동행하였다.

〈1952년 5월 1일 목요일 개임〉(4. 8.)
내일 할 일인 애교 작업(봉사 작업) 계획을 세밀히 조사하여 세웠다. 바람벽(壁)이 79개소, 똘 30개소, 기타 17개소.

〈1952년 5월 2일 금요일 개임〉(4. 9.)
금요일 행사인 봉사 작업을 실시~ 약 3시간에 걸쳐 파괴된 각 처를 직원, 아동 총출동하여 일한 결과 전교가 일신해진 것 같았다. 즉 어제의 계획대로 실시되었던 것이다.

〈1952년 5월 5일 월요일 개임〉(4. 12.)
어린이날 행사로 기념체육회를 실시하였음. 내곡학교 직원과 본교 직원 합하여 배구시합을 하였다. 끝에 막걸리를 맛있게 재미있게 마시며 놀았다. 자치제 실시 후 제1회의 면장 선거가 있었는데 의외의 인물이 당선되었다는 말이 분분하였다.

〈1952년 5월 8일 목요일 개임〉(4. 15.)
교재 윤독회를 실시하였다. 금학년도의 경영의 하나이다. 전 직원이 진지한 태도로 읽고 연구하였었다.
오후 4시경에 본면사무소 앞에서는 상당히 왁자지껄하였다. 5월 5일에 면장 선거를 잘못하였다는 것으로 면민 다수가 등장차로 왔다고 한다. 즉 민간의 의사를 반영시키지 못하였다는 것이다.

〈1952년 5월 11일 일요일 개임〉(4. 18.)
할머니의 기제사를 지냈다.

〈1952년 5월 20일 화요일 개임〉(4. 27.)
요새는 학예회 준비로 매우 바쁘다. 오늘도 오후 퇴청시간이 넘도록, 해가 지도록 집무하였다.

〈1952년 5월 25일 일요일 개임〉(5. 2.)
청주에 볼일이 있어서 갔다가 중학에 잠간 들려 노정을 다리고 목욕을 한 다음(노정은 공설목욕간에는 처음) 시장에 가서 만연필을 사주었다. 매우 기뻐하는 자식의 태도는 나 자신까지 기뻐지며 어쩐지 자랑스러운 느낌이 가슴에 가득 찼었다. 오늘 역시 중학에 들렸을 때는 청중 정복(正服)(아래 검은 쓰봉, 위 흰 반소매 옷, 갑바 씨운 검은 테 모자)에 보기 좋은 학생군중에 내 자식이 끼었다는 것을 생각할 때도 역시 기쁘기 한량없었던 것이다. 내가 겪어보지 못하였고 항상 그네들을 그리워하였기 때문에 유달리 기쁘게 보이고 가슴에는 한량없는 광영을 아니 느낄 수 없었다.

〈1952년 5월 26일 월요일 개임〉(5. 3.)
문교부 지정 연구학교인 청주중학에서 전국 연구회가 있게 되어서 학교 행사를 오전에 마치고 중학에 출석하였다. 수업 공개 시에 나는 자식이 있는 1학년 2반으로 가서 강대현 선생님의 종합생활지도인 교육감 선거에 대한 수업을 참관하였다……. 감개무량하였다.

〈1952년 5월 28일 수요일 개임〉(5월 5일)
어제부터 커리큘럼 강습회가 있어서 청주에 다니는 중이다. 이 커리큘럼은 新教育思潮(신교육사조)라 할 만한 교육과정이다. 현대교육 조류의 하나이다. 서양으로부터 일본으로부터 들어오는 모양이나 연구들이 깊지 아니하여서 지금에 한창 연구하고자 하는 마음이 팽창되었다. 갑자기 이 커리큘럼 연구가 전국적으로 물밀듯이 밀려오고 퍼져서 물 끓듯이 온 교육자들은 와글와글 들끓고 있는 중이다.
이삼 일 전부터 소화불량증이 생겨서 변소에 자주 출입하게 되었다. 심할 때는 곱변도 나오고 10分도 채 못 되어 또 변소에 가곤 한다.

〈1952년 6월 1일 일요일 개임〉(5. 9.)
큰어머님의 대기이다. 재작년 오늘인가 내일인가(음력으로) 아우와 작별한 날이로구나. 영영(永永) 이별인지……. 아- 三 年 전의 이 때 6.25사변. 생각만 하여도 몸서리가 난다. 주먹으로 땅을 쳐도 남는다. 물매 같은 장정 우리 아우 운영도 이 해에 잃었지 않았든가…….
저녁상식을 올릴 때 몹시나 서러웠으나 입술과 혀를 깨물고 참았다. 박상균 선생을 만나서 이야기하였다……. 교육감 추천에 대해서도.

〈1952년 6월 4일 수요일 개임〉(5. 12.)
학예회가 있었다. 수주일 전부터 연습에 몰두하였던 대학예회도 오늘이었다. 학부형을 비롯한 관중 일동이 매우 기뻐하였다. 특히 금번의 학예회는 모자위안 학예회라고 칭하였다. 본교 자모회가 금일 있게 되었기 때문이다. 학예회가 끝나고는 이 모자회 측에서 직원 위로회가 있었는데 성대한 연회가 되었었다.

〈1952년 6월 8일 일요일 개임〉(5. 16.)
신전 송 씨 댁으로 조문을 갔었다. 이 송 씨는 학교 사친회의 임원이다. 조문을 마치고는 김

영훈 씨 댁에서 고급 소주로 후대를 받았던 것이다. 오는 길에 황 씨(면의원)와 주담을 하였었다.

〈1952년 6월 9일 월요일 晴〉(5. 17.)
5월분 일제고사를 실시하였다. 금번의 고사는 그 방법을 국가고시법으로 하였더니 직원들의 놀램이 눈치 보였다.

〈1952년 7월 19일 토요일 晴〉(閏 5. 28.)
약 석 달간(90日) 가물었다가 어제 밤에 비가 약간 나리었으므로 농가에서는 야단이 났다. 이양(모내기) 시기는 이미 늦었으나 농부들은 눈에 번개불이 나듯 바쁜 듯이 늦모내기에 열중이고 품 사기에 애태우고 있다. 어느 곳을 막론하고 들판에는 백답(白畓……심기지 못한 논) 천지이다.
학교에서도 상급학년을 동원하여 조력하기로 하였다.

〈1952년 8월 5일 화요일 개임〉(6. 15.)
정, 부통령 선거일이다. 개헌안(改憲案) 통과까지의 경로는 유구무언이래야 한다는 격. 민주국가라면 국민의 의사존중이 가장 중대하다고 보는 것이 원측이건만…….

〈1952년 8월 10일 일요일 개임〉(6. 20.)
신교육 강습회에 출석하여 수강 중이다. 어제부터 시작된 이 강습은 내일까지라 한다. 점심은 지참하기로 하였다. 점심시간에 본즉 지참한 사람은 겨우 두 사람이었다.

〈1952년 8월 13일 수요일 개임〉(6. 23.)
지난 5일에 투표한 정, 부통령의 당선 발표가 있었다. 대통령에 이승만(李承晩), 부통령에는 함태영(咸泰永), 이 양 씨가 당선되었다는 것이다.

〈1952년 8월 15일 금요일 개임〉(6. 25.)
여름방학을 미치고 금일부터 공부가 시작되었다. 今年의 여름방학은 19일간이었다. 연료난이 막심한 우리나라의 형편을 참작하여 겨울방학을 연장시키기로 하고 하계휴가를 단축한 것이다.
8.15해방 7주년 기념式을 거행하였다. 운동장에서는 강서면 각 기관이 총출동하여 기념 정구시합대회가 있었다. 심판을 맡게 되어 확실한 음성으로 공정히 칸트[카운트] 하였다. 1위는 강서면 의회, 2위는 강서학교(본교), 3위는 면, 4위는 내곡학교.

〈1952년 8월 22일 금요일 개임〉(7. 3.)
교내 전시회를 개최하였다. 여름방학 동안에 숙제로 하였던 각종 작품이다. 과제장, 미술(도화, 습자, 공작), 과학 연구 및 제작물, 지도, 수예품 등이 상당히 진렬되었었다.

〈1952년 8월 27일 수요일 曇, 雨〉(7. 8.)
청원교육구 교육감(정원상……鄭元相)의 초도순시가 있었다. 수년 전에 모교(옥산교)에서 모셨던 이임조(李任組) 선생님도 동반하여 오셨다. 이 분은 청원교육구 학무과장으로 계신다.
늦비로 이주일 전부터 나리는 비는 그칠 줄을 모르고 부실부실 나린다. 여름 동안에 하두 엄청이 가믈더니 인제는 비로 대비할라는지?

명일은 아버님 생신이어서 오늘 집에 가려고 우선 청주에 가서 고기 서너 근과 술 한 병을 사가지고 귀가(歸家)하였다. 미호천과 천수천의 냇물은 엄청나게도 흐른다. 미호천은 배로 건넜으나 번말내는 홀랑 벗고 건넜다. 물이 코 밑까지 차 올라올 때 겁이 나고 그전 학생시대 건느던 생각이 났었다.

〈1952년 8월 28일 목요일 雨〉(7월 9일)
국 한 그릇 대접으로 아버님의 생신의 아침……. 귀중한 이 날을 성황히 넘어가지 못하는 이 딱한 신세야말로……. 아버님의 병환도 쾌치 않으시고…… 아우 운영도 없고……. 오후 4시에 강서로 왔다.

〈1952년 9월 1일 월요일 雨, 曇〉(7. 13.)
내일은 어머님의 생신이다. 오후에 청주에 들어가서 고기를 두어 근 사가지고 걸어서 집에 가니 밤 10시쯤 되었다. 어머님과 아버님께서는 깜짝 놀라신다. 너무 밤늦게 다닌다고…….

〈1952년 9월 2일 화요일 雨, 曇〉(7월 14일)
어머님의 생신~ 좋은 날이건만 식량조차 떠러진 모양…….불상하신 부모님……. 아우 운영도 없고 하여서~ 바싹 늙으시었다. 아침 한 때를 같이 하고 돌아올 때 불상한 부모님의 생각이 더욱 간절.

〈1952년 9월 3일 수요일 雨, 曇〉(7. 15.)
비는 지금까지도 그치지를 아니하여 농작물에 상당한 피해가 있다는 것이다. 더구나 오늘은 수십 년 내에 처음 보는 태풍이 불어서 농작물에 엄청난 손해가 있다 한다. "니하꾸도오까"의 바람이 우리 한국까지 닥쳐온 것이다. 큰 나무(고목)가 쓸어지고 지붕이 뒤집힌 수가 헤아릴 수 없이 많다. 벼꽃이 막 필 때가 되어서 금년에도 또 흉작이 틀림없으니……. 전쟁과 비례를 마추는 것인지?

〈1952년 9월 6일 토요일 曇〉(7. 18.)
아- 놀라웁고도 반가운 이 소식 참말인지……. 아우 운영이는 사변 후 후퇴 시에 다리를 다쳐서 적군에 포로가 되었다는 것인데 정말인지……. 이게 웬 말인고……. 죽었다는 소식이 몇 번이나 있었고 통지까지 있어서 수심 수심 중에 있었던 이 차제라 그방[금방]에 사라오는 듯한 생각이 난다. 아- 그러면 그렇지 우리 아우 운영이가 그리 함부로 죽었을 리가 있으리. "천지신명이시어 우리 아우 운영을 살려보내 주시옵소서."

〈1952년 9월 8일 월요일 曇, 雨〉(7. 20.)
유사 뇌염이 만연되어 각처에서는 매일같이 환자가 발생되어 죽는 사람까지 속출되어 오더니 이 지방에도 환자가 발생되었다는 소식이다. 학교에서는 특별소독 등 이에 대비책을 강구하여 왔으나 인근에 환자가 발생되었으므로 하는 수 없이 임시휴업을 하였다.
사친회 역원회가 있었는데 주로 운동회 경비에 관한 것을 협의하였었다. 예산대로 통과되었다.
수일 전의 태풍으로 인하여 벼가 상당히 죽었다. 오늘도 역원 한 분이 벼 이삭을 몇 개에 뽑아왔는데 통채 죽어버린 것을 보았다. 참으로 한심스러운 일이었다.

〈1952년 9월 14일 일요일 曇〉(7. 26.)
궁금하여서 집에 다녀왔다. 아버님의 병환은 항시 쾌치 않으셔서 괴로우신 몸으로 지내신다. 요새는 침술로 치료를 받으신다는 것인데 약간 차도가 계시다는 것이어서 기쁘기 한량없다.
식량이 없어서 어머님께서 몹시 욕을 보시는 모양이다. 수수풀대로도 끼를 삼으시는 듯. 아- 이 빈궁을 언제나 벗어날른지…….

〈1952년 9월 16일 화요일 晴〉(7. 28.)
우리 교육계에서는 여간해서 보지 못하는 일이 직원 간(기관장 즉 학교장한테라도) 훈계란 것이다. 신성한 교육자끼리 불쾌히 말 한마디라도 어려운 것이어늘~. 따라서 장한테 또는 동료한테 자미스럽지 못한 말을 듣도록 하는 교육자도 없어야 할 것이다. 일반에서 선생님 선생님 하며 타 사회 사람보다 유달리 색안경으로 보는 것도 이러한 신성한 생활을 하는 우리이기 때문일 것이다. 근자에 와서 극히 젊은 선생님 몇 분이(그중에는 더욱 괘씸한 직원도 있음) 보기에 하도 민망한 태도이며 근무상황이 더욱 태만한 편이 있어서 참다 참다 하는 수 없이 점잖은 어조로 훈계를 하였다. 그러나 아직 애기 같은 마음이어서 그럴 테지……. 또는 이 사회(질서 없고 도의심 박약한 사회 환경)가 그러하기 때문에 보통사람이라면 대개가 특별한 지각을 하는 사람이 드물을이라……고는 생각되었다. 내 책임만을 완수하는 사람도 극히 드물을 것이다.

〈1952년 9월 18일 목요일 개임〉(7. 30.)
아이고 참 반갑기고 하였었다만……. 반년이 지나도록 아우의 꿈이 없었다가(그 전에는 자주 꾸이더니) 오래간만에 꾸었던 것이다. 편지가 온 것이다. 며칠 전에 들은 소식(살았을 것이라는 소식) 분명한가 보다 하는 기쁜 생각으로 있던 중 꿈이 깨자 즉시 밖에 나가 평소와 같이 기도 올렸다.

〈1952년 10월 2일 목요일 개임〉(8. 14.)
본교(강서교)의 대체육회가 모래 있게 되어서 청주에 들어가서는 모든 상품을 사왔었다.
오후(해가 어지간이 질 무렵)에 원자를 다리고 금계 본집을 향하였다. 내일 추석이어서 몇 가지 물건을 사가지고 부즈런히 걸었으나 어린 원자는 약빠른 편이라 떨어지지 않고 잘 딸아왔었다. 집에 도착하여 시간을 재어 보니 반송서 금계까지 약 30리가 되련만 2시간 반 만에 집에 도착되었다. 집에서는 마침 햇쌀밥을 지어 놓았었으므로 금년에 처음 맛보았다. 집에는 보리 양식 떠러진 제가 벌써부터이므로 요새는 하는 수 없이 햇쌀밥을 지어 잡수시는 것이었다.

〈1952년 10월 3일 금요일 개임〉(8. 15.)
추석 차례를 마치고는 즉시 강서로 와서 명일의 운동회 준비에 분주하였다. 운동장 장식(각종 문, 금 긋기, 만국기 달기) 상품 싸기에도 밤 12시가 넘도록 바쁘게 일 보았었다.

〈1952년 10월 4일 금요일 晴〉(8. 16.)
대운동회이다. 이 학교(강서)에 와서 처음으로 행사하는 체육회이다. 진행이 매우 잘 되었으나 일반 측에서 출장하는 것이 부자연스럽게도 억제 억제로 시켜야 겨우 나오는 것이었다.

다른 학교에서는 이 날에 찬조금이 상당히 나오는데 본교에서는 일절 싹없는 것이 특색이었다. 오후에는 장내 정리에 매우 곤란이 있었다. 일반 관중들이 질서를 지켜주는 기색이 조금도 보이지 않는다. 역시 해방 후 자유주의가 잘못 나가게 되었는지……. 끝마치고 운동장 정리정돈에도 어쩐지 직원 아동 다 같이 협력함이 적은 듯하고 완전 정리까지 상당한 애를 썼던 것이다.

교실에서 위로회가 있었는데 그저 보통인 연회였고, 부형들 중에는 낮에 술이 취하여 희지부지하는 분이 많더니 종말에는 몇 사람들의 투쟁함을 보게 되었고 더욱이 싸움이 발전되어 상반싸움(편싸움)이 되다싶이 되었던 것이다.

〈1952년 10월 5일 일요일 晴〉(8. 17.)

내곡학교의 운동회가 있어서 연 교장님과 같이 구경을 갔었다. 끝나고 위로회까지 참석하여 자미있게 놀고 왔던 것이다.

〈1952년 10월 16일 목요일 개임〉(8. 28.)

술이란 음식이 좋고도 나쁘다고 누구나 다 말을 한다. 과연 그러하리라. "알맞게 먹으면 몸에 이롭고 넘치면 극히 해롭다." 이 점은 말하나마나 누구나 다 같이 느끼는 바이다. 우리 교장님(연병국 씨)은 술이란 무한이 좋아하시는 분이다. 그 전에는 분량도 상당히 하였던 모양이다. 그러나 근년에 와서는 주정 과정으로 돌아왔는지 술이 몇 잔 넘어가면 형용할 수 없는 주정을 한다. 그 실수란 이로 말할 수 없고 부끄럽기 짝이 없을 정도이다. 자기 딸과 같은 여자(동직원인 때도) 옆에서도 들을 수 없는 욕말이 나오는 때가 있다.

금일은 사정과 형편에 방은 다르나 한 술집에서 술을 마시게 되었던 모양인데 교장님은 우리(나, 직원 둘, 손님 한 분) 있는 것을 대단히 끄리고[꺼리고] 또 매우 괫심히 생각하였던 모양이 사실이다. 학교에 와서 나에게 크나큰 엄청난 광증을 부리지 않는가? 하도 나는 기가 막혔었다. 온 도대체 술을 암만 마신들 물과 불을 모르는 언사가 어디 있으며 광증이 난들 이렇게 엄청난 광증이 발생하는 이는 세상에 처음 구경하였다. 이 분에 대한 주사는 많이 들었기 때문에 어느 정도 참아는지나 분하고 억울하여서 눈물이 빙 돌았던 것이다. 오늘 저녁의 광증에 진저리가 났으며 인격이 환하게 뵈이는 분이었다. 오늘 이때까지 남한테 듣기 싫은 소리 들어본 적이 없든 내가 참으로 분개한 심정이 끓어올랐으나 참고 참았던 것이다. "아니다. 취중이시니까 내가 참아야 한다. 술먹은 개라니. 동식물을 분별치 못할 정도로 취하신 것이로구나……." 점점 나는 공손한 태도로 복종하며 "예 예" 대답할 따름이었다. 이 분은 두뇌가 조시고[좋으시고] 치밀하신 분임에는 틀림없으며 남다르게 학교를 빛내 보자는 욕의만은 가지고 계신 분이다. 따라서 보통 이상 결백한 편도 뵈이기도 한다. 그러나 윗물이 맑아야 아랫물도 맑은 것이요 부대장이 진두에 서서 솔선수범하여야 그 성과는 바루 걷울 수가 있으리라. 인간은 남에게 감화를 주는 분보다 더 숭고한 이는 없으리라. 남의 잘못을 알거던 내 잘못도 알으련만……. 그러나 나도 반성 못하는 자가 아니다. 이 난리에 사회 환경이 범벅 같기도 하고 까시밭 같기도 하고 만경창파에 파도 같이 울뭉줄뭉하기도 하여 이 속에서 나오는 새로운 신교육자의 결함이란 물론 있을 것이어서 얼마 전의 모 교사를 공손히 훈계한 적도 있었지만 일조일석에 개선되기는 어려운 것이다. 따라서 경제는 국가적으로 도탄에 빠아 있어 시설과 개조에 임의로 되지 않는 이때에 교감인들 어찌 학교를 다시 꾸밀 수 있으랴. 경제적으로는 될 수 있는 한 최대능력을 발휘해야 하며 교육 건설에는 교육애를 최대한 쏟아야 할 것이다. 전 직원 다 같이 이 점을 발휘하도록 함은 책임자들의 특수한 그 무엇이 있어야 쉬우리라. 하나의 힘으로 되는 일이라면 어디까지나 정진하는 이 성미는 그 누가 파악하여 줄른지……. 하여튼 전심전령 근무하오리다.

〈1952년 10월 17일 금요일 개임〉(8. 29.)
강서면 월곡학교에 가서 아동학예발표회 지도에 약간 분주하였다. 금년의 도교육회 행사(이 충무공 360주면 기념과 교육자치제 실시 축하)로 아동학예발표대회를 11월 10일에 청주극장에서 개최하게 되었는데, 그 선수를 뽑기 위한 예선을 한 것이다. 오늘 모여서 학예발표를 실시한 학교는 서부(강서, 내곡, 강내, 월곡, 강외, 상봉, 옥산, 금계) 학교의 8개교이다. 음악, 무용, 동화, 극 이 네 가지를 한 종목씩 골래내기로 된 것인데, 그중 3종목(음악, 무용, 동화)이 본교(강서)에서 一등으로 당선되었던 것이다.

〈1952년 10월 19일 일요일 개임〉(9. 1.)
지난 17일에는 월곡교에서 서부학교의 학예발표 예선대회가 있었는데 오늘은 본교에서 청원군내의 결선대회가 실시되었다. 군내에서 역시 4종목 연출케 되었다는 것인데 본교의 무용도 당선되었던 것이다.

〈1952년 10월 21일 화요일 雨〉(9. 3.)
청원교육구 노재풍 장학사의 본교 문교상황 시찰이 있었다. 훌륭히 잘해가는 강서교라고 칭찬을 받았었다.

〈1952년 10월 22일 수요일 개임〉(9. 4.)
가을 소풍을 실시한 것이나 비 온 끝이어서 바람이 몹시 찬 편이었다. 전교 부모산으로 갔었으며 6학년들은 천렵(이 학교 전통)을 재미있게 하고 각 선생님들을 대접하는 것이었다.
산에서 와서는 전 직원 조순형(趙淳衡) 선생의 장행회에 참석하여 많은 위로를 하여 주었다. 조 선생은 일전에 징집영장을 받아 명일 출발하게 된 것이다. 이 조 선생은 재간이 비상하여 교육애가 많은 훌륭한 교사이었는데 본교 교육을 위해서는 큰 손실을 당한 셈이다.

〈1952년 10월 27일 월요일〉(9. 9.)
강서면 주최로 경로회(敬老會)와 독행자(篤行者) 표창식이 있었다. 강서면내에 70세 이상 되는 노인이 70여 명 된다는 것이다.

〈1952년 11월 3일 월요일〉(9. 16.)
과학기술품 및 교편물 전시회가 있게 되어 나는 1년간의 일출일입(日出日入)의 관찰도표를 만들어 내었다.
역원회(사친회)가 있었는데 과동 준비에 대한 협의가 있었다. 안건은 임시회비로 백미 소두 1두인데 그중 6되는 교직원 연구비이고 4되는 시설비로 결정되었다. 통상회비 월 1,000圓을 2,000圓으로 인상하였다.

저녁에는 박영순 교사 댁에서 초대가 있어서 전 직원 가서 잘 먹고 잘 놀았다. 끝판에 교장님의 취담이 너무 과격하게 나왔으므로 몇 직원이 매우 섭섭히 생각하는 것 같아서 여러 가지로 이해하도록 이야기하여 주었다. 하였든 교장님의 취중의 광증이란 참으로 낭패이다. 이 절충과 와해에 항시 머리를 앓고 있으나, 이 심정을 어찌 그리 몰라주는지…….

〈1952년 11월 8일 토요일〉(9. 21.)

교동국민학교에서 커리큘럼 연구실천대회가 있어서 출석하였다. 오후 행사에 왁샾[워크숍]식의 검투회가 있었는데 제2차 전개의 보고를 본인이 하게 되었다. 각 교과에 걸친 보고를 장단점을 들어서 보고하였다.

〈1952년 11월 10일 월요일〉(9. 23.)

청주 극장에서 ………… 以下記入不能(日記手帖紛失)[2]

2) 점선 이후의 내용은 이전까지 일기를 적은 푸른색이 아닌 검은색 잉크로 기록되어 있고, 내용 끝에는 도장이 찍혀 있다. 내용으로 보건대 저자는 집을 떠나 있게 될 경우 휴대한 수첩에 일기를 적어 두었다가 일기장에 옮겨 적곤 하였던 것으로 보인다. 그런데 이 수첩을 잃어버리게 되어 이후 내용을 기록할 수 없게 되자 그 사유를 이와 같이 밝히고 있다.

〈앞표지〉

1953년

檀紀 四二八六年 1953

日記帳

附錄 紙榜 及 祝祭文

江西校 勤務 郭尙榮

檀紀 4286年(癸巳)

〈1953년 1월 1일 목요일 晴〉(11. 16.)[1]

날씨는 매우 쌀쌀하나 청명한 날이다. 먼 동쪽의 청주산성 위의 하늘은 거울 같기도 하고 잠잠한 바다물 같기도 하다. 일분이분 시간이 갈수록 희고 맑게 변하더니 해가 떠올라 버리고 만다. 아- 이 해야말로 새해 첫 달 첫 날의 아침 해가 아니냐? 세수를 하다 말고 나는 이 새 햇볕을 가슴에 한 아름 담뿍 받았다. 이 햇님에게 나는 말없이 부탁을 드리었던 것이다. 식어가는 세수물에 다시 손을 적시어 머리를 감으려니까 먼저 묻었던 물은 내 머리에 고드름이 되어 버렸었다. 방에 들어와 몸을 닦은 후 머리까지 빗으로 당고마니 빗은 후에 북편(옥산 금계 방향)을 향하여 꿇어앉았다. "어머님 아버님 새해 안녕하십니까. 이 불효자식은 가서 뵙지도 못한 채 이곳에서 이날(설날)을 보내게 되었읍니다. …… 아까 뵈옵던 해님이시어 천지신명이시어 비옵나이다. 원하나이다. 금년은 우리 부모님의 건강을…… 그리고 또 아우 운영에 대한 기쁜 소식이 있기를……." 합장배례.

10시 반부터 소집된 학생들과 같이 전 직원은 신년 축하식을 올렸었다. 이중과세 절대엄금이란 상급관청으로부터 명령이 있는 동시에 양력 과세를 반드시 실행하여야 한다는 지시가 있기는 하나 금년에는 작년보다도 그 가정 수가 극히 적은 모양이다. 면내에서도 불과 사오 가정에 지나지 않다는 것이다. 양력과세를 실천하기까지는 상당한 계획과 지도

1) 이 해 일기의 날짜 기록은, 예를 들어 새해 첫날의 경우 "1월 1일 (11. 16.) (木) 晴"과 같이, 서력 월과 일을 한글로 적은 후 괄호 안에 음력 날짜를 적고, 이어 괄호 안에 요일을 한자로 기입한 다음, 역시 한자로 날씨를 기록하는 형식으로 되어 있다.

가 있어야 할 것이며 소위 지식계급(특히 상관들)층에서 솔선 여행을 하여야 할 터이라고 생각된다.
월여 전에 부임한 김종근(金鍾根) 교사 댁에서 신임례로 한잔 준비하였다 하기로 전 직원 초대를 받아 사택에 가서 두어 시간 잘 놀았던 것이다.

〈1953년 1월 2일 금요일 晴〉(11. 17.)
아침을 막 먹으려 할 때에 김종근 선생이 와서는 "저에게 소집영장이 나왔어요."하는 말에 밥 먹는 것도 잊고 교장님 댁에 같이 와서는 상의하고는 각종 서류를 꾸며 주었다. 이 김 선생은 호주(세대주)로서 많은 가족을 간신히 호구지책을 하여가는 가련한 가정의 책임자이기 때문에 소집연기원을 제출토록 한 것이다: 21세는 징집(徵集)이요 28세까지는 소집(召集)되게 되었던 까닭이다.

〈1953년 1월 3일 토요일 晴〉(11. 18.)
사주면 개신(四州面 開新)에 있는 혜화보육원(惠化保育院)이란 고아원에 초대가 있어서 오후 3시에 몇 직원이 갔었다. 신年년 경축회로 고아들의 학예회(노래, 춤, 극)가 있었고 그 다음에 연회가 있었던 것이다. 청주여중 1학년 재학 중인 정남희 양의 사회(진행-설명)는 첫부터 음악회가 끝날 때까지 매우 자미있게 하여 주었다. 귀엄성도 있고 얼굴도 어여쁘며 말솜씨도 매우 똑똑하였고 손짓몸짓이 재체[재치]가 있어 보이었다. 무용과 노래도 훌륭하게 잘하는 학생이었다. 서울생이었던 모양인데 6.25 난리에 부모를 잃고 불상히도 고아가 되어서 이곳에 왔다 한다. 아마도 난리 전은 좋은 가정에서 자라온 듯, 이모저모에서 엿볼 수 있었다. 이 고아원에는 약 140명의 고아가 있다는 것인데 그 중에 이번 난리에 고아가 된 아희들이 다대수라 한다. 4살백이도 귀엽게 노래와 유희를 하는 것이었다. 이 고아원에서 본교(강서교)에도 열댓 명 다니고 있다. 이 고아원에 두 번채 간 것인데 내 학교에 다니는 학생들이 반가워하는 그 모습은 눈물이 나올 지경이다. 금일도 일찍 오려다가 이 애들이 한 상고 매달리며 못 가게 하므로 참석한 직원 전원이 이 고아들을 위해서 노래를 불러 주었던 것이다. 나도 자미있는 짤막한 이야기와 간단한 노래를 불러 주었었다.
끝마치고 돌아올 때 나는 속으로 빌었었다. "이 치근히[측은히] 불상한 고아 전원의 행복됨을……."

〈1953년 1월 4일 일요일 晴〉(11. 19.)
아침 일찍부터 김종근 선생의 소집연기원 서류의 정리에 약간 분주하였었다. 면소와 지서까지 가서도 여러 가지 증명서 갖추기에 사오시간 일을 보았다.
들리는 말에 의하면 소집연령이 연장되어 32세니 35세까지니들 말하고 있다. 200萬 양병에 이러하여야 한다는 운운이다. 만약 이 말대로 실시가 된다면 어찌될 것인가가 문제이다. 아- 지금까지 죽은 인구도 많으련만….
가는 곳마다 곳곳마다 이야기뿐이다. 수군수군 걱정에 쌓여 묻힌 군대 가는 이야기뿐이다.

〈1953년 1월 6일 화요일 晴〉(11. 20.)
오전 11시 반부터 본교 강당에서 청원군 출신 국회의원 곽의영(비족) 씨의 한국전쟁에 대한 이야기와 국회 보고가 있었다. 이 분은 국회에서도 활발히 활약하여 그 성적과 칭송이 자자한 분으로 각 지방에서 대단히 환영할 뿐더러 숭배들 하고 있다. 오늘도 각리 이장 반장을 비롯하여 지방 유지들이 다수 집합되어 이 분의 자세하고 열열한 강연에 느낀바 많은 듯 청중은 고요히 듯고 있었다.

오후 2시 반쯤 하여 나는 청주에 가서 김종근 선생의 소집관계를 알고자 하여 석교학교에 갔더니 별 신통한 멋이 없었다. 김선생의 가정 형편으로는 꼭이 보류(연기)되어야 할 사정인 분이언만 그리 되기가 썩해 어려운 듯…….

저물게 청주 서문교에 나오니 이조영 선생(이 분은 아직 사직 전이나 일전부터 청주시 교육구 직원으로 임명되어 현재 그리로 출근하고 있음)을 만나서 이 시국에 대한 이야기를 걱정 있게 하면서 나왔다. 2000萬 인구의 1활인 200萬 양병이란 도저히 불가능하다고……. 32세까지니 35세까지니 하나 이렇게 된다면 그야말로 큰 탈이라는 등등…….

〈1953년 1월 7일 수요일 晴〉(11. 22.)

오늘 궁금하여 청주에 갔더니 김 선생은 역시 보류가 되지 않은 모양. 수천의 소집자들은 출발을 앞두고 활기 없이 앉아있고 수만의 가족들은 눈물로 시간을 기다리고 있지 않은가? 아 몇 해 전 (청주에 있던 16연대시대) 생각이 머리에 떠올라와서 나의 머리속은 어쩐지 좋지 아니하였다. 출발시간이 되어 군악대가 선두에서 나팔을 불며 걷기 시작할 때, 이 소리야말로 씩씩하고 장한 군악 소리언만 슬픈 곡조로 들리어온다. 활기 없이 걸어가는 저 청년들, 가정이 그립고 앞날이 위험한 마음으로 가득 찼었으리라. 근 30세가 되는 저 청년들은 모두가 가정 책임자임이 틀림없을 것이며 가난한 사람이 대부분이리라. 그 어찌 마음 놓고 씩씩하게 출발할 수 있으랴. 누구한테 가정을 맡기고 가나? 그렇기나 하면 죽지나 않고 온다는 것이면 별문제시할 것이나 하루에 그 죽는 수가 하도 많다는 것이니 어찌 겁이 나지 않으랴……. 아- 이 나라의 장내.

〈1953년 1월 8일 목요일 晴〉(11. 23.)

10월분 @약곡을 운반하여 분배하였다. 국산 정맥인데 부양가족 5인까지를 준 것이나 식량 사정이 앞으로 큰일이다.

저녁에는 숙직실에서 교장 사모님한테 종교에 대한 이야기(특히 신화)를 재미있게 많이 들었다. 예수교에 장로교, 성교, 천주교가 있다는 것인데 승당에 다니는 것이 가장 좋다는 이야기었다. 신부, 목사, 주교에 대한 이야기도 들었다.

〈1953년 1월 9일 금요일 晴〉(11. 24.)

근자에 학교 소사(전달부)의 가족들의 손버릇이 매우 좋지 못하다는 평이 있고 또 실적이 그러한 눈치어서 이네들을 보고 상세한 이야기를 하여 주었다. 학교비품 기타 재산에 관하여 믿고서 그 관리를 맡기었건만 책임감이 부족한 탓인지 약간 괫심한 때가 몇 차례 발생되었던 것이다. 경제적으로 매우 곤궁한 가정이어서 불가피한 때도 아주 없지는 않겠지만 좀 지나친 셈이며 인간적으로 좋지는 못한 사람임은 틀림없다. 그러나 그편에서는 전혀 부인할 뿐만 아니라 타인에게 미루어 버린다. 하여간 내 살림이란 관렴을 가지고 지나도록 다시 부탁하였다.

학교 일을(사무. 10월분 배급미 분배) 마치고 오후 2시쯤 하여 차자 노현(魯絃)을 다리고 금계를 향하여 출발하였다. 날씨가 매우 따뜻하여 춥지 않았으며 길도 길지[질지] 않고 눈도 온 지 오래 되어서 미끄럽지도 않아 걷기에 고생이 조금도 없었다. 다만 길이 멀어서 오미까지 와서는 노현이가 매우 다리가 아팠던지 찬찬이 걸으므로 집에까지 오기에 시간이 상당히 걸렸었다. 방학이 된 지 오래었으며 양력설이 지난 지 오래되도록 건너오지 못하였으므로 가족들이 반가워하였다. 와서 들으니 어머님께서는 3일 전에 감기로 욕을 보셨다가 금일에서 차도가 계셔서 일어나셨다 한다. 아버님께서는 가을 이후로 건강이 약간 회복되셨는지 그리 괴로우시지 않았다고 한다. 야-이것이 나의 행복인지…. 참으로 기쁘기 한량없었다. 언제까지나 이 상태로 우리 아버님 건강이 계속 되었으면 나는 더 행복을 바라지 않는다. 우리 아버님! 고생만 치루시는 우리 아버님! 남달리 쓰라린 고생을 겪으시는 우리 아버님! 이 자식을 사회에 내보내시고셔도 아무런 안녕의 반영을 맛보시지 못한 우리 아버님! 자식은 30이 넘은 지 오래연만 자식의 큰 혜택을 입지 못하는 우리 아버님-. 연이나 연이나 어찌어찌하던지 부모님께 손톱만한 걱정 한 가지라도 덜도록 자식으로서 힘써야 하오리. 가난한 가정의 모든 쓰라림은 시시때때로 맛보는 것이 보통인 듯……. 이것을 이것을 극복하도록 힘 드리는 것이 자식의 도리니라.

〈1953년 1월 10일 토요일 晴〉(11. 25.)

점심 후 옥산(오미)까지 가서 여러 친구들을 만나보고 오래간만에 정담을 교환하였다. 면과 지서에 가서도 여러 분과 만나서 인사하고 수고 많다는 치사도 하였다. 학교(모교)에도 들렸더니 여러 선생님들이 환영하여 마지한다. 숙직실에서 술을 사다가 자꾸만 권하는 바람에 맛있게 많이 먹고 또 취할 정도로 마시었다. 저녁을 족형 부영 씨 댁에서 먹고는 학교 숙직실로 갔었다. 마침 이 학교 제자인 김병호 선생이 당직이었고 이 반 동기생이 되는 최 양이 놀라와서 재미있는 옛 추억 이야기를 하면서 놀았고 김 선생이 나와 동기를 위하여 술과 과자를 사왔으므로 또 많이 먹고 취하였다. 육칠 년 전에 저희들을 잘도 가르쳐 주었던 곽 선생님이라는 옛이야기를 자꾸만 하여준다.

〈1953년 1월 11일 일요일 晴〉(11. 26.)

아침 일찍이 일어나서 방을 치울 때 오미장터 사는 최봉식이가 와서 제 집에서 아침을 지었으니 두 분 선생님이 오셔 달라는 것이다. 이 봉식 군은 작야에 놀러왔던 최 양(출가제)의 남동생이며 1년 동안 담임하여 가르쳤던 아동인데 지금 청주사범학교 병설중학에 재학 중이다.

아침밥을 반찬도 많게 차려 놓았으며 맛있는 술로 해장까지 대접하는 것이었다. 이 집은 재종형(점영 씨)이 사상으로 고통을 겪을 때 물심양면으로 동정을 많이 하여 준 가정이다. 다만 신분이 좋지 못하다고 일컫는 칼잡이다. 그러나 예의범절과 인정이 퍽도 많은 사람들이어서 모든 사람들한테 칭찬을 받고 있는 중이다.

오후에는 김국표 교감선생과 이인로 선생과 같이 공기총(새총)을 가지고 호죽 방면으로 삼보하였다. 한천동의 정선영 선생 댁에서 저녁을 먹고 다시 동행하여 강촌까지 가서 박상균 친구들 집까지 방문하였다. 밤새도록 화토 또는 이야기들을 하면서 놀았으나 나는 곤하여서 그대로 자버렸다.

〈1953년 1월 12일 월요일 晴(아침때 若干 눈 나림)〉(11. 27.)

아침밥을 민영식 형들 댁에서 지었다 하여 건너가서 맛좋은 약주와 함께 잘 먹었다. 이 댁은 언제나 나를 위하여 성의껏 접대하여 주는 분들이다. 실은 척분도 있는 관계로 나 역시 반갑게 대우하여 들이고 있다.

어제 밤부터 펄펄 날리던 눈은 금일까지도 계속(그리 심한 편은 아니나) 나리고 있다. 호죽 여러 친구들이 많이 찾아와서 해전 자미있게 놀아 주었다. 집에 간다 하여도 절대로 못 가게 하므로 할 수 없이 또 자기로 한 것이다. 몇 집 어른에 일일이 방문하여 찾아뵈옵고 저녁은 김봉열 씨 댁에서 먹었다. 이 분은 그전 제자(지금은 중학생)인 김점식 군의 부친으로 잘 알고 있으므로 종종 대접을 받아왔다.

밤에는 또 화토판이 벌어져서 담배내기에 분주하였다. 나는 역시 곤하여서 자버렸다.

〈1953년 1월 13일 화요일 晴〉(11. 28.)

호죽서 떠나 이인로 선생과 접직고개 밑에서 작별을 하고 집으로 와서 부모님께 뵈옵고 오미장으로 왔다. 내일이 나의 생일(실은 음력 동짓달 금음날이지만 금년은 이달이 작아서 29일인 금음에 닿음)이어서 고기래도 한 칼 사닥아 드리려고 장에 온 것이나 마침 관청에서 허가를 아니 했다는 것으로 소를 잡히지 않았으므로 섭섭하게도 고기를 못 샀던 것이다. 하는 수 없이 어물 몇 가지와 술 한 병을 사가지고 집에 오게 된 것이었다.

국회의원인 비족 의영 형께서 옥산학교에서 강연이 있다 하므로 잠간 가서 인사하고, 친구 몇 사람과 음식점에서 술 몇 잔을 마시고는 집으로 저물게야 돌아왔다. 유병철 씨와 동행하였는데 인생관과 피차의 처지, 부락에 대한 감상론을 교환하면서 왔다. 이분은 사방공사 주임으로 오래전부터 우리 부락에 사시는 분이다. 아직 젊으신 분으로 요령과 상식이 풍부하여 모든 사람들에게 칭찬을 받는 분이다. 이분의 장남 유명재 군이 옥산학교에서 내 담임이었으므로 그때부터 더욱 친히 지냈으며 이 학생은 자조가 비상하였고 지금은 청주중학에 재학 중이다.

집에서는 없는 살림에도 불구하시고 어머님께서는 자식의 생일을 위하여 떡도 찌시고 조청도 만드시고 하여 매우 바쁘시게 일을 보신다. 자식을 귀해하는 마음은 청장년이 되었건만 한결같이 사랑과 귀하는 심정은 끝끝내 가지고 계신 것이 부모이리라. 어찌 부모의 명을 거역하며 부모를 위해 대신할 수 없으랴.

〈1953년 1월 14일 수요일 晴〉(11월 29일)

생일 아침의 음식을 맛있게 많이 먹었다. 다만 부모님께 좋은 반찬을 많이 하여 드리지 못한 게 죄만할 뿐이었다.

날씨가 좀 찼지만 오전 11시쯤 하여 노정과 노현을 다리고 금계를 떠났다. 오미까지 오니 마침 청주까지 가는 추럭이 있으므로 복잡하지마는 두 아해들을 태워서 반송까지 와서 내렸다. 이 추럭은 제2국민병 소집자들을 실고

가기 위하여 온 추럭이었고 금번에 제이차로 영장이 나와서 출발하게 된 것이라고 한다. 하여튼 청년들이 자꾸만 빠아나가니 생산노력에 크나큰 지장이 있겠으리라. 이 날리가 어찌될 날리인지 . 사람들 왈 정감록에 일렀으되 "백조일손…百祖一孫, 일남구녀…一男九女"라 하였다는 것이 있다 하오나 비과학적인 고서(古書)라고는 하지만 점점 죽는 사람이 많게 되니 아니 일컬을 수도 없다. 따라서 "병은 사지 兵은死地"라 하지 않은가?
육학년 담임 두 박 선생님(朴鍾榮, 朴永淳)이 과외수업을 마치고 추위푸리로 반송에 나왔다가 나를 만나서 같이 술과 고기를 많이 맛있게 하였던 것이다.

〈1953년 1월 16일 금요일 晴〉(12. 2.)
내곡학교 선생님들이 오셔서 한참 담화한 끝에 교장 사택에서 약주 몇 되 받아다가 대접하였다. 새해를 맞이하고 인사차 왔다는 것이며 그 중에 교장님 되시는 이는 옥산학교 동창(선배가 된다)이고 수년 전에 옥산학교에서 같이 근무하던 분이어서 반가웠다.

〈1953년 1월 17일 토요일 晴(밤에 눈)〉(12. 3.)
금일부터 6일간 청주 웕샾으로 새교육 강습회가 있게 되었다. 본교에서는 나 혼자만이 출석하게 되고 장소는 석교국민학교 강당이다. 도내 전 회원 300여 명이 모인 이 강습회는 종전과 그 형태부터 달라 시초부터 자유 분위기 속에서 학습하게 되었다. 강습 내용은 별책 기록부에 있기로 생략한다. 오후 5시쯤 하여 강습을 마치고 분과위원회를 조직할 때 청원 교육구에서 6명 대표로 참석케 되었는데 본인은 그 한 사람의 직책인 자료수집 위원이 되었던 것이다.
저녁을 정해국 장학사와 같이 국밥과 술 몇 잔으로 한 다음 눈이 어찌나 퍽퍽 쏟아지는지 길 갈 수가 없어서 청주에서 자버렸다. 술 취한 중에 본 어느 여성의 태도란 하도 우습기가 짝이 없었으며 세상 사람들이 여성에 대하여 비판하지 못하므로 별별 이상한 사건이 일어나는 것이로구나 하는 감상이 들었다.

〈1953년 1월 18일 일요일 晴〉(12. 4.)
어제 밤새도록 나린 눈은 싸이고 싸여서 한 자가 넘는다고 한다. 이번 겨울을 당하여 처음으로 제일 많이 나린 것이다.
오전 강습을 마치고는 전 회원이 명암방죽으로 전국 빙상대회에 구경과 연구차 갔었던 것이다. 구경군이 어찌나 많은지 오고 가는데 대단히 복잡하였었다.

〈1953년 1월 19일 월요일 晴〉(12. 5.)
금번 웕샾에서 단원학습 연구로 "충북의 연초연구…忠北의 煙草 硏究"를 하기로 결정되어 오후에 전원이 연초 공장에 연구견학차 갓던 것이다. 몇 해 전에 본 그것과는 아주 달라지게 확장되어서 대규모적인 큰 공장이었다. 사변 이후에 서울공장이 합하게 된 까닭이라고 한다. 종업원이 1300명이라 하며 특히 여직공들의 기계와 같은 재빠른 솜씨에는 아니 놀랄 수 없고 종일토록 보아도 실증이 아니 날 것 같았다.
담배 쓰는[써는] 기계와 담배 마는 기계는 과연 과학이 발달된 이 시대이지만 보는 사람으로 하여금 신기하기에 머리를 아니 끄덕일 수 없었다.

〈1953년 1월 20일 화요일 晴〉(12. 6.)
새교육 강습이 좀좀 흥미와 해결점이 많아지므로 전 회원이 자유 분위기 속에서 시간도 잘 지켜지고 있음은 과거에 못 보던 좋은 광경이었다. 거기에 가끔 리크레숀(오락)이 있고 해서 실증과 어려움을 몰랐고 신교육과정 구성에 착안점을 해결해 나갈 서광들이 비치었던 것이다.

〈1953년 1월 21일 수요일 晴〉(12. 7.)
우리 자료수집 분과 위원회에서 주선한 영화가 오후 1시부터 상영케 되었다. 국내 국외 세계정세의 뉴-스가 있었고 현 정항과 미국 제34대 대통령 '아이젠하웨' 씨의 걸어온 일단과 한국전쟁(방문)시찰 등 무관다운 광경이 많이 나타났고 헬싱키에서 가최되었던 올림픽광경을 볼 수가 있었다.

〈1953년 1월 22일 목요일 晴〉(12. 8.)
본도로서의 교육과정 실시 방법에 대한 중요한 강의가 있었고 오후에는 역시 우리 분과의 주선으로 녹음기(錄音器)를 갖다가 유효히 사용되고 있었다. 오후 4시 반쯤 하여 수료식이 있었다. 금번 강습으로 수확된바 많았으며 가일층 계속 노력하여서 교육과정 개조에 극력 힘써 보고자 각오하였다.

〈1953년 1월 23일 금요일 晴〉(12. 9.)
점심을 남정식 씨 댁에서 맛있게 먹었다. 이 분은 강서지서 주임으로 연세가 딴 지서 주임보다 많을 뿐 아니라 착한 분으로 면내의 민중들에게 많은 칭송과 지지를 받고 있는 것이다. 학교교육에 대한 이해도 훌륭하여서 내가 각처에 다녀본 중의 지서 주임 중에 가장 숭배할 만한 분으로 섬기고 있다. 경관 곤죠(根性)가 전혀 뵈이지 아니하고 학교 직원을 잘 옹호해 주는 분이다. 금일은 6학년 담임들을 위하여 점심을 대접한다는 것이나 교장, 교감, 면장 등 유지 몇 사람들을 초빙하여 술과 밥을 맛있게 접객하는 것이었다. 물론 6학년에 자제가 다니고는 있으나 사람이란 권세를 갖게 되면 사람 칭화를 하는 것이 보통이건만 이 분은 그렇지 않으며 인격 존중에 특히 관심이 깊다고 생각하는 바이다.
금일도 교장님께서는 약주가 높으셔서 상당한 주담주정을 한 것 같았다. 밤늦도록 아니 오기에 반송 모 음식점에 가서 간신이 모시고 왔던 것이다.
밤에는 숙직실에서 박종영 선생과 12시가 지나도록 집무하였다. 박 선생은 시험문제에 나는 교육과정 연구에… .

〈1953년 1월 24일 토요일 晴〉(12. 10.)
오전 중에 각종 긴급사무를 마치고는 조치원으로 갔었다. 조치원 뒷동네에 종조모님 계셔서 오래간만에 뵈이러 갔던 것이다. 강외면 정중리(江外面 正中里)이다. 조치원 시장 구경을 잠간 하고서는 고기 두어 근을 사 가지고 가다가 마침 재종제 천영(이 애는 인공 시에 의용군으로 갔다가 유엔군에 포로가 되어 약 2년간 수용소에 있었다가 나왔다.)을 만나고 또 재종형(점영)님을 만나서 같이 잠시간 놀다가 들어갔던 것이다. 이 형은 금계 고향에서 눈물을 먹음고 가산 전부를 방매해 가지고는 이곳에 와서 터를 잡고 사는 것이다(떠나게 된 내용은 복잡함). 원대하고 너그럽고 도량이 보통 이상임으로 말미아마 세칭이 좋은 분이며 인품이 훌륭히 보이는 분이다.
할머님께서는 극노인이시라 누어계시기가 예사인 듯(몇 해 전까지는 젊은이 이상 글력이 정정하셨었다.)하다. 할머님께서는 물론 여러 아주머니들께서 대단히 반가워하시었다.

〈1953년 1월 25일 일요일 晴〉(12. 11.)
낮까지 사랑방에서 천영의 고생한 이야기를 듣고 집을 향하여 출발하였다. 중봉리 큰 재종댁에 잠간 들려 인사하고 월곡까지 와서는 전병일 선생을 만나서 주점에서 많은 접대를 받았었다. 차편이 없어서 종래 걸었더니 밤 9시쯤 하여 집에 도착되었다.

〈1953년 1월 29일 목요일〉(12. 15.)
금학년도의 겨울방학도 어제로 마감이 되고 오늘부터 개학이 되었다. 43일간의 방학이 되어도 관계없도록 지시가 있었으나 본교(강서)는 실정에 비추어서 32일간의 휴가였던 것이다. 새해 공부는 다시 시작된 것이다. 금년도 아무런 사고 없기를 축원하면서 출발한 것이다.

〈1953년 2월 4일 수요일〉(12. 21.)
교육구까지 출장하였다. "청원교육구 교육과정 연구위원회"를 조직하게 되어 그 위원이 되었으므로 금일 회합에 참석한 것이다. 구성 위원회의 분과위원으로 자연과를 연구하게 되어 4학년 이상의 자연과에 나온 전 교재를 들추어서 '학습기준 요소표'를 작성하게 된 것이다. 학년말을 당하여 이 일 저 일에 퍽도 바쁠 듯하다.

〈1953년 2월 9일 월요일〉(12. 26.)
수업을 오전 중으로 마치고 전 직원 부락 출장을 하게 되었다. 특별공민학교에 입교할 문맹장정(의무반)의 출석독려차 나갔던 것이다. 만 17歲 이상 만 30歲까지가 해당자인 것이다. 나는 비하리의 주봉과 동양촌을 탈아서 호별방문을 하고 이장과 지방 유지에 부탁을 단단히 하고서 피아꼴에 갔던 것이다. 이곳은 연교장님께서 가셨기로 같이 귀교하려고 갔던 것이나 마침 이장님 댁(이종익 씨)에서 몇 분 친구 되시는 분들과 주석이 버러졌던 것이다. 때에 들어갔더니 일동이 퍽도 반가히 맞아주며 약주를 많이 권하기에 맛있게 먹었다. 일동은 술이 취하여서 농담이 심하였다. 그러나 존장이 헐신 높은 분들뿐이어서 나는 농담은 아니 하였고 자미있고 흥미 있는 이야기를 교환하였다. 더욱 시간이 갈수록 술은 자꾸만 취하였다. 그 집 어린이들이 나와서 절도 하고 노래도 불렀던 것이다. 그 후에는 이 집의 귀한 자부께서 손수 술을 따뤄 권하는 것이었다. 이 부인은 자제 하나를 학교에 보내는 모자이며 교육에 대한 이해와 성의도 있는 분이었던 것이다. 서너 집을 거치며 접대에 응하였더니 몹시도 취하였다. 밤중에 간신히 교장님을 모시고 집에 돌아왔었다.

〈1953년 2월 10일 화요일〉(12. 27.)
새벽역헤[새벽녘에] 잠이 깨었는데 온몸이 고단함을 이겨낼 수 없었던 것이다. 한축이 나고 다리가 쑤시는 것 같고 골이 쏟아지는 것 같앴다. 어제 저녁에 과음을 한 탓인지 또는 환절기에 독감 차례가 된 것인지…… 대단히 괴로웠던 것이다.
아침밥을 간신이 몇 숫갈 뜨고서 출근하였다. 책임자의 책임이란 이렇게도 괴로움을 무릅써야 하는 것인가? 하는 느낌이 깊이 솟아올랐다. 오늘은 특히 문맹장정들이 등교하여 개강식을 거행케 된 날이어서 여하히 괴로워도 나가봐야 할 형편이다. 오후 2시 반에 개강식을 하였다. 겨우 12명 등교이었다. 이야기를 들어보면 가정형편이 모두가 딱한 처지어서 다만 나무 한 짐이래도 하여야 가족들의 호구지책이 된다는 것이니 참으로 나오기가 어려운 것도 무리가 아님도 사실이다.

〈1953년 2월 14일 토요일 개임〉(正. 初一日)
음력 설날이지마는 학교는 쉬지 않고 공부를 계속하였다. 그러나 지방 실정은 양력 과세를 한 가정이 극히 적고 9활 9부는 오늘의 음력 과세를 하는 양이다. 학교 시작이 자연 늦어졌던 것이다.
나의 감기는 2, 3일간 심하게도 계속하더니 오늘쯤은 확실히 차도가 있는 것 같앴다. 아침 일찍이 기상하여 세수와 집 안팎을 소제하고서 북편 고향을 바라보고 부모님께 절하면서 천지신명께…… 빌었던 것이다. 오늘을 쓸쓸이 지내다가 밤에 교장님 댁에서 술 한 잔 주기에 교장님과 같이 맛있게 먹었던 것이다.

〈1953년 2월 15일 일요일 개임〉(1. 2.)
점심 후에 뒷동네 동양촌에 가서 몇 분 어른들을 찾아뵈었다(세배). 몇 친구들과 박종영 선생과 박영순 선생의 큰집에서 술과 떡국을 주어서 참으로 맛있게 먹었던 것이다.

〈1953년 2월 16일 월요일 개임〉(1. 3.)
강내학교에서 (도 지정 연구학교) 새교육 연구회가 있어서 아침 일찍이 출발했던 것이다. 전 직원 출석하게 되어서 자동차 또는 자전거로 모두가 출발하였었다. 연구수업이 전개되고 연구발표가 끝난 다음에 점심을 먹고 웍샾으로 들어갔었다. 나는 교육과정위원회에 참가했던 것인데 의장으로 선출되어서 회를 진행케 되었었다. 따라서 전체회의에 보고를 하였었다(1. 기능학습과 중심학습의 관련성, 2. 연구결과의 참고자료, 3. 혼돈). 오후 5시에 산회되어 학교로 돌아왔었다.

〈1953년 2월 17일 화요일 개임〉(1. 4.)
당질 노석(魯錫)군을 다리고· 청주에 갔었다. 이 애는 본 연령이 14세인데 호적에 11세로 되어 있는 관계로 중학 입학에 지장이 있을가 하여 원 나이대로 고치고져 하는 것이다. 도립병원에 가서 연령감정서를 꾸미기에 상당한 시간과 애를 썼던 것이다. 대서소에 가서 원 양식에 의한 신청서를 첨부하여 모든 서류가 갖추어진 때는 오후 4시50분이었다. 급히 급히 지방법원(재판소)에 가서 계원에게 백배 앙원하면서 서류를 제출하였었다. 그래도 몇 군대 험이 있다 하여 속속히 고쳐가지고 제출하였더니 완전 수리가 되었던 것이다. 모든 일에 있어서 전부터 느껴온 일이지마는 일반 사회인의 청구에 관청에서는 칠절히 또는 속속히 보아 줄 책임과 의무가 있을 것이 아닌가? 본인도 공무원의 한 사람이지마는 민중의 공복이 되어야 할 것이다. 이론상으로는 많이 떠들고 있지마는 실천하는 공무원이 그 얼마나 될 것인가가 문제이다.
대통령령으로 화폐개혁이 실시되게 되었다. 100 대 1로 저하되게 된 것이다. 즉 10,000圓을 100圓권으로 교환하게 된 것이다. 온 사람들은 이 화폐 환금에 몰두할 뿐이고 물자상통에는 뜻대로 되지 않아서 일반 민중은 큰 지장을 초래하고 있다. 각 상점과 상품을 가지고 있는 자는 갑자기 철시 상태로 들어가서 무어 물건 하나 살 수 없고 볼 수 없게 되었다. 따라서 큰 돈주들은 어찌할 줄을 모르고 야단이라는 것이다. 환금은 한 식구에 대하여 5만 원씩 바꿔는 되지 않는다 하여 별별 수단을 다 쓰는 모양이다. 들으면 어느 어느 집에서는 가마니로 12가마니의 돈짐이 나왔다는 것이다. 사변 이후 아니 해방 이후 화폐가치가 없어서 지금에 와서는 소를 한 바리[2] 살려면 책 보따리로 한 보씩 싸가지고 다닐 형편이 된 것이다. 잘 되었다는 느낌이다.

〈1953년 2월 26일 목요일 개임〉(1. 13.)
이삼일 전부터 날씨가 확 풀려서 봄 기분이 났다. 학교 난로도 금일로 완전히 떼어 치우도록 하였다. 요새는 새교육의 학습 제재에 참고코저 하여 각종 조사에 분주한 중이다. 학생조사, 가정조사, 지역사회조사 등이다. 매일 같이 조사 재료를 직원에게 제공하므로 각 선생님들도 바쁘게 일을 하고 있다. 어제는 면과 지서에 가서 각종 통계조사에 분주하였었다. 오후 3시 40분부터 6학년생의 중학 입학 지원자들에게 모의시험을 실시하였다. 6학년 담임들의 조력을 하여 주었다. 해질 무렵 해서 6학년 담임 두 朴 先生과 같이 석곡리 황새울에 갔었다. 부형 이은모 씨 댁에서 초대가 있었다. 넉넉지도 못한 가정에서 주찬을 성의 있게 장만하였던 것이다. 맛있게 먹고 이야기 좀 하다가 출발하였다. 마침 달이 밝아서 집에 오기에 좋았었다. 오늘도 역시 보름 기분이 났다. 그리 춥지도 않고 달은 밝아서 산천촌가가 흐미하나마 가까운 곳은 뚜렷이 뵈이고 옆(길옆) 개울물은 산곡에서 어름이 녹아내려서 그런지 쫄쫄 소리를 내며 흐르고 있다. 일행은 월색과 환경에 답싸여서 흥 있게 재미있게 돌아왔다.

〈1953년 2월 28일 토요일 개임〉(1. 15.)
정월 보름이다. 평화 시 같으면 참으로 재미있게 놀 수 있는 명절이다. 그렇지 못할 이 시절(시국)을 탓할 따름이다. 오늘은 또 둘째딸 노희의 넷째 생일날이 된다. 떡도 조금 해서 애들을 먹이게 되어 기쁘게 생각하고 있다. 오늘쯤은 꼭 집에 가서 부모님을 뵈이려 하였던 것이 내일의 三.一절 기념식에 모든 준비 관계가 있어서 출발치 못하였다.

〈1953년 3월 1일 일요일 개임〉(1. 16.)
삼일절 기념식을 면, 일반과 합동하여 교정에서 거행하였다. 식이 끝나고서는 기행렬도 실시하였다. 이러한 학교행사를 마치고서는 집을 향하여 출발하였다. 가는 도중에 옥산교에 있는 동창 이영재 선생과 이인로 선생을 만나 인로 선생 댁에서 보름술을 마시면서 이야기 하였다. 과거 같이 있을 때에는 학교일에 아무런 무서운 것 거리끼는 것이 없었는데 지금은

2) '마리'의 경남, 충북 방언이다.

학교장의 잘못과 기타 사정으로 인하여 학교 형편이 억망이 되었다는 것이다. 이런 이야기를 들을 때 모교의 불명예와 발전에 지장이 있다는 것에 몹시나 서운한 생각이 들었다.

집에 도착하였을 때는 약간 어두무레하였었다. 저녁을 먹을 지음에 사촌들 형제도 들어오고 하여 수일 전에 미원교에 있는 재종제 공영한테 온 편지를 내어 읽게 하였다. 이 편지는 운영에 대하여 알아볼 만한 사람에게 종적을 알아서 소식을 나에게 전하여 준 편지이다. 즉 수개월(작년 가을인 듯함) 전에 어느 군인에게 소식을 들은 것의 확인인 것이다. 분명히 전사가 아니라 부상을 당하여 포위되어서 포로로 되어가지고 이북으로 갔다는 것이다. 과연 그러하다면 수 좋게 살아 지내다가 세계평화가 된 연후는 만나볼 수가 있지 않을가 하는 불행 중 다행이면서 서광이 뵈이는 것 같아 원통하고 서러운 마음이 {1} over {10000} 이라도 금방에 풀리는 것 같았다.

〈1953년 3월 2일 월요일 비, 구름〉(1. 17.)

비가 오락가락하여 아침에 집을 떠나지 못하다가 오후에 약간 덜하기에 강서로 향하였다. 학교에 도착하였을 때는 막 퇴청시간이 되었던 것이다. 의외로 교장님께 소식을 들으니 어제 취중에 지서직원 모 순경(강)한테 봉변을 당하였다는 것이다. 연 교장님은 원체가 술이 취하면 심신을 고느지 못하는 분이어서 실수 실언이 많은 분인 것은 사실이다. 그러나 일개 젊은 순경이 노 교장을 봉변을 준다는 것이 언어도단 어불성설이 아닌가. 나의 기관장을 모욕했다는 그 순경이 몹시나 괘심하였다. 내용을 모모인에게 좀 밝혀서 당사자에게 상당한 꾸지람을 줄려고 태도를 취하였으나 교장님이 한상고 만류하기에 금일은 그대로 지낸 것이나 분함이 머리끝까지 올라 참기가 어려웠다. 즉시 지서에 가서 본인을 만나려고 찾았으나 마침 출장 중이라고 한다. 주임한테만 내의 소견을 말하고 건너왔다.

〈1953년 3월 5일 화요일 晴〉(1. 20.)

공민학교 성인반 교육을 마치고 교장실에서 강서지서 “강” 순경을 만나게 하여 수일 전에 연교장님께 큰 죄를 범한 반성을 촉구시켰다. “너는 부모와 형을 모르는 자다. 설영 연 교장님이 잘못한 일이 있다 하여도 네가 취한 행동에 대하여는 용납할 수 없다. 내 기관장을 잘 섬기는 사람이 남의 기관장도 공경할 줄 아는 것이다. 따라서 제 부모에 효도하는 사람은 남의 부모에게도 잘 하는 사람이어늘 이번 행위로 볼 때 너는 너의 기관장과 부모님께 상당한 속을 썩여 줄 것이니 상당히 반성하여야 한다…….” 여러 가지로 주의를 시켰더니 백배사례한다. 항자는 불살이라 하였으니 빌며 사과하는 그 자를 차마 때릴 수가 없어서 말로만 단단히 주의시키고 꾸지람을 주었다. “경관 된 후로 실수가 처음이며 남에게 이만한 정도로 주의 받은 적도 지금 처음이올시다…….” 운운 “강”은 말하며 굳은 악수를 하고 건너갔다.

〈1953년 3월 19일 목요일 晴〉(2. 5.)

수일 전부터 연 교장님이 취중에 실수하였다는 말이 교육구나 도 학무과의 요인에게서 모모인에게 말이 있다는 소식이 있기에 교육구에 가서 정 장학사에게 내용을 세밀히 이야기하고, 또 도 학무과 안 장학사에게도 이야기 하여서 연 교장님의 장내를 밝혀 주기로 원하였다.

〈1953년 3월 24일 화요일 晴〉(2. 10.)
근성이라는 말을 써서 좋을른지 모르나 제 잘못은 생각지 않고 순경으로서 일개 교원에게 수치의 봉변(말)을 당한 것을 억울하게 생각했던지 그 복수를 하려는 획책을 하여 학교에 괴롬을 주려는 기추가 들려왔다. 즉 학교 회계감사를 하겠다는 것이다. 어디인가 약점을 잡아서 복수를 하려는 것이겠지……. 이 세상 사람들은 언제나 도의지심과 양심 그대로를 가지고 살게 될른지 한심스러운 노릇이다.

〈1953년 4월 7일 화요일 晴〉(2. 24.)
연 교장님의 이동설이 있다. 궁금하기에 교육구청에 가서 알아보았더니 틀림없는 일이다. 남일학교로 전근케 된 것이다. 연 교장님은 본교(강서)에 오셔서 6, 7年간 많은 공로가 있다면 있다고 말할 수 있는 훌륭한 분이다. 오랫동안 한 학교에서 계셨던고로 전근이 된 것은 사실이나 남들이 보기에는 월전의 실수로 인한 것이라고…….

〈1953년 4월 10일 금요일 晴〉(2. 27.)
연 교장님의 고별인사가 있었다. 인사 소개에 '연 교장님은 우리 학교에 오실 때는 해방 후 세상이 좀 시끄러울 때였다는 것, 본교에서 공로가 많았다는 것, 우리를 많이 지도해 주었다는 것' 등을 말하였다.
오후 3시에 전 직원의 성의로 연 교장님의 송별연회를 교무실에서 열게 되었던 것이다.

〈1953년 4월 11일 토요일 晴〉(2. 28.)
임시 교장회의가 있게 되어 대리로 참석하였다. 연 교장님의 후임으로 오실 분은 인연 깊게도 나의 초임지인 보은 삼산국민학교(報恩 三山國民學校)에서 오시게 되었다. 한(韓鎭斅) 교장선생님이시라고 한다. 아직 소식이 없으며 부임치 않으셨다.

〈1953년 4월 12일 일요일 晴〉(2. 29.)
강서면 유지 측에서 학교에 모여가지고 연 교장님의 송별연회가 있었다. 세월이 좋거나 인심이 좋을 때 같으면 더 좀 성대한 연회가 되었으련만……. 오늘의 정도도 학교 측의 진력과 주선에 의하여 겨우 마련된 것이었다.

〈1953년 4월 13일 월요일 晴〉(30일, 2월)
연 교장님이 출발하시는 동시에 반이하게 되었다. 박종영 선생님과 같이 남일교까지 전송하였다. 오후 2시 반 차(추럭)로 보은행을 하기로 하고 출발하였다. 미원에 가서 시간이 있기로 미원교에 들려 재종제(공영)을 만나서 몇 가지 이야기를 한 끝에 탁주 일배를 주기에 박 선생과 같이 마시고 오후 3시 반에 미원을 출발(뻐쓰)하여 보은에 도착하니 동 5시 반쯤 되었다. 도중 도중에 바라다보는 모든 산수 및 경치가 약 10년 전에 보든 곳이다. 아- 잘 있었더냐? 왜정시대였건만 기억도 새롭다. 방학 때에 자동차로 왕래하든 길이다. 일단 고향 학교로 전출하여 10년 되도록 한 번도 와 보지 못한 나의 제이 고향이라고 해도 과언이 아닌 이 보은, 보은이다.
깜짝 놀란 것은 보은 시가가 전과 180도 전환이 된 것이다. 지긋지긋한 6.25전쟁에 형편없이 파괴되어 하꼬방 집과 후생주택으로 개변되었으며 가로 구조도 많이 달라졌구나.
이 지구는 나를 5년간 길러 주었던 보은이다. 교직으로 또는 사회생활 초보로 인상 깊은 보은이다. 그 옛날에는 아버님도 나에게 다녀가시느라고 몇 차례 오셨던 것이나 지금 일구월심 흉中에서 돌고 있는 아우 운영이도 형을 만나려고 또는 먹을 것을 등에 지고 몇 백리를 보행으로 왔던 이 보은이다. 아- 감개무량하다……. 고대소설 춘향전에서 읽어본 이몽룡이가 급제 후 광한루에 올 때의 기분을 상기아니 할 수 없었다.
저녁때서 목적한 우리 교장님이 되실 한창효 선생님을 뵙게 되었다. 인자하신 분이 틀림없다. 들리는 말에는 고집이 세고 말이 없다는 것이었으나…… 그렇지 않다. 부하애가 보기 드문 정도 훌륭한 마음을 지니신 분이다. 밤에는 삼산교 숙직실에서 여러 선생님의 초대를 받아 자미있게 놀았던 것이다. 이 숙직실에서도 10년 전에 내가 숙직도 하였던 삼산교 숙직실이다.

〈1953년 4월 14일 화요일 晴〉(3. 1.)
조반 후에 구정이 두터운 곳과 은혜를 입은 몇 군데를 돌아다니며 인사를 하였다. 모두가 친정에 온 딸을 마지하여 주는 기분임을 느끼게 한다. 하숙시절의 주인공 이일제 씨는 이 세상을 떴다는 것이 아닌가? 아- 명복을 비노라……. 이용제 씨는 인생관이 달라져서 그렇게도 큰 집을 버리고 조그마한 가옥을 장만하여 옆 동네로 이사를 하였지 않은가~. 거기에 중 생활을 한다는 것이니…….
삼산교에서 가장 사랑하여 주시던 강창수 선생(지금은 보은 교육구 학무과장) 댁에는 인자한 사모님은 지금도 그렇게 착하시다.
삼산교 교무실에는 내가 밟은 발자취가 남아 있는 듯 옛 냄새를 다시 맡아 보았다. 모두가 완연히 달라졌으나 낯이 익은 곳이다. 내가 쓰던 탁자, 내가 쓰던 상자는 어느 것일가? 여러 직원이 반갑게 마지하며 인사를 한다. 공손한 인사를 한다. "선생님, 웬일이어요. 참 이야기 들었읍니다. 여기 교장선생님을 모시러 오셨다지요. 선생님! 인제 참 늙으셨구먼요. 호호호……." 여러 여선생님들의 인사말이다. "나는 잘 모르겠는데 내가 누구인지 아시요?" 반문하니 "아이 참 선생님. 우에하라(上原) 선생님 아니셔요. 선생님이 여기 계실 때에 저는 3학년이었어요." "저는 5학년이었어요." "저는 해방되던 해에 졸업을 하였읍니다." 모두가 반가운 말을 한다. 반갑고 고마운 마음에 머리를 쓰다듬어 주고 싶었으나 모두가 출가감이 된 훌륭한 처녀들이다. 같이 앉아서 반가운 이야기를 하다가 여관에 와서 또 유하였다.

〈1953년 4월 15일 수요일 晴〉(3. 2.)
아침밥을 강창수 선생님 댁에서 먹고, 오전 9시 반 차로 한 교장선생님을 모시고 청주로 향하였다. 잘 있거라 보은아-.
청주를 경유하여 강서 반송에 와 도착하니 오후 1시 반이었다. 전 직원이 한 교장선생님을 영접하여 모신 후 인사 소개를 하여 드렸다.

〈1953년 4월 18일 토요일 晴〉(3. 5.)
수일 전부터 한 교장님(신교장)을 모시고 지방 인사들에게 부임인사를 소개하려 같이 다녔다(면, 지서, 양성소, 기술원, 종축장, 진료소

등 각 기관과 사친회 임원, 면의원, 기타 유지). 오후 4시쯤 귀교하여 전 직원의 성의로 만든 각종 음식을 교무실에 차려 놓고 신교장님의 환영회를 베풀었다.

〈1953년 4월 23일 목요일 晴〉(3. 10.)
무기와 권리를 가진 자 측의 모사에 세상은 쥐어져 있는지 경찰서 수사계 형사(맹, 이) 두 사람이 학교에 와서 회계장부를 검열케 되었다. 마침 교장님(전임 한 씨)이 계시지 아니하여 거절하였던 것이나 모 조건과 이유 하에 검열을 시작하게 되었다. 검열이 끝날 무렵에 한 교장님들의 이사짐(추럭)이 도착되어 여러 선생님들은 짐 떼기에 조력하였다.
주점에서 형사들과 이야기하며 학교의 입장을 밝혀 주었다. 금번 검열은 투서로 인하여 하는 수 없이 왔다는 이야기를 들었다. 연 교장 개인을 희생시키는 투서였다. (과거부터 이러한 행투리를 하고자 생각하는 모인도 있었던 것은 사실. 사감에서 나오는 행사로서 이만치까지 확대시킴은 참으로 유감이다. 투서자가 지방의원이란 말……. 미워해오던 모인, 감정 품은 모인, 경관과의 관계인 모인 등등을 연상 아니 할 수 없었다…….{)}[3] 회계 조 선생과 나는 끝까지 정의를 지키어 연 교장의 앞을 밝혀 주었다. 본측슨 별다른 것이 없으므로 딴 조건을 잡으려는 태도도 보였으나 과연 착오가 없는 것은 사실임으로…….
밤에는 보은서 온 직원 몇 사람들과 주점에서 재미있는 이야기를 교환하며 놀았다.

〈1953년 4월 28일 화요일 晴〉(3. 15.)
방과 후 3時 반에 청주에 가서 경찰서 수사계에 가서 계장을 만나 투서 사건으로 인하여 회계장부를 조사한 건에 대하여 강서교의 전 교장 연 씨에 대한 오해 있는 (감정 있는) 사람이 있다는 것과 부정지출이 절대로 없다는 사실을 이야기해 주었다. 계장은 튼튼한 인격자로 보였으며 여차한 사건에 수사계로서 당연히 집행할 수밖에 없었다는 경과를 이야기함에 있어서 당연한 이치라고 생각 들었다…….
실정을 이야기했더니 과연 그러하다면 잘 알겠다는 말이었다. 이 건에 관하여 동창생인 비하리 친구 이형근 군이 많은 동정과 활약이 있었다. 감사의 뜻을 표하는 바이다.

〈1953년 4월 30일 목요일 晴〉(3. 17.)
사친회의 총회가 있었다. 금년부터는 기구 조직이 달라지게 되어 대의원과 이사로 나누게 되었다. 전자는 결의기관이고 후자는 집행기관이다. 과년도의 결산보고와 예산(금년) 심의, 또는 사친회 개편 등이 있었고 학급 사친회도 조직하였다.

〈1953년 5월 12일 화요일 晴〉(3. 29.)
금일부터 학급을 담임하였다. 일학년이다. 남자인데 40여 명 정도이다. 4, 5년 만에 처음으로 담임하여 보는 것이다. 교실 관계와 나의 희망으로 실현케 한 것이다. 나의 있는 사랑을 담뿍 바치고자 결심하였다.

〈1953년 5월 18일 월요일 晴〉(4. 6.)

---

3) 원문에는 닫는 괄호가 빠져 있다. 내용상 전임 교장에 대한 투서와 관련된 부분을 괄호로 묶으려 했던 것으로 보고 관련 내용이 끝나는 지점에 닫는 괄호를 기입하였다.

어제 저녁부터 안식구의 산고의 기미가 있는 듯하더니 오늘은 더욱 노골화되게 보인다. 마침 학교에서는 임원회가 있어서 바쁜 날이어늘 급한 일에만 몇 가지씩 보고 및 전달을 하고 가정에 와서 돌보아 주었다. 아침부터 괴로운 몸이 시간이 갈수록 더욱 욕을 본다. 어머님께서는 마침 사정이 계시므로 오시지 못하고 수일 전에 누이동생 재영(16歲)이가 와 있었다. 그러므로 조산자는 내가 할 수밖에 없게 되었다. 땀을 뻘뻘 흘리며 나 죽겠다고 몇 시간을 싱갱이 한다. 참으로 못 볼 일이었다. 어린애를 많이 키워 봤으나 해산함을 당하는 것은 나로서 이번째 두 번이다. 차녀 노희와 지금 애이다. 여간 욕보던 노정 모친은 가진 힘을 다하여 오후 3시에야 순산을 하게 되었다. 생남을 하였다. 4남이다……. 누이동생과 같이 부엌에서 첫국밥을 끓였던 것이다. 유아는 한동안 울더니 소리를 그친다. 이로서 4남 3녀 7남매이다. 연녕에 비추어 일찍이 많이 둔 편이다(장남 노정 15세 중학2년, 장녀 노원 12세 국민교 6년생, 차남 노현 9세 2년생, 3남 노명 7세 1년생, 차녀 노희 5세, 3녀 노임 4세, 4남 금일 출생이다.). 후산까지 완전히 순산이 된 후에 학교에 뫃인 역원 일동과 반송에 나가서 점심을 하였다.

〈1953년 5월 23일 토요일 晴〉(4. 11.)
18일 출생한 4남을 이름을 지어 출생계를 제출하였다. 노송(魯松)이라고 이름 지었다. 노(魯) 자는 돌림자이고 송은 소나무 송(松) 자인데 두가지 이치를 따서 지었다. 즉 반송(盤松)에서 낳았다고 하는 의미와 솔밭집에서 낳았다는 것(지금 살고 있는 강서학교의 사택은 순천박씨 댁의 종산인 능모링이는 보기 드문 좋은 솔밭(松田)이다.)으로 송 자를 넣었다.

〈1953년 5월 25일 월요일 晴〉(4. 13.)
금년부터 현암에 분교가 설치되게 되어 박종영 교사가 분교에 통근키로 되었다. 이 현암 분교장은 장차(3년 후)에는 국민학교로 승격되어 독립교가 될 것이다.
자전거를 중고품으로 한대 구입하였다.

〈1953년 6월 4일 목요일 晴〉(4. 23.)
교육부에서 출장을 명령하여 상청하였다. 수일 전에 말이 있었던 양복지의 배급이 있게 되었다. 이 양복지는 전 문교부장관 백낙준 씨가 도미하여 미국 교육회에 호소하고 활동한 결과로 한국 교사 전원에게 선사키로 되었다는 것이다. 금번에는 견본으로 청원군내에 3벌이 할당되었는데 상봉교장 정용희 선생과 남일교 교사 한혜구 선생과 그리고 나까지 3사람이다. 이 세 사람에게 활당된 조건은 근무성적이 우수하다는 것과 생활 곤란이 가장 곤란한 사람에게 교장에 1명, 교감에 1명, 교사에 1名 준 것이라 한다. 넓은 광으로 6마인데 두 벌 감이라고 한다. 나에게 배당된 것은 동복 기지인데 순모라고 한다. 현 시가로 9,000환(구화로는 90萬 원)이 된다고……. 하여튼 고마운 일이나 우리 한국경제가 남의 원조가 아니면 자립할 수 없는 형편을 생각할 때 한심스러운 노릇이며 장래가 걱정스럽다. 우리도 언제나 남을 원조하면서 살게 될른지가……

〈1953년 6월 13일 토요일 曇〉(5. 3.)
금계 본집에서는 금일에 모내기를 한다는 것

이다. 아침부터 가보고 싶은 마음이 간절하였으나 학교 공무에 있는 중이어서 하는 수 없었다. 더구나 책임 있는 입장이어서 딴 직원과도 다르다. 오후에 대충 일을 마치고서 자전거로 집을 향하여 달렸다. 오후 4시 반쯤 하여 도착하였다. 용소셈의 논 여덜 마지기를 심고 있는 중이었다. 얼른 벗어부치고 들어가서 나도 같이 심었다.

〈1953년 6월 22일 월요일 曇後雨〉(5. 12.)
금년은 모내기가 비교적 일찍 끝났다. 작년에 한해로 물 품기에 하도 욕들을 보더니 금년은 물었을 때에 심으려고 서든 까닭이다. 아직까지는 농사에 날씨가 잘 해주는 편이다. 비가 자주 왔고 일찍부터 비온 까닭으로 물 없는 논은 드물다. ~풍년이 들어야 하고말고.~
4일부로 받은 양복지의 발송자에 대하여 감사장과 사진과 영수서를 갖추어 보냈다.

〈1953년 7월 5일일요일 晴〉(5. 25.)
여직원으로서 잘 해주던 전희순(田熙順) 선생이 청주 한벌로 전근하게 되었다. 이 분은 엄한 가정에서 커났기 때문에 신속 딴 여성과는 그 행실이 매우 단정한 분이다. 학생들을 진심으로 사랑하였고 책임 완수를 절대로 이행하며 학생의 실력을 당당히 부쳐 놓았었다. 본집이 청주이기 때문에 본인으로서는 잘 가는 편이다. 이 분의 언이[언니]가 되는 전정례(田貞禮) 선생은 내가 옥산학교 학생시대에 모교에 계셨던 은사이다. 그러므로 이 선생은 특히 관렴을 가진 처지어서 편의를 잘 보아 주었던 것이며 나를 오빠와 같이도 따루는 편이었다. 후임으로는 방창신(方昌信) 선생이 왔다. 이 분은 사변 전에 교육계에 있었다가 현재는 피난민으로서 남하하여 청주에 있는 중 시청에 근무하다가 다시 복직하여 본교에 오게 된 것이라 한다. 고향은 강원도 원주라 하고 연영은 나보다 두 살 더 많은 35세이나 사회경험이 풍부할뿐더러 재조가 많으신 분 같았다.

〈1953년 7월 11일 토요일 晴〉(6. 1.)
내수학교에서 연구회가 있어서 1학년 담임 4사람(본인, 방, 박종, 박영)은 아침 일찍이 출발하여 청주에서 뻐쓰로 내수에 도착하였다. 지금의 연구회는 연전과 그 형태가 달라져서 수업 전개가 끝나고 학년별 분과회를 개최하여 연구케 한 후 전체회의를 열게 된 것이다. 나는 5학년의 분과 연구책임자가 되어 분과회를 사회하고 전체회의 시에 그 결과를 보고하였었다.

〈1953년 7월 18일 토요일 雨〉(6. 8.)
휴전이 성립되었다는 것이다. 유엔 측과 공산측의 대표들의 오래간 휴전회담을 거듭하던 끝에 몇 가지 조건하에 휴전을 조인케 되었다는 것이다. 듣건대, 영영한 휴전이 아니요 임시 전투중지인 정도라 한다. 한심한 노릇은 우리나라가 이대로 양단된 채 휴전이 되었다는 것은 눈물이 아니 나올 수 없다. 인명과 재산은 없어질 대로 없어졌으니……. 휴전반대(통일 없는 휴전) 운동도 전 국민은 맹렬히 했건마는…….

〈1953년 8월 15일 토요일 曇後晴〉(7. 7.)
오늘은 광복절이다. 8월 15일~ 자유의 종소리가 울리던 8월 15일이건만 근 10년이 되도록 완전한 국가로 되지 못하였으니 복통할 노릇이다. 이 나라의 겨레가 이렇게도 복이 없어 어지러운 생활을 하는가? 천지신명은 밝혀 주시옵소서.

〈1953년 9월 23일 수요일 晴〉(8. 16.)

운동회이다. 십여 일 전부터 전 직원은 땀을 흘리며 저녁 늦도록 지도한 모든 기능을 오늘에서 발휘하는 날이다. 마침 날씨가 좋아서 진행이 잘 되었다. 많은 관중들도 재미있는 듯이 흥미를 가지고 관람하는 것이었다. 다만 섭섭한 일은 교실 내에 있는 아동용 책상 걸상을 함부로 꺼내닥아 파괴의 지경까지 가는 것이었다. 물건을 아낄 줄 모르는 우리 민족성. 특히 해방 후 지각들이 없어서 공용물건은 훔쳐가기도 하고 아끼지 않는 버릇은 그만 근성이 되어버린 것처럼 각처 각처에서 관중이(대중이) 집중한 장소는 무사한 적이 없다는 것이다……. 가장 요청되는 것이 이 도의면의 교육실천이 아닐 수 없다.

〈1953년 10월 3일 토요일 晴〉(8. 26.)

종제 필영이가 소집영장이 나와서 입대하게 되었다는 소식이 있어서 만나나 보려고 청주에 갔더니 많은 소집자는 열을 지어 있고 따라온 가족들은 시름없이 보고만 있는 것이다. 종제를 찾아 잠간 면회하고 굳은 마음으로 입대하라는 격려를 하여 주었다. 수삼 년 전에 아우 운영이가 입대할 지음의 기분이 다시 돌기 시작했다. 전쟁이란 무서운 것이다. 사람을 죽이는 극단의 난리이니 어찌면 이렇게까지 되는 것인가? 서로 사랑하여 살아야 할 만물의 영장인 인간이 사정없이 죽이는 것이니……. 아- 운영이도 이렇게 되어 죽었는지? 소식이 돈절하여 가슴이 뽀개지는구나. 이북에서 오는 포로에 혹이나 끼었는가 하는 욕심으로 신문에 발표되는 명부를 매일같이 찾아보나 郭○○ 이란 사람은 있어서 郭云榮이란 三 字는 띄이지 않는다. 휴전이 성입되어 쌍방의 포로를 교환케 된 까닭으로 근자에 수천 명을 주고받은 것이다……. 언제인가 풍설에 의하면 우리 아우 운영도 죽은 것이 아니라 포로가 되었으리라는 말…….

〈1953년 10월 5일 월요일 晴〉(8. 28.)

민병대의 결성식이 있었다. 제2국민병 해당자 중 17세 以上 36세까지의 청년은 공무원 외에 전원 해당자가 되는 것이라 한다. 민병대의 총책임자는 국방부장관이며 각도 병사구 사령관을·거쳐 교육감의 지시 하에 각 국민학교장이 대장이 되는 것이다. 대장 밑에 부대장이 있고 훈련교관과 학과 교관이 있는 것이다.

〈1953년 10월 17일 토요일 晴〉(9. 10.)

본교(강서)에서 연구회가 있게 되었다. 청원교육구 서부지부 연구회이다. 이 연구회를 위하여 새 교육을 지향하는 교내 연구회가 십여 차례 있었으며 환경구성에 전 직원은 일모하여 캄캄할 때까지 많은 수고들이 있었다. 협의, 수업전개, 특별활동 등~ 분과회를 거쳐 전체회까지 진행이 잘 되었다. 각 학년마다 실패가 없었으며 현하 부르짖는 새교육 건설인 노작하는 교육에 많은 칭찬이 있었다. 구 학무과장 이임조 선생의 강평도 잘 해주었다. 나는 1~2 곡식놀이를 하였는데 매우 재미있게 흥미 있는 수업이 되었음을 자신도 아니 느낄 수 없었다. 회원 약 백 명이 진지한 태도로 연구하여 주었다.

〈1953년 10월 21일 수요일 晴〉(9. 14.)
금일부터 5일간 농번기의 가정실습을 실시하게 되었다. 6학년은 부여로 여행하게 되어 전 직원 동행하였다. 나도 갔었다. 10여 년 전에 보은 삼산교에 있을 때 한번 가본 곳이다. 백제의 서울이었던 곳이다. 박물관, 군창, 망월대, 영월대, 고란사, 백마강, 낙화암, 조룡대(백마강에서 배도 타 보았다)를 구경하고 점심 후 평제탑(백제탑)을 구경하니 오후 4시가 가까워서 귀교를 재촉하여 학생전원을 점호한 후 추럭에 몸을 던져 강서로 향하였던 것이다. 공주(公州)도 처음으로 보는 곳이다. 이곳도 한때는 도읍이 되었던 곳이다. 금강다리야말로 참 잘 놓았던 다리가 틀림없다. 이 다리는 아초에 충남도청이 이 공주에서 대전으로 옮길 때 조건부로 놓아 주었다는 말이 있다. 학생을 가득 싫은 추럭은 오후 9시에 강서에 도착되었다. 추럭 한 대(뒤에 오던 한 대)가 연착이 되어 매우 걱정이더니 너덧 시간 후에 무사히 도착되어 다행이었다.

〈1953년 10월 24일 토요일 晴〉(9. 17.)
수일 전서부터 서무 조 선생과 같이 부락 출장을 하여 장학회비 징수에 관하여 사전 타합을 하려고 장학회 임원 가정에 일일히 방문하는 것이었다. 오늘은 지동리 고종선 의원, 서촌리 신일동 위원, 복대리 박창순 위원, 비하리 이은영 의원을 방문하였던 것이다. 금연은 예년에 없는 대풍년이라 회비 징수에 난관이 없으리라는 것이다. 금년은 대풍이다. 거름이 넘쳐서 죽은 벼가 많다는 것이나 대체적으로 적은 편이며 방방곡곡마다 전답 간에 대풍이다……. 우리 본가도 처음으로 근 30석 하였다. 대구레의 밭에 모를 심어서 예년보다 많은 수확이 되었음이 사실이다.

〈1953년 10월 27일 화요일 晴後曇後雨〉(9. 20.)
용정리 민두기 씨 댁에서 전 직원 초대가 있어서 방과 후 5시 10분에 갔었다. 두기 군의 춘부장 회갑이다. 두기 군은 면의원이며 나이가 나와 동갑이 되어 매우 자별이 지내는 처지이다. 이 사람은 본교 사친회 임원(대의원)도 된다.

〈1953년 10월 30일 금요일 晴〉(9. 23.)
한 교장님과 지도를 발랐다. 이 地圖는 지난 여름방학 때에 직원들이 대형으로 일 매씩 그린 것이다. 후면에 창호지를 바르고 갓에는 모기장으로 발랐으며 아래위를 목재로 대어 족자로 만드는 것이었다. 한 교장임은 특히 건축 및 공작에 특기가 있으신 분이다.

〈1953년 11월 14일 토요일 晴〉(10. 8.)
모교 옥산학교에서 연구회가 있게 되어 일직 방번 외 전 직원 출장하였다. 전체회의 시에 서기의 임무를 보았으며 회 끝에 동창회(과거 동창회 즉 동직원…… 이임조 학무과장 때[그 당시]는 교장, 정해국 장학사…… 때는 교감, 이병희 교장…… 때는 교사, 김동우 교장…… 때는 교사, 곽상영 교감…… 때는 교사, 이채숙, 유재곤, 이영재, 박상균)를 재미있게 하였었다.

〈1953년 12월 5일 토요일 晴〉(10. 29.)

전국적으로 국민학교 제6학년의 학력고사가 있게 되었다. 작년에는 연합고사라 하여 국가적으로 시행했었으나 금년에는 그 방법을 좀 달리하여 엄중한 비밀리에 고사 감독관을 학교별로 파견하여 민주적으로 시행하는 것이다. 감독관은 역시 국민학교 교직원들이다. 본교에 파견되어 온 직원은 고사장 책임자는 강내교장 김용태 선생, 감독관으로는 옥산 이영재, 이인로 선생, 강외 박 선생, 이 선생, 내곡 박희양, 이범준 선생, 월곡 조 선생, 남일 김재성 선생이다. 본교 직원은 내곡, 옥산, 강외, 구암, 강내, 부강의 각처로 갔다. 나는 부책임자로 남아 있게 되었다. 고사 과목은 국어, 사생, 산수, 과학 기타의 5과목이다. 과목마다 40분간씩이다. 장녀 원자도 6학년이어서 금일에 고사를 받는 것이다. 고사 장소 꾸미기, 풍로에 응급조치로 불 피우기, 시간마다 신호(싸이렌) 하기, 식사 및 숙소 주선 등에 상당히 바빴으며 애로가 많았었다.

〈1953년 12월 17일 목요일 晴〉(11. 12.)

12일부터 채점한 국민학교 학력고사의 채점은 금일에서 끝났다. 채점위원으로 위촉을 받아 구청에 매일 출근하여 채점에 바쁜 일을 보았다. 채점위원 모두는 그동안 기계와 같이 재빠르게 채점하였다. 위원은 1반 2반으로 나누어 정오표, 점수, 재검 등을 철저히 했다. 나는 1반 반장의 임무를 보게 되어 모든 주선과 돌보아 주기에 여념이 없었다. 금일 오후 2시에 완전히 마치고서 3시부터는 위로회가 있어서 술들을 많이 마시었다. 일동 대표로 답사를 하고 2차로 별석(국향)에 다시 옮겨 또 놀았다.

〈1953년 12월 20일 일요일 晴〉(11. 15.)

민병대의 검렬 조사차 사령관인 엄 대령이 왔었다. 출석률, 장부 비치 등에 더욱 힘써 달라는 부탁과 훈련교관에 상당한 책을 하는 것이었다. 사령관의 말씀이 옳은 것은 틀림없다. 연이나 운영이 잘 되도록 당국의 조처도 책임을 느껴야 할 것은 사실이다. 말 한마디로 잘 되는 것은 아니기 때문에…….

〈1953년 12월 29일 화요일 晴〉(11. 24.)

대학 입학자 선발 연합고시의 충청북도 감독관으로 위촉을 받아 어저께부터 청주에 출장하였다. 장소는 청주중학이다. 문교부에서 파견된 장학관의 지시에 의하여 전 감독관은 엄중히 감독했다. 나는 어제는 23실의 고사실 주임의 책임을 띄였고 금일은 22실의 책임을 보게 되었다.

이 나라의 학생은 더욱더욱 과공에 힘써야 하겠다. 답안용지를 백지로 내는 학생이 많을 뿐 아니라 칸닝하려는 태도가 확실히 나타난다. 특히 지방(청주) 학생의 태도가 불온하였다.

어제 사 놓은 장작을 노정이가 많이도 뽀개 놓았다. 밤에는 비하리 이은영 씨가 술 한 잔 사기에 교장님과 같이 마시었다. 이 분은 자치제 실시 당시에 초대 면장으로 당선되어 취임하였었으나 지방민이 반대하여 다시 사임케 되고 지금은 산림연합회에 출근 중이며 학교임원이다. 사친회 감사역을 갖고 있으나 인간적으로 까닭 없는 까닭을 부리는 분이다. 인심을 사지 못하여 면장 당선에도 반기를 들린 것 같다. 나의 똑똑함만 생각하는 분 같았다…….

6월 달에 받은 양복지를 오늘에서 옷으로 완성했다. 한 벌 완성에 근 5,000환의 비용이 드나 알 만한 처지에서 특별염가로 하여 3,500환에 만들었다. 이 옷을 완전히 사려면 15,000환이 든다는 것이다. 지금 유행으로는 료-마이이나 나의 승격에는 맞당치 않아서 미쓰 소로이(웃옷, 쪼끼, 아래옷)로 만들었다. 이 옷은 미국 교육자가 무료로 보내준 선물로서 두 벌감이 되어 또 한 감은 보관해 두었다.

〈1953년 12월 30일 수요일 晴〉(11. 25.)
노정 모친이 본집 금계에 간다하기에 환영하여 보냈다. 어린애들이 여럿이기 때문에 졸연히 떠나기가 어려운 처지어서 오랫동안 본집을 못 가 부모님께 죄송한 감을 금치 못하던 차에 자진하여 다녀온다기에 고마웠다. 노정이와 같이 갔다. 유아 노송을 업고서 간 것이다. 차남 노현이도 따라갔다.
성명 불명한 사람한테서 편지가 와서 뜯어보았더니 매우 기분 나쁜 편지다. 분개 아니 할 수 없는 편지였다. 즉 청주에 있는 국민일보사(지금은 폐사된 신문사)에서 학교로 '충북대관'이라는 사진첩을 강매하려는 획책을 써오다가 학교 형편에 그의 강요에 듣지 않았다 하여 불유쾌한 편지를 보내온 것이었다. 글자나 좀 쓸 줄 안다고 의기양양한 태도로 써 보낸 것이 사실이다. 그대로 있을 수가 없어서 나의 양심과 교육자의 본심을 지키기 위하여 신사적으로 아래와 같은 편지를 써서 답서로 보냈다.
謹啓 훌륭하신 文人 崔 先生과 글월을 交流하게 된 處地를 小生은 限없는 榮光으로 生覺합니다. 감히 答書를 쓸 수 있을른지 붓끝이 떨리요. 然이나 그대로 있을 수 없는 고마운 心情에 한 말씀 보내드립니다.
教育者는 對抗保身하는 아무런 武器가 없는 存在이고 文化機關 있는 崔 先生 같은 분들은 좋은 武器가 있는 것입니다. 今般에 주신 崔 先生의 爆彈은 나의 몸에 命中했읍니다. 아니 내가 달게 받았읍니다. 나뿐만 아니라 우리 教育者 全員을 어느 社會人에게든지 쏘는 화살에 아니 마질 수 없는 弱者입니다. 왜냐하면 防牌가 없기 때문입니다. 이것을 막아주는 이를 求할래야 求할 수 없는 불쌍한 사람들입니다. 社會人들이 잘 말하고 있는 弱肉强食이란 꼭 들어맞는 術語이지요. 주신 글월을 解釋해 보건대 나 個人에게 커다란 선물로 犧牲을 줄 것 같습니다. 이 弱者는 할 수 없이 앞으로는 暗 한 험악한 길을 걸을 수밖에 없는 것이겠지요. 나의 가는 길을 地獄으로 命해 주시면 四肢를 묶힌 채 地獄으로 가는 수밖에 없겠읍니다. 그렇게 되면 崔 先生은 매우 快感을 가지시겠지요. 當然히 가야할 罪人이라면 가야할 覺悟만은 가지고 있읍니다.
弱者의 意見이나마 거룩한 崔 先生은 다음 몇 가지만은 生覺을 고치실 수 있거던 고치십시요.
1. 約定書가 休紙化되지 않고 價値 있는 存在가 된다 하였으니(나는 弱者이기 때문에 이곳을 읽을 때는 떨렸지요) 큰 多幸이겠읍니다. 約定書 作成 經過를 지금 이 종이에는 쓰고 싶지 않아 省略합니다마는 崔 先生의 强要에 따라 作成되었다는 것은 事實이겠지요…….
2. 質的으로 低下된 教育者 云〃은 나 個人에게만 該當되는 것이어늘 教育者 全員에게 毒藥을 뿌리지 마실 것입니다. 武器없는 弱者群 教育者에게 防牌는 주지 못할망정 옷까지 벗겨서 되겠읍니까? 教育者를 점점 弱者로 後退시키는 者 많을수록 其 社會는 退步의 길을 걷

게 되는 것이니 우리 大韓民國은 敎育의 길로 뭉쳐야 할 것을 웨치고 싶기 때문입니다. 學生들이 社會에서 좋은 感銘을 많이 받으려면 先輩되는 우리네가 努力을 加하지 않으면 아니 됩니다. 百年大計인 重大한 敎育을 敎育者에게만 責任을 지워서 되겠읍니까? 雪上加霜으로 敎育者의 힘을 弱者라 取扱하여 지닌 힘을 消耗시켜서는 아니 됩니다.

3. 國民日報社나 崔 先生에게 擊鬪[激鬪]한 내가 아님을 알아주실 것입니다. 崔 先生께서 最後의 勝利를 하셨다는 말씀 참으로 壯하신 일입니다. 그러고 보니 나는 白旗를 들은 셈이지요. 나는 勝敗之心을 가지고 崔 先生을 對한 者가 아닙니다. 이곳(學校) 形便이 어려운 此際이기 때문에 急速한 時日 內에 崔 先生의 要求대로를 行키 어렵다는 것뿐이었음은 잘 알고 계시지요? 册子를 全혀 入手치 않겠다는 것도 아니었고, 代金을 몇 個月 後에 支拂한다는 것도 아니었음을 記憶해 보십시오. 따라서 册子를 無料로 要求한 바도 아니었읍니다. 勤務處의 한 職員으로서 形便대로 말했을 따름입니다. "敎育者의 信義를 爲하여 最後까의 努力한다."고 하신 말씀 意味를 잘 모르겠으니 다시 暗示하여 주실 수 없을른지요? 約定書에 依한 期日을 嚴守치 못하였다고 하여 法廷에 上訴할 豫定입니까? 그렇지 아니하면 拳銃을 드려댈 것입니까, 또는 文化機關을 通하여 造作的인 輿論化하겠다는 것 입니까. 참으로 기가 막힌 일입니다. "모든 일은 人間的으로 解決할 수 있다."는 崔 先生의 말씀은 내 귀에서 아직 사라지지 않았읍니다. 崔 先生은 文人다운 信義를 지킬 수 있으리라고 나는 確信합니다. 나는 奸智가 充滿한 사람이려니와 慧智가 充滿하신 崔 先生의 處事를 바랄 수밖에 없겠지요. 崔 先生의 慧智로 弱者 이 사람은 진수렁에 짓밟혀질 수밖에 없음을 覺悟합니다.

4. 우리는 協助의 原理 밑에서 人間다운 處事를 해야 함을 서로 反省하여야 합니다. 나는 崔 先生의 慾求를 充滿케 하기 爲하여 유리窓이나 煖爐래도 팔아서 代金을 드리지 못할 事情이면 내가 입은 떠러진 洋服대기나마 팔아서 들이지 못한 點을 後悔하는 同時에 잘못을 反省합니다. 崔 先生은 相對편만을 원망치 마시고 現 우리나라 各 機關 經濟 및 財政이 富하지는 못함을 다시 認識하여 주실 뿐만 아니라 社會에서 어리석다고 誤認하기 쉬운 弱者(敎育者) 中에 處世術과 社交術이 不足한 郭弟가 있으므로서 崔 先生 自身도 誤解하고 있음을 反省하십시오. 따라서 報復이 있다는 말씀 大椽히 무서운 感情입니다. 나는 업지러진 물이 되어서 無理하나마 崔 先生께서 주시는 刑을 感受(甘受)할 決心을 가지고 있읍니다마는 우리는 聖人이 아닌 以上 凡人이기 때문에 나쁜 일도 行習이 되면 고치기가 어려운 것이니 나 하나 犧牲시킨 것으로 一段落을 지우시고 굳게 씩씩하게 建國의 일군답게 나가주심을 祈願합니다. 원수를 사랑하라는 敎訓도 있으며 文人은 相對를 犧牲시키는 것이 目的이 아니라 筆力으로서 社會의 거울이 되며 社會人의 啓蒙과 文化 發展에 寄與함이 目的과 못도-[모토]가 아닐가 生覺합니다. 나는 인제 쓰러진 人間이 되는 모양이니 내내 崔 先生은 길이 幸福을 누리십시요.

끝으로 罪悚한 말씀은 貴宅까지 가서 詳細한 말씀을 드리고자 하였었으나 民兵隊 敎育과

教職員 월샾 準備로 若干 奔走하여 書面으로 失禮함을 諒察하여 주십시요. 떳떳한 편지는 못되나마 이러한 書信을 彼此에 주고받는 것으로 因해서 서로히 人間的으로 더욱 사괴게[사귀게] 되는 機會가 될른지도 모르겠지요. 甲午 新春 明朗한 87年을 기쁘게 마지합시다.
12. 30. 상쾌치 않은 心情에서 江西 郭弟
崔炳柱 貴下

〈1953년 12월 31일 목요일 晴〉(11. 26.)
86年의 말일이다. 금년은 공사 간에 대단히 바빴었다. 학교의 모든 행사 가정의 제반사에 분주했었다. 금일로서 이 모든 애로를 깨끗이 씻고 새해를 마지하렸다.
사택의 앞뒤 벽과 처마에 붙은 거미줄이나 끄름을 쓰레 제치고 책꽂이 정리를 말꼬미 해 놓았다.
민병대 소집이 있어서 교장님과 같이 이 사무를 처리하였다. 오후는 방 교사와 함께 전 직원의 성의를 표시한 연말 선사로 술(정종)과 고기 몇 근을 교장님 댁에 갖다 드리었다. 집의 아이들은(노희, 노임) 저의 모친이 없어서 매우 칭얼대고 있다. 밥은 장녀 원자가 지어 먹으나 노희 노임은 아직 어리어서 무리도 아니다. 밤에 잘 때에 특히 엄마를 찾는다.
◎ 게사년의 총관(癸巳年의 總觀)
예년보다 비가 자주 와서 대풍이 들었다. 마침 5, 6월에 적당히 비가 나려서 어느 들이고 물이 철름거리었다. 모자리 때부터 모내기까지 물 걱정이 없어서 금년만은 틀림없이 풍년이 되리라고 말들이 많더니 과연 그러했다. 비교적 비료도 흔히 쓴 셈이었다. 너무 넘치게 된 벼들이 약간 죽어서 근심이 심하더니 대단치는 아니했던 모양이다.
지긋지긋한 전쟁, 사람을 죽이는 전쟁, 사람을 못 견디게 하는 전쟁은 아직도 종지부를 찍지 못하였다. 총뿌리를 맞서게 하는 싸움만은 7월 달에 합의가 되어 휴전이 성립되었으나 신신치 못한 휴전이다. 민족과 국토는 아직도 통일되지 못한 채 총대만을 놓은 것이다. 중립지대에 5개국(인도, 스위스, 스웨덴, 첵코)군이 주둔하였고 양대 세력은 아직 우리 반도에서 버티고 있다. 언제나 완전통일을 볼른지 앞날이 창창하다.
일구월심 주야장천 머리에서 사라지지 않는 아우의 생각……. 생각만 하여도 가슴이 답답. 통분해 마지않는 이 심정-. 금년에는 천우신조로 만날 기회가 되련가 하였건만 무정한 세상은 사정없이 그대로 가버렸다. 원한과 서름에 사무친 어머니께서는 기가 막히게 보고 싶으신 나머지에 푸덤같이 애간장을 태우시고 썩으시던 끝에 안질에 심하시어 기어히 좌목에 티가 하나 생기어 실명 정도까지 이르렀다. 아- 불쌍도 하다. 자식 잃고 앞 한 편을 잃으신 우리 모친. 이 분함과 원통함을 어디다 풀며 언제나 푸러지리……. 이른 봄의 소식에 아우 운영은 부상 당한 채 이북으로 갔으리라는 말이 있었으니 과연 그러하다면 서광이 있다고도 볼 수 있으련만 어떠할른지? 전사통지가 오고 또 유가족 연금증서까지 받게 된 이 지음 어쩐지 마음이 살란하여 미칠 듯하구나. 과연 죽지 않고 사라서 후일에 만날 수 있다면 금방에 죽어도 한이 없건만 그 사실을 누가 담보할 것이냐? 하여튼 이만한 소식이라도 사실을 전한 것이라면 천지신명은 과연 나를 돌보아 주심이 과언이 아니다……. 감사하도다……. 사실이 되기를 원하노라……. 살아 있기를…….
그리하여 부모형제와 같이 만나 악수 논정하여 보기를…….
본 가정의 생계는 가을 농사를 잘 지어서 새봄의 식량에는 예년보다 덜 하리라고 생각된다. 내 이 세상에 나서 철이 난 이후로 우리 집 추수가 최대(최고) 17석을 넘지 못하였으나 금년은 밭에도 모를 심그어서 약 30석이 된다는 것이다. 이것만을 가진다면 식량 걱정은 절대 없겠지마는 칠궁에 빚을 많이 져서 갚고 본다면 봄 양식이 따롱따롱할 정도라 말씀하신다. 만약 이러한데닥아 농사(추수)까지 변변치 못하였다면 가계는 더욱더욱 곤란일 것이나 다행이 연사가 괜찮아서 빚만은 다 갚았으니 이 한 또 다행한 일이다.
4男(사남) 노송을 강서면 반송에서 낳았다. 생월이 5월(음 4월)이었다. 이로서 7남매를 낳았다. 나의 연영에 비하여 많은 셈이나 항극 생계가 넉넉지 못함이 원통한 일일뿐 나는 행복으로 생각한다. 남들이 보기에는 혹 "가난뱅이 자식 많다"의 격언에 비추어 딴 생각을 갖아 줄른지 모르지만 나는 절대로 그렇게 생각지 않는다. 부모만이 편할려면 물론 자식 없는 사람들이 편할 것은 사실이다. 그러나 자식을 위하여 고생하는 것은 고귀한 일이라고 생각한다. 자식을 위하여 나의 일생을 희생하여 보리라는 각오을 가지고 있다. 설마 암만 가난하다 하여도 굶겨 죽이지는 않아리라. 배를 줄여 기아케 하지는 않을 것이다. 그리하기에 나는 있는 힘을 다하여 자식들을 가르쳐 보고자 하는 결심을 갖고 실천 중에 있는 것이다. 다음에 자식들을 열기하여 그의 건강을 비노라.
장남 노정 15세 청주중학 2학년 재학 중
장녀 노원 12세 국민학교 6학년 재학 중(진학시킬 예정)
차남 노현 9세 국민학교 2학년 재학 중(성적우수)
삼남 노명 7세 국민학교 1학년 재학 중(최고우등생)
차녀 노희 5세 (몸이 약간 뚱뚱하고 재조 있서 노래, 유희, 셈을 잘함)
삼녀 노임 4세 (몸이 간약피나 재조 있서 노희에 지잖게 흉내 냄.)
사남 노송 1세 (금년 출생…… 얼굴이 둥글고 잘 생겼음.) 以上

附錄

"紙榜 祝祭文" 嘉善大夫 曾孫 尚榮 四二七四. 九. 三〇分 移記[4]

二.二五 顯祖妣貞夫人昌寧成氏 神位
一二.一八 顯祖考嘉善大夫參判府君 神位
一〇.一七 顯祖妣恭人韓山李氏 神位
四.一〇 顯祖妣恭人安東金氏 神位
一.二五 顯祖考通德郎府君 神位
四.一五 顯妣恭人扶安林氏 神位
二. 六 顯考通德郎府君 神位
一〇. 六 顯妣恭人文化柳氏 神位
一. 三 顯考通德郎府君 神位
四.一八 亡室恭人全州李氏 神位
四. 六 祖父
七. 六 伯父
五. 八 伯母
一〇.一〇 從祖母

4) 이 내용은 일기가 끝나고 남은 지면에 오른쪽 끝에서부터 세로쓰기로 기록되어 있다.

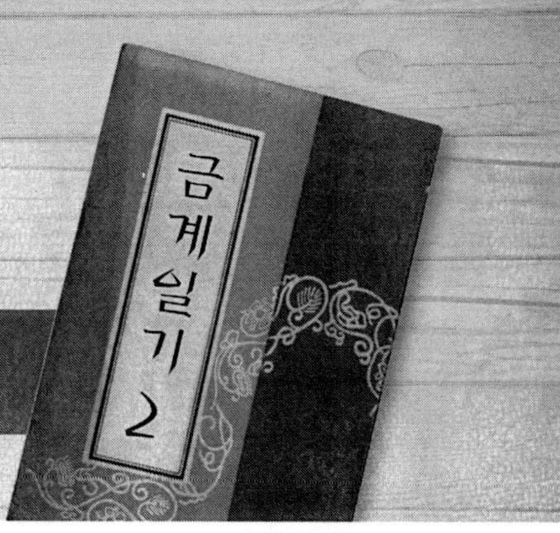

1954년

〈앞표지〉
1954년
1955년
1956년

檀紀 四二八七年	54
〃〃 四二八八年	55
〃〃 四二八九年	56

日記帳
江西校 勤務
內秀校로 轉勤 4287. 6. 26.

檀紀 四二八七年(甲午)〈1954년 1월 1일 금요일 晴〉(11. 27.)
새해의 날도 밝았다. 밤새도록 칭얼거리며 엄마를 찾던 아이들은 새벽과 이른 아침까지 곤히 잔다(노정 모친이 금계 본가에 가 있는 중). 조석으로 불을 넉넉히 때지 못한 까닭으로 방은 얼음장 같이 차다. 부엌에 나가서 불을 때기 시작하니 장녀 원자(원명…노원)가 나와서 밥을 안쳐 주웠다. 데운 물로 어린 아이들을 세수시키고 나도 씻고서는 새 옷을 입은 후 북편 고향을 향하여 공손히 절했다. (금년도 어머니 아버지의 안강하심을 빌며 가정 경제도 큰 곤난이 없기를……. 금년에야 아우 운영 소식을 듣기를…….) 학교에서는 신년 축하식을 거행한 다음 교장댁에서 축배를 받게 되었다. 오후 4시쯤 하여 비하리 학부형 이대영 씨의 초대를 받아 밤늦도록 놀았다. 서로 사돈이라 하며 농담을 많이 하면서 술이 취하도록 흥 있게 놀았다.

〈1954년 1월 2일 토요일 晴〉(11. 28.)
반자[1] 도배를 시작할 때 박종영 선생께서 초대가 있서서 교장님과 같이 그의 큰댁에 가서 만반진수에 많이 맛있게 먹었다. 오후에 귀가하여 다시 도배 일을 시작했던 것이나 마치지 못

1) 지붕 밑이나 위층 바닥을 편평하게 하여 치장한 각 방의 천장을 이르는 말이다.

하였다.
오늘도 아이들은 저의 어머니가 오지 않으므로 눈물을 흘리며 어머니를 찾는 것이었다. 참으로 어머니가 없으면은 어찌될 것이냐? 더욱 느끼지 않을 수 없었다. 정말로 어미 잃은 아이들이란 가엾은 일일 것이다.

〈1954년 1월 3일 일요일 晴, 曇, 小雪〉
아침부터 시작한 반자 도배는 오후 3시쯤 하여 끝났다. 노정 모친도 돌아왔다. 아이들 소리치며 웃으며 좋아한다. 금방에 방이 따뜻해졌다. 같이 갔던 노정(중학 2년생)이는 자전거에 무거운 짐을 싣고 왔다. 고향에도 양력 과세를 아니 했다는 것이다. 금년에는 전부가 음력 과세의 계획인 듯……. 신문에도 양력 과세의 요구하는 기사가 없어서 모두는 관심조차 없는 것 같았다.

〈1954년 1월 4일 월요일 曇後晴〉
나의 생일이라 하여 맛있는 반찬을 몇 가지 해주므로 먹었으나 부모님께 봉양치 못하여 가슴이 쓰라리었다.
금일부터 월샾이 시작되어 전 직원은 등교하였다. 금일은 "家庭과의 連絡敎育"이라는 제목으로 연구협의회를 했던 것이다.
오후 1시에 강촌(綱村)으로 학생 가정방문을 하였다. 송해걸 군의 부모께서 성의 있는 음식을 주어서 맛있게 먹었다.

〈1954년 1월 5일 화요일 晴後曇〉
금일의 월샾 제목은 "學習場 使用 指導"이었다. 1학년부터 6학년까지 학습장의 종류와 형식, 기입하는 내용 등에 적절한 협의 결정을 보았다.
사무정리가 끝나고 반송 엄 씨 댁에서 1배 접대를 받았다. 이 집은 음식점이다.

〈1954년 1월 10일 일요일 晴〉(12. 6.)
순회지도차 담임학급의 학생 가정방문을 시행하였다. 비하리 李駿魯, 姜銓弘, 石谷里 朴鍾明, 李哲永, 李殷求, 李哲淵, 李瑢奉 君의 家庭을 가보았다. 대체로 열의 있는 태도와 자모의 응접에 기뻤으나 가정의 어머니로서 좀 상식이 부족한 곳도 있었다. 우리나라의 현 사회상으로 볼 때 무리도 아님은 사실이다. 담임과의 담화를 피해서 될 것인가? 더 좀 생각할 여지가 있을 것이다.

〈1954년 1월 11일 월요일 晴〉(12. 7.)
교육구청에 가서 용무를 마치고 시장에 나와서 외투를 사 입었다. 일천육백 환을 주었다. 군인외투를 염색하여 새로히 꾸민 것인데 값도 싸려니와 실용적인 튼튼한 물건이었다.

〈1954년 1월 13일 수요일 雪〉(12. 9.)
이번 겨울로서는 오늘 나리는 눈이 첫눈(初雪)이 되겠다. 數日 전에 몇 파람 날린 적이 있었으나 땅위를 덮을 정도가 아니었다. 이번 겨울같이 기온이 푹하다는 것은 고래에 처음이라고 사람들은 말하고 있다. 어찌나 날씨가 온화하던지 냉이 같은 햇나물을 캐다아 국을 끓여먹는다(동지섣달에 햇나물이 있을손가).
요새는 방학 중의 당직으로 숙직 임무에 당하고 있는 중이다. 숙직실에서 일찍이 집에 가보니 장남 노정이가 벌써 눈을 다 치워버리고 새

탑치기[2]를 만들고 있었다. 조반 후 삼남 노명을 앞에 앉히고 과제장을 지도하였다. 이 애는 일곱 살밖에 안되었으나 두뇌가 괜찮은 편이어서 1학년에서도 우수한 성적이며 가정학습 시에도 일러주기에 재미가 있다.

〈1954년 1월 15일 금요일 曇〉(12. 11.)

어제 아침까지 나린 눈은 약 15cm는 쌓였을 것이다. 눈 나린 후 햇볕이 돋지 않아서 녹지를 않아 온 세상은 은세계로 변하였다. 땔나무가 걱정되더니 마침 학교 장작을 운반할 때 몇 사람이 어울러서 한 추럭을 사서 나누었다. 아직 값은 아니 치루었으나 이 나무가 아니면 큰일 날 뻔했다. 오후 1시부터 학교에서는 26회 동기회가 있게 되어 참석했으나 질서 물란한 태도에 교장님께서 분개한 말씀이 있었다. 그 끝에 나도 몇 가지 이야기를 해주었다.

〈1954년 1월 16일 토요일 晴〉(12. 12.)

오전 중에 몇 가지의 장부 검열을 하고 오후 2시쯤에 금계 본가에를 다녀오려고 출발하였다. 가는 도중에 서촌에 들려서 담임학생의 가정을 몇 집 방문하여 가정환경의 기초조사를 하였다. 부형 이근영 씨와 신일동(이장 및 역원) 씨에게 후대를 받았다. 이 씨는 본래 옥산서 큰 사람일뿐더러 동창생의 관계도 있다.

옥산까지 건너와서는 임순옥 씨, 족질 노일이한테 접대를 받았다. 그러고 보니 술이 상당히 취하였었다. 면 서무주임 한홍 아저씨와 족형 보영 형과 동행이 되어 금계에 도착될 때까지 정담하면서 왔었다. 집에 도착되어 방에 들어가니 어머니와 아버지께서는 자리를 매시고 계시다. 절을 하고 부모님께 사죄를 하였다. 부모님은 반가운 마음에서 사랑의 말씀을 하여 주실 뿐 아무런 걱정의 말씀은 없으셨다. 집도 삼간집 생계도 언제나 마찬가지. "어머님 우리도 한번 뚝너머 모래밭에다 새집을 지어 사랑도 만들어 손님을 들일 수 있게 하고 살아봅시다." "그래 내년 농사를 잘 지어서 그렇게 하자" …… 질녀 노선을 안고서는 "노선아! 아버지는 한 3년 후에는 만날 것이다… ." 이때에 아버님이나 어머님은 가씀을 찌르는 듯한 서글픈 생각이 들으셨음은 물론 웁방에 계신 계수씨 역시 표현할 수 없는 심정이였을 것이다.

사가지고 온 술 한 잔을 데워서 부모님께 한잔씩 따루어 드리고는 자버렸다.

〈1954년 1월 17일 일요일 晴〉(12. 13.)

종형님과 한참 이야기하다가 저 못팅이 사는 재종매형을 만나 보려고 갔더니 동리 어른들이 여러 분 계시므로 인사를 들이고 두어서너 시간에 걸쳐 이야기하고 놀았다.

점심을 먹은 후 노현(차남)과 막내아우 진영을 다리고서 강서로 출발하였다. 수일 전에 나린 눈이 녹아서 길이 대단히 험하였다. 어린 것들과 동행하느라고 상당한 시간이 걸려서 사택에 도착된 것이 깜깜한 7시쯤 되었다. 아우 진영 9세은 근자에 알은 후 귀가 먹먹하여 작은 소리는 잘 들리지 않는다는 것이어서 진료소에 뵈일려고 다리고 왔던 것이다.

〈1954년 1월 19일 화요일 晴後曇〉(12. 15.)

2) 표준말은 새탑새로, 활대에 새끼를 엮어 만든 새잡이 도구를 가리키는 말이다. 새탑시기라고도 한다.

민병대원 소집이 있어서 교관들 몇 분과 사무 처리에 약간 분주하였었다.
아우 진영을 다리고서 진료소에 가서 의사에게 뵈었더니 약을 주시어 집에 다리고 와서 약을 먹였다. 한 3, 4일분치를 주는 것이었다. 감기 중에 바람이 들어 귀속이 바람 부는 것처럼 윙하는 소리가 나기 때문에 가는귀가 먹었으나 이 약을 먹으면 낳는다고 한다. 진료소장 최 선생이 작년에 가고 현재는 김최옥 씨인데 나한테 어찌나 친절히 하여 주시는지 미안해서 진료소에 가기도 면목이 없을 만한 지경이다. 자식들이 여럿이기 때문에 감기, 안질, 종기 등등으로 자주자주 폐를 끼치고 있는 중이다.
오후에 가경리의 담임학생 가정방문을 마치고 와서는 학적부, 출석부 등을 검열하였다. 현대의 신출교사들이야말로 노력할 여지가 많다. 글씨, 열의 각 방면에 자각을 하여 스스로가 실력을 쌓을 여지가 있는 것이다. 글씨 하나 변변히 못 쓰는 교사를 안심하고 보내는 사범교육을 책하기도 어려운 세상이다. 학생 시대에 학생답게 학업에 열중하여야 할 터인데 그렇지 못한 이 사회상을 원망할 수밖에 없을른지…….

〈1954년 1월 20일 수요일 曇〉(12. 16.)
전교 소집일이다. 직원조례, 아동조례, 학급행사로 훈화, 과제장의 중간검열, 소제 등을 실시하기로 하였다. 학생들을 하교시키고는 직원 타합회를 하였다.
내일은 제2국민병 간열점호가 있게 되어 민병대 출석상황까지 검열케 되었다는 것이어서 출석 불양한 대원들의 몸 다는 부닥임에 입장이 매우 곤란하였었다.
오후 5시 반쯤에 교육구청 서무계 양주사가 학교에 들러서 교장님과 같이 주막에 나가 일배 대접하여 보냈다.

〈1954년 1월 21일 목요일 雨後曇〉(12. 17.)
학교 강당에서 제이국민병 간열점호가 있었다. 마침 날씨가 나빠서 근 천 명의 청년들이 질은 흙을 밟아드리어 학교 각쳐는 흙투성이가 되고 말았다. 더구나 심한 짓은 변두리 교실에서는 아동 걸상을 뿌셔서 난로를 피운 사실이 있었던 것이다. 참으로 이런 마음으로 나가서야 우리나라의 장래가 어떻게 될 것인지 위태하고 한심한 노릇이 아닐 수 없다. 건실한 청년은 나라의 기둥이라고 할 수 있는 것이어늘 보통도 아닌 악행을 하니…….

〈1954년 1월 22일 금요일 晴〉(12. 18.)
금일부터 5일간 학교경영강습회라 하여 도내 각교 교감진의 강습이 있게 되었다. 아침 일찍이 자전거로 출석하였다.
오늘은 도 장학사 오병구 선생의 "教科運營과 새 學習指導法"과 도 장학관 김태봉 선생의 "教育再建上의 諸問題"에 關한 講義가 있었다.

〈1954년 1월 26일 화요일 晴〉(12. 22.)
강습회가 끝났다. 어제 오늘은 우리 한국 교육계에서 고명한 서울사범대학교 학장 고광만 선생의 "韓國教育再建上의 우리의 進路"란 演題를 걸고 流暢하고 열렬한 강의가 있었다. 이 분은 해방 직후 충북의 일대 교육국장으로 계시어 교육자의 대우 개선에 큰 공로를 세웠던 분이다. 근자에는 미국에 건너가 약 1년간 연구를 하시고 왔다는 것이다. 내용이 풍부하고도 참다운 강연은 유일무이한 선생이 아니면 들을 수 없는 것이다.

〈1954년 1월 27일 수요일 曇後雪後曇〉

청주 석교국민학교에서 연구발표회가 있어서 박영순 선생과 같이 출장하였었다. 이 학교는 금년도에 문교부 지정 연구학교이며 우리 도에서 가장 큰 학교이다. 금일 시행한 것은 중간발표가 된 것이다. 정식발표는 이후에 또 있다는 것이다.

연구회를 마치고 우체국에 와서 아버님을 만나서 전몰군인 유가족에 주는 연금을 찾았다. 이 돈을 받을 때 아버님의 심정은 헤아릴 수 없는 쓰라림과 서러운 마음이 복바쳐 계심이 틀림없음을 생각하니 다시 울적한 마음이 눈가죽을 무겁게 한다. 이 돈은 사람과 바꾼 것이 되는가? 이 돈을 도대체 어디다 어떻게 써야 하는가? 어찌면 이 돈을 받게까지 이르렀는가? 아 무정한 이 세상아……. 우체국에서 나와 아버님과 같이 소전으로 갔었다. 돈이란 수중에 있으면 쓰게 되니 송아지라도 한 바리 사서 기르시겠다는 아버님의 말씀이었다.

아버님께서 먼저 청주를 출발하신 후 나는 시장에 들어가 어물을 두어 마리 사가지고 부즈런히 강서 사택에 와보니 송구하고 서운하게도 아버님께서는 직접 금계로 가신 모양이시다. 눈파람은 둘씩셋씩 날리어 저녁 추위를 재촉하는데 그 멀고 먼 곳을 가시느라고 얼마나 고달푸실가? …… 자식을 용서하옵소서.

〈1954년 1월 29일 금요일 晴〉(12. 25.)

교육구청에 가서 교원 무시험 검정서식을 조사하고 교직원의 병사카-드를 제출하였으며 도 학무과에 가서 안 장학사에게 부탁하여 본교(강서) 박종영 선생의 자격증 번호를 조사하여 왔다. 도청 서문에서 입초 선 순경이 내가 교원임을 알고 깔보았던지 오해가 있었던지 자전거에서 나리지 않고 통문했다는 구실로 몇 마디 이야기를 하기에 나는 모자를 벗으면{서} 겸손히 인사하였던 심정으로 "오해치 말라"는 이야기를 하고 왔으나 내 항시 남에게 불손한 말을 해본 적이 없느니만큼 기분이 쾌치 못하였다.

교육구 노 장학사께서 미국에서 보내온 2차분 양복지 배급에서 춘추용을 탔다 하여 나에게 한 벌감을 교환해달라고 졸으기에 나의 남아지 한 벌감과 노 장학사의 아이후꾸지[3]와 바꾸었다. 이 춘추복지도 최고로 좋은 감이라고 한다.

〈1954년 1월 30일 토요일 晴〉(12. 26.)

주소 성명이 불명한 편지가 한 통 왔다. 뜯어보니 매우 기괴한 편지였다. 순회하는 편지가 틀림없으나 똑같은 내용으로 지인 12인에게 보내야만 하며 만약 방치하면 불행이 오고 72시간 내에 발송하면 행복이 온다고 하였고 예를 들어 "스타친"이니 "루우스벨트"를 적어 놓았으며 나에게 온 차례가 202089番이었다. 널리 이 사연을 알렸더니 "행복의 편지"라 하여 각지에 상당히 돌고 있는 현재라고 한다. 작난과 비슷하며 과거에도 있었던 일이니 아무런

3) あいふく(合服 間服)地. 춘추복 옷감을 뜻하는 일본어이다.

걱정이 없는 편지라고 하기에 나도 절대 미신으로 단정하고 현대 같은 과학이 발달한 시대에 그런 것에 개의할 것 없이 그냥 버려두기로 하였다. 기분은 좀 나빴었다.

〈1954년 2월 3일 수요일 晴〉(12. 30? 1. 1?)[4]
금번에 나온 달력이 또 구구하여 말성이 많게 되었다. 즉 음력 12월이 적은 달력과 큰 달력이 있어서 구정(舊正)이 2월 3일이냐? 2월 4일이냐?가 문제가 되었다. 중요한 달력을 이렇게도 구구하게 내는 이 나라의 형편과 감독의 불철저함에 원망 아니 할 수 없는 것이다. 아직 양력 과세를 이행치 않고 음력 과세에 뿌리가 박힌 이 민족이어늘 달력이라도 정확하게 내어야 국민 전체가 같은 날에 설을 셀 것이 아닌가? 한심하도다. 내가 있는 강서 반송 지구는 금일이 섣달금음으로 공론이 된 듯하다. 이지릅만 잡고서 노정과 원자를 다리고 금계 본가로 갔었다. 가며 이야기를 들으니 오늘이 정월 초하루라 한다. 강서면도 동리에 따라 구구하다. 지동과 서촌은 오늘로 세었고 옥산면 일대는 전부가 오늘로 설날을 맞게 했다는 것이다. 천세력과 만세력에 좇아서 했다는 것이다. 집에 가서는 차례는 못 지내고 세배만 하였다. 저녁에는 재종형이 계신 사거리에 가서 당숙모님께 세배하고 재종형님(헌영 씨)과 집안사에 대하여 여러 가지로 이야기를 하였다(큰 당숙들 집을 매각하게 되었다는 것과 우리의 가정 영위 등등).

〈1954년 2월 5일 금요일 晴〉 1. 2? 1. 3?)
아침부터 세배를 다니기로 하였다. 어제는 본가에서 오는 길에 안말, 번말의 일가 어른들께 세배하고 오미에 와서도 몇 집을 방문하여 인사하였다. 오늘은 이 반송 지방에 찾아뵈어야 할 몇 집을 다니면서 새해 인사를 하였던 것이다.

〈1954년 2월 8일 월요일 晴〉(1. 5? 1. 6?)
45일간의 긴 방학도 어제로서 마치고 금일부터 개학하게 된 것이다. 전 직원, 전 학생이 무사함을 다행으로 생각하며 앞으로의 나갈 길을 더욱 굳게 전원에게 강조해 말하였다.
오후에 학교일이 완전히 끝나고서는 교장님과 같이 비하리로 인사를 갔던 것이다. 서무조 선생도 동행하였었다. 이 사장(이문군 씨) 댁에서 수시간 놀다가 다시 이은영 씨 댁으로 옮기어 인사한 후 밤이 깊도록 여러 분과 담화하였고 다시 비하리 이장 되시는 이종익 씨 댁에로 가서 또 술을 마시며 놀았다. 학교 임원(감사)인 이은영 씨와 학교 경리 관계에 대하여 서운한 감을 솔직히 토로하여 속임 없는 약간의 언쟁이 있었다. 학교 경리에 있어서 이면에 그 무엇인가 흐미한 짓이 있으리라고 의심을 가진 그에게 절대로 사람을 의심하지 말고 오해하여서는 아니 된다고 나는 밝혀 말했다. 근거 없는 또는 사실 없는 의심을 받음이 매우 분하였던 것이다. 이러한 이야기가 고조로 하게 된 것도 술짐이라고 생각하나 하여튼 억울하다는 감에서 나는 이야기했던 것이다. 술은 점점 먹게 되어 한밤중이 된 것 같았다. 이 집

4) 저자는 이 날부터 음력 2월 1일인 3월 5일 전까지 이처럼 두 날짜를 적고 물음표를 찍어 두었다. 해당일자의 음력 날짜는 1월 1일인데, 일기 본문에 기록되어 있는바, 이 해에 나온 달력에 두 가지 본이 있어 이와 같은 문제가 초래되었음을 알 수 있다.

자모 되시는 홍근 군 모친의 성의가 놀라웠던 것이다. 금일뿐만 아니라 방문하였을 때마다 대접을 지극히 하는 분이며 자녀교육에 성의를 다하는 분이다. 좌담회를 끝마치고 헤어질 때까지 자지 않고 응접하여 주며 출발할 때는 밖에까지 멀리 나와서 감격한 감을 남게까지 하는 인사가 있었던 것이다.

〈1954년 2월 20일 토요일 晴〉(1. 17? 1. 18?)
구 학무과장 이임조 선생님이 자친상을 당하였다는 부서가 와서 방과 후에 한 교장님을 비롯하여 직원 수인이 조위차 청주에 다녀왔었다. 이 분과는 해방 직후에 옥산교(모교)에서 같이 근무하였기 때문에 가족들과도 잘 아는 처지이다. 상주는 아직 산에서 회정치 않았었다. 사모님(안상주)이 나를 보더니 손을 부등켜안고 서럽게 우시는 것이었다.

〈1954년 2월 21일 일요일 晴〉(1. 18? 1. 19?)
도 학무과에 계신 이철환 장학사가 학교까지 내방하여서 이야기 끝에 주점에 나가서 점심을 같이 하였다. 한 교장님을 비롯하여 지방의 이은영 씨, 또 한 손님인 맹동이 씨와 자리가 같이 되어서 재미있는 농담들도 많이 있었다. 밤에는 숙직실에서 맹동이 씨의 자제교육을 위하여 큰 관심과 열의에 대한 모든 태도를 볼 때 참으로 감격하고 훌륭한 어버이의 심정을 익히 알 수 있었다.

〈1954년 2월 23일 화요일 晴〉(1. 20? 1. 21?)
수일 전에 부임한 강(姜惠順) 여교사를 다리고 구청에 가서 인사 소개를 하고 발령장을 받게 하였다.

〈1954년 3월 2일 화요일 晴〉(1. 27? 1. 28?)
상구하여 실태조사표(教育實態調查票)를 제출하고 청주사범학교 병설중학에 가서 수험하는 학생들을 만나 보았다. 학교에서 다시 구청에 가서 신(申鎭石) 씨와 같이 점심을 먹고 월전의 감사하였던 인사를 하고서 채용금을 반환하였다.
우리 교육계(특히 초등교육계)에서 분개 아니할 수 없는 일이 신문에 보도되어 이 나라의 조령모개에 한탄 아니 할 수 없었다. 즉 중학 입학시험을 위한 학력고사 결과가 무효가 되고 다시 각 학교별로 입학시험을 실시하게 된 것이다. 대통령의 특명이라 한다. 문교부 위신과 나아가 정부, 대통령의 줏대가 이렇게도 없어서 국민들의 마음이 안정될 수 없음을 또 깊이 느껴졌다. 종잡을 수 없는 이 세상을 어떻게 살아가야 할른지…….

〈1954년 3월 3일 수요일 晴〉(1.28? 1. 29?)
아버님께서 다닐러 오셨다. 가정의 무사함을 다행으로 여겼다. 연이나 아우 운영의 전사에 대한 특별사금이 수속이 잘못되어 찾지 못하셨다는 것이다. 군부당국의 사무 착오와 모순됨에 매우 개탄하지 않을 수 없었다.

〈1954년 3월 5일 금요일 晴〉(2. 1.)
학교일을 마치고 오후 2시쯤에 자전거로 옥산을 향하였다. 집에 도착하니 어머님께서는 명을 자아시고 계시다. 오늘이 二月 초하루여서 나이떡을 하셨는지 송편 떡을 큰 누이가 많이 뜯어 주어서 실컨 먹었다. 어머님께서 따라주시는 약주도 몇 잔 마시었다. 아우 운영의 특별사금 신청에 대한 퇴송당한 서류류를 찾아서 바로 옥산면으로 향하였다. 담당계원을 만나 내용을 문의하고 집(강서)으로 돌아왔다. 기쁜 돈이 아니고 서러운 돈이기 때문에 가정에서는 부모님께서 되면 되고 안 되면 안 되는 대로 내버려 두시는 것임을 생각하니 더욱 나의 가슴도 쓰라림을 아니 느낄 수 없었다. 사실이 죽었다 하면 돈과 사람을 바꾼 양이니 이 돈을 대체 어디다 어떻게 쓸 것인가……. 가정에서 면에서 수속은 하였던 것이나 전사통지서에 전사 날자가 사변 전이기 때문에 해당이 안 된다는 것이니 이런 모순된 통지서가 있을 수 있을 것인가? 참으로 어이가 없었다.

〈1954년 3월 6일 토요일 晴〉(2. 2.)

금학년도 제반 정리에 대한 계획을 수립하여 직원회에 시달하였다. (졸업식, 수료식, 장부 정리, 위로 음악회, 기타)

〈1954년 3월 7일 일요일 晴〉(2. 3.)

면 주최인 농업증산대회에 참석하여 87년도 신입생에 대한 입학 내용을 이장들에게 이야기하고 오후 3시에 산회하였다.

오후 4시에 청주에 들어가서 병사부 원호과에 찾아가서 사금에 대한 문의를 하니 약간 불친절함을 느끼고 정훈실에 가서 또 문의하니 이곳에서는 매우 친절히 대하여 준다. 육군본부에 다시 알아보아서 확인증을 받아야 함을 말한다. 곧 육군본부(대구)에 가보기로 마음 결정을 하였다.

전기교 수험자들은 수험표를 받는 날이다. 장녀 원자도 여중에 가서 수험표를 받아 왔다. 원자는 성적이 좋지 못하였기 때문에 입격이 되리라고 믿어지지 않으나 혹시라는 말대로 시험만은 치루어 보기로 하였다.

〈1954년 3월 9일 화요일 晴〉

어제부터 여중에 시험을 받으러 다니던 원자는 오늘에서 끝났다는 것이다. 구두시험(면접)의 몇 가지를 물어보니 순진한 마음으로 답변한 것이 우습기도 하였다. 합격자 발표는 모레(11일)라고 한다. 보통시의 성적이 양호하지 못하여서 금번에도 꽉 믿을 수 없는 터이다. 특히 수학 방면에 떠러진다. 태도와 인간적인 면은 빠지지 않을른지 모르나 아무리 생각해도 입격의 가능성이 적다. 국어과는 언제나 성적이 우수한 편이었다. 하여간 모레쯤은 알 것이다.

1, 2, 3월분의 공무원 양곡이 배급되어 오늘 운반이 되었다. 오래간만에 전 가족 수대로 수배되었다. 곡종은 국산미가 3활 3부, 외미가 1활 7부, 압맥(押麥)이 5활이라 한다.

〈1954년 3월 11일 목요일 晴〉(2. 7.)

각 중학의 합격자 발표일이다. 학교에 출근하여 10시가 가까워오니 이 학교 저 학교의 합격자 발표의 소식이 온다. 여중에 응시한 장녀 원자는 평소의 성적이 양호지 못한 고로 낙제가 된 것이었다. 마음이 섭섭하고 어버이 된 욕심으로 몹시 마음이 안되었다. 장남 노정이는 아무 걱정 없이 청중(일류라 함)에 입격이 되었었건만 원자는 내 소홀히 하여왔던 원인도 있으려니와 여자이기 때문에 학교에서 가정에 오면 저의 모친 심부름에, 또는 저의 아우들 시늉에 공부할 사이가 도저히 없었던 까닭도 있다. 동직원 중 김(金龜應) 여선생님이 몹시 동정하는 심정으로 여중(女中)에 즉시 들어가서는 당교 교장님께 특별부탁을 하고 와서는 반 타합은 되었다는 것이다. 명일에 직접 나를 들어오라는 것이다. 김 선생과 여중 교장님은 가까운 연척 관계가 있는 처지이다. 하여튼 김 여선생님의 성의에 감사할 따름이었다.

〈1954년 3월 12일 금요일 晴〉(2. 8.)
청주여중교에 가서 신(申集浩) 교장님을 면회하고 원자의 입학 허가를 부탁하였다. 특별 고려하여 주겠다는 마음으로 며칠 후에 다시 연락하여 달라는 것이었다. 구청에 들어가서 숯, 교육회비, 문맹자의 일호표, 졸업식 일자 등의 일을 보고 나왔다.

〈1954년 3월 13일 토요일 晴〉(2. 9.)
오전 10시에 강서를 떠나 대구(大邱)행을 하게 되었다. 아우 운영의 전사확인증이 필요하여서 육군본부(陸軍本部)까지 가게 된 것이다. 조치원서 오전 11시의 급행열차를 타고 출발하였다. 차내는 승객들로 미어지는 듯하게 꽉 차버렸다. 김천을 지나 대구에 가까울수록 차내는 시끄럽기 짝이 없다. 영남말로 남녀 없이 떠들어댄다. 몇 해 만에 기차를 타보니 우리나라의 운수 및 교통 정치에 개선할 점이 무궁무진함을 느끼게 된다. 가며가며 역을 살펴보니 사변에 건물이 많이도 파괴되었다. 대구에 도착하니 오후 4시쯤 되었다. 처음으로 구경하는 도시이다. 과연 큰 도시임이 틀림없다. 각종 자동차가 대단히 빈번하게 달리고 있다. 군인도시임을 느끼게 한다. 시가에 걸어다니는 사람 중에 거이 반수는 군인 일만치 많다. 시내 안내판을 본 후 어느 군인에게 육군본부의 방향을 묻고 찾아갔다. 고급 부관실 군인가족 통신반에 가보니 각처에서 모인 가족들이 열을 지어 문의하고 있다. 한참 만에 나의 차례가 되어 확인증을 발행하여 달라고 하였더니 게시판의 소정 서식에 의한 서류를 갖추어 제출하라는 것이다. 군인가족임이 틀림없다는 반장, 이장, 면장, 지서 주임의 인정이 있어야 하는 서식을 보니 어이가 없었다. 무려 수백 리를 여비도 상당한 금액인데……. 인정할 수 있는 서류를 마침 지참하였기 때문에 약간 안심을 하고서 문방구에 가서는 "확인증 발행 신청서"를 써서 호적등본을 첨부하였다. 때는 벌서 일모지경이어서 어느 음식점에 가서 간단히 저녁을 사먹고 하숙집을 찾아갔다. 여비가 충분치 못하기 때문에 가장 값싼 집을 골랐던 것이다. 기차에서도 일분을 앉지 못하고 써서 왔고 대구에서도 부즈런히 쏘다녀서 그런지 몹시나 다리가 아프고 곤하기 짝이 없었다.

〈1954년 3월 14일 일요일 晴〉(2. 10.)
아침식사를 하고 또 가족통신반으로 쫓아가서 사유 얘기를 하고서 서류를 제출하였더니 다시 퇴박하는 것이었다. 어쨌던 간에 지시한 대로의 서류를 제출하라는 것이었다. 참으로 기가 막히었다. 당연히 인정할 만한 서류가 있으매도 불구하고 소정 서식만을 주창하니…….
하는 수 없이 돌아오기로 했다. 대구에서 오전 11시 반 차(급행)를 탔다. 역시 이 차도 기만원이어서 꼭 찡긴 채 서서 올라왔다. 조치원서 나리니 몸이 후룰군하여 맥을 못 출 정도이다. 청주행 추럭을 타고 반송서 내렸을 때는 해가 어지간히 다 갔을 때다.

〈1954년 3월 15일 월요일 晴〉(2. 11.)
전국 문맹퇴치교육 실시가 긴급한 조치로서 40일간(3월18일부터 4월26일까지) 실시하게 되었다. 대상자는 19세 이상 남녀 문맹자 전원이다. 금일은 심사차 학교, 면, 지서 합동하여 각 부락에 출장하게 되어 나는 서촌으로 갔던 것이다. 근 백 명을 심사하고 저녁 늦게서야 집으로 돌아왔다.

〈1954년 3월 16일 화요일 晴〉(2. 12.)
각 부락의 문맹자 한글 지도 강사 전원을 소집하고서 지도 요령을 설명하였다. 농촌에서 바쁜 이네들이 과연 잘 지도할 것인가가 문제이다. 또 피교육자가 잘 나와 배우느냐가 문제이다.

〈1954년 3월 18일 수요일 晴〉(2. 14.)[5]
명일이 본교(강서교) 졸업식이어서 금일은 식 연습을 철저히 했다. 노래가 특히 불충분하여서 거듭거듭 연습을 시켰다. 식 연습이 끝나니 해가 얼추 갔다. 졸업상품을 아직 구입지 못하였다기에 전달부를 다리고 고문당에 가서 사가지고 오니 깜깜한 밤이 되었었다.

〈1954년 3월 19일 목요일 晴〉(2월 15일)
본교 제32회 졸업증서 수여식이다. 본교에 와서 세 번째 맞이하는 졸업식이다. 언제나 섭섭한 감을 주는 이 졸업식은 우리 교육자가 아니면 맛볼 수 없는 것이다.

〈1954년 3월 20일 금요일 晴〉(2월 16일)
졸업식에 임석한 구 노장학사와 음식점에서 점심을 같이 하고 한교장 선생님과 수시간 동안 학교경영 일반에 관하여 이야기가 있었다. 참 술 {잘} 하는 노장학사이었다. 또 좋아도 한다.

〈1954년 3월 21일 토요일 晴〉(2월 17일)
지난 13일에 대구에 가서 볼일을 다 못 보았기 때문에 금일 또다시 출발하였다. 차 안에서의 고생이란 이로 말할 수 없다. 장사군 천지에 웬만한 사람은 숨도 못 쉴 지경이다. 대구에 도착하니 오후 3시가 좀 넘었다. 급한 걸음으로 육군본부 군인가족통신반으로 달려갔다. 서류를 완비하여 가져왔건만 어쩐지 안심이 안 된다(전에 하도 기막힌 광경을 당하여 낙심으로 지내왔기 때문에). 당번군인에게 공손히 인사를 하고 서류를 제출하니 또 다시 서류불비라 하여 퇴박한다. 각처에서 모여든 여러 손님에게 시달리기도 하여서 구찮기도 하지마는 타도 수백 리 밖에서 벼루고 벼러서 온 유가족인 생각을 왜 이다지도 고려해 주지 않는가? 매우 섭섭한 감정과 낙심천만에 어안이 벙벙하였다. 학교도 결근, 여비액도 거액, 몸도 고달프고. 아- 무심한 이 인간세상이여. 사람 잃고 욕 보고 이 어찌 한탄 아니 할 수 있으리요.
마음을 단단히 먹고 또다시 담당군인에게 애원을 하였다. 서류도 이만하면 완비일 것이며 하루에 다녀갈 수 있는 거리도 아닐뿐더러 내 입장이 공무원이니 해결할 수 있는 대로 편의를 보아 달라고 원하였다. 그 군인은 나의 안색이 수심에 가득 찬 표정을 납득했던지 하여

5) 이 날 일기의 날짜에는 단기가 표기되어 있다.

간 내일 와 보라는 것이었다. 그 말만 들어도 날듯이 반가워서 깊은 경례를 하고 물러나왔다. 시가지 구경을 하려고 이곳저곳 다니며 각종 상점, 가개, 관청 등을 찾아다녔다.
금일도 전에 와서 하숙하던 집을 찾아가서 유하였다. 이 방 저 방서 여인들의 욕찌거리가 들려오며 이웃집에서 싸우는 소리도 나고 하여 적당치 못한 집이다. 방도 널곽 만한 좁은 방에 손님은 두셋식. 침구는 수삼 년 세탁을 하지 않은 것 같이 보이고……. 여비가 넉넉지 못하기 때문에 하는 수없이 자는 것이다.

〈1954년 3월 22일 일요일 晴〉(2월 18일)
아침밥을 어느 식당에 가서 우동으로 때우고 군인통신반을 또 찾아갔다. 금일도 각처에서 모인 유가족들과 탐문차 온 객들은 문 앞에 가뜩 서 있다. 마침 어제 일보던 군인이 있기에 반가히 인사를 하고 물었더니 아직 멀었소. 접수가 아직 안됐소. 오늘은 일요일이 아닙니까? 되는 대로 해볼 수밖에 없는 것이요 등등 정 떠러지는 소리만 하는 것이다. 이 군인은 인상이 워낙에 좋지 못하게 내가 본 것이 틀림없었다. 같이 일 보는 딴 군인을 친할 수밖에 없다는 생각이 들어서 한참 후에 인상 좋은 군인에게 겸손한 태도로 다시 인사를 하고 확인증을 또 애원하며 부탁하였다. 몹시 몸 달게 나는 애원했든 것이다. 점심때가 지나서 해가 설핏할 무렵에 이를어서야 며칠 동안 욕본 증서는 찾게 되었든 것이다. 시원하기 짝이 없으나 참으로 힘들었다. 이래서야 어디 관청 일을 보겠는가? 하두 고생과 욕되매 말하고 싶지 않다. 막차 급행열차를 타려고 역에 나오니 시간은 아직 멀었는데도 불구하고 차표가 다 나갔다는 것이다. 금일에 꼭 출발하여야 명일의 일을 볼 수 있을 터인데…….
역원들에게 손발이 닳도록 애원하여 보았으나 매표를 하지 않는다. 하는 수 없이 실심에 잠겨 근심 중에 있을 때 깍쟁이 아해들이 방법을 가르쳐 주길래 그대로 했든 것이다. 역 구내 파출소 경관과 열차 이동헌병에게 돈을 주라는 것이다. 세상과 인심을 원망하면서 그렇게 하였다. 차표 없이 돈은 약 3배나 들었다. 차에 올으려다가 복잡한데서 남의 팔에 다갈려서 앞가슴(왼편)을 타박 당하였다. 열차 안에는 몹시도 분잡했다. 표 없이 탄 나는 불안하기 짝이 없었다. 돈은 돈대로 몇 배나 들여가면서 표가 없다니 말이 되나. 조치원역에 가면 이동헌병이 무사하게 출口까지 편의를 본다는 것이지만.
복잡한 가운데서 나의 가방을 찢겼다. 돈가방인 줄 알고서 어느 쓰리가 긁은 모양이다. 확인증이나 어떠할가? 하고 뒤져 보았드니 다행이 괜찮았다.
조치원역에 나려서 이동헌병을 찾으니 거림자도 없다. 이런 복통할 세상이 있으며 괫심한 인간들이 있는가? 조치원 역원에게 그 사정을 아무리 이야기하여도 해결을 안 지워 준다. 끝끝내 나는 사실대로 이야기하였다. 그런 끝에 또 차비 얼마를 주고 나왔다. 말할 수 없는 망해가는 이 나라의 형편을 생각하고 탄식만 할 따름이었다.

〈1954년 3월 23일 화요일〉(2. 19.)[6]
교육구청에 가서 일을 보고 나왔다. 교장님의

6) 저자는 이 날 일기부터 날짜에 단기를 기입하였다.

부임 여비의 까닭이다. 일전에 대구 왕복 시 가슴을 다친 것이 밤새 더하여 몹시 절리는 것 같았다.

〈1954년 3월 24일 수요일〉(2. 20.)
진료소에 가서 진찰을 하였더니 역시 타박성이라고 한다. 주사를 맞고 또 약을 주기에 먹었다. 오후는 전교 식목을 하였다(삽목).

〈1954년 3월 27일 토요일〉(2. 23.)
금일도 병원에 가서 주사를 맞고 약을 얻어먹었다. 늑막염으로 악화되는 것이 아닌가 몹시 걱정이 되었다.

〈1954년 3월 31일 수요일〉(2. 27.)
가슴의 타박성은 다행이 차도가 있어서 안심이 되었다.
이완근 씨 점에서 방 선생, 조 선생, 박현섭 선생과 같이 일 배 하였다.

〈1954년 4월 1일 목요일〉(2. 28.)
옥산면 가락리 오만환 씨가 찾아와서 그 자제 영규 취직에 관하여 상의하기에 마침 제자도 될 뿐더러 사람의 앞길을 생각하고 극력 협력하기로 하였다.
저녁에는 사냥재 박종철 씨 댁에서 초대가 있었다.

〈1954년 4월 4일 일요일〉(3. 2.)
서촌 유성렬 군이 와서 접대하기에 응했다. 밤에는 민평식 댁의 접대를 받았다.

〈1954년 4월 5일 월요일〉(3. 3.)
사무 연락차 청주에 다녀왔다. 구청에서 학비 면제원도 만들었다.

〈1954년 4월 7일 수요일〉(3. 5.)
노 장학사가 내교하여 볼일이 끝난 후 면장, 지서 주임 합석하여 주식을 같이 하였다.

〈1954년 4월 9일 금요일〉(3. 7.)
휴암리에 출장하였다.

〈1954년 4월 10일 토요일〉(3. 8.)
화단 둘레 미화와 낙서에 대하여 특히 강조하였다. ~ 단속.

〈1954년 4월 18일 일요일〉(3. 16.)
지동리에 출장하여 고 이장을 찾았다. 대명화의 이야기를 들었다.

〈1954년 4월 20일 화요일〉(3. 18.)
학교 물받이 수선공(함석공)의 응접(應接)이 있었다.

〈1954년 5월 6일 목요일〉(4. 4.)
금년도 구체적 실천목표를 더욱 강조하였다.
1. 예의교육 2. 청소미화 3. 실력충실

〈1954년 5월 11일 화요일〉(4. 9.)
직원회에서 다음 사항을 강조하였다.
1. 六학년도 새 학습법에 맞는 교수법 연구 2. 교수용어
3. 학년별 실력 향상

〈1954년 5월 15일 토요일〉(4. 13.)

강외학교의 연구회에 전 직원 출석하였다.
한 교장님의 전출 소식이 있는 듯하였다.

〈1954년 5월 17일 월요일〉(4. 15.)
한창효 교장님의 전근은 확실하다. 청주시 중앙국민학교로 영전하시게 되었다. 매우 반가운 일이나 덕망 높은 분을 이별하게 되는 것이 섭섭한 일이었다. 오는 분은 영동 황간교에서 박 교장님이 오시게 되었다는 것이다.

〈1954년 5월 21일 금요일〉(4. 19.)
영동군 황간행 하였다. 박 교장(朴武鍾 氏)님을 모시러 갔더니 마침 강서행 출발했다는 것이 아닌가. 다시 오다가 영동에서 잤다.

〈1954년 5월 22일 토요일〉(4. 20.)
영동에 첫 車로 조치원에 와서 합승차로 강서에 와서 나리니 오전 8시이다. 신임 박 교장께 인사하고 낮에 교육구청에 동행하여 인사에 안내하였다.

〈1954년 5월 25일 화요일〉(4. 23.)
엄재원 교사를 청주중학교에서 등용하겠다는 것이어서 吳병구 교감께서 다녀갔다.
상청하여 교장 사택 수리 건에 관하여 상의하였다.

〈1954년 6월 12일 토요일〉(5. 12.)
오후 1시에 구청에 들어가 다음 일을 보았다.
1. 엄 교사의 후임 2. 사친회비 예산서 3. 지도代금 납부와 소화기대의 무리
4. 배급미와 급료 5. 실력수련장

〈1954년 6월 15일 화요일〉(5. 15.)
청주에서 초중등교 교장, 교감 회의가 있었다.
의외의 소식이 있었다.

〈1954년 6월 20일 일요일〉(5. 20.)
교육구청 정 장학사께서 잠간 오라기에 갔더니 내수교로 전근하기를 권한다. 그 학교 형편에 꼭 내가 가야 한다는 것이다. 가정형편, 생계형편, 아동교육형편 등을 이야기하며 탐탁하게 생각지를 안았더니 여러 번 간곡한 말씀을 하기 엄청나게 뻔다는 것도 너무나 안 된 일이어서 가보기로 하였다.

〈1954년 6월 29일 화요일〉(5. 29.)
기어히 내수교로 발령이 났다. 내수는 도 지정 연구학교로서 장년도부터 발표회 있게 되었다고 한다. 공부도 하여야 할 것 같다. 강서교 직원들이 몹시나 섭섭해 여긴다. 특히 월여 전에 온 박 교장님께서 너무나 섭섭한 감을 갖는다.

〈1954년 6월 30일 수요일〉(6. 1.)
고별인사를 하였다. 전 직원이 착하게 하여 주어서 참으로 강서교도 인상 많이 남을 것이다. 특히 두 박 선생님들은 잊을 수 없는 분들이다. 이 학교의 두 기둥이라고 볼 수 있다.

〈1954년 7월 4일 일요일 흐림, 비〉(6. 5.)
박 교장님과 남이면 가마리에 갔었다. 이용택 여직원 댁이며 도 교육위원 이석주 씨 댁이다. 인사차 간 것이다. 도중에 비가 줄줄 나려서 몹시 고생하였다. 15리가 잔뜩 되는 곳을 비를 맞아가며 어쩐지 좀 미안했다. 이 여선생이

반가워한다. 후질르고 간 양말을 깨끗이 빨아서 말려준다. 세수물 떠 놓기에도 바쁘게……. 보기에 미안했으며 하도 공손히 친절히 접대하는 태도에 감격했으며 고마웠다. 잊을 수 없는 인상이었다. 음식도 맛있게 풍부하게 정결하게 차려왔다. 이석주 씨께서도 기분 만족히 대하여 주었다. 나의 전근을 섭섭히 생각하여 주신다. 가옥도 매우 크고 잘 지은 집이었다. 부러웠다. 만족히 놀다가 돌아왔다.

〈1954년 7월 5일 월요일〉(6. 6.)
강서면장 및 몇몇 분의 유지들께서 점심을 대접하기에 잘 먹었다. 지방에 인사도 다녔다.

〈1954년 7월 6일 화요일 흐림〉(6. 7.)
내수교에 단신 부임하였다. 환영회를 성대히 하여 주더라. 직원조직이 매우 활반. 친구가 많은 것 같았다.
당분간 윤동복 씨 댁에서 종제(4종제 성영…중학교 재직 중)와 함께 있기로 하였다.

〈1954년 7월 7일 수요일 비〉(6. 8.)
지방에 부임인사를 다녔다. 비 맞으며 이병두 교사의 안내로. 나와 같이 발령 난 초임 조항례 교사도 같이.

〈1954년 7월 8일 목요일 가끔 비〉(6. 9.)
정희정 교장과 오전 10시에 은곡리로 인사갔다. 이현찬 씨 댁으로. 이 분이 사친회 이사장이라 한다. 머리가 백발이다. 그리 극노인은 아닌데.
오후 三시차로 강서에 갔었다.

〈1954년 7월 9일 금요일 비〉(6. 10.)
몸살인지 몸이 몹시 으스스하다. 설사가 나며 사지가 쑤신다.

〈1954년 7월 10일 토요일 흐림, 개임〉(6. 11.)
강서에서 금계로 향하였다. 도중 옥산교에서 친구들과 담화하였다. 동교 권 교장의 접대를 받았다.
며칠간의 비로 냇물이 상당히 많았다. 논 구경을 하였다.

〈1954년 7월 11일 일요일 흐림〉(6. 12.)
집에서 오전 8시에 출발하여 강서에 도착하니 동교 박 교장님과 이사장 황종성 형이 기다렸다는 듯이 접대하기에 잘 놀았다.
아직 몸은 전쾌되지는 않았다.

〈1954년 7월 12일 월요일〉(6. 13.)
내수에 가니 오늘 마침 도 학무과 조태진 장학사의 시찰이었다. 구청 정 奬學士도 나오셨다. 행사를 마친 다음 서울집, 내수집에서 접대하였다.

〈1954년 7월 28일 수요일 흐림, 비〉(6. 29.)
청원군 교육위원들이 내교하였다. 각 학교 실정을 시찰하려고 다닌다는 것이다. 비 나린는데 수고들 많이 한다. 과자와 사이다로 대접하였다. 본교 실정은 강당이 가장 허물어져서 수리가 긴급한 형편이다. 이 실정을 설명하였건마는 얼마나 감명이 되었을른지가 의문.

〈1954년 7월 30일 금요일 개임〉(7. 1.)
청주중학 3학년 재학 중인 장남 노정이가 다

니러 왔다. 마침 장날이기에 내수장 구경을 시켜 주고 주인댁(윤동복 씨)에서 점심을 먹여 보냈다.

〈1954년 7월 31일 토요일〉(7. 2.)
금일부터 하기방학이 시작되었다. 저녁에 의사 이재표(李再杓) 선생과 담화하면서 일 배하였다.

〈1954년 8월 1일 일요일〉(7. 3.)
학교의 각종 명패를 써 부쳤다.
저녁에는 사종제 성영(成榮) 인생관을 논하였다. 이 애는 청년 남아이기도 하지마는 포부가 큰 애다.

〈1954년 8월 6일 금요일〉(7. 8.)
어제 강서 와서는 노정 모친과 반이에 대한 구체적 상의를 하였든 것이다. 그 준비로 우리 부부는 청주시장에를 갔었다. 아해들 신과 사쓰, 노정 모친의 의복, 부채, 기타 가구 몇 가지를 샀던 것이다.

〈1954년 8월 7일 토요일 개임〉(7. 9.)
오늘은 아버님 생신이다. 별로 진미를 하여 드리지를 못하여 죄송하였다. 저녁 5시쯤 하여 강서로 짐 싸기 위하여 왔었다.
황혼이 가까웠을 무렵에 강서교 후송림에서 강서교 전 직원들의 연회를 받았다. 간소한 연회었지마는 여직원들이 성의껏 만들어준 안주였다. 연회 끝에 후임인 방 교감(方昌信)과 학교 경영에 관하여 담화가 상당히 길었었다.

〈1954년 8월 8일 일요일 개임〉(7. 10.)
강서에서 내수로 반이(이사)를 하였다. 우차 두 대로 가족들은 기차로 가게 되어 송정역에서 탔다. 차내에서의 노리개 노송이가 귀어운 짓을 하였든 것이다. 어린 것들을 다리고 일동이 차 타보는 것은 금번이 처음인 듯싶다. 전별금으로 15,000환 받았다. 넘치게 다액이었다. 강서교의 빚을 完全히 다 갚아버렸다. 박 교장님을 비롯하여 전원(직원)이 애 많이 쓰셨으리라. 감사의 뜻을 받치는 바이다.
내수의 사택이 변변치 못하여 지낼 일이 난감하였다(있지만 양보해서).

〈1954년 8월 12일 목요일〉(7. 14.)
금일은 어머님 생신인데 못 가 뵈어서 한탄할 노릇이다. 자식 된 도리를 못 닦으니…….

〈1954년 8월 15일 일요일 개임〉(7. 17.)
신동원 선생과 초정(椒井) 약수탕에 갔다. 6학년생 10여 명도 같이. 처음 가본 곳이다. 약수탕 관리인 변 씨의 접대를 받았다. 공장 내부도 견학하였다. 우리 고장의 자랑꺼리다. 천연사이다를 만든다. 맛보이기에 두어 컾 마시었다.

〈1954년 8월 16일 월요일〉(7. 18.)
휴가 중 쇩샾이 시작되었다.

〈1954년 8월 18일 수요일〉(7. 20.)
아버님께서 오시었다.

〈1954년 8월 19일 목요일〉(7. 21.)
아버님께서 초정에 가시었다. 약수탕에 가시는 것이다. 아버님께서는 위장으로 신고 많이 하시는 중이시다.

〈1954년 8월 20일 금요일 개임〉(7. 22.)
전 직원 초정행 하였다. 어제도 웕샮을 종일 계속하였다. 금일은 오전 중으로 총 행사를 마치고서 소풍 삼아 다녀온 것이다. 아버님도 가시고 안식구도 따라갔었다.

〈1954년 8월 26일 목요일〉(7. 28.)[7]
개학했다. 여름방학도 어제서 종막이었다.
직원회를 개최하고 휴가 중 반성과 아울러 추계체육회에 관하여 직원회가 있었던 것이다.

〈1954월 9월 9일 목요일〉(8. 13.)
체육회의 총 연습이 있었다. 진행이 잘 된 편이었다.

〈1954년 9월 11일 토요일〉(8. 15.)
오늘은 큰 명절 "추석"이다. 본집에를 못가서 섭섭하고 쓸쓸하고 부모님에 대하여 죄송하였다. 명일의 대운동회 관계로 불가피하였다. 연이나 교장님 댁에서 진미를 많이 얻어먹었다.

〈1954년 9월 12일 일요일〉(8. 16.)
운동회다. 일기가 좋았다. 무사히 자미있게 마치었다. 본가에서는 어머님도 오셨다.

〈1954년 9월 15일 수요일 비〉(8. 19.)
강서에 편지를 써 보냈다. 20명의 직원과 아동 일동에게도.

〈1954년 9월 17일 금요일〉(8. 21.)
어머님께서 가시었다. 금계로.

〈1954년 9월 18일 토요일〉(8. 22.)
비상국민학교 체육회 구경.

〈1954년 9월 21일 화요일〉(8. 25.)
민병일이다. 행사에 교육감께서 나오셨다. 내 총진행을 보았다.

〈1954년 9월 23일 목요일〉(8. 27.)
오늘은 강서교의 체육회라는데 못가서 섭섭하다.
병사부에서 나와 영화가 있었다. "성불사"이다. 미망인의 정성에 감명 깊었다. 아우의 생각이 나서 기분이 쾌치 못하며 또 가슴에 가득한 점을 느끼게 된다.

〈1954년 9월 25일 토요일〉(8. 29.)
강서 유지에 인사장을 발송하였다. 120통 보냈다.

〈1954년 10월 5일 화요일〉(9. 9.)
명일 서울 여행 준비로 금일은 행구 준비에 약간 분주.
연구학교 교감으로서 당국에서 파견하게 된 것임.

〈1954년 10월 6일 수요일〉(9. 10.)
서울행. 족형(계영-桂榮)댁에서 유함.

7) 원문에는 이 날의 요일과 음력날짜가 수요일, 27일로 기입되어 있다. 저자의 착오로 보고 목요일, 28일로 정정하였다.

〈1954년 10월 7일 목요일〉(9. 11.)
서울 남산국민학교 연구발표회에 참석. 본교는 문교부 연구 지정 학교임. 전국 각지에서 회원 다수 참집되었음. 청원군에서는 강외, 부용, 내수의 세 사람이 왔음.
금야도 족형 댁에서 유하였음.

〈1954년 10월 8일 금요일〉(9. 12.)
청계국민학교 연구회에 참석. 본교도 상당히 큰 학교임. 본군 이임조 학무과장도 오고 청중오 교감께서도 오셨음.
금야는 여관에서 세 교감 합숙하였음.

〈1954년 10월 9일 토요일〉(9. 13.)
남대문국민학교 연구회에 참석. 이 학교에는 왜정 때 청년단 행사로 구경해 본 적이 있음. 사변에 본관이 완전 파괴되었음.
금야는 족형 의영(義榮-국회의원) 형 댁에서 유하였음.

〈1954년 10월 10일 일요일〉(9. 14.)
어제까지에 연구회를 마치고 금일 오전 중은 구경, 또는 선물 구입. 서울서 출발하여 조치원 착하니 날이 저물고 차 시간이 없어서 조치원에서 유함.

〈1954년 10월 11일 월요일〉(9. 15.)
내수에 무사 도착. 여행 5일간에 몸도 무척 피로함을 느낌.

〈1954년 10월 14일 목요일〉(9. 18.)
가을 소풍. 일이학년을 따라 덕암 방면으로 나도 소풍. 이기덕 씨 댁에서 점심 접대를 받음. 이 집은 문화주택임과 문화생활의 감을 농후하게 줌. 이 이 형은 몇 해 전까지 화류생활이었다고 함.

〈1954년 10월 15일 금요일〉(9. 19.)
교육주간 행사 중에 서울 갔다 온 결과를 직원회에서 세세히 전달하였음.

〈1954년 10월 20일 수요일〉(9. 24.)
북일교에 갔더니 이형구 선생과 이인기(본교 서기) 씨께서 오창집(술집)에 다리고 가서 후히 대접하기에 잘 놀았음.
은사 이병택 교장선생님께서도 사택에서 양주로 황공한 대접을 하심에 죄송하기 짝이 없었음.
오동리 처가집에서 잤음.

〈1954년 10월 21일 목요일〉(9. 25.)
석교국민학교 연구회에 참석. 점심은 전임교 강서 직원들과 함께 하게 됨. 행사를 마친 후 강서에 가서 잤음.

〈1954년 10월 22일 금요일〉(9. 26.)
금일도 석교교에 출석. 아침은 박 교장님 댁에서 함. 금일도 강서에 나가서 잤음.

〈1954년 10월 23일 토요일〉(9. 27.)
조승윤 선생 댁에서 조반을 박 교장님과 같이 함.
여중에 들려 노원의 회비 9월분을 납부. 오는 길에 오동리에 들려서 전 북일교 왕 교장님, 이형구 선생, 박정삼 형을 만나 점심을 같이 함. 귀교하니 오후 4시.

〈1954년 10월 26일 화요일〉(9. 30.)
교감회의에 참석함. 현하 교감의 자리란 참으로 중하게 취급하고 있음. 별 특대도 하는 것 아니면서 상의하달의 책임도 또 어려운 일.

〈1954년 10월 27일 수요일〉(10. 1.)
본교도 연구회를 앞두고 장학사들의 합동지도를 받았음.

〈1954년 11월 4일 목요일〉(10. 9.)
노정 모친 금계행. 아해들과 밥 지어 먹음.

〈1954년 11월 6일 토요일〉(10. 11.)
종조모님이 금일 돌아가셨다는 부음이 왔음. 대연구회를 앞두고 바쁘기 한량없는 처지어서 못 가뵙는 것이 죄송 천만…….

〈1954년 11월 9일 화요일〉(10. 14.)
정해국 장학사 내교하여 지도함.

〈1954년 11월 14일 일요일〉(10. 19.)
명일은 본교 대연구회. 야근하려니까 강서교 직원 네 분이 와서 밖에 나가 접대함.

〈1954년 11월 15일 월요일〉(10. 20.)
도 지정 연구학교로서의 발표회가 개최되었다. 장학관 외 약 300명이 운집하였다. 전원 침착이 행사에 임하여 유종의 미를 걷우었다.

〈1954년 11월 18일 목요일〉(10. 23.)
本家에 갔다. 모레 경주 여행 예정이므로 집에 잠간 들려 갈 일이 있기에 내수에서는 금일 출발하였다.

〈1954년 11월 19일 금요일〉(10. 24.)
강외 정중리 재종형 댁에 가서 종조모님 궤원도 뵈옵고 산소에도 성묘하였다.

〈1954년 11월 20일 토요일〉(10. 25.)[8]
오전 11시1분발 급행열차로 청원군내 교감 15명은 조치원에서 출발하였다. 하오 四時에 대구 착. 차내에서 3시간 기대코 경주에 착하여 하차하니 하오 10시가 지났다. 경남여관에서 숙박하고. 숙박료는 500환씩. 모두 곤히 잠들었다.

〈1954년 11월 20일 토요일〉(10. 26.)
식전에 여행코-쓰(견학차례)를 상의하고 조식 후 자동차로 일행은 여관을 나와 견학하기 시작했다.
옛 경주(서울시대)는 178,935호라고. 6촌의 마을 촌장, 탈해왕릉, 경주에는 317곳의 고적이 있다고. 동경지로 역사 연구되었다고. 다바사의 부인의 알에서 태해왕……신라 4대왕. 왜정 대정 4년에 고적보존회 발족. 경주 넓이 동서 20리, 남북 1.5리.
사면석불, 백률사, 분황사, 석탑의 암산암, 황룡사지, 안압지, 임해전지의 낙수석, 석빙고, 반월성, 첨성대, 계림, 재매정, 5능, 포석정, 나정, 무열왕능, 능 앞의 돌거북, 박물관.
오후 네 시에 불국사 도착. 신호여관(新湖旅館)에서 유숙키로 결정. 불국사 견학~문이 둘 큰문~王, 太子, 王의 가족 出入, 작은 문~大臣 出入門.

8) 원문에는 음력날짜가 11월 25일로 기입되어 있다. 오기로 보고 수정하였다.

上……白雲교, 下……靑雲교.
중의 설명에 의하여
1. 極樂殿과 사자탑(4中 1個뿐)
2. 大雄殿과 多寶塔, 석가탑
3. 3000칸의 집. 임진왜난 때 全燒失. 西山대사 軍集코 防備
4. 塔의 工 아사달의 27년間에 竣工
5. 影池의 설명
6. 舍利塔……日本에서 다시 운반

〈1954년 11월 22일 월요일〉(10. 27.)
새벽에 일어난 전원은 석굴암 견학. 토함산을 안고 돌다. 불국사역에서 점심. 부산 향하여 출발. 해운대, 동래의 비행장~미군이 많은 듯. 부산에 도착하니 하오 5시 반.
부산의 부두 기적소리와 함께 장춘여관(長春旅館)에서 유숙. 숙박료는 750환씩. 반주로 맛있게 夕食과 아울러 正宗 너 되. 여관의 정결함과 대우 만점.
저녁 후 갈산, 석石城 교감과 같이 다방에서 차 일 배. 추어탕 집에서 탁주 일 승코 취침에 임하니 밤 10시 반.

〈1954년 11월 23일 화요일〉(10. 28.)
국제시장 견학. 송도에 가서 해녀 구경. 배를 타고 송도에서 부두로. 해산물 시장 구경.
점심 후 동래온천(북일 갈산)~3인이.
오후 9시차(급행)로 부산 출발.

〈1954년 11월 24일 수요일〉(10. 29.)
밤새도록 차내서 시달림. 조치원에 도착하니 새벽 4시 반.
강외교 박노성 선생 댁에서 조식. 시달린 몸은 몹시나 고달펐다.

〈1954년 12월 6일 월요일〉(11. 12.)
어린이임원회가 있어 책임을 다하자는 이야기를 강조하였다.

〈1954년 12월 31일 금요일〉(12. 7.)
바빴던 금년도 오늘이 섣달금음이다. 갑오년도 잠간이었다.
甲午年의 一年은
江西國民學校에서 內秀國民學校로 轉勤한 해이다. 江西敎에서는 延 校長님 後任인 韓鎭斅 校長님께서 淸州市內 中央國民學校로 榮轉하시고 後任으로는 永同郡 黃澗國民學校에서 朴武鍾 校長님이 오셨다. 內秀로 오니 아직 젊으신 鄭會程 校長님이다. 內秀校는 그리 크지는 않으나 郡內 屈指의 位置이며 道 指定 硏究學校로서 새교육 硏究에 몹시나 多忙한 學校이다. 11月에 硏究 發表會가 있었든 것이다.
以上

1955년[1]

檀紀 四二八八年分 乙未年

금년 일기는 일별로 기재 불능이었음. 학교 교무 분잡과 가사 다단하여 일기 기입 준비와 용의를 갖추지 못한 까닭과 나의 정신 해태의 원인이 크겠다고 본다.

1. 금년 봄에 내수교에서 같이 계시던 정회정(鄭會程) 교장이 충주교육구 장학사로 전출하고 후임으로 청주시 남성교장 김유준 교장님께서 부임. 4288. 5. 11. 附
2. 도 지정교로서 지난해에 연구 발표회가 있어 전 직원 분주하였었으나 금년에는 문의교로 돌리고 교내로서는 아동 실력향상에 노력. 김 교장님의 스로강[슬로건](아담한 학교, 아동실력 양성)
3. 교육공무원법과 교원자격령에 의하여 교감 자격증과 국민학교 교장 자격증을 수여.
4. 四女 노행(魯杏)을 出生. 4288. 9. 6(4288.)[2]
5. 아우 운영의 소식 금년에도 원통하게도 종무소식.
6. 가을에 체육회 마치고서 전 직원과 서울 여행(전국산업박람회 견학) 실시.
7. 가내적으로는 부모님 글력 보통이시고 농작 평년작.

노정 - 청고 1년생(장남)

노원 - 청여중 2년생(장녀)

노현 - 국민교 4년생(차남)

노명 - 국민교 3년생(삼남)

노희 - 국민교 1년생(차녀)

以上 (印)

---

1) 이 해의 일기는 기록되어 있는 바와 같이 일별 기록할 수 없었던 사정을 간략히 설명한 다음, 한 해 동안 일어났던 주요한 일들만을 간추려 기록하였다.

2) 이 행에는 빨간 색연필로 밑줄이 그어져 있다. 날짜 옆에 부기되어 있는 괄호 안에는 본래 4녀가 태어난 날의 음력 날짜를 적으려 했던 것으로 보이나 확인치 못한 탓인지 단기만 기록하고 나머지 공간은 비어있는 채로 두었다.

1956년

檀紀 四二八九年分(丙申年), 1956년

〈1956년 1월 1일 일요일〉(11. 19.)
병신년의 원단. 가정 행복을 축도함. 아우 소식 있기를 축원.
前夜에 深夜토록 음주하여 몸이 약간 피로된 감. 금일도 몇 친구와 해장한다고 일음(一飮)한 것이 또 만취된 듯.

〈1956년 1월 2일 월요일〉(11. 20.)
학교 전달부 전 씨와 청주행 하여 구청 간부 몇 가정에 방문하여 새해 인사와 일 배 접대를 받음. 정해국 장학사 댁에서는 선물로 와이샤쓰 일 매 주기에 감사히 받았음.

〈1956년 1월 6일 금요일〉(11. 24.)
내수중학 서무주사 이기두 씨 전출에 각 기관장 전원 모여 송별연회 하는 데에 참석.

〈1956년 1월 7일 토요일〉(11. 25.)
직원회를 개최코 삼기관장회의 절달 …… 문맹퇴치운동이 주.
오후 3시에 北二면 新基里 金 여선생 댁에서 전 직원 초대. 극진한 대접을 받음.

〈1956년 1월 9일 월요일〉(11. 27.)
전 직원 학교에서 집무.

〈1956년 1월 10일 화요일〉(11. 28.)
직원회 마치고 나의 사택에서 전 직원 초대하여 전원 기분 만족히 마시고 노래하고 춤추며 재미있게 놀음.

〈1956년 1월 11일 수요일〉(11. 29.)
里長회의에 출석.
본집 금계에 가려고 하였으나 몇 친구의 억제로 불가능. 철야 정도로 음주. 지서 경 차석과 면 서무주임 정 형 간의 사건에 유감천만. 그네들은 그런 것이 또 보통일른지도…….

〈1956년 1월 12일 목요일〉(11. 30.)
금일은 본인 생일(35주년). 새벽에 내수에서 출발~ 원자와 금계 동행. 전야 철야에 몸 고달픔. 오후에 오려 하였으나 부모님들께서 억류하시기로 유함. 저녁에 누이(20세) 재영의 혼담.

〈1956년 1월 13일 금요일〉(12. 1.)
금계 본가에서 출발. 강서 경유하여 일 배 음주 후 내수 착. 지서 주임과 역전옥에서 일 배.

〈1956년 1월 14일 토요일〉(12. 2.)
성인교육 관계의 직원회~ 취지, 학교실정, 기

타를 논함. 본교 29회 동기회에 참석~ 졸업생으로서의 나갈 바를 역설함.

〈1956년 1월 15일 일요일〉(12. 3.)
아버님께서 오심. 7세의 이녀 노희를 다리시고서.
이사영 선생 댁에서 밤늦도록 인생관을 논함(독서와 성공과 부부생활).

〈1956년 1월 16일 월요일〉(12. 4.)
북일면 소방대 시무식~ 본교 교정에서 실시…… 연회에 참석.

〈1956년 1월 17일 화요일〉(12. 5.)
변상숙 여교사의 춘부장 변속근 씨 내교코 전 직원 접대.

〈1956년 1월 18일 수요일〉(12. 6.)
성인교육 추진을 위한 직원회 개최.

〈1956년 1월 19일 목요일〉(12. 7.)
한글 강습 실시~ 교하는 교직원이 담당키로.

〈1956년 1월 20일 금요일〉(12. 8.)
웕샾 실시~ 어떻게 하면 아담한 학교가 되나?

〈1956년 1월 21일 토요일〉(12. 9.)
상청~ 공문 제출, 결의서 제출, 식량배급 건 등.

〈1956년 1월 27일 금요일〉(12. 15.)
동계휴가도 끝나고 개학.
연성희 교사 댁 초청~ 중학교사 시험 입격의 자축.

〈1956년 2월 10일 금요일〉(12. 29.)
사친회 총회~ 유조건 이유로 유회…… 사친회 개편에 난산을 초래.

〈1956년 2월 11일 토요일〉(12. 30.)
내수에서 종차로 본가행(금계).

〈1956년 2월 12일 일요일〉(1. 1.)
구정초(음력 설날). 차례 후 동리 세배 마치고 청주에 옴. 청주서 자려다가 보행으로 내수 착하니 밤 12시.

〈1956년 2월 13일 월요일〉(1. 2.)
김봉순 여교사 댁의 초대. 그 부친이 대전서 왔다고.

〈1956년 2월 14일 화요일〉(1. 3.)
묵방 출장~ 김 여사(63)의 節孝비 除幕式에 參席.

〈1956년 2월 27일 월요일〉(1. 16.)
조합 직원들과 윷놀이~ 본교 숙직실에서.

〈1956년 3월 21일 수요일〉(2. 10.)
청주행~ 졸업 상품 구입, 其他 물품 구입. 구두 고치기.

〈1956년 3월 30일 금요일〉(2. 19.)
교육구청까지 출장~ 배시[1] 예산, 여비, 숙직료

1) 1957년 5월 17일 일기에 '별도장부(배시)'라고 표기

관계로. 구두 찾기. 목욕.

〈1956년 4월 5일 목요일〉(2. 25.)
"단종애사"의 영화 감상.

〈1956년 4월 10일 화요일〉(2. 30.)
학년도 초 직원회~ 사무 분장, 일상 근무 등.

〈1956년 4월 11일 수요일〉(3. 1.)
어린이총회 실시.

〈1956년 4월 12일 목요일〉(3. 2.)
청주에 나가 각종 물품 구입(판매부, 사무용품).

〈1956년 4월 19일 목요일〉(3. 9.)
교내 순시코~ (가축사, 성적품 계시, 유리창, 과학상 청소, 교훈 급훈 갱신, 모필반 다시 계시, 성적품과 도표 고치기, 문패, 국기 추색, 청소는 신교사 우량, 일학년 교실 청소와 생활지도 문제, 구관 칸맥이, 유리창 닦기, 꽃병) 등에 강조 및 조원함(助言, 助援)

〈1956년 4월 23일 월요일〉(3. 13.)
교육구 이임조 학무과장의 시찰이 있었음.

〈1956년 4월 25일 수요일〉(3. 15.)
증평서 차사고 있었다는 지도.

〈1956년 4월 26일 목요일〉(3. 16.)
청주에 다녀옴~ 교장회의에도 출석.

〈1956년 4월 30일 월요일〉(3. 20.)
어린이날 행사 계획~ 표창 대상자, 문예작품, 이름패와 꼬리표 첨부. 푸랑카-트 계시. 어린이 보호주간 2일~8일.

〈1956년 5월 4일 금요일〉(3. 24.)
기성회장 이현찬 씨와 학교건축비에 관하여 협의.
"戰재면 무료 건축이나……웅크라, 풍수해 관계이라 58만 환이 왔다는 것이며(중앙공제회에서 구청에), 300萬 환 중에 포함됐다고 할 의도일 것이다. 갓쇼대가 10萬 환이 납부되었다는 것도……."

〈1956년 5월 5일 토요일〉(3. 25.)
어린이날 행사에 소체육회 개최. 북일지서에서도 물질적으로 원조. 경찰서장 명의로 표창장도 내착~ 우량학생 표창.

〈1956년 5월 8일 화요일〉(3. 28.)
어머님 오심~ 쌀 가지시고. 아버님도 오셨음. 노현의 양자의 건도 말씀 계심~ 아우 운영의 전사가 분명하다면…… 양자가 문제 아니라 운영이 실지 전사라면 이런 원통한 일이 세상에 또 있으랴.
어머니날 행사가 학교에서는 개최되었었다. 어머니의 표창으로서 본교 교의 이재표 선생 부인이 교육감 표창을 수여케 되었었다(교육에 열성. 자녀 많은 어머니).

〈1956년 5월 10일 목요일〉(4. 1.)

된 것으로 보아, 배시는 別紙를 뜻하는 일본어 'べっし' 인 것으로 보인다.

상청하다~ 호별세 영수증, 운영위원회비, 잡곡 지도서, 학교림 매도건.

〈1956년 5월 12일 토요일〉(4. 3.)
청주에 가서 다음 일을 보다~ 기성회비 관계의 실정 타협, 학교용 물품 구입, 판매부용 물품 구입.

〈1956년 5월 25일 금요일〉(4. 16.)
사친회비 경리의 감사회를 개최하다.

〈1956년 5월 31일 목요일〉(4. 22.)
이사회를 개최하여 과년도의 결산보고와 신년도의 예산을 심의하였다.

〈1956년 6월 8일 금요일〉(4. 30.)
지난 밤 꿈에 아우 운영을 만났다. 본가에 왔는데 몸을 몹시 다친 형편이었다. 오래동안 꿈에도 뵈이지 않더니 오래간만에 꾼 꿈이었만…….

〈1956년 6월 10일 일요일〉(5. 2.)
칠판을 수리하였다. 큰 것 7개, 작은 것 6개~ 약칠하는 것이다.

〈1956년 6월 13일 수요일〉(5. 5.)
영화 구경을 하였다. 두 이 선생(이재복, 이수복)에 따라서 "도라오지 않는 강". 씨네마쓰코-프 외국영화이었다.

〈1956년 6월 15일 금요일〉(5. 7.)
상청하여 신설 정호 교섭~ 진섭이 잘 되다.
영화를 관람하다. "久遠情火" 한국영화이다.

〈1956년 6월 21일 목요일〉(5. 13.)
교육구 노재풍 장학사의 학사 시찰이 있었다.

〈1956년 6월 22일 금요일〉(5. 14.)
노정 모친과 옥산 금계행~ 당질 노봉(魯倖)의 혼일이므로.
우천으로 고생이 많았다. 종일토록 비가 나렸다.

〈1956년 6월 23일 토요일〉(5. 15.)
밤새도록 비가 나리어 문전 평야의 전답에는 만경창파~ 큰 장마로다. 내수 갈 일이 난감하다.

〈1956년 6월 24일 일요일〉(5. 16.)
금계서 출발함. 천수천(우리 동네의 시내)의 냇물로 깊은 물을 무릅쓰고 건넜더니 가족들이 놀랜다. 오미 앞내도 나룻배가 없어져서 신대 편으로 도라 청주 정하까지 올라갔더니 역시 물이 벅차서 빙빙 돌아 서문다리로 돌았다. 사십여 리를 보행으로 계속하였더니 노정 모친이 몹시나 어려운 모양이다. 나도 네살백이 노송을 업고서 오느라고 고생이 많았다.

〈1956년 8월 8일 수요일〉(7. 3.)
지방의원(면의원) 선거가 있었다. 나도 면에 가서 투표하였다.

〈1956년 8월 13일 월요일〉(7. 8.)
도의원 선거가 있었다. 선거를 마치고 옥산 금계행하다.

〈1956년 8월 14일 화요일〉(7. 9.)
엄친 생신이다. 집안 식구들과 인근 어른들을

모시고 조반을 같이 하였다.
오후 1시에 출발하여 내수로 왔다.

〈1956년 8월 15일 수요일〉(7. 10.)
본교(내수교) 교정에서 八.一五 광복절 경축식이 있었다. 이어서 표창장 전달식이 행하여졌다. 지사 표창으로서 우량 공무원 표창이 나에게도 전달(수여)되었다.
식이 끝나고 구 학무과장을 모시고 전 직원 초정 약수탕에 가서 주식과 아울러 일 배 하였다. 약수도 많이 하였다.

〈1956년 8월 18일 토요일〉(7. 13.)
서울 방면 출장~ 위로 출장으로서 사친회에서 보내주는 것이다. 출발시간 관계로 서울에 도착치 못하고 천안서 유하였다.

〈1956년 8월 19일 일요일〉(7. 14.)
금일은 어머님 생신이건만 여행 중의 몸이 되어 죄만하기 짝이 없다. 천안서 출발하여 서울에 도착하니 午前 9時였다.
대한문과 남산을 구경하였다.

〈1956년 8월 20일 월요일〉(7. 15.)
오전 10시경에 의영 형 댁에 심방하여 "교육구청 폐지설은 교육의 자주성에 비추어 절대 부당하다."고 강조하였다. 족형 의영 형도 교육구청 폐지파는 아닌 것 같았다.
서울서 오전 11시에 출발하여 내수에 도착하니 하오 7시쯤이었다.

〈1956년 8월 21일 화요일〉(7. 16.)
어젯날까지 여름방학이 끝나고 오늘부터 또 공부가 시작되었다.

〈1956년 8월 24일 금요일〉(7. 19.)
직원회를 개최하여 체육회에 관하여 협의하였다. 9月 20日로 예정됨.

〈1956년 8월 27일 월요일〉(7. 22.)
교감회의에 출석. 교감 전원 신송교 견학~ 문교부 지정교.

〈1956년 9월 1일 토요일〉(7. 27.)
삼녀 노임 혼역 시초.

〈1956년 9월 2일 일요일〉(7. 28.)
청주에 가서 물품을 구입하였음.

〈1956년 9월 7일 금요일〉(8. 3.)
노임의 혼역 겨우 마침~ 순조로운 턱(당 6세).

〈1956년 9월 9일 일요일〉(8. 5.)
청주에 나가 운동회 준비물品 몇 가지를 사오다.

〈1956년 9월 12일 수요일〉(8. 8.)
내곡에서 작은 외숙모의 별세 부음이 옴. 딱하기 한량없으나 형편상 가 뵈지 몸함을 죄송하게 생각했다. 北二面 가래울 劉在東 氏에 연락.

〈1956년 9월 16일 일요일〉(8. 12.)
청주에 나가 운동회 준비 물품을 사 왔다.

〈1956년 9월 19일 수요일〉(8. 15.)

추석이다. 어제 본집에 왔든 것이다. 차례를 마치고 곧 내수로 향했다.

〈1956년 9월 20일 목요일〉(8. 16.)
명일의 체육대회 준비에 밤새도록 몇 직원과 노력하였다.

〈1956년 9월 21일 금요일〉(8. 17.)
체육대회 실시. 무사히 종료. 찬조금 45,000환. 부형의 후한 접대를 받음.

〈1956년 10월 6일 토요일〉(9. 3.)
청주 나가 교육구청에 들려 배시금을 받았다.

〈1956년 10월 10일 수요일〉(9. 7.)
기성회장이 내교하시어 몇 가지 상의 끝에 삼산옥에서 대접하였다.

〈1956년 10월 19일 금요일〉(9. 16.)
청주에 나가 교육구 이 과장 댁을 심방. 신배철 씨를 만나 접대. 숙박.

〈1956년 10월 20일 토요일〉(9. 17.)
전 직원 고적을 찾아 신라고도 경주로 여행. 전에 가본 경험이 있는 본인이 모든 안내격. 경비 없는 실정에 전원이 갈망하기에 입안코 실시. 모두가 대기쁨. 내수서 경주까지 기차비가 772환(일인당). 조치원서 급행권 매입. 조치원발 9시48분. 대구 착하니 16시 31분. 17시 20분에 출발. 경주 착하니 8시 10분(오후).

〈1956년 10월 21일 일요일〉(9. 18.)
택시 두 대를 대절하여 시내 고적을 샅샅치 탐승. 오후 5시에 불국사에 도착.

〈1956년 10월 22일 월요일〉(9. 19.)
불국사에서 새벽에(날씨 불순 관계) 출발하여 동래온천에 와서 온천한 후에 조식완료. 전원 전차로 부산에 도착.

〈1956년 10월 23일 화요일〉(9. 20.)
송도, 항구(부두), 국제시장을 구경하고 부산을 출발. 내수에 무사 도착.

〈1956년 11월 2일 금요일〉(9. 30.)
교감단 학사시찰에 출발하게 되어 청주서 유숙. (점심 준비에 감사)

〈1956년 11월 3일 토요일〉(10. 1.)
교감단 11시 반에 대전 착. 12시 20분에 태극호(특급)로 호남선으로 질주. 연산(連山), 론산(論山), 이리(裡里)에 착하니 오후 3시. 목포에 도착할 때는 어둠한 오후 7시 반. 처음 오는 곳이며 보고 싶었던 곳이다. 동일여관에서 유숙하였다.

〈1956년 11월 4일 일요일〉(10. 2.)
일출 전에 일어나 유달산 기슭에 등산코 바다 구경, 시가지 망견.
아침 먹은 후 전원 자동차로 광주(光州)행. 광주서 임시열차로 순천(順天)행. 또 임시열차로 여수(麗水) 착하니 밤이었다.

〈1956년 11월 5일 월요일〉(10. 3.)
여수, 순천이라면 몇 해 전(사변 전)의 반란사건을 인상 주는 곳이다. 지금도 큰 건물 파괴된 자리가 남아 있다. 목포에서부터는 대개 항구 지대이라 식사에 해산물이 많이 상에 올은다. 여수서 한양호(漢陽號)의 기선으로 노량, 삼천포를 거쳐 통영을 지나 부산에 착하니 오후 3시 반. 기선을 장거리 타본 것은 금번이 처음. 부산에서 오후 6시 半 차로 出發하여 조치원에 착하니 오전 3시 반(새벽). 조치원 하숙옥에서 유숙하다~ 불과 몇 시간.

〈1956년 11월 6일 화요일〉(10. 4.)
조치원에서 아침 일찍이 출발하여 청주에 착하여 상점에서 일 보고 오후 6시 차로 내수에 무사히 도착. 금번의 여행은 군내 교감단 18명. 서무과장 김종태 씨, 이동우 장학사 인솔하에…….

〈1956년 11월 29일 목요일〉(10. 27.)
각 교실에 난로를 설치하다.

〈1956년 11월 30일 금요일〉(10. 28.)
월말 정리로서 제 장부 검열. 장작 준비에 노력.

〈1956년 12월 5일 수요일〉(11. 4.)
애교 작업 실시. 제 장부 수집. 장작 단속. 수업계획표 완성. 변소의 특별청소. 기타 일체 정리정돈.

〈1956년 12월 6일 목요일〉(11. 5.)
교육구 정해국 장학사의 학사시찰이 있었다.

〈1956년 12월 7일 금요일〉(11. 6.)
어제의 시찰 반성. 각 교실 창 단속. 화기 단속 등을 시달.

〈1956년 12월 24일 월요일〉(11. 23.)
종업식 거행. 직원회 개최. 경제 관계로 위로연은 불능.

〈1956년 12월 25일 화요일〉(11. 24.)
금일부터 동기휴가. 또 금일은 크리스마스.

〈1956년 12월 31일 월요일〉(11. 30.)
병신년도 오늘로 종막. 세월은 성공 없이 자꾸만 흐른다. 금일은 나의 생일. 당 36세. 이사영 선생과 청주에 가서 중국요리집에서 간단히 자축지연. 놀다가 청주에서 같이 유숙.

丙申年의 總記

1. 학교 교실 건축, 학교 경리, 부형 역원진에 학교장 불평설 타파 등에 분주한 한 해를 보냈다.
2. 그리운 아우 운영의 소식은 한 많게도 금년에도 종무소식.
3. 교감 생활 8년에 상의하달 즉 절충생활에 애로도 많았다~ 진출하여 학교경영 책임자 되려하면 안될 수도 없으나 아해들 교육문제로 함부로 멀리 떠날 수도 없는 이 형편~ 연이나…….
4. 교내 약 20명의 전 직원의 이 못난 사람을 사모하는 그 고마움. 참으로 나는 직장생활에 행복자(가정경제는 곤란하지마는).
5. 40평생의 최초의 인생미도 금년에 경험한 나의 역사~ 연이나 자책과 반성할 바라고 생각하면서~ 새해의 행복을 기원하면서…….

以上

1957년

〈앞표지〉
檀紀 4290年(1957)
괴산 長豊校 在勤

〈1957년 1월 1일 화요일 개임〉(12. 1.)[1]

눅져진 날씨는 한동안 계속될 모양인지 금일도 매운바람 없이 아침 공기가 온화한 감을 준다. 어제의 잔치 술과 자축 생일잔치(어떠한 큰 잔치를 한 것이 아니라 친구 한 분을 만나 한 잔 산 것이다) 술 등으로 취한 몸이라 그러한지 몸이 매우 묵어움을 느끼게 된다.

금일은 정유년의 첫날이며 단기 4290년의 첫날이다. 설날이겠마는 설 기분이 전혀 없다. 정부로부터는 양력 과세를 강조하였으나 대세가 듣지를 아니하여 결국은 음력 과세를 할 모양이다.

A.H 여사의 후원과 보호를 받아 모처에서 병신년의 끝날을 흥겹게 지낸 전야는 나의 일생사에 이야기꺼리의 하나가 될 수도 있으리라. 학교의 궁금한 마음과 아해들밖에 없는 가정(내수 사택)을 생각하면서도 A.H 여사를 다시 불러다가 이야기를 들었다.

슬기롭고 예민하고 재조 있는 그 사람이 틀림없다. 사람의 팔자는 알 수 없는 일이라 하지마는 한때 최극도로 호화롭게 세월을 보내든 그였건마는 지금은 의식주에 급급하지 않은가? 수년 전 이래 신병(팔을 다친 것)으로 가진 고생을 하면서도 남을 위하여 희생적인 깨끗한 정신생활에 감복 아니 할 수 없으며 위로의 말이래도 아니 할 수 없었다. 가엾은 생각과 딱한 생각이 날 뿐이다. 또 과거 외국에서의 지낸 이야기에는 아깝기도 하고 얄밉기도 했다. 왜? 이민족과 동거하였기 때문에…….

오후 4시에 하숙집을 떠난 이 몸과 마음은 부모처자에게 미안한 감뿐이다. 연이나 무리가 아니요 억지가 아니었으므로 자연적인 현상이었으니 나의 행복을 느끼며 자위하는 바이다. 세상에 나를 위로하는 사람보다 더 고마운 사람이 (또) 얼마나 되겠는고…….

큰 매씨의 약혼설을 듣고서 매제 될 본 일을 아니 만날 수 없으며 보고 싶은 생각에서 찾았드니 마침 집에서 공부하고 있기에 만나보고 이야기 몇 가지를 하여 주었다. 첫인상에 온순한 청년임에 틀림없는 감상을 준다. 밀양

---

1) 이 해의 일기 년도는 단기로 기록되어 있다. 날짜 기록 순서는 "단기 4290년 1월 1일 (12. 1.) (火) 개임"과 같이, 단기와 월, 일, 음력날짜와 요일, 날씨 순서이며, 음력날짜와 요일은 각각 괄호 안에 기입하였다.

박씨, 당 20세, 청주상고 3학년 졸업반이라 한다. 다행임을 생각하고 내수에 도착하니 오후 8시쯤이다.
어린 것들이 몹시나 기다렸든 모양이다. 날마다 종차시간마다 역에 나와 기다렸던 모양. 금일도 장남 노정(청고 2년)과 차남 노현(국재 5년) 군이 역에 와서 기다리고 있지 않은가! 집에 다녀온 이야기를 하여 주고는 고요히 잠이 들었다. 정유 새해의 만복을 비노라…….

〈1957년 1월 2일 수요일 흐림〉(12. 2.)
새해의 이틀채 마지하는 오늘 역시 날씨가 푹하다. 오전 11시까지에 방안 정돈을 하고 학교에 나와 사무정리를 종일토록 보았다.
어제 매제 될 사람을 본 감상을 즉시 적어서 편지로 부모님께 보내어 드렸다.
금일도 A.H 여사의 안타까움에 무던한 속을 썩이었다. 사람이란 사귀기 어려우면서도 쉬운 것이며 쉬울 것 같으면서도 어려운 것이련만 나이 근 40에 처음으로 이성을 친히 하여 본 이 감상이야말로 마음이 약한 본인으로서는 참으로 고민에 싸여 있다. 이것도 남자로서의 일생에 한번 있을 수 있는 일이라고 자위하는 수밖에 없으리라. 아니 내가 죄악을 입은 것이 아닐가 분명히 그러한 것이나 아닐가?도 생각하여도 보았으나 상대가 보통인 처지가 아니요 또는 남에게 욕을 받을 자리가 아님에 비추어 관계없다고 인정할 수 있다. 이 생각 저 생각에 머리가 몹시나 복잡하여진다.

〈1957년 1월 3일 목요일 개임〉(12. 3.)
학교의 기성회비 징수차로 이사영 선생과 도원리(桃源里)로 출장을 다녀왔다.
집에는 저물게 들어왔으나 아직 안식구가 본집 금계에 가서 오지 않아 텅 빈 집 같으다. 연이나 큰자식들 남매가 반가히 마지하며 모자, 외투, 웃옷을 벗겨 받고 공손한 인사와 저녁상을 정성 있게 갖아오는 그 모습은 이 세상에 나밖에 맛보지 못하는 행복감을 느꼈던 것이다. 장남은 이제 19세이며 청주고등학교 2학년이고 장녀는 16세 현재 청주여중 졸업반(3학년)에 있다. 자식들이 모두 8남매 남자 4名, 여자 4名 공평도 하려니와 무룻무룻 잘도 커서 한 방에 갓득 있어 가정다운 기색이 보임은 진실로 행운한 일이다. 모두가 건강히 씩씩하게 잘 커가기를 더욱 기원하는 바이다.

〈1957년 1월 4일 금요일 개임〉(12. 4.)
장남 노정이가 조부모님 댁에 다녀오겠다고 첫차로 출발하였다.
교장님이 오셔서 같이 각 기관에 다니며 새해 인사를 하였고 면장과 본교 기성회비에 대하여 진지한 상의를 한 다음 서울옥에서 일 배와 함께 주식을 하였다.

〈1957년 1월 5일 토요일 개임〉(12. 5.)
이병두(李炳斗) 선생님과 같이 집무하다가 오후 1시에 북이면 서당리에 가서 대길교 근무중인 최상호 선생 댁을 방문하였다. 실은 이 두 분이 금번에 갑종강습을 받게 되어 명일에 상경하므로 그에 대한 사전타합을 하고저 하여 상면한 것이다. 술과 떡을 맛있게 주어서 많이 먹었던 것이다.

〈1957년 1월 6일 일요일 개임〉(12. 6.)
전 직원의 비상소집을 내렸다. 오전 10시에

전원이 소집되었으므로 교장실에서 다음 사항을 협의하였다.

1. 휴가 실시 후의 제 반성
2. 교실 증축 기성회비의 징수 납부
3. 4290년도 학령아동 조사에 관한 일
4. 동기 성인교육 추진에 관한 일
5. 기타 잡무

이상의 제 사항을 협의하든 중 신동원 교사의 제반 발언 문제가 기묘한 의도에서 별탁한 문제가 생하여 회의 진행에 커다란 활발성을 띄우게 되었었다. 활발성이라기보다 원만한 공기가 아니고 감정적인 언사가 많았으므로 이에 대한 해명과 가부 취지를 역력히 말해 주었다. 그러나 신 교사는 술이 좀 취한 듯 학교장, 교감에 대한 태도가 너무나 과격한 점이 있음은 지금까지 내려온 모범적인 행사가 의아하다는 것보다 섭섭한 감을 주게 된다. 그렇지 않을 직원이 가외로 분격한 언행에 교장 교감은 물론 전 직원에 경아의 감을 주게 되었다. 연이나 말하는 그분의 심정, 의도, 까닭을 이해하고 있으므로 문제 해결에 곡해없이 하였으며 분감을 전혀 의표하지 않았다.

오후 6시에 상기하는 A.H 여사가 찾아왔다기에 모석에서 반가히 마지하고 동직원인 이사영 선생과 기쁜 자리를 마련하여 술 한 잔 마시었다. A.H 여사로부터 본인을 생각하는 점, 사모하는 점, 못 잊어 구는 점, 모두가 감사하기 짝이 없으며 역시 나로서도 꼭 같은 생각에 잠겨 있는 현실이다. 경제가 용서치를 않으므로 물질적인 동정을 못하는 점 참으로 가엾으기 한량없다. 속담에 이르기를 "늦사랑은 나라 상감도 못 말린다." "늦바람이 더 무섭다." 라고 들어본 적이 있으나 그와는 행방이 약간 다르다고 인정되나 하여튼 이상한 노릇이다. 결과에 어떻게 되는 것인지 두고 볼 수밖에 없는 것이다.

〈1957년 1월 7일 월요일 개임〉(12. 7.)

지난 12월 27일부터 누져진 날씨는 다행이도 아직 계속되고 있어 과한 추위를 모르고 있다. 그적게가 소한이라 그런지 근일 날씨 중에 금일이 약간 냉한 편이다. 심하지는 않다.

10시경에 약간의 두통을 느끼었으므로 사택에서 누어있으려니까 북일교에서 영전하여 교감이 된 친우 이형구 선생이 인사차 왔으므로 이야기 좀 하다가 음식점에 가서 술 좀 마시고 주식 끝에 작별하였다.

저녁에는 지서 주임과 자리를 같이 하고 우리 공무원으로서의 상부상조하여야 한다는 점에 관하여 진지한 투의가 있었다.

열흘 전에 본집에 간 노정 모친이 금일 온다는 것이어서 차남 노현과 차녀 노희가 막차 도착시에 역에 가서 떨며 기다렸든 모양이나 아니 왔으므로 많은 실망과 섭섭한 감으로 이 어린이들은 눈물이 글성글성한 채 잠이 든 듯…….

어제 저녁부터 소재지(내수, 마산, 학평)의 문맹자를 소집하여 학교에서 한글을 지도하기 시작하였고 지도에는 교하 직원들이 순번제로 하기로 하였고, 처음에는 본인이 하기로 하여 금야도 지도하였다. 그러나 배우러 올 사람들이 몇 사람 안 되는 까닭에 신풍스러웠다.

〈1957년 1월 8일 화요일 개임〉(12. 8.)

北一面 리장회의에 참석하여 다음 사항을 역설하였다. 역설이라기보다 이해할 수 있게 침투시켰다. (1. 성인교육의 필요성에 감하여 강

력한 추진이 되도록 제반 계획과 주선을 앙탁함. 2. 四二九○년도 학령아동 조사에의 협조. 3. 내수교 교실 증축 기성회비 징수납부의 건) 회의 끝에 내수옥에서 연말연시의 축하회(연회)가 있었는데 본인에게 노래 차례가 돌아오기에 "쓸어진 빗돌에다 말 곱삐를……." 불렀더니 잘했다고 칭찬이 자자했다. (학교장 부재중)
노정 모친이 금일 막차로 도착되어 아해들이 몹시나 기뻐한다. 오래간만에 만나는 심정 틀림없이 반가웠다. A.H와의 놀던 생각을 할 적에는 약간 부끄럽기도 하였으나 양심을 잃지 않은 본인기건대…….
저녁에는 동직원인 전태은 교사(全泰殷)의 집에서 접대를 받아 자미있는 시간을 보내었다.

〈1957년 1월 9일 수요일 흐림〉(12. 9.)
아침 4시에 기상하여 숙직실에 와서 사무정리(성인교육 계획)를 하고 아침식사는 전태은 교사들 집에서 소재지 직원 전원 같이 하였다(전교사 춘부장의 회갑일).
오후 4시차로 청주에 가서 교육구청에 공문서류를 제출하고 시간이 없기에 하숙집에서 유하였다. 금일도 복잡한 심정에서 모든 것을 물리치고 AH와 면담하였다.

〈1957년 1월 10일 목요일 개임〉(12. 10.)
동계휴가 중의 월샾이 열려졌다. 교육구청 李 학무과장께서도 임석하셨다. 장소는 숙직실이고 주제는 "학생생활을 여하히 순화시킬 것인가?"이며 구체적인 문제는 우선 교내 생활지도에서부터 협의를 시작했든 것이다.
역전옥에서 이 과장을 접대한 후 전 직원 전교사(全 교사)댁에서 초대를 받았다.

〈1957년 1월 11일 금요일 개임〉(12. 11.)
기성회비 독려차 직원들과 함께 부락에 출장하였다. 내수리에 延, 李在 선생과 갔든 것이나 별무효과였다.
금일의 조식은 신근옥 선생 댁에서 하였다.
오후에는 교장님과 함께 청주에 나갔다.

〈1957년 1월 12일 토요일 개임〉(12. 12.)
AH와 면담하고 조식(朝食)을 하였다. 장내를 이야기하며…….

〈1957년 1월 13일 일요일 개임〉(12. 13.)
아침 일찌기 신안에 가서 민영헌 씨와 면담하였다. 학교 기성회 문제에 따른 여론과 김 교장님에 관한 신통치 못한 말성이 좀 생기었다기에…….
족형 의영 형이(국회의원) 북일면에 오셔 기관장회의가 개최되기에 참석하였다. 안건은 면소 건축과 중학교 증축 관계였었다.
여중 장 선생이 와서 입시문제와 관련되는 삼과회기선법에 관한 협의가 있었다. 내수옥에서 주식을 접대하였다.
6학년 담임과 춘길집에서 접대를 받았다.
밤에는 김성구 집에서 이사영 선생과 일 배 하였다. 이 선생이 담화코저 한잔 산 셈이다.

〈1957년 1월 18일 금요일 개임〉(12. 18.)
청주 행하여 결의서를 제출하고 공무원 양곡문제를 상의하였으며 기타 수종 연락사항이 있었다.

〈1957년 1월 22일 화요일 개임〉(12. 22.)
청원교육구 교육위원회 사무 감사가 실시되었다. 강내 조 위원과 강외 김 위원이 왔든 것이다. 오후 3시까지에 무사히 마치고 내수식당에서 점심을 접대했던 것이다.

〈1957년 1월 30일 수요일 개임〉(12. 30.)
명일은 음력 설날이기에 저녁차로 집에를 갔다.

〈1957년 1월 31일 목요일 개임〉(1. 1.)
설 차례가 끝난 후 동리 세배를 다녔다.

〈1957년 2월 11일 월요일 개임〉(1. 12.)
몹시 날씨가 추운 날이다. 학교 일을 마치고 학교 직원에게 학교로서 한자리를 베풀었다. 연말연시의 종합연회의 의미여서다. 장소는 김성구네 집이다. 의외로 경비가 3천여 환 초과되었다.

〈1957년 2월 17일 일요일 개임〉(1. 18.)
내수교 교실 증축 기성회비 교섭차 서울 족형곽 의원을 심방하자기에 출발하였다. 기성회장 이현찬 씨와 사친회장 이재표 氏와 동행한 것이다. 사무실로 찾아가 장시간 면담 끝에 모 음식점에 가서 의영 형의 접대를 후히 받았다. 용건은 어려운 듯하며 이후 피차 노력 여하에 있을 것 같았다. 의영 형들 댁에서 일동이 유하였다.

〈1957년 2월 18일 월요일 눈 후 개임〉(1. 19.)
아침식사 후 의영 형과 작별하고서 이현찬 씨와 서울대학교 근처 모집을 심방한 끝에 몇 곳의 상점을 거쳐서 오후 5시에 서울역에 다시 모여 3인 동반 승차하여 청주에 착하니 밤 10시가 좀 지나서였다.

〈1957년 2월 22일 금요일 개임〉(1. 23.)
김 교장님과 함께 음성 보천 도 안 장학士 댁에 조문을 다녀왔다. 원남학교도 원거리에서 구경하였으며 안 선생님 댁의 유부명랑한 기색을 부러워도 했다. 금일 날씨는 매우 풀려서 따뜻한 셈이다. 둘레의 산경치가 좋기에 동인에게 물어 보았더니 시로봉(詩老峯), 보덕산(寶德山), 백마산(白馬山)이라고 한다. 오후 3시 기차로 보천역에서 출발하여 무사히 내수 착하였다.

〈1957년 2월 26일 화요일 개임〉(1. 27.)
내수국민교 동 근무 이재복 교사가 중학교 진출 의사를 표시하기에 내수중학교장 교감을 내수식당에 초대하여 상의하였더니 이후 특별 고려하겠다는 것이며 금년도 사대 출신 소비로 인하여 용이치는 않으리라는 것이다.

〈1957년 3월 1일 금요일 개임〉(1. 30.)
꿈에 아버님의 훈계를 받았다. "어떻게 살려고 그러느냐?"고 하신 기억이 난다. 아마도 근자에 바람이 좀 나서 모인 AH와 친근한 것을 항시 생각하며 근심한 끝이라 이러한 꿈이 보였으리라. 부친의 훈계가 당연하며 내 반성 아니 할 수 없는 일이다. 연이나 남달리 금력에 큰 탈을 받거나 일신상 커다란 환을 입을 것 같지 않기에 자위하는 것이다. 연속하여 아우 운영(云榮)을 만나 본 꿈도 꾸었다. 우리 본집 앞터에서 의지깐 같은 집을 짓는데 지붕 일을 열심히 하는 것이었다. 꿈이나마 참으로 오래 간만에 꾸어본 것이다. 지금 있다면 나이 꼭 30세일 것이다.

〈1957년 3월 4일 월요일 개임〉(2. 3.)
족형 곽義榮 의원께서 청주에 왔다는 것이어서 두 회장 이현찬 씨, 이재표 씨, 민영헌 씨, 김 교장과 함께 청주 문화동 본댁까지 심방하여 내수교 기성회비에 관하여 또 부탁의 말들을 하였다.

〈1957년 3월 6일 수요일 개임〉(2. 5.)
각 중학교 입학시험이 실시되어 어젯날부터 청주에 나가 아동과 부형을 만나본 것이다. 담임은 신동원 선생과 이사영 선생인데 결과가 좋을 것으로 믿어진다.

〈1957년 3월 13일 월요일 개임〉(2. 12.)
내수국민학교 제37회 졸업기념 사진을 촬영하였다.

〈1957년 3월 22일 금요일 개임〉(2. 21.)
어제 청주에 나가 교육구청에서 여러 가지 일을 보다가 시간을 놓져 오지 못하여 금일 계획까지 완전히 마치고서 오후 1시경에 내수에 오니 모 신문사 기자단 수인이 와서 학교 관계에 수시간 동안 학교장과 담당직원을 몹씨 굴었던 모양이다. 등교하자 이 소식을 듣고 즉시 있는 장소로 가서 술 한 잔을 대접한 후 학교 실정과 경과 이야기를 철저히 하는 동시에 약학 학원을 함부로 취급하지 말라는 강경하고도 원만한 이야기를 철저히 하였더니 이해하는 듯이 잘 알았다는 것이며 인상 좋은 낯으로 헤어졌다. 근자에 각 학교를 심방하며 약점을 잡아서 돈을 얻는다는 말을 수일 전부터 들어왔기 때문에 각오를 하였던 차 잘 이해시킨 것이다.
명일은 졸업식이며 김 교장님의 교육 근속 30주년 기념행사가 있게 되어 금일은 여러 가지 일에 바빴다.

〈1957년 3월 23일 토요일 개임〉(2. 22.)
제37회 졸업식이 무사히 끝나고 이어서 30주년 기념행사가 개최되었다. 이 일을 맞이하려고 월여 전부터 백방으로 연구출장 계획, 활동하였던바 전 직원, 지방유지, 김 교장님의 옛 졸업생, 전임교 교직원들이 다수 참집함과 아울러 기념품이 그리 손색없이 증정되어 다행으로 생각하였다. 남모르는 땀도 많이 흘린 공이 오늘에야 나타난 것이다.

〈1957년 3월 25일 월요일 개임〉(2. 24.)
4289학년도의 수료식이 있었다. 차남 노현은 품행상을, 노명(삼남)은 우등상을, 차녀 노희는 품행상을 받았다.
오후 2시에 민근식 씨 댁의 초대가 있서 다녀왔다.

〈1957년 3월 29일 금요일 개임〉(2. 28.)
의외의 소식이 들려왔다. 전근이라는 것이다. 학교장으로 승진전근이라 한다. 괴산 장풍학교라 한다. 처음 듣는 곳이며 멀고 먼 타군이어서 불안감이 없지 않다. 어쩐지 마음이 살란한 채 금일을 보내 버렸다. 김 교장과 직원들이 모여 축하인사를 하며 축배를 주나 얼떨떨한 채 놀아버렸다.

〈1957년 3월 30일 토요일 비〉(2. 29.)
어제 들은 소식의 마음이 아직 풀리지도 않았다. 정식통지도 아직 없는 터이다. 지방인도 인사차 찾아오곤 한다.

〈1957년 3월 31일 일요일 개임〉(3. 1.)
궁금하기에 교육구청에 들어가 보았다. 발령통지가 접수되었다. 틀림없이 괴산군 장풍교(長豊校)이다. 금년에 이동희망은 한 것이로되 노친시하이라 기왕이면 본집 가까이 말했든 것이 여의하게 안 된 모양이다. 교육구에서는 교육감 이하 학무계 직원 전원 극력 후원하였든 것이 틀림없으나 도 학무과에서 선배자 교섭, 운동, 또는 금력(?) 등으로 나의 마음먹은 곳이 안 되었으리라. 청주에 다니는 아해들 때문에 낭패이다. 장남 노정은 청고 3년에 올라갈 것이며 여중 졸업한 장녀 노원은 여고에 합격이 되었는데……. 자취? 하숙? 하여튼 큰일이 났다. 연이나 자식들은 기차 통학을 싫어하며 자취를 희망하는 것이지마는……. 교육계에 투신한 지 만 15년 6개월. 금일의 발령에 학교경영 책임자가 된 것이다. 아- 세월도 빠르기도 하지. 21세 때 초임으로 보은 삼산국민학교에 갔었건마는 뻘써 나이 37세. 40이 가까운 장년 교육자가 아닌가. 하여간 기쁜 한구석도 있으매, 기왕이면 하는 욕심도 난다. 천지신명이시어 감사합니다. 이 못난 사람을……. 굳게굳게 마음먹고 책임자의 첫 출발을 잘 하여 보리라. 부모님이시어 감사합니다. 은덕으로 이 자식은 잘 기내옵니다. 모-든 홍은에 감사할 따름이었다.

〈1957년 4월 1일 월요일 개임〉(3. 2.)
4290학년도의 시업식이 있었다. 학교 사무정리에 착수하기 시작하였다. 작년부터의 회계사무가 계속된 까닭으로 당분간 몹시 분주한 집무가 계속될 것을 예측한다.
오후 2시경에 신발령교 김 교감이 찾아왔다.

〈1957년 4월 2일 화요일 개임〉(3. 3.)
고별식을 거행하였다. 직원에게 인사할 때 약간 목이 메임을 느꼈다. 내수 생활 만 3년에 직원들의 혜택도 많이도 입었다. 아동들에게도 인사를 하였다. 4287년 7월에 부임 인사한 기억이 새로히 난다. 본교에는 나의 자식도 네 사람이나 다니고 있다.
오후에는 지방 인사를 다녔다. 또 직원들의 송별연회를 성대히 받았다~ 오작교에서, 또 이차로 역전옥에서.

〈1957년 4월 3일 수요일 개임〉(3. 4.)
청주에 잠간 들려 AH에게도 전근 이야기를 하였다. 깜짝 놀래는 기색이며 섭섭한 말을 한다. 너무나 멀리 또 산골로 가는 점을 안타깝게 여기는 심정이다. 근자에 와서는 날이 갈수록 관심이 희박해지며 그리 자주 만나기가 싫어졌다. 연이나 날 같은 인간에게도 있는 정성을 다하여 모든 편의를 보아준 점, 감사한 생각을 아니 가질 수도 없는 처지이다.
오후 한 시부터 지방에서 각 기관장, 지방유지 수10 명이 모여서 나의 송별연회를 성대히 베풀어 주시는 것이었다. 참석자 대표로서 북일면장 이형복 씨의 인사말씀에 이어 사례인사도 하였다. 순전한 일반 측의 연회로서는 금번이 처음 받는 것이다.

〈1957년 4월 4일 목요일 개임〉(3. 5.)
장풍교를 향하여 출발하였다. 부임의 길에 선 것이다. 오전 9시 괴산행 자동차에 가기로 한 것이다. 아침 일찍이 내수교 전 직원, 아동 정열하여 나를 환송하는 것이다. 끝인사로서 전 교생에 반별로 인사를 마치고 직원들과 마지막 악수도 굳게……. 차가 도착되자 승차하니 전원 만세소리를 크게 높이 부르지 않는가. 카부를 돌을 때까지 나는 모자를 흔들었다. 여직원을 비롯하여 끝에 정열하였던 여학생들이 안 뵈일 때까지 손을 흔드는 것이었다. 이로서 영영 내수교는 떠나버리고 마는 셈이 되는 것이었다. 동료 신동원 선생이 수행하였던 것이다. 괴산은 금번이 처음이다. 괴산서 하차하여 둘러보니 참으로 산골이다. 장풍은 이곳에서도 아직 더 들어간다니 산골인 것은 말할 나위도 없다.
교육구청에 들려 교육감(이창섭 씨) 이하 양 과장(학무과, 서무과)를 위시하여 구청 전 직원에게 초임 인사를 하였다. 구청에서 점심을 접대하기에 잘 먹고 오후 2시차로 임지를 향했다. 중간에 빠-쓰가 고장이 나서 약 1시간가량 싱강이를 하다가 나의 초임지며 종점인 태성에 나리니 오후 4시 반이었다. 김 교감이 나와 영접해 준다. 쓸쓸한 감을 아니 느낄 수 없다. 점심을 간단히 먹고서 학교에 건너왔다. 도로에서 약 1㎞, 10분가량 걸린다. 정규 교실 세 칸에 가교사인 양 초가 교실 세 칸이다. 교무실을 들어가니 일직 직원 한 사람, 총 교장까지 7名이라는 것이다. 금일은 또 특수사정이 있어 결근 또는 조퇴하였다는 것이다. 구색도 판이하게 교장의 의자와 책상이 너무나 훌륭한 점이 으색해 보였다. 정돈은 잘 되었던 것이다. 교감 안내에 의하여 전교(6교실)를 순시하여 보았다. 수리 수선할 곳이 이만저만 한 게 아니다.
태성 주막에서 신 선생과 같이 유하였다.

〈1957년 4월 5일 금요일 개임〉(3. 6.)
아침 첫차(오전 6시 30분)로 내수 향하여 출발하였다. 오늘 또 나에 대한 연회가 있는 까닭으로 아니 가볼 수 없으며 명일의 교장회의에(청원군) 출석할 일도 있고 하여서…….

〈1957년 4월 6일 토요일 개임〉(3. 7.)
청원군 교장회의에 출석하였다. 전출인사도 하였다.
점심을 낙원에서 하였다. 이 집에는 심정적으로 알 만한 여자가 있다. 남들은 잘 모르고 오해했든 이도 있었던 것이다.
회의가 끝난 후에 "유락"이라는 요리집에서 송구영신의 연회가 있었다. 교육감(정원상 씨)께서도 나에게 잔을 주시며 "곽 선생! 나 있을 때 청원군으로 꼭 와요." 고마운 말씀이었다. "얼마나 밉길래 괴산 산골로 쫓찼읍니까?" 나는 농담으로 답변하였었다. 밤늦게까지 놀다가 AH 집에서 쉬고서 명일 아침 일찍 나가기로 하였다. 명일은 또 몇 분들과 서울행하기로 한 것이다.

〈1957년 4월 7일 일요일 개임〉(3. 8.)
금일 또 서울행이다. 김 교장과 민영헌 씨와 동행하게 된 것이다. 내수교 기성회비 보조금이 수일 전에 의영 형으로부터 도착되어 교육구에 완결하였기로 사례인사차 올라가자는 것이다. 청주에서 점심을 먹고서 오후 3시에 조치원을 나가 '통일호' 특급을 타고서 서울 착하니 6시였다. 신신백화점 옆의 광신여관(廣信旅館)에서 유하였다.

〈1957년 4월 8일 월요일 개임〉(3. 9.)
상점에 나가 패물을 사가지고 돈암동 의영 형댁에 가서 사례인사와 선물을 건늬고서 장안에 나와서 백화점 구경을 하고 다시 광신여관에 와서 유하였다.

〈1957년 4월 9일 화요일 흐림〉(3. 10.)
내수에서 사무정리를 마치려고 주야로 분주하게 일을 보나 하도 복잡한 일이 쌓여서 얼른 줄지를 않는다. 내수 몇 군데에서는 빚 받으러 오는 사람이 몹시나 졸라댄다. 요새같이 사람이 몸 다르면 얼마 살지 못할 것 같다. 내 사채도 약간 있으려니와 학교 공채가 상당액 있는 것이다. 혼자서 몸 달게 동당거리니 이 어찌 난하지 않으랴……. 아무도 알 배 없는 이 난관.

〈1957년 4월 10일 수요일 비, 흐림〉(3. 11.)
오늘은 괴산 교장회의다. 내수에서 출발하여 증평에 오니 증평학교 한 교장님(강서교에서 모시던 분)이 승차하시기에 자리를 마련해 드리었다. 반가운 인사 말씀을 하신다. 우선 노정과 노원 통학관계를 걱정하시는 것이었다.
괴산에 도착하여 회의실에 들어가니 전부터 잘 아는 교장님이 몇 분 계시다. 칠성교 양재범 교장님, 외사교 김종억 교장님, 명덕교(교육회장) 오경모 교장님, 청천교 신옥현 교장님 모두가 반갑게 맞이하여 주신다.
금일 첫 교장회의다. 교장으로서 처음으로 맞이한 회의이다. 인사 소개에 몇 마디 똑똑하게 말하였다. 금일의 중요 안건은 4290학년도의 학교 건설 방침에 관한 것이었다.
회의를 마치고 증평교장님을 모시고 약주 일배 드릴려 하였으나 도리어 한 교장님께 폐만 끼쳐 드리었든 것이다. 광명여관에서 같이 숙박하였다.

〈1957년 4월 11일 목요일 개임〉(3. 12.)
오전 11시차로 등교하니 금일에서야 전 직원을 만날 수 있었던 것이다. 모두가 온순하다. 조용하기 짝이 없다. 여직원(이정근)이 한 분 있는데 매우 고마웠다. 쓸쓸한 나의 모양을 캣취하였는지 축음기를 틀어 위안하여 준다.
태성서 교감과 석식을 하고서 사택에서 처음으로 유숙하였다. 전달부와 같이 자기로 하고 전 직원 사택에 모여 탁주 몇 되를 갖다가 마시게 하여 준다. 직원들을 보낸 후 잠자리에 누었으니 쓸쓸하기 한이 없으며 내수 생각, 반이 여부 등 대공상이 생기어 좀처럼 잠이 오지 않았다. 밤늦게 축음기만 틀었던 것이다.

〈1957년 4월 12일 금요일 개임〉(3. 13.)
직원에게, 아동에게 정식 인사를 하였다. 직원에게는 "1. 우리는 교육자이다. 교육자는 선구자인 것이다. 사람을 사람답게 만드는 책임이 부여되어 있는 것이다. 그렇다면 부단한 노력이 있어야 하며 아동을 진심으로 사랑해야 하는 것이다. 동 직원 형제자매와 같은 생각을 갖고 융화 단결하여 나가야 한다."는 요지로 말하였다.
지방인사도 다니었다. 장암, 신대, 태성, 교동, 송동 전부 마치었다. 금번의 신임이 나와 세 사람이다. 정기용, 이정근 교사이다. 금일 석식부터 소사 김진복 집에서 하기로 하였다.

〈1957년 4월 13일 토요일 개임〉(3. 14.)
내수행하였다. 명일 본가 금계에 가서 가친과 여러 가지 상의를 좀 하여야겠어서.
밤에는 신동원 선생의 접대를 받았다.

〈1957년 4월 14일 일요일 개임〉(3. 15.)
어머님과 같이 금계를 향하였다. 우유통을 두어 개 운반하였다. 어머님께서 10여 일 전에 내수에 오셨던 것이다. 밤에는 아버님과 이후 가사정리에 관해서 상의 말씀 드린 것이다. 종결적으로 노정과 노원은 청주에 집 한 칸 얻어서 자취시키고 어린 것들은 괴산으로 다리고 가서 살림하기로 했든 것이다.

〈1957년 4월 15일 월요일 개임〉(3. 16.)
금계 본가에 출발하였다. 중도에서 신옥현 교장을 만나 동행하였다~ 청주까지. 신 교장은 금계교장으로 있다가 금번 이동에 동군 내 청천으로 가게 되어 오늘 반이를 하는 것이었다. 청주서 같이 점심을 하고 헤어졌다.
오후 2시에 도 학무과에 가서 이동발령, 부임 초감에 관한 인사를 하였다. 안장헌 장학사를 비롯하여 여러 분들이 "잘 부탁한다."는 인사 말이다.

〈1957년 4월 17일 수요일 개임〉(3. 18.)
내수에서 첫차로 오근장에서 나려 박정삼 씨 댁을 방문하여 인사한 다음 같이 청주행하였다. AH의 여식 선례 양의 취직 부탁을 하였다. 심지가 굳은 분이라고는 믿을 수 없으나 성의껏은 보아줄 분이라고 생각되었기 때문에. 모타방[다방]에 본인을 불러다가 본 후 기분 있는 답변이어서 가망성도 있을 덧싶었다. 농사원이라는 회사인 모양……. 점심 접대를 후히 하고 작별한 후 석교학교 근무 중인 친우 이기현 선생과 또 일 배 하였던 것이다. 이 선생께는 방 한 칸 맛당한 것이 이웃에 있거든 소개하여 달라고 부탁하였다. 노정 원자 때문에…….

〈1957년 4월 18일 목요일 개임〉(3. 19.)
괴산행하였다. 저녁에 교감과 소주 일 배 하고 잤다.

〈1957년 4월 21일 일요일 개임〉(3. 22.)
내수향발하다. 반이 계획을 가지고. 내수 착하니 지방의 소리에 불감과 불안감을 아니 느낄 수 없었다. 분개심도 난다. 특히 김 교장께서 많은 오해를 하고 있다니 이런 분할 노릇이 있는가. 도로무공, 선무공덕 말 그대로 느낄 뿐이다. 나에게도 책임이 있다고 자인한다. 왜 모든 실정을 그때그때 또는 일찍이 못 드린 것이……. 실정을 모르니 나만을 오해할 수밖에. 연이나 그럴 수가 없다는 생각이 머리끝까지 올라온다. 그렇지만 무리가 아니라고 이해하는 것이 좋을 것이라고 또 자위하였다.

〈1957년 4월 22일 월요일 개임〉(3. 23.)
은곡행하여 이현찬 씨, 이재찬 씨, 이주원 씨, 조건상 선생 댁에 방문하여 인사를 하였다. 특히 조 선생 댁에서는 과다한 접대를 받았다. 신동원 선생과 동행하였든 것이다.
청주행하여 또 박정삼 씨를 심방하여 낙원에

서 주식을 같이 하고 선례 양의 취직 건에 대하여 심심한 부탁을 했던 것이다.
막차로 내수에서 하차하니 북일면 서무주임 정재우 형이 잇끌어 요리집에 가서 일 배 접대를 받았다.

〈1957년 4월 23일 화요일 개임〉(3. 24.)
내수교에 등교하여 김 교장님과 내용 타합 무려 2시간. 학교와 교장님 자신을 위하여서는 여론을 수습하라고. 문제가 확대되고 여론이 점점 펴지고 보면 침소봉대 격으로 없는 말도 나고 적은 문제도 크게 되어 호미로 막을 물을 가래로도 막기 어려울 일. 무턱대고 사회 여론을 나에게만 책임을 지울려고. 왜 자신을 모르는지 답답하기 짝이 없을 일. 더 좀 자신을 반성, 시야를 널리, 나의 자랑하기 전에 남의 공을 알아야 할 터이지만 그다지도 모를가? 본인에 대한 오점은 모두 숨기고 남의 약점만을 들추어 그게 옳은 일이며 좋은 일일가. 나 같으면 여하히 여하히 하여 설영 잘못된 실적이 있을지라도 용이하게 무마시킬 수 있는 일을…….
상당한 여론과 비난이 자자하여 오해에 오해를 거듭하게 된 일이 만시지탄. 여러 가지로 이야기하였지마는 이후는 어떠할른지…….
오후 1시에 인접교 인사차 내수를 나가 대길교에 갔었다. 박 교장을 만나 학교 부임 소감을 솔직히 이야기했다. 박 교장님도 처음에 이 대길교에 왔을 때 꼭 그러했다고. 실은 박 교장께서는 솔선수범하여 학교 건축에 일심노력한 분으로서 건실하고 근면한 교장으로 지방과 구청으로서의 신임이 두터운 터이다.
대길서 다시 발을 옮겨 동면 내이며 관계가 좀 깊다고 생각하는 비상학교로 갔었다. 이 학교는 윤 교장이 계시되 매우 활발 명랑하시며 술 잘하고 수완 좋은 분이다. 특히 나와는 피차 정을 나누고 기내는 터이다. 사귄 제는[사귄 지는] 불과 수개월밖에 안되었어도…….
또 이주엽 교감은 검정 동기로서 친분이 매우 좋으며 내수교에서 같이 근무하든 변충규 교사가 금번에 본교로 전출되었고. 여러 가지로 인연이 있는 터이다. 윤 교장을 비롯하여 인연 깊은 몇 분의 안내로 주막에 나가 권주하기에 마음껏 마시었다. 밤늦게까지 놀다가 날이 저물기에 변충규 선생 댁에서 유하였다. 비상교에 대하여 폐가 너무 많았다.

〈1957년 4월 24일 수요일 개임〉(3. 25.)
조식 후 변 선생과 등산하여 비홍수리공사장(飛鴻水利工事)을 구경하였다. 공사 책임자가 마침 친우 이형근 군이므로 만나 인사하고 내수까지 같이 왔다. 도중 이야기 중, 괴산까지 반이할 차 걱정을 하니 이 군이 제 차를 쓰라는 것이었다. 하도 고맙기에 일자를 금음으로 정하고 사례인사를 하였다.

〈1957년 4월 25일 목요일 개임〉(3. 26.)
1, 2월분의 공무원 양곡을 수리하였다. 외미와 외맥이다. 월급에서 9,000환씩 공제되는 것이며 분량은 1개월분이 약 소두 3두씩이다.
오후에는 민영만 씨의 접대를 받았다. 고마운 심정으로 대하여 주는 여러 부형들에 대하여 충심으로 사의를 표하는 바이다.
윤동복 씨 댁에 조문을 다녀와 사택에 가니 아버님이 오시었다.

〈1957년 4월 26일 금요일 개임〉(3. 27.)

노정과 노원은 청주 외당숙 댁에 당분간 자췌하기로 결정하고 보내었다. 금일부터 이 어린 것들이 자췌가 시작되는 것이다. 고생하기 시작되는 것이다. 처음으로 애비 에미를 떠나 저의들끼리 끓여먹게 되는 것이다. 아버님께서 다리고 가시었다.

오전 9시차로 내수를 떠나 장풍교에 착하니 12時 半이었다. 이 여교사는 마침 병결 중이어서 안 된 생각으로 교감과 같이 문병하였다. 몸살인 듯싶었다.

오후에는 연 교사가 낙시질을 하며 탁주 2升과 생선회를 잘 하였다. 꿈에 공산군 재침이 되어 피난치 못하고 다시 포위되어 정신적 고통을 느낀 기억이 난다.

〈1957년 4월 28일 일요일 개임〉(3. 29.)

명일 반이하게 되어 다시 내수로 갔다. 괴강다리는 금일부터 개통하게 되었다는 것이며 칠성수력발전소의 준공식이 금일 있다 하여 정부에서는 상공부장관 이하 다수 인사들이 오는 것이라 한다. 지방인들도 구경차 많이 출발한다.

〈1957년 5월 1일 수요일 개임〉(4. 2.)

아침 7시쯤 하여 반이할 추럭이 왔다. 2일간 비 나리는 관계로 며칠 늦어졌다. 이형근 군이 보내온 추럭이다. 고마웠다.

짐 실키에 이사영 선생과 전달부 전 서방이 많이 수고하였다. 감사를 드리는 바이다. 아침식사는 신동원 선생 댁에서 하였다. 짐을 다 실코 보니 반 추럭도 안 되는 것이었다. 운전대에 어머님은 노송을, 내자는 노행을 안고, 추럭판에는 노현, 노명, 노희, 노임이가 같이 탔다. 차는 순조로히 달려서 2시간 만에 목적지 장풍교에 도착되었다. 전 직원 출동하여 짐을 내려주기에 금일 큰 행사는 다행으로 무사히 마치었다. 차삯은 휘발유값 정도만 주었다. 정상적이면 15000환 정도 해야 할 터인데 5000환만 주었다.

불행 중 다행으로 전야(前夜)에 학교에 도적이 들어 귀중품 몇 가지를 갖아갔던 모양이나 교감에 발견이 금조에 되어 찾았다는 것이다. 깜막하였다. 큰일 날 뻔하였다.

전 직원 앞 냇가에 나가서 피리, 갈라리[2] 등 깨끗한 고기를 낚아서 탁주 몇 되 갖다가서 초고치장과 회를 많이 맛있게 먹었던 것이다.

〈1957년 5월 2일 목요일 개임〉(4. 3.)

일전에 학교 물건을 훔쳐간 도적을 다려다가 주의와 훈계를 하였다. 더구나 본교 졸업생이라는 것이다. 졸업 후 서울에 가서 못된 것만 배운 태도이다. 또 부모가 없다하는 것 등 환경이 불우한 사람인 것은 틀림없다. 제가 졸업한 모교에 와서 도적을 하다니……. 지금 세상 참으로 도의가 떨어졌다는 것, 말 그대로이다. 18세 앞길이 양양한 청소년임으로 관대히 처결하기로 하고 훈계를 단단히 했건마는 이후 또 어떠할른지?

학교 행사를 마친 후 교장 사택에 전 직원 초빙하여 팟죽 대신에 탁주 몇 잔씩을 권하였다. 저녁 늦게까지 맛있게들 먹고 재미있게 놀다 헤어졌다.

2) 피리, 갈라리 모두 피라미를 일컫는 충청도 사투리이다.

〈1957년 5월 3일 금요일 개임〉(4. 4.)
전교 봄소풍을 실시하였다. 쌍곡으로 목적하고 출발하였다. 오후 二時까지 학교 수직을 하다가 처음의 곳이라 쌍곡을 찾아갔다. 특히 6학년생들이 천렵을 하여 석천에서 잡은 징김이[민물새우], 피리 등으로 맛있게 조려놓은 찬으로 점심을 잘 먹었다.
오후 3시에 무사히 귀교하여 소풍을 잘 마친 셈이다.

〈1957년 5월 4일 토요일 개임, 흐림〉(4. 5.)
어머님께서 가시었다. 이사 올 때 손자 자식 않으시고서 오신 어머니께 아무런 찬도 못하여 드린 채 배송하는 이 마음…….

〈1957년 5월 5일 일요일 개임〉(4. 6.)
4학년 이상 희망자에 한하여 전 직원과 같이 수학여행을 갔다. 聞慶 鳥嶺 關門을 目的했다. 약 100명의 학생과 전 직원, 부형은 소재지 구장 정 씨가 한 분 따라왔다. 수옥정 폭포 앞에서 하차한 일행은 조령을 향하여 올라갔다. 약 두 시간 만에 최고봉 제3관문을 보게 되었다. 충북과 경북의 경계선이다. 임진왜란 때 신립 신장군이 방비차 쌓은 성문이다. 다시 나려가기 시작하여 제2관문을 보게 되었다. 이 조령은 충북이나 경북이나 고목이 울창하였다. 우리나라 산이 전부가 이러하면 얼마나 좋을가? 나무도 흔하다. 썩어져 있다. 양편 비탈은 드문드문 화전이 있다.
펀던[3]까지 나려가니 제1관문이 있다. 세 관문 중에 가장 완전히 남아 있다. 조그만 동네가 있다. 그 자리에서 점심을 먹였다. 마침 문경 당포교에서도 그곳으로 소풍을 왔다. 거기도 어린이날 행사로 실시했다는 것이다. 전(錢) 교장과 인사를 교환한 후 술을 접대하기에 고맙게 받았다. 오후 4시경에 뻐-쓰가 다시 오기에 전원 태워서 무사히 귀교했든 것이다.

3) 높고 평평하며 나무는 없이 풀만 우거진 곳을 이르는 말로, 번던, 버덩이라고도 한다.

〈1957년 5월 6일 월요일 개임〉(4. 7.)
교장회의가 있어 괴산 출장하였다. 4월분 급료도 수리하였다. 명덕교에서 교육회 대의원회도 있었다. 4290년도 사업계획 관계었다. 모든 회의를 마친 후 교장 전원 뻐-쓰에 몸을 싫어 칠성수전[칠성수력발전소] 견학을 하였다. 우리 고장에 이만한 설비가 된 것도 자랑스러웠다. 2500kM[㎾] 發電한다는 것이다. 견학이 끝나고 냇가에서 탁주들을 의의 있게 마시고 괴산으로 도라왔다.
밤에는 윤 장학사와 청주옥에서 일 배 하고 충북여관에서 유하였다. 주인이 매우 친절하게 하여 준다. 그리 정결치는 못한 여관이다. 좀 빈한 감이 들었다.

〈1957년 5월 7일 화요일 개임〉(4. 8.)
직원들 부탁이 있었기로 광목을 한 통 떠가지고 장풍에 왔다. 봉급을 분배한 후 광목을 심지 뽑아 나와 이 여교사가 차지하게 되었다. 반통씩 매월 공동 부담하여 차례대로 심지 뽑아 갖기로 한 것이다.

〈1957년 5월 9일 목요일 개임〉(4. 10.)
교감선생과 같이 면소재지인 오가리로 인사차 출발하였다. 중로에서 면의장을 만나 동행하였다. 식물로서 대단히 귀한 미선(美扇)나무를 구경하였다. 솔티고개를 넘어서 나려가니 지서, 면소, 학교가 있다. 매우 산골이다. 장풍교에서 6km쯤 될 것이다. 기관에 다니며 인사를 하였다. 지서 주임이 점심과 술을 사주기에 잘 먹었다. 마침 수안보 우체국장을 처음으로 만나 인사를 하였다.

오후 3시에 오가리를 출발하여 광진학교에 가서 인사하였다. 김 교장께서 후히 대접하기에 고맙게 받았다. 돌아오는 길에 반곡에 들려 교육위원 김제호 씨를 방문하였다. 양조업을 하는 분이다. 학교 건축 관계를 협의하고 도라오니 오후 9시쯤. 저물었던 것이다.

〈1957년 5월 10일 금요일 개임〉(4. 11.)

내수교 이병두 선생이 오셨다. 반갑게 인사를 하고 냇가에 나가서 생선을 잡아 술과 맛있게 대접을 하고 장암에 들어가 민 선생 댁, 연 선생 댁에서 대접하기에 고맙게 받았다.

이 선생은 내수교 교감 사무인계 관계로 상의 차 온 것이다. 그러잖아도 일찍이 갈려든 것이 1일 이후 연일 행사가 있는 바람에 상당히 지연되게 되었다. 명일 갈 예정을 세웠던 것이나 역 동행케 되었다.

〈1957년 5월 11일 토요일 개임〉(4. 12.)

이 선생과 같이 내수에 갔다. 직접 김 교장님을 만나 인사한 후 예정보다 늦게 온 사연을 이야기하였다. 김 교장님은 나를 사랑했던 분이다. 또 신임했던 분이다. 나는 그 은덕을 잊지 않는다. 연이나 김 교장님은 함부로 외부절충을 하여서 여론이 좋지 못하게 된 판이다. 몇몇 가지 말씀을 하나 아직 어두우신 양 사회상 파악을 잘 못하시고 계시다. 나의 여론만을 확대케 하였으며 자신을 모르셨다. 모든 실정을 장부로서 뵈었으며 내용을 일일히 설명하였다. 일변 심정이 달라지신다. 그럴 수밖에는…….

그래도 미진한 분치가 있어 또 사무정리에 착수했든 것이다. 예정을 세웠다. 학교형편대로 예정을 세웠다. 14일에 감사, 15일에 이사회, 16일에 총회. 그대로 하기로 했다.

〈1957년 5월 12일 일요일 개임〉(4. 13.)

오전 중 내수에서 놀다가 (신 선생과 강서 이씨와 이재복 선생과 술) 몇 차례의 술에 잔득 취한 채 청주에 가서 AH를 만났다. 술 취한 몸에 다시 한 잔 마시었드니 몹시나 취하였다. 괴로운 말을 하는 것이다. 참인지? 몸에 이상이 있는 것 같다는 것이다. 술이 하도 취하여 몸이 한량없이 고달펐다. 꿍꿍 알면서 잤다.

〈1957년 5월 13일 월요일 개임〉(4. 14.)

아침에도 역시 고달픈 몸은 추호도 풀리지 않는다. 몸살을 겸한 것도 같았다. 아침식사 한술도 못한 채. 청고교를 가서 노정을 만났다. 그간 별 이상은 없다는 것이어서 다행이었다. 여고에 가서 원자를 만났다. 남보다 옷이 꾸지레해 보이는 원자가 미안했다. 2, 3일 후에 다시 오겠다고 약속하고 내수에 나와 사무정리를 완결하였다. 밤에도 편한 잠을 이루지 못했다. 왜 내가 전근이 되었어도 여기 와서 이 고상을 하나? 금전 취급하는 회계사무(경리사무)를 본 탓이지. 왜 내가 경리사무를 보게 되었나? 말할 것도 없다. 학교 간부는 회계사무를 보아서는 안 된다는 것인데. 단잠, 단밥이라는데 잠을 자도 눈을 뜨고 자는 듯, 맨 꿈천지. 이내 속 썩는 줄도 모르고 나에게만 책임을 지울려고 하는 그 분의 심정 참으로 안타깝고 분하다. 연이나 우선 나 자신을 내가 책할 수밖에…….

내수교 숙직실에서 같이 자는 모든 직원들의 후대에는 참으로 감사하기 짝이 없었다. 모두가 나를 동정한다. 천지신명이시어 왜 내가 내수에 와서 이러한 정신 고통을 겪게 되는가요? 이런 마음 괴로운 마음으로 지내온 지 무려 서너 달. 왜 내가 남의 빚을 지고 나 혼자만이 쪼달리는고. 참으로 빚쟁이는 못살 것이야. 교감에 무슨 큰 죄가 있으랴. 내 손으로 얻어온 돈이니 나한테 받으러 온 것이 당연지사이겠지만 그렇다면 이 실정이나 책임자는 알아주어야지. 생전에 처음 당하는 큰 속, 너무나 고통도 심하지.

그러나 혼자만이 당하는 것이 떳떳하다고는 생각하겠기에 월전서부터 직원에게 또는 일반에게 "모두가 나의 잘못에 있다고" 말한 것이 나는 자랑할 만하다. 전근을 하였어도 한지만지, 내수에서만 장기일 도라다니게 되니 이 일이 어떻게 될 심판인지……. 아- 참 야숙도 하더라.

〈1957년 5월 14일 화요일 개임〉(4. 15.)

내수교의 4289학년도의 사친회 경리사무감사가 실시되었다. 감사역은 농은 부이사 오원균 씨와 면의장이신 유흥열 씨이다. 오후 1시부터 시작하여 4시에 끝났다. 아무런 이상이 없다는 것이며 정리에 착오가 없다는 것이다. 다만 과목 유용한 점에 대하여 말이 있었으나 대스럽잖았다.

〈1957년 5월 15일 수요일 개임〉(4. 16.)

내수교의 사친회 이사회가 개최되었다. 어제 있었던 사무감사 보고가 끝나자 결산심의로 들어가 내가 관항목별로 일일히 상세히 설명하여 주었다. 아무런 이의가 없다는 것이며 원안대로 무사통과되었다. 이사는 회장 이재표 씨, 민영헌 씨, 이주원 씨, 차수성 씨었다. 이기덕 씨는 불참이었다(출타한 바람에). 이사님들의 나에 대한 고마운 점은 현금출납부 차인잔고 32,000환인데 현금이 없고 사정이 어려워 썼다고 하였더니 민영헌 씨 발의로 곽 교장의 말할 수 없는 사정을 참작하며 수년간 경리사무에 골몰했을 것이고 장부에 올리지 못할 잡비도 났을 것이오니 공무원 생활에 여유가 있을 리 없으니 곽 교장에 기부하자는 것이었다. 회장 이하 이사 전원 대찬성하에 빚이 될 이 3萬여 환이 탕감이 된 것이다. 이사진에서도 나에 대한 동정심이 두터우다. 고맙기 짝이 없어 사례인사를 하였다. 그러나 김 교장께선 불감이 있는지도 모르지만 고맙다는 인사말씀을 하여 주신다. 모든 빚도 김 교장으로 인한 빚이 많을 것이라는 일반과 역원 측에서는 말하고 있는 것이다. 그러나 나는 김 교장님에게는 하등 원망이 없겠금 노력을 하여 왔든 것이다. 지금도 그러한 마음이며 끝까지 옹호하여 드릴 각오이다. 물론 김 교장님에게 큰 죄가 있다는 것도 아니지만…….

〈1957년 5월 16일 목요일 개임〉(4. 17.)

금일은 내수교의 사친회 총회라고 한다. 소음악회도 있다. 어머니날 행사를 금일에 행하는 것이라고 한다. 금일은 어찐지 장풍교 임지가 궁금하다. 떠나온 지 근 일주일. 아무런 사고

나 없는지? 왜 이곳에서만 주야분주한 시간을 보내게 되는 이 신세. 알아줄 사람도 없는데. 연이나 내수교 직원과 일반측은 나의 입장을 동정하고 있다. 김 교장만이 나의 심정 몰라주는 것만이 섭섭한 일이다. 나는 각오하였다. 나도 교장이지만, 부하직원을 전적으로 사랑할 것이다. 교감의 심정을 동정할 것이다. 아서라 말아라. 부하를 괴롭히지 말 것이다. 교감의 입장을 괴롭게 하지 말지어다.

명일은 세상없어도 완전히 사무인계를 마칠 예정이다. 그리고 어느 정도 시원한 머리를 갖고자 한다. 그러기 위하여 큰 각오 밑에 며칠이 걸리든지 금번에 모든 결말을 지우고저 왔든 것이다. 인계서류 작성에 세밀한 미료사건까지(그렇게 상세히 아니 하여도 좋지만) 일체 꾸며서 넘길 양으로 각 상점 등 물품대, 채무관계까지 서류를 작성키로 하고. 미진한 분치 일체를 작성하노라니 완전 철야를 하였다. 아마 이게 내수교 근무한 끝마감의 선물인 듯도 싶다.

〈1957년 5월 17일 금요일 개임〉(4. 18.)

오전부터 사무인계를 하기 시작하였다. 장부일체와 금전관계의 내용 일체, 또 그에 대한 설명. 백교감과 이병두 교무에게……. 전야 완전 철야한 관계로 머리가 매우 무거우며 탈진이 되어 쓰러질 것도 같았다. 그러나 참고 참아 졸아가면서도 상세한 설명을 가하면서 오후 3시쯤에 끝났다. 빚의 원인 연공 수탕[수당]에서 약 15萬 환, 별도장부(배시)에서 16萬 6仟 환, 학교장 후생비 과불양인 장부에서 약 13萬 몇 천 환 하여 계 40여만 환이다. 인수하는 신교감도 아니 놀랠 수 없을 것이며 이후 처리가 난감함도 무리가 아니다. 김 교장을 위하여 대책을 수립하여야 한다는 몇 가지 획책도 연구노력을 하여 보았다. 모두를 인계하고 나니 심신이 가쁜한 것도 같이 개온하나, 그래도 인연이 있는 곳이므로 후처리에 곤란들 겪을 생각을 하니 안 된 생각과 염려스러운 감에 완전한 시원한 생각이 덜 났던 것이다. 인계 중에도 모 부인이 찾아와서 빚 때문에 몹시 졸라대며 재촉하는 것이었다. 그렇게 친절히 하든 분이 이만치 굴어대니 인간 심리란 변함도 많다고 생각되었다.

점심을 백 교감, 이 선생, 신 선생과 같이 하면서도 학교를 염려하는 심리에서 입맛이 없었다. 마침 김 교장님께서는 청원군 교장단 선진지 시찰에 출발하시게 되어 오늘은 안 계시다. 신 선생이 주는 주미도 특별나게 몇 잔 들고서는 오후 5시차에 청주에 가서 노정, 원자에게 원자 의류대, 가구값 얼마를 주었다. 저의들 이야기를 들으니 현재 있는 곳이 마음에 안 들어 일간 딴 곳으로 옮긴다는 것이다. 마음에 찐덥지 못하면 침식이 불편한 것이어서 계획대로 하도록 허락하였다.

〈1957년 5월 18일 토요일 개임〉(4. 19.)

청주에서 조식을 잔득 한 나는 근자에 처음으로 맛있게 많이 먹은 감이 난다. AH 집에서 먹었다. 찬도 성의껏 작만하여 준다. 근자에 와서는 가까운 가족감을 뵈어준다. 고마운 심정에서 사례도 하며 많이 먹었다.

오전 9시차로 괴산행하여 마침 중로에서 교감을 만나(오래도록 안 오니까 궁금했든 모양) 괴산에서 점심을 먹은 후 시장 구경을 하고서 임지에 도착하니 오후 2시이다. 하여튼 금번 내수 다녀온 점에 대하여는 커다란 짐을 벗고 온 감이 들지 않는 것이 아니다.

〈1957년 5월 21일 화요일 개임〉(4. 22.)

이사 와서 파종한 각종 봄채소는 바로 제법 커서 요새는 반찬이 좋아진 것이다. 매일 조석으로 안식구와 노현 노명이가 급수한 공이 크다고 본다. 날이 계속하여 가물이 들어 밭곡식에 커다란 해를 기치고 있는 중이다.

앞냇가에서 노현 노명은 방과 후에 고기(생선)를 많이도 잡아 오기로 요새는 제법 반찬이 좋은 편이다.

오후 3시경에 괴산교육구 이현우 학무과장이 교과서 공급 상황 조사차 내교하여 반시간 동안 담화하고 탁주 일 배 한 끝에 작별하였다.

〈1957년 5월 22일 수요일 개임〉(4. 23.)

직원협의회를 개최하였다. 주로 4290학년도 본교 경영(학교건설계획)에 관해서 구체적 협의를 한 것이다. 나의 학교 경영에 관한 협의는 이제가 처음이다. 금년도에 학교장으로 처음 배치되어 학교건설계획을 세워 그에 대한 모든 방침을 지시한 최초의 회의이기로…….

이삼일 전부터 교무실 환경을 개조 구성하기에 바빴다. 금일에서야 어지간히 된 셈이다. 교육의 목적, 국민학교 교육의 목적, 교육건설지침, 문교부 장학 방침, 본도 교육지향점, 본구 장학 실천목표 등 교육방침을 비롯하여 교육 운영조직, 연구회 계획, 주중행사, 직원신조, 생활역, 학교 평면도, 청소구역도, 학교 연혁도(발전하는 본교 도표) 등을 정서하여 계시하였고, 직원 좌석구조도 약간 형태를 변경하여 얼마 전에 비하여는 매우 조밀한 환경으로 새로운 기분이 돌게 구성되었다.

〈1957년 5월 24일 금요일 비, 흐림〉(4. 25.)

밤부터 나린 비는 아침까지 계속되며 낮 12시까지 나린다. 농가에서 몹시 기다리던 차 금비, 은비와도 같이 반가운 비다. 또 순하게 나린 까닭에 참으로 고마운 비였다. 보리에 대하여는 약간 늦은 것이라고 한다.

〈1957년 5월 26일 일요일 개임〉(4. 27.)

전 직원 출근하여 환경 구성, 음악회 연습 등에 분주히 일들을 본다. 전원 근면하며 심정이 좋은 사람들 뿐이어서 행복된 자신을 다행으로 생각하고 있다. 일을 어지간히 마치고는 앞냇가에 나가서 고기(생선)를 잡아다가 안주를 만들어 교장 사택에서 탁주 서너 되와 전원 맛있게 먹었던 것이다.

오후 4시경에는 교감선생과 동행하여 쌍견내까지 가서 지방인사를 하였다. 김진권 씨를 비롯하여 몇 분을 찾아보았다. 귀도 중에 태성 연동석 씨로부터 약주 대접을 받았으며 칠성교 근무 중인 조규석 선생을 만나 또 일 배 하였든 것이다.

〈1957년 5월 27일 월요일 흐림〉(4. 28.)

교장회의에 출석하였다. 괴산교육구 교육감 취임식이 있었다. 이창섭 씨이며 제삼대라고 한다. 재선된 분이다. 오후에는 교육회의 회의가 있었다. 점심과 약주 몇 잔을 교육구에서 대접을 하기에 전원 주식을 같이 한 끝에 모든 행사 마치고는 교장단에서 교육감의 환영회 연회를 하였든 것이다. 장소는 평화옥이라고 한다. 연회 중 가무가 시작되어 교육감의 기분

있게 노시는 것도 인상 깊게 남아 있고 나보고 노래를 요청하기에 힘 있게 한 곡조 불렀던 것이다.

일의 교장회의에 몇 가지 기분이 안 맞기에 서무과장과 그 외 몇 분에게 말한 바 있으나……. 들리는 바에 의하면 교육구 당국에 언짢은 발언을 한다면 본인에 그 이상의 해가 온다는 것이어서 몹시 기분이 나빴다. 올바른 소리 즉 정의의 소리도 그렇게 취급들 한다면 더욱 한심할 노릇이다. 1. 三, 四月분의 공무원 양곡의 지령이 나왔다 하니 반가운 소식이다. 곧 수배되도록 진력하여다고. 2. 五月分의 급료도 조속히 해결하여다오. 3. 松面 교장의 생활보장은 그 지역에서 특별한 후원 있기를 바란다, 등 몇 가지를 이야기하였던 바이다.

저녁에는 교장 몇 사람들과 이야기하다가 유하였다. 충북여관에서 숙박하였다.

〈1957년 5월 28일 화요일 흐림, 개임〉(4. 29.)

연관에서 아침식사를 마칠 무렵, 6학년 담임 정태동 선생이 왔다. 즉시 술 한 잔 대접하기에 먹고 나니 또 1학년 담임 정기용 선생이 왔다. 먼저 정 선생은 6학년의 학급비품과 돼지를 사러온 것이고, 후 정 선생은 사무연락 관계로 온 것이다. 다 같이 동행하면서 도기점, 유기점, 포목점, 책점, 가축장을 다니면서 일을 마치고 나서 정태동 선생과 괴산군수 정태관 씨를 찾아 학교 건축 관계에 협력하여 달라는 부탁을 하고 약주 일 배 대접하였다. 끝이 나고서 정 선생만을 다리고서 청주옥이라는 술집에 가서 또 일 배 하고 보니 차 시간이 없어서 금일도 괴산에서 유하게 되었다.

〈1957년 5월 30일 목요일 개임〉(5. 2.)

사친회 총회가 있기로 다음과 같이 행사를 진행하도록 하였다.

授業公開, 中間保健, 音樂發表, 總會(協議會)

이사회는 출석인원 미달로 연기되고 이사진만은 조직이 되었다. 전 五名을 금번에는 15명으로 하였다. 기성회까지 겸하도록 한 것이다. 금일 총회에 다음과 같은 인사를 했든 것이다. (1) 첫인사 ~ 부임인사 (2) 춘궁에 다수 참석한 감사사 (3) 부임한 학교 및 지방의 초인상 (4) 학교 현황 소개. (5) 본교 교육목표와 방침 (6) 국민학교 교육 목적 (7) 학교와 가정과의 연락 (8)기타 일체

총회를 마친 후 남직원들은 앞 시냇가에 나가서 목욕을 하고 태성에 나가서 탁주 일 배 하고 들어왔든 것이다. 태성 양조장 주인 정현백 씨로부터 교문의 기증함을 보게 되었다. 금추에 실현켔다는 것이다.

일전에 청고 노정(장남)으로부터 편지가 왔다. 집세 10,000환을 급송하여 달라는 것이다. 마침 5월분 급료가 아직 나오지 않아 걱정 중에 있으며 식량조차도 금방에 떨어질 형편이고 해서 이후 참으로 큰일이 난 것이다. 금년 1월분부터 대우가 개선되어 보건수당을 지급한다는 것이었는데 3월분까지가 겨우 어제서야 나왔다. 한 달에 6,000환씩. 그것도 나는 내수에서 찾아야 하며 찾는다 해도 내수에 빚이 몇 萬 환 있으므로 주먹에는 올 것이 전혀 없는 것이다. 사친회비가 전폐되어 급할 때 꾸어 쓸 수도 없고 하여 막대한 곤란 중에 있다. 내수에 빚도 상당액 있는 형편이고 식량은 떨어져 금방에 구하여야 할 형편이고 참으로 큰일은 났다. 이곳은 연료(나무) 한 가지마는 해결

이 될 상 물으나 식량관계가 제일 궁핍한 사정이다.

〈1957년 5월 31일 금요일 흐림, 개임〉(5. 3.)
밤새 비가 약간 내리었다. 아침결에 진복 군을 다리고서 울밑을 파 일궈서 가지 모를 약 60포기 이식하였다.
오후 4시부터 시작한 직원협의회는 동 6시 반쯤 하여 끝났다. 교장회의 전달, 연구수업 검토회, 어린이 자치활동안 협의 결정 등으로 시간이 상당히 걸렸든 것이다. 전 직원 진지한 태도였으며 3학년 담임 이정근(李貞根) 여교사의 산수과 연구수업에 관하여는 금년도 초임교사로서 능난한 교수법이어서 칭찬을 많이 하여 주었다.

〈1957년 6월 1일 토요일 개임〉(5. 4.)
청주에서 노정이가 왔다. 방을 옮긴 후 고생도 많이 한 듯.

〈1957년 6월 2일 일요일 개임〉(5. 5.)
사친회 이사회가 개최되었었다. 오늘의 큰일은 회장 부회장 정하는 일이다. 선거(투표) 결과 회장에 이정채 씨, 부회장에 정승근 씨, 황정모 씨가 당선되었다. 회의 중에 학교 실정과 건축문제를 나는 역설하였다. 회의 끝에 학교측에서 간단힌 탁주 일 배 대접하였다. 그 후에 회장과 몇 분의 대접으로 태성에 나가서 잠간 놀다 들어왔다.

〈1957년 6월 3일 월요일 개임〉(5. 6.)
6시 반차로 노정을 청주에 보냈다. 학비와 쌀을 보내야 할 터인데 없어서 못 보내는 이 가슴은 몹시나 쓰라렸다. 식량이 완전 절량이 되어 이삼일 전부터 걱정이 크게 되어 전임지 내수교에 3월분 양곡을 보내달라고 소식을 전하였으나 어찌된 일인지 아무런 소식이 없어서 궁금도 하며 불유쾌한 편이다. 이 앞으로 지낼 일이 참으로 막연하다. 점점 생활란이 심하게 되니 이 일을 어찌 하리…….

〈1957년 6월 5일 수요일 흐림, 비〉(5. 8.)
교감 이하 전 직원이 나의 가정을 걱정을 하였던지 식량 몇 말을 구별하여 사택으로 보내왔다. 일편 부끄러우며 감사하기 짝이 없었다. 금야에 동리 아는 친구에게 부탁하여 배급될 때까지 좀 꾸어 먹을려고는 했던 것이지만…….
내수교의 여러 유지, 父兄, 역원, 친구들에게 인사 편지를 마련하였다. 약 100여 통이 된다.

〈1957년 6월 6일 목요일 비〉(5. 9.)
어제 오후부터 나리는 비는 부슬비이지마는 아직 그치지를 아니한다. 오늘 "현충일"이어서 쉰다. 심심하여서 일기수첩을 꺼내니 4月 2日에 내수교에서 직원들의 성의 있는 송별연회를 받을 때 개인별로 印상과 性格 등을 삽시간에 떠올은 것을 발표한 기록표가 있기에 이곳에 기재하는 바이다.
김유준 校長 率先垂範 卽決主義 內心사랑 建設主義
李柄斗~ 妻福不幸 百事圓滿. 李士榮~ 忍耐心强大 校監崇拜
申東元~ 徹頭徹尾 頑剛不變 初志貫徹. 卞忠圭~ 態度師表 無言實踐
閔柔植~ 責任完遂 教育熱愛. 李在馥~ 心身巨

大 酒中益燥心
全泰殷~ 頑固第一 計劃生活. 延星熙~ 才能充滿 勉學熱中
申權玉~ 速筆第一 儉素節約. 崔相崙~ 態度敏活 明朗快活
朴勝權~ 心情溫厚 飮酒大決. 金成福~ 酒中明朗 親友愛情
金聖洙~ 最終男弟 青年名筆. 趙恂禮~ 沈着貞淑 禮儀第一
金鳳舜~ 性格溫厚 氣魄女性. 卞相淑~ 素服端(丹)裝 氣骨壯大

〈1957년 6월 7일 금요일 흐림〉(5. 10.)
일학년의 보결수업을 하였다. 담임 정기용 교사가 결근하였다. 이 교사의 교육열과 애에 대하여는 좀 더 수련할 여지가 있다고 본다. 특히 계획성이 없는 것 같으며 사랑할 줄 모르는 사람 같다. 부하에 있는 이런 사람일수록 잘 교정하도록 지도하는 책임이 교장에 있으리라……. 김 면장이 인사차 넘어왔다. 한 시간 정도 담화하였다. 선거인사인 듯.

〈1957년 6월 8일 토요일 개임〉(5. 11.)
아침 일찍이 일어나 인분풀이를 하였다. 호박구덩이에 준 것이다.
진복이를 내수에 보냈다. 100餘 通의 人事狀과 그 외 편지를 들려서.
오후 3시쯤에 진복이가 왔다. 3월분 양곡을 운반하여 왔다. 보내준 내수교 몇몇 직원들에 대하여 감사의 뜻을 표하는 바이다.

〈1957년 6월 9일 일요일 개임〉(5. 12.)
내수에서 신동원 선생과 그 외 당숙장 신배철씨가 오셨다. 모 주막에 나가서 약주를 대접하였다. 양복대금의 잔금처리 연락관계로 온 것이다. 본교 부임 시 새 옷 한 벌을 신 씨 소개에 의하여 맞추었든 까닭이다. 수일간에 청주로 가보기로 결정하고서 학교 사택에서 유하도록 하였다. 두 분 다 나와 친분이 좋은 사이다.

〈1957년 6월 10일 월요일 개임〉(5. 13.)
신선생 두 분이 조조에 출발하시는 바람에 조식을 못 드려서 속이 찐하였다. 광진교 개교식에 다녀올려고 연풍, 수안보를 경유하였다. 수안보는 처음 보는 곳인데 깨끗한 소도시임을 느낀다. 광진교에서 모든 행사를 마친 후 오는 길에 이창섭 교육감께서 재임교인 장풍교에 들려서 훈시와 전교 순시가 있었는데 기분 상쾌한 감으로 가셨다.

〈1957(년 6월 11일 화요일 개임, 흐림〉(5. 14.)
정기용 교사 댁에 조문차 정태동 선생과 연풍을 다녀왔다.

〈1957년 6월 12일 수요일 흐림〉(5. 15.)
작야에 발생된 사건. 이 여교사 방에 괴한이 침입하였다가 예민한 이 교사의 처사에 의하여 도주해 버렸다는 것이다. 불행 중 다행으로 모욕당하지 않은 것만이 큰 다행한 일이었다. 장본인을 찾아 단단한 버릇을 가르칠려고 수사에 노력하도록 하였다.
청주 자식들한테 쌀 한 말 갖다 주려고 출발하였으나 차가 용이치 아니하여 괴산에서 자게 되었다. 친우 박종해 군과 저녁에는 약주를 많이 마시었다. 대접을 받은 것이다.

〈1957년 6월 13일 목요일 개임〉(5. 16.)
청주에 가서 자식(노정, 노원)들 만나 쌀을 주고 그간 지내온 이야기를 들었다. 본집 할머니가 많은 심려와 애를 쓰신다는 이야기. 자취하는 가옥(방)이 약간 부적당함을 엿보인다. 어렸을 때 특히 공부할 시절은 고생이 많은 것이니 참고 참아서 공부에 힘쓰라고 말했다. 밥 지어 먹는 원자가 몹시 고달프리라.

〈1957년 6월 14일 금요일 개임〉(5. 17.)
임지에 도착하니 또 딴 걱정과 속 썩일 소식이 있지 않은가? 내수교에서 직원이 어제 다녀갔다는 것인데 내수교의 경리관계로 말썽이 많아 해명과 간정을 시켜달라는 것이다. 지긋지긋한 생각…….

〈1957년 6월 15일 토요일 개임〉(5. 18.)
이 여교사 사건은 일단락이 되었다. 전달부도 갈기로 하여 물색을 하였다. 황 씨 노인의 생선회를 대접받았다.

〈1957년 6월 16일 일요일 개임〉(5. 19.)
내수에 도착하여 이야기를 들으니 생각 외에 사건 내용이 다르므로 별로 속 썩일 일이 아니었다. 몇 사람을 만나 이야기 좀 하다가 술대접을 받고 곤히 자버렸다.

〈1957년 6월 17일 월요일 흐림, 비〉(5. 20.)
내수의 윤동복 씨 특히 나의 신변을 걱정해 주며 이재표 선생 역시 염려하여 주는 말씀 참으로 고마웠다. 일이 잘못되어 악화될 경우가 되면 몰라도 어디까지나 노인 교장인 김 선생을 위하여 나는 노력할지어다. 그 분이 또 큰 죄상은 없으되 현재의 지방 공기가 매우 온화치 못한 편에 자신의 대인관계에서 더욱 오해를 사는 것 같았다.
재표 선생 댁에서 백 교감을 맞고 점심 대접을 받고서 오후 2시차로 출발하여 칠성에 도착하니 오후 4시 반이다.

〈1957년 6월 20일 목요일 개임〉(5. 23.)
금일부터 3일간 가정실습 실시.
도 지정 硏究학교(괴산 명덕교) 중간 연구발표회에 이 여교사와 출장.
명덕교 오경모 교장님의 학교 경영에는 과단성과 통솔력, 보건위생을 위한 모든 시설에 배울 바 많았다.

〈1957년 6월 21일 금요일 개임〉(5. 24.)
금일도 명덕교 연구회에 출석하였다. 여교사로서 고학년을 담임한 이인숙, 유순자, 김상희 선생의 수업이 능란함에 놀랐다. 특수학급으로서 특수아, 문제아, 지진아들로 편성하였다는 반이 이채로웠고 학교시설로서 냉욕탕과 목욕탕이 대규모로 설치된 것이 또한 부러웠다.
이정근 여교사 댁에서 그의 부친과 상담하면서 편히 유하였다. 조석으로 맛있게 솜씨 있게 성의껏 하여 주는 주효와 반찬, 은배, 금배 다 나에게는 드므른 후대였다. 이 선생 댁의 전 가족이 인자하고 순함을 인상 주며 조용한 가정이었다.

〈1957년 6월 22일 토요일 개임, 흐림〉(5. 25.)
제삼일째 연구회 출석. 오후 4시에 귀가함.

〈1957년 6월 23일 일요일 개임〉(5. 26.)
청주행. 양복대 잔금정리로 10,000환 채용하여서 입청(入淸[청주에 감]). 더 준비하여서 정리하려 하였으나 여의치 못하여 지불 불능. 신배철 씨와 일 배 하면서 해결책을 논의하였으나 별무신통.

〈1957년 6월 24일 월요일 개임〉(5. 27.)
노정, 노원 곳에 가서 이야기를 듣고 나와 나의 양심과 무성의함에 자책. 금번의 청주행도 헛된 경비가 약간 났음은 유감지사. 양복값도 해결 못하고, 다시 신동원 선생께 무리한 부탁을 한 채 돌아오는 나의 괴로움은 무한량. 자식들아 아비를 책하라…….
아침 첫차로 괴산에 와 명덕교의 연구회를 마치고 귀교하니 하오 5시 반이다. 병아리 한 배 어울이[4]로 얻어 치기 시작했다(14수).

〈1957년 6월 25일 화요일 개임, 흐림〉(5. 28.)
노정 모친의 몸의 괴로움이 이삼일 전부터 심각하다는 점에 깜짝 놀라운 일. 나의 죄를 반성할 바 아닌가 생각이 나서 속심정에 모두가 자신의 잘못을 뉘우치며 가족들의 딱한 생각이 날 뿐.
6.25사변 7주년 기념일. 교장직에 오르매 식사를 하는 것은 금번이 처음. 7년 전의 4283년 이때를 생각할 때 하도 엄청난 일이었으며 무시무시한 일에 치가 떨릴 뿐. 벌써 만 7년. 참으로 빠른 세월이다.

4) 남의 가축을 길러서 가축이 다 자라거나 새끼를 낸 뒤 주인과 나누어 갖는 것을 이르는 말이다. 바른 말은 '배내'이다.

〈1957년 6월 27일 목요일 개임〉(5. 30.)
금일부터 제이차 농번기 가정실습 실시(3일간). 정기용 교사에 개별 타협.

〈1957년 6월 30일 일요일 개임〉(6. 3.)
요새 날씨 계속하여 좋다. 이곳 괴산 장연은 보리 베기에 지금서 한창이다. 2모작 관계로 발구석에 우선 보리가리를 쌓는 것이 특징이다.
어제 오후는 노현12, 노명10, 노희8, 노임7, 노송5들을 다리고 앞 냇가에 가서 목욕을 하고 새뱅이[민물새우]를 건졌다. 매우 재미있게 건졌든 것이다. 아이들 사이도 우애 있게 또는 열심히 활동하였었다. 두 시간 동안 건진 것이 한 사발이 실하게 되어 오늘 아침까지 맛있게 먹었다. 청주 있는 큰것들 생각이 났다.
장연면 면장 선거가 있게 되어 나도 투표하였다.

〈1957년 7월 2일 화요일 비, 흐림〉(6. 5.)
장연면 장에는 김차응(金次應)씨가 당선. 출마자 김차응, 김제호.
여러 날 동안 가물음이 계속되어 농가에서 몹시 비를 기다리더니 새벽부터 비가 나려 오전 중 계속한다.
학교일이 끝난 오후 6시에 태성에 나가 2년생 주호 군의 가정심방을 하였다. 살구나무에서 떨어졌다는 것이다.
금번 면장에 당선된 김차응 씨를 우연히 만나 담화하게 되었다.

〈1957년 7월 5일 금요일 개임〉(6. 8.)
상청하여 이필기 서무과장과 장풍교 교실 증

축 문제와 변소 개신축 문제를 긴밀히 타합하다.
청주까지 갈 예정을 하였으나 학사 시찰이 있게 되었기로 가지 못하는 동시, 청주의 아해들 학비 문제로 걱정이 많이 된다.

〈1957년 7월 10일 수요일 흐림, 개임〉(6. 13.)
청주에 갈려고 괴산까지 갔더니 마침 내수교 이병두 교무선생을 만나게 되었다. 나를 만나려고 왔다는 것이다. 항시 두뇌에서 떠나지 않는 전임교(내수교)의 다액 채무 건에 관한 문제가 야기되어 김 교장님의 냉철한 편지를 가지고 왔다. 직접 경리사무를 본 자신의 책임감도 아니 갖는 배 아니나 모든 경위를 살펴본건대 완전히 나를 책망할 수 있을가? 하여튼 원로교육자 김 교장을 위해서는 자신 희생을 무릅쓰고 힘쓸 각오를 예히 한 바이라……. 그렇건만 이내 마음 몰으는지…….
모든 선처지지를 토론하고 같이 청주에 나가 친구 정영내 군을 찾고 탁주놀이를 실컨 하였다.
청고에 가서 장남 노정의 3개월분 납부금을 납부하였다.

〈1957년 7월 11일 목요일 개임〉(6. 14.)
노정과 원자의 자췌하는 곳을 찾아가 옷값 등을 주고서 괴산행 뻐-쓰로 괴산에 오니 오후 두시이다. 명덕교와 교육구청에 들려 몇 가지 일을 마치고 임지에 도착하니 하오 다섯시다.

〈1957년 7월 13일 토요일 비, 흐림〉(6. 16.)
수일 전 부터 나리는 비는 하루에도 몇 차례식 쏟아지고 하여 앞내는 벌창하여 흐른다.
오후 4시경에 직원들과 소주 일 배를 하고 사택에 돌아왔다. 요새는 내수 채무(학교분치) 건으로 인한 상심이 되어 어쩐지 가슴답답증이 난다.

〈1957년 7월 15일 월요일 흐림, 비〉(6. 18.)
태성을 거쳐 칠성까지 가서 면에 들려서 면장과 담화하고 주식 후 학교에 들렸더니 마침 잘 아는 양 교장님이 안 계셔서 곧 돌아왔다. 내수민 위원이 온다는 소식이 있기에 갔든 것이다.

〈1957년 7월 16일 화요일 비, 흐림, 비〉(6. 19.)
오래전부터 나리던 비는 아직 긑치지 아니 한다. 하루에도 몇 번씩 오락가락한다. 오늘채 꼭 10일간이다. 하급학년 10여 명을 다리고 태성다리목에 나가 월천하여 주기에 욕 좀 보았다. 깊은 곳은 젖가슴에 돈다.

상식[5] 액년(厄年)=厄會의 해

〈 男…25歲, 42歲, 60歲 / 女…19歲, 33歲, 37歲 〉 時

〈1957년 7월 18일 목요일 흐림, 비, 흐림, 개임〉(6. 21.)
낙시질을 처음으로 해 보았다. 10마리 정도 낚구었다. 냇가에서 역원 조규일 씨와 일 배하면서 학교 이야기를 논하였다.
慫慂[6]~종용 = 달래어 하게 하는 것

5) 원문에는 붉은색 물결 모양으로 밑줄이 그어져 있다.
6) 원문에는 붉은색 물결 모양으로 밑줄이 그어져 있다.

〈1957년 7월 26일 금요일 흐림, 비, 흐림〉(6. 29.)
학교장 연수회가 신월교에서 개최되었다. 신월교의 젊은 김 교장의 학교 경영에는 배울 바 많았다. 모두가 칭찬이다. 교육적인 환경구성에 특히 이채로웠다. 신월교는 교통이 극히 불편한 곳이었다.
화양동에 일동이 추럭으로 도착하여 주식을 하였다. 비가 마침 나리어서 재미롭지는 못하였다. 생각 외에는 부족감이었으나 기묘한 풍경의 화양동임은 틀림없다.
과히 쾌감치 못한 데에 주식사건 등……어쩐지 좋은 감상이 아니다. 괴산에 돌아와서 동부 교장단이 윤성로 장학사의 전근 연회를 하여 주었다.

〈1957년 7월 27일 토요일 비, 흐림〉(7. 1.)
아침결에 2시간 동안의 폭우는 심하였다. 오후에 보행으로 괴산에서 출발하여 월천 불능과 자동차 불통으로 산으로 산으로 도라서 장풍교에 오기까지 고생도 많이 하였다. 냇물은 벅차게 흐른다. 집에 와보니 어젯날 노정과 원자가 청주에서 와 있어 다행이었다. 방학이 되어 온 것이다. 오늘은 물에 막혀 못 올 것인데~. 자췌 생활에 고생 많이 한 그것들은 몸이 지쳐 보였다.

〈1957년 7월 28일 일요일 흐림〉(7. 2.)
금년도 도의교육 실천 계획안을 작성 등사하여 도의교육 강습에 출발하였다. 금일도 보행으로 괴산까지 갔었다. 군내 교장 전원 청주역전 일신여관에 집결하였다.

〈1957년 7월 2일 월요일 비, 흐림〉(7. 3.)
도의교육 강습의 실시. 장소는 청중 강당. 강사는 서울사대 교수 김기석 선생과 문교부 장학관 김영돈 선생. 수강자는 도내 초中等 교장 약 350명. 주식은 도에서 제공. 금일부터 8월 1일까지 4日간.
저녁때에 다시 비가 나리어 금계 본집의 작농에 큰 걱정이 된다. 가지나 잖은 구레인 모양. 부모님의 걱정은 보통 아니실 텐데. 근 한 달이나 계속 강우인 듯…….

〈1957년 8월 1일 목요일 흐림〉(7. 6.)
도의교육 강습 수료. 내수에 가서 음주(이사, 신동원 선생, 안단 씨).

〈1957년 8월 2일 금요일 흐림, 비, 흐림〉(7. 7.)
지방 유지를 찾아 만나 내수교 걱정꺼리에 대한 심중한 타합. 나보고는 걱정 말라고…….
재표 씨, 홍렬 씨, 영헌 씨, 재찬 씨.
밤에는 재표 씨와 조원 씨의 접대를 받아 식당에서 음주.

〈1957년 8월 3일 토요일 흐림, 개임〉(7. 8.)
내수에서 출발하여 옥산(고향)행. 도중에 비하에 들려 이은영 씨 댁에 조문. 미호천에는 완전한 교량이 놓여서 다행.
오미시장에서 모친을 만나 반가웠음. 몇 가지 장흥정을 하고서 어머님을 모시고 곧 금계행. 금계에 착하니 오후 3시.

〈1957년 8월 4일 일요일 흐림, 개임〉(7. 9.)
금일은 아버님의 생신. 집안 댁 어른들을 모시고 조식 정도. 별로 작만한 것도 없이 이웃 어른들께 약주 접대.

오후에 아버님과 농장 구경. 아직까지는 잘 된 셈. 노인께서 농사지으시느라고 가진 애를 쓰셨을 것이어늘……. 천지신명이시여 끝까지 농작물을 돌보아 주시압소서.

〈1957년 8월 5일 월요일 개임〉(7. 10.)
일기는 어제부터 개인 듯. 만 일개월간의 강우. 전국적으로 수해 막심하다는 신문 보도. 하여튼 지금이라도 날이 개었으니 불행 중 다행.
오후 3시에 출발하여 청주 착하니 오후 6시. 서점 신영우 씨의 저녁식사 접대를 받음.

〈1957년 8월 6일 화요일 개임〉(7. 11.)
청주서 AH와 간격이 멀어진 이야기. 일편 가엾으면서도 지난 일이 후헤막급(막극). 한동안 불원만한 사이가 계속될 듯. 연이나 정의는 정의대로 가야 할 일. 모든 것이 경험이로다. 집에 착하니 오후 4시.

〈1957(년 8월 7일 수요일 개임〉(7. 12.)
학교 실습지에 무 한 골을 파종. 병아리가 몰라보게 컸다. 닭의 등에서 닭집으로 옮김.

〈1957년 8월 9일 금요일 개임〉(7. 14.)
금일은 음력 7월 9일. 어머님의 생신이건만 이곳 와 있으니 불효도 막심. 서편 하늘 우러러 바라보고 요배할 뿐.
식전부터 울밑의 잡초 뽑기에 분주. 날은 몹시나 더워서 땀이 비 오듯.

〈1957년 8월 10일 토요일 개임〉(7. 15.)
학생 전원에 혈액검사 실시.

〈1957년 8월 11일 일요일 흐림〉(7. 16.)
울안에 채종 파종. 야간에 정태동 교사의 말(거년도 운동회 찬조금 처리건, 학교 실습지 분배의 건, 여행의 건).

〈1957년 8월 12일 월요일 개임, 흐림, 비〉(7. 17.)
오가리(五佳里)를 다녀왔다. 마침 면장과 지서 주임이 없기에 잠간 놀다 바로 왔다. 정기용 선생 댁에서 담화하고 집에 오니 오후 7시였다. 비가 나려서 전일 파종한 것이 어떨가 걱정이 된다.

〈1957년 8월 13일 화요일 개임〉(7. 18.)
노정 모친과 같이 괴산장에 다녀왔다. 아해들 사쓰와 고무신 기타 생활필수품 몇 가지를 사왔다. 갈 때는 추럭을 탔었으나 승객이 벅차서 죽을 욕을 보다가 할 수 없이 칠성쯤에서 나려서 보행으로 괴산에 들어가니 다리가 몹시 아팠으며 피곤하였다.
장흥정을 마치고 집에 돌아오니 오후 5시였다. 올 때는 뻐-쓰여서 편히 왔다. 부부 같이 장에 갔음은 금번까지 두 번째인 것 같다. 메리야스, 고무신, 식료품 등의 시세가 몹시 비쌌다.

〈1957년 8월 15일 목요일 개임〉(7. 20.)
광복절 제12주년 기념일이다. 학교에서는 전교생 등교 하에 경축식을 거행하였다. 식사에 1. 광복절의 의의, 역사적 고찰, 우리의 각오 등을 말했다.
4녀 노행의 생일(만 3세)이어서 가정에서 재배한 몇 가지로 반찬을 잘 해주기에 맛있게 먹었다.

〈1957년 8월 17일 토요일 개임〉(7. 22.)
승급 서류를 작성하여 구청에 제출하였다. 금번에 10호 이상이 되므로 통과되면 대통령 발령이 되는 것이다. 실은 사무착오가 되어 6개월간 늦게 된 편이다.
괴산에서 박종해 친구를 찾아 이야기하다가 점심을 후히 대접 받았다. 이 친구에겐 여러 번 폐가 되었다. 신문에서 본즉 정부 인사발령에 옛 소학교 동기동창생인 오필석(吳弼錫)군이 사무관에 임관되었으며 충북 관재국 총무과장 겸 관리과장에 임명된 것을 보고 친구의 영달에 경축하는 동시 기쁘기 한량없었다.

〈1957년 8월 18일 일요일 개임〉(7. 23.)
정기용 선생 노력에 의하여 밀 5두 제분하게 되어 다행이며 고마움을 표하는 바이다. 모레쯤은 방학에 온 노정·남매가 청주로 갈 것이어서 국수래도 실컷 먹이고 싶어 하는 안식구가 몹시나 기뻐하였다.

〈1957년 8월 20일 화요일 비, 흐림〉(7. 25.)
노정과 노원이 방학을 마치고 6시 반의 첫차로 청주 향발하였다. 엇저녁에는 밀가루로 저의 모친이 빵 등 몇 가지를 만들어 먹였으나 약 한 달간 별다른 음식도 못해 먹인 부모된 입장에 마음이 쓰라렸다. 쌀 한 말과 현금 1,600환을 보내면서 후사의 무사함을 천지신명께 빌었다.
어제는 새벽에 잠이 깨어 어쩐지 모르게 서글픈 생각과 쓸쓸한 감정에 사무쳐지더니 아우 운영의 옛 모습이 머리속과 눈앞에 선하여진다. 울고 싶은 감정에 잠 한심 못 이루다.

〈1957년 8월 24일 토요일 개임〉(7. 29.)
오후 4시에 교감과 같이 오가리에 갔다. 백중이며 난장을 세우고 있다. 농악대회도 있고 밤에는 씨름대회가 있었다. 기관의 친목으로 나도 씨름에 나가 7, 8회 겨누었다. 면장과 지서주임이 후대하기에 홍 있게 재미있게 놀았다. 밤새도록 놀다가 새벽(8월 25일)에 왔다.

〈1957년 8월 26일 월요일 개임〉(8. 2.)
개학식. 하기휴가 마치고. 이후로는 체육회, 연구회, 전시회 등 각종 행사가 있게 되어 바쁜 때이니 힘껏 노력하자는 것을 직원에게나 학생에게 강조하였다.
수일 전에 오가리에서 씨름 몇 판을 하였더니 어느 장정에게 가슴을 몹시 부딛혔는지 오른편 가슴뼈가 아프기 시작하여 오늘은 기와(起臥)에 곤란하다. 타박성?일 것이다.

〈1957년 8월 30일 금요일 개임〉(8. 6.)
8월치 교장회의에 참석. 8월분 급料와 7월분 보건수당 수령. 회의는 諸반 급여분 지연으로 불만 일색.

〈1957년 9월 3일 화요일 개임〉(8. 10.)
아침 새벽부터 채소에 인분 시비. 순조로운 편.
요새 날씨는 잘하는 셈. 운동회 연습에 전 직원 수고가 많음.
유행하는 독감에 우리 집 꼬마(3세) 노행도 신고.
절린 가슴은 아직 풀리지 아니하여 기동에 대불편.

〈1957년 9월 6일 금요일 개임〉(8. 13.)
체육회 총연습 무사히 진행됨. 총 종목 46. 우승기 신제작.

〈1957년 9월 8일 일요일 개임〉(8. 15.)
오늘은 추석 명절. 명일 학교행사 형편에 의하여 고향행 불능. 오전 중 정태동 교사 댁에서 초대. 그 후 신대 정록영 구장 댁에서 초대. 오후에 전 직원과 함께 운동장 설비 완료.

〈1957년 9월 9일 월요일 개임〉(8. 16.)
학교장 취임 후 최초 운동회 실시. 본부석에서의 시상에 분주. 작년의 이때는 교감으로서 땀과 싸운 기억도 새로움. 지방유지, 면내 기관장과 친목경기도 재미.
날씨는 종내 좋아서 상쾌. 찬조금은 9만 6천 환이란 거액. 작년의 내수교 4만 환에 비하여 경이한 일이 아닐 수 없으며 영광에 몸이 한층 가벼움을 느끼게 됨.
끝나고서의 부형들이 주는 탁주도 별미. 지서 주임 이일승 씨의 협조 성원에는 무한히 감사할 따름. 무사히 또는 시종일관 유의의하게 금일을 보내게 된 것 다행이며 감사의 뜻을 표하는 바임.

〈1957년 9월 13일 금요일 개임〉(8. 20.)
학교 교육환경 심사차 이해곤 장학사 내교 담화. 퇴비도 심사. 모든 계획서 미비를 반성.

〈1957년 9월 15일 일요일 개임〉(8. 22.)
직원 일동이 점심밥을 꽁무니에 차고 머루 채취에 장산 속으로 원족. 장소는 군내 사찰로 유명한 각연사(覺淵寺)로, 생전 처음으로 산중 괴물인 각종 열매를 다량 채취. 머루 다래 으으름. 총 분량 약 4말.

〈1957년 9월 16일 월요일 개임〉(8. 23.)
이 지방에 '인후렌자[인플루엔자]'…(毒感)라는 유행 감기가 성행. 교직원 몇 사람도 일전까지 신고. 4녀 노행이 고熱로 한창.

〈1957년 9월 21일 토요일 개임〉(8. 28.)
첫차로 청주행. 장풍교 창립유공자 조봉환 씨의 유공비 건립사업 추진관계로 비값 문의와 기타 내사로……. 막차로 괴산에 도착하니 차편이 무하여 광산여관에서 유함.
전일에는 동면 내 장연교 체육대회에 참관하여 협조의 의를 표하다 거리가 먼 관계로 보행 왕래에 피곤터니 역시 오늘은 다리가 팽팽하다.

〈1957년 9월 22일 일요일 개임〉(8. 29.)
근자 수일간의 직원 동태(근무, 행위, 상호)가 몹시 불쾌한 감을 주기에 좀 짠 소리 몇 마디를 온화한 음성이면서도 자극 있는 훈계를 하였다. (불평의 직원이 있을 시는 전 직원이 공동책임을 져라. 근본문제부터 해결하여라. 우선 자신을 반성하라.)
수안보국민학교 체육대회에 다녀오다. 저녁에 산수장에서 김국표(동창생~동 중학 재직 중)선생의 접대를 받다.

〈1957년 9월 23일 월요일 개임〉(8. 30.)
사친회 임원회 추진관계로 부락에 출장하다. 조봉환 씨 송덕비 건립의 건. 학교 운영 대책의 건 등등으로…….

전일 전 직원에게 훈계한 결과를 다시 풀어주다.

〈1957년 9월 26일 목요일 개임〉(윤 8. 3.)
제1학기 종업식 거행. 유수광음은 빠르기도 하여 본교에 온 지 벌써 반년(6개월).
1학기 총 반성에 교과학습 방면. 생활지도 방면 일반근무 상황에 간단히 촉구시키다.

〈1957년 9월 27일 금요일 개임〉(윤 8. 4.)
사친회 역원회 개최.
조봉환 씨 공로비 건립의 건.
학교운영 경리의 건.
모두 원안대로 결의를 보다.

〈1957년 9월 28일 토요일 개임〉(윤 8. 5.)
청주행. 정태동 선생과 동행. 정 선생 댁에서 죽식 접대를 후히 받음. 장영택 친우, 이남규 친우, 조병칠 친우를 만나 유쾌히 놀음. 정 선생의 택시 제공(옥산행)에 안 갔으나 感謝하기 무한. 청주에서 유함.

〈1957년 9월 29일 일요일 개임〉(윤 8. 6.)
강서교에 나가서 이태화 교장님, 곽 교감님(족형), 박종영 선생을 만나 후대를 받음. 강서 부면장인 박종안, 유지 민평식 씨의 후대도 받음. 날이 절물어 이 교장님과 관사에서 유함.

〈1957년 9월 30일 월요일 개임〉(윤 8. 7.)
강서에서 일찍이 출발하여 옥산에 건너가 재종 공영이와 조식을 같이 하고 금계에 도착하니 오전 9시쯤 되었다.
부모님을 배알하고 논 구경한 다음 바루 집을 떠났다.
누이 재영이가 몹시 섭섭한 태도였다. 금년에 출가케 된 누이 재영은 인정과 마음씨가 나물할 데 없다.

〈1957년 10월 1일 화요일 개임〉(윤 8. 8.)
청주에 와서 몇 가지 일을 본 다음 박정삼 형댁에서 엊저녁 유한 것이나 학교가 몹시 궁금하다. 오늘이 새 학기 시작인데…….
박 선생 부인 최인자 선생(과거 북일교 동직원)이 사과를 한 보따리 따 싸주기에 가지고 왔다.
충청북도 모자원에서 노원 교복을 외상으로 찾아다 주었다.
괴산에 와서 잠간 머물르다기 귀교하니 오후 4시 반이다.

〈1957년 10월 3일 목요일 개임〉(윤 8. 10.)
개천절 기념식을 거행하다.

〈1957년 10월 6일 일요일 개임, 흐림〉(윤 8. 13.)
연정흠(延正欽) 교사가 학기말 이동에 고향인 도안으로 가게 되어 그 전별연회를 사택에서 하였다. 연 교사는 온순할 뿐 외라 교육자적인 태도에 자타가 신임하고 있다.

〈1957년 10월 9일 수요일 개임〉(윤 8. 16.)
511주년의 한글날 기념식을 거행하였다.
제5회 전국교육주간이다.

〈1957년 10월 11일 금요일 개임〉(윤 8. 18.)
제5회 전국교육주간 행사로서 교내전시회(농

산물 전시, 미술작품 전시)가 시행되고 부형 다수 참집 하에 수업을 공개하였으며 학예 발표가 있었다. 금일행사~유종의 미를 걷우었다. 밤에는 교정에서 안 의원의 구미 소개 영화가 있었다.

〈1957년 10월 12일 토요일 개임〉(윤 8. 19.)
가을소풍을 실시하다. 괴산에 나가 몇 가지 일을 보았다. 연 교사의 후임. 교과서의 수급 여부, 채금, 배급미 등…….
야간에는 연풍중학 직원들이 원족을 이곳으로 왔기에 몇 시간 동안 담화하며 약주 약간 대접하다.

〈1957년 10월 14일 월요일 개임〉(윤 8. 21.)
장암 차 구장에 부탁한 채금 15,000환 건 성사~자표동 최병오 씨 통해서. 의외 외부편지에 밤새도록 속 썩임.

〈1957년 10월 15일 화요일 개임〉(윤 8. 22.)
채소 한 보따리를 싸가지고 청주행. 노정한테 가니 독감으로 신고 중. 해열제 약을 사다주고 취한시킴.
장기간 속 썩이던 양복대 잔금을 완불하니 상쾌.
내수교 신선생과 신배철 씨에게 한잔 접대하니 또 답잔이 후함. 여고 노원의 양복(교복)대도 지불하니 노원도 기쁜 듯. 어제의 속 썩이던 소식 건은 알고 보니 아무것도 아님. 공연히 10여 시간 애태운 점……멍칭이.

〈1957년 10월 16일 수요일 개임〉(윤 8. 23.)
청주에서 첫차로 출발~내수에서 30분간 여유를 타서 이사영 선생, 이재복 선생을 만나 악수 논정도 잠간, 괴산에 도착하니 오후 한 시. 책점 김 씨 댁에서 쉬었다가 김 씨, 박영서 장학사, 이해곤 장학사, 오 교육회장과 같이 점심을 하니 경비가 3,500환. 延 교사 후임도 곧 발령 난다고…….
오경모 교장 댁에서 유함.

〈1957년 10월 17일 목요일 개임〉(윤 8. 24.)
청안에 조문~김인배 교감 친상에……이 장학사, 정태동, 정기용 교사와 함께.
조문 후 이 장학사와 같이 증평행. 야간에 증평교 신노옥 선생과 탁주놀이.
증평교 풀 견학(주간). 10호봉의 대통령 발령 받음.

〈1957년 10월 18일 금요일 개임〉(윤 8. 25.)
증평서 출발하여 장풍교에 다다르니 오후 1시 반.

〈1957년 10월 21일 월요일 개임〉(윤 8. 28.)
어제까지 4일간 가정실습. 금일 개학에 조회시에 전시회 입선자의 상장 상품을 수여.
야간 일음에 후생각에 또 약간의 자존심 태도에 불쾌감 소소. 천성, 태생으로 인정해 주면서도…….

〈1957년 10월 23일 수요일 개임〉(9. 1.)
학교는 추기 농번기 가정실습을 실시.
사남 노송(5세)을 다리고 고향 금계향발. 기르던 암탉 한 마리를 가지고 떳떳이 간다는 것이 가보니 의외에도 일대 비애 속에 잠긴 가정 형상. 꿈밖에도 아우 운영의 유골이 봉송[7]되어 가정에 안치되어 있지 않은가? 깜짝 놀래었다.

아버님께서는 나를 붙들고 통곡을 하신다. 목이 매어 울음이 복바쳐 오른다. 집안 식구들이 전부가 울음과 슬픔 속에 싸여 있다. 아우의 행상 앞에서 나도 꿇어앉아 엉엉 울었다.

전좌산 왼편 산등마루에 아우는 묻혔다. 아우의 뫼가 생겼다. 어머님은 땅을 치며 우신다. 어린 아우와 누이들도 소리 내어 운다. 계수씨도 세상이 구찮다싶이 통분한다. 질여 노선이가 운다. 아- 슬픔에 싸인 우리 가정…….

속이 시원하도록 몇 시간이고 며칠이고 울어나 보고 싶은 이 심정. 울고 싶어도 울지 않는 이 심정. 가슴이 메어지는 듯……. 계수씨의 통곡에 가슴속 아니 뼈 속까지 아픔을 영영 잊지 못하리라. 정말로 아우는 갔느냐? 갔다면 영혼이라도 저-세상에서 내내 편안히 지내려무나. 그리고 부모님과 왼 가족의 삶을 살펴보려무나……. 정말로 미치겠구나. 서러워 어찌 사나. 원통하고 분하여라.

아니다 아니다 헛것이겠다. 그러기를 하늘같이 바란다. 불쌍하신 우리 부모님께 이런 변이 있을 수 없다. 살아 있다 살아 있어. 그 어디인가에 틀림없이 살아 있으리라. 헛되지 않기를 두 손 모아 비는 바이다. 왜? …… 아무 정께 들은바 있음을 꼭 믿는 바이다. 설마 그러면 그렇지 막되지 않으리라. 이게 아마 가족 된 욕심이라고 생각하며 천지신명께 아우의 돌아옴을 돈수재배하며 기원하는 바이다! 이러함을 계수씨에게도 무한이 이야기하였다.

왼 가족이 잠을 못 이룬 채 밤을 지내었다.

---

7) 원문에서는 붉은 색연필로 밑줄이 그어져 있다.

〈1957년 10월 24일 목요일 개임〉(9. 2.)

아침 기분도 슬픔에 잠간 우리 가정.

부모님의 위안에 오늘 하루를 보내고저 귀괴(歸槐)하지 않았다. 저녁 늦게 장풍교에 간 장남 노정이가 왔다. 육촌 매형 유재석 씨와 인생관, 아우 운영 건 등 무한한 이야기를 하였다.

〈1957년 10월 25일 금요일 개임〉(9. 3.)

새벽에 출발한 나는 어쩐지 후전함을 느낀다. 부모님과 계수씨께 너무 통분치 말도록 또 몇 말씀 드렸건만.

괴산에 도착하여 괴산중학에서 교직원 결핵 검진을 받게 되었던 것이다. 별 이상이 없었다. 점심을 대사리 이정근(동직원) 여교사 댁에서 전 직원 후대를 받았다.

〈1957년 10월 26일 토요일 개임〉(9. 4.)

연풍학교 연구발표회에 전 직원 출장.

구 지정 연구학교이나…… 좀 노력이 부족인 듯.

〈1957년 10월 27일 일요일 개임〉(9. 5.)

연동석 씨와 도안행. 장풍교 공로자 조봉환 씨의 송덕비 건립 추진으로…….

〈1957년 10월 31일 목요일 개임〉(9. 9.)

연 교사 후임인 김용범 교사 착임. 큰 숫탉 한 마리 도난.

〈1957년 11월 1일 금요일 개임〉(9. 10.)

장암 오학근 씨 댁 타작술 일 배 접대 받음.

본교 유공자 조봉환 씨와 인사.

신임 김 교사의 환영연회~ 간소하게.

돼지를 기르기 시작함. 약 4관짜리. 6학년의 돼지이나 과동에 곤란하다고 부탁을 받고…….

〈1957년 11월 2일 토요일 개임〉(9. 11.)
명일은 학생의 날이다. 단기 4262년 11월 3일 광주학생사건이 벌어진 날이다. 오늘이(명일) 28주년 기념일이다. 조회시간에 학생들에게 나는 열렬히 강화하였다. "민족정신에 불탄 선배들의 뜻을 이어받은 우리들은 나라는 찾았으나 국토와 민족이 아직 통일 못 되었으니 열심히 공부하여 남북통일 이루자……."고.

〈1957년 11월 9일 토요일 개임〉(9. 18.)
6학년이 어제 충주 목행 방면으로 수학여행을 갔다가 오늘 오후 6시에 전원 무사히 귀교하여 다행이었다. 비료공장, 탄금대, 충주시가, 수안보온천 등 수확이 많았다는 것이며 특히 기차 타 본 학생이 없다는 이 지역에서 충북선(음성~목행) 승차 경험은 영원히 잊지 않으리라고 생각한다. 차남 노현이도 갔었다.

〈1957년 11월 16일 일요일 개임〉(9. 25.)
김장거리 배추, 무를 약간 짐으로 싸서 청주 아해들(노정, 노원)한테 갖다 주웠다.

〈1957년 11월 20일 수요일 개임〉(9. 29.)
도 지정 연구학교인 괴산 명덕국민학교의 연구발표회에 참석하였다. 수많은 직원들의 활동이 매우 생기 있게 뵈이었다.

〈1957년 11월 21일 목요일 개임〉(9. 29.)
금일도 명덕학교의 연구회에 참석하였다. 전야는 괴산군 동부(연풍, 수안보, 수회, 광진, 장풍) 교장들이 광산여관에서 유할 때 재미있는 이야기와 함께 유쾌히 지냈다.
명덕교 연구회 전체회의 시에 교장 대표로 학교 경영 전반에 긍한 비판을 하게 되어~學校環境, 敎職員의 硏究活動, 環境構成과 學習指導部面, 生活指導部面, 硏究主題의 具現實踐狀況, 學校運營面 等 數 項目에 걸쳐서 어느 정도 철두철미하게 솔직한 비평을 하였다. 관중(회원)의 이목이 매우 긴장되고 흥미 있게 듣는 공기가 엿보였다. 저녁에 여관에 드니 각 교장들의 반가워함과 모 좌석에서의 간부 일동과 교배할 때도 노인 선배님들의 칭찬에 어디인가 모르게 기쁜 마음에 젖었었다.

〈1957년 11월 22일 금요일 개임〉(10. 1.)
구청에서 돈을 얻어가지고 청주에 가서 노정(청고), 노원(여고)의 수업료 등의 학교 납부금을 11월분까지 완납을 하였다.
동직원 정태동(鄭泰東) 교사의 본가에 심방하여 혼사의 축하를 드리고 후대를 받고서 오후 4시차로 귀교하였다.

〈1957년 11월 23일 토요일 개임〉(10. 2.)
노정 모친을 괴산장에 보내어 매 재영(才榮)의 저고리를 사오게 하였다. 재영은 12월 9일에 결혼식이 있게 된 것이다.

〈1957년 11월 24일 일요일 개임〉(10. 3.)
칠성에 가서 노정 모친의 약(한약) 두 첩을 지어다가 다려주었다. 요 며칠 전에 밤중에 어느 도적이 닭을 훔쳐가는 찰라에 나한테 발각이 되어 북새질 나는 바람에 안에서 놀랜 모양이다.
칠성면 교육위원 김희태 씨를 만나 후대를 받았다.

〈1957년 11월 28일 목요일 개임〉(10. 7.)
노정 모친이 금계 본가를 가기로 하여 괴산까지 동행하였다. 자기 친정인 북일면 오동리를 거쳐 간다는 것이다. 사녀 노행과 삼녀 노임을 다리고 가게 하였다. 오는 음력 10월 18일이 누이동생 재영이의 혼인날이어서 일 좀 거드르러 미리 가는 것이다. 괴산에서 몇 가지 물건을 사서 보내었다.

〈1957년 12월 3일 화요일 개임〉(10. 12.)
교육구청에 들어가 사무 타합을 하였다. 교실 증축의 진정서 문제, 변소 건축 문제, 직원 급료 건…….

〈1957년 12월 7일 토요일 개임〉(10. 16.)
아해(노현, 노명, 노희)들을 다리고 새벽차를 탈려고 사택을 나왔다. 약 10일간 내 손으로 조석을 지어 먹었다. 날씨가 약간 찬 때라 괴롬이 좀 있었으나 학생들 또 이 여선생의 조력으로 큰 고생은 없었다.
아해들을 다리고서 금계 본가로 향한 것이다. 청주에 도착해서는 아해들에게 시가 구경을 시켜 주었다. 저희들 형과 누이가 다니는 청주고등학교, 여자고등학교도 일일히 다리고 가서 구경을 시키며 저희들 형과 누나의 공부하는 광경을 뵈였다. 저희들 남매끼리 만나 반가운 우슴을 짓는 것을 보고 어딘가 나도 모르게 기뻤다.
오후 2시 반 기차로 전원(노정, 노원도 같이)을 다리고 본가에 들어가니 오후 5시경이었다.
집안에는 안팍이 분주하였다. 큰일이 하루 사이밖에 남지 않았으니 그러하리라. 가보니 4남 노송이가 음식에 치했는지 부기가 상당하며 정신없이 알른 듯 누워 있는 것이 좀 불안했고는 그 외는 별 연고가 없었다.

〈1957년 12월 8일 일요일 개임〉(10. 17.)
아침 첫차로 누이 재영이를 다리고 청주에 갔었다. 미장원에 가서 파마를 시켰더니 행결 어여쁘다고 이야기들 한다. 지금 시속에는 쪽(낭자)을 쫏고 출가하는 신부를 볼 수 없다. 그리하여 이 애도(그곳에서도 희망을 한다고 하고) 파마를 하게 된 것이다. 파마가 끝나고서 백화점에 다리고 가서 미약한 선물 몇 개를 사주었다.

〈1957년 12월 9일 월요일 개임〉(10. 18.)
오늘은 큰 누이(才榮 22세)의 혼례일[8]이다. 날씨가 매우 좋다. 신랑이 와서 집안은 더욱 분주한 가운데에 기뻐들 했다. 신랑은 금년 봄에 약혼 즉후 청주에서 대면한 적이 있었다. 순한 얼골에 숙성한 편이다. 청주대학에 재학 중이라고 한다. 강외면 상정리인데 밀양 박씨이라고 한다.
대례를 지낸 후에 신랑신부 기념사진을 촬영하고 아번님과 어먼님의 사진도 촬영하여 확대하기로 하였다. 집안에서 모두들 모이고 외척, 연척이 많이 모이고 일가에서 많이 왔으므로 나의 기분이 한량 조았으며 부모님들께서

8) 원문에서는 붉은색 색연필로 밑줄이 그어져 있다.

도 기쁘신 오늘을 보내시는 것 같았다. 그러나 7년 전에 군에 간 아우 운영이가 없어서 생각하면 생각할수록 뼈가 저린다. 그리하여 그 마음을 잊으려고 나는 종일토록 조아하는 기색으로 너털우슴을 친 것이고 부모님께 그 생각을 잊으시도록 하느라고 애쓴 것이다.

〈1957년 12월 10일 화요일 개임〉(10. 19.)
아침 9시경에 누이는 떠났다. 영영 남에 집으로 가버리는 것이다. 아니 일평생의 제 집을 찾아가는 것이다. 내가 후객으로 갔던 것인데 거리가 그리 멀지 않안 곳이어서 일찍 들어갔다. 신랑도 신부도 사련고로 갔다. 짐(이불장, 머릿장, 침구 등)은 우차로 실렸다. 우리 집 형편으로는 넘칠 정도로 잘 해 보낸 셈이다. 강외 상정리에 다달아 환경을 둘러보니 좀 낯익은 곳이다. 과거에 다녀간 동리이었다. 더구나 상객(나)의 주인으로 앉은 분이 인사하고 보니 23년 전에 공북서 같은 글방에서 동문수학한 친구(선배)이다. 또 이 사돈집은 우리와도 연척(족숙 한욱 씨의 딸 사돈집)이 됨으로 어딘가 모르게 친밀감이 나며 으색하지 않았다. 나는 주는 술을 맛있게 많이 먹었다. 옛 말에 이르기를 "상객은 술 조심"이라 했지마는 실수만 아니 하면 괜찮으리라 생각하고 또 첫 상면이 아닌 듯한 기분이 있어서 술맛이 더 났던 것이다. 그러나 지각 있게 먹은 것이다. 오후 3시 반쯤 하여 끝으로 누이를 만나 "사람은 부즈런해야 한다. 층층시하에 부디 잘해라." 간단히 한 마디 하고 술 한 잔 마신 후 뚝 떠나왔다. 집은 매우 크며 그 동리에 단 하나밖에 없는 개와집[기와집]이다. 이후 잘 살고 못 사는 것은 제 팔자요, 운수요, 복이다. 그러나 우리 누이는 마음이 진심이고 착해서 천지신명이 틀림없이 보아 주시리라고 믿음직한 생각이 난다. 밤(집에 돌아와서)에는 온 집안 식구들 앞에서 다녀온 감상을 자세히 말씀 드렸었다(융숭한 대접, 가옥의 만족, 하인~조군의 공손 경례 등등). 20여 년을 기르시다가 뚝 떠워 보낸 부모님들의 심정이야말로 대단히 섭섭하시리라. 천륜이라 하는 수 없는 것이지 생이별이 아닌가. 여자는 그리 태어난 것이라고 클 적부터 그렇게 생각과 인식을 하니까 이만한 것이겠지. 그리하여 딸 여운 분들 말에 "시원섭섭하다"는 것이다. 하여튼 누이의 영구행복을 빌 뿐이다…….

〈1957년 12월 13일 금요일 개임〉(10. 22.)
학교(장풍)가 궁금하다. 나온 지 약 일주일.
오후 3시쯤 하여 종제 필영과 함께 백동(지룰)에 가서 족손 명재의 집 혼사에 인사하고 밤에는 족손 창재와 함께 시간이 길도록 담화하였다. 밤중에 나의 집까지 와서 구 정담을 되푸리했던 것이다. 창재 군은 나이도 동갑이요. 보통학교(국민학교) 동기동창일 뿐 아니라 마음이 천심인 사람이다. 유달리 나와는 친분이 있는 족손이다.

〈1957년 12월 14일 토요일 개임〉(10. 23.)
가족 전체(나에 따른 가족)를 다리고 집을 떠났다. 어린것들을 다리고 오느라고 고생은 하였으나 무사히 잘 왔든 것이다. 학교에 도착하니 전 직원들이 마중을 나온 것이다. 우선 학교에 큰 사고가 없었던 것만이 다행이었다.

〈1957년 12월 15일 일요일 개임〉(10. 24.)

역원회가 있었다. 장소는 교동 홍종성 선생 댁으로 한 것이다. 협의 안건은 조봉환 씨 유공비 건립사업 추진이었다. 모두가 내 추진안에 찬동한 것이다.

〈1957년 12월 16일 월요일 개임〉(10. 25.)
수일 전 나없는 동안에 소사의 불민한 행동에 분개한 모 교사가 신경질에 할 수 없이 소사를 구타한 건이 있어 소사 부친이 몹시 분개해서는 대항을 하려고 하는 동시에 모 교사를 봉변주려 한다는 말이 들리기에 양쪽의 잘잘못을 구체적으로 해결하여 주고 쾌화를 시켰다.
학교일을 마친 후에 전 직원에게 한 잔 대접하였다. 이번 본가 큰일에 대표로 정태동 교사가 그 먼 곳까지 왔었으며 더구나 후한 성의를 베풀어 미안하였던 것이다. 본가에서 음식 몇 가지를 가지고 왔으므로 술만 받아다가 대접하고 인사하였던 것이다.

〈1957년 12월 18일 수요일 눈, 큰 눈〉(10. 27.)
어제부터 나리던 눈은 오늘도 그치지 않는다. 구청까지 부득이 볼일이 있어 출장하였다. 장학사들과 점심을 같이 하고, 기타 몇 가지 일을 보고 도라올려 하였으나 눈이 계속되어 종일 온 눈이 한 자가 넘어 각 자동차가 교통 두절이 되어 할 수 없이 괴산에서 유하였다.

〈1957년 12월 19일 목요일 눈 후 흐림〉(10. 28.)
여관에서 일어나 보니 눈은 밤새도록 쏟아져서 하품할 만치 쌓이었다. 지붕이 어찌나 살이 쪘든지 무시무시하다. 두 자 여섯 치라 하는데 곳에 따라서는 질로 쌓인 곳이 있다. 30년 내에 처음 큰(가장) 눈이라고 한다.

〈1957년 12월 21일 토요일 개임〉(11. 1.)
송동리에 출장하여 밤에 부락 부형회를 개최하였다. 안건은 학생들의 가정학습, 가정위생, 현대의 국민학교 교육, 본교의 현 실정, 유공비 등등이었다. 회 끝에 유지 몇 분들의 밤참 대接을 받았다.

〈1957년 12월 22일 일요일 개임〉(11. 2.)
차 구장(장암 구장)이 와서 놀러 가자기에 자포동으로 가서 몇 학부형들의 접대를 받고 학교 일에 대하여 원만한 상의를 하였다.

〈1957년 12월 24일 화요일 개임〉(11. 4.)
각 부락을 순회하여 공적비 건립비를 독려 징수하였다. 태성을 제외하고는 장암, 신대, 송동, 교동은 일부 객출[갹출] 되었다.

〈1957년 12월 25일 수요일 개임〉(11. 5.)
공적비 비값을 일부 치룰려고 도안에 갔었다. 석공 연 씨와 자세한 상의 끝에 모든 결정을 보고 돌아왔다.

〈1957년 12월 29일 일요일 개임〉(11. 9.)[9]

9) 이 날은 날짜만 적혀 있을 뿐 내용은 없다.

〈앞표지〉
1958년
日記帳
檀紀 4291年 1958年 戊戌年

〈1958년 1월 1일 수요일 개임〉(음 11. 12.)
새해의 아침바람 역시 몹시나 차다. 방안 청소와 아해들 세수까지 깨끗이 마친 다음에 세배를 하였다. 서편인 옥산 방면 부모님 계신 곳을 향하여 절하였다. 차남 노현, 삼남 노명, 차녀 노희, 삼녀 노임에게도 시켰더니 할아버지 할머니에게 세배하는 것이다. 우리 부부에게도 하는 것이다.
아해들에게 새해 글씨를 씨켰다. 노현과 노명에게 씨켰다. “부모님께 효도하자” “언니 말을 잘 듣자” “동생을 사랑하자” “몸을 깨끗이” “집안 청소” 등을 씨켰다. 나도 썼다. 이렇게 썼다. “祈願~兩親康寧 家族健在” “所願~國土統一, 教學誠心”이라고 썼다. 아해들이 쓴 것과 내가 쓴 것을 모두 바람벽의 적당한 곳에 부쳤더니 방안 환경이 더욱 아담하게 되었다.
오전 10시경 하여 새해 축하식을 거행하였다. 학생들은 3분의 2 정도 소집이 되었다. 식사에 부즈런한 사람이 되자고 했다. 그 외도 몇 가지 이야기하였다. 양력 과세를 행한 가정은 불과 수 가호에 불과했다.
역원회를 개최하여 조봉환 씨 유공비 추진에 관해서 진지한 협의가 있었다. 장소는 부회장인 정승근 씨 댁(송동)이었는데 회 끝에 융숭한 대접을 받았다.
저녁에는 이관영 씨와 함께 정담과 아울러 탁주놀이를 하였다.

〈1958년 1월 2일 목요일 개임〉(11. 13.)
김 교감과 함께 칠성을 거쳐 솔골(松洞) 김용범 선생 댁에 인사차 갔다가 후한 접대를 받았다. 돌아오는 길에 칠성 광명옥에서 일 배 하고 밤 10시경에 태성에 도착하였는데 오늘 추위란 몹시나 고추 같은 찬바람이어서 오가기에 큰 고생이 되었든 것이다. 태성 괴목집에서도 탁주 몇 되 하였더니 과도하게 취한 바람에 농담도 많이 하였다.

〈1958년 1월 3일 금요일 개임〉(11. 14.)
살을 에는 듯한 추위이다. 온도계를 보니 영하 17도이다. 오전 7時쯤의 온도이다. 약간의 가랑눈도 나린다.

돼지가 병이 나서 토하기에 소다를 먹였더니 저녁때쯤 좀 괜찮은 것 같았다. 돼지울이 양지바른 곳이지마는 이영으로 어리를 하여 주었다.

〈1958년 1월 4일 토요일 개임〉(11. 15.)
세전에 많이 나린 눈은 아직도 녹지 않아 앞산은 은세계를 이룬 채이다. 바람도 차다. 오후 3시경에 대박골 이관영 씨 댁에 상의지사도 있고 하여 올라갔었다. 마침 집에 있기에 여러 가지(유공비 건) 상의 끝에 저녁식사와 막걸리를 마시고 귀교하였다.

〈1958년 1월 5일 일요일 개임〉(11. 16.)
한복을 찾아 입었다. 몇 해 만에 처음 입었다. 광목 백색 바지저고리에 곤색 양복쪼끼를 입었더니 모두들 젊어 보인다고 말한다. 저녁에는 주막에서 동리 몇 분의 초대를 받아 술을 마시었다.

〈1958년 1월 6일 월요일 개임〉(11. 17.)
아침식사를 교감 댁에서 하였다. 마침 견육(개고기)이 있다 하여 초대한 것이라고……. 맛있게 먹었다.
낮에는 경리장부 일부를 검열하였다. 오늘은 약간 날씨가 풀린 듯하다.

〈1958년 1월 9일 목요일 개임〉(11. 20.)
소설 "태종대왕"을 연전에 읽어 보았지마는 수일 전서부터 재독하여 금일에 끝마치었다. 태조의 용맹, 태종(정안)의 위험방비로서 세자인 방석 아우를 해친 것. 정종(방…의안)이 임금 자리를 탐낸 것. 태조가 함흠[함홍] 간 후 함홍차사의 유명한 이야기, 부자지간이면서 자식을 원수로 끝내 생각한 것, 하륜의 예리하고도 침착한 신하, 전국새의 무리한 전달 등 모두가 한심스러운 내용이었음을 또 한 번 깨달았다.
저녁에는 친구 몇 분(조규일 정봉희, 홍종식)과 먹이내기 화토를 치게 되어 조씨 편이 되었는데 어찐 운인지 그리 이겨 보지 못하던 내가 잘도 되는 바람에 상대가 쩔쩔 맸었다.

〈1958년 1월 10일 금요일 개임〉(11. 21.)
새벽 6시에 신대 구장 정록영(鄭祿永) 씨와 함께 괴산을 향하여 중앙뻐쓰로 출발하였다. 도안까지 가게 된 것이다. 조봉환 씨 유공비 때문에 각자 상황을 시찰하려 간 것이다. 가보니 의외로 잘 색여 있었다. 회로에 괴산에서 잠간 쉬고 태성 와서 대동회에 참석하여 구경 좀 하다가 집에 오니 밤 10시경이 되었다.

〈1958년 1월 14일 화요일 흐림〉(11. 25.)
서재를 어제부터 정리하여 오늘 아침에 완결하였다. 교직에 나와서부터 철하여 두었던 각종 인쇄물을 근무교별, 연도별, 종별로 하여 말끔한 책자로 편철한 것이다. 종별만을 예시하면 다음과 같다. 教育雜綴, 雜綴, 教務日誌, 教務雜綴, 受講錄, 展開案 及 發表要項綴, 忠北教育綴, 淸原教育綴, 日記, 家計簿 等〃이다.
9시에 등교하여 경리장부를 검열하고 부락임원들에게 통지서를 발송하였다. 조봉환 씨 유공비 사업 추진에 관한 의뢰서이다.
청주에 있는 자식들이 궁금하여 못 견디겠다. 휴가 중이라도 과업을 하고 있는 것인지, 금계 본가로 가 있는지, 이곳에 오지 않았으므로 여러 가지 생각이 난다. 돈 문제로 속을 썩이고 있지나 않을가. 아비 된 책임에 미안하면서도 조바심이 된다. 방학이면서 아직 한 번도 못 가보아서…….

세전에 쌓인 눈이 겨우 이삼일 전에까지 거이 녹았는데, 어제 밤부터 다시 진눈개비가 오늘 아침까지 쏟아지드니 또다시 은세계로 변하였으며 길이 험해졌다.

〈1958년 1월 31일 금요일 개임〉(12. 12.)

학교 임원회를 개최하였다. 안건은 조봉환 씨 유공비 건립에 관한 것이다. 임원 전원 찬의를 베픈 것이다.

〈1958년 2월 1일 토요일 개임〉(12. 13.)

청주에 출장하였다. 6학년 담임 정태동 선생과 같이 갔다. 용무는 청주사범 병중 입학 교섭이었다. 청사 직원 몇 사람과 좌담하고 정 교사 댁에서 유숙하였다. 정 선생의 자당과 매씨(청사 근무 중)의 후대에 감사하였다.

그러나 가정불화가 있어 상심 중인 것 같아서 나의 의견대로 몇 가지 소견을 말하였으며 완화책에 힘썼다. 또는 권고도 하였다.

담임 정 교사의 수고에 심사(深謝)하는 바이다.

〈1958년 2월 3일 월요일 개임〉(12. 15.)

교육구청에 들렸다. 유공비 건립 추진에 관하여 교육감과 서무과장과 상의한 바이다.

〈1958년 2월 5일 수요일 개임〉(12. 17.)

직원회를 개최하였다. 유공비 제막식 준비와 동부지부 연구회 준비에 관하여 협의한 것이다.

〈1958년 2월 7일 금요일 개임〉(12. 19.)

직장보험에 관하여 건의하여 보았다. 유공비 제막식에 교육감 도착시간의 확인도. 연구회 일자와 시간표에 관하여 장학사와 상의하였다.

〈1958년 2월 9일 일요일 개임〉(12. 21.)

충주행. 김한기 씨와 함께. 유공비의 주빈 조봉환 씨를 모실려고. 실은 어제 홍모 씨가 모실어 갔었으나 회피하시더라고 그대로 도라왔기에 꼭 모실려고 다시 간 것이다. 조봉환 씨를 배면하고 가시기를 간곡히 원하였더니 불응치 않고 출발하여 오후 4시쯤에 태성에 무사히 도착되었다.

〈1958년 2월 10일 월요일 개임〉(12. 22.)

조봉환 씨 유공비 제막식이 거행되었다. 귀빈으로는 괴산교육구 교육감, 괴산군수를 비롯하여 각 기관장, 유지, 지방주민 합하여 약 400여 명 참석한 가운데 성황을 이루었다. 잔치도 크게 한 셈이다. 비문은 아래와 같다.

前面 大字 曺公鳳煥功積不忘碑

後面 細字 建學立師 君子之風, 教育英才 德被兒童
愛謀褒彰 美口贊同, 立石紀事 孰不頌功

수삼일 전에 쌓인 눈이 오늘의 좋은 날씨에 철철 녹아 오고가는 손님들의 신발을 적심도 인상이 크게 남을 뿐 아니라 강당에서 수백 명이 질서 있게 탁주 그릇을 돌리며 기뻐함도 나의 머리에 영원히 남으리라. 오늘의 열매가 맺을 때까지 동분서주하면서 건비사업 추진에 심신의 괴로움을 아끼지 않고 노력하였음도 오늘의 성황에 사르르 풀리어 영원한 기념이 되리라. 이 사업에 적극 노력한 제위에게도 감사를 드리노라.

〈1958년 2월 13일 목요일 개임〉(12. 25.)
교육구청에 출장하였다. 연구회를 앞두고 모든 물품구입과 구청 학무과와의 긴밀한 상의를 하기 위해서.

〈1958년 2월 15일 토요일 개임〉(12. 27.)
역원회를 개최하고 조봉환씨 공적비 건립 추진위원회의 사업 결산과 해산을 하기 위해서.

〈1958년 2월 17일 월요일 개임〉(12. 29.)
청주에 갔다. 칠판 약을 사고 청중 입학원서를 샀다.
오후에는 본가 금계에 가서 부모님을 뵈었다.

〈1958년 2월 19일 수요일 개임〉(1. 2.)
본가에서 청주까지 와서 노정과 노원의 학자금을 해결하였다. 오후차로 괴산에 왔다.

〈1958년 2월 21일 금요일 개임〉(1. 4.)
박영서 장학사 댁에 조문을 하였다. 그의 가친이 돌아가셔서.

〈1958년 2월 27일 목요일 개임〉(1. 10.)
명일은 본교에서 연구회가 있는 것이다. 괴산구 지부연구회인 것이다. 발표요항 총 30페지 되는 것을 어제부터 원지를 긁기 시작하여 오늘 12시에 마쳤다. 손가락이 아팠다.
저녁나절에 장암청년 10여 명이 나무를 한 짐씩 지고 와서 연료곤란이 막심할 터이니 때라는 것이다. 감사하기 짝이 없었다. 다른 지방에서 보기 드문 고마운 일이며 아름다운 일이라고 할가? 오래전에 쌓인 눈이 특히 산에는 녹지를 아니하여 이곳 각 부락에는 가정마다 나무가 떠러져서 곤란을 받고 있다는 말을 들은 이 지음 학교장의 가정사를 염려한 고마운 심정에서 이루어졌으리라. 깊이 사례하는 바이다.
장남 노정이가 왔다(금춘 청고 졸업반).

〈1958년 2월 28일 금요일 개임〉(1. 11.)
본교에서 연구회가 벌어졌다. 괴산교육구 동부지부 연구회이다. 학교장 임명 후 처음 맛보는 연구회이다. 교육구 장학사, 초등교육회장, 각교 교장, 일반회원 합하여 약 80명 정도 참집하였다. 학습활동도 비교적 잘된 것 같고 특히 특활로서 어린이 자치회를 공개하였던 것이다. 주제가 "어린이 자치활동의 촉진"이지에. 점심도 보통으로 대접하였다. 학교장 경영발표에 "사랑의 경영"을 말하였다. 강평도 괜찮았다. 금일의 큰 행사도 대과 없이 지냈음을 모두에 사례하는 바이다.

〈1958년 3월 1일 토요일 개임〉(1. 12.)
39주년 三.一절 祝賀式을 거행하였다. 식이 끝나고 오가리까지 다녀왔다.

〈1958년 3월 2일 일요일 개임〉(1. 13.)
장남 노정의 서울사대 수험차 상경에 같이 갈려는 만반준비를 갖추었다.

〈1958년 3월 3일 월요일 개임〉(1. 14.)
장남 노정을 다리고 서울을 향하여 출발하였다. 태성서 '중앙뻐쓰'를 탄 것이다. 오전 7시에 출발했다. 서울에 도착하니 오후 세시가 되었다. 노정은 처음으로 서울구경을 하는 것이다. 차 내에서 몇 번 지역설명을 하여주었다. 시험에 합격을 축원하면서.
용두동에 사는 사종숙모를 찾았다. 사종제 성영(成榮)은 경동중고등학교에 재근 중이다.

〈1958년 3월 4일 화요일 개임〉(1. 15.)
오전 9시에 서울대학교 사범대학에 노정과 같이 갔다. 전국에서 모여든 수험생과 부형은 구름같이 떼를 지어 모여들었다.
노정과 같이 학교 주위를 돌아보았다. 삼층의 빨간 벽돌집은 장엄하기도 하였다. 노정은 화학부(化學部)를 지원하였든 것이다. 수험번호는 1767이었다. 345名 모집에 2,333명이 응모하였다. 화학부는 30명 모집에 300명이 지원한 것이다.
수험표를 받은 後 문방구점에 와서 수험에 이용되는 몇 가지 학용품을 사주었다.

〈1958년 3월 5일 수요일 개임〉(1. 16.)
노정의 사대 수험 첫날이다. 필수과목 국어, 수학, 영어 시험날이다. 아침식사 시에 사종숙모님과 사종제 성영의 성의 있는 격려가 있었다.
학교에 같이 따라가 시간이 되어 시험실로 들어가는 것이 보일 때…… 한 시간이 끝나 노정이 나오는 것을 보니 만족감이 아닌 듯 얼굴색이 원만치 않음을 발견하고 초조하였다.
점심시간이 되어 간단한 식사를 사먹었다. 노정은 경비절약에 마음을 두었든지 사먹는 것을 그리 좋아하지 않는다.
오후에는 용산구로 가서 재종형(문영~文榮)댁을 심방하였다. 재당질 태일이는 한양공대 재학 중이다. 재종형수님(작은 분)이 저녁을 지어 주기에 먹고서 용두동으로 돌아왔다.

〈1958년 3월 6일 목요일 개임〉(1. 17.)
노정의 시험 제2일째이다. 학교까지 나가서 격려한 다음 나는 의영 씨(민의원)댁을 심방하고 잠간 담화하고 나왔다.
저녁에 노정의 말을 들으니 실패에 가깝다는 것이다.

〈1958년 3월 7일 금요일 개임〉(1. 18.)
노정의 시험 제3일째이다. 오전 중으로 끝이 났다. 학교에서 나온 나는 친지 이수복 씨를 찾았다. 내수교에서 같이 근무한 분으로 현재 시청각교육연구소 소장이다. 자기 손으로 만든 영화(삼일절 뉴-스, 전기)를 보여 주어서 고마웠고 점심까지 후히 대접을 받아서 감사하였다.
오후 3시에 서울을 떠났다. 조치원에 도착되니 오후 7시경이다. 청주에 와서 원자와 같이 잤다. 자취하는 원자가 지은 밥을 먹었다.

〈1958년 3월 10일 월요일 개임〉(1. 21.)
차남 노현이도 수험 중이다. 지원은 청사병중과 청중이다. 어젯날에 병중 시험을 마치고 오늘은 청중 시험이기에 가보았다. 오후에 청주를 출발하여 괴산에 왔다.

〈1958년 3월 13일 목요일 개임〉(1. 24.)
시험 친 아해들의 발표가 났다. 차남 노현은 청사병중에 합격이 되고 끝 아우 진영은 대성중학에 합격이 되었다. 근무교인 장풍교의 입격성적도 100%이다. 청사병중 2명, 충주여중 1명, 괴산중학 4명, 연풍중학 1名 계 지원자 총수 8명 중 8명 전부가 학격이다.
오후 3시부터 5학년생 측에서 6학년의 송별회가 있었다.

〈1958년 3월 14일 금요일 개임〉(1. 25.)
졸업식 예행연습이 있었다. 식을 마친 다음에 사은회가 있었다. 성의 있는 음식을 먹었다.

〈1958년 3월 15일 토요일 개임〉(1. 26.)
본교(장풍교) 제7회 졸업장 수여식이 있었다. 식사에 특히 다음 세 가지를 강조하였다.
① 공부에 계속 노력하자.
② 자기 맡은 일에 충실하자.
③ 도의를 지키자.

〈1958년 3월 17일 월요일 개임〉(1. 28.)
단기 4290학년도 장학방침 구현 상황 보고서를 작성하였다.

〈1958년 3월 18일 화요일 개임〉(1. 29.)
교장회의가 있어서 상청하였다~ 학교 교실 증축의 건, 硏究비 특배의 건, 직원 증원의 건에 대하여 상의하였다.

〈1958년 3월 19일 수요일 개임〉(1. 30.)
오가리에 다녀왔다~ 학교 부지도본 작성, 학교림 지도 작성, 인감, 적령아 파악 등 면소에 긴한 볼일이 었었다.

〈1958년 3월 20일 목요일 개임〉(2. 1.)
장암부락에서서 윷놀이가 벌어졌었다. 전 직원 초대가 있어서 한바탕 놀았던 것이다. 윷이 의외로 잘 되어 승리하였다.

〈1958년 3월 22일 토요일 개임〉(2. 3.)
4290학년도의 수료식이 있었다. 아버님이 오셨다. 직원 몇 분이 후의를 베풀어 감사하기 짝이 없었다.

〈1958년 3월 23일 일요일 개임〉(2. 4.)
어젯날 오신 아버님께서 가셨다. 아무것도 대접하여 드린 것 없이 가시게 되어 죄송하기 짝이 없다.

〈1958년 3월 24일 월요일 개임〉(2. 5.)
장암 이장 차옥진 씨와 함께 연풍을 갔었다. 인사 겸 농은에서 돈 좀 얻어 보려고…….

〈1958년 3월 25일 화요일 개임〉(2. 6.)
아해들 학자금 문제로 괴산에 나가 오 교육회장과 상의하여 본 결과 이삼일 내로 둘러 주겠다는 것이어서 사행이었다.

〈1958년 3월 26일 수요일 개임〉(2. 7.)
청주에 갔었다. 어제 약속이 된바와 같이 오 교장님을 만나 일금 3만여 환을 얻었다.

〈1958년 3월 27일 목요일 개임〉(2. 8.)
대성중학에 가서 아우 진영의 입학금 27,900환을 납부하였다.
저녁에는 동직원 정태동 교사와 김용범 교사를 다리고 모 주점에 가서 술을 대접하였다. 정 교사는 차남 노현의 은사이며 금번 병중 입학에 매우 애를 썼던 것이다.

〈1958년 3월 28일 금요일 개임〉(2. 9.)
청주 태동관이라는 중국요리점에서 청주사범학교 직원 몇 분과 음식을 같이하였다. 동직원 정태동 교사(6년 담임이었다)도 같이 있었으며 정 교사의 매씨 정태경 선생(청사 교사)에게 깊은 사례인사를 하였다.

〈1958년 3월 31일 월요일 개임〉(2. 12.)
노정 모친이 수일 전서부터 놀랜 증세로 알키에 약을 두어 첩 지어다가 다려 주었다. 오후에는 거신동(거시내골)에서 초대가 있기에 직원들과 함께 놀러 갔었다. 처음 가는 산골이어서 선경도 같고 절간 찾아가는 기분이었다.

〈1958년 4월 1일 화요일 개임〉(2. 13.)
교직원 정기이동 제1차 발령이 났다. 다행이 본교에서는 한 사람도 없으므로 기쁘게 생각했다. 거신동 이세 씨한테 일금 일만 환을 채용했다~ 노현 입학금 때문에……. 신년도 시업식이 있었다.

〈1958년 4월 2일 수요일 개임〉(2. 14.)
십여 일 전에 온 노정(장남)이가 집으로 갔다. 이 애는 서울사대 화학부를 수험했던 것이나 불운하게도 낙제가 되었던 것이다. 지금까지 시험에 실패가 없었던 만큼 자신도 용기가 줄었을 뿐 아니라 나 자체가 낙망이며 분하기 한량없다. 청중도 청고도 우수한 성적으로 입학이 되었었으며 졸업성적도 괜찮았는데…….
경제로 보아서도 실제로는 돼야 걱정인 판이다. 단돈 1만 환 준비 없이 대든 것이나 만일 되었다면 현행 계나 그렇지 아니하면 고리빚이라도 낼 예정이었다. 용기를 일치 않게 또는 격려하여 주었다. 명년에 또다시 수험하도록. 일 년간 자습에 노력하도록 일러 주었다.

〈1958년 4월 3일 목요일 개임〉(2. 15.)
신학년도 자연증가에 따른 교직원 증원 문제로 상청하였다. 일이 잘되어 곧 발령되게 되었다.

〈1958년 4월 4일 금요일 개임〉(2. 16.)
청주행하였다. 내일이 청사병중 입학식이어서. 청주에 갔더니 어머님도 오시고 동생 진영이도 와 있었다. 모자, 가방 등 새 물건을 두 사람분 똑같이 사주었다.

〈1958년 4월 5일 토요일 개임〉(2. 17.)
청주사범학교 입학식이다. 노현(차남)이가 사중에 입격이 되어 나도 같이 간 것이다. 입학금 26,950환도 납부하였다. 노원(여고 2년)의 신년도분 책값도 내고 하여 우선 임시변통으로 급한 것은 오늘에서야 일단락을 지운 셈이다.

〈1958년 4월 6일 일요일〉(2. 18.)
청주에서 출발하여 괴산 임지에 왔다. 오늘은 한식날이다. 조규일 씨의 초대를 받아 한식 차례음식을 잘 먹었다.

〈1958년 4월 7일 월요일 개임〉(2. 19.)
금학년도 입학식이다. 예년보다 인원이 많다. 90여 명 입학되었다. 이렇게 나가다가는 9학급 완성 아니 12학급 완성이 가능할 것 같다. 마침 교장회의가 있어 나는 아침 일찍이 상청하였던 것이다. 신임직원(증원) 이윤세(利潤

世) 교사를 교육구청에서 만났다. 진천(鎭川) 사람이며 금번에 청사를 졸업한 것이라 한다. 이리하여 본교는 교장 1, 교감 1, 교사 6, 합 8명이 되는 것이다. 교감까지 전임케 되는 형편이어서 다행으로 생각하는 바이다.

〈1958년 4월 10일 목요일 개임〉(2. 22.)
김원태 씨(전 내무차관)가 내교하여 강연회가 있었다. 이분이 금번 제4대 민의원선거에 입후보할 분이다. 본교 건축에 많은 노력을 하고 있는 중이다.

〈1958년 4월 15일 화요일〉(2. 27.)
신학년도 학교 경영에 관한 직원 타협회를 개최하였던 것이다. 사무분장, 특별담당, 학급경영 등…….

〈1958년 4월 18일 금요일 개임〉(2. 30.)
길거리에서 학생들이 잘 싸운다는 이야기를 듣고 금일 조회 시에 특히 부탁하였다~ 학생답게 사이좋게 지내기를…….
정기용 교사 숙사에 관한 문제로 교동에 올라가 진지한 타합을 하였다.

〈1958년 4월 20일 일요일 비〉(3. 2.)
안동준 씨가 내교하여 주민들을 모아 놓고 개인 연설회를 하였다. 이 분은 현 민의원이며 금번에 또 출마한 분이다. 괴산군에는 전국적으로, 유명하게도 민의원 출마에 이목을 끌고 있다. 왜? 거인 두 사람이 나오기 때문이다. 또 둘이 다 자유당이다.

〈1958년 4월 23일 수요일 개임〉(3. 5.)
4291학년도 "학교 건설 계획안"을 등사 완료하였다. 수십 페-지의 원지를 긁너라고 수일간 욕을 본 셈이다.
교육구에서 강 주사가 내교하여 희소식을 전하는 것이 아닌가! 본교 교실이 곧 증축된다고…….

〈1958년 4월 24일 목요일 개임〉(3. 6.)
상청하였다. 교실 증축 교섭관계로……. 지방 유지 두세 분과 함께. 2교실 建築(건축)을 한 교실 더 늘여서 3교실로의 교섭이었다. 따라서 변소와 교무실도 아울러 부탁한 것이나 좀 어려운 편이다.

〈1958년 4월 27일 일요일〉(3. 9.)
본교(장풍국민학교)의 증축이 3교실로 확실한 타합이 되어 수일 내로 입찰이 되도록 결정을 본 소식이 왔다.

〈1958년 4월 28일 월요일〉(3. 10.)
상청하였다. 교장회의가 있게 된 것이다. 건축에 관하여 안 기사와 진지한 협의를 하였든 것이다.
묘지 이장에 관하여 묘주 유씨들과 심중한 상의를 하였으나 잘 듣지 않는다. 마침 학교 증축할 자리에 분묘(고묘)가 있기 까닭이다. 계속적인 타협이 필요할 것이다.

〈1958년 4월 30일 수요일 비〉(3. 12.)
오늘은 본교 교실 증축 입찰일이다. 비 관계로 구에서 결정하는 듯.

〈1958년 5월 1일 목요일 개임〉(3. 13.)

본교가 투표장소가 되었다. 장연면 제4투표소이다. 금번 민의원선거에 있어서 제4투표소의 선거위원장이 마침 내가 보게 되어서 금일 오후에 투표소 설비를 면 직원들과 같이 완성하여 놓았다. 명일이 선거일이다.

〈1958년 5월 2일 금요일 개임〉(3. 14.)
제4대 민의원선거일이다. 오전 7시에 선거법에 의해서 나는 위원장 석에 앉아서 법에 의한 집행을 하였다. 나도 투표하였다. (기호 1 안동준, 2 김원태)
투표가 오후 5시에 끝나고 참관인들과 함께 투표함을 실은 차에 타고서 괴산군 개표소까지 갔었다.
밤 10시부터 군내 각 면별 개표가 시작되었다.

〈1958년 5월 3일 토요일 개임〉(3. 15.)
오전까지에 김 씨 득표가 리-더-하였다. 족형 의영 형은 청원군 을구에서 출마하였는데 어찌 되었는가가 궁금하기에 오후 1시차로 청주에 갔었다. 가 보았더니 벌서 개표가 끝나고 당선발표가 되었다. 하도 기쁘고 반갑기에 의영 형을 만나자 "만세"를 불러 환영하였다. 재선이다. 아니 삼선이다.
오후 3시차로 다시 괴산에 와 보니 아직 개표가 끝나지 않았다.

〈1958년 5월 4일 일요일 개임〉(3. 16.)
아침 9시에 괴산군도 개표가 끝났던 것이다. 김원태 씨가 당선이 되었다. 그러나 나의 임지인 장연면 성적은 김 씨 표가 매우 적었었다. 면민들이 미안이 생각하더라.

〈1958년 5월 5일 월요일 개임〉(3. 17.)
오늘은 어린이날이다. 본교에서는 소풍을 실시하였다~ 복거리로.

〈1958년 5월 7일 수요일 개임〉(3. 19.)
교실 증축 청부업자 박기복 씨 내교. 청주 대륙토건사에서 청부. 사장은 김문호 씨라고. 마침 고향인 옥산 국사리 출신이라고. 학교도 옥산보통학교를 졸업한 동창생이며 선배이어서 더욱 반가운 생각.

〈1958년 5월 8일 목요일 개임〉(3. 20.)
제4, 5, 6학년의 원거리 소풍 실시. 목적지는 보은 속리의 법주사. 약 백 명이 추럭으로 오전 6시에 출발. 전 직원 아동보호차 보냄. 나는 일직. 무사히 귀교함을 빌며 또 고대.
오후 7시쯤 귀교 예정인데 9시가 지나도 아니 오므로 걱정 근심이 막심. 부형들과 걱정 끝에 12시쯤에 도착하다. 중간에 차 고장으로 고생들 한 듯. 아동에게 추호도 사고 없음을 다행으로…….

〈1958년 5월 9일 금요일 개임〉(3. 21.)
학교 부지(묘지) 해결에 협의로 분망~ 분묘주 유 씨와의 신중한 협의. 지관 김 씨와의 타협. 보리밭 주인 윤 노인과의 해결, 산주 정 씨와의 양해 등등으로 참으로 힘들은 이 실정, 그 누가 알으리. 공을 위하여서의 책임자로서의 중차대함을 깊이 느끼면서 오후 5시에 송동에서 초대가 있어 다녀옴.

〈1958년 5월 10일 토요일 개임〉(3. 22.)
교장회의가 있어서 상청하였다. 회의 끝에 괴

강 옆 애한정(愛閑亭)으로 일동은 소풍하였다. 교장급 인사이동에 의한 송구영신의 연회가 있었다. 교육구 교육장인 이현우 씨도 교장으로 이동된 것이다. 주연 끝에 괴강에서 뽀트도 타 보았다.

〈1958년 5월 11일 일요일 비, 흐림〉(3. 23.)
교장단 일동은 제월리에 갔었다. 신임 박영서 교육장 댁에서 초대가 있었던 것이다. 또 박 교육장의 선친 회갑날이기도 하였다.
제월리에서 괴산에 와서는 나는 청주행하였다. 청주에 가서는 아해들의 학교 납부금, 하복대 등 제반 정리를 하여 주었다.

〈1958년 5월 13일 화요일 개임〉(3. 25.)
내수에서 친구들이 발전소까지 놀러오는 길에 날 찾기에 동행하였다~ 李형복 씨(면장), 유홍렬 씨(의장), 이재표 씨(공의), 정재우 씨, 민영헌 씨, 윤동복 씨, 이인찬 씨, 성낙선 씨 모두 좋은 친구들이었다. 칠성면 재임 정구택 씨의 접대로 잘 놀았다. 발전소 저수지에서는 고향친구인 이병혁 군이 마침 수문계장으로 있는 때문에 똑닥선을 타고서 한 바퀴 핑 돌았다. 이 군의 성의에 감사하였다. 칠성 요리집에서 나도 한 잔 사서 친구들의 응접에 자미있었다. 이곳 명산인 더덕을 한 둥치 사서 친구들에게 선사하였다.

〈1958년 5월 14일 수요일 개임〉(3. 26.)
지서 주임 초대로 오가리에 넘어가서 주식 접대를 융성이 받았다. 이일승 주임과는 친분이 좋은 셈이다.

〈1958년 5월 15일 목요일〉(3. 27.)
명일의 사친회 총회에 준비 제반을 갖추기에 좀 바빴다.

〈1958년 5월 16일 금요일 개임〉(3. 28.)
금학년도 사친회 총회가 있었다. 학교 증축에 관한 경과지사를 열변을 토하여 침투시켰다. 학예 발표회도 있었다.
학교 건축은 금일부터 시작되어 가교사를 뜯기 시작하였다.

〈1958년 5월 17일 토요일 개임〉(3. 29.)
학교부지 내에 있는 분묘는 묘주와 타합이 잘 되어 금일에 이장식을 하게 된 것이다. 참으로 이해를 구하는 데 힘이 들었든 것이나 이제 와서는 묘주도 나에게 친절감과 기쁜 마음으로 대하여 준다. 나의 노력에 대하여 지방인들이 고마운 감상을 표하고 있다.

〈1958년 5월 18일 일요일 개임〉(3. 30.)
신대 부락민들이 야유회를 하는데 부르기에 같이 끼어서 잘 놀았다.
가교사 뜯는 공사는 오늘에 끝났다.

〈1958년 5월 19일 월요일 개임〉(4. 1.)
상청하여 학무과원들과 좌담하였다. 친분 있는 신옥현 교장(청천)이 구 장학사로 이동이 되어 환영의 뜻으로 주식을 같이 하였다.
가교실에서 공부하던 반들을 부락의 공회당 등을 빌려서 임시교실로 정하여 각처로 결정지웠다.

〈1958년 5월 20일 화요일 개임〉(4. 2.)

신축교실의 공사가 금일부터 본격적으로 착공되어 오늘은 기초공사의 구덩이를 파는 것이었다.
송동 공회당(분교……임시)을 시찰하였다.
어젯밤의 꿈이 하도 불미스러워 기분이 상쾌하지 못하다.

〈1958년 5월 22일 목요일 개임〉(4. 4.)
학교 건축 공사 중 돌덤불 헐어 옮기는 공사가 어제 시작했던 것이 오늘 마치게 되었다. 인부 약 30명이 산더미와 같은 큰 무더기를 선듯 옮김에 대하여는 인력에 대하여 참으로 아니 놀랄 수 없었다. 그분들에게 탁주 한 말을 대접하여 위로를 표시하였다.

〈1958년 5월 23일 금요일 개임〉(4. 5.)
1, 2학년의 학부형회가 있었다. 학급 운영에 관하여 더 큰 관심을 갖도록 강조하였다. 학교 측으로서도 책임과 성의 있는 교육을 할 것을 표명하였다.

〈1958년 5월 24일 토요일 개임〉(4. 6.)
민재식 교사가 교육소집을 당하여 한 달간 37사단에 입대하게 되어 방과 후에 사택에서 장행회를 하였다. 전 직원 한 자리에서 성대히 하였다.

〈1958년 5월 25일 일요일 개임〉(4. 7.)
전 직원 배원 수전(水電)으로 소풍을 하였다. 김용범 교사의 초대로 오늘 행사가 버러지게 된 것이다. 수전 근무 이병혁 친구의 혜택을 입어 배를 타고서 저수지를 올라가 덕평까지 다녀왔던 것이다. 금춘에는 우연한 기회에 수전 소풍을 잘도 하는 셈이다.

〈1958년 5월 26일 월요일 개임〉(4. 8.)
생선을 잡아다가 대목들과 같이 회를 하였다. 오늘은 음력 4월 초파일이어서 지방유지 몇 사람과도 의의 있게 일 배 하였던 것이며 오후에는 목수들 일동과 각연사(절)를 갔었다. 생각 외에 쓸쓸한 편이었다. 나려오는 길에 일동은 가제를 많이 잡아서 주점에서 맛있게 먹었던 것이다.

〈1958년 5월 27일 화요일 개임〉(4. 9.)
6학년의 보결수업을 하였다. 담임의 입대에 전 직원 과목별로 담당하여 보충하기로 한 것이다. 나는 '도의'를 맡아 보았다.

〈1958년 5월 29일 목요일 개임〉(4. 11.)
공사 추진 상황 보고차 상청하였다. 미선나무를 분재하도록의 부탁을 받았다. 이후 식물전시회가 있다는 것이어서…….

〈1958년 5월 30일 금요일 개임〉(4. 12.)
오가리에 넘어가서 사친회 총회 결과를 협의했던 것이다. 학급 운영상의 경제적 문제에 부형들의 자진협조에 관해서~ 지서주임.
학교 건축의 상량식 또는 낙성식 건에 관하여 관심 가지라고~ 면장.

〈1958년 6월 1일 일요일 개임〉(4. 14.)
장암리 유지 몇 사람에 따라 천렵을 하였다~ 조규일 씨, 김 의사, 경도호 씨, 이옥형 씨와 함께. 귀도에 교동리 동리 총동원 천렵에도 들려 꽹과리 등을 치며 자미있는 몇 시간을 보냈다.

〈1958년 6월 2일 월요일 개임〉(4. 15.)
토대 공사가 끝났기에 소주 몇 병을 받아다가 목수 일동을 접대하였다. 학교 뒷산 편던에서 흥 있게 놀았던 것이다.

〈1958년 6월 3일 화요일 개임〉(4. 16.)
받데리로 생선을 잡아서 송동에서 놀았다. 복거리 주막에서도 흥 있게 놀았다~ 지서주임, 부면장, 의장, 기타 지방유지 수인과 함께.

〈1958년 6월 4일 수요일 개임〉(4. 17.)
교감이 사택에 찾아와 의외의 불만을 말한다. 직원들에 대한 불만이다. 독선적이라고, 돌려놓는다고. 교감을 무시한다고 등등인데 내가 보기에는 양편이 같다고 본다. 직원들의 동향을 파악하여 교무를 추진하여{야} 한다는 이야기를 나는 하였다. 지도책임이 있는 자는 타인보다 속을 더 썩여야 한다. 여러 가지로 피차 양해할 이야기를 하여 주었다. 문제의 실마리는 경제적인 욕심에서가 가장 많은 것이다.

〈1958년 6월 7일 토요일〉(4. 20.)
5월분의 급료와 4, 5월분의 보건수당을 받았다. 직원회를 개최하여 근무태세와 금전정리에 관하여 진지한 협의를 하고 또 지시하였다. 거기에 모 한 직원이 너무나 경제곤란이 심하며 셈이 흐린 까닭으로 전 직원에게 영향을 미치고 있는 중이다. 너무나 낭비하는 까닭이므로 하나하나 사석에서도 타일렀다.

〈1958년 6월 10일 월요일〉(4. 23.)
담바위 이 씨 노인 한 분이 글력도 좋으시려니와 약주를 좋아하시는 중, 모 석에서 몇 사람의 눈치를 보아도 대접하려는 기세가 아니므로 너무 딱하기에 내가 대접하여 드렸더니 대단히 고마워 여기더라.

〈1958년 6월 13일 금요일 개임〉(4. 26.)
증축교실의 상량식이 있었다. 교육감 임석 하에 지방유지 다수 참집리에 성대히 거행되었다. 돼지도 한 바리 잡아 주었으며 술도 풍부히 대 주었다. 축하금도 넉넉히 주었더니 목수 일동이 고마워 여긴다. 저녁에는 주점에서 목수들의 초대를 받아 흥 있게 놀았던 것이다.

〈1958년 6월 14일 토요일 개임〉(4. 27.)
칠성교 양재범 교장님께서 교육근속 30주년이 됨으로 그 기념식이 오늘 있게 되어 초대가 있어 참석하였다. 20시절에 교단생활을 시작하여 50이 된 백발이 될 때까지(오늘날) 어린이 영육사업에 이바지한 양 교장님에 대하여 축하하고도 남음이 있으며 어쩐지 가슴이 뜨끔하는 감격이 감돌을 때 남의 일 같이 뵈이지 않았다. 기념식 후에 성대한 연회가 있었다. 작년 봄 내수교 시절에 내가 모셨던 김유준 교장님의 이 기념식을 직접 겪은 바 있기 때문에 더욱 감명 깊었던 것이다.

〈1958년 6월 16일 월요일〉(4. 29.)
밤 2시 반쯤에 안식구가 몸을 풀었다. 계집애를 낳았으니 이로서 5녀가 된다. 비교적 순산한 셈이어서 다행이 생각하며 잘 크기를 천지신명께 빌었다. 밤으로 말하면 15일의 밤이나 밤 12시가 지나간 2시 반이라 16일 출생일 것이다. 실은 밤 1시 반일 것인데 마침 썸마타임(일광절약시간) 실시 중이 되어서 2시 반인 것이다.

〈1958년 6월 17일 화요일 개임〉(5. 1.)
농번기 가정실습을 실시하였다. 모내기, 보리 베기에 바쁜 때이다. 연이나 가물음이 심한 편이어서 모내기에는 좀 덜 바쁘다.

〈1958년 6월 18일 수요일〉(5. 2.)
5녀 이름을 지었다. 노운(魯運)이라고 작명하였다.

〈1958년 6월 21일 토요일 개임〉(5. 5.)
단오절이다. 지역적으로 보아 휴교하였다. 이 지방은 단오절에 관한 관심이 큰 편이다. 모든 음식을 만들어 먹고 있다.
5녀 노운(갖나온)의 눈 때문에 상심 중이다. 출생 당시 또렷또렷히 색까만 눈을 떴던 것인데 삼일 날 오후부터 진황색 곱이 찌며 뜨지를 못하고 있다. 불순한 것이 눈에 들어간 모양인지……. 노정 모친(유모)은 나의 잘못이라고 야단이 성화. 금줄, 누에고치 등등 말하면서…….

〈1958년 6월 23일 월요일 개임〉(5. 7.)
상량식일에 장암 청년 하나이 술이 만취되어 주정 중에 교무실 유리를 여러 장 상케 하더니 오늘에 낌어 놓는 것이다.

〈1958년 6월 24일 화요일 개임〉(5. 8.)
소수국민학교 연구회에 출석하였다. 특정수업 참관 후 당교 김 교장에게 소감을 피력하였다. 김 교장은 수회교에 있다가 당교로 전근한지 불과 월여밖에 안 된다. 가며 바로 연구회 준비에 바빴으리라. 주식 후에 나는 당교를 떠났다. 괴산 차 연락관계로…….

〈1958년 6월 25일 수요일 개임〉(5. 9.)
한 달이 헐신 넘는 한발(가므름)에 모두가 큰 걱정이었다. 샘물이 떠러질 지경이며(이미 떠러진 곳도 있고) 모자리가 밧삭 말라 배배 꼬이고 밭의 작물이 발갛게 타서 갈퀴로 긁을 지경이다. 이곳저곳서 기우제를 지내는 모양이다.
오늘은 6.25 기념일이다. 만 8년 전의 금일에 이북 공산군이 남침한 날이다. 반공방일과 국토통일 정신을 앙양하고져 기념식을 거행하고 훈화에 열을 기우렸다.
학교 공사는 금일에 개와 일이 끝났다.
3학년 이상의 학급 사친회를 개최키로 하였던 바 몇 분 모이지 않아 유회되었다.
5녀 노운의 눈병은 금일에서 약간 차도가 있는 듯하여 조린 가슴을 약간 나리게 되었다.

〈1958년 6월 27일 금요일 흐림〉(5. 11.)
오늘도 비는 내리지 않고 무덥기만 하다. 구름은 비올 듯이 묵직하게 끼었으나 좀처럼 나리지 않는다.
전 직원은 연풍에 가서 정기용 교사 댁의 조문을 하였다(정교사의 조모님 소상).

〈1958년 6월 28일 토요일 흐림, 비〉(5. 12.)
어제 구름이 두텁게 끼었으며 찌는 듯이 무덥더니 다행이도 금일 오후에 비가 나리기 시작하였다. 좀 나우 오기를 기대하는 바이다. 일하는 분(농군)들은 얼시구 절시구 뛰는 듯이 기뻐하며 전장으로 바쁘게도 다닌다.

〈1958년 6월 30일 월요일 가끔 비〉(5. 14.)
그적게 나리던 비는 부족하였다. 어제 다시 걱정으로 지내든 농가에서는 오늘 다시 조금씩이나마 나리므로 다행으로 생각한다.
작년 가을에 마늘 두 접에 1,200환 주고 사다 놓았더니 오늘 캐서 헤아려 보니 겨우 4접 반이다. 허실된 씨가 많았었다.

〈1958년 7월 1일 화요일 흐림, 비〉(5. 15.)
전달부 전창기(全昌基)가 가정형편상 학교를 그만두고 말게 되어 후임으로 강송식(姜松植) 군을 채용하였다.

〈1958년 7월 3일 목요일 개임〉(5. 17.)
괴산 명덕교(도 지정 연구교)의 연구좌담회에 참석토록 지명되어 준비를 갖추고 떠났다. 어제까지 내린 비로 인하여 교통이 두절되었으므로 정기뻐-쓰가 불통임으로 보행으로 갔다. 마침 나의 학교 목수 일동이 일을 마치고 고향인 청주에 돌아가게 됨으로 괴산까지 동행하였다. 칠성에서 또는 괴산에서 탁주를 충분히 대접하였다.
명덕학교에 등교하니 도 임석관에는 안장헌 장학사가 와 있고 연구회원은 나까지 합하여 교장급이 2명, 교감단이 8명, 교사급이 8명이었다. 연구주제 4항목에 걸쳐서 나의 의견과 해결책을 진술하였다. 모두가 긴장 또는 흥미 있는 듯이 듣고 있음을 느끼게 되었다.

〈1958년 7월 10일 목요일 개임〉(5. 24.)
면 호적주임 조석구 씨와 조규일 씨, 그리고 정성택 씨와 함께 개울놀이를 하였다. 동리에 들어와서 살구회가 있었다. 몸이 고단하여 매우 고단하여 몹시 욕을 보았다.

〈1958년 7월 14일 월요일 개임〉(5. 28.)
교육구청에 들어가 서무과장에 특청을 하였다. 새 교실분 칠판 분배, 가교사 헌 재목의 처리, 변소 건축 등……. 어려운 듯이 대답한다.

〈1958년 7월 17일 목요일 개임〉(6. 1.)
청주에 가서 아해들의 학교 납부금을 해결하였다. 원자 7월분, 노현 8월분, 진영 9월분까지…….

〈1958년 7월 18일 금요일 가끔 비〉(6. 2.)
옥산면에 들어가서 4녀 노행(魯杏)과 5녀 노운(魯運)의 출생신고를 하였다. 4녀 노행은 시일지연으로 신술서[진술서]를 붙혔다.
오후에는 장남 노정을 다리고 논 구경을 하였다. 버드러지 깊은 편의 논이지만 그리 빠지지 않았다. 수일 전의 장마에 제일 깊은 논의 벼는 약간 휘지기는 하였으나 아직까지는 대체적으로 양호하였다. 노정이가 금년 농사에 부추기느라고 욕본 모양이다.

〈1958년 7월 20일 일요일 흐림〉(6. 4.)
본가 금계를 떠나 청주에 와서 정태동 선생 댁을 잠간 들려 오후 1시차로 괴산에 와서 교육구청에 들렸더니 신 장학사 좋은 기분으로 접대하기에 고맙게 여기면서 두어 시간 잘 놀았다. 하기 갑종갑종 강습에 정태동 교사가 지명이 되어서 반갑게 생각 들었다. (정태동 교사는 현재 준교사인바 금번의 수강 후는 二급 정교사가 되는 것임)

〈1958년 7월 23일 수요일 흐림〉(6. 7.)
서울대학교 사범대학 학생 9명이 농촌 계몽대를 조직하여 마침 본교 소재에 오게 된 것이어서 여러 가지로 편의를 도모하였다. 숙소, 췌사, 계몽장소 등등…….

〈1958년 7월 25일 금요일 흐림〉(6. 9.)
하기 종업식을 거행하였다. 명일부터 26일간 방학으로 들어간다. 방학기간에 행할 일을 일전에 구체적으로 학생에게 또는 교직원에게 철저히 시달한 바 있지만 금일에도 재강조하였다.
점심은 민은식 씨 댁에서 전 직원 초대가 있어서 맛있게 얻어먹었다.

〈1958년 7월 27일 일요일 가끔 비〉(6. 11.)
장연국민학교 교정에서 면내 각 기관 친목 배구시합이 있었다. 학교가 3팀, 면, 지서, 일반 모두 여섯 팀이 겨누었는데 세 학교가 모두 승리하여 버렸다.

〈1958년 7월 30일 수요일 흐림〉(6. 14.)
교장회의에 참석하였다. 휴가 중 학교 관리에 대한 지시가 주였다.
동방생명보험회사의 접대를 받아 교장 일동 대절뻐-쓰로 상모면 수안보에 도착하여 산수장에 유하였다. 술(정종)도 넉넉하였으며 식사에 특대였고 반(노래, 음주, 바둑, 장기, 마작, 일구)을 조직하여 경시회가 자미있게 버러졌으며 우수자에게는 상금 수여 등 홍미겨웠던 것이다.
식사 시에 진수성찬을 앞에 놓고 수저를 들었을 때 나는 행복한 감과 부끄러운 감에 가슴이 뭉클함을 느꼈던 것이다. (내가 무슨 복에 이런 진미를 구경하며 행복한 자들과 섞여 만족히 노는가? 이것이 다 부모의 은혜가 무한이 나에게 빼친 까닭이리라. 부모님은 이런 성대한 자리를 못 받으시는데……. 지금도 꽁보리밥을 잡수시는 이 시각일 텐데…….)

〈1958년 7월 31일 목요일 비, 흐림〉(6. 15.)
수안보에서(산수장) 일어난 교장단 일동은 온천에 또다시 몸을 담그고 아침식사 후 쏘낙비 나리는 날구즘을 헤치고 뻐쓰에 몸을 실었다. 태성에 도착할 때까지 비는 그치지 않았다. 앞내를 건느지 못하여 태성에서 하루를 지내게 된 것이다. 점심때쯤 하여 비는 그쳤다. 해질무렵에 보뚝을 이용하여 귀교하였다.
저녁을 먹으려고 할 때 뜻밖에 장남 노정(20세)이가 들어오는 것이 아닌가? 태성서 조금만 더 쉬었더라면 같이 건넜을 것을……. 노원과 노현이도 왔다는 것인데 내를 못 건너 저편에 있다는 것이다. 노정이는 물 요리를 몰라 길목으로 건넜던 모양. 물힘이 세고 깊이가 상당한 곳에서 하마트면 큰일 날 번한 양……. 들을 때에 잠시 가슴이 놀락스러웠다. 속히 뛰어나가 노원과 노현을 다리고 건너왔다. 집의 안부를 들으니 무고하다 하여 다행.

〈1958년 8월 2일 토요일 개임〉(6. 17.)
엊그제 받은 월급 일부로 식량을 팔았다. 보리쌀 17말, 한 말에 650환씩. 밀 13말 한 말에 450환씩. 채소 씨앗을 디렸다.

〈1958년 8월 3일 일요일 개임〉(6. 18.)
여섯살백이 노송(4남)을 다리고 괴산장을 구

경하였다.

〈1958년 8월 4일 월요일 개임〉(6. 19.)
조규일 씨 댁에서 초대가 있어 여럿이 같이 갔다. 조 씨의 자당 회갑이라고 한다. 몇 친구끼리 권커니 작커니 하여 술이 취한 다음 풍물이 들어오기에 꽹과리를 쳤다. 땀을 무척 흘렸었다.

〈1958년 8월 7일 목요일 개임〉(6. 22.)
본교(장풍교) 증축공사(교실 세 개)가 금일로서 완축되었다. 약 50일 만에 준공된 셈이다. 매우 깨끗하게 건축되었다.

〈1958년 8월 8일 금요일 개임〉(6. 23.)
증축교실의 준공검사가 있었다. 안 기사가 왔던 것이다.

〈1958년 8월 9일 토요일 개임〉(6. 24.)
연풍에 가서 김 교장과 모건 상의차로 갔었으나 출타 중임으로 허행하였다. 납세표어를 현상모집하기에 지어 내었다(16자 이내).
① 한 푼의 납세는 통일성업 근원 된다. ② 천만가지 이론 말고 납세의무 실천하자.
③ 통일이론 아여[아예] 말고 납세로 통일하자. ④ 국토민족통일성업 납세되면 다 이룬다.

〈1958년 8월 10일 일요일 개임〉(6. 25.)
본교 제1, 2, 3회 졸업생들의 동창회가 있었다. 동창회의 발족인 듯. 會 차례에 교장 인사가 들어 있기에 동창회의 목적을 철저히 침투시켜 주었으나 잘 알아듣는지? 의문시 되었다. 동창회 조종에 관계직원의 사전계획이 완벽지 못함을 절실이 느꼈다.

〈1958년 8월 11일 월요일 흐림〉(6. 26.)
상청하여 사무연락을 필하였다. 명덕교 강당에서는 구 주최 공작강습이 금일부터 실시되어 본교에서는 민 교사가 참석하였다. 강사는 청주 덕성교 교장 이원찬 선생이 오셨다. 나도 한 시간 가량 수강하다가 시간이 되어 귀교하였다.

〈1958년 8월 15일 금요일 개임〉(7. 1.)
광복절 13주면 기념식(경축식)을 거행하였다. 13년 전 오늘의 감격을 회상하면서 아동에게 훈화하였다.

〈1958년 8월 16일 토요일 개임〉(7. 2.)
의자와 칠판 수선을 시켰다. 기술자 박봉룡 씨가 온 것이다. 학교에 돈은 없지마는 현항 꼭이 필요하므로 착수시켰다.

〈1958년 8월 18일 월요일 개임, 흐림, 비〉(7. 4.)
칠판 및 의자 수선비 수리 교섭차 상청하였다. 금일은 안 되나 적극 노력하여 본다는 것이였다.

〈1958년 8월 20일 수요일 개임〉(7. 6.)
교동리에 가서 부락 좌담회를 개최하였다. (1. 퇴비증산, 2. 가정교육 등에 관해서)

〈1958년 8월 21일 목요일 개임〉(7. 7.)
여름방학이 끝나고 금일부터 개학이다. 개학식에 "새 학기 기분으로 힘껏 공부하자."고 훈화하였다.

금일은 칠석날이며 기성회 역원회를 개최하였다. 역원회 석상에서 나는 강조하였다. 1. 건축공로자의 감사, 2. 부지 구입과 책상 걸상 신조. 회는 원만이 끝나고 신축교사의 낙성식이 새 교실에서 있었다. 벽두에 학교 터주에 술 한 잔 부어놓고 "이 터에서 훌륭한 인재가 많이 나오도록" 빌면서 나는 재배하였다.
야간에는 장암리(신대, 담바위)에 나가 부락좌담회를 개최하였다. 지서 이만춘 주임과 함께……. 연제는 전야와 같았다.

〈1958년 8월 22일 금요일 개임〉(7. 8.)
아해(노원, 노현)들을 다리고 청주에 갔다. 19일에 보낼 예정이던 이 아해들은 18일에 비와 많이 와서 교통두절이 되어 오늘서 보낸 것이다. 청주에서 몇 가지 장흥정을 하고 노정과 같이 보행으로 본가 금계에 갔었다. 집안 식구들이 몹시 반가워 여긴다. 지난 가을에 출가한 강외 매제 부부도 왔기에 반거웠다.

〈1958년 8월 23일 토요일 개임〉(7. 9.)
아버님 생신이다. 집안 식구들과 아침식사를 하였다. 아버님은 금년에 58세이시다.

〈1958년 8월 24일 일요일 개임〉(7. 10.)
호죽리에 가서 인사를 하였다. 민영식 씨 댁 조문, 박상균 선생 댁 방문, 박맹순 씨 댁 심방. 호죽에는 여러 가지로 인연이 많아 전에는 자주 다녔으나 몸이 멀리되고 보니 뜻대로 안 된다. 4, 5년 만에 간 것이다.

〈1958년 8월 25일 월요일 흐림, 가끔 비〉(7. 11.)
옥산면에 들어가서 우리 토지 목록을 조사하였다. 족제 만영의 점심 접대를 받았다.
뇜염[뇌염]이 만연이 되어 문교장관령으로 전국 국민교에 휴교령이 내리었다.

〈1958년 8월 26일 화요일 흐림〉(7. 12.)
노정을 다리고 내곡 외가댁을 가서 인사하였다. 외가댁에도 아마 7, 8년 만에 간 듯하다. 생활 정도가 전보다 나아진 것 같아서 좋았다. 외가댁에서 유하였다.

〈1958년 8월 27일 수요일 흐림, 개임〉(7. 13.)
내곡에서 직접 청주에 가서 닭 몇 마리를 비롯하여 반찬거리 몇 가지를 사가지고 오후에 집에 돌아왔다.
오후에는 들에 나가 논 구경을 하였다. 작황이 괜찮아 보였다.

〈1958년 8월 28일 목요일 개임〉(7. 14.)
새벽에 일어나 나는 닭을 잡았다. 오늘은 어머님 생신이시다. 또 6순이시다. 집 형편에 큰 잔치는 못하고 집안 식구들과 동리 어른들을 모셔서 술과 아침식사를 대접하였다. 점심때는 동리 아주머니와 할머니들을 모셔서 술과 국수를 대접하여 드렸다. 대접은 뿌실하였어도 오고가는 손님이 자자서 마음은 기뻤다. 오후에는 금계학교 직원들을 초대하여 약주 대접을 하였다.
어언간 어머님께서 60이 되셨으니 그간 자식 노릇 못하옵고 40이 불원한 이 몸을 생각하니 깊이 원망하고도 남음이 있다. 오늘에 이르러 마음속 깊이 아우 운영 생각이 간절하였다. 서로 떠러진 지 벌서 9년째……. 더구나 수개월 전에 계수씨까지…… 원통하게도 재혼하였다는……. 아- 세상도 무정함이 무한하였지. 기쁘다기보다도 서러운 날인 나의 심정의 오늘……. 질녀 노선이나 잘 크려무나. 아우 운영은…… 참으로 영원히 못 만날 것인가?

〈1958년 8월 29일 금요일 비, 흐림, 개임〉(7. 15.)
부모님께 죄만한 인사를 드리고 본가 금계를 떠났다. 비가 나리므로 우산을 얻어가지고 출발하였다. 책 보따리도 있고 우비도 반환하기 위하여 일군(성명 병훈, 20세)을 다리고 정봉까지 왔다. 큰일 없이 일군을 오고가게 하는 품과 노력에 대하여 미안했다.
청주에 도착하니 막 자동차 시간(괴산행)이 되어 알맞았다. 괴산까지 와서(오후 2시 반) 간단히 점심을 먹고 장풍교에 돌아오니 오후 4시쯤 되었다. 오래간만에 돌아온 것이다. 학교는 아직 휴교 중이다. 뇌염 때문에……. 가정도 무사하였다. 모두가 다행한 일이었다.
일전에 정태동 선생이 직원 대표로 옥산까지 와서 어머님 6순 축하를 하였기에 너무나 수고 많았던 데 대하여 사례하였다.

〈1958년 8월 30일 토요일 개임〉(7. 16.)
회의에 참석하였다. 괴산군에 각 기관장 연석회의이다. 장소는 군청 회의실이었다. 우리면(장연면)에서도 3개 교장, 명장[면장], 지서주임 모두 참석하였었다. 김용은 군수가 통재관이 되어 회를 진행하였다. 김 군수의 유창한 언변과 수단에 감격 아니 할 수 없었다. 듣자니 김 군수는 독학자였다고 한다. 더욱 자랑스러웠다.

〈1958년 8월 31일 일요일 개임〉(7. 17.)
벼의 병이 심하다는 것이다. 충이 많이 생겼다는 것이다. 전국적으로 전파될 모양이다. 멸구충이라고 한다. 조금 더 하면 큰일이라고 야단들이다. 벼 잎과 이삭을 말라 부치는 모양이다. 벌레는 조그만 벌레인데 매미 모양 같다고……. 또 뜸물(진딧물)도 있다고~ 농약들을 산포하는 모양이다. 이것도 품절인 듯 모두가 걱정들이다.

〈1958년 9월 1일 월요일 흐림〉(7. 18.)
공사비(본교 건축) 관계로 상청하였다. 청부업자 측 대륙토건사에서 관계자가 와서 거이 찾았다. 지방 각종 잡비(인부임, 식비)는 내가 찾아다아 지급 분배토록 하였다.

〈1958년 9월 3일 수요일 흐림〉(7. 20.)
날씨가 너무 장기간 흐린 관계로 농가에서 걱정들이다. 채소에 피해가 많을 뿐만 아니라 벼 패는 데도 큰 지장이라고 한다. 지금까지의 작황으로 보아서는 근년 내 처음 보는 풍작이라고 하나 근자에 일기관계인지 충이 생겨서 다대한 감량의 우려가 있다고 한다.
전 직원 특별소집을 행하여 직원회를 개최하였다. 1. 교장회의 전달, 학교 환경구성, 뇌염으로 인한 휴학 중의 근무태세 등등……. 신대부락의 호미시세[호미씻이] 행사에 초대되어 주식을 접대 받았다.

〈1958년 9월 4일 목요일 흐림, 비〉(7. 21.)
전 직원 등교하여 집무하였다. 장부정리, 환경구성 등 열심이 일들 하였다. 나도 구교무실로 옮길 준비로 학교경영 전반에 긍한 몇 가지를 방안지에 정서하였다. 모필이어서 손목이 아팠었다.

〈1958년 9월 5일 금요일 비〉(7. 22.)

아침부터 나리는 비는 종일토록 그칠 줄 모르고 쏟아졌다. 보통비가 아니었다. 거이 쏘낙비와 같이 나리었다. 낮 3시간 정도는 더욱 심하였던 것이다. 사택의 담장도 몇 군데 꿰졌다. 뒷 담바위 냇물은 갑자기 불어서 집동같이 나려 질렸다. 양편 길뚝까지 벅찼다. 동리사람들은 학교 편과 금시에 왕래가 두절되었다. 물은 점점 불어서 큰 강을 이루었다. 강물이 아니라 폭포와도 같이 나려 질린다. 곤두박질을 하는 것이었다. 참으로 무서웠다. 처음 보는 큰물이라고 한다. 출근하였던 직원들과 출장 나온 기관요원 몇 사람도 오고가지 못하여 학교에서 종일 있다가 나하고 같이 사택에서 식사를 하였다. 저녁때가 되어도 비는 아니 그치므로 사택이 좁아서 직원들은 간곡으로 송동으로 손을 나누어 유숙소를 찾아갔다. 비가 이렇게 나리매따리[내림에 따라] 금계 본가의 농사에 걱정이 더욱 심하여진다.

〈1958년 9월 6일 토요일 비〉(7. 23.)

밤새도록 나린 비는 오늘 아침에도 계속되었다. 학교에는 나 혼자만이 집무하였다. 오후 세시쯤 되니 약간 비가 그치는 듯. 앞뒤의 물소리만이 요란하게 나는 것이다.

〈1958년 9월 9일 화요일 가끔 비〉(7. 26.)

김 교감과 같이 괴산행하기로 오전 8시에 출발하였다. 칠성까지 보행으로 갔으나 추럭 한대 만나지 못하였다. 칠성교에 들려서 양 교장님과 담화하고 있다가 때가 되어 주식 대접을 받았다. 하는 수 없이 오후 3시경에 도루 돌아와 버렸다.

〈1958년 9월 11일 목요일 가끔 비〉(7. 28.)

2 · 4반기 예산금 교섭차 상청하였다. 현찰이 영달되지 않았다 하여 허행한 셈이다. 각종 소모품을 외상으로 얻어왔다. 점심시간에 신옥현 장학사와 함께 주식을 하였다. 연풍행 뻐쓰가 안 감으로 할 수 없이 괴산여관에서 유하였다. 밤에는 연풍학교 김 교장님과 교육회 사업에 관하여 기탄없는 이야기를 하였다. 김 교장님은 괴산 초등교육회의 동부지부 지부장이다.

〈1958년 9월 15일 월요일 흐림〉(8. 3.)

학교 종합심사차 신 장학사가 내교하였다. 보건환경시설, 과학적 생산교육시설 상황을 심사하는 것이다. 본교(장풍교)는 신교실 준공이 얼마 전에 되었기 때문에 실내는 깨끗은 하나 외부환경으로서 보건장(부지) 확장이 안되어서 훌륭한 환경은 아니리라. 본교의 특징은 지금 코스모스로 한창이다. 실내는 직원들이 며칠 동안 주야 특근을 하더니 손색없는 청결정돈미화가 잘된 셈이다. 신 장학사의 인상도 좋은 듯하였다. 그러나 진심으로 아동을 위한 환경구성을 나는 요구하는 바이다. 본교의 행사를 마치고 신 장학사와 함께 장연학교에 갔었다.

〈1958년 9월 16일 화요일 흐림, 개임〉(8. 4.)

오가리에서 오전 9시에 출발하여 광진교에 도착하니 거이. 12시가 되었다. 날이 무더워서 뚱뚱한 신 장학사는 헐헐 헉헉 하면서 땀 주체에 몹시 욕을 보며 따라오는 것이었다. 광진교에서 주식을 마친 후 수회학교로 향하였다. 도중에 김제호 교육위원의 접대를 받아 일행(광진교장도 포함)은 기분 있게 얼근하였다. 수회교에 도착하였을 때는 오후 6시가 지나서이다. 당교에서 행사를 마친 후 허 교장 사택에서 음주하였다. 나는 몸이 좀 피곤하였던지 술이 잘 안 받기에 사렸다. 나 외의 몇 친구들은 꾸준히 음주이다. 저녁식사도 넉넉이 다룬다. 나는 먹을 수가 없었다. 당교 여직원들이 먹을 만한 음식을 나에게 마련하여 주었으나 역시 구미가 없었다. 허 교장도 친절을 다 한다. 허 교장은 술이 대음가이다. 거번에 교장단 음주대회에서 일위를 획득한 장정이다. 도량도 큰 것 같고 가정 영위도 되도록 문화적인 방향으로 나아가는 형편같이 느껴졌다.

〈1958년 9월 17일 수요일 개임〉(8. 5.)
수회교에서 수안보학교로 오니 오전 10시이다. 학교에 들려 수인사 후 서병룡 교장의 안내로 신 장학사와 함께 산수장에 가서 온천 목욕을 하고 점심을 먹었다.

오후 2시차로 나는 귀교하였는데 금번에 신 장학사 시찰 덕분으로 동부학교를 일주한 편이다. 견학도 많이 하고 대접도 융숭이 받은 턱이다.

〈1958년 9월 19일 금요일 개임〉(8. 7.)
상청하여 변소 신축 교섭과 배시 예산금을 문의하였다. 아동용 책상 걸상 특배도 요청하였다. 교육監님의 답변을 들으니 모두가 가능할 듯하였다.

〈1958년 9월 22일 월요일 개임〉(8. 10.)
상청하여 2、4반기 배시 예산금을 수리하였다. 3、4반기를 지낸 이 지음인데 각처의 채금에 졸리우는 형편에 금액도 불과 얼마 안 되어 학교 운영에 커다란 걱정꺼리가 떠나지 않는다.

〈1958년 9월 24일 수요일 개임〉(8. 12.)
학교는 체육회 연습 때문에 전 직원 한창 바쁘다.

금일부터 수일간 부락민 총동원하여 도로 수선 작업에 노력하고 있다. 관민일체의 정신으로 나는 남산 밑 도로에 나가 독려하였다. 아니 격려하였다. 장암, 신대 10여 반을 모조리 거치며 위로 인사하였다.

〈1958년 9월 25일 목요일 개임〉(8. 13.)
교장회의가 있어서 상청하였다. 추석이 임박하였으므로 금월분 급료를 지급하는 것이었다. 학교에서는 오늘 소체육회이다.

〈1958년 9월 27일 토요일 개임〉(8. 15.)
추석이다. 명일이 본교(장풍교) 체육회이므로 본가에 못 가는 것이다. 11시쯤 하여 부회장 정성택 씨 댁에 가서 놀았다.

오후 4시부터 운동장 설비에 몇 직원 분주하기에 거들어 주었다.

〈1958년 9월 28일 일요일 흐림〉(8. 16.)
본교 체육회이다. 날씨가 흐려서 걱정이 되었다. 흐렸다 개었다 하는 것이다. 관람객은 예년보다 많다는 것이다. 끝까지 학생들의 용기가 왕성하였다. 청군 백군 점수가 거이 같더니 약간 차이로 백군이 승리하였다. 끝날 무렵에 비방울이 좀 쏟아진 편이나 큰 지장은 없이 무사히 지낸 편이다.

〈1958년 10월 1일 수요일 흐림〉(8. 19.)
청안에 가서 김 교감 댁 가친 소기에 조문하였다. 청안교에 들렸더니 제자이었던 김복식 군이 후이 대접하며 공손한 안내를 하는 것이다. 오후 5시쯤 증평에 나와 내수에 도착하여 학교에 들린 후 지방유지 수인의 안내를 받아 잘 놀았으며 내수교 직원 몇 분의 접대를 또 넘치게 받아서 몸이 피곤할 지경 취하였던 것이다. 신동원 선생과 같이 유하였다.

〈1958년 10월 2일 목요일 개임〉(8. 20.)
내수에서 승차하여 청주에 들어가 여고 서무과에 가서 장녀 노원의 납부금을 완납하고 노현의 납부금까지 노원에게 주고서 오전 9시차로 괴산을 향발한 것이다.

〈1958년 10월 6일 월요일 개임〉(8. 24.)
상청하여 교육감님에게 학교 변소 신축을 청원하였다. 여러 차례 특청한 바 있어 금년 내로 가능할 듯한 답변을 받았다.
종례시간을 이용하여 교직원의 근무강화에 대하여 힘 있게 말하다.

〈1958년 10월 8일 수요일 개임〉(8. 26.)
청주에 가서 금지환 두 개를 맞추었다. 한 개는 4돈중, 또 한 개는 3돈중 합 7돈중에 40,000환이다. 본교(장풍교) 증축 공사에 공로가 많다는 민의원 김원태 씨와 교육감 이창섭 씨에게 감사장을 수여하는 동시에 기념품을 학부형 일동 명의로 수여하게 된 것이므로 그 주선에 임한 것이다.

〈1958년 10월 10일 금요일 개임〉(8. 28.)
상청하여 기념식에 참가하였다. 교육구 경리계장 장세훈 씨의 근속 10주년 기념식이다. 상당한 고액의 기념품 증정이 있었다. 식후에서 제월대 '고산정……孤山亭'에 가서 성대한 연회가 벌어졌었다.

〈1958년 10월 13일 월요일〉(9. 1.)
이정근 여교사의 고별식이 있었다. 섭섭했다. 이 선생은 마음이 너그럽고 명랑했고 교육에 열성을 다한 훌륭한 교사였다. 그의 장래의 복을 빌면서 떠내 보냈다.

〈1958년 10월 19일 일요일 개임〉(9. 7.)
학교 역원 수명과 함께 괴산에 나가서 김원태 의원에게 감사장과 기념품을 전달하였다.

〈1958년 10월 25일 토요일〉(9. 13.)
직원회를 열어 다음을 가슴 깊이 말하였다. "학교장의 학교경영 방침에 순응할 것이다…… 옳은 일로 알거든. 교장의 본질을 알아야 한다."

〈1958년 10월 27일 월요일 개임〉(9. 15.)
육학년생 50명이 충주로 여행하였다. 6학년 담임이 민 교사이다. 수학여행이란 필요하다. 경제와 사고가 없어야 하는 것이어서 마음은 조려진다. 담임 외 2명의 직원이 동행한 것이나 그 중 ○○은 학교장의 편의와 기분을 모르는 모양. 사리사욕, 독자적인 점에서 좀 벗어

나야 할 것인데……. 그러나 나는 용서한다 양보한다 사랑한다 편의를 도모하여 준다 나를 희생시킨다 그리하니 편하다. 삼남 노명이도 갔다. 뻐-쓰 출발 후 무사귀교를 축원하였다.

〈1958년 11월 5일 수요일 개임〉(9. 24.)
수안보에 갔었다. 부별 연구주임 발표회가 있었다. 나는 채점위원의 한 사람으로 활약하였다.
거월분 급료에 ○○건으로 급료 착오가 있어 심정이 몹시 괴로운 처지이다. 금일도 그 점을 많이 느끼게 한 순간이 있었다.

〈1958년 11월 8일 토요일 개임〉(9. 27.)
케아 파견단[1] 보좌가 내교하여 분유급식 상황을 조사하였다. 미인 '제임스 화이트리'라는 사람인데 몹시 친절한 친구였다.

〈1958년 11월 10일 월요일 개임〉(9. 29.)
동리(담바위) 모 노인 생신에 대접을 받았다. 세무서 밀주 취체원 박관규 씨와 좌담하였다. 학구 내에 폐가 없기를 부탁하며 잘 놀았든 것이다.

〈1958년 11월 11일 화요일 개임〉(10. 1.)
명덕교(도 지정교) 연구발표회에 참석하였다. 나는 지정회원으로서 참석한 것이다. 생활지도 문제에 관하여 열렬히 발언하였다.

---

1) CARE(Cooperative for American Relief Everywhere). 1948년부터 한국에 원조물자를 제공한 미국 민간구호기관.

〈1958년 11월 17일 월요일 개임〉(10. 7.)
노정 모친은 아해(노정, 노송, 노행, 노운)들을 다리고 금계에 갔다. 수일 후에 본가에서 선조 시사 차례가 있으며 북일면 오동리 처가에서는 근일 중 혼사가 있는 까닭으로 꼭 가보게 된 때문이다.

〈1958년 11월 19일 수요일 개임〉(10. 9.)
노정 모친이 옥산 간 후 남아 있는 아해(노희, 노임, 노명)들과 자췌를 하는 것이다. 이 어린 것들이 아비 일을 곧잘 거들어 주고 있다.
학교 실습지에 마늘을 두 접 놓았다.

〈1958년 11월 22일 토요일 개임〉(10. 12.)
장연면 주최로 강릉 방면으로 여행을 가게 되어 나도 가게 되었다. 면 행정에 고로가 많은 각리 이장, 면의원들에 위로출장으로 선진지 시찰의 명목이었다. 면내 각 기관장도 초빙하는 것이었다. 오전 9시에 수안보에 집결하여 일동은 중앙여객 뻐-쓰에 몸을 싣고 출발하였다. 약 30명이다.
충주를 지나서부터는 높은 산고개가 많음을 느낀다. 다릿재(月嶺) 박달재 같은 크고 긴 고개를 넘었다.
강원도에 접어들어 평창에서 점심을 먹었다. 평창은 전부터 이야기를 많이 들은 곳이어서 흥미가 있었다. 도시가 매우 깨끗함을 느끼게 된다. 뱃재라는 큰 고개를 넘으니 강원도의 특색이 보이는 것이다. 가옥들이 전부가 겹집이라는 것이다. 지붕은 거이 삼ㅅ대이며 꺾인 집이 없고 一자형뿐이다. 집단부락이 없고 한 채씩 띠엄띠엄 농지에 따라서 집을 지은 것이다. 농지는 논이 없고 거이 밭인데 옥수수 경작뿐인 것 같다.

깊숙히 들어간 듯 먼 높은 산 위에는 백설이 보인다. 오대산이라 한다. 이름도 유명한 대관령(大關嶺){()한편 거리 40리라 함()}을 넘을 때는 일모하여 깜깜할 때였다. 이 고개는 굽이가 99라 한다. 멀리 강릉시가의 전등불이 까막까막 비치는 것이다. 차 안에서 마음을 조리면서 가까스로 평지에 나려갔을 때는 모두가 안심스러히 후유 하여졌다.

6.25사변에 전투도 심하였다는 이 강릉시가는 의외로 발전된 인상을 보여준다. 많은 뻐쓰, 밝은 전등, 시가지의 번화성, 건물의 산듯한 모양 등. 일동은 신흥여관에 들게 되었다. 나는 저녁식사 후 일동에게 탁주 한 말을 대접하였다.

〈1958년 11월 23일 일요일 개임〉(10. 13.)

조식 후 일동은 오죽헌(烏竹軒)으로 향했다. 강능시가에서 약 2㎞쯤 되는 것 같다. 율곡 선생의 탄생지이다. 또 성장하신 곳이라 한다. 사임당 신 씨가 꿈을 꾸시고 율곡을 잉태하시고 또 그니를 낳으신 방 '몽룡실'이 있다. 임금으로부터 친히 하사 건축한 '어제각……御製閣'이 있고 그 안에는 율곡의 사진이 있다. 안채에 현재 거주하고 있는 극노인이 있으니 이는 율곡 선생의 외척이라 한다. 사임당 신 씨와 율곡 선생의 유물 및 보물을 보여주는 것이었다.

오죽헌서 나온 일행은 '경포대……鏡浦臺'로 갔다. 강능 경포대라는 말만 들었지 처음으로 구경하는 것이다. 경치 좋은 봉우리 위에 교묘한 기술로 웅장하게 지은 건물이다. 정자 정각이다. 누각이다. 바루 눈앞에 거울 같은 늪이 한없이 넓게 자리 잡고 배들이 넘실넘실 떠 있고 이 연못에 있다라 만경창파 동해바다가 보이어 가물거린다. 시인들은 한마디씩 저절로 시가 튀어나올 것 같다.

경포대에서 나려와 뻐-쓰로 '주문진……注文津'을 향했다. 오른편으로 동해바다를 바라보며 해변가의 어촌, 빨래하는 부녀, 크나큰 문어를 이고 가는 부녀, 흙색이 희고 깨끗한 도로와 산, 드믄드믄 서 있는 청송 경치의 이색다른 느낌을 준다. 주문진에 도착하니 어항(漁港)이며 어시장(漁市場[魚市場])이다. 어부들이 고기배를 몰고 바다로 또는 바다 저쪽에서 어항으로 분주히 왔다 갔다 한다. 배 안에서 고기 따는 어부들, 육지에서 어구 고치는 그네들, 치운 바람을 무릅쓰고 참으로 부즈런히 바쁘게 일들을 하고 있다. 생선 팔러 다니는 부인들도 몹시 바쁘게 왔다 갔다 한다. 일행은 소담한 문어를 듬뿍 사서 술 한 잔과 함께 식당에서 점심을 먹고 원주를 향하여 출발하였다.

도중에 정차하여 옛 큰 부자인 체준집 가옥을 구경하였다. 원주까지에도 큰 재가 많았다. 대관령, 여우재, 문재……. 횡성(橫城)을 지나 목적지 원주(原州)에 도착하니 밤 9시가 되었다. 차에 시달린 일행 동광여관에 들어 짐을 풀었다.

〈1958년 11월 24일 월요일 개임〉(10. 14.)

일행은 조식 후 두어 시간 헤쳐서 원주시가 구경을 하였다. 십여 년 전의 원주와는 아주 딴판이다. 신식 건물이며 상가(商街)가 깨끗하고 상품이 풍부하다. 나도 아해들 줄 선물로서 학용품을 몇 가지 샀다. 오후 1시경에 점심식사를 마치고 수안보까지 오니 저녁때가 다 되어 온천여관에서 숙박하였다. 덕분에 멀고도 새로운 곳을 잘 구경하고 온 셈이다.

〈1958년 11월 25일 화요일 개임〉(10. 15.)
새벽 첫차로 귀교하였다. 본집에 갔었던 노정 모친, 아이들 모두도 귀가하였다. 교육구 신 장학사의 학교 시찰이 있었으나 경영 전반에 긍하여 칭찬을 받았다.
의외로 이윤세 교사의 병세에 깜짝 놀랐다.

〈1958년 11월 27일 목요일 개임〉(10. 17.)
이윤세 교사의 병이 점점 악화되어 걱정이다. 하는 태도가 흡사 정신이상자 같았다. 의원들의 말도 그러하다. 전 직원은 이 교사 하숙집에서 고신, 간병에 철야하였다. 이 교사의 자당 되는 이도 딱하게 보였다. 철야한 우리 교직원의 고생도 무한했다.

〈1958년 11월 28일 금요일 개임〉(10. 18.)
연풍에 출장하였다. 괴산군 동부지부 학교 사친회장 연석회이다. 학교경영에 있어 교직원의 열의와 사친회 회원 참다운 후원에 대하여 역설하였다.
오후에는 이윤세 교사 병고 건으로 구제책을 강구하기 이하여 교육구에 들어가 적당한 교섭을 하였다.

〈1958년 12월 6일 토요일 개임〉(10. 26.)
일전에 이윤세 교사는 병이 점점 심하여 하는 수 없이 본집으로 가서 치료케 하였던 것이다. 수일이 지나도 별 소식이 없으며 교육구로부터는 휴직조치를 말하여 오고, 입장이 곤난도 하다. 궁금하기에 이 교사의 본가 진천에 갔었다. 보니 병세는 별 차도가 없고 복약 또는 치료 중이었다. 여러 가지로 위로의 이야기를 하고 청주로 왔다. 밤차로 금계까지 와서 부모님께 배알하고 그간의 지낸 이야기 말씀을 올렸다.
소식에 금계학교의 급료 도난사건과 옥포학교의 여행 중 돌발사건이 있다는 것이어서 또 한 번 학교경영 책임자로서의 중책을 느끼게 되는 것이었다.

〈1958년 12월 10일 수요일 개임〉(10. 30.)
간곡 이제홍 씨 댁의 조문을 다녀와 어린이 총회에서 다음 몇 가지를 강조하였다. 1. 등하교시의 생활 2. 납부금 완납 3. 실천과 반성 4. 불조심과 연료 5.생활기록부용 사진

〈1958년 12월 13일 토요일 흐림〉(11. 3.)
인권에 대한 잡지 통독. ① 자유권 ② 수익권(受益權) ③ 참정권(參政權) ④ 의무(義務)
학교경영의 무성의. 직원 포섭의 무능력 등으로는 좀 미운 점이 있는 김 교감에 대하여 금일 또다시 모처 모인이 말하고 있음을 학교 위신상 변명하여 주었다.
오후에는 김 여교사 댁 조문을 다녀왔다.

〈1958년 12월 14일 일요일 개임〉(11. 4.)
역원회를 개최하고 학교 교지를 매입 확장할 사업을 협의하였다. 필요성은 느끼는 것같이 보이나 금전이 아깝고 사업추진에 애로를 겁내어 성의 없는 말을 하는 역원이 수인있음을 통탄히 생각하고 다시 역설하여 가결을 보았다.

〈1958년 12월 17일 수요일 개임〉(11. 7.)
이윤세 교사의 휴직 보류 조처에 다시 문제화될 것 같기에 본인 장래의 발전과 가정을 위하여 극력 노력하여 선처했다.

〈1958년 12월 18일 목요일 개임〉(11. 8.)
사친회 총회 겸 주민대회를 개최하였다. 일전에 가결을 본 교지 매입에 있어 일반이 알도록 하자는 회이다. 전 계획대로 나는 역설하여 계획을 주장하였다.

〈1958년 12월 19일 금요일 개임〉(11. 9.)
교육구에 등청하여 다음 사항을 보았다. 교육회 사업, 사무감사의 대비, 방학책, 태성시장의 설계도, 결의서.
노정의 사진도 찾았다~ 수험사진.
교장 연수회는 29일로 예정하고 있다.

〈1958년 12월 24일 수요일 개임〉(11. 14.)
오가리에 넘어가서 면장과 지서 주임과 만나 면내 사정과 학교 실정에 대하여 기탄없는 교담을 하고 정신적인 협조를 바랬던비[바랐던 바] 좋은 원조의 말들이 있었다.

〈1958년 12월 27일 토요일 개임〉(11. 17.)
연하장을 20매 마련하여 발송하였다.

〈1958년 12월 29일 월요일 개임〉(11. 19.)
상청하여 사무타합을 마치고 옥산면 본가로 갔었다. 노정의 수험 건에 관하여 부모님께 말씀드렸다. 육군사관학교를 수험코저 하는 것이다. 군인에서 실패한 아우 운영을 생각하면 탐탁치 않은 심정이 생기기는 하나 형편상 하는 수 없었다.

〈1958년 12월 30일 화요일 개임〉(11. 20.)
옥산면에 들어가 노정의 호적초본을 하였고 출신교 청고교에 가서 제반 수속서류를 갖추어서 충북 사령부에 제출하였다.

〈1958년 12월 31일 수요일 개임〉(11. 21.)
본가에서 출발하여 귀교하였다. 오늘은 양력 섣달금음이다. 세월은 빠르다. 벌서 4291년도 금일이 마지막이다. 장풍교에 온 지 2년이 가까워진다. 학교경영에 마음껏 힘써 보려는 마음만은 갖았지마는 어쩐지 잘 돌아가지 않는다. 몇 직원의 서로의 갈등, 지방주민 경제의 궁한 탓 등등으로……. 새해를 마지하면 심기일전하여 다 같이 성의와 노력을 경주하여 좋은 학교 이뤄보도록 희구하는 바이다.

단기 4291년을 회고하면서
1. 벌레가 특히 많았던 해로 생각된다……. 갈충이라는 벌레가 길 가는 사람의 징그러움을 느끼게 하였다.
2. 50일간의 계속 한발(가므름)에 이양시기에 농가에서 일대 걱정과 소란이 있었다. 연이나 7월초와 9월초에는 비가 넘치게 내리어 또 큰 걱정이었었다.
3. 학교 교실 3칸을 증축하여 교실 해결을 보았으므로 지방주민과 더불어 기쁘게 생각하였고, 또 칭하를 들었다.
장풍교의 창립 공로가 있는 조봉환(曺鳳煥) 씨의 공적 불망비를 세우게 하여 좋은 사업을 하였다고 자인도 한다.
4. 모친님의 육순이었으나 큰 잔치를 못하고

쓸쓸하게 넘기어 자식 된 도리에 부끄러히 생각한다. 명년이면 회갑이신데 가옥도 비좁아 속히 건축을 하여야 하겠는데 돈 없는 이 살림에 초조한 생각뿐이다……. 한탄할 노릇이다.

5. 자식 여식들의 교육문제는 아직은 계속 중이나 억울하게도 장남 노정이가 서울대학교(사대)에 응시하였으나 불합격이어서 주야로 근심 중이다.

6. 농작물에는 멸구충이라는 해충과 채소에 뜸물이 심하여서 농가에서 상당한 걱정거리었었다.

7. 겨울 날씨는 몹시 푹한 날씨가 계속되었으므로 30년 내 처음이라는 말까지 있었다. 연이나 끝추위가 극도로 혹한이었다.

8. 가정적 문제 중에는 계수씨가 혼자 몸으로 수년간 고독히 지내다가 집을 나가 버려서 큰 서러운 일이었다.

… 끝 …

〈1959년 1월 1일 목요일 개임〉(11. 22.)
신년 축하식을 거행. 학교 부지 확장문제로 지방유지들과 협의.
식전에는 가족 일동(아해들) 몸을 깨끗이 하고 서향 재배(옥산면 금계 부모님 계신 곳).

〈1959년 1월 2일 금요일 개임〉(11. 23.)
국민학교 2학년생인 3년 노임(魯妊)의 생일이라는 것. 별것 못 해먹고 떡국으로 마침.
교육구에 들어가 사무연락을 마치고 괴산서점 김용진 씨 댁의 초대를 받아 좋은 음식 많이 먹음.

〈1959년 1월 4일 일요일 개임〉(11. 25.)
노정 모친의 몸이 항상 쾌치 못하여 한의원에게 문의한즉 몸이 허한 까닭이니 귀비탕을 한 제 쓰라고……. 괴산 지성당 약방 이 씨에게 부탁하여 약을 마련하고 즉시 복용에 착수……. 경제는 곤란하지마는~ 약 효과나 많았으면 다행.

〈1959년 1월 7일 수요일〉(11. 28.)
노정과 함께 본가 금계행. 옥산시장에서 육류와 어물 몇 가지를 흥정.
금일 아침에 동교 근무 정태동 교사의 후의에 감사…… 청주행할 여비를 취해 달래었더니 자기 집에 있는 정맥 한 가마니를 매각하여 마련해 주는 점.

〈1959년 1월 8일 목요일〉(11. 29.)
내곡 외가에 들려 외종 종환의 혼사문제를 논의함.
청주에 와서 충북 병사구 사령부에 들려서 노정의 육사 입시수속을 완료. 오후에 북일면 오동리에 들려 장인에게 들으니 작은 동서는 '낭성면 산동교 근무 신중휴…… 琅城面 山東校 勤務申重休'라고. 동서는 한 달 전에 결혼하고 나를 만나려고 기일을 약속하고 3, 4일 전에 오동리에 왔다가 기다리다 못해 오늘 도라갔다는 것. 다음 기회에 만나겠지! 충북선도 '디절' 기관차로 일체 개편. 개비.

〈1959년 1월 9일 금요일〉(12. 1.)[1]
노정의 육사 응시 완료. 오동리에서 청주로 옴.

〈1959년 1월 10일 토요일〉(12. 2.)
노정의 육사 입시에 신체검사도 금일에 완료

1) 이 날부터 음력 정월 초하루인 2월 8일이 되기까지 음력날짜는 빈 괄호로 남겨져 있다. 음력 11월 29일의 다음 날이 11월 30일인지 12월 1일인지 알 수 없었기 때문이었던 것으로 보인다. 출판본에는 비어 있는 괄호의 음력날짜를 채워 넣었다.

~ 지구시험 신체검사는 통과. 학과 등 완전발표는 추후에 한다고.

〈1959년 1월 11일 일요일〉(12. 3.)
옥산교(모교) 26회 졸업 동기회에서 은사라고 초청을 받아 옥산에 출도. 10년 만에 모뎌진 이경세, 민두식, 정승래, 유인출, 박상룡, 김억경, 강희원, 김기양 제군을 만나니 기억과 추억도 새로웠다. 졸업 당시에는 소년이더니 대학까지 졸업한 이것들은 제법 대한의 청년을 자랑하는 기상. 환담도 많다가 주육을 많이 주기에 심량껏 놀음. 기념사진도 촬영.
오후 막차로 청주에 와서 청원교육구청에서 정선영 선생과 동숙.

〈1959년 1월 13일 화요일〉(12. 5.)
이형태 씨 댁 조문. 저녁에는 조규문 씨와 연석. 나도 약간 답접.

〈1959년 1월 15일 목요일〉(12. 7.)
여교사 강습에 참고로 참석해 봄~ 학습법의 3원측…… ① 과정(過程), ② 형태(形態), ③ 태도(態度).
2학년에는 필산이 없다. 강사는 안정렬 선생과 정덕상 선생.

〈1959년 1월 17일 토요일〉(12. 9.)
민은식 면의원 학교 교지 매입에 적극 협조함에 감사.

〈1959년 1월 18일 일요일〉(12. 10.)
교육구에 출장하여 사무타합. 저녁에는 부락 담바위 사랑방 오학근 씨 댁에서 소설 통독.

〈1959년 1월 19일 월요일〉(12. 11.)
사친회 역원회 개최~ 교지 확장 건에 각출금 배부에 갑론을박 하다가 미결로 산회.

〈1959년 1월 20일 화요일〉(12. 12.)
토지 구입인(매입인) 결정으로 교지 확장 가능시.

〈1959년 1월 21일 수요일〉(12. 13.)
사친회 역원회 또다시 개최~ 400평 매입키로 하고 14만 환에 결정. 계약도 체결. 이제는 그만치라도 결정되니 다행.

〈1959년 1월 22일 목요일〉(12. 14.)
송동서 송경헌과 언쟁~ 모모인 사이에 화친하라고.

〈1959년 1월 24일 토요일〉(12. 16.)
칠성 송동해~ 김용범 교사 댁 인사(김 선생 계씨 혼사에). 부형 되는 부락민 수인도 동행.
서울대학교로 입시원서 청구~ 노정의 육사 응시에 가능성 희박으로. 금번에도 사대로 결정.

〈1959년 1월 26일 월요일〉(12. 18.)
어제로서 겨울방학을 마치고 오늘 개학식 거행.

〈1959년 1월 28일 수요일〉(12. 20.)
임병옥 부면장(장연면) 댁 조문.

〈1959년 1월 30일 금요일〉(12. 22.)
취중에 직원 활동 부진으로 대훈계. 교감 이하 전 직원에…….

〈1959년 1월 31일 토요일〉(12. 23.)
교장회의 참석차 괴산 출장.

〈1959년 2월 2일 월요일〉(12. 25.)
노정의 서울대학교 입시 수속차 청주행. 청고 양 선생과 상의 후 수속 절차 완료.

〈1959년 2월 4일 수요일〉(12. 27.)
직원회 개최~ 교장회의 전달도 겸함. 교내 집무 단속의 강력한 훈계. 전 직원 각성되는 듯 수긍과 사과의 표시.

〈1959년 2월 5일 목요일〉(12. 28.)
민은식 씨로부터 백미 두 말을 거져 줌~ 토지 매입에 절충하여 주었다고.

〈1959년 2월 8일 일요일〉(正. 1.)
오늘은 구정이다(음력설). 아침 식사 후 시조 연습을 하다.
저녁에는 학부형들의 초대를 받아 밤늦도록 마음껏 놀았다. 사택에 돌아오자 어머니 생각과 가정사의 제반 불운을 한탄하는 나머지 불효의 자신을 뉘우치자 '매일 밤 잠 자리에 들기 전에 서향 배례하던 장소'에서 오늘도 마찬가지로 배례를 마치고는 일 척 정도 싸인 백설 위에 업드려 "어머니"를 부르며 나는 울었었다. 무릅과 손과 얼굴을 눈 위에 힘껏 댄 채 울었다. 방안에서 울음소리를 들었던지 노정이가 나와 "아버지 들어가세요." 하며 일으키는 바람에 방으로 들어왔었다. 멀리 떠러져 있으므로 자조 부모님을 뵙지도 못할 뿐 아니라 청주에서 자췌하는 아해(노원, 노현, 진영)들 때문에 식량, 나무, 부식물 등등 운반에 보행으로 노인 되신 몸이시면서 하루 건너만큼 고생하신다는 것을 생각할 때 자식 된 도리에 할 노릇 못하고 있음을 뉘우치자 울음이 복받쳤던 것이다.

〈1959년 2월 11일 수요일〉(1. 4.)
어제 밤부터 몸살이 나기 시작. 수년 만에 처음 겪는 아픔이었다. 약 준비, 방안 정돈, 나의 시늉 등 간병에 장남 노정의 효심에 마음 기쁘며 원래의 태생이 순진한 자식의 성격은 장래가 안심스러운 감에 만족을 느끼는 바이다. 저녁때가 되자 몸은 차차 풀리듯이 개온한 감을 갖게 되었다.

〈1959년 2월 13일 금요일〉(1. 6.)
5녀 노운의 어깨에 심한 종기가 생기어 오랫동안 욕을 보고 있다. 치료 중이나 좀처럼 낳지 않는 모양이다. 노정 모친도 속이 허하여 놀랜 병으로 근자에 복약 중이나 완쾌되지 않고….

〈1959년 2월 14일 토요일〉(1. 7.)
노운의 어깨 종기는 화농이 되에 약국에 가서 파종을 하였다. 유아이라 아프다 소리도 못하는 저 어린 것이 안쓰러웠다.
송동 정성택 부회장께서 수일 전에 취중에 잘못하여 면상과 팔을 몹시 다쳐 병환 중이라기에 문병하였더니 참으로 놀랍게 큰 부상이었다. 그날 같이 놀기도 하였는데…….

〈1959년 2월 16일 월요일〉(1. 9.)[2]

2) 이 날 일기는 날짜만 적혀 있고 내용은 없다. 1959년의 일기는 이것으로 끝이다.

1960년

〈1960년 1월 1일 금요일 개임〉(4292. 12. 3.)[1]
설 축하식을 거행하였다. 아해들과 함께 부모님 계신 고향 쪽(서향)을 향하여 세배를 하였다.
일년지계의 첫 글을 다음과 같이 정서하여서 계시하였다.
'양친강녕, 자립경제, 교육민주…… 兩親康寧, 自立經濟, 敎育民主'
사택에서 직원들과 함께 설 축하주를 일 배씩 하였다. 야간에는 송동에 올라가서 몇 학부형들과 오락도 하고 음주도 하여 철야하였다.

〈1960년 1월 3일 월요일 개임〉(12. 5.)
야간에 담바위에 들어가서 친우들의 접대를 받았다. 조규일 씨, 김홍렬 씨, 조동환 씨, 이보한 씨.

〈1960년 1월 4일 화요일 개임〉(12. 6.)
칠성에 가서 학교 공채를 해결하였다. 오래간만에 속 썩이던 채무를 갚으니 마음조차 가든한 기분이었다.

〈1960년 1월 5일 화요일 개임〉(12. 7.)
방학 중이어서 아침부터 아동 가정을 방문하였다. 교동과 송동으로 다녔다.

〈1960년 1월 8일 금요일 개임〉(12. 10.)
면 소재지 오가리에 가서 볼일을 다 보고 임 부면장과 동행하여 송동까지 와서 좌담하고 놀다가 집에는 야심해서 들어왔다. 시간으로는 밤 12시쯤이다. 용변 중 휴지(뒤지)를 소각하다가 불붙은 종이가 한 장 날아올으더니 변소 지붕에 붙자 불이 일어났다. 황급히 일어나 맨손으로 불을 집어 뜯자 시간일 갈수록 진화되지 않아 극도로 몸이 달아, 외마디 소리로 "노정아, 큰일 났다. 변소에 불이다." 외치자 장남 노정은 채 내 말이 떨어지기도 전에 단숨에 문밖으로 뛰어나오면서 "어, 예 왜 이라셔요, 아버지."하며 울음 섞인 목소리였다. 변소에 불이다. 사택 변소 지붕에 불이다. 물을 길러라 하며 부엌으로 뛰어 들어가 봤으나 물이 없었다. 다시 한숨에 사고 현장으로 뛰어올라가 손으로 발로 궁둥이로 불을 진이겼다. 온 식구들이 뛰어나와 물, 구정물, 소변 등을 날아다 찌얹었다. 노정도 내 뒤를 바로 따라 지붕 위로 올라와서 물을 찌얹으며 불을 비비니 금시에 꺼지는 것이었다. 부분적으로 다시 연기가 솟으므로 전 가족 총동원이 되어 물을 길러다가 부으니 완전히 진화되었던 것이다. 노정 모친, 노정, 노원, 노명……. 마침 이 애들이

1) 이 해의 일기 년도는 단기로 기록되어 있다.

방학이 되어 집에 와 있었으므로 큰 도움이 되었다.

짚 두 단 정도 탄 것이나 하마터면 왼 채를 태울 번했다. 건물은 토석 축담집으로 헛청으로 된 마련 없는 건물이지마는 개인 소유가 아님에 큰 책임을 느꼈던 것이다. 몸이 사시나무처럼 떨렸다. 아해들이 얼마나 놀랬을 것이냐! 아비의 실수를 용서하라. 만약에 일이 저질러졌다면 어찌될 것이냐? '불조심'에 더욱 굳은 뜻을 갖게 되었다. 불행 중 다행이다. 천지신명이 나를 아니 우리 가족을 또는 학교를 도왔음이 분명하다. 우러러 은혜에 감사하였다. 금년 1년간의 모든 액운을 일시에 때운 것으로 돌려 버렸다.

〈1960년 1월 10일 일요일 개임〉(12. 12.)

교동 이성만(李成萬) 씨 댁에서 전 직원 초대가 있어 오후에 올라가서 잘 놀았다. 매우 정결한 가정임에 놀랐다. 마루, 방안 할 것 없이 먼지, 티끌 하나 띄이지 않고 방안 세간 살림의 질서정연한 정돈이며, 음식의 하나하나가 또 깔끔하였다. 솜씨 좋은 가정임에 감탄하였던 것이다.

〈1960년 1월 12일 화요일 개임〉(12. 14.)

송동 청년들과 놀게 되었다. 지서 주임 이제철 씨가 시대의 중요성을 역설하였다. 나도 수인사하였다.

〈1960년 1월 13일 수요일 개임〉(12. 15.)

괴산에 출장하였다. 교육구청에 들어가 기한 내 공문을 제출하였고 학교 공사비도 청구하였다.

〈1960년 1월 14일 목요일 개임〉(12. 16.)

송동에 출장하여 6학년 학부형회를 개최하게 되었다. 상급학교 진학 여부의 타협차이다. 정승택 씨, 이희득 씨, 박창복 씨, 경석홍 씨의 네 분이다. 회의를 마치고 경 씨 댁(회의장소)에서 주식 접대를 받았다. 경 씨의 경제생활과 굳은 점에 느낀바 많다.

〈1960년 1월 15일 금요일 개임〉(12. 17.)

청주에 갔었다. 명일은 죽천 당숙모 대기이다. 오후 막차로 금계에 가서 부모님을 배알하고 저녁에는 약간 사가지고 간 육류(고기 간)와 함께 술을 부어 봉양하였다. 맛있으시게 잡수시는 것을 보고 자식 됨의 일부를 기쁘게 느꼈다. 풍부히 만족한 대접을 못하여 드리는 것만이 죄송하다.

〈1960년 1월 16일 토요일 개임〉(12. 18.)

바람이 몹시 차다. 당숙모의 대기 상망을 올렸다. 친척과 연척이 많이 참집하였다. 좌담과 환담이 많았다. 나의 어린 시절 이야기도 많이 나왔었다. 매제 재영(才榮)이도 만났다. 근일에 매부 '종규'의 품행 불행으로 속을 많이 썩이는 모양이어서 위로하였다.

〈1960년 1월 17일 일요일 개임〉(12. 19.)

강외에서 새벽에 떠나서 급기야 장풍에 도착하니 오후 3시쯤이다. 몸이 매우 고단하지마는 다시 용기를 내어 걷기 시작하였다. 감물면 백양리(栢楊里)를 갔었다. 李 교감 백모상에 조문차 간 것이다. 깊은 산길이며 첫길이요 그 위에 눈이 쌓여서 진욕을 보았다. 임지에서 약 25리. 해가 넘어갈 무렵에 도착하였다. 인사

끝에 귀로할려 마음먹었으나 만류하기에 유하였다.

〈1960년 1월 18일 월요일 개임〉(12. 20.)
감물면 백양리에서 출발하여 오는 도중 정자동(亭子洞)에 들려서 그곳의 이장, 방장에게 통학생 건에 관하여 부탁하고 나려왔다.

〈1960년 1월 19일 화요일 개임〉(12. 21.)
상청(괴산 교육구청)하여 이 교육감님에게 학교 현황을 자세히 보고한 바 있다. 92년도에 제반시설 관계로 채무가 약간 있어서 곤난하다는 등등…….

〈1960년 1월 20일 수요일 개임〉(12. 22.)
송동 임재복 씨 댁에서 쌀 3말을 보내주어 감사하였다. 쫄리는 나의 살림을 걱정하여 여름에도 보리쌀을 1말 주시더니…….

〈1960년 1월 21일 목요일 개임〉(12. 23.)
휴가 중 생활반성과 신년 학습지도에 관하여 협의케 되어 직원회를 개최하였다. 저녁에는 백찬성 기자와 정태동 교사와 함께 차 씨 점에서 일 배 하였다. 강외면 상정리의 매부(박종규)가 왔다.

〈1960년 1월 23일 토요일 개임〉(12. 25.)
장연면 기관대회가 있게 되어 전 직원과 함께 오가리에 다녀왔다. 2월분 방 실천사항에 대하여 구체적 협의가 있었다. 투표구 선거위원장 회의도 겸하였던 것이다.

〈1960년 1월 25일 월요일 눈〉(12. 27.)
교동 방례회에 참석. 군에서. 교육구에서도 참석. 면, 지서에서도 참석 조언. 회의가 끝나자 나리던 눈은 더욱 심하여 태성까지 건너오는 도중간 눈바람에 상당한 곤란을 겪었다.

〈1960년 1월 26일 화요일 개임〉(12. 28.)
학교 공사비 채금 조로 상청하여 사무장과 약간의 불만이 포함된 언쟁이 있었다. 사람 차별, 요령과도, 일선무시, 언행 불일치 등등에 괫심할 뿐 아니라 순순히 상의 대상이 되어야만 할 것인데 솟우방으로 자래 잡덧 하는[솥뚜껑으로 자라 잡듯 하는] 태도에 분개하여 나의 심정대로 이야기했던 것이다.
수일 전에 왔던 매부는 다시 집으로 간 것이다. 실수사건을 눈치 챈 나는 젊은이를 이해하면서 이후 처신에 관하여 조용한 훈계를 하였다. 마음만은 한량없이 착한 사람이언만…….

〈1960년 1월 27일 수요일 개임〉(12. 29.)
휴가 중에 집에 와 있던 장남 노정이도 금계 본집에 갔다. 동기휴가를 마치고 수일 후에 상경하게 된 것이다. 영양가 또는 맛있는 음식을 먹이지도 못한 채 보내게 된 것이 몹시나 마음 아팠다.

〈1960년 1월 28일 목요일 개임〉(음정 1. 1.)
음력설이다. 아침 일찍 세수 후에 아해들을 다리고 서향 배례하였다. 우리 부부도 아해들한테 세배를 받았다.
낮에는 학구 내 몇 분 노인에게 나도 세배를 다녔다.

〈1960년 1월 29일 금요일 개임〉(1. 2.)

금일도 등청하여 사무장(이필기)과 학교 시설 공사비 관계로 학교 사정을 지나치게 무시함에 분개하여 사무장 태도의 돌변(시정)을 요구하는 언쟁이 있었다. 끝에 가서는 미안하다는 사과를 하고 있었다.

〈1960년 1월 30일 토요일 개임〉(1. 3.)
장풍교 제3회 졸업 동기회가 있었다. 장연교 김이곤 선생도 은사 입장으로 초빙을 받아 참석하였다. 나는 졸업생 동기회 즉 동창회의 목적에 대하여 역설하였다(구정 찾기, 모교발전 도모 등등).

〈1960년 1월 31일 일요일 개임〉(1. 4.)
차남 노현과 삼남 노명은 청사병중 재학 중인데 금번 방학에 노현은 금계로 가고 노명과 장녀 노원만이 이곳(장풍)으로 와 있다가 명일부터 개학이 되므로 오늘 두 아이들이 출발하였다.

〈1960년 2월 1일 월요일 개임〉(1. 5.)
동계휴가를 마치고 금일부터 개학이다. 새해에 들어서서는 더욱 공부 잘하기로 아동들에게 훈화하였다.
오후에는 샛골 김가진 씨 댁과 교동 황정모 씨 댁에서 전 직원 초대가 있어서 대접을 잘 받았다.

〈1960년 2월 3일 수요일 개임〉(1. 7.)
감물면 검승까지 조문차 다녀왔다. 오가리 거주 박동석 씨의 자친상이다. 조문을 마치고 괴산에 들어가서 등청하여 사무 타합을 하였다.

〈1960년 2월 4일 목요일 개임〉(1. 8.)
저녁에는 등불을 켜고 성기일 교사와 함께 태성리 중말방에 출장하여 2월분 방 실천사항을 주지시키고 학교로서의 요망(지각하지 않도록, 가정학습 철저, 신체청결)을 말하였다.

〈1960(4293)년 2월 5일(1.9.) (금요일), 개임〉
상청하여 박 교육장에게 사례인사를 하였다. 학교 경리에 곤난을 이해하여 기만 환 기채하여 주므로…….
명덕국민학교에 가서 한 교장님께 신년인사를 들이고 점심 접대를 후히 받았다.

〈1960년 2월 7일 일요일 개임〉(1. 11.)
고향 금계에 가서 부모님을 배알한 후 족숙 '한욱 씨'(족제 윤상의 선친) 귀원에 인사하였다. 이웃집에 계시던 분이며 관련이 깊다면 깊은 분이었다. 이 분이 작고함에 있어 아버님께서도 몹시 한심하신 표정이셨던 이야기를 들었다. 연세 많으신 분들의 자연적으로 받으시는 느낌이시리라.

〈1960년 2월 8일 월요일 개임〉(1. 12.)
청주에 들어가서 이임조 선생 여혼식장에 참석하여 구경하였다. 신혼 예식을 아직 구경해보지 못하였기 때문에 호기심이 있었던 것이나 차 시간에 구애를 받아 급히 식장에 들어갔을 때는 이미 예식은 끝났을 때어서 유감이었다. 축하만 하고서 돌아왔다.
아해들의 납부금(여고 등)을 정리하고, 도중에서 현암교 강민선 교장님을 만나 정담을 하였다. 이 분은 내가 사모하는 분이다. 옥산교(모교) 근무시절에 6.25사변을 같이 겪은 분이기도 하다.

〈1960년 2월 12일 금요일 개임〉(1. 16.)
회의가 있어 상청하였다. 국가시책에 따른 회의내용이었다.

〈1960년 2월 14일 일요일 개임〉(1. 18.)
기관대회가 유하여 오가리에 출장하였다. 귀도에 송경헌 친구의 접대를 박창선 씨 점에서 받고 또 나도 답접하였다.

〈1960년 2월 15일 월요일 개임〉(1. 19.)
청주에 가서 아해들 납부금(병중 등)을 정리하고 돌아왔다.

〈1960년 2월 16일 화요일 개임〉(1. 20.)
장연면 선거대책위원회에 참석하였다(오가리). 일반 부락민들로 구성되어 있으며 각 기관에서는 내빈 격이었다.

〈1960년 2월 18일 목요일 개임〉(1. 22.)
장암리 방장회의에 초청이 있어 참석한 다음, 정태동 교사와 송동으로 놀러 갔었다. 음주 시마다 말이 많은 이 정 교사의 자극을 더욱 깊게 하기 위하여 귀가의 약속을 하고도 안 나오기에 찬바람 중에도 밖에서 두 시간여를 떨며 기다렸더니 후에 많은 사과를 하더라. 본국 현형사, 이 순경이 찾아와 인사가 있었다.

〈1960년 2월 19일 금요일 개임〉(1. 23.)
지원회를 개최하여 93학년도 장학방침에 관하여 협의하였다.

〈1960년 2월 20일 토요일 개임〉(1. 24.)
상청하여 공사비에 관하여 협의하고 이동조서를 제출하였다.

〈1960년 2월 22일 월요일 개임〉(1. 26.)
교육구 서기서가 내교하여 공사 실정(교문, 샘, 창고)을 보고 갔다. 학교 형편이 극히 어려움을 세세히 말하였다.

〈1960년 2월 23일 화요일 개임〉(1. 27.)
명일 청주여고 졸업식에 참석하려고 청주에 갔다.

〈1960년 2월 24일 수요일 개임〉(1. 28.)
청주여고 졸업식에 참석하였다. 장녀 노원(魯媛)의 졸업날이다. 국민학교 입학시킨 그날이 엊그제 같은데 벌써 고등학교를 졸업하게 되니 말 그대로 유수 같은 세월이다. 그간 허덕이는 살림에 학비 조달에 애로도 많이 겪었다. 괴산으로 전근한 후 만 3년간 자췌 생활에 고생도 많이 시켰다. 남과 같이 잘 입히지도 못하고 먹이지도 못했던 것이다. 제 동생들 또는 삼촌과 함께 좁다란 방에서 삼복더위 중에도 말없이 꾿꾿이 지내었던 것이다. 아비 살림이 어려운 줄을 아는 그 애는 학교 납부금 또는 소용될 돈이 극히 급하여도 달랄 줄 모르는 아니 눈물을 먹음고 때만 기다리고 말없이 지냈었던 것을 잘 안다. 마음씨야말로 신통한 사람으로 여겨오는 중이다.
졸업식장 안도 화려하려니와 식이 끝난 후가 더욱 굉장한 장면이었다. 운동장에는 사진사와 부모 인척들과 각종 자동차로 장을 이루었다. 기념사진을 이곳저곳에서 각종 형태로 찍고 있으며 화환 선사, 자동차로 시내일주 등등의 호화로운 광경이 장시간 벌어졌었다. 아마도 몇몇 졸업생 외에는 거이 학창의 최후생활이 되는 여자의 입장임에 타처에서 볼 수 없는 일이리라.

나는 졸업하는 여식을 무엇 하나 기쁘게 해주지 못한 채 가슴은 아프건만 그대로 돌아왔던 것이다. 저녁식사 후에 기념으로 명함판 사진 한 장을 촬영하였을 따름이다.

〈1960년 2월 25일 목요일 개임〉(1. 29.)
아침식사 후 노원을 다리고서 시장에 나가 봄철 상의 세타-를 사 입혔다. 졸업을 하였기 때문에 교복으로 출입 곤란하기 때문에…….

〈1960년 2월 27일 토요일 개임〉(2. 1.)
충주에 갔었다. 병설중학에 근무교(장풍교) 학생 몇 사람이 입학 지원하여서 교장, 교감에 인사차 다녀왔다.

〈1960년 2월 29일 월요일 개임〉(2. 3.)
장연면 기관대회가 있게 되어 전 직원과 함께 오가리에 다녀왔다. 금번으로서 기관대회는 마치게 되는 것이다.

〈1960년 3월 1일 화요일 개임〉(2. 4.)
삼일절 기념행사를 거행하였다. 식하식과 특별식사를 하였다.

〈1960년 3월 2일 수요일 개임〉(2. 5.)
수일 전부터 안질과 감기로 신고 중이다.

〈1960년 3월 3일 목요일 개임〉(2. 6.)
학교림 시찰차 등산하였다. 부락인들이 학교림 수목을 함부로도 벌하여 가기 때문이다.

〈1960년 3월 6일 월요일 개임〉(2. 10.)
사무타합차 교육구에 갔었다. 운반비의 내용, 공제조합의 세칙, 연미사장의 기념사진 촬영 등.

〈1960년 3월 7일 월요일 개임〉(2. 10.)
제9회 졸업 기념사진을 촬영하였다. 제4투표구 선거위원회를 개최하고 위로연회를 간단히 하였다.

〈1960년 3월 8일 화요일 개임〉(2. 11.)
임시 직원회를 개최하고 학년말 처리에 관하여 구체적으로 협의하였다. 제2학년 담임이 어린이를 좀 따렸다 하여 부형 한 분이 학교에 찾아와서 불쾌감을 피차 느끼게 되었던 것이나 사실인즉 실지와 내막과는 현격하였으므로 잘 이해를 시켰으며 담임에게는 절대로 어린이에게 손을 대지 않도록 또 강조하였다.

〈1960년 3월 9일 수요일 개임〉(2. 12.)
오가리에서 선거위원회가 있게 되어 참석하였다. 3인조 명부란 여하한 것이며 선거위원의 당일 점심은 어떻게 되는 것인지, 기표소 설치를 무엇으로 어떻게 마련하는 것인가를 질의하여 보았다. 종전과 별 다름없다는 것이며 모든 주선과 조직이 부락에서 다 되어 있다는 것이어서 별 걱정이 없었다.

〈1960년 3월 11일 금요일 개임〉(2. 14.)
충주에 가서 충주중학교에 들려 인사하였다.

과거 도 장학사로 있던 김현옥 씨가 교장이시다. 반가히 마지하며 장풍교 출신 학생들을 마음에서 잊지 않겠다는 것이었다. 간부직원 몇 사람과 함께 점심식사 정도 대접하고 귀교하였다.

〈1960년 3월 12일 토요일 개임〉(2. 15.)
교육구 이문수 장학사의 학사시찰이 있었다. 이 장학사는 청원군내에서 근무할 시절에 피차 인접교에서 교감직으로 인연이 있었던 친구이다.

〈1960년 3월 14일 월요일 개임〉(2. 17.)
오가리에 회의가 있게 되어 출장하였다. 명일이면 3.15 정부통령 선거가 있게 되는 것이다. 장연면 제4투표구의 기표소를 비롯한 제반시설은 면과 지서, 부락의 관계인들이 하기로 하고 회의에 다녀왔다.

〈1960년 3월 15일 화요일 개임〉(2. 18.)
금일은 3.15 정부통령 선거일이다. 기표용지 분배에 분주하였다. 선거위원 전원이 착실들하여 종일토록 진행이 잘 되었으며 투표함은 면 책임서기가 인수하여 괴산군 개표위원회로 송치된 것이다.

〈1960년 3월 17일 목요일 개임〉(2. 20.)
청주를 거쳐서 오후 1시차로 충주를 갔다. 충주중학 시험 중이어서 우리 학교 아동들의 격려차 간 것이다. 시험문제를 보니 웬만하면 해치울 것 같은데 각개의 실력이 여하한지가 의문이다. 부형 중 정성근 씨의 후대를 받고 충주에서 유하였다.

〈1960년 3월 18일 금요일 개임〉(2. 21.)
금일도 충중 교정에서 장풍교 어린이들의 체력검사에 코취에 바빴다. 재근교(장풍교)에서 4명 아동이 왔다. 담임은 정기용 교사이다.

〈1960년 3월 22일 화요일 개임〉(2. 25.)
본교(장풍) 제9회 졸업식이다. 본교에 와서 세 번째 졸업생을 내게 된다. '노력, 보은'에 대한 식사를 말했다. 금일의 졸업식에서 인상 깊은 것은 5학년 재학 중인 차녀 노희가 송사를 읽은 것이다. 식에 참석한 대중의 칭찬을 많이 받았던 것이다. 식후에는 부형들의 접대를 받았다.
6학년 담임 정기용 교사를 다리고 태성에 나가서 위로접대를 하여 주었다.

〈1960년 3월 23일 수요일 개임〉(2. 26.)
충주중학에 입시한 아이들 전원(4명)이 합격된 낭보에 기뻤다. 송동 정 부회장 댁에서 진미를 접대 받았다.
야간(오후)에는 송동 김진하 씨를 불러 학교 모 직원과 일전에 과격한 농담과 언쟁을 하였다는 것이어서 타일렀다.

〈1960년 3월 24일 목요일 개임〉(2. 27.)
사무 타합차 상청하고 오후에 청주에 가서 친구 이선구 선생을 맞났다. 정담도 하고 탁주일 배씩 나누었다. 피찬 전근문제도 교환담하였다. 아해들에게 잡비도 약간 주었다.

〈1960년 3월 25일 금요일 흐림, 비〉(2. 28.)
서울행하였다. 오래간만에 조치원 경유 완행을 타고 상경하였다. 차내에서 일가 몇 분도 만났다. 서울에서 하차하니 비가 주룩주룩 쏟아진다. 지우산을 사 받고 체신부 비서실로 찾아갔다. 친지 여러 사람을 만났다. 비서이며 족질인 '노동'을 찾아서 나의 가정형편 이야기와 고향 근처로 또는 장학계로 전근할 희망이 있다는 이야기를 하였다. 체신부 장관인 족형 '의영' 씨도 뵈었다. 언제고 다망한 그는 금일도 국무위원회의에 다녀 곧 들어왔다는 것이다.

재종형 '점영 씨'를 만나 이야기하다가 같이 공덕동으로 와서 일 배 한 다음에 유하였다. 재종형수씨의(작은 분) 접대에 만족하였다. 장남 노정은 이 집에서 거쳐하는데 요새는 방학이어서 본집에 있는 중이다.

〈1960년 3월 26일 토요일 흐림〉(2. 29.)

재경 친척 몇 분과 같이 서울운동장에 입장하였다. 노동 비서와 족조 종현 씨와 같이 갔다. 음식점에서 종현 씨께서 한턱을 냈고 나는 입장료를 부담하였다. 금일은 마침 이 대통령 각하의 85회 탄신기념일이어서 전국농악대회와 권투시합이 있었던 것이다. 대대적 행사는 아니지마는 구경할 만하였다.

구경을 하다가 점심때가 되어 퇴장하였다. 노동이가 '국일관'이란 요리집으로 안내하기에 후대를 받고 심사하였다.

삼인이 서로 헤진 다음엔 청암동 재종형(문영 씨)님 댁을 잠간 심방하고 용두동으로 나와 사종제 '성영'들 집을 거쳐서 밤 10시차를 기다려 서울역으로 왔다.

〈1960년 3월 27일 일요일 개임〉(3. 1.)

조치원에서 새벽차를 타고 정봉서 하차하여 금계 본가에 가서 부모님께 배알하였다. 오전 11시차로 다시 청주로 들어왔다.

〈1960년 3월 28일 월요일 개임〉(3. 2.)

야간에 담바위에 들어가 민은식 씨를 만나 학교 전달부 증원의 필요성과 실정을 타합하였다. 현 전달부가 이 민 씨의 연척이며 후견인이기 때문이다.

〈1960년 3월 29일 화요일 흐림〉(3. 3.)

교장회의에 참석하고 교장단 일동 수안보 행하였다. 교육구에서 하루밤 접대한다는 것이다. 목욕을 하고 친구 몇이 오락을 하면서 재미있게 쉬었던 것이다.

〈1960년 3월 30일 수요일 흐림, 비〉(3. 4.)

태성 양조장 주인 정현택 씨의 초대가 유하여 칠성에 가서 접대를 받았다. 현택 씨 춘부장의 회갑이라 한다. 가옥도 괜찮으려니와 잔치음식이 풍부하여 나는 또 다시 가슴 아픔이 있었다. 아버님 회갑이 내년이신데 이렇게 남들은 자기 부모를 위하여 잘 하것마는 그렇지 못한 불효임을 느낄 때…….

〈1960년 3월 31일 목요일 흐림〉(3. 5.)

솔티 황 씨 가에 조문차 다녀왔다. 목도교감 황병옥 선생의 조모상이라 한다.

〈1960년 4월 1일 금요일 흐림, 개임〉(3. 6.)

단기 4293학년도 시업식을 거행하였다. 식사에 "1. 아름다운 학교를 꾸미자. 2. 정답고 인사 잘 하는 어린이가 되자. 3. 부즈런히 일하는 어린이가 되자"고 주창하였다.

〈1960년 4월 2일 토요일 개임〉(3. 7.)
상청하여 사무타합을 하였다. 신임직원의 발령타합, 전달부의 증원 건, 인사이동의 일시 등등.

〈1960년 4월 3일 일요일 개임〉(3. 8.)
학교 전달부 건으로 태성 이정채 사친회장과 상의가 있었다. 4월 1일부터 채용하였는데 사전타합을 아니 하였다는 것에서 불만을 가진 양으로 말하기에 나는 밝혀 주었다. "1. 후견인과 타합하였다. 2. 송동 역원을 중시함이 아니요, 정의상으로 자주 연락한 것이지 전달부 증원 조건은 아니다. 3. 각 학교 실정으로 보아 어차피 증원이 되는 것이어서 불가피한 것이다. 4. 학교를 위하여 도움이 된다." 등등…….

〈1960년 4월 4일 월요일 개임〉(3. 9.)
금학년도 제1학년 입학식이 있었다. 남녀 각 40명씩이다. 사남 '노송'도 적령이 되어 입학시키었다.

〈1960년 4월 5일 화요일 개임〉(3. 10.)
송동 친구 송경헌 집에서 초대가 있었다. 그의 가친 진갑이라 한다. 학교 직원 수인과 만족히 음주하였다.

〈1960년 4월 7일 목요일 개임〉(3. 12.)
사무 타합차 상청하였다가 깜짝 놀랐다. 전근이 되는 것이다. 생각 외에 고향 옥산면 소로 국민학교로 가게 되었다는 것이다. 애당초 희망은 구장학사를 종용하는 친구가 있기에 그리로 했고 일선 학교로는 ○○교인데……. 당국에서는 고향이라는 점으로 후대하였다는 것이다. 부만족하나 그만치라도 힘써 준 분들과 밀어준 분들에게 감사하다는 심정을 가질 뿐이다.
저녁에는 교육감을 비롯하여 교육구 간부들의 후한 접대를 받았던 것이다. 모 행사 계제에 두루 잘된 것같이 보여졌다.

〈1960년 4월 9일 토요일 개임〉(3. 14.)
청주에 가서 교육구(청원)에 들려 인사를 하였다. 청원교육구는 내 고향 교육구이며 수년 전에 떠났던 구이다. 모두들 반가히 맞아준다. 영전이라고 하며 과한 농담하는 친구들도 있었다. 하여간 다시 찾아온 청원교육구이다. 고향이니만치 힘껏 일하여 보리라.
아해들(원자, 노현, 노명, 진영, 경숙)이 자취하는 집으로 찾아가서 전근된 이야기를 하였더니 무척 반가워들 한다. 연이나 소로-청주 간의 거리관계로 합산이 불능하여 한탄이다. 아해들을 다리고 보행으로 금계 본집에 가서 부모님을 뵈였다.

〈1960년 4월 10일 일요일 개임〉(3. 15.)
강외면 상정리 매제 댁에 가서 누이를 만났다. 매부는 금월 중으로 입대하기로 마음 결정하였다는 것이다. 잠간 놀다가 청주로 들어왔다.

〈1960년 4월 12일 화요일 개임〉(3. 17.)
청주에서 오는 길에 증평화물에 들려서 반이할 주선으로 화물자동차를 교섭하다가 여의못하여 미결된 채 그대로 귀교하였다.

〈1960년 4월 13일 수요일 개임〉(3. 18.)

각 부락에 다니면서 학부모 또는 주민들에게 고별인사를 하였다. 모두가 섭섭하다고 하며 감개 깊은 작별인사를 한다.

〈1960년 4월 14일 목요일 개임〉(3. 19.)
면 소재지 오가리에 넘어가서 작별인사를 하였다.
오후 4시경에 귀교하여 직원들의 송별연회를 받았다.

〈1960년 4월 15일 금요일 개임〉(3. 20.)
부락 인사를 마치고 오후 3시경부터 학부형 일반의 송별연회에 참석하여 마음껏 술을 마시였다. 밤늦도록 붙잡고 놓아주지 않는다. 몸이 하도 고달프기에 별 핑게하면서 빼손이하여 쉬었다.

〈1960년 4월 16일 토요일 흐림, 개임〉(3. 21.)
장풍교 생활 36개월(만 3년)을 마치고 떠나게 되었다. 장풍교는 교장으로는 초임으로 취임하였기 때문에 나의 일생기에 남을 곳이라고 생각된다. 처음 올 때에는 가정형편상 곧 간다는 것이 지내고 보니 정도 들고 당국에서 듣지 않고 하여 수년간을 살게 된 곳이다. 여러 가지 인상도 깊다. 반초가집 학교를 개와집 일렬로 만들어지게 되었다. 공로자 조봉환 씨의 공적비를 세웠다. 운동장을 확장하였다. 교문 문주와 변소를 신축하였다. 5명 직원이 9명으로 증원되었다. 과음직원이라 하여 여론도 비등했던 것을 이해시켰다. 나무가 흔하며 잡곡이 많은 지방이다. 산자수명 그대로이며 석천고기와 산채가 많은 곳이다. 생활난도 받았고 여론도(일부 측) 있었음을 기억한다. 장풍을 끝내 잊지 않으리라.
동리 여러분들이 나와 이삿짐을 단단히 잘도 매어 주었다. 출발 무렵에는 날씨가 불순하였지마는 부인들까지도 다수 나와서 석별의 인사를 한다. 17,000-에 추럭을 대절하여 가든히 싣고 떠났다. 송동 정성택 氏를 비롯한 몇 분은 태성까지 나오셔서 석별의 마상주를 주신다.
전교 학생과 학부모들의 환송에 모자를 흔들며 영영 작별하였다. 천우신조로 날씨는 차차 개어서 무사히 임지에 도착하였다. 정기용 교사가 배웅차 임지까지 왔었다. 수고가 많았었다.
임지 소로교에서는 비교적 조용한 편이어서 친지 몇 사람과 직원 몇 분이 서둘러서 짐을 풀었다. 특이나 제자 되는 김병호 교사와 인연 깊은 박인규 교사가 제 부모같이 생각하고 심신 양면으로 노력함에는 다행이 생각하며 감사하다. 나의 행복이다.
신설교이어서 교장 관사가 무하여 친지 변영수 집을 얻어서 임시 들게 된 것이다. 소로교의 초대교장이다. 건물은 7개실인데 연와조로 군내 제일이라는 것이다. 아직 미완성(준공전)이나 미구에 준공될 것 같았다. 이 건물은 특히 민의원이며 장관인 족형 의영 씨의 주선과 노력의 혜택으로 건축된다는 것이어서 더욱 의의가 깊다고 생각한다. 힘껏 일해 보기로 마음먹었다.

〈1960년 4월 19일 화요일 개임〉(3. 24.)
교장회의에 참석하였다. 청원구로 온 지 처음 맞이하는 교장회의이다. 정원상 교육감으로부터 과한 칭찬과 인사소개에 이어서 나도 인사하였다. "1. 본구는 우리 고향이다. 2. 직접 은사가 계시다. 인연 깊은 대선배가 많다. 3. 힘껏 일하겠다."
회의내용은 93학년도 장학방침에 관한 것이었다.

〈1960년 4월 20일 수요일 개임〉(3. 25.)
3.15 부정선거의 불만이라 하며 18, 19일에 학생 데모가 심하였다는 기사가 신문에 보도되었다는 것이다.

〈1960년 4월 22일 금요일〉(3. 27.)
전임교 장풍국민학교에 인사장을 발송하였다. 교직원, 아동, 학부형, 기타 기관, 유지들에게 보낸 것이다.
금월 중순부터 각지에서 데모사건이 발생하더니 17, 18, 19日에 더욱 심하여 5개 대도시에는 계엄령이 선포되었다. 데모 이유는 3월 15일의 정부통령 선거가 부정하였다는 것이다.

〈1960년 4월 23일 토요일〉(3월 28일)
사무 타합차 상청하였다. 전국의 중, 고, 대의 각교는 휴교령이 내리었다. 점점 국내는 삼엄해진다. 어찌될 것인지?

〈1960년 4월 24일 일요일〉(3. 29.)
작천보(까치내)에 가서 놀았다. 일요일이라 청주에서 조개잡기로 온 사람과 삼보로 놀러 온 사람으로 까치내 일대는 갈가마귀떼같이 많았다. 오겠다는 친구가 아니 와서 점심만 돈 들여 사먹고 왔다.
오후에는 방안 정돈에 힘써 특히 사진액 손질에 특이했다.

〈1960년 4월 25일 월요일〉(3. 30.)
학교에서는 역원회가 열리어~ 학교증축에 수고 다대. 학급 편성과 증원, 부속건물 건축과 구의 고정을 말하였다.

〈1960년 4월 26일 화요일〉(4. 1.)
창리, 남촌, 국사에 인사를 다녔다. 친우 오춘택과 함께.

〈1960년 4월 27일 수요일 개임〉(4. 2.)
박 교사와 함께 옥산 행하였다. 우체국에서 어린이 저금에 관하여 진지한 상의가 있었다. 우표저금법으로 하기로 결정했다.
정국은 점점 돌변되어 이승만 대통령은 사임(사퇴)이 확정되는 기사가 신문에 올랐다.

〈1960년 4월 28일 목요일 개임〉(4. 3.)
자유당 간부와 최고기관장들이 사임 표시가 농후해진다.

〈1960년 4월 30일 토요일 개임〉(4. 5.)
전국 각교 휴교에 의하여 귀성했던 장남 노정이는 오늘 상경하였다. 내수교 신동원 선생의 가친 회갑이어서 미원면 대신리까지 갔었다. 신 선생이 몹시 반가워하여 기뻤으나 불행히도 화재사건이 발생되어 집안이 시끄러웠으며 가엾었던 것이다. 그곳에서 유하였다.

〈1960년 5월 1일 일요일 개임〉(4. 6.)
대신리에서 유하고 신 선생과 작별하여 청주로 들어왔다.

〈1960년 5월 2일 월요일〉(4. 7.)
수년 만에 조부님 기고를 지냈다. 타향에 수년간 있었던 관계로 자손노릇 못하였던 것을 죄송히 생각하였다.

〈1960년 5월 3일 화요일 개임〉(4. 8.)
친우 오춘택 씨와 함께 학구 내 몇 부락에 인사를 다녔다. 저녁에는 남촌리 떼실 이동희 댁에 조문하였다.

〈1960년 5월 5일 금요일 개임〉(4. 10.)
제38회 어린이날 기념식을 거행하였다.
난산이던 연와 신축교사를 재착공하게 되어 다행하였다. 청부업자의 무능으로 교육구 직영이 된다는 것이다.
나를 원호하여 주시는 신창용 씨에게 탁주 일배 대접하였다.

〈1960년 5월 8일 일요일 개임〉(4. 13.)
학교 공사 추진으로 교육구 이 기사가 내교하여 공사 상황을 논의하고 회장과 함께 점심을 접대하였다. 야간에는 목수 일동을 초대하여 탁주를 대접하고 유쾌히 놀도록 하였다.

〈1960년 5월 9일 월요일 개임〉(4. 14.)
교육구에 등청하여 예산금을 조속히 배시하도록 상의하였다.

〈1960년 5월 12일 목요일 개임〉(4. 17.)
사택에서 전 직원을 초대하여 연회를 베풀었다. 부임 이후 최초이나 전 직원의 유쾌감으로 두어 시간 오락을 베프르니 좋은 기분이었다.

〈1960년 5월 13일 금요일〉(4. 18.)
조모님 기고가 들어 금계에 다녀오기로 하여 오후에 오산시장에 나가 어물 약간 사들고 금계에 갔다.
단비(甘雨)가 나렸다. 몇 달 만에 오는 비리[비라] 온 세상 사람이 다 기뻐한다.

〈1960년 5월 19일 목요일〉(4. 24.)
교육구에 등청하여 사무타합을 하였다~ 신임 발령, 책상, 걸상의 신조 증배 등…….

〈1960년 5월 24일 화요일〉(4. 29.)
오산리에 출장하여 다음 일을 보았다~ 옥산교 사친회 총회 참석, 사무인계 타합, 직원 탈당 조쳐 절차. 학교 경리 내용, 기류계, 교육보험, 6학년의 인상(引上).

〈1960년 5월 25일 수요일〉(5. 1.)
교육구에 상청하여 다음 일을 보았다~ 학교 준공검사 계획, 신입직원 발령, 6학년의 인상 문제.
귀교 시에는 이 기사와 함께 찦차로 왔다.

〈1960년 5월 27일 금요일 개임〉(5. 3.)
신축교사의 준공검사가 실시되었다. 정 교육감께서 내교하였다. 아담한 연와교사가 완축된 것이다. 지방학교로서는 보기 드믈다. 지방 유지 수인과 함께 봉점 뒷산 소로봉(峯)에 올라가서 정 교육감을 접대하였다.

〈1960년 5월 28일 토요일 개임〉(5. 4.)
진천에 갔다. 정해국 선생 댁에 조문하였다.

〈1960년 5월 29일 일요일 개임〉(5. 5.)
옥산면 민주당 결당식에 참가하였다. 식후 족조 종현 씨의 좌담은 남자답고 꼰꼰하였다.

〈1960년 5월 31일 화요일〉(5. 7.)
학교장회의를 마치고 학교 물건 수종을 샀다. 청주 아해들 여름옷과 내의를 사주었다.

〈1960년 6월 6일 월요일 개임〉(5. 13.)
현충일이다. 학교는 휴업이다. 신촌리 박종해 집에 가서 그의 부친 소상에 인사하였다.

〈1960년 6월 8일 수요일〉(5. 15.)
등청하여 다음 일을 보았다~ 명부제출, 발령문제, 교의 교섭, 묘 주문 등…….

〈1960년 6월 11일 토요일 개임〉(5. 18.)
청원군 초등교육회 대의원을 선출하게 되어 청주에 들어갔다. 생각지도 않았지만 나한테도 물망에 올랐으나 양보하였다. 선배에게 위임하였다. 4.19 이후 교육계에도 교직원 간에 특히 청년교사층에 조직개혁을 부르짖었다. 대폭적으로 개편하는 것이다. 교장단으로 조직된 대의원들이었었으나 이제는 인원 비율이 알맞는다는 것이다. 그렇게 들어주기로 하였다.
제반회의가 끝나고 구면 이사영(행정교감) 선생을 만나 후대를 받았다. 너무 폐가 많았음에 미안했다.

〈1960년 6월 16일 목요일 개임〉(5. 23.)
교육구청에 들려 공무를 마친 후 괴산에 갔었다. 전임교 장풍학교의 이 교감을 만나 이야기한 후 괴산교육구청에 들려 직장보험금을 찾았다. 당연히 지불해야 할 것이면서도 지불 기일을 천연시킬려는 계원의 심사가 매우 불쾌하였다. 상대의 책임과 나의 실정을 이해시키어 겨우 수령하게 되었다. 전임지의 부채 정리를 마치고 여관에서 유하였다.

〈1960년 6월 19일 일요일 개임〉(5. 26.)
청원군내 국민학교 연합체육대회가 청주공고 교정에서 성대히 이루어졌다. 본 소로교는 최고학년이 5학년인 까닭으로 참가를 기권하였다. 박인규 교사는 역원(임원)으로 뽑히어 출장하였고 나는 견학차 입청하였다. 반가워하는 박 교사와 함께 점심을 먹고 끝내 구경을 하였다. 현도교가 우승하였던 것이다.

〈1960년 6월 20일 월요일〉(5. 27.)
사친회 총회 개최 예정이었으나 몇 사람 안 모였기 때문에 연기하였다. 지금은 농번기이다.

〈1960년 6월 21일 화요일 개임〉(5. 28.)
수일 전부터 4남 노송이가 '마라리아'로 인하여 몸이 상당히 파리해졌다. 기운이 부족한 듯. 동리 의사에게 키니네 주사를 마치었다. '원기소'도 사다 먹일 예정이다.

〈1960년 6월 25일 토요일 개임〉(6. 2.)
6.25 제10주년 기념일이다. 세월은 빠르다. 동족끼리 총칼을 놀리어 이 땅에 피바다가 된 6.25사변이 벌써 10년 전 일이로구나. 이때에 나도 장성된 아우 하나를 잃었다. 너무나 원통한 일이었다. 죽지 않고 살아 있었으면……. 살아 있다고 믿고 싶다. 그러기를 원한다.

〈1960년 6월 26일 일요일 개임〉(6. 3.)
사일구 사태로 인하여 정부 내각이 새로이 조직되게 되며 입법부인 민의원이 개선되게 되었다. 각지에서 이의운동이 날이 갈수록 치열해진다. 오늘 모 친구가 찾아와서 부탁하는 것이다.
안식구와 함께 밭에 고구마 싹을 심었다. 그리 넓지 않은 학교 실습지를 이용하였다.

〈1960년 6월 28일 화요일〉(6. 5.)
오후에 오미에 나려가 다음 일을 보았다~ 선거법, 등록, 기류계, 보험, 우표저금, 서울송금, 생활필수품 구입 등…….

〈1960년 6월 30일 목요일 개임, 흐림〉(6. 7.)
덕촌리 정형래 댁에 조문을 갔었다. 돌아오는 길에 옥산교(모교) 직원들에게 주점에서 일배 대접하였다. 3일 전에는 초대에 응한 바 있었고 차녀(次女) 노희가 옥산교 6학년에 재학中이다.

〈1960년 7월 13일 수요일 개임〉(6. 20.)
사무 타합차 상청하였다.

〈1960년 7월 18일 월요일〉(6. 25.)
근일에 와서는 비가 나리기 시작하더니 넘치게 왔다. 본가 농사일이 궁금하기에 금계에 가서 보았더니 동림(버드러지)들의 깊은 논은 벼가 형편없이 물에 휘어 감겨 있었다.

〈1960년 7월 21일 목요일 개임〉(6. 28.)
사친회 총회를 개최하였다. 현 교육은 생활교육이라 함을 들려주고 학교의 3대 노령점[노력점]인…… '생활순화, 미화건설, 실력확보'에 대하여 역설하였다. 학교로서의 요망 사항으로서…… 신체청결, 가정학습, 학용품 완비, 보건장 모래 넣기를 말했고, 연락주지사항으로는…… 교복, 어린이 저금, 작업에 대한 문제였다. 부형 일동은 감명 깊은 듯이 듣고 있었으며 대선배인 임학순 선생님으로부터 나에 대한 과찬의 말씀에는 너무나 미안했었다.

〈1960년 7월 27일 수요일〉(윤 6. 4.)
학교장회의가 유하여 구청에 출장하였다. 주로 하기휴가 중 생활문제가 큰 제목이었다.

〈1960년 7월 28일 목요일〉(윤 6. 5.)
장녀 노원을 저의 6촌 노경(경숙)이와 같이 상경케 했다. 저의 당숙(필영)이 청량리우체국에 근무 중이다. 경숙(당질녀)이가 저의 부모한테 가는 편에 같이 가자는 것이어서 서울 구경이 처음이 되므로 보낸 것이다.
오후에는 명일 있을 국회의원 선거에 투표소가 학교이고 또 책임자이므로 면 직원과 같이 투표소를 꾸미었다.

〈1960년 7월 29일 금요일〉(윤 6. 6.)
제5대 민의원 선거와 제1대 참의원 선거가 실시된 것이다. 4.19사태로 인하여 조기선거가 벌러지게 된 것이다.

〈1960년 7월 31일 일요일〉(윤 6. 8.)
방학 중이던 장남 노정이가 상경하였다. 휴가이지만 가정교사 격으로 있기 때문에 책임을 느끼고 조기 상경하는 것이다. 귀성 전에는 생물반의 임해실습(臨海實習)을 여수에서 일주일간 마친 후 전라도 지리산 근역 부락에서 농촌계몽 사업을 10일간 노력하고 집에 왔던 것이다. 불과 수일 정도 휴식하고서 다시 상경하니 아비 된 가슴이 불안하다. 가정교사란 쓰라린 것이며 부자유스러울 뿐 아니라 남모르는 애로가 한두 가지가 아닌 것이다.

〈1960년 8월 3일 수요일〉(윤 6. 11.)
청주에 들어가 교육구에 들린 후 회관에 가서 수강중인 직원 몇 사람을 위로하였다. 의외에 강학원 교사가 소집영장이 전달되었다 하여 젊은 교사이면서 열성 있는 교사를 보내게 된 것이다.

〈1960년 8월 6일 토요일 개임, 흐림, 비, 흐림〉(윤 6. 14.)
강내면 돌로뿌리 '인산지수정'(仁山智水亭)에 교육동지 10여 명이 뫃여서 친목회를 열었다. 탁주 준비도 많았지마는 모두들 어지간히 잘도 마신다. 반빽에 못 치운다는 술의 분량인데 저녁때에는 부족감을 느끼는 것 같았다. 모교(옥산) 출신 교육자 동지회가 된 것이다.

〈1960년 8월 7일 일요일 개임〉(윤 6. 15.)
사친회장 임중혁 씨와 함께 국사리에 출장하였었다.

〈1960년 8월 12일 금요일 개임〉(윤 6. 20.)
사무 연락차 상청하였더니 마침 신임 교감이 발령되고 있었다. 미원면 기암국민학교에서 전임하는 것이다. 송석회(宋錫悔) 교감이다.

〈1960년 8월 13일 토요일〉(윤 6. 21.)
옥산교에 들려 일을 본 후 시장에 나갔더니 가친께서 오셔 계시다. 동리 몇 분 어른을 같이 모시고 주식 접대를 하여드렸다.

〈1960년 8월 14일 일요일〉(윤 6. 22.)
여름내 폭양에서 어린 자손 때문에 가즌 애로를 무릅쓰시고 노동에 뼈저린 고생을 부모 두 노인은 하루도 빠짐없이 겪어 오신 가엾은 우리 부모님이시다. 청주에서 자췌하는 어린 것들 때문에 이삼일만큼 보행으로 식량 또는 나무를 나르시는 것이다. 어려운 일을 장성된 자식에게 명하시라고 말씀드리며 오늘은 닭 한 마리를 구입하여 부모님에게 다려 드렸다. 언제나 갚아 보리 부모님의 은덕을…….

〈1960년 8월 15일 월요일〉(윤 6. 23.)
오늘은 광복절 제15주년 경축일이다. 벌써 15년이 되었다. 벌써가 아니라 오래 전이다. 그레도 통일을 못 보았다. 민족도 국토도 양단된 채이다. 15년의 오늘은 온 국민이 자유의 종을 울리며 축하하고 기뻐 날뛰었던 것이다. 통일을 염원하면서 오늘 해를…….

〈1960년 8월 17일 수요일 개임〉(윤 6. 25.)
휴가 중이지마는 전 직원 집합하여 미술과 전달 강습을 받았다. 강사는 한현구 교사이다. 모두가 재료를 갖추어 진지하게 연구하였다.

〈1960년 8월 18일 목요일 흐림, 비〉(윤 6. 26.)
어제와 마찬가지의 행사가 계속되었다. 교육구에서는 구대회 장학사가 내교 참석하고 시찰하였던 것이다.
발령 난 송 교감도 오늘에서 착임하였다. 내가

초대 책임자로 온 것이지마는 교감도 초대이다. 학교 건설에 더욱 힘쓸 것이리라.
한동안 가믈더니만 오후에 이르러 단비가 나렸다.

〈1960년 8월 20일 토요일 개임〉(윤 6. 28.)
각리학교에 출장하여 김 교장을 비롯하여 동교직원의 친지를 만나 접대를 융숭히 받았다.

〈1960년 8월 22일 월요일〉(7. 1.)
여름방학이 끝나고 오늘부터 개학이다.
강 교사는 입대하게 되어 고별인사를 하였다. 석별의 감 두터웠다.

〈1960년 8월 25일 목요일〉(7. 4.)
금월분 급료를 수령하였다.

〈1960년 8월 27일 토요일〉(7. 6.)
백부님 기고가 있었다. 마침 군에 간 당질 노봉이도 왔었기에 가족 일동이 반가워하였었다.

〈1960년 8월 29일 월요일〉(7. 8.)
교육구에 들려 사무 연락을 마치고 상점(목공)에서 학교 비품 몇 가지를 주문하였다.

〈1960년 8월 30일 화요일 개임〉(7. 9.)
아버님의 생신이다. 6순이시다. 일 년 후는 회갑이시다. 지금도 젊으신 아버님으로 생각인데 과연 늙으셨다. 몸에는 주름살이 심해지시고 두발과 수염은 희어지셨으니 참말 노인이 되신 것이다. 자식이 이만치 장성하였으나 아직 집 한 칸 늘궈 드리지 못하고 40년 묵은 헌집 초가 삼간집에서 고생하시는 중이시다. 한없는 자책을 한들 소용은 없다.
술과 소면만은 나우 준비가 되어 아침식사는 본동(신계) 어른들을 모시고 반찬 없는 대접을 하고 주간에는 금계 어른 일동을 청하여 대접하였다. 날씨가 뜨거운 이때이라 오가는 손님이 괴로우셨을 것이다.
작은 외숙의 부정행위 소치로 야간에 큰 속을 썩이었다. 더구나 아버님께서 불안 속에 잠기신 파리하신 심신을 이끄시고 밤에 소로까지 오셔서 사건의 경우를 말씀하시며 한숨을 쉬시니 내 가슴이 무너지는 것 같았다. 작은 외숙은 남의 소 채꾼임에도 불구하고 우리 부재에 책임이 있게끔 된 행위를 한 것이다. 밤은 점점 깊어 가는데 아버님과 같이 신성리(강서면) 외숙 댁에 같이 가보니 집에 안 계신다. 낙망한 끝에 내곡 큰 외숙 댁으로 와서 사건 수습에 관하여 깊은 타합을 하고서 집에 돌아오니 새벽닭이 우는 것이 아닌가. 넓은 신대평야 논뚝길을 오가실 때 물 깊은 여러 곳의 똘을 건느시며 실음 없으신 한숨과 수심에 잠겨 앞일 걱정하시던 그 참혹하신 모습은 내 생전에 잊지 못할 역사의 하나가 될 것이다. 불상하시 아버님이 더욱 가엾게 뵈어 못 견디었다. 책임 없는 돈 약 20만 환 정도 물어내게 되는 경우가 될른지도 모르는 사건이기 때문에……. 사건 내용은 별도로 기록하여 두고자 한다.

〈1960년 9월 1일 목요일 개임〉(7. 11.)
외숙 사건으로 속 썩이던 끝에 본인(작은 외숙)이나 찾아보려고 조친원[조치원]에 갔다. 상심 끝에 병환까지 생기신 아버님께서도 오셨다. 조치원에 계시다는 소식이 유하여 곳곳을 찾았으나 볼 수가 없었다. 난장이 선 조치원 냇가에까지 샅샅이 살펴보았으나 끝내 만나지 못하고 밤 늦게서 하는 수 없이 중봉리 큰 당숙 댁에 가서 유하였다.

〈1960년 9월 2일 금요일〉(7. 12.)
큰 외숙을 찾아 내곡까지 다시 가서 해결책을 상의하였으나 별로 반응이 무하여 참으로 이해 불능과 욕심 많은 분들임에 한탄 아니 할 수 없었다. 본연히 작은 외숙의 소유 토지를 갖이고도 당신의 것인 양 남의 고충을 몰라줌에는 가슴 답답 분함도 아니 생길 수 없는 것이다.
그 참 신성으로 건너가 보았으나 역 작은 외숙은 없었다. 실망 끝에 실음없이 집에 돌아왔다.

〈1960년 9월 4일 일요일 개임〉(7. 14.)
외숙의 황소 매도 사건으로 연일 상심만 하는 중이다. 한시가 바쁘게 이 사건이 완화되어야만 수심 중에 계신 아버님의 속을 푸러드릴 터인데 사건 본인이 없으니 참으로 큰일이다.

〈1960년 9월 7일 수요일〉(7. 17.)
소 임자 수원사람이 나타났다. 소값을 무러달라는 것이다. 청주에 가서 몇 가지를 살펴보았더니 아초의 중개인은 최용희이고 소 임자는 김동수(金東秀), 윤재관(尹在寬)이고, 축산조합 서기는 안 주사(安 主事)이었다.

〈1960년 9월 8일 목요일 비, 흐림〉(7. 18.)
외숙의 황소 부정매도 사건으로 오미시장에 나가 소 임자를 만나 구구한 이야기 끝에 금액과 기간을 정하여 우선 일단락을 지었다.

〈1960년 9월 10일 금요일〉(7. 20.)
의외에도 수원 소 임자로부터 등기 우편으로 '내용증명'의 서신이 왔다. 즉시 아버님께 말씀드렸더니 또 한층 실망하시는 것이다. 정의와 무제함이 어떠하랴. 끝내 밝혀 보리라. 청주에 가서 변호사 또는 사법대서에 알아보니 내용증명에 대하여는 별걱정 없다는 것이다.
학교에서는 사친회, 역원회가 있어서 운동장의 모래 작업과 운동회, 경비에 대하여 협의가 있었다.

〈1960년 9월 14일 수요일〉(7. 24.)
외숙의 소 사건의 해결책으로 내곡에 건너가 큰 외숙에 정당성으로 종용하였다. 취중허담인지 문제없다는 것이다.

〈1960년 9월 16일 금요일 개임〉(7. 26.)[2]
교육구 한상욱 장학사의 본교 시찰이 있었다. 신설교로서 손색없는 학교 경영이라 하여 기분 좋은 칭찬을 받은 것이다.
보건장 모래 펴기 작업에 학부형 약 160명이 동원되었다.

〈1960년 9월 17일 토요일 개임, 흐림, 개임〉(7. 27.)
외숙의 소 매매 사건은 금일에서 소 임자와 해결을 보았다. 큰 외숙이 얻은 돈 일부를 채워

2) 원문에는 이 날의 요일이 토요일로 기록되어 있다. 9월 18일까지 이와 같이 요일이 하루씩 당겨져 기록되다 9월 26일에 이르러 바로잡혀 있다.

서 소값을 치루었다. 이로서 대외적 문제의 근심은 더렀다. 연이나 대치한 금전의 해결이 내적으로 잘 되어야 할 것인데 어찌될른지 의아하다.

〈1960년 9월 18일 일요일 개임〉(7. 28.)
청주에서 큰 외숙을 만나 소 사건의 금전 문제로 횡설수설함에는 불쾌한 마음 한량없었으나 간신히 참았다.

〈1960년 9월 26일 월요일〉(8. 6.)
금주부터 애국조회를 실시토록 지시하였다. 매주 월요조회 때 실시하는 것이다. 명일은 내수교 연구회어서 오후에 내수 행하였다.

〈1960년 9월 27일 화요일〉(8. 7.)
내수국민학교 연구회였다. 전임교여서 흥미가 더 있었다.

〈1960년 9월 28일 수요일〉(8. 8.)
신문에 기사된 것을 보고 깜짝 놀랐다. 원흉이란 명목으로 족형 의영 씨의 구형이 12년이다. 원흉의 이름 띤 29명 중에 너무나 억울하다는 것이 대중의 평이다.

〈1960년 10월 2일 일요일〉(8. 12.)
내곡에 건너가 외숙과 소 사건을 재차 타협하였으나 개인 욕심이 심한 분이어서 나의 막막하고도 고통스런 점을 이해하여 주지 못한다. 외조모 기고가 오늘인줄 알았더니 어제 저녁이시라고…….

〈1960년 10월 3일 월요일〉(8. 13.)
개천절이다. 축하식을 거행하고 체육회 총연습을 시행하였다.

〈1960년 10월 4일 화요일〉(8. 14.)
청주에 가서 각처(상점, 책점, 문방구점)의 외상값을 갚았다. 내일이 추석명절이기에…….

〈1960년 10월 7일 금요일〉(8. 17.)
우리 소로국민학교 체육대회다. 개교 후 첫 운동회이다. 여교사 없는 본교로서 무용도 다채롭게 실시되었다. 손님 부형 약 1000여 명이 참집되었고 찬조금 8만 환이다.

〈1960년 10월 8일 토요일〉(8. 18.)
전 직원(6명)과 함께 소풍하였다. 체육회 후의 위로소풍이다. 충주로 갔다. 오후에 출발하여 충주에 도착하니 저녁때이다.

〈1960년 10월 9일 일요일〉(8. 19.)
일행은 비료공장을 찾았다. 내부 구경은 못하였다. 시운전 중이어서 위험하다는 것이다. 오후에 수안보로 향하였다.
수안보에서는 괴산 장풍시절에 찾았던 온천여관에 들어 밤에는 온천 목욕을 하고 탁주타령을 간단히 하고 그곳의 정태동 교사의 후대를 받았다.

〈1960년 10월 10일 월요일〉(8. 20.)
전 직원 소풍에서 무사히 귀교하였다. 다행하였다.

〈1960년 10월 16일 일요일〉(8. 26.)
금계에 갔다. 금계교의 초대로 여러 동지들과

뜻있게 놀았다. 나도 답접(答接)하였다. 마침 정선영 동지를 만나 교육감 선출에 대하여 족숙 한복 씨와 상의하였다……. 한복 씨는 교육위원이다.

〈1960년 10월 20일 목요일〉(9. 1.)
재종 점영 형님이 찾기에 만났다. 걱정의 상의다. 금전이 극히 필요하다는 것이다. 빚을 져서 위법 조쳐를 당하게 된다는 것이며 급히 다액(多額)이 필요하다는 것이다. 그러나 내 코도 석자나 빠졌으니 할 도리 없었다. 아버님과 집안 아저씨께 앙원하여 종종 돈 약간을 융통하기로 했다.
오후에는 사무 타합이 있어 교육구에 다녀왔다.

〈1960년 10월 22일 토요일〉(9. 3.)
가을소풍(전교생)을 실시하였다. 끝까지 무사했다.

〈1960년 10월 25일 화요일〉(9. 6.)
금월분 급료를 수령하였다.
하오에는 금계에 갔다. 본가 타작에 助力(조력)하였다. 노친의 극심한 피로를 느낄 때 가슴 아팠다.

〈1960년 10월 28일 금요일〉(9. 9.)
과학전시회장 관람차 전 직원 청주에 갔다. 역작품이 많았다. 우리도 차후로는 더욱 잘해 보자는 마음 간절하였다.
이녀 노회(魯姬)는 6학년 서울 수학여행차 출발하였다. 옥산국교 졸업반이다.

〈1960년 10월 30일 일요일〉(9. 11.)
노희 서울 여행에서 무사 귀가하였다.

〈1960년 10월 31일 월요일〉(9. 12.)
강서교에서 군내 국민교 아동의 현장 경시대회가 있기에 격려차 출장하였다.

〈1960년 11월 2일 수요일〉(9. 14.)
모교(母校) 옥산교 개교 40주년 기념행사 추진차 야간에 남촌리에 출장하였다.

〈1960년 11월 4일 금요일〉(9. 16.)
남일교 연구회에 출장하여 실과 지도에 관하여 말했다. 애국조회, 학급조회의 개선이 반성되었다. 낙엽으로 퇴비 만들기에도 관심이 컸다.

〈1960년 11월 7일 월요일〉(9. 19.)
군내 학력고사 감독차 인접 각리교에 출장하였다.

〈1960년 11월 15일 화요일〉(9. 27.)
학교장회의에 참석하였다. 교육감 정원상(鄭元相) 씨의 이임식이 있었으나 시대풍파에 따른 억울한 퇴임이다.

〈1960년 11월 16일 수요일〉(9. 28.)
기성회비 미수 다액으로 부지대 청산에 당사자들의 고난이 상당한 모양이다. 오늘도 기성회 역원 수명과 부락 출장하였으나 미결이다. 국사와 남촌리를 다녔다.
장녀 노원은 여고를 졸업 후 청주에서 방 한 칸에 제 동생들 수명을 조석 치다거리에 고생이 많은 중이다. 거기에 변변한 의복 하나 못 사 입혀 아비로서 가슴 쓰라린 중이다.

〈1960년 11월 17일 목요일〉(9. 29.)
군내 교장단 선진지 학사시찰에 해당되어 청주에서 유숙하였다.

〈1960년 11월 18일 금요일〉(9. 30.)
시찰단 일행은 경주 방면으로 새벽에 출발. 나는 여비 절약으로 양해를 얻어 단독으로 방향을 바꾸었다. 아직 못 갔던 온양온천으로 왔다. 처음 보는 곳이다. 생각 외에 넓은 도시였다. 여관을 '신행여인숙'(信行旅人宿)에 정하였다.

〈1960년 11월 19일 토요일〉(10. 1.)
여관에서 일찍이 목욕탕을 거쳐서 옆 호텔 정원에 들어가 샅샅치 구경하였다. 참으로 훌륭하다. 정원의 청결과 정돈은 또 그렇거니와 건물의 호화로움은 관광지에 어울리지마는 우리 같은 빈곤자는 천지 사이다. 돈 있는 이들의 행복을 무한히 누릴 때인 모양…….
마침 온양 장날이어서 시장 구경을 잠간하고 바로 기차 편에 귀가하였다.

〈1960년 11월 25일 금요일〉(10. 7.)
상청하여 교육감 선거 상황을 보았다. 교육위원의 긴장한 태도와 방청객들의 조마조마한 모습은 감투싸움과 선거 장면이 아니면 보기 드물으리라.

〈1960년 12월 1일 목요일〉(10. 13.)
청주 자췌 중의 공부하는 아해들도 희소한 고생이려니와……. 오늘도 새벽에 자전거로 청주에 들어가 각교를 찾아 납부금을 일부 또는 완납 등 가즌 애로를 겪었다. 경제곤난이 아마도 지금이 최고조인 듯. 연이나 더 곤난한 때가 아직도 앞으로 무수히 닥쳐오리라는 각오…….

〈1960년 12월 4일 일요일〉(10. 16.)
노친께서 연료를 싣고 오셨다. 또 채소를 싣고 청주에 가셨다. 가시기 전 동리 몇 분을 초빙하여 부친님과 노으시게 하는 중 노정 모친의 꾸지람이 심하였다. 그 야단이 무리는 아닌 중 알면서 교양 부족의 언사와 태도는 항시 불만이다. 청주로 쇠짐바리 소를 채찍하시면서 가시는 부친의 딱하신 뒷모습을 바라보면서 속눈물 먹음과 동시에 무사히 오시기를 빌었다. 나는 노정 모친에게 충고하였다. 어른들 앞에서 남편 되는 사람의 기분을 상케 하지 말 것이며 좀 더 너그러우라고…….

〈1960년 12월 7일 수요일〉(10. 19.)
오후에 청주에 들어가 학교 침구를 사는 결에 아해들 침구도 싼 것으로 두 장 사주었다.

〈1960년 12월 8일 목요일〉(10. 20.)
재종형 점영 씨께서 오미장에서 찾는다기에 나려갔었다. 오늘도 역시 금전 문제이다. 상당액 구하여 보자는 것이다. 그러나 하는 도리 없었다.

〈1960년 12월 10일 토요일〉(10. 22.)
한밤중에 장남 노정이가 왔다. 깜깜한 밤중에 찾아오느라고 큰 고생하였으리라. 방학이 된 모양이다. 밤 11시에 정봉서 하차하고, 12시가 좀 지나서 소로에 온 것이다.

〈1960년 12월 12일 화요일〉(10. 24.)
도의원 선거가 있었다. 이 지역 투표소는 우리 小로국교이었다. 자유당이 쓸어지고 민주당이 득세한 차제이다.

〈1960년 12월 13일 수요일〉(10. 25.)
청주에 들어가 난로와 연탄 구입을 결정하고 나왔다.

〈1960년 12월 14일 목요일〉(10. 26.)
강외국민학교에서 연구발표회가 있게 되어 참석하였다. 청소시간에 마스크(입싸개)한 것이 특이하였다……. 위생관념~.

〈1960년 12월 16일 금요일〉(10. 28.)
태양 연탄공사에 다녀 예식장에 가 보았다. 친우 정영래의 질녀 정헌자(옥산교 근무 중) 양의 결혼식이다. 본집에서 대접 받았다.

〈1960년 12월 17일 토요일〉(10. 29.)
조치원 석탄회사에 가서 마섹크(조개탄)를 사기로 결정하였다. 밤중의 치운 바람에 창 없는 트럭에 오느라고 큰 고생하였다. 불친절한 운전사로 인하여 더욱 괴로웠다.

〈1960년 12월 19일 월요일〉(11. 2.)
옥산면 면의원 선거가 실시되었다. 투표소는 역시 학교였다. 면 소재지에서 개표하였는데 소로리 거주 나의 과거 제자인 임 군이 당선되어 고맙다는 인사를 받았다.

〈1960년 12월 22일 목요일〉(11. 5.)
호죽리 친우 정재우(鄭在愚) 모친상 장례식에 다녀왔다.

〈1960년 12월 23일 금요일〉(11. 6.)
동계휴가 중 생활에 대하여 직원회에서 구체적으로 지시하였다. 회 끝에 사택에서 직원 위로연회를 열었다.

〈1960년 12월 24일 토요일〉(11. 7.)
휴업식을 거행하였다.

〈1960년 12월 25일 일요일〉(11. 8.)
승탄절이다. 청주에 들어가 난로대를 지불, 송교감 댁 친상에 조문하였다.

〈1960년 12월 26일 월요일〉(11. 9.)
면장 선거일이다. 이규원(李圭元) 씨 당선. 전(前) 면장이다.

〈1960년 12월 27일 화요일〉(11. 10.)
사무 타합차 상청하였다. 갑종강습에 관하여 부탁하였다. 김병호 교사가 해당되도록(국민학교 1급 정교사로).

〈1960년 12월 28일 수요일〉(11. 11.)
외종매(外從妹) 결혼식에 참석차 내곡행.
외숙의 부정불만에 착하신 부친께서 참다못하여 야간에 건너오셨다. 나도 뒤따라 건너왔다. 소 사건에 엉터리 홰를 내는 것이며 인사조차 받지 않는 인간성이 몹시 원만치 못하다.

〈1960년 12월 29일 목요일〉(11. 12.)

도지사 선거가 있었다. 날씨가 몹시 추웠다. 4.19혁명 후 민주당 특권정치에 각종 선거가 잦고 편당주위이다. 금일 선거에는 4활 2부라고 한다.

〈1960년 12월 30일 금요일〉(11. 13.)
연말 교장회의에 참석. 회 끝에 전원 연회.
친우 박상균(朴相均)을 만나 음주 정담 끝에 동숙하였다.

〈1960년 12월 31일 토요일〉(11. 14.)
아해들 의복 일체를 사다 입히고 집안 행락감을 보여주기 위하여 어린 것들과 좌담에 밤늦게까지 기쁜 시간을 보냈다. 오늘은 섣달금음. 4293년도 저물었다. 끝나는 날이다.
금년 1년을 청산하면서 부모님의 안강과 가족 일동의 건재함을 천지신명께 감사드린다. (印)

◎ 〈4293년(1960년) 경자(庚子)년 중요기사〉
1. 자유당 정권, 대통령 이승만 박사의 대한민국 정치. 차차 바로 잡혀 가던 중 총선거 불미한 사례 막심하여 극기야는 서울을 비롯한 전국 각 학교 학생들의 의거 사건 즉 4월 19일의 4.19 학생혁명이 일어나매 따라 자유당이 쓸어지고 야당이였던 민주당이 정권을 잡았다.
2. 괴산 장풍국민학교로부터 고향인 옥산 소로국민학교의 초대교장으로 전임 발령되었다. 붉은 벽돌 7개실의 완성에 아담한 건물을 완축하였다.
3. 작은 외숙의 소품팔이 사건에 속아서, 큰 외숙의 몰이해하는 심사(心事)에 유예 없는 큰 속을 썩이었다.
3. 연사(年事)는 보통이었다. 단 수해로 곳에 따라서는 흉작인 데도 있다.
4. 자녀 교육 상황은
   장남 노정(魯井) 서울대학교 사범대학 2학년
   장녀 노원(魯媛) 청주여고 졸업 2월 달
   2남 노현(魯絃) 청주사범 병설중학 3학년
   3남 노명(魯明) 청주사범 병설중학 2학년
   2녀 노희(魯姬) 옥산국교 6학년
   3년 노임(魯妊) 소로국교 4학년
   4남 노송(魯松) 소로국교 1학년
   동생 진영(振榮) 청주 대성중학 3학년
   질녀 노선(魯先) 금계국교 5학년

이상 (印)

1961년

〈내지〉
단기 4294년(서기 1961년) 신축년(辛丑年)
일기장
곽상영 41세
郭尚榮
소로국민학교 근무 중

〈1961년 1월 1일 일요일〉(11. 15.)
신정(新正) 경축식 거행. 연이나 각 가정에서는 과세 행사 부실시. 신축 새해를 맞아 다행하기를 천지신명께 앙원.

〈1961년 1월 2일 월요일〉(11. 16.)
군 복무중인 매부 박종규(朴琮圭) 휴가 귀가중. 소로까지 잠간 다녀가다.

〈1961년 1월 3일 화요일〉(11. 17.)
눈이 종일 나려 약 10㎝ 적설로 은세계. 오후에 금계 본가에 가다. 매 재영(才榮) 초산에 생녀하여 멱 한 잎 사주다.

〈1961년 1월 5일 목요일〉(11. 19.)
희유의 강취[강추위]. 오전 7시 온도 영하 20도.

〈1961년 1월 6일 금요일〉(11. 20.)
큰 외숙 소로까지 오시다. 소 사건으로 오셨으나 별무신통한 소식. 책임 회피하는 심정일 뿐. 그래도 주육으로 대접하여 보내드리다.
국사리에 가서 잎나무 10여 짐 사오다.

〈1961년 1월 7일 토요일〉(11. 21.)
박, 김 교사와 함께 면사무소에 가서 신학년도 신입생 해당자 조사를 완료.

〈1961년 1월 9일 월요일〉(11. 23.)
청주에서 공사간의 제반 일을 마치고 오후 차로 변영수와 동행하여 대전에 가다. 도청 구내식당 경영주 강대영(姜大榮) 친구를 찾다. 융숭한 대접을 받고 강 군 본댁에서 유하다.

〈1961년 1월 10일 화요일〉(11. 24.)
대전서 출발. 강서에서 하차. 몇 친구와 주점에서 좌담.
귀가 도중 정봉에서 족숙 윤백 씨 장례식에 들

려 조문.

〈1961년 1월 15일 일요일〉(11. 29.)
내곡교에 건너가 동교 교장님이신 김창제(金昌濟) 선생님의 환영회에 참석. 밤에는 동교 숙직실에서 윷놀이 하다가 그곳에서 유하다. 명일은 생일이어서 어물 약간 마련하여 노정을 시켜 금계 본가에 가게 하다.

〈1961년 1월 16일 월요일〉(11. 30.)
생일에 본가에 못 갔음을 부모님께 죄송히 생각. 오후에 사택에서 직원들과 일 배.

〈1961년 1월 18일 수요일〉(12. 2.)
오랫동안 못 가 뵈어 궁금하기에 금계 본가에 다녀왔다.

〈1961년 1월 19일 목요일〉(12. 3.)
임중혁 회장, 봉점 김동옥 역원과 함께 캐캐묵은 기성회비 죠로 국사리까지 출장을 하였었다.

〈1961년 1월 21일 토요일〉(12. 5.)
금일도 기성회비 죠로 임 회장과 함께 남촌리에 출장하였었다.
오후에는 내곡교 김동의 교사, 신대 김승시, 제천 김동한 친구가 내방하였기로 탁주 대접을 하였다.

〈1961년 1월 22일 일요일〉(12. 6.)
남촌리에 출장~ 임회장, 역원 곽한견 씨와 함께.

〈1961년 1월 24일 화요일〉(12. 8.)
휴가 중 시찰차 교육구 한상섭 장학사 내교.

〈1961년 1월 25일 수요일〉(12. 9.)
금일도 창리 출장. 임 회장의 노고에 감사.
휴가 마치고 청주로 다시 자췌 생활이란 고된 날을 또 다시 착수하기에 출발하는 아해들의 뒷모습을 보고 가슴이 메어지는 듯 압박감을 느낀다. 그나마도 최소한의 자췌 비용도 넉넉이 못 대주어…… 식량, 나무, 침구, 부식물, 학용품, 납부금, 의복, 신발 등등…….

〈1961년 1월 28일 토요일〉(12. 12.)
장남 노정이도 휴가 마치고 상경.

〈1961년 1월 31일 화요일〉(12. 15.)
동기 휴가 중 작품으로 교내 전시회 개최. 1년생인 4남 노송의 작품이 수위.

〈1961년 2월 3일 금요일〉(12. 18.)
사무 타합차 교육구에 출장.

〈1961년 2월 6일 월요일〉(12. 21.)
도 농사원에 들려 여사무원 모집 통보에 관하여 관계국장과 상의한바 불가능하다는 것이어서 또 낙심…… 장녀 노원의 건.

〈1961년 2월 7일 화요일〉(12. 22.)
친우 오춘택의 춘부장 관석 씨의 회갑연석에 축하. 금년에 닥쳐올 부친의 회신에도 큰 관심사.

〈1961년 2월 8일 수요일〉(12. 23.)
서번 곽동견 씨 댁 자혼 잔치 초대에 다녀옴.

〈1961년 2월 11일 토요일〉(12. 26.)
노정 모친 병고로 신음 중~ 임신 중 놀래어 낙태된 듯.

〈1961년 2월 12일 일요일〉(12. 27.)
금계 본가행. 아버님과 긴요한 사항 타합~ 가옥의 신축문제. 가친 갑년 잔치 문제. 노명과 노선의 진학 문제. 채금 반제 문제 등등…… 연이나 빈곤하여 제반이 걱정.

〈1961년 2월 13일 월요일〉(12. 28.)
학교행사 마치고 까치말 음식점에서 전 직원 구력 망년회 간소히 베풂…… 전 직원 한 가족 분위기. 단결, 합심, 협조, 파벌 전무함은 타에 모범이 되어 일대 기쁨은 나의 자랑거리.

〈1961년 2월 15일 수요일〉(1. 1.)
본가 금계에 가서 음력설 차례에 참석. 동리 어른 세배도 완료. 과음하여 귀교에 큰 고생.

〈1961년 2월 16일 목요일〉(1. 2.)
임학순 선생 댁에서 전 직원 초대에 응함.

〈1961년 2월 17일 목요일〉(1. 3.)
사친회장 임중혁 씨 댁에서 점심시간에 전 직원 초대.

〈1961년 2월 18일 토요일〉(1. 4.)
학교장회의에 참석코 귀교.
오춘택 친우 댁에서 전 직원 초대. 임국빈 씨 댁에서도.

〈1961년 2월 19일 일요일〉(1. 5.)
족숙 고 한욱(漢郁) 씨 소기에 조문차 금계행.

〈1961년 2월 20일 월요일〉(1. 6.)
소로 김상회 씨 댁에서 전 직원 초대.

〈1961년 2월 21일 화요일〉(1. 7.)
장남 노정이 학년말 휴가로 서울에서 귀가해 옴.

〈1961년 2월 23일 목요일〉(1. 9.)
사무 타합차 상청~ 학년말 인사사무 관계로.

〈1961년 3월 1일 수요일〉(1. 15.)
3.1절 제42주년 기념식을 거행하였다. 근자에 몸이 극히 쇠약하여져서인지 '선언서' 낭독에 큰 애로를 겪었다~ 눈이 잘 안 보이고, 다리가 떨리고 하여. 그러나 새 정신이 나도록 전력을 다하여 무사히 낭독을 끝마치었다. 하므트면 쓰러질 번하였다. 식사(式辭)도 힘차게 간명히 잘 한 듯싶다. 사친회장을 비롯하여 지방유지 다수가 참석하여 주어 감사했다.

〈1961년 3월 4일 토요일〉(1. 18.)
사무 연락차 상청하였다.

〈1961년 3월 5일 일요일〉(1. 19.)
족숙 고 한철(漢哲) 씨의 장례식에 참석하여 조문하였다. 차남 노현(병중 3년) 제 진영(대성중 3년)의 진학 문제에 부친님과 진지한 상의가 있었으나 가정경제 극난으로 긴 한숨과 걱정만 되었을 뿐이다. 참으로 고민이다.

〈1961년 3월 7일 화요일〉(1. 21.)

교장회의에 참석하였다. 신임 채 교육감의 취임식도 거행되었다. 학년말 사무연락도 긴요하였었다.

〈1961년 3월 19일 일요일〉(2. 3.)
청주 행하여 자취 중인 아해들의 반찬 약간, 연료, 운동화 몇 켤레를 사주고 왔다.

〈1961년 3월 24일 금요일〉(2. 8.)
수일 전에 부친께 말씀드려 허락을 받았다. 즉 부친님 갑년이 원 날자는 음 7월 9일이지만 때는 삼복더위 중이며 생계에도 칠궁의 어려운 때이어서 봄철로 당기기로 하였다. 음 2월 12일로(3월 28일) 정한 것이다. 마침 학교도 학년말 휴가 중이어서 더욱 좋게 되었다.
부친을 모시고 일군은 소를 몰고 노정과 함께 장흥정을 하러 청주에 갔다. 모 상점 李 씨 집에서 각종 과일, 어물, 소면 등을 갖추어 사가지고 저녁 늦게야 출발하였다. 놀던 차인 소인지라 짐 싣고 걷기에 너무나 황황하게 뛰므로 도중에 별별 속을 다 썩인 것이다. 더구나 일군(멈)이 어벙이 같은 둔한 사람이어서 몇 번이고 소 짐바리가 며쳐졌다. 그럴 때마다 글력 부친 부친님이 전력을 다하여 짐을 꾸리고 싣고 하셨다. 이럴 때마다 부친님이 더욱 가엾었다. 다행히도 장남 노정이가 대동되었으므로 무거운 짐을 다루기에 큰 도움이 되었으며 저의 할아버님 피로를 덜어드리기에 있는 힘을 다 쓰는 것이었다. 신대 뒷내와 금계 천수천 건느기에 짐 실은 소의 무사월천은 큰 다행이었지마는 위험한 생각에 진땀과 소름이 쪽쪽 끼쳤다. 집에 도착되었을 시는 한밤중이지마는 짐 떼어 놓은 다음 마음이 놓이고 종일토록 겪은 생각을 하니 불쌍하신 부친을 껴안고 울고만 싶었다. 회갑잔치를 가정의 빈곤을 생각하시고 전혀 만류하시다가 하도 애원을 하였더니 허락하신 후, 자식의 무전 애로에 큰 근심이 있으리라 염려하시고 자식의 힘을 덜어 주시려는 마음은 과연 천품이 착하신 우리 아버님이 아니면 볼 수 없으리라……. 당일의 무사함을 빌면서…….

〈1961년 3월 27일 월요일〉(2. 11.)
명일은 부친의 회갑 축하연이 열리는 날인데 새벽에 나린 비는 안팎 마당을 적시어 음식 장만하는 부인들의 노고가 더욱 많게 한다. 돼지도 집의 것을(약 10관) 잡은 후 30여 관 되는 큰 것을 구하여 잡기로 하였다. "복 없는 사람이라 날씨조차 불순하다." 힘과 심명이 없으시며 상심에 쌓인 부친의 말씀에 나는 가슴이 터지는 것 같고 울고만 싶었다. "아- 천지신명이시어 살피시압소서. 도와주시압소서. 불쌍하신 우리 부친의 갑년 행사에…… 무사함을." 나는 이렇게 마음속으로 빌면서 가슴을 조리었다.
부친께 안심의 말씀을 드리고 청주에 다녀오신다기에 약간의 노비와 물품(갓)값을 드리었다. 친족 아주머니, 할머니들께서 많이 모였다. 부치개, 기름질, 떡, 두부 등등 만드시는데 비 끝의 바람이 방향도 무질서하게 되는 대로 부는 관계로 기름질 솥 밑의 연기로 매군 연기에 눈물을 흘린다. 친족 청년 아우들도 여러 사람 모여 와서 과일을 비롯한 여러 가지 음식을 괴이느라고 분주히 수고들 한다.
천지신명께서 도와주심인지 오전 중 오락가락하던 짙은 구름이 오후에 이르러 운거청천 그대로이다. 나는 마음이 개온하였다. 음식을 비롯한 제반 행사도 순조롭게 진행이 잘 된다. 청주 가신 부친께서도 해질 무렵 무사히 오시고 원처에 계신 당숙장을 위시하여 연、친척이 많이들 오셨다. 밤늦게까지 준비사에 바쁘게 활동하다가 거이 마치고 잠자리에 들었다. 삼칸집 좁은 방에 그야말로 골차듯 빽빽이들 누었다. 집 안팍으로는 음식 광주리가 널려 있고 흐밝은 등불만이 음식을 지키는 듯, 고요하다. 음식 걱정, 내일 걱정에 잠이 잘 안 온다. 뒤안으로 앞마당으로 왔다 갔다 하는 중에 날이 거이 밝아진 것이다.

〈1961년 3월 28일 화요일 晴〉(2. 12.)

새벽부터 법석이다. 집안 식구들에게 맡아볼 분야를 책임 지웠다. 내객 안내, 음식 전달, 음식 권고, 정리, 술 등등…….

식전에 부친께서는 음식 약간을 가지시고 노정을 다리고서 조부님 산소에 다녀오셨다. 동리 어른들을 초대하여 조식을 같이 하고 채일 밑에서 음식 진설이 끝나자 우리 부부는 부모님께 헌수의 술잔을 공손히 올렸다. 다음 차례는 아우들 부부인 것이었만 서럽게도…… 이 자리에는 없다. 복통할 노릇이다. 이날을 마지하여 좋은 날에 도리어 쓸쓸한 수심에 가득 차리라고 전사에 생각한바 간절하였건만…….

도량 넓으신 부친께서는 기쁘신 안모로 모친을 위안하시는 말씀. 듣는 사람에 웃음을 금치 못하게 하신다. 모친께서는 약주만을 많이 드신다.

부친 회신의 헌수 차례가 순조롭게 끝나고 상을 치운 다음 손님 대접으로 들게 된다. 4촌, 재종, 3종, 여러 형제가 침착하게 질서 있게 또 친절하게 일들 잘 봐 주시었다. 안 아주머니들께서도 눈에 백동빛이 나게 음식 주선, 상 차리기에 참으로 잘 움직여 주셨다. 날씨도 좋았다.

금일은 본동 금계와 동림, 장동 손님을 초빙한 것이다.

〈1961년 3월 29일 수요일〉(2. 13.)

오늘 날씨도 좋다. 금일은 외부 손님을 초빙하였다. 나의 근무지 소로리에서 일시에 4, 50분이 오셨다. 오산, 덕촌, 환희리에서 많이들 오셨다. 작은집, 큰집, 이웃집의 안방, 사랑방, 안마당, 밖앗마당, 온통 손님들로 꽉 차였다. 노정 노원을 위시한 나의 자식들과 친척 형과 아우, 또 질아, 질녀들의 눈부신 활약으로 손님들 접대는 잘 되어가는 것이었다.

기생들의 노래 소리, 장고 소리, 축하의 노랫소리에 수 시간 동안 박삭댔다. 사랑방에는 노인들의 점잖은 시조도 한창이었다. 부친께서는 도포에 통양갓을 쓰셨으니 우리나라 옛 풍속의 어른이시다. 가죽제품 반구두를 신으시고 손님 권주와 축가 대송에 바쁘시다. 나는 아버님을 업고서 둥둥 춤을 추며 군중 속을 폭 파고 한두 바퀴 돌았다. 손님들이 권하기에 술도 나우 마셨으나 긴장과 조심성에 그리 취하지는 않았다. 밤에는 가족놀이로서 집안 형제들과도 한바탕 놀았다.

〈1961년 3월 30일 목요일〉(2. 14.)

오늘 손님은 드문드문하여서 접대하기에 한가하였다. 집안사람들 느른한 모양. 이곳저곳에서 낮잠도 곤히 잔다. 금번 행사를 마치고 나니 모두가 미안하다. 더 좀 잘 하여 드리지 못한 탓의 부모님께 죄송, 뒷주선에 분주히 심신을 아끼지 않은 여러 친척들, 융숭한 대접을 못하여 손님들에 미안, 생활난에 특히 춘궁인데 부조하여 주신 분들에 감사와 미안. 현금 10여만 환과 물품 수십 점……. '나도 그에 보답하리라.'
무사히, 어느 정도 뜻있게 지냈음을 천지신명께 감사드리면서…….

〈1961년 4월 1일 토요일〉(2. 16.)
신학년도 시업식이다. 4294학년도이다. 이로서 신설 본교 소로국민학교도 처음으로 제6학년이란 최고학년이 있게 되었다.

〈1961년 4월 4일 화요일 비〉(2. 19.)
청주 행하였다. 금년 입학 청주여중의 노희의 입학금을 납부하였다. 상고 진영의 학비 감면도 교섭하였다.

〈1961년 4월 6일 목요일〉(2. 21.)
금년 입학 동생 진영의 상고 납부금도 정리하였다. 채용하여 해결되었다. 학비 감면도 당교 교장의 동정의 혜택을 받아 통과되었다.
우리 소로국민학교 제1학년 입학식을 거행하였다.

〈1961년 4월 7일 금요일〉(2. 22.)
청주농고 입학식에 참가하였다. 금춘에 청사병중을 졸업한 2남 노현의 농고 입학이다.

〈1961년 4월 13일 목요일〉(2. 28.)[1]
학교장회의에 참석하였다. 신학년 운영 문제도 포함되었다.

〈196년 4월 14일 금요일〉(2. 29.)
제6학년 학부형회가 개최되었다. 첫 6학년이어서 여러 가지 학교와 가정에서 할 일을 토의한 것이다.

〈1961년 4월 17일 월요일〉(3. 3.)
향토학교 건설 전달 강습에 출석하였다. 오경석 교사와 함께 받았다. 장소는 교육화관[교육회관]이다. 강사는 장학사 수인, 초중고 교장 수인이다. 명일까지 계속된다.

〈1961년 4월 19일 수요일〉(3. 5.)
4.19 학생혁명의 제1주년 기념일이다. 전국 각교마다 기념식을 거행케 된 것이다.

〈1961년 4월 21일 금요일〉(3. 7.)
오송농은에 가서 5만 환 대부 받았다. 소장 김윤득 씨의 호의와 옛 보은 제자인 신승인(辛昇寅) 서기의 노력으로 쉽사리 수속이 된 것이다.

〈1961년 4월 23일 일요일〉(3. 9.)
교육동지 김석영의 사망 장례에 참석하여 조사(弔辭)를 하였다. 서촌이 본집이며 옥산교의 1년 후배이다.

〈1961년 4월 24일 월요일〉(3. 10.)
소로리 변종운(卞鐘雲) 씨 사랑방으로부터 학교 숙직실로 반이하였다. 본교는 아직 교장 사택이 없다. 마침 숙직실이 큰 방 2칸이므로 옹

1) 원문에는 음력날짜가 29일로 잘못 기재되어 있다.

삭하지는 않다. 그러나 부엌이 없어서 불편한 형편이다.

〈1961년 4월 25일 화요일〉(3. 11.)
학구내 국사리 양지촌 김주성(金周成) 씨의 회갑연에 초대가 있어 전 직원 다녀왔다. 이 분은 본교 기성회 부회장이며 사친회 고문이시다.

〈1961년 4월 28일 금요일〉(3. 14.)
춘계소풍에 따라갔다. 까치내로 전교생이 갔다. 부형 자모들이 많이 동행되었다. 약 100명 가량이다. 봉점 부형 수인이 천렵기구를 갖추어 가지고 왔으며 어구로 냇고기를 상당히 잡아 점심과 안주가 넉넉하였었다. 술도 풍부하여 만족히 놀았으며 부형 몇 분은 과음하여 비틀거리며 집에 돌아갔다.

〈1961년 4월 29일 토요일〉(3. 15.)
교장회의에 참석하고 이사영(李士榮) 선생을 만나 정담하였다. 이 선생은 현재 행정교 교감이며 수년 전에 내수교 시절에 같이 근무한 바 있다.

〈1961년 5월 2일 화요일〉(3. 12.)
신대 거주 김병호(金丙鎬) 교사 작일부터 독감으로 결근 중 오후에 문병하다. 병중에도 김 교사는 아동들 걱정에 교육자적이다.

〈1961년 5월 3일 수요일〉(3. 19.)
서울 거주 재종형(點榮 氏)의 작은 부인 되는 형수씨의 별세 소식이 유하다.

〈1961년 5월 5일 금요일〉(3. 21.)
어린이날 行事 마치고 金昌月 小魯里長과 梧倉農銀에 同行. 債金 條로 갔으나 實效 못 이루다.

〈1961년 5월 8일 월요일〉(3. 24.)
어머니날 제十一回. 魯井한테서 편지 옴~ 3學年 前期分 未登錄으로 초조하는 듯. 그렇잖아도 數日 前부터 求金하기 努力하였으나 如意不通으로 근심 中. 오산에서 數個處 부탁은 하였으나 不成事 中. 어쩌면 明日이면 될 듯.

〈1961년 5월 9일 화요일〉(3. 25.)
걱정 中이던 魯井 登錄金 完全 準備. 多幸으로.

〈1961년 5월 10일 수요일〉(3. 26.)
上京하였으나 魯井이 마침 下鄕하여 相面 不能. 서울서 留宿. 明日 行事計劃도 세움. 再從 點榮 兄도 相面.

〈1961년 5월 11일 목요일〉(3. 27.)
淸巖洞 큰 再從 文榮 兄任 宅 尋訪. 兄과 同行하여 大學附屬病院에 入院 中인 前 체신부長官 義榮 氏 問病.
下鄕했던 魯井 上京. 飮食店에서 同食 後 登錄金 건너줌. 中央線으로 歸途 中 時間 關係로 提川邑에서 留함.

〈1961년 5월 12일 금요일〉(3. 28.)
三時 五十分 車로 忠州向發. 때는 새벽. 水安堡를 거쳐 前任地인 槐山 長豊校에 들려 人事後 親知 車玉珍 里長 宅에서 留함.

〈1961년 5월 16일 화요일〉(4. 2.)
朝飯 後 깜짝 놀랠 消息…… 서울은 軍事革命으로 民主黨 政權 軍人이 掌握. 民主當 政治 無能의 原因으로…….

〈1961년 5월 20일 토요일〉(4. 6.)
先祖考의 祭祀에 參例. 大田우체국에 계신 從兄도 오심.

〈1961년 5월 22일 월요일〉(4. 8.)
첫 모내기 作業~ 午後에 歸家하여 移秧作業에 助力. 軍事革命 政府의 內閣을 組織한 發表 報道.

〈1961년 5월 25일 목요일〉(4. 11.)
鄕土學校 年間 計劃書 樹立 完了.

〈1961년 5월 28일 일요일 雨〉(4. 14.)
長期間 가믈더니 오늘에서 甘雨 내림.

〈1961년 5월 29일 월요일〉(4. 15.)
淸掃箱子 및 掛圖걸이 製作 完了.

〈1961년 5월 30일 화요일〉(4. 16.)
各處 移秧作業으로 한창. 例年에 比해 相當히 早期 모내기 됨.
月賦制로 '드레스 미싱' 購入… 親友 吳春澤의 紹介에 依함.

〈1961년 5월 31일 수요일〉(4. 17.)
本家 移秧作業 今日로 마감. 魯井 母 채소로 체했다고 不便 中.

〈1961년 6월 1일 목요일〉(4. 18.)
先祖妣 祭祀(祖母, 우리는 못 보았음)

〈1961년 6월 3일 토요일〉(4. 20.)
魯井 母親 채소 체症 服藥 中. 若干 差度 有한 듯.

〈1961년 6월 5일 월요일〉(4. 22.)
敎長會議에 參席~ 5.16 軍事革命 後 最初會議…… 革命課業 完遂에 關係되는 諸般 指示.
서울에서 長男 魯井이 밤中에 來家…… 壯丁 檢査 受檢次.

〈1961년 6월 6일 화요일〉(4. 23.)
魯井 身體檢査 受檢次 槐山 向發…… 兵籍 槐山 長延이므로.
노정 母親의 체증 거이 낳은 듯.

〈1961년 6월 7일 수요일〉(4. 24.)
本 學區 內 移秧作業 거이 完了~ 今年은 相當히 서든 편.

〈1961년 6월 9일 금요일〉(4. 26.)
玉山校 盧 校長, 族兄 郭宗榮 校監, 李佐根 敎師 內校 歡談.

〈1961년 6월 12일 월요일〉(4. 29.)
고구마 싹 購入하여 심음. 約 500本.

〈1961년 6월 13일 화요일〉(5. 1.)
兒童 全員 家庭實習 實施.

〈1961년 6월 15일 목요일 雨, 曇〉(5. 3.)

三女 魯妊이가 주은 보리 이삭으로 보리쌀 1말 정도 收액.

〈1961년 6월 18일 일요일 晴〉(5. 6.)
本家庭에 가서 보리 打作에 助力.

〈1961년 6월 19일 월요일 雨〉(5. 7.)
全 織員 革命公約 六章 完全 暗誦.

○ 革命公約

1. 反共을 國是의 第一義로 삼고 至今까지 形式的이고 口號에만 그친 反共態勢를 再整備 强化한다.
2. 유엔憲章을 遵守하고 國際協約을 忠實히 履行할 것이며 美國을 爲始한 自由友邦과의 紐帶를 더욱 鞏固히 한다.
3. 이 나라 社會의 모든 腐敗와 舊惡을 一掃하고 頹廢한 國民道義와 民族正氣를 다시 바로잡기 爲하여 淸新한 氣風을 振作시킨다.
4. 絶望과 饑餓線上에서 허덕이는 民生苦를 時急히 解決하고 國家 自主經濟 再建에 總力을 傾注한다.
5. 民族的 宿願인 國土統一을 爲하여 共産主義와 對決할 수 있는 實力培養에 全力을 集中한다.
6. (軍人) 이와 같은 우리의 課業이 成就되면 革新하고도 良心的인 政治人들에게 언제든지 政權을 移讓하고 우리들 本然의 任務에 復歸할 準備를 갖춘다.

(民間人) 이와 같은 우리의 課業을 早速히 成就하고 새로운 民主共和國의 굳건한 土臺를 이룩하기 爲하여 우리는 몸과 마음을 바쳐 最善의 努力을 傾注한다.

〈1961년 6월 21일 수요일 晴〉(5. 9.)
吳 敎師와 部落 內 勞力不足家를 尋訪하고 助力키로 協議하다……. 吳京植, 任學淳, 任大淳 家庭.

〈1961년 6월 22일 목요일〉(5. 10.)
참깨 모종 完了…… 今年 들어 四時 半頃 起床하여 食前 作業 二 時間餘씩 實習地 손질 等 좋은 習慣 들어 多幸~ 풀 뽑기, 김매기 人糞 푸기 等.

〈1961년 6월 25일 일요일 晴〉(5. 13.)
6.25 第11周年 紀念會. 再建國民運動促進會에 參席. 玉山面長, 副面長 等 解任發令. 朴種海 先親 大忌에 人事.

〈1961년 6월 26일 월요일 曇, 雨〉(5. 14.)
月例 校長會議에 參席.

〈1961년 7월 2일 일요일 時〃雨〉(5. 20.)
全 職員 出勤하여 日曜特別執務.

〈1961년 7월 3일 월요일 時〃雨〉(5. 21.)
區 李文洙 獎學士 來校視察.

〈1961년 7월 6일 목요일 雨〉(5. 24.)
今日 비로소 天水畓까지도 移秧 完了…… 早種과는 한 달 以上 差異. 近日의 비로 장마비 連想.

〈1961년 7월 9일 일요일 時〃雨〉(5. 27.)
絃, 明, 振榮 어제 왔다가 다시 淸州에 들어감.

〈1961년 7월 10일 월요일 時〃雨〉(5. 28.)
淸州에 다녀옴. 今日도 때〃로 비 나림.

〈1961년 7월 11일 화요일 曇後雨〉(5. 29.)
두 時間의 쏘나기로 大洪水…… 小魯 各處 뚤과 산골 논이 물로 벌더듬.

〈1961년 7월 12일 수요일 時〃雨〉(5. 30.)
本家가 궁금하여 金溪에 갔다. 버들어지 들을 보니 물바다다. 우리 집 논 형편없이 되었다. 父親은 病患이시다(탈황症)…… 제반근심 때문이리라.

〈1961년 7월 13일 목요일 曇, 雨〉(6. 1.)
버들어지 복새作業에 努力. 편찮으신 父親도. 가래질 일 참으로 힘 드는 일임을 깊이 느꼈다.

〈1961년 7월 14일 금요일 時〃雨〉(6. 2.)[2]
長媛(長女 魯媛) 오급公務員 試驗 應試키로 決定하고 手續을 完了.

〈1961년 7월 16일 일요일 晴〉(6. 4.)
南村里 出張~ 役員 尋訪, 兒童 家庭 訪問.

〈1961년 7월 17일 월요일 晴〉(6. 5.)
制憲節 第13周年 記念式 擧行.

〈1961년 7월 18일 화요일 晴〉(6. 6.)
本家 金係行. 버들어지 들 十五 斗落의 벼農事 完全失敗. 黃土 난태로 녹아 삭아버리다. 父親은 근심과 걱정에 病患까지 드시어 近日의 家庭 情狀 말 못 되다. 철난 以後 農事 이처럼 버림은 처음이다.

〈1961년 7월 19일 수요일 晴〉(6. 7.)
今日도 甚한 더위. 섭씨 34° ~ 물속에서 험한 물에 시달림과 함께 더운(뜨거운) 熱에 벼가 배겨나지 못하였으리라.
淸州 行하다~ 外戚 吉子의 發令手續 件으로 協議. 魯媛의 受驗番號 14353이라고. 募集人員 不過 幾百 名에. 하늘에 별 따기.

〈1961년 7월 20일 목요일 晴〉(6. 8.)
長男 魯井 休暇되어 집에 오다(夏季休暇).

〈1961년 7월 23일 일요일 晴〉(6. 11.)
烏山 行하여 玉山面長과 面談하다…… 時事와 農事 等.

〈1961년 7월 25일 화요일 晴〉(6. 13.)
第一學期 終業式 擧行.

〈1961년 7월 26일 수요일 曇, 雨〉(6. 14.)
校長會議에 參席…… 休暇 中 學校經營에 대하여.
長男 井이 다시 上京하다.

〈1961년 7월 27일 목요일 雨, 曇, 晴〉(6. 15.)
緊急職員會 開催하여 校長會議 傳達.

〈1961년 7월 28일 금요일 晴, 曇, 雨〉(6. 16.)
玉山面所에 가다. 本家 水害狀況 認定(確認).

2) 원문에는 목요일로 잘못 기재되어 있다.

〈1961년 7월 29일 토요일 晴〉(6. 17.)
清州農高에 들러 魯絃 學費 免除 打合되다. 優等奬學生이기도 하였고.

〈1961년 8월 1일 화요일 晴〉(6. 20.)
金溪行. 本家는 完全 失農으로 걱정 中. 學校에 들렸더니 마침 康 課長 오다. 金溪校 學區에 虎竹 問題로 現地踏査.

〈1961년 8월 3일 목요일 曇, 時 雨〉(6. 22.)
父親 精麥 一叺 싣고 小魯에 오시다. 失農 後 심명도 없으신데 글력 부치심도 잊고 오신 老親의 애쓰심에 가슴 아프다.

〈1961년 8월 6일 일요일 晴〉(6. 25.)
金溪校 楊 先生 來訪하였기 歡談.

〈1961년 8월 7일 월요일 晴〉(6. 26.)
玉山 酒造場에 들려 소주 一斗 本家에 보내드리다. 面長, 主任, 우체국장과 同席 歡談.

〈1961년 8월 9일 수요일 曇〉(6. 28.)
郡廳 會議室에서 郡內 機關長會議 開催에 參席~ 農村 高利債 整理 啓蒙을 教職員이 擔當토록…….

〈1961년 8월 10일 목요일 晴〉(6. 29.)
玉山面內 各 機關 合同會議에 參席. 高利債 整理 啓蒙 件.

〈1961년 8월 11일 금요일 晴, 雨〉(7. 1.)
校長會議 傳達會 久 奬學士 內校. 任 會長 宅에서 招待.

〈1961년 8월 14일 월요일 曇, 雨〉(7. 4.)
高利債 整理 啓蒙으로 今日도 出張.

〈1961년 8월 15일 화요일 晴〉(7. 5.)
서울서 長男 魯井이 옴.

〈1961년 8월 16일 수요일 晴, 雨〉(7. 6.)
伯父 제사로 金溪行.

〈1961년 8월 17일 목요일 曇〉(7. 7.)
長男 魯井 自進入隊한다고. 其 手續次 兵籍地인 槐山에 다녀옴~ 失農으로 學費 調達 難. 單期服務의 適期 等인 듯.

〈1961년 8월 18일 금요일 晴〉(7. 8.)
秋作 菜蔬 씨앗 播種.
오미장에서 닭, 魚物 等 나우 購入. (明日 陰七月 九日은 父親의 正式 回甲. 잔치는 앞당겨서 今春 이루었지만.)

〈1961년 8월 19일 토요일〉(7. 9.)
父親의 正式 還甲~ 元잔치는 당겼었다. 今日은 洞里 어른들을 招待하여 朝食과 藥酒를 待接. 終日 接客에 분주했다.

〈1961년 8월 20일 일요일 晴〉(7. 10.)
今日로 休暇 끝. 金溪에서 午後 五時에 小魯 舍宅으로 歸家.

〈1961년 8월 21일 월요일 雨, 晴〉(7. 11.)
夏休 마치고 開學. 고리채정리운동 繼續 命令에 面에서 다시 會合. 夜間에 各 機關員 一齊 出張. 今夜는 國仕行.

〈1961년 8월 26일 토요일 晴, 曇〉(7. 16.)
고리채 서류 갖고 上廳. 道 指導課.
父親께서도 채소, 기타 物品 가지시고 淸州에 오심.

〈1961년 8월 27일 일요일 晴〉(7. 17.)
南村의 崔 准尉를 만나 魯井의 自進入隊 手續에 關하여 相議.

〈1961년 8월 28일 월요일 晴〉(7. 18.)
面內 里長會議에 參席~ 案件 亦 고리채 정리가 主.

〈1961년 8월 29일 화요일 晴〉(7. 19.)
遺族登錄 手續關係로 金溪에 다녀옴.

〈1961년 8월 30일 수요일 晴, 曇〉(7. 20.)
校長會議 參席次 上京. 유족등록 手續次 紘이 江外 다녀옴.

〈1961년 8월 31일 목요일〉(7. 21.)
傳達 講習 兼 會議 傳達.

〈1961년 9월 1일 금요일 雨, 風〉(7. 22.)
비, 바람에 벼가 많이 업쳤음.

〈1961년 9월 2일 토요일 曇〉(7. 23.)
魯井의 自進入隊 手續關係로 道 指導課에 가봤으나 別無神通. 同係 金宗洙 氏와 人事.

〈1961년 9월 3일 일요일 晴〉(7. 24.)
玉山校 出身 教職 同志가 江內面 智水亭에 會合하여 逍風키로 되어 갔으나 參集人員 不過數人.

〈1961년 9월 4일 월요일 時 雨〉(7. 25.)
노정의 自進入隊 手續次 曾坪 37師團 徵集課에 들렀더니 取扱者가 마침 緣戚이므로 親切히 대하매 可能할 듯.

〈1961년 9월 5일 화요일 曇, 晴〉(7. 26.)
짐 運搬次 노정은 上京. 今日 날씨는 매우 가을 날씨 기분.

〈1961년 9월 6일 수요일 晴〉(7. 27.)
任重赫 會長과 運動會에 關한 打合.

〈1961년 9월 7일 목요일 晴〉(7. 28.)
노정이 서울에서 짐 싸가지고 옴. 國仕에 가서 體育會에 關한 打合.

〈1961년 9월 10일 일요일 晴〉(8. 1.)
郡內 聯合體育大會에 參席次 北一校行.

〈1961년 9월 12일 화요일 晴〉(8. 3.)
長男 '魯井' 志願入隊. 媛, 姬 같이 전송. 下午 三時 半에 發車~ 學窓 中 自進入隊하는 그 心中 어떠하리. 失農? 學費難? 單期服務의 機會? 如何튼 개운치 않은 일, 快치 않을 일. 數千의 壯丁 속에 끼어 어실렁거리며 驛을 向해 가는 그 모습. 子息 낳은 어버이로서 볼 수 없는 情景이었다. 이제는 뜯어 고칠 수 없는 노릇. 所持品과 먹을 것을 제各己[제各其] 들은 저 壯丁들. 우리 井은 別것 들린 것도 없이…… 도리어 제 주머니에서 數千 환을 꺼내어 紘과 振榮의 體育服 사 입히라고……. 나는

그 돈을 받았다. 남들은 副食代 補充으로 相當額 넣어주는데. 汽車는 뜨기 始作했다. 끝까지 勇氣를 내어 기쁜 낯을 뵈었다. 家族들 중에는 이곳저곳서 울먹이는 기분 안 된 환경이 되었다. 6.25 事變 當時 戰死한 同生 云榮 件을 겪은 나머지라 軍人 하면 가슴이 뜨끔하는 이 나인지라 좋을 理 없다. '天地神明이시여 長子 우리 魯井의 武運長久를 비나이다.' 몇 번이고 腦中에 외치며 별 수 없이 발길을 옮겼다. 나의 長男 井을 실은 車는 벌써 西門橋를 지나 고개턱을 달리고 있었다.

〈1961년 9월 13일 수요일 曇, 雨〉(8. 4.)
國仕里의 峯店과 九巖洞을 出張하였다.

〈1961년 9월 15일 금요일 晴〉(8. 6.)
本家 金溪에 가서 魯井의 入隊 經圍[經緯]를 父母任께 報告 올림.

〈1961년 9월 16일 토요일 晴〉(8. 7.)
玉山 出張하여 保安 講習 傳達함을 들음.

〈1961년 9월 17일 일요일 晴〉(8. 8.)
秋季 體育大會 練習으로 日曜日 不拘 全 織員 登校하여 指導에 몰두.

〈1961년 9월 18일 월요일 晴〉(8. 9.)
部落에 出張何如 體育會費 贊助에 謝禮.
今日부터 健康狀態 不良~ 感氣인 듯.

〈1961년 9월 19일 화요일 曇〉(8. 10.)
感氣는 今日도 繼續…… 洋藥 몇 봉 먹어도 別無効果.

〈1961년 9월 20일 수요일〉(8. 11.)
上京하여 學校 沐浴湯 交涉, 學期末 措置 等 打合.
毒感 中 出張으로 無理했던지 午後에 코피를 나우 쏟음.

〈1961년 9월 21일 목요일 曇〉(8. 12.)
人便으로 長男 '魯井' 無事入隊 確認 消息. 감기는 今日도 別無差度. 코피도 계속.

〈1961년 9월 22일 금요일 晴, 曇〉(8. 13.)
體育會 總演習. 감기와 코피는 今日에서 多分히 差度 有함.

〈1961년 9월 23일 토요일 雨, 曇〉(8. 14.)
밤새도록 나린 비는 여름비를 방불. 體育會에 支障될 듯. 운동장에 새끼와 말뚝 等의 場內 裝置.

〈1961년 9월 24일 일요일〉(8. 15.)
今日은 秋夕. 새벽에 金溪 行하여 秋夕 차사 지내고 낮 12時頃 歸校. 體育會 準備에 밤 10 時까지 努力.
入隊한 長男 魯井의 '옷' 到着. 軍番 0039711 單期服務 番號.

〈1961년 9월 25일 월요일 曇〉(8. 16.)
體育大會 - 本校 第二次. 觀衆 約 500程度뿐. 비로 因하여 困難을 겪었으나 끝까지 勇氣 있게 進行. 特히 地域運動會로서 푸로를 잘 짰다. 家族的 분위기. 地域운동회.

〈1961년 9월 26일 화요일 晴〉(8. 17.)

角里校 青年운동회에 구경 갔다 옴.

〈1961년 9월 27일 수요일 晴〉(8. 18.)
全校 登校. 大清掃. 室內 整頓. 一學期 終業式.

〈1961년 9월 30일 토요일 晴〉(8. 21.)
梧倉面 花山里 行~ 金溪校 楊時南 教師 親喪에 弔慰人事.

〈1961년 10월 1일 일요일 晴〉(8. 22.)
同窓 新垈 吳天圭 親忌에 人事 다녀옴.

〈1961년 10월 2일 월요일 晴〉(8. 23.)
第二學期 始業式 擧行. 軍 入隊한 長男 魯井의 最初 편지 接受.
午後에 入清하여 農高 魯絃의 納付金 定理次…… 然이나 喜消息은 一學年 제 班에서 成績 一位라고. 優等奬學生 되었다고.

〈1961년 10월 3일 화요일 晴〉(8. 24.)
開天節 慶祝式 擧行.
傳達夫 族叔 漢普에 더욱 充實을 期할 것을 忠告 당부함.

〈1961년 10월 4일 수요일 曇〉(8. 25.)
區 金大煥 奬學士 本校 學事視察. 玉 山同行코 晝食 會食.

〈1961년 10월 5일 목요일 曇, 雨〉(8. 26.)
밤새도록 비 나림. 夏期 장마비처럼. 秋收일에 支障 있을 듯.

〈1961년 10월 6일 금요일 曇, 晴〉(8. 27.)
傳達夫 傷痍軍人으로 援護法에 依하여 代置된다는 通牒 受領. 本校는 族長 郭致謨가 發令된 듯.

〈1961년 10월 7일 토요일 晴〉(8. 28.)
本校 傳達夫로 郭치모 就業通知書 來到. 玉山出張하여 援호청 職員과 面內 機關長들 一堂에 모여 打合함.

〈1961년 10월 9일 월요일 晴〉(8. 30.)
제515周年 '한글날' 祝賀式 擧行.
科學作品 完成~ 搬出 準備도 完.

〈1961년 10월 10일 화요일 晴〉(9. 1.)
科學作品 搬出함.

〈1961년 10월 11일 수요일 晴〉(9. 2.)
엊저녁 꿈도 異常하다…… 아래윗이가 한 개도 남지 않고 쏙 빠았다. 이 빠인 꿈 좋지 못하다는 말 前에 많이 들었다.
교육구청에 상청~ 3、4분기 예산 증빙서류 제출과 사무 타합.

〈1961년 10월 12일 목요일 晴〉(9. 3.)
絃의 농고 담임 朴興圭 선생을 찾아 대접. 청주서 아해들과 머뭄.

〈1961년 10월 13일 금요일 晴〉(9. 4.)
병중(倂中) 재학 중인 3남 노명이 자전거 사고로 왼팔 대부상. 탈골 겸하여 절골~ 청주 정골원에서 X사진 찍고 치료 착수. 대부상에 가슴 아팠다.

〈1961년 10월 14일 토요일 晴〉(9. 5.)
전교 가을소풍~ 금계 및 동림산 방면…… 점심시간에 금계에 달려 본가에 초대하여 전 직원 주식 접대함. 귀도 중 옥산교에서 留.

〈1961년 10월 15일 일요일 晴〉(9. 6.)
오미에서 옥산, 금계교 직원들과 합류하여 좌담.
3남 노명의 경과가 궁금.

〈1961년 10월 16일 월요일 晴, 曇〉(9. 7.)
상청하여 작품 반입 준비와 사무 타합.
3남 노명의 왼팔 큰 부상에 치료 결과 경과호조라기에 다행.

〈1961년 10월 21일 토요일 晴〉(9. 12.)
6학년 서울 방면 수학여행 출발에 새벽 4시께 정봉까지 전송.

〈1961년 10월 22일 일요일 晴〉(9. 13.)
入隊 中인 魯井에게 4,000환 送金.

〈1961년 10월 23일 월요일 晴〉(9. 14.)
본가에 갔다가 벼 걷는 작업 조력. 15두락 중 거의 다 버리고 조그마치 남은 것. 노 양친의 노고의 정상 목불인견.
경인지구로 여행 갔던 학생 전원 무사귀교. 정봉역까지 마중.

〈1961년 10월 26일 목요일 曇, 雨〉(9. 17.)
교장회의에 참석차 청주 출장.
또 비가 나우 나리므로 추수 작업에 큰 지장 초래할 듯.

〈1961년 10월 28일 토요일 晴〉(9. 19.)
금계교 6학년 재학 중인 질녀 魯先의 수학여행 여비 준비 완료.

〈1961년 10월 30일 월요일 晴〉(9. 21.)
금월분 급료 수령. 소로에서 안경 분실.

〈1961년 10월 31일 화요일 晴〉(9. 22.)
3남 노명의 절골 치료 중 경과호조여서 다행.
청골원에 치료비 지불.

〈1961년 11월 3일 금요일 晴〉(9. 25.)
'학생의 날' 기념식 거행. 상청~ 경연대회.

〈1961년 11월 14일 화요일 晴〉(10. 7.)
새벽에 북일면 오동리행. 노정의 외조부 생신이어서.
하오 2시에 노원우 교사 결혼에 축하코져 석교 주택까지 전 직원 참집. 부형 몇 분도 동석.

〈1961년 11월 15일 수요일 晴〉(10. 8.)
입대중인 노정한테서 오래간 소식 없어 궁금 중~ 전반기 훈련 마치고 어디로 배치되었는지?

〈1961년 11월 18일 토요일 晴〉(10. 11.)
次女 魯姬(淸女中 一年生) 中間成績 發表에 제 班에서 第二位인 通知 接受.

〈1961년 11월 20일 월요일〉(10. 13.)
魯井한테서 기다리던 편지 옴~ 後半期 訓練도 再次 第二訓練所(論山)에서 受訓케 되었다고…….

〈1961년 11월 23일 목요일 晴〉(10. 16.)
김장 完了되다. 매우 추웠다. 마침 今日이 小寒이다.

〈1961년 11월 24일 금요일〉(10. 17.)
淸州 出張. 學校用 煉炭도 購入.

〈1961년 11월 26일 일요일 晴〉(10. 19.)
虎竹 鄭善泳 先生 宅 祀事에 人事 後 金溪 갔다가 夜間에 歸校.

〈1961년 11월 29일 수요일 曇〉(10. 22.)
硏究會 諸般準備에 늦게까지 奔走.

〈1961년 11월 30일 목요일 晴〉(10. 23.)
우리 小魯校에서 同一面內 硏究會가 開催되었다. 교육區 奬學士 2名, 會員 50名, 師親會 有志 役員 20名 參集 下에 有終의 美를 걷우었다.

〈1961년 12월 3일 일요일 曇, 雨〉(10. 26.)
姪女 魯先 다리고 淸州行. 父親도 쌀(食糧쌀) 싣고 비 맞으시면서 淸州 往復.

〈1961년 12월 4일 월요일 晴〉(10. 27.)
中學 入試 문제로 淸州行. 姪女 魯先도 淸州女中 應試~ 受驗番號 遺子女 35番. 淸中, 大成中 巡廻 激勵, 小魯校에서 16名 應試.

〈1961년 12월 5일 화요일 曇, 雨〉(10. 28.)
受驗生 激勵次 今日도 淸州行. 各 中學서 體能檢査 實施.

〈1961년 12월 6일 수요일 曇〉(10. 29.)
烏山行~ 魯明의 戶籍抄本. 進學關係에 所用.

〈1961년 12월 7일 목요일 曇〉(10. 30.)
上京하여 事務 打合. 今日은 大雪~ 그렇지만 안 내렸다.

〈1961년 12월 9일 토요일 曇〉(11. 2.)
中學 入試 結果 合格者 發表에 喜報… 16名 應試에 15名 合格. 姪女 魯先(金溪校 在學)은 意外로 芙江中學으로 配定.

〈1961년 12월 10일 일요일 曇, 雨〉(11. 3.)
父親의 病患 悲報에 急去 金溪行…… 매일 밤 健康 祝願한 보람 없이. 高熱, 頭痛, 腹痛. 徹夜 辛苦하심.

〈1961년 12월 11일 월요일 曇, 晴〉(11. 4.)
父親의 病患 더욱 重態. 쌍화湯 等 急한 대로 몇 가지 藥을 드렸으나 小量 잡수실 뿐. 意識은 分明하심.

〈1961년 12월 12일 화요일 曇〉(11. 5.)
早朝에 小魯 向發. 어쩐지 父親의 病患 尋常치 않아 自然 不安 落淚.

〈1961년 12월 13일 수요일 晴〉(11. 6.)
今日따라 酷寒. 完全 嚴冬의 實感. 朴 교사 盧 교사와 함께 加德面 併巖里 우리 宋 校監 宅에 가서 그의 親忌에 인사.
父親의 病患이 궁금…….

〈1961년 12월 14일 목요일 曇, 晴〉(11. 7.)

晝間에 德村 行하여 漢醫 李龍宰 氏를 찾았으나 出他 中이어서 同伴 不能. 마침 赤十字社에서 醫療班이 來面키에 適切한 藥 若干 求得. 父親의 病患 若干 差度 有한 듯…… 多幸. 그러나 今夜도 亦是 10餘 次에 亘하여 물 마심. 가끔 사과를 긁어드렸다. 身熱은 아직도 높으신 듯. 입 안이 타신다고. 母親의 아버님에 대한 정성 극히 높아 훌륭하시다.

〈1961년 12월 15일 금요일 曇〉(11. 8.)
새 아침은 밝았다. 父親은 今朝에서 비로소 숭늉을 마시었다. 반찬도 맛보신다. 天地神明께 깊이 感謝드렸다. 約 一週間 寢食을 全廢하시고 極히 呻吟하시더니…….

〈1961년 12월 22일 금요일 晴〉(11. 15.)
今日에서야 父親은 門밖 出入. 天地神明께 深謝.

〈1961년 12월 23일 토요일 晴〉(11. 16.)
烏山市場에서 肥料代 條 粗穀 賣上에 參見. 高春澤 慈親 回甲宴에 參席.

〈1961년 12월 25일 월요일 晴〉(11. 18.)
前方으로 갔다는 魯井의 消息 몰라 궁금 中. 소속 몰라 편지도 못하여 갑갑. 요새 날씨는 酷寒.

〈1961년 12월 26일 화요일 晴〉(11. 19.)
校長會議 參席次 出張 途中 까치내에서 長時間 困難 겪음. 會議 마치고 文義面 德留里 視察~ 模範部落이어서(청소 정돈 특징).

〈1961년 12월 30일 토요일 晴〉(11. 23.)
終業式 擧行~ 明日부터 冬季休暇.
궁겁던 魯井한테서 편지 옴…… 部隊 本部 人事課 勤務.

〈1961년 12월 31일 일요일 晴〉(11. 24.)
五松農銀 行하여 貸付金의 利息 整理…… 弟子 辛 書記의 厚意에 感謝.
今年도 오늘로서 마감. 卽 섣달그믐. 今年이야말로 一生 中 歷史의 한 토막을 뚜렷이 남겨지는 엄청난 해였다. 잊지 못할 일이 많기도 하다. 대충의 내용은 年記에 쓰고자 한다.
往事는 되걲을 수 없는 原理에서 다 잊고 말아야지. 연이나 때에 따라 追憶 이야기꺼리가 되었으니 아주 잊지는 않으리라. 願컨대 新年이나 파란이 없도록 빌 따름이다. (印)

◎ 1961年(4294년) 辛丑年 重要記念事記

1. 辛丑生이신 家親의 回甲이 있었다. 앞당겨 이른 봄에 잔치하였다.
2. 平生 中 家親이 가장 重患으로 極히 呻吟하셨다. 他人들이 보기에 回生 難이라고까지 수군거렸다.
3. 늦장마로 벼농사를 失敗하였다. 이렇게까지 失農되기는 家親도 처음이시라고. 30石 程度 減되다. 收확은 不過 5, 6石쯤. 살아갈 길 莫然.
4. 長男 魯井(서울大 在學 中)이 自進入隊하다…… 學費難과 單期服務의 惠澤 받자고 이리라.
5. 五.一六 軍事革命이 일어났다…… 昨年 4.19 學生革命이 있은 지 一年이 채 못 되어서.

6. 參男 魯明이 왼팔을 크게 다친 일 있다……
   多幸히 잘 고쳐졌다.
7. 子女 姪 교육 狀況
   長男 魯井 서울師大 3년(入隊)
   貳男 魯絃 淸州農高 一年
   參男 魯明 倂中 三年
   貳女 魯姬 淸州女中 一年
   參女 魯姃 小魯國校 五年
   四男 魯松 〃 二年
   第 振榮 淸州商高 一年
   姪女 魯先 今溪國校 六年

以上 (印)

1962년

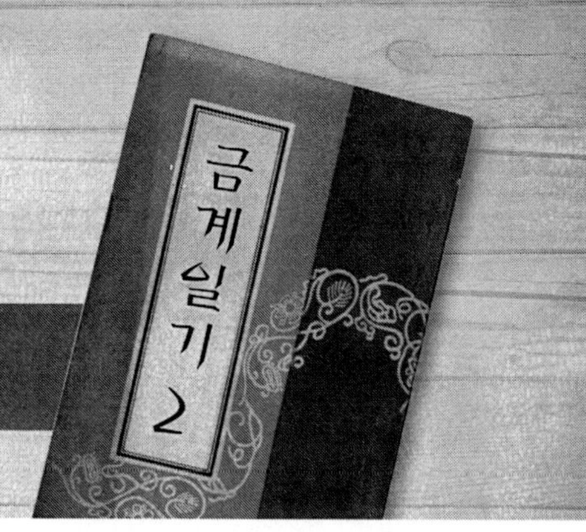

〈앞표지〉
日記帳
自 1962年
至 1963年
小魯에서 金溪 (印)[1]

〈1962년 1월 1일 월요일 雪, 曇〉(11. 25.)
새벽의 눈으로 설氣分. 學校에서는 10時부터 祝賀式. 壬寅新年의 多幸 있기를 祈願. 辛丑年에는 不幸事가 많았다(父親 重患, 失農, 魯明 왼팔 負傷 等).

〈1962년 1월 3일 수요일 晴〉(11. 27.)
大田局 근무 中인 從兄, 事情에 依하여 免職으로 相議 끝에 美湖우체局 姜 局長과 協議하였으나 未決.

〈1962년 1월 5일 금요일 晴〉(11. 29.)
음력으로 작은 달이어서 동짓달 금음~ 나의 生日. 母親께서 數種의 別味飮食을 만들어 주심에 感淚.

〈1962년 1월 8일 월요일 晴〉(12. 3.)
全 職員 集合코 執務.
內谷 外叔母 來訪하여 舊情을 兩家에서 다시 찾자고 말씀(陽圭 外叔 소 事件이 얽혀서).

〈1962년 1월 10일 수요일 晴〉(12. 5.)
玉山面 義勇消防隊 始務式에 參席.
從兄 就職問題로 우체국 姜 국장과 再次 協議.

〈1962년 1월 12일 금요일 晴〉(12. 7.)
面內 聯合大會에 參席. 農村振興問題 기초點.
參男 魯明의 淸高 合格의 喜報.

〈1962년 1월 15일 월요일 晴〉(12. 10.)
部落總會에 參席. 나도 贊助講演. (文盲교육, 兒童들의 어름 조심, 模範部落 紹介)

〈1962년 1월 16일 화요일 晴〉(12. 11.)
面內 里班長會議에 參席.
教育區가 市郡으로 廢合. 教育自治制 弱化에 不滿.

---

1) 한글로 '곽상영'이라고 각인된 도장이 붉은색으로 찍혀 있다.

〈1962년 1월 20일 토요일 晴〉(12. 15.)
國仕里 峯店 出張. 李 副會長, 李 醫師와 함께 座談.

〈1962년 1월 25일 목요일〉(12. 20.)
金溪 本家에 早朝에 감…… 五派 大宗稧에 내놓을 借務 때문에. 朴 교사 臨時변통하여 주는 바람에 困難됨을 免. 家事 貧寒하여 父親의 근심은 莫甚.

〈1962년 1월 26일 금요일 雪〉(12. 21.)
冬休 마치고 開學.
夜間에 部落 한글강습소에 들려 補充指導.

〈1962년 1월 28일 일요일 晴〉(12. 23.)
無理로 所請해 온 掛圖代로 因하여 任○○로부터 괫심한 言動을 듣고 분하였다. 사연을 任會長에게 解明하였더니 謝過.

〈1962년 2월 4일 일요일 晴〉(12. 30.)
各處 外上갮 一部 支拂. 雜費 多額에 爾後 特別節約에 留意토록 自省.
今日은 舊年末. 革命政府 方針에 依하여 陰曆過歲 抑制케 되므로 官公署는 明日도 勤務케 됨.

〈1962년 2월 5일 월요일 晴〉(正. 1.)
早朝에 舍宅 清掃. 舊正 初日이나 登校 執務.

〈1962년 2월 8일 목요일 曇, 雨〉(正. 4.)
玉山 母校 40回 卒業式에 參席.
夜間에 淸州 康 課長 尋訪.

〈1962년 2월 9일 금요일 晴〉(1. 5.)
小魯 第一回 卒業式 練習. 師恩會도 開催.

〈1962년 2월 10일 토요일 曇, 晴〉(1. 6.)
第一回 卒業式 擧行. 面內 機關長, 地方有志, 學父兄 約 百 名 參席裡에 式典 大盛況. 父兄들의 接待도 豊足.

〈1962년 2월 11일 일요일 晴〉(1. 7.)
淸州 行하여 石橋 校長 李任組 氏와 面談.
아해들 燃料 解決과 魯絃의 學費 免除 手續을 畢.

〈1962년 2월 21일 화요일 晴〉
姪女 魯先의 登錄關係로 芙江中學까지 다녀옴.

〈1962년 2월 24일 토요일 晴〉
修了式 擧行. 學年度 初 末期 改正.

〈1962년 2월 26일 월요일 晴〉(1. 22.)
新學年度 新入生 假入學式 擧行.

〈1962년 3월 1일 목요일 晴〉
第43周 三一節 記念式. 一般客도 多數 參席.
新學年度 學級 擔任과 分掌事務 等 民主的으로 協議 決定.

〈1962년 3월 3일 토요일 晴〉
第一學年 入學式 擧行. 90名 中 女兒가 더 많았다.

〈1962년 3월 5일 월요일 晴〉

參男 魯明의 淸高 入學式에 參席.
大成女中 朴 校監과 先의(姪女 魯先) 轉學 件 相議. 원호廳 朴 課長과도 協議. 朴 과장 印象 좋았다.

〈1962년 3월 6일 화요일 晴〉(2. 1.)
姪女 魯先의 入學式 關係로 芙江中學에 同伴.
下宿으로 心慮 끝에 金 氏 家로 決定.
車中 崔相崙 先生의 溫情 人事.

〈1962년 3월 8일 목요일 晴〉
學校長會議에 參席. 教育區 郡에 廢合 後 最初 會議 感想 不正常

〈1962년 3월 12일 월요일 晴〉
弟 振榮의 貸與奬學金 手續을 畢.
全國에 毒感 만연. 休校 學校 續出 中.

〈1962년 3월 13일 화요일 晴〉
大成女中 朴 校監, 원호청 朴 管理課長, 大成學園財團 學事課長 車 氏를 尋訪 面談하여 姪女 魯先의 轉學을 決定. 芙江中에서 大成女中으로.

〈1962년 3월 15일 목요일 晴〉(2. 10.)
面 促進會 常務委員會에 參席.
日暮頃 金溪 本家 行하여 魯先의 轉學 決定됨을 父母任께 알림.

〈1962년 3월 16일 금요일 晴〉(2. 11.)
午後 三時車로 芙江 行하여 手續 完了 後 魯先을 다리고 入淸하니 밤 10時晉.

〈1962년 3월 17일 토요일 晴〉(2. 12.)
大成女中에 魯先을 轉入시키니 근심事가 풀리다.
毒感 만연으로 本校도 3日間 休校. 나 自身도 昨日부터 甚한 편으로 熱, 눈물, 콧물로 不편.

〈1962년 3월 19일 월요일 曇〉(2. 14.)
校長會議에 參席. 新學年度 教育方針이 主 骨子.
毒感 中이므로 會議 마치기까지에 애 많이 씀. 19時 半에 散會.

〈1962년 3월 20일 화요일 曇, 雨〉(2. 15.)
나의 감기 如前. 淸州에서 步行으로 간신히 歸校. 頭痛, 코 눈물이 그칠 새 없고.
비가 나려 보리싹이 좋아질 듯.

〈1962년 3월 22일 목요일 晴〉(2. 17.)
玉山面 團合大會(靑年會 婦女會)에 參席.
陸軍 砲兵 第827部隊 服務 中인 長男 '魯井' 正式休暇로 歸家해 옴. 顏모는 좋아진 것 같이 보이나 冬節 찬바람에 부풀어서 손등이 험해졌다.
이 地方에 毒感이 만연되다.

〈1962년 3월 26일 월요일 晴〉(2. 21.)
給料 受領…… 引上 俸給으로 84,000환 되나 諸般 急한 것 控除하고 手中에는 不過 2,000환 程度.

〈1962년 3월 30일 금요일 晴〉(2. 25.)
親族祖(甲鍾 氏) 別世에 金溪까지 弔問 다녀오다. 同行턴 小魯 學父兄들 本家에서 一杯 待

接.
休暇로 歸家 中인 長男 魯井의 生日이라서 토끼 잡다.

〈1962년 4월 3일 화요일 雪〉(2. 29.)
昨日부터 日氣不順. 降雪 强風으로 새롭게 冬將軍이 온 듯. 四月에 이처럼 추운 일은 드믄 일.
近者의 生活難 絶頂.

〈1962년 4월 5일 목요일 晴〉
虎竹里 鶴松 模範部落을 面內 機關長이 合同 參席 審査함에 參與.
休暇 마치고 魯井 歸隊코저 向發.

〈1962년 4월 7일 토요일 曇, 雨〉
面 促進會 定期大會에 參席코 虎竹里 鶴松部落의 先進性 力說.

〈1962년 4월 9일 월요일 曇, 晴〉
人事 〃務[事務] 打合으로 上廳. 族叔 漢弘氏, 漢鶴 氏와 親情座談.

〈1962년 4월 13일 금요일 晴〉
農高에 들려 絃의 奬學金 4個月分 20,000환 受領코 振榮과 魯姬의 校納金 解決하니 마음 개온.

〈1962년 4월 14일 토요일 晴〉
實習地에 감자, 고구마, 고추 播種.

〈1962년 4월 17일 화요일 曇, 雨〉
農家에서 학수고대하던 비 나림. 보리싹에 큰 도움. 봄채소 갈기에도.

〈1962년 4월 19일 목요일 晴〉
四.一九 第二周年 記念式

〈1962년 4월 20일 금요일 晴〉
五松農協에 가서 遺族年金 受領. 同 農協 事務室(廳舍)이 數日 前에 全燒하여 倉庫에서 臨時로 事務를 보고 있다.

〈1962년 4월 26일 목요일 曇〉
內秀校에서 學校長會議. 散會 後 一同은 曾坪 37師團 見學. 曾坪國校와 三寶國校도 視察.

〈1962년 5월 1일 화요일 晴〉
學校 兒童 逍風. 玉山面 美坪 方面이라고. 無事歸校를 祈願했으나 一年生 一名이 行方不明…… 夜間에 들은 消息.

〈1962년 5월 2일 수요일 晴〉
逍風 後 行方不明되었던 一年生 李근영 全 職員 努力 끝에 찾음. 놀이 中 저 혼자 南方 제방 타고 나려가서.

〈1962년 5월 4일 금요일〉
淸州行. 魯媛 만나 諸般付託. 本家에선 淸州 아해들 柴糧을 지금까지 補給.

〈1962년 5월 5일 토요일 晴〉
第40回 어린이날 記念 行事로 小音樂會 開催.

〈1962년 5월 6일 일요일 晴〉
新垈 吳漢錫 親友 家에 건너가 몇 親舊와 함께

鵲川에 가서 천렵…… 吳君 家屋 新築 落成으로.

〈1962년 5월 9일 수요일 晴〉(4. 6.)
先祖考 祭祀 參例[參禮]. 四男 松의 生日.

〈1962년 5월 11일 금요일 晴〉
梧倉校 硏究會에 出張. 康 課長의 某種 怒氣에 會員 不安 不滿.

〈1962년 5월 16일 수요일 曇〉
五.一六 軍事革命 第壹周年 記念日

〈1962년 5월 20일 일요일 晴〉
自轉車 修繕次 淸州行.

〈1962년 5월 24일 목요일 晴〉
學校林 交涉 外 三件의 事務 打合次 上廳. 商高 振榮의 貸與奬學金 手續도 完了.

〈1962년 5월 26일 토요일 晴〉
上廳하여 月例 學校長會議에 參席. 會議 마치고 校長團 一同 서울地區로 學事視察次 出發. 軍 革命 第一周年記念 産業博覽會를 見學.

〈1962년 5월 28일 월요일 晴〉
서울에서 歸家. 旱魃로 全 國民은 걱정 中. 擧國的으로 降雨 對策에 분분.

〈1962년 6월 1일 금요일 晴, 曇〉
淸州商高 振榮의 校納金 解決로 同校에 언뜻 다녀 結末짓고 金溪 本家에 가다. 絶糧된 지 이미 오래 前. 더구나 이제서 東林 柳橋坪 들 堤防工事에 老父親 勞役에는 가슴 아픔.

〈1962년 6월 2일 토요일 雨〉
苦待하던 비 나려 農家에선 기뻐 뛸 듯. 然이나 田穀과 春夏季의 各種 菜類는 五割 減되어 降雨 이미 늦음. 移秧作業에는 多幸. 老親의 訓戒에 內者의 家庭과 父母 奉養心 不足과 모내기 費用에 對한 걱정이 有하다.

〈1962년 6월 7일 목요일 曇, 雨〉
校務가 끝난 後 金溪 本家에 가다. 모내기 作業 中 甚한 降雨로 作業中止 不可避.

〈1962년 6월 8일 금요일 晴〉
淸州農高에 들러 絃의 校納金 整理. 昨日 무였던 本家 移秧作業 續行.

〈1962년 6월 10일 일요일 晴〉[2]
政府에 10:1로 貨幣改革…… 圜貨가 원貨로.

〈1962년 8월 25일 토요일〉(7. 26.)
금월분 급료 수령. 청주 아해들 집 마련에 고심 중.

〈1962년 8월 31일 금요일 맑음〉(8. 2.)
금일로서 장기 하계휴가도 최종일. 학교 변소

---

2) 1962년 6월 10일 이후부터 1963년 말까지의 일기 원본이 유실되어서 찾아볼 수 없다. 다만 1962년 8월 25일부터 12월 24일까지의 일기는 유실되기 전 저자의 다섯째 아들인 곽노필 씨의 입력본이 있다. 원본 대조가 불가능하지만, 곽노필 씨가 입력한 내용을 출판형식에 맞추어 편집하여 그대로 수록하였다.

공사는 거의 준공단계. 명일부터는 제2학기 교육생활 개시.

〈1962년 9월 1일 토요일 맑음〉(8. 3.)
제2학기 시업식.

〈1962년 9월 5일 수요일 맑음〉
신축변소 준공 심사차 군 강 과장 내교. 벽돌 건축 건물로 훌륭히 잘 지었음.

〈1962년 9월 6일 목요일 맑음〉(8. 8.)
체육회 14일로 결정. 향후 8일간 연습기간뿐.

〈1962년 9월 12일 수요일 구름, 비〉
체육회 총연습. 날씨로 오후 행사 중단. 당일이 염려되었다.

〈1962년 9월 13일 목요일 구름〉(8. 15.)
추석이다. 명일 체육회로 인한 준비 관계로 추석 차례에 참석을 못하였다. 오후에 운동장 준비에 전 직원, 부락 유지 몇 분이 수고하였다.

〈1962년 9월 14일 금요일 맑은 뒤 구름〉(8. 16.)
체육대회(소로)이다. 지역사회 운동회로서 의의 있게 진행이 잘 되었다. 일반종목인 부형자모 경기가 많았고 전원이 일치단결하여 진행에 원망을 기했다. 날씨도 잘 참아 주었다. 찬조금도 넉넉했다.

〈1962년 9월 15일 토요일 맑음〉(8. 17.)
전교 옥산교 체육대회에 참석하여 방송의 아나운서 책임을 돌보아 주었다. 옥산교 직원들의 피로연에도 참석하였다.

〈1962년 9월 19일 수요일 구름〉(8. 21.)
휴가 마친 후 제2학기가 시작되어 어젯날까지 청주 아해들(농고 노현, 상고 진영, 청고 노명, 청여중 노희, 대성여중 노선)이 방 형편상 소로에서 보행 통학하던 중, 그 피로와 애로가 많기에 다시 금일부터 청주에 임시로 방 한 칸을 얻어 전과 같은 자취생활을 하게 되었다.

〈1962년 9월 20일 목요일 구름 뒤 맑음〉(8. 22.)
장녀 노원의 취업이 결정. 동인치과 간호원으로.

〈1962년 9월 26일 수요일 맑음〉(8. 28.)
오송농협에 가서 연금을 찾고 빚 정리를 조그마치 하였다.

〈1962년 9월 29일 토요일 맑음〉(9. 1.)
학교장회의에 참석. 주로 실력 향상과 연합체육대회에 관계되는 안건이었다. 금일까지도 아해들 방 해결이 안 되어 걱정 중이다.

〈1962년 9월 30일 일요일 맑음〉(9. 2.)
청원군 연합체육대회가 북일교에서 열려졌다. 면대항이었는데 우리 옥산면 성적은 중간 정도였다. 꾸준한 연습이 필요할 것이다. 귀로 중 청주에서 송 교감, 오 교사와 함께 '만리장성'의 영화를 감상.

〈1962년 10월 3일 수요일 맑음〉(9. 5.)
개천절 경축식을 거행하였다. 어제는 청주에 가서 아해들의 시량을 약간 사주었고 이재복 선생 댁에서 석식 접대를 잘 받았다. 저물었으나 무사히 잘 왔던 것이다.

〈1962년 10월 5일 토요일 맑음〉(9. 8.)
제자 이○세 군의 결혼식에 참가. 월곡교 근무 중인 이 군의 교육자적인 자태는 언제나 모범 청년이다. 피로연에 잔치 잘 하였음이 또한 감탄된다. 이 군의 부친은 현 옥산면장이다.
청주 아해들 시량을 약간씩 사주었다.

〈1962년 10월 9일 화요일 맑음〉(9. 11.)
한글날 기념식 거행(616주년) 오남 필의 백일. 학교 역원회 개최. 역원회 끝에 백일 음식 접대. 옥산면 각 기관 친선 배구대회 개최. 야간에 조치원…… 영화구경.

〈1962년 10월 10일 수요일 맑음 뒤 구름〉(9. 12.)
학교 행사 마치고 어제의 백일 음식 전직원에 접대.

〈1962년 10월 14일 일요일 맑음〉(9. 16.)
엊저녁에 무서리가 나린 듯. 연한 잎이 시들었음을 보인다. 금계에 가니 부모님의 다망하심은 말할 수 없다. 버들어지 논에는 물이 가득 차여 벼 베기에 매우 힘들게 되어 있다.

〈1962년 10월 16일 화요일 맑음 뒤 구름〉(9. 18.)
어제의 된내기에 고추, 고구마 잎은 완전히 시들었다. 오후에 청주 아해들에게 쌀과 채소를 약간 갖다 주었다. 의외로 노명이가 귓병으로 결석 신음 중에 있어 약을 지어가지고 소로로 다리고 왔다.

〈1962년 10월 20일 토요일 맑음〉(9. 22.)
매일같이 3차씩 노명의 귀 치료를 하였으나 아직 큰 효력이 없더니 오후부터 약간 나은 듯 싶어 안심이다. 청주 아해들 집 때문에 걱정 중이다. 한 칸에 5, 6명 애 무리. 쇠장 옆이어서 환경도 불리하고.

〈1962년 10월 21일 일요일 맑음〉(9. 23.)
청주에 다시 가서 방을 해결하였다. 10개월에 4500원 사글세로 칸 반짜리 방을 얻었다. 환경과 주인이 마음에 들었다.

〈1962년 10월 27일 토요일 맑음〉(9. 29.)
청주 아해들이 이사를 하게 되어 오후에 청주에 가보았다. 벌서 짐은 다 나르고 있었다. 같이 잤다. 노원을 영화 구경시켰다.

〈1962년 10월 28일 일요일 맑음〉(10. 1.)
부엌 아궁이와 제방을 무연탄(공탄) 장치로 개조하여 주었다. 상당한 경비가 들었다. 노명의 귀는 조금 낳은 것 같아 다행이었다.

〈1962년 10월 29일 월요일 맑음〉(10. 2.)
오후에 호죽 박맹순 씨 가에 가서 갑년 잔치에 참석한 것이다. 친우 박상균도 만났다.

〈1962년 11월 4일 일요일 비 온 뒤 구름〉(10. 8.)
수학여행에 학생을 인솔하게 되었다. 날씨가 불순하여 몸 달았다. 새벽에 전원 출발하였다. 인천을 거쳐 서울로 가니 오후 2시였다. 인솔자는 본인, 오 교사(담임), 고 교사(여) 3인이었다. 아동 29명이었다.

〈1962년 11월 6일 화요일 맑음〉(10. 10.)
서울 여행에서 무사히 귀교하였다. 오후 7시에 소로 도착하였다.

〈1962년 11월 7일 수요일 맑음〉(10. 11.)
노정 모친은 금계 본집에 가서 일을 거들고 있는 중이다. 꼬마들과 조석 짓기에 서툴은 솜씨를 겪는 중이다.

〈1962년 11월 14일 수요일 맑음〉(10. 18.)
면대회에 참석. 수명 친우와 음주 대취. 공복에 과음. 야간 대환. 2시간 동안 신고로 약간 간정.

〈1962년 11월 18일 일요일 맑음〉(10. 22.)
채소 뽑고 마늘 놓음. 패왕대근과 계룡배추가 권장할 만한 종자임

〈1962년 11월 20일 화요일 비〉(10. 24.)
종일토록 강우에 드문 추위였다.

〈1962년 11월 23일 금요일 구름〉(10. 27.)
군 교육과에 들려 당질 노석의 복직 부탁함.

〈1962년 11월 24일 토요일 구름〉(10. 28.)
촉진회의 기구 개편. 옥산면회의 참석. (재건국민운동위원회)로 개편한다고.

〈1962년 11월 25일 일요일 구름〉(10. 29.)
금계행하여 부친과 중대사 2건 협의함. 토지변상문제. 내년 봄에 흙벽돌집이라도 건축할 문제.

〈1962년 12월 4일 화요일 구름, 눈〉(11. 8.)
금년 겨울 들어 첫눈이 나림. 약간 나리었음.

〈1962년 12월 24일 월요일 맑음〉(11. 28.)
종업식 거행. 중간성적 발표.

1964년

〈표지〉
1964년
日記
甲辰年 檀紀 4297年
西紀 1964年
至 乙巳年 1965年(4298년)
金溪 二, 三年次 郭尙榮

〈1964년 1월 1일 수요일 晴〉(11. 17.)

세상에는 복된 사람 많건마는 왜 이다지도 빈한가. 무엇이 빈할가. 정신, 인적, 희망은 부함을 자부한다. 재력, 즉 경제가 빈하다는 것이지. 그렇지만 종래 그렇지는 않겠지!

갑진년의 첫날을 맞이하며 우선 당면문제 몇 가지를 성취하기에 노력과 성취되기를 천지신명께 비나이다.

1. 새롭고도 계획적인 학교 경영. 2. 연수연마로서 자신의 실력 향상. 3. 본채의 가옥 건축 완료와 자녀교육문제 해결.

금년에도 양력과세를 과히 부르짖지 않고 있다. 도시도 과세하는 사람이 거이 없는 것 같다. 학교는 휴가 중이다. 날씨는 몹시 푹하다. 금년의 행운을 마음속으로 빌면서 첫날도 지난다.

〈1964년 1월 2일 목요일 晴〉(11. 18.)

남은 남을 잘도 대접하는 데 어찌하여 나는 남을 떳떳이 못 대접하는가. 옥산교 노(盧)교장님은 전 직원을 남일면 장암리 본댁에서 신년 축하연을 베풀고져 초대한 것이다. 체면을 안 되었지만 본인도 초대하기에 참례하였다.

〈1964년 1월 4일 토요일 晴〉(11. 20.)

교육이 중대하다는 말만은 쉽게 하는 사람이 많다. 또 어느 사람은 교육을 도외시하는 정신과 태도가 농후하다. 교육자 자신들만은 교육의 중차대함을 알고는 있겠지. 해방 후 몇 해 후에 교육자치제가 실시되어 각 군에 교육감을 두고 교육행정을 하여 오던 중 내무부 계통으로부터 교육자치제를 방해하여 오더니 5.16 군혁명 후 교육자치제가 폐지되고 군의 일반행정에 페합되어 온 것이다. 혁명정부로부터 민정으로 이양된 후 새해 1월 1일부터 자치제가 부활되게 되어 우리 청원군은 오늘

교육청 개청식을 개최케 된 것이다. 구청사 자리로 옮기게 되어서 더욱 상쾌할 뿐 아니라 감개무량하다. 군내 교장 전원과 군내 내빈 여러 분이 청사 광장에서 뜻있게 개청식을 올렸다. 식후에 "日光"이라는 식당에서 축하의 오찬회를 열었었다.

〈1964년 1월 5일 일요일 曇, 晴〉(11. 21.)
五福에 하나로 財福도 있는데 사람마다 다 五福을 갖춘 이는 그리 흔치는 않겠지마는 나에게는 왜 이다지도 가난이 떠나지를 않는지. 그야 뻔한 일이지. 形便없는 物價指數, 給料의 少額, 學費의 巨額, 食糧調達難……. 今日도 各處 債務로 因한 不安感으로 父親과 같이 근심 걱정 不禁이었다.

〈1964년 1월 7일 화요일 晴〉(11. 23.)
大宗事로 北二面 大栗里에 다녀왔다. 山直人[산지기] 梁鳳吉 老人의 個人 自由行動에 不滿을 가진 우리 郭氏 門中 여러 어른들의 命을 받고 간 것이다. 卽 宗土와 小作權을 自由販賣하려는 所致를 막기 爲함이다.

〈1964년 1월 9일 목요일 晴〉(11. 25.)
우리 本家에서 郭氏 門中 大宗稧가 開催되었다. 父親께서 癸卯年에 有司이시기 때문이다. 日前에 大栗里에 갔다온 結果를 傳達하였다.

〈1964년 1월 12일 일요일 雨〉(11. 28.)
겨울이면서 비가 나렸다. 여름비와 마찬가지로 주룩주룩 나렸다. 明과 松을 同伴하여 梧東里에 가는 途中 비에 함씬 맞았다. 두 동서들과 相逢하게 되었다. 郭慶淳, 申重休. 丈母가 誠意껏 작만한 酒肉을 맛있게들 먹었다.

〈1964년 1월 14일 화요일 晴〉(11. 30.)
半平生이 넘나드는 50代의 子息을 父母들은 어린이같이 사랑하여 주는 것이 自然인지 今日은 生日이라 하여 朝食을 本家에서 집안 一同이(從兄弟, 再從) 같이 會食토록 마련하여 주신 父母任의 河海 같은 溫情에 더욱 머리가 숙으러졌다. 舍宅으로 藥酒를 보내 주심으로 三從兄 萬榮 氏와 族兄 俊榮 氏와 함께 酒宴을 베풀었다.

〈1964년 1월 15일 수요일 晴〉(12. 1.)
烏山市에 사시는 族叔 漢逑 氏가 親喪을 當하여 今日 장례式이므로 弔問하였다. 亡人 그 할아버지는 下肢가 不自由하여 그렇게도 욕을 보시더니. 이제는 故人이 되셨구나.

〈1964년 1월 27일 월요일 晴〉(12. 13.)
아직 冬休는 繼續 中이다. 今日은 全 職員 召集하여 執務하였다.

〈1964년 1월 28일 화요일 曇〉(12.14.)
敎職員 人事 事務 打合으로 上廳하였었다.
梧倉農銀(農協)에 가서 債金의 元利 一部를 返濟하였다. 法的 手數料가 붙어 있는 바람에 相當한 損害였으나 自責할 따름이겠지…….
小魯 卞 氏와의 遺族家 農地 購入費 貸付 件으로 不快感을 나에게 준다. 慾心과 시기心에 依한 意圖的인 所行에 몹시 괫심하였으나 많이 참았다.

〈1964년 1월 30일 목요일 雨, 曇〉(12. 16.)

冬休도 거이 다 갔다. 끝 무렵이지만 江外面 桑亭里 妹家 宅에를 다녀왔다. 엇저녁에는 五松서 江外校 李炳赫 校長과 酒店에서 歡談하였다.

〈1964년 2월 1일 토요일 雪, 曇〉(12. 18.)
冬季放學도 끝나고 開學式이다. 눈이 많이 나렸다. 今般 겨울 들어서는 아직까지는 가장 많이 나려 쌓였다. 約 10㎝.
小魯 金先 君 親喪에 人事 다녀왔다. 그 部落民 몇 분이 歡待하여 준다. 놀다보니 저물었다.

〈1964년 2월 2일 일요일 晴〉(12. 19.)
三女 魯妊 淸女中 入試次 淸州行. 實은 去年에 大成女中 合格됨. 經濟難과 淸女中으로의 關心으로 一年 再修.
族叔 漢奎 氏 回甲宴에 다녀왔다.

〈1964년 2월 4일 화요일 晴〉(12. 21.)
各 中學入試가 始作되었다. 궁금하여 入淸하여 그 狀況을 보았다. 教育廳에도 들려 人事寺務를 打協하였다.

〈1964년 2월 5일 수요일 晴〉(12. 22.)
今日도 入淸하여 各 中學에 다녀 보았다.
次女 魯姬는 淸州女高에 合格되었다는 것이다. 360名 中의 成績이 15席이라 한다. 經濟上 못 보낼 形便인데 어찌하여야 할지 참으로 야단이다. 남은 안 되어(不合格)서 슬허하는데 된 것도 걱정이니 돈이 무엇인지.

〈1964년 2월 6일 목요일 雪〉(12. 23.)
弟 振榮 教大 學科試驗에 合格의 喜報.
뒤늦은 눈(雪) 相當量 나렸음.

〈1964년 2월 7일 금요일 曇, 雨〉(12. 24.)
上廳하여 事務 打合. 李文洙 奬學士와 酒席에서 座談.
北一面 外下里 徐 氏(北一校 役員)의 厚待에 感謝.

〈1964년 2월 9일 일요일 雨〉(12. 26.)
債金, 쌀빗으로 生覺다 못하여 깊은 논 七斗落 賣却 決定. 三年間을 繼續 失農 끝에 빛에 못이겨 父子間 눈물을 먹음고 분하게도 팔게 되었으니……. 過年의 雇傭人의 새경 問題로 걱정 근심. 또 그 사람의 過多한 要求에도 분개.
속傷하는 中에도 喜報에 실락같은 希望……
弟 振榮은 學科 合格 後 體能檢查와 面接에도 成績이 良好하여 教大에 完全通過. 父親의 기뻐하시는 心情. 眞實로 뛰고 싶었다. 天地神明께 感謝〃〃.

〈1964년 2월 10일 월요일 曇〉(12. 27.)
第 16回 卒業式 練習 擧行. 式 練習 後 師恩會[謝恩會]도 簡略히 實施.
家兒 魯井이 서울에서 歸家. 新學年 前期分 登錄金도 제가 解決되겠다는 말에 多幸한 한편 어버이로서 責任을 다하지 못하는 心情 괴로웠다.

〈1964년 2월 11일 화요일 雪〉(12. 28.)
第16回 卒業式 擧行~ 本校(金溪校)에 와서는 처음 맞이하는 卒業式임에 感想 多感. 甚히 나리는 눈에 來賓 少數.

〈1964년 2월 12일 수요일 晴〉(12. 29.)
三女 魯妊 淸州女中 入試에 合格. 然이나 登錄 手續에 金錢으로 걱정. 極力 周旋해 볼 覺悟. 職員 數名과 舍宅에서 一 盃.

〈1964년 2월 13일 목요일 晴〉(舊正. 1.)
旧正. 學校는 臨時休校. 차례를 지낸 後 洞內 全 家戶에 歲拜. 省墓도 여러 兒孩들을 引率하여 履行하였음.

〈1964년 2월 14일 금요일 晴〉(1. 2.)
學校 行事 終了 後 舍宅으로 全 職員 招待하여 誠意껏 接待.

〈1964년 2월 15일 토요일 曇〉(1. 3.)
午後에 從兄任과 歲拜 同行~ 栢洞, 金城, 下東林.

〈1964년 2월 17일 월요일 曇〉(1. 5.)
入淸하여 女中에 人事. 族姪 淑子의 補缺入學을 願. 敎育廳에도 들려 事務 打合.

〈1964년 2월 18일 화요일 晴〉(1. 6.)
朝食 前에 淸女中 校監 白元基 先生 宅 訪問. 淑子의 入學을 願. 校監 態度 若干 可能의 눈치. 校監 婦人이 마침 倭政 時에 報恩 三山校에서 같이 勤務하던 金鍾玉 先生이어서 오가는 말이 부드러웠다.

〈1964년 2월 21일 금요일 晴〉(1. 9.)
64學年度 第一學年의 新入生이 될 兒童의 豫備召集이 있었다. 過去 經驗에 비추어 家庭에서 할 일을 父兄에게 力說 付託하였다.

〈1964년 2월 24일 월요일 晴〉(1. 12.)
本面 內 機關長會議에 參席.

〈1964년 2월 25일 화요일 晴〉(1. 13.)
1963學年度 修了式 擧行. 이로써 本校(金溪校) 勤務 滿 一年이 됨.

〈1964년 3월 1일 일요일 晴〉(1. 18.)
第45回 三、一節 記念式 擧行.
下午 四時에 淸州에서 遺族會 勤務 韓重求 氏와 小魯 卞泰洙 君과 兩者 間 誤解가 있어 言爭함을 目격하고 나의 家庭과는 無關함을 밝혔다.

〈1964년 3월 2일 월요일 晴〉(1. 19.)
1964學年의 入學式 및 始業式을 擧行하였다. 入學式에서는 兒童 入門(學生 入門)에 관하여 家庭에서 留意할 바를 力說하였고 始業式에서는 新學年度 努力點을 發表하였다.

〈1964년 3월 4일 수요일 晴〉(1. 21.)
入淸하여 靑女中 白 校監과 相談하고 大成女中 朴完淳 校監과 同席하여 夕食을 같이 하였다.

〈1964년 3월 5일 목요일 晴〉(1. 22.)
淸州敎育大學 入學式에 參加하였는(바) 弟 振榮의 敎大 入學이다. 式後 期成會에까지 參席하였다.
次女 魯姬의 淸女高 入學 與否로 한동안 右往左往하다가 今日에서 入學키로 決定하였다. 他人은 不合格으로 속 썩이는데 이내 處地는 合格된 자식이면서도 經濟問題로 이처럼 困

境을 겪으니 참으로 가슴 답답한 일이다. 제대로의 校服도 없이 헌옷으로 代用키로 하고 教科書도 古本을 購入 使用토록 했다.

〈1964년 3월 6일 금요일 晴〉(1. 23.)
新學年度의 重要한 職員會를 開催~ 學級 擔任 및 分掌 事務 決定. 2人 程度 意見이 있었으나 解明과 民主的 協議에 의하여 全 職員 甘受하다.

〈1964년 3월 7일 토요일 晴〉(1. 24.)
郡 保健所로부터 全校生에게 '코레라' 豫定注射[豫防注射] 實施.

〈1964년 3월 10일 화요일 晴〉(1. 27.)
校長會議에 參席~ 學校 운영 計劃과 期成會 組織의 件이다.
小魯校 金丙鎬 교사 問病~ 盲腸炎으로 南宮外科에 入院 中.

〈1964년 3월 12일 목요일 晴〉(1. 29.)
力道聯盟에서 來校하여 雜術 公開…… 約 一時間 程度.

〈1964년 3월 14일 토요일 晴〉(2. 1.)
長男 魯井 練習 召集에 應召…… 37師團에. 日氣가 近日에 酷寒이어서 苦生들 될 듯.

〈1964년 3월 15일 일요일 雪〉(2. 2.)
終日토록 눈 나림. 요번 겨울치고는 금번 눈이 最高로 나린 듯. 清州에서부터 눈을 맞으며 江外面 拱北里 南基一 교사 宅 招待에 俊 兄과 함께 다녀옴.

應召된 井은 雪中 戰鬪訓練에 욕보리라.

〈1964년 3월 16일 월요일 晴〉(2. 3.)
面內 機關長會議에 參席. 農業增産大會도 擧行. 昨日에 많이 나린 눈은 오늘의 날씨로 거이 녹음.

〈1964년 3월 19일 목요일 曇, 雪〉(2. 6.)
人事事務 打合次 上廳. 午後에 나리기 시작한 눈은 함박눈이어서 삽시간에 쌓임. 3月 中旬도 기우러 가는 때 아닌 눈이다.

〈1964년 3월 22일 일요일 晴〉(2. 9.)
次男 魯絃과 終日토록 새 집 흙손질에 努力함.

〈1964년 3월 23일 월요일 晴〉(2. 10.)
學校 兒童들에 BCG 接種 實施.
노가지木[노간주나무] 蒐集 假植.

〈1964년 3월 25일 수요일 晴〉(2. 12.)
練習召集에 召集되었던 長男 魯井이 訓練 終了코 無事歸家.

〈1964년 3월 26일 목요일 晴〉(2. 13.)
角里校로부터 崔相俊 교사 着任. 今學年度 本校 職員 一名 增員.
强風으로 舍宅 판장 거이 쓰러짐.
三月分 給料 受領. 不過 345원. 쌀 한 말 값 程度. 經濟 困難으로 이곳저곳서 미리 당겨쓰고 꾸어 쓴 까닭.
長男 井은 다시 上京.

〈1964년 3월 28일 토요일 晴〉(2. 15.)

校長會議에 參席~ 今年 1月 1日부터 再活된 教育自治制 實施로 因한 教育長 就任式도 擧行. 金榮國 氏 교육장에 機待[期待]도 큼.

〈1964년 3월 30일 월요일 晴〉(2. 17.)
法令集 件으로 李仁 教師와 酒席에서 言辭도 甚함을 겪음.

〈1964년 4월 1일 수요일 晴〉(2. 19.)
職員 一同과 烏山里 李昌世 慈堂 回甲 招宴에 參席.

〈1964년 4월 2일 목요일 晴〉(2. 20.)
崔교사 搬移. 계제가 좋다. 金溪에서 梧倉으로 移舍하는 분이 있어 그 편에 無難히 짐 싫고 옴.

〈1964년 4월 3일 금요일 曇, 雨〉(2. 21.)
崔 교사 房 修理에 가서 봄. 도람말 佑榮 큰집 사랑방을 얻음.
오래간 비가 나리지 않아 가뭄을 느끼던 中 단비가 나리었다.

〈1964년 4월 5일 일요일 曇, 雨〉(2. 23.)
玉山面 高駿學 支署長 送別宴會에 參席.
새 집 재사 일 着手(흙일). 家族 一同 動員하여 作業에 誠心 助力함.

〈1964년 4월 6일 월요일 雨〉(2. 24.)
새 집 흙일 천정 치받이 일. 今日 雨天에도 繼續. 老父母任의 苦勞 莫甚. 紘이도 힘껏 助力.

〈1964년 4월 7일 화요일 曇〉(2. 25.)
校庭에 개나리 꽃 開花. 數日間의 降雨로 玉山 通勤 職員들 越川 不能으로 登校 不能. 냇물 벌창. 다리도 뜨고. 이른 봄장마를 이룬 程度. 우리 집 土役 일은 今日도 繼續.

〈1964년 4월 8일 수요일 曇〉(2. 26.)
어린이會 總會 開催(今年度 第一回). 自律精神을 强調.
學校 排水口 通路에 녹강[토관(どかん)]을 묻음. 前後 七 個所.
새 집 흙일 초벽工事는 今日로서 一段落.

〈1964년 4월 9일 목요일 晴〉(2. 27.)
4月 4日 以後 謹酒함에 身上 快調. 學校 일에도 好能率. 此後 얼마나 持續될지 모르나 어느 程度 마음먹고 있는 中.

〈1964년 4월 10일 금요일 晴〉(2. 28.)
橋東 尹승섭{()3-2()} 君이 未登校. 未歸家람에 근심 中. 夜間에 多幸 소식.
校監會議에 李榮宰 校監 參席.

〈1964년 4월 11일 토요일 晴〉(2. 27.)
金周福 大木을 招請하여 새 집에 門 달음.
오래 前부터 부탁하여 오던 개즙[改葺, 지붕갈이] 工事에 該當 家屋으로 決定.

〈1964년 4월 12일 일요일 晴〉(3. 1.)
父親과 함께 텃논 논뚝 일과 논 고르기의 가래질 일 終日토록 勞動함. 父親의 疲勞는 대단하셨을 것임을 느끼니…….

〈1964년 4월 14일 화요일 晴〉(3. 3.)

清州 出張~ 淸原郡 期成會 分會長會議에 參席 訪聽…… 우리 학교 會長인 郭漢弘 氏 面單位 理事 當選에 努力.

〈1964년 4월 17일 금요일 曇, 雨〉(3. 6.)
淸原郡 初等교육회 代議員會에 參席…… 任員 選定에 意外로 理事로 被選됨. 夜間 中 繼續 降雨.
淸州 아해들 뒷處理인 金錢 問題로 마음 걱정되어 단잠을 못 이룸. 金錢이 무엇인가. 가난에 시달리어 自殺者도 많게 新聞記事.

〈1964년 4월 18일 토요일 雨, 曇〉(3. 7.)
前夜의 降雨로 큰 洪水. 昨日 淸州 出張이었으나 歸家 不能으로 同行 中인 俊 兄과 烏山 李仁 親舊 宅에서 留함.
淸州 兒孩들의 學費, 食糧, 燃料, 또 援護廳 利子 等으로 事勢 急하여 終日토록 求金하기에 努力과 苦心하였으나 解決 不能.

〈1964년 4월 19일 일요일 雨, 曇〉(3. 8.)
烏山에서 朝食 後 天水川 越川 不能으로 不得已 丁峯 經由하여 五松으로 돌아서 歸家함. 들마다 물바다를 이루어 만경창파를 連想[聯想]케 함. 歸家 途中 江外面 峯道里 朴鍾燮 氏 宅에서 晝食 等 많은 폐를 끼침.

〈1964년 4월 20일 월요일 曇〉(3. 9.)
下午에 淸州行. 앞내의 물은 昨日에 比하여 相當 減水되었으나 삼발 나드리로 건너목까지 닿음. 돈 若干 準備하여 淸州 兒孩들用 食糧 解決로 努力 後 配給所로부터 카-드를 떼어 現品을 받았으나 10日間 五 名分이라는 것이 不過 白米 4升에 小麥粉 4升.

〈1964년 4월 21일 화요일 曇〉(3. 10.)
淸州에 出張. 登廳하여 期成會 理事會 內容 알기와 事務 打合. 냇물은 아직도 滿流.

〈1964년 4월 22일 수요일 雨〉(3. 11.)
虎竹里 父兄 郭宗鉉 氏 兒童 越川 問題로 職員에 對하여 極甚한 發言으로 全 職員 분개. 職員會에서 曰可曰否 말이 많았으나 學校長 立場에서 완화案으로 躍活하여 結局은 수습.
四男 魯松이 "새벗"賞 타기 問題에 當選되어 賞品 來到.

〈1964년 4월 23일 목요일 晴〉(3. 12.)
絃이 냇물도 많은데 쌀과 副食物을 淸州에 가지고 감.

〈1964년 4월 26일 일요일 晴〉(3. 15.)
午前 中은 새집 손질. 排水溝 等. 午後에는 고추밭 김매기.

〈1964년 4월 27일 월요일 晴〉(3. 16.)
四年 以上 兒童 動員하여 學校林에 松蟲잡이 作業 實施.

〈1964년 4월 28일 목요일 晴〉(3. 17.)
文義校에서 校長會議 開催. 李士榮 校監에 많은 폐.

〈1964년 5월 2일 토요일 雨〉(3. 24.)
간밤 비와 今日 비와 또 봄장마. 바람과 비에 보리가 상당히 업침. 前 장마에 논보리는 누렇게 떠서 거이 실패됨.

〈1964년 5월 3일 일요일 曇〉(3. 22.)
職員 數 名과 함께 東林山으로 逍風. 四從叔 金城 漢武 氏도 招待. 某 職員 持參 米과 四從叔 宅 副食物로 珍味롭게 晝食事. 龍子寺도 求景. 主持[住持]도 厚待.

〈1964년 5월 5일 화요일 晴〉(3. 24.)
어린이날 記念行事로 小體育會 開催~ 鄕友班 對抗 競技. 一등 26點 墻東, 二등 18點式 樟南, 水落.

〈1964년 5월 6일 수요일 晴〉(3. 25.)
春季逍風 實施. 全校 兒童 東林山 方面. 無事 歸校.

〈1964년 5월 8일 금요일 晴〉(3. 27.)
小魯校 勤務時節의 多情했던 父兄 數 名 深夜에 來訪. 某處에서 滿醉된 듯. 舍宅 사랑방에서 同宿.

〈1964년 5월 9일 토요일 曇〉(3. 28.)
來訪 同宿한 數 名의 父兄과 過飮하여 淸州行에 披勞되어 욕봄.

〈1964년 5월 10일 일요일 雨〉(3. 29.)
北一校 勤務 朴琴緖 女敎師 結婚式에 參席次 淸州行. 人事 後 配給所에서 食糧 타다 兒孩들 집에 줌.

〈1964년 5월 11일 월요일 晴〉(3. 30.)
새벽車로 淸州에서 登校. 몸이 몹시 고단함을 느낌.

〈1964년 5월 12일 화요일 晴〉(4. 1.)
事務監査 對備에 全 職員 多忙 中.

〈1964년 5월 14일 목요일 晴〉(4. 3.)
淸原郡 敎育廳 姜永遠 學務課長 本校 定期視察. 行事 後 냇가에 나가 생선도 잡음. 舍宅에서 同宿.

〈1964년 5월 15일 금요일 晴〉(4. 4.)
事務監査 執行…… 교육廳 鄭, 孫, 兩 主事 來校코. 實施 終了 後 大好評. 安鐘烈 교사의 徹底한 살림의 結果임.
새집 最終 재사 일 着手…… 烏山里 權斗燮 土手.

〈1964년 5월 16일 토요일 晴〉(4. 5.)
淸州市 吳楠植 氏 來校하고 함석지붕 콜탈칠 거이 決定.
本家 새 집 재사 일 今日도 繼續 中 뜻밖에 紘이가 家出. 온終日 不安感 不禁. 일편 몸도 달고 딱하기도 함. 國校에서 高校까지 連 12年間 修學타가 進學 不能하여 家事에 從事 中 無言 勞力터니 급작이 딴 포부였는지 말없이 집을 나갔으니 궁금하기 짝이 없도다. 眞重하기로 有名한 次男 魯紘! 그 무엇인가 아비에게 不滿이 있는지, 제 自身 무엇인가 不安한지. 철없을 때 三寸 出系한 紘은 아비를 원망함인지 아무 말 없이 充實히 家業에 매달리더니 쌀한 말을 걸머지고 슬그머니 나갔으니 답답하기 한량없도다.

〈1964년 5월 17일 일요일 曇, 雨〉(4. 6.)
魯絃 찾으러 우선 淸州行. 청주에 들렀음이 分明한 消息. 10分 前에 下宿집(兒孩들 자췌하는 집)에서 짐 메고 나갔다는 것. 急히 停留場에 달려가 뻐-쓰마다 살폈으나 보이지 않음. 뻐쓰에 올랐다가 아비의 찾음을 눈치 챈 絃은 다시 몸을 피했었든 소식을 後에야 들었으나 참으로 안타까운 일이었음. 어쩐지 絃이가 불쌍하고 딱하여 눈물이 쏟아졌음. 하는 수 없이 그대로 歸家하여 實情을 告하니 母親, 妹 蘭榮 落涙(루淚)[1].
祖父의 忌故. 午後부터 나리는 비는 밤에도 繼續.

〈1964년 5월 19일 화요일 晴〉(4. 8.)
絃 찾으러 出發하여 鳥致院에서 서울 井에게 엽서를 띠움. 배고파 빵 몇 개를 사먹을 때 絃의 情狀이 連想되어 목메어 먹지도 못하여 눈물만 나옴. 天安에서 下車하여 동서 郭慶淳 집을 들렸더니 그곳에도 오지 않았음에 더욱 궁금. 집에 도라와 그대로 이야기하였더니 蘭榮이도 魯井 母도 落淚. 집 재사 일에 奔忙 中이신 父親도 심명 없이 지내시는 中.

〈1964년 5월 21일 목요일 晴〉(4. 10.)
競試大會(藝能發表會) 江西校에서 開催.

〈1964년 5월 22일 금요일 雨, 曇〉(4. 11.)
獻身校, 佳佐校, 本校…… 虎竹高 公民校에서 親睦排球會. 本人은 不參. 月前에는 本校에서 施行했음.
새 집 재사工事 一段 完了(8日間). 數日 後 未備한 곳 재손질할 터. 白灰(石灰)로 壁 上部 側 발랐더니 亦是 淸潔.
絃의 消息 今日까지 없으므로 家族 一同 궁금 中.
國仕里 李漢福 妻喪에 弔慰.

〈1964년 5월 23일 토요일 晴〉(4. 12.)
家出했던 次男 魯絃이 歸家~ 多幸〃〃. 괫심한 點은 全혀 없고 同情이 앞서 껴안고 싶은 생각뿐. 돈 없이 나가 苦生도 甚하였던지 其間에 얼굴이 틀리고 참혹한 현상. 하여튼 多幸한 일.

〈1964년 5월 25일 월요일 晴〉(4. 14.)
小魯里 吳鎭圭 氏 回甲宴에 參席.

〈1964년 5월 27일 수요일 晴〉(4. 16.)
萬水校에서 校長硏修會 開催…… 步行으로 時間 댐.

〈1964년 5월 29일 금요일 晴〉(4. 18.)
本家 개즙 問題로 淸州 개와 工場에 절충해 봄.

〈1964년 5월 30일 토요일 晴〉(4. 19.)
새 집 美裝工事 終了. 下部 側 세멘 일까지. 이로써 家屋의 建築 일은 대충 마치어 간 듯.

〈1964년 6월 1일 월요일 曇〉(4. 21.)
支署 자문委員會에 參席~ 機關長 立場에서.

1) 앞에 쓴 '涙'가 잘못 쓰여서 바른 글씨를 괄호 안에 다시 적었다.

〈1964년 6월 6일 토요일 晴〉(4. 26.)
族弟 壁榮 君이 참척을 當하여 慰問次 俊 兄과 槐山 文光까지 다녀옴.

〈1964년 6월 8일 월요일 晴〉(4. 28.)
虎竹 公民校生 動員하여 移秧作業. 七 斗落. 家兒들을 다리고 助力에 努力.

〈1964년 6월 9일 화요일 晴〉(4. 29.)
年金 受領次 淸州 다녀옴. 受領 時마다 區〃한 事情…… 本人 無로.

〈1964년 6월 10일 수요일 晴〉(5. 1.)
서울서 長男 魯井 옴. 絃이도 왔다는데 기뻐서 이리라.

〈1964년 6월 11일 목요일 晴〉(5. 2.)
텃논까지 모내기 일 完了…… 家族끼리 努力(勞力)하여.

〈1964년 6월 12일 금요일 晴〉(5. 3.)
새 집 손질 거이 完了(本채). 井이가 밑 장판. 下午에 井이 다시 上京.

〈1964년 6월 13일 토요일 晴〉(5. 4.)
學校林 關係 等 事務 打合次 上廳.

〈1964년 6월 14일 일요일 曇, 晴〉(5. 5.)
새 집으로 들음. 오늘은 端午節. 大廳에 시루도 바치고, 저녁에는 洞里분들에게 濁酒도 待接. 生後 내 집 사랑방이란 처음. 父親과 같이 사랑방에서 留宿. 감개무량하도다.

〈1964년 6월 15일 월요일 雨, 曇〉(5. 6.)
밭의 글 갈기 終了. 點心時間에 全 職員 招待코 새 집에서 탁주 대접. 이제는 나도 집에 사랑방 있다.

〈1964년 6월 16일 화요일 晴〉(5. 7.)
學校의 風琴 修理. 取扱 鄭重키로 職員에 당부.

〈1964년 6월 17일 수요일 晴〉(5. 8.)
藥 使用으로 松蟲잡이 實施…… 四年 以上 動員.

〈1964년 6월 18일 목요일 晴〉(5. 9.)
崔相俊 教師 再次 搬移(漢要 氏 宅으로). 그도 婦人으로 말썽.
本家 보리 打作에 午後에는 힘껏 助力.

〈1964년 6월 19일 금요일 曇, 雨〉(5. 10.)
教室 窓門 上下 문주방에 펭키칠 直接 作業.

〈1964년 6월 21일 일요일 曇〉(5. 12.)
日曜日이기에 家事 助力에 注力. 午前에는 밀 베기, 午後에는 밀 打作. 온 家族끼리 着手하여 打作 終結. 次男 魯絃의 센 힘에 快感. 妹 蘭榮이도 장정. 탈곡기를 땀 흘리며 長時間 밟음.

〈1964년 6월 22일 월요일 晴〉(5. 13.)
쥐이 때문에 各 教室 內 DDT로 全前 消毒 實施.
本家 보리農事 收穫高 밀 5叺, 보리 10叺인 듯.

〈1964년 6월 27일 토요일 晴〉(5. 18.)
教育會 理事會에 參席. 場所는 江外校. 會 案件은 研究大會 推進. 更正豫算 편성.
요새 가므는 편.

〈1964년 6월 28일 일요일 晴〉(5. 19.)
논매는 일 7名 품사서 順調롭게 完了. 從弟 夢榮의 周旋으로.

〈1964년 6월 29일 월요일 晴〉(5. 20.)
期成會 副會長 郭漢虹 氏 宅에서 全 職員에 晝食 接待(논매기).
峯店 柳在說 氏 親喪에 弔慰.

〈1964년 6월 30일 화요일 晴, 曇〉(5. 21.)
下午에 淸州 行하여 淸高에 들려 魯明의 校納金 3、4月分 整理. 兒孩들 宿所 求하기에 努力하였으나 未定.

〈1964년 7월 2일 목요일 雨〉(5. 23.)
오래간 기다렸던 단비 나림.

〈1964년 7월 3일 금요일 曇〉(5. 24.)
族弟 允相 집에서 全 職員 點心 接待.

〈1964년 7월 5일 일요일 曇〉(5. 26.)
가을菜蔬 갈 곳에 除草 및 施肥.

〈1964년 7월 7일 화요일 曇〉(5. 28.)
學校 샘 修理 工事 着手. 職員 손으로 完工키로.

〈1964년 7월 9일 목요일 曇, 晴〉(6. 1.)
江西校에서 研究大會 開催. 全 職員 參席. 排球大會도 兼.
學校 샘 修理 工事 完了.

〈1964년 7월 11일 토요일 雨〉(6. 3.)
밤새도록 비 나림.

〈1964년 7월 12일 일요일 曇〉(6. 4.)
장마 져서 大洪水. 父親 魯絃 논뚝 工事에 땀 흘림.
午後에는 水落里 李宗均 집에 弔問.

〈1964년 7월 13일 월요일 雨, 曇〉(6. 5.)
비도 나렸지만 센 바람이 불었다(强風).

〈1964년 7월 14일 화요일 曇〉(6.6.)
물 건너 兒童 樟南, 虎竹里 學生들 越川에 全 職員 努力.

〈1964년 7월 15일 수요일 雨〉(6. 7.)
江內校 研究會에 參席하려다가 雨天으로 參席 不能. 虎竹, 樟南 兒童들 登校 不能. 이곳 兒童들 越川에는 下級生의 父兄들은 더 좀 誠意가 있어야 할 일.

〈1964년 7월 17일 금요일 時時 雨〉(6. 9.)
父親 魯絃과 함께 三人과 논뚝 工事에 終日 努力(가래질).

〈1964년 7월 18일 토요일 雨, 曇〉(6. 11.)
越川 不能으로 出勤 못한 職員班의 補缺授業 2-1, 2-2.
繼續 降雨로 農作物에 有害할 듯.

〈1964년 7월 21일 화요일 晴〉(6. 13.)
出張~ 月谷校에서 校長 硏修會 開催.

〈1964년 7월 23일 목요일 晴, 曇〉(6. 15.)
職員會~ 校長會議 傳達. 夏休 生活計劃 討議.

〈1964년 7월 24일 금요일 雨, 曇〉(6. 16.)
全校 兒童 基礎調査 着手. 父兄 名簿도 作成 完了. 어린이會 總會 實施.

〈1964년 7월 25일 토요일 曇〉(6. 17.)
終業式. 鄕友班會 實施. 各 敎室에 備品 施設…… 材料臺와 淸掃箱子. 夏休 中 個人 生活表 作成.

〈1964년 7월 31일 금요일 晴〉(6. 23.)
父兄總會를 開催하고 期成會 組織. 會長에 郭漢弘 氏, 副會長에 尹秉度 氏와 李炳億 氏.

〈1964년 8월 1일 토요일 晴〉(6. 24.)
學校에서 作成한 科學 作品 搬出. '병아리의 成長 過程'.

〈1964년 8월 6일 목요일 曇, 晴〉(6. 29.)
校長講習 第一日. 場所는 舟城國校 강당. 本道 國民學校 校長 306名이 一堂에 모여서.

〈1964년 8월 7일 금요일 曇, 晴〉(6. 30.)
校長강습 第二日. 今日은 石橋校에서 受講.

〈1964년 8월 8일 토요일 曇, 雨〉(7. 1.)
校長강습 三日로 終了~ 石교 강당서. 修了 後 郡內 校長會員 泰東館에서 會食.

下午 四時 半부터 3時間 동안 繼續 暴雨로 大洪水. 市內는 물로 사태. 商店마다 물 품어내기에 奔走. 淸州로부터 各處마다 交通 杜絶. 淸州서 또 留. 淸州 近方은 40年來 最大 暴雨라 하며 市街 혼란도 稀少한 일이라고.

〈1964년 8월 9일 일요일 曇〉(7. 2.)
淸州에서 歸校…… 天水川 越川 不能으로 五松으로 돌아옴. 버들어지 들 물바다. 가는 심 때문에 근심 中.

〈1964년 8월 10일 월요일 曇, 雨〉(7. 3.)
아직도 雨症氣가 濃厚하여 물속에 있는 벼들이 걱정…… 天地神明께 祈願할 따름~ '비가 그치고 물이 어서 빠지도록'…….

〈1964년 8월 13일 목요일 曇〉(7. 6.)
伯父 忌祀~ 伯父主[2] 작고하신 제도 벌서 20年前.

〈1964년 8월 15일 토요일 晴〉(7. 8.)
第19週年 光復節 慶祝式 擧行.
給料 受領…… 每月 25日에 支給턴 것을 今月부터 文敎部 傘下 公務員은 15日에 受領토록 되었다는 것.

〈1964년 8월 16일 일요일 晴〉(7. 9.)
家親 生辰. 年歲 64. 朝食을 新溪 洞里분, 晝間에는 金溪 老人어른들 招待. 職員 數 名도 招待.

---

2) '큰아버지'를 이르는 말로, 주로 한문 투의 글에서 사용된다.

〈1964년 8월 21일 금요일 晴〉(7. 14.)
母親 生辰. 年歲 66. 家族과 親戚끼리만 會食. 五松農協에 가서 개즙 資金 7,000원 貸付 받음. 金溪里에서 今年에 漢弘 氏, 允相 이렇게 3人이다.

〈1964년 8월 23일 일요일 晴〉(7. 16.)
개와用 세멘트 聞慶製 43包 購入. 包當 180원 式.

〈1964년 8월 29일 토요일 晴〉(7. 22.)
牛車 二 臺로 세멘트 運搬~ 烏山에 집까지 無事 搬入. 漢弘 氏는 昨日부터 개와 工事 着手.

〈1964년 8월 31일 월요일 曇〉(7. 24.)
夏休 最終日. 清州 兒孩들 入淸에 入宿費 其他 學費 調達에 如意 求하지 못하여 責任과 解決策에 마음만 조릴 뿐.

〈1964년 9월 1일 화요일 雨, 曇〉(7. 25.)
第二學期 始業式.
南基一 教師 告別式 및 送別宴(上鳳校로 轉出).

〈1964년 9월 2일 수요일 曇, 雨〉(7. 26.)
事務 分掌 一部 變更에 隘路. 崔 교사에 庶務 委囑. 南 교사 後任으로 金回順 女교사 赴任케 됨.
清州 兒孩들 貰房 關係로 傷心 中 晝夜 苦惱터니 某人에게 若干 借用하여 入淸코 長女 媛과 깊은 相議…… 딱한 것은 媛!! 혼자 동당거릴 뿐. 뒷받침 못해 주어 애비 된 責任에 面目 없을 뿐.

〈1964년 9월 4일 금요일 曇, 雨〉(7. 28.)
學校 內 堆肥 審査. 4年 以上의 責任量 突破로 成績 良好.
우리 집用 개와 찍기 工事 着手…… 工人들 食事 提供에도 隘路. 物資 운반 및 모래 운반에도 隘路. 老親과 絃이가 特別 努力.
夜間에 大暴雨. 내안 當叔 忌祀에 參祀.

〈1964년 9월 5일 토요일 曇〉(7. 29.)
職員會에서 秋季 體育會 實施키로 決定.
昨夜의 暴雨로 냇물 벌창~ 새벽에 개왓장을 냇물 속에서 건져내기에 힘듬.

〈1964년 9월 8일 화요일 晴, 曇, 雨〉(8. 3.)
개와 工事 中 今日로 完了. 總 2,750枚.

〈1964년 9월 9일 수요일 曇, 晴〉(8. 4.)
內谷校 研究會에 全 職員과 함께 參席. 外家에도 잠간 들림.
玉山 盧 校長, 小魯 史 校長과 同行 歸家 中 新垈 吳漢錫 親友 집에서 留宿. 닭 等 厚待 받음.

〈1964년 9월 12일 토요일 曇〉(8. 7.)
夜間에 虎竹 出張코 部落 學父兄會 開催~ 期成會, 體育會, 兒童 教育 問題로 논함…… 父兄 全員 感銘 깊게 듣는 듯.
魯明, 魯妊 清州에서 옴~ 집세, 食糧, 學費 等으로.

〈1964년 9월 14일 월요일 曇〉(8. 9.)
南基一 교사 移舍감(上鳳으로). 學校 舍宅에는 崔 교사 또다시 入住토록 決定.
개와 運搬…… 四寸 夢榮 욕봄. 父親 魯絃 助

力. 냇가에서 집까지 一車 170枚式.

〈1964년 9월 15일 화요일 曇〉(8. 10.)
어제부터 運搬하기 始作한 개와는 日暮頃에 完了.
夜間에 樟南 出張코 父兄會 開催~ 案件은 12日 虎竹과 同. 父兄 姊母 26名 集合. 밤 12時에 歸家 就寢. 삼발 냇물이 깊어 深夜 越川에 氣分 不安 莫甚.

〈1964년 9월 16일 수요일 曇, 晴〉(8. 11.)
개와 올리고져 영[이엉]을 벗겼으나 날씨가 快晴치 않아 근심 中. 밤중에 나와 보니 별이 총총나와 多幸〃〃.
部落 父兄會 開催코져 水落里 出張. 10時부터 12時까지(밤). 參集 人員 14名. 深夜에 歸校. 父兄과 直接 相面相談이면 彼此 間 기탄 없은 協議가 되며 誤解가 없을 것이다.

〈1964년 9월 17일 목요일 晴, 曇〉(8. 12.)
지붕에 개와를 이으는 作業 實施. 部落人 10餘 名이 助力하여 作業 推進이 잘 되어 感謝. 낮에 날씨가 찌브러들어 빗방울이 드문드문 돋기에 가슴을 조렸으나 多幸히 工事 完了 時까지 참아주어 天地神明께 深謝〃〃…… 인제 나의 집도 農家形이지만 瓦家가 되었다. 金溪의 最初이다. 栢洞에 한 채 있지만.

〈1964년 9월 18일 금요일 雨〉(8. 13.)
體育會 總練習의 計劃이었으나 雨天으로 行事 不能. 職員 一同 돼지 돌부리함. 舍宅에서 一同 內腹 酒肴로 滿腹.
새벽부터 내리는 비는 終日토록 나렸다. 어젯날 개즙 공사를 아니하였더면 큰일 날 번하였다. (새집 지붕이 엷어서 구렁이 드문드문 났으므로 비 올 때마다 새어 집이 허물기 때문에) 今日 개즙 豫定인 族弟 某는 비 때문에 傷心 中.

〈1964년 9월 19일 토요일 曇〉(8. 14.)
天氣 계속 不順으로 體育會 施行에 大憂慮.
秋夕 세러 서울서 長男 魯井과 淸州 아해들 一同 來家. 저녁에 송편. 白米 본 지 오래이나 會長 漢弘 氏가 쌀 한 말 보내주어서 萬幸. 어린 것들과 떡 만들기에 집안 雰圍氣 大盛況.
개와지붕 단마루 作業도 今日로서 完了~ 技術人은 族弟 化榮 君.

〈1964년 9월 20일 일요일 曇, 晴〉(8. 15.)
秋夕 차례는 親戚 아해들이 多數 參集되어 盛況을 이룸.
體育會 準備로 正午頃부터 職員 數 名 大手苦…… 場內 設備와 賞品 包裝 等.

〈1964년 9월 21일 월요일 晴〉(8. 16.)
今學年度 體育大會 施行. 終日토록 날씨 좋와 多幸. 無事 閉會. 贊助額 約 1萬 원. 職員 疲勞宴도 有.

〈1964년 9월 22일 화요일 晴〉(8. 17.)
昨日 體育會로 臨時 休校. 玉山校 體育會에 全職員 參觀.
長男 井 上京. 最終 登錄金(第四學年 卽 卒業班 二期分)은 自身이 解決한다는 것. 家庭교사 生活에 隘路도 많을 것이지만 圓滿이 나가는 井의 態度에 믿음직. 食代와 交通費 또 雜

費一切를 本人이 對充하니 多幸이며 登錄金도 몇 차례 充當했던 것이다.

〈1964년 9월 24일 목요일 晴〉(8. 19.)
角里校 馬 校長 來校~ 會長과 같이 약주 接待.

〈1964년 9월 26일 토요일 曇〉(8. 21.)
曺 교사 祖母喪에 東林 가서 弔慰.

〈1964년 10월 1일 목요일 晴〉(8. 26.)
校長 校監의 財産保證書類 件과 清女中 校長 面談次로 淸州行. 일 잘 보고 無事 歸校.

〈1964년 10월 3일 토요일 晴〉(8. 28.)
虎竹 李炳億 親友로부터 꾸었던 세멘트 6包 返濟.

〈1964년 10월 4일 일요일 晴〉(8. 29.)
族兄 宗榮 氏(丹陽 佳谷校長) 親喪에 今日 葬禮.

〈1964년 10월 5일 월요일 晴〉(8. 30.)
職員 旅行團 A班 無事 歸校(濟州島 見學했다고)

〈1964년 10월 6일 화요일 晴〉(9. 1.)
米院校(文교부 研究 指定校) 研究 發表會에 廓俊榮 교사(族兄)과 함께 出張. 主題는 '人事指導'.

〈1964년 10월 11일 일요일 晴〉(9. 6.)
職員 旅行團 B班 無事 歸校. 昨日 出發하여 1泊 2日. 俗離山으로 갔었다. 廓俊榮, 朴洪圭, 李昌遠 교사와 함께 갔었다. 雲壯臺는 금반에 처음 올라가 보았다. 20餘 年 만에 보니 文化的으로 많이 發展되었다. 交通量, 電燈, 旅館 等.

〈1964년 10월 12일 월요일 晴, 曇〉(9. 7.)
燕岐郡 鐘川 李경수 氏(內 8寸 兄)와 父親 神位之地를 探知하여 보았으나 別로 神通치 않음.

〈1964년 10월 14일 수요일 晴〉(9. 9.)
傳達夫 李錫周 親忌에 人事(虎竹).

〈1964년 10월 15일 목요일 晴〉(9. 10.)
小魯 吳景錫 中兄喪에 弔問.

〈1964년 10월 17일 토요일 晴〉(9. 12.)
會長 郭漢弘 氏와 儒城溫泉으로 逍風. 學校는 家庭實習 中.

〈1964년 10월 18일 일요일 晴〉(9. 13.)
儒城서 歸家 途中 大田에서 姜大榮 親友를 만나 厚待함에 感謝. 넉넉한 그의 生活相…… 家屋, 家具, 金錢, 工場 經營 等. 그러나 크게 부럽지는 않았다. 金錢이 없는 나의 處地이지만…… 其他는 希望을 걸고 있고 精神과 子息들이 健在함은 나만 못하리라.

〈1964년 10월 19일 월요일 曇, 雨〉(9. 14.)
故 寬榮 氏 葬禮式에 參席 人事. 學校는 家庭實習 中.

〈1964년 10월 20일 화요일 曇, 雨〉(9. 15.)

本家 보리 갈기에 助力. 雨天으로 午後에 中斷.
明日 內秀校 研究會 參席次 雨中에도 出發. 밤새도록 가을비 주룩주룩. 청주서 兒孩들과 同宿.

〈1964년 10월 21일 수요일 曇〉(9. 16.)
內秀校 研究會에 參席. 特色은 女敎師만이 全員 參席토록 된 點. 主題는 '學校放送'.

〈1964년 10월 22일 목요일 曇〉(9. 17.)
第六學年 京仁地區로 修學旅行次 出發.

〈1964년 10월 23일 금요일 晴〉(9. 18.)
峯店 金東玉 氏 回甲 招宴에 李仁魯 敎師와 參席. 留宿함.

〈1964년 10월 24일 토요일 晴〉(9. 19.)
六學年 旅行團 歸校 日字로 丁峯驛까지 마중. 學生 全員 無事 歸校이나 郭俊 先生 위경련으로 서울서 滯留 治療 中이라서 不安.

〈1964년 10월 25일일요일 晴〉(9. 20.)
郭 先生 위경련으로 서울 滯留 治療 中 今日 下午 五時 車로 無事 歸校.

〈1964년 10월 27일 화요일 晴〉(9. 22.)
물논배미의 벼 내어 널기에 老親 一大 苦勞를 겪음에 있어 민망. 罪悚…….

〈1964년 10월 28일 수요일 晴〉(9. 23.)
族叔 癸男 氏 妻喪에 弔慰(아직 젊은이인데).

〈1964년 10월 30일 금요일 晴〉(9. 25.)
校長會議 江外校에서 開催. 會議 終了 後 朴殷燮 校長(萬水교장) 回甲 招宴에 校長 全員 參席.
下午 四時 車로 校長 全員 溫陽 行~ 溫泉旅館에서 留宿.

〈1964년 10월 31일 토요일 晴, 曇〉(9. 26.)
溫陽서 淸州 着. 振榮의 校服 맞춤. 冬期用 內衣도 사 줌.

〈1964년 11월 1일 일요일 晴〉(9. 27.)
烏山里 柳在琨 親忌에 人事.

〈1964년 11월 2일 월요일 晴〉(9. 28.)
金榮國 敎育長 本校 視察(初頭巡視). 校舍 修理處도 視察.
本家 벼 打作. 7斗落에서 12石. 其他에서 3石 쯤 소출.
午後에 烏山里 申鳳雨 氏 女婚 招待에 다녀옴.

〈1964년 11월 6일 금요일 晴〉(10. 3.)
學校 修理 推進 件으로 上廳…… 6個 교실 修理 可能할 듯.
번말다리는 오늘에서 철판(滑走路)으로 架設함.

〈1964년 11월 8일 일요일 晴〉(10. 5.)
魯鉉과 함께 새 집 문풍지를 달고 앞뜰에 가서 미꾸리도 잡고.

〈1964년 11월 10일 화요일 晴〉(10. 7.)
새벽 車로 梧東里行~ 魯井의 外祖父 生辰이

어서. 月前 婚事 時에 못 가서. 몸은 昨日부터 感氣로 괴로운 中.

〈1964년 11월 12일 목요일 曇, 雨〉(10. 9.)
全國山林大會를 우리 道 公設운동장에서 擧行~ 朴 大統領과 郡守 以上의 公務員 中 山林關係者 約 1500名이 參集했다는 것이며 이들의 留宿所로 淸州市內가 발끈했다 함.
再從 海榮이 위궤양으로 淸州 南宮外科에서 大手術함에 나도 立會 直接 目見함. 무려 四時間 만에 病室로 오게 되는 極危境. 醫師의 말씀에 依하니 술(酒)에 原因이라 하니 好酒家인 나 自身 깊이 질리는 바 있었다. 數日 前부터 毒感에 욕보는 中 數 時間을 緊張하여 섰었으니 더욱 惡化된 것 같다.

〈1964년 11월 13일 금요일 曇〉(10. 10.)
새 집用 반자틀 材料를 購入 運搬하였다~ 800원 所要.

〈1964년 11월 14일 토요일 曇〉(10. 11.)
나의 病勢(毒感)는 더욱 甚하여 今夜는 잠을 못 이룬다. 팔 다리와 머리의 痛症이 甚하다.

〈1964년 11월 15일 일요일 晴〉(10. 12.)
좀처럼 맞지 않는 鎭痛劑 等의 注射를 맞고 就安했더니 저녁때쯤에 頭痛만이 若干 가란진 것 같았다. 몸을 움직일 때마다 쑤시는 것이어서 神經痛인 것도 같이 느껴짐에 걱정된다.

〈1964년 11월 16일 월요일 晴〉(10. 13.)
無理하면서 出勤~ 팔다리는 아직도 떨어지는 듯.

虎竹里 父兄들 삼발다리 架設에 學校에서 人事로 탁주 1斗 제공.

〈1964년 11월 17일 화요일 晴〉(10. 14.)
郡 교육廳 金 技士와 請負業者 數 名 來校하여 校舍 修理處 現場 說明 및 듣기에~ 本校(金溪校) 大修理 確定에 快感.

〈1964년 11월 18일 수요일 曇, 雨〉(10. 15.)
長男 魯井이 서울에서 옴~ 附高, 附國에서 6週日間의 敎育 實習을 마쳤다는 것. 이제 師大 교육도 거이 마친 셈(卒業班).
校舍 修理 工事 件으로 上廳…… 立札[入札]에 三和土建社로 落札 300,000원.
淸州 아해들 9, 10月分 校納金도 整理(明 淸高3, 姬 淸女高1, 妊 淸女中1).

〈1964년 11월 20일 금요일 晴〉(10. 17.)
各 中學 入試書類 提出. 校舍 修理 工事用 세멘트 一 車 入荷.
水落里 李永模 氏 回甲 招宴.
新築家屋 上樑 第一周年 安宅~ 再從妹 柳在石 氏로부터.
나의 身樣은 今日에서 若干 差度 있음을 確實히 느낌.

〈1964년 11월 22일 일요일 晴〉(10. 19.)
校舍 修理 工事 着工(세멘 벽돌 찍기 始作…… 12,000枚 豫定. 校門 門柱用 包含)

〈1964년 11월 23일 월요일 晴〉(10. 20.)
魯井과 함께 淸州 行하여 道 교육廳 尋訪코 井의 就職 問題를 相議함. 過年度까지의 配置者

未發令 多數로 長期間 機待려야 한다는 것. 井은 大失望.

〈1964년 11월 25일 수요일 晴〉(10. 22.)
學校 修理 工事 件으로 期成會 任員會 開催. 工事費 約 30萬 원 中 國庫補助 20萬 원. 地方負擔 10萬 원. 現 農村經濟 困難으로 甲論乙박. 曰可曰否 高調된 言聲이 長時間 벌어졌으나 學校長의 學校 教室의 老朽 實情을 간곡히 說明함과 老壯派의 거들음에 豫定대로 通過되는 同時 父兄會 總會를 開催키로 하였다.

〈1964년 11월 27일 금요일 晴〉(11. 24.)
學父兄 總會 開催. 任員會에서 決議된 대로 通過…… 兒童 一人 家庭 300원, 二人 가정 450원, 3人 以上 가정 550원으로.

〈1964년 11월 28일 토요일 晴〉(10. 25.)
郭漢弘 會長, 郭俊榮 先生을 帶同하여 郡 교육廳 幹部들을 松林食堂에 招請하여 謝禮 接待하다.

〈1964년 11월 29일 일요일 晴〉(10. 26.)
新組 책걸상 20租 入荷. 廳 補助 1/3, 學校負擔 2/3로 製作됨.

〈1964년 12월 9일 수요일 晴〉(11. 6.)
金 교육長, 洪 管理課長, 金 技士 來校코 校舍修理 工事 狀況 視察과 中間檢查 實施.

〈1964년 12월 10일 목요일 晴〉(11. 7.)
65學年度 新入生 適齡兒 調查次 全 職員 部落出張.

〈1964년 12월 11일 금요일 晴〉(11. 8.)
校門 門柱 工事 着手(연와 쌓기). 1300장 所要. 요새 氣溫 0°.

〈1964년 12월 12일 토요일 曇〉(11. 9.)
校舍 修理 中 壁 白灰 재사 工事 着手. 몹시 寒冷한 날씨로 우려.

〈1964년 12월 13일 일요일 晴〉(11. 10.)
연와 벽 몰탈 工事 着手. 날씨 좀 풀림. 유리士 來校 測定(仲連). 敷居(중방) 工事 完了.

〈1964년 12월 14일 월요일 晴〉(11. 11.)
全 職員 部落 出張하여 第2次로 적령아동을 조사 파악. 總 102名 中 男 52명, 女 50인 듯.

〈1964년 12월 15일 화요일 晴〉(11. 12.)
校舍 修理 工事 中 木工일 完了.

〈1964년 12월 18일 금요일 晴, 曇〉(11. 15.)
밤사이에 15㎝ 程度 積雪. 族兄 春榮 氏 回甲日 그 兄 宅에서 朝食.
虎竹 洞稧에 參席코 洞錢 整理 및 또 借用. 白米 3叺 턱.
母親 왼편 손목 다치심. 빈판에서 낙성하시어. 年前에는 오른편이셨는데. 산 약으로 應急治療하심.

〈1964년 12월 21일 월요일 晴〉(11. 18.)
學校 修理 件과 事務 打合次 淸州 出張. 學校修理에는 페인트 着工.
年末 償與金으로 2,000원 受領~ 少額이나 처음 있는 일.

〈1964년 12월 22일 화요일 晴〉(11. 19.)
學校 修理 工事 中 몰탈 일 完工. 마루(床板) 工事 補完.

〈1964년 12월 23일 수요일 晴〉(11. 20.)
學校 修理 竣工日字 關係로 오미우체局에서 교육廳에 電話.

〈1964년 12월 24일 목요일 晴〉(11. 21.)
終業式 擧行. 學校 修理 完工.
烏山里 故 申億萬 氏 喪에 弔問. 農協 債金 一部 整理.

〈1964년 12월 25일 금요일 晴〉(11. 22.)
오늘 聖誕節. 날씨도 풀려 봄 날씨를 연상케 한 지 약 一週日.

〈1964년 12월 27일 일요일 晴〉(11. 24.)
우리 金溪學校 老朽 教室 六 個室 修理 工事의 竣功[竣工] 檢查~ 金榮國 教育長과 金 技士 來校. 全校 一巡 後 入淸. 晝食은 簡單히 청주에서.

〈1964년 12월 30일 수요일 晴〉(11. 27.)
郡 교육廳에 修理費 納付. 俊兄 先生과 同行.

※ 64年의 略記

64年 12月 31日을 맞고 年間을 通한 諸般을 個條的으로 略記한다.

1. 父母任을 爲始하여 家族 總 17名 比較的 健康했다.
2. 學校 經營에는 평탄했으며 6個 교실 大修理가 이루어졌다.
3. 늦장마에 벼농사는 가는 심에 소출을 덜었다~ 所有 土地는 畓 10斗落 中 3斗落은 從弟 弼榮의 것 小作. 田 1,600坪 中 700坪은 位土이다.
4. 家庭 經濟는 極히 困窮하여 年間을 通하여 食糧難이다. 借金 長利米 等 相當量의 債務가 있다.
5. 家屋 本채를 完功[完工]하여 개와까지 이으니 통쾌한 일이다.
6. 校長 生活 延 8年 中 本 金溪校 勤務 2年이 된다. 面內 機關長과의 紐帶를 强化하여 한 기관의 責任者로서의 면모에 遜色이 없었다고 自負하며, 郡 初等교육회 任員(理事)으로서 活躍 中이다.
7. 家族 狀況에는

- 父 64年歲 • 母 66年歲
- 本人(교장) 44才 • 妻 45才
- 長男 魯井… 26歲 서울大學校(師大) 卒業班
- 長女 魯媛… 23歲 女高 卒. 치과 간호
- 次男 魯絃… 20歲 淸農 卒. 農業 從事 中
- 參男 魯明… 18歲 淸高 卒業班
- 次女 魯姬… 16歲 淸女高 1年
- 參女 魯妊… 15歲 淸女中 1年
- 四男 魯松… 12歲 國教 5年生
- 四女 魯杏… 10歲 國教 3年生
- 五女 魯運…7歲
- 五男 魯弼… 3歲

'祝' 經濟再建 家族健在, '祈'
以上

〈1965년 1월 1일 금요일 晴〉(11. 29.)

1965年의 새해는 밝다. 客年의 多幸을 感謝하며 새해의 幸運을 天地神明께 祈願. 烏市場 族弟 周榮 結婚式에 參席. 酒席에서 族叔 漢弘氏의 취태 및 酒정 莫甚함을 目見.

〈1965년 1월 2일 토요일 晴〉(11. 30.)

나의 生日~ 온 家族 會食…… 父母任 惠念에 感淚.

南二面 장암里行~ 玉山校 盧 校長 宅 新年잔치에 參席. 厚待.

〈1965년 1월 5일 화요일 晴〉(12. 3.)

四男 魯松의 教育保險 찾아 急한 債務 갚음. 樟南 李崙鐘 女婚 招待. 今日까지 連 四日間 酷寒 繼續 零下 10度線. 今日 小寒.

〈1965년 1월 8일 금요일 晴〉(12. 6.)

清州 行하여 사지쓰본[1]代 支佛 1,800원. 紘과 明의 戶籍抄本(教大 志願코저). 族叔 漢弘 氏 滿醉에 同行 中 極한 苦勞를 겪음.

〈1965년 1월 9일 토요일 晴〉(12. 7.)

玉山面 義勇消防隊 始務式에 參席. 樟南 楊壽東氏 回甲 招待에 人事.

〈1965년 1월 10일 일요일 晴〉(12. 8.)

李仁魯 校務 親忌에 人事. 午後에 淸州行. 映畵 觀覽 "神話를 남긴 海兵".

〈1965년 1월 11일 월요일 曇〉(12. 9.)

郡 教育廳에 學校 修理費 納付. 金 技士와 點心 會食 座談. 學校 錄音器 購入 및 試用…… 族兄 俊榮 先生과 同途. 大成女高에 登校코 當校 朴 校監에 長男 魯井의 就職 件 付託~ 힘들을 듯.

〈1965년 1월 12일 화요일 雪〉(12. 10.)

農高에 가서 次男 紘의 教大 入試 手續次 當校 羅 校監과 相議. 井의 就職 件으로 當校 孫 校長에 仰願…… 두고 보자는 것.

夜間에는 井, 紘, 明을 引率 同伴하여 映畵 觀覽~ "月給봉투"…… 특히 教職者들에 關聯 있고 家族끼리 볼 만한 것임을 느낌. 繼續 降雪로 銀世界.

〈1965년 1월 16일 토요일 晴〉(12. 14.)

來賓과 몇 職員의 招待로 金相熙 酒店에 갔으나 그네들 間 無感情 言爭과 격투까지 일어나 氣分 不快. 그 中 職員도 끼어 더욱 不安. 모두

1) 직물류(serge) 천으로 만든 양복바지를 가리킨다.

가 滿醉됨이 無違.

〈1965년 1월 17일 일요일 晴〉(12. 15.)
再從兄 憲榮 氏 도박 失物 莫大하다는 것으로 墻東 行하여 里長과 關係者 面談.

〈1965년 1월 18일 월요일 晴〉(12. 16.)
德永 鄭鍾潤 里長 親喪에 弔問.

〈1965년 1월 19일 화요일 晴〉(12. 17.)
緣戚 柳壯鉉 編入 件으로 淸原中學에 相議하였으나 無結實(如意 不能).

〈1965년 1월 20일 수요일 晴〉(12. 18.)
農高 孫 校長, 羅 校監 尋訪~ 紘의 敎大 入試 件, 井의 就職 件으로. 大成女高 朴完淳 校監과도 相議. 상이軍警會 韓重求와도 面談.

〈1965년 1월 22일 금요일 晴, 曇, 雪〉(12. 20.)
郡 敎育廳 金鐵九 奬學士 本校 視察. 行事 後 烏山서 接待 過飮.

〈1965년 1월 25일 월요일 晴〉(12. 23.)
井의 就職 件으로 農高와 道 敎育會 鄭元相 局長을 尋訪코 請託.

〈1965년 1월 26일 화요일 曇〉(12. 24.)
今朝도 井의 件으로 文化洞 李斗鎬 課長 宅 尋訪~ 別無神通.

〈1965년 1월 29일 금요일 晴, 曇〉(12. 27.)
外堂叔과 報恩敎育廳에 登廳코 吉子 轉勤되기를 請願. 任 課長도 相面.

〈1965년 1월 30일 토요일 晴〉(12. 28.)
玉山 團合大會에 參席하여 義務敎育과 放學生活을 發表.

〈1965년 1월 31일 일요일 晴〉(12. 29.)
再從兄 憲榮 氏 도박하여 物失된 事件으로 支署長과 相議.

〈1965년 2월 1일 월요일 晴〉(12. 30.)
第壹 最初 硏究手當 受領. 每人當 月 500원式. 開學式 擧行. 午後에 烏山 行하여 會長(漢弘 氏) 醉態 件, 再從의 도박 件으로 主任과 再相議.

〈1965년 2월 2일 화요일 晴〉(1. 2.)
陰曆 舊正(설)으로 臨時 休校. 차례 後 洞內 歲拜.

〈1965년 2월 3일 수요일 晴〉(1. 2.)
學校行事 終了 後 全 職員 舍宅에서 待接. 만두국도 작만.

〈1965년 2월 5일 금요일 晴〉(1. 4.)
紘, 明 共히 敎大 入試. 姪女 先이도 大成女高 入試. 뒷받침 잘 할 覺悟.

〈1965년 2월 7일 일요일 晴〉(1. 6.)
族弟 允相 집에서 招待. 漢世 氏 宅에서도. 紘, 明 敎大 學科試驗 마치고 歸家.

〈1965년 2월 8일 월요일 曇〉(1. 7.)
校長會議 參席~ 65學年度 經營 方針. 映畵 觀覽 "淸日戰爭과 閔妃".

〈1965년 2월 9일 화요일 曇〉(1. 8.)
絃과 明 教大 學科試驗에 合格의 喜報~ 多幸. 天地神明께 深謝.

〈1965년 2월 10일 수요일 晴〉(1. 9.)
小魯校 第四回 卒業式에 參席. 小魯校는 初代 校長으로 就任했던 곳.

〈1965년 2월 12일 금요일 晴〉(1. 11.)
本校(金溪) 第17回 卒業式. 來賓 多數 參席. 疲勞宴도 받음.

〈1965년 2월 13일 토요일 晴〉(1. 12.)
昨日까지 教大 實技試驗 마치고 歸家한 絃과 明~ 今日 最終 發表에 完全 合格.

〈1965년 2월 15일 월요일 晴〉(1. 14.)
支署會議에 參席~ 폭발物, 防犯, 貯蓄. 面의 里長會에도 參席. 淸州行.

〈1965년 2월 16일 화요일 晴〉(1. 15.)
朴洪圭 教師 件으로 洪 課長과 저녁 會食(朴 교사는 轉勤 希望). 서울서 魯井 옴.

〈1965년 2월 17일 수요일 晴〉(1. 16.)
虎竹 高公校 卒業式에 參席. 虎竹에서 厚待. 父兄 對 職員 윷놀이.

〈1965년 2월 19일 금요일 晴, 曇〉(1. 18.)
長男 魯井 上京~ 學籍 中 最終 上京…… 26日이 卒業式이라고.

〈1965년 2월 21일 일요일 曇〉(1. 20.)
宗親 同甲稧 結成~ 大鍾, 秉鍾, 宗榮, 俊榮, 尙榮, 昌在(於 大鍾 氏 宅).

〈1965년 2월 24일 수요일 晴〉(1. 23.)
修了式. 李昌遠 教師 告別式 및 送別宴. 午後에 德水行~ 鄭 氏가 招待.

〈1965년 2월 25일 목요일 晴〉(1. 24.)
絃과 明 教大 登錄 12,000원으로 一段落. 農高羅 校監과 教大 林 課長 接待.

〈1965년 2월 26일 금요일 晴〉(1. 25.)
長女 魯媛과 上京~ 井의 卒業式 參加. 記念撮影. 行事 終了 後 나는 歸家.

〈1965년 2월 28일 일요일 晴〉(1. 27.)
井의 就職 件으로 大成中高에 절충하나 無效. 明의 校服 豫約.

〈1965년 3월 5일 금요일 晴〉(2. 3.)
淸州教大 入學式에 參席. 教大 後援會 理事로 選任. 先이도 入學式.

〈1965년 3월 7일 일요일 晴〉(2. 5.)
父親과 淸州行~ 妹 蘭榮의 婚談 條로…… 相談 結果 成立 不可能일 듯.

〈1965년 3월 11일 목요일 晴〉(2. 9.)
全校 어린이會長 選出에 四男 魯松이 當選. 淸州에서 長男 魯井 相面.

〈1965년 3월 12일 금요일 晴〉(2. 10.)
10, 11代祖 墓에 立石. 奉事公 山所에도 望頭

石[望柱石]. 우리 집에서 食事 周旋으로 법석.

〈1965년 3월 16일 화요일 曇〉(2. 14.)
玉山農協 總代會議에 參席. 學校에서는 五個分科會 續開 中.

〈1965년 3월 22일 월요일 晴〉(2. 20.)
姜감찬 將軍 遺蹟 保存 推進委員會에 參席. 必要性은 느끼는 듯. 積極性은 無.

〈1965년 3월 23일 화요일 曇, 雨〉(2. 21.)
盧順福 親喪에 弔問. 夜間에 族叔 漢弘 氏 大酒酊~ 商店 等 器物 파괴 他人 구타.

〈1965년 3월 27일 토요일 晴〉(2. 25.)
面內 機關長會議에 參席~ 韓日會談 件. 火災防止, 國家 三大 目標, 保安 管理 徹底.

〈1965년 3월 28일 일요일 晴〉(2. 26.)
本家 앞 堤坊[堤防]에 植樹~ 포프라 揷木 90, 리끼다[리기다(rigida) 소나무] 一年生 50, 포도 2. 母親 砂防 事業 出役에 痛.

〈1965년 3월 31일 수요일 晴〉(2. 29.)
早朝 車로 大田行~ 忠南 교육廳에 上聽(井이 忠南으로 配定)…… 發令 아직 요원할 듯.

〈1965년 4월 1일 목요일 晴〉(2. 30.)
校長會 傳達會 및 職員會. 內谷 朴 氏 家에서 蘭榮 간선차 來家.

〈1965년 4월 2일 금요일 晴〉(3. 1.)
面에서 孫 氏 時局講演을 聽取…… 國家 三大目標(增產, 輸出, 建設.). 韓日會談.

〈1965년 4월 9일 금요일 晴〉(3. 8.)
申灌雨 議員 來玉 講演에 聽講…… 義務教育 正常化에 對하여 質疑 發言하다.

〈1965년 4월 10일 토요일 晴〉(3. 9.)
郡 初等教育會 理事會에 參席. 場所는 江外校. 新年度 豫算까지 編成.

〈1965년 4월 11일 일요일 晴〉(3. 10.)
父親~ 食鹽, 메주, 白米 싣고 淸州 往復…… 過勞되신 듯. 나는 노가지 2짐 캐다 울타리 植樹.
旱鬼 繼續으로 밀 보리에 큰 타격. 보리 싹이 크지 못하는 實情.

〈1965년 4월 12일 월요일 晴〉(3. 11.)
母親 淸州에 가시다…… 청주 아해들用 장 담으시러.

〈1965년 4월 14일 수요일 晴〉(3. 13.)
淸州 出張~ 學校 測量, 受講者, 視察 日字, 增築 件, 舍宅 담, 유니트 修理 條, 프린트.

〈1965년 4월 16일 금요일 晴〉(3. 15.)
淸州 虎竹 間 뻐쓰 運行 開通式에 參例. 地方民 多數 參席. 僻地로서 多幸한 일.

〈1965년 4월 17일 토요일 晴〉(3. 16.)
教育會 代議員會에 參席. 魯井 母 蟲齒 1個 拔取. 再從 點榮 兄 오랜만에 相面~ 經費 多.

〈1965년 4월 18일 일요일 晴〉(3. 17.)
再從 點榮 兄 後見事에 苦惱 甚大. 入院者 問病~ 鄭鎭謹 氏, 吳漢錫.

〈1965년 4월 19일 월요일 晴, 曇〉(3. 18.)
四.一 九 五週年. 各 大學 臨時 休校~ 데모 續出로 因한 措置.

〈1965년 4월 25일 일요일 晴〉(3. 24.)
苗板 作業에 午前 中 助力. 텃논에 定着. 絃과 明은 물 품기에 努力하고.

〈1965년 4월 26일 월요일 雨〉(3. 25.)
오랜만에 甘雨 나림~ 然이나 보리는 다 타서 時期 늦어 한탄.

〈1965년 4월 27일 화요일 晴〉(3. 26.)
연기 南面 종천里 林亨喆 家에 人事~ 小忌祭. 林京洙 兄 宅도 尋訪.

〈1965년 4월 28일 수요일 雨〉(3. 27.)
電격的 서울 往來~ 四從 叔母(成榮 慈堂) 回甲…… 安巖洞 開雲寺 別館. 司會責.

〈1965년 4월 29일 목요일 雨〉(3. 28.)
過飮과 疲勞로 終日 呻吟~ 前日까지에 繼續 外出로 因함.

〈1965년 4월 30일 금요일 晴〉(3. 29.)
外上 달린 各種 物品代로 걱정 中. 敎大 兒孩들 校服代도 아직 未完拂. 小魯 鄭德模 慈親喪에 弔慰.

〈1965년 5월 1일 토요일 曇〉(4. 1.)
虎竹 鄭貞淳 敎師 宅 尋訪. 敎室 增築 關聯으로 副會長 李炳億과 談.

〈1965년 5월 2일 일요일 細雨〉(4. 2.)
논두렁 가래질에 終日 努力. 從兄弟도 助力. 老親의 流汗에 滿罪.

〈1965년 5월 3일 월요일 曇〉(4. 3.)
3~1 宋 女敎師 硏究授業에 대한 檢討會에 長短點 率直히 助言.

〈1965년 5월 5일 수요일 曇, 細雨〉(4. 5.)
43回 어린이날 行事로 小體育會~ 樟南이 一位. 全校生에 우유죽 給食.
午後에는 全 職員 파락골서 野遊會~ 濁 1통으로.

〈1965년 5월 6일 목요일 晴〉(4. 6.)
서울 大東病院 權 博士에 敎室 增築 要請 書類 發送. 祖父 忌祭.

〈1965년 5월 8일 토요일 晴〉(4. 8.)
어린이會 總會에 四男 魯松이 會長으로서 司會. 苗板에 물 품음.

〈1965년 5월 9일 일요일 曇〉(4. 9.)
午前 中 苗板에 灌水. 午後에는 前佐 밭에 참깨 播種.

〈1965년 5월 10일 월요일 晴〉(4. 10.)
本面 李碩魯 面長 梧倉面으로 轉出. 同 送別宴會에 參席.

〈1965년 5월 11일 화요일 晴〉(4. 11.)
學父兄總會~ 經營 方針 闡明. 期成會 豫算 編成도 完.

〈1965년 5월 19일 수요일 晴〉(4. 19.)
崔相俊 教師 母親 別世에 終身. 同 葬禮式 周旋에 努力 奔走.

〈1965년 5월 20일 목요일 晴〉(4. 20.)
崔 教師 母親 장례式에 全 職員 誠意껏 協助. 金溪里 泰鍾 氏 山에 安葬. 本洞 青年 一同이 葬禮 行事에 積極 支援 執行.

〈1965년 5월 22일 토요일 晴〉(4. 22.)
崔 教師 집에서 全 職員 招待 謝禮. 고추밭 김매기 完了. 日氣 繼續 旱魃로 밀, 보리 全滅 狀態. 苗板마다 말라 야단. 샘물도 끊길 지경.

〈1965년 5월 23일 일요일 晴〉(4. 23.)
老親과 絃과 三人이 논의 질흙 신태[시태[2]]로 48바리 마당까지 運搬.
老母親 白米 求하여 絃의 清州行에 運搬토록 周旋하여 주심에…….
四女 魯杏이 道內 어린이 白日場에 參席.

〈1965년 5월 25일 화요일 曇〉(4. 25.)
近日에는 每日 早朝에 苗板 물 품기 作業…… 今朝도 老親과 함께 품음. 구름은 가끔 끼어도 비 나리지 않아 큰 탈. 덱고지 大母 甲年宴에 參席.

〈1965년 5월 26 수요일 曇〉(4. 26.)
遺族年金 65年度 一期分 4,200원 受領해다 老親께 드림.

〈1965년 5월 27일 목요일 細雨, 曇〉(4. 27.)
校長會議에 參席~ 於 場所 芙江校. 歸途 에 道 吳課長 歡迎會.

〈1965년 5월 31일 월요일 晴〉(5. 1.)
面內 機關長會議에 參席~ 於 面 會議室. 晝食 周旋 面에서 主催.

〈1965년 6월 1일 화요일 晴〉(5. 2.)
清州教大 青夔煥 學長 仁川教大로 轉出. 同 離任式에 參席.
妹 蘭榮 北二面 全州 李氏 家에서 간선…… 成立 難인 듯.

〈1965년 6월 3일 목요일 曇〉(5. 4.)
郡 教育會 理事會에 參席次 江外校까지 出張. 연제亭서 點心.

〈1965년 6월 5일 토요일 晴〉(5. 6.)
全國教育者大會에 俊 兄과 參席…… 서울高校 강당~ 教員 處遇 改善 진정.

〈1965년 6월 6일 일요일 晴〉(5. 7.)
清州公設운동場에서 郡內 學校對抗 體育會, 서울서 歸途 中 午後 參席.

〈1965년 6월 9일 수요일 晴〉(5. 10.)
玉山 里洞農協서 貳萬 원 借用~ 高利債 갚을려고. 里長會에도 參席.

2) 소 등 위에 실은 짐을 일컫는 말이다.

〈1965년 6월 10일 목요일 晴〉(5. 11.)
淸州企業金庫 高利債金 一部 返濟. 教室 增築의 教育長 추천서 作成.

〈1965년 6월 11일 금요일 晴〉(5. 12.)
期成會長 郭漢弘 氏, 李炳億을 帶同하여 教室 增築 要請 書類 傳達次 서울行. 大東病院 權氏에 仰託코 밤車로 歸省. 費用 1,480원.

〈1965년 6월 12일 토요일 晴〉(5. 13.)
旱魃 繼續으로 移秧 作業 못해 걱정 中. 보들(伏野)은 無難인데.

〈1965년 6월 13일 일요일 曇〉(5. 14.)
振榮과 紘을 다리고 논흙 運搬에 努力~ 소(牛)로 30餘 짐.
구름 끼었으나 비 안 나리고 번개와 청둥은 夜間에도 繼續.
돼지새끼 約 2관[3]짜리 1,800원에 購入[4]~ 在來種? 若干 튀기인 듯.

〈1965년 6월 16일 수요일 曇〉(5. 17.)
今日부터 3日間 農繁期 家庭實習 實施. 今日도 모자리 물 품기. 午後에는 보리 베기 作業(가므름에 보리도 말라 거이 쭉정이).

〈1965년 6월 20일 일요일 曇〉(5. 21.)
보리 털기에 땀 흘림…… 明과 姪女 先이도 助力. 老親은 300坪 宗畓에 글벼[5] 씨 뿌리고~ 물모 심기 不可能으로.

〈1965년 6월 21일 월요일 晴〉(5. 22.)
教大 張俊翰 學長 就任式에 參席. 族叔 漢弘氏 不正 林木 事件에 難事임을 助言 協助 解決.

〈1965년 6월 22일 화요일 晴〉(5. 23.)
마눌 캠…… 4.5坪 程度에서 10餘 접 生産 所得. 作況 良好하여 隣近人들 부러워하는 듯. 魯井 母의 勞力의 結果임…… 가뭄에 不斷히 給水.

〈1965년 6월 26일 토요일 曇〉(5. 27.)
降雨됨을 기다리다 못해 揚水키로 老親과 合意하여 早朝부터 着手. 냇골에서 發動機로. 논턱에서 두레로. 老親 勞苦 莫大. 紘이도 壯丁. 徹夜까지.

〈1965년 6월 27일 일요일 晴〉(5. 28.)
모내기 準備 作業에 奔走…… 모 뽑기, 논 갈고 쓰리기, 물 품기.

〈1965년 6월 28일 월요일 晴〉(5. 29.)
柳橋平 들 6斗落 移秧 作業 實施~ 金溪校 6年生 75名 動員하여 協助함에 感謝, 多幸…… 作業 狀況은 不完全하나 晝食에 빵으로 全員 給食(代用食이나 全員이 달게 會食). 正味 四時間, 버들어지 들과 대구레는 물 품는 發動機, 두레, 사람 等으로 법석. 봇들 논들은 미

3) 1관은 1근의 10배로 3.75킬로그램이다.
4) 원문에는 이 문장에 물결 모양의 붉은색 밑줄이 그어져 있다.
5) 가뭄으로 물모 심기가 불가능했다는 것으로 보아, 보리를 베어 낸 논에 심는 벼를 뜻하는 '그루벼'로 추정된다.

국에 매게끔 作況 優良…… 부러움…… 然이나…….

〈1965년 6월 30일 수요일 晴〉(6. 2.)
西村校 硏究會에 出張…… 國語科 짓기 主題. 丁峯 들 耕地整理 作業 中.

〈1965년 7월 5일 월요일 晴〉(6. 7.)
金城 四從祖母(소랑골 할머니) 老患 別世에 人事.

〈1965년 7월 6일 화요일 晴, 曇〉(6. 8.)
西部校長團 先進校 視察次 出張~ 一行 9名. 午前 10時에 음성郡 遠南校, 午後 一時에 忠州市 三原校, 同 四時에 中原郡 洗星校…… 모두 模範學校임에 感嘆[感歎](視察 所感記 別途記載). 忠州市에서 一行 留宿. 가정에서는 柳橋坪 一斗落 모내기 作業.

〈1965년 7월 7일 수요일 曇, 雨〉(6. 9.)
우리 視察團 無事 全員 歸校. 午後부터 비 나림~ 多幸〃〃.

〈1965년 7월 9일 금요일 雨〉(6. 11.)
全國的으로 비 나리는 듯. 白畓主들은 甘雨에 樂觀. 然이나 時期 이미 晩時. 너나없이 눈부시게 多忙…… 모내기, 글 갈기.
終日토록 비 마져 가며 아그배 宗畓 모심기~ 家族끼리(魯井 母도 助力). 글벼 갈았었으나 파 엎고 물모 심금. 300坪 정도의 논.

〈1965년 7월 11일 일요일 曇, 雨〉(6. 13.)
텃논 苗板 터 모심기 完了…… 이로써 우리 집 모내기 畢~ 二週日 前에만 비 나렸어도. 午後에는 드므샘 밭 글도 갈고, 柳橋坪 똘둑 가래질로 補强. 絃의 壯丁임에 미듬직.

〈1965년 7월 12일 월요일 曇〉(6. 14.)
昨夜 降雨로 河川 大水. 月末까지 계속 降雨說. 學下 모내기 거의 完.

〈1965년 7월 14일 수요일 細雨〉(6. 16.)
學校 特別作業 實施 中 德水 寄附 運搬에 朴洪圭 敎師 勞苦 多…… 뗏木으로 운반.

〈1965년 7월 18일 일요일 晴〉(6. 20.)
各處 債金 返濟次 烏山市場行. 多人 親知와 過飮으로 被勞[疲勞]~ 要自覺.

〈1965년 7월 20일 화요일 雨〉(6. 22.)
校長會議 參席 於 南一校. 舍弟 振榮 敎生實習으로 昨日부터 本校로 登校.

〈1965년 7월 21일 수요일 細雨〉(6. 23.)
昨日 終日 降雨. 川水 滿流로 渡江 不能. 江外로 돌아 歸校. 앞들을 除外한 柳橋坪과 대구래는 물바다. 前 大統領 李承晩 博士 殉命~ 19日에 90歲로.

〈1965년 7월 24일 토요일 晴〉(6. 26.)
早朝에 버들어지 논에 가 보았더니 3日間 묻혔던 어린 벼 잎은 척 늘어져 形便없는 狀態에 근심되다. 봇들(洑野) 논들은 아무 影響 없는데. 學校는 終業式 擧行코 明日부터 夏季休暇. 下午 五時 半에 振榮과 魯絃을 다리고 들에 나가 똘뚝에 가래질.

〈1965년 7월 26일 월요일 晴〉(6. 28.)
昨日부터 뽑기 시작한 터의 雜草는 今日로서 거의 完結.

〈1965년 7월 27일 화요일 晴, 曇〉(6. 29.)
郡 研究發表大會에 俊榮 兄과 出席. 場所는 月谷校. 몹시 더워 이마를 디다.

〈1965년 7월 28일 수요일 晴〉(7. 1.)
故 李承晩 博士 葬禮式이 昨日 擧行된 寫眞과 記事가 各 新聞에 滿載.
魯井 母와 烏山市場 行하여 병아리 購入 料理하여 藥材로 父母任께 奉養. 頭痛으로 여러 날 非正常 健康인 魯松에게도 藥用으로 한 마리 먹임. 魯井한테서 기쁜 편지 옴~ 송아지값 댄다고. 媛의 婚談 있다고. 明의 구두 산다고.

〈1965년 7월 29일 목요일 曇, 雨〉(7. 2.)
絃, 振榮과 함께 밭 매다. 晝間부터 비 나려 밭 매기 一旦 中止되고 家庭에서 內室, 윗방, 사랑방에 반자紙 부침.

〈1965년 7월 30일 금요일 曇〉(7. 3.)
老親께서 비로소 벼논에 施肥(尿素). 數日間의 浸水에 잎이 휘져 큰 탈.

〈1965년 8월 1일 일요일 晴〉(7. 5.)
뚝 넘어 밭 김매기에 부친, 진영, 노현과 함께 땀 많이 흘렸다.
今日도 午後에는 學校林에서 아까시아 七月비[6]를 10餘 단 깎았다. 魯井 母는 數日 전부터 품팔이 밭 김매기에 다닌다. 抑制하여도 돈 때문에 다니는 듯.

〈1965년 8월 5일 목요일 晴〉(7. 9.)
家親 生辰. 新溪洞 一同과 집안 食口 招待하여 朝飯 會食.

〈1965년 8월 6일 금요일 雨, 曇〉(7. 10.)
郡內 藝能發表大會에 四女 魯杏이 作文과 獨唱에 뽑혀 出戰…… 於 교육회관.

〈1965년 8월 10일 금요일 雨, 曇〉(7. 14.)
母親 生辰~ 舍宅에서 食口 一同 會食. 妹 蘭榮이 金城서 婚談.

〈1965년 8월 11일 수요일 晴〉(7. 15.)
外叔 陽圭 氏의 助力으로 앞뜰에 돌 쌓음. 妹 蘭榮 婚談으로 金城에 다녀옴.

〈1965년 8월 13일 금요일 晴〉(7. 17.)
絃과 함께 논에 農藥 "풀안나"를 뿌림.

〈1965년 8월 15일 일요일 晴〉(7. 19.)
光復節 滿 20周年 慶祝式 擧行. 全校 召集 行事. 式歌 不充分에 大怒.

〈1965년 8월 16일 월요일 晴〉(7. 20.)
教員處遇改善 促求 忠淸北道 教育者大會에 參席.

〈1965년 8월 18일 수요일 晴〉(7. 22.)

6) '칠월비'는 굵은 장작이 아닌 잔가지나 솔가지, 갈대 등속의 땔감을 이르는 말이다.

妹 蘭榮 婚談 또 와해. 漢弘 氏의 不溫[不穩] 言辭에 항의(醉中言이라고). 야단은 딴데서 얻고 홰 푸리는 이곳에다 하는 行爲가 不溫…… 堂姪 魯錫에게.

〈1965년 8월 24일 화요일 晴〉(7. 28.)
校長會議에 參席~ 於 內谷校. 明日부터 受講됨으로 入淸. 兒孩들과 同宿.

〈1965년 8월 28일 토요일 晴〉(8. 2.)
昨日까지 3日間 受講코 留. 淸原中學 用務 未了(柳莊鉉 復校 件).
家庭에서는 앞담(遮陽) 三間 工事가 있었다는 것. 教大 任員會 參席.

〈1965년 9월 1일 수요일 晴〉(8. 6.)
第2學期 始業式. 職員會 開催코 體育會 11日에 實施키로 決定.

〈1965년 9월 7일 화요일 晴〉(8. 12.)
職員들 體育會 練習으로 大奔忙. 傳達夫 佑榮 다리고 賞品 및 物品 購入次 淸州 行하여 終日 바뻤다. 資金 없어 外上 購入에 隘路 多大.

〈1965년 9월 8일 수요일 晴〉(8. 13.)
體育會 總演習 中 測量士 來校. 同伴하여 水落 및 虎竹 所在 學校林 內 耕地面積을 測量. 夕食은 閔英植 兄 宅에서 厚待.
妹 蘭榮의 婚談. 江外面 朴 氏 宅을 推進 中이나 自家 內에서 難한 터.

〈1965년 9월 9일 목요일 晴〉(8. 14.)
運動會費 條로 學校에서는 任員會 開催. 意圖아닌 任員 間 충돌과 職員 食代 問題를 야비하게 論함에 있어 不快感 不禁.

〈1965년 9월 10일 금요일 晴〉(8. 15.)
秋夕. 날씨도 좋다. 省墓 後 舍宅 整頓. 明日 行事로 飮酒는 삼가고. 長男 井만 못오고 淸州 것들 全員 參集. 선물 쌀로 송편도 만들고.

〈1965년 9월 11일 토요일 晴〉(8. 16.)
天高馬肥. 體育會 無事 完了. 贊助 類例없이 多額 16,600원.

〈1965년 9월 14일 화요일 晴〉(8. 19.)
上廳하여 事務 打合. 原中에 柳壯鉉 復校 仰願. 未決채 歸家.
教大 三人(絃, 明, 振) 兒孩들 登錄 未完了로 근심 中. 20日까지는 延期.
家庭에서는 헛廳 질려고 흙벽돌 찍음. 約 900個. 날씨는 繼續 晴〃.

〈1965년 9월 21일 화요일 晴〉(8. 26.)
柳壯鉉 原中 復校 不可能. 企業金庫 借用金 一部 返濟. 金錢 借用次 申 氏 交涉.

〈1965년 9월 22일 수요일 晴〉(8. 27.)
魔術 全校生 觀覽. 族兄 宗榮 氏 親忌에 弔慰. 요새 日氣 旱魃 계속.

〈1965년 9월 23일 목요일 晴〉(8. 28.)
族兄 宗榮 氏 周旋으로 養蜂 一箱(8枚 群) 購入 3,000원.[7] 原主 親友 李仁魯. 廉價에 感謝.

7) 원문에는 두 겹으로 된 붉은색 밑줄로 그어져 있다.

〈1965년 9월 24일 금요일 晴〉(8. 29.)
妹 蘭榮의 約婚事 거이 決定 段階~ 江外面 密陽 朴氏 家.

〈1965년 9월 26일 일요일 晴〉(9. 2.)
蘭榮 約婚…… 江外面 密陽 朴氏. 虎溪 朴忠圭. 27歲. 四柱 받아옴. 魯井 서울서 옴.

〈1965년 9월 28일 화요일 晴〉(9. 4.)
운암校 硏究會에 出張. 魯井 또 上京. 教大 3人 登錄金으로 苦憫[苦悶] 中.

〈1965년 10월 2일 토요일 晴〉(9. 8.)
初等교육회 理事會에 參席次 江外 出張. 청주 教育金庫에서 1萬 원 借用.

〈1965년 10월 3일 일요일 晴〉(9. 9.)
苦憫 中인 教大 登錄金 中 絃과 振榮分 送金. 明 것은 아직 未決.
父親과 魯絃이 大廳門 짬…… 헌 松板으로 手製됨도 多幸.

〈1965년 10월 8일 금요일 晴〉(9. 14.)
全校生 東林山 方面으로 秋季逍風. 나는 日直. 李書榮 奬學士 本校 視察. 첫 서리.

〈1965년 10월 12일 화요일 曇, 雨〉(9. 18.)
硏究會 時의 指定 受業者로 傷心 中 今日 決定. 淸州 行하여 學校 그네 附屬品 等 購入.

〈1965년 10월 14일 목요일 雨〉(9. 20.)
妹 蘭榮 婚姻 擇日함. 奠雁 十月 二十八日
納幣 同日 先行 涓吉 涓吉[8]

夏, 秋節 長期 旱魃이더니 마침 비 내림.

〈1965년 10월 17일 일요일 晴〉(9. 23.)
햇벼 最初로 비어 家庭에 運搬코 脫穀. 近者 大食糧難.
昨日 江外面 桑亭 三從 査家[사돈집]에 弔問 다녀와 疲勞된 듯.

〈1965년 10월 20일 수요일 晴〉(9. 26.)
振榮 登錄金 最終分 納付하니 상쾌. 然이나 빚 때문에 탈.

〈1965년 10월 22일 금요일 晴〉(9. 28.)
人事 다녀오니 또 피로…… 川內 崔秉完 親喪. 墻東 尹滿洙 親忌.

〈1965년 10월 23일 토요일 晴〉(9. 29.)
數日 前부터 學校 運動具 施設이 着〃 進行되어 宿願이 達한 氣分에 통쾌…… 씨-소, 그네, 肋木, 鐵棒, 橫木, 砂場, 朝會臺 等.

〈1965년 10월 24일 일요일 晴〉(10. 1.)
아해들(絃, 明, 振榮)과 함께 보리 갈기에 終日 勞働[勞動]. 今日에서 다 갈았으니 개온. 이제 벼 베기가 또 큰일.

〈1965년 10월 29일 금요일 晴〉(10. 6.)
江外校에서 校長會議 마치고 一同은 全北行. 統一號 特急으로 井邑에 到着. 빼쓰로 달려 約

8) 원문에는 누이의 혼사 연길 내용이 두 줄 세로쓰기로 기록되어 있고, 하단에는 붉은색 색연필로 밑줄이 그어져 있다.

15㎞ 韓國八景의 하나인 內藏山 探勝. 丹楓으로 唯一하다는 內藏山. 後麓高山의 石山만은 深山을 表情함이 틀림없으나 機待가 너무 커서인지 感銘 깊지 않았다. ○○寺의 規模도 적고 要所의 管理도 不徹底함인지 不潔하다. 時間關係로 怪石山을 登山치 못하고 深谷 안에 있는 "용굴"(龍屈)만을 가 보았으나 헛手苦만 한 듯. 然이나 探勝客들은 많아서 법석대고 있다. 뻐쓰만도 50餘 臺. 全羅道人들의 사투리로 귀가 솔을 듯. 飮食店에서 夕食을 마치자 一同은 合議 끝에 井邑으로 歸路. 某 旅館에서 一行은 行裝을 풀고 一飮 後 寢宿하다.

〈1965년 10월 30일 토요일 曇, 雨〉(10. 7.)
井邑서 出發한 一行은 大田에 와서 點心. 午後에는 儒城으로 내달아 平壤旅館에서 留宿. 夜間에는 會席宴會.

〈1965년 10월 31일 일요일 曇〉(10. 8.)
새벽에 溫泉. 上午 11時에 故鄕 向發하여 無事 歸校.

〈1965년 11월 3일 수요일 晴〉(10. 11.)
時祀에 參禮. 第11代祖(奉事公), 第10代祖, 9代祖(訓練僉正公). 今春에 立石하고 처음의 床石 陳設.

〈1965년 11월 4일 목요일 曇, 雨〉(10. 12.)
時祀 參禮. 第8代祖(도장 산소), 第7代祖. 끝날 무렵부터 비 나려 後處理에 奔忙.

〈1965년 11월 5일 금요일 曇〉(10. 13.)[9]
硏究會用 物品 購入次 淸州 行하여 東奔西走. 道路 不充分으로 뻐쓰 不通되어 物品 때문에 큰 苦生.

〈1965년 11월 6일 토요일 曇〉(10. 14.)
새벽에 絃이 쌀 줆어지고 淸州 向發. 깜깜한 새벽 3시. {날이} 새거든 가라고 挽留하여도 굳이 出發. 밤새 (夜鳥)가 괴常한 소리로 앞山에서 共鳴. 뛰어나가 다리목까지 전송하여 安心聲으로 기침만 크게…… 無事함을 天地神明께 祈願하면서 나만이 歸家.

〈1965년 11월 7일 일요일〉(10. 15.)
昨夜부터 繼續 나리는 비에 볏논에는 물이 그뜩. 午後에 논에 나가 벼첨 건즈기에 努力했으나 不進.
學校는 指定 硏究會가 닥쳐와 多忙 中. 今日도 全 職員 出勤하여 執務.

〈1965년 11월 8일 월요일 雨〉(10. 16.)
硏究會 條로 敎育廳에 電話 連絡. 냇물이 相當히 불었는데도 明日 硏究會에 교육청 關係職員 全員 參席한다고.
援호청에 들어가 年金을 受領코져 하였으나 本人(朴鍾分)이 아니라고 受取 不能.

〈1965년 11월 9일 화요일 曇〉(10. 17.)
비는 안 오나 天水川 냇물이 洪水. 다리 위로 急流. 교육장, 兩 課長, 奬學士 全員과 會員 一同 越川에 큰 苦生. 本校 職員 數人이 來客 會

9) 원문에는 11월 7일 자 일기가 5, 6일 자 일기보다 앞에 기재되어 있으나 출판본에서는 날짜 순서에 맞추어 재배치하였다.

員 越川에 큰 役活[役割]. 豫定보다 時間 늦게 研究會 公開. 意外로 順調롭게 無事 進行.
參集會員 約 80名. 全體會議 時 敎育長, 學務課長의 大讚辭의 好講評. 晝食과 酒肴 待接은 期成會에서 全擔. 行事 終了 後 교육청 손님과 校長團은 從兄 집 잔치飮食을 接待. 마침 當姪[堂姪] 魯錫의 婚日이므로. 場所는 나의 本家 안방에서. 長男 井이도 와서 相面.

〈1965년 11월 11일 목요일 曇〉(10. 19.)
北一校에서 校長會議. 會 後 梧東里도 다녀옴.

〈1965년 11월 13일 토요일 曇〉(10. 21.)
妹 蘭榮의 婚事로 근심 中. 日字는 닥아오는데 無一分이어서 걱정. 雪上加霜으로 볏첨조차 물속에 잠겨 있는 형편.

〈1965년 11월 17일 수요일 晴〉(10. 25.)
空手로 入淸하여 妹 蘭榮의 衣裝 購求 解決에 큰 多幸.

〈1965년 11월 18일 목요일 晴〉(10. 26.)
婚事用 素緬[素麪]用 等 小麥粉 36貫 購求 解決코 국수 눌러 運搬. 衣裝도 運搬.

〈1965년 11월 19일 금요일 曇〉(10. 27.)
現金 幾阡[幾千] 원 작만하여 物品 購入. 鳥致院에 父親이 가셔서.

〈1965년 11월 20일 토요일 晴〉(10. 28.)
蘭榮 婚事 順禮. 날씨 多幸. 一家 손님 多數 來往. 新郎 朴忠圭.

〈1965년 11월 21일 일요일 晴〉(10. 29.)
上客으로 父親 가심. 長年間 근심이었던 妹 蘭榮 婚事 無事 完了.

〈1965년 11월 25일 목요일 晴〉(11. 3.)
分敎場 件으로 虎竹 往來. 健康診斷次 淸州 다녀옴.
振榮의 年齡 訂正으로 手續에 全力 中.

〈1965년 11월 30일 화요일 雪〉(11. 8.)
外六寸妹 朴吉子 結婚式에 參席코 歸家. 主禮 尹鳳洙 교육감.

〈1965년 12월 1일 수요일 曇〉(11. 9.)
李榮宰 校監 離任人事…… 玉山校로 轉出.

〈1965년 12월 3일 금요일 曇, 雨〉(11. 11.)
全 職員 引率코 溫陽으로 逍風…… 慰勞出張 ~ 溫泉.

〈1965년 12월 4일 토요일 晴〉(11. 12.)
全員 顯忠祠 參拜. 햇기는 있으나 寒風. 無事 歸校.

〈1965년 12월 6일 월요일 晴〉(11. 14.)
各 中學 入試의 受驗票 交付. 魯松, 魯殷(三從姪) 다리고 入淸.

〈1965년 12월 7일 화요일 曇, 小雪〉(11. 15.)
中學入試 第一日. 魯松은 淸中 350番. 各 中學 巡廻.

〈1965년 12월 12일 일요일 晴〉(11. 20.)

四男 魯松 淸中 入試에 失敗…… 不合格. 夏節의 惡健康이었던 탓인 듯.

〈1965년 12월 15일 수요일 晴〉(11. 23.)
앞내 天水川 流替工事 着工. 안산 헐기 始作. 우선 人力으로.

〈1965년 12월 16일 목요일 晴〉(11. 24.)
卒寒[猝寒]. 急작이 零下 17度라고. 後期 中學入試. 酷寒 中 淸州에서 큰 苦生.

〈1965년 12월 18일 토요일 晴〉(11. 26.)
韓日條約 諸協定 批准書 交換式 서울에서 擧行. 金錢 借用次 江外校行.

〈1965년 12월 19일 일요일 晴〉(11. 27.)
虎竹 洞契金 返濟코 또 一部 借用…… 白米 二叺. 叺當 價는 2,900. 鄭 女교사 結婚.

〈1965년 12월 20일 월요일 晴〉(11. 28.)
玉山里 農協에 가서 債務 舊條分 完拂. 22,000원 相當.

〈1965년 12월 21일 화요일 曇〉(11. 29.)
年末 校長會議에 參席. 時局關係로 忘年會 等의 宴會는 없고.
企業金庫의 債務 때문에 큰 근심 中. 法的 手續한다기에.

〈1965년 12월 22일 수요일 晴〉(11. 30.)
生日. 昨日 肉類 少量과 魚物 若干 사다가 父母 奉養. 親戚 兄 數人 招待코 朝食 接待. 晝間에는 職員 招待. 四派 宗契에 參席.

夜間에 同甲 數 名 酒幕에서 飮酒 後 族叔 潤龍 氏에 處身 上의 訓戒 받음. 反省은 가나 過하신 處事인 듯.

〈1965년 12월 23일 목요일 曇, 雪〉(12. 1.)
今冬 들어 最初로 多量 積雪. 5㎝ 程度.

〈1965년 12월 24일 금요일 晴〉(12. 2.)
今日도 卒寒. 零下 14°. 第二次 大酷寒. 終業式.

〈1965년 12월 25일 토요일 晴〉(12. 3.)
크리스마스. 아해들은 요새 교회 가서 歌舞 배운다나.

〈1965년 12월 27일 월요일 晴〉(12. 5.)
上廳하여 事務 打合. 振榮 件으로 兵務廳에도 入廳. 돈도 若干 借用.

〈1965년 12월 28일 화요일 晴〉(12. 6.)
大田 行하여 道 교육청 中等교육課에 들렀으나 魯井의 發令 아직 창창. 族叔 漢榮 氏의 接待 받고 四從叔 漢昇 氏 宅에서 留. 借用金 交涉.

〈1965년 12월 29일 수요일 晴〉(12. 7.)
四從叔母와 함께 淸州로 옴. 借用金은 1月 10日이래야 된다는 것.

〈1965년 12월 30일 목요일 晴〉(12. 8.)
年末 機關長會議에 參席. 案件 三項. 接待는 煙草組合 徐 技士가.

〈1965년 12월 31일 금요일 晴〉(12. 9.)

面의 終務式에 招待받고. 入淸하여 企業金庫 分 一部 갚고 圓滿打合. 금음. 乙巳 今年도 해가 넘어갔다.

※ 65年의 略記

1. 長男 魯井 師大 卒業했으나 道 配定뿐이고 未發令. 二男 魯絃과 三男 魯明 共히 淸州 敎大 入學.
2. 旱魃도 甚했지만 降雨 期間도 길었다. 보리가 타고 數 個月 繼續 가믈다가 7月 10{日}頃에 첫 비 나렸다. 農家에서는 揚水作業에 앓고 移秧作業에 이보다 더 苦生 없었다고 한다. 비도 7月 한 달 끈닥지게 나렸었다.
3. 過年찬 妹 蘭榮의 結婚이 成立되어 한시름 잊었다.
4. 國家的으로는 國君將兵을 派越하기 始作했으며 韓日 國交 批准書가 交換되었다.
5. 生活苦가 最高로 難한 曲境期인 듯~ 金錢債務도 많으려니와 長利쌀도 相當量. 兩家에서 짊어져 있으면서도 現實 食糧이 없다.

以上

1966년

〈앞표지〉
1966(4299) 丙午
附 1967(4300) 丁未
金溪四年次 郭尙榮
"五"

〈1966년 1월 1일 토요일 晴〉(12. 10.)
새해는 또 밝았다. 丙午 新正이다. 1966年이다. 革命 後 統一年號를 使用케 되어 있지만 우리 檀紀로는 4299年이 된다. 過歲하는 家庭은 稀少하다…… 우리 玉山面 內에서 1, 2 家戶밖에 없는 듯. 全혀 없는 面도 있을 것이다. 舍宅 門柱에 國旗만은 달았다. 學校에 나가서도 揭揚하였다. 當年 46歲가 된다.
實踐할 수 있을른지는 모르나 今年의 實行目標로서 다음 몇 가지를 생각하여 보았다.

ㄱ. 消費節約…… 이제보다 金錢을 아껴 쓰자는 것이다. 性格 上 좀 허엽흐게 썼었음이 틀림없다. 主로 接待費用에서이다. 極히 過度한 적은 없으나 참을性 없었던 적이 많았다고 自認한다. 나의 生計 實情으로 보아서이다. 그것이 公的으로도 影響이 간적도 있었으리라.
ㄴ. 勤勉…… 좀 부즈런해져야겠다. 그렇게 게으른 사람은 아니지만 某人에 比하면 태만性이 있음을 뉘우친다. 그 原因은 두 가지가 있다. 그 하나는 過飮에서 오는 것이매 前夜에 지나친 飮酒로 몸이 고달픈 탓이요 또 하나는 自由에서 온 것이다. 父母 밑을 떠나 設産[살림을 차림]한 제 20年. 어른께서 訓戒의 機會가 그리 없었다는 點이다. 操心性이 적었었다는 것이 숨길 수 없는 告白이다. 讀書에도 더 박차를 加해 봐야겠다. 讀書 趣味는 多分히 있는 自身인데 前記의 原因으로 如意 實行치 못한 날이 많다. 敎育雜誌 "새교육" 月刊 180面을 그달 그달에 讀破 못하는 수가 있으니 말이다. 요즘 休暇 中에는 마음먹고 읽으니 하루 30餘 面을 읽으니 잘도 進行된다. 5, 6券 밀린 것을 읽어 치울 작정이다. 然이나 自身만치 읽는 사람도 그리 많지는 않으리라고 自負한다. 자랑할 만은 못하지만…….
ㄷ. 責任遂行…… 한 機關의 長임을 새삼 느껴야겠다. 한 學校의 經營 責任者로서 내 할

일을 責任있게 해야겠다. 責任지고 해야겠다는 것이며 水準 以上 存在를 세워야겠음을 깊이 느낀다. 내 마음은 착하다. 職員에게 自由를 너무 주는 形便임을 잘 안다. 좋은 校長이라는 말을 듣는다. 훌륭한 所屬長이란 말을 듣고 있다. 然이나 따지고 보면 機關의 不利이며 國家의 損害임이 틀림없으리라. 長답게 責任지워 준 보람 있게 나의 重한 責任을 다하는 것이 나의 道理이리라. 出勤을 비롯한 時間遵守, 教育經營 計劃, 校務掌理, 職員 訓篤, 諸 經理의 實質的 明朗한 經理로서 職員과 學父兄에게 더욱 信憑 있게 한다는 것이 나에 負荷된 責任이 아니고 무엇이겠는가 말이다.

以上 三 項目은 今日 最初로 느껴본 일은 아니지만 이제 履行해 봐야겠다. 三 項 모두가 飮酒 過度의 탓임이 큰 原因인 줄 안다. 새삼 느껴보자. 지켜보자.

內者[內子]의 꿈 이야기를 들었다. 正月 初하루 꿈이 퍽이나 좋았다는 것이다. "큰 고기(물생선)를 많이 꾀었다는 것이다. 잡아도 또 있고 또 있고. 발밑에서 자꾸만 생기고, 앞편에서 뛰어 달려온다는 것이다. 또 한 가지는 돼지 한 마리가 빝슬거리며 울안으로 들어오더니 울안으로 들어가더라는 것이다."

별 對句는 아니했으나 前事 어른들 말씀에 依한 것으로 보아 기이하고 신기한 꿈이었다고 생각 들었다.

〈1966년 1월 3일 월요일 曇, 雪〉(12. 12.)

구름은 끼었으나 춥지는 않다. 낮 동안은 거이 책 "새교육" 8月號를 읽었다. 해질 무렵 本家로 꿀 한 병 "1升"를 가지고 가서 父親께 1合程度 데워 드렸다. 벌통 一箱이 있지만 越冬用食用이 不足할 듯하여 兼하여 準備한 것이다. 然이나 紘(農高 畜產科 出身…… 現在는 教大在學 中)의 말에 依하면 지금은 給與치 말라는 것이다. 春節로 誤認하여 活動이 旺盛해짐으로 꿀 消費가 많다는 것이다. 그럴 法 싶어서 給與치 않았다. 紘이는 今日도 쌀자루를 걸머지고 밤차로 入淸하였다.

〈1966년 1월 4일 화요일 晴〉(12. 13.)

어제 나린 눈으로 자욱눈이다. 期限付[期限附] 公文을 作成하여 가지고 上廳하였다. 새해 들어 最初 上廳이다. 廳 職員들과 人事를 나누었다. 模範 研究物과 學級 經營錄을 未提出되었음을 변명하였다. 2, 3日 內로 꼭 發送해야겠음을 覺悟했다.

玉山里 農協에 들러서 65年度 農資金 負債 條에 對하여 支拂期限의 延期함을 要請하였다. 親分 사이와 나의 家庭形便을 參酌하여 줄 듯. 圓滿히 수긍할 눈치였다.

兵務廳에 갔을 때는 意外로 用務가 順調롭게 推進될 듯싶어 安도하였다. 막내 동생 振榮의 年齡 訂正 件이다. 當廳 代書人한테서 節次를 親切히 일러 줌에 있어 고마웠다.

교육廳에 들렀을 때는 딴 궁리를 할 만한 이야기를 들었다. 分教場에는 補助教師로서 女高出身을 一名 採用한다는 것이다. 月 4,000원의 報酬라고. 某 齒科에 다니며 苦生하는 長女媛이가 생각났던 것이다. 淸女高를 5年 前에 나오고 쥐꼬리만 한 報酬로 看護 生活을 하고 있기에……. 虎竹 分校가 今春에 開校될 段階이기 때문이다.

魯井 母는 헌털벙이 衣着으로 뒷山에 每日같이 올라가 나무하기에 바쁘다. 진욕을 보는 中이다. 그러기에 헛간, 광, 뜰에는 땔감으로 가득 찼다. 勞動이 甚한 탓인지 밤에는 알른 소리가 많고 神輕質[神經質]을 發露할 때가 많다. 그럴 때마다 慰勞 慰安을 하는 것이 나의 道理인 줄 알으나 맞장구를 치는 수가 있다. 便安한 살림도 못하는 그 情狀을 생각할 때는 딱한 心情이 가나 어른들에게나 아해들에게 操心性 없이 不穩한 言辭를 함부로 하는 때가 많으므로 나의 觸角도 뾰족하게 솟는 때문이다. 많이 참는다고 하면서도 兩便의 修養 不足과 眞重[鎭重]치 못함을 탓할 뿐이다.

〈1966년 1월 5일 수요일 晴〉(12. 14.)

昨夜 10時부터 今朝 5時까지 7時間 동안 經理帳簿(家計簿) 日記帳 其他 簿册 處理로 徹夜한 까닭으로 눈거죽이 부젓함을 느낀다. 燕岐郡 西面에서 宗親 同甲稧가 있게 되어 午前 七時에 大鍾 氏, 秉鍾 氏, 俊榮 氏와 함께 出發했다. 그곳에는 今般 有司인 宗榮 氏가 있기 때문이다. 鳥致院서 約 10*km* 步行으로 遠距離였다. 修稧 後 晝食과 酒肴를 豊富히 받았다. 車時間 差異로 江西面 盤松서부터 秉鍾 氏와 徒步 同行하였다. 歸家하니 밤 10時 半. 날이 푹하여 多幸이었다.

〈1966년 1월 6일 목요일 晴〉(12. 15.)

兵使公派 및 栢洞派, 五派 總稧가 有司 漢雄 氏 宅에서 있었다. 마침 休暇 中일 뿐더러 修稧 狀況을 알아보기 兼 參席하였던바 어른들께서 修稧 記事를 맡기시기에 帳簿 整理를 하였다. 宗錢이 無하여 修稧 結果 100원整 留置이었다. 協議 內容에는 密直公 齋室과 兵使公 齋室의 建築 件으로 曰可曰否. 日暮 時까지 討論타가 原州 및 咸昌派에 書信을 發送키로 決議되어 一任하기에 意見대로 머리를 짜내어 淨書 發送했다.

〈1966년 1월 11일 화요일 晴〉(12.20.)

振榮의 年齡 訂正으로 因한 雜多한 볼일이 많아 昨日 入淸하여 代書所, 道立病院, 兵務廳 等 數個處를 巡訪하였으나 아직 未盡이다. 若干의 手續을 畢한 面도 有하나 창창하다.

大田 계신 四從叔母를 通하여 月利 6分 되는 元金 3萬 원을 얻어 企業金庫, 農協, 私債 等 몇 군데의 急한 債務를 갚고 나니 좀 후유해졌음을 느꼈다. 數年間 벼르기만 하던 오-바(외투)를 旣成服店에서 이리저리 만져본 끝에 勇氣를 내어 사 입었다. 2,300원이다. 洋服店에서 正式으로 맞추자면 10,000원 정도는 들어야 하는 現實이다. 사 입기는 하였으나 子息이나 內者에게는 미안했다. 冬節이지만 內衣 하나 변변한 것 못 사줬기 때문에.

〈1966년 1월 13일 목요일 晴〉(12. 22.)

數年 前 小魯에서 얻어먹은 長利쌀을 갚으려고 現金을 確保하여 小魯에 갔었으나 마침 烏山市日이어서 그곳으로 좇아가 朴○○ 氏, 金○○ 氏에 返濟하였다. 年 4割 利息으로 淸算하였으나 現金으로 換算하여 보니 엄청난 增額이 되는 것이다. 當時는 白米 斗當 190원이던 것이 現今은 300원이 되기 때문이다. 그러나 後悔할 수는 없다. 내가 白米 保有量이 없는 까닭이어서.

〈1966년 1월 15일 토요일 晴〉(12. 24.)
虎竹分敎場 件으로 昨日 虎竹에 가서 當地 期成會 役員會에 參席하여 整地作業 推進을 促求하였던바 今日 中으로 役員 代表 몇 분과 上廳하기로 合議되어 早朝 車로 入淸하였던 것이다. 敎育長을 비롯한 몇 분과 절충 교섭하였으나 當局의 援助는 無望하고 地方 自體에서 當分間은 解決토록 하자는 것이었다.

〈1966년 1월 17일 월요일 晴〉(12. 26.)
丁峯發 서울行 特種急車로 서울驛에 安着하니 午後 四時 20分 前이었다. 大東病院長 權在昌 博士에 謝禮人事次 간 것이다. 敎室 增築用 軍援 資材 二 敎室分을 國防部로부터 承認을 얻기에 努力한 분이기 때문이다. 마침 同病院 增築 竣功이 되어 落成 記念行事가 擧行케 되어 있어 其 案內(請牒)狀이 왔기에 좋은 機會라 간 것이다. 깔끔한 飮食(酒, 肴)으로 接客하고 있다. 醫療業이란 收入이 많다는 말을 많이도 들었지마는 돈 많이 벌은 집이다. 어마어마하게 建物을 擴張하였다. 權 博士의 婦人의 態度도 相當한 인테리였다. 人物도 훌륭하였다. 各種 酒類 中에 나는 麥酒를 마시었다. 四 合 程度 먹었으리라. 큰 再從 文榮 兄님도 뵙고 義榮 氏도 만났다. 國防部 當務者인 調査分析課長인 盧慶愚와도 初面人事가 되었다. 作別 後 魯井을 찾았으나 마침 出他 中이어서 下宿집에 들었다. 가장 싼 집을 찾았다. 料金 百 원이다.

〈1966년 1월 18일 화요일 晴〉(12. 27.)
날씨가 몹시 차다. 아침 일찍이 龍頭洞에 가서 長男 井을 만나 兩便 安否를 알게 되고 就業問題 等 家庭事에 對하여 이야기 저야기를 하였다. 單一號俸制 實施 段階로 因하여 于先 國民學校에라도 奉職하겠다는 意思로 補修敎育을 받는 中이라 한다. 高校 敎師 資格으로 國校 敎師로 나간다는 것이 不滿足感이 있으나 現實況으로 보아 待機 期間이 너무 길을 것이어서 마음 잘 먹은 것으로 생각되며 또 國民學校 敎育 經驗도 겪어 보는 것이 큰 參考가 될 것이므로 歡迎하였다.
再從兄(文榮 氏)님과 國防部에 가서 關係課長(民事課 包含)들을 相面하고 人事 後 書類를 교부받아 午後 三時 半에 서울驛을 떠났었다.

〈1966년 1월 21일 금요일 晴〉(12. 30.)
學年 末 定期異動 書類를 갖추어 上廳하여 關係 奬學士와 具體的인 이야기가 나누어졌었다. 金溪校에서 三 名의 異動 希望者가 있기 때문이다. 모두가 意思대로 이뤄지기 難한 學校이다.
歸家 中 車內에서 敎大 在學 中인 세 놈들을 만났다. 二年 振榮, 一年 魯絃, 魯明을……. 明日은 陰 正月 初一日 설날이다. 家庭敎師로 있는 3男 明은 主人이 주셨다는 藥酒 두 병을 들고 오는 것이었다. 名節用 고기를 烏山市場에서 사들고 왔다가 各己 所要處에 보냈다.

〈1966년 1월 22일 토요일 晴〉(1. 1.)
설날이다. 설 次例 後 兒孩들을 引率하여 省墓하였다. 金坪 新溪 本洞에 歲拜를 다녔다. 今番 설에는 飮酒를 삼가였더니 就寢할 때까지 몸이 가든했다.

〈1966년 1월 23일 일요일 晴〉(1. 2.)

날씨는 아직도 쌀쌀하다. 바람이 몹시 차다. 눈(雪)이 안 나려 보리농사에 염려들 많이 하는 中이다. 俊 兄과 栢洞, 金城으로 歲拜 다녔다.

〈1966년 1월 24일 월요일 晴〉(1. 3.)
겨울放學은 아직 繼續이다. 俊榮 兄과 同行하여 淸州 一家 몇 집을 찾아다니며 人事하였다. 柳重赫 氏 宅에서 留하였다. 兵務廳에 들려 振榮의 年齡 訂正 書類도 補完하였다(代書所까지 提出함을 마쳤다).

〈1966년 1월 26일 수요일 晴〉(1. 5.)
全校召集日이었으나 登校職員 少數로 延期하였다.

〈1966년 1월 29일 토요일 曇, 晴〉(1. 8.)
反共道義 講習의 傳達會(校監), 卒業式 準備, 學年 末 整理 等에 關하여 職員協議會가 있었다.

〈1966년 1월 31일 월요일 晴〉(1. 10.)
休暇 中 生活도 今日로서 끝났다. 淸州에 들어가 쌀과 炭을 마련했다.

〈1966년 2월 1일 화요일 晴〉(1. 11.)
開學式에서 "國家目標~스로간~"인 "더 일하는 해"로서 우리도 더 熱心히 배우자는 訓話를 하였다. 帳簿 檢閱 中 出席簿를 檢閱하였다. 66年에는 校務에 더욱 忠實을 다하고자 自身 意決하였다. "일하는 기쁨"을 眞히 느끼면서 마음먹은 바 있다. 要는 過飮만 아니하면 實踐할 수 있을 줄 生覺한다.

〈1966년 2월 2일 수요일 晴〉(1. 12.)
虎竹分敎場 件으로 金榮國 敎育長과 洪喜男 管理課長이 現場에 오게 되어 일찍이 敷地 整地 場所에 갔었다. 그곳 期成會 役員들도 모였다. 軍援 資材에 對한 論議와 整地作業의 圓滑, 假校舍 建築 等 重大事項을 討議했었다.
虎竹에서 下午 3時 半에 歸校하여 18會 卒業 記念寫眞을 撮影하였다. 四男 魯松이도 卒業班이다.

〈1966년 2월 3일 목요일 晴〉(1. 13.)
人事事務 打協[妥協]次 上廳하였다. 旣提出分의 3名 付託과 鄭○○ 女敎師의 서울市 轉出 手續 等으로.

〈1966년 2월 7일 월요일 晴〉(1. 17.)
날씨는 아직도 차다. 눈 없는 강취다. 卒業式을 며칠 앞두고 몇 職員들은 몹시 바쁘다. 臺帳 整理, 卒業狀 및 賞狀 淨書. 나는 帳簿 檢閱에 餘念이 없다. 終禮 時에는 身體檢査票 整理法을 말했다. 年齡 算出法, 體能 測定의 限界, 轉入退者의 處理法 等〃.
第一校時에는 六學年 卒業班(1, 2班)에게 特別訓話를 하였다. 끝날 때까지 充實한 學校生活, 卒業 後의 努力, 金錢 整理의 完璧 等〃.

〈1966년 2월 8일 화요일 晴〉(1. 18.)
國防部로부터 認可 난 對民 軍援 資材 二個室分에 關한 各種 書類(無慮 13種) 五通式 作成하여 第三管區 司令部(大田) 民事參謀部에 提出케 되어 早朝에 出發하였다. 零下 10°가 넘는 食前 寒波에 步行距離에서나 車內에서도 발이 빠아지는 것 같이 시려웠다. 大田에서 下

車하니 12時는 채 못 되었다. 아침보다는 풀린 듯했다. 三관구는 거의 유성을 다 가서이다. 市內뻐쓰로 달려 正門 面會室에 가니 用務보기에는 한참 기다려야 했다. 마침 點心時間이기 때문이다. 국수 한 그릇을 사 먹고 時間을 기다렸으나 定期가 넘었어도 當務者가 안 있다는 것이다. 豫定보다 두어 時間 늦게서야 民事參謀部에 案內되었다. 그리 달갑지 않은 態度로 相對하는 것이었다. 付託의 말을 再三하고 잘 成事되기를 念願하면서 歸家하였다. 11日…… 第18回 卒業式.

〈1966년 2월 12일 토요일 晴〉(1. 22.)
돼지를 팔았다. 貫當 360원式 定하고 8,000餘 원 받았다. 꼭 8個月間 먹인 셈이 된다. 內者가 專念하여 먹였다. 作春에 長利쌀 한 가마 얻은 것의 返還 督促도 있을 뿐 아니라 먹이(飼料)도 없고 23貫이면 큰 돼지이기에 內外 合議하여 팔았다. 普通 月當 2貫式 늘으면 잘 키운 편이라는데 3貫 程度式 늘은 셈이니 成績 優良한 편이다.

〈1966년 2월 13일 일요일 晴〉(1. 23.)
魯井 母가 오미장에서 돼지새끼 普通것을 사왔다. 1,700원 주었다는 것이다. 먹성이 좋다고 한다.

〈1966년 2월 14일 월요일 晴〉(1. 24.)
上廳하였다. 軍援 資材 書類 補完 依賴次.

〈1966년 2월 15일 화요일 曇〉(1. 25.)
金城 셋째 四從叔의 女婚에 全 職員 招待가 있어 同伴하여 갔다. 洞口 밖에 醉客들이 많았다. 男女老少 없이 갈 지(之) 字 걸음이더니…… 밤에 들으니 싸움도 있었다 한다.

〈1966년 2월 16일 수요일 비, 曇〉(1. 26.)
清州教育大學 卒業式에 參席하였다. 第三回이다. 막내 동생 振榮이가 卒業한다. 年齡 不足으로 資格證 申請에 순탄치 못하더니 多幸이 手續이 되어 發給되었다. 訂正書類는 現今 兵務廳에 있는 것이다. 元 年齡대로 訂正 成事됨을 바란다. 式後 役職員 全員은 ○○屋에서 點心과 飮酒를 適當히 하였다.

〈1966년 2월 21일 월요일 曇〉(2. 2.)
新學年度 第一學年 假入學式을 擧行하였다. 虎竹分敎(場)를 除外하고서도 110餘 名이다. 참으로 人口는 많이 느는 모양이다.
金錢 問題로 요사이 단잠을 못 이룬다. 大田條 利子, 女息들 校納金 等으로 몹시 急한데. 이곳저곳 付託은 하였는데 高利債도 힘든다. 머리만 複雜할 따름이며 몸이 바싹 단다. 아비된 責任을 다 못하니 面目도 없다. 갑갑하고 답답하여 술만 먹으니 過飮되어 기어히 몸을 해친다. 잔땀으로 요 이불을 적신다.

〈1966년 2월 22일 화요일 雪, 曇〉(2.3.)
內秀校로 族兄 俊榮 先生과 出張하였다. 66學年度 奬學方針에 대한 것이니 重大한 會議이다. 三綱으로서 1. 民族的 主體性의 確立, 2. 生産하는 教育의 推進, 3. 健全한 學風 造成이다. 文教部, 道, 郡 모두가 統轄된 方針임이 特色이다.

〈1966년 2월 24일 목요일 晴〉(2. 5.)

돈에 쩨어 每日 근심이던 중 이곳저곳에서 急한대로 둘러 于先 몇 군데 整理하니 잠시나마 마음이 가뜬하다.

援護廳에 들러 또 手續을 無事히 마쳤으나 關係 때마다 땀 빼는 程度의 개운치 못한 더럽고도 게즙은 한 광경을 當하매 不明快할 따름이다. 오늘은 근저당 설정된 토지의 재登記 手續인 것이다. 本人이 登廳하라는 것이기 때문에 언제고 마음이 께름한 것이다.

〈1966년 2월 25일 금요일 晴, 曇〉(2. 6.)

65學年度 修了式을 擧行하였다. 職員會 時에는 今學年度의 反省과 새 學年의 覺悟를 全 職員에게 强調하였다.

〈1966년 2월 28일 월요일 晴〉(2. 9.)

校長會議에 參席次 上廳하였다. 道 發令이 났다. 振榮이가 沃川郡으로 配定되었다. 學校 發令도 2,3日 內에 날 것이다. 郡內 轉補도 났다. 內申대로 轉出 職員들의 榮轉에 기뻤다. 安鍾熱 교사가 玉山校로, 李鳳求 교사가 北一校로, 鄭貞淳 교사가 서울로 各〃 잘 되었다. 會議後 郡內 轉出 校長의 送別宴이 있었다.

〈1966년 3월 1일 화요일 晴〉(2. 10.)

三、一節 慶祝式을 擧行하였다. 第47回 記念日이다. 宣言書 本文 朗讀을 今年에는 通讀하였다. 昨年에는 풀이한 것을 낭독했었다. 式後에 安鍾烈 교사의 離任人事가 있었다. 今日의 人事紹介야말로 섭섭했다. 安 교사는 本校에서 滿 9年 勤續한 功勞者이며 弟子일 뿐 아니라 學校 事務에나 學習 指導에나 敎育者的인 言行이나 間에 模範인 人格者이다. 어데 가든지 中堅이 될 것이다.

〈1966년 3월 2일 수요일 雨, 曇〉(2. 11.)

虎竹分敎場 建築 推進 問題로 早朝에 入廳하였다. 本校 會長은 아니 가고 分敎 役員은 登廳하였다. 敎育長과 眞摯한 討議가 있었으나 分敎場 自體負擔으로 推進키로 落着된 것이다.

振榮은 沃川 向發하였다. 14年 修學 끝에 國民校 敎師가 되어 가는 것이다. 壯한 일로 생각한다. 靑城校로 發令된 것이다. 老父親은 몹시 서운해 군다. 막내童이어서 더욱 그러하심이 無理가 아니리라.

〈1966년 3월 4일 금요일 雨〉(2. 13.)

新入生 入學式을 擧行하였다. 때마침 雨天이어서 複雜하였다. 該當 兒童도 缺席者가 많았다. 總員 110名은 될 텐데…….

入學式을 마치고 이어서 孝婦賞 傳達式을 擧行하였다. 東林里 居住 權處蘭 女史이다. 媤母의 重病 10餘 年間에 看護를 誠意껏 하였다는 것이어서 추천하였더니 當천이 되어 道 敎育監으로부터 賞品이 傳達된 것이다.

〈1966년 3월 5일 晴 토요일〉(2. 14.)

며칠間 날이 궂더니 今日은 晴明하다. 보리 싹이 생생하게 보인다. 前日 비가 過한 듯도 하다는 것이다.

淸州敎育大學 入學式에 參席하였다. 役員 立場에서 參席하였다. 式後 期成會 總會를 開催하고 決算 및 豫算審議가 끝난 後 任員 改選에서 나는 今年에는 監事 役이 되었다. 會議 後 任員 全員과 學校 幹部 數 名과 厚히 點心食事

를 하였다.

〈1966년 3월 7일 월요일 雨, 曇〉(2. 16.)
다시 어제 아침부터 나린 비로 냇물은 여름 장마를 방불케 한다. 앞 天水川은 越川 不能이다. 虎竹分敎 入學式 豫定인데 不得已 延期하였다.

〈1966년 3월 8일 화요일 晴〉(2. 17.)
오랜만에 날이 개었다. 냇물은 지금도 다리(橋)를 넘어 벌창하여 흐른다. 서울 魯井의 消息이 없어 궁금하다. 初中高校 中 發令이 났을 텐데…….

〈1966년 3월 9일 수요일 晴〉(2. 18.)
內者와 함께 入淸州. 淸州 아해들에게 반찬거리로 젯잎[제피잎] 한 동이 이고. 나는 柳壯鉉 復校 交涉次 淸原中으로, 또 교육청 李善求 및 金鐵九 장학士와 虎竹分校 補助教師 人事 〃務 打協 件으로 懷仁校 在任 中인 外再從妹 朴吉子 轉出 交涉 等으로도 相談함. 深夜까지 座談코 밤 11時 車로 出發. 집에 오니 밤 12時 50分.

〈1966년 3월 10일 목요일 晴〉(2. 19.)
기쁜 편지 두 곳에서 옴. 振榮은 玉川郡 靑城校로 發令. 妹弟인 朴琮圭는 槐山郡 廣陳校로 配置發令의 消息이 有. 但 魯井의 消息이 아직 無하여 궁금 中.

〈1966년 3월 17일 목요일 曇〉(2. 26.)
虎竹分敎場 補助敎師로서 長女 魯媛을 추천 手續하였다. 單級班에만 該當된다는 것이며 資格은 女高出身 以上이라는 것이다. 現在 同仁齒科 看護員으로 在職 中이나 私設病院이어서 報酬가 형편없이 少額이다. 年齡도 今年 들어 25歲여서 結婚 問題도 急한 처지이다. 집에 돌아와 저의 母親과 朝夕도 같이 짓고 祖母님도 도와드리면서 出勤한다면 一般 家庭生活에도 익숙될 것으로 믿어져서 推進하는 것이다. 모두가 잘 될른지는 모르지만…….

〈1966년 3월 19일 토요일 雨, 曇〉(2. 28.)
요새 날씨는 몹시 사납다. 비도 자주 나리고 태풍이 잦고 하여 늦추위가 심한 편이다. 이 추은 날에 父親께서는 江外面 中峰里를 가셨다. 큰 당숙모(서 당숙모…… 파평 尹氏)가 작고하여 葬禮 行事에 가신 것이다. 從兄(浩榮氏) 再從兄(憲榮 氏) 三從兄(根榮 氏)도 가셨다. 바람이 몹시 세찬 날이어서 苦生이 많으실 것이다.

〈1966년 3월 21일 월요일 晴, 曇, 雨〉(2. 30.)
虎竹分校 任員會에 參席하였다. 삼발다리가 去般 봄장마에 떠서 越川에 큰 고생하였다. 몸이 찬물에 적셔 소름이 기쳐 오싹 떨렸다. 그곳 會長인 鄭愚善 宅에서 點心 待接을 받으며 期成會 運營에 關하여 眞摯한 討議가 있었다. 豫算 樹立에 經驗이 없는 李仁魯 敎師의 事務補助에 郭俊榮 敎務(族兄)님과 親切 助言하였다.

〈1966년 3월 22일 화요일 曇, 雨〉(3. 1.)
徵兵 身體檢査가 今日부터 實施된다. 魯紘과 振榮이가 今般에 該當되어 受檢하는 것이다. 아직 어린 것 같은 생각인데 壯丁 檢査를 하게 되니 빠른 歲月이다. 體軀도 장정이지만…….

〈1966년 3월 23일 수요일 曇, 晴〉(3. 2.)
날씨는 몹시 차다. 오늘이 魯絃, 振榮의 身體檢査 마치는 날인 모양. 越南(베트남) 派兵 問題로 老親들께서는 傷心 不安 中이시다. 派兵된 國軍(비들기部隊, 猛虎部隊, 靑龍部隊)들 中에는 戰死者가 많이 생겼다는 것이다. 云榮을 잃은 덴 가슴이기 때문에 더욱…….

〈1966년 3월 30일 수요일 晴〉(3. 9.)
上廳하여 教育長과 虎竹分校 開學式에 對한 相議를 한바 未定된 채 마랐다. 柳莊鉉의 淸原中 復校 問題도 可能視.

〈1966년 4월 1일 금요일 晴〉(3. 11.)
李仁 教師의 長女의 結婚式(舊式)에 參席하고 祝儀之意를 表했다. 우리 집 女息(長女 魯媛)보다도 年齡이 적은데도 大事를 이루니 나는 참으로 큰일이다. 그 위로 長男 井도 未婚이고.

〈1966년 4월 8일 금요일 晴〉(3. 18.)
郡 初等教育會 代議員會에 參席(66年度 豫算審議).
南一面 佳中里 孫圭文(郡 教育廳) 氏 女婚에 參席…… 이 新婦도 長女 魯媛과 女高 同期이니 점점 몸 달 판이다~ 나이 많고 돈 없어서.
今日로서 봄 菜蔬 씨 播種을 끝냈다. 面積 넓고 堆肥도 많은데 나는 조금도 거들지 못했다. 순전히 魯井 母親의 一人 努力으로. 그뿐인가. 땔감 나무도 內者 손으로 解決하고 있다.

〈1966년 4월 10일 일요일 晴〉(3. 20.)
媛의 婚談이 있어 郎子를 面會하다. 서울사람, 順興 安氏라고. 會社 生活인 듯. 長子 魯井의 意思를 들으니 不足하다는 것. 더 研究해 볼 問題임.

〈1966년 4월 14일 목요일 晴〉(3. 24.)
虎竹分校의 開校式.

〈1966년 4월 15일 금요일 曇〉(3. 25.)
今日로써 數次 交涉해 왔던 柳莊鉉 淸原中學 復校手續 完結.
魯明은 教大 器樂部에서 學生 中 責任者로서 서울극장에 다녀온다고.

〈1966년 4월 16일 토요일 晴〉(3. 26.)
午前發인 서울行 忠北線 急行列車로 서울 着. 親友 朴完淳의 弟婚에 人事次. 放送局 옆의 '새 예식장'에서.
魯井 만나 同席 點心. 未發令 中으로 傷心과 不滿이 이만저만.

〈1966년 4월 18일 월요일 晴〉(3. 28.)
遺族年金 通帳 更新에 따른 手續次 老親께서 江西面까지.

〈1966년 4월 25일 월요일 曇, 雨〉[1]
校長會議에 參席. 引上분치 俸給 遡及分 受領. 淸州것들用의 糧穀, 煉炭 購入. 參男 魯明의 教大 二年 前期分 登錄도 今日서 畢.

〈1966년 4월 28일 목요일 晴〉

1) 이 날부터 5월 18일까지는 음력날짜 표기 없이 빈 괄호만으로 남겨져 있다.

學校 內에서 傳達夫 金錢 盜難事件으로 傷心. 緊急 職員會도 開催. 對內的으로 圓滿히 解決토록 合意.

〈1966년 4월 29일 금요일 曇〉
用務로 淸州行~ 積金 內譯, 分校用 책걸상, 奬學金, 補助敎師 手續 發令 件 等〃.

〈1966년 5월 1일 일요일 晴〉
天水川 流替工事場 求景. 相對에서 謝心 表示. 發火 時間 前後마다 學校 兒童 團束을 依賴(12時, 17時, 早朝…… 赤旗로 表示한다고.)

〈1966년 5월 2일 월요일 曇〉
急報로 入廳~ 虎竹分校用 資材 搬入 手續 件으로.

〈1966년 5월 4일 수요일 晴〉
分校 役員과 大田行~ 三管區 工兵隊 補給所에서 資材 受領코 搬入. 敎育長과 技士도 同行. 北一 立東分校도.

〈1966년 5월 5일 목요일 晴〉
어린이날 行事로 校內 小體育會. 全校生에 우유 給食.

〈1966년 5월 8일 일요일 晴〉
어머니날 行事로 學藝 發表會. 姊母 講堂에 滿員. 프로 總 35種目. 進行도 順調. 有終의 美. 姊母 有志層의 誠意로 厚待.
長女 魯媛이 虎竹分校 補助敎師로 發令.

〈1966년 5월 9일 월요일 晴〉
校長會議에 參席. 新松校에서 開催. 當校는 變함없는 模範校. 昨日의 過飮에 疲勞, 頭痛. 今日 酒類는 一切 不飮.

〈1966년 5월 12일 목요일 晴〉
學校 포프라[포플러나무] 밭 測量. 總 140坪, 1,700株. '한국일보'에서 運動 展開.

〈1966년 5월 14일 토요일 曇〉
虎竹分校 歷史的인 最初 逍風. 校監 帶同코 參席. 學父母 等 洞人 多數 參與. 午後까지 厚待. 天氣 不順만이 不快. 魯媛도 敎師 立場에서 兒童 保護 指導에 努力.

〈1966년 5월 18일 수요일 晴〉
長男 魯井으로부터, 弟 振榮으로부터 送金 着. 井은 8,000원, 振榮은 3,000원. 食糧難, 債務難으로 極히 困難 中 多幸. 고생 끝에 보람인가. 債務 多額으로 漢江 投石 格일 듯.
井은 今月 初에 서울 中和國民學校로 發令. 첫 俸給 거이 全額 送金한 듯. 資格에 適應되지 않다고 不滿 中. 背後 運動力 全無가 後悔. 順調로운 進級을 바랄 뿐.

〈1966년 5월 20일 금요일 曇〉(4. 1.)
本家 외양간 옆으로 "광" 한 칸 建立 增設. 老親이 過勞.
洋蜂들 꿀 빨아 오기에 한창(主로 아까시아).
學校에는 땅香나무 35구덩이에 移植栽. 他校의 完成品은 흔히 본 바 有하나 直接 하여 보면 難事.

〈1966년 5월 21일 토요일 曇, 晴〉(4. 2.)

郡 初等教育會 理事會에 參席. 場所는 會長校인 江外校. 會議 마치고 '낙건亭'서 晝食(원앞 방죽 옆의 정자.)

〈1966년 5월 24일 화요일 晴〉(4. 5.)
養蜂 後 最初로 採蜜. 一 箱子 七枚 群에서 一升뿐.

〈1966년 5월 28일 토요일 曇, 雨〉(4. 9.)
學校 舍宅 담 工事 着工. 흙 벽돌로 構築.

〈1966년 5월 29일 일요일 曇, 晴〉(4. 10.)
清州 雲泉洞行~ 玉浦校 金有俊 校長님의 回甲宴에 參席. 金 校長님은 校監 時節에 內秀校에서 2年間 모셨던 분. 그의 子弟 한 名은 交換醫師로서 渡美 中인 幸運兒.

〈1966년 5월 30일 월요일 晴〉(4. 11.)
國仕里 金基春 親喪에 弔慰. 國仕峯에서 開催되는 天水川 流替工事場 主催 野遊會에도 參席.

〈1966년 5월 31일 화요일 晴〉(4. 12.)
虎竹分校에 出張. 李仁 教師 慰勞로 담배와 飮酒. 答接도 有. 歸校해서는 舊 會長 漢弘 氏와도 酒幕서 一飮.

〈1966년 6월 2일 목요일 晴〉(4. 14.)
隣近 洞과 洞內 어린이들의 홍역說이 있더니 五男 魯弼이도 今日채 五日째. 順調로운 듯은 하나 高熱. 짜쯩이 甚한 편. 웃놈 五女 魯運은 數日 前에 마치고.

〈1966년 6월 5일 曇, 晴[2]〉(4. 17.)
小魯里 사는 親知 金昌月, 任國彬 來訪. 金 氏는 地官이어서 一飮 後 내일로 一同이 登山. 金 地官의 말[3]에 依하면(前佐山.)

- 祖父 墓…… 乙坐. 周圍 石城으로 要地. 益〃 登科할 자리.
- 祖母 墓…… 不當한 자리. 燒骨되었으리라고.
- 伯父母 墓…… 寅坐는 不適. 干坐래야 適地. 돗대산 보임이 不可.
- 내안 堂叔 墓…… 未坐인지, 丁坐인지? 조금 자리를 올려 申坐로 하면 適. 올려도 윗代祖 山所에 無害. 後年이래야 運. 申坐래야 한다.
- 父母 候補地(神位之地 選擇)
  第一着地…… 祖父墓下. 別無神通.
  第二着地…… 첫 峰. 古총 後. 不可.
  第三着地…… 同上直下. 丙坐판인데 쓴다면 坤龍. 丁入首. 申座乙得 丑破.
  第四着地…… 큰峯 上部. 申坐도 可할 듯…… 巳, 申壬得 丑巳破.

※ 第五着地(父親 留意地)…… 큰峯 中턱. 申坐로 할 것.
丁入首(輔弼). 申坐. 乙得(武). 丑破(文官). 보던 中 最適地라고. 但 안산 流替工事場이 보이는 것이 險. 然이나 보이지 않게 그편 장둥으로 植木 茂盛케 하여 안보이면 可.

---

2) 본문에 요일표기가 되어 있지 않으나 1966년 6월 5일은 일요일이다.
3) 원문에는 붉은색 색연필로 밑줄이 그어져 있다. 하단의 "祖父墓" 앞의 ' ' 기호에도 같은 색 색연필로 동그라미 표시가 되어 있고, 여기서부터 아래 세 줄의 내용이 '{' 기호로 묶여 있다.

第六着地…… 先代祖妣 墓의 西北편 平地…… 不可하다고.

어제 4日은 國師峯 聖德寺에서 共和黨 團合大會와 아울러 野遊會가 開催. 招請 있어 다녀옴.

〈1966년 6월 7일 화요일 晴〉(4. 19.)

柳橋坪(버들어지) 논 모내기. 老親의 努力과 從兄弟 協助로 施行. 人夫 11名, 七 斗落 겨우 끝.

〈1966년 6월 9일 목요일 晴〉(4. 21.)

校內 硏究會~ 4의 2 崔陽鎬 敎師. 美術科 그리기. 實力이 有.

〈1966년 6월 10일 금요일 晴〉(4. 22.)

全校 兒童 口腔檢查 實施~ 淸州서 齒醫 四 名 來校. 四男 魯松은 模範 健齒牙로 選定. 後日에 施賞도 한다고.

〈1966년 6월 17일 금요일 晴〉(4. 29.)

벌 分封~ 5枚 群으로. 이제 二통이 되는 셈.

〈1966년 6월 18일 토요일 晴〉[4]

家庭實習 中. 家庭의 보리 베기 作業에 땀. 老母親도, 內者도.

午後에 弟 振榮 오다. 分封한 벌 王 失敗.

〈1966년 6월 20일 월요일 曇〉

새 집 本家 물받이 工事 實施~ 6,800원에 契約. 終日 工事로 完工.

分封통 變性王帶 짓기 始作.

〈1966년 6월 22일 수요일 晴〉

家族끼리 보리 打作. 今日로 完了. 總 13叺쯤 收穫.

〈1966년 6월 26일 일요일 雨, 曇〉

昨日부터 나린 비에 乾畓들 移秧作業 可能. 한 달 만에 넉넉한 비. 아그배 宗畓도 물 잡혀 老親이 썰임(水畓 整地). 텃논 모 뽑기에 相當한 疲勞. 老親의 勞動 形言할 수 없는 過勞相. 目不忍見. 恥心無限.

淸州것들 絶糧으로 여러 끼 굶은 듯. 속눈물만으로 때울 뿐. 빚은 火急한 곳만도 萬餘 원. 不日 內 法的 手續을 當할 形便.

學校 事情으로도 苦心 中~ 不和한 몇 職員의 混雜性. 校監과 相儀[相議]. 學校 經營 바로잡기에 再분발할 決心.

〈1966년 6월 28일 화요일 晴〉(5. 10.)

敎育硏究大會에 參席. 場所는 西村校. 朴勝 敎師의 特異 發表相 可笑.

〈1966년 6월 30일 목요일〉(5. 12.)

面內 機關長會議에 參席코 1. 去月 會議와 今月分 會議, 2. 移秧作業 努力, 3.[5] 꽃길 保護…… 面 支署 協助, 4. 期成會費 PR 等을 發議. 他 機關의 協議事項…… 防諜, 防犯, 派越兵 家庭 돕기, 洪水 對備, 堆肥 增産.

---

4) 이 날부터 6월 26일까지는 음력날짜 없이 괄호만 표기되어 있다.

5) 원문에는 3번과 4번에 해당하는 번호가 2, 3으로 잘못 표기되어 있다.

〈1966년 7월 3일 일요일 晴〉(5. 15.)
글(그루) 갈기에 終日 努力. 絃도 와서 勞力, 兩親도, 井 母도.

〈1966년 7월 11일 월요일 晴, 曇〉(5. 23.)
논 매기 作業~ 移秧 後 35日 만에. 人夫 없고 肥料 없어서.
三男 魯明이 本校로 敎生實習次 內校. 二週間 農村學校 實習으로 配置. 二男 魯絃은 저의 三寸 振榮 勤務校인 玉川郡 靑城國校로.

〈1966년 7월 13일 수요일 晴〉(5. 25.)
玉山行. 農協의 肥料, 품군 求하기. 校醫 交涉.

〈1966년 7월 14일 목요일 晴, 曇〉(5. 26.)
烏山市場의 '사랑의 학교' 維持會에 參席. 私設 公民校 比等.

〈1966년 7월 18일 월요일 晴〉(6. 1.)
尿素 2包 多幸히 購求~ 面長과 農協의 協助로.

〈1966년 7월 20일 수요일 曇〉(6. 3.)
논 뜯는 作業 代理로 除草器로 勞力~ 老親, 本人, 三男 魯明. 表現할 수 없을 만치 疲勞.

〈1966년 7월 23일 토요일 曇, 雨〉(6. 6.)
夏期 終業式 擧行. 송아지 코 뚫음. 三從祖母의 小忌(소랑골 할머니). 學校에 리듬樂器 寄贈~ 在京 卒業生 10名이.

〈1966년 7월 25일 월요일 曇〉(6. 8.)
內秀 行하여 故 尹東福 氏 大忌에 弔問. 內秀校 時節의 一時 主客.

〈1966년 7월 29일 금요일 晴〉(6. 12.)
機關長會議에 參席. 主管은 우체局. 貯蓄 增强, 우편物 發送人 住所 姓名도 明記토록. 防火, 溺死 事故, 夏穀 收納, 堆肥 增産.

〈1966년 7월 31일 일요일 晴〉(6. 14.)
버들어지 논에 2 · 4 · 0 뿔임. 분무기 代用으로 모래 使用.

〈1966년 8월 4일 목요일 晴〉(6. 18.)
忠北 校長團 先進地 視察. 情報部 所屬 충북대공분실 職員 周旋으로 急行列車 無料 乘車. 解散 後 李亨求의 厚待.

〈1966년 8월 5일 금요일 晴〉(6. 19.)
仁川 重工業地帶 各 工場 見學. 車 工場까지 包含. 韓獨學校도.

〈1966년 8월 6일 토요일 晴〉(6. 20.)
情報學校 視察. 國立墓地 參拜. 夜間에 井이 相面. 井이가 주는 맥주 過飮인 탓인지 投宿中 腹中不安.

〈1966년 8월 7일 일요일 曇〉(6. 21.)
京仁地區 旅行 無事히 마치고 歸校. 뱃속은 今日도 불편.

〈1966년 8월 10일 수요일 晴〉(6. 24.)
今日 溫度 C氏[섭씨] 35度. 菜蔬 播種~ 신불암 白菜.

〈1966년 8월 11일 목요일 晴〉(6. 25.)
大臟大根[6] 씨 播種. 過熱된 溫度 오늘도 繼續.

〈1966년 8월 15일 월요일 晴〉(6. 29.)
第21週年 光復節 慶祝式 擧行. 천렵, 참외 會食으로 一同 祝宴.

〈1966년 8월 16일 화요일 曇〉(7. 1.)
發病~ 消化不良과 몸살. 長男 魯井 서울에서 옴.

〈1966년 8월 17일 수요일 雨, 曇〉(7. 2.)
病勢 惡化. 兩親들 근심걱정 甚大. 魯井이 烏山에 가서 求藥.

〈1966년 8월 19일 금요일 曇〉(7. 4.)
病狀 今朝에서야 若干 差度. 井의 誠意, 老親의 念慮의 德.
午後에 本家行. 數字 上 收入高는 相當額이나 生活苦는 日益 더 甚하니 탈이라는 父親의 걱정 말씀. 祖父에게 直接 편지 없다는 井한테의 訓戒. 두루 앞날의 걱정은 現實 生活苦와 債務 때문. 또 노라에 勞働量이 힘에 부치시어 쾌도 나셨으리라.

〈1966년 8월 20일 토요일〉(7. 5.)
校長 講習 第一日. 休暇 中 例年 있는 行政講習이다. 앞으로 四日間 있게 된다.

〈1966년 8월 21일 일요일〉(7. 6.)
長男 魯井 上京. 2,000원 주고 가다. 當直이 닥아온다고.

〈1966년 8월 24일 수요일 晴〉(7. 9.)
家親 生辰. 집안 食口 및 新溪洞 어른들 招請 會食. 두 妹夫도 夫婦 같이 來家. 疲勞에 過飮인지 午後 몹시 지쳤다.

〈1966년 8월 31일 수요일〉(7. 16.)
機關長會議~ (玉山校 主管)…… 腦炎 防止, 溺死事故, 꽃길 保호, 便所 處理, 農協 業務 協調, 葉煙草 耕作 協助, 機關對細帶[世帶], 反共防犯, 除稗[7] 督勵, 堆肥增産 等의 協議案件이 있었다.

〈1966년 9월 1일 목요일 曇, 雨〉(7. 17.)
第二學期 始業式, 職員會 開催코 强調~ 1. 敎育 硏究, 2. 敎育環境 改善, 3. 敎權確立 等에 關하여 第二學期 敎育 運營을 指示했다. 特히 飮酒 謹愼에 對하여 强力히 말했다.
江內面 鶴天里 從妹 宅 사장 小忌에 人事하다.

〈1966년 9월 2일 금요일 曇〉(7. 18.)
昨夜의 多量 降雨로 洪水…… 出穗期[8]라서 念慮.
淸州 房貰 때문에 걱정 中. 多幸이 魯井이가 支佛 解決하다.

〈1966년 9월 5일 월요일 曇, 雨〉(7. 21.)
朴相夏 敎師 親忌에 人事次 江西面 東陽村 다

6) 무(大根, だいこん) 품종의 하나로 추정된다.

7) 벼논의 피(하루살이 잡초)를 제거하는 일을 이르는 말이다.

8) 벼, 보리 따위의 이삭이 패는 시기를 뜻한다.

녀오다. 朴洪圭 先生, 郭俊榮 先生 同行. 歸路에 大風暴雨로 큰 고생하다.

〈1966년 9월 6일 화요일 雨, 曇〉(7. 22.)
出穗期에 每日 降雨로 結實에 큰 憂慮. 늦벼 더욱 危險. 버드러지 논의 벼 金玉이라는 品種임에 큰 걱정. 菜蔬 成長도 不進.

〈1966년 9월 9일 금요일 曇〉(7. 25.)
校長會議에 參席. 學校 페인트 工事 計劃으로 商人과 相議.

〈1966년 9월 10일 토요일〉(7. 26.)
體育會 開催키로 期成會 役員會 開催. 豫算대로 通過.

〈1966년 9월 17일 토요일 曇〉(8. 3.)
午後에 小魯里 弔問~ 任重赫 親忌. 羅 氏 妹兄 집.

〈1966년 9월 19일 월요일 晴〉(8. 5.)
長男 魯井으로부터 十全大補湯 한 제 보내옴. 秋季 第二次 採蜜~ 1.5升.

〈1966년 9월 20일 화요일 晴〉(8. 6.)
運動會 物品 및 事務 打合次 上廳.
寶眼堂에서 眼鏡 購入~ 檢視 結果 亦 亂視에 老眼. 3,000원이라는 高價. 月賦로 決定.

〈1966년 9월 21일 수요일 晴, 曇〉(8. 7.)
淸州敎育大學 任員會에 參席~ 場所 亦 當校…… 更正豫算 樹立.

〈1966년 9월 22일 목요일 晴〉(8. 8.)
井이가 보낸 大補湯 服用 着手. 酒類와 豚肉食 禁止.

〈1966년 9월 25일 일요일 晴〉(8. 11.)
本家의 窓戶 발음. 午後에는 除稗.

〈1966년 9월 27일 화요일 晴〉(8. 13.)
小體育會 開催(總演習).

〈1966년 9월 29일 목요일 晴〉(8. 15.)
秋夕. 차례 後 省墓. 午後에는 南二面 石谷里 鶴鳥洞에 人事次 往來에 큰 疲勞.

〈1966년 9월 30일 금요일 晴〉(8. 16.)
體育大會. 날씨 晴明(淸明). 贊助 多額. 靑軍勝.
補藥은 服用 中~ 禁物은 (계, 저, 주, 면…… 鷄, 酒, 緬[麵][9])이라고.

〈1966년 10월 2일 일요일 晴, 曇〉(8. 18.)
아그배 宗畓 除 稗 完了. 南一面 장암里 다녀오다(盧 校長 婦人 甲年).

〈1966년 10월 3일 월요일 曇〉(8. 19.)
槐木 製材次 老親과 鳥致院 다녀오다~ 豊榮社에서 製材. 折木한 제 3年 前, 樹齡 35年 程度, 대청마루用 豫定. 一才當 製材料 6원. 深夜

9) 앞서 한글로 적은 '계, 저, 주, 면'에 해당하는 한자 중 '저'에 해당하는 글자가 들어갈 부분이 비워져 있다. 앞서 22일 자 일기에 "豚肉食 禁止"라고 기록되어 있는 것으로 추정컨대 돼지에 해당하는 '猪'가 바로 떠오르지 않아 비워둔 듯하다.

에 歸家. 大疲勞.

〈1966년 10월 8일 토요일 晴〉(8. 24.)
全校 逍風~ 東林山 方面. 나는 殘留코 當直.

〈1966년 10월 9일 일요일 晴〉(8. 25.)
職員 逍風 實施. 파랏골 山 넘어로.

〈1966년 10월 12일 수요일〉(8. 28.)
大韓燃料社 李 氏 家에 들려 煉炭 運搬토록 相議. 煉炭 補給 難.

〈1966년 10월 15일 토요일 晴〉(9. 2.)
全 職員 慰勞旅行. 全員 勸誘로 同行. 南海 方面으로 決定. 夜間에 南原 着. 廣寒樓 求景.

〈1966년 10월 16일 일요일 晴〉(9. 3.)
早朝에 南原 出發. 順天서 朝食. 麗水 着 卽時 '오동島' 求景. 下五 一時에 麗水 發. '홍안호'의 배로 忠武 着(舊名 統營). 밤에 映畵. 數人 職員의 過飮으로 一時 不快 또는 傷心.

〈1966년 10월 17일 월요일 晴, 曇〉(9. 4.)
早朝에 探勝~ 南望山, 李忠武公 銅像, 洗兵館, 忠烈祠 參拜(國寶 440號 見學…… 곡나팔, 紅小令旗, 남소령기, 督戰旗, 斬刀, 鬼刀, 虎都령, 都督印의 8種 二列).
午前 9時에 慶南號로 忠武市 出發. 風浪으로 甚히 배 동요. 釜山 着이 12時 30分. 市場 求景. 魚物 若干 購入(장어, 멸치, 고등어). 點心後 特急列車로 釜山 發. 夜間에 無事히 집에 到着.

〈1966년 10월 18일 화요일 曇〉(9. 5.)
郡內 글짓기大會에 四男 魯松 引率코 參席. 評點(審査) 結果 魯松이 優勝. 大快感과 榮譽感 無雙. 金溪校 最初로 優勝.

〈1966년 10월 23일 일요일 晴〉(9. 10.)
麥播 作業에 勞力. 從弟, 再從들 協力.

〈1966년 10월 27일 목요일 曇, 雨〉(9. 14.)
虎竹分校 준공검사(2개 교실). 金海永 管理課長 母親 回甲에 人事~ 朴洪圭 敎師도 同行.

〈1966년 10월 28일 금요일 雨〉(9. 15.)
長男 魯井한테서 金 8,000원 보내오다……. 絃의 登錄金 條로. 二男 絃과 三男 明 共히 敎大 卒業班임. 8月末로 最終 登錄인데 錢無하여 未畢 中 多幸으로 一部 解決 可能. 總 15,000원 所要됨.

〈1966년 10월 29일 토요일 曇〉(9. 16.)
江外校 李炳赫 校長 勤續 30周年 記念行事에 參席.
今日 溫度 稀少한 추위. 下降하여 零度임.

〈1966년 10월 31일월요일 晴〉(9. 18.)
井한테서 온 돈으로 絃과 明, 돈대로 登錄. 마음 매우 安心.
國校 勤務 中인 族兄(同甲) 俊榮 氏에 '바바리 코-트' 膳謝[膳賜]…… 公私 間에 協助 多大하여 寸楮로 謝禮한 턱.

〈1966년 11월 2일 수요일 晴〉(9. 20.)
金錢 一部 借用하여 絃과 明의 敎大 登錄 畢.

老親 勞力 甚大하여 품군(勞働夫) 當分間 두기로 決定.

〈1966년 11월 3일 목요일 晴〉(9. 21.)
當姪女(順子) 結婚式으로 上京. 城北區(城東區?) 金湖洞 第一教會에서 無事히 擧行. 家族代表로 簡明히 人事. 當姪 魯俸 親近者 집에서 會食. 長男 魯井도 來席~ 잠시 밖에서 相談. 從弟 弼榮 家에서 留.

〈1966년 11월 4일 금요일 晴〉(9. 22.)
從弟의 眞誠으로 無事히 朝食하고 下鄕.

〈1966년 11월 5일 토요일 晴〉(9. 23.)
川內 崔亨洛(玉山農協 組合長) 親知 招待에 人事. 그의 女婚.

〈1966년 11월 8일 화요일 晴〉(9. 26.)
老親과 버드러지 벼 순 침(返背).

〈1966년 11월 9일 수요일 晴〉(9. 27.)
雙新橋 繼續 工事 起工式에 參席(新村, 雙清 앞 다리工事).

〈1966년 11월 12일 토요일 晴〉(10. 1.)
恩師 朴鍾元 先生님 華甲 招宴에 參席코 助力. 泰東館서.

〈1966년 11월 13일 일요일 雨, 曇〉(10. 2.)
큰 當叔主[10](漢植 氏) 數日 前에 來臨. 從兄弟間(父親과) 友愛 歡談. 父親은 午後에 北二面 大栗里 行次…… 密直公 時祀次.

〈1966년 11월 14일 월요일 晴〉(10. 3.)
面內 機關長會議에 參席~ 案件…… 農資金과 肥料代 回收. 防共啓蒙. 防犯對策. 青少年 善導. 防火對策. 治安關係 協助. 災害者 救護 우표. 自立貯蓄, 煙草 收納期 無望. 適齡兒童 調査. 秋穀 納收[收納 協助~ 小魯校 主管.

〈1966년 11월 16일 수요일 曇〉(10. 5.)
故 金奉進 學務局長 永訣式에 參席.

〈1966년 11월 17일 목요일 晴〉(10. 6.)
內者 北一面 梧東里行~ 明日이 井의 外祖父 生辰이어서. 豚肉과 魚物 若干 사고 꿀 한 병 들고,

〈1966년 11월 18일 금요일 晴〉(10. 9.)
打作 못 해 걱정 中. 들에서 運搬도 못 해.
江西面 東陽村 가다~ 朴永淳 先生 親忌에 人事次. 夜中 着家.

〈1966년 11월 20일 일요일 曇, 雪〉(10. 9.)
急작이 晝間에 降雪터니 삽시간에 20㎝ 積雪. 들판에 벼ㅅ가리는 수두룩.

〈1966년 11월 24일 목요일 曇, 雨〉(10. 13.)
曲水 望德山 第8, 7代祖考妣 時祀에 參席…… 30餘 年 만에 參拜.
長男 魯井한테서 또 돈 부쳐옴. 6,000원~ 姬와 妊의 校納金 내라고…… 數 個月分式 未納 形便.

10) 아버지의 사촌 형제를 뜻하는 말로, '종숙주'라고도 한다.

打作 아직 못 하였는데 밤비로 또 傷心.

〈1966년 11월 27일 일요일 曇〉(10. 16.)
큰 當叔主 가시다. 約 20日間 나의 집에서 留宿하시다.
老親의 極努力으로 今日에서 벼 搬入 完了.

〈1966년 11월 28일 월요일 曇〉(10. 17.)
全 職員 月谷校 見學. 硏究校이며 郡內 模範校.

〈1966년 12월 2일 금요일 晴〉(10. 21.)
今日에서 打作 完了. 其間 數次 降雪로 큰 隘路 겪다. 버드러지 七 斗落에서 17石 收穫. 數年 만에 正常 收出. 빚만 無하면 食糧은 充分. 債務 返濟려면 怡半[殆半] 不足.
各 中學 入試 第一日. 四男 魯松은 淸中 應試.

〈1966년 12월 7일 수요일 晴〉(10. 26.)
期成會費 督勵次 全 職員과 함께 部落 出張. 今日은 所在地인 金溪里. 他洞에 比하여 至難事.

〈1966년 12월 8일 목요일 晴〉(10. 27.)
事務 打合次 上廳. 姜 課長과 李善求 장학사와 모처럼만에 會夕食~ 座談. 弟子 鄭壽泳 君 敎員 應試도 談.
四男 魯松 淸中 入試 結果 合格 發表로 痛快.

〈1966년 12월 13일 화요일 晴〉(11. 2.)
모처럼만에 江外面 正中里 가다. 今日은 竹天 當叔 入祭. 苦生과 파란 많던 再從兄 點榮 氏와 歡談. 養鷄로 安着 中.

〈1966년 12월 14일 수요일 晴〉(11. 3.)
後期 中學入試 結果도 入格率 不良. 學校 選擇이 잘못됨.

〈1966년 12월 16일 금요일 晴〉(11. 5.)
南二面 石坂里 姜敏善 校長님 宅에 人事~ 姜校長님 親喪에.
入淸 後 滿醉로 行路 不明. 精神修養 不足의 탓. 要 謹酒 절실.

〈1966년 12월 21일 수요일 晴〉(11. 10.)
年末 校長會議에 參席~ 冬休 中 生活計劃이 큰 案件.

〈1966년 12월 22일 목요일 晴〉(11. 11.)
淸女中 卒業班 參女 魯妊의 最終 校納金 끊다. 女高 卒業班 魯姬는 未完納. 敎大 絃과 明의 卒業手續 完了.

〈1966년 12월 24일 토요일 晴〉(11. 13.)
終業式. 簡單히 職員 慰勞會(忘年會). 職員會에서 反省. 大過는 無하나 敎育活動 不足이라고…….
本人을 더욱 反省 책질. 兒童에게는 네 가지 訓話. 1. 얼음조심 2. 불조심 3. 病조심 4. 自學自習.

〈1966년 12월 25일 일요일 晴〉[11] (11. 14.)
淸州 行하여 '청원장' 가다. 校長團의 忘年行事로 바둑, 장기, 윷놀이 한다기에. 윷놀이 不施行이어서 退出. 今日도 朴승 교사와 過飮 또

11) 날짜 앞에 ' ' 기호가 표기되어 있다.

잘못.
夜深하여 子息들 自炊所로 가니 서울서 長男 魯井이 오다. 親近한 某 女敎師가 주더라는 膳物 數種 가지고. 밤늦도록 이야기 듣고 就寢. 姬와 妊 또 媛은 그 女敎師가 언니 될 사람이라고 좋은 빛으로 야단 법석.

〈1966년 12월 26일 월요일 晴〉(11. 15.)
故 朴殷燮 萬水校長 永訣式 參席 豫定이 좌절. 時間과 酷寒 때문에 晝間에 朴勝權 교사 만나 또 過醉. 志操 없는 自身을 再次 또 反省. 過飮에 心身 疲勞로 歸家치 못하고 淸州서 留.

〈1966년 12월 27일 화요일 晴〉[12] (11. 16.)
밤늦도록 井의 味談(美談)을 듣다. 某 女敎師와의 高尙한 交際談. 率直한 正直한 井의 말솜씨. 數많은 同生들을 거느릴 만한 女性이라고. 박力 있고 주ㅅ대 있는 女性이라고. 數 個月간 겪은 實談을 거짓 없이 말하는 子息의 意見과 人格도 可히 믿음직함을 느꼈다. 父에게 承諾을 求하는 것 같은 눈치에도 착했다. 言辭로 確約은 않았으나 井의 意思를 十分 들어 줄 것을 어지간히 決했다.

〈1966년 12월 28일 수요일 晴〉(11. 17.)
井은 上京하다. 3,500원 내어 놓고 금음께 또 온다는 듯.
虎竹 鶴松 部落 洞稧에 參席하여 借用했던 稧錢 利子를 내다.

〈1966년 12월 29일 목요일 晴〉(11. 18.)
機關長會議에 參席. 煙草組合, 病院에서 主管.

〈1966년 12월 30일 금요일 晴〉(11. 19.)
姜감찬 將軍 墓 慰靈祭에 參席하다. 道에선 金 內무局長, 郡에선 兪 課長, 교육廳에서 姜 課長이 왔다. 이 3人이 獻官 했다.
淸州에 들려 아해들을 봤더니 無故했다(媛, 姬, 妊).

〈1966년 12월 31일 토요일 雪〉[13] (11. 20.)
陽曆으론 丙午年 最終日이다. 終日토록 나리는 눈. 日暮頃엔 一尺 程度 쌓였다. 忘年 條로 一家 몇 분과 酒幕에서 濁酒 몇 잔 나누다.
長男 魯井한테 편지를 썼다. 井의 上京 後 마음이 더욱 쏠린다. 親近하다는 某 女敎師의 言行이 눈에 띄이는 것만 같이, 아해들 全員이 말없이 기뻐하며 內者도 기쁜 贊意를 품고 있다. 急기야 今日 보내는 편지(띠우기는 내일이지만)는 同封하여 보내야 할 重要한 書信 때문이다. 日前에 住所不明의 書信 一 通이 井 앞으로 온 게 있다. 井은 이미 上京한 後다. 마음에 쏠리던 次 궁겁기에 뜯어보았다. 分明히 ○ 女敎師로부터 온 것이 틀림없는 것 같다. 貴重品을 다루듯 하며 사연을 대충 읽었다. 우리 아이들 이름을 차례대로 똑똑히 외어 썼지 않은가. 고생을 고생같이 생각지 않겠다는 의미와 장래 井을 爲하여서는 內助者가 되리라는 말. 모두가 비범한 성의와 결의 표시가 아닌가. 然이나 읽어서는 아니 될 편지를 읽어서 미안하고 부끄러웠다. 끝에 '아무한테도 보이지 말라는 문구가 있지 않은가.' 그러나 읽었

12) 날짜 앞에 ' ' 기호가 표기되어 있다.

13) 날짜 앞에 ' ' 기호가 표기되어 있다.

으므로 多幸일런지도 모른다. 순진하고 진정인 사람임을 더욱 알겠으며 서울사람으로서 잘 자란 모습이 글 속에 은연히 드러났기 때문이다. 꼭 내 食口(子婦…… 며누리)가 되어 주기를 天地神明께 빌고 싶었다. 인연이겠지.

井에게 보낼 편지를 쓰고 나니 밤 12時가 가까웠다. 편지를 읽고 또 한 번 읽고 하였다. 스피카에서는 기차 사고로 기차가 不通이라 하니 이 편지가 언제나 들어갈른지…….

1966年(丙午年) 略記

金溪校로 와서 滿 四年이다. 今年도 大過 없이는 지냈으니 職員 間 好酒家 몇 사람으로 因하여 말성이 없지 않아 있으므로 잔속을 좀 썩인 편이다.

今年도 移秧期에는 가므른 편이다. 그러나 큰 洪水도 지나친 한발도 無하여 平年作보다 나은 豊年의 해였다. 特히 늦벼가 잘 되었다.

明年 選擧를 앞두고 떠들석한 편이다. 연말에 이르러서는 더욱 심하여 選擧戰이 치열할 것 같이 엿보인다.

家庭事로는 三人이 職場을 求해 나간 셈이다. 長男 魯井이가 서울市內 國民學校로, 振榮이가 靑城校로, 長女 魯媛이가 虎竹分校 補助敎師로. 워낙 債務가 많은지라 여럿이 나우 보태어 주나 漢江投石 格이다. 子息들은 無事히 잘 크고 잘 배우고 있다.

記

- 父親 66歲
- 母親 68歲
- 내 나이 46歲

長男 魯井 서울市內 國民校 敎師
貳男 魯紘 淸敎大 卒業班
參男 魯明 淸敎大 卒業班
四男 魯松 金溪國校 6年 再修
五男 魯弼 五歲
長女 魯媛 虎竹分校 補助敎師
貳女 魯姬 淸州女高 卒業班
參女 魯姃 淸州女中 卒業班
四女 魯杏 金溪校 五年生
五女 魯運 同 校 二年生
弟 振榮 沃川 靑城國校 敎師
姪女 魯先 大成女高 二年生

66. 12. 31.
以上

1967년

1967年(丁未年) 日記[1]

〈1967년 1월 1일 일요일 晴〉(11. 21.)

- 丁未년이다. 過歲 行事는 없다.
- 30餘 處에 年賀狀을 發送~ 先受한 곳에 謝禮狀도 包含.
- 25人組 爲親稧[2]에 加入. 稧米 當年 1斗式.
- 돼지 賣却하다. 24貫에 7,200원 받고, 산 제 10個月 半 만에.
- 어제 쌓인 눈으로 銀世界. 午前 中은 家內 除雪 作業.
- 族姪 魯福 君 結婚(三就) 招待에 人事 가다.
- 서울 井에게 기쁜 書信 發送~ 마음에 흡족하다는 사연.

〈1967년 1월 2일 월요일 晴〉(11. 22.)

- 振榮이가 歸家하여 朝食을 本家에서 會食~ 酒도, 肉도.
- 버드러지 土地 賣却의 圖를 老親께서 表示 ~ 呼應하다.
- 밀렸던 帳簿 處理를 夜深토록~ 日記帳 移記, 家計簿도.

〈1967년 1월 3일 화요일 晴〉(11. 23.)

- 一日 새벽에 決意한 것 今日도 不忘코 되새기며 지내다. 謹酒, 節約, 讀書, 勤務 充實.
- 族兄 宗榮 氏(桃源校長) 來訪. 宗榮 兄 宅에서 晝食 同席.
- 今夜도 帳簿 整理에 거이 徹夜하다.

〈1967년 1월 4일 수요일 晴〉(11. 24.)

- 數日 前에 나려 쌓인 눈은 녹지 않고 그대로 銀世界~ 0下 10度 배회.
- 意圖치 않던 夫婦 不和 일어나다. 經濟的인 貧困에서 온 것. 貳男 紘의 車費 및 其他 必要한 經費가 所要됨에 따라 所持한 돈을 달래 주기에 極히 順調롭지 못하였으며, 今日 따라 몰理解한 言辭에 분개를 抑制치 못하고 甚히 나물했다. 읽던 책을 둘둘 마른 채 몇 번 후려 갈겼다. 子息들 보는 데서 이런 行爲가 있어서는 않이 될 줄은 안다. 돈으로 因하여 子息들에게 甚한 抑說하는 사람이나, 그를 對應하여 쾌푸리하는 사람이나 修養不足이리라. 內者의 言行이 無理가 아닐 줄 理解는 한다. 없는 것은 많고 數많은 子息들의 經費는 每日 같이 나고, 날과 달과 해가 갈수록 勞動에 고달프기는 하고.

---

1) 1967년 1월 1일 일기장 지면 상단에 적혀 있는 내용으로, 1967년이라는 연도 앞에는 '곽상영'이라고 이름이 새겨진 도장이 붉은색으로 찍혀 있다.

2) 부모의 초상 따위를 당했을 때 서로 도움을 주기 위하여 조직하는 계이다.

한편 생각하면 딱한 사람이다. 오늘 이때까지 편안한 날이 없었다. 장남 魯井은 어미 아비에 最大限으로 慰勞 慰安하고자 힘쓰며 그 밑 층층으로 제 兄 따라 父母를 爲하여 家庭을 爲하여 잘 해 보자는 心慮가 多分히 두터워져 가고 있음이 틀림없다. 10男妹 全員이 健在함과 才能도 非凡한 편이어서 나만한 幸福者도 드믈 것으로 자부한다. 經濟的 難關을 잠시的 극복하고 理解하여 和睦한 雰圍氣를 造成하는 마음만 內者가 조금만 더 갖았다면 無限한 幸福感을 느끼는 大福者로 자부한다. 今年 들어 웬만한 일로서는 홰를 내지 않으려 했었다. 더구나 長男 井의 現況을 알고서부터는 福된 家庭을 이루게 됨이 틀림없을 것 같으며 그렇게 될 것이 틀림없을 것이다. 後로는 內者를 더 理解하여 주어 홰를 내지 말 것을 또 마음 먹어본다.

〈1967년 1월 5일 목요일 晴〉(11. 25.)

오늘은 若干 풀렸다. 어제의 中部地方(淸州地方 包含) 最低溫度는 零下 24度 2分까지 下降하였다는 것이다. 稀少한 추위였다는 것이다.
族長 秉鍾 氏 宅에서 宗親 同甲稧가 있었다. 辛酉生 六名(大鍾, 宗榮, 秉鍾, 昌在, 俊榮, 尙榮)이다. 稧財 8,378원이다. 今般에는 族下 昌在도 왔다. 서울에서 큰마음으로 왔다. 來年 차례는 서울 昌在이다.
北一面 梧東里에서 訃書가 왔다. 氷丈[聘丈](魯井의 外祖父)이 別世하신 것이다. 丙申生 71歲를 一期로 작고하셨다. 諸般 周旋 後 井母와 함께 通勤車로 梧東里로 갔다. 맞딸 立場에서 誠意를 다 해야 할 것이다.

今日 따라 바빴다. 早朝에는 金城 四從叔 宅에 從兄과 같이 다녀왔다. 그의 子弟 澤榮 君이 昨年 이때 派越 되었다가 今般에 歸國하여 집에 온 것이다.

〈1967년 1월 7일 토요일 曇, 晴〉(11. 27.)

丈人의 葬禮 行事를 無事히 마쳤다. 酒中里 사과밭 뒷山, 妻祖父 山所의 卽下이다. 坤坐甲得癸破이라 한다. 積雪이어서 假葬한 셈이다. 今日까지 3日間은 날이 풀려 多幸이었다. 어제는 小寒이면서 따뜻한 편이었다. 葬禮 行事 마치니 午後 3時이다. 서 장모에게 자세한 이야기(과거지사, 현실, 금일 상황, 장차의 문제 등)를 하고 혼자만이 집에 돌아오니 下午 9時가 되었다. 魯井 母親은 三우[3] 지내고 올 듯하다.

〈1967년 1월 8일 일요일 晴〉(11. 28.)

날씨는 今日도 차다. 初하루에 쌓인 눈이 추위에 솔아서 녹지 않고 지금도 은세계.
族叔 양정이 아저씨(潤龍 氏) 危重 病患에 問病하다.
淸中으로부터 驚異한 通知 오다. 入試에 合格된 四男 魯松의 合格 取消라는 異狀 기별. 期限 前 未登錄 때문이라 한다. 前日에 1月 10日 아니면 16日쯤 登錄하겠다는 通知를 했건마는. 흥분되어 견딜 수 없는 충격을 느꼈다. 于先 나의 잘못을 뇌우쳐진다. 따급한 형편이지만 기한 前에 등록 못 하였던 것을. 然이나 뛰

3) 삼우(三虞). 장사 당일 지내는 제사는 초우(初虞), 다음날 제사는 재우(再虞), 그 다음날 제사는 삼우라 한다.

는 가슴을 스스로 가라앉혔다. 明日 入淸하여 正當히 解決할 일이다. 人間 對 人間이다. 며칠 넘었다 하여 이처럼 가혹한 處事가 있을 수 없을 것이다. 이 일을 圓滿히 해결 못한다면 철천지한이 될 것이다. 설마 되겠지?

〈1967년 1월 9일 월요일 晴〉(11. 29.)
궁금함과 不安感을 禁치 못한 채로 밤을 새웃몸은 개운치 못하다. 午前 車로 入淸하여 淸中에 들리다. 마치 校長은 없다. 吳 校監님과 李 教務主任을 相對로 억울함을 말하고 꼭이 入學이 되는 길을 애원하다. 責任者가 없는 故로 결말을 못 보고 時間이 無하여 魯姬 있는 것에서 留하고 明朝에 歸家하기로 하다.

〈1967년 1월 10일 화요일 晴〉(11. 30.)
새벽 5時 車로 淸州發. 丁峯서 집까지 길은 氷판. 어둡기는 하고 바람은 차다. 昨夜에 사 두었던 魚物과 肉類 若干의 봇짐을 가지고 집에 到着하니 七時 半頃. 아직 日出 前이다. 今日은 生日이다. 큰 妹夫가 와 있다. 고기와 술을 사가지고. 온 家族이 會食하고 母親께서 빚어 넣은 술도 마시고. 魯井 母는 아직 오지 않았다. 오늘이 삼우이니 지내고 오는 것이겠지.
낮에 族叔 潤龍 氏가 別世하시다. 徹夜하면서 訃書 쓰다.

〈1967년 1월 11일 수요일 晴〉(12. 1.)
午前 中 訃書 發送 等에 바쁜 일을 보다.
玉山面 義勇消防隊 始動式에 參與. 祝辭도 簡單히.
玉山市場에서 魯井 母를 만나 同行하여 집에 오다.

〈1967년 1월 12일 목요일 晴〉(12. 2.)
入淸하여 淸中 安 校長님을 相面하다. 初面이다. 쌀쌀한 性格임이 틀림없다. 일은 順하게 해결지워야겠기에 불쾌한 감정은 추호도 내지 않고 애원하였다. 魯松 登錄 問題를. 然이나 신신한 결론을 얻지 못한 채 歸家하다. 追加登錄 마감이 13日이라니 그 結果를 보기로 하고.

〈1967년 1월 13일 금요일 晴〉(12. 3.)
어제부터 母親의 感氣가 심하여 누워 계시다. 洋藥과 漢藥을 求하여 다려 드리는 中이다. 熱이 높으시다.

〈1967년 1월 14일 토요일 晴〉(12. 4.)
교육청에 들려 用務를 마친 後 金 教育長님과 金 管理課長을 招待하여 點心을 간소히 會食하다. 淸中 件도 이야기하니 나를 同情하며 中學 安 校長 處事를 나물하는 것이었다.
午後 三時가 넘어서야 淸中에 들렸다. 土曜日이라서 校長도 校監도 退勤하고 없다. 殘留 職員 10餘 人에게 人事하고 억울한 內容을 말하니 亦是 同情의 눈치가 은연 中 보여진다. 來週 月曜日쯤 다시 오기로 말하고 물러섰다.
道 教育委員會 李창수 장학士와도 途中에서 만나 이야기하다.
夜間이지만 德村 李龍宰 氏 약방에 들려 藥을 지어 오다. 井 母의 心장의 弱함과 血液 不足에서 發하는 驚異症에 服用하는 약이다. 李仁魯 親友들 집에도 들려 談話하고 밤중에 집에 왔다.

〈1967년 1월 15일 일요일 晴, 曇〉(12. 5.)

慈親의 病患은 완연히 差度가 계셔서 安心되었다.
버들어지 땅 팔다. 1323평에 白米 56叺로 契約 체결하다. 논으로서는 한 평도 所有가 없게 되었다. 돈빚과 쌀빚 때문에 不得已 팔게 되었다. 서운하고 억울하지만 불가피했다.

〈1967년 1월 16일 월요일 晴〉(12. 6.)
俸給 受領. 全 職員 召集. 期成會 事業 推進토록 職員에 당부.
入淸하여 淸中의 安 校長 尋訪. 魯松 入學手續件으로 長時間 談話. 完結은 못 지웠으나 機會를 보자고. 괫심한 人間으로 不快하였으나 其他事로 相談하니 若干 理解하여 줄 氣分으로 轉還(換).
날씨는 酷寒으로 繼續 中. 今朝 溫度 煖爐 피운 室內가 零下 10度.

〈1967년 1월 17일 화요일 晴〉(12. 7.)
全 職員 會合코 共同硏修~ 午前 中. 期成會費 完結코저 明日부터 部落 出張하여 徵收키로 決定…… 67年度 敎室 增築(2個室)에도 影響 있기로 再斷行.
虎竹分校行. 同校 建築 期成會 事務引受次. 父兄한테 酒肉 厚待 받음.

〈1967년 1월 18일 수요일 晴〉(12. 8.)
날씨는 한결 풀렸다. 눈은 그래도 녹지 않은 채.
樟南里 李海成 親喪에 弔問. 海坪酒幕에서 虎竹 父兄들과 一 盃.
魯井의 편지 기다리나 오늘도 오지 않아 좀 궁금한 편이다.

深夜에 張 校監, 朴勝 教師 濁酒 들고 來訪~ 部落 出張에서 歸家 途中인 듯.
爲親稧 負擔金 2個 處 支拂. 組織 初創期[草創期]라 稧資 無하여 各自負擔 390원.

〈1967년 1월 19일 목요일 晴〉(12. 9.)
昨日보다도 헐신 풀려 0度쯤. 눈이 녹아 길바닥마바 철벅철벅.
土地 賣渡代로 白米 및 現金 一部 受領. 債金條로 大田 四從叔母 來訪.

〈1967년 1월 20일 금요일 晴〉(12. 10.)
繼續 今日도 날씨는 따뜻. 그래도 南쪽 陰地는 白雪景.
六寸 憲榮 兄任의 生日이라서 朝食 招待, 貧家이나 誠意로 집안 家族 會食케.
最高 債務額인 大田 條 갚으니 氣分은 개온. 元金 3萬 원, 利子 10,500원. 父親께는 민망. 然이나 債權者의 無數督促으로 晝夜로 근심中이었던 것이 完結되어 시원感 不禁.

〈1967년 1월 21일 토요일 晴〉(12. 11.)
學年末 異動 調書 作成코 上廳. 指定 寄附金도 一部 納付. 淸州서 義榮 氏 相面.

〈1967년 1월 22일 일요일 晴〉(12. 12.)
魯井의 편지 消息 없어 窮今. 若干의 送金 있기를 기다리는 마음 간절.
德水 里長 鄭鍾潤 親忌에 人事.

〈1967년 1월 25일 수요일 晴〉(12. 15.)
入淸하여 登廳코 人事〃務 簡單히 協議. 昨日 朴勝權 교사 淸州서 또 실수한 듯.

長男 魯井이 意外로 來家. 한동안 消息 없어 궁겁터니. 제 동생들 편지 받고 求金하여 急기야 下鄕한 셈(松의 入學金, 債金 等의 소식 듯고). 借用하여 왔다는 現金 8,000원 받음. 夜間에는 債金 等의 家事 整理에 關한 討論 심각.

〈1967년 1월 26일 목요일 晴〉(12. 16.)

今日도 入淸하여 朴相夏 교사 令息의 登錄金 手續에 도움 줌.

教大와 淸女高에 들러 魯姬 教大 入試에 關해서 論議…… 可能하다는 것.

日暮頃에는 族叔 漢先 氏 子婚에 招待 받음. 魯井 上京.

淸州서는 晝間에 矯導所(舊 刑務所)에 들려 里長 債務 事件으로 收監 中인 東林里 舊 里長 朴鐵圭 336 面會. 이런 面會 傀山 時 1回 包含해 두 번째.

〈1967년 1월 28일 토요일 曇, 雨〉(12. 18.)

李仁 教師 昇進 保留 打合次 上廳하였으나 車 時間 지연되어 不能.

改葺 資金 3年째 納付. 總 5,000원 中 今次 包含하여 3,000원 償還濟.

今般 비로 長期間 녹지 않았던 눈 거이 녹아 나리다.

再從祖父 忌祭에 參禮(三從 根榮 氏의 祖父).

〈1967년 1월 30일 월요일 晴〉(12. 20.)

人事〃務 打合과 校費 證憑書類 提出次 上廳.

三女 魯姬 淸州教育大學 入試 第一日~ 好成績이 못되는 듯 근심 中.

四男 魯松 淸中 校服 一着 完成. 淸州서 魯松 다리고 저물게 歸家.

父親~ 眼疾이 甚하여 苦生 中(昨日부터) 試(施)藥.

큰當叔(漢植 氏) 數日 前에 오셨다가 今日 가시다.

〈1967년 1월 31일 화요일 晴〉(12. 21.)

今日도 또 다시 人事〃務 協議次 上廳. 李善求 장학사와 夕食하면서 相議. 李 先生은 二十年 前에 北一校에서 같이 勤務하던 親知.

期成會費 指定 寄附金 未納分 今日로서 完納. 이로서 67年度 教室 增築分 配定은 確定的.

淸中에 들려 吳 校長(監)과 魯松 未決 件을 再論하다.

道 教育廳에 上廳하여 初等教育課, 中等教育課에 人事…… 長男 魯井 任命 件과 억울하게 入學 取消된 四男 魯松 問題를 若干 말하다.

車 時間이 어중띠어 淸州에서 兒孩들과 同宿하다.

〈1967년 2월 1일 수요일 晴〉(12. 22.)

冬休 끝나고 開學. 새해의 方向으로서 '새학교 建設의 해'로 實踐 努力하기를 職員會에서 强調. 實力 있는 어린이가 되자고 始業式場에서 兒童에게 訓話[4]. 玉山面 團合大會에 參席(面會議會室에서).

次女 魯姬 教大 入試와 參女 魯姃의 女高 入試를 不贊하시는 嚴親의 말씀에 머리 숙으러지다. 現狀의 家庭 生計로는 大無理임을 强調하

4) 원문에서 '話訓'이라고 적은 위에 자리바꿈 교정부호를 부기하여 글자 순서를 바로잡으려 한 바에 따라 바른 단어로 입력하였다.

신다. 事實이 그러한 實情이다. 進退兩難의 心情이다. 안 할 수도 없고 하자니 어렵고…….

〈1967년 2월 2일 목요일 晴〉(12. 23.)
家親의 眼疾 差度 있어 安心. 松은 목젖(편도선)이 아프다고.
期成會 監事들의 輕한 態度에 不快(自意行爲인 形式때문에).
學校行事 마치고 全 職員 피로연~ 濁酒 一斗 갖다가.
第六學年~ 金溪校 第19回 卒業 記念撮影~ 玉山 東光寫場 柳 氏가.
밤에는 宿直室에서 娛樂으로 윷놀이 施行. 我班 勝利하다.

〈1967년 2월 4일 토요일 晴〉(12. 25.)
國務院 事務處에서 承認한 學資 貸付金 1萬원을 國民銀行에서 受領.
面內 耕作者 聲援次 煙草 收納場인 月谷에 다녀오다.
柳橋坪들 7斗落 土地 賣渡代 今日에서 完全 受領.

〈1967년 2월 5일 일요일 雪, 曇〉(12. 26.)
虎竹里 鶴松 部落 洞稧米 借用分 中 1叺代 支拂.

〈1967년 2월 7일 화요일 晴〉(12. 28.)
期成會 臨時監査. 鄭鍾潤 一名 出頭뿐. 惡意的인 조종자로 因한 行爲에 不快.
19回 卒業生이 될 第六學年 茶菓會(謝恩會). 紀念品으로 찻종 6벌 받다.

〈1967년 2월 9일 목요일 晴〉(1. 1.)
陰曆설. 學校 臨時休業. 歲拜는 新溪뿐. 아해들 다리고 前佐洞 省墓.

〈1967년 2월 10일 금요일 晴〉(1. 2.)
金溪校 19回 卒業狀 授與式 擧行. 教育廳에서 姜 學務課長 臨席. 面內 機關長 多數 參席. 父兄은 數人뿐. 晝食은 舍宅에서 接待. 今日의 卒業式 始終一貫 嚴肅히 進行. 放課 後 金坪一帶 歲拜 終了.

〈1967년 2월 11일 토요일 晴〉(1. 3.)
小魯校 第六回 卒業式에 參席. 祝辭에 一大 激勵하다.
小魯에서 歸家 後 全 職員 招待하여 舍宅에서 一 盃 나누다.

〈1967년 2월 12일 일요일 晴〉(1. 4.)
江西面 新垈里 金丙鎬 親喪에 人事 다녀오다. 張 校監 同伴.

〈1967년 2월 14일 화요일 晴〉(1. 6.)
參女 魯姙 淸女高 合格. 次女 魯姬 教大에 合格~ 兩校 通知書 찾다. 教大 吳 主事와 一 盃. 合格된 두 女息의 期成會費 免除 書類 完成.

〈1967년 2월 16일 목요일 晴〉(1. 8.)
淸州教大 第四回 卒業式에 參席. 當校 任員의 責과 紘, 明의 卒業이기도 하다.
李仁 教師와 座談. 映畵도 觀覽. 李仁 교사는 校監 昇進 안 하겠다고 保留 希望.

〈1967년 2월 17일 금요일 晴〉(1. 9.)

早朝에 李善求 장학사 宅 訪問~ 人事問題를 相議(朴洪 교사, 李仁 교사의 希望 傳達).
清州 아해들 住民登錄 手續 畢. 西門洞에서 壽洞으로 手續.
紘과 明의 구두, 와이샤쓰 購入 決定. 明은 洋服도 맞춤.

〈1967년 2월 19일 일요일 晴〉(1. 11.)
墻東里 尹秉德 父親 回甲에 招待 있어 5名 職員과 曲水行. 尹太洙 氏 臥病에도 問病. 賣渡된 土地로 買受人 尹啓洙 氏로부터 移轉手續難을 論함에 安心시킴.

〈1967년 2월 20일 월요일 晴〉(1. 12.)
新舊會長(郭漢虹, 郭漢弘)을 同伴하여 教育廳幹部 數人을 夕食 接待하다(67年度 教室 配定에 謝禮 兼 追加도 請託하기 爲하여).

〈1967년 2월 22일 수요일 雨, 曇, 雨〉(1. 14.)
昨日부터 확 풀린 날씨. 새벽에 나린 비로 온 天地가 흠벅 적다. 굳은 얼음 풀리다.
67學年의 新入生 豫備召集~ 90名 登錄.
벌(蜂) 2号 통 完全失敗 보다(弱群에 酷寒에 給與 不足으로 餓死리라).

〈1967년 2월 23일 목요일 曇, 晴〉(1. 15.)
父親 芙江 가시다~ 郭哲鍾 氏 親忌에 人事次.
長期日間 가슴 아프게 속 썩이던 清中 魯松 入學 件 解決 通知오다.

〈1967년 2월 24일 금요일 晴〉(1. 16.)
校長會議에 參席~ 67學年度 奬學 方針이 主.
下午 8時쯤에 終. 清州서 宿.

女高 魯姬과 清中 魯松의 入學登錄 개운이 마치다.

〈1967년 2월 25일 토요일 晴〉(1. 17.)
새벽 車로 歸校하여 修了式에 臨하다. 日暮頃 四距離에 나가 張 校監과 윷.

〈1967년 2월 27일 월요일 晴〉(1. 19.)
面內 機關長會議에 參席~ 面에서 主管. 食事 厚待 받다(經濟開發 五個年 計劃의 첫해. 農業增産에 開土 및 排水 作業. 公明選擧, 業績 PR, 會議强化 等).

〈1967년 2월 28일 화요일 晴〉(1. 20.)
發令나다~ 紘은 玉川郡, 明은 槐山郡 外沙校로. 金溪校는 朴洪圭 교사 轉出.
井 母 清州 同行에 用務 不能케 됨에 未安千萬. 姬 教大 登錄 延期.

〈1967년 3월 1일 수요일 晴〉(1. 21.)
새벽에 清州서 步行 歸校하여 三.一節 記念式에 臨. 紘 任地 向發.

〈1967년 3월 2일 목요일 晴〉(1. 22.)
새 學年 學級擔任 및 分掌事務 發表~ 全員 喜色. 從兄 집에서 職員 招待.

〈1967년 3월 3일 금요일 曇, 雨〉(1. 23.)
入清하여 魯姬 教大 登錄. 松은 昨日에 入學式(清中). 紘과 明은 赴任次 玉川, 槐山으로 各 〃 向發. 忠實 勤務토록 訓戒. 清州서 留.

〈1967년 3월 4일 토요일 曇, 晴〉(1. 24.)

食前 車로 淸州서 歸校. 第一學年 入學式. 父兄들이 職員 接待. 朴洪 教師 送別宴.

〈1967년 3월 5일 일요일 曇〉(1. 25.)
李敬玉 교사 身狀[身上] 協議次 夫君 金 先生 來訪. 小魯 吳相圭 子婚과 佳樂 金順煥 親喪에 人事.

〈1967년 3월 6일 월요일 曇〉(1. 26.)
教大 入學式에 參席(次女 魯姬 入學). 式後 期成會 總會, 監查 報告. 任員 改選에 監查(事)로 再選. 會 後 任員 全員 晝食 接待 厚히 받다. 新任 役員~ 盧 氏, 尹 氏, 宋 氏, 金 氏…… 會長에 公務員教育院長 鄭大溶, 副會長에 洞長 盧 氏.
魯紘은 玉川郡 青山校로 發令. 振榮 있는 青城校와 4km 떨어졌다고.

〈1967년 3월 7일 화요일 晴〉(1. 27.)
虎竹分校 第一學年 入學式에 參席. 同 父兄들과 運營上 當面問題 討論.

〈1967년 3월 8일 수요일 晴〉(1. 28.)
67學年度 學校 運營 方針에 對한 指示 2時間 동안. 同 協議 昨日부터 着手.

〈1967년 3월 9일 목요일 晴〉(1. 29.)
朴洪圭 教師 移舍. 그 舍宅에 校監 舍宅으로 指定코 搬移. 今日도 職員會 繼續.
벌(蜂) 남아지 한 통 또 失敗~ 억울하고 管理 不充實의 反省.

〈1967년 3월 10일 금요일 曇〉(1. 30.)
派越된 故 吳淵德 中尉 慰靈祭에 參席次 賢都面 玉浦國校까지 다녀오다. 初年 將校 27歲를 一期로 마친 點과 偏母 遺族의 애처로운 點 目不忍見.

〈1967년 3월 12일 일요일 晴〉(2. 2.)
崔瓘顯 子婚에 祝賀次 淸州禮式場 다녀오다.

〈1967년 3월 15일 수요일 晴〉(2. 5.)
族兄 定榮 氏 子婚에 祝賀次 鳥致院禮式場에 參席.
近日에 金溪 里長 쟁탈전으로 區〃한 輿論 沸騰.

〈1967년 3월 18일 토요일 晴〉(2. 8.)
三男 魯明이 온다기에 苦待하였으나 아니 오다.
定榮 氏 回甲宴 招待. 族叔 漢國 氏 病患에 問病.

〈1967년 3월 19일 일요일 晴〉(2. 9.)
새벽에 魯明이 오다. 紘은 歸家치 않았으나 明과 아울러서 初俸給이라고 6,000원 내어 놓고 晝食時間에 任地 向發(傀山 外沙校).

〈1967년 3월 21일 화요일 비, 曇〉(2. 11.)
期成會 任員會 및 總會~ 無事 快히 通過…… 會費 策定과 豫算, 保健場 擴張工事의 勞力 動員 等. 學校 後援을 爲한 力說하는 役員 二, 三人 있으며 나도 教育의 重大性을 强調하다. 過去 反省과 앞으로의 覺悟도 말하다.

〈1967년 3월 23일 목요일 曇, 晴〉(2. 13.)

入清 途中 佳樂里 吳萬煥 氏 回甲宴 招待에 人事코 上廳.
上廳하여 保健場 擴張, 우물 增設, 便所 改築, 食빵 增配. 人事發令 等의 用務를 보다. 午後에는 南二面 삽작거리 韓泰鉉 氏 經營 "한림농원"에 가서 學校 울타리用 側柏 苗木 購入을 契約하다. 歸淸하여 淸州高校 崔聖德의 厚待로 夕食을 잘 하다. 淸州서 留.

〈1967년 3월 24일 금요일 晴〉(2. 14.)
國會議員 出馬者 族兄 郭義榮 집을 잠간 訪問하고 梧倉에 가다. 李慶玉 女教師의 未着任에 궁금하여. 身病에 服藥 中. 4月1日 赴任 豫定.

〈1967년 3월 25일 토요일 晴〉(2. 15.)
食前 車로 登校. 虎竹分校 期成會 總會에 參席. 道榮 親喪 弔問.

〈1967년 3월 27일 월요일 비, 曇〉(2. 17.)
엇저녁부터 비 나우 나리다. 오래간 消息 없어 궁겁기에 井에게 편지.

〈1967년 3월 28일 화요일 晴〉(2. 18.)
魯井한테 消息 오다. 六學年 擔任이라고, 四月中에는 高校로 옮길 것이라고. 기쁜 소식이다. 校長會議에 參席~ 主로 對政府 PR. 時間 늦어 淸州서 留.

〈1967년 3월 30일 목요일 가랑비〉(2. 20.)
教育會 理事會에 參席(江外校). 李夏榮의 厚待. 入淸코 醉中 失手.

〈1967년 4월 1일 토요일 晴〉(2. 22.)
近日 過飮으로 몸 몹시 疲勞. 어제는 學校 工事에 德水 父兄 動員.

〈1967년 4월 3일 월요일 晴, 曇〉(2. 24.)
面 行하여 밭 購入分 地積問議. 玉山校에 들려 廳 課長 巡視 內容 把握. 子弟 戰死 當한 權殷澤에 慰安人事. 金溪里長 郭僖榮으로 發令.

〈1967년 4월 4일 화요일 曇, 晴〉(2. 25.)
運動場 擴張工事에 曲水 父兄 動員. 李慶玉 教師 未赴任으로 困難 中.

〈1967년 4월 5일 수요일 晴〉(2. 26.)
各 家庭에서 記念植樹토록 하고 學校는 休業. 三年生인 側柏木 텃밭에 있는 苗圃에서 옮겨 家親과 함께 울타리에 180株 移植. 텃밭 뚝방에 이태리 포프라 40個 挿木. 午後는 曲水山 再從祖母 山所 사초에 參席.

〈1967년 4월 6일 목요일 晴〉(2. 27.)
郡 初等教育會 代議員 總會에 參席. 廳에 들려 人事〃務도 打合. 族兄인 宗榮 氏, 俊榮 氏와 三人 같이 보신탕으로 會食.

〈1967년 4월 8일 토요일 가랑비〉(2. 29.)
어제는 虎竹分校 行하여 一學年 補缺授業 一時間 施行. 教師 補助員으로 勤務턴 長女 魯媛은 滿期 되어 解任. 朴孟淳 親友 집에서 晝食. 오늘의 가랑비에 보리 싹은 훨씬 生〃. 學校 나무 移植 作業 完了.

〈1967년 4월 9일 일요일 曇, 晴〉(2. 30.)
父親과 함께 前佐里 밭뚝 工事에 極限 勞力

(삽질, 흙지게질).

〈1967년 4월 11일 화요일 晴〉(3. 2.)
運動場 工事에 東林 父兄 出役. 李善求 奬學士 來校 視察. 朴正淳 親喪에 人事.

〈1967년 4월 12일 수요일 晴〉(3. 3.)
長男 魯井의 喜消息~ 國校 在任터니 麻浦中高校로 옮김…… 이제 제 位置에 선 셈.
次男 紘한테서도 편지~ 入營 延期 手續하여도 좋다고. 族叔 漢鶴 氏 回甲에 人事.
再當姪 泰一(魯俊) 病死의 悲報(우리 집안 宗孫인데. 나이도 30).

〈1967년 4월 14일 금요일 晴〉(3. 5.)
全 職員 다 같이 새로운 學校 經營 및 學級 運營에 熱心…… 特히 張 校監 學校 現況表(圖表) 作成에 手苦 中.

〈1967년 4월 15일 토요일 曇〉(3. 6.)
虎竹分校에 卞泰洙 教師 配置. 墻東里 居住 分校 傳達夫 尹清洙 집에서 全 職員 招待. 23% 引上된 俸給으로 受領.

〈1967년 4월 18일 화요일 曇, 雨〉(3. 9.)
次男 魯紘 入營 延期 手續 着手~ 書類 作成코 清州市廳에 提出.
歸路 中 舊 管理課長 洪喜男 만나 厚待 받고 清州서 留.

〈1967년 4월 20일 목요일 晴〉(3. 11.)
紘의 入營 延期 手續에 市廳과 玉山面 經由 完了. 魯井 母親 清州 아해들 食糧 運搬에 手苦. 參男 魯明한테 現金 參仟 원과 저의 母親用 衣類 一着 보내옴.

〈1967년 4월 21일 금요일 晴〉(3. 12.)
學校 工事에 金溪 父兄 多數 出役…… 主로 떼 입히는 工事~ 今日로서 運動場 擴張 工事는 거이 完了. 午後엔 入淸하여 紘의 手續에 清原郡廳에 書類 接受시키어 一段落.
崔弼成 親喪에 人事. 李鉉九 親忌에도 人事.

〈1967년 4월 22일 토요일 晴〉(3. 13.)
宗親 同甲稧員 一同 逍風次 서울行~ 宗榮 兄 不參이 유감. 下午 4時 10分에 서울 着. 食事 後 南山에 登山. 마침 大統領 候補 尹潽善 氏 音樂壇에서 遊說 講演 마칠 무렵, 人波로 大複雜. 一飮 後 下山하여 明寶극장에서 "山火" 映畵 觀覽. 밤 10時 지나서 同甲 昌在 族孫 집에서 厚待받고 一同 留.

〈1967년 4월 23일 일요일 晴〉(3. 14.)[5]
同甲 一行 昌慶苑 午前 中 求景~ 벚꽃 絶頂 滿開. 動物 求景 後 一同 解散.
長男 魯井과 結緣 있을 金 女教師 面會~ 人物, 心情 모두 다 滿足. 下午 四時 半 車로 出發. 負傷 入院 中인 族叔 漢弘 氏 申外科로 問病코 歸家하니 날이 밝을 지경인 24日 새벽.

〈1967년 4월 24일 월요일 晴〉(3. 15.)
郡 財務課 李敬魯 地積係長 來訪. 同行하여 虎竹分校에 人事.

---

5) 날짜 앞에 '✓' 기호가 표기되어 있다.

〈1967년 4월 25일 화요일 晴〉(3. 16.)
안산 工事場에 登山. 學校用 돌 運搬 양해도 얻고. 4, 5, 6年 돌 운반. 宋 女教師 母親 回甲 飮食에 招待. 朴相 教師 醉態 있었음에 訓戒.
次男 魯紘(青山校) 오다. 今 28日 入隊日~ 入營 延期 手續 中(父先亡 家事).

〈1967년 4월 26일 수요일 晴〉(3. 17.)
教育廳 金 技士로부터 建築 監督法 受講~ 教室 增築에 따룬.
朴正熙 大統領 候補 工高 校庭에서 遊說 講演 ~ 聽衆 數萬.
魯井 母 청주用 燃料(솔방울) 運搬. 故 鄭炯謨 氏 初忌에 人事.
父親은 江外面 崔台燮(再當姪 婿) 祖父 大祥에 가심. 큰 當叔主 오심.

〈1967년 4월 27일 목요일 雨, 曇〉(3. 18.)
登廳하여 教室 二個室 增築分 入札에 立會~ 三和土建社로 落札.
次男 魯紘 入營 延期 確定[6](分家 되어 戶主로서 依家事의 條件~ 法 44條 3項).

〈1967년 4월 28일 금요일 晴〉(3. 19.)
姜邯瓚[姜邯贊] 將軍 追慕碑 除幕式[7]에 參加~ 下午 2時부터 開式. 觀衆 約 萬 名. 初獻에 知事, 亞獻에 教育監, 終獻은 郡守(三大 將軍……乙支文德, 姜邯瓚, 李舜臣).

〈1967년 4월 29일 토요일 晴〉(3. 20.)
清州 郭漢奎 氏 親喪에 人事. 李仁魯 教師 校監으로 昇進 榮轉(鳳南校).
全校 春季 逍風~ 墻東里 方面. 몇 職員 醉中 失手로 말성 中에 고민.

〈1967년 5월 1일 월요일 晴〉(3. 22.)
午後에 李仁 校監 送別宴會. 地方 人事에 案內함.

〈1967년 5월 3일 수요일 晴〉(3. 24.)
第六代 大統領 選擧[8]. (記號 3 尹潽善, 記號 6 朴正熙)에 거이 總集中.

〈1967년 5월 5일 금요일 晴〉(3. 26.)
第六學年 39名 修學旅行次 새벽 3時에 出發~ 京仁地區로(四女 魯杏 包含…… 魯杏은 6年 二班 級長). 學校에선 '어린이날' 行事로 小體育會.

〈1967년 5월 6일 토요일 晴, 曇, 雨〉(3. 27.)
權殷澤 親喪에 人事. 六代 大統領 當選 公告~ 朴正熙 5,520,719票, 尹潽善 4,293,013票. 差 1,227,706票, 全國 投票率 83.57%. 朴 候補 當選.[9]
本校(金溪校) 教室 增築 着工(責任者 三和土建社 李根雨).

〈1967년 5월 7일 일요일 曇, 晴〉(3. 28.)
修學旅行 中인 六學年 全員 下午 6時에 無事

6) 원문에는 붉은색 색연필로 밑줄이 그어져 있다.
7) 원문에는 붉은색 색연필로 밑줄이 그어져 있다.
8) 원문에는 붉은색 색연필로 밑줄이 그어져 있다.
9) "朴 候補" 앞에 붉은색 색연필로 동그라미 표시되어 있다.

歸校. 俊榮 兄과 丁峯驛까지 마중 갔다 오다.

〈1967년 5월 9일 화요일 晴〉(4. 1.)
魯絃, 魯明, 魯媛 住民登錄 移轉 手續(玉川, 傀山, 本籍으로 各〃).
學校 울타리用 側柏苗 500株 韓林農園에서 購入 運搬에 極難 겪음. 佑榮 君도 큰 苦生. 淸州서 아해들과 같이 留.

〈1967년 5월 10일 수요일 晴〉(4. 2.)
새벽에 歸校코 朝會 後 虎竹分校 春季逍風에 招待 있어 參席.
밤중에 술병 들고 舍宅에 온 두 朴 教師에 訓戒.

〈1967년 5월 12일 금요일 晴〉(4. 4.)
會長 漢虹 氏 生辰에 招待 받다. 父親~ 原州로 花樹會에 가심.
援護廳 5萬 원 條 빗 갚고져 井, 振, 絃, 明에게 書信 내다(送金 要求).

〈1967년 5월 14일 일요일 晴〉(4. 6.)
入淸하여 道 鄭德相 課長 子婚, 李炳赫 校長 女婚, 郡 교육廳 金海永 課長 弟婚에 人事.
郡內 校長團 오는 18日부터 4日間 教育視察次 出張케 되어 교육청에서 相議~ 1, 2, 3陣設 있었으나 統合키로 合議.
昨日의 職員 逍風 끝에 崔○○ 職員의 失言으로 今朝까지 큰 말썽 中.
魯姬(教大 一年生) 夏服 等 마련으로 근심 中에 淸美社에서 外上으로 解決.

〈1967년 5월 17일 수요일 晴〉(4. 9.)
入淸하여 尹相煥이란 初面者한테 厚待 받고 壽洞 아해들과 同宿. 이 尹 氏는 國會議員 出馬者 閔璣植 氏와 關聯되는 눈치인 듯.

〈1967년 5월 18일 목요일 晴〉(4. 10.)
教育視察團(郡內 校長 47名, 교육廳 兩 課長)은 貸切 '관광뻐-스' 車로 午前 7時에 淸州 出發~ 賢都, 大田, 金泉, 經由코 點心. 大邱, 永川, 慶州 안압池 앞에서 30分 程度 一息 後 佛國寺를 電擊的으로 一巡 後 日暮頃에 乘車하여 蔚山에 到着하니 下午 九時 半이였다. 經理責任을 져서 他人에 比하여 바쁜 편이었다.

〈1967년 5월 19일 금요일 晴〉(4. 11.)
一行은 蔚山工業團地 特히 '韓肥~ 第五肥'~ 尿素 世界第一 多量生産 工場을 見學하고 蔚山特別建設局에 들려 부리핑을 듣고 10時 半에 出發하여 東萊, 龜浦, 金海, 馬山, 鎭海에서 下車. 鎭海市 교육청에서 부리핑 듣고 示範學校인 道泉國民學校를 見學하였다(施設이 훌륭했다…… 資料室, 圖書室 運營이 特色). 學校長은 37歲인 靑年 校長으로서 驚異한 存在였다. 晉州 向發하여 뻐-쓰가 달릴 때 一同은 지친 몸인 양 졸고만 있었다. 晉州 着하니 下午 10時 半이 되었다.

〈1967년 5월 20일 토요일 晴〉(4. 12.)
早起 朝食한 一行은 時間을 催促하여 그 有名한 矗石樓(壬辰倭亂 時 義妓 論介18歲가 倭將 '毛谷村' 一名 '石宗武'를 南江 깊은 물에 껴안고 떠러져 民族의 원한을 풀은 곳)를 禮訪코, 陝川을 훌적 지나 海印寺에 到着하니 12時 半이었다. 憧憬했던 곳이다. 山勢 좋은 大山이었

다. 入口는 15里 樹다. 特히 이 伽倻山은 松林山이다. 어렸을 때 읽은 孤雲 崔致遠 先生이 化神하여 올라간 山이다. 寺刹도 規模가 크다. 8萬大장경 板本 寶庫로 有名한 海印寺이다. 一行은 膳物을 한 아름式 사서 싸고 晝食 後 二時에 歸路 車에 올랐다. 高령을 通過하여 金泉서 夕食을 마치고 黃澗, 靑山, 報恩을 지나 淸州에 到着하니 밤 12時 半이다.

〈1967년 5월 21일 일요일 晴〉(4. 13.)
內谷 安 校長 子婚에 人事. 잠시 李善求 장학士와 談話코 歸家.
三男 魯明이 本家의 큰 빚 갚으라고 8,000원 가지고 집에 오다. 前日 편지대로 順從하였으니 신통한 일.
學校 增築 工事는 煉瓦 찍는 일과 基礎工事 完了.
本家 뒤안에 심은 '포도' 三 年 만에 송이 다닥다닥 맺이다.

〈1967년 5월 23일 화요일 晴〉(4. 15.)
昨日도 夏節 溫度. 今日도 몹시 더움. 第七代 國會議員 出馬者들 玉山市場에서 合同講演(郭義榮 新民, 閔璣植 共和, 朴己雲, 申正浩[10]). 6月 8日의 選擧日을 앞두고 大熱戰이다. "與" 閔 氏, "野" 郭 氏의 代決인양.

〈1967년 5월 24일 수요일 晴〉(4. 16.)
父母님 모시고 俗離山 가다. 報恩 通過코 馬峠 고개의 擴張된 道路를 지나 駐車場에 닥치니 下午 1時. 點心後 法住寺(本寺) 一帶를 求景코 福泉庵을 보고서 文狀臺[文藏臺]에 오르니 下午 七時 半. 문장대 日月여관에서 留.

〈1967년 5월 25일 목요일 曇, 雨〉(4.17.)
早起하다. 구름이 짙을 뿐 아니라 바람이 强하였다. 父親은 比較的 强健하셨으나 母親은 吐하기도 하고 朝食도 변변히 못 자시었다. 文壯臺 上上峯에 잠간 올라가 '경업대' 上庫암 쪽으로 나려올 때 老親들께서 一生 最難의 山길을 타신 것이다. 無限한 고생을 껶으시다. 下山 무렵 비가 나리기 시작. 晝食 後 膳物 약간 사고 乘車하니 下午 2時. 淸州 着 時까지 繼續 强雨. 母親은 질래 속이 드노신다고 괴로우신 中. 우산 받고 丁峯서 本家까지 步行 到着하니 깜깜한 午後 10時.

〈1967년 5월 27일 토요일 晴〉(4. 19.)
그적게의 비로 밭곡과 채소 생기. 보리밭은 비가 늦은 편.
學校 增築工事는 煉瓦 積方 工事 中.
次男 紘으로부터 돈 4,000원 부쳐오다.

〈1967년 5월 28일 일요일 晴, 曇〉(4. 20.)
魯井 母親 早朝 뻐-쓰로 쌀과 채소 가지고 淸州가는데 夢斷里까지 짐 갖다 주다. 魯姬(敎大 1年) 魯姃(淸女高 一年) 魯松(淸中 1年) 姪女 魯先(大成女高 3年) 自炊 中.
長男 魯井으로부터 2萬 원 부쳐오다. 援護廳의 50,000원 債金을 返濟코저 아해들에게 알렸더니 能力껏 送金하는 듯~ 반가운 心情 不禁.

10) 朴己雲과 申正浩의 이름 뒤에는 일정공간이 여백으로 남겨져 있다. 앞서 두 후보자의 경우와 같이 소속정당명을 적어 넣기 위해 비워 둔 것으로 보인다.

〈1967년 5월 29일 월요일 晴〉(4. 21.)
入淸하여 교육청에 들려 工事 進度 狀況을 報告. 上樑式日과 分校 落成式에 對하여도 相議. 金 奬學士와는 意見 不一致로 意圖 아닌 약간의 충돌. 談話 後 同席(3 奬學士) 夕食코 時間 없어 아해들과 同宿하다.

〈1967년 5월 30일 화요일 曇, 晴〉(4. 22.)
청원군청에 들려 財務課 地積係에 學校敷地 測量을 부탁.
天水川 流替工事 主催 野遊會에 잠간 參席. 朴貞淳 지서장 本家에도 人事~ 佳景里. 學校는 增築工事 中.

〈1967년 6월 1일 목요일 晴〉(4. 24.)
虎竹分校行~ 魯松 表彰狀 찾기. 去 19日의 金大煥 奬學士 視 所感 전달. 落成式 問議. 出勤카-드 및 日誌 備置與否 狀況 等.

〈1967년 6월 3일 토요일 晴〉(4. 26.)
敎育會 理事會로 江外校行~ 硏究發表大會 및 排球大會 件 協議.
父親 서울行…… 송아지값 解決次 郭哲鍾 氏와 相議코저. 近日에 아해들이 부쳐온 現金 가지시고. 조치원 車內에서 代用食으로 點心 사드림.
교육회 任員會 마치고 點心은 鳥致院 "樂園" 食堂에서 會食.
再從兄嫂 氏(연정 아주머니) 宅 尋訪코 魯俊 死亡人事(慰安).

〈1967년 6월 5일 월요일 晴〉(4. 28.)
增築敎室 上樑式 擧行. 役員 10餘 名 來校. 式後(行事 後)에 尹寬洙가 酒幕에서 職員 招待.
昨日은 玉山校 26回 同窓會에 參席.

〈1967년 6월 6일 화요일 晴〉(4. 29.)
第12回 顯忠日. 淸州 '忠烈塔' 行事에 처음으로 參席. 弟 故 云榮 새삼 想起코 落淚. 今日 날씨 몹시 더우다. 今日 行事로 '흙'이란 題의 映畵 있었다. 李光洙 著 小說도 본 적 있어 興味 多分.

〈1967년 6월 7일 수요일 晴〉(4. 30.)
學校 實習畓에 모내기. 金溪里 移秧 實績 今日 現在 50% 程度. 增築 敎室 中間檢査次 郡 교육廳 金 技士 오다.
全國的으로 國會議員 出馬者 與野 間의 白熱戰도 今日로서 마감.

〈1967년 6월 8일 목요일 曇〉(5. 1.)
第七代 國會議員 選擧 投票日. 與黨 共和당에서 閔璣植 候補와 野黨 新民黨에서 郭義榮 候補의 代決戰의 기세.

〈1967년 6월 9일 금요일 晴〉(5. 2.)
族兄 義榮 氏 國會議員 當選 不可能의 得票 消息.
洋蜂 1箱 購求[11]하다(3枚의 弱群).

〈1967년 6월 11일 일요일 曇〉(5. 4.)
뚝 넘어 밭 보리 베기 作業으로 終日 勞力.
6.8選擧는 不正이라고 野黨에서 發表~ 30%의 유령票, 公開投票, 公務員 發動케 했다는

---

11) 원문에는 붉은색 색연필로 밑줄이 그어져 있다.

等〃. 義榮 氏도 억울하다는 說…… 金力과 官權의 因이라고,

〈1967년 6월 17일 토요일 晴〉(5. 10.)

清州 아해들 移舍함.[12] 20餘 年 前 弟子인 朴鍾花(女) 집으로. 한 칸 房 壹 萬 원 前貰[傳貰]로. 現在까지 10個月간 있었던 壽洞 崔 氏 집 婦人이 하도 드셔서. 어린 것들이 눈물 흘린 적 수차례인 듯. 待接 없다는 것이 큰 要因.

紘과 明~ 6月分 給料에서 3,500원, 2,500원 각각 보내오다.

〈1967년 6월 20일 화요일 曇, 雨〉(5. 13.)

家庭實習 終了日. 父親과 단둘이서 글 갈다. 몹시 疲勞.

若干의 强雨로 밭갈이에 多幸. 然이나 건갈이 논은 모내기 안 되어 탈.

政局은 與野(共和, 新民) 맞서 不安 中. 選擧 不正 되었음이 續〃 폭로. 新民黨 데모 繼속 中. 學生 데모 우려로 休業. 또 延長~ 6月 25日까지.

〈1967년 6월 22일 목요일 曇〉(5. 15.)

구름은 끼어도 비 안 나려 걱정근심 多大. 논農事거리는 二斗落 程度에 不過. 이것도 宗土뿐. 其中 半만 移秧되고 半은 天畓. 보리打作도 콤프렛샤로 할 豫定이나 機械 便宜가 不如意하여 未了. 밀(小麥) 베기에 老母親이 勞力. 內者는 보리 감자 캐기와 고구마 놓기에 數日間 眞勞力. 어제 오늘은 朝夕으로 마늘 캐기에 바빠. 老母親을 못 도운 듯. 特히 마늘 作況 좋아 14접 된다고.

數日 前에 가셨던 長當叔(漢植 氏) 또 오시어 朝夕 지으시는 老母께 過罪. 이 어른 安息處 不適當하여 자주 오시는 中.

再當叔 忌祭祀에 參席(三從 根榮 氏의 先親).

〈1967년 6월 25일 일요일 曇〉(5. 18.)

六.二五 17周年 記念日이다. 壯丁 아우(云榮)를 잃은 제도 벌써 滿 17年이 되도다. "비노라, 冥福을. 父母님은 白髮이 되시고 老衰하시다."

보리 打作 아직 못하고 건갈이 一 斗落 移秧도 不能인 채 구름은 끼었으나 비 안 나리다.

어제 쏘인 벌독(蜂毒)으로 보기 흉하게 심히 부었다.

井 母는 보리쌀과 菜蔬 갖고 清州 다녀오다.

中高校生들 休業 또 延長되어 魯松(清中) 魯姙(清女高) 집에 오다.

〈1967년 6월 28일 수요일 비, 曇〉(5. 21.)

밤비 豊足으로 건畓 모두 移秧 可能. 안팎 없이 바쁘기 밧싹.

硏究大會 參席次 夢斷里까지 全 職員 갔다가 雨天으로 迴路[回路].

〈1967년 6월 29일 목요일 曇〉(5. 22.)

이제 모내기 물은 넉넉. 播越兵 家庭 郭漢圭 氏, 郭漢封 氏 宅의 모내기 作業에 勞力動員하여 相當 面積 移秧. 그 外 數戶도.

下午 四時부터 七時까지 全員 一同이 아그배 논 300坪 심어 주다.

〈1967년 7월 1일 토요일 曇, 雨〉(5. 24.)

12) 원문에는 붉은색 색연필로 밑줄이 그어져 있다.

媛의 婚談으로 함께 入淸. 安東 金氏 郎子 會見. 成立 안 될 듯. 內秀[13] 文化 柳氏 家에서도 自請. 더 檢討하여 볼 일로 歸家.
第六代 大統領(朴正熙 氏) 就任式으로 臨時公休. 政局은 不安 中.

〈1967년 7월 2일 일요일 曇〉(5. 25.)
오랜만에 夏節帽 購入. 180원짜리 싼 것으로. 親友 朴鍾海 만나 玉山 한일옥에서 一盃.

〈1967년 7월 6일 목요일 曇〉(5. 29.)
헛청, 대청, 뜰에 쌓아 두었던 밀과 보리 오늘에서 겨우 打作. 泰鍾 氏 所有의 脫穀機로. 삯은 1叺에 1말. 總生産量 보리 7叺, 밀 2叺 程度. 밤 11時 半에서 作業 完了. 도지소[14] 송아지 낳다.[15]

〈1967년 7월 7일 금요일 晴〉(5. 30.)
當局 指示에 依하여 敎職員 全員 大韓結核協會 忠北支部에서 X레이 撮影.
前職 敎員이었다는 鄭壽泳 君의 發令節次로 內容이 複雜하다는 點으로 그의 妻男 尹 氏와 會談 後 點心을 會食.
午後엔 江西校에서 西部地區 排球大會가 有하여 江外校와 對戰되었으나 참패.
歸路 中 뻐쓰 內에서 數人 職員 醜態로 極度로 분개. 下車와 더부러 甚히 나멀하다[나무라다]. 外人에 부끄럼이 形言할 수 없을 程度.

〈1967년 7월 8일 토요일 晴〉(6. 1.)
職員 朝會를 마치자 覺醒할 만치 職員을 訓戒 ~ 昨日의 醜態, 近者의 勤務相, 빈번한 大小事故 等 때문에. 勿論 全 職員은 아니다. 甚한 職員이 몇 사람 있기 때문.

〈1967년 7월 10일 월요일 晴〉(6. 3.)
上鳳校에 出張~ 西部地區 硏究會 參席次. 崔相俊 교사 同行. 拱北을 通하여 순 步行으로 3時間 半 걸려 到着. 교과는 算數, 主題는 計算能力 培養. 成果 普通의 評.

〈1967년 7월 12일 수요일 雨〉(6. 5.)
午後 二時에 入淸. 鄭壽泳 件 內查次 敎大에 들림. 講習 修了는 相違 無하나 無資格임이 確認되므로 敎師 採用 不可能인 實情. 市內뻐쓰(동신)로 歸路 中 石橋洞에서 事故 發生~ 幼兒 치어 危急한 生命임을 目見하고 終日 氣分이 不快. 駐車場에 와 보니 쓰본[바지] 뒷주머니가 變況~ 500원 쓰리 當함(紛失). 生後 처음 當해 보는 變事. 몹씨 기분 나빴고 아깝다.

〈1967년 7월 13일 목요일 曇, 雨〉(6. 6.)
新築(增築) 中이던 2個 敎室(金溪校) 竣工.
四從祖母(서당골)님 大忌에 人事. 老母親 醉中 悲觀에 또 가슴 막막. 장마 비인 양 여러 날 두고 오락가락.

〈1967년 7월 15일 토요일 曇〉(6. 8.)
愛校作業으로 新築 校舍 앞에 花壇 만들기와 保健場 全面에 모래 펴기를 指示. 下午 一時 半에 作業 完了.
放課 後에 논에 '세린산 석회' 뿌리다~ 도열병

13) 충북 청주시 청원구 내수읍을 가리킨다.
14) 도짓소(賭地-). 한 해 동안 곡식을 얼마씩 내기로 하고 빌려 부리는 소를 이르는 말이다.
15) 원문에는 붉은색 색연필로 밑줄이 그어져 있다.

(稻熱病)이 甚한 편. 우리 논이래야 宗畓 겨우 500坪 程度.
먹이던 암송아지 交尾[16] 시키다. (原 主는 郭哲鍾 氏).

〈1967년 7월 16일 일요일 曇〉(6. 9.)
구름은 끼었어도 요새 며칠 繼續 무덥다. 每日 普通 32度. 食前부터 下午 一時까지 울안과 담 밑의 除草일에 땀 흘리다.
魯井 母는 恒時 앓던 '머리 무겁고 잠 안 오는 病'으로 오늘 또 德村 李龍宰 醫員한테 가서 藥 지어 오다.
現金으로 給料를 萬 원 程度 모처럼 受領하다. 每月 不過 3, 4仟 원이 普通. 많을 때가 6,000원 程度~ 物品代, 債金, 稧金 等 控除하기 때문. 今月에는 좀 줄어들었기 때문.

〈1967년 7월 17일 월요일 曇, 雨〉(6. 10.)
第19回 制憲節로 公休. 舍宅과 本家政에 國旗 揭揚.
女高 一年生 魯姃, 下午 一時 車로 菜蔬 等 副食物 무겁게 가지고 가다.
舍宅 內室에 '비니루' 장판 期成會에서 사다 깔다(金溪 最初). 1間 2,000원.

〈1967년 7월 19일 수요일 曇〉(6. 12.)
校長會議에 參席. 道 敎委會議室에서 開催. 案件은 主로 夏休 問題.
子息들(井, 紘, 明, 振은 同生)들에게 一齊히 편지 내다.

16) 원문에는 붉은색 색연필로 밑줄이 그어져 있다.

〈1967년 7월 20일 목요일 曇, 雨〉(6. 13.)
벌에 설탕물 주다.
四女 魯杏은 全國글짓기大會에 가다. 場所는 淸州 한벌교.
午後에 두서너 차례의 쏘나기에 냇물이 부쩍 늘다. 오늘 올 魯杏이 난[안] 와 궁금하다. 밤에는 밤공부하는 六學年들에게 불 단속 잘 하도록 당부하다. 어제 청주 石橋校 8 敎室 탔다는 것.

〈1967년 7월 21일 금요일 曇, 時〃雨〉(6. 14.)
어제 못 온 魯杏이 아침결에 와서 다행. 냇물은 어른들도 벗고 건너는 中.
新築 敎室 2個室에 2學年 들다. 어제 竣工檢査 마쳤기에.
江外面 虎溪 妹弟(朴忠圭) 內外 犬肉 가지고 奉親次 오다. 고마움에 感謝했다. 요새 날씨 繼續 궂는 中~ 장마철 그대로.

〈1967년 7월 22일 토요일 曇〉(6. 15.)
學校 미끄럼틀 設置 工事에 監督~ 本校 開校後 最初 設置됨.
家庭에서는 從兄(浩榮 氏), 再從兄(憲榮 氏)이 우리 논을 뜯고 전자리 밭을 매다.
母親께서는 姪女 魯先의 生活館 修了에 參席次 入淸하시다.

〈1967년 7월 23일 일요일 晴〉(6. 16.)
거이 終日 本家의 울 안팎 除草에 땀 흘리다.
牛主 郭哲鍾 氏 來訪코 秋季에 어미 밑 송아지 받기로 解決.

〈1967년 7월 24일 월요일 晴〉(6. 17.)

分校 行코 一學期間의 生活 反省. 卞, 高 兩 教師의 忠實勤務에 感謝.
明日 行事 形便上 今日 下午 二時에 終業式 擧行하다.

〈1967년 7월 25일 화요일 晴〉(6. 18.)
今日 仲伏. 每日 溫度 34 程度. 무더위로 繼續.
國仕里 全在俊 金周福 家에 喪事 人事.
四女 魯杏은 郡內 藝能發表大會에 글짓기部에 出戰하다…… 明日은 노래部(獨唱)에 나가기로…….

〈1967년 7월 26일 수요일 晴〉(6. 19.)
夏期放學 正式으로 最初日. 長男 魯井 오다. 어제 와서 淸州서 제 同生들과 留했다고. 全家族에 膳物과 現金 8,000원 가지고.
사거리 정미소에서 母親이 製緬[製麪] 作業하시는 데 도와드리다.
魯井은 저의 母親 服用할 補藥 '瓊玉膏' 한 제 사오다.

〈1967년 7월 27일 목요일 曇〉(6. 20.)
食前부터 시작한 다락 안 淸掃 整頓. 下午 一時에 끝나다.

〈1967년 7월 28일 금요일 晴〉(6. 21.)
食慾이 없다는 것이며 몸이 極히 衰弱해진 魯井에 병아리 좀 고아 주겠다고 240원 주었다는 물건이 퍽도 작았다. 뜨거운 폭양에 烏山市場에 다녀오느라고 魯井 母親이 욕보았으리라.

〈1967년 7월 29일 토요일 晴〉(6. 22.)
모처럼 上廳하였다~ 工事 現場 日誌, 李敬玉 教師 人事問題, 學校로서 會社에 要求 條件(校門 앞 다리用 세멘 請求).
25日에 글짓기大會에 出戰한 魯杏 二等으로 入賞되어 道大會에 出戰케 되다.
李敬玉 教師의 夫君 全 先生의 厚待를 받다~ 李善求, 金大煥 奬學士를 招請코. ('미림'이라는 食堂에서)
三男 魯明이 오다. 酒類, 과일 等 사가지고.

〈1967년 7월 30일 일요일 曇〉(6. 23.)
昨日의 過飮 탓인지 홍문[항문]이 몹시 아프고 부젔하더니 저녁때쯤 鎭痛. 10年 前 傀山 時節 겪었던 '탈황症'을 想起.
長男 井과 參男 明이 各己 職場談에 꽃피우다. 不日 內에 貳男 絃이도 오겠지. 내(川)에 나가 생선 잡아오다.

〈1967년 8월 1일 화요일 晴〉(6. 25.)
四女 魯杏 글짓기大會에 參席케 되어 出發하다. 道大會에 郡 代表로 3人 中의 一人이다. 明日 舟城校에서 있게 된다.
三男 魯明이 任地로 다시 가다~ 월샾에 參席코져. 次女 魯姬 啓蒙班으로서 活動 마치고 歸家.

〈1967년 8월 2일 수요일 晴〉(6. 26.)
藝能發表 道大會에 郡 代表로 魯杏 出戰. 孫教師가 引率.
受講 中인 張 校監, 郭 教務 合席코 慰勞酒로 交盃. 夜間에는 映畵도 觀覽. 俊榮 兄과 柳重赫 宅에서 留.

〈1967년 8월 3일 목요일 晴, 曇, 時〃雨〉(6. 2.)
郡 교육청 金榮國 教育長 學校까지 來臨~ 休暇 中 視察과 新築教室 檢查次. 學校 經營에 實科教育 더욱 새롭도록 指摘.
四女 魯杏 道大會 作文競技에 秀位[首位][17] 획득. 작은 체구이나 才能 面 맹낭함에 感嘆[感歎].

〈1967년 8월 6일 일요일 曇〉(7. 1.)
昨夕에 舍弟 振榮 青城校에서 오다. 朝食 本家에서 食口 거이 會食하다. 近日 소주 過飮인양 ~ 要 謹酒할 바 多分히.

〈1967년 8월 8일 화요일 曇, 晴〉(7. 3.)
三日 前부터 謹酒터니 食慾 增大.
振榮과 青城校에서 勤務했었다는 黃 女教師 來家. 生鮮 사가지고 와 朝食을 本家에서 하다. 가을 菜蔬 播種.[18] 長男 井과 四男 松이도 딸[땀] 흘리며 助力. "패왕大根", 白菜는 "京都三號"와 "八葉草".
井 母가 烏山市에 가서 토끼 雌雄[19] 60원에 사오다. 토끼장은 井이가 三日間 짜더니 今朝에서 마치다.

〈1967년 8월 9일 수요일 晴〉(7. 4.)
長男 魯井 上京次 出發. 2, 3日 後 또 歸家하겠다고.
陰 九日의 父親 生辰日 所用으로 本家에선 술 빚어 넣다.

요새 溫度 33°~34° 繼續. 무더위가 甚한 편. 조금만 움직여도 온 몸은 물에서 건진 듯.

〈1967년 8월 10일 목요일 晴〉(7. 5.)
今日도 찌는 듯한 무더위. 橋東 尹啓洙 伯兄 喪에 人事. 歸途中 消防隊長 崔瓘顯과 酒幕에서 一 盃~ 소주에 취하다.

〈1967년 8월 11일 금요일 晴〉(7. 6.)
小魯 任學淳 先生 作故에 人事. 歸路에 金東玉氏 宅도 잠간 尋訪.

〈1967년 8월 12일 토요일 晴〉(7. 7.)
校長會意에 參席.
四女 魯杏의 道 作文大會 秀位, 表彰狀 받다.
會議는 下午 二時에 終了. 校長 一同 逍風次 '화양동' 가다. 今般에도 經理 責任을 지다. 一同 夜間 中 麻雀 等 娛樂으로 徹夜.

〈1967년 8월 13일 일요일 晴〉(7. 8.)
校長團 一同 午前 十一時에 화양동(華陽洞)에서 出發. 清州를 거쳐 집에 到着하니 下午 七時 半. 到着 卽時 不快한 消息 들리다~ ○回 同窓會 하다가 투쟁이 벌어져 甚한 부상과 學校 유리窓 파괴했다고…… 關聯者 召集코 訓戒와 책망하다.

〈1967년 8월 14일 월요일 晴〉(7. 9.)
父親 生辰(現 年歲 67). 洞里 여러 분 모셔다 朝食 接待. 今年엔 特히 아해들이 努力(井, 振, 明)

〈1967년 8월 15일 화요일 雨〉(7. 10.)

17) 원문에는 붉은색 색연필로 밑줄이 그어져 있다.
18) 원문에는 붉은색 색연필로 밑줄이 그어져 있다.
19) 원문에는 붉은색 색연필로 밑줄이 그어져 있다.

새벽부터 비 나리다. 光復節 22周年인데 비 때문에 慶祝式을 室內에서 擧行하다.

〈1967년 8월 16일 수요일 雨, 曇〉(7. 11.)
비 많이 나려 냇물 水量 今年 들어 最大. 越川 不能.

〈1967년 8월 17일 목요일 曇〉(7. 12.)
새벽에 次男 魯紘이 오다. 昨夜 到着될 것이 越川 不能으로 원두막에서 徹夜~ 深夜에 怪漢들에게 苦痛 겪었다는 것. 첫새벽에 消息 듣고 長男 魯井과 無理로 越川코 찾고 보니 大端한 負傷 없어 不幸 中 多幸.
機關長會議에 參席. 今般의 經費 負擔은 本校 責任. 會議 案件, 國旗普及 等 10餘 件. 金溪校의 同窓會 事故 件 等의 不實한 條件 있어 氣分 少.
參男 魯明 任地에서 오다. 俸給에서 5,000원 내어 놓다. 저녁엔 井, 紘, 明, 長女 媛 家族 一同이 將來 家庭建設計劃 等 좋은 問題 가지고 長時間 論議. 內者도 한몫 끼어 고집 主張.

〈1967년 8월 18일 금요일 曇〉(7. 13.)
明日은 母親 生辰~ 井, 紘이 烏山市場에 가 肉類 魚物 等 몇 가지 반찬 材料 사오다. 몇 男妹의 돈 合쳐 誠意 베프니 快.

〈1967년 8월 19일 토요일 曇〉(7. 14.)
새벽에 닭 잡다~ 今日은 母親 生辰(現 年歲 69). 朝食 行事 等을 內者와 長男 魯井에 일러주고 나는 忠州 向發.
恩師 李秉澤 先生님 停年退任 記念行事에 參席코져 中原郡 明西校行. 崔璀顯 氏와 同行. 忠州에서 崔 氏의 長子 宅에서 接待. 崔 氏의 親舊 된다는 李 氏와 初人事 後 李 氏로부터 晝食 接待.
淸州서 忠州까지는 '직행뻐쓰' 忠州서 三灘까지는 列車. 午後 四時 좀 지나서 目的地 到着. 式典은 이미 終了. 李秉澤 先生님은 普通學校 時節 3年間 直接 擔任이신 恩師. 拜謁코 一飮 後 곧 拜退. 三灘驛에서 中原郡 校長團 中 趙校長 許 校長 만나 또 一盃 接待 받다.
車中 疲勞 極甚. 終驛 丁峯 下車 時는 밤 12時 正刻.

〈1967년 8월 20일 일요일 晴〉(7. 15.)
丁峯서 步行으로 歸家. 새벽 세시쯤에 집에 到着. 疲困〃〃.
本家에 가서 昨日 母親 生辰에 朝食 會食치 못한 點 謝過.
妹 二人(桑亭, 虎溪) 저의 媤家로 가다(一週前에 왔다가).

〈1967년 8월 21일 월요일 晴〉(7. 16.)
前日에 갈은 菜蔬밭 아해들이 매다(井, 紘 明이가). 또 왜무우와 서울배추도 播種. 本家의 것도 今日 播種.

〈1967년 8월 22일 화요일 曇〉(7. 17.)
長男 魯井 夏休 마치고 上京코져 早朝 5時에 出發. 오랜만에 今次가 家庭에서 休養한 期間이 가장 長期인 턱.

〈1967년 8월 23일 수요일 晴〉(7. 18.)
參男 魯明이 任地 向發(外沙校).
內者와 함께 入淸~ 魯明 寢具 만들 솜, 소창,

천 購入. 總 2,450원 들다. 井 母 同伴코 明巖藥水湯 다녀오다. 諸 車 時間 事情에 依하여 江西 盤松서부터 집까지 步行. 內外 共히 所持品 重量 相當에 隘路 甚大. 집에 到着하니 밤 12時頃.

〈1967년 8월 24일 목요일 晴〉(7. 19.)
次男 魯絃이 早朝에 任地 向發(靑山校). 今次 夏休 中 十男妹 一席에 모여 友愛 있게 주고받는 이야기, 娛樂으로서 노래 等 夕食 後의 저녁놀이에 꽃을 피워 남들이 부러워하다. 敎大生 魯姬 하나 남고 客地 子息들 다 가다. 저녁 後 한가하고 조용하니 慈味있게 법석대던 子息들 生覺에 섭섭感 不禁. 이제 全員 健康을 빌 뿐.

〈1967년 8월 26일 토요일 晴〉(7. 21.)
今日부터 出勤 執務~ 앞으로 五日間 職員共同硏修. 今日은 科學 作品 製作에 全力. "16種의 곤충의 生態過程" 主로 曺 敎師가 努力.

〈1967년 8월 27일 일요일 晴〉(7. 22.)
前〃任校 '長豊校' 時節의 因緣者 數人에 人事코져 長延面 墻巖里에 가다. 途中에 傀山郡 敎育廳에 들러 舊親 數 名과 修人事. 當郡 科學展市場로 觀覽하다. 李 장학士의 對(待)接도 받고.
台城서 下車 卽時 鄭鳳熙 親舊의 厚待를 받고 墻巖里에 건너가 閔殷植, 閔宰植, 鄭祿永, 車玉珍, 曺圭一을 尋訪 人事하다. 洞里 十餘 名이 會合코 歡迎宴의 形式이 이루어지다.
長豊校 創設 當時의 有功者 曺鳳煥 氏 鬼院를 뵙고 閔 교사와 車 里長과 함께 歡談코 車 氏 宅에서 留하다.

〈1967년 8월 28일 월요일 晴〉(7. 23.)
閔재식 敎師 宅에서 留願키로 朝食만을 甘食하고 學校를 外部만 一巡하고 金한起 氏 宅에 들러 人事. 一飮 後 不忘之人 鄭聖澤 氏 宅을 尋訪하였더니 意外로 不幸한 情事를 듣다. 그 집 두째 令愛의 말에 依하면 忠實했던 泰文 君이 婚談에 落望하여 月前부터 精神異常으로 家內이 極限 不安 中이라 한다. 서울 腦病院에 入院 加療 中이며 家族 全員이 그 곳에 갔다는 것. 惠澤이 많았던 鄭 氏의 苦心不幸한 狀況을 들으매 딱하기 限이 없다. 말하는 鄭桂子의 孝心과 人事 밝고 人情 많은 態度에도 不忘之情이었다.
校洞에 건너가 高永九 氏와 黃貞模 親舊의 親切한 厚待를 받고 淸州 向發하니 下午 2時. 七星서 車中에서 參男 魯明을 意外로 만나 일러줄 몇 마디를 하다. 科展 觀覽次 傀山에 간다는 것이다.
傀山서 下車하여 사진師 全基成을 만나 情盃받고 歡談 後 出發하다. 下午 五時 發 直行뻐쓰. 淸州 着하니 同 六時 半. 映畵 '흙'을 구경하고 아해들과 같이 壽洞서 留하다.

〈1967년 8월 29일 화요일 비, 曇〉(7. 24.)
아침 일찍이 松, 妊, 先 登校. 비가 웬만할 때 女高校에 들러 校監과 相談 後 또 원호청에 들러 姪女 魯先의 就業 件을 關係者와 談話 後, 次女 魯姬의 敎大 登錄金(67年 後期分)을 6,500원 納付코 玉山 着하니 下午 四時. 權殷澤과 沈相祿과 同席 座談. 歸家하니 下午 六時. 校內에선 마침 六學年 父兄會가 끝났을

무렵.

〈1967년 8월 31일 목요일 曇〉(7. 26.)
魯姬도 休暇 마치고 入清. 井 母도 아해들 뒷일 때문에 入清.

〈1967년 9월 1일 금요일 晴〉(7. 27.)
第二學期 始業式. 夏休 中 生活 反省(兒童 全員 無事 多幸, 受講職員 六명 手苦, 家庭不幸 崔陽 教師와 曺 教師, 家庭慶事 張 校監, 八.一五 慶祝 教育長 視察, 五日間의 共同硏修, 當直勤務 無事 其他). 第二學期의 當面 問題(體育會 指導, 環境 整備, 兒童實力 向上).

〈1967년 9월 2일 토요일 晴〉(7. 28.)
援호廳 事務 打合(遺家族) 關係로 面行. 玉山校에도 들러 盧 校長님과 事務 打合(校長團親睦會 件, 面內 各校 운동회 等, 曺 教師 異動希望 等도). 晝食을 厚待 받다.

〈1967년 9월 4일 월요일 晴〉(8. 1.)
役員會 開催~ 體育會 豫算 樹立, 舊 會長 記念品[紀念品] 件.
崔相俊 教師 夫人의 惡輿論 있어 忠告.

〈1967년 9월 5일 화요일 曇〉(8. 2.)
姜永遠 課長 內校 視察~ 學期 初 活動 狀況. 實習地 및 花壇 經營.
烏山에 가서 晝食 待接. 玉山 盧 校長도 招請.
病暇 中인 李敬玉 女教師 六個月 만에 着任~ 임신 中 身病의 因.

〈1967년 9월 8일 금요일 曇, 雨〉(8. 5.)
父親~ 남겨 두었던 벼 8叺 搗精코 販賣次 烏山市場에 搬出.
李敬玉 교사 再療養次 歸家 中 降雨로 歸校.
近日 連續 過飮으로 體質 弱化~ 當分間 謹酒키로 또 銘心.

〈1967년 9월 9일 토요일 晴〉(8. 6.)
學校는 體育會를 앞두고 그 指導에 熱中 中.
分校 鄭愚善 會長 來校 相談~ 教室 增築 問題와 分校 經理問題.
學校일 끝나고 族兄 俊榮 氏와 함께 古羅里行코 權泰駿 祖父喪에 人事.
夜間에 所在 青年 數人이 줄달이기用 '동아줄' 夜深토록 엮어 주어서 感謝.

〈1967년 9월 10일 일요일 雨, 曇〉(8. 7.)
거이 終日토록 勞働~ 울안 除草(舍宅), 김장밭 매기 等으로.

〈1967년 9월 11일 월요일 曇〉(8. 8.)
井 母 꾸민 魯明 寢具 가지고 入清. 2,500원 들여 새로 꾸민 것.

〈1967년 9월 12일 화요일 晴〉(8. 9.)
清州 出張~ 分校會長 鄭愚善과…… 金海泳 管理課長 만나 分校 이야기 後 映畵(修羅門의 血鬪) 觀覽코 食堂에서 夕食. 鄭 會長과 三和旅館에서 同宿. 낮엔 上廳하여 曺 教師의 人事 問題, 本校의 井戶, 便所 改築. 敷地 登記事 等 數 件에 對하여 協議하다.
援護廳에도 들러 魯先의 就業 件에 關하여 當務者들과 相議하다.

〈1967년 9월 15일 금요일 晴〉(8. 12.)
運動會 總演習 後 職員 打合會에서 手苦에 謝意와 當日 行事進行 數 項을 指示.

〈1967년 9월 16일 토요일 晴〉(8. 13.)
數日間 天氣 淸明하여 多幸. 本家나 舍宅이나 大多忙~ 고추 따기, 木花 따기, 참깨 털기, 동부 數種 걷우기, 수수 收穫 等〃.
秋夕用 豆腐 若干 만드시다. 土曜日이라서 姬, 妊, 松 오다. 밤에는 三母女가 송편用 가루 빻다.

〈1967년 9월 17일 일요일 晴〉(8. 14.)
秋夕用 肉類 五 斤 購入. 絃, 明, 振 三人 同行 집에 오다. 그러나 明은 午後 終車로 歸校次 出發하다.
本家 家庭 內外 淸掃~ 特히 거미줄 除去.

〈1967년 9월 18일 월요일 晴〉(8. 15.)
秋夕 名節. 차례 後 省墓. 職場 가진 애들 모두 가다.
明日은 運動會. 日氣 淸明하기를 祈願. 終日 謹酒.

〈1967년 9월 19일 화요일 晴〉(8.16.)
大運動會. 日氣 晴(淸)明. 6-2 崔陽鎬 教師의 指導 "농악놀이"가 特色. 下午 五時에 끝. 白軍 勝. 職員 點心 不待接에 不滿. 疲勞宴 簡素. 夕食 舍宅에서 接待. 崔양 教師 失言으로 某人에 봉변.

〈1967년 9월 21일 목요일 晴〉(8. 18.)
朴貞淳 支署長 轉出에 機關長團 送別宴에 參席. 崔 교사 病勢 惡化.

〈1967년 9월 22일 금요일 曇〉(8. 19.)
權尋福 親喪에 人事. 曺圭弼 教師 轉出에 送別宴 開催.
從兄嫂氏 異常 病患으로 德村 李龍宰 氏에 治療法 問議.

〈1967년 9월 24일 일요일 曇, 晴〉(8. 21.)
먹이던 송아지 賣却次 父親은 鳥致院 가셨으나 賣却 不能.
終日토록 本家 둘레 雜草 刈取에 勞力. 저녁 後 東林峠까지 마중가다.

〈1967년 9월 25일 월요일 晴〉(8. 22.)
품군(勞働人) 一人 本家에 두다. 밭 걷우기 및 七月 末 비려고. 日當 먹이고 150원씩. 事故로 臥病 中이던 崔양호 教師 出校 執務. 德水 鄭鍾潤 役員으로부터 심각한 書信 오기에 理解토록 回答 發送.

〈1967년 9월 26일 화요일 晴〉(8. 23.)
入淸하다~ 職員 後任 件, 建築 促求. 援護廳에 들려 魯先의 就業問題 打合 手續도 完了. 石內科에 들려 井 母 診察~ 神經과 胃 下部 식도가 좁은 듯하다고. 媛의 婚談 件으로 孫氏 家門 問議.
父親 竝川市場 가심에 夜間 出迎하다. 송아지 賣却 不能.

〈1967년 9월 27일 수요일 晴〉(8. 24.)
父親 今日도 송아지 賣却次 淸州 가시다. 夕食 後 玉山까지 出迎터니 父親 日暮 前에 오시다.

송아지(中牛) 44,200원에 파시다.
新任 支署長 李夏榮과 一 盃 交換하다.

〈1967년 9월 28일 목요일 晴〉(8. 25.)
入淸하여 援護廳의 貸付 받았던 債務 完全 整理, 이로서 가장 큰 빚 갚다. 개운한 마음 無比.

〈1967년 9월 30일 토요일 晴, 曇〉(8. 27.)
北二面 大栗里 所在 密直公 齋室 建築 落成式에 父親 가시다.
午前 行事로 終業 後 職員들과 함께 逍風次 扶餘 向發. 鳥致院서 뻐쓰로 公州 經由, 扶餘 著하니 17時 半 되다.

〈1967년 10월 1일 일요일 曇, 晴〉(8. 28.)
부소山 軍倉址를 밟아 百花亭에서 一 盃 하고 고란寺를 거쳐 한참 쉰 後 배 한 척을 貸切하여 時間餘를 白馬江에서 落火된 3000 宮女의 노래를 一同이 부르면서 노닌 後 全員이 無事히 出發. 집에 到着하니 下午 8時쯤.

〈1967년 10월 3일 화요일 晴〉(8. 30.)
檀君 紀元 4300年의 開天節. 學校는 休業. 國旗 揭揚의 督勵.
三從姪女(萬榮 兄 女息) 約婚式 擧行에 參席코 司會.

〈1967년 10월 4일 수요일 晴〉(9. 1.)
教大 安承珏 教授 教育勤續 30周年 記念式에 參席코 祝賀.

〈1967년 10월 5일 목요일 晴〉(9. 2.)
돼지 팔다~ 飼育 七 個月 만에, 19관 斤量. 貫當 550원씩 計 10,450원. 長女 魯媛의 돈으로 사놓은 것. 혼수 마련에 보탠다고 1,300원에 사놓은 것.
去 9月 25日에 勞働人夫 日當 150원씩에 두다. 今日까지 主로 나무 깎기 勞力, 現場에 가 보니 착하게 잘 하는 솜씨인 양. 父親의 老氣力을 덜어드리기 爲한 所持를 生覺할 때 마음 개운.

〈1967년 10월 7일 토요일 晴〉(9. 4.)
全校 逍風에 나는 當直. 東林山 方面. 全員 無事 歸家. 地方人 金 ○○과 崔相俊 교사와 不美한 충돌 事件 發生. 속 무던히 썩이다.

〈1967년 10월 9일 월요일 晴〉(9. 6.)
昨日부터 舍宅 房 修理로 奔忙. 韓花枝, 方 君 오다.
날씨는 繼續 旱魃. 日暮頃 새뱅이 건지다.
어제 內者는 鳥山市場에서 小豚(돼지새끼) 1,600원[20]에 사오다. 잘 먹다

〈1967년 10월 10일 화요일 晴〉(9. 7.)
孫 郎子와 婚談 있던 것 결렬되다. 한편 개운한 마음이다.
去 七日의 不祥事(崔 教師 件) 今夜에서 完全 和親되다.

〈1967년 10월 12일 목요일 曇, 雨〉(9. 9.)
오랜만에 降雨. 旱魃로 김장 菜蔬 生病. 보리 播種 不可能터니 今般 비가 얼마큼 나릴른지.
擔任 事情에 依하여 一學年 두 班 缺員되므로

---

20) 원문에는 붉은색 색연필로 밑줄이 그어져 있다.

오랜만에 合班 受業하다.
집에 둔 勞働夫 힘 있게 일 잘한다고 好評.

〈1967년 10월 14일 토요일 晴〉(9. 11.)
明朝 忠州 行코져 午後에 入淸. 아해들과 同宿 中 參男 魯明 槐山서 오다. 저의 勤務校 校監과 一 盃 했다고.

〈1967년 10월 15일 일요일 晴〉(9. 12.)
早朝 明과 沐浴. '한일라사'에 가 明의 오-바 8,000원에 맞춤.
下午 一時쯤 大召院校 着. 金昌濟 校長님 回甲宴 參席(實은 進甲). 中原郡 교육청 金 課長, 李 奬學士, 安 장학사, 利柳面 池 面長과 同席 歡談. 淸州 着이 下午 七時쯤. 玉山집이란 酒店을 찾아 淸中 林 先生 만나 魯媛 婚談 감간[잠깐] 交話. 받[밤] 늦어 下宿집에서 宿泊.

〈1967년 10월 16일 월요일 晴〉(9. 13.)
새벽 5時 車로 歸家 登校. 張 校監은 濟州島 旅行 中.

〈1967년 10월 18일 수요일 晴〉(9. 15.)
밀갈이 作業에 午前 中 重勞働. 下午엔 玉山 다녀오다. 家庭實習 中.

〈1967년 10월 19일 목요일 晴〉(9. 16.)
感氣 中 今日 10餘 日째. 入淸코 女高 魯姃 校納金 10月分 納付. 大女高 魯先 逍風 旅費 支佛. 淸中 들려 安 校長, 吳 校監에 人事. 魯松 擔任(1-6) 黃 先生에 人事. 林成默 先生 만나 魯媛 婚談 또 交換(淸高 數學 擔當 李 先生이라고). 援護廳 들려 魯先 就業 問題 付託.

〈1967년 10월 20일 금요일 晴〉(9. 17.)
歡喜里 百鹿書院 祭享에 參席. 午後엔 저믈도록 보리갈이 作業.

〈1967년 10월 21일 토요일 晴〉(9. 18.)
長男 魯井 當姪[堂姪] 魯奉에 書信 發送~ 簡閱 點呼 其他 用件으로.
入淸하여 族姪女 炯玉의 結婚式에 參席. 그의 父親(故 厚榮)이 없어 섭섭.
淸中 林 先生 만나 媛의 婚談~ 郎者 李 敎師(淸高)와도 直接 面接.

〈1967년 10월 22일 일요일 晴〉(9. 19.)
家庭實習 最終日. 今秋 따라 最適期에 實施한 듯. 特例로 秋季 天候 晴日 繼續.

〈1967년 10월 23일 월요일 晴〉(9. 20.)
夜間에 父親께 訓戒 받다~ 여럿이 버는 것(收入) 모텨지지 않으니 탈. 늙을수록 勞力 莫甚한 處地. 女息들 修學 不贊. 其他 몇 가지를 不快히 말씀. 玉山市場에 가셨다가 過醉 中인 듯이나 老親으로선 至當한 말씀… 分析하면 모두가 理由 있는 일.

〈1967년 10월 24일 화요일 晴〉(9. 21.)
午前中 本家 外部 淸掃. 午后 잠시 벼 손치다. '유엔데-[21]'.

〈1967년 10월 26일 목요일 晴〉(9. 23.)

---

21) 유엔의 날, 또는 국제연합일(United Nations Day). 1945년 10월 24일, 국제연합이 창설된 것을 기념하는 날로, 한국으로서는 6.25 한국전쟁에 유엔군이 참전한 것을 기념하는 날이기도 하다.

鎭川郡 鎭川面 芝巖里까지 다녀오다~ 郡 교육廳 金海泳 管理課長 親喪에 人事次. 去 21日에 잊었던 眼鏡 찾다(夢斷里).

큰애 魯井이 서울서 아침결에 잠간 다녀가다 ~ 簡閱 點呼에 應코져.

媛의 婚談 淸州 金 氏로부터 黃 氏를 紹介 듣다.

〈1967년 10월 27일 금요일 晴〉(9. 24.)

淸州서 井 母를 만나 簡單한 點心 會食. 井 母는 近者에 消化不良症으로 健康이 非正常. 診察 結果에는 胃 下部口가 좁은 듯하다고.

〈1967년 10월 28일 토요일 晴〉(9. 25.)

金城 四從叔 宅 爲先 事業으로 立石하는 데 人事次 參席. 終了 後 族弟 成榮의 心情 不安한 일 있어 慰勞 慰安에 努力.

〈1967년 10월 29일 일요일 晴〉(9. 26.)

四女 魯杏, 忠北 藝術祭 白日場에 出戰.

今日도 金城 行하여 成榮 및 不快히 한 몇 분과 親和토록 하기에 努力.

〈1967년 10월 30일 월요일 晴〉(9. 27.)

玉山面 內 機關長會議에 參席. 成榮 上京에 丁峯까지 전송.

〈1967년 10월 31일 화요일 晴〉(9. 28.)

벼 打作에 잠간 助力. 많이 났어야 6石 程度일 것. 그나마도 宗土.

李 主任 만나 一席 情盃. 新村 親友 朴鍾海 弟婚에 人事.

〈1967년 11월 1일 수요일 晴〉(9. 29.)

崔 教師 同伴코 虎竹 崔 氏 家에 人事. 鄭 氏 家에도 잠간 尋訪. 招待가 있어 德水行~ 夜間에 歸家.

〈1967년 11월 2일 목요일 晴〉(10. 1.)

打作술 몇 집 다니며 술 마시다. 酒類 各〃이라 몸 고달프도다.

〈1967년 11월 3일 금요일 晴〉(10. 2.)

來訪商人한테 補藥 "四 · 六湯" 한 제에 1,800원에 購入. 井 母 用으로. 胃病으로 오랜 해부터 욕보다. 食事 後마다 위를 문지르다.

國士里 全 氏가 喪事에 人事.

入淸하여 反共講演會에 參席. 場所는 淸原郡廳 會議室.

金六仲 司法事務室에 들려 賣渡한 土地登記 手續에 協助.

〈1967년 11월 6일 월요일 晴〉(10. 5.)

제六學年 模擬考査 實施. 面內 機關長會議에 參席.

〈1967년 11월 8일 수요일 晴〉(10. 7.)

入淸하여 族姪 魯天 妹婚에 參席.

〈1967년 11월 11일 토요일 晴〉(10. 10.)

校長會議에 參席. 淸原郡 教育廳 新築 落成式도 擧行. 盛大하므로 教育界 威力 一部를 은연히 과시. 會議會室에서 祝杯도 有.

泰東館에서 南二校 柳校長님의 回甲宴 招待가 있어 參席.

次男 魯紘(青山校)에게 외투(오-바) 小包로

發送.

〈1967년 11월 12일 일요일 晴〉(10. 11.)
마침 日曜日이어서 時祀에 參與~ 12, 11, 10代祖 祭享.
金城 朴斗浩 氏 回甲에 人事. 三從兄들과 함께.

〈1967년 11월 14일 화요일 晴, 曇, 細雨〉(10. 13.)
北一面 酒中里 當姑母夫[堂姑母夫](故 李自遠) 喪事에 人事. 歸路에 梧東里 妻家에도 잠간 尋訪.
外叔 回甲 膳物도 購入(內衣 덧저고리)

〈1967년 11월 16일 목요일 晴〉(10. 15.)
外叔(泰圭 氏) 回甲에 獻壽. 來賓 接待 後 夜間에 歸校하다.

〈1967년 11월 18일 토요일 晴〉(10. 17.)
內者와 淸州行~ 食糧 및 附食物 若干 가지고. 마침 參男 魯明이 와서 만남~ 아해들과 同宿.

〈1967년 11월 19일 일요일 曇〉(10. 18.)
淸州에서 歸路 中 鳳南校監 李仁魯와 만나 歡談. 媛의 婚談도.

〈1967년 11월 20일 월요일 晴, 曇〉(10. 19.)
玉山校 硏究會에 參席. 終了 後 一杯. 近日 過飮 繼續에 疲勞.

〈1967년 11월 21일 화요일 晴〉(10.20.)
族姪 魯俊(오쟁이) 約婚 四柱에 參席. 三從兄과 金城 다녀오다.

〈1967년 11월 22일 수요일 晴〉(10. 21.)
入淸~ 族弟 澤榮 結婚式에 參席코 家族 代表로 人事. 히아신스禮式場에도 參席~ 親友 李炳赫 女婚.

〈1967년 11월 23일 목요일 晴〉(10. 22.)
放課 後에 數人 職員과 金城行~ 四從叔 漢武氏 子婚 招待. 歸路에 朴相夏 敎師 宅에서 "염소" 고기 待接 받다.

〈1967년 11월 25일 토요일 曇〉(10. 24.)
2, 3日間 謹酒로 몸 輕快. 모든 일 推進에 圓滿. 繼續 謹酒를 다짐.
막동 魯弼(5歲 3月)의 재롱과 말솜씨 기특. 저녁에는 사랑 솥에 불도 때고.

〈1967년 11월 26일 일요일 晴, 曇〉(10. 25.)
마침 日曜日. 郡 兪 課長 子婚에 人事. 井 母도 入淸~ 淸州用 김장 마련해 주다. 모처럼(처음) 姬와 夫婦 같이 映畵 觀覽.
낮에는 媛의 婚談 때문에 社직洞 李亨均 宅을 訪問 後 소생이 尹 氏 宅까지 尋訪코 探問한바 不當한 條件이 있어 포기해 버리다.

〈1967년 11월 27일 월요일 曇〉(10. 26.)
淸州서 아해들과 同宿하고 새벽 5時 半 車로 歸校~ 몹시 캄캄.

〈1967년 11월 28일 화요일 晴〉(10. 27.)
敎大 任員會에 參席. 追加更正豫算 無修正 通過. 然이나 會長에게 事前相議 없다고 會長이 不快感 表示. 裵 敎授와 같이 學校 側을 助言. 學校 側 待接으로 韓一屋에서 全員 夕食. 庶務

課長 更迭되어 任員 側에서 送舊迎新 뜻으로 不老園에서 一杯. 밤 11時 車로 出發.

〈1967년 11월 29일 수요일 晴, 曇〉(10. 28.)
새벽 2時쯤 歸家. 深夜이나 幹部職員 召集코 今日行事 相談. 鄕土學校 建設 狀況 審査次 都教育廳 姜 學務課長 來校~ 더 努力할 餘地 있음을 指摘. 努力 不足임을 反省함이 當然.

〈1967년 11월 30일 목요일 曇, 雪〉(10. 29.)
첫눈(初雪) 나우 나리다. 最初로 난로에 불 넣다.
終日 不快感~ 昨日 午後에 校監, 教務 同伴하여 虎竹分校行. 分校 役員들과 醉中 충돌. 特히 校監이 甚했다는 輿論.

〈1967년 12월 1일 금요일 晴〉(10. 30.)
清州行~ 今日부터 中學 入試. 昨日 若干 降雪이나 날씨 溫和하여 多幸. 舟中, 大成女中, 大成中, 清中을 巡廻.
밤에는 擔任 等 一同 合席하여 不老園에서 慰勞酒 交杯. 下宿屋에서 談話 後 俊 兄과 柳重赫 宅에서 자다.

〈1967년 12월 2일 토요일 晴〉(11. 1.)
午前 中 清州女中과 清原中을 巡廻. 學父兄 數人과 몇 차례 同席 談話코 職員 父兄 함께 下宿屋에서 자다.

〈1967년 12월 3일 일요일 晴〉(11. 2.)
清中 等 몇 校 巡廻코 立酒 二回 後 18時 뻐-쓰로 歸家하니 夜深(夢斷里서도 一杯…… 高敎師 誠意로).

〈1967년 12월 4일 월요일 晴〉(11. 3.)
出張, 出他 職員 有하여 요새 授業 非正常~ 불가피.
姜萬福 친구 집에 人事~ 그 사람 女婚.

〈1967년 12월 5일 화요일 曇〉(11. 4.)
族長 殷鍾 氏 子婚에 人事. 午後엔 虎竹分校 들리다.
鄭 會長 만나 學校 間 및 校監 輿論 不美한 點 打合 成就.

〈1967년 12월 6일 수요일 晴〉(11. 5.)
요새 날씨 쌀쌀. 中學 入試 結果 今日 發表. 本校(金溪校)의 合格 成績 大不良. 믿었던 四女 魯杏이도 不合格. 地方 여론 많을 듯. 後期校 志願節次에 또 奔走.

〈1967년 12월 7일 목요일 曇, 잔눈(小雪)〉(11. 6.)
溫度 몹시 下降~ 0下 5度. 잔눈과 極寒風에 더욱 쌀쌀.
後期校 願書 쓰기에 協助. 杏은 明年에 再入試키로 決定.
家親~ 人夫 시켜 本家에서 舍宅으로 나무 몇 짐 運搬…… 家庭事 깊이 考慮 끝에 運搬을 中止. 魯井 母는 지금도 山에 가서 나무 해 와 뜰에 가득. 越冬 後 本家로 合産 計劃.
絃과 明에로 書信~ 俸給 受領 後 몇 푼 보내라고 連絡…… 年末 整理에 急. 勤務 後 數次例 도움도 받다. 조합 빚, 長利쌀값, 其他로 많이 쫄리는 中.
四距里 朴氏 老人한테 理髮.
宿直室에서 張 校監 다리고 相談~ 入試 不良件. 分校 和合 問題 等.

〈1967년 12월 8일 금요일 晴〉(11. 7.)
虎竹 鄭鎭華 氏 回甲宴 招待 받고 玉山行. 李巡警 만나 宋 간호원 事情 이야기하다. 夢斷里 절 柳在石 妹兄 宅에 들려 明日 行事 相議하다.

〈1967년 12월 9일 토요일 晴〉(11. 8.)
夢斷里 柳莊鉉 婚事에 參席. 上客 格으로 族兄 俊榮 氏 앉다. 主人 格으로 내 앉아 對談 勸酒. 峯店 金東玉 氏 子婚에 人事. 小魯 任國彬에 들려 長女 媛의 婚路 말하다. 歸路 中 安鍾熱 教師 宅에서 厚待 받다. 歡談 後 歸家하니 밤 11時 半頃.

〈1967년 12월 10일 일요일 晴〉(11. 9.)
宗親 爲親稧 하다. 他姓도 3人 끼임. 場所 壁榮 집. 밤 9時에 마침. 稧財 今日 現在 總 34斗 五升(白米 小斗 高峯)

〈1967년 12월 11일 월요일 晴〉(11. 10.)
後期校 入試 後見次 清州行~ 大成中學에서 朴勝權 교사 만나 慰勞.
兵務廳에서 長男 井의 "兵籍確認證" 만들어 서울로 發送.
今 14日에 入隊할 弟 振榮 未到着으로 궁금.

〈1967년 12월 12일 화요일 晴〉(11. 11.)
後期 中學 入試 兒童 보고자 竝川行. 往來 步行 60俚에 疲勞.
夜間에 弟 振榮 오다~ 14日 入隊케 되어 妹弟 朴忠圭 오다.

〈1967년 12월 13일 수요일 晴〉(11. 12.)
朝食 왼 家族 一席에 모여 會食~ 振榮 入隊에 緣戚도 오고.
12時에 振榮이 떠나다…… 父母님의 心胸 괴로워셨으리라~ 17年 前에 큰 아우 云榮의 戰死된 바 있으므로 더욱.

〈1967년 12월 14일 목요일 雪〉(11. 13.)
今日은 同生 振榮의 入隊日. 集結 場所는 忠州工專校. 武運長久를 天地神明께 祈願할 따름.
玉山에 넘어가 盧 校長님과 相議. 江外校長에게도 通話. 清州市內 前期 中學 入試에 問題 누설된 것이 이제서 發覺되어 本校의 억울함이 풀릴른지도~ 再試驗을 要求하는 낙방 父兄 들석들석한다는 것…… 우리도 그냥 있을 수 없지 않은가를 相議. 오늘은 道 教育委員會가 있다는 것. 회의 하회를 于先 보자는 것.
宋 看護員 委託 件으로 잠간 支署에 들려 두 李 巡警에 이야기.

〈1967년 12월 15일 금요일 曇, 晴〉(11. 14.)
昨日의 降雪에 7㎝ 積雪. 早起코 죽가래로 除雪~ 學校에서 本家 入門까지의 길. 집의 마당(안팎). 舍宅 마당도. 今年 冬節 들어 가장 많이 온 셈.

〈1967년 12월 16일 토요일 晴〉(11. 15.)
終業 後 虎竹 鶴松 部落行. 同 洞錢 債務 元利(白米 14말) 5,180원 갚아 四年 만에 完結 지우다. 64年 夏節에 보리쌀 돈으로 3叺代로 7,500원 借用. 때로는 利子만 整理. 어느 해는 元利 一部만을 支拂. 今次 5,180원으로 整理코 總計 놓아 보니 18,800원 償還으로 完結된 셈. 振榮의 教大 一年 在籍 時 二期分 登錄 때

문에 얻은 것.

〈1967년 12월 17일 일요일 晴〉(11. 16.)

玉山 行하여 支署 職員들과 一杯 歡談~ 宋 간호員 過失 事件에 兩便 理解되어 無事함을 請託키로. 배갈 毒酒에 對酒 呼應 難.

四女 魯杏 郡 敎育會 主催 글짓기大會에 나가 當〃 "장원". 女中 入試 不合格은 眞實로 억울한 일.

參男 魯明이 淸州에 와서 淸州 아해들用 食糧, 孔炭[22], 副食物 其他 必要物件 2仟 원 程度 購入 支拂하고 現金도 2,000원 보내오다.

〈1967년 12월 18일 월요일 晴〉(11. 17.)

年末 校長會議에 參席. 一年間의 回顧, 冬季休暇 實施上이 主. 學校 經營에 더욱 充實을 期해야 함을 反省. 入試 成績도 不良.

梧東里로 一金 1,000원 送金. 永丈 小祥에 보태어 쓰라고. 弱少한 金額이어서 未顔. 現 實情 經濟難으로 不得已한 形便.

〈1967년 12월 19일 화요일 晴〉(11. 18.)

松의 校納金 四.四分期 完納.

淸中 安 校長과 淸女中 金 校長 相面. 入試 누설 問題도 相談. 女中 入試했던 杏은 400點 滿點에 355.5라고. 事件은 文敎部 長官 未命令으로 아직 未結末. 父親~ 15,600원에 송아지 사오시다.

給食用 食빵工場에 들려 運賃 打合.

22) '십구공탄'의 준말인 '구공탄'을 가리킨다. 보통 구공탄은 구멍이 뚫린 연탄을 통칭하는 말로 사용된다. '구멍탄'이라고도 일컫는다.

〈1967년 12월 20일 수요일 가끔 雪〉(11. 19.)

晝食時間에 四派宗稧에 參席 見學.

舊 會長 漢弘 氏와 同席코 學校 入試 問題, 部落 舊 里長 負債 問題 等 論議하다~ 다 같이 協助키로.

〈1967년 12월 21일 목요일 曇〉(11. 20.)

心情 괴로워 酒幕에서 濁酒 一杯코 新溪 行하여 老親 前에서 우연 落淚~ 經濟難, 振榮 入隊 等 生覺하고 울적했었던 듯.

〈1967년 12월 22일 금요일 晴, 曇〉(11. 21.)

2, 3日 內 繼續하여 밤새 若干씩 눈 나리어 白世界.

期成會 役員 中 學校 비난 極甚하다는 데 大不安(入試 成績 不良의 原因說이 不美).

臨時職員會를 開催코 冬季休暇 中 生活과 敎職員으로서의 姿勢 確立을 强調. 朴勝 교사와 卞 교사 間의 不和 言辭에 또 不快, 傷心. 自重할 바 많음을 痛嘆. 惡習 除去가 時急.

〈1967년 12월 23일 토요일 曇〉(11. 22.)

校內 不溫과 地方 輿論 沸騰 等으로 安眠 不能. 새벽 2時쯤에 起床코 謀事 積極 任員에 書信 씀. 고민 不禁의 心情 多大. 雪上加霜으로 私的 負債 多額 갚을 곳도 時急.

職員들에게 休暇 中 生活에 忠實을 다하도록 再强調~ 日宿直, 共同硏修, 家庭 訪問코 基礎 調査, 生活記錄簿 整理, 文書 處理.

終業 時엔 兒童에게 三 操心 訓話~ 불 操心, 얼음 操心, 病 操心. 課題 處理도. 諸般 行事 마치고 素麵으로 簡素히 會食하고 濁酒 一杯 나누다.

夢斷里 高寧權 親喪에 人事.

會長 漢虹 氏 尋訪하여 學校 輿論을 正當히 무마토록 當付. 前 里長 舊債 淸算 內容도 問議. 하고픈 이야기 하니 마음 약간 개운.

丈人 小祥에 參與코져 魯井 母親 北一面 梧東里 向發.

五男 魯弼 제 母親 出他했어도 제 누나들과 잘 놀아 多幸이며 神通. 그레도 밤중에 잠 깨더니 칭얼칭얼.

〈1967년 12월 24일 일요일 晴〉(11. 23.)

冬休 第一日 早起하여 큰솥 물 데기에 苦難~ 井 母는 昨日에 梧東里行. 今朝 溫度 0下 10를 더 나린 듯.

昨夜에 計算했던 書類로 宿直室에서 數 時間 동안 再計算과 檢討. 內譯은 大略 다음과 같다.

一. 받아야 할 金額

1. 六六年度 研究費 10,000원 六七年度 10,000원 中 7,000원

2. 〃 辦公費 12,000원 六七 〃 32,000원

3. 〃 旅費 8,000원 六七 〃 8,000원

4. 六五年 以後 公經費 立替分 19,020원(67.12.20 現在)

計 96,020원

二. 갚아야할 金額과 받은 金額

1. 借用金 66年 9,983원, 67年에 9,000원

2. 받은 金額 66年 研究費 10,000원 67年 研究費 7,000원

〃 旅費 3,500원 〃 旅費 3,000원

〃 辦公費 6,000원

3. 갚을 돈(料食代) 公的 經費…… 七個処 15,066원

4. 随時 받았을 金額 65, 66, 67年 合計 約 15,000원 程度

計 78,549원

三. 差額 17,471원(學校로부터 내가 더 받아야 할 돈임)

以上과 如하여 17,000여 원을 더 受領하여야 될 것이나 未支拂分의 外上分치가 거이 그 程度됨에 鑑하여 學校 形便上 이로서 相殺 完結짓기로 合意하였다.

今次 休暇는 日直 勤務를 教務室에 任키로 하다. 今日만은 日直을 날씨와 其他 事情에 依하여 宿直室에서 본다는 것. 崔양 教師가 몸이 不便하다는 것으로 3時間 동안 張 校監과 함께 代直하다.

放學이 되었으므로 或 누구가 아해들 中에 올까하여 공산께까지 마중 갔으나 아니 오다(井, 紘, 明 中).

校監이 來訪하였기 學校 問題, 其他 等 座談하다~ 마침 持參한 소주 조금 있어 알맞게 잘 먹다.

後 明日에는 老親께서 송아지 納還次 芙江을 가신다는데 날씨와 길 때문에 큰 苦生하실 텐데.

月餘 前에 서울 갔던 從兄嫂께서 歸家…… 몇 달 前부터 가믈 쓰는 症勢가 있어 治療次 上京하였던 것. 別無效果인 듯.

新聞에 全國教育監會議 記事[23]를 보고 大略 記述하다.

'明年入試'. 반공, 도덕 比重 크게(主體性, 生産教育 强化)

• 會議 슬로건 '공부하는 學園을 建設하여 近代化를 爲한 人間 教育과 生産하는 教育을 推進하자.'[24]

---

23) 원문에는 붉은색 색연필로 밑줄이 그어져 있다.

24) 원문에는 처음에 적은 큰따옴표를 붉은색 색연필

• 討議事項~ 1. 入試 置重을 止揚한 敎育課程의 正常化, 2. 學生들의 國家觀 및 民族主體性 確立, 3. 科學技術 敎育의 强化, 4. 反共道德敎育의 生活化, 5. 도서벽지( )[25] 敎育의 强化, 6. 農工竝進敎育計劃의 强力推進, 7. 유치원 및 私立 國民校의 正常運營 및 團束 强化, 8. 無許可 副敎材의 使用 禁止.

〈1967년 12월 25일 월요일 晴〉(11. 24.)

丈人 小祥으로 梧東里 다녀오다. 魯井 母는 前日(어제) 왔었다는 것. 저녁 上食 보고 나만은 歸家함. 再從兄 憲榮 氏 오셔 고마웠다.
一家 魯俊 母親 大忌에도 人事.
明日은 父親께서 芙江 가신다기에 防寒靴 一足 사다 드리다. 父親用 마고자(덧저고리) 커서 바꿔드리다. 家庭 침구 홑이불用 소창 五碼 外上으로 얻어옴.

〈1967년 12월 26일 화요일 晴〉(11. 25.)

父親 早朝 芙江 向發. 살짝 쌓인 눈길에 六十里 步行길. 거기에 송아지 몰으시고, 六管區 副司令官으로 在任 中인 陸軍小將 郭哲鍾 氏의 本家까지 가시는 길. 그니들 송아지 먹이다 팔고 大理로 日前에 사온 것. 이 송아지 외에 또 두 바리 있어 同行은 있어 多幸. 午後 六時쯤에 無事 歸家하시다. 歸路에는 車로 오시어 多幸이었다.

〈1967년 12월 27일 수요일 晴〉(11. 26.)

玉山 里洞組合(農協) 崔亨絡 組合長 만나 座談.
族姪 魯豊 喪妻에 人事. 敎人이라서 혼백은 없고.
許 支署長도 만나 里長 집에서 座談.
魯先 就業 問題로 빚 15,000원 얻다.

〈1967년 12월 28일 목요일 晴〉(11. 27.)

入淸하여 援護廳 金 氏와 朴 係長 만나 晝食 같이 하면서 姪女 魯先의 就業 再託. 現金도 15,000원 건느며. 交際費가 所用된다고 數次 要求하기에 極力 周旋한 것. 돈은 들지라도 就業이 된다면 天幸. 一月 末 內로 된다고는 하는데……?
魯井 母親 今日에서야 梧東里에서 오다. 天安 居住인 노정 이모와 같이 淸州까지.
큰애 魯井이도 서울서 오다. 돈 2萬 원 가지고. 哲鍾 氏들 송아지 산 돈 빚 갚게 되어 多幸. 淸州 아해들 煉炭값도 내고. 魯姃의 12月分 敎納金도 整理.

〈1967년 12월 29일 금요일 晴〉(11. 28.)

요새 三日 繼續하여 酷寒. 오늘도 零下 16度 8이라고.
族兄 俊榮 氏 先考 小祥에 人事와 助力. 甚한 추위에 안팎 없이 一大苦生. 밤 지키느라고 큰 苦痛 겪다.
새벽 3時부터 期限附 公文 作成에 큰 隘路~ 손 떨려 글 잘 안 써지고 졸리고 '敎員 勤務成績表'와 勤務評定表' 作成에 무려 四 時間 동안 큰 애 먹다.
큰애가 사온 세-타가 있어 바우기는 했지만 참으로 今般 公文 作成에는 前無後無한 苦難의 經驗이였으리라. 重要文書임에 미리부터

로 다시 한 번 덧칠하여 내용을 강조해 두었다.
25) 원문에 빈 괄호로 남겨져 있다.

研究 作成 못한 것을 後悔. 自我反省 當然히 할 일.

〈1967년 12월 30일 토요일 晴〉(11. 29.)

生日이라고 全 家族 한 자리에서 朝食을 會食. 집에서 친 닭도 잡고 큰애가 사 온 肉類도. 큰 當叔長과 從兄, 再從兄도 招請 會食. 將次 나의 主張일 時는 考慮도 할 일.

玉山 行하여 農協 빚 若干 줄임. 親友 崔 組合長과 李 常務의 厚意에 感謝.

面에서는 里長 뫃여 놓고 忘年會 崔 組合長과 參席코 一杯.

李仁魯 校監 宅을 尋訪. 今日 새벽에 金溪서 오다가 다친 듯. 술 過飮이 原因. 이럴 때마다 謹酒 절실感. 그러잖아도 近者 繼續 過飮에 몸이 非正常인 中.

尹燕洙 檣東 里長 만나 玉山서 金溪까지 同行. 깊은 情談 나누며 將來事도 논의.

次男 魯絃이 靑山서 오다. 저녁엔 職場 經驗談으로 꽃 피우다.

〈1967년 12월 31일 일요일 晴〉(12. 1.)

날씨 많이 풀리다. 큰애 魯井이가 가지고 온 돈으로 빚졌던 송아지 산 돈 15,000원 갚다.

아침 食前에 參男 魯明이 오다. 고기도 사가지고.

송아지 主人 郭哲鍾 氏 來訪하여 父親께 人事하다~ 前般 酷寒日에 遠距離 芙江까지 송아지 몰고 오셨다는 點, 송아지는 크나 적으나 完結 짓기로 하고 此後로도 더욱 彼此 充實을 다하여 因緣 맺자는 것, 金溪里에 還甲 以上된 老人께 待接하려고 濁酒 二斗 今夜에 사 보내겠다는 것 等. 하여튼 송아지 문제가 깨끗이 解決되어 개운하다.

昨日의 生日술 若干 갖다가 張 校監과 俊 兄을 초빙하여 待接하다. 夜間에는 俊榮 兄에 厚意로 待接 받다.

今日은 섣달금음. 丁未年의 마지막 날이다. 一年間을 회고하여 본다.

◎ 1967年 "丁未"年의 回顧記

比較的 年間 날씨 잘 해서 豊年의 해였다. 特히 忠淸道 地方이 豊作이다. 그러나 三南 地方은 前無後無한 旱魃에 罹災民이 많아 全國的 擧族的으로 旱災民 돕기 運動이 일어나기도 했다.

第六代 大統領 選擧와 第七代 國會議員 選擧가 있어 甚한 選擧戰이 벌어졌었다. 民主共和黨과 新民黨의 對決이었다. 大統領에는 共和黨 朴正熙, 新民黨 尹潽善. 選擧 結果 大差로 朴 氏가 當選 就任하였다. 淸原郡 國會議員 立候補로는 共和黨 閔機植, 新民黨 郭義榮. 共和黨의 閔 氏가 亦是 큰 差로 當選 登院하였다. 全國統計로 보면 共和는 100名이 넘고 新民은 30名 以內이다. 그러나 紙上 輿論과 民聲에 依하면 公明選擧가 못 되었다는 것이다. 아직도 選擧事犯 處理가 未決 中에 있다.

職場 內에 있어선 무던히 속 썩이던 해이다. 過飮 醉態가 甚한 職員이 數人 있어서 地方 輿論이 나쁘던 次 中學 入試 成績이 不良했다. 好酒로 因하여 教育에 誠意가 없다는 여론이다. 아직도 원성이 분분한 中이다. 무엇인가 새로이 뜯어 고쳐야만 할 것만 같다. 나 自身도 自省해서 誠意를 더 해야만 할 것을 切實히 느낀다.

家庭 經濟는 좀 나아진 편일까? 土地는 賣却

整理하였지마는 빚(債務)을 많이 갚은 해이다. 큰 덩어리 빚은 거의 整理가 된 셈이다. 그러나 糧食은 繼續 팔아먹어야 하고 돈 써 나가야 할 곳이 무척 많다. 29세의 長男 魯井을 成就시켜야 하고, 26세의 長女 魯媛을 出嫁시킬 일이 急하게 되었다.

苦生 中에도 和氣가 있기는 했다. 長男 井이가 職場을 中等校로 옮기고, 貳男 參男(絃, 明)이 教大를 卒業하고 各己 國民校로 자리를 잡고, 進學兒가 셋이 되어(姬 教大로, 姙 女高로, 松 清中으로) 學業 成績도 괜찮은 편이다. 四女 魯杏은 入試 成績이 不如意는 했으나 對外的 글짓기大會에 나가 道內 또는 郡內에서 優秀賞, 장원賞을 받은 바 있다.

家族狀況
父 67歲
母 69歲
本人 47
內者 48
長男 井 서울 麻浦高校 勤務
次男 絃 沃川 青山國校 勤務
參男 明 傀山 七星 外沙校 勤務
長女 媛 家事 從事 中
次女 姬 清州教大 一年
參女 姙 清女高 一年
四男 松 清中 一年
四女 杏 國民校 六年
五女 運 〃 三年
五男 弼 六歲
姪女 魯先 大成女高 三年
以上

1968년

〈앞표지〉

日記帳

自 1968年(4301) 戊申

至

※ 附 長子 魯井 婚事錄

金溪校 在勤 佳佐校

〈1968년 1월 1일 월요일 晴〉(12. 2.)

새벽 3時에 起床하여 '生活記錄簿' 六卷 檢閱. 새해 아침 1968年(檀紀 4301年) '戊申'年은 밝다. "謹酒勤勉, 至上教育"을 다짐. 家內엔 "和氣造成, 子女成就"를 決意.

新年 祝賀式 擧行 時에 1. 實力向上 2. 心情陶冶 3. 體位向上을 强調(1. 힘껏 공부하여 실력을 높이자 2. 바르고 고운 마음씨를 갖자 3. 튼튼한 몸을 기르자)

漢先 氏 女婚에 人事. 虎竹分校 親睦 擲四[擲柶, 즉 윷놀이] 大會에 잠간 參席 人事.

밤엔 아해들 全員 다리고 家庭 狀況 이야기. 未來事도 相議~ 特히 井의 結婚과 媛의 約婚 問題 熟考. 明朝에 井은 上京한다고.

〈1968년 1월 2일 화요일 晴〉(12. 3.)

登校코 "生活記錄簿" 四卷 檢閱~ 自 10時 至 14時.

郭哲鍾 氏로부터 보내온 濁酒를 우리 집에서 짠지국 끓여 洞里 어른들 待接. 其 分量 金東에 1斗, 金北에 1斗.

長男 井 8時 半에 서울 向發~ 休暇 中 집에서 내쳐 있겠다더니 課外授業 指導에 紹介通知 있다고서…… 經濟難으로 愛家之情인 듯하여 더욱 쓰린 마음 不禁.

夕食 後는 全 教師, 校監, 郭 教務, 族兄 宗榮(桃源校長) 氏 合席 歡談.

井 母 服用코져 購入한 四六湯[1], 午後부터 다리기 始作.

〈1968년 1월 3일 수요일 曇〉(12. 4.)

三從姪女(魯任) 結婚式에 參席. 清州 '히아신스' 禮式場. 葛院校 史 校長 女婚에도 參席 人事. 親知와 歡談 後 밤 늦게서야 歸家.

---

1) 사육탕(四六湯): 사물탕과 육미지황원을 합한 처방으로, 간장과 신장의 기운을 강화시키는 효과가 있다.

今日따라 心情 極히 痛傷. 學校 役員 某로부터 職員 통박코져 任員會를 하자는 것. 理由는 不明하나 入試 成績 不良에서 오는 攻격인 듯. 正當한 內容이라면 逢變을 받을 건 받고 理解시킬 것은 解明할 覺悟. 참으로 유치하고 건방진 일. 될 대로 되라는 마음뿐. 反省할 餘地도 있지만. (昨夜 夢事 再起…… 虎2)

〈1968년 1월 4일 목요일 晴〉(12. 5.)
날씨 확 풀려 겨울 氣分 少.
親族 同甲稧 昌在 집에서 開催. 親睦感 多大. 稧錢 9,000원整 程度.

〈1968년 1월 5일 금요일 晴〉(12. 6.)
門長大夫 '致紹' 氏 別世에 人事. 날씨 繼續 溫和.
部落 出張에서 歸校한 崔 教師와 歡談.

〈1968년 1월 6일 토요일 晴〉(12. 7.)
學校 輿論 先頭者인 鄭 某人 相對하여 解明 納得케 하니 明快.

〈1968년 1월 7일 일요일 晴, 曇〉(12. 8.)
漢秀 祖父 葬禮式에 人事. 큰 妹夫 朴琮圭 오다.
出張 中 輿論 들은 崔양 教師 우연히 校監 夫人과 충돌 말썽에 완화 해명. 崔 教師는 明日부터 長期講習(一正강습), 部落 出張에서 자극 받은 듯.

〈1968년 1월 8일 월요일 晴〉(12. 9.)
族叔 漢授 氏 生辰에 招請 받아 一飮.
玉山市場 盧淳福 氏 回甲 招請에 人事. 金東玉氏 만나서도 一飮.
日前에 青山 갔던 次男 魯紘 歸家. 振榮의 圖書 一部 運搬.

〈1968년 1월 9일 화요일 晴〉(12. 10.)
二日間 쌀쌀하던 날씨 今日은 또 溫和. 再從兄 憲榮 氏 生辰에 招請 받아 朝食 잘 함. 再從兄의 生計 極히 貧寒한 편. 그러해도 誠意껏.
날 푹하여 舍宅 둘레 淸掃와 人糞 處理.
어제 江外 桑亭, 虎溪 갔던 魯明 歸家. 두 妹 다같이 無故하다고.
族長 宗鉉 氏 來訪하여 學校 輿論 件에 對하여 事實的 討論.
女息들(媛, 姬, 妊) 저희 母親과 독우질(절구질)하여 수수팥단지 만들다.
昨日 새벽에 미닫이門 떨어져 콧등을 甚히 다쳐 앓든 魯井 母 差度 있어 多幸.

〈1968년 1월 10일 수요일 晴〉(12. 11.)
帳簿 檢閱~ 虎竹分校 重要帳簿 四卷. 이로서 休暇 重要事業의 하나 完了된 셈.
읽어오던 "새교육" 11月號 20페-지 讀破하여 完讀.
初저녁에 俊榮 兄과 酒幕에서 2時間 程度 情談(家庭事, 私事, 個人關係, 公的인 學校 形便, 部落 問題 等). 部落 問題에는 前 里長 郭魯天의 部落돈用 巨額에 살리기 爲하여 部落에서 펴 물기로 한 것. 그러 可不當의 曰可曰否 말성이 많다.

〈1968년 1월 11일 목요일 晴〉(12. 12.)
玉山 行하여 井 母의 藥 사오다…… 영사, 牛黃淸心丸 돼지 쓸게. 數日 前 장지門에 다쳐

콧등 負傷 當했을 때 驚症이 있는 것 같다 해서.
여러 날 만에 校監 만나 公私談.
從兄嫂氏 神病으로 讀經하기에 深夜까지 큰집에서 留守.

〈1968년 1월 12일 금요일 晴〉(12. 13.)
朝食 張 校監과 會食~ 그의 婦人 出他코 없어서.
卞太洙 교사 叔父喪에 小魯 가서 人事. 任玉彬, 朴魯俊, 金吉鎬로부터 待接 받고 夜間에 歸家. 晝間 午後에 金榮國 教育長 來校 視察하였다는 것. 印象 不快히 갔다 하여 若干 不安.
從兄 宅 讀經에 거이 徹夜.

〈1968년 1월 13일 토요일 晴, 曇〉(12. 14.)
昨日 學校에 다녀간 金 教育長과 趙 奬學士 視察 結果를 日直者인 崔相俊 教師로부터 報告 받다~ 出勤카-드의 未整理, 清掃 不潔, 火氣團束 不徹底, 燃料木 散在 等. 反省 많이 가다.
今夜도 從兄 宅 讀經에 人事次 同席. 밤에는 가랑눈 나리다.
아초에 忠南으로 配定되었던 魯井에 對한 同道 未發令 公告에 忠南 教育監 앞으로 事由 써서 書信 發送하다.

〈1968년 1월 14일 일요일 曇, 雪〉(12. 15.)
눈바람 强하기 드문 날이다. 溫度도 썩 나려 零下 15度.
魯絃, 魯明 學校 볼일 있다고 青山, 外沙로 各己 歸校. 寒波에 욕봤을 것.
從兄 宅 讀經 滿 四日 만에 今日 深夜에 破經. 거의 徹夜하다.

〈1968년 1월 15일 월요일 曇, 晴〉(12. 16.)
俊 兄 宅에서 情談. 藥酒도 一杯.
川內 崔明洛 氏 子婚에 請牒 받아 내안 가서 人事. 新郞은 弟子인 秉灝.
歸途中 德村里 盤谷 鄭海豊 氏 問病~ 氣力은 좋으나 眼盲.
尹啓洙에 賣却土地分 登記手續에 가외돈 2,000원 支佛(저당 말소料, 주소 變更, 其他 二 件 等 包含하여 總 3,600원이라고. 打合 結果 2,000원 부담키로 했던 것)

〈1968년 1월 17일 수요일 晴〉(12. 18.)
近日에 外上 졌던 白米 1叺代 水落[2] 女人 行商人에 支拂(3,650).
井 母用 장농에 장식金속品만 은물칠. 밤엔 天兵 집 독경에 人事 參席.

〈1968년 1월 19일 금요일 晴〉(12. 20.)
上廳코 事務 打合. 奬學士 三人과 夕食 會食~ 去 12日 字 교육長 다녀간 後 人事와 解明할 일 있어. 明日 槐山 갈 豫定으로 淸州서 留.

〈1968년 1월 20일 토요일 晴〉(12. 21.)
槐山 行하여 韓 課長과 李 장학士 만나 人事問題 부탁…… 妹弟 朴琮圭의 郡 間 異動(萬水, 江外). 參男 魯明의 曾坪, 三寶, 道安校로 轉補 等. 食堂에서 晝食 同食. 外沙 李 校長과 廣陣 金 校長 마침 만나 同席.
저녁 車로 墻巖 가서 閔殷植 家에 人事(月前에 그의 母親喪을 當해서). 저녁엔 松洞 鄭聖澤 氏 尋訪하여 人事. 그의 子 泰文 君의 異常

2) 충북 청원군 옥산면 수락리를 가리킨다.

病 있어서.

〈1968년 1월 21일 일요일 晴〉(12. 22.)
朝食은 宋道天 집에서. 歸途에 槐山 廣惠病院 들려 鄭泰文 問病코 慰勞 慰安.
淸州 와서 히아신스 禮式場에 參席~ 恩師 李秉澤 先生님의 次男 結婚.
金 敎育長을 舍宅 訪問하여 人事와 謝過~ 學校 發展 不進, 人的 組織의 弱化, 誤解 가진 몇 父兄의 輿論 沸騰에서 온 일 等.
歸家하여 보니 魯明이도 還家.
井 母 먹던 四六湯 한 제 어제서 끝난 듯.

〈1968년 1월 22일 월요일 晴〉(12. 23.)
學校선 今日부터 共同硏修. 生活記錄簿 정리 잘 하도록 强調.
族弟 應榮 母親喪에 人事. 밤 정가도. 亡人은 父親과 이종 間.
忠南 敎委서 魯井한테 書信. 任用 登錄 手續하라고.

〈1968년 1월 23일 화요일 晴〉(12. 24.)
絃한테서 온 돈 2,000원 찾음.
上廳하여 人事異動 內申 事務 打合. 姜 課長으로부터 金溪校 輿論 피력. 地方人이 登廳하여 몇 가지 不滿 이야기도 한다고. 궁겁기도 하며 不安 不快感 多大. 더욱 學校 經營 잘 하기로 謝過 다짐 . 歸途에 族兄 定榮 氏 同行하느라고 勞役. 滿醉된 분이어서.
德水 鄭鍾潤으로부터 不快 書信 받다.

〈1968년 1월 24일 수요일 晴〉(12. 25.)
井의 書信 받고 感動. 몸 健康을 爲해서 謹酒하라고 忠告. 社會的 地位에도 影響 있다고. 추호도 틀린 말 아님을 痛感. 媛의 婚路도 連絡. 서울市內人으로 仁東 張氏라고. 實은 이곳서도 高勝一 교사가 仲매하는 곳도 서울人. 姓은 全州 李氏라는 것. 이 두 곳 中에서 擇하려고 定心. 井한테로 곳 連絡 내다.

〈1968년 1월 25일 목요일 晴〉(12. 26.)
早朝에 入淸 弔問. 李斗鎬 局長 親喪에 人事.
外六寸妹 朴吉順 1週間 놀더니 去家. 敎大 魯姬와 同班.

〈1968년 1월 26일 금요일 晴〉(12. 27.)
部落 出張 計劃이 不能.
學校 問題 投書 들어가 姜 課長이 來校한다는 消息 듣고 또 不快 不安. 改過遷善의 길로 잡자는 圓滿한 方法도 있을 텐데. 投書 內容은 某 職員이 도박했다는 것이라고. 職員을 緊急 召集하여 待機케. 연이나 來校치 않아서 의아. 요새 같으면 고민의 生活뿐. 寢食이 甚辛. 踏査 對備策에~ 1. 職員을 싹 갈려는 運動…… 其 原因은 入試 成績 不良하다는 것(弱點을 찾고 있다. ① 過飮失手, ② 地方人 勤務 不徹底, ③도박? 學校長의 監督 不充分). 이의 內幕을 可否로 알릴 必要가 있다.

〈1968년 1월 27일 토요일 晴〉(12. 28.)
下午 1時 半까지 課長 오기를 敎務室에서 機待렸으나 아니 와 俊 兄과 함께 部落 出張. 德水 鄭鍾潤을 尋訪하여 兩便 誤解 없이 完全 打合. 설술도 一杯. 歸路 中 水落 李祥均 氏 찾아 學校 輿論 問題 惡化되지 않도록 彼此 다짐. 그 집에서도 一杯 待接 받다.

〈1968년 1월 28일 일요일 晴〉(12. 29.)
市場에 內者가 代理로 다녀오다~ 肉類 其他 物品 購入次…… 本家用 도배紙도.

〈1968년 1월 29일 월요일 晴〉(12. 30.)
간밤 不眠症으로 井母 는 거의 徹夜. 심장 뛰고 머리 무겁고 꿈이 무섭고 혀가 갈라졌다고…… 날이 밝자 德村里 李龍宰 氏 家에 가서 該當 藥 사오다. 잠시는 가라앉는다고. 심장이 弱한 탓이라고. 氣力 不足이면 더욱 甚한 것이라고.
明과 松 다리고 本家 內室 칸 반 도배 반자 作業에 終日 從事.
內者, 媛, 姙~ 설用 떡, 두부, 부치개 等에 多忙. 絃 靑山에서 오다.
養蜂 또 失敗하다~ 통을 열어보니 餓死(凍死?)가 分明한 듯.

〈1968년 1월 30일 화요일 晴〉(1. 1.)
舊正, 차례 後 省墓도. 마침 休暇 中이어서 마음의 餘裕 있게 過歲. 洞里 어른들께 歲拜도. 絃과 明이도 있어 설다웠으나 振榮이가 入隊 中이어서 父母님과 같이 한편은 섭섭.

〈1968년 1월 31일 수요일 晴〉(1. 2.)
絃과 明이 任地로 各〃 출발. 松도 開學되어 入淸. 姙은 아직 休暇 繼續 中이나 松의 朝夕 때문에 같이 入淸. 井 母도 寢具 이고 松과 入淸.
媛의 婚談 있어 午後에 淸州行. 서울人이며 慶州 李氏라고. 職은 現은 敎職.
夜行에 잘못 너머져 입술 다치다.

〈1968년 2월 1일 목요일 晴〉(1. 3.)
開學. 休暇 中 生活 反省과 앞으로의 새 覺悟 갖자고 强調. 身分上의 마음의 傷處 많다고 再反省. 職員들에 떡국과 一杯 待接.
學校의 綜合監査 있을 것이라고 消息 듣고 또 不快, 不安, 傷心 至大.

〈1968년 2월 3일 토요일 晴〉(1. 5.)
入隊 中인 振榮한테 1,000원 送金. 빚으로 걱정 많은 父親 말씀에 가슴 여며짐~ 土地賣却 計劃. 家屋도 明年은 若何히 될른지 모르겠다는 말씀. 餘生 居處도 걱정된다고…….
午後에 玉山校 安鍾烈 교사 人事次 다녀가다.

〈1968년 2월 4일 일요일 晴〉(1. 6.)
입술에 負傷 當한 곳 딱지 앉아 거이 治了. 開學 後 첫 日曜日 終日토록 房 內에서 讀書(主로 "새교육"誌)
江外居住인 再從兄(點榮 氏) 오셔 夕食 同食코 本家에서 同宿.

〈1968년 2월 5일 월요일 曇〉(1. 7.)
立春日. 새벽 放送 듣고 몇 장 써 붙이기로 마음먹고 午後에 다음 것 몇 장 써 붙이다……
立春大吉, 建陽多慶, 和氣自生君子宅, 春滿乾坤福萬家, 堂上父母天年壽, 膝下子孫萬代榮, 掃地黃金出, 開門萬福來, 祝 萬事如意亨通.

〈1968년 2월 7일 수요일 晴〉(1. 9.)
學生 實態 調査 및 鄕土資料 調査 等으로 二, 三日間 職員들 大奔忙. 特히 校監과 硏究主任. 然이나 休暇 中에 할 일을 미루었기 때문. 職員 中 責任分擔을 完遂하지도 못한 탓. 朴某

職員 夜間에 過飮코 또 失言에 不快.
墻東 尹秉雲 親喪에 人事. 歸途에 漢弘 氏 宅 招待 받아 夕食(떡국).
井 母, 아해들 寢具 및 附食物[副食物] 等 가지고 入淸.

〈1968년 2월 8일 목요일 晴〉(1. 10.)
立春까지 지났는데 近日 連日 酷寒. 보리농사에 憂慮.
職員들의 意思 綜合된 條項으로 敎育目標 草案 設定…… 1. 經濟生活 2. 生産增强 3. 健康生活 4. 愛國愛族 5. 基礎學力 確保 6. 勤勞愛好 7.[3] 以上 七 項으로 定하여 풀이하다.
昨日 入淸했던 井 母 歸家.

〈1968년 2월 10일 토요일 晴〉(1. 12.)
第20回 卒業式. 無事 終了. 來賓 數 名 舍宅에서 晝食. 特히 不忘之事는 四女 魯杏이 敎育長賞을 받음과 年中 對外行事에서 作文大會에 出戰하여 五次나 優秀賞을 받은 바 있어 學事報告에서 꽃을 피웠던 點이다. 아깝게도 淸女中 入試에는 不合格이었다.

〈1968년 2월 11일 일요일 晴〉(1. 13.)
몸이 몹시 고달픈 中 三從兄(根榮 氏)께서 江外面 桑亭里 同行키를 要請하기에 다녀오다. 三從姪女 四柱 받아오는 用務로. 歸路 中에는 藥酒도 醉했지만 東林고개가 눈으로 빈판이어서 여러 차례 너머져 발목이 시끈했다.

3) 원문에는 7번 항목을 적을 공간이 비워진 채 남겨져 있다.

〈1968년 2월 14일 수요일 晴〉(1. 16.)
族弟 調榮 妹婚에 人事. 魯天 祖母喪에 人事.
父親과 母親은 어제 江外面 虎溪里 妹家에 가시다.

〈1968년 2월 15일 목요일 晴〉(1. 17.)
魯天 祖母 葬禮式에 前佐洞까지 護喪.
虎竹分校 鄭愚善 會長 來訪. 學校 人事 問題 等 論議.
墻東 尹錫菴 子婚에 招待. 江外 가셨던 父親만은 歸家하시다.

〈1968년 2월 17일 토요일 晴〉(1. 19.)
槐山郡 교육청 李柱燁 장학士에 書信 發送~ 魯明과 朴琮圭 轉勤 依賴로.
入淸하여 郡 敎育廳에 들러 姜 課長과 諸 奬學士와 面談하고 學校 事情 밝히다. 교위 李 學務局長 宅으로 尋訪하여 學校 實情 이야기하다.
長女 魯媛 婚談으로 同仁齒科 趙 醫師와도 歡談. 直接 觀郞까지도. 昌原 黃氏, 29歲, 次男 忠北大 藥學科 出身이라고. 兩 本人과도 잠간 面會. 數日 內로 確言 彼此 있기로. 眞實로 女婚 難임을 느끼다.

〈1968년 2월 18일 일요일 曇, 雪〉(1. 20.)
入淸~七星校 宋錫悔 校監 女婚에 人事 (YMCA 禮式場).
우리 張 校監 만나 醉談 많이 듣다. 去 11日에 젓즐린[접질린] 오른발 아직 不完快~ 요새 淸州 等 몇 차례 往來에 더욱 惡化된 듯.
槐山에서 魯明이 入淸하여 魯妊이 校納金, 白米, 煉炭 等 4,000원쯤 支拂코 다시 歸校. 돈 없어 쩔쩔매던 中 多幸한 일.

〈1968년 2월 20일 화요일 雪, 曇, 晴〉(1. 22.)
昨夜엔 俊 兄과 栢洞 가서 洞民 召集코 反共啓蒙. 夜間 歸路 中 從兄 案內로 從兄 宅 들러 一杯 待接 받다.

〈1968년 2월 22일 목요일 曇, 雪〉(1. 24.)
四, 五日 前부터 때때로 나리는 눈으로 積雪 多分. 今日 晝間부터 나린 눈으로 今冬 들어 積雪 最大. 約 20㎝.
三, 四日 前부터 腦心 莫甚~ 過飮으로 몸이 弱化된데다가 學校 輿論 沸騰, 經濟難으로 姬의 教大 未登錄, 妊의 책代 未納付. 兩편 絶糧. 姪女 魯先의 就業 未發令 等〃으로 傷心. 울울. 沓〃 한 心情 表現 難.
68學年度 第一學年 假入學式에 五男(막동이) 魯弼도 登錄. 4개月 不足.

〈1968년 2월 23일 금요일 曇, 雪, 曇〉(1. 25.)
朝會 및 職員 打合會 後 淸州까지 다녀오다. 姬의 登錄金 마련으로 郡 校長團 親睦會 貸付金에서 와 教育金融團에서 借用키로 交涉. 教大에 들러 姬의 登錄 延期도 交涉. 同仁齒科 趙 醫師 만나 媛의 婚談 이루고, 援호廳과 清一工業社에 들러 姪女 魯先의 就業 件 論議. 妊의 新學年用 책값 整理 畢하고 玉山까지 뻐쓰로 오고. 많이 쌓인 눈길을 걷자니 어렵기 한이 없었다. 天地神明이 도우사 밤 十時에 無事히 집에 到着.
今日 볼일 每事 成就感. 非飮에 마음도 개운.

〈1968년 2월 24일 토요일 晴〉(1. 26.)
數日間 繼續 降雪터니 今日에선 晴天. 積雪로 地上은 銀世界.
運動場 雪景에서 修了式~ 修了證 및 賞狀 授與.
姬, 妊, 松~ 學年 末 放學 되어 歸來家.
今日도 繼續 謹酒하였더니 公私 事務 執行에 順調 進行.

〈1968년 2월 26일 월요일 晴〉(1. 28.)
高勝一 教師 結婚式場에 參席~ 淸州 YMCA 禮式場.
媛의 婚談 있었던 黃氏 家 또 결렬…… 軍 未畢로 미안하다고.
轉勤 消息. 佳佐校라고. 覺悟한 바이나 막상 나고 보니 老親 侍下를 멀리 뜬다는 點 不安 不快. 內者 等과 移舍함도 포기(老親 모시라고).

〈1968년 2월 27일 화요일 晴〉(1. 29.)
어제 왔던 魯明 다시 槐山行~ 明도 槐山郡 內에서 移動 可能視.

〈1968년 2월 28일 수요일 曇, 雨〉(2. 1.)
職員 數人과 함께 南二面 駕馬里 高 教師 집 招待에 가다. 歸路 中 消息에 族兄 俊榮 兄도 轉勤. 小魯校라고. 두 郭만이 無希望인데 異動되어 더욱 不快. 故鄕職員 雜音 많은 탓.
午後부터 비 나리어 쌓였던 눈 거이 녹다. 佳佐 卞 校監 29日에 다녀가다.

〈1968년 3월 1일 금요일 晴〉(2. 3.)
三.一節 第49周年 記念式 擧行~ 轉勤된다지만 式에 最終 參席. 式 後 兒童한테는 離任人事. 族兄 俊榮 氏 만나 彼此 不幸談 座談. 저녁엔 秉鍾 氏 招待에 一杯. 昨日 저녁은 漢世 氏

집에서 夕食.

姬, 妊, 松~放學 마치고 入淸. 明日부터 새 學年으로 登校. 아직 登錄金 못 넣어 걱정 不安中.

〈1968년 3월 2일 토요일 晴〉(2. 4.)

佳佐校로 轉勤됨이 分明하여 發令狀만은 今日 受領. 族兄 俊榮 氏도 小魯校로 轉勤됨으로 告別人事. 人事 紹介하는 張 校監 목이 메어 잘 말 못하고 우리 둘은 더욱 寒心한 人事로 職員들에게 離任 인사하다.

〈1968년 3월 3일 일요일 晴〉(2. 5.)

教大 期成會 監査 行事하다. 電文와 짚車 왔기에 急작이 入淸.

〈1968년 3월 4일 월요일 晴, 曇, 雨〉(2. 6.)

俊 兄 小魯校 赴任에 同行. 教大 理事會에 參席. 監事報告에 너무 簡單하다고 若干 옥신각신. 一同 夕食 '수정'에서 하다. 時間 關係로 淸州서 아해들과 留.

〈1968년 3월 5일 화요일 曇, 晴〉(2. 7.)

魯姬의 登錄 겨우 오늘에서 一段落(6,000원 校長團 親睦會에서 借用. 4,000원은 教育金庫團에서 貸付. 10,650원으로 朝興銀行에 納付. 教科用 圖書代 5,000餘 원만 未解決이나 晝夜 근심 턴 것이 이만치라도 되었으니 머리 개운. 教育廳에도.

저물어서야 歸家~ 從兄 內外분 舍宅에 오셔 家族 同伴코 搬移하기를 勸. 老親 모시랴고 合産토록 豫定한 마음 旣定한 대로 하겠다고 나는 主張. 父母님께도 내 主張을 哀願.

〈1968년 3월 6일 수요일 晴〉(2. 8.)

佳佐校에 赴任. 分校 下 教師 帶同코. 職員들의 勤務 態勢 確立과 室內 整頓에 驚異. 金溪校와 천양지판. 去年度에 研究會가 있기는 했지만. 期成會長 柳在河 氏 終日토록 對話 및 案內에 感謝. 步行으로 往來 測時해 보니 80分 所要. 밤에는 根 兄 宅에 가 婚事 닥쳤음에 人事.

〈1968년 3월 7일 목요일 雨〉(2. 9.)

제2日째 出勤. 가랑비와 普通비가 終日 繼續. 食事處는 同 職員인 金成煥 教師 宅에서 하기로 合意. 前任 校長 楊鍾漢도 來校. 地方有志 및 期成會 役員 約 40名 뫃여 送舊迎新의 宴會가 盛況~ 活發[活潑]한 人士임을 느끼다. 歸路에도 雨中이어서 行步에 時間 걸리다.

歸家해 보니 金溪校 舍宅으로부터 本家로 搬移가 끝나다. 雨中에 兒童 一部와 本洞(新溪) 數人이 큰 욕본 데 對하여 深謝의 뜻 不禁.

〈1968년 3월 8일 금요일 晴〉(2. 10.)

校長會議에 參席~ 新學年度 奬學方針, 教育計劃, 學校運營 等으로 下午 8時쯤에 終會. 一同 "일광"에서 會食. 淸州서 아해들과 留.

〈1968년 3월 9일 토요일 晴〉(2. 11.)

새벽 車로 歸家~ 三從姪女(言年) 婚大禮가 昨日인데 會議 關係로 不參되어 人事. 今朝 11時頃 出發 媤家로 向. 三從兄 根榮 氏 內外 서운하여 落淚함에 慰安. 登校를 포기. 終日토록 接客에 奔忙. 井 母 內室에서 客室로 寢所 移轉~ 老親을 안으로 모신다는 心情에서라고.

〈1968년 3월 10일 일요일 晴〉(2. 12.)
어수선한 이삿짐 中 一部 整頓. 거이 終日 걸리다. 妊과 松이 어제 왔다가 막차로 入淸……. 附食物 等 가지고.

〈1968년 3월 11일 월요일 晴〉(2. 13.)
7時 40分에 出發 登校. 9時에 佳佐校 到着. 全職員 中 2着.
12時 半부터 1時 半까지 校長會議 傳達. 後 3時에 歸家.
前任校(金溪校) 父兄 有志 約 30名 參集코 教務室에서 送舊迎新의 宴會에 參席. 人事에 新(崔) 校長을 贊(迫力, 三代 孝子).
父親~ 돼지울 옮겨 지으시다. 道榮 親忌에 弔問.

〈1968년 3월 12일 화요일 曇, 晴〉(2. 14.)
今日부터 도시락 持參. 約 8*km* 80分 步行 往來 繼續 中. 若干 다리 아픔을 느끼나 本家에 오는 재미로 마음 가든. 多幸히 井 母의 心情이 安着됨과 老親께 奉養 잘 하므로 더욱 福됨을 느끼는 中.
任地에선 午後에 全 교사 案內로 上佳 千氏, 李氏 部落에 人事.

〈1968년 3월 13일 수요일 晴〉(2. 15.)
學校 秩序 나날이 잘 잡혀 快感인 中. 各種 帳簿(獎學指導簿, 期限文書處理簿, 勤務日誌) 作成코 記錄 着手. 今日 持參 도시락에도 一味~ 25年 前 왜정 時에 도시락 맛 보다 今次 처음.
金凍植 教務 案內로 藩川 部落에 數 家戶에 人事次 巡訪.

歸家하니 해는 西山에 걸침. 포도나무와 사과 나무를 손질하고 施肥.

〈1968년 3월 15일 금요일 晴〉(2. 17.)
卞 校監 帶同코 朴自浦(盛才里) 部落과 杜陵里에 人事次 巡訪.

〈1968년 3월 16일 토요일 晴〉(2. 18.)
生活 根據地(地方) 教師 登廳키로 되어 缺員 많으므로 臨時休校.
울안(뒷결)의 포도나무집 만들기에 거이 終日 勞力.
前任校(金溪校) 事務引繼~ 崔 校長과 그 舍宅에서 深夜토록 談話. 魯妊 土曜日이라서 歸家. 큰애, 둘째애(井, 絃)의 長期間 消息 없어 궁금 中.

〈1968년 3월 17일 일요일 晴〉(2. 19.)
봄채소 약간 播種. 井 母는 감자 가지고 淸州行.
虎溪 妹弟 內外 來家. 生男한 어린이 업고. 空氣총으로 참새도 잡고.

〈1968년 3월 18일 월요일 晴〉(2. 20.)
昨日 入淸했던 井 母 歸家. 妹夫 忠圭는 가고.
丈母(井의 外祖母) 모처럼만에 來家~ 財産相續에 井 母 印鑑이 必要하다고. 밤에 닭 잡다.
魯明한테서 4,000원 보내와 淸州 所用 잘 쓰다.
長男 서울 井과 次男 青山 絃의 消息 한동안 없어 궁거운 中.

〈1968년 3월 19일 화요일 曇〉(2. 21.)

井 母가 丈母 모시고 面에 가서 印鑑證明書 等 手續 完了하여 보내 드리다. 昨日 오신 丈母 가시고, 虎溪 작은 妹도 가다. 金榮國 教育長 來校한다는 消息 있더니 日暮 時까지 아니 오다.

〈1968년 3월 20일 수요일 晴〉(2. 22.)

面에 가서 紘의 入營 延기 手續 依賴. 入淸하니 龍頭行 뻐쓰 缺行으로 登校 不能. 杜陵 朴相熙 만나다. 梧倉까지 가서 面, 支署, 우체局, 농협, 公醫, 國民校, 양조장, 新聞支局 等에 尋訪하여 赴任人事. 金 校長과 李 面장한테 待接 받다. 車편 不편하여 도루 入淸하여 아해들 곳에 가서 留.

〈1968년 3월 21일 목요일 晴〉(2. 23.)

새벽 5時 汽車로 丁峯까지. 本家에 와서 朝食하고 登校. 今朝 步行距離 約 40里.

卞 校監 同伴코 藩溪, 栢峴 部落 有志 찾아 人事.

〈1968년 3월 22일 금요일 晴〉(2. 24.)

入淸하여 잔일 보고 時間 되어 '히아신스' 禮式場서 있는 柳重赫 子婚에 人事.

〈1968년 3월 23일 토요일 晴〉(2. 25.)

卞 校監 同伴코 杜陵, 龍頭, 花山 部落에 人事. 화산 吳炳星 집에서 接待 받고 其外 數處에서도. 이 洞里 特히 알 만한 사람 많은 편. 오늘로서 赴任人事 一段落. 歸家行路 經偉[經緯] 未詳~ 취하였었던 듯.

長期間 消息 없어 궁겁던 長男 魯井 오다. 아직 麻高 在任 中.

〈1968년 3월 24일 일요일 晴〉(2. 26.)

울타리 側柏木 손질과 施肥. 호박 구덩이도 팜. 長男 井 14時에 가다(서울로). 現金 11,000원 내어놓고. 結婚은 年末이나 明春에 이루겠다나. 제 女동생 媛부터 求婚하여 여이라고.

〈1968년 3월 25일 월요일 曇〉(2. 27.)

아직도 佳佐校에 步行通勤 中. 自轉車 생각도 나기는 하나…….

前任校(金溪校) 有志 父兄 180名 程度에 人事狀 發送.

先代 山所 사초 作業한다고 집에선 飮食 準備 等에 奔忙~ 27日 豫定.

人事狀 發送한 名單은 다음과 같다.

金溪里~郭根榮, 郭致先, 郭大鍾, 郭殷鍾, 郭漢虹, 郭漢錫, 朴容圭, 趙建行, 郭秉鍾, 郭喆榮, 郭潤道, 郭昇榮, 郭中榮, 郭경榮, 郭夏榮, 郭潤福, 郭漢世, 郭應榮, 郭裕榮, 郭萬榮, 郭致綱, 郭漢壽, 金成植, 郭泰鍾, 郭漢烈, 申泰洙, 郭章榮, 郭漢豪, 郭漢基, 郭潤哲, 郭漢要, 郭邁榮, 郭春榮, 金壽雄, 金相熙, 郭漢雄, 郭漢旦, 郭漢益, 郭漢喆, 郭時榮삼, 李晳均, 郭浩榮, 郭憲榮, 郭魯植, 郭一相, 郭炳殷, 郭潤身, 郭漢政, 郭漢先, 郭秉鍾, 郭漢弘, 郭秉榮, 郭奉榮, 郭魯福, 趙炳學, 金順顯, 姜萬福, 郭範榮, 兪致祥, 金永熙, 郭漢京, 郭時榮栢, 郭相榮, 郭輔榮, 郭潤榮, 郭魯學, 郭日信, 郭漢準, 郭魯益, 郭魯夏, 郭魯豊

東林里~李重珏, 朴鐵圭, 曺益煥, 曺圭喆, 曺圭泰, 郭致巽, 郭致乾, 郭張鉉, 郭泰鉉, 朴魯泰, 朴南圭, 郭漢福, 李重環, 李元模, 李利模, 金鎭國, 朴魯元, 朴魯緖(書), 朴福圭, 郭漢武, 郭漢

斌, 李仁寧, 朴斗浩, 郭漢燮, 郭栽榮, 郭相榮, 郭魯仁, 郭回榮, 李範忽, ?金容基

墻東里~尹錫彰, 尹錫文, 尹啓洙, 尹幸洙, 尹萬洙, 尹秉玉, 尹八洙, 尹斗洙, 尹敎洙, 尹錫云, 尹滿洙, 尹忠洙, 尹燕洙, 尹錫菴, 尹回洙, 尹慣洙, 尹元根, 尹大洙, 尹根世

水落里~李祥均, 李炳熙, 李炳泰, 李宗均, 李永模, 李寬模, 李炳隣, 李炳浩, 李炳厚, 李炳辰, 李炳根, 鄭氣浩, 李炳德, 李元均, 李珌模, 李喆模, 李炳栗, 金鎭斗, 方鍾淳, 鄭憲武, 柳根昌, 柳 , 李 .[4]

德水~鄭鍾潤, 楊月錫, 鄭鐘賢, 鄭憲泰, 楊時鍾, 楊時澤, 鄭憲祥, 朴性烈

樟南里~柳志雄, 李崙鍾, 李炳天, 楊喜榮, 楊鍾壽, 李海成, 徐丙植

虎竹~郭宗鉉, 柳相浩, 柳相儀, 柳學洙, 朴丁淳, 朴正淳, 朴喆淳, 朴鍾辰, 鄭鎭弘, 崔鶴成, 李一鳳, 鄭玉出, 李炳億

玉山所在地~面, 支署, 玉國校, 우체국, 農協, 病院, 消防隊.

〈1968년 3월 27일 수요일 晴〉(2. 29.)

今日도 한결같이 步行通勤. 登校 때마다 始業 前 20分에. 日例 行事로 全 校內를 職朝 前에 巡視. 柳喆相 監事 來校하여 監査 無事 實施.

家庭에선 先代 墓 3장 사초 行事에 집안사람들 안팎 없이 했을 것. 11, 10代祖, 10代祖母 山所 사초에 飮食 一切 작만을 우리 집에서 했고.

〈1968년 3월 28일 목요일 晴〉(2. 30.)

13時 뻐-쓰로 入清 登廳~ 事務 打合 4件. 道敎委 申 奬學士 別世에 弔慰人事. 自轉車 中古나마 사보려고 物索해 봤으나 不成. 저물어서 淸州서 아해들과 留.

〈1968년 3월 29일 금요일 曇, 雨〉(3. 1.)

새벽 5時 汽車로 丁峯 着. 집에 急步로 와서 朝食 後 또 步行으로 出勤. 今朝도 步行距離 18*km*餘 무려 40里 턱.

11時 半부터 期成會 總會. 會長에 花山 李漢求 當選. 前會長 柳在河는 顧問. 68年度 豫算 通過와 철판 購入, 用紙代도 걷자는 것. 敷地 整地作業에 一日間式 出役키로도 決議. 參集人員 男 約 100名, 女 30名쯤. 近年에 처음으로 많이 모였다는 것. 진지한 討議 約 3時間 所要.

歸家 時에 降雨. 金丙翼 敎師로부터 自轉車 빌려 주기에 타 보니 學校에서 집까지 約 40分 所要. 步行時間의 約 半 程度 걸리다.

〈1968년 3월 30일 토요일 晴〉(3. 2.)

前任地 玉山面 內 機關長들로부터 送別宴會 받다. 宴會 後 淸州 行하여 中古 自轉車 5,300원에 購買. 淸州서 아해들과 留.

次男 魯絃이 靑山서 淸州까지 오다. 徵兵檢查 受檢次로.

全 敎師에 決算 要請. (前任校 金溪校 時節의 未盡 條)

〈1968년 3월 31일 일요일 晴〉(3. 3.)

早朝에 絃과 沐浴. 市內서 申鎭石 氏 만나 解腸과 答接.

---

4) 끝의 柳와 李 성을 가진 두 사람의 이름은 적혀 있지 않은 채 빈칸으로 남겨져 있다.

昨日 購入한 自轉車로 歸家. 途中에 李仁魯 校監 宅 들려 談笑 一杯. 玉山校 裵 교사 待接도 받음.

〈1968년 4월 1일 월요일 晴〉(3. 4.)
盛才 朴相浩 氏(舊會長) 回甲 招待에 人事. 朴在淳 氏의 親切 應接에도 感謝. 저물게 歸路에 朴定奎 教師의 厚意, 手苦에 感謝.

〈1968년 4월 2일 화요일 晴〉(3. 5.)
卞 校監 緊急會議에 參席.
家庭에선 再當姪女 結婚式이나 形便上 不參. 重要 學校行事 마치고 北一面 德巖里 行하여 朴勝權 교사 父親 回甲에 人事.

〈1968년 4월 3일 수요일 晴〉(3. 6.)
開校 記念日이어서 學校는 休業. 校監會議 結果로 職員 召集 執務한 듯.
郡 初等教育會 理事會라서 江外校까지 出張. 會議 後 一同 鳥致院 '多情'집에서 晝食.

〈1968년 4월 4일 목요일 晴〉(3. 7.)
金龍植 來校 人事. 舊 會長 柳在河와 三人 合席 飮酒 歡談. 卞 校監 宅도 가서 一杯(明日 爲先 行事로 立石한다고).

〈1968년 4월 5일 금요일 晴〉(3. 8.)
植木日이어서 休校~ 兒童當 5本 以上式 家庭에서 심도록.
울타리 團束 作業으로 終日 努力. 三分의 一程度 推進. 父親께선 보리밭 施肥管理로 極勞力. 弼은 甚한 感氣 中이면서도 學校엔 登校.

〈1968년 4월 6일 토요일 晴〉(3. 9.)
學校 終業되자 13時 半에 出發하여 南一面 里[5] 盧應愚(玉山校長) 先生 回甲 招待에 人事. 歸路에 玉山부터는 自轉車로 19時 半頃 歸家.

〈1968년 4월 7일 일요일 晴, 曇〉(3. 10.)
前佐里 밭 흙 치기에 大勞力. 老親도 人夫 魯植과 함께.
감기로 數日間 熱이 甚하던 魯弼~ 今日은 좀 生氣가 나는 모양.

〈1968년 4월 9일 화요일 雨, 曇〉(3. 12.)
어제 새벽부터 내리는 봄철 부슬비는 去 日曜日에 보리밭 施肥管理를 때맞추어 잘 한 듯 잘도 나렸다. 學校 出勤에 步行 往來하였다.
學校는 今日부터 父兄 動員하여 巨大한 敷地 整地作業으로 大事가 展開되었다. 出役 父兄들의 工事 監督에 餘念 없이 바빴다.

〈1968년 4월 10일 수요일 曇〉(3. 13.)
일머리 잘 알고 工事 推進力이 센 卞 校監이 今日도 有故하여 出役 父兄의 作業 監督에 무척 애먹었다. 今日까지 約 100名의 出役되어 作業 結果는 學校 自然環鏡[自然環境]의 變貌는 놀랠 만치 좋게 되었다. 快感이다.
井 母는 淸州 아해들 食糧 가지고 入淸했다.
弼은 밤에도 참으면서 억제로 자는 모습 신통했다.

〈1968년 4월 13일 토요일 晴〉(3. 16.)

5) 원문에는 '里' 앞에 마을 이름을 적어 넣으려 했던 듯 일정 공간이 빈 채로 남겨져 있다.

媛의 婚談으로 玉山 崔瓘顯 宅에서 서울 金泰敏을 相面. 安東 金, 郞子는 31歲라고. 職業은 實業~ 果樹園 經營, 名은 蘭植. 險은 어려서 彈으로 손가락을 負傷 當했다는 것. 崔瓘顯 氏가 接待에 手苦 많았다.

〈1968년 4월 14일 일요일 晴〉(3. 17.)
崔 校長(金溪)과 張 校監 來訪. 藥酒 一杯씩 交換. 墻東 尹慣洙 招待에 감. 醉氣에 먼저 歸家. 入淸하여 漢圭 氏 親忌에 人事. 歸路에 졸다가 負傷. 콧등을 깨뜨리다.

〈1968년 4월 15일 월요일 晴〉(3. 18.)
過飮과 負傷으로 面目이 없어 주저하다가 勇氣를 내어 客室에서 內室로 들어 人事와 過誤를 빌었다. 父母님께선 夜中내 傷心하셨으리라. 母親의 나믈과 父親의 訓戒에 말없이 빌었다. 面傷과 疲困으로 登校 不能.

〈1968년 4월 16일 화요일 晴〉(3. 19.)
콧등에 빨갛게 (마키롬[머큐로크롬(mercurochrome)]) 藥 바른 채 登校(마스크도 使用). 登校, 下校 時에 몇몇 親知들 만나 또 過飮되어 이래저래 속 썩이던 中이라서인지 歸家 卽時 老親 前에 從兄도 계신데 狂言한 듯(죽어버리겠다는 言辭를 쓴 듯).

〈1968년 4월 17일 수요일 晴〉(3. 20.)
몸 極히 고닮혀 運身 不能. 잠 깨 生覺하니 老親 侍下에 狂症도 이만저만. 老親 前에 謝罪~ 父母님은 無言 許諾. 過飮하지 말라고 從兄은 付託.
玉山 있던 自轉車 金成植이가 가져오다.

〈1968년 4월 19일 금요일 晴〉(3. 22.)
兩親과 內者는 早朝에 柏峴으로 고추 및 메주 방아 또는 木花 타실려고(打棉) 가시는데 登校 길에 나도 한 짐 自轉車에 싣다.
全校 春季逍風. 여기소 앞 廣沙場, 下午 1時까지 守直코 合席. 날씨도 唯甚[愈甚]히 따뜻. 父兄 姉母 約 300名 參集~ 有史 最大인 듯. 酒肴 豊富. 兒童 逍風 行事 完了코 全 職員 逆行하여 내 집까지 全員 集合. 夕食은 素緬으로 濁酒도 1斗 半. 金溪 職員까지 合하여 30餘 名이 興趣 있게 잘 놀아 解散.

〈1968년 4월 24일 수요일 晴〉(3. 27.)
낮 車로 校 前서 淸州 向發. 某 茶房에서 觀郞…… 崔瓘顯 氏 仲媒의 金 君. 4月 13日에 있었던 서울人. 亦是 손가락은 3개가 不完全~ 彈으로 國校 時節에 負傷이라고. 後日 再論키로 하고 分手.
歸路 中 烏山市場서 鄭海天 우체局長, 金溪 崔校長 만나 歡談. 今夜도 空腹 過飮하다. 歸途 中 自轉車와 함께 넘어져 車 故障을 크게 일으키다.

〈1968년 4월 25일 목요일 晴, 曇〉(3. 28.)
몸 고닮혀 今日도 登校 不能~ 學校는 卞 校監 以下 全 職員이 一致團結하여 充實 運營을 함은 多幸이나 責任者 立場에서 良心이 부끄럽다. 이즈음 같이 몸을 害쳐 본 적도 없는 줄 알며 數 次例 覺悟는 했지만 志操가 弱한 탓인지, 그時 그時의 立場의 不可避한 탓인지 참으로 大小의 事故가 잦았다. 盟誓는 못 하나 몸을 爲하여 좀 삼가할 마음 또 생긴다. 콧등은 이제 完全히 낳았다.

〈1968년 4월 26일 금요일 曇〉(3. 29.)
學校에선 奔走한 일을 치렀다. 六學年 三個 班의 硏究授業, 校內 小體育會.
좀 일찍 下校~ 玉山으로 自轉車 고치려고. 途中에 逍風 갔던 金溪校 職員 만나 오래간 시달려 玉山行 不能. 今日 飮酒는 나우 謹酒. 家親은 苗板 作業.

〈1968년 4월 27일 토요일 晴〉(3. 30.)
家親은 從兄과 텃논에 苗板 作業. 母親은 桑亭里 妹家에 가시다~ 甥姪이 물에 떨어져 危急 消息 듣고.

〈1968년 4월 28일 일요일 晴〉(4. 1.)
2, 3日間 謹酒 結果인가 몸이 거뜬. 새벽부터 活動~ 두무샘 밭 둘러보기, 家屋 臨時 울타리 完成(老親 助力 받아서), 새뱅이 잡기 等. 弱體에 강술만이 病이리라.
井 母는 入淸~ 장과 고추장 담기, 魯弼 蟲齒 拔齒……. 막車로 歸家.
토끼 새끼 낳다~ 마리 수는 未詳.
旱魃이 甚하여 밀, 보리에 큰 損失~ 우리 것도 이제까지는 좋았었는데.

〈1968년 4월 29일 월요일 晴〉(4. 2.)
四月 26日에 만든 苗板에 老親께서 食前에 落種.
今日부터 下宿하려고 寢具 佳佐로 運搬(今朝까지는 約 2個月間 通勤…… 1個月은 步行, 1個月은 自轉車)키로 朴殷圭 君을 本家로 보내어 無事히 다녀와 引受. 校長 舍宅 內室 一部를 崔漢權 敎師에게 使用키로 하고 나는 舍郞房[舍廊房] 一間을 使用한다. 食事는 崔 敎師와 同食키로. 單 一人 客地서 寢夜(宿)한 적이 없으랴마는 이불을 갖다가 獨宿하게 되니 이상도 하고 처량도 하다. 傳達夫가 뜨겁게 땐 修理된 새 방에서 쉽사리 잠이 잘 안 왔다. 深夜토록 讀書나 하랴 해도 本家의 궁금症 때문인지 머리에 들어가지 않는다. 힘드리다가 兩親의 安寧을 비롯하여 家族 一同의 無事를 빌면서 이불 속으로 파고들었다.

〈1968년 4월 30일 화요일 晴〉(4. 3.)
東奔西走 校內 諸 行事 監督에 餘念이 없을 지음 藩溪洞 金漢植 氏 來訪. 한참 人事 情談 後 晝食 時間 되어 藥酒 一杯 주기에 모처럼 알맞게 마시다.
今日 밤도 如前히 두견새(서쪽새)는 “서쪽다, 서쪽다” 하고 故鄕 떠나 외로이 누어있는 나의 마음을 더욱 처량하게 만든다. 그리 멀리 떠러져 있는 이곳이 아니었만 數百 里 距離로 떠나온 것만 같고 어른들과 家族 一同이 보고프고나. 막동이 1학년짜리 魯弼이의 노는 모습 선하누나.

〈1968년 5월 1일 수요일 晴〉(4. 4.)
學校가 파한 다음 오후 6時頃에 술 한 병을 사가지고 한숨에 집으로 달려갔다. 多幸이 一同이 無故. 不過 3日 만인데 그렇게도덜 반가운지. 父母님께 拜謁하고 井 母를 찾으니 學校 밭 마늘밭으로 물 주러 갔다는 것. 夕食 後 弼을 안고 한마디.
井 母는 “늙어가며 分離生活이 서럽다는 것. 晩年에 다시 부엌드기 노릇 애처럽다는 것 等 〃” 이야기하며 落淚. 이모저모로 慰安 慰勞와 理解할 만한 이야기로 달래이다. 한밤에 金

溪校 崔相俊 教師가 술 가지고 와서 이야기하며 交杯하고 늦게서 就寢.

〈1968년 5월 3일 금요일 晴〉(4. 6.)

閔 教師로부터 1,000원 借用코 歸家 中 柏峴 가게에 들려 外上값(逍風日 職員 待接用 魚物代) 320원 支拂. 1日에 魯弼이와 約束한 칫솔 사가지고 歸家. 金龍植 家에서 一杯. 今日도 어지간히 過醉. 金현재 君~ 어질病으로 다침.

〈1968년 5월 5일 일요일 晴〉(4. 8.)

어린이날이며 日曜日이어서 休校. 小魯校 勤務 中인 朴仁圭 教師 勤續 10週年(同一校) 記念行事에 參席. 朴 教師는 玉山校에서도 같이 勤務, 小魯에서도 함께 勤務했던 處地. 若干의 記念品 사가지고 가서 贈呈. 祝辭도 하여 칭찬. 行事 끝나고 朴 教師 本家에 가서 盛待 받다.

家庭에선 老親이 人夫 一人 다리고 案山 막돌 10車(牛車) 실어 家庭까지 運搬. 노인은 일하고 젊은이는 놀았고 罪狀도 많지.

〈1968년 5월 8일 수요일 晴〉(4. 11.)

學校에선 어머니날 行事로 簡單한 學藝 發表會와 體育會로 多彩. 마침 郡 教育廳 趙東秀 奬學士 와서 視察. 大稱讚. 學校 經營 郡內 一位라고…… 食事 時 사람 낮춰보지 말라고 농담條로 一針. 金溪서 떠나온 것도 關聯시켜서. 3日 校庭에서 다친(어질病으로 單獨 卒倒) 金현재 君(龍植 子) 집에 登校 中 들려 交談.

〈1968년 5월 9일 목요일 晴〉(4. 12.)

昨日 行事 多彩롭고도 無事히 끝났음을 職員에 칭찬.

몇 親舊 만나 歡談하며 一杯 하였더니 過햇던 모양. 晝食도 夕食도 못한 채 舍宅 내 방에서 世上 모르고 잔 듯.

〈1968년 5월 10일 금요일 晴, 曇〉(4. 13.)

近日 數日間 過飮으로 몸 最下로 弱化된 듯. 起床하니 온몸이 떨려 活動 不可. 數 時間 休息. 食事는 點心때에 겨우 누룽국 一器 억지로 들다. 崔 教師 夫人 誠意에 感謝. 누룽국 먹고 活動 開始~ 執務, 部落 尋訪. 李恩鎬 教師 爲先 事業 立石에 出張 人事.

明日은 金城 東林山 龍子寺에 全 職員 逍風토록 당부.

〈1968년 5월 11일 토요일 曇〉(4. 14.)

內者와 再從兄嫂氏를 點心 準備하라고 午前에 龍子寺로 가게 하다. 全 職員 午前 行事 마치고 男職員 17名 自轉車 部隊로 佳佐에서 本家 金溪까지 無事 到着. 一飮 하고 다시 一同 龍子寺까지 한숨에 가다. 着하니 下午 2時 半. 모두가 땀박아지. 特히 나는 옷 밖까지 땀 차다. 上頂까지 다녀와 點心食事. 날씨는 흐려서 덥지는 않고 山上地帶는 안개가 짙어 선선한 편. 약간 춥기 시작. 안개비도 나리고, 3時間 동안 점잖은 中에 慈味있게 놀다가 山을 나리기 始作했다. 나는 近者에 허약이 繼續되던 中이라서인지 춥고 어지럽고 머리가 무거움을 알면서도 괴롬을 참으면서 끝까지 바웠다. 四距離서 一飮 한 後 또 달려 우리 집까지 와 한잔 더 한 다음 勇敢하게 一同은 出發하였다. 無事하였음을 빌며 一同의 活發하였음을 欽快[欣快]히 生覺한다.

〈1968년 5월 12일 일요일 曇, 가끔 가랑비〉(4. 15.)

어제의 고닲음이 아직 풀리지 않았고 內者는 다리에 알이 배서 죽는소리이다. 이제까지 山에 같은 求景 한번 못해 본 사람으로서 큰 山에 極히 曲한 길을 올라내렸으니 無理가 아니렸다.

老親께선 人夫 하나 다리고 돌(石) 工事를 始作하셨다. 사랑 뜰과 뒤곁 北편 어덕에 돌 쌓기 工事이다. 去 5日에 運搬했던 막돌로 쌓기이다. 終日토록 勞力하여 잘 마치기는 했다. 老母親께서도 돌 運搬에 가즌 욕을 보시고, 난 땀을 온몸에 땀뿍 함빡 적시면서 돌 날르기에 全力을 다했다. 勞力한 보람 있어 完成 後 全體를 바라보니 완고히 잘 된 點에 無限히 상쾌하였다. 70 老親의 敏活한 活躍相과 익으신 솜씨로서 이만치 完工되었음을 當身도 기뻐히 생각하신다.

〈1968년 5월 13일 월요일 晴〉(4. 16.)

비 오기 힘든 해. 2日間 구름만 끼고, 가랑비 조금 나리더니 또다시 晴明[淸明]한 하늘이니 탈이다. 벌서부터 가뭄에 全國은 소란이다. 이미 밀, 보리는 失敗이고.

井 母는 媛의 婚路 關係와 며칠 後에 있을 先祖妣의 제사홍정 若干으로 烏山市場에 다녀오기로 했으니 잘 다녀오겠지…….

登校 途中에 再當叔母 問病(根榮 氏 母親). 年歲 79. 글력 좋으시더니 어제부터 중풍기라고. 나는 3日 後래야 歸家할 豫定.

〈1968년 5월 14일 화요일 晴〉(4. 17.)

佳佐校로 온 제 2個月 半인데 今日 最初로 補充授業 2時間~ 3-2 趙 教師 出張 中이므로. 校監은 工事 監督에 奔走하고. 改正 證明寫眞 撮影.

〈1968년 5월 15일 수요일 晴〉(4. 18.)

"스승의 날" 行事로 처음 待接 받다. 午後 3時부터 學父兄 約 30名 參集하여 職員 一同에게 酒宴(所謂)…… (천렵) 베풀다. 兒童으로부터는 器物 二種 선사받고.

日暮頃 自轉車로 歸家. 先祖妣 忌故 있어서. 집에선 藥用으로 큰 닭 잡아 人蔘 다려서 날 주고. 井 母는 別居와 일 고딈을 한탄하며 不滿.

〈1968년 5월 16일 목요일 晴〉(4. 19.)

昨日 行事에 滿醉된 朴○○ 教師의 失言 件으로 若干 傷心…… 地方 輿論 있어.

酒幕에서 李景宰, 金신원(호경), 吳炳和, 柳濟連 氏 等 만나 彼此 一杯씩 交換.

〈1968년 5월 19일 일요일 曇, 晴〉(4. 22.)

母親 芙江 藥水湯에 洞里 여러 분과 가시더니 無事히 다녀오시다. 旅費로 320원 드리다. 昨日은 金溪校 職員들에 끼어 파락洞에 건너가 잘 놀이 하다.

〈1968년 5월 20일 월요일 晴〉(4. 23.)

校長 研修 講習에 出席. 道內 國民校長 354名 一堂에 모여서 受講. 場所는 舟城國校 講堂. 延 教育監의 教育論이 主. 反共映畵도 觀覽. 終講 後 舊親 李士榮 校長과 交杯 歡談. 淸州 아해들과 同宿.

〈1968년 5월 21일 화요일 晴〉(4. 24.)
講習 二日째. 忠北大學長 李相助 教授의 教職과 忠北人의 進取性[進就性] 開拓論이 主. 校東國校의 示範 授業도 參觀. 終講 後 閔斗植(忠北大 助教授) 君의 招待를 받아 一流料理집에서 夕食 厚待받다.(弟子)

〈1968년 5월 22일 수요일 晴〉(4. 25.)
講習 3日째. 延世大 教育院長 金南洙 教授의 "부루나" 教育論이 主. 教育廳에서 晝食 提供(淸原郡). 受講 테스트 마치고 閉講式.
今日 夕食은 李善, 金大 兩 奬學士 招待하여 同食. 아해들 집에 가보니 井 母 食糧 가지고 오다.

〈1968년 5월 23일 목요일 晴〉(4. 26.)
부탁받은 大成女中 찾다. 俊 兄의 女息 花峯의 成績 차례. 正直한 擔任의 이야기. 援護廳 찾아 姪女 魯先의 就業 問題 打協. 今月 末頃이나 六月 初旬에 체신청 산하로 發令 난다는 것. 教育金融團에 들려 돈 3,000원 借用. 井 母와 晝食 後 歸家. 途中 柳在石(6寸 姉兄) 氏 請託으로 支署 李기선 巡警과 一杯…… 子婦 前事 問題 打合(壯鉉 妻).
밤엔 俊 兄과 金相熙 집에서 交杯 情談.

〈1968년 5월 24일 금요일 晴〉(4. 27.)
老醫師 趙重喆 氏 來校. 兒童 體質檢査. 年齡差異는 有하나 心情 相通되어 慈味. 職員 排球運動 後 金凍植 教師의 待接받고 夕食 缺한 채 곤히 자다…… 食慾 당기나 夜間이라서 崔 教師 夫人 괴로울까봐.

〈1968년 5월 27일 월요일 晴〉(5. 1.)
終業 後 梧倉面 주성里行……. 黃冕秀 教師 先考 大忌에 人事次. 期成會長 李漢求도 同行. 歸路 中 梧倉 들려 會長 接待 받고 피곤하여 오창서 留.

〈1968년 5월 28일 화요일 曇, 晴〉(5. 2.)
朴鍾熙 教師 妹氏 約婚에 參見.(密 朴, 興陽 柳) "聯合體育會日".

〈1968년 5월 29일 수요일 曇〉(5. 3.)
全 職員 함께 內秀 出張~ 午前 中 硏究會…… 道 硏究所 白 所長 講演이 主(부루나 教育論). 午後는 北部地區 學校對抗 排球試合. 熱戰하여 梧倉은 며쳤으나 石城한테 敗.

〈1968년 5월 30일 목요일 晴〉(5. 4.)
閔 教師 집에서 全 職員 點心 接待~ 그의 慈親 回甲이 엇그제. 放課 後엔 黃 教師한테도 接待 받다.
歸家 中 藩溪 金龍植 만나 一杯. 今般은 4日 만에 歸家한 셈.

〈1968년 5월 31일 금요일 晴〉(5. 5.)
午前 中 執務. 金 장학사 와서 在籍과 책걸상 數 調査.
下午 三時에 江外 向發. 西部地區 大會 보고자. 排球는 西部에선 萬水가 優勝했다고. 江外에 到着했을 땐 이미 行事 끝났을 때.
家庭에선 大廳 마루 놓기 工事 着手. 木手는 一家 郭漢基 氏. 材料는 三年 前에 켜온 槐木板.

〈1968년 6월 1일 토요일 曇, 雨, 曇〉(5. 6)

本家에서 自轉車로 入淸. 着하자마자 소낙비 잠시 내리다. 기다리던 비. 연이나 곧 그치어 不足. 各處 모내기도 始作.
金榮國 敎育長의 子婚에 人事. 自轉車로 梧倉을 거쳐 佳佐 着. 金成煥 敎師 先祖妣 大忌에 人事. 本家 着하니 下午 8時.

〈1968년 6월 2일 일요일 晴〉(5. 7.)
마루 工事는 겨우 板 대패질 程度쯤 進展. 淸州서 急報 와서 午前에 入淸~ 長女 魯媛의 婚路에 上面하자는 것. 「忠州 元氏. 31歲. 次子. 韓電 本社 公報室 勤務. 學校는 가위 獨學 程度(苦學)로 大學 卒. 元容殷」. 才能 있어 보이고 普通體格에 예민한 人物. 適合하다고 表明. 姓氏가 희성이라서?가 좀 무얼한 편. ~合意될 듯~
부엌 큰 大門과 사랑마루用 松板 購入 運搬. 한일라사에 들려 쓰봉 再손질. 歸路에 魯松 만나 쌀자루 運搬에 協助. 밤엔 俊 兄과 故 潤龍氏 喪家에 人事.

〈1968년 6월 3일 월요일 晴〉(5. 8.)
放課 後에 卞 校監 宅에 全 職員 가서 못술 먹다~ 今日 모내기 하였다고…….
舍宅 客室에서 잘 때 死體를 본 몹시 개운치 않은 꿈을 꾸다.

〈1968년 6월 4일 화요일 晴〉(5. 9.)
終禮 時에 兒童 夏服(校服)에 對한 眞摯한 協議 끝에 좋은 結末 맺다.
今日은 歸家. 마루 工事 아직 未完. 겨우 大廳 完成 程度. 明日은 사랑 뜰.
伯母 忌祭祀 지내다. 작은 外叔 本家에 와 留…… 困難한 處地 有.
텃논 本자리만은 移秧하다.

〈1968년 6월 5일 수요일 晴〉(5. 10.)
날씨 繼續 旱魃. 各處 물 있는 논만은 모내기에 한창. 저물게 歸家. 大廳 마루 아직 未完成. 今日까지 木手일 꼭 6日.

〈1968년 6월 6일 목요일 晴〉(5. 11.)
第13回 顯忠日. 母親 顯忠日 行事에 參席次 淸州 가시다~ 忠魂塔(淸州 西公園)까지.
魯妊 어제 와서 가는데 채소, 식량 짐 무겁기에 自轉車로 玉山까지 運搬하여 주다. 工事 中이던 대청마루와 사랑마루는 午前 10時쯤에 完工. 槐木板으로 完成. 質이 너무 단단한데다가 서투른 木手여서 거칠게 되었음이 유감. 그러나 이만치라도 宿願이던 大廳마루를 오랜만에 놓았으니 多幸이며 老親께서 기뻐하신다.

〈1968년 6월 7일 금요일 晴〉(5. 12.)
魯井으로부터 長期間 소식 몰라 궁겁더니 書信과 돈표 5,000원 오다.
金溪校에서 勤務턴 弟子 全學根으로부터 江原道 寧越校로 出向했다고 편지 오다.

〈1968년 6월 8일 토요일 晴〉(5. 13.)
下午 4時에 歸家. 老親 두무샘 밭의 참깨밭 매시기에 助力.

〈1968년 6월 9일 일요일 曇, 雨〉(5. 14.)
食前부터 父親과 참깨밭 除草. 쇠비름 쫙 깔리다. 막 다 맬 무렵 단비 나리기 시작. 大鍾 氏

宅과 俊兄 宅 訪問.

〈1968년 6월 10일 월요일 曇, 雨〉(5. 15.)
6-1의 道德 授業. 金福男 氏 宅 招待로 點心 받다.
長男 井이 보낸 돈표, 今日 現金으로 5,000원 찾다. 再當叔 忌祭에 參席 豫定이었으나 雨天으로 歸家 不能.

〈1968년 6월 11일 화요일 曇, 晴〉(5. 16.)
15時 半에 虎竹 向發. 虎竹分校 增築 2個室 求景. 鄭 會長과 高 교사로부터 술 待接 받다. 집에 到着하였을 무렵에는 醉했었다.

〈1968년 6월 12일 수요일 晴〉(5. 17.)
出勤 途中 玉山支署, 農協, 面에 들려 支署에선 井의 兵役 件(完畢), 農協에선 償還措置한 9,000 債金 件, 面에 가선 長子 魯井의 서울로 轉入 手續하는 退去證明書類를 作成했다.
晝食은 同 職員 金成煥 教師 집에서 接待 받다 ~ 金 교사 집 모내기 일로…….
夕食은 집에서 싸 가지고 온 도시락~ 뱃속 不便한데에 날이 더워 변질된 밥이어서 먹기 괴약했으나 가까스로 半쯤 치웠다.

〈1968년 6월 13일 목요일 晴〉(5. 18.)
學區 內 鄕軍 訓練. 晝食時間에 잠간 職員들도. 點心은 金東烈 집.

〈1968년 6월 14일 금요일 晴〉(5. 19.)
朝夕을 柳濟禮(子 致相) 氏 宅에서 待接. 그의 夫人 生辰이라고.
金榮國 教育長 來校 學校狀況 視察. 滿足感인 듯으로 歸廳. 柳在河 氏도 始終 同席 對話. 晝食도 一同 會食.
今日 夕食도 若干 變質된 것의 도시락으로 때우다. 저녁엔 朴鍾熙 교사 請으로 柳濟禮 氏 尋訪코 婚路 決裂 打合에 助言(朴 교사 姪女, 柳 氏의 姪).

〈1968년 6월 15일 토요일 曇, 晴〉(5. 20.)
作業服(軍服) 一着 購入. 歸家하니 下午 4時 半. 老親 참깨밭 中耕 除草 作業하시는 데 助力.
井 母는 女高 魯妊 生活館(清明寮) 生活 終了日 招待로 淸州行.

〈1968년 6월 16일 일요일 晴〉(5. 21.)
老親과 같이 참깨밭 中耕 除草에 終日 勞力.
井 母 歸家. 淸州에 魯明이도 왔었다고. 母親과 井 母 더욱 和愛 和睦되기를 祈願~ 兩便 意志 不合한 內心인 듯. 젊은이가 잘못이겠지.

〈1968년 6월 17일 월요일 曇〉(5. 22.)
큰 當叔主 來家 朝食. 昨日 夕食도.
出校 中 自轉車 故障으로 그대로 끌고 步行 出勤.
俸給 받고 物品代, 酒代 等 不分明한 것 請求 있기에 刺戟받아 지저분한 것 整理키로 무急한 心情.

〈1968년 6월 20일 목요일 晴, 曇, 小雨〉(5. 25.)
11時 半頃 約束대로 母親 모시고 內者 佳佐 오다. '질푼이' 藥水湯 갈려고 學校도 求景하기 兼. 燕岐 再從兄嫂와 이웃 老夫人 한 분도 同伴하여.

家庭實習이라서 집에 있는 運과 弼도 오고. 學校를 求景한 뒤 學校 側 下 校監 周旋으로 菓子, 사이다 待接. 素緬으로 點心食事도. 내가 居處하는 舍宅 사랑방에서 잠시 쉬다가 13時 빼쓰로 '질푼이' 向發. 나는 自轉車에 魯弼이 태워서 가고.
물탕에 到着되었을 때는 바람 불고 가랑비 나리어 썰렁한 편. 한 時間 程度 먹고 씻고, 날씨 關係로 本家 向發. 노필이 태워 歸家하니 비 나우 내리어 步行으로 直行하는 一行을 마중가다가 上虎竹까지 가도 相逢 不能. 閔泳善 氏 英植 氏 迎接 받고 집에 오니 母親과 內者는 이미 歸家.

〈1968년 6월 21일 금요일 晴〉(5. 26.)
비 나려야 할 텐데 今般에도 어제의 가랑비 若干으로 代置하고 마는 듯.
家庭實習이 今明日間. 보리 베기 作業에 조금 助力(뚝너머 밭).
媛은 絃이가 있는 靑山 다녀왔다는 것. 食事는 不充해도 잘 지낸다는 것. 要求하여 現金 2,800원 받았다고.
參男 魯明이 入營令狀 나오다~ 8月 31日에 曾坪 37師團으로.

〈1968년 6월 22일 토요일 晴〉(5. 27.)
玉山 가서 빚 若干 갚다~ 農協, 2個所 酒店에도. 오늘 또 醉하다.
서울 있는 長男 魯井이 오다. 나 있는 佳佐校로 거쳐 왔다고. 淸州서 姙과 松도 오고.
姪女 魯先이 援護廳에서 喜消息. 就業 決定 났다고. 本人 24日에 登廳하라는 書信 接受. 여러 날 前부터 先은 淸州 滯留 中.
醉中이라서 井과 細〃한 이야기 不能. 키우던 큰 닭 한 마리 잡고.

〈1968년 6월 23일 일요일 晴〉(5. 28.)
朝食 後 長男 魯井과 할 이야기 展開~ 媛의 婚路 問題, 제의 現 處地 이야기도 하고. 過飮할 수 없는 나의 體能 이야기도 하고.
井은 現金 壹萬 원 나에게 주다. (有效하게 쓰고자 用心, 覺悟). 井 下午 一時 車로 서울 向發. 姙과 松은 17時에 淸州 向發.

〈1968년 6월 24일 월요일 晴, 曇〉(5. 29.)
어제까지에 전자리밭까지 보리 베기 完了. 老親을 助力하여 勞力한 탓인지 今日은 다리가 땡땡.
終日 外出 않고 校內에서 充實 勤務. 妹夫 朴琮圭 雲巖校 轉勤 왔다는 喜消息 書信 入手. 振榮한테서도 書信 와서 卽時 回答…… 主로 "貸與奬學金 償還猶豫申請"에 對한 것~ 出身校 및 卒業年月日…… 商高 64. 2. 20. 敎大 66. 2. 16. 貸與額 2萬 원. 償還額 65. 1. 1.~67. 11. 30. 35個月分 7,350원(月 210원씩). 償還유예 67. 12. 1.~70. 12. 31. 37個月. 殘額償還方法 71. 1. 1.부터 76. 1. 31.까지 61個月分 12,650원. 當初計劃 65. 1. 1.부터 72. 12. 31.까지 滿 8年 96個月間 월 210원씩. 振榮 軍番 11842133.

〈1968년 6월 25일 화요일 晴〉(5. 30.)
새벽 2時 半에 잠깨어 起床. 井과 情分 있던 金春植 女敎師 앞으로 편지 쓰다. 眞心으로 兩人이 將來를 꿈꾸는 것이면 結婚 速히 하라고. 井의 年齡 30, 金 孃 나이 26. 兩便 다 같이 當

婚年齡, 아니 過年 찼기에.
近日 知覺 없이 過飮한 탓인지 便秘症이 있고 下血이 甚하다. 새로운 生活態度와 物心兩面으로 自覺하여서 몸을 돌봐야겠다고 더욱 느끼다.
忠北大學 閔斗植 敎授 앞으로 謝禮人事 편지 發送~ 恩師의 손목에 時計 없다는 말 日前에 한 일 있더니 엊그제 高級時計(市價 1萬 원 程度)를 사서 淸州 아이들을 通하여 보내왔기에. 참으로 기쁜 일이다.

〈1968년 6월 26일 수요일 晴〉(6. 1.)
昨夕에 다녀간 姪女 魯先의 就業 件으로 午前에 歸家하여 이야기 들은 後 玉山 行하여 先의 戶籍抄本, 身元證明書, 父親과 漢弘 氏의 財産證明, 同 印鑑證明書 作成하다. 族叔 漢弘 氏가 保證人으로 承諾하여 줌에 있어 感謝.
家庭에선 품 3人 사서 보리 打作 마치고. 母親과 井 母는 昨日부터 作業.

〈1968년 6월 27일 목요일 晴〉(6. 2.)
今日도 繼續 先의 件으로 入淸하여 공무員 記錄 카-드, 身元陳述書, 이력 및 身上관계서 等 購入코 記入. 先 만나 市 保健所에 가서 健康診斷書 作成. 원호廳에 들려 人事 後 書類 再確認코 身元保證書 具備.
學校가 궁금하여 丁峯부터 學校까지 自轉車로 出校. 金 敎師 硏究授業하는 데 參觀. 檢討會 마치고 다시 歸家.
막내 弼의 滿 6歲 生日이 어젠데 사탕 하나 못 사다 줘 유감.

〈1968년 6월 28일 금요일 曇〉(6. 3.)
先의 就業書類 갖추어 上京. 鳥致院서 10시 19分發. 서울에 到着하니 下午 1時 半. 물어물어 "서울 체신청" 찾으니 中央우체局 內 三層. 人事課를 찾으니 總務課의 人事係. 係員 만나 말 들으니 원호청 自體대로 督促한 듯. 指名은 當했으니 通知 갈 때만을 기다리는 것. 不得已 別 심명 없이 서울驛으로 向. 下午 3時 半 車 못 타면 今日 中 歸家 不能일 듯. 뛰어가 買票하여 차에 오르니 今時 發車. 날은 덥고 땀은 비오 듯.
鳥致院에 着하니 18時 조금 過針. 夕食하고 忠北線으로 丁峯까지. 自轉車로 歸家하니 疲勞 多大. 當日치기 서울 往復은 어려운 일. 그러나…….
家庭에선 아그배 宗畓에 물 품어 明日 모내기 準備에 老親 過勞. 人事 드리고 就寢. 然이나 發動機 水汲料 때문에 井 母를 나멀. 있는 돈 안 줬기에.

〈1968년 6월 29일 토요일 晴〉(6. 4.)
下校 後 歸家. 아그배논 모내기.[6] 품 3人 사서. 男 200원, 女 150원씩.

〈1968년 6월 30일 일요일 晴〉(6. 5.)
旱魃 繼續. 各種 作物 모두 타고. 심은 논들 말라붙고.
老兩親 밀 베시기에 勞力하시기 過. 끝까지 助力.
家庭的 內部 不圓滿에 近日 繼續 苦悶[苦悶].
佳佐校 金 敎師, 閔 敎師, 朴 氏 엽총 가지고 뜸부기 잡으러 金溪까지 오다. 點心 待接. 藥

6) 원문에는 붉은색 색연필로 밑줄이 그어져 있다.

酒도 一杯.

〈1968년 7월 2일 화요일 晴〉(6. 7.)

아침결에 再當姪 魯旭 佳佐校 舍宅까지 急來. 姪女 魯先의 就業希望 與否 書類 提出하라고 서울 체신청에서 기별 왔기로.

〈1968년 7월 3일 수요일 晴, 曇, 雨, 曇〉(6. 8.)

井 母와 함께 玉山市場行. 나는 登記로 姪女 魯先의 就業希望 書類 發送이 主. 井 母는 장 보러. 中間에 비 나려 李仁魯 先生 宅에서 쉬다가 點心까지 얻고.

비 나림을 極히 바라던 中 나려 多幸. 그러나 가든한 쏘나기 程度.

夕食 後 父母님께 訓戒 받다. 夫婦 다 같이 걱정 받다…… 圓滿치 못하다는 것이 焦點. 井 母 正直하게 實討[實吐]하나 자식 된 道理로 빌어야 할 것임. 超過大는 아니나 現 平生 中 처음 第一이었다.

〈1968년 7월 4일 목요일 晴〉(6. 9.)

家庭에서 出發 當時 父母님께 慰勞 慰安 人事. 昨夜 事件 後 父母子息 間 不安. 생각하면 內者도 一片 딱하며 안 된 마음 濃厚. 마음 삭갈려 親舊들과 過飮.

〈1968년 7월 5일 금요일 曇, 晴〉(6. 10.)

學校 마칠 무렵 井 母 한 봇짐 싸가지고 막동 魯弼 다리고 來 佳佐. 簡便 移舍 心情으로. 울며 호소. 어른들께서도 어리고 젊은 者를 달래야 할 터인데……. 몹시 不安〃〃. 긴 한숨만 나올 뿐. 井 母와 같이 落淚. 明日 歸家하겠다고 內者도 수긍. 참으로 꼴 안 된 이 情狀. 6세짜리 꼬마 魯弼이 무거운 가방 메고 제 母親 따라온 것 생각하니……. 魯運, 魯杏 하룻밤 사이라도 엄마 부를까, 魯弼 부를까 생각사록 가슴이 미어지는 듯. 夫婦 間 바라보며 눈물만 더럭더럭 흘릴 뿐. 하여間 明日 歸家해야 한다고 圓滿 合意.

〈1968년 7월 6일 토요일 晴〉(6. 11.)

엊저녁과 아침 남비밥 지어먹고. 卞 校監과 여러 職員, 內者더러 移舍 오라고 人事. 魯弼을 귀어워하며.

歸家 中 봇들 部落 韓基洙 副會長 宅 들려 (5, 6名 職員과) 복숭아 多量 먹고 또 선물로도, 家釀소주도.

自轉車에 짐 싣고 弼 가방 달고 井 母, 魯弼 부지런히 걷고…… 집에 일직 도착. 內外 다 같이 父母님께 人事. 別 變함 無한 것으로 묵묵通過.

〈1968년 7월 7일 일요일 曇〉(6. 12.)

울안 全體의 淸掃 除草. 豚舍 외양도 치고, 텃밭 除草도. 人糞도 푸고, 호박구덩이와 뚝 밑 감나무 苗에 除草 施肥 等 끝나니 日暮.

四男 魯松(淸中 2年) 附食物 等 한 짐 지고 入淸.

作業 마치고 弼과 냇가(물 가므러서 少量)에서 沐浴. 近日 魯弼은 귀엽게 까브름이 벗적 甚. 對答 잘 하고 심부름 잘 하고 공부도 잘 하나 때때로 어깃장 피우기가 일수. 入學한 제 4個月이나 한글 解得에 신통.

家親 前佐洞 밭 매시기에 終日 努力(勞力).

晝食時間엔 井 母와 合力하여 精麥도 完了(보리 2叺). 漢先 氏 방앗간.

한밤에 金溪校 朴勝權, 朴性奭 教師 술 가지고 來訪. 잠시 이야기하고 作別.

〈1968년 7월 8일 월요일 曇, 雨, 曇〉(6. 13.)
새벽 2時에 起床. '새교육' 藏書狀況 根據 뽑기에 徹夜~ 通卷 164호 中 93冊 保有.
晝間부터 비 나리기에 多幸스러웠으나 저녁에 이르러 또 시원치 않을 程度.
집에선 家庭 安定코져 井 母가 기다릴 줄 알면서도 不得已 舍宅에서 留.
金成煥 教師 宅에서 農酒 있다고 一杯 接待에 應.

〈1968년 7월 9일 화요일 曇〉(6. 14.)
"새교육" 藏書家 찾기에 應코져 根據 整理하여 發送.
校庭에서 地方 鄕軍訓練 있고 教職員도 一時 受訓.
晝食은 金光洙 支署長과 함께 所在 金東根 집에서.
六學年 모의考査 出題(反共道德)에 4時間 所用.

〈1968년 7월 11일 목요일 晴〉(6. 16.)
校長會議에 參席. 主로 夏季休暇에 關한 事項. 今日會議는 意外 早機[早期] 終了~ 12時 半. 晝食하니 13時 半. 歸路 中 梧倉 金 校長과 彼此 一杯式 交杯.
洗濯 부탁했던 春秋服 찾다. 料金 180원, 짜집기 100원 되어 280원.

〈1968년 7월 13일 토요일 曇, 雨〉(6. 18.)
三從兄弟(根, 萬) 學校에 들이시다. 마침 柳제성 氏 宅에서 待接.
米院面 鍾巖校 申東元 校監 來訪~ 學校 求景하겠다고 職員 다리고. 點心 簡單히 待接 後 作別~ 申 校監은 內秀校 時節의 因緣 깊은 處地.
6-2 擔任 朴定奎 教師 親喪에 人事.

〈1968년 7월 14일 일요일 曇, 雨〉(6. 19.)
朴定奎 교사宅 今日도 人事. 明日이 葬禮라고.
歸家 中 비 좀 맞다. 農家에선 鶴首苦待하던 비. 白畓 所有者들 오죽이나 좋아할까. 今年따라 長期 旱魃에 샘 파고 냇골 파도 웬만한 곳은 바닥에 엉그럼 甚.

〈1968년 7월 15일 월요일 曇〉(6. 20.)
柏峴 朴 교사 親喪 葬禮에 參席 人事. 비 안 나려 葬禮 行事에는 多幸. 비도 올 만치 나린 듯. 못 심는 논 없을 듯. 學校 모내기도 今日 施行하라고 指示. 明日부터 3日間 家庭實習키로.

〈1968년 7월 16일 화요일 雨〉(6. 21.)
今日 降雨 甚. 天水川 越川 不能. 各處마다 비 맞으며 일.
아그배 宗畓 물고 터져서 老親과 復舊工事에 勞力. 냇물은 개웅찬 洪水. 경사(傾斜)畓은 물고가 小폭포를 연상. 아해들과 한가人들은 물고에서 생선잡기로 북새. 사람마다 한 바께쓰의 말. 午後에 나도 한 사발(미꾸리). 今日부터 學校는 家庭實習.

〈1968년 7월 17일 수요일 曇〉(6. 22.)
魯姬 放學 되어 엊그제 오다. 姪女 魯先도 滯家 中. 별일 않고 散遊. 家親은 텃밭 갈기를 비

롯한 잔일로 勞力. 母親은 "칡" 끓으시기로 消日. 나는 집 둘레 雜草 뽑기에 거의 해 넘기다. 母親의 特性에 不圓滿 中. 井 母도 짜증과 不安 中. 井 母도 一部 責任져야 할 일. 舍弟, 姪女, 몇 애의 不充實에서 生因. 이 모두를 바로 잡지 못하는 이내 마음 가련…… 안타갑기 짝이 없는 일. 父親도 若干 기우러지신 樣이나 그레도 家親만치 너그러운 분 없을 터. 中間에선 姪女의 行動이 좋아야 할 일. 母親도 魯先을 잘 보셔야 할 일. 우리 敎師들도 偏見偏愛함이 病이라고 하잖은가……. 눈치 보아가며 老親들에게 慰勞慰安과 內者를 달래가며 지내자니 가슴만 畓〃, 마음만 不安. 꿈꾸던 合産樂園이 오래 못갈 듯. 長子 井은 建設的인 開化된 말로 제의 祖父母께 進言했다고 老親들 不快 表示. 냉가슴 앓덧 더 努力해 볼 일.

〈1968년 7월 18일 목요일 曇, 雨, 曇〉(6. 23.)
學校 궁금하여 나가다. 今日까지 休業(家庭實習). 登校길에 삼발내 건늘 때 깊은 곳은 허리. 그레도 昨日에 比하여 相當히 減水. 登校길에 아직도 들에선 모내기 일에 곳곳서 大奔忙.
5-3 擔任 金丙翼 敎師 慈堂 回甲 招待에 人事次 天原郡 東面 花德里 '花淸'까지 갔다 오다.
꿈도 기묘하게 꾸었다. '사나운 범 둘이 서로 싸우는 것 같기도 하다가 나한테 달려 붙을려 할 때 범끼리 사와[사화,私和]가 되었다 하며 안심하라는 힌뜨를 주면서 사라졌다.'

〈1968년 7월 21일 일요일 晴〉(6. 26.)
夢斷里 高速道路 着工. 軍 工兵隊가. 軍裝備 重機로서 믿음직한 着工의 感.
玉山까지 用務 있어 갔다가 歸路 中 잘못하여 右足 발목을 甚히 다치다. (삐었는지 折骨인지, 骨線傷인지 궁금.)

〈1968년 7월 22일 월요일 晴〉(6. 27.)
잠자고 나니 발목은 더 붓고 若干 痛症도 加. 登校 不能. 學年 中 前學期 末인데.

〈1968년 7월 23일 화요일 晴〉(6. 28.)
夢斷里 성덕寺 옆에 사는 李 氏 老人한테 발목에 침 맞다.
井 母 登校 不能의 實情 알리려고 佳佐行.

〈1968년 7월 24일 수요일 晴〉(6. 29.)
삔 발목은 더욱 붓고 鑛物質인 '산골'[7]도 服用. 一家 몇 분들 問病次 來訪~ 三從兄弟분, 俊榮 氏, 大鍾 氏, 漢弘 氏. 明日이 學校 終業式인데…… 걱정이 이만저만이 아니다.

〈1968년 7월 25일 목요일 晴, 曇〉(7. 1.)
今日서는 발목 若干 差度 있는 듯하나 아직 行步 不能. 지팡이 집고 한참 만에 一步式 便所 出入 程度.
人事次 來訪人~ 金相熙, 張基東 校監, 朴勝權 교사, 朴相夏 敎師, 漢先 氏, 春榮 氏, 夏榮 氏, 漢喆 氏, 允相, 武相, 秉榮, 再從兄.
井 母 淸州 다녀오다~ 媛의 稧 이불 찾아오다.

〈1968년 7월 26일 금요일 晴, 曇〉(7. 2.)
今朝도 산골 먹다. 連 三日째. 差度 別無. 老母

---

7) 이황화 철, 산화철을 주성분으로 하는 황화 철강. 구리가 나는 곳에서 나는 푸른빛을 띤 누런색의 쇠붙이로, 접골 약으로 쓴다.

께서 주선하신 '두꺼비풀'[8] 짓쪄 부치다. 午後엔 지자떡[9]도 해 부치고.

放學하고 四男 魯松 오다~ 淸中 2年. 班 成績 4次. 平均 80點.

老親은 품 하나 사서 논 뜯으시다.

〈1968년 7월 27일 토요일 曇〉(7. 3.)

발목의 지자떡 떼니 푸른색 짙으며 시군氣 그턱~ 別無神通.

來訪者~ 佑榮, 趙炳學 氏, 金相熙 妻, 宋漢子 교사, 宋 간호원(慰問品 가지고), 漢雄 氏.

〈1968년 7월 28일 일요일 曇〉(7. 4.)

지자떡 2日間 부쳤으나 아픔과 부기는 如前. 지금도 간신히 便所 出入 程度. 學校 못 나가 궁겁기 無限. 今日은 술찌김[술지게미] 부쳐 보다.

外沙校 參男 魯明 오다. 淸州 있던 長女 媛도.

自轉車 타기 배우려던 魯松~ 今日서 몇 바퀴씩 구르기 시작.

〈1968년 7월 29일 월요일 晴〉(7. 5.)

발목 別無差度. 궁금하여 出校~ 夢斷里까지 魯明이가 自轉車로, 마이크로로 淸州까지, 佳佐까지는 빠-쓰로. 學校 無故하여 多幸. 金凍植 教務 집에서 點心. 柳在河 氏는 "찬물에 담궈 熱을 식히라"고 권고.

傳達夫 朴殷圭 君과 崔漢權 교사가 自轉車로 집까지 運身. 오던 次 卽時 찬물에 담굼.

母親과 井 母 사이 氣分 완화에 喜益喜. 終末 이렇기를 願又願.

〈1968년 7월 30일 화요일 晴, 曇〉(7. 6.)

발목 좀 부드러운 気 있는 듯. 그러나 아직 行步 不完全.

큰 堂叔 오시다.

丁峯駅 건널목에서 車 事故 発生했다고(汽車와 빠쓰 충돌). 1名 即死, 6名 重傷이라고. 危険〃〃.

伯父 忌祭에 발목 아파도 参礼.

〈1968년 7월 31일 목요일 晴, 曇〉(7. 7.)

今日 七夕. 백중도. 七夕行事 求景次 夢斷里 聖德寺에 井 母 다녀오다. 발목은 큰 差度는 無하나 부드러운 氣 昨日와 同一. 治療는 찬물에 담구는 程度(濕布의 理). 明 淸州行.

〈1968년 8월 1일 목요일 晴〉(7. 8.)

老母 두부(豆腐) 하시느라고 流汗. 井 母는 明朝用 반찬 準備에 奔走. 虎溪 妹弟(朴忠圭) 夫婦 오다. 밤 깊어서 長男 魯井이도 서울서 오다.

〈1968년 8월 2일 금요일 晴〉(7. 9.)

父親 生辰. 68年歲. 朝食에 집안 食口 會食. 晝間엔 洞里 老人들 招待하여 藥酒 待接.

三從兄 萬榮 氏 酒幕에서 飮酒 後 잠자다 絶命. 突然事에 一同 경악. 酒因임을 生覺하니 너나없이 酒客들은 큰 탈. 謹酒가 그렇게도 어려운지. 허무하다. 착하시던 兄이었건만. 기어

---

8) '곰보배추'를 충청도 지방에서 부르는 말. 곰보배추는 타박상에 짓찧어 붙이면 효과가 있다 한다.

9) '치자떡'을 가리키는 것으로 보인다. 민간에서는 마른 치자를 물에 담가 우러나온 물로 밀가루 반죽을 한 치자떡을 타박상 부위에 붙이면 멍이 쉽게 빠진다는 설이 있다.

히 가시었다. 고히 잘 잠드시라…….

〈1968년 8월 3일 토요일 晴〉(7. 10.)
어제 事件에 쎄우쳤더니 발목 나우 아프다.

〈1968년 8월 4일 일요일 晴〉(7. 11.)
突然 別世한 萬榮 兄님 葬禮式. 발목 아파서 葬地行 不能.

〈1968년 8월 5일 월요일 晴〉(7. 12.)
卞 校監과 金東 教務 來訪~ 酒類 等 持參코. 뜨거운 날 가느라고 욕봤을 터.
井, 松, 弼 데리고 들에 나가 생선 잡아오다. (相當量)
妊 淸州서 오다.

〈1968년 8월 6일 화요일 曇〉(7. 13.)
三從兄 삼우제에 參禮.
明日 行事(母親 七순)用 반찬 等 飮食 만들기에 안에선 終日토록 奔忙. 발목은 昨日부터 '파스' 부치나 別無差度.
井과 井母 明日用 食料品 사러 玉山까지 다녀오다.

〈1968년 8월 7일 수요일 晴, 曇〉(7. 14.)
母親 生辰. 70年歲. 洞里분들에 朝食 待接. 晝間엔 金東 老人 몇 분과 金溪校 職員 몇 사람 招請하여 接待.
父親과 큰 堂叔은 南一面 平村行……(當고모 甲年).
佳佐校 朴 君 旅行 旅費로 다녀가다.
族弟 壁榮 親喪에 人事. 爲親稧員 立場에서 深夜토록 行事 助力. 訃書 쓰기에 거이 徹夜.

〈1968년 8월 8일 목요일 雨, 曇〉(7. 15.)
郡內 校長團 學事視察 旅行에 向發. 발목 아직 그턱. 雨中에 비 맞으며 長子 井이가 自轉車로 玉山까지 태워 安着. 마이크로로 淸州까지 8時 20 着. 鳥致院서 金外科病院 들려 발목 診察. 쉬면 낳겠다고.
旅行 目的地는 濟州道. 步行 機會는 極少이니 同行하자는 同僚 勸告에 出發키로 決意. 11時 4分 特急 '태극호'로 鳥致院 發. 12時에 西大田 着. 出發하자 點心. 論山, 江景의 廣野, 가므렀다 해도 모 잘 심겨져 벼 잘 자라고. 羅州에 다다르니 지금도 물 품어 모 심는 곳도 있고. (全國에 旱魃로 極甚한 全南의 모습) 下午 5時에 木浦 着. 木浦 近郊는 白畓의 地平線. 竹洞 中央旅館에서 留. 一行 35名. 15名團은 설악산行.

〈1968년 8월 9일 금요일 晴〉(7. 16.)
一行 儒達山 登山. 발목은 如前히 아프고. 木浦는 食水難으로 물 한 도람에 350원씩에 사먹는다고. 12時에 "안성호" 타고 濟州島 向發. 二等室 35名 占領. 三時間 後 楸子島 앞바다에 다다르니 한라산 산봉 보인다고. 물결이 잠잠~ 조용한 航海. 四時間 半 後 한라산峯 뚜렷이 보이고, 바다물은 말 그대로 黑潮. 몇 친구들은 돗다놀이로 活發하고, 뱃머리 물 젓는 소리만이 요란. 엄청난 물거픔은 흰구름을 連想. 18時 30分 濟州港 着. 한라山은 구름으로 띠두르고 港에서 30分 程度 멈추어 觀光 案內員들의 말 듣고 가서 짐 푸르니 이곳도 中央旅館. 처음 보는 제주도. 雪上加霜으로 一行 中 過半數가 食中毒?(食水土 關係?)으로 누어있는 中 나도 한몫. 밤새도록 便所 왕래.

〈1968년 8월 10일 토요일 曇〉(7. 17.)

觀光뻐쓰 貸切로 出發. 觀德亭, 龍頭巖, 女 案內員 康 孃의 案內~三 多(風, 石, 女), 三無(싸리門, 도적, 거지), 三寶(言語……제주사투리, 植物, 水産物). 11時 40分에 翰林邑 着. 軍묘地, 俠才굴 車中 娛樂~ 돌려가며 노래 한 곡씩. 海水浴도 잠간. 13時 半에 모슬浦 着. 이곳서 晝食. 後 3時 發. 山方山 藥水~ 발목 아파 올라가지 못하고 車內에서 보기만. 右側의 兄弟島(夫婦島), 安德溪谷, 天帝淵 폭포에서 물 마시고. 물그릇 지고 가는 小女群도 있고(16시 40분). 西歸浦 着하니 17時 30分. 天地淵 폭포 구경~ 큰 뱀장어와 ○○樹가 有名. 長春旅館에서 留. 夕食에 맥주도 한 병式. 今般 旅行 中 飮食 最良.

〈1968년 8월 11일 일요일 晴, 曇〉(7. 18.)

8時 30分發, 正房폭포 구경. 直接 바다에 落水. 五.一六道路로 한라산 橫斷도로로 濟州 向發. 蜜柑밭 車內서 보고, 고사리밭 같은 곳도 있고, 수악溪谷서 一息. 표고버섯밭도 보고. 10時 10分에 750高地 到着. 5.16도로 碑 前에서 카메라, 放牧地帶 求景. 牧場도 보고 牧草山도 지나고, 老松 600年 記念松곳서 一息. 三姓祠에서 三姓穴도 보고 濟州道廳앞을 지나 海女 作業場에서 300원에 作業狀況을 구경. 海女의 技能 일편 가엾기도 하고. 平均 25초 水中作業. 경해식당에서 一同 點心. 中央旅館에서 留. 記念品 및 膳物 購入. 夕食 後 決算. 數人 映畵 구경. 李在組 교장님께 一杯 待接.

〈1968년 8월 12일 월요일 曇〉(7. 19.)

8時 半 朝食코 行具 차림. 10時 30分에 안성호로 出港. 約 二時間 동안 風浪 甚하여 一同 無言 中 겁내다. 호텔 柳 君이 보낸 白花酒[百花酒] 一飮식. 17時에 木浦 無事 着. 19時 普急車로 木浦 發. 船편團 14名 車內에서 눈 부치다.

〈1968년 8월 13일 화요일 曇, 晴〉(7. 20.)

새벽 3時에 鳥致院 着. 江外校 李炳赫 校長 주선으로 下宿屋에서 二時間 程度 休息. 淸州 經由 玉山 거쳐 本家 到着하니 下午 二時. 家庭에도 無事. 5泊 6日의 旅行 無行多幸. 旅費 10,000원 中 6,000원은 廳에서, 4,000원은 學校에서 負擔. 今般 經費 절약해서 8,500원 消費. 片道 航空편은 節約에서 꼭 10,000원. 배 2等실 片道 555원. 飛行機는 2,040원. 宿泊料 400원式(一夜 2食).

〈1968년 8월 14일 수요일 曇〉(7. 21.)

父親 四男 魯松 다리시고 前佐밭 김매시기에 勞働.

江原道 原城郡 神林 갔던 魯井 오다~ 姪女 魯先 신림우체局 交換員으로 發令되어 引率 保護次 去 12日에 갔었다고. 多幸.

〈1968년 8월 15일 목요일 曇, 雨〉(7. 22.)

발목 不安全하나 出校. 光復節 23周年 記念式(慶祝式).

校監 外 全 職員 大川 方面으로 旅行次 向發. 柳在河 先生과 强酒 一杯코 事務 整理 後 비 함신 맞으며 歸家. 姬는 學校敎育實況 統計 蒐集 次 來佳佐하여 用務 마치고 낮車로 다시 入淸.

〈1968년 8월 16일 금요일 曇〉(7. 23.)
昨日 비로 장마. 天水川 越川 不能~ 今年 들어 最大 水量.
며칠 前부터 밥 잘 안 먹는 돼지 때문에 魯井이 入淸하여 家畜病院에서 藥 사오다. 물 때문에 步行으로 五松으로 돌아서.

〈1968년 8월 17일 토요일 曇, 晴〉(7. 24.)
돼지에 藥 먹이기에 힘들다.
父親은 井과 松 다리고 堆肥 積返 作業에 勞力.
井 母 하누재 가서 참외 사오다.

〈1968년 8월 18일 일요일 晴〉(7. 25.)
돼지에 몇 차례 藥 먹였으나 別無效果. 20관이 헐신 넘을 成豚인데 탈. 各處에 流行 豚病 있다고.
登校 執務. 旅行 갔던 職員 全員 無事歸校.
舍宅으로 搬移 計劃 中. 入住職員 住宅 不求로 아직 더 기다려야 할 듯. 井 母는 어서 移舍하자는 뜻. 老母께서도 分居함을 좋아하시는 편. 어짜피 移舍하기로 決意.
登校 時는 長男 井이가 自轉車를 삼발내까지 越川. 下校 때도 그곳까지 오다.

〈1968년 8월 19일 월요일 晴〉(7. 26.)
入淸에 玉山까지는 自轉車로. 主로 眼鏡 修繕과 遲滯된 教育保險 協議 打開次. 거이 일 보다. 定榮 氏와 저믈게 歸家.

〈1968년 8월 20일 화요일 雨〉(7. 27.)
큰 토끼 잡다. 송편 떡도. 井은 明日頃 上京할 뜻인 樣.
終日 가랑비~ 出校 不能.
돼지 숨결과 熱은 그턱이나 안 먹어서 탈.
발목은 完治는 아직. 절룩거리며 若干은 行步.

〈1968년 8월 21일 수요일 晴〉(7. 28.)
長男 魯井 上京. 今般 放學에 約 20日間 家庭生活~ 가장 길었다고.
玉山行~ 밀렸던 保險料 4個月分 拂入(大韓교육保險). 面에도 가서 姪女 魯先의 所用 書類 作成. 農協 崔 組合長 만나 "새농민像"의 '自立像' 中央賞 受賞에 祝賀人事. 厚待도 받다.
玉山에서 權彙燮 氏, 鄭海起 氏 外 4名에 濁酒 待接. 佳佐行 途中 夢斷里 通過 時 高速道路工事 盛況 中이어서 險路임에 自轉車 끌기 隘路 莫甚. 海坪 거쳐 佳佐 着하니 下午 2時. 金 教務 만나 六學年 擔任 待接토록 당부하고 一杯 後 歸路. 族弟 邊榮 만나 越川 無難. 家庭에 와 夕食도 하기 前 母親의 井 母에 對한 걱정 莫甚에 醉中이었던지 一時 氣絶. 食口 一同 잠시 驚異. 父親 深夜토록 落心 걱정에 夫婦 빌다…… 母親도 嚴親도 過飮이셨던 樣. 井과 明이 마침 없었던 게 不幸 中 多幸. 明은 제 外家 等 다녀온다고 했다는 것. 老親들께서도 이 두 애들 없는 틈이라서 機會에 醉中 걱정하셨을 것.

〈1968년 8월 22일 목요일 曇, 雨, 曇〉(7. 29.)
老親 寢具 가지고 神林局 魯先한테 가신다고 早朝에 서둘고. 家庭 非溫和의 空氣 아랑곳없이. 칼로 물 친 듯 昨夜 울울氣 싹 가신 것 樣. 自轉車에 짐 싣고 하누재 내 짐 떼어 건느기 2번 往復에 極疲. 발목 痛症도 잊었는지 절룩거리며 이 악물고 丁峯驛까지 한숨에 줄달음. 家

親을 驛에서 作別하고 峯店 着. 柳在說과 約束 있어. 約 1時間 동안 비 나림. 李載九 氏와 金東玉 氏 宅 들려 人事하고 玉山 거쳐 歸家.

〈1968년 8월 23일 금요일 雨, 曇〉(7. 30.)
소낙비 15時間 동안 이 地方에 集中暴雨. 13時頃부터 越川 不能. 江原道 原城郡 神林局에 가신 老親, 今日 못 오시어 근심. 天水川 水量 今般이 數日 前 장마 때보다 多量.

〈1968년 8월 24일 토요일 曇, 晴〉(윤7. 1.)
午前 中 川邊에서 老親 오시는가 待機. 10時부터는 靑年들은 越川. 전좌리 밭과 더무샘 밭 求景. 作物 作況 普通.
13時頃 父親 着家. 昨夜는 鶴天 從妹 宅에서 留하시고 江外面 桑亭里 거쳐 오신다고. 神林局 魯先은 意外로 安着됐다는 것. 書類는 그레도 未備라고.

〈1968년 8월 25일 일요일 晴, 曇〉(윤7. 2.)
아침내 뒤울 밀 풀 뽑고. 漢弘 氏 尋訪하여 또 다시 魯先 書類 一部 만들고. 漢弘 氏는 保證人. 今般째 四次 作成하는 듯.
母親과 井 母는 밀 잃어 널고. 10餘 日 後에 任地로 搬移하라고 말씀. 井 母는 기쁜 듯. 順調로운 生活方式이래야 할 텐데……?
李仁魯 親友 만나 一杯. 曲水洞에 同行하여 洋蜂 손질에 協助. 五枚群 1통 양여 確定. 저물게서 歸家하니 기다렸던 次男 魯絃이 오다.

〈1968년 8월 26일 월요일 晴〉(윤7. 3.)
魯先 書類 作成次 玉山行. 保證人 漢弘 氏의 財産證明에 面長의 證明.

魯絃은 오늘 任地인 靑山으로 向發.

〈1968년 8월 27일 화요일 晴〉(윤7. 4.)
井 母와 佳佐行. 늦었지만 김장 채소 씨 파종.[10] 搬移 지연의 탓.

〈1968년 8월 28일 수요일 晴〉(윤7. 5.)
入淸하여 郡 保健所에서 엑스레이 撮影. 魯姬 登錄金도 納入~ 今般으로 敎大 登錄金 最終.

〈1968년 8월 29일 목요일 晴〉(윤7. 6.)
墻東 가서 洋蜂 5枚群 1통[11] 自轉車로 運搬하여 大廳에 安置. 이번 것만은 失敗 없도록 管理 잘 해야 할 일. 前般에 二次나 失敗經驗 있어.
學校 가보니 所在 部落 靑年體育會에 盛況.

〈1968년 8월 31일 토요일 晴〉(윤7. 8.)
佳佐 行하여 搬移 準備役 人夫 사도록 당부.
두 傳達夫는 科學作品 搬入.

〈1968년 9월 1일 일요일 晴〉(윤7. 9.)
金溪校 職員 數 名과 交杯키에 過飮.
內者는 明日의 搬移 準備로 짐 꾸리기에 奔走.
兩 老親은 밀과 보리 남은 것 찧기에 바쁘시고.

〈1968년 9월 2일 월요일 晴〉(윤7. 10.)
兩面으로 順調롭지 못한 搬移 기어히 斷行. 牛車 二 臺로 가든가든히. 一 臺는 집에서, 一 臺는 佳佐에서 周旋. 無事히 옮기긴 했으나 本家

10) 원문에는 붉은색 색연필로 밑줄이 그어져 있다.
11) 원문에는 붉은색 색연필로 밑줄이 그어져 있다.

의 老兩親 생각하니 가슴이 무너지는 듯 꽉 막히어 울울함에 답답하기 無限. 安心하셔 지내시길 빌 뿐. 크나큰 집이 이제 텅 빈 様. 오죽이나 서글프고 적막하실가. 子息을 용서하소서. '天地神明은 우리 兩 老親의 健在하시길 보살펴 주옵소서.'
짐 떼어 놓기에 全 職員 手苦. 地方人士 金漢植 氏, 柳在河 氏, 외딴 金 氏, 金福萬 氏, 李鍾億 氏 等 人事次 來訪.
內室에 살던 崔 敎師는 客室로 옮기고 舍宅에서 같이 살기로 合意.

〈1968년 9월 3일 화요일 晴〉(윤7. 11.)
形便上 數日間 連日 過飮에 몸 高度로 疲困.
學校 復舊作業에 全員 勞力.
新任 金찬영 敎師 舍宅에서 點心 會食.
本家를 回想하니 兩 老親 생각에 今夜도 단잠 못 이루고.

〈1968년 9월 4일 수요일 晴, 曇〉(윤7. 12.)
當分間 謹酒키로 決意[12]코 校門 밖 안 나가기로. 韓重求 왔어도 舍宅에서 客만 一杯 接待했을 뿐. 이 決意 얼마나 持續될른지?
學校行事 마치고 저물게 本家 到着. 가슴 自然히 설레지는 듯~ 兩親 편찮으실가 봐. 多幸이도 安康은 하시나 6個月間 벅석이며 居處하던 사랑방은 主人 없는 空房. 每日같이 學校 갔다 도라오면 재롱으로 떠들석거리던 魯弼이도 없어 적적하고 한산하기 짝이 없는 우리 집.
父母님을 뵈이니 눈시울이 자연 흐려지고. 어머니도 落淚 많이 하셨는지 눈망울이 붉으신 様. 夕食 後 누었을 땐 가련하고 치근하게 뵈이는 老母께서 수건으로 눈물을 닦으시는 모습을 보자 온몸이 일시에 확근. 눈에서 눈물이 나도 모르게 방바닥으로 줄을 짓고. 울음소리 참자니 목구멍의 한복판 성대가 금방에 부었는지 아프기 시작하고 큰 사과만치 커진 듯.
텅 빈 사랑방과 대청엔 쥐 소리도 안 나고. 들려 는 스피카 소리는 저절로 처량하게 들려오곤. 父母子 間 말없는 설음을 더욱 돋구는 듯. 밤새도록 탄식의 신음과 숨소리로 날 새우다.

〈1968년 9월 5일 목요일 雨, 曇〉(윤7. 13.)
새벽부터 오는 비는 그칠 줄 모르고 朝食 지으러 부엌으로 나가시는 老母를 볼 때 눈물이 또 와르르. 목구멍이 또 붓는 듯. 참다못하여 울어버리다. 老親들은 도리어 나를 위로. 세상에 못 겪을 일이 이 일이로다.
종일토록 비가 나리어(2시간 동안은 집중폭우) 출근 불능이어 사랑 부엌의 책, 대청의 서가 및 기타 가구, 사랑방의 책상 등 말끔히 정리정돈하고 나니 하오 6시가 되다. 날은 이때부터 들기 시작.
금일도 술만은 삼가다. 모친이 주는 한 잔씩만으로 근주하다. 금야도 부모님 위안차 內室에서 어머니 옆자리에서 누어 자다.

〈1968년 9월 6일 금요일 曇, 晴〉(윤7. 14.)
속눈물 흘리며 父母님을 작별. 母親께선 魯弼이 쪄 주라고 동부콩도 싸 주고.
삼발내는 洪水로 벌창. 自轉車와 짐 각각 두 차례 越川. 발목은 아직 시거운데.
뒤 두고 온 집일을 생각하며 舍宅에 到着하니 아직 朝食 前.

12) 원문에는 붉은색 색연필로 밑줄이 그어져 있다.

校內視察, 獎學指導, 教育相談 等〃으로 보람 있게 보낸 今日의 生活 개온. 職員 體育 끝난 後의 飮酒에도 亦 今日도 맛만 보았을 뿐. 今日부터 다음과 같은 標示하기로…… ◎ 禁酒, ○ 若干 飮酒, × 普通 飮酒, **X** 過飮. 今日은 ○.

〈1968년 9월 7일 토요일 曇, 晴〉(윤7. 15.)
魯井한테 편지 내다~ 婚路 關係로. 前日부터 마음 있던 서울 金 女先生과 맺도록. 日字는 12月 14日(음 10月 25日), 時는 午後 1時부터 2時 사이. 不然而면 11月 8日(음 9月 18日) 10時부터 11時 사이가 좋다고 父親께서 周旋하시어 夢斷里 聖德寺 柳俊英(柳在石) 氏 택일. 柳 氏 再從妹兄.
角里校行. 當校 期成會長 朴順圭 氏의 頌功碑 除幕式에 參加. 梧倉서 面內 機關長會議 마쳤다고 晝食 中인 桃花園 찾아 人事코 같이 點心. 歸路 中 農協 金 常務 招待로 數 名 松月屋에서 一杯. 今日도 세 차례의 飮酒席을 삼가히 마셔 都合 一合 程度 마셨을 뿐. ○

〈1968년 9월 8일 일요일 晴〉(윤7. 16.)
井 母는 食糧 若干 가지고 入淸. 其外 몇 가지 물건도 사겠다고.
日曜日이나 歸家치 못하고 午前 中은 舍宅 방 바르기에 바빴고, 午後엔 채소밭 손질에 眞誠. 막동이 魯弼의 國語科와 算數科 공부에 感嘆. 잘 읽고 트득 잘 하고, 若干 까불고, 어리광 골 잘 내고 하나 知能指數 높을 듯. 옆에서 일러주는 魯杏이도 깜직. 誘導하는 敎授法과 指導力의 力量이 將來에 有望한 敎員 될 듯. 其 素質 多分히 有. 佳佐校로 3人(杏, 運, 弼) 轉入 以來 運의 評 또 우쭐…… 4學年.
井 母 막뻐쓰로 無事 歸家. 梧倉서 물건도 사고. 今日은 完全 不飮. ◎

〈1968년 9월 9일 월요일 晴〉(윤7. 17.)
어젯날 도배作業과 채소발 손질에 쎄우쳐서 인지 다쳤던 발목 욱신거리며 몹시 痛症을 느껴 또 걱정. 천천이 걷기는 하지만 절룩절룩 하는 편이지만.
郡 교육청 金大煥 獎學士 막뻐-쓰로 來校. 形便上 藩川 部落 卞 校監 宅에서 留. 明日 本校 視察次.
夕食은 新任 金昌明 敎師 搬移턱으로 全員 接待에 그 곳에서 會食.
今日도 六學年 擔任 待遇 等으로 있었던 酒類, 金 敎師 宅 夕食, 金 獎學士 來校 接待 等 機會는 많았으나 謹酒. 都合 한 홉 程度는 될 듯. ○

〈1968년 9월 10일 화요일 晴〉(윤7. 18.)
昨日 왔던 金 獎學士 本校 視察. 朝食은 卞 校監 집에서. 晝食은 金涷植 敎務들 집에서 나까지 白水[白熟] 一首씩 接待.
淸州서 長女 媛이 오고, 軍務 中인 振榮이도 집에 다녀서 오고. 今夜는 이곳 佳佐에서 留케. 저녁엔 집내 李容九 氏 人事次 來訪(搬移 人事).
四次의 飮酒 機會에 삼가 조그만큼 마시어 2 合 程度. 繼續 몸 가든. ○

〈1968년 9월 11일 수요일 晴〉(윤7. 19.)
아침결에 振榮은 金溪 本家로 가고. 8月 末에 入隊한 明으로부터 첫 편지 오고. 궁겁던 中이라서 반가워 卽時 回答 發送. 軍番 64002034.

退勤 卽時 金溪行. 내안 當叔主 밀례[13] 行事에 參席. 前佐洞 宗山. ○

〈1968년 9월 12일 목요일 曇, 雨〉(윤7. 20.)
自轉車로 丁峯까지. 入淸하여 登廳…… 增築件, 新 雇傭人 任命節次 問議 等으로. 增築은 未決. 階段路는 할 듯. 雇傭人 增員은 書類 具備토록. 晝食을 三 奬學士(金, 李, 趙)와 같이 會食. 먹다 남아지 포도 두 송이 淸州 아이들 책상 우에 놓고. 비는 부슬부슬 繼續. 丁峯서부터 自轉車로 歸家. 왼손으로 한돌[핸들], 오른손으로 우산, 처음 겪는 노릇이나 多幸히도 들어먹어 無事 歸家. 今日도 本家에서 父老母님 모시고 同宿.
今日 不可避한 機會지만~ 正宗 5勺, 맥주 1合, 濁酒 2合뿐. ○

〈1968년 9월 13일 금요일 晴〉(閏7. 21.)
金溪서 早朝에 出勤. 搬移 後 二次 歸家. 一次보다는 울울한 氣分 少. 老母의 昇口之事 딱한 點은 마찬가지.
이곳 佳佐 와서도 井 母는 如前 억세게 푸정나무 깎고. 職員 勸酒로 조금. ○

〈1968년 9월 14일 토요일 晴〉(윤7. 22.)
虎竹里에 弔問. 閔泳善 氏 葬禮式에. 生存 時 親切도 하였는데. 弔問코 濁酒 一杯. 歸校하여 金福男 氏와도 一杯뿐. ○

〈1968년 9월 15일 일요일 晴〉(윤7. 23.)
妊과 媛은 채소 等 갖고 入淸. 媛은 明日쯤 金溪 本家에도 간다고.
책꽂이 改造에 工作事. 金丙翼 先生 와서 거들고 井 母 뒤 채소밭에 오줌 주고. 물지게로 꼭 10번 졌다고.
江外面 虎溪 朴忠圭(妹弟) 라디오 팔려고 다녀가다.
夕食 後 놀러 나려갔다가 몇 분 老人 만나 소주 待接. 나도 3杯. ×

〈1968년 9월 16일 월요일 晴〉(윤7. 24.)
昨日 받은 給料로 白米代 等 外上값 많이 갚고. 今日 술은 極少量. ○

〈1968년 9월 17일 화요일 晴〉(윤7. 25.)
요새 날씨 가므는 形便. 벼 여믈기는 좋다고. 채소밭은 찔끔. 明의 옷 오다.
放課 後에 藩溪 金元植 氏 退院에 問病人事. 소주 한사코 勸하기에 몇 잔 마시고 歸路에 有志 몇 名 만나 또 一杯. 都合 3合은 될 듯. ×

〈1968년 9월 18일 수요일 晴〉(윤7. 26.)
井 母는 物件(채소, 內衣, 其他) 사러 梧倉場行. 낮車로 歸家.
訓練 中인 3男 魯明한테서 두 번째로 편지 오다. 제 母親 앞으로 썼고, 內容 읽으면서 落淚. 入隊 前 生活反省의 아리따운 사연에 고맙기에. 배고픈 듯한 느낌도 되어 더욱 안씨럽기도 하여 面會의 機會가 되었으면…….
金弘植 敎師의 金錢 困難 件으로 數日間 缺함에 不快感과 속 썩이던 次 朴南錫 敎師 中學 進出에 推進方途 괴상하여 몇 가지 이야기하다.

13) '면례(緬禮)'의 변형된 표기로, 무덤을 옮기어 장사(葬事)를 다시 지내는 것을 의미한다.

職員體育 마치고 피로宴에 藥酒 3合 程度 마시다. ○

〈1968년 9월 19일 목요일 曇〉(윤7. 27.)
早朝에 울 뒤밭에 春菜 播種. 井 母가 뒷山에서 日前에 풋나무 몇 다발 깎음에 對한 山主의 不評說에 不快感 甚한 心情.
杏, 運, 弼 3男妹가 제 오빠 魯明에게 편지 내고, 年齡 未達인 一學年짜리 魯弼이 깜찍하게도 썼음에 감탄. 한글 거이 解得.
運動會를 爲한 期成會 任員會 開催. 原案대로 滿場一致로 通過. 1人當 50원씩 負擔키로. 1人 家庭 50원, 2人 家庭 100원, 3人 家庭 120원, 4人 가정 150원. 任員會 끝나고 晝食 後 嶺西會도 續開.
任員會 끝 一杯. 嶺西會 끝 1杯. 壯職員들과 一杯…… 合하여 藥酒 5合 程度. ×

〈1968년 9월 20일 금요일 雨, 曇〉(윤7. 28.)
오랜만에 本家行. 午後 七時 半 着. 長女 媛이는 老親들에게 朝夕 지어드리는 中. 내안 當叔 忌故에 參席. 今日 飮酒 謹. ○

〈1968년 9월 21일 토요일 晴〉(윤7. 29.)
金溪서 早朝에 出勤. 어제 비로 냇물 若干 늘고. 魯妊 어제 왔고.
갑작스런 意外의 電報에 경악 당황. 書信도 받고. 青山校 絃이가 제 三寸 만나 친구들과 飮酒타가 酒幕主와 충돌되어 事件化 되었다는 것. 낮車로 入廳, 青山까지 갈 豫定으로 돈도 若干 借用. 柳重赫 氏 尋訪하여 付託 結果 警察局 人事主任 鄭춘화 通해 알아보니 막 雙方 와해[화해]했다고 消息. 不幸 中 多幸. 두 분에 人事 치루고 佳佐로 廻路. 車內에서 四男 松이도 만나고.
崔○○ 교사와 朴○○ 教師 醉酒 中 不意 충돌에 不快感.
柳重赫과 濁酒 8合 가지고 交杯. 佳佐서 소주 1合 程度.
아침엔 本家에서 中평아리 雌雄 가자오고. ○

〈1968년 9월 22일 일요일 晴〉(8. 1.)
魯弼 다리고 本家行. 魯松이도 同行. 松이가 自轉車 위에 弼 태워서.
家庭에 가보니 뽐쁘샘 이룩하고. 부엌 문앞에다. 어제 完成하였다는 것. 파서 묻은 것이 아니라 홋수를 때려 박은 것. 깊이 30尺. 工事時間 二人이 二時間 所要. 工事費 人夫 技術賃 2,700원, 材料代 3,050원 하여 合計 5,750원. 오랜 計劃이 이루어진 것. 통쾌. 부엌 앞 大門도 새 松板으로 짜고~今月 19日에.
弼은 밤 발라먹고 감 따 먹고.
벌통 열어 보니 五枚 中 4枚는 群勢 良好. 꿀도 나우 박아 놓았고.
李仁魯 校監 만나 一杯 나누고 저녁 늦게야 作別. 今日 飮酒…… ×.

〈1968년 9월 23일 월요일 晴〉(8. 2.)
魯弼 싣고 本家서 佳佐로 出勤. 學校엔 運動會 練習으로 全職員 땀 흘리며 注力中. 今日 飮酒는 ○.

〈1968년 9월 24일 화요일 晴〉(8. 3.)
朴南錫 教師 中等校 體育教師로 進出케 되어 今日 낮車로 搬移. 朴 교사 後任 받고자 書類 作成하여 入清 上廳. 10月 1日 字로 發令된다

는 것.
校長 舍宅 사랑방에 살던 崔漢權 教師 前에 살던 집으로 搬移.
今日 飮酒 많은 편~ 淸州서 李 書記와, 洪 氏와. 歸校 後도 崔 교사, 柳 氏와. ×

〈1968년 9월 25일 수요일 晴〉(8. 4.)
저축의 날 行事로 入淸. 郡廳 會議室에서 表彰式. 本校 六學年 金현권 君은 個人賞으로 知事賞, 學校賞으론 教育監賞 받고.
金弘植 教師 個人 家庭事故로 轉出 希望에 卞校監도 來淸. 운동회 練習으로 바쁜 때여서 손비어 支障 有하나 不可避. 今日은 過飮턱. X

〈1968년 9월 26일 목요일 晴〉(8. 5.)
靑山 있는 絃으로부터 書信. 內容인즉 걱정거리 末消[抹消]. 雙方 화해 解決되었다고는 하나 3萬 원이 所要된다는 것. 이 巨額 해결이 問題. 그곳에 머물러 있기도 싫다는 것. 無理 아님을 理解. 잘 되어가겠금을 바라면서도 걱정근심 사라지지 않고.
朴南 교사 送別宴. 排球 끝에 夕食 같이 一同이 나누고. 飮酒는 ○.

〈1968년 9월 27일 금요일 晴〉(8. 6.)
報恩서 孫喜成 氏 藥商 格으로 來校. 校用으로 消化劑 1匣, 家庭用으로 魯弼에 먹일려고 歸茸湯 2첩 500원에 購入. 보약으론 最初. 今日 飮酒는 나우. ×

〈1968년 9월 28일 토요일 晴, 曇〉(8. 7.)
팔다리가 아프다면서도 井 母는 요새도 缺치 않고 나무 몇 다발式에 勞力.
杏은 徹夜 程度로 課工에 精熱. 頭痛이 甚한 모양이어서 안씨러움에 同情 不禁. 簡素한 양약 若干 먹이기는 했지만.
늦게라도 本家에 갔어야 했을 것을. 마음에 꺼림한 心情. 今日은 ⓒ.

〈1968년 9월 29일 일요일 曇〉(8. 8.)
舍宅에는 魯杏이 하나 남기고 全部 本家行. 나는 終日 內客室의 窓戶 바르고, 井 母, 運은 두태 等 가지고 歸舍宅. 弼은 따라가는 것만도 장정. 女高 姙은 어제 왔다면서 오늘 늦게 채소 等 가지고 入淸.
老親께선 山에서 七月에 나무 하시기에 勞力中. 저녁에 모시고 本家에서 留. ○

〈1968년 9월 30일 월요일 晴〉(8. 9.)
早飯코 歸校했으나 休暇 왔던 弟 振榮 어제 아침결에 出發하여 再次 相逢 不能. 搬移 後 最初로 本家 왔었던 井 母와 母親 사이 다행히 구김 없고 情多운 낮 生活을 엿보았기로 歸校하면서도 마음 기쁘고 거뜬.
靑山의 魯絃이가 궁거우나 그 사이에 좋게 더욱 완화됐는지가 궁금 中.
井 母는 數日 前부터 왼 어깨가 아프다더니 오늘쯤은 팔금치 언절이 몹씨 쑤시고 저리다는 것. 피 뭉친 것? 담? 神經痛? 關節炎? 不安 中.
梧倉 酒造場 直賣所(佳佐) 開業에 招待에 應接. 今日 飮酒 ○.

〈1968년 10월 1일 화요일 晴〉(8. 10.)
새벽에 起床. 二時間 半 동안 投稿할 原文 完成. 새한신문社 請託인 "새교육"誌에 실릴 '教壇의 소리' 約 1,500字 程度. 原文 作成 完了하

니 마음 개온. 去月에 보내야 할 것이어서.
校長會議에 參席. 重大案件은 아니나 件數 많아 下午 4時 半에 散會.
停留所行 途中 宋 校長 만나 宗 兄 校長과 朴鍾榮 校監 같이 酒類 待接 받고.
卞 校監은 運動會 物品 購入으로 淸州 往來에 奔走했고. 今日 飮酒 ×.

〈1968년 10월 2일 수요일 晴〉(8. 11.)
牛車로 梧倉行. 朴鍾烈 氏 만나 談話 後 井 母의 神經痛症 漢藥 5첩 짓고 農協 金 常務 만나 李碩魯 面長 件 再次 듣고는 李 面長 찾아 술집에서 一杯 接待 慰安. 李 面長은 문패商人 件으로 數日 前에 辭表 했다는 것. 面內 有志 多數가 留任運動을 하는 형편. 今日 飮酒도 ×.

〈1968년 10월 3일 목요일 雨, 曇〉(8. 12.)
體育會 總演習 豫定이었으나 11時頃까지 雨天되므로 中止. 4,301周 개천절.
아침결에 몇 親舊 만나 飮酒. 金成 敎師네 乳羊 失死로 파복키에 數 斤 購入. 奉親코져 金溪行 途中 失足하여 休暇 前에 다쳤던 발목 再次 타박성 입어 極甚히 再發. 柏峴 사는 外叔 불러 物件 보내드리고 어둠 기다려 도루 歸校. 올 때 外叔이 거이 업고. 過한 탓일 듯. X

〈1968년 10월 4일 금요일 晴〉(8. 13.)
어제 再次 다친 발목 相當히 붓기도 하고 痛症도 있고.
學校는 體育會 總演習으로 全校가 벅석. 한편 발목 不穩하나 午前 中(下午 2時 半까지) 行事 參觀.
子息들 아릿다운 友愛 落淚에 남모르게 나도 落淚. 六女[6학년 여학생] 사람 찾기 競走에서 7살백이 제 동생 魯弼을 다리고 뛰는 모습 귀업기 無限한 4女 魯杏. 딴 組에서도 弼을 끌고 뛰고. 3次, 4次까지 되었을 때 바워내기 어려웠던 弼은 기어이 너머지며, 주저앉아지는 듯 지치기도. 눈에 손을 대자 이 광경을 본 제 누나 魯杏은 통곡. 안씨럽고 딱해서이리라. 아초에 제가 잇끌고 갔던 것을 후회하였으리라. 弼이가 몹시 불상했던 모양. 가슴 아프게 보았던 나도 이것들 동기 남매지정을 보고 표현 못할 감격의 눈물 흘리다. ○

〈1968년 10월 5일 토요일 晴〉(8. 14.)
다친 발목 杜陵 趙成增 醫師 불러다 침 맞고 조금 부드러운 듯. 學校는 午前行事로 마치고. 발목 때문에 本家行 不能. 老親들께 罪滿. 杏과 運 보내고. 淸州서 魯姬 나와 제 母親과 송편 떡 만들다. 弼은 어제 無理로인지 다리 아프다고 하나 귀업게 잘 노는 형편.
地方에서 秋夕 膳物 답지…… 學校에서 金 3,000원, 職員 一同으로 牛肉과 藥酒, 卞 校監이 닭 一尾, 李 女敎師가 藥酒, 趙 敎師가 양말, 朴 君이 藥酒, 柳在河 氏가 藥酒, 金英植 氏가 닭 一尾와 藥酒. 今日은 完全 禁. ◎

〈1968년 10월 6일 일요일 晴, 曇〉(8. 15.)
秋夕 名節인데도 本家行 不能하여 괴로운 心情. 食前내 淸掃에 奔走.
'새교육'誌의 "敎壇의 소리" 原稿 完全 整理하여 發送. 200字 原稿紙에 꼭 10枚 所要. 題는 "살아나갈 길을 누가 찾아야 할지?"
次男 魯絃이 靑山서 다녀가고. 원래가 기다리

던 次, 青山 고소 件은 解結[解決] 段階라고. 그러나 4萬 원 所要 中 現在 15,000원이 急하다는 實情. 우선 旅費만으로 1,000원 주고 13時 車로 入清케 하다.
郡 교육廳 姜 課長 先代 山所에 省墓次 來佳佐하여 相面. 山 管理로 一談.
金溪 本家에 갔던 杏과 運이 오고 長女 媛도 來佳佐.
皆旣月蝕으로 저녁 後 어둡고 구름도 끼었지만. {금일 음주는} 某處에서 마지못해 ○.

〈1968년 10월 7일 월요일 雨, 曇〉(8. 16.)
새벽부터 비 나리고. 똘물이 꽐꽐 흐를 程度로. 職朝 時까지 繼續.
次女 魯姬는 아침 車로 入清. 明日에 上京한다는 것. 教育週間 行事로 教大生 30餘 名이 全國硏究發表大會를 見學하기 爲해서라고~ 教育班 一同인 듯.
雨天으로 體育會는 모레 9日로 延期. 登校 兒童 3分之1 程度.
해 넘어갈 무렵부터 날 개이기 시작. 金 教務 努力으로 校下職員 集合하여 明日로 體育會를 당기기로 協議. 農村 實情과 兒童 家庭形便을 참작하여 승락. 明 早朝에 職員 直接 部落出張키로 決議. ○

〈1968년 10월 8일 화요일 晴〉(8. 17.)
날씨도 좋고 體育大會 無事 終了. 本 佳佐校에 와서 最初 겪는 운동회. 觀覽客 트럭線 둘레에 꽉 차고. 贊助者 110名에 28,000원. 經費 쓰고 入手金額 14,000餘 원. 午後엔 勸酒者 많아 모면기 難.
杜陵 再從 點榮 氏 6寸 妻男 趙기준 氏와도 一杯. ×

〈1968년 10월 9일 수요일 雨, 曇〉(8. 18.)
嶺西體育會(青年運動會) 求景. 午前 中 天氣不順. 어제 體育大會 開催 推進키를 다행. X

〈1968년 10월 10일 목요일 晴〉(8. 19.)
學校行事 午前 中. 全 職員 舍宅에 招待하여 料食 待接. X

〈1968년 10월 11일 금요일 晴〉(8. 20.)
轉入職員 人事紹介. 鄭明基 教師. 高[14] 教師.
近日 繼續 過飮으로 몸 쇠약. 오늘 몇 컵 안 먹었어도 피로.
서울서 편지. 長男 魯井 自炊 시작했다고. 將來를 그릴 房? 媛 오라고. 食事 해결 때문. 마침 媛은 오늘 金溪 本家行. X

〈1968년 10월 12일 토요일 晴〉(8. 21.)
金成煥 教師 弟婚 招待에 應. 金溪行 하려다 明朝에 가기로. 今日은 ○.

〈1968년 10월 13일 일요일 晴〉(8. 22.)
11時頃 本家 着. 老親 兩位 玉山市場 다녀오시고. 家親은 小麥 갈으시기에 勞力 繼續. 慈親은 두태 收穫에 勞力. 媛은 저의 祖母님 助力하면서 食事 作業에 勞力. 품군 하나 두었으나 無誠意. 거기에 飮酒 過하는 好(豪酒)酒家. 夏節에 作故한 三從兄(萬榮 氏) 卒哭祭라기에 人事.

14) 일기를 쓰던 당시 이름이 떠오르지 않았는지 성만 적은 후 이름 들어갈 자리를 빈 채로 남겨 두었다.

두무샘 밭의 小麥 播種 作業에 잠시 助力. 금일 먹은 둥 만 둥. ©

〈1968년 10월 14일 월요일 晴〉(8. 23.)

金溪 本家에서 出勤. 今日도 두태 等 한 보따리 母親께서 주시고.

長男 魯井한테 便紙. 밥 지어 주러 魯媛이 19日(土)에 上京한다는 것 內容.

參男 魯明한테서도 편지 오고. 訓練 끝났다고. 喜消息. 18日에 面會 있다고. 明 母에 此旨 말했더니 반기며 面會도 가겠다고. 月前에 杏, 運, 弼이가 보낸 편지 答狀도 오고. 面會 가겠다고 卽時 回答. 今日은 排球 끝나고 ○.

〈1968년 10월 15일 화요일 晴〉(8. 24.)

秋季消風 豫定보다 당겨 實施키로 協議. 農家 實情과 學校行事 等으로 구겨질 것 같아서. 소풍 目的地는 花山. 杜陵中 杜陵 方面으로 決定.

媛의 婚談 있어 새로운 消息. 明日 淸州에서 彼此 相面하자는 것. 媛이 現在 金溪 本家에 있으므로 딱하지만 杏과 運이 해 늦게서 집으로 심부름.

消風과 서울 旅行 豫定을 번意. 媛 때문에 16日은 淸州로. 明의 面會 때문에 18日은 曾坪 師團으로……. 高 敎師 勸으로 今日은 濁酒 3合. ○

〈1968년 10월 16일 수요일 晴, 曇〉(8. 25.)

學校는 秋季消風 實施. 昨日 決議대로 杜陵으로. 12時까지 學校 지키고 自轉車로 現場까지. 趙南彙 氏를 비롯하여 地方有志 몇 분이 誠意 다하여 厚待. 場所는 趙氏 先代山所 많고 잔디로 山 이룬 類似 公園處. 祠堂도 있고, 절충將軍 通政大夫란 碑石도 有.

正刻 13時 뻐-쓰로 淸州 向發. 外當叔 집에 잠간 들려 媛의 婚路로 17時 正刻에 새한茶房에서 面會. 淸州 韓氏, 29歲, 大學 中退, 軍畢, 青瓦臺 警護室 勤務, 三子. 郎子의 父親은 韓益鉉, 郎子 體格 健壯. 合當 滿足 意思 表明코 17時 半 뻐쓰로 佳佐 向發. 內者에 傳達했더니 흡足한 눈치. 相對편에서만 合意한다면 成立시킬 意思 決意. 郎子와 그의 父親, 그의 兄 共히 滿足한 表示 엿보이기도. 소풍 現場에서 少음. ○

〈1968년 10월 17일 목요일 晴〉(8. 26.)

家庭實習 實施. 全 職員은 서울 貿易博覽會 見學次 旅行 出張. 나와 鄭明基 敎師 殘留. 旅行經費는 體育會 贊助金 中 殘額에서 一部 補助와 自家負擔.

數處의 外上分 完結하니 머리 개운. 玉山行 하여 豚肉 좀 奉親用으로 사고. 玉山校 들려 校長團 親睦會費에서 6,000 借用.

夢斷里 等 高速道路 工事 많이 進展되고 도-자[불도저] 等 數十 臺 우굴우굴.

明日 魯明 面會코져 松餠 等 飮食 만들기에 內者와 魯杏은 바쁘고.

玉山 用務 마치고 本家에 들려 人事드리고 감 한 보따리 싣고 저물게 佳佐 着. ×

〈1968년 10월 18일 금요일 晴〉(8. 27.)

內外 魯弼 다리고 魯明 面會次 曾坪 向發. 杜陵 趙양준도 同伴으로 同行. 淸州서 長女 魯媛과 次女 魯姬도 同伴. 떡, 닭고기 等 飮食 나우 장만하였기 짐도 무거운 듯. 曾坪 着은 12時.

面會는 下午 1時부터. 訓練 中인 部隊를 보니 별다른 생각이 감돌고. 7中隊 1小隊에서 魯明이 뛰쳐나오자 이 애는 얼굴 붉고 눈물 흘리고 제 동생 魯弼을 추켜 안아주기도. 家族 一同 반가운 마음 無限이었을 것. 작별한제 不過 2개月도 채 못 되건만……. 軍人이라서 또 訓練 中 고되었을 것이라서, 또 배고파했을 것이라서 이리라. 飮食은 主로 송편 떡을 많이 먹는 듯. 戰友 몇 사람도 불러 飮食 나누어 먹기도. 下午 三時頃에 작별. 武運長久를 빌면서 호주머니에 넣어준 감, 저녁에 먹기를…….

淸州에서 杜陵行 뻐쓰 缺行 된다기에 佳佐人 數人 組合하여 택시로 歸家. 日直職員 鄭 教師와 濁酒 먹고 就寢. ×

〈1968년 10월 19일 토요일 晴〉(8. 28.)

媛과 姬는 제 오빠 밥 지어 주려고 낮 車로 서울行 하기로 어제 일러 주었고. 長男 魯井은 10餘 日 前부터 自炊한다기에 媛을 보낸 것. 姬는 곧 올 것이고.

井 母와 運, 弼은 本家에 가고, 일(감자 캐기) 좀 보고 明日 오기로.

柳在河 兄과 一飮코 번천 건너가 卞 校監 宅에서 點心까지 먹다. X

〈1968년 10월 20일 일요일 晴〉(8. 29.)

自轉車로 梧倉行. 面에 가서 住民登錄 追加申告. 總 9名 申告.

李 面長의 待接 받고. 우체局 職員에 接待~ 貯蓄實績 表彰에 努力하였기. 支署 職員 몇 사람에게도 一杯 接待~ 職場鄕軍 訓練日字 變更 等 相議도 하여. X

〈1968년 10월 21일 월요일 晴〉(8. 30.)

連日 過飮으로 몸 고달프고. 學校 貯蓄實績 經路 뽑기에 애쓰기 過.

放課 後엔 李鍾億 氏 집의 招待. 全 職員에 一杯씩. 조양준과 一杯. ×

〈1968년 10월 22일 화요일 晴〉(9. 1.)

本家에서 母親 枉臨~ 振榮의 學費 償還手續 때문에. 家親 名義로 沃川郡 教育廳 管理課 貸與奬學金係에 書信 發送. 68. 10月까지 支拂猶豫 申請 手續. ○

〈1968년 10월 23일 수요일 晴, 曇〉(9. 2.)

南二校에 出張~ 道 指定校 硏究 發表. 主題는 非進學兒의 進路 指導. 開會時間 늦어 歸校 不能. 아해들과 淸州에서 留. 媛과 姬는 제 오빠한테로 上京 滯留 中. 妊과 松만이 있고. 沐浴 後 一杯 하려다 참고, 영화 구경하려든 것도 斷. 그럴 돈으로 洗手비누 한 장과 쓰루메 1尾 사다가 松과 妊 주고. 이렇게 참을성 있게 行하니 마음 快. 참아 보면 된다는 희열을 느끼면서 이것들과 개운히 就寢. 今日 機會 다 참아 쾌감. ◎

〈1968년 10월 24일 목요일 雨, 小雨〉(9. 3.)

밤중부터 나리는 비는 그치지도 않고……. 유엔데{이}라서 學校 休業.

柳重赫 만나 이야기 저 이야기 하고 正午 車로 梧倉까지. 梧倉선 姜 巡警과 點心 同食. 支署에 맡겼던 自轉車 마침 어제 장군 편에 보냈대서 步行으로 佳佐까지. 발목 아프지만 勇氣 내서 끝까지 步行. 時間 測定해 보니 2時間 10分 所用. 亦 中間은 星山고개 위(질푸니고개). 歸

校하였을 땐 午後 5時 10分. 學校, 家庭 두루 無事. 今日도 거이 ⓒ.

〈1968년 10월 25일 금요일 晴〉(9. 4.)
어제 나린 비로 날 몹시 쌀쌀하고, 된내기[된서리]도 있어 추상낙엽 이루는 중. ⓒ

〈1968년 10월 26일 토요일 晴〉(9. 5.)
井 母는 들기름 짜려고 魯弼과 栢峴 기름틀간집 다녀오고, 난 學校行事 終業 後 本家行 途中 藩溪洞 들려 金漢植 父兄 만나 談話. 그의 弟 英植 父兄도 와서 歡談. 酒類는 若干. 稀貴한 酒肴는 많았고. 藩溪 商店에서 自轉車를 修繕. 奉親할 술도 한 병 사고.
下午 5時 半에 집에 到着. 家內 다 無故. 淸州서 魯松이도 오고.
안방 장판 하렸더니 老親께서 어젯날 마치시다. 저녁에 俊 兄과 一杯. X
昨夜에 왔던 次男 魯絃이는 낮車로 가다(家庭實習 中). 件은 解決 濟.

〈1968년 10월 27일 일요일 晴〉(9. 6.)
用務 있어 일찍 佳佐 向發. 途中에 漢烈 氏 內外 만나 그의 子 婚談.
職員들 職場防衛隊 訓練으로 梧倉行. 그곳까지 가서 人事.
집에서 마련해 준 附食物(콩나물, 담북장) 한 가방 淸州에 갔다 주고.
歸路 中 또 梧倉 들려 一杯. 저물게 貸切로 歸校. X

〈1968년 10월 28일 월요일 晴〉(9. 7.)
昨日 過飮으로 머리가 띵. 數日 前에 上京했던 魯姬 淸州 거쳐 오고, 서울 제 오래비 事情 消息 듣고 平溫. 貰房 件, 約婚 件, 順調 推進. 長女 魯媛이가 朝夕 지어주는 中. ○

〈1968년 10월 29일 화요일 晴〉(9. 8.)
魯媛의 婚談 있기에 杜陵 가서 趙亮濬 만나 歡談. 今日 過飮. X
郞子 趙泰彙. 28歲, 中央大 卒, 永登浦女高 勤務 中, 獨子.

〈1968년 10월 30일 수요일 晴〉(9. 9.)
昨日 過飮하여 몸 몹시 고단. 간신히 勤務. 職員排球大會 後 ○.

〈1968년 10월 31일 목요일 晴〉(9. 10.)
고단했던 몸 많이 回復. 밀렸던 事務 推進 順調. 今日도 排球 後 ○.
井 母는 每日같이 푸정나무 몇 단씩. 前日에는 벌도 쏘여 손등 붓고. 오늘 따라 말투 不忠하여 나멀했더니 고생 많다고 落淚. 보니 또 안된 心情.

〈1968년 11월 1일 금요일 晴〉(9. 11.)
막동 5男 魯弼이가 5원짜리 장난감 고무줄 총을 산다고 조르기에 응하다.
學校 校務 推進에 迫力 있는 卞 校監의 昨日 終禮 時 協議된 作業分野 많이 完了.
參男 魯明이 部隊 配置가 어디로 어떻게 되었나 所屬 아직 몰라 궁금 中.
連 3日 謹酒하였더니 輕快히 몸 개운. 今日도 放課 後 職員 排球 끝에 ⓒ.

〈1968년 11월 2일 토요일 晴〉(9. 12.)

保健環境審查에 關하여 學校長 意見을 쓰고. 今週間 學校行事 많았음에 對하여 職員會 時 贊辭[讚辭]하고.
藩溪 金英植 父兄 招待에 卞 校監과 同行. 豚肉이 豊富. 玉山行 하여 도배. 반자紙 4間내기 사가지고 本家 着하니 下午 7時 半. 本家에는 魯妊과 魯松이도 와 있고, 밤엔 울군 감들 맛있게 먹다. 今日은 ○.

〈1968년 11월 3일 일요일 晴〉(9. 13.)
도배할 예정을 變更 延期. 老親 兩位분은 감 가지시고서 賣却次 烏山 가시고. 妊과 松은 감 따다.
加德行 할려다 집일 바빠 못 갔음에 未顏. 宋 女교사 宅 慶事에. 울안의 除草, 落葉 處理, 側柏 울타리 손질. 蜂籍 淸掃 後 越冬策으로 防寒裝置 等 끝나니 下午 3時 半. 새뱅이도 잡고 歸校. ○

〈1968년 11월 4일 월요일 曇〉(9. 14.)
明日 行事로 梧倉우체局長 來校하여 談話. 濁酒 交杯 後 作別. ×

〈1968년 11월 5일 화요일 雨, 曇, 雨〉(9. 15.)
大田遞信廳 管內인 忠淸南北道 內에서 學校로선 本校가 貯蓄優良賞에 該當되어 그의 施賞式이 本校 校庭에서 施行. 當廳에선 貯蓄保險課長이 廳長 代理로 來校. 感謝狀과 賞品 受理. 賞品으론 '아리아' 風琴 壹臺. 教育廳에선 金 教育長님과 金 管理課長 來臨 參席. 地方有志도 多數. 行事 後 校內에선 簡素히 茶菓로 接待. 晝食은 梧倉 나가서 素麵으로 待接. 面內 機關長도 全員 參席. 濁酒로 彼此 答接. X

〈1968년 11월 6일 수요일 晴〉(9. 16.)
昨日 受賞을 榮光이라 兒童 앞에 再칭찬. 앞으로 더욱 貯蓄토록도 强調.
柳在河 의사 金童植, 鄭善泳 賢都 校監 만나 濁酒놀이, 尹啓洙도 만나고. X

〈1968년 11월 7일 목요일 晴〉(9. 17.)
朝食은 옥성집에서 應接食事. 그의 母親 生辰이라고.
第六學年의 配置考査 實施에 終日 監督 助力. 全 職員 協調 많고.
曾坪訓練所에서 一次 教育 마친 魯明이한테서 二次 教育 받는 場所 卽 部隊 所屬 몰라 궁금 中. 교육期間이라서인지.
慶北, 忠南 等地에서 近者에 武裝共匪 出沒 만행 中이란報道에 不安 中.
저녁엔 李鍾億 氏 宅에 尋訪 座談. 술 待接도 받고. 今日 立冬. ○

〈1968년 11월 8일 금요일 曇, 雨〉(9. 18.)
六學年의 考査紙 二次分用 未着으로 筆答考査는 延期케 하고 明日 實施할 體力檢査를 施行. 退廳쯤에 六學年 擔任 三人 組合으로 濁酒 全 職員에 주고. 卞 校監은 鎭川 사석 다녀오게 하고. ○

〈1968년 11월 9일 토요일 雪〉(9. 19.)
豫想 外로 눈 나리고. 溫度 0度. 立冬 지내고 추위한다고 終日토록 눈바람 치고. 舍宅 뒤밭의 무우 뽑다. 今日은 完全 不飮. ◎

〈1968년 11월 10일 일요일 若干눈, 曇〉(9. 20.)
昨夜에 눈 덮쳐 나리어 白世界. 들판엔 볏단

그대로 널려 있고, 김장채소도 물론 그대로. 때 아닌 降雪에 農村은 경악. 打作은 아직 꿈도 못 꾼 채. 걷어 쌓은 논도 드물 程度. 쌀값은 말當 500원씩. 그래도 農家에선 不滿足. 月給장이들이 탈. ○

〈1968년 11월 11일 월요일 曇〉(9. 21.)
엇그제 때 아닌 눈 나리어 1尺쯤 싸였으나 요새 溫度 氷點을 維持 繼續하므로 녹지 않고 있어 陰冷한 中. 學校에 煖爐 아직 못 놨고.
오래간 消息 몰라 궁겁더니 參男 魯明한테서 편지 오다. "군우 151~92 제7303부대 군종참모부"로 된 所屬. 絃한테서도 편지 오고.
老親께서 감궤 지시고 佳佐까지 枉臨. 딱한 생각 不禁하여 落淚. 柏峴 앞까지 전송. 虎竹 앞게까지 가시는 모습 먼 뒤에서 直立姿勢로 눈물 흘리며 옹송. 罪悚感과 가엾음과 異狀한 氣分 덥쳐서 繼續 落淚. 無事安逸을 天地神明께 祈願하면서 歸路. 中途서 金龍植 父兄 만나 그 집에서 夕食과 酒肉 많이 待接 받다. 卽席에서 相熙(盛才) 父兄 만나고.
今日은 午前부터 이럭저럭 飮酒하여 취했기 歸家(舍宅)하여서도 落淚. X

〈1968년 11월 12일 화요일 晴〉(9. 22.)
第六學年 學父兄會 開催. 中學 入試 決定이 主目的.
花山里에 人事할 곳 있어 갔다가 吳潤教, 吳炳和, 李漢求 宅에서 待接 받다. X

〈1968년 11월 13일 수요일 晴〉(9. 23.)
小魯學校 研究發表會 있어서 參席. 途中에 面에 들려 杏의 戶籍抄本 떼고. 鄭麟來에도 子婚人事(그의). 小魯에선 行事 마치고 몇 家庭에 심방 인사. 매우 저물고 몸 고단해서 峯店 金東玉 氏 宅에서 留. X

〈1968년 11월 14일 목요일 晴〉(9. 24.)
歸家 途中 國仕里 高允權 집에 들려 慶事에 人事하고 今日도 過飮. X

〈1968년 11월 15일 금요일 晴〉(9. 25.)
金溪서 出發한 몸 몹시 고단하여 歸校길에 땀만 줄줄. 自轉車 故障에 學校 出勤 늦고, 數日間 繼續으로 過飮 탓인지 몸 추단 못할 지경. 龍頭里 金 氏 家에 人事할 일 있어 全 職員과 同行. 今日 飮酒는 며칠 만에 謹. ○

〈1968년 11월 16일 토요일 晴〉(9. 26.)
이제서 눈은 다 녹고. 그러나 벼는 아직 논바닥에 그득.
어제 오늘 謹酒하였더니 今日은 食事 어느 程度 增進.
四年生의 魯運, 山에 가서 갈퀴로 솔잎 긁어오고, 魯杏은 本 佳佐校 第6學年 模擬考查(配置考查) 3個班 150名 中에 首位라고. 魯妊 오고. ©
今日에서 배추도 뽑다. 俸給은 受領했으나 쓸 곳 많아 머리 묵업고, 杏의 學費만 해도 相當額~ 平價用紙代 200, 배치고사紙代 70, 수험사진 80, 아카데미 230, 관科와 수련장 400, 전형료(入試) 300, 願書代 150, 學力檢查紙 40, 소년日報 80, 파월장병신문代 10 計 1,560원을 納付.

〈1968년 11월 17일 일요일 晴〉(9. 27.)

內子는 새벽 빠쓰로 入淸. 糧食 運搬, 淸州用 雜費 支拂, 김장用 부속물 購入, 當身 衣服 製裁 等 用務로. 5,000원 程度의 옷 처음으로 마치다. 長男 井의 約婚이 얼마 後 서울에서 있게 되어 外出服 하나 없는 處地의 內者. 요새도 山에 가서 나무 해 오기에 손등이 엉망으로 터지고.
午後 3時까지 舍宅 둘레의 淸掃 整頓과 닭장 고치기로 땀 흘리며 큰 努力. 點心은 參女 魯妊이가 누룽국 맛있게 하여 달게 먹고.
卞 校監과 花山 李漢求 會長 祖父 小忌에 人事. 炳和 氏 宅에서도 待接 받고. ×

〈1968년 11월 18일 월요일 晴〉(9. 28.)
長男 魯井의 約婚이 12月 1日에 있기로 消息 오고. 內外 上京하기로. 저의 母親의 外出服도 準備한다고. 마침 이곳에서도 어젯날 淸州 가서 맞췄는데. 上京할 旅費, 約婚膳物, 結婚式 때의 諸 經費, 紘의 經費 等〃으로 고뇌 中.
저녁엔 六學年 擔任 3人 招待하여 慰勞酒 주고. ○

〈1968년 11월 19일 화요일 晴〉(9. 29.)
새벽에 일어나 이모저모 두루 생각하면서 長男 魯井에 편지 答狀 쓰다. 約婚日인 12月 1日에 內外 上京한다고. 四柱 쓰는 法도 傳消息. “己卯 二月 二十五日 申時.” 禮式은 서울, 잔치는 本家에서 하자는 것 等. 媛의 婚談 있다는 것도 兼하고.
學校 일 急한 것 보고서 金溪行. 父母님 拜謁코 魯井 約婚事 말씀드리고. 玉山行 途中 夢斷里 聖德寺 들려 再從妹兄 柳 氏께 魯井의 四柱 問議. 媛의 宮合도 28歲의 郎子가 좋다는 말.
玉山面事務所에 가선 井의 身元證明書 만들고, 入淸하여 兵務廳에서 井의 兵籍證明 떼어 편지와 同封하여 서울로 發送. 援護廳에도 들려 年金 問議와 保險金을 申請. 點心은 空치고 玉山 와서 19時에 夕食. 豚肉 若干 사가지고 自轉車는 순전이 끌고 本家에 着하니 밤 10時가 지난 때. ○

〈1968년 11월 20일 수요일 가랑비, 曇〉(10. 1.)
새벽에 本家에서 佳佐 向發. 삼발다리 危險하여 前佐里 經由하여 樟南 다리로 行路. 報恩 舊親 老人 孫喜成 藥局 來訪키에 補仁丸 1갑 購入.
井 母는 김장에 勞力. 李 女敎師 집에서 꿩(까토리) 선사 오고.
花山 吳閏敎 宅에서 招待 있어 全 職員 다녀오다. ×

〈1968년 11월 21일 목요일 曇〉(10. 2.)
魯紘한테서 書信. 제 件으로 傷心 기쳐 罪스럽다고. 卽時 回答 써서 發送~ 오-바-는 ‘한일라사’에서 맞추도록. 移動希望은 學年 末에 하자고. 25, 6日頃에 食費 程度는 送金하겠다는 內容도. 午後엔 高 敎師 宅 招待에 잘 먹고 오다.
22/11, 敎師 指導技能 受驗次 15名 出張으로 學校는 休業. 13時 車로 김장用 소금 가지고 入淸. 원호청에도 들려 自力係의 不親切에 약간 호통. X

〈1968년 11월 22일 금요일 晴〉(10. 3.)
淸州 廻路에 出張 中인 職員들 만나 편이 잘 오다. 昨日日記 末尾와 同.

〈1968년 11월 23일 토요일 曇〉(10. 4.)
井 母는 淸州 아이들 김장 때문에 入淸. 25回 卒業寫眞 撮影. 魯妊은 노운과 金溪 本家에 다녀오다. ×

〈1968년 11월 24일 일요일 曇, 晴〉(10. 5.)
金溪行 計劃 틀려. 벗 李政魯 만나 杜陵 金 氏 家에 人事. 옛 普通學校 同期 全南喆 女 卒業生도 만나고. 醉中 반가운 뜻으로 握手도 한 듯. 趙 敎師의 厚意로 酒類 많이 마시고, 學父兄 數人도 來訪 人事. 고단하여 杜陵서 留. X

〈1968년 11월 25일 월요일 晴〉(10. 6.)
朝食은 趙 敎師 宅에서 珍味 반찬 많았고, 昨夜의 過飮 疲勞로 口味 줄어들다. 前方에 있는 振榮이 잠간 다녀갔다는 말 듣다…… 昨日에 다녀갔다고.
5男 魯弼 공놀이 하다 닥알려 오른팔 다치다. 딱한 마음 不禁. 治療 받았으나 붓기 急增. 탈골인지 절골인지가 궁금. 잘 났기를 祈願할 뿐. X

〈1968년 11월 26일 화요일 曇, 雨〉(10. 7.)
學校에선 氣象臺 마련에 崔 敎師를 爲始하여 여러 職員 勞力 中.
井 母는 金溪 本家까지 다녀서 저물게 오고. 집에선 時祀 準備에 바쁘신 中.
팔 다친 魯弼은 今日 登 못하고. 魯井 約婚에 使用할 金錢 若干 準備에 苦心 中. 12月 1日에 四柱 쓸 豫定. 婚日은 12月 14日 豫定. 우선 11月 末에 井 母와 함께 上京하기로. ⓒ

〈1968년 11월 27일 수요일 晴〉(10. 8.)
어제 밤중에 또 비. 아직 타작 못 한 집 수두룩. 早朝부터나마 맑아서 多幸.
오는 12월 4일의 "체신의 날" 期해 大統領 우승기 本校가 탄다는 柳 우체局長의 말. 大田 체신청 經由, 3日엔 上京한다는 것. 雜費 많이 든다는 것. 연이나 12月 1日에 있을 個人 事情, 2日부터 있을 入試 行事, 三重複 되어 머리 複雜.
낮車로 入淸하여 援護廳에서 年金 少額 受領 ~ 明日 金溪行 하여 몽탁[몽땅, 모두] 父親께 드릴 것. 一期 9,000원인데 魯先 就業으로 二個月分뿐 3,000원으로 이제 終末인 듯.
어젯날 金凍植 敎務와 李恩鎬 敎師에 付託한 借用金 50,000원 月利 5分로 쳐서 얻고. 큰 애 大事 經費에 所用되어 갑작이 얻은 것. 淸州 가선 四柱 저고리와 목걸이 맞추고 막車로 歸校. 今日 飮酒 잘 참고. ⓒ
魯絃한테 3,000원 送金~ 件 後 複雜할 것 같아 食費라도 보태라고.

〈1968년 11월 28일 목요일 晴〉(10. 9.)
팔 다쳤던 魯弼 今日은 登校. 생기 있고 차도 많은 듯. 多幸〃〃.
새벽에 金溪 本家行. 父母 拜謁 後 年金 드리고 時事(時祀)費도 一部. 井의 婚事 때 쓸 돼지값 一部로도 一萬 원 드리다. 朝食 後 급거 自轉車로 登校. 쌀쌀한 아침이었지만 땀 흘리다.
今日 晝食 모처럼 많이 먹다. 金成煥 敎師 宅에서. 벼 打作한다고. 過飮 後 二日間 不飮했더니 이제서 입맛 돌아선 듯.
저녁엔 柳在河 氏와 번천 건너가 金在喆 父兄 집에서 닭볶음, 토끼찌개 等 珍味飮食 待接 받

다. ×

〈1968년 11월 29일 금요일 晴〉(10. 10.)
서울行 計劃으로 入淸. 內者와 同行키로. 12月 1日에 四柱 써서 約婚行事 이루게 되어. 學校 行事 마치고 井 母와 入淸. 팔 아픈 中이지만 막내동 魯弼이도 서울 구경시키기 겸 다리고 가다. ⓒ

〈1968년 11월 30일 토요일 晴〉(10. 11.)
淸州市內 몇 處에 外上값 갚고 낮 12時 半 準急으로 서울 向發. 車內에선 弼이에 사과, 빵, 껌 等 若干씩 사주어 자미있게 먹이다. 서울驛에선 맞애 井이 나와 제 母親의 짐(가방) 받고, 驛前에서 택시타고 徽慶洞까지. 月餘 前에 와서 제 오빠에 밥 지어 주던 長女 魯媛이가 반색. 約 칸 반쯤 되는 房 전세로 15萬 원이라고. 조용은 하고 깨끗하며 主人이 忠北 鎭川人인 故鄕人. 70餘 老人이나 깔끔한 분.
井과 媛은 제 父母에 대접하려 各種 珍味 반찬을 마련. 그간의 이야기와 明日 行事 等으로 밤 깊도록 座談. ◎

〈1968년 12월 1일 일요일 晴〉(10. 12.)
새벽 일찍 淸凉里 市場에 달려가 四柱箱子와 수수깡 購入. 朝食 後 四柱 쓰고 '己卯 二月 二五日 申時' 箱子에 淸州서 만든 패물 '목걸이', 사주 저고리, 井이가 장만한 반지 等을 고이 넣고 보로 싸다.
正刻 12時에 韓國食堂에서 兩家 家族 約 20餘 參與코 彼此 人事 後 四柱 건늬고 會食. 食事 準備는 규수집에서 하다. 約 1萬 원 정도라고. 一時間 程度 歡談 後 分手. 우리 內外 夕食은 답십리 成桀 집에서. ○

〈1968년 12월 2일 월요일 晴, 曇〉(10. 13.)
四日 체신의 날 行事 있게 되므로 그때까지 서울 滯留 形便.
맞애 井의 말 듣고 魯明 面會키로 決定코 뻐쓰로 東豆川行. 東豆川서 다시 西北쪽 6㎞. 곳은 京畿道 楊州郡 은현면 봉암리. 손쉽게 3男 魯明 面會. 中國料理집에서 같이 點心. 軍 敎會에서 服務한다는 것. 하는 일은 유치원 어린이들에게 노래 가르치는 일이라고. 고되다는 것은 軍 목사의 밥 지어 바치는 일인 듯. 14日 行事에 休暇 얻어 서울까지 오라고 당부한 後 歸京. 제 누나 주라고 雜誌 2卷. ×

〈1968년 12월 3일 화요일 晴〉(10. 14.)
午後 1時 半에 約束대로 서울驛에서 卞 校監과 梧倉우체국 柳根晟 局長과 合面. 明日 行事 案內 받고져 체신부 들리고, 金승태 主事의 案內로 關係 몇 사람에게 人事. 換金貯金課長은 마침 郭泳植이란 一家. 서울派인데 原州派와의 關聯, 瑞山公 子孫. 반갑게 서로 人事.
旅館 定한 後 南大門 市場에 3人이 나가 체신部 몇 사람에게 줄 膳物 사고. 夕食 後 徽慶洞 다녀와서 旅館에서 三人이 同宿. ○

〈1968년 12월 4일 수요일 晴〉(10. 15.)
第13回 체신의 날. 3人은 10時에 市民會館 指定席에 着席. 나와 조준휘(學生 代表) 君은 受賞者에. 처음 들어가 본 시민회관. 奏樂소리도 정중. 國內外 貴賓도 오고, 前職 長官들 中에는 우리 一家 義桀 氏도.
進行에 따라 受賞~ 全國에 單 하나밖에 없는

大統領 優勝旗를 나는 받다. 丁一權 國務總理로부터 授與코 握手. 參集人 모두가 박수갈채. 어딘가 모르게 가슴 벅찬 느낌과 職場生活의 보람. 貯蓄最優秀賞으로 職場團體賞, 遞信部長官으로부터는 우승패. 賞金 2萬 원.
退場 後 中央廳에 가 文敎部에 들려 人事. 獎學室에 들려 室長에 人事. 한국일보사, 朝鮮日報社에도 찾아 人事.
下午 5時 忠北線 特急 기동차로 서울發. 井 母도 같이. 淸州 着하니 18시가 헐신 지난 20時. 井 母는 아해들 있는 곳으로, 三人은 旅人宿에서 合宿. ×

〈1968년 12월 5일 목요일 晴〉(10. 16.)
淸州서 記念寫眞 撮影. 敎育廳 들려서 人事 後 歸校. ○
中學 入試는 今日로 完. 4女 魯杏 試驗 잘 본 듯. 然이나 勤務校 兒童들 大體로 考査 結果 不良한 듯한 공기에 不快.

〈1968년 12월 7일 토요일 晴〉(10. 18.)
淸州市內 各 中學 入試 合格者 發表에 淸女中에 魯杏 合格. 前期校에 모두 31名 合格이나 淸中엔 無. ○

〈1968년 12월 8일 일요일 晴〉(10. 19.)
家庭事로 數日間 年暇 내고 本家行. 14日엔 長子 魯井의 結婚式. 父親 모시고 井 母와 함께 烏山市場에 가 잔치材料 홍정. X

〈1968년 12월 9일 월요일 晴〉(10. 20.)
烏山市場에 다시 나가 밀가루 2包 購入…… 素麵 倍加 準備코져. ×

〈1968년 12월 10일 화요일 晴〉(10. 21.)
入淸하여 채단 끊다. 初婚에 맞며누리여서 힘껏 해보자는 心事로 12,600원어치. 商人들 말에도 最高라고. 치마저고리 두 벌. 한 벌에 3,800원씩…… 본견 양단과 러키롱. 두루마기감으로 5,000원. 양모단이라고. 3女 魯妊은 炊事. 次女 努姬와 함께 大興商會에 가서 끊다.

〈1968년 12월 11일 수요일 晴〉(10. 22.)
舍宅에서 請牒狀 쓰다. 校監, 趙 敎師, 金丙 敎師가 協助. ×

〈1968년 12월 12일 목요일 曇〉(10. 23.)
入淸하여 後期校 中學 入試에 巡廻. 淸原中, 雲湖中, 大成中.
저녁엔 東海食堂에서 六學年 擔任 3人에게 藥酒 한턱 待接. 거기엔 地方有志 金漢植 氏도 같이 끼고. 간단히 한다는 게 4,500원. ×

〈1968년 12월 13일 금요일 晴, 曇〉(10. 24.)
貳女 魯姬와 서울行. 明日은 長男 井의 結婚式. 井 母는 本家 金溪에서 잔치 準備로 서울行 포기. 마음속 몹시 不安不快.
서울 着하니 12時. 徽慶洞에 가니 제 母親 안 왔다고 서운한 듯. 밤中까지 기다리었으나 三男 魯明은 아니 오고 밤 깊어서 貳男 魯絃이 沃川서 오다.
明日 行禮 關係로 이야기 저야기로 徹夜 程度. 날씨는 추어지고, 싸락눈도 나리고. 몇 차례 밖에 나가 날씨 좋도록 天地神明께 祈願도. ⓒ

〈1968년 12월 14일 토요일 曇, 小雪, 曇〉(10. 25.)
날씨 如前 不晴. 禮式場은 鍾路 四街 東苑禮式

場. 下午 二時 正刻에 禮式 進行. 나에게도 當한 거룩한 일 생각하니 기쁘고 반가운 일. 家族席에 內者가 없어 섭섭. 家庭에서 일 보느라고. 날씨 고르지 못하였으나 마침 2時부터 3時 사이는 눈이 그치고. 主禮는 井의 恩師인 서울師大 生物學 博士 崔基哲 敎授. 一家엔 義榮 氏도. 親知엔 權在昌 醫博도 參席. 禮式 圓滿히 마치고 一家 모여 簡單히 點心 會食. 16日에 歸鄕토록 당부하고 나는 貳男 絃이와 함께 歸家. 밤 11時 半에 着. 經過之事를 父母님께 報告. 집안 一同 기뻐하고. ×

〈1968년 12월 15일 일요일 曇〉(10. 26.)
일찍부터 잔치음식 만들기에 발끈. 이웃 아주머니들 큰 手苦. 날씨는 좀 차고, 음식 할 거리는 많고. 그릇 準備, 酒類 準備, 과방 꾸미기 等으로 나도 눈코 뜰 새 없는 程度. 밤새도록 고기도 쓸고. ◎

〈1968년 12월 16일 월요일 晴〉(10. 27.)
잔치 제1일. 今日 來客 約 500名 程度. 집안 兄들 接客 案內에 血眼. 絃과 松이는 날으듯 바쁘고, 나는 握手와 答禮에 精神 잃을 程度. 井의 內外는 12시쯤 到着. 번말 냇가서부터 步行으로 着家.
폐박[폐백] 時에 며누리에게 기쁜 마음에서 자미난 당부…… 우리 家庭은 敎育家庭이라는 것, 祖父母님의 德分이라는 것, 힘써 화락한 家庭으로 이르키자는 것 等.. 玉山校 직원, 金溪校 직원 늦게 왔으므로 밤늦게까지 노래 부르며 祝賀. 勸酒하기에 나는 바쁘고, 다 마치고 방에 들어앉으니 천장이 뱅뱅 도는 듯. 술은 終日토록 극히 참고. 後行 온 사돈(井의 妻 伯父)과 情談하다가 누울 때는 새로 二時쯤. ○

〈1968년 12월 17일 화요일 晴〉(10. 28.)
잔치 第2日째. 多幸히도 어제 오늘 淸明한 날씨. 햇기가 매우 돋을 무렵부터 來客. 그러나 어제에 比하여는 準備에 餘裕 時間이 넉넉. 飮食 不足하지 않을 듯. 21관짜리 돼지었는데 아직 많이 고기 있고 술은 工場 것 얼마던지 댈 勇意[用意].
佳佐校 學區 內 父兄 有志 數十 名과 佳佐校 職員 全員 來家하여 午後 三時頃은 家內가 벅석거리다. 飮食은 어제보다 헐신 가지가지 많이 待接. 昨日은 벅찬 바람에 있는 飮食도 못 놓았던 모양.
아침결의 新婦의 집안어른 상면禮에 관하여 약간 圓滿치 못하다가 지나친 아낌 생각에서 生하였던 것. 더 생각했던 결과 順調로히 풀리게 進行하다.
後行客 가고 큰 外叔도, 妻男도 이젠 나도 큰 일 한번 치룬 생각에 후유. ○

〈1968년 12월 18일 수요일 晴〉(10. 29.)
오늘은 新郞 新婦인 魯井 內外 서울 向發. 떠난 後는 집이 텅 빈 것 같고, 老親께서도 딸 시집보낸 以上 서운하다는 말씀. 낮엔 洞內 婦人 아주머니들 數十 名 모여 內室에서 술타령, 춤, 노래로 벅석. 今日도 외정 손님 몇 분 오고. 저녁 때 族弟 俸榮 女婚에 人事 가고, 밤엔 鄭국장, 李係長, 俊 兄 來家 歡待. ×

〈1968년 12월 19일 목요일 晴〉(10. 30.)
家內 大淸掃. 과방 햇던(헛간) 곳도 原狀復舊.

얻어온 各種 器類도 씻어 돌려주고. 扶助 들어온 金錢類도 整理 統算. 現金 約 5萬 원 程度. 外上 달렸던 一部 肉類代 및 酒類代 等의 物品값도 淸算. 해질 무렵 歸校. ×

〈1968년 12월 20일 금요일 晴〉(11. 1.)
여러 날 私事로 學校 비었으나 無事하여 多幸. 地方有志 및 職員에게 簡素히 濁酒로 謝禮. 完全히 婚大事 今般일 끝났음을 天地神明께 伏謝. ×

〈1968년 12월 21일 토요일 晴, 曇, 雪〉(11. 2.)
年末 校長會議에 參席. 여러 校長님들도 나에 祝賀와 미안人事. 今日 會議는 教職員 勤務 評定이 主. 晝食은 食堂에서 一同 유쾌히 滿足히. ○

〈1968년 12월 22일 일요일 曇, 晴〉(11. 3.)
밤새 相當한 積雪. 가을에 많이 싸이고는 今般이 처음. 約 1尺 程度될 듯.
눈길 뚫으며 玉山行. 魯絃의 入營 延期 手續次 戶籍謄本 떼러. 歸路에 虎竹 朴孟淳 子婚에 人事코 一杯. 집에 왔을 땐 어두운 밤. ×

〈1968년 12월 23일 월요일 晴〉(11. 4.)
눈 아직 안 녹아 白世界. 校長會議事項 傳達 및 休暇 中 生活에 對한 職員協議會. 五男 막동이 教育保險 3年 滿期 加入…… 月額 212원씩, 保險額은 14,292원. ◎

〈1968년 12월 24일 화요일 晴〉(11. 5.)
終業式. 兒童에게 3가지 부탁…… 불조심, 얼음조심, 病조심. ○

〈1968년 12월 25일 수요일 晴〉(11. 6.)
날씨 누져 눈 많이 녹이고. 玉山行 하여 姬의 任命書類 一部 作成. 집에 들여 父母님 拜謁. 해질 무렵 歸校. 松이 오고. 客室에 煉炭 땔 裝置. ○

〈1968년 12월 26일 목요일 晴〉(11. 7.)
昨日부터 冬季休暇. 뻐쓰 不通으로 自轉車로 梧倉行. 面內 機關長會議에 參席. 鄕軍運營 問題가 主. 晝食은 午後 3時 半에. 8時 半 歸家. ○

〈1968년 12월 27일 금요일 晴〉(11. 8.)
近者 繼續 謹酒로 食慾 增大. 事務 推進도 잘 되고. 教職員의 勤務成績表 및 勤務評定 算出 整理코 發送.
新婚生活 健實 促求와 激勵 兼 長子 魯井에게 첫 書信 보내고, 次子 魯絃에겐 慰安과 異動希望하라고 편지 내다. 午後엔 上佳 出張. ○

〈1968년 12월 28일 토요일 晴〉(11. 9.)
玉山行~ 絃의 入營 延期 手續次. 그러나 兵事係 朴 書記 不誠意로 未畢. 몇 친구들과 市場에서 만자 交杯. X

〈1968년 12월 30일 월요일 晴〉(11. 11.)
早朝 車로 入淸. 魯杏 登錄金(入學手續) 納付 完了. 期成會 會費 4,000원 免除하고 總 7,060원 納付. 兵務廳 앞 池 氏 事務所 들려 絃 件 問議.
卞 校監과 百貨店 거쳐서 教育廳에 가 年末人事. 金涷植 家에도 尋訪.
저녁엔 東海食堂에서 一杯. 화성여인숙에서

留宿.
낮엔 玉山面에 들려서 魯絃의 入營 延期 手續을 促求했으나 當該 書記 不應으로 또 未畢. 點心 待接 等 않았는 데서 不應하는 듯. 괫심한 마음 不禁. ×
玉山 高速道 竣工式에 朴 大統領과 關係長官 온다고.

〈1968년 12월 31일 화요일 晴〉(11. 12.)
카렌다 몇 장 얻고 오창 와서 魯絃의 入營 延期 手續을 방 서기에게 부탁.
날씨 몹시 찬데 自轉車로 集內까지 달려 午後 2時 着.
趙亮濬 친구 중매로 長女 魯媛의 婚事 成立될 듯. 郎子 서울서 와서 人事. 白川 趙氏, 28세, 中央大 卒業, 永등포 女商校 在任이라고. 體格 健康하고 氣質 活發한 편. 當 本人끼리도 面會. 合意 成立. 1月 5日에 四柱 쓰기로 決定. 氣分 快하여 몇 親舊에게 藥酒 待接.
今年의 最終日. 별 오락은 못하고 魯絃이 沃川에서 와 밤中에 着家. X

1968年(4301년) 戊申年 略記

- 滿 五年 勤務타가 佳佐校로 轉勤. 職員 中 過飮 실수와 中學 入試 成績 不良하다고 몇몇 不滿者가 輿論 일으키고 當局에도 投書했다는 것. 地方教師 논두렁 先生이란 말도 불등.
  老親 {계신} 곳 떠남이 안타까우나 學校 格과 個人 處遇 立場은 잘 된 셈. 六個月間 通勤 또는 下宿하다가 舍宅으로 搬移. 通勤 中에는 발목 다쳐 約 3個月間 苦生도 하고, 合産 中에는 苦痛도 많았고.
- 宿望이었던 長男 魯井이 結婚 成立. 慶州 金氏 26세, 教職. 禮式은 서울, 잔치는 故鄕 本家에서 3日間 盛況 이루고. 酒肉 豊하게.
- 四女 魯杏이 淸州女中에 優秀成績으로 合格.
- 參男 魯明이 入隊. 魯絃, 振榮이 한때 酒中 過態로 物心兩面으로 損失.
- 年事는 平年作 下. 移秧期에 甚한 干魃[旱魃]. 湖南地方은 全的 代播. 秋收期에 눈, 비 잦아 큰 속 썩인 農民들 가련.
- 家族動態
  父親 68세 平健.
  母親 70세 平健.
  內者 49세:
  長男 魯井 30세 麻浦高 在任 中.
  長女 魯媛 27세 婚談 中.
  貳男 魯絃 24세 靑山國校 在任 中.
  參男 魯明 入隊 中.
  次女 魯姬 20세 教大 卒業班.
  參女 魯妊 淸女高 二年.
  四男 魯松 淸中 二年.
  四女 魯杏 淸女中 合格.
  五女 魯運 佳佐國校 四年.
  五男 魯弼 佳佐國校 一年.
  弟 振榮 入隊 中.
  姪女 魯先 神林局 在任.
  以上

1969년

〈앞표지〉
日記帳
1969년(4302), 己酉
佳佐校 在任

〈내지〉
老親 勞力에 恒時 罪滿感 69. 10. 19.

〈1969년 1월 1일 수요일 晴〉(11. 13.)
새해 행복을 기원. 유재하, 유치상, 김용식과 가개에서 교배.
장자 井이가 보내온 보약(녹각탕) 한 제 복용 시작. ×

〈1969년 1월 2일 목요일 晴〉(11. 14.)
섣달 말일부터 기온 급강하. 혹한 계속 3일채. 영하 10도 평균.
연하狀 20매 써서 발송. 紘이 오창까지 다녀오고. 어젯날 청주 갔던 媛도 낮차로 귀가. 四柱 받는 날 입을 치마저고리 맞추고 왔다는 것. 郎子 측에선 약혼반지 할 양으로 媛의 손가락 재어가고. 밀렸던 雜務 처리 後 柳 의사와 一杯. 千은기 친기에 人事도 하다. ○

〈1969년 1월 3일 금요일 晴〉(11. 15.)
종친 동갑계 5회째. 俊 兄 댁에서 稧財 9,849원. ×

〈1969년 1월 4일 토요일 청〉(11. 16.)
오창면 시무식에 우연찮이 참석. 이장회에도 참석하여 처음으로 전체 이장에 인사. 이장들이 감명 깊게 들었다는 것.
차남 紘의 입영 연기 수속 완료. 본적지인 옥산면에선 담당자 부성의로 未完이어서 오창면에서 작성 필. 횃김에 옥산면에 보기 좋게 서류 제시코 郡에 발송 요청. 今日 여정 당당~가좌에서 오창, 청주 경유. 옥산, 다시 청주 경유 오창, 가좌 着. ×

〈1969년 1월 5일 일요일 청〉(11. 17.)
장녀 媛의 약혼 성립. 전부터 말 있던 白川 趙氏. 媛보다 한 살 더 많다고. 中央大卒. 중등교에서 교편 잡고 있는 中.
午後 5時쯤에 四柱 받다. 本家에선 家親 오시

고, 從兄도 재종兄님도. 가좌 所在 有志 數人도 來家. 郎子 측 가족과 측근자 10餘 名. 약주 약 2斗쯤 치운 듯. 井 母의 빠른 솜씨로 안주와 반찬 족족히 맛있게 대등. 四柱는 "辛巳正月九日丑時"라 되어 있다. X

〈1969년 1월 6일 월요일 청〉(11. 18.)
휴가 중 직원 연수 제1일. 학습지도 자료로 괘도 만들기 착수.
작일 행사 바우기에 과음이었던지 몸 고단. 그래도 금일 활동 비보통. 지방 공판(拱販[共販])에 협조. 어제 왔던 젊은네들 다시 와서 인사. 一杯 대접 후 작별. ×

〈1969년 1월 7일 화요일 청〉(11. 19.)
연수 중인 직원들에게 인사. 작업에 수고한다는 것과 己酉 새해에도 몸 건강히 복도 받자는 것으로. ×

〈1969년 1월 8일 수요일 청〉(11. 20.)
교육평론사에서 洪 氏 와서 대담. 68년의 저축賞 관계로 記事꺼리 취재하러 왔기에.
군 교육청 강영원 학무과장 내교 시찰. 조미로운 학교 經營에 감탄했을 터. ×

〈1969년 1월 9일 목요일 청〉(11. 21.)
출교 근무 후 해 질 무렵에 본가행. 부모님께 문안. 저녁엔 종형님과 재종형님께도 인사. ×

〈1969년 1월 10일 금요일 청〉(11. 22.)
몽단리 柳氏 매형 찾아서 媛의 婚事 擇日. 陰으로 正月 21日. 三月 三日. 4月 10日로 잡아 그 중 골르라는 것.

오후 2시쯤에 귀교. 연수회는 금일로 종료. ×

〈1969년 1월 11일 토요일 청〉(11. 23.)
媛의 擇日 쓰다. "奠雁四月十日 納幣同日先行" 과년 찬 여식 약혼 완전 성립되어 완쾌완쾌. 郎子도 확실히 똑똑하여 만족만족. 어젯날 와서 저의 처남 될 紘과 松이와 환담하다가 사랑방에서 같이 동宿. 涓吉書 가지고 금일 상경한다는 것.
第五學年의 學父兄會 開催. 아동 出席率 나쁜 것의 타개책 논의. 井 母는 北一面 오동리 가다. 運과 弼을 다리고. 明日이 氷丈 大忌여서. 나는 明日 오후에 갈 예정.
밤에 柳 醫師와 환담 일배 후 집에 와보니 四男 松이가 독서에 열중. "한국문학전집" 12권. 묵독하는 그 태도 참으로 기특. 묵묵히 빠르게 눈과 턱만이 움직일 뿐. ×

〈1969년 1월 12일 일요일 청〉(11. 24.)
자전거로 오창까지 가서 잔삭다리 몇 가지 일 본 후 오동리 처가에 着. 오후 3시에 장인 대기 상식 거행. 천안과 낭성의 처제들도 전일에 왔다는 것. 천안에선 동서도 오고. 상식 거행 중에 고향 본가에서 노친과 큰 당숙장도 오시고. 날씨 몹시 차서 밖에서 시간 바우기에 고난. ×

〈1969년 1월 13일 월요일 청〉(11. 25.)
새벽 5시에 장인 대기 제사 완료. 조식 후 산소에 일동 참석하여 혼백 소각까지의 제 행사 완전히 종말. 산소에서 음복이 과했던지 주중서 오창까지 빼쓰로 온 기억이 삭막. 오창 양조장에서 잠간 쉰 듯. 맡겨 뒀던 자전거로 달

리기 시작하여 오후 4시에 무사히 사택에 도착. X

〈1969년 1월 14일 화요일 청〉(11. 26.)
야심에 서랑감 조태휘 왔었다가 나의 곤함을 듣고 그대로 잠시 쉬었다는 것으로 조조에 인사. 12시쯤 상경한다고 향발한 듯.
송계 이용구 댁에서 계 있다는 것으로 초대하기에 건너가 일배.
내자 정 모는 고생스럽게도 차 결행으로 오창서부터 걸어왔다는 것. 날씨도 몹씨 찬데 거기에 어린 노운과 노필을 대동. 무사하게는 도착하였지만 세 사람 다 기운 없이 느러지고.
말에 의하면 부친께선 주중리에서 과음 피로하여 욕보시다가 늦게서야 엊저녁에 청주 향발하였다는 것. 궁금하기에 4남 松을 금계 본가로 저녁때 파송.
차남 絃의 입영 연기 수속이 미착인지 근무지인 청산에서 전보가 어제도, 오늘도 속히 오라고 전내. 일편 궁겁고 일편 모 당무자에 괫심불금. 며칠 후에 내막을 자세히 알아볼 일. ×

〈1969년 1월 15일 수요일 청〉(11. 27.)
찬 날씨는 아직 계속. 오래전에 온 눈이 아직 덜 녹아 남쪽 산턱은 백세계 그대로.
군에 있는 작은 처남 '광호' 잠간 다녀가고. 장남 井의 부부 저물라도 올가 하였더니 아니 오고. 시간이 맞지 않았을 것으로 짐작. ×

〈1969년 1월 16일 목요일 청〉(11. 28.)
기다렸던 장남 井의 부부 나려오다. 명일이 나의 생일이라고 닭을 비롯한 반찬거리와 물품도 나우 사온 듯. 금계 본가로 가서 명일 조식을 조부모님 모시고 한자리에서 유쾌히 먹자고 당부하고 나는 곧 금계행. 부모님께 문안 후 俊榮 兄 先考長 대기에 인사. 저녁에도 늦게까지 제사 집에서 놀다. 밤늦게 귀家. 가좌에선 내자, 井의 부부, 장녀 媛, 차녀 姬 약속대로 본가에 왔기에 기쁘고 다행. 눈에 얼어붙은 빙판 길을 오느라고 욕봤을 터…….
사랑방에서 부친 모시고 유. 장기간 빈방이어서 바닥 차고 외풍이 극심했을 것이나 노친께서 장작불 많이 집혀 바닥만은 딱끈딱끈. ×

〈1969년 1월 17일 금요일 청〉(11. 29.)
새벽에 일어나서 간단히 조식. 교장회의에 참석하여야기 때문. 그렇잖으면 온 가족과 침착히 식사할 것이지만 형편상 부득. 그래도 내자와 며누리, 딸들이 서둘러 서울에서 갖아온 닭고기를 백수로 마련해 주기에 잘 먹은 셈. 음력 동짓달이 작아서 오늘이 생일 금일로 만 47세.
교장회의는 오후 3시에 끝나고. 여물 약간 사가지고 늦게서 귀가. ×

〈1969년 1월 18일 토요일 청〉(12. 1.)
조식을 가족 일동 한자리에서 회식. 귀어운 며누리도 합석케 하고…….
俊榮 兄 초대하여 약주 대접 후 학교 형편 때문에 부득이 귀교. 내자와 장자 부부, 원, 희도 가좌로 오다. ×

〈1969년 1월 19일 일요일 청〉(12. 2.)
교하 각처 상점의 외上값 정리. 몇몇 친구와 약주 교배 많아 금일 과음. X

〈1969년 1월 20일 월요일 청〉(12. 3.)
媛, 姬 청주행. 낮차로 장남 내외도 나도. 교육청에 들려 杏의 학자 대부 수속하렸더니 기간도 지났고 전자에 혜택 받아 불가능하겠기에 포기.
어젯날 며누리는 잘못 놀다 손가락을 몹시 다쳤던 양. 기분 매우 상하나 불가피. 연약한 손가락이 얼마나 아팠을까. 안스러운 생각.
저녁 마지막 뻐쓰로 입청했던 일동 무사히 귀가. X

〈1969년 1월 21일 화요일 청〉(12. 4.)
오늘은 며누리의 생일이라는 것. 작일에 청주에서 사온 어물 등으로 반찬을 나우 차린 듯. 온 가족 조식을 한자리에서 회식. 서울서 갖아온 닭 오늘도 고아 조반상을 장식. 낮엔 안에서 흰떡도 만드러 오고.
차남 紘이 재차 올 줄 알았더니 아니 오고.
상가 이은호 교사 댁에 초대 있어 다녀온 후 사택에 술 좀 있기에 유재하 유철상 부형 오래서 몇 잔씩 대접. 추후로 김학진, 천종섭도 오고. X

〈1969년 1월 22일 수요일 청, 구름〉(12. 5.)
며칠간 계속 과음되어 피로 느끼고. 금일도 면에서 증산대회 있어 오창 갔다 나우 마시다. 탁주라서 과취는 아니었음이 다행.
며누리의 다친 손가락 다행히도 거이 나았다고.
20일부터 연 3일 하도 푹하여 해동 기분. ×

〈1969년 1월 23일 목요일 비, 흐림〉(12. 6.)
그렇게도 푹한 날씨 계속더니 새벽에 비. 가랑비는 오전 9시경까지 꾸준히 나리다.
장남 노정 내외 아침 뻐쓰로 상경 향발. 귀향한 제 약 1주간. 그것들 떠내 보내니 또 섭섭. 사택이 휑하니 너무나 조용한 공기. 다행히도 저녁엔 여식 5형제가 한자리에서 합창 몇 시간을 계속. 우애 있는 즐거운 가정을 맛보게 하고. 나의 즐거움과 행복을 자연이 상기케 되다.
명일 제출할 교직원 이동조서 작성 등으로 몸 편찮은 변 교감 많이 욕보고. 5학년은 오늘도 과외공부 지도에 담임들이 애쓰다.
오랜만에 금일은 일 목음 안 마시다. 저녁밥(죽) 맛있고. ◎

〈1969년 1월 24일 금요일 청〉(12. 7.)
새벽 첫차로 청주행~ 입원 중인 金元植 씨 문병. 교육청에 들려 이동조서 제출코 인사사무타합. 오창교 김 교장님과 탁주 몇 잔씩 피차 대접. 청고 재임 중인 제자 최승덕 만나고, 진천 중학 김원회 선생도 만나 인사. 막차로 귀가. 희, 송, 운은 금계 본집에 가고, 媛과 杏은 번골 갔다는 것. 사택 매우 고요적적. 필이와 윷놀다 취침. ○

〈1969년 1월 25일 토요일 비, 흐림〉(12. 8.)
비 나리어 행길은 험. 번골 갔던 원과 행, 집에 갔던 松, 비 그친 오후에 귀가.
고영호 교사 모친 회갑 초대 있어 직원 몇 사람과 지방유지 몇 분과 함께 후기에 다녀오다. 김태제 씨 댁 대기에도 인사. ×

〈1969년 1월 26일 일요일 흐림, 가랑비〉(12. 9.)
변 교감 문병. 柳 의사와 함께 번천 가서.

저녁엔 김성환 교사 집에서 유재하, 유철상, 김학진과 같이 얼려[어울려] 오랜만에 담배 및 술내기 나이론뽄[1]하여 거이 철야. ×

〈1969년 1월 27일 월요일 흐림〉(12. 10.)
기성회 역원 몇 사람과 상청 인사 예정을 사정 있어 연기.
저녁엔 변정수 친기에 인사. ×

〈1969년 1월 28일 화요일 비, 눈〉(12. 11.)
날씨 4일째 궂어 길 험하고, 냇물도 수량 늘어 상당히 흐르고.
낮엔 몇 부형들과 날궂이로 탁주놀이. 진눈개비로 적설도 상당.
막동 필이 피부에 붉은 것 많이 돋아나 가렵다고 신고 중. 압서기[2]인지? 한동안 잘 놀고 공부 잘 해 보기 좋던 얼굴이 하루 사이에 반쪽. 어서 잘 가란기를 천지신명께 기도. 설상가상으로 이까지 아프다고 음식 저작에도 곤난 중. 서울 큰 애가 지어온 보약 나는 끝나고 어제부터 내자가 복용. ○

〈1969년 1월 29일 수요일 흐림〉(12. 12.)
집내 동계에서 초대 있기에 가서 점심과 술을 대접 받고.
수일간 흐린 날씨더니 간밤에 눈 많이 나리어 그 두테[두께] 약 1자쯤. 금번 겨울 중 최대 적설. 아침 일찍부터 松과 나는 사택 안팎의 길 뚫으기에 땀 흘리며 노력. 이 많은 눈이 언제쯤이나 다 녹을까 가마득.

필의 열꽃은 어느 정도 가라앉은 듯. 입몸 부은 곳을 제 누나 媛이가 옥토정기[옥도정기(요오드팅크)] 등으로 치료해 주고. 밤에 몇 친구와 나이{론}뽄 놀이 娛樂. ○

〈1969년 1월 30일 목요일 흐림, 가랑눈〉(12. 13.)
날씨는 아직 안개이고, 어제 새벽에 쌓인 눈은 아직 그대로. 도리어 가락눈으로 점점 붇기만. 필의 열꽃은 완연히 차도 있고, 어제부터 심히 나타난 내 몸의 열꽃(?)은 더욱 심하여 거이 전신에 퍼진 정도.
오래간 집에 못가서 궁금 중. 개학일도 가까운데 중등교 아해들 청주 갈 일이 난감.
가좌리 산林계 총회에 참석. 산림계 기금이 무려 백미로 70가마. 과거에 산림 조성 심사에 당선되어 상금 받은 것으로 늘리기 시작했다는 것. 나도 참견한 입장에서 인사…… 수인사, 축하와 자랑된 칭찬. 더욱 산림 애초의 강조. 방학 중 생활 지도와 개학식. 적설에 등교 불편자 인솔. 이장 선출에 관한 것 등등을 말하다. 저녁엔 몇 친구와 유철상 집에서 술내기 오락. ○

〈1969년 1월 31일 금요일 가랑눈〉(12. 14.)
밤새도록 나린 가랑눈으로 설상에 또 적설. 현 적설고 약 1.5자. 현재도 날리는 중. 학교는 개학 준비로 전 직원 나와 집무. 일부 직원은 못 나오고.
4째 松은 개학[3]에 임하겠다고.단단히 차린 몸맵시로 가방 진 채 청주 향해 보행으로 출발.

---

1) 화투놀이의 한 종류이다.
2) 수두나 홍역을 일컫는 방원이다.
3) 원문에는 붉은색 색연필로 밑줄이 그어져 있다.

날자 여유 있는 3녀 妊이도 같이[4] 따라나서고. 제 동생 밥 끓여주겠다는 것으로. 과적설로 수일 전부터 각처마다 차 불통. 길 험한데 먼 길 보행으로 떠나는 그 모습 용감하기 무쌍. 공부에 열중하는 처지인 중에도 한 시간도 결하지 않으려는 그 마음 신통하고 기특하기도 하지. 이런 보람 느끼며 지내는 나의 처지 행복하기도 하지. ×

〈1969년 2월 1일 토요일 흐림, 淸, 曇〉(12. 15.)
방학 어제로 끝나 금일부터 개학인데 도 당국의 지시에 의하여 5일간 연기. 2월 6일에 개학토록. 적설로 아동들 등교 불가능하므로 된 조치. 직원 조회 후 전 직원 부락 출장하여 차지를 전하다. ○

〈1969년 2월 2일 일요일 청〉(12. 16.)
눈은 아직도 녹지 않아 은세계 그대로. 큰 도로 외엔 길 나지 않았다는 것. 지붕 위의 쌓인 눈 한 자 이상 두께대로 땅을 굽어보고.
양식이 떨어졌다기에 쌀 구하던 중 이종억(李鍾億) 씨 주선으로 신두 평말로 20말 장리쌀로 운반 필. 이자는 연 사활[4할]로 정. ○

〈1969년 2월 3일 월요일 청〉(12. 17.)
비교적 청명한 날씨이나 식전 추위 극히 차서 샘 폼푸자루에 손바닥이 느러붙은 채 떠러지지 않고 기온은 영하 11°. 오래간 본집에 못 가 궁금.
각종서류 정비 후 원가 이승화 댁 초대에 응접. 왕래에 적설 후 외목길이어서 불편을 느끼고 양편 나무들은 눈 무게에 부러지고 활 같이 후이고. ○

〈1969년 2월 4일 화요일 청〉(12. 18.)
금일은 마실 안 가고 종일토록 독서(새교육). 눈은 간밤에 싸락눈이 약간 나려서 더욱 보태지고. 화토 사달라고 노필이 보채기에 어젯날 사주었더니 해 지도록 가지고 놀고. 재주 있게 여러 가지 방법으로 놀이하는 듯.
종일토록 밖에 안 나갔더니 술 일 목음 아니하다. ◎

〈1969년 2월 5일 수요일 청〉 (12. 19.)
계속 금일도 '새교육'誌 독파. 마실 안 가고 안 마시니 상쾌. ◎

〈1969년 2월 6일 목요일 청〉 (12. 20.)
개학. 등교學生 70%. 직원은 전원 출근. 눈은 아직 녹지 않아 은세계 그대로. 한 자 이상 그 두께대로 덮혀 솔은 채.
이한구 회장 내교 환담. 작별할 때 탁주 일배씩. ○

〈1969년 2월 7일 금요일 청〉(12. 21.)
승공단합대회에 참석코져 새벽에 보행으로 출발. 반공연맹 충북지부장과 대공분실장 초청으로. 눈길 30리 걷기에 어렵기도 하고. 대회 장소는 중앙극장. 도내 시군 기관장 모여 초만원. 점심 대접도 신림식당에서 융숭히 받다. 기념 타올도 받고. 귀로에 유철상 만나 오창서 밤늦게까지 몇 친구와 오락도 하고. 李준희 술집에도 들려 놀다가 유철상과 동숙. ×

4) 원문에는 붉은색 색연필로 밑줄이 그어져 있다.

〈1969년 2월 8일 토요일 청〉(12. 22.)
입청하여 이 학무국장 친기에 인사. 날씨는 누져서 눈이 철철 녹고. 교육청에 들려 사무연락 마치고 이기사, 이춘원과 일배.
귀가 후 친구 수명과 탁주놀이. 밤늦도록 흥겨 놀다.
사위 될 조태휘 서울서 나려오고. 제 부모들이 제 아내 될 사람 다리고 오란다고. 몹시 보고 싶어 하는 듯. X

〈1969년 2월 9일 일요일 청〉(12. 23.)
조식 후 장녀 노원은 제 남편 될 사람 따라 서울 향발. 눈길에 병천까지는 큰 욕볼 것이 뻔. 편지 몇 번 받고도 안 가더니 금번은 불가피한 모양.
상가 통새골 천종명 댁 초청 있어 친구 수인과 동행. 기분 좋은 김에 함부로 마셨더니 과했던 모양. 고향 족제 응영 모친대기에 인사 못 가서 미안. X

〈1969년 2월 10일 월요일 청〉(12. 24.)
날씨 푹 해서 눈 많이 녹으나 원체 많아서 아직도 쌓인 눈 창창. 졸업식 연습 후 다과회(사은회?)에 잠간 참석. 금일 몸 고단함을 느끼다. ○

〈1969년 2월 11일 화요일 청〉(12. 25.)
근무 중인 가좌교 제25회 졸업식 거행. 이곳 와서 처음 겪는 일. 금년부터는 졸업식 입학식에는 부형 청첩하지 못하게 되었고, 자진 참석은 환영한다는 것. 금일 참집 인원은 기관장 외 약 30명. 무사히 힘 있게 식 종료.
새 주민등록에 내자와 노희 마치다. 밤엔 부형 몇 분과 놀기도 하고. ○

〈1969년 2월 12일 수요일 청〉(12. 26.)
눈은 오늘도 계속 철철 녹고. 그래도 아직 은세계 그대로. 어젠 사택 담이 무너졌으나 불행 중 다행으로 장광만이 비어나서 천행.
姬와 杏은 청주 향발. 희는 모레가 교대 졸업식. 행은 교복 맞춘다고 동행.
금전 장부 검열과 아동 명부 작성 等으로 학교 일 충실히 보다.
사택엔 아해들이란 운과 필뿐이어서 몹시 조용 적적. 오래간 집에 못 가 궁금 중. ○

〈1969년 2월 13일 목요일 雨, 曇〉(12. 27.)
새벽부터 부슬비 나려 눈 많이 녹을 듯. 김학진 댁에서 초대 있어 응접. ○

〈1969년 2월 14일 금요일 曇〉(12. 28.)
밤중 새벽에 눈 약간 나린 듯. 해돋이 후부터 녹기 시작. 금일은 2녀 魯姬의 교대 졸업식인데 불참되어 미안. 학교 일 바쁜 것보다 설중 길 험해서 용기 안 나 포기한 셈. 김봉남 씨와 밤에 이장 집에 마일[마실] 다녀오다. ○

〈1969년 2월 15일 토요일 曇〉(12. 29.)
井 母 오창場行~ 舊正 初에 職員들에게 대접할 식료품 등 장흥정 하러. 往來하는 데 完全히 步行. 물건 잘 해 가지고 無事歸家. ×

〈1969년 2월 16일 일요일 曇, 雨〉(12. 30.)
음력 섣달금음. 오후부터 비 나리어 냇물 많고. 길 대단히 험하여 길 가는 사람들 진탕 욕. 해걸음 하여 고기 좀 사 가지고 금계행.

노희와 노행이만이 금계 가고 井 母는 못 가곳. 질녀 魯先이 온다기에 등불 들고 번말 다리목까지 마중. 무사귀가. 길바닥이 곤죽 같아서 진수렁에 빠아진 발 흙더벅이가 되어 엉망. X

〈1969년 2월 17일 월요일 曇〉(正. 1.)
학교 임시휴업~ 교체수업 하기로. 설 차례 후 전좌리 성묘. 눈은 아직도 상당량. 新溪洞만 세배.
魯先이 간다기에 몽단이까지 바래다주고. 몽단이서 留. X

〈1969년 2월 18일 화요일 晴〉(1. 2.)
몽단이서 早朝에 出發. 몸 몹시 피곤. 오는 길에 번골 들려 김영식 집에서 一杯. 學校 着하니 막 직원조회 시간.
終業 後 全 職員에 飮食 接待. X

〈1969년 2월 19일 수요일 晴〉(1. 3.)
新聞記事에 喜消息. 國民校 教師에 特惠 마련하라고. 大統領의 指示 內容~ 20年 以上도 年金 一時拂. 教大 出身은 軍 服務 6個月로 단축토록. 振榮과 魯明이가 좋아할 듯. ×

〈1969년 2월 20일 목요일 晴〉(1. 4.)
新入生 假入學式. 130名 程度.
校監, 金英植, 柳在河 有志 帶同하여 上廳 人事. 69年度에 新築 二教室 配定과 便所 一棟 增築케 되어. 교육청 간부들과 夕食. ×

〈1969년 2월 21일 금요일 晴〉(1. 5.)
교육금융단에 들려 9,000 借用. 姬와 杏의 옷 맞추려고. 其外도 돈 많이 必要하고. 아해들 자췌집에도 들려 房貰를 協議. 外當叔 朴振圭 氏 宅은 윤택한 家庭이더니 잘못하여 經濟難으로 큰 타격 中. 상심 多大.
忠北大 강당에 가 見學. ROTC 學生의 任官式. 卞 校監 長子가 該當되기에 榮光된 人事次. 젊은이들의 씩씩한 모습 장하기도 하고.
늦게야 택시로 歸校. 약 한 달 전부터 뻐-쓰는 不通. 아직도 창창. ×

〈1969년 2월 23일 일요일 晴〉(1. 7.)
사돈 될 조기준 來訪. 조슨준도 대동. 혼사를 앞당겨 하자는 것. ×

〈1969년 2월 25일 화요일 晴〉(1. 9.)
修了式 擧行. 날씨 몹시 쌀쌀한 편. 運과 弼이 優等賞.
번천 卞 校監 宅에서 全 職員 招待.
청주것들 방학하고 나오다. X

〈1969년 2월 26일 수요일 晴〉(1. 10.)
教員(國校)人事發令. 次女 魯姬는 槐山郡으로 ~ 新規.
번골에 柳 醫와 同行. 金 氏 重患에 人事次. 닝겔 注射에 隘路 겪다.
不意에 서울서 長男 魯井 오고~ 住民登錄 畢코자 왔다는 것. X

〈1969년 2월 27일 목요일 晴〉(1. 11.)
우연히 近日 繼續 過飮. 몸 피로.
魯井 上京次 出發. 아비의 飮酒에 不快도 하였을 것. X

〈1969년 2월 28일 금요일 晴〉(1. 12.)
謹酒코자 再決心. 今日로 2月도 末. 68學年度 完全히 끝.
金溪行 하여 父母님께 拜謁. 勸하는 술 사양하여 少量 마시다. ○

〈1969년 3월 1일 토요일 晴〉(1. 13.)
三.一萬勢 50돌. 中央放送局에서 數日 前부터 三.一 當時의 愛國精神과 民族團結, 獨立建國, 맨주먹으로 抗日鬪爭, 犧牲 等 치가 떨리는 放送.
아침결에 歸校. 柳夏相 母親喪에 人事. 父親도 오셔 弔問.
서울 갔던 長女 魯媛 20日 만에 歸家. 퍽도 오고 싶었던 모양이나 不得했던 듯. 長子 夫婦間 不圓滿 속에 지내는 現實 듣고 不快. 傷心. 將來가 우려. 反省컨대 後悔? 然이나 缺點만을 말한 것이라는 媛의 말. 동기間 情으로 제 오라비를 높이 보는 것. 딱하게 보는 것? 新婚後 어느 期間은 권태症으로 不和한 때도 있는 것. 거기다가 며누리는 神經質 格. 妊娠 中이라니 더욱 不便에 짜증만 날 일 뻔한 일. 잠시 默過하였다가 일러주기로 忍~ 主婦로서의 할 일 等까지. ◎

〈1969년 3월 2일 일요일 晴〉(1. 14.)
서울것들로 因하여 단잠 못 이루어 눈이 약간 뻣뻣. 일찍이 오창行. 우체국에서 通話하여 보니 姬는 松面校로 發令. 魯紘은 留任이라고. 모두 意外여서 事前交涉 못한 것이 後悔. '아비 책임 다 못했다 미안하다.' 다시 佳佐로 와서 몇 가지 周旋하고 낮車로 入清. 明日이 中等校 入學式과 各級校 入校 또는 始業式 있게 되어 짐과 사람으로 車內는 며질 듯. 入學次 가는 魯杏도 욕봤으려니와 쌀자루 짊어진 魯松은[5] 자루 터질가 간수하느라고 진땀 흘린 그 광경 생각만 해도 안쓰럽고 딱한 일. 下車後 거침없이 지고 가는 그 모습 귀하기도 하려니와 가엾고 신통하기도.
姬와 妊, 杏과 商店에 나가 姬의 빽과 杏의 책가방 적당한 것으로 사 주고, 其他 물건 若干 더 사주려 했으나 하도 사양하기에 自意에 맡기다~ 애비의 無錢困難을 조그마치라도 덜어줄려는 마음씨었으리라. 거기에 姬는 멀고 낮설은 산골 學校로 赴任하게 됨을 과히 내색지 않고 저 혼자 가겠다고 말하니 이것도 애비의 힘겨움을 안타까이 생각함이라. 남들은 父兄이 同行 引導한다는 것인데…… 생각할수록 가슴만 아플 따름이다. "비노니 자녀들의 건강과 무사하기를 천시신명께." ◎

〈1969년 3월 3일 월요일 晴, 曇〉 (1. 15.)
69學年 始業式~ 實力 向上, 生活態度 確立, 教育環境 造成을 强調.
낮車로 梧倉行 하여 住民登錄證 發付手續 完了. 梧倉校 金 校長과 角里校 馬 校長의 送別宴會에 參席. 機關長 및 地方有志 約 40名 參集~ 桃花園에서.
清州行 하여 明日 魯姬 赴任에 臨하매 任地까지 引導 企圖로 清州서 아해들과 留. 姬는 槐山 교육청에 가서 指示 받고 어둘 무렵에 入清~ 夕食 時 今日 겪은 經過 애기하면서 落淚…… '애비의 좋은 親友 있는데도 遠距離 山間벽지 學校로 가게 된 것을 억울히 생각함이

5) 원문에는 붉은색 색연필로 밑줄이 그어져 있다.

리라.' 實인즉 朴 교육장, 任 課長, 李 係長 等의 幹部들과 親分이 있는데도 아무 連絡과 交涉 없이 지낸 탓으로 이루어짐이 틀림없는 事實이어서 後悔막급이며 또 그네들이 전혀 父女之間이란 處地를 몰랐다는 것과 事前連絡이 없었다는 것을 원망 비스레 말하더라는 것……. (참으로 뉘우침이 많고, 나 自身의 無能과 積極性이 박약했음을 또 한 번 되새겨 볼 때 가슴이 뽀개지도록 아프도다. 今般의 原因도 飮酒와 나태에서 온 것이 가장 큰 根源이며 世相事[世上事]를 圓滿히 믿었기 때문이다. 人事方針을 세워진 그대로리라고 믿었기 때문이며 福不福으로 내맡겼기 때문임을 절실히 느낀다. 아- 子息들아[6] 못난 아비를 용서하여라. 目的을 向하여 어지간히 갈 수 있게 하여 놓고도 문주방을 넘을 때 잘 넘도록 뒷받침 못하고 거들지 못하여 함부로 나딩구러졌도다. 이 못난 아비를 용서하여라.) 함부로 소리 내어 울을 수도 없이 뜨거운 눈물만 나온다. 입술이 바르르 떨리기만 한다. 밥 먹으며 눈물 흘리던 二女 노희의 그 딱하고 가슴 아픈 쓰라림을 언제나 풀어주리. 가슴을 두드린들 소용이 없다. 엎질어진 물이로다. 作心三日이라지만 이제부터라도 잘 해 보자. 좀 낳게 하여 보자.

잠 한숨 달게 이루지 못하고 억울한 심정과 自身의 못남과 비열과 태화탕이었음을 뉘우치는 시간 길기도 한 채 밤은 새었다. 오늘이 마침 姬의 생일이었음을 생각할 때 잘 먹이기는 고사하고 슬픔과 고난만을 겪게 하였으니 쓰린 가슴 억제치 못하겠고나. 가슴의 고동만을 느끼면서 밤은 새었다. ◎

〈1969년 3월 4일 맑음 雪, 曇〉(1. 16.)

밤새 눈이 나우 나려 쌓이고. 約 15㎝쯤 될 듯. 車 不通이면 姬의 赴任이 不可能일 것. 四男 松이가 寢具 등 봇짐을 메어다 駐車場까지 着. 各 自動車 圓滿한 運行이 못되는 듯.

四女 杏은 今日이 入學式(淸州女中). 引率者 無하여 초조하고 울울한 感이 많은 顔色이 엿보이고. 約束했던 長女가 入淸치 못한 탓. 不得已 女高 魯妊한테 引率토록 부탁(擔任에 交涉濟).

朝食도 못한 채 松面行 뻐-쓰를 姬와 乘車. 同方向으로 赴任次 同行하는 新規 任命者도 二名. 雪中이지만 靑川까지는 無難히 到着. 運轉士 勇氣 못 내어 靑川서 長時間 休息. 시장도 하여 우동으로 點心. 姬는 얼마 먹지도 않고.

다음車 운전사(大成여객) 終點(화북)까지 넘어가겠다고 반가운 勇氣로 發車. 화양동에 이르기까지 눈 많고 물 많고 돌 많아 울퉁불퉁 길에 車體는 디리 흔들리고. 無事히 松面 着하니 午後 5時 半. 10年 前에 와 본 곳 松面. 이곳만은 들이 터진 것. 意外로 機關 建物이 서 있어 異彩. (面出張所, 支署出張所, 우체局, 保健所). 들은즉 分面 計劃이라는 것.

처음 接촉하는 宋文憲 校長(65歲)의 溫厚함과 南 校監(48歲)의 親切叮寧[親切丁寧]함에 마음 놓이고, 全 職員의 진실성 있는 迎接과 분위기. 不幸 中 多幸으로 그제서야 姬도 마음 가라앉기 시작. 茶菓로 歡迎會도 제법. 異口同聲으로 姬를 安心시키는 말. 외롭지만 山水 맑고 人心 좋다는 것. 뜻밖에 아는 사람도 있어 반갑기도 하고, 고향 玉山 新村 出身도 있고,

6) 원문에는 붉은색 색연필로 밑줄이 그어져 있다.

姬의 一年 先輩도 있고. 女職員은 홍1點으로 단 노희 한 사람뿐. 總員 校長까지 9名.
다행히 宿所도 잘 된 셈. 地方人 同 職員 宅 寄宿 決定. 校長, 校監, 其外 몇 사람도 單身 와서 寄食. 根據가 거이 淸州라고. 深夜토록 座談타가 姬 옆에서 就寢. 主人은 朴 教師. 튼튼한 사람. 老婆 계셔 後로 姬와 同宿하겠다는 것. ◎

〈1969년 3월 5일 수요일 晴〉(1. 17.)
七時 뻐-쓰로 松面發. 姬 發車하는 것 보고. 今日 아침 雪上空氣라 몹시 찬 편. "姬야 잘 있거라, 그리고 잘 하여다오." 말없는 부탁으로 작별.
淸州에 無事 到着. 午前 10時 20分에. 松面서 青州[淸州] 50分. 米院까지 40分. 淸州까지 60分. 中間停車 30分 程度. 約 3時間 所要.
梧倉선 佳佐까지 步行. 길 不充하다고 두능行 缺行으로.
學校 多幸히 無事. 入學式 豫定을 7日로 延期. 다녀온 狀況 井 母에 傳. 李 女教師 送別宴~茶菓로 簡素히. ◎

〈1969년 3월 6일 목요일 晴〉(1. 18.)
날씨 나우 풀려 오늘은 눈 많이 녹이고. 數日間 不通이었던 杜陵行 뻐-쓰도 나오고. 그래도 3日 밤에 나려 쌓인 눈으로 아직 은세계.
教務 보던 金涑植 교사 校監으로 승진되어 丹陽 麗川校로 發令. 離任人事와 送別宴會. 轉入한 金 女教師는 赴任하고 곧 辭職. ◎

〈1969년 3월 7일 금요일 晴〉(1. 19.)
第一學年 入學式. 第六學年 父兄會도 있었고. 저녁엔 반계洞 金溶植 父兄 宅에서 夕食. 나이론뽕도 父兄 數人과 함께 興味있게 하고 밤 12時쯤에서 歸校. 藥酒 하도 強勸하기에 모처럼 만에 1合 程度 마시고. 近日間 繼續 謹酒하였더니 몸 개온하고 食慾이 당겨 食事 끼니마다 한 그릇씩 잘 치우다. ⓒ

〈1969년 3월 8일 토요일 晴〉(1. 20.)
어제의 六學年 父兄會에서의 내 家庭 이야기한 것이 좀 지나친 反省. 內容인 즉 家親께서 子孫(孫子女) 教育으로 土地를 달갑게 賣盡했다는 것과 內者는 10男妹 子息을 몸빼 옷으로 나무 하면서 길렀다는 것…… 學用品과 學費等은 誠意 있으면 된다는 것의 趣旨로 얘기한 것.
新學年度 初 學校 運營 잘 되어가는 싹이 보여져 滿足感. 教師들의 誠意 있는 活動에 深謝. 淸掃 整頓도 잘 되어가고, 六學年 擔任들의 過熱엔 흐뭇한 한편 우려도 되고. 魯松 저녁에 오다. ◎

〈1969년 3월 9일 일요일 晴〉(1. 21.)
早朝에 人糞풀이. 어제 걷워 놓은 마눌 싹 보기 좋고.
집에 갈려고 出發은 하였으나 아랫말 金甲濟氏 招請으로 洞里 여러 분과 함께 料食 받기에 거의 해 넘겨 못 가다.
낮 뻐-쓰 안 나왔으므로 魯松은 自轉車로 入淸~ 먼 길에 욕봤을 터. ×

〈1969년 3월 10일 월요일 晴〉(1. 22.)
學年 初이나 全 職員의 活動 旺盛하여 學校 運營 全般에 圓滑히 進行 잘 되어 기쁜 일. 今日도 教務室 復舊와 校長室 別途 構成에 여러 職

員 勞力하므로 착란한 일거리를 쉽사리 해 치우고. 今學年度 教育課程 時間 짜기에 眞摯했음에 마음했다.
杜陵 趙○○ 父兄 來校. 濁酒 强勸에 不得已 몇 잔. ×

〈1969년 3월 12일 수요일 晴〉(1. 24.)
學校 일 午前行事 마치고 金丙翼 教師 帶同하여 部落 出張~ 本校 赴任 以來 안 다녀 본 部落에 人事키로 마음먹고 山垈行…… 82 高齡이신 金知弼 氏에 人事. 金知憲, 金知祥, 金寬植 만나보고. 金建植은 出他 中. 新村에선 金철영 집 尋訪. 그의 父親 鍾景 氏에도 人事. 厚基에선 張錫彬 父子 만나고. 歸校하니 下午 8時頃. 山垈란 雪陰山 直下 純山골. 歲前에 나려 쌓인 눈 아직 녹지 않았고. ×

〈1969년 3월 13일 목요일 曇, 晴〉(1. 25.)
安鍾泰 教務를 案內者로 帶同코 部落 出張. 自浦洞에서 申祿均, 申彦重, 申佐均 만나 座談. 芳華에선 郭漢周宅 尋訪코 一杯. 양만식은 出他 中. 몇 곳에서 나우 마셨던지 고단하여 自浦 申祿均 집에서 留. X

〈1969년 3월 14일 금요일 晴〉(1. 26.)
早朝 食前에 自浦에서 柏峴으로. 金慶植 집에서 朝食. 歸路에 金溶植, 金英植 만나 加一杯. 集內 와서도 몇 친구 만나 一飮. X

〈1969년 3월 15일 토요일 曇〉(1. 27.)
金慶植, 柳哲相과 함께 上街(佳) 千鍾鳴 집에서 素緬으로 요기. 濁酒도 一杯. 集內 와선 老人 몇 분에 一杯씩 待接.
淸州서 自轉車로 魯松이 오고, 松面에서 赴任했던 次女 魯姬 막車로 오고, 淸州 있던 長女 魯媛도 同行해 오고. ×

〈1969년 3월 16일 일요일 曇〉(1. 28.)
간밤中에 눈 약간 나리다. 魯姬는 自炊한다고 井 母는 찬 몇 가지 작만하여 쌀자루도 함께 아침 첫車로 姬와 같이 松面行. 잘 하는 노릇. 같은 車로 魯松도 쌀자루 지고 入淸.
今日 午前 中까지도 나우 마신 듯. 人事 갈 豫定이었던 孫 교사(淸州) 結婚式에 不參. 金丙익 교사 宅 祖父 大忌에도 缺禮. 數日間 繼續 飮酒에 몸 相當히 고단. 食事不進. 피로하여 잠 아니 오고, 꿈도 뒤숭숭. 산에다 새 집 짓고 살게 된 等〃 시원치 않은 꿈. 아마도 連日 過飮에 몸 쇠약해지고 정신이 어지러워 꾸어진 꿈이리라. 天地神明께 비노니 큰 탈 없기를……. 또 自省하여 謹酒하렸다. ×

〈1969년 3월 17일 월요일 晴〉(1. 29.)
今朝는 몸 若干 개운한 듯. 昨日 正午부터 不飮하였기 까닭.
職員 一同 午後에 星山 朴殷圭(學校 傳達夫) 집 가서도 謹酒. 주막에서도 今日은 안 먹고. 몸과 마음이 意如 개운히 돌아가고.
井 母는 松面에서 明日 온다고 豫告하고 出發했던 것. 弼이 多幸히 잘 놀고. ⓒ

〈1969년 3월 18일 화요일 曇, 가랑비〉(2. 1.)
校內 一齊考査 實施 等 諸般 學校行事에 激勵 및 監督巡視에 多忙히 充實勤務. 校下 몇 親知 飮酒하자고 招請 받았으나 술은 一切 안 막고. 學校行事 마치고 全 職{員} 一同 一杯씩 마시

게 될 때도 今日은 謹酒. ◎

魯姬 다리고 槐山郡 松面 갔던 井 母 막뻐쓰로 저물게 歸家. 방 잘 얻고 제반 準備 잘 하여 自炊 始作 豫定대로 했다는 것. 먼 初行길 잘 다녀오다.

自炊 準備와 其間의 下宿費, 日用品 費用 나우 났었을 텐데 月給俸봉투 거의 그대로 보내온 셈. 이것 받고 아껴 쓰자는 마음 더욱 굳게 해야 할 일.

〈1969년 3월 19일 수요일 曇〉(2. 2.)

종일토록 흐린 날씨. 어제보다는 풀리기는 했고.

서울 '大洋商會'서 商人 來訪 勸告키에 돈 없어도 勇敢히 貴重品 2個 購入. 웬만하면 벌써 샀을 것. 맨손이지만 일 저질렀다. 平生 처음으로 '래디오' 샀고, 貳女 魯姬 줄려고 '時計'도 사고. 두 가지 다 高級品은 아니고 라디오는 "NATIONAL", 시계는 "닉코-"(日光) 일본제라고.

夕食 後엔 묵은 책 種別 整理로 時間 걸리고. 편지 몇 장 쓰기와 魯姬에게 송부할 時計 넣을 二重봉투와 속에 넣을 천 봉투 만들기 等으로 時間 많이 所要. 끝나니 밤 一時가 넘고. 今日 完全히 不飮. ◎

梧倉 농협에 積金키로…… 1.5滿期 三滿(萬)원. 月 1,500원씩.

〈1969년 3월 20일 목요일 구름, 가랑비〉(2. 3.)

臨時校長會議에 參席. 장학방침 발표 전의 학교경영에 관한 것 外에 雜項 10餘가지 指示가 있고. 統計 處理에 관해서 各校 擔當係에 仔細한 說明으로 終日 걸린 듯.

前日 구입했던 魯姬用 時計를 物品登記로 發送 手續하고 잔삭다리 몇 가지도 豫定대로 일 보다. 前事會議 時까지는 晝食을 會食케 하더니 이제부턴 各自 먹도록 되어 몇 친구 우동으로 點心. 1器 60원씩.

今日따리 氣分 妙한 이야기 듣다~ 前任校 催○○ 校長의 말. 郭氏 門中 有志 몇 분이 郭 校長을 두돈하여 말한다는 것. 催 校長이 몇 해 더 있으면 學校는 亡해 버린다는 것. 然이나 舊債 때문에 저대로의 욕을 보았는데 이렇게 헐뜯으니 郭 校長이 좀 門中 몇 분을 가랁져 달라는 쯤. 骨子인즉 네가 빚진 것으로 原因이 된 것 樣 말하는 相對方의 좋은 口辯? 속이 뻔히 보이면서…… 別 抗辯 없이 나는 너의 유리한 方向으로 努力하라는 말뿐. 朴 某 教師의 他校 轉出 時 몹시 서운한 봉변을 當한 듯. 그 홰푸리를 內容으로 나한테 돌리는 심량 가소롭기도 하고. 實인즉 朴○○ 교사는 신임할 수 없을만한 不誠實한 人格임은 틀림없고. 金溪學區 內 某 部落 某人은 우연한 경우 나와의 距離가 생기더니 헐뜯고자 별별 짓을 다 하는 人間이 있는 것도 事實. 그러나 변명하지 않고 지내온 처지의 나.

막뻐쓰로 歸校하렸으나 가랑비로 길 나쁘다는 것으로 運行 않기에 늦게까지 기다리다가 몇 사람이 조직하여 값비싼 택시로 歸校. ◎

〈1969년 3월 21일 금요일 晴〉(2. 4.)

어린이會長團 選擧 光景은 마치 成人들이 이루는 國會議員 選擧를 방불케 하는 投票 방식임에 커다란 經驗을 주는 듯 흡족하고.

새벽부터 부는 바람 몹시 强하여 舍宅 울타리 板子 군데군데 쓰러지고 空氣는 바람꽃(모래

바람)으로 부~옇게 흐리다.
意外로 갑자기 이 추운 날 老親 오시고. 하도 여러 날 집에 못 가 뵈어서 궁금하시어 오셨으리라. 多幸히 家庭에 탈은 없으시고 母親께서도 安寧하시다 하셔 안도. 그러나 깜짝 놀랄 일이 하나. 陰 2月 6日에 淸州鄕校 春期釋尊大祭를 擧行함에 善行者 表彰이 있으니 參席하라는 淸州鄕校 典校 金禹鉉 氏 名義로 通知가 온 것. 老親께서 오신 까닭도 그래서 오신 것. 反省컨대 善行 實績이 없는 나인지라 參席受賞의 資格이 못 되므로 완연히 不參할 것을 決意. 있는 힘 더욱 다하여 兩 老親의 餘生을 받들어 모실 생각만이 간절. 선전 주선한 분들에게 어떻게 인사를 하랴? 家親의 말씀에 依하면 郭春榮 氏와 金正奭 氏가 노력하였다는 것. 點心 잡수신 後 父親께선 센 바람 쏘이시며 本家로 건너가시고, 난 어제부터 갈 豫定을 明日로 또 연기. ○

〈1969년 3월 22일 토요일 晴〉(2. 5.)
센 바람은 아직 안 자고. 바람꽃은 극심하여 앞산이 흐미하고 구름은 끼지 않았는데 해는 잘 보이지 않알 程度. 朝食은 金成煥 교사 宅에서 융숭한 待接으로 잘 먹고~ 金 先生 母親이 生辰이라나.
本家에 가 보니 老親께서 昨日 日氣 不順한데도 多幸히 잘 오셔 安心. 族兄 春榮 氏에 人事하고 明日 行事에 敢히 갈 수 없다는 心情 表明. 典校 金禹鉉 氏에도 再選定 表彰하라고 쓴 書信을 傳達토록 仰請. 從兄한테도 此旨 仰告. 老親 모시고 本家에서 留. 堂姪 魯敏 신경痛인지? 아픔이 甚하여 從兄 內外분 속 썩이는 中. 德村 藥房에 갔다기에 저물게 번말 냇가까지 마중 다녀오다. ◎

〈1969년 3월 23일 일요일 晴〉(2. 6.)
從兄과 春 兄 淸州 鄕校에 다녀오겠다는 것이어서 旅費 若干씩 드리고.
오랜만에 俊榮 兄 宅 尋訪하여 情談 나누고 午前 中에 歸校. ×

〈1969년 3월 25일 화요일 晴〉(2. 8.)
從兄님 佳佐까지 건너와 淸州鄕校에서 겪은 말씀 듣고~ 參祀者 無數히 많았다는 것. 孝子 表彰의 辭退書를 傳達했음에도[7] 旣定대로 代理 受賞하였다는 것. 孝行을 다하지 못한 自身을 또다시 自責. 하는 수 없이 從兄과 相議 끝에 金溪 本洞분들만이라도 濁酒나마 一杯씩 나누기로 合意.
井 母는 債金 및 女息 出嫁 주선 等에 몸 달아 일 벌이기를 꺼리고. 日字는 明日로. ×

〈1969년 3월 26일 수요일 晴〉(2. 9.)
柳在河, 金英植 一行과 後(厚)基行~ 張甲淳 宅 잔치 招待에.
今日 本家에선 동네분에게 濁酒 待接에 奔走할 터. 特히 從兄님께서 과하게 욕보실 듯. 井 母와 媛은 朝食 後 안주꺼리 약간 가지고 本家行. 난 떳떳한 낯 들기 어려울 것이어서 不參. 井 母는 日暮頃에 도라오고. ×

〈1969년 3월 28일 금요일 晴〉(2. 11.)
번천 金寧默 氏 回甲잔치 招待에 가고. 淸州人 某人과 意思 충돌. 相對편 말씨 不遜키에 과

---

7) 원문에는 붉은색 색연필로 밑줄이 그어져 있다.

격하게 한 것이나 反省컨대 참았으면 좋았을 터…….
歸家 後 몇 學父兄 술(毒酒) 가지고 찾아와 기어이 滿醉. X

〈1969년 3월 29일 토요일 晴〉(2. 12.)
申彦重 副會長 勸告에 오늘도 번川 잔치집 다녀오고. 職員들 正式 招待는 今日. 同行者 數人 또 舍宅에 와서 勸酒. 然이나 近日 繼酒에 몸 또다시 쇠약해지고 食事 不進으로 몸 極히 고단하므로 要領 있게 사양.
井 母는 淸州 아이들 집 거쳐 梧東까지 가기로. 親家 再堂姪 結婚式에 가 人事한다고. 밤새도록 몸 고닲아 잠 이루지 못하더니 새벽쯤에 약간. ○

〈1969년 3월 30일 일요일 晴〉(2. 13.)
食前에 若干 勞動~ 채소밭으로 잿더미 옮기로. 울안 掃除도 徹底. 朝食도 어느 程度 뜨고. 시간 갈수록 몸 가든해지고. 學校 階段工事 技術者 와서 술 먹게 되었어도 相當히 사양코 不飮.
父親께선 春榮 兄과 번천 金 氏 家 招待에 오셨다가 舍宅에도 잠간 다녀가시고. 井 母는 梧東里서 막 뻐쓰로 歸校. ◎

〈1969년 3월 31일 월요일 晴〉(2. 14.)
기성회 總會에서 학교장 인사로 1. 國民敎育憲章 2. 六九學年度 奬學方針 3. 本校 努力點 4. 用紙代 等 自進引上에 感服을 말하고 學校 發展에 다같이 努力해 나갈 것을 强調. 三個敎室 增築에 따른 努力 動員과 舍宅 移轉 等의 附帶事業도 討議 決定.

29日부터 가린 목이 아직 다 가라앉지 않아 말하기에 힘든 中. 會議 後 父兄들의 濁酒 흔했으나 마시기 삼가고. 金溪行 豫定을 旅費 求하지 못하여 明朝로 미루니 마음 찐~. ◎

〈1969년 4월 1일 화요일 晴〉(2. 15.)
孝子 表彰을 사양 및 反對하였음에도 從兄께서 代理로 받아온 後 처음으로 父親, 母親께 人事, 謝過하려 本家行. 春榮 氏 女婚 있어 잠간 人事하고 父親께 拜退하고 入淸. 當姪 '魯敏'이 急病으로 入院하였다기에 南宮外科에 가 보니 경과 괜찮다는 것. 2, 3日 後에 退院한다는 것. 잔 일 몇 가지 보고 회로. 玉山校에 들려 교장단 친목회비에서 2組 4,000 貸付 받고, 늦게서야 本家 着. 母親은 大禮집에서 過飮하셨는지 極히 곤히 쉬시는 中. 그래도 父親께선 아무렇지도 않으시고. 사 가지고 갔던 豚肝 잘게 썰어 父親께 奉養. 從兄 집에 들어가 밤늦도록 이야기. 祖母 山所 밀례 豫定했던 것 無期延期. 當叔母(내안) 急작이 重患이라서 問病. 母親 옆에서 小說 默讀타가 곤히 잠 들다. ◎

〈1969년 4월 2일 수요일 曇〉(2. 16.)
새벽녘에 起床하여 군불 때어 물 데우고. 母親께서 異常없이 起床하시어 多幸. 早朝에 朝食하고 登校하니 8時쯤.
3個月分 旅費 受領하여 天幸~ 急히 쓸 데 많은 이즈음 處地어서.
長男 魯井으로부터 편지 오고~ 사연인즉 크게 세 가지…… 제 母親 좀 上京하도록, 빚에 걱정 말라는 것, 건강에 유의하고 過飮하지 말라는 것. 무엇보다도 아비에 대한 참다운 충고

에 머리 숙어짐보다도 자식으로서 어버이를 염려하는 마음 간절함에 스스로 깊은 감명뿐. '더욱 조심하리라.'
부형 몇 만나 목이 가린 것 혹이나 터질가 하여 탁주 몇 잔 마시다. ×

〈1969년 4월 3일 목요일 晴, 曇, 가랑비〉(2. 17.)
개교기념일이라서 休校(29회). 今日은 終日토록 勞働~ 감자씨 한 말 놓고, 고추 갈 곳을 손질. 오후 7時까지 일. 몸 상당히 피로. 오래간 沐浴 않이 해 不潔한 몸 금일은 밤에 물 데워서 自家 목욕. ◎

〈1969년 4월 4일 금요일 가랑비, 가랑눈〉(2. 18.)
어젯날 그렇게도 푹하더니 급변하여 험한 날씨~ 겨울을 방불케 세찬바람 종일 불고, 오전중 가랑비 오더니 오후는 눈 나리어 동장군을 다시 만난 듯. 제5학년 학부형회가 있어 숙직실에 개최.
오랫동안 서신 왕래 없었더니 3남 노명으로부터 편지 와서 반갑고. 아직 군종 참모부에 있고. 學資貸與 手續한 것이 통과되어 고맙고. ◎

〈1969년 4월 5일 토요일 晴〉(2. 19.)
오늘의 일기예보엔 몹시 춥겠다더니 의예로 날씨 풀려 일하기에 적절. 日出 前에 인분 22통 들어다 감자밭에 쩐고[끼얹고], 朝食 後는 고추 갈기에 努力 中 四男 魯松이·淸州서 와서 거들기에 午後 4시에 作業 完了. 淸州女中 一學年에 入學한 4女 魯杏 처음 오고. 杜陵里 理髮所에 가서 이발. 집에 와 보니 松面의 次女 魯姬 다닐러 오다. ⓒ

〈1969년 4월 6일 일요일 晴〉(2. 20.)
井 母 고추 製粉한다기에 柏峴까지 自轉車로 운반해 주고, 나는 金溪 本家行. 작약뿌리 캐내어 옮겨 심고, 울타리 나무도 손질. 울안 淸掃 말끔히 한 뒤 三從兄 根榮 氏 女婚에 人事. 해질 무렵에 歸校. 四男 魯松은 自轉車에 쌀 싣고 오창까지 가기로. 松面서 온 姬와 女中 一年生 杏은 낮車로 가 버리고. ×

〈1969년 4월 7일 월요일 晴〉(2. 21.)
舍宅 移轉 問題에 따른 인접 朴 某 職員 夫婦의 言行 等 몹시 不快. 事情은 딱한 實情이나 個人主義와 慾心 부리는 態度가 괫심.
柏峴 柳승봉 氏 回甲宴 招待에 應. 兪재찬 상우에도 人事. ×

〈1969년 4월 9일 수요일 晴〉(2. 23.)
明日에 서울 向發할 井 母는 松餠 떡 만들기에 多忙. 저녁엔 나도 좀 거들고. ○

〈1969년 4월 10일 목요일 晴〉(2. 24.)
淸州行~ 井 母 서울行에 驛까지 전송. 장 담겨 줄 며주와 고추가루 가지고. 明日은 長男 魯井이 生日도 된다는 것. 親舊 李亨求 만나 同行되므로 다행.
魯杏의 學資貸與金 受領 豫定은 中央會長 추천서래야 한다는 것으로 保留되고.
歸路에 梧倉校 들려서 因緣 있었던 韓 校長님에 人事하고 一杯 待接. 自轉車로 歸校하였을 때는 늦어서 運과 弼은 어미 없이 제 동무들 몇 사람 불러다 同宿 中. 약간 醉한 짐이라서 인지 막동이 노필이 딱하게 보여 번쩍 안아다가 내 옆에 누이고 머리 쓰다듬으며 밤새우고.

井 母 無事 건강히 歸家되기를 빌면서. ×

〈1969년 4월 11일 금요일 晴〉(2. 25.)
校長會議에 參席. 研究主任 李恩鎬 교사 帶同. 69學年度 奬學方針이 今日에서야 示達. 거이 終日 걸리고. 집에 時間 대어 와서 弼과 자고. ○

〈1969년 4월 12일 토요일 晴〉(2. 26.)
한동안 말썽이던 朴○○ 教師 오늘에서 마음 돌려 龍頭로 移舍. 後론 校長 舍宅 移轉 修理가 時急. 人力과 經費, 其他 難着手임에 校監 心慮 中.
女高 卒業班인 參女 魯妊이 막뻐-쓰로 오고 아비가 밥 지어 먹는 것 알고서 제가 몇 끼라도 지을려고 온 듯. 四女 魯杏(女中 1년) 잘 한다는 소식도. ○

〈1969년 4월 13일 일요일 曇, 雨〉(2. 27.)
校庭에선 佳佐里 青年의 體育大會 벌이고. 下午 3時에 金溪 本家 向發. 父親은 人夫 1名 다리고 보리밭 손질. 下午 7時에 歸校. 弼과 同宿. ○

〈1969년 4월 14일 월요일 雨, 曇〉(2. 28.)
어제 밤부터 단비. 밀 보리 봄씨 파종에 다행. 魯妊 이른 아침 車로 淸州 向發. 아비 일 덜어 주느라고 몇 끼분치 쌀도 일어 놓고. 냉이와 쑥국도 많이 끓여 놓고. 井 母는 오늘 온다는 豫定의 날. 運과 弼의 제 母親 기다리는 마음 無限. 마침 비 나려서 길 험한 關係로 뻐쓰 不通. 깜깜할 때까지 停留場에서 弼과 運은 학수고대. 저녁 지어 놓고 이 두 아이들을 달래어 다리고 와서 夕食 後 라디오 듣다가 就寢. ◎

〈1969년 4월 15일 화요일 曇〉(2. 29.)
自轉車로 梧倉卜峴行…… 金鎭龍 校長 慈親喪에 人事. 歸路에 梧倉校 韓 校長先生님으로부터 융숭한 待接 받기고. 歸校하니 아직 內者는 아니 오고 弼과 運은 點心밥 없어 사과 몇 개씩으로 때웠다는 것. 저녁밥을 급히 짓는 中에 井 母 無事히 歸家. 서울 消息 들으니 모두가 잘 있다는 것으로 諸般 安心. ×

〈1969년 4월 16일 수요일 雨〉(2. 30.)
하루건너 또 비가 오니 農家에서도 흐뭇할 程度. 모두가 豊年을 상징하는 것 같은 모습. 그러나 논 감자를 걱정하고 밀 보리가 과성장할 것이라는 걱정도. ×

〈1969년 4월 17일 목요일 晴〉(3. 1.)
기성회 理事會~ 教室 增築에 따른 부지 整地 作業과 舍宅 移轉 問題가 主였으나 모두가 當然之事로 無關히 無難히 議決. ○

〈1969년 4월 18일 금요일 晴, 曇〉(3. 2.)
面內 機關長會議 있다고 하기에 梧倉 갔더니 道 金孝榮 知事 來面하여 講演키에 會席에 參席. 自力經濟와 인보상조하기를 力說. 講演 聽取 後 學區 內 里長 集合하여 昨日 理事會 結果를 傳達하고 協助토록 당부.
農協에 들려서 貸付를 얻고자 부탁~ 長女 魯媛의 婚費 때문에. ×

〈1969년 4월 19일 토요일 晴〉(3. 3.)
4.19 革命 記念日. 學校行事론 春季逍風 實施.

나는 殘留하여 學校 지키고. 然이나 柳 會長과 有志 父兄 몇 분과 술타령. X

井 母도 弼 다리고 逍風에 따르고 魯松은 오고 杏은 못 왔으나 入學後 第一次 考査에 二位라고 受賞의 消息. 平均 92點.

佳佐校에 發令된 安 女教師 아직 赴任 않은 채 이어 궁금터니 그의 夫君 金 氏 來訪하여 私慾的인 言質에 同情은 가나 良心에 마낀다고 일축인 양 한 마디. 서울 사부인 될 분 다녀갔다는 것~ 媛의 婚日 앞당기잔다고.

〈1969년 4월 20일 일요일 曇〉(3. 4.)

魯松과 함께 井 母, 노필 다리고 入淸~ 쌀 가지고. 저녁車로 와서 하는 말 청주에 靑山校 魯絃과 松面校 魯姬 잠간 만나 보았다는 것. 그것들은 그곳서 쓸 돈 쓰고 다시 任地로 갔다는 것. X

〈1969년 4월 21일 월요일 曇〉(3. 5.)

몸 매우 고단하나 억지로 出勤. 머리도 무거워지고. 媛의 婚日 앞당기자는 要求에 마음 여유조차 없어 아當初대로 하자고 그의 親戚에 부탁코저 杜陵을 다녀오다. X

〈1969년 4월 22일 화요일 晴〉(3. 6.)

數日間 또 過飮에 극도로 몸 고단하여 다시 反省할 건 되새기고. 某 친구 찾아와 술 먹자는데 사양 끝에 탁주만 소량 맛본 셈. ⓒ

〈1969년 4월 23일 수요일 晴, 曇〉(3. 7.)

金榮國 教育長 來校. 學校 外部 巡廻하고 몇 가지 指摘. ⓒ

〈1969년 4월 24일 목요일 雨〉(3. 8.)

昨日에 그렇게도 덥더니 어제 밤부터 降雨~ 今日 終日토록 계속.

學校에선 69學年度 學校 운영에 關하여 진지한 職員協議會 무려 5時間…… 職員들의 至誠에 感謝할 따름. ◎

〈1969년 4월 25일 금요일 雨, 曇〉(3. 9.)

어젯날부터 몸 가쁜하기 시작. 食事도 定常으로 하고.

간밤에도 밤새도록 비 나리더니 기어히 장마. 작은 내도 못 건느게 되어 兒童 出席率 60%. 내 건너 職員도 登校 못 하고. 今日의 出席 等 整理는 水로 表示하고 皆勤賞 관계에는 지장 없도록 하라고 指示.

意外로 이 물마에 서울 갔던 長女 魯媛이 오창서 步行으로 오고. 數日 前에 婚日 앞당기자는 뜻 받고 나려왔다고. 나는 선뜻 승락. 이제서야 더 어찌 고집하고 싶은 생각 없어서. 그러나 돈 求하기가 막연한 형편. 極力 주선하여 그곳의 要求대로 行할 작정. 청첩은 극少數에 그치기로 마음먹고. 밤엔 客地 있는 子女姪과 가까운 연척에 此旨 편지 10여 통 쓰고 늦게서 就寢. ⓒ

〈1969년 4월 27일 일요일 晴〉(3. 11.)

돈 약간 준비하여 淸州行. 井 母와 長女 媛을 다리고 大興상회에 가서 媛의 옷 몇 벌과 其他 물건 購入에 約 2萬 원 所要. 차제에 母親 옷도 한 벌 春節服으로 끊어 만들다. ⓒ

〈1969년 4월 28일 월요일 晴〉(3. 12.)

安기남 女교사 赴任하자 곧 辭職書 내고 退校.

그의 夫君이 불만 품고 그만두란다고. ◎

〈1969년 4월 29일 화요일 晴〉(3. 13.)
長女 魯媛의 婚日은 닥쳐오고. 쓸 곳은 많은데 돈 없어 탈. 하는 수 없이 오창農協 찾아가 애원하여 5萬 원 借用. ×

〈1969년 4월 30일 수요일 晴〉(3. 14.)
學校 敷地 整地作業과 校長 舍宅 移轉 때문에 昨日부터 學父兄 動員 中. 今日은 花山 父兄 出役. 舍宅 헐게 되어 西편 함석집 舍宅으로 移舍. 父兄들과 탁주 나우 먹어 취하다. X

〈1969년 5월 2일 금요일 晴〉(3. 16.)
井 母는 魯媛 다리고 上京. 婚日이 낼 모레. 이불은 어제 꾸미고. 미리 上京하여 볼 일 있다는 것. 나는 金溪로 가고. ×

〈1969년 5월 3일 토요일 晴, 曇〉(3. 17.)
금계 本家에서 朝食 後 父母님 모시고 서울 向發. 이불짐 等 소에 싣고 全東驛으로. 從兄, 再從兄, 三從兄도 同行. 가는 途中에 짐 두어 번 며쳐 속 조리며 썩이기도 무척. 마침 全東驛長이 玉山校 先輩인 金昌根 親友. 친절히도 잘 해 주어 이불짐 3뭉치 無賃으로 送付. 中途에서 妹(才榮, 蘭榮) 두 사람 만나 서울 同行.
永登浦驛에서 下車하여 짐 運搬하려다 住所 不明하여 큰 속 썩이다 못해 다시 驛에 맡기고 서울驛에서 一同 下車.
휘경洞 魯井 있는 곳 가기에 택시로 두 번 往來(두 누이, 그의 어린 것들, 父母님, 從兄들 세 분). 셋방사리 長男 魯井 內外는 來客 應待에 정신 못 차릴 程度. 日暮頃부터 구름 끼더니 비 나리기 시작.
9時頃에 함이 오고. 함 가지고 온 靑年네 몇 사람 질피떨기에 호통. 비는 주룩주룩. 無禮하다고 靑年들을 꾸짖고 보내려니 그네들은 서운한 듯. ×

〈1969년 5월 4일 일요일 雨〉(3. 18.)
밤새도록 오던 비 날이 새어도 안 그치고. 禮式은 午後 一時부터로, 式場은 永登浦 경원예식장.
軍에 갔던 三男 明이 오고, 第 振榮도. 靑山 있는 二男 魯絃은 어제 밤中에 到着. 神林우체국 근무 中인 姪女 魯先이도 오고.
어제 맡긴 침구 等 짐이 궁거워 알아보니 非公式으로 個人 立場에서 맡아는 있으나 빨리 운반하라는 것.
雨中에도 손님은 禮式場에 많이도 오고. 主禮는 井의 師大 恩師인 崔基哲 博士. 新婦 立場에 媛의 손 부뜰고 조심히 걸으며 마음 단단히 먹어 別無感情. 後에 들으니 이때에 長男 노정은 뒤에서 숨어 울었다는 것. 찬가에 3남 노명이가 군복 입은 채 피아노 치고, 이 모두를 본 家族, 친척 一同은 감격, 감복하였으리라.
式後 玉山校 盧 校長님과 교육청 趙 장학사 모시고 中華요리집에서 待接. 비 나리고 부산하여 정신없는 中에 今日 해는 다 가다.
늦게서 휘경洞에 돌아오니 후유-. 비는 아직도 계속 나리고. 內室에선 누이들과 그의 어린 것들로 벅석. 食事 준비에 井 母와 며느리는 눈코가 번개 같고. 방 하나 더 얻은 곳에서 老親 모시고 아해들과 同宿. 딸 여우기란 어렵다더니 참으로 참으로……. 시원섭섭 그대로. ○

〈1969년 5월 5일 월요일 雨, 曇〉(3. 19.)

비는 今朝도 계속. 放送에 依하면 물날리가 났다는 것. 그럴 수밖에. 今般에 老兩親 모시고 古宮 等 구경코자 한 것이 雨天으로 不得已 不能. 母親께선 차멀미에 몇 차례 토하시고, 누이들도 그러하고. 구경은 포기. 長男 노정도 今次는 구경함을 불찬. 차후로 미루기로. 時間되는 대로 歸鄕들 하시기로 하고 나는 이불짐 때문에 영등포行.

쇠고리 等 여러 보따리 運搬에 三男 노명이가 예민하게 활약하여 큰 힘 덜고 같이 거들어 짐 無事히 찾아 運搬하니 모두가 安心. 家具店에서 長男 魯井 만나 의장, 화장대 실으니 이젠 큰일 치루는 듯. 미싱까지 사서 媛의 시가로 보내니 일은 다 行한 셈. 저녁때서야 비는 그치고. 街路에서 媛과 헤어지니 그제서야 이상한 심정 감돌아 눈시울이 뜨거워지고. 長男 井과 택시로 휘경동 오니 집도 방도 마음도 한적히 조용. 井은 제 母친과 겪은 이야기 저야기로 심정 나누고. 今般의 一時 경비 長男 노정이가 7萬 원, 次男 魯絃이가 2萬 원, 내가 5萬 원, 其他 1萬 원 計 15萬 원이 一時金으로 든 셈. 큰 욕들 보다. ○

〈1969년 5월 6일 화요일 晴〉(3. 20.)

큰애와 며느리의 勞苦에 치하. 井 母와 함께 서울驛에서 떠날 때 井과 明의 전송 받고. 絃과 姬는 勤務 관계로 어제 가고.

딸 시집보내고 섭섭한 감으로 우리 夫婦 車窓밖만 바라보며 歸鄕. 28세 老處女 였던 長女 媛의 幸福을 빌면서. 그렇게 걱정스럽더니 이제선 일 다 끝난 듯. 시원도 하고 섭섭도 하고. 10年間 자췌 生活에 고난도 많이 겪은 착한 큰딸. 내내 잊지 않으리라.

佳佐로 돌아오는 길에 韓 校長님 宅에 들려 방얻어 놓고. 귀교하니 學校도, 집도 無事. 막내동이 弼이는 서울까지 同行. 끝딸 魯運은 淸州있었고. 모두가 무사하여 多幸. ○

〈1969년 5월 8일 목요일 晴〉(3. 22.)

어머니날 行事로 學校에선 多彩로운 잔치…… 約 200名의 姉母가 參集. 노래자랑과 小體育會로 慰勞. 어머니들은 무척 반가와 하고. 行事 끝나고 職員들은 친목排球試合. 막걸리 타령도. ×

〈1969년 5월 9일 금요일 晴〉(3. 23.)

面內 機關長會議에 參席. 國民教育憲章의 認識과 嶺西地方의 道路 補修에 對하여 力說.

晝食 後 入淸. 魚物 사가지고 金溪 本家行. 父母님께 歸京 後 처음 拜謁人事. 우연찮이 落淚. 母親 옆에서 留. X

〈1969년 5월 11일 일요일 曇〉(3. 25.)

內者 入淸하여 청주 아해들 짐 옮겨 주고[8]~壽洞 金 氏 宅에서 同 洞에 있는 女商 뒤 韓張敎 校長님 宅으로. 이 분도 전세집으로 있는 處地. X

〈1969년 5월 12일 월요일 晴〉(3. 26.)

學校 工事로 動員 來校한 父兄들과 數日間 繼續 過飮터니 몸 다시 甚히 고단. 또 다시 謹酒感 절실. ○

8) 원문에는 붉은색 색연필로 밑줄이 그어져 있다.

〈1969년 5월 14일 수요일 晴〉(3. 28.)
郡 교육청 金大煥 장학士 來校 視察. 昨夕에 왔다가 卞 校監 宅에서 留. 點心은 舍宅에서 會食. 會長 柳在河도, 役員 金英植도. ◎

〈1969년 5월 17일 토요일 晴, 曇〉(4. 2.)
校長會議에 參席. 公務員 인사事項 記錄 方法이 主. 晝食 後 全員 溫陽行. 一行 數人은 顯忠祠까지. 新聞에서 본 대로 聖域 그대로.
夕食 땐 一杯도. 金榮國 교육장 勤續 40周年 記念으로 이곳서 記念品 贈呈. 金榮國 교육장은 淸白하기로 有名한 분에 한 분. 旅館은 驛前에 新築한 淸州旅館. 主는 江外面 出身 朴재학이라고. ◎

〈1969년 5월 18일 일요일 雨, 曇〉(4. 3.)
새벽에 비 많이 쏟아지므로 一行 傷心. 나와 몇 사람은 多幸히 어제 顯忠祠까지 다녀와 개운. 朝食 後 비는 그치기 시작.
求景과 別 計劃 없는 나이기에 조식 후 個人的으로 歸校. ◎

〈1969년 5월 20일 화요일 晴〉(4. 5.)
道內 校長講習에 出席. 場所는 舟城國校 강당. 3日간 계속. ⓒ

〈1969년 5월 21일 수요일 晴〉(4. 6.)
淸州 아해들과 留했었기에 今日 出講은 便安. 終講 後 本家 金溪行. 先祖考 忌祀. ◎

〈1969년 5월 22일 목요일 晴〉(4. 7.)
校長강습 3日째로 今日 終了.
淸州市도 無試驗制 地區로 文敎部長官 發表. 淸原地區 동요. ◎

〈1969년 5월 23일 금요일 晴〉(4. 8.)
초파일 行事로 全 職員 午後에 野遊會~ 돼지 돌부리하고. ⓒ

〈1969년 5월 25일 일요일 晴〉(4. 10.)
異動養蜂家 백 氏, 예 氏, 강 氏 佳佐에 滯留中. 採蜜한다기에 求景. 꿀도 얻어먹고. 양봉하다가 3차나 실패한 過去가 反省되고. ◎

〈1969년 5월 29일 목요일 曇〉(4. 14.)
校長 舍宅 補修工事에 오늘은 새받이 일. ⓒ

〈1969년 5월 30일 금요일 雨, 曇〉(4. 15.)
새벽에 降雨 甚터니 日出 무렵에 그치고.
淸原郡 연합體育大會 있어 出張. 청주公設운동장에서 開催. 나의 學校선 달리기 選手만이 出戰. 女子 100m와 女子 400m 계주에 一位하여 우승. 18日間 謹酒타가 今日은 나우 마시어 酒氣 있고. 밤에 선수들과 歸校. ×

〈1969년 5월 31일 토요일 晴〉(4. 16.)
긴급校長會議에 出張. 淸州地區 무시험 入學制에 따룬 指示가 主. 市에서 가까운(8㎞) 郡內 學校 10個校는 市에 같이 包含한다는 것. 나는 佳佐校 處地와 立場을 力說…… 오창 12㎞半, 병천 14㎞. 이러 特惠 달라고. 歸校하여 地方有志들한테도 力說. 오랜만에 過醉 失足. X

〈1969년 6월 1일 일요일 晴〉(4. 17.)
25日間의 休暇라던 三男 魯明이 部隊 向해 出

發. 三從姪女 '노희' 다리고 上京. 이 애는 큰애 노정 집 助力하기로 合意 보아 간 것. 淸中 三年生인 四男 魯松이 어제 왔다가 저녁때 步行으로 淸州 向發.

어제 취중에 失足하여 옷 적신 것 洗濯하는 內者 보니 미안. 歸隊코져 出發한 노명에겐 珍味[9] 못 해 먹여 가슴 쓰라리고. ◎

〈1969년 6월 2일 월요일 晴〉(4. 18.)

學校 終業 後 全 職員과 같이 柏峴 故 金元植 氏 弔問. 歸家. 先祖妣 기고. ○

〈1969년 6월 4일 수요일 晴, 曇〉(4. 20.)

柏峴 장사집에 잠간 인사. 族兄 俊 兄과 定 兄 만나 藥酒 약간 待接.

異動양봉家 濟州人 강 氏에 請하여 '양봉' 4枚群 1통 마련[10] 設置. 前에 三次나(모두 弱群) 失敗하였기에 이제부턴 잘 해보려는 마음 간절. ×

〈1969년 6월 6일 금요일 晴〉(4. 22.)

柳 會長과 花山行 하여 吳炳河 氏 집에서 座談. 喪妻한 오병주한테도 人事. 安병달, 오윤교도 만나고. 今日은 14回 顯忠日. ×

〈1969년 6월 8일 일요일 晴〉(4. 24.)

午前 中엔 벌통 손질과 고추밭에 施肥. 金溪本家에도 다녀오고. 老親은 텃논 갈으셔 또다시 罪心에 고개 숙고. 妊 어제 왔다 낮車로 行. ○

9) 원문에는 붉은색 색연필로 밑줄이 그어져 있다.
10) 원문에는 붉은색 색연필로 밑줄이 그어져 있다.

〈1969년 6월 9일 월요일 晴〉(4. 25.)

요샌 상추쌈과 아옥국 있어 입맛 붙어 食事 好轉 셈. 三個餘 月間 空席이던 女職員 補充發令나 今日 赴任. 성명 김종순 26세라고. 淸原敎育長 金榮國 氏 死亡의 報~ 급작스러운 일. ⓒ

〈1969년 6월 10일 화요일 晴〉(4. 26.)

出嫁한 큰 女息 魯媛한테서 또 書信이 어제 왔기에 今般엔 答狀한다고 새벽 1時에 起床하여 쓰기 始作~ 어린 時節부터의 추억을 쓰다 보니 數 枚. 2時間 걸려 다 쓴 셈.

卞 校監, 柳 會長과 함께 故 金榮國 교육長 宅에 가서 弔問. ○

〈1969년 6월 11일 수요일 曇〉(4. 27.)

故 金榮國 교육장 永訣式에 參席. 南一面 月千里 葬地까지도. ○

〈1969년 6월 12일 목요일 晴〉(4. 28.)

明한테서 편지…… 休暇에 왔다가 歸隊한 後 첫 消息. 서울 제 兄과 제 누나 집에 다녀 잘 갔다는 것. 過飮하지 말라는 신신부탁의 內容엔 子息들한테 체면 없음을 또 깊게 느끼고. 月前엔 子婦한테서도 같은 內容. ○

〈1969년 6월 15일 일요일 晴〉(5. 1.)

井 母는 청주 아해들 뒷받침하여 주러 入淸. 난 梧倉 가서 自轉車 고치고. 肉類와 魚物 좀 사가지고 本家 金溪까지 다녀오고. 발 다친 黃교사한테도 人事. 집에선 老親께서 모내기 일에 남의 일 거드신다나…….

日暮頃 歸校하니 內者는 魯姬와 함께 청주서 와 있고. 姬는 3日間 家庭實習이라나. 고기도

사가지고 온 듯. ×

〈1969년 6월 18일 수요일 晴〉(5. 4.)
魯姬 첫車로 松面 向發~ 3日間의 가정실습 期間 다 되어.
晝食시간 利用하여 元佳 李普淵 親喪에 人事. ○

〈1969년 6월 19일 목요일 晴〉(5. 5.)
校長 舍宅 修理工事에 한창. 本채 增間, 大廳과 客室은 新築. 木手는 金東植, 土役은 千 氏. 나도 가끔 助力. 今日은 端午.
謹酒 中 하필하니 저녁때 朴相雲 校長 來訪. 不得已 一杯 待接. 궁둥이 길은 朴 교장에 진력. 저렇지 않겠다고 나는 속다짐. 똥 묻은 강아지가 저(겨) 묻은 강아지 나멀한다는 말도 있기는 하지만……. 同席했던 몇 친구들도 같이 진력. 간신히 달래어 보내니 시원. ⓒ

〈1969년 6월 20일 금요일 晴〉(5. 6.)
가므름 繼續에 감자, 마늘, 고추, 채소에 큰 타격. 內者는 이른 봄부터 감자, 고추, 옥수수 외 재배에 가진 努力 다하여 成長率 좋더니 3週日의 한발에 형편없이 低調~ 落心落望.
面內 機關長會議에 參席~ 한발 中의 移秧 問題와 以北 무장간첩 多量 南侵 기세에 對備함이 큰 協議題. 終會 後 곧 歸校하여 職員會에 參席. 今日도 相當 考慮 謹酒. ⓒ

〈1969년 6월 21일 토요일 曇, 小雨〉(5. 7.)
來주 火요일까지 家庭實習. 모내기는 水畓만은 끝나고 보리 베기에 한창. 本家 老兩親들의 생각 간절~ 보리 일에 걱정 中일 것. 이곳 일急한 대로 보고서 助力할 일이 大急. 今日은 舍宅 工事 돌보기에 終日토록 매달리고. 今日로서 舍宅 增築 補修는 竣工되고.
午後 6時頃에 약간 비 나리나 不足. 四男 松이 청주서 오고. 魯杏(女中 1年生)은 一位했다고 기쁘게 제 동생을 자랑하는 기색만만. ⓒ

〈1969년 6월 22일 일요일 晴〉(5. 8.)
入淸~ 姜永遠 課長 長子婚 있어 人事. 點心은 吳春澤 親友 만나서 몇 校長과 함께 待接 잘 받고. 請託도 있었지만.
公設運動場에선 道內 初中高校 市郡 對抗 聯合體育大會가 있기에 數 時間 동안 求景했고. 佳佐校에서도 郡 選手로 女子 兒童 4名 出戰. 成績은 좋지 못했지만. ×

〈1969년 6월 23일 월요일 晴〉(5. 9.)
家庭實習 中이라서 內者와 함께 本家行. 난 途中 번골에서 몇 父兄 권유에 農酒 나우 먹고 집에 到着하였을 時는 點心때 다 되고. 어젠 魯松이가 祖父님 도와 보리 베었다고.
품군 一人에 家族끼리 타작에 着手. 참으로 고된 일.
밤엔 伯母 忌故. X

〈1969년 6월 24일 화요일 晴〉(5. 10.)
일찍부터 보리 打作 着手. 품군은 살 수 없어 家族만이 作業. 井 母는 昨夕에 佳佐 갔다가 今朝에 와서 힘껏 助力. 老父親은 보리 벨 때부터 過勞되어 탈진 되신 듯. 그래도 억지로 勞力하시고. 父친, 母친, 內者, 나 四人이 보리 타작은 午後 七時에 마치다. 꼬마 魯弼이도 신통하게 助力하는 듯. 佳佐로 저물게 向發. 7

세짜리 노필이가 어둠길을 곧장 앞장서 잘 오다.×

〈1969년 6월 25일 수요일 晴〉(5. 11.)

6.25 19돌. 그해 出生者는 어느덧 20세. 우리 집 3女 魯妊이가 그해 出身…… 事變동이.
그리 반갑잖은 일에 來訪한 金壽鳳(前 지서장) 많이 조르기에 不得已 물품 一點 購入. 某種 기분 나쁜 일도 있고. ×

〈1969년 6월 26일 목요일 晴〉(5. 12.)

近日 또 繼續 過飮에 머리 둔하고, 複雜性에 精神 오락가락. 推進力 强한 卞 校監이기에 全職員 活動 旺盛하여 學校 經營엔 支障 없어 多幸. 然이나 良心에 가책 있어 自格之心[自激之心]에 未顔 滿〃. 은연中 自責 느끼고. ×

〈1969년 6월 27일 금요일 晴〉(5. 13.)

今日 生活도 學校 일에 忠實 期하지 못해 不快. 來客 또는 有志 尋訪에 酒席時間 길어진 탓.
職員끼리 돼지 돌부리. 某 酒席에서 피해서 歸舍宅. ×

〈1969년 6월 28일 토요일 晴, 曇〉(5. 14.)

謹酒토록 또 한 번 自責. 早朝에 起床하여 외집 짓고, 吳春澤 親友 來訪. 그의 長男 商高 復校에 協力하여 달라고.
막뻐쓰로 四女 魯杏 오고. 絃이가 보내온 補藥 한 제 가지고. ○

〈1969년 6월 29일 일요일 晴(새벽 가랑비)〉(5. 15.)

새벽에 가랑비. 먼지 안 날 程度. 낮 氣溫은 어젯날보다도 더욱 덥고. 요새 氣溫 26.7度. 비 안 나리어 심은 논 탈 지경. 밀, 보리 하기는 좋으나 밭에 씨 부치지 못해 탈. 고추, 옥수수, 채소類 다 타버릴 지경.
本家行 豫定했던 것이 또 不能. 老兩親의 流汗 탈진한 모습이 선이 떠오르고.
槐山行 하여 朴永緒 교육장 勤續 30周年 行事 招待席에 參席. 그의 行事 進行方法 색다른 게 異彩. 槐山 往來에 車內에서 무더워 큰 욕보고.
淸州商高 朴 校監 宅에 尋訪. 吳 親友 子弟 復校 말하니 今時는 안되나 求해 볼 計劃을 內容的 說明.
夕時, 夜間에 卞 校監 宅, 趙亮濬 宅 尋訪. 술은 많이 사리고. ○

〈1969년 6월 30일 월요일 晴〉(5. 16.)

早朝에 井 母와 마늘 캐고. 공 드리고 땀 흘린 보람 있어 10餘 접 優良品 수확. 이 地方 土質로는 稀貴하다는 것.
學校 일 忠實히 잘 되고, 謹酒하니 精神 맑아지고. ⓒ

〈1969년 7월 1일 화요일 晴〉(5. 17.)

날씨 야숙하게 가므러 탈. 물 있는 논들은 매기 始作하고.
柳 會長이 벌 巢礎에 埋線하여 주다. 今日도 술 適當. ⓒ

〈1969년 7월 2일 수요일 晴〉(5. 18.)

繼續 3日間 6學年의 道德生活 授業에 臨. 마음 몹시 快. 傳達夫, 井 母와 함께 三人이 內室

上下間 도배, 반자, 장판. 數時間 助力하니 팔, 다리, 허리 아프고. 이로서 校長 舍宅(家屋) 建築 補修는 一段落된 셈. ⓒ

〈1969년 7월 3일 목요일 晴〉(5. 19.)
今日도 早朝 起床하여 고추밭에 給水. 約 一週間 節酒하였더니 몸 가볍고 食慾 있고. 學校에도 早時 出勤 執務.
날은 뜨겁지만 午後에 自轉車로 玉山市場에 달려가 肉類와 魚物을 사가지고 本家에 登庭하여 父母님께 拜謁. 多幸히도 氣力 康寧하시고 小麥까지 打作 完了되어 大安心. 다만 아그배 宗畓(乾畓)만이 아직 未移秧. 烏山선 吳춘택 親友 찾아 商高 다년온 經過를 이야기. ○

〈1969년 7월 4일 금요일 晴, 曇〉(5. 20.)
母親 早起하시어 朝食 지으시는 데 助力. 뒤울안 雜草도 時間대로 若干 뽑고. 아침밥을 父母님 모시고 몇 가지 魚肉찬을 갖추어 安樂 분위기 속에서 飯酒 適當히 하여 朝食하니 마음 가라앉음~ 罪悚한 感 많았기 때문. 닭 한 둥우리[11](병아리 11수 부침) 자전거에 싣고 일찍이 出勤. 땀 많이 흘리며.
비 나릴 것 같이 구름이 끼고 바람도 조용히 동풍. ⓒ

〈1969년 7월 5일 토요일 曇, 雨, 曇〉(5. 21.)
昨日부터 구름 조용히 끼더니 12時頃에 가랑비. 단비 나린다고 왼 農民 기뻐했으나 잠시 後 다시 그치어 落望. 土曜日이라서 三女 魯妊 오고. ○

11) 원문에는 붉은색 색연필로 밑줄이 그어져 있다.

〈1969년 7월 6일 일요일 晴〉(5. 22.)
金溪 本家行. 老親과 전좌리 따비콩밭 풀 뽑고. 점심은 3종질 魯德이네 일밥으로. 俊 兄과 잠간 이야기. 歸校 中 柏峴 들려오고. ×

〈1969년 7월 8일 화요일 晴〉(5. 24.)
昨日 豫定했던 것이나 몸이 고닮하서 不能이었고 今日은 別無支障이어서 斷行. 卽 全 職員에게 簡素히 濁酒 待接코져 舍宅으로 招待. 뜻은 舍宅 補修된 것 求景시키기 爲한 것. ×

〈1969년 7월 10일 목요일 晴〉(5. 26.)
本郡 國校 兒童 예능 發表大會에 五女 魯運이 出戰. 場所는 江西校. 引率은 朴鍾熙 教師. ×

〈1969년 7월 11일 금요일 曇〉(5. 27.)
梧倉校에서 本郡 硏究大會 있어 全 職員 出張. 나는 낮 뻐쓰로 가고. 午後엔 各校 對抗 排球 試合. 아깝게도 善戰타가 準決勝에서 角里校에 분패. 검정 우산 잃은 듯. X

〈1969년 7월 12일 토요일 흐린 後 비〉(5. 28.)
職員들 疲勞 氣色 滿〃인 듯. 下午 一時에 가든히 終業.
日暮頃부터 비 나리기 始作터니 밤새도록 普通 나리다. ×

〈1969년 7월 13일 일요일 雨, 曇〉(5. 29.)
食前까지 降雨. 말라붙었던 냇바닥에 물 나우 흐르고. 本家 생각이 간절. 아그배 宗畓 이제는 移秧 可能 아닌가?고. 近日 또 連日 飮酒에 運身 어려워 11時까지 누어있었고.
이 地方 老人 몇 분에 未安感. 金溪 本家 老親

한테 놀러간다는 것을 晩留[挽留]. 미처 생각 못하여 아무 準備 못하였기에. 이것도 連日 過飮한 탓일 것. 醉中 相約이 되었던 모양. 不可避 後日로 다시 期約. 午後엔 職員 몇과 물생선 잡고. ○

〈1969년 7월 14일 월요일 晴, 曇〉(6. 1.)
날이 아직 들지 않았는지 몹시 무더워 또 비 올 듯.
今日은 막동이(魯弼)의 生日이라고. 제 母親이 약간의 떡 쩌주고. 김과 멱국 外는 無別반찬. 어제 잡은 미꾸리 생선 있어 多幸.
서울 사둔 趙기준 來訪. 點心 같이 하고 作別. 오랜만에 不飮. ◎

〈1969년 7월 15일 화요일 雨〉(6. 2.)
장마전선이 들어닥친 듯. 午前 中은 비가 오락가락하더니 午後부터는 밤까지 거이 繼續 나리고. 똘물도 꽤 나려가니 장마 질 듯. 梧倉우체局에선 貯蓄 巨額成績 擧揚方法을 通告하기에 2名 職員 江亭까지 出張 보내기도. 結果 可能할 듯.
六學年의 反共道德生活 授業으로 午前 中 四時間 동안 熱中하였더니 온몸에 땀 함빡 차기도. 放課 後 擔任들한테 厚待도 有. ○

〈1969년 7월 16일 수요일 雨, 曇〉(6. 3.)
장마는 졌다. 금일 등교학생 불과 5할. 직원 수 명 出勤 不可能인데 點心때쯤 登校. 午前中으로 授業 마치기로 하고 職員들은 帳簿 整理키로.
우연찮이 近日에 校務 執行에 氣分 少. 責任者에 對한 感受性을 소홀케 하는 態度 엿보여. 나 自身도 一部 責任은 有. 要는 貧困[12]이 原. 然이나 忠實을 期하는 것만이 나의 할 일. 벼는 익어갈수록 고개 숙는데 함부로 氣勢 올리는 것도 그리 좋지 못한 일인데, 或 내가 오해하는지도 모르는 일. ○

〈1969년 7월 17일 목요일 가끔 비〉(6. 4.)
청주 아이들에게 食糧 갖다 주려고 內者와 入淸. 장마에 뻐-쓰 不通되어 佳佐, 梧倉 間은 步行, 往來하는데 때로는 비로, 땀으로 數次例 옷 험씬 적시고. 魯松도 땀 흘리며 來佳佐. 양봉에 급이하려고 中白 설탕 1貫 購入. ○

〈1969년 7월 18일 금요일 曇〉(6. 5.)
어제 왔던 四男 魯松 이곳서 登校하려고 早朝에 淸州 向發.
給料 受領한 지 不過 3日인데 手中에 돈 없고, 急한 데 쓸 곳은 많고, 本家 老親께 拜謁하기 火急한 事情. 제반 周旋 못하여 아직 登庭 못하는 셈.
六學年 3個班의 '바른생활'(反共道德)을 全擔했던 中 今日로서 前期分 單元 完了. 末單元 '20. 이순신 장군'을 읽고 兒童과 같이 熱情. ○

〈1969년 7월 19일 토요일 晴, 曇〉(6. 6.)
終業 後 本家 向發. 장마 後 못 가 궁금하여서. 淸州 들려 狗肉 사가지고. 歡喜川 건늘 때 어둠침침. 물은 많{이} 빠져서 큰 욕 안 보고. 장마 後 즉시 못 왔던 것을 父母님께 용서를 빌

12) 원문에는 '困貧'으로 기재되어 있는 위에 앞뒤 글자의 자리바꿈 기호가 부기되어 있다.

고, 父母님은 寬大하시고. 아그배 宗畓 논까지 심어서 늦었지만 多幸. 밤中이지만 狗肉 다리 고 留. ○

〈1969년 7월 20일 일요일 曇〉(6. 7.)
老親은 女人人夫 2名 얻어서 전좌리 밭 김매시고, 나도 조금 助力. 사이밥도 點心밥도 나르고. 罪悚感 가지면서 저녁에 歸校. ○

〈1969년 7월 21일 월요일 晴, 曇〉(6. 8.)
臨時公休로 休業. 美國 科學者들이 달에 발 딛는 날이라고. 16日에 發射한 '아폴로' 11호가 成功하는 듯. ×

〈1969년 7월 24일 목요일 晴〉(6. 11.)
또 數日間 多量은 아닌데 강소주에 몸 휘지고. 口味는 勿論 無. ×

〈1969년 7월 25일 금요일 晴〉(6. 12.)
終業式. 물 조심, 夏季 위생 지키어 병 조심을 당부. ×

〈1969년 7월 26일 토요일 晴〉(6. 13.)
休暇 第一日. 北一校로 全 職員 出張에 激勵코져 點心때쯤 自轉車로 出張. 땀 無限히 흘리고. 술 얼근하여 多辯했던 기억나고. 그래도 下午 4時頃에 歸校하였으니 無事했음을 深謝. 오창서 自轉車로 달려올 때 上衣는 땀으로 함신. 卞 校監 만나 또 一杯. X

〈1969년 7월 27일 일요일 晴〉(6. 14.)
魯松 서울 向發. 서울 제 兄 宅에서 休暇 中 공부하겠다고.

連日 飮酒에 몸 고단하고, 밥도 못 먹는 제 數日間. 終日토록 두러누어 앓기만 하다 下午 5時頃에 起動. 밤엔 번천 金在喆 집 招待에 有志 數 名 같이 다녀오고. 口味 없어 飮食은 못 먹고. ○

〈1969년 7월 28일 월요일 晴, 曇〉(6. 15.)
鄭德相 교육장 赴任에 郡內 校長 全員 모이고, 歡迎의 뜻으로 全員 食堂에서 會食.
姬, 杏 집에 오고. 姬는 松面서도 車 不通으로 많이 걸은 듯. ©

〈1969년 7월 29일 화요일 曇, 晴〉(6. 16.)
休暇 中 職員 웍샾 最初日. 職員 全員 出勤 執務~ 創意創作 工作品 製作. 點心時間에 金涑植 校監 來校하였기 會食. 後 5時까지 執務.
日暮頃 約 2時間 동안 고구마밭에 人糞 施肥. 땀 무척 흘리고. ◎

〈1969년 7월 30일 수요일 가랑비〉(6. 17.)
早朝 起床. 뒷밭 고구마 두둑에 施肥. 昨日부터 口味 붙어 食事成績 良好한 편.
職員 共同硏修 第2日째. 作品 半 以上 進展된 셈. 午後 4時에 終了하고서 柏峴 朴定奎 教師 親忌에 全 職員 人事.
人夫賃 어느 程度 마련하였기 金溪 本家行. 父母님께 拜謁. ◎

〈1969년 7월 31일 목요일 雨, 曇, 晴〉(6. 18.)
새벽에 約 3時間 동안 暴雨. 早朝 起床코 냇가에 가보니 亦 洪水. 아그배 宗畓을 둘러보니 晩種이라 作況 不良. 논두렁 꿰져서 復舊作業에 盡力했으나 不完全. 그 後 老親께서 完成.

朝食에는 老親들이 손수 병아리 잡아 고기 많이 勸하시기에 滿服[滿腹]하면서 感淚.
냇물 많아 越川 不能키로 數 時間 待期. 減水 시작한 지 二時間 後 水落 앞내로 건넘. 깊은 곳 젖가슴까지 오르고. 無事 越川. 건너편 柳氏 老人 끝까지 바라봄에 큰 힘 얻어 感謝〃〃.
學校는 월샾 第3日. 作品은 完成段階.
上京한 魯松이 잘 갔는지 궁겁던 次 큰애로부터 消息 와서 安心. 時間 差로 驛에서 相逢 不能이었던 모양. 住所 아는 程度의 知識으로 徽慶洞까지 저 혼자 찾아 갔었다니 기특한 일. ◎

〈1969년 8월 1일 금요일 曇, 雨〉(6. 19.)
堆肥 및 乾草 增産大會에 參席. 行事 後 玉山行 하여 校長團費 貸付 條로 3口座 6,000 貸付 받고. 오창부턴 自轉車로 歸校. 歸校 中 星山 고개서 비 만나 노배기[13]. 집에 오니 서울서 큰딸 內外 와 있고. 長女(魯媛) 出嫁 後 最初로 親庭에 온 것. ◎

〈1969년 8월 2일 토요일 曇, 雨〉(6. 20.)
學校 行事로 職員 共同硏修 今日로 第5日째로 終了. 主로 工作品 完成과 廊下 環境 構成~ 反共館, 鄕土館, 生活館.
昨日에 온 사위로 因하여 몇 분 來訪~ 金英植, 柳在河, 韓箕洙, 柳致相, 柳 氏. 술과 약간의 안주로 待接. 職員들에게도 素肴로 待接. 집의 아이들 밤늦게까지 놀고. 午後부터 비는 오락가락. ○

〈1969년 8월 3일 일요일 雨〉(6. 21.)
새벽 3時頃부터 約 30分間 集中暴雨. 各處의 똘 洪水 急流. 폭포를 이루는 듯. 早朝 起床하여 學校둘레 도라보니 異狀은 無. 다만 지붕 새던 곳은 약간 고쳤어도 如前 雨漏. 비 終日토록 오락가락. 때로는 폭우. 번천 앞내 急流 水量 이곳 赴任 以來 最大. 勿論 越川 不能.
數 次例 酒席 機會에도 謹飮하여 마음 개운. ⓒ

〈1969년 8월 4일 월요일 曇, 雨〉(6. 22.)
食前까지 쏘내기 같은 暴雨가 몇 차례 나리더니 朝食 무렵에 그치어 今日 行事 豫定인 朝鮮日報 主催 梧倉面 內 體育大會에 出戰코져 選手 兒童과 職員 一同 出發하였으나 龍頭내 깊어서 가까스로 건넜다가 延期說 듣고 回程.
柳 會長으로부터 4~2班 成績 評價의 의아點과 某 職員의 學校長에 對한 言語上 서운點을 말하더라는 것. 새 學期부터의 새 精神으로 다잡음이 若何하겠느냐는 뜻(職員들 다잡아서 兒童 實力과 職員 活躍)을 表明하는 듯. 然이나 人格 尊重하는 나의 行爲는 自他가 公認할 수 있는 줄 알며 兒童 實力 向上엔 各 擔任의 誠意에 있는 것이나 모두들 熱誠을 다함이 틀림없는 中임을 確信. 몇몇 積極派 父兄의 過慾에서 나오는 말일 것. 다만 내 自身을 反省컨대 迫力 있는 校監과 順從하는 職員들이기에 일일히 參見치 않았다는 點을 再參 後悔할 따름. 參考로 듣고 再考해 볼 일.
큰 女息 內外는 낮에 杜陵 갔다가 밤늦게 歸來

13) 충청 방언에 '한곳에 붙박이로 있는 사람'을 가리키는 '노박이'의 변형, 또는 파생형으로 보인다. 이 일기에서는 보통 비가 줄곧 내려 오도가도 못 할 처지에 놓인 상태일 때 이 용어가 사용되고 있다(1968년 8월 6일, 1970년 11월 10일 일기 참조).

家. 노운도.
비는 每日같이 나리어 거이 날마다 장마. 오늘도 밤새도록. ○

〈1969년 8월 5일 화요일 曇, 가끔 비〉(6. 23.)
入清하여 큰 女息 陽傘을 비롯하여 몇 가지 물건 購入. 往來에 龍頭내 깊어서 自轉車 다루는데 큰 애로 겪고.
기다리던 次男 魯紘이 靑山서 왔기에 반갑고 安心. 淸州서 단 혼자 요새 지내던 三女 魯妊도 오고. 이젠 食口들이 많아 집안이 법석. 방안엔 라디오와 時計로, 뜰엔 구두가 수두룩. 기쁨과 幸을 느끼고. ○

〈1969년 8월 6일 수요일 曇, 가끔 비〉(6. 24.)
全 職員과 旅費 共同 負擔하여 忠南으로 旅行. 學校서도 旅費 一部 補助. 顯忠祠 參拜. 溫陽溫泉서 留. '淸州旅館' 朴氏가 主. 현충사 參拜時에 비 많이 내려 一同은 노배기. ○

〈1969년 8월 7일 목요일 雨〉(6. 25.)
새벽부터 비. 2時間 동안 集中暴雨. 비 소리에 旅館에서 단잠 못 이루고. 一同은 九時 半에 溫陽서 出發. 넓은 들 뜰은 洪水로 범람. 一部 職員들과 작별하고 나는 서울行. 큰애 內外가 오라고 신신 부탁하기에. 가 보니 無故. 魯松도 잘 있어 공부 잘 하고. ◎

〈1969년 8월 8일 금요일 曇, 가끔 비〉(6. 26.)
下鄕하려 하니 큰애들 內外가 積極 만류. 食堂에 一同이 가서 會食. '함흥냉면'의 別味로 晝食. 홍어회가 特色. 國都극장도 求景시켜 주기에 잘 보고…… '가슴에 맺힌 눈물'. 맥주 한 컵씩 먹고 歸家.
三選改憲 問題로 與野 黨〃爭, 論爭, 政爭. ⓒ

〈1969년 8월 9일 토요일 曇, 晴〉(6. 27.)
朝食 後 조금 쉬었다가 佳佐 向發. 며늘이까지 眞心으로 誠意 다하였음에 多幸福을 느끼고. 天安까진 汽車로, 竝川까진 뻐쓰, 竝川서부터는 步行. 7日 장마에 길 많이 헐고, 소징이 앞들엔 황토 물로 씨웠던 듯. 歸校하니 해질 무렵. ◎

〈1969년 8월 10일 일요일 曇, 雨〉(6. 28.)
魯姬는 魯妊 다리고 松面 向發. 共同硏修 및 日直當番 責任 다하려. 途中途 뻐쓰 不通인 距離 相當할 것이므로 數十 里 步行에 고생 많을 터.

〈1969년 8월 11일 월요일 曇〉(6. 29.)
貳男 魯紘과 金溪 本家行. 老親께선 人夫 二名 다리시고 전좌리 밭매기에 땀 흘리시고. 紘은 助力. 난 小魯 卞氏 家 弔問 다녀오고. ○

〈1969년 8월 12일 화요일 曇〉(6. 30.)
한나절 동안 老親 도와 밭 품 풀매기에 紘과 같이 流汗.
晝食 後 紘 다리고 歸校. 채소 갈 곳 삽으로 一部 파고. ◎

〈1969년 8월 13일 수요일 曇〉(7. 1.)
早朝에 家族 總動員하여 채소밭 파고 다듬어 堆肥까지 넣고 周圍 排水溝도 확실하게 다듬으니 개운. 온몸은 땀투성.
柳 會長과 함께 花山과 上佳 제사집에 人事 다

녀오고.

魯紘은 學校 일로 靑山行. 長子 井으로부터 편지 오다~ 食母 格으로 있던 三從姪女 '노희'가 집에 왔다가 上京치 않아 홀몸이 아닌 며늘이가 朝夕 짓기에 매우 어려운 中인 듯. 어서 적격자를 골라 보내야 할 텐데……. ⓒ

〈1969년 8월 14일 목요일 晴〉(7. 2.)

早朝에 菜蔬 播種~ 패왕大根, 宮中大根, 中國靑首大根, 京都三號 배추, 서울배추, 糖根.

面內 機關長會議에 參席~ 水害復舊 等 當面問題라고. 改憲問題는 論하지 말도록 나는 警告. 과연 그렇다고라는 答辯. ○

〈1969년 8월 15일 금요일 晴〉(7. 3.)

光復節 24周年 慶祝式 擧行~ 60年 前의 國恥. 24年 前의 解放. 統一하기에 全力을 기울이자고 式辭.

날씨는 어제부터 淸明. 이제부터 좋은 날씨 계속되려는지. ◎

〈1969년 8월 16일 토요일 晴〉(7. 4.)

오늘 아침도 일찍이 채소씨앗 若干 播種…… 舊 舍宅 뒷밭.

朝鮮日報社 主催(梧倉支局) 體育大會에서 職員, 兒童 共히 優승.

松面 갔던 姬, 妊도 無事 歸家. ○

〈1969년 8월 17일 일요일 晴〉(7. 5.)

早朝에 舍宅(舊) 뒷밭 除草. 쌀 한 말 自轉車에 싣고 金溪 本家行. 妊과 杏도. 母親은 釀造準備. 잊은 것 있어 나는 다시 歸校. ○

〈1969년 8월 18일 월요일 晴〉(7. 6.)

飛上校 楊箕植 校長님 停年退任式에 參席. 卞校監과 같이.

歸路에 父親 生辰日用 반찬材 購入. 伯父 忌祀. ⓒ

〈1969년 8월 19일 화요일 雨, 曇〉(7. 7.)

七夕 아침. 妊과 杏은 朝食 짓는 데 저의 祖母를 힘껏 돕고.

學校에선 嶺西體育會로서 靑年運動會. 酒酊 數 名 때문에 部落 對 部落 싸움 버러져 不美事 發生.

長男 井 昨夜에 오고. 數日 前엔 서울서 貴重品을 도적마잤다는 것. 食母 때문에 걱정 中. 夕食 後엔 家庭團合과 經濟問題에 關하여 長子 魯井의 심중한 論議 듣고. 當然한 편이나 再考할 餘地도 有. 本家에 갔던 妊과 杏 오고. ○

〈1969년 8월 20일 수요일 晴, 曇〉(7. 8.)

校長會議에 參席~ 71年度 無試驗 進學에 따른 中學配定 問題가 主. 會議 後 校長團 一同 芙江藥水湯 向發~ 停年退職 校長 두 분과 他郡 轉出 校長 있어 送別의 뜻으로. 然이나 나는 金溪 本家로 歸家. 明日 行事와 三從兄 萬榮氏 大祥 있어서. ◎

〈1969년 8월 21일 목요일 晴〉(7. 9.)

새벽(3時 半)부터 반찬과 안주 만들기에 內者는 終日 流汗. 큰 女息 媛, 妹의 慈榮, 蘭榮, 次女 姬도 힘껏 거들고. 집안 兄嫂들과 當姪婦, 이웃 婦人도 協力.

朝飯에 多人數 招請 會食. 晝間엔 集內 老人

數名과 金溪校 職員 招待하여 待接에 一大奔走. 老親 喜色滿面. 심부름에 井과 絃 욕보고. 從兄, 再從兄(浩榮 氏, 憲榮 氏)도 接客, 案內에 바쁜 일 當하고. 經費는 現金만도 約 3,000, 物品은 1萬餘 원. 終日 來客에 시달려 몸 느른함을 느끼고, 손님 치송 마치니 午後 7時. 난 學校가 궁금하여 늦은 夕飯 마치고 夜間에 歸校. 姙과 杏은 舍宅 지키고. 多幸히 無事. 今日 더위 非普通. 땀 全身에 흠신 배어 終日 축축. 술은 끝내 잘 비워 속은 개운 무탈. ○

〈1969년 8월 22일 금요일 曇, 가랑비〉(7. 10.)
本家에 갔던 井 母, 큰 女息, 姫, 運, 弼 오고. 運의 서울 轉學書類 作成(學校分). 저녁나절에 長男 井도 金溪서 오고. 軍의 3男 魯明도 오다. ○

〈1969년 8월 23일 토요일 晴〉(7. 11.)
長男 魯井은 魯運 다리고 上京~ 淸州市內 無試驗制 實施로 因하여 此地 通學 不可能함에 따라 서울로 轉學하기 爲해서. 出嫁한 長女 媛도 제 媤家로 가기 爲해 같이 出發. 約 3週間 와 있던 셈.
난 南一校 申若浩 校長 停年退任式에 參席. 去 18日 飛上校에서 있었던 同 行事와는 판이하게 大盛況.
長男 서울로 退去移住手續과 魯運의 轉學書類 完結하여 登記로 發送. 막내딸 먼 곳으로 보내니 몹시 섭섭~ 제 동생 魯弼과 싸우며 까불고 어린 男妹 間 재롱 있는 友愛相이 깊게 스치어. ⓒ

〈1969년 8월 25일 월요일 曇, 雨〉(7. 13.)
入淸하여 明日의 母親 生辰用 홍정 몇 가지 사고. 父母님의 肖像畵用 額子도 마련. 비 맞으며 金溪 本家에 갔을 땐 午後 5時. 佳佐에서 井 母와 魯杏도 오고. 虎溪 妹夫 內外는 그저 있고. ⓒ

〈1969년 8월 26일 화요일 晴〉(7. 14.)
母親 生辰. 집안 食口끼리만 아침 會食. 낮엔 물생선 조금 잡아오고. 일른 夕食 後 妹夫 內外 가고, 나도 井 母, 杏 모두 歸校. 老親들만이 또다시 한적하게 집을 지키시게 되니 안 된 생각뿐. ⓒ

〈1969년 8월 28일 목요일 晴〉(7. 16.)
食前에 채소밭에 人糞 施肥. 約 20바께쓰.
10時頃에 新營敎室 建築 爲하여 業者들 모여 現場說明 듣고. 立札[入札]은 明日 한다는 것. 李 技士의 不溫 態度에 氣分 少.
梧倉行 하여 繁榮會 主催 씨름大會에 人事.
去 24日에 蜜蜂한데 右手 엄지에 두 방 쐬인 것으로 팔목이 엄청 부었더니 어제부터 풀리기 시작. 오늘은 완연히 차도 있어 부드럽고. 가지로 문지른 效果 있는 것인지? ○

〈1969년 8월 29일 금요일 晴〉(7. 17.)
入淸 上廳~ 敎室 增築 및 便所 新築에 立札行事 있어 立會하고 晝食 後 舟城校 강당에 들려 創意創作品 展示會場을 觀覽. 黃冕秀 교사作 '自動式 身長 座高計'가 道 審査에 佳作으로 入選. 교실 3間과 변소 1棟(10間)에 278萬 원에 落札. 三和土建社 鄭 氏가 社長. 下請者 李根浩.
魯姫는 松面 向發. 아직 기침 完全히 안 난 듯.

魯姙도 入清. 자췌방 淸掃 等에 땀 흘리며 勞力. 난 일찍이 歸校. ◎

〈1969년 8월 30일 토요일 曇, 가랑비〉 (7. 18.)
江內面 鶴天行 하여 從妹님 모시고 서울行. 從妹는 며늘의 産權 겸 當分間 서울 아이들 집 좀 지켜 달라고. 妹夫들 집도 몹시 바빠서 떠날 사이 없는 形便. 然이나 寬大한 妹夫님의 허락으로 同伴되었고. 鳥致院서 뻐쓰로 向發. 누이는 쇠약한 몸. 밤 10時 半에 서울 着. ⓒ

〈1969년 8월 31일 일요일 曇〉(7. 19.)
一週日 前에 서울 왔던 5女 魯運이 별다름 없이 지내어 多幸. 제 오라범 夫婦가 고신 잘 하는 탓. 徽慶國校에 轉入할 수 있는 手續도 畢한 듯.
몸 不健在한 從妹도 밤 지내더니 좀 낳은 듯 생기 있어 多幸.
11時 列車로 서울 發. 天安서 竝川까지 뻐쓰. 병천서 步行으로 歸校하였을 時는 午後 5時頃. 松과 杏도 明日부터 開學이라서 入淸하고. 짐 갖다 주러 井 母와 弼은 星山까지 다녀왔다는 것. 이제부턴 佳佐에도 夫婦와 弼만이 남아 있게 되어 한적. ◎

〈1969년 9월 1일 월요일 雨, 曇〉(7. 20.)
새벽에 비 우수 내리다. 第2學期 始業式 擧行 ~ 學校 美化와 實力 向上에 努力하도록 强調. 天安行 하여 同壻 女婚(香根)에 人事. 下午 七時 半에 歸校. ○

〈1969년 9월 2일 화요일 晴〉(7. 21.)
學校 構內 復舊作業에 職員 兒童 무더위에 애많이 쓰다. 長期間 謹飮에 精神 맑고 每事에 如意進陟 中. 今日 機會도 謹酒. ⓒ

〈1969년 9월 3일 수요일 曇, 雨, 曇〉(7. 22.)
놀랍고 괴상한 꿈~ 父親이 別世되어 痛哭타가 깜짝 놀라 깨어 일어나니 零時 40分頃. 앞 道路ㅅ가의 酒幕에선 酒酊군 싸우는 소리.
教室 增築用 木材 첫 車 入荷. 材料 續〃 入荷될 것이나 下午 三時頃부터 40分間 集中暴雨로 瞬間 內 洪水. 昨日 校內 復舊作業한 것도 헛일. 車 當分間 또 不通일 듯. 연약한 무우 배추 엉망으로 짓이겨지고. 教室 지붕 雨漏處 많아 걱정 中. ◎

〈1969년 9월 4일 목요일 曇〉(7. 23.)
秋季 體育大會에 關하여 全 職員 늦도록 眞摯한 協議하다. ⓒ

〈1969년 9월 5일 금요일 雨, 曇〉(7. 24.)
아침결은 부슬비 나리어 學校는 體育會 指導에 큰 支障. 연약한 菜蔬도 녹을 程度. 요새는 繼續 口味 당겨 食事 잘 하고. ◎

〈1969년 9월 6일 토요일 晴〉(7. 25.)
入淸~ 姪女 魯先한테 送付할 保證人 登記簿 謄本을 法院에서 떼어 發送. 한 필에 360원씩이 든다는 것. 가외 料金을 받아야 빠르게 手續해 준다는 말. 아닌 게 아니라 社會는 아직 腐敗性이 사라 있는 것. 特히 官이면서. 玉山校에서 多年間 勤務턴 盧 校長님 轉出케 되어 郡內 校長 모여 送別宴會. '日光' 식당에서. ×

〈1969년 9월 7일 일요일 晴〉(7. 26.)

食糧과 附食物 等 自轉車에 가득 싣고 梧倉까지. 內者가 청주 아해들한테 갖다 주게 되어.
아직도 뻐쓰 不通으로 큰 不便 中.
職員 몇 사람, 親舊, 機關 等(직원) 얼려 오랜만에 過飮턱. X

〈1969년 9월 8일 월요일 晴〉(7. 27.)
地方人 몇 名과 우연히 어울리게 되어 오늘도 續飮. X

〈1969년 9월 9일 화요일 晴〉(7. 28.)
學校 增築工事로 今日도 木工들이 일하는 中. 監督을 잘 하라는 것.
期成會 任員會 開催~ 期成會費 100% 引上하여 敎職員들의 手當 더 支給케 되므로. 體育會費도 걷기로. 順調로이 簡單히 마치다. ×

〈1969년 9월 10일 수요일 晴〉(7. 29.)
어제는 金東植 大木이 와서 舍宅에 헛간 달아주어 고마웠고. 마침 만났기에 濁酒 待接.
집에 오래간 못 가서 궁금 中. 일간 꼭이 가 뵈어야 할 텐데. ×

〈1969년 9월 11일 목요일 晴〉(7. 30.)
數日間 續飮에 몸 若干 찝부두. 다시 謹飮할 生覺. 食前 일찍 起床하여 배추 모종 60餘 포기(京都3號).
서울 魯運한테서 편지[14] 오고. 제 모친과 제 동생 弼이한테로 제법 잘 쓰고. 안부도, 그곳 소식도. 제 동생을 그리워하는 순진하고 아기자기한 솜씨. 제 모친이 읽어보며 눈물 흘리다.

14) 원문에는 붉은색 색연필로 밑줄이 그어져 있다.

휘경국교 5-9라나. ○

〈1969년 9월 12일 금요일 晴〉(8. 1.)
요새 날씨는 계속 좋아 벼 잘 익을 것. 채소에도 좋고. 내가 가른 무우, 배추 다 같이 순조로이 잘 크고.
학교 통로 길을 세멘으로 만드는 데 여러 직원 공사 협조 잘 하고.
柳철상 집에서 全 직원 초대~ 새 집 짓고 入住한 턱으로. ⓒ

〈1969년 9월 13일 토요일 晴〉(8. 2.)
새벽 4時에 起床. 신문 읽고 日記 쓰고. 學校要覽도 再檢討.
敎育監 視察說 있어 全 職員 早朝 出勤하여 淸掃 指導, 申告節次 確認知.
老親께서 소에 食糧(精麥, 小麥粉) 싣고 다녀가심에 感淚. 罪滿.
井 母 附食物 갖고 入淸. 下午 6時 半頃 魯杏(女中 1年)과 歸家 着. ○

〈1969년 9월 14일 일요일 晴, 曇, 雨〉(8. 3.)
아침결에 호배추 20餘 포기 모종. 너무 커서 잘 成長 될른지가 의문.
柳 會長과 같이 蜂箱 하나씩 짜고. 學校 짓는 木手들의 연모 얻어서.
本家에 다녀올 豫定이 낮부터 비 나려서 不能. 약 1주간 날씨 좋더니 오늘은 비. 菜蔬엔 甘雨. 아침에 모종한 것 잘 했고. 비 때문에 四女 魯杏 入淸에는 큰 고생. 엊저녁 모처럼 나왔던 뻐쓰도 今日은 不通.
三選改憲에 通過냐 沮止냐로 與野 間 極限 싸우더니 與黨에서 術法 써서 通過시켰다는 것.

大學生들 反對데모 甚했던 것인데……? ○

〈1969년 9월 15일 월요일 曇, 雨〉(8. 4.)
三選改憲이 通過되자 與野 間 큰 난리가 버러지는 바람에 괴한들한테 三男 우리 魯明 流彈에 맞아 거의 絶命 程度에 內外 痛哭 中. 우리 內外에게도 銃殺한다는 地境에 놀라 잠 깨니 꿈. 새벽 1時 半頃. 後 잠 못 이루다.
식전에 배추 모종 約 20포기.
下午 2時 半부터 40分間 暴雨. 또 洪水 이루어 가을장마. 兒童들 早期 下校. 佳佐里 번천 내도 成人이 간신히 건늘 程度라고. ◎

〈1969년 9월 16일 화요일 曇, 가랑비〉(8. 5.)
昨今 共히 6年 道德授業에 興味 진진히 進行되어 마음 상쾌.
三選改憲案 變則通過라고 野黨 議員과 大學生들 농성, 데모 等으로 난리인 記事 新聞에 滿載. 앞으로 國內는 소란스러울 듯. ◎

〈1969년 9월 17일 수요일 晴〉(8. 6.)
入淸~ 上廳하여 事務 打合(校舍 重修理, 新築便所, 轉學붐 等〃). 姜 課長으로부터 조용한 忠告(好酒 與否? 술통 職場 內 往來 빈번, 出退勤 時間 嚴守 等 節度 있는 生活)에 完全 不該當 아님을 느껴볼 때 由斷 못하는 現實社會임을 再反省 아니할 수 없고. 體育會費 徵收問題에 論難되어 善處키로 覺悟. 法院에 들려 魯先 職場에 보낼 謄本 떼어 發送. 梧倉서 酒醉 親舊 만나 同行하느라고 深夜에 오다. ⓒ

〈1969년 9월 18일 목요일 曇〉(8. 7.)
運動會費 徵收된 것 父兄에 返還토록 全 職員에 指示.
內者는 청주 아해들 食糧과 附食物 갖다 주고 오고. ⓒ

〈1969년 9월 20일 토요일 曇, 晴〉(8. 9.)
10時쯤 서울로부터 喜報. 電文 "19일 20시 생남". 長男 魯井이가 친 것이 分明할 것. 며늘이 產月이 이 달이기 때문. 그렇다면 長孫을 본 것. 電文을 받고 急히 舍宅으로 달려가 內者에게도 알리어 기쁨 같이 나누고. 天地神明께 感謝 드리며 健實長壽를 祈願. 作名? 假名……福在, 福神? 하여튼 老親께도 알려드려 再研究할 일.
學校선 體育會 總練習으로 終日 눈부시게 바쁘고. ○

〈1969년 9월 21일 일요일 曇〉(8. 10.)
狗肉 다리 하나 사가지고 金溪 本家行. 老親들께서도 서울 消息 알으시고 나보다 먼저 말씀 "오늘 올 줄 알았다. 나 曾孫 봤다."하시며 滿面에 웃음 띤 家親. 昨日 佳佐와 同時쯤 電文 받으셨다는 것.
家用으로 現金 좀 드리고 논밭 돌보고서 日暮頃 歸校. ○

〈1969년 9월 22일 월요일 曇〉(8. 11.)
入淸~ 臨時校長會議. 事務連絡 몇 가지로 會議 마치고. 閔機植 國會議員의 政府 PR 들으며 全員은 別無感銘인 듯 無色. 晝食 後 故 金教育長의 追慕碑 除幕式이 있어 南一面 月午里 山까지 一同은 參拜. 淸州 아이들한테 들려 서울 消息 傳하고 柳 會長과 저물게 歸校. ⓒ

〈1969년 9월 23일 화요일 曇, 雨〉(8. 12.)
秋夕도 며칠 남지 않았고 아침저녁으로 매우 썰렁한 편. 김장 菜蔬 나우 깨끗하고 좋더니 바이라스病 앓기 始作하는 듯. 누런 떵잎 많이 생겨 걱정 中. 구름 낀 제 며칠 채더니 午後에 기어이 降雨. 쓸데없는 비인데.
서울에 빨리 가고픈 생각이나 如意치 못해 마음만 초조. 秋夕, 體育會, 教育監 및 教育長 初頭巡視, 學校教室 增築 等〃 겹쳐 行事 있어서. ◎

〈1969년 9월 24일 수요일 雨, 曇〉(8. 13.)
간밤부터 나리기 시작하던 가을비는 午後 1時쯤에 겨우 그치고. 忠清地方에 豪雨注意報가 내렸다 하니 가을장마에 또 큰일 날 듯. 前日 洪水에 各地에선 財産과 人命 被害가 相當했던 것.
3日 前부터 身熱이 높던 魯弼, 今日은 若干 나려 生氣 있는 듯. ○

〈1969년 9월 25일 목요일 曇, 晴〉(8. 14.)
例年에 없던 公務員에 對하여 便宜한 公文~ "午前行事로 마치고 他鄕職員들 歸鄕토록" 하라는 것…… 明日이 秋夕이어서.
清州에선 松과 杏이 오고 魯妊만이 못 왔고, 松面의 魯姬, 青山의 魯絃이 日暮頃에 오고~ 明日 다시 간다는 것. 27, 28日에 體育會 있어서.
井 母는 혼자서 終日 송편 떡 만들다.
金溪 本家行 豫定했던 것이 出發했다가 엄두 안 나 中止. ○

〈1969년 9월 26일 금요일 晴〉(8. 15.)
今日은 秋夕. 새벽에 金溪 向發. 天水川 水量 많아 越川에 難.
집엔 軍의 振榮이 亦 食前에 왔고, 姪女 魯先이 神林서 昨日 왔다고.
長孫의 이름 老親 말씀에 "英信"으로 함이 좋겠다고 하시기에 贊同.
秋夕 차례 後 省墓 마치고 歸校. 와 보니 絃과 姬 各己 任地로 가고. 妊은 오늘 새벽에 쇠재로 와서 多幸. ○

〈1969년 9월 27일 토요일 晴〉(8. 16.)
秋季體育大會. 10時 正刻에 始作하여 進行 圓滿히 잘 되어 午後 3時 半에 마치고. 贊助金 例年과 달라 約 6萬 원 되고. 白軍 勝. X

〈1969년 9월 28일 일요일 晴, 曇〉(8. 17.)
오창校行을 포기. 해장하고 終日 休息. 妊, 杏, 松 入清. ×

〈1969년 9월 29일 월요일 曇, 雨〉(8. 18.)
學校 行事 若干 일찍 마치고 舍宅에서 全 職員 濁酒로 慰勞. X

〈1969년 9월 30일 화요일 雨〉(8. 19.)
井 母 上京에 짐 좀 거들어 주기 爲해 清州驛까지 同行. 弼도 가기로. 雨天으로 뻐쓰 不通되어 오창까지 짐 가지고 步行에 진땀 흘리다. 軍의 振榮 서울까지 同行되게 되어 內者 잘 갈 것. 12時 準急으로 出發.
午後 一時에 玉山面에 가서 長子 혼인申告와 長孫 '영신'(英信)의 出生申告 마치니 心身 가벼워진 것 같고. 終日토록 비. 오창서 自轉車로 저물게 歸校. 舍宅엔 텅 비어 적적. ×

〈1969년 10월 1일 수요일 晴〉(8. 20.)
數日間의 飮酒에 몸 疲困. 새벽녘엔 꿈만 뒤숭숭 단잠 못 이루고. 날씨는 淸明하나 비 끝이라서인지 선선한 편. 朝夕으로 밥 데워 먹고. 편지는 답지. 그 中엔 明, 運한테서도 오고. 서울 새 아기 이야기. ⓒ

〈1969년 10월 2일 목요일 晴〉(8. 21.)
食前에 찬물에 밥 짓기 손 몹시 스림을 느끼고. 學校 나가 들으니 무서리 단단히 왔다는 것. 이젠 口味 당겨 밥맛 알고. 아침에 지은 것으로 夕食까지 끓이다. 벌통엔 왕퉁이벌이 자꾸만 엉겨 탈. ◎

〈1969년 10월 3일 금요일 晴〉(8. 22.)
꿈에서 깨보니 5時. 近日 神經衰弱症인지 불측한 꿈과 一身上에 不美하고 不名譽로운 꿈이 자주 꾸이는 셈. 한 번은 나의 過失로 某 어린이가 死境에 이르렀던 일이 있었고, 直屬 當局의 책망이 있었던 것 같은 記憶과 오늘 새벽엔 圖書의 資格 試驗에 不合格되어 去就 云〃의 꿈이었다.
아마도 神經過敏에서 온 것인지도…… 飮酒에 外部 評이 없도록 해보자는 姜 課長의 말, 學校 建築에 姜 課長의 山地가 또 若干 범하지 않을까하는 過念, 姜 課長들 山의 떼를 學校에서 近日에 떴다는 말을 들은 點, 教育監, 教育長이 日間 初頭巡視한다는 消息, 數日 前에 隣接 某 學校가 教育長 巡視 時 全員 텅 벼 있었다는 消息, 校內的으로 이모저모 若干의 精神浸害[侵害]가 아주 없지도 않다는 點~ 이런 것들이 頭腦에 심겨 있는 이즈음이기에 나타나는 꿈일지도 모르기도 하지만, 如何튼 개운치 않은 心情. 公私에 忠實을 加함이 옳은 상책일 것.
食前에 人糞풀이 30餘 바께쓰 들어다 준 다음 (菜蔬, 고구마) 朝食은 늦게 簡單히 지어 먹고, 杜陵里 趙 先生 宅에 招待 있어 잠간 다녀와 家內 淸掃 整頓 말끔히 하고. 夕食은 金成煥 교사 宅에서 한 다음 舍宅에 와서 좀 있으니 모처럼 오는 뻐스에 井 母와 魯弼이 서울서 오다. ○

〈1969년 10월 4일 토요일 晴〉(8. 23.)
學校일 파한 後 卞 校監과 同行하여 玉山 金在龍 氏 回甲잔치 招待에 人事. 高速路 몽단이 길은 아스할트 作業 거이 끝나 關係人의 양해 얻어 自轉車로 往來하는데 첫 經驗으로 快히 달리고.
저물게 金溪 本家로 가서 留. 老親 兩位分 氣力 그만해서 多幸. 內者 서울 다녀온 經過도 말씀 드리고~ 며늘이 몸 풀 때 難産이었다는 것. 從妹氏 家事 助力에 誠意를 다하는 中이라는 것 等〃. ×

〈1969년 10월 5일 일요일 晴〉(8. 24.)
盛才里 방하洞 堤防工事 起工式에 잠간 參席. 일찍 歸校. ×

〈1969년 10월 6일 월요일 晴〉(8. 25.)
學校 增築工事는 今日부터 벽돌 쌓기 始作하여 監督에 바쁜 中. ×

〈1969년 10월 7일 화요일 晴〉(8. 26.)
姪女 魯先한테서 처음으로 돈 15,000원 부쳐오고. 제 就職에 빚진 것 一部라도 보태어 갚

으라는 것. 여하튼 신통한 일. 老親께 말씀 드려 後日을 爲하여 보람 있게 使用할 豫定.
모처럼 강아지 求하여 기르기 始作. ○

〈1969년 10월 8일 수요일 가랑비, 曇〉(8. 27.)
去 2, 3, 4日의 3日間 서리로 今年은 유독 빠른 異常季節이라고. 1주간 햇기는 따시고 맑더니 今日은 흐려 가랑비 나려 쌀랑한 날씨.
下午 五時 二十分쯤에 鄭德相 教育長 初頭巡視次 來校. 學校 現況을 푸리핑하고 校內 案內, 職員申告 마치고 訓示 듣다. '學校는 꾸준한 發展 있고 全 職員 活躍 크다는 것, 時局에 감안하여 國家의 록을 먹는 公務員으로서 政府施策에 有誠意래야 한다는 것. (校長, 校監의 時局에 對한 言動에 若干의 말이 있는 現實이니 留意하라는 힌뜨도…….)' ○

〈1969년 10월 9일 목요일 비 오락가락〉(8. 28.)
休校. "한글날" 523돌. 1446年 10월 9일에 반포…… 世宗 28年.
菜蔬밭에 施肥. 강아지집도 簡單히 만들고. 소나기 같은 비 자주 오락가락. ○

〈1969년 10월 10일 금요일 晴〉(8. 29.)
아침서리 된내기인지 짙어 空氣 쌀쌀. 校長會議라고 急報 왔기에 早食하고 自轉車로 淸州 向發. 가는 길에 淸州用 食糧도 若干 싣고.
會議는 13時까지에 簡單히 마치고…… 時局에 따른 것이 主目的~ 選擧 때마다, 投票 때마다 같은 일 되풀이. 民族性 고칠 수 없는 듯. 얼음 얼다. ○

〈1969년 10월 11일 토요일 晴〉(9. 1.)
本家 老親께 보내드릴 魚物 좀 사려고 下午 2時 半에 竝川 向發. 中途에 酒幕에서 金相喆, 趙熙鍾 만나 座談, 飮酒. 竝川에 到着했을 땐 日暮頃. 醉中에도 얼핏 장흥정 마치고 집에 왔을 땐 깜깜한 밤. 松 오다. X

〈1969년 10월 12일 일요일 晴〉(9. 2.)
昨日의 毒酒에 몸 大端히 휘진 感. 金溪 本家엔 井 母가 바쁘다기에 魯松이 다녀오도록 하고. ×

〈1969년 10월 13일 월요일 晴〉(9. 3.)
어제 金溪 다녀온 四男 魯松이 早朝에 入淸하느라고 섭섭 글렀을 것. 自轉車는 마침 줄이 잘 벗는다고. 채소 보따리도 있고 하여 갈 때 욕봤을 것. ×

〈1969년 10월 14일 화요일 曇〉(9. 4.)
며칠 前의 된내기 서리와 얼음으로 고구마 싹(잎), 고추잎, 호박 시들어지고. 무우 배추가 아침결엔 빳빳이 얼고, 녹으면 삶은 것 같은 빛.
벌통도 싸아 주어야 할 터인데 資料 없고 몸 무겁고. 反省해야 할 일. ×

〈1969년 10월 15일 수요일 晴〉(9. 5.)
國民投票日도 모레. 與野 地方遊說에 極限. 校長, 校監 말 좀 있다는 것.
教育廳에선 金 管理課長과 李 技士 와서 增築狀況도 보고.
下午 5時에 上樑. ×

〈1969년 10월 16일 목요일 雨, 曇, 晴〉(9. 6.)

새벽에 降雨. 國民投票日은 낼.

學校 增築工事는 今日로서 벽돌 積方 거이 끝난 셈.

近日 飮酒와 家事 돌보지 않는다고 內者의 不平. 잠시 홰 났으나 自我反省 깊게 할 때 當然하다고 自認. 다만 말투 甚한 것만이 안 된 일. ○

〈1969년 10월 17일 금요일 晴〉(9. 7.)

三選改憲을 爲한 國民投票日. 날씨는 淸明하고 8時에 投票. 內者는 10時에 投票. 學校는 臨時公休日 되어 休業. 밤 10時부터 改憲案 贊反의 國民投票 結果의 開票 狀況 發表. 贊이 우세한 편. ○

〈1969년 10월 18일 토요일 晴〉(9. 8.)

開票 狀況 全國的으로 贊이 優勢. 午前 8時쯤엔 贊이 完全 優勢 되어 改憲案 通過는 確定. 서울, 光州만이 贊反이 比等. 釜山도 그런 편. 其他 市道는 贊이 3倍 되는 형편. ○

〈1969년 10월 19일 일요일 晴〉(9. 9.)

肉類 사가지고 本家 金溪行. 가 보니 두무실 再從兄嫂도 오시고.

父母님 兩位分 氣力은 平素[15] 如一하신 듯 多幸. 밭 收穫도 마치시고 밀 보리까지 다 갈으셨다는 것에 더욱 罪滿. ×

〈1969년 10월 20일 월요일 晴〉(9. 10.)

22日에 서울 가시자고 父母님께 仰願. 曾孫子(英信) 보시겠다고 서울行을 승락하시기에 기쁘고.

早朝에 동부 한 자루 싣고 佳佐 向發. 自轉車 고장으로 욕 좀 보고.

學校는 秋季逍風~ 全校 방하 高速道路 方面으로. 난 學校에 남아 代直. 柳在河 會長과 談笑 飮酒. X

〈1969년 10월 21일 화요일 晴〉(9. 11.)

石城校 硏究會에 參席코져 早朝 出發에 큰 곤역. 昨醉는 미상.

內秀부터는 다시 自轉車. 會場엔 若干 늦게 到着. 發表 主題는 實科의 배추 기르기. 實習地의 배추와 파는 과연 作況 優秀. 點心 待接은 地方에서 국밥과 濁酒로 융숭히. 全體會議 時엔 學校 經營 一般에 對하여 나보고 말하라고 ~ 미낀히 잘 좀 한다는 것이 昨日 술에 젖은 몸이라서 말솜씨 如意不能. 칭찬만 했을 뿐. 그것도 語感이 不圓滿…… 歸校할 때까지 過飮한 自責感 不禁. ○

〈1969년 10월 22일 수요일 晴〉(9. 12.)

몸 아직 개운치 않은 채 서울行 결단. 淸州驛에서 父母님 拜謁코 12時 20分發 普通急行으로 서울 向發. 下午 3時 半에 서울驛着. 母親은 차멀미로 今番에도 애 많이 쓰시고.

徽慶洞에 到着하여 처음 보는 長孫 '英信'. 生後 一個月쯤인데 뚜렷한 모습. 이마ㅅ전도 넓직하고. 老親 말씀에도 흐뭇한 말씀. 出産 時엔 극히 難産이었다는 것. 金錢도 많이 들은 듯. 妹氏(從姊)가 많이 애쓰는 형편 中. 5女 運도 잘 있고. 淸凉里 우체局에 가서 四寸 弼榮도 만나 잠간 座談. 學校는 家庭實習 中. ○

15) 원문에는 붉은색 색연필로 밑줄이 그어져 있다.

〈1969년 10월 23일 목요일 晴, 曇〉(9. 13.)
朝食 後 父母님 모시고 求景코져 出發~ 昌慶苑까지 택., 動物園, 明政殿, 遺物展示場, 植物園, 秘苑을 거쳐 昌德宮 敦化門을 나와 點心. 中央廳 外模[外貌]로 잠간 보고 景福宮의 勤政殿, 慶會樓, 博物館 앞에서 一息 後 國會議事堂 앞을 지나 德壽宮을 求景하고 택시로 南山 八角亭까지. 市 全景을 내려다 본 後 一息하고 케불카로 下山. 택시로 歸家하니 午後 5時 正刻. 老兩親 피로 되시고, 母親은 亦 차멀미로 더욱 고역. 그러나 宿願이었던 古宮과 서울의 特殊風致 求景을 뵈어 드려서 滿足感 不禁. 快, 快. 저녁엔 從弟 弼榮 집에서 모시러 온 것을 형편상 안 가시고 留하시고. ○

〈1969년 10월 24일 금요일 曇, 晴〉(9. 14.)
早食하고 七時에 出發. 魯井은 驛까지. 8時 普通急行車로 發. 淸州 着하니 11時 40分. 집 옮긴 아해들(妊-女高3, 松-淸中3, 杏-女中1) 보고 簡食 後 주차場에서 虎竹行 마이크로 타시는 것 보고 井 母와 나는 佳佐 向發. 梧倉부터 佳佐까지 步行. 오면서 서울 이야기. 어제 魯姫는 제 조카인 애기 옷까지 사가지고 왔다는 이야기까지 하면서. 歸校하니 午後 5時 半. 막내 魯弼이가 오늘은 집 봤다는 것.
學校는 無事. 增築工事는 많이 進行되어 개와 입히기 始作.
今般 旅行에도 井과 子婦는 있는 誠意를 다하여 滿足. ⓒ

〈1969년 10월 25일 토요일 晴, 曇〉(9. 15.)
昨日까지 家庭實習을 마치고 今日부터 다시 授業의 學校生活로 들어가고. 運動場엔 落葉으로 온통 덥혀버리고~ 特히 本校는 큰 은백양과 푸라다나스가 많은 곳이어서 甚한 편. 職員들 夫人들이 燃料감으로 긁어가기에 바쁜 듯.
杜陵里에 弔問~ 趙甲濬 母親喪에 人事. 親知인 李東求 校長喪. ⓒ

〈1969년 10월 26일 일요일 晴〉(9. 16.)
병아리 잡아가지고 井 母는 金溪 本家 老親께 다녀오고. 올 땐 들깨와 콩 약간 가지고. 난 蜂箱을 손질~ 틈새에 종이 바르고, 짚단 얻어다가 防寒裝置를 어느 程度. 柳在河 會長 도움받아 蜂巢도 손질. 대단히 弱群이라는 것. 二枚群 程度라나. 나의 管理 不足에서 온 것. 설탕으로 給餌도 하고. 어젯날 쏘인 홀목[손목] 나우 붓고. ○

〈1969년 10월 27일 월요일 晴〉(9. 17.)
벌에 쏘여 부었던 손목 나리기 시작.
夏節에 絃이가 사 온 '加味 十全大補湯' 다려 먹기 始作. ⓒ

〈1969년 10월 28일 화요일 晴〉(9. 18.)
數日間의 謹酒에 몸 가든하고 食慾 있어 食事도 順調. 他人의 强勸이 아니면 志操를 固守할 수도 있을 텐데…….
井 母는 柏峴 가서 들기름 한 말(깨) 짜 오고. 저녁때 난 柳 會長과 盛才 朴相雲 校長 第婚 있어 人事 다녀와서 夜間에 教務室에서 學級經營錄 檢閱 等으로 두어 時間 夜勤하다. ⓒ

〈1969년 10월 29일 수요일 晴〉(9. 19.)
早朝에 朝食. 自轉車로 梧倉까지 달려가서 北

一校 道 指定 研究發表會에 參席. 主題는 國語科의 짓기 指導. 이곳은 17年 前 校監 時節에 勤務했던 곳. 學校 커지고 交通 便하게 되고 格도 올라가져 있고.
親知 李亨求 만나 그 집에서 夕食 後 歡談하고 선 歸校하니 밤 10時.
今日 아침 서리ㅅ발 심한 참 된내기. 날씨는 繼續 좋고. ⓒ

〈1969년 10월 30일 목요일 晴〉(9. 20.)
오늘 날씨도 봄을 방불케 하고. 蜜蜂에 給糧도.
繼續 謹酒에 밥맛 좋와 끼니마다 한 食器씩 問題 없는 中.
六學年의 '바른생활' 學習 指導는 今日도 興味 있게 잘된 感. ◎

〈1969년 10월 31일 금요일 曇, 雨〉(9. 21,)
날씨 한동안 快晴터니 해 질 무렵 비 若干 내리고.
明日은 郡內 校長團 公州 麻谷寺 旅行키로 되어 理髮 等 그 準備 좀 하기에 奔走~ 學校帳簿 檢閱. 工事日誌 整理, 六年의 道德 授業. ○

〈1969년 11월 1일 토요일 晴〉(9. 22.)
旅行(逍風) 出發日이지만 職員 및 兒童 朝會까지 마치고 鳥致院 向發. 校長團 一同 鳥致院驛에 集結. 午後 二時에 뻐쓰로 公州 向發. 公州師大와 敎大를 겉면으로나마 求景하고 一同은 錦江旅館에서 留. ◎

〈1969년 11월 2일 일요일 晴〉(9. 23.)
一同은 朝食 卽後 뻐쓰 貸切(24,000)로 扶餘直行. 그 前 코-스대로 探勝하고 배로 百濟橋까지 가서 '大栽閣, 水北亭, 自溫臺'를 새로이 찾고. 恩津의 灌燭寺. 恩津미륵을 처음 求景. 論山에서 一同은 點心. 달리는 뻐쓰 內에서 輪番歌唱~ 몸이 衰弱하여짐인지 나의 責任 免하자 卒倒한 듯. 일으켰을 때야 精神 回復됨인 樣. 앗질했고 生覺할수록 큰일 날 번한 感에 心精(情) 憂울. 不幸 中 多幸. 鷄龍 甲寺 처음으로 보고. 타올로 膳物 사고 뻐쓰로 直行 鳥致院까지. 入淸하여 아이들한테 잠간 들려 梧倉 와서 自轉車로 佳佐로 달릴 때 이상하게도 氣分 快치 않고 무서운 생각뿐. 勇氣 倍加하여 無事到着하였을 때는 밤 10時.
집엔 無故. 明과 振한테 편지 오고. 그러나 振榮은 越南 派兵에 志願하겠다는 內容. 考慮할 餘地 많아 만류의 편지 곧 發送할 마음. ⓒ

〈1969년 11월 3일 월요일 晴〉(9. 24.)
날은 淸明하여도 低溫度여서 冬將軍을 만난 듯 모두 달달 떨고. 蜜蜂箱 內部에 毛布 等 채워 주기도.
越南 가겠다는 아우 振榮 앞으로 再考하여 보라는 書信을 發送. ⓒ

〈1969년 11월 4일 화요일 晴〉(9. 25.)
次男 絃이가 보내왔던 '蔘鹿十全大補湯' 二次로 다리기 始作.
날씨는 繼續 차고 增築工事에도 支障을 招來. 學校 溫室을 急推進.
六學年의 '反共道德'(바른생활) 進度 맞추기에 每日 授業 2時間씩. ⓒ

〈1969년 11월 5일 수요일 晴〉(9. 26.)

해질 무렵에 모처럼 本家行. 玉山市場 거쳐 面에서 長女 魯媛의 婚姻申告用 戶籍抄本 떼고 肉類 若干 사서 집에 到着하니 老親들께선 夕食事하시는 中. 氣力들 그만하시어 多幸. 振榮의 越南行 志願의 旨를 말씀 올리고 讀書하다가 就寢. ⓒ

〈1969년 11월 6일 목요일 晴〉(9. 27.)
母親 朝食 지으시는 데 助力. 朝食 卽後 주시는 햅쌀 한 말 自轉車에 싣고 佳佐로 急行. 아침 朝食時間 넉넉히 대고.
今日도 學校行事 圓滿히 進行되고. ⓒ

〈1969년 11월 7일 금요일 晴〉(9. 28.)
第六學年 '바른생활' 合同指導에 3時間餘를 熱中指導.
무우를 뽑아 貯藏. ⓒ

〈1969년 11월 8일 토요일 晴〉(9. 29.)
今日도 六學年 '바른생활' 授業에 興味 진진하게 2時間 동안 慈味있는 生活 겪고. 學校 建築은 進展 잘 되어 壁에 白灰 바르는 中. ◎

〈1969년 11월 9일 일요일 晴, 曇, 雨〉(9. 30.)
벌통 防寒 裝置하다간 2방 쏘이고. 內者가 꽤맨 父親 저고리 갖고 金溪 本家行. 마침 打作 마치시고 洗手하시는 中. 늦게 심어 서리는 일찍 오고 하여 結實 잘 안 되어 션찮은 벼 10가마니 程度.
父母님은 金城 族姪 魯仁 回甲 招宴에 가시고, 난 집안 淸掃. ○

〈1969년 11월 10일 월요일 雨, 曇〉(10. 1.)
學校는 明日까지 家庭實習. 비 좀 그칠 때 팥 한 말 가지고 歸校. 바람은 차서 비 속에 눈파람 좀 섞여 나리고. 井 母와 마늘 좀 까고. ×

〈1969년 11월 14일 금요일 晴〉(10. 5.)
요새 2, 3日間 時祀酒, 打作酒, 大事酒 等 나우 마셨더니 若干 머리가 띵한 셈. 下午 3時 半에 서울 向發. 竝川까지는 自轉車로. 自動車(뻐쓰)로 龍山 輕由[經由] 徽慶洞에 着했을 때는 밤 11時頃. 서울 애들 無故하여 多幸. ○

〈1969년 11월 15일 토요일 雨〉(10. 6.)
午前 中 애기 '英信'을 안아주고. 淸凉里 '대왕코너' '나비예식장'에 12時頃 到着~ 同 職員 金丙翼 교사 妹氏 結婚式에 人事. ⓒ

〈1969년 11월 16일 일요일 曇〉(10. 7.)
昨日은 가을 찬비 終日토록 나리더니 今日은 흐린 채, 날씨는 쌀쌀.
오늘도 午前 中은 '영신'을 안아주다가 時間되어 '신신백화점' 뒤 '서울예식장'에 가서 人事…… 今日은 朴定奎 교사 季氏 結婚式 있기로.
오후 2時에 큰애 魯井 內外와 魯運과 함께 永登浦 신풍洞 女息들 집 가고. 난 이곳 처음 간 것. 마침 11月 8日에 女息 '魯媛'이 몸 풀었다기에 人事 간 것. 順産 生女한 셈. 點心 後 下午 4時에 서울을 出發, 天安 거쳐 竝川 왔을 땐 밤 9時 半쯤. 어둡고 날씨 차므로 竝川서 留. ⓒ

〈1969년 11월 17일 월요일 曇〉(10. 8.)
竝川서 食前 7時에 自轉車로 佳佐 向發. 出發

時 손 발끝 몹시 스려 깨지는 듯. 竝川고개는 工事 中. 出勤時間 넉넉히 대고. 學校 無事. ⓒ

〈1969년 11월 18일 화요일 晴〉(10. 9.)
去 12日일 內者의 勞力으로 심긴 마늘밭에 早朝에 人糞 6통 들어다 주고. 家財帳簿도 整理. 井 母는 午前에 金溪 本家行. 모레 先祖 時祀 行事 있으므로 準備하려고.
四女 魯杏(淸女中 一年)은 '自由敎養大會'에서 道內 中學部에서 一位를 차지하여 金메달을 탄다고. 22日엔 中央大會에 參席케 되어 서울 간다는 것. 子女息들을 많이 둔 보람을 時〃로 느끼어 괴롬을 모르는 心情. 三女 魯運은 今日 大入 豫備考査를 받았을 것인데 職場上 가보지 못한 것만을 遺憾으로 생각할 따름. 高校 成績이 優良한 편이 못 되므로 믿을 수는 없으나 合格되기를 天地神明께 祈願할 따름.
井 母가 本家에 갔기 때문에 막동이 魯弼을 다리고 夕食 지어 먹고 밤늦도록 讀書하다가 잠간 잤을 것. ⓒ

〈1969년 11월 19일 수요일 晴, 曇〉(10. 10.)
魯弼이 먹겠금 食事 準備에 나우 부지런 떨은 셈. 있는 찬 두실러서. 井 母는 明日 올 豫定~ 明日이 時祀 차례이므로 金溪 本家는 相當히 바쁠 터.
美國 宇宙人 3人이 '아플로' 12號로 오늘 下午 3時 52分에 또 달에 着陸한다는 것. 그렇다면 우주시대라고 말 그대로. ⓒ

〈1969년 11월 20일 목요일 晴〉(10. 11.)
새벽에 朝食 지어 먹고 어린 魯弼에 집 지킬 諸般 당부 단단히 하고 江西校 硏究會에 參席次 早朝에 出發. 主題 "國民교육憲章 理念 具現".
淸州 아이들 집에 들렸더니 魯杏의 表彰狀과 金賞 메달을 뵈어 기뻤고.
硏究會 마치고 魯妊과 同行 歸家~ 妊은 김장期 家庭 實習했다는 것. 그러나 魯杏은 明日 中央大會에 出戰케 되므로 魯松의 食事 때문에 明日 또 入淸한다는 것. 佳佐에 와 보니 井 母 金溪에서 와 있고, 本家 無事하다고. ◎

〈1969년 11월 22일 토요일 晴〉(10. 13.)
잘 크던 강아지 쥐약 먹은 쥐 뜯어먹고 애쓰고 발광하다가 深夜에 마루에서 기어이 絶命. 따루던 것이라서 섭섭. ×

〈1969년 11월 23일 일요일 晴〉(10. 14.)
昨夜에 죽은 강아지 내복 버리고 끄실러서 半은 金溪로 갖다 드리고. 金溪行 途中에 柏峴 金英植 집에 들려 談話 한 時間(主人의 生日이라서). 父親만은 出他하시어 못 뵈온 채 玉山 거쳐 入淸. 時間 늦어 親知의 女婚 人事에 不能.
淸州서 잔삭다리 일 보다가 막뻐쓰로 歸校. X

〈1969년 11월 24일 월요일 晴, 曇, 가락雪〉(10. 15.)
校長會에 參席코져 早朝에 淸州 向發. 아침時間에 아이들 집 들렸더니 서울 갔던 魯杏이 오고, 讀後感 쓰기 中央大會에선 入選할 自信 없다고. 서울 消息 들으니 無故하다는 것.
今日 會議 늦게 끝나 (下午 7時 半) 歸校에 큰 支障 招來. 開業하는 朴萬淳 집 들려 厚待 받고. 旅館과 沐浴湯을 經營한다는 것.

明日에 學校로 손님 온다는 것이어서 不得已 값비싼 택시로 歸校. 虎竹校 朴相雲 校長과 同行. 그러나 經費는 獨擔. ×

〈1969년 11월 25일 화요일 晴〉(10. 16.)
增築教室과 新築便所 竣工檢查. 指摘事項 5個所.
放課 後 急步로 玉山面에 가서 長男의 身元證明書 및 兵籍確認書 만들어 가지고 入淸하여 아이들과 同宿. 이 집에선 처음 留하는 것. 明朝에 上京 豫定. 오랜만에 沐浴도 하고. ○

〈1969년 11월 26일 수요일 晴, 曇〉(10. 17.)
上京~ 今日은 완행汽車로. 6時間 만에 서울 到着. 直接 麻浦高校로 가서 魯井 上面. 公立校로 옮길려고 手續하는 中인 듯. 孫子 '英信' 보고파서 徽慶洞行. 途中에 說明 듣고 稀藥도 購入. '영신'은 날이 갈수록 얼굴이 넙디디한 늠늠하고 귀염性이 滿〃. ◎

〈1969년 11월 27일 목요일 晴, 曇〉(10. 18.)
井은 應試한다고 景福高校로 早朝行. 無難 通하기를 祈願.
朝食 後 炭 아궁이를 고쳐 주니 12時쯤 되고. 빠쓰로 鳥致院까지. 다시 入淸했을 땐 下午 六時쯤. 날씨 不順하여 아이들과 留. ◎

〈1969년 11월 28일 금요일 晴〉(10. 19.)
玉山서는 自轉車로 任地까지 달리고. 出勤時間 넉넉히 대고. 其間 學校, 家庭 無事하여 私幸. 卞 校監은 軍의 子弟 面會次 서울 向發. 學校선 愛校作業과 工作材料 蒐集 作業에 全員 奔走했고.
長男 魯井 某種 應試에 合格됨을 祈願하는 點에서 昨日도 今日도 謹酒하니 통쾌. 酒氣 몸에서 빠져 食事도 맛있게 相當量.
越南 간다는 振榮과 一線에 있는 魯明한테 若干씩 送金해야겠는데 手中에 몇 푼 없어 마음만 조려지고 초조한 中. ◎

〈1969년 11월 29일 토요일 曇, 雨〉(10. 20.)
井 母는 淸州 아이들用 김장 담그러 배추 1部 갖고 入淸…… 13時 빠쓰로.
老母親께선 白米, 떡첨, 토란 갖으시고 이곳 오시고…… 71年歲이신데.
날씨 흐리더니 밤 8時 半頃부터 잠시 진눈개비. ○

〈1969년 11월 30일 일요일 晴〉(10. 21.)
간밤中엔 진눈개비가 우수 나리더니 새벽부터 구름 한 점 없이 맑게 개인 날씨며 또 푹하기도 했고.
上鳳校 權鴻澤 校長 勤續 30周年 記念式에 參席次 9時에 自轉車로 出發. 柏峴 뒤로 하여 발빼고 越川. 高速路를 달려 五松까지 갔을 땐 11時 半. 허약한 나로서도 길이 좋아서 빨리 달린 셈. 택시로 上鳳校 前까지 高價 300원 드려 到着하니 記念式은 이미 始作되고 나도 넥타이, 양말로 簡單히 膳物을 準備하여 贈呈. 接受係를 通하여 本人에 건니도록 한 것인데 意外로 公式上에서 傳達케 되어 변변찮은 物品인데 若干 未安. 서울 權 博士와 盧 書記官도 만나고. 一飮과 떡꾹으로 晝食하고 退場. 鳥致院까지 鄭善泳 校監(賢都)과 談話하면서 步行. 歸路에 桑亭 큰 妹弟집 들려 10餘 日 前 回甲 지낸 査長께 人事. 未安은 하지만 微弱한

膳物(고무신, 양말)을 드리고. 一飮 後 新村 앞 道路를 通하여 玉山서부터 다시 高速路를 달려 아침 길 그대로 곱짚어 歸校하니 午後 七時. 김장 때문에 昨日 入淸했던 內者는 낫車로 왔다는 것. 母親께선 아침결에 本家로 가시고. ○

〈1969년 12월 1일 월요일 晴〉(10. 22.)
井 母는 메주콩 가져올려고 10時에 金溪 本家行. 한 자루 가지고 午後 4時쯤하여 無事 歸着. 老親께서 水落 앞까지 저다 주셨다는 것.
서울 큰 子息 집에 가 있는 從妹 宅 鶴天 沈良燮 妹兄한테 書信 發送. 누님이 上京한 제도 어언 3個月餘. ⓒ

〈1969년 12월 2일 화요일 雨, 雪〉(10. 23.)
내둥 좋던 날씨가 해필 오늘 따리 大不順. 새벽부터 10時頃까지 찬비 나리더니 그 後엔 눈보라 치고.
今日부터 全國 一齊이 中學入學試驗 시작. 兒童들은 勿論 父兄 姊母들이 큰 苦生 겪을 것.
金昌明 敎師와 함께 早朝에 비 맞으며 自轉車로 竝川中學까지. 佳佐校의 受驗生 12名. 筆答考査는 今日로 끝난 것. 4次 校時까지 施行. 13時 半에 마치고. 明日은 體能檢査와 面接인데 운동장에 積雪되어 施行에 큰 탈. 눈보라 휘맞으며 16時네 歸校.
井 母는 昨日부터 메주 쑤는 일에 奔走한 편. ○

〈1969년 12월 3일 수요일 曇, 雪〉(10. 24.)
11時 半에 花山 部落 出張~ 學區 調定 問題로 敎育廳에서 實情調査次(現地踏査) 온다는 것 이어서. 午後 4時까지 기다려도 안 오기에 몇 親舊와 座談하다가 歸校. ○

〈1969년 12월 4일 목요일 晴〉(10. 25.)
맑은 날씨이나 氣溫 헐신 내려 零下 5度. 學校 煖爐는 어제부터 本格的으로 피우기 始作. 火氣 團束 徹底히 하도록 職員들에게 당부. ○

〈1969년 12월 7일 일요일 曇, 雨〉(10. 28.)
日曜日인데 全 職員 特勤~ 今學年度 本郡 特設인 學校評價 있어 其 對備. 鄭德相 敎育長의 單獨 特異한 案인 듯.
柳 會長과 함께 徐廷述 技士 母親 回甲 招待에 人事(건너마을).
數日동안 燒酒 약간씩 繼續 마신 까닭으로 몸 개운치 않은 편. 일 推進도 잘 안 되고 硏究物 提出 遲延으로 不安感 多大. ○

〈1969년 12월 8일 월요일 曇, 雪〉(10. 29.)
氣溫 相當히 低下. 日暮頃엔 누지는 것 같더니 눈 나리고.
學校 일로선 帳簿 檢閱 바빴고. 明日은 學校評價日.
文德校 崔 校長 日暮頃 來校~ 評價委員으로 命 받고. 槐山郡 內에서 同樂하던 親知. 夕食後 밤늦게까지 座談. ◎

〈1969년 12월 9일 화요일 晴〉(11. 1.)
엊저녁에 나린 눈으로 氣溫 低下된 듯~ 除雪에 손발 깨질 程度. 積雪量도 相當. 10㎝ 以上 될 듯.
崔 校長~ 學校評價로 校內 巡視. 授業參觀, 帳簿 檢討, 講評, 其他로 行事 完了. 晝食 後 校監

과 함께 入清하여 崔漢權 教師 母親喪에 人事. 駐車場에서 몇 親舊와 一杯 後 終車로 歸校. ○

〈1969년 12월 10일 수요일 曇〉(11. 2.)
낮車로 入淸. 잠간 일 보고 鳥致院行. 죽천 當叔 祭祀에 參席하려고 祭物(酒, 肉) 若干 사가지고 正中里 再從兄(點榮 氏) 宅 가고. 再從兄과 夜深토록 情談. 再從은 養鷄 事業에 勞力中. 재미 보는 편. ⓒ

〈1969년 12월 11일 목요일 曇〉(11. 3.)
鳥致院서 用務 마치고 美湖中까지. 後期校 入試에 受驗票 받는 날. 美湖中은 前期校인데 新設되는 玉山中學 入試 行事를 委囑받아 보게 되어 있고, 3學級 募集에 人員 未達된다고 (140名 程度 志願). 淸州 와선 趙 敎師와 金昌敎師에 慰勞次 1杯 待接. ○

〈1969년 12월 12일 금요일 雨, 曇〉(11. 4.)
날씨 2日間 푹하더니 새벽에 降雨. 새벽에 起床하여 日記 쓰려 하니 어제 새벽의 꿈이 想起되 오르고~ 正中里 再從兄 宅 客室에서 꾼 일. 場所는 長豊校. 父兄 一般과 兒童들의 비난 莫甚. 極刑에 處한다고까지 이르렀고, 나는 解明과 力說에 全力. 때마침 戰死했었다는 아우 云榮이 돌아와서 後見하여 大變을 모면. 우리 兄弟 같이 本家에 돌아와 父母님께 拜謁 後 아우 云榮을 둘쳐업고 기뻐 울면서 지화자 좋다는 노래 부르며 慶祝. 아우 云榮의 얼굴은 負傷當한 곳이 많았고 다리에도. '난 꿈이 아니냐고 몸을 꼬집어도 보고, 부젓가락으로 머리를 때려도 보았으나 꿈이 아니라고 느껴질 무렵 精神이 돌아 보니 섭섭하게도 眞實로 꿈' 今日 候仁里 분 만난 것으로 꿈 땜인 듯.
10日부터 施工한 舍宅 우물(폼푸샘) 工事 完了~ 長 17尺.
中學入試 後期校까지 完了~ 合格率 99%(34名 모두 合格). ⓒ

〈1969년 12월 13일 토요일 晴〉(11. 5.)
氣溫 低下. 새벽에 起床하여 新聞 볼 때 房內이지만 손 몹시 시러움을 느끼고. 3時 半부터 原稿 쓰기 始作~ 憲章 理念 具現策 12時頃까지 整理 完了하여 編綴해서 敎育廳으로 發送~ 200字 紙 41枚.
土曜日이라서 淸州서 四男 魯松 오고. 感氣中. ◎

〈1969년 12월 14일 일요일 晴〉(11. 6.)
日暮頃에 本家 金溪行~ 父母님께 拜謁한 後 俊榮 氏와 大鍾 氏를 尋訪하여 새해 一月 三日에 있을 同甲稧에 關하여 相議. 今般은 有司이어서 行事 擔當이기 때문. 形便上 佳佐에서 行事키로 決定. 늦은 밤에 歸校. ○

〈1969년 12월 16일 화요일 晴〉(11. 8.)
梧倉面 內 機關長會議에 參席. 案件은 將兵 慰問袋 作成이 主.
時間 좀 있기에 梧東里 가서 妻當叔 回甲에 人事. 昨日이 本日. 魯弼 母親은 어제 다녀오고. 父親께서도 다녀가셨다고. ×

〈1969년 12월 17일 수요일 晴〉(11. 9.)
祭祀집 人事와 몇 親舊 만나 過飮된 몸 몹시 疲勞. **X**

〈1969년 12월 18일 목요일 晴〉(11. 10.)
農協(玉山, 淸州, 梧倉) 債務로 因하여 心身 조려지는 中. 年末이라서 借用하기도 어렵고. 몸만 바짝 다는 中. 거기에 過飮도. X

〈1969년 12월 19일 금요일 晴〉(11. 11.)
學校선 理事會 및 六學年 父兄會 開催~ 卒業班 行事와 2人 敎師의 勤續 10周年 行事 打合이 主.
梧倉 다녀올 計劃을 中斷. 放課 後엔 杜陵里 趙煩 氏 子婚 招待에 人事. ○

〈1969년 12월 20일 토요일 晴〉(11. 12.)
11時 合乘으로 梧倉行 오창農協 債務 整理 爲하여 印鑑手續 等에 時間과 難處함을 겪고. 26日에 積金 代替 等으로 返濟手續키로 合議. 淸原郡 農協에선 當 組合 幹部(吳, 金) 두 분의 誠意에 一部만 갚는 데 合議 보고 手續에 容易하여 深謝 아니할 수 없을 만치 고마웠고. 玉山농협까지 急行하여 舊條 債務를 完結하니 시원. 묵은 것이지만 괫심한 所致 엿보여 不快했던 것임에 今日은 더욱 개운.
交通事故 둘 發生함을 보고 가슴 不安定. 玉山校 兒童 하나이 高速路에서 뇌진탕, 淸州市內선 勞働者가 過速 추럭에 치어 卽死. 눈에 띈 卽席부터 가슴이 드놓는 듯 不(安)感 不禁.
淸州 아이들 곳에 들려 安否 알고 夕食도 若干 같이. 松面서 魯姬도 마침 들렸기 만나보고.
막車로 歸校하니 밤 10時쯤. 債務로 數日間 잠 못 이루다가 今日 一部 整理했으니 그만해도 마음 개운. ⓒ

〈1969년 12월 21일 일요일 晴〉(11. 13.)
井 母는 魯弼 다리고 淸州에 아침 車로 갔다가 낮車로 歸家~ 魯姬 만나서 弼의 옷 사 입히고자 함이 主. 淸州用 副食物도 가지고.
난 午後 3時 半에 金溪 本家 向發~ 途中에 豚肉 좀 사가지고. 今日은 유난히 녹여서 길이 엉망. 父母님께 拜謁 後 從兄 內外, 再從兄 內外, 내안 當叔母, 주사 當叔께도 모처럼이기에 禮訪人事. 漢弘 氏 宅에도 尋訪하여 그의 女婚 있었던 人事도 하고. 밤 9時 半에 歸校. 月色 좋아서 自轉車로 無難히 着.
淸州서 魯弼 옷을(잠바 等) 姬가 사 입힌 것 매우 튼튼한 것. ⓒ

〈1969년 12월 22일 월요일 晴〉(11. 14.)
敎職員 勤務成績評價 資料 檢討. 書類 作成에 校監 手苦 多大. 70學年度 前期用 敎科書 受給에도 全 職員 奔走. 兒童保健協會 李一承 親舊 來訪 談話.
今日이 冬至라서 家庭에선 팥죽 쑤고. ○

〈1969년 12월 23일 화요일 晴〉(11. 15.)
今日도 早時 起床. 새벽 2時쯤부터 執務~ 學校 公文 處理, 3個種 帳簿 整理. 昨年부턴 4, 5時間쯤 就寢이면 넉넉. 아마도 나이 먹은 탓일 것.
敎職員 勤務成績表 作成엔 卞 校監이 全的으로 애써 作成함에 謝意 表하고, 난 校監 成績 만드는 데 몹씨 글 쓰는 데 붓이 自由롭지 못하여 많은 苦難을 겪었음이 不忘之事. 아침결에 힘겹게 장작을 뽀개기에 長時間 勞力하였으므로 血脈이 이때까지도 定着지 못한 탓이리라. 그러나 큰 原因을 生覺할 때 過飮의 機會가 많았음을 크게 反省 아니 할 수 없는 일.

풍증의 一種으로 假定할 때 마음이 조려지며 앞일이 막막하기만 하여 晩時之嘆[晩時之歎]. 이제부터라도 謹酒하여 公事를 더욱 忠實히 함은 勿論 心身 健康이 維持함을 覺悟하여야 함을 또 한 번 切實히 느껴 보기도.
學校는 本館 지붕修理 工事가 始作되고.
明日이 終業式이라서 冬季休暇 準備에 全 職員은 매우 바쁘고~ 課題物 準備에 數日間 晝夜 努力하는 듯. 今日은 休暇 中 生活에 關하여 늦도록 職員會도 開催.
큰 女息 婚姻申告 手續 依頼 있어 柳致相 里長에 要領을 問議한바 誠意 있는 말에 深謝~ 自身이 手續하겠다는 것.
요새 며칠間은 날씨 順하여 바우기에 無難. ◎

〈1969년 12월 24일 수요일 晴〉(11. 16.)
날씨는 繼續 푹한 편. 今日도 零上. 冬季放學式~ 冬季 衛生지켜 健康을 維持할 일, 操心할 일엔 불, 어름, 努力할 일엔 課題 工夫하기를 兒童들에 訓話.
年末(12月) 校長會議 있다고 急報(電通) 와서 낮 11時 뻐쓰로 入淸. 舟城國校와 中央校에 들려서 交涉~ 26日엔 佳佐校 職員들이 環境狀況 보겠다고. 兩校 다 같이 諒解 얻고. 實은 忘年會 條로 淸州서 국밥이라도 會食해 보자는 校監의 意圖를 十分 들은 것.
校長會議는 下午 2時에 開催. 休暇 中 生活이 主. 會議 終了 後 校長 一同 夕食을 '삼오食堂'에서 會食. 教科書 供給人 淸州書店과 同文社主가 合作 提供한다는 것.
新年用 日記帳 할 공책 等 購入. 卓上時計 修理는 梧倉時計店에다 付託.
梧倉선 親友 李仁魯(文白校監) 만나 歡談. 오창농협 柳在洪 代理와도 同席 座談.
梧倉농협 債務 返濟에 우선 20,000원만 갚고 餘는 26日에 整理키로 合議. 積金을 早期 受領하는 方法을 取할 豫定.
막뻐쓰로 歸校했을 땐 밤 10時. 今日 放學한 淸中 卒業班 魯松과 淸女中 1年生 魯杏이 와 있고. 今日부터 客室에도 불 넣고. 孔炭으로.
井 母는 明日 上京하려고 그 準備에 바빴던 모양. 27日이 長孫 '英信'의 百日이라서…… 떡 材料 等 작만하느라고. ○

〈1969년 12월 25일 목요일 晴, 曇〉(11. 17.)
內者, 魯弼 아침 첫 뻐쓰로 서울 向發하려고 새벽부터 부산떨고. 날씨는 今日도 푹할 듯.
學校 지붕 修理工事를 監督하고 柳哲相과 번천 건너가 洞稧하는 데 놀러갔다가 洞里 老人들과 歡談을 해 저물도록 나누고, 歸校 中 酒幕에서 柳 兄과 數時間 동안 또 座談.
放學 첫날인데 입에 술 댄 것이 後悔되며 上京길 나선 內者와 魯弼 無事하였기를 天地神明께 빌면서 就寢. ○

〈1969년 12월 26일 금요일 晴〉(11. 18.)
全 職員과 함께 入淸~ 舟城國校와 中央國校 環境構成 狀況 視察…… 兩校 共通되는 點은 單純하게 꾸며졌으나 값지고 眞意 있게 되어 있는 모습. 다른 點으로는 舟城校는 反共館과 生活館이 規模가 크게 되어 있고, 中央校는 國民教育憲章 理念을 高價로 板型을 多數 揭示하였으며 偉人 寫眞(肖像畵)을 모아 자랑의 業績을 紹介해 놓은 點이다.
全 職員 中央校의 金在寬 교사의 待接을 받고 '신일옥'이란 食堂에서 忘年會 비슴한 파티 열

고. 映畵도 觀覽. 明日 行事 關係로 校監과 같이 淸州서 留. ×

〈1969년 12월 27일 토요일 晴〉(11. 19.)
昨日의 食堂에서 朝食 待接 받고. 11時쯤 교육청에 드러가 用務 마친 後 鄭 교육장과 金 관리과장을 招請하여 '미림'이란 食堂에서 晝食을 接待. 食事 後 교육장 車가 제 時間에 아니 와 相當히 조조한 모습의 교육장 딱하기도 하였지.
今日은 長孫 '英信'의 百日.
歸路 中 오창農協에 들려 가장 큰 債務덩이를 整理 手續하고 나니 머리가 개운. 債務의 큰 불은 今日로서 껀 셈.
宋 面長과 오창교 李 교감, 同席에서 座談코 歸校. ×

〈1969년 12월 28일 일요일 晴〉(11. 20.)
學校 지붕 大修理 中. 2, 3日이면 끝날 듯. 人夫들에게 濁酒 받아 주며 工事 잘 하기를 당부. 柳 親友와 同席 座談도. ×

〈1969년 12월 29일 월요일 晴〉(11. 21.)
修理工事 狀況 巡視 監督하고. 柳경상 弟婚 招待에 人事.
서울집 가게에서 여러 親舊들과 술내기 娛樂 밤늦도록.
서울 갔던 井 母와 魯弼이 無事히 오고. 서울들도 無故하다는 것(아들네 집, 딸네 집). 갓난 孫子도 外孫女도 잘 논다고. X

〈1969년 12월 30일 화요일 曇, 雪〉(11. 22.)
學校 修理工事 今日 午後에 마치고, 뒷處理만 남은 채 積雪로 因하여 그대로 人夫들 入淸.
午後 3時頃에 잠시간 퍼부은 눈으로 모처럼 만에 積雪. 양력 설 때면 언제나 눈 쌓이거나 酷寒이 普通이었다는 말 그대로 밖은 白世界 이루어진 셈. ×

〈1969년 12월 31일 수요일 晴〉(11. 23.)
아침결은 눈 때문에 쌀쌀하더니 차차 누져 気温 零上 6度.
各処에서 年賀狀 数十 通 보내오고. 곧 答礼하여야 할 일. 生活 簡素化에 年賀狀 없게 하자면서도 아직 実践 안 되는 셈. X
69年 마지막 날. 몇 親旧와 一杯씩 나누기도.
年中 飲酒한 統計를 내어 보니 X 34, × 82, ○ 94, © 74, ◎ 38日로 算出되어 日記 記録日数 総 322日 中의 数字임. 順으로 보면 ○, ×, ©, ◎, X …… 보통, 나우 먹음, 若干, 完全, 満酔(과음) 順. 健康을 為하여 ◎, © ×, X 順이어야 할 것임. 70年은 左의 順이 되도록 努力 留念코져 다짐.
69年이여 잘 가시라. 不足한 者를 많이 돌보아 주었도다. 深謝〃〃.

以上

69年中 略記
長女로서 過年 찬 魯媛을 出嫁시켜 한 짐 벗고.
長孫 '英信' 出生으로 慶賀. 外孫女도 出生~ 이모저모로 할애비 되고.
在職校 建築 施設(教室, 便所, 溫室, 階段, 氣象臺 等 設置, 8個室의 지붕 完全修理) 많이 보아 實績 있음에 自負.
고장의 年事는 普通. 큰 장마 없었으나 一時

暴雨된 바 있어 流水量 오랜만 中 가장 많았다는 說도 有.

家族의 健康 狀況, 老親 兩位分을 爲始하여 一同 健在.

- 兩親 金溪 本家에서 외로이 生計 中.
- 振榮과 魯明은 軍 服務 中.
- 魯姬는 松面校로, 姪女 魯先은 우체局에 在任 中.
- 長子 魯井은 아직도 麻浦高校 在職 中이나 '英信'과 5女 魯運까지 그곳도 4名 家族. 食母까지는 5人 되는 셈.
- 淸州선 魯妊(女高 卒業班), 魯松(淸中 卒業班), 魯杏(女中 一年生) 3名이 自炊 中. 魯杏은 道內 優秀賞(金賞) 타기도.
- 次男 魯絃은 靑山서 安南으로 轉出 在職 中.
- 이곳 佳佐도 食口 단출…… 막동이 魯弼이 國校 2年生뿐.

- 끝 -

1970년

〈앞표지〉

日記帳

附錄 "父母恩重經"

1970년(4303) 庚戌

佳佐校 在職

〈1970년 1월 1일 목요일 晴〉(11. 24.)

새해 첫 아침인데 몸은 極度로 괴로워서 起床하기조차 어려울 程度. 어젯날까지 數日間을 食事는 못 하며 飮酒한 탓이 큰 原因일 것. 가까스로 出校하여 全校 巡廻. 兒童과 職員들 온 대로 만나고. 計劃했던 新年祝賀 行事는 운동장에 積雪되어 省略. 지붕 修理로 本館의 마루 바닥은 먼지투성된 것을 兒童들은 淸掃하기에 手苦.

魯妊은 제 四寸 魯先 있는 곳 忠州 牧溪 다녀온다고 金溪行.

몸 無限히 運身 難되어 臥席 신음. 頭痛, 腹痛, 手足은 무너지는 듯. 오한도 甚하여 便所 出入時 極難. 땀은 內衣를 함신 적시고 腹痛으로 보아 술로 因한 重病 發生하잖나 하는 輕한 生覺까지도 머리에 떠오르기도. 晩時之嘆 또 한 번. 今般에만 몸에 異狀 없다면 飮酒生活 않기로 또 覺悟도 해 보고. 밤새도록 잠 못 이루고, 內者도 옆에서 看病하기에 努力.

몸 극히 아팠어도 밖에 나가 望鄕祈도 深拜[1]~ 父母님의 安康과 家族 全體의 無事를 빌기로 今年에도 繼續할 터. ○

〈1970년 1월 2일 금요일 晴〉(11. 25.)

어제 오늘의 날씨는 例年과 다르게도 폭온하고.

이른 아침결에 柳 藥局主한테 問議하니 毒感이라고~ 不幸 中 多幸으로 그만한 것만도 私幸. 藥 몇 알 갖다 먹고 취안하니 差度 有.

金丙翼 교사로부터 사과 1包와 꿩 1尾 보내오고.

昨夜에 왔던 사위 趙泰彙 某 稧에 參席한다고 上佳行.

宗親 同甲稧 食有司 擔當되어 그의 準備次 內者는 淸州 다녀오고. 밤늦도록 魯杏도 떡(송편) 만들기에 手苦.

나의 몸 病勢 많이 가라앉아 下午 6時부터 執

---

1) 원문에는 붉은색 색연필로 밑줄이 그어져 있다.

務 可能~ 家計簿 整理. 日記도 쓰고.
金溪 本家를 長期間 못 가서 궁금. 罪滿 中. ◎

〈1970년 1월 3일 토요일 晴〉(11. 26.)
稧用 반찬과 酒肴 작만에 魯杏 母女 새벽부터 奔走히 活動.
몸은 행결 回復되어 朝食도 若干 들고. 稧는 11時 半부터 開催. 今般은 多幸히 全員 參席(總 6名). 修稧 後 晝食 마치고 解散하니 下午 4時. 晝食 經費 現金으로만도 3,500 所要된 셈. 校下 親知 數 名 와서 夜深토록 놀다가 가고. 今日 行事 뒷바라지 하느라고 內者 過勞되었을 터. 杏과 運도 잔심부름하기에 신통히 잘 했고. 今日 날씨는 바람이 매우 찬 편. ◎

〈1970년 1월 4일 일요일 晴, 雪〉(11. 27.)
어제부터 寒冷氣溫 甚. 今日 溫度 零下 6度이나 고추같이 매운바람으로 잠시 밖 生活 견디기 어렵고, 放送에 依하면 明日은 零下 15度로 나려간다나. 밤 8時頃에 눈 나리기 始作.
얼어붙기 前에 치우기 爲하여 舍宅 便所 人糞 풀이 15통 퍼내고.
몸은 점점 回復되어 今日은 食事도 나우 들고, 머리만이 若干 아픈 程度. 아직까진 2日 以後는 술이란 1滴도 不飮. 어제 같은 行事에도 完全 不飮하였으니 마음먹을 탓에 있다 함은 事實.
사위 趙 君은 陰 11月 30日 나의 生日과 아울러 제 妻 祖父母 初拜見하고 上京하겠다고 舍宅에 滯留 中. 姬는 서울 간 後 아직 안 오고, 妊도 忠州 魯先한테 가서 있는 中. 絃 아직 안 오고, 큰 애도 금음께 온다는 것. 이것들 모두 다 이 極寒에 올려면 큰 苦生될 터. 날씨여! 어서 누지기를…….
夕食 後 四男 魯松의 말 엄청스런 말 듣고~ 高校 進學을 斷念하고 獨學하겠다는 것. 理由인즉 魯杏의 앞길을 살려야겠다는 點(男妹 自炊할 境遇 杏의 修學에 支障 있기로). 目標는 서울大인데 現 實情으로 보아 淸高에선 進學(서울大) 不可能하겠다는 것. 제의 適性檢査 結果로 보아 文學 系統으로 指向할 것과 進學의 門에 들기까지엔 獨學하여 大學 入學資格 檢定考試를 거쳐 大學 入學 豫備考試를 치룬 後 文理大에 應試하여 通過될 自信이 있다는 것. 同期 中 앞서보겠다는 生覺도.
以上 問題에 關하여 現實 家庭形便으로 보아서나 本人의 非常한 覺悟를 한 態度로 보아서 무엇인가 열매를 맺게 될 싹수의 싹이 트이려는 運의 始初가 아니겠는가의 벅찬 希望에서 意思대로 해보라고 承諾. 그렇게 꼭 되기를 또 天地神明께 祈願. 그에 맞는 圖書 購入 等 뒷받침 充分히 하여 주리라……. ◎

〈1970년 1월 5일 월요일 晴〉(11. 28.)
昨夜에 나린 눈으로 밖은 다시 銀世界. 그러나 若干 나린 程度. 氣溫은 34年來 처음인 零下 20度라고. 살을 에이는 듯 추운 날씨.
下午 五時 半頃에 長子 魯井과 次女 魯姬 서울서 오고.
洞里 柳濟誠 氏 宅에서 稧 있다고 晝食 招待에 應接. 今日도 酒類는 謝絶. 그 여럿이 勸함을 要領껏 不飮.
四男 魯松의 獨學 件을 큰애 魯井은 不贊~ 失敗의 原因 된다고. ◎

〈1970년 1월 6일 화요일 晴〉(11. 29.)

오늘 날씨 많이 누져 오가는 사람들 큰 苦痛 없을 터.
井 母, 魯運, 魯弼, 魯姬 肉類, 魚物 等 반찬거리 가지고 金溪 本家行. 明日의 生日에 老親 모시고 朝食 會食하려고. 下午 3時頃엔 큰애와 사위 泰彙도 金溪行. 태휘는 結婚 後 처음 가는 것. 난 이곳서 留하며 일 좀 보고서 明 早朝에 갈 豫定.
夕食 차리는 데 女中 一學年짜리 魯杏이 신통히 잘 하고. 舍宅엔 松과 杏 있어 3名이 留.
朝食은 金甲濟 氏 宅에서 受接待~ 그의 生日이라고.
몸은 完快 程度이나 右側 이마를 건드리면 골이 아픔은 如前. ◎

〈1970년 1월 7일 수요일 晴〉(11. 30.)
첫 새벽에 물 데어 놓고 自轉車로 金溪行. 日出 前이며 눈 위여서인지 손발이 깨어지는 것 같았고 빰은 도려내는 양 얼어붙은 것 같았고, 집에 到着되었을 때는 손끝이 빠아지는 것 같았고 아파 못 견딜 程度.
朝食 時엔 再從兄 以內 親戚 모여 會食. 生日이면서도 난 父母님께 藥酒만을 사 가지고 갔을 뿐. 肉類 및 魚類 等 반찬거리는 父母님과 子息들이 작만하였고, 술도 母親께서 맛있게 나우 준비하여 주시고. 桑亭 妹夫 琮圭는 甥姪 男妹도 다리고 와 반가웠고. 밤 8時頃엔 魯絃과 魯先이 오고. 先한테 갔던 妊도 돌아오고.
下午 3時쯤에 井 母와 井, 사위는 佳佐로 가고.
漢烈 氏 宅에 人事~ 子婚, 火災. 俊兄 宅에도 尋訪. ◎

〈1970년 1월 8일 목요일 晴〉(12. 1.)
玉山 가서 面에 들려 戶籍 確認~ 英信 母子 入籍. 絃의 兵籍 確認書類도 만들어 보고. 市日이나 濁酒를 피하여 豚肝 一斤 사가지고 卽時 歸家.
晝食 後에 桑亭 妹夫와 甥姪들 가고, 妊도 運도 桑亭行 했다는 것. 絃은 魯弼 다리고 佳佐로 가고. 난 17時頃에 歸校.
虎竹 鄭鎭弘 外 2人 來訪에 酒幕에서 藥酒 一升 接待.
밤엔 큰애 主催로 家族會 하다시피 夜深토록 家庭事 相談. 우리 家庭의 進路, 債務 返濟策, 杏과 松의 下宿 問題 等〃.
虎竹 鄭 親舊의 간곡한 勸酒에 滿 一週日 만에 두 컵 程度. ⓒ
막내 동생 振榮은 기어이 越南 간 듯한 連絡 있어 老親께선 極히 섭섭히 여기시고. 그러심도 無理가 아니심은 云榮의 件으로 일천간장 다 녹으신 끝이라서 軍이라면 지긋지긋하신 中. 거기에 振榮은 一年치 모딘 俸給이라고 5,000의 돈까지 부쳐와 더욱 간절케 하였고. 아무튼 武運長久를 빌며 滿了 除隊하여 健康하신 몸으로 兩親께선 잘 지내시다가 歸國하는 振榮을 보실 때는 맺치신 원한이 싸악 풀리시리라.

〈1970년 1월 9일 금요일 晴〉(12. 2.)
滿 一週日 있었던 사위 泰彙 떠나고 큰애 魯井도 낮車로 上京次 出發. 魯松은 제 兄이 달래어 淸高 願書 사러 昨日에 入淸하더니 金溪 本家로 갔는지 아직 아니 오고.
松面에선 女교사 講習 있으니 오라고 魯姬 앞으로 電報 오고. 姬는 金溪서 아니 와 기다리

다가 아니 오면 明日은 連絡을 取해야 할 일. 柳철상 집에서 山林稧 이사회 하는 것 보고. ⓒ

〈1970년 1월 10일 토요일 曇, 雪〉(12. 3.)
푹한 날씨더니 午後에 가선 눈 자주 내리고.
松面校에서 魯姬 오라는 電報 있어 다릴러 金溪行. 午後 5時頃에 歸校. 桑亭 간 妊과 運은 아직 아니 오고.
松은 어저께 成歡 ○○牧場에 다녀왔다는 것 ~ 그곳에 雇傭하면서 獨學하겠다고. 順調로운 進學은 願치 않는다나. 夕食 後 無限히 달래어 高校 入試를 종용. 明日까지 生覺하여 보기로 今日은 終末. 本家에서 母親의 勸에 一合程度 飮. ⓒ

〈1970년 1월 11일 일요일 가끔 雪〉(12. 4.)
魯姬 10時 뻐스로 松面 向發. 魯妊과 魯運이 江外 桑亭, 虎溪서 도라오고.
柳경상 집 초대에 點心 待接 받고. 몇 親知와 座談. ○

〈1970년 1월 12일 월요일 雪, 曇〉(12. 5.)
氣溫 훽 풀려 눈 나리면서 가랑비까지 나리고.
次男 魯絃 安南 向發~ 集內에선 步行으로 出發.
學校는 今日부터 共同硏修~ 全 職員 出勤 執務.
魯松은 오늘에서야 淸高 入試를 決意하고 그 準備에 질주하려는 듯 책 가질러 入淸. 淸中 擔任先生한테서도 入試 手續하라는 書信도 오고.
漢秀 祖父長 大忌에 人事次 金溪 往來. 歸路에 어머님은 뵈었어도 아버님은 못 뵈온 채 歸校. 밤 9時頃에 舍宅에 到着. 弔問 집에선 三從兄 취中 망언에 某人에게 誤禮하여 氣分 나빴고. 魯松은 淸高 入試 願書 사가지고 왔기에 安心되고. ⓒ

〈1970년 1월 13일 화요일 晴〉(12. 6.)
魯松 入試 手續 件으로 入淸. 淸中 校務課에 들려 人事 後 노송의 淸高 入試 手續을 完了하니 개운. 成績 淸高晉은 無難하다고. 이은영 先生, 朴 先生, 柳 先生 친절하였고, 擔任 진 先生은 못 만나고. 梧倉까지 往來는 自轉車. 今日 날씨는 매우 찬 편.
卓上時計 修繕. 수선工이 弟子인 柳雄烈이라고(江西). ⓒ

〈1970년 1월 14일 수요일 晴〉(12. 7.)
學校 休暇 中 共同硏修 第3日째. 金溶植으로부터 酒肴 갖추어 濁酒 一斗 全 職員에 보내오고. 地方有志層 稧에 招待 있어 濁酒와 肉類 많아 飽食.
魯明으로부터 書信~ 越南 갈 테니 許諾하여 달라는 것. 제 三寸도 갔을 뿐 아니라 戰地生活 經驗도 해 보고프다는 것. 行政兵이니 過念치 말라고도……? ……?
魯妊은 淸州 가고 魯姬는 看호大學(道立病院)에서 長期講習 中 寢食 關係로 魯妊 오래서 간 것. ⓒ

〈1970년 1월 15일 목요일 晴〉(12. 8.)
새벽역에 魯明에게 答書~ 越南行 計劃에 深思熟考하라고.
金濟哲 等 쌀稧 했다고 招待 있어 豚肉 酒肴

等 잘 먹고. 柳 會長 宅에서도. ⓒ

〈1970년 1월 16일 금요일 晴〉(12. 9.)
어제 오늘 極히 低溫. 日出 前 氣溫 0下 20度. 學校 共同硏修 今日로 맺고. 柳哲相 집 稧 招待 있었고. 今般 俸給에선 債金과 쌀값 많이 갚아 개운, 후련. ⓒ

〈1970년 1월 17일 토요일 晴〉(12. 10.)
새벽 1時부터 日出 時까지 '새교육' 讀書. 이렇게 數日間 繼續한 셈.
몇 군데 酒幕의 外上分 淸算. 金鳳男 氏와 柳濟誠 氏와도 一杯.
本家行 豫定을 明日 行事 관계로 不能.
'小說 大院君' 1卷을 柳濟誠에게 貸與. ○

〈1970년 1월 18일 일요일 晴〉(12. 11.)
金溪 本家行~ 淸州 가서 父親用, 母親用 덧옷과 防寒帽 사고. 肉類도 若干. 집에 갔을 땐 밤 10時頃. ○

〈1970년 1월 19일 월요일 晴〉(12. 12.)
從兄과 再從兄과 座談. 魯旭(再當姪)이 就職件도.
小魯行 하여 金景洙, 金周庚 母親喪에 人事. 金喆會, 金祥會, 任重赫 氏 宅 들려 厚待 받기도. 歸校하니 밤 10時頃. ○

〈1970년 1월 20일 화요일 晴〉(12. 13.)
昨日에 遠距離를 自轉車를 끌고 밤늦게 걸은 탓인지 몹시 피로함을 느끼고.
越南으로 맹호部隊로 갔음이 틀임없을 것임이 認知되었던 막내 동생 振榮으로부터 첫 편지 와서 반가웠고. 그곳은 雨期인데 月餘 後는 乾期가 닥쳐오는데 그 때가 더워서 바우기 어려운 때라나. 아무튼 武運長久를 빌 뿐…….
○

〈1970년 1월 22일 목요일 晴〉(12. 15.)
校長會議에 參席~ 學年 末 教職員 轉補內申件이 主. 70學年度 奬學 計劃은 別途 册子를 熟讀 硏究하라는 것.
沃川 安南서 魯絃이 오고. 日間 魯妊, 魯運 다리고 上京할 計劃. ○

〈1970년 1월 24일 토요일 晴〉(12. 17.)
職員 轉補內申書 作成에 能力 있는 卞 校監이 手苦 많았고. 卞 校監도 奬學陣에 進出希望 있어 書類 作成했고.
魯絃, 魯妊, 魯運이 25日(明日)에 上京 計劃으로 淸州 向발. 內者는 魯妊, 魯運 때문인지 남모르게 落淚. 기분 몹시 不상쾌함을 終日토록 느끼고. 안 된 생각 울어나나 無事成長을 빌 따름. ×

〈1970년 1월 25일 일요일 晴〉(12. 18.)
上廳하여 職員轉補內申書 郡 學務課 李 奬學士에게 接受시키고. 卞 校監 件 內申에 追記할 일 있어 書類 淨書에 큰 애 먹음에 또 反省~ 어젯날까지 飮酒의 多少 繼續되어 몸이 젖인 듯…… 글 쓰는 손이 둔해져서 몇 時間 동안 몸, 마음 조리며 作成 完了.
12時 半 서울行 준急 기동車로 魯絃은 노임, 노운 다리고 驛에서 出發. 껌과 빵 몇 개 사주며 잘 가라고 부탁…… 호-무[플랫폼]까지 나갔던 나는 汽車가 떠날 때 손 흔드는 어린 딸

들이 눈에 삼삼. 그도 無理는 아닐 것임을 自認. 제 막내 동생 魯弼이와 어미 아비 떠러짐이 싫었던지 數日 前부터 가기 싫다는 말을 했다는 魯運. 16日에 女高를 卒業하고 學業을 清算한 魯妊. 이제부턴 제 조카 기르면서 제 오라비 內外 朝食 等을 시능할 것이 職業이 된 處地. 그러나 오래비 德分으로 모두가 잘 이루어져 나가는 經路인 줄 알려무나. 내 집 살림하는 處地이기에 幸인 줄 알려무나. 無事하기를 天地神明께 빌 뿐이로다. 午後 4時쯤은 서울에 着하였을 것. ⓒ

〈1970년 1월 26일 월요일 晴〉(12. 19.)

清中 卒業式 있어 四男 魯松이 入清에 合乘車 기다려 주느라고 校門 앞 道路에서 1時間 半 程度 서성댔더니 춥기도 했고 다리 아팠고. 魯妊의 女高 卒業 時도, 今日에도 不參하여 保호者 구실 못 다하여 不快. 然이나 昨年부턴 父兄 招請 않기로 되어 있어 그만할 따름.

요새 날씨는 푹하기도 하지만 過히 가믄 편이어서 보리엔 損 있을 듯. 今日은 零上 5度를 指針. 벌도 아직 異常 無. 食欲[食慾] 있기 시작. ⓒ

〈1970년 1월 27일 화요일 晴〉(12. 20.)

學校 公文 決裁 後 舍宅 둘레의 枯死한 雜草 베어 燃料로 보태고. 今次 過冬燃料도 內者가 解決한 셈. 今日도 後麓에서 여러 다발.

今日 溫度 영상 8度까지 上昇. 벌통 巢門을 열었더니 全群 出外運動 旺盛했고. 아직까진 越冬될 듯한 감.

日暮 後 軍의 魯明 意外로 들어오고. 서울서 제 작은 兄 魯紘하고 왔다는 것. 紘은 清州서 歸校했다고. 越南行 教育 앞두고 하루 다녀갈려고 왔다는 것. 越南行은 自意대로 하라고 深夜까지 軍生活 經驗談으로 꽃 피우고. ⓒ

〈1970년 1월 28일 수요일 晴〉(12. 21.)

어제 왔던 3男 魯明이 歸隊코져 出發. 旅費로 3,000 주고.

旅行 갔던 校監 만나 談話. ⓒ

〈1970년 1월 29일 목요일 晴〉(12. 22.)

早朝에 金溪서 從兄 오고…… 兄의 孫子 '명신'이 病苦 危重에 意中 醫員 좀 다려오라는 부탁으로. 朝食 後 出發하여 玉山面 德村里 李龍宰 약국으로 直行. 血漏, 血사엔 別 措處 方法 모르고 榮養價[營養價] 많은 飮食을 섭취토록 하라고 일러줄 뿐. 同伴은 不能. 金溪 와서 病勢 보니 眞實로 危重態. 回生될까가 걱정될 程度.

今日이 清高 入試日인데 四男 魯松이 不應試코 歸家함에 一大 驚異~ 低能이라고 自家落心, 出國(日本? 美國?)하여 努力 後 10年 뒤에 오겠다는 覺悟 下에 釜山까지 갔었다는 것. 旅券 없어 上船 不能에 歸家한 듯. 깜짝 놀랠 일. 歸家하길 天幸. 기막힌 內容에 落淚하면서 自意대로 獨學하라고 安心시키고. 몇 밤 몇 끼 缺하였는지 참혹한 面모. 딱한 생각만 들 뿐. 제 班에서 4位까지도 席次(清中)를 찾은 적도 있는데 低能이란 웬 말인지. 將次 어떠한 存在가 되려는가 莫〃. 將來 發展을 祈願할 따름. ○

〈1970년 1월 31일 토요일 晴〉(12. 24.)

四男 魯松이 安着된 듯 獨學에 熱中. 舍宅 客

室에서 晝夜로 自習.
金溪 再從孫 명신의 重病이 그간 어떠한지 궁금 中. ○

〈1970년 2월 1일 일요일 晴〉(12. 25.)
開學日 될 것이 日曜日이어서 今日도 休校. 날씨는 繼續 푹한 편.
井 母는 調味料 等 사려고 淸州 다녀오고. ○

〈1970년 2월 2일 월요일 晴〉(12. 26.)
冬季休暇 끝맺고 開學. 全 職員 出勤. 休暇 中 大過 없었고.
어젯날까지 普通 飮酒한 日字 數日되고. 退校後엔 舍宅 둘레의 落葉 갈퀴로 우수 긁어 燃料 보태고. ⓒ

〈1970년 2월 3일 화요일 晴〉(12. 27.)
舊正用 豚肉 數 斤 購入. 斤當 170원?이라나. 헌떡[흰떡]도 一斗.
4, 5, 6學年 헌 개왓장 處理 作業하는데 現場에서 指導 二時間.
今日은 完全 不飮. ◎

〈1970년 2월 4일 수요일 晴〉(12. 28.)
立春. 氣溫 急作이 下降. 零下 5度. 새벽엔 井母와 떡 썰고.
嶺西任員會에 잠간 參席. 梧倉 다녀올 計劃이 車 往來 없어 不能. 年初에 걸린 感氣는 于今까지도 完治 안 되어 밤엔 기침 甚한 편. 舊正用 經費 없어 몸 달던 中 補助金 생겨 多幸. ⓒ

〈1970년 2월 5일 목요일 晴〉(12. 29.)
學校行事 몇 時間 앞당겨 마치고 職員들 退廳.
明日은 舊正.
淸州 가서 魚物 等 物件 몇 가지 購入하여 歸校. 內者와 함께 金溪 本家行. 下午 8時頃에 到着. 老兩親께서 大端히 기뻐하시어 떳떳한 生覺. 姬는 청주서 佳佐로 오고.
앓던 再從孫 '명신'이 數日 前에 死亡하였다는 悲音. ⓒ

〈1970년 2월 6일 금요일 晴〉(1. 1.)
今日은 舊正. 不淨하다고 큰집에선 차례를 延期.
洞里 老人 家戶 巡訪 歲拜. 저물게 入家. 金溪 母親 옆에서 留. 이젠 50歲의 나이. 諸般 더욱 잘 해야 할 터. ×

〈1970년 2월 7일 토요일 晴〉(1. 2.)
金溪 本家서 새벽에 出發 出勤. 途中에 藩溪에 잠간 들리기도. 學校行事 마치{고}선 舍宅에 全 職員 招빙하여 떡국으로 晝食 아울러 酒肴 갖추어 待接.
校下 몇 家戶에 人事도 하고. ×

〈1970년 2월 8일 일요일 晴〉(1. 3.)
舊正 初 氣分에 洞里 몇 家庭 招待에 消日. ○

〈1970년 2월 9일 월요일 晴〉(1. 4.)
校長會議에 參席. 70學年度 奬學 方針이 主. 18時에 閉會.
佳佐行 車 없어 虎竹 朴 校長과 梧倉서 留. 今日 날씨 추었고. ○

〈1970년 2월 10일 화요일 晴〉(1. 5.)
會議 內容 一部 傳達.

서울 사돈 다녀가고(趙起濬). 校下 柳哲相 집 招待 있어 놀다가 深夜에 歸家. 角里 朴順圭도 왔었고. ⓒ

〈1970년 2월 11일 수요일 晴〉(1. 6.)
어젠 큰애 井한테서 편지 오더니 오늘은 큰 女息한테서도 書信.
前에 言約했던 金錢 부치라고 絃에겐 편지 發送.
26回 卒業式 練習. 簡素한 茶菓會도 有. ◎

〈1970년 2월 12일 목요일 晴〉(1. 7.)
佳佐校 第26回 卒業式 擧行. 數日間 날씨 좋던 中 今日은 더욱 溫暖. 卒業生에 對한 訓辭에는 60年代와 70年代의 産業發展과 敎育文化 發展의 展望을 말했으며 鄕土 開發에 獻身努力하자고 力說. 式後 이어서 朴定奎 교사와 李恩鎬 교사의 本校 勤續 10周年 記念行事도 擧行. 兩大行事 잘 치루에 多幸. ⓒ

〈1970년 2월 13일 금요일 晴〉(1. 8.)
70年度 確認奬學項目 발취하기에 數 時間 努力. 卞 校監과 李恩鎬 硏究主任은 70年度 學校運營計劃 樹立에 애쓰고, 全 職員 學年 末 整理(帳簿)에 奔走.
李恩 敎師 집에서 招待 있어 放課 後에 全 職員과 함께 上佳 넘말에 다녀오고. 밤엔 막내 魯弼이 請으로 윷놀이도 하고. ⓒ

〈1970년 2월 14일 토요일 晴〉(1. 9.)
朝禮 後 梧倉行~ 面內 機關長會議에 參席. 車便 나빠 自轉車로 往來. 案件은 梧倉校 韓 校長님 停年退職에 記念品 贈呈할 일과 鄕軍 運營 補助金 負擔이 主.
集內 柳夏相 母親忌에 人事. 越南 간 振榮한테서 2번째 書信. ⓒ

〈1970년 2월 17일 화요일 晴〉(1. 12.)
趙義煥 敎師 서울市內로 轉出케 되어 離任人事. 學父兄도 惜別의 情宜로 送別宴會에 參席코져 30名 程度 來校. 趙 교사는 本校 出身. 滿七年 在任. 强烈한 責任感, 眞實한 敎育者~ 惜別〃〃. ×

〈1970년 2월 18일 수요일 晴〉(1. 13.)
보름用 魚物과 肉類 若干式 장만하여 魯松 시켜 本家 老親께 보내드리고. 魯松은 午後 해질무렵에 歸佳佐.
放課 後에 上佳 李正鎬 氏 宅 招待에 人事~ 그의 母親 回甲.
學校는 70年度 運營計劃書 作成에 多忙 中. 特히 李 硏究主任. ×

〈1970년 2월 19일 목요일 晴〉(1. 14.)
今日은 陰 正, 14日 작은 보름. 몇 親知와 윷놀이. 이른 저녁食事는 柳哲相 집에서 一同이 會食. 濁酒 待接도 받고. ○

〈1970년 2월 20일 금요일 雨, 雪, 曇〉(正. 15.)
새벽 일찍부터 비 나우 나리더니 10時頃부턴 눈 쏟아지고, 해 질 무렵에서야 비 눈 걷힌 셈. 길 大端히 險해지고. 그러나 例年에 없이 長期間 가물어서 甘雨 되어 多幸한 일.
盛才 朴宰淳 氏로부터 '聰明開眼酒'라 써부친 藥酒 一升과 부름用 밤 한 봉지 보내와 感謝한 마음 不禁. 洞里 親知 몇 名 招待하여 紹介 및

談笑하면서 一杯씩.
近日 連飮되어 또다시 고단한 편. ×

〈1970년 2월 21일 토요일 晴〉(正. 16.)
한동안 푹하던 날씨가 어제의 눈비로 今日은 쌀쌀한 편.
學校선 70年度 新入生 假入學式 치루고.
越南 간 振榮 앞으로 보낸 편지 入手 與否 몰라 궁금하더니 魯弼이 앞으로 答書 와서 반가웠고. 서울간 제 처음으로 魯妊한테서도 書信 오고. ⓒ

〈1970년 2월 22일 일요일 曇, 晴〉(正. 17.)
井 母는 淸州 아이들한테 飮食 좀 가지고 다녀오고. 車편 나빠 苦生한 듯. 姬는 長期 강습 마치고 오늘 마침 歸校(松面)했다나. 魯杏 혼자인데 下宿함이 不可避하다는 것.
藩溪 金英植의 招待 있어 晝食 時에 잠간 다녀오고, 간 결에 退院한 金昌善 氏 問病도 하고.
今日은 몸 풀려 食欲도 많이 回復. ◎

〈1970년 2월 23일 월요일 晴〉(正. 18.)
自習 中인 四男 魯松이 아직까진 晝夜로 休息없이 獨學에 熱中. 다만 學校評 그대로 過默[寡默]. 先天的 性格임을 改善함도 無理일 것이나 좀 상냥함을 希求하는 바 크고. 제 母親과 거이 같다고 말하면 內者는 긍정하는 듯. 하여튼 제 希望대로 目的 達成되기만 바랄 뿐. ◎

〈1970년 2월 24일 화요일 雨〉(正. 19.)
구준 비가 終日토록 나렸다. 한길은 또다시 險해질 것이니 탈. 學校 校舍 周圍도 질어서 往來하기에 엉망.
69學年度 修了式 擧行. 修了式 마치고 全 職員은 父兄 數人과 合勢하여 不期之機會로 擲四[擲柶(윷놀이)] 娛樂으로 재미있었고. 酒類는 父兄 側에서 提供해 왔고. ◎

〈1970년 2월 25일 수요일 時〃雨〉(正. 20.)
昨日부터 나리는 비 아직 繼續 中. 길 나빠 뻐쓰 不通되므로 步行으로 梧倉行. 農協에 들려 積金 整理. 面에 들려 戶籍係 用務 마치고 入淸하여 魯杏 만나 明日 佳佐 오라 부탁.
午後 2時에 梧倉校 韓鋹斅 校長님 停年退任式에 參席. 簡單한 記念品을 贈呈. 夕食 後 車 기다리다 못해 卞 校監과 步行으로 佳佐 오니 深夜~ 밤 1時(2. 26.). ⓒ

〈1970년 2월 26일 목요일 曇〉(正. 21.)
今日은 終日토록 讀書. 主로 '새교육'. 날은 흐리고, 비 온 끝이라서인지 低氣溫. 날 개어 따뜻해지기를 바라는 마을[마음] 간절.
早朝엔 人糞풀이 10여 통 퍼내어 마늘밭에도 끼얹고.
四女 魯杏이 淸州서 오고. 梧倉서부터 步行으로. 들짐 있어 遠距離 오느라고 큰 욕본 듯.
形便 有하여 金溪 本家에 못 가 궁금症 多大. ◎

〈1970년 2월 27일 금요일 晴〉(正. 22.)
沃川 安南의 魯絃한테서 別無消息이므로 궁금 中.
龍頭 吳鳳教(鄕軍 中隊長) 親喪에 人事.
次女 魯姬(松面)와 外戚 朴吉順(梨月) 淸州서 오고. 梧倉부터는 걸었다고. 이 둘은 教大

同窓.

또 胸中에 무거운 消息~ 3男 魯明의 戰友로부터 書信 온 것에 依하면 노명은 越南 가기 爲한 訓練(敎育)을 받는 中이라는 것. 하기는 月前부터 그러한 힌트는 받는 바 있지만 제 三寸 振榮도 가 있는 中이긴 하여 機會에 가고픈 마음 있는 모양. 하여튼 두 애의 武運長久를 빌 뿐. ⓒ

〈1970년 2월 28일 토요일 晴〉(正. 23.)
어제 왔던 姬와 吉順 낮車로 가고. 井 母는 淸州 침구 洗탁해 주고져 다녀오고.
上佳 李彦鎬 債金을 元利 返濟하니 眞心으로 개운. 여기엔 安 教務와 柳 會長이 便宜 봐 준 탓.
越南 振榮한테 二次 答書. 魯弼이도. ○

〈1970년 3월 1일 일요일 晴〉(正. 24.)
三.一節 51周. 安重根 義士 옥중自傳도 읽어보고.
井 母와 入淸하여 杏의 下宿 마련에 努力…… 自炊道具 運搬 準備, 下宿집에 人事 等〃. 松이 進學 포기코 獨學하는 바람에 淸州선 杏 하나만이 通學. 이로서 14年 만에 자취 종지부. 杏과 셋이서 우동으로 夕食. 저물게 貸切하여 歸校. ○

〈1970년 3월 2일 월요일 晴〉(正. 25.)
70學年度 始業式. 良心 있는 教育하자고 强調. 諸 行事 마치고 全 職員 娛樂으로 윷놀이.
定期異動에 5名 發令~ 모두 希望대로 落着된 셈.
궁금했던 書信 入手~ 魯明도 越南 간다고 教育 中이라나. 모두 無事하기를 天地神明께 祈願할 따름. ○

〈1970년 3월 3일 화요일 晴〉(正. 26.)
井 母와 松은 入淸하여 짐 묶은 것 若干 갖고 오고.
金英植 와서 談話 後 몇 사람 같이 濁酒 주기에 應對. ○

〈1970년 3월 4일 수요일 晴〉(正. 27.)
入學式 擧行. 低下된 氣溫에 찬바람이 甚하여 兒童, 父兄 심히 떨었고. 人員 130名 程度 되므로 2學級 編成이 알맞고.
轉出職員 離任人事. 5名 모두 希望한 대로 落着(黃冕秀…油里, 李高熙…梧倉, 朴鍾熙…拱北, 崔漢權…西村, 鄭明基…拱北). 午後엔 職員들과 簡素히.濁酒로 送別宴도.
井 母는 몸살인지 몸 아프다고 신음 中. 잠도 안 온다고. ⓒ

〈1970년 3월 5일 목요일 曇, 晴〉(正. 28.)
날씨는 繼續 차서 零下 5度. 간밤은 밤새도록 風勢 요란했고.
井 母의 病勢 別無差度. 早朝 起床하여 朝飯 짓는 데 助力.
學校엔 轉入職員 着任되어 赴任人事 있었고. 요샌 缺員班 많아 兒童 生活指導 正常化 期하지 못하는 편.
井 母의 病狀은 午後 4時쯤 되어서야 差度 있기 시작~ "판피린"이란 해열제 感氣藥 服用했을 뿐. ◎

〈1970년 3월 6일 금요일 晴〉(正. 29.)

風勢 사납던 날씨 今朝에 이르러 잠잠해지고. 晝食時間 利用하여 花山 吳漢植 親喪에 人事. 井 母는 삭신 아픈 데 먹는다고 '벽오동' 삶아 甘酒 빚고. ⓒ

〈1970년 3월 7일 토요일 晴〉(正. 30.)
校長會議에 參席~ 新發足하게 되는 學校 育成會와 70學年度 奬學 努力點 具現 强調가 主. 會議 後 停年退職者 및 轉出校長들을 爲한 送別宴會를 '日光'서 盛況 이루고.
淸州 아이들이 使用턴 石油곤로를 修繕. 同 헌 책상과 佳佐로 運搬하는 데 苦役 겪고~ 不幸中 多幸으로 今日은 缺行턴 뻐쓰가 運行하므로 淸州 往來에 隘路 덜었고.
새벽에 長文 편지 써서 發送하니 마음 개운~ 子婦, 큰 女息, 3女 魯妊 등 三人에게. 쓰는 데 2時間餘 所要.
井 母는 몸 아픈데도 明日이 陰 2月 1日 '나이떡' 해 먹는 날이라고 '송편' 若干 만들고. 기다리던 魯杏이 안 와서 섭섭한 듯. ⓒ

〈1970년 3월 8일 일요일 晴〉(2. 1.)
꼭 한 달 만에 本家行. 마침 父親께선 江外面 桑亭 가시어 深夜에 오시고. 歸校 計劃을 바꾸어 母親 옆에서 留.
洞內 저편 집안의 不美 事件 듣고 驚嘆[驚歎]~ 젊은 것들의 內通이었다나.
朴定奎 敎師 母親 回甲잔치에도 人事~ 金溪行事 途中에.
큰 當叔이 保管했던 族譜 父親이 받아 가져와 工夫도 하고. ○

〈1970년 3월 9일 월요일 曇〉(2. 2.)
새벽열에 本家에서 出發하여 學校時間 넉넉히 대고. 轉入職員 5名 全員 登校. 兒童에겐 첫 人事. 오랜만에 職員 손 맞고 終禮時間에 校長會議 傳達 一部 마치고 親睦排球도. ○

〈1970년 3월 10일 화요일 曇〉(2. 3.)
昨日부터 상쾌感 不禁~ 長男 魯井이가 서울師大 부속女中으로 옮겼다는 電文 또는 書信을 받았기 때문…… 多幸〃〃. 天地神明께 深謝. 앞으로도 發展의 도움 줍시사 祈願할 따름. 派越訓練 中인 魯明의 面會 가자고도 큰애한테 連絡 있고.
面內 機關長會議 있다고 連絡 받았으나 車便 나빠 參席 不能. ○

〈1970년 3월 11일 수요일 晴〉(2. 4.)
玉山行 하여 面에 들려 큰애의 諸 書類 作成(戶적藤本, 同 抄本, 身元證明書, 兵적確認書)에 병적확인서 事情에 依한 未完成으로 醉中에 過度한 不快感으로 係員을 책망한 듯.
金溪 崔 校長과 楊 校長의 新舊 送舊迎新의 뜻으로 玉山面 機關長들의 宴會에도 잠간 參席하고.
몸 極히 피로된 채 날 저물기에 金溪 本家行~ 父母님께 井과 明의 形便 말씀드리고 母親 옆에서 留. X

〈1970년 3월 12일 목요일 晴〉(2. 5.)
昨夜 醉中 記憶 안 나 行方不明인 줄 생각했던 自轉車를 從兄께서 佳佐까지 끌고 오시고. 食事와 酒類 接待.
入淸하여 兵務廳서 井의 병적확인서 作成을 申請~ 退廳 때까지 未결재된 바람에 또 좀 친지에게 야단하고.
청주 짐 운반할 欲心[慾心]으로 今日도 택시 貸切하여 歸校. ×

〈1970년 3월 13일 금요일 晴〉(2. 6.)
병무청에서 井의 병적확인서 찾아갖고 上京~ '동양고속' 뻐쓰로. 高速뻐쓰 처음 타는 것. 淸州서 서울까지 꼭 2時間 所要.
高熱로 성찮았던 孫子 '英信'까지 빨빨히 잘 놀아 기뻤고. 時間 있기에 淸凉里 市場에 가서 親知 李漢求 만나 座談. ×

〈1970년 3월 14일 토요일 晴〉(2. 7.)
새벽車(뻐쓰)로 春川行. 春川서 華川郡 오음里까지 또 달리고. 옆의 간척리까지 到着하였을 땐 11時가 채 못됐을 때. 越南 갈려고 特別교육 받는 3, 明을(3男 魯明) 面會~ 酷寒 中 訓練에 몹씨 어려웠던 모양. 기왕 내디딘 覺悟(決心)한 그 애를 慰安시켰을 뿐. 큰 後悔의 態度는 뵈이지 않아 多幸. 會食을 유 兵長이란 戰友와 같이 하고~ 제 母親이 만든 송편 떡과 서울 제 큰兄이 마련해 준 구이통닭 等으로. 19日에 出國한다는 것. 無事함을 빌 뿐. 그곳 자리 부탁으로 제 큰兄이 物心兩面으로 애 많이 쓴 듯.
面會 마치고 서울 向發을 午後 3시에. 留해도 괜찮은 것이나 出發한 것. 活潑히 入營하는 뒤 態度 보고 또 비는 마음으로 돌아서고. 서울에 오후 6時 半쯤에 到着. 등덕嶺은 長山고개, 衣巖堤도 보면서(華川發電所?)
다녀온 狀況 서울 애들에 傳하고 일찍이 就寢. ©

〈1970년 3월 15일 일요일 曇, 小雨〉(2. 8.)
午後 1時쯤에 出發. 고속뻐쓰로 오후 2時에 乘車 出發. 가랑비 오기 시작.
淸州서 內者 만나고. 청주 이사짐 今日로서 舍宅까지 完全 운반. 魯杏은 淸州서 만나고, 松面校 姬도 왔던 모양. 그 애 月給 一部와 前貰잉餘金, 今月의 給料 等으로 急한 빚 많이 갚으니 마음 개운. 舍宅에 와 보니 松, 弼 모두 無故.
今夜도 就寢 前에 感謝와 無事를 天地神明께 빌고. ©

〈1970년 3월 16일 월요일 晴, 曇, 雪, 曇〉(2. 9.)
魯絃의 兵務 關係 미심한 樣 소식 왔기에 玉山面과 兵務廳에 다녀오고~ 延期 該當者이므로 괜찮다는 것. 狀況 보아 手續하기로. 44조 1항 4호[2] 해당者임.
晝間에 급작이 눈 나렸고.
魯杏의 학비면제願 만들어 女中에 갖다가 提出. ○

〈1970년 3월 17일 화요일 晴〉(2. 10.)
學校 育成會 組織. 總會에 例年보다 學父兄 多數 參集. 地方에 中學 前身인 中學分校 設立토록 運動하라고 力說. 期成會가 育成會로 改稱된 精神도 納得 가게 細密 說明.
總會만을 마치고 入淸~ 道廳에서 反共大會 있다고 급작이 電通 왔기에 갔더니 이미 閉會. 곧 歸校. 會長과 座談. ×

〈1970년 3월 18일 수요일 晴〉(2. 11.)

---

2) 원문에는 붉은색 색연필로 밑줄이 그어져 있다.

井 母는 고추 빠려고 梧倉 다녀오고. 난 職員들과 주성里 동성 部落의 黃冕秀 교사 母親喪에 人事 다녀오고. 歸路 中 오창서 職員들에게 藥酒 실컨 勸하고 一同 無事 歸校. X

〈1970년 3월 19일 목요일 晴〉(2. 12.)
虎竹 柳相浩 親喪에 人事. 金溪 本家에 가서 留. 父親과 從兄과의 相議에 4月 4日에 先祖妣 밀례하길 合議 決定. ×

〈1970년 3월 20일 금요일 晴〉(2. 13.)
越南 간다는 3男 魯明한테서 消息~ 19日에 出國한다는 것. 所屬을 事前 配置하였는지 皮封을 보니 ○○부대 經理課로 되어 있어 우선 安心. 더 좀 기다려 볼 일.
洋蜂 또 失敗~ 弱群인 탓. 2月 15日頃까지는 異常 없었는데. 今年 들어 늦추위가 甚한 탓도 있고. 하여튼 管理 不充分인 無誠意에서 왔다고 自責할 따름. 周旋해 주었던 柳 會長에 未顔. X

〈1970년 3월 22일 일요일 晴〉(2. 15.)
入淸하여 '청주예식장'에서 있는 上佳 千東基 結婚式에 人事. 歸路에 金濟喆 爲先 立石 事業하는 데 招請 있기에 參席 人事. 場所는 龍頭里 後麓. 上佳 千氏 家의 잔치에 應對. 오다가 柳哲相 다치고. ×

〈1970년 3월 23일 월요일 晴〉(2. 16.)
井 母는 들깨기름 짜려고 梧倉 다녀오고. 數日 後 上京도 할 豫定.
近日에 와 또 數日間 連酒하여 몸 다시 둔해진 편. 어느 線을 지내면 기어히 過飮의 習性 있어 탈. 지각 차리렸다. ⓒ

〈1970년 3월 24일 화요일 晴〉(2. 17.)
오새[요새] 날씨 繼續 찬 편. 바람도 세고.
6學年의 '바른생활'(反共道德) 指導에 昨日부터 熱意 내었고. ⓒ

〈1970년 3월 25일 수요일 晴〉(2. 18.)
强風 繼續터니 今日 午後 6時頃에서 잠잠.
食欲 回復되었고. 그러나 頭部가 많이 헐어서 가려워 송신 中.
學校 職員들 年中行事計劃 樹立된 것 原紙 끊기에 바쁘고. ⓒ

〈1970년 3월 26일 목요일 晴〉(2. 19.)
終禮 後 金溪行~ 父母님께 拜謁. 從兄에도 人事. 先祖妣 밀례하기로 日字도 決定. 4月 4日 陰 2月 28日 淸明 前日로.
月出 前에 俊榮 兄 宅 尋訪. 밤늦도록 座談. 同甲稧 關係金 未受分도 受領. 밤 11時頃 歸家하여 母親 옆에서 留. ⓒ

〈1970년 3월 27일 금요일 晴〉(2. 20.)
早朝에 起床. 家屋 周圍 淸掃. 母親은 朝飯 일찍 지으시고. 甘藷 한 자루 싣고 歸校하는데 땀 많이 흘리고. 30分 朝會 前 歸校.
學校는 全 職員 合同努力으로 敎務室, 校長室 環境構成 今日로서 完璧을 期할 程度 되었고.
晝食은 李容求 집에서 招待에 應.
放課 後엔 上佳 千鍾鳴 女婚 招待에 人事 갔었고. ⓒ

〈1970년 3월 28일 토요일 晴〉(2. 21.)

井 母는 서울行 準備로 떡 만들고, 明日 出發豫定~ 장 담어 줄 일과 4月 1日(陰 2. 25.)은 큰애 生日도 끼고.
盛才 金大木 만나 몇 분과 같이 폐 많이 끼친 듯. 그니 滿醉. ○

〈1970년 3월 29일 일요일 晴〉(2. 22.)
井 母 서울行에 나는 淸州까지~ 짐(가방) 두 실러 주고 차표 사주고…… 낮 12時 半 준급 열차 폐지되어 九時 十三分 車로 서울 向發. 入淸 잘 한 셈. 歸路 中 金학철 親知의 待接에도 應.
午後 2時에 佳佐 着. 卽時 金溪行. 一時間 半 동안 뒤 생울타리 側柏나무 剪枝하고 一家 文吉 집 들려 그의 弟婚에 人事.
父母님 뵙고 아이들(松, 弼) 때문에 滿醉된 채 저물게 出發. 途中 水落 앞 다리에서 落傷한 듯. 樟南 ○○? 집에서 數 時間 留. 새벽에 舍宅에 着. 自轉車는 本家에 놓고 왔는지 상막, 궁금 中. X

〈1970년 3월 30일 월요일 晴〉(2. 23.)
새벽 4時쯤 到着 後 서너 時間 쉬고서 起床하니 왼편 무릎이 아파 약 바른 後 柳 會長한테 가서 傷處 한 바늘 꾀매고. 反省 또다시~ 知覺 없는 나임을 뉘우치며 아이들에게 큰 罪. 용서하라 아비를……. X

〈1970년 3월 31일 화요일 晴〉(2. 24.)
오늘도 아이들에게 밥(朝, 夕) 떳떳이 못 지어 주어 미안해서 울기만. 今日도 술은 時〃로 약간씩 마시고.
월남의 振榮한테 편지. 三男 魯明이도 지금은 그 땅에 있을 것을 생각하니 머리 무겁고 가슴 답답. 當姪 魯赫이도 얼마 전에 越南 가 아재인 저 振榮한테 아직은 있다는 것. 모두 다 無事함을 每日같이 祈願할 따름. ×

〈1970년 4월 1일 수요일 晴〉(2. 25.)
꾀맨 무릎이 으든하여 걷기에 不正常이어서 절룩대고, 입맛을 잃어 食事 제대로 못하고. 아이들에겐 가끔 빵 조금씩 사 주고. ○

〈1970년 4월 2일 목요일 曇〉(2. 26.)
2, 3日間 溫暖하더니 오늘은 구름. 춥던 않고. 今日은 井 母 온다는 豫定日. 口味 조금 돌아선 듯. 바리깐 毒인지 오래 前부터 가렵고 헐은 곳 아직 不完治. 무릎도 不健全.
多幸한 일로 午後 막뻐쓰로 서울 갔던 井 母 無事히 歸家. ⓒ

〈1970년 4월 3일 금요일 晴〉(2. 27.)
淸原郡 西北部 校長 校監 連席會議 開催. 場所는 江西國民學校. 案件은 國民敎育憲章 具現과 自活學校 運營이 主. 去月 23, 24日에 全國 敎育長會議가 있었다는 것. 校長으로서 새로운 覺悟 下에 安席치 말고 職員을 들볶아대야 한다고. 敎育長은 敎育長실을 없애고 校長을 볶아대어 兒童에게 幸福을 주도록 하라는 文敎部長官과 普通敎育局長의 嚴命이 있었다고 强調 力說. 무려 百 數十 項에 걸쳐 計劃 實踐하겠금 嚴達. 全員 超緊張裡에 午後 4時 半에 閉會.
歸路에 數人 同僚 一席하여 濁酒 좀 마신 後 택시로 歸校. ○

〈1970년 4월 4일 토요일 晴〉(2. 28.)
開校記念日이어서 休校~ 實은 昨日인데 事情上 交替授業했고.
車편이 나빠 面內 鄕軍隊 行事에는 時間 못 대고 午後 3時부터 있는 機關長會議에는 參席. 農協 金容郁 常務 送別宴이 主.
金溪 本家에선 先祖妣 밀례 있는 날인데 못 가뵈어 罪悚하기 無限한 心情~ 步行 不可能. 自轉車도 못 탈 程度로 去 29日에 다친 무릎 不完全하여 지금도 절룩거리는 中. 內者는 早朝에 갔고. 今日 行事 無事 終了 되길 祈願할 따름. X

〈1970년 4월 5일 일요일 晴〉(2. 29.)
昨日의 本家 行事는 無事히 잘 마치었다고 어제 저물게 온 井 母한테 消息 듣고서 기뻤고.
朝食은 柳哲相 親知 집에서 융숭히 待接 받고 ~ 그의 父親 七순 生辰이어서. 뒤서너 번 걻어[거푸] 술 먹고. ×

〈1970년 4월 7일 화요일 雨, 曇, 晴〉(3. 2.)
學校는 學父兄 出役시켜 整地作業 中. 卞 校監이 過히 애쓰는 中. 今日은 佳佐里 父兄이 作業.
約 20日 前에 越南 向發한 三男 魯明한테서 아직 소식 없고.
自習 中인 四男 魯松이 修學하는 데 초조한 感 있는 듯. ○

〈1970년 4월 8일 수요일 晴〉(3. 3.)
六學年 授業(바른생활)에 相當한 熱도 내고 興味 있게 進行 잘 되어 상쾌했고.
去 3月 14日에 암겼다는 병아리 今日 現在로 15마리 깨어 내리고. 井 母 나무 하는 것 딱해 장작 1坪 購入. ⓒ

〈1970년 4월 9일 목요일 晴〉(3. 4.)
犬肉(狗肉) 사서 다려 먹으나 老親 생각에 제 맛 안 나고. 몸 아직 不完全(무릎). 日間 歸家時에 사다 드릴 豫定.
井 母는 梧東里 다녀오고~ 氷母[聘母]의 回甲日 確認과 妻 6寸(昌鎬)의 女息 婚談 있어 連絡次.
몸 어느 程度 가벼워져 學校 執務에 推進 잘 되어 유쾌. ⓒ

〈1970년 4월 11일 토요일 晴〉(3. 6.)
金錢 약간 둘러서 井 母와 함께 淸州에 가서 魯井 外祖母의 春秋服 한 벌 사고~ 오는 14日(陰 3. 9.)이 그 양반 回甲이어서. 其他 物件도 若干 사기도. 梧倉 와서 佳佐行 뻐쓰 없어 걱정도. 親知 만나 濁酒 應接. 많이 먹는다고 內者는 성화.
택시 運轉士의 好意로 편안히 歸校. ×

〈1970년 4월 12일 일요일 晴〉(3. 7.)
다쳤던 무릎 이제선 完全히 낳은 편. 自轉車로 金溪 本家行. 途中에 前佐山에 모신 祖父母님 山所에 省墓~ 지난 4日에 祖母 山所를 밀례하여 先祖考와 합장…… 오래間 父親의 宿願이었던 일인데 行事 마치어 잘 된 일.
歸校 中 藩溪서 金龍植 만나 一杯. X

〈1970년 4월 13일 월요일 晴〉(3. 8.)
井 母는 梧東里行. 今次는 아이들에게 朝夕 잘 짓기로. ○

〈1970년 4월 14일 화요일 晴〉(3. 9.)
午後 一時 車로 梧東里 向發. 學校 父兄 作業은 安 教務에 一任하고. 梧東里 妻家에 가선 氷母에 人事하고. 過去 뜻 매쳤던지 妻族 몇 사람에게 서운한 말 醉中에 함부로 한 듯. 本家에서 父母님도 오셨고, 동서 둘도 만나고. 잘 豫定했던 井 母 다리고 막뻐쓰로 歸校. X

〈1970년 4월 15일 수요일 晴〉(3. 10.)
越南 간 三男 魯明한테서 첫 書信 와서 기뺐고, 소속이 어느 程度 安心될 곳 같아서 不幸中 多幸한 感. 그곳의 振榮한테서도 오고. 서울 큰애 魯井한테서도 편지~ 去 29日에 다리 다쳤다는 消息 듣고 근심하는 內容.
술 좀 醉한 김에 세 곳에서 온 편지 읽고 落淚. 午後 4時부터 學校선 全校 學級의 環境審査 있었고. 不足된 곳 甚히 指摘도 하여 會 終了後 職員親睦排球 勸奬 實施. ×

〈1970년 4월 16일 목요일 曇, 雨〉(3. 11.)
柏峴 金英植 만나 過飮. 午後 5時頃부터 甘雨 나리기 시작. 五十日間 가므렀다는 것. 곳에 따라선 食水까지도 떠러져 물난리도 나고. 밀, 보리 싹 形便 없고. 봄씨 부친 곳은 거이 없는 程度. 近日 過飮된 날 많아 몸 휘지고. X

〈1970년 4월 17일 금요일 曇, 雨〉(3. 12.)
간밤에 밤새도록 나린 비 밭 해갈 넉넉. 學校 밭도 갈아엎고. 金成煥 교사 勞力으로 논두렁 作業도 完了. ⓒ

〈1970년 4월 18일 토요일 雨, 曇〉(3. 13.)
昨夜에도 많은 비 나리어 논마다 물이 홍건. 모자리 물은 어디고 아무 걱정 없을 듯. 밭엔 물기 많아 씨 부치기 어렵고. 감자와 고추씨 부쳐야 할 텐데.
오랜만에 魯杏(女中 2年)이 오고~ 車 없어서 梧倉부턴 걸었다는 것. 今學年에 들어선 두 번채 온 것. 下宿生活이라서 제 母親은 더욱 보고 싶어 했고. 成績은 今般에도 一位.
무릎은 完治. 그런 편지 井한테 發送. 今日은 完全 不飮. ◎

〈1970년 4월 19일 일요일 曇〉(3. 14.)
北一面 梧東里서 뵈었던 父母님께 다시 뵈이러 가고 싶었으나 제반 준비 안 되어 가지 못함을 한탄. 무릎이 完治된 後의 첫 日曜{日}이기에.
井 母와 魯松이가 거들었지만 봄채소 씨앗 부치기에 終日 勞力했고.
魯杏 入淸엔 今日도 車 안 와 松이가 自轉車로 梧倉까지 태워다 주고. ⓒ

〈1970년 4월 20일 월요일 晴〉(3. 15.)
學校 運營計劃에 力量을 기우려 박력 있게 推進함에는 深謝하는 바나 個人本位인 謀事를 公에로의 부쳐 나가는 듯의 感이 엿보이는 것을 相對方의 便宜를 最大限으로 보아 주는 나의 性格인지라 ○○의 하는 짓을 今日도 비우만 맞추었으니…… 그럴 수밖에 없는 일.
退廳 後에 內者의 流汗 勞力하였음에 딱했고 뒤를 이어 魯松과 함께 一部 일을 마치니 개운~ 東편 山밑 밭 '감자' 심기. ⓒ

〈1970년 4월 21일 화요일 晴〉(3. 16.)
謹酒 數日에 口味 당겨 食事 잘 하고, 몸 개운

하여 公私 間 諸般 일 推進될 만큼 進步 잘 되고. 今日도 出勤 前 退勤 後 고추씨앗 부치기에 勞力. 終日토록 內者도 많이 욕본 듯…… 감자 놓기, 밭 파기.
意外로 四女 魯杏이 오고. 日曜日이 아니어서 처음은 깜짝 놀랬으나 반가운 消息~ 學業成績과 品行方正한 學生 一名씩을 遞信奬學金 받도록 申請케 되어 그 手續 때문에 온 것. 成不成 間에 기쁜 마음에서 밤 12時까지 書類作成. ◎

〈1970년 4월 22일 수요일 晴〉(3. 17.)
어제 막차 안 들어와 早朝에 魯松이가 제 여동생 魯杏을 自轉車로 梧倉까지 태워다 주어 多幸. ⓒ

〈1970년 4월 23일 목요일 晴〉(3. 18.)
學校는 臨時休校~ 全 職員 結核檢査로 엑스레이 찍으러 入淸케 됨으로. 淸州선 行事 마치고 簡單히 會食도. ×

〈1970년 4월 24일 금요일 曇, 雨〉(3. 19.)
春季消風인데 비 나리어 中途에서 回程. 校內에서 點心 먹여 歸家시 키니 소풍 제대로 안돼 快치 못한 편.
반갑게도 越南 魯明한테서 편지 오고. 國內에서 맡았던 軍宗課로 옮겨 잘 된 셈. 제 큰兄의 힘 덕분이라나. X

〈1970년 4월 25일 토요일 曇, 晴〉(3. 20.)
數日 前에 마춘 春夏服 淸州서 入荷.
魯姬로부터 積金 찾았다고 우편換 1萬 원 부쳐와 신통. ×

〈1970년 4월 26일 일요일 晴〉(3. 21.)
井 母와 함께 入淸~ 몇 親知들 子, 女婚 있어 人事하고. 井 母는 人事 後 魯姬도 만났다고……. (外堂叔 집에서라나.)
올 땐 徐 교사에 폐 기쳐 택시로 無事 歸校. X

〈1970년 4월 28일 화요일 晴〉(3. 23.)
立東校 林 教師 香苗 購入하려 來訪~ 柳 會長宅 분치 300株 알선. 魯松은 魚物 좀 갖고 金溪 얼핏 다녀오고. ×

〈1970년 4월 29일 수요일 晴〉(3. 24.)
날씨 또 가물어 봄 씨앗 부친 것에 큰 影響. 오늘도 相當 덥고.
妻當叔(基喆 氏) 來訪~ 孫女 婚談 관계로.
魯明한테 편지 오늘도 와서 기뻤고.
어젯날까지 數日間 過飮되어 간밤 지내기에 公私 間 걱정되어 고민으로 새운 셈. 저녁에서야 풀려 산 듯. ◎

〈1970년 4월 30일 목요일 晴〉(3. 25.)
早朝에 起床하여 人糞풀이~ 통으로 約 20回 들어날라 감자와 고추밭에 껴얹어 勞力 많이 했고 酒氣는 이제 싹 빠져 몸 가든. 朝食도 나우 하고, 學校 일도 많이 하고.
學校는 全 職員이 卞 校監의 박력 있는 推進에 일 많이 하는 中. 今日도 淸掃심사 等 數種의 일로 被勞 됐을 터. ◎

〈1970년 5월 1일 금요일 晴, 曇〉(3. 26.)
今朝도 일찍이 人분 푸고. 約 15통. 뒷校舍 뒤 고추밭에.
終日토록 餘念 없이 執務에 있는 힘 다 내니

개운했고.
明朝에 修學旅行次 出發할 6學年들에게 俗離山 說明과 注意할 몇 가지 力說. 小魯 任國彬 와서 歡談. ◎

〈1970년 5월 2일 토요일 雨, 曇〉(3. 27.)
6學年의 俗離山 修學旅行次 午前 5時에 出發키로 한 것이 새벽부터 나리는 비가 그치지 않아 出發 不能. 뻐쓰會社에 再連絡 取하여 來月曜日인 4日에 가기로 合議.
서울 魯運(5女)한테서 5男 魯弼한테 온 편지 읽어보니 기특하고 신통하고 순진한 내용에 눈시울이 뜨거워지고. (國校 6年)
오늘 나린 비는 거름 비~ 봄 씨앗 부친 것 탈지경이었기 때문.
오래간 本家에 못 가서 궁금症보다 老親께 송구感 無限. ◎

〈1970년 5월 3일 일요일 晴〉(3. 28.)
緊急校長會議 있다고 電通 있어 10時에 出發. 入淸 途中 陽青里(時在洞) 들려 金嵛會 母親喪에 人事. 金庚壽 教師의 氷母喪이고.
會議는 午後 三時부터이고, 第18回 어린이날 行事에 朴 大統領 談話文 取扱이 今日 會議의 초점. 其外 指示事項과 事務連絡도 있었고. 點心은 梧倉 權泰貞 親知에 폐. ⓒ

〈1970년 5월 4일 월요일 晴〉(3. 29.)
六學年 修學旅行次 午前 5時 半에 出發. 目的地는 俗離山. 引率者는 擔任 2名과 校監. 父兄들도 數 名 따라가고. 歸校 豫定이 밤 十時인데 十一時가 지나도 未着이어서 父兄들과 같이 마음 초조 不安. 12時 半쯤에서 到着. 큰 事故는 없어 多幸.
井 母는 沃川 安南 가고. 二男 魯紘한테 消息 없어 궁금해서. ○

〈1970년 5월 5일 화요일 晴〉(4. 1.)
어제 沃川 갔던 井 母 비교적 해 높이 있어 오고. 잘 다녀왔음을 기쁘게 생각할 따름. 魯紘도 無故는 하다는 것. 다만 前任校 時節의 親切히 따루었다는 某 處女가 자주 往來하고 있다는 것. 姓은 安氏이고, 女高까지는 나왔다나. 體格은 弱해 보이더라고~ 本人끼리는 좋아한다니 더 관망해 볼 터.
學校선 어린이날 行事로 校內 體育會 하고. ×

〈1970년 5월 6일 수요일 晴〉(4. 2.)
去 3日에 있었던 校長會議 傳達 2回째 오늘서 마치고. ×

〈1970년 5월 8일 금요일 晴〉(4. 4.)
15回 '어머니날' 行事를 野外에서 開催~ 번골 앞 숲과 모래밭에서 學藝 發表와 씨름大會. 난 殘留했다가 點心時間쯤에 가 보고. 번골 父兄들 집에서 興풀이 한 듯. X

〈1970년 5월 9일 토요일 晴〉(4. 5.)
入淸~ 교육청 郭雪子 양 結婚式에 人事. 좀 늦게 到着. 教育廳에 잠간 들리고, 途中에 金庚壽 孫根鎬 두 教師 만나 點心을 會食. 올 때는 高永浩 교사 만나 폐 기친 편. X

〈1970년 5월 10일 일요일 晴〉(4. 6.)
井 母는 고추장 等 찬감 若干 가지고 入淸. 松面 있는 二女 魯姬와 事前約束 있었던지 淸州

서 相面하고 일르게 歸來.
柳 會長과 一飮 끝에 意外로 서울 딸 사돈 만나 過飮.
今夜는 先祖考 忌故인데도 運身 不能하여 不參되니 밤새도록 不安 中. 反省 많이 하면서 괴로운 마음으로 밤새우고. X

〈1970년 5월 11일 월요일 晴〉(4. 7.)
魯先의 關係書類 一部 가지시고 佳佐에 母親 오시고. 엊저녁에 本家에 못가서 궁금도 하셨을 터. 罪悚 〃 〃. ×

〈1970년 5월 12일 화요일 晴〉(4. 8.)
陰 4月 初8日인데 8日 놀이로 어제 오신 어머니께 몇 푼 못 드려 또 잘못. 今日 8日을 오늘서 깨우친 탓.
몸 極히 피로하여 運身 難. 할 수 없이 午前 中 休息~ 職員들에게 未顔하고, 面目도 없는 感不禁. ×

〈1970년 5월 13일 수요일 晴〉(4. 9.)
金昌明 教師班 6-2 研究授業. 自然科인데 잘한 편.
몸 다 안 풀려 出勤 後 終日 참느라고 어려웠기도. 그러나 公務 處理는 諸般을 깨끗이 하고. 또 謹酒의 마음. ◎

〈1970년 5월 14일 목요일 晴〉(4. 10.)
午前 中은 數日 만에 充實한 勤務. 몸 좀 가든하여 일 推進도 잘 되고. 食事도 어지간히 口味 돌아서고.
20日 前에 魯姬로 부쳐온 우편환 10,000원 오창局에서 찾고.
清原郡 財務課에 들려 魯先 關係 書類 完了하여 發送. ◎

〈1970년 5월 15일 금요일 晴〉(4. 11.)
제7회 스승의 날. 授業은 平常 金曜(日)대로 實施하고 下午 3時부터 待接하는 宴會에 全職員 參席. 參集한 有志는 15名. 濁酒와 酒肴 簡素하나 그만한 것도 고마운 일. 난 飮酒 안코져 人事 程度 하고선 뒷山과 6學年 교실로 避身. 柳 會長 今日 行事 推進하느라고 手苦 많았고. 行事 終了 後도 柳 會長은 校長이란 者 나라는 못난 사람을 單獨으로 더 待接코져 차잤으나 미안하지만 끝내 避身.
기쁘게도 越南 간 振榮 魯明한테서 安否 편지 오고. ⓒ

〈1970년 5월 16일 토요일 晴〉(4. 12.)
알고 보니 어제 行事의 끝머리에 李○○ 教師가 젊은 所致에 滿醉 中 어린이 하나를 구타했다는 것. 父兄들이 極히 분개하고 있다나. 亦家門에 따라 性格이 아직도 닮다는 것을 또 한번 새삼 느끼고. 이 收拾에 終日토록 傷心 또 腐心. 술에 對한, 惡한 飮食임을 깊이 느끼면서 從此 飮酒生活에 있어 細心 深慮할 것을 스스로 다짐. 今此 事件을 가라않즈기에 協助한 安 教務에 深謝하고.
父母님에 慰勞의 뜻을 가진 바 있어 늦게 本家에 가니 밤 十時. ◎

〈1970년 5월 17일 일요일 晴〉(4. 13.)
午前 五時에 兩親 모시고 溫陽 向發. 全東까진 步行, 全東부터 天安 間은 뻐쓰 內 분비어 座席 없어 크게 不便하였으나 其後론 回程할 때

까지 택시 等 便安히 모시고. 顯忠祠를 參拜하고 一帶를 求景하신 家親은 世上 最上의 仙景[仙境]이라고 滿面에 滿足感을 느끼시는 듯. 이번 計劃 잘 한 나도 두루 滿足. 溫陽에서도 某 旅館 獨湯에서 內外분 같이 沐浴하시도록 마련. 高貴이지만 나는 滿足感으로 마음 저절로 자랑스럽고, 生前 처음 이런 經驗 겪으시는 老親임을 生覺할 때 마음 깊이 나도 좋아하고. 집에 到着하였을 땐 午後 五時 半. 意外로 進行 잘 되어 빨으게 歸家된 셈. 집과 全東 사이의 步行 때문에 피로는 加한 셈. 夕食 後 난 佳佐로 오고, 到着하니 밤 十時 半. 발이 부르터서 욕본 셈. ○
經費는 車費 2,200, 飮食代 800, 沐浴 및 觀覽料 800 계 3,800.

〈1970년 5월 18일 월요일 晴〉(4. 14.)
去 16日에 腐心하던 일 다 解消되어 마음 개운. 學校 일도 잘 되고.
卞 校監이 '스승의 날' 模範敎員 表彰者로 文敎部長官賞을 받아와 職員, 兒童에게 나는 자랑의 紹介. 박력 있고, 推進力 强한 卞 校監의 受賞은 宜當한 일.
越南 明으로부터 松에게, 弼에게 편지 와서 반가웠고. ⓒ

〈1970년 5월 19일 화요일 晴, 曇, 雨〉(4. 15.)
六學年 道德 指導에 熱誠 다 했고, 兒童들도 興味 있게 學習.
井 母는 옷 찾으러 간다고 入淸. 下午 5時쯤에 步行으로 歸家.
夕食을 藩溪 金英植 親知들 집에서 招請 있어 會食.

밤 되자 단비 나리어 모두 歡聲~ 한동안 가므렀기에. ⓒ

〈1970년 5월 20일 수요일 晴〉(4. 16.)
昨年에 얻었던 濟州道에서 온 康 氏에게 體面 없으나 人事 後 다시 付託하니 順〃히 쾌락 하에 今般에 洋蜂 分封群 一箱(x枚) 주겠다는 것. 고마운 일. ○

〈1970년 5월 21일 목요일 晴〉(4. 17.)
早朝 起床에 감자밭 고추밭 김매고.
學校生活에도 보람 느껴~ 6學年의 道德 授業. 敎育評價帳簿 作製, 授業 觀察, 掃除時間 巡視 지도 等.
放課 後엔 藩溪 故 金元植 氏 初忌 있어 人事. ○

〈1970년 5월 22일 금요일 晴〉(4. 18.)
어렴풋한 깨인 잠 속에 불안한 꿈을 꾼 듯. 월남 전선에 가 있는 두 것(진영, 노명)들의 불편한 모습을 본 꿈인데 깨고 보니 새벽 4시경. 불쾌, 불안감에 잠 아니 오므로 밤 그대로 새우고.
放課 後 金溪 本家 가려고 自轉車로 出發. 今夜는 先祖妣 忌故. 去 陰 4月 6日의 先祖考 忌故에 不參하였기로 今日은 낮(17時頃)에 떠난 셈. 김과 자반은 準備되었으나 肉類 사려고 오미行. 途中에 金溪校 職員과 玉山校 職員, 玉山中學 職員 여럿 만나 彼此 濁酒 받고 주고…… 形便上 일찍이 떠나지 못하고 어두어서 玉山을 出發.
醉中 夢斷理 고개서 高速뻐쓰 連速에 엉겁절이 自轉車에서 나리다가 업드러져 負傷. 다리

와 左側 팔이 아파 自轉車 끌기도 不能. 신음 소리 내면서 냇가까지 오니 마침 親知 만나 간신히 집까지 到着.
罪滿하나 老親께 다친 狀況 以實直告. 驚嘆 中에서도 慰安 말씀하시며 傷心하시는 兩親과 從兄 等 보니 눈물이 저절로 솟고. 몸 아파 先祖母 祭祀 參禮 不能. 母親은 내 病看에 잠 못 주무시고. 痛症과 複雜한 想念에 잠 안 오고. 눈물만 나와 그대로 밤새운 듯. X

〈1970년 5월 23일 토요일 晴〉(4. 19.)
前日의 不快한 꿈땜이라고 生覺하며 아픈 몸 速히 快服되기만 바랄 뿐. 오른 무릎, 왼편 顔面, 左胸, 左肩 등 四個處 負傷이나 極히 아픈 곳은 왼팔죽지, 어깨죽지 前面이 若干 붓고 멍이 表現. 뼈가 危險한 생각이나 俊榮 兄 其他 몇 분 만져보고 괜찮을지도 모른다는 것. 左手 손가락만은 自由自在로 굴절이 되는 것으로 보아서는 骨折 및 脫骨은 아닌 듯. 昨夜의 經路 생각할수록 아찔할 뿐. 不幸 中 多幸. 卽死의 危機의 瞬間이었던 것 같이 느껴질 때마다 온몸에 소름 끼치고. 終日토록 呻吟. 누어도 아프고 앉아도 아프고, 左肩이 울려 온몸 不動.
母親은 佳佐 다녀오시고, 內者도 오고, 學校에도 消息 傳하고, 學校는 明日에 全 職員 大田 方面으로 當日 逍風 다녀오기로 되어 있고.
藥은 옥토정기 좀 바르고 신신파스만 부친 程度. 일어나기 어렵고 눕기 어려워 그때마다 부추겨야 可能.
아프고 근심 中에 徹夜. 將來 溫全[穩全]한 몸 일른지가 탈. ⓒ

〈1970년 5월 24일 일요일 晴〉(4. 20.)
夢中인지 生時인지 精神 삭막. 마음으론 좀 부드러운 듯하나 움직여보면 그턱 매한가지. 멍과 부기는 팔죽지부터 아래로 쏠리고. 一家 親知 여러 분 찾아와 人事. 生氣는 어제보다 있다고 父親의 말씀. 佳佐서 四男 魯松과 井 母 오고. 藥 '안티푸라민' 바르고 알약 'SIC' 服用. 日暮頃에 한 팔 부뜰고 간신이 걸어 井 母 따라 佳佐 오고. ◎

〈1970년 5월 25일 월요일 雨, 曇〉(4. 21.)
가믄 끝에 단비 나려 多幸. 金溪서 어제 온 것도 잘 한 것.
今日 出勤 不能. 職員들 人事 오고. 昨日 逍風 無事했다는 것.
藥은 如前 그대로 '안티푸라민'만을 바를 뿐. 멍과 부기는 조금씩 아래로 번져 팔굼치에 다다르고. 움직이면 痛症은 如前.
어젠 女中 2年 魯杏이가 다녀갔다고. 今般 成績 좋아 平均 92點에 席次는 全校 一位라나. 下宿집이 못맞당하단다나. ◎

〈1970년 5월 26일 화요일 曇, 晴〉(4. 22.)
팔 걸미고[걸어 매고] 出勤. 六學年의 道德 授業도 施行. 作業處도 巡視.
終日活動의 影響인지 夕食 後 痛症 다시 느끼고. 바르던 藥 아직 繼續 使用 中. 팔굼치 조금 들리는 것은 아침부터. 이것만이 좋게 닮아진 것. 動時 痛症은 深夜까지도 如前이어 걱정. ◎

〈1970년 5월 29일 금요일 晴〉(4. 25.)
궁금하시어 金溪서 母親 오시고. 從兄께 書信

은 내었는데. 팔굼치는 若干 들리나 움직일 때마다 매달리고 아픈 症勢는 如前.
郡 聯合體育大會 出戰次 어린이 選手團 入淸에 激勵. ⓒ

〈1970년 5월 30일 토요일 晴〉(4. 26.)
體育大會에 出戰한 어린이들 밤 11時쯤에서 歸校. 戰果는 女子 400m 繼走에서 一位. 其他 數 種目은 決勝戰에서 落選되었다는 것. 다친 팔은 아직 큰 效果 없는 듯. ⓒ

〈1970년 5월 31일 일요일 雨, 曇〉(4. 27.)
새벽부터 나리는 비 낮에서야 껏음. 午後도 내내 안개비 나리고. 이 地方의 모내기 作業 어제부터 時作되고. 오늘은 雨天으로 作業 中斷된 듯. 아픈 팔 別無好轉. 걱정되고. ⓒ

〈1970년 6월 1일 월요일 晴〉(4. 28.)
다친 팔 나우 아프나 6學年의 道德授業 今日도 施行.
洋蜂 5枚群 寄贈 받고[3]. 昨年의 그의 濟州서 온 康 氏로부터. 벌만 받은 셈. 巢箱과 巢脾는 前부터 있던 것을 再使用. 今後로는 管理 잘해서 失敗 없어야 할 일. ⓒ

〈1970년 6월 2일 화요일 晴〉(4. 29.)
아픈 팔 좀 부드러운 듯하여 放課 後에 고추밭 等 한 팔로 풀 뽑기 程度 勞力한 까닭인지 夕食 後 就寢하려는데 動時마다 痛症을 느끼는 듯.
昨夜에 運搬 安置한 養蜂箱 午後 一時에 巢門 티어 놓고. '제도마루'에 가서 落蜂 蒐集해 봤으나 如意不能. ⓒ

〈1970년 6월 3일 수요일 晴〉(4. 30.)
早朝에 起床. 井 母와 함께 옥수수밭에 施肥(人糞).
精米所 金鳳男 氏 山林 盜伐에 저촉되어 關係者와 面談 완화.
姪女 魯先으로부터 書信 오고~ 큰애비 팔 다친 人事, 轉勤 기미. ⓒ

〈1970년 6월 4일 목요일 晴, 曇〉(5. 1.)
今朝도 井 母와 人糞푸리. 고추밭에서 施肥.
今日따라 學校 行事 많았고~ 5月末考査, 꽃길 作業, 害蟲(松蟲) 驅除 等. 일제고사엔 金 女敎師 缺勤으로 4-1班 考査 監督을 2時間 동안 直接 施行. 金 女敎師는 家庭不和 있는 듯 이 말 저 말 들려오나 兒童 敎育에 큰 支障 있는 中.
藩溪 金英植 親知 招請으로 柳 會長과 함께 厚待 받고. ⓒ

〈1970년 6월 5일 금요일 晴〉(5. 2.)
다친 팔 조그만큼 낳아가는지? 顯著한 差度는 無. 굼치의 屈折은 되나 어깨가 아파 팔 全體를 들지는 못하고, 움직일 때마다 어깨 앞편이 몹시 아프고, 5指는 움직이나 허리띠 等 졸라맬 수는 없어 極히 不便. 눈꼽만큼 낳아지는 것인 듯.
金 女敎師 今日은 出勤하여 事情 이야기 듣고 보니 實況이 複雜하고 딱한 形便. 더 忠實히 일하자고 좋게 당부.
琅城校 李 校長 來校. 女 어린이 選手 一名 다

---
3) 원문에는 붉은색 색연필로 밑줄이 그어져 있다.

리고.
玉山面 鄭 産業界 만나 意外로 族親 '潤道' 氏에 폐.
女中 二年 魯杏이 제 下宿집 親友 한 사람 다리고 來家. ⓒ

〈1970년 6월 6일 토요일 晴〉(5. 3.)
첫배 깨인 병아리 15首 아직까진 完全히 자라 3, 4日 前부터 숫평아리 우는 놈 있기도. 둘쨋배는 5월 20일에 안겨 있는 中.
어제 왔던 魯杏 제 學友와 낮車로 가고. 魯松은 本家 金溪에 다녀오기도. 父親은 顯忠日 行事에 參加하시려고 入清하셨다는 것. 작은 外叔(朴陽圭)이 江原道 그의 女息 집에 가셔서 療養 中 別世하였다는 消息~ 金溪서 듣고 온 松이가 傳하니 딱한 생각뿐.
柳 會長이 蜜蜂 보아주고. 午後엔 讀書 若干. ⓒ

〈1970년 6월 7일 일요일 晴〉(5. 4.)
受講 準備 갖추어 午後 3時에 入清次 出發. 車往來 없기로 步行하렸더니 싸이도카로 실어다 주어 無難했고~ 龍頭까지는 高永浩 교사가, 梧倉까지는 陸 技士가…… 고마운 일.
前 같으면 自炊하는 애들한테 留할 것이나 魯杏 하나 下宿뿐이므로 不得已 下宿. 一宿泊料 가장 싼 곳 200원씩. ○

〈1970년 6월 8일 월요일 晴, 曇〉(5. 5.)
校長 硏修 講習 第一日. 場所는 忠北大學 講堂. 道內 國民學校長 372名. 今日은 忠北大學長 趙健相 先生의 "70年代의 韓國教育의 展望"이 主. 어제 下宿에서 西門下宿으로 移轉. ◎

〈1970년 6월 9일 화요일 雨, 曇〉(5. 6.)
講習 第2日. 朴寬洙 博士의 "人間性의 改造"가 主. 構內식당에서 點心 사먹기에 大분잡 이루고.
魯杏 下宿處 옮기려고 몇 군데 알아보았으나 마땅한 곳 없고. ◎

〈1970년 6월 10일 수요일 晴〉(5. 7.)
第3日인 오늘의 受講場所는 中央國校. 學校參觀과 各 郡 代表 經營 發表로 꽃피운 셈. ◎

〈1970년 6월 11일 목요일 晴〉(5. 8.)
國民學校 道 體育大會에 會員 全員 參觀. 그늘 없는 콩크리트 階段席에서 觀覽. 날씨 뜨겁고 딱딱한 자리에서 老校長님들은 바우기 極難이었을 터.
市內 國校生들의 마스께임에 찬탄.
競技는 변두리 小郡 選手들이 優勢. 體格 差로 보아 無理가 아닐 것. 本郡 雄郡이라 하나 弱勢. 뒷받침도 弱. ⓒ

〈1970년 6월 12일 금요일 曇〉(5. 9.)
第五日째 講習. 李찬하 初等教育課長의 "奬學方針 具現 方案"으로 午前 中 終講. 道 體育會는 今日까지 連 施行. 閉講 後 郡 교육廳에 들려 몇 가지 用務 본 後 歸校에 梧倉서 學校까진 新聞支局 金수근 氏 싸이도카에 실려 無事히 잘 오고.
잘 커오던 병아리 10日에 藥을 주어 먹었는지 11마리가 한꺼번에 죽었다는 것. 아까운 생각 無限. ○

〈1970년 6월 13일 토요일 晴〉(5. 10.)

朝會時間 利用하여 職員 및 兒童에게 講習 中 있었던 重要事項 傳達~ 受講 內容, 道 體育會(體力).
魯明한테서 書信 오고. 部隊는 옮겼으나 亦 軍宗課. ×

〈1970년 6월 14일 일요일 曇, 雨〉(5. 11.)
아침결 庭園 除草 中 蜜蜂한테 코밑 한 방 쏘인 곳 極甚히 부어 웃입술과 뽈은 그 모양 形言 難. 飮食 먹을 수 없고. 다친 팔도 아직 큰 差度 없는데 雪上加霜. 신경만 날카로워질 뿐. 보기 흉하고 運身 難으로 外出 不可能. ⓒ

〈1970년 6월 15일 월요일 雨, 曇〉(5. 12.)
얼굴 무겁고 팔 아파 단잠 못 이룬 채 早朝에 起床. 몸 不自由하나 고추밭골 풀 뽑고. 입술 부기는 좀 빠진 듯. 목으로 나려옴인지 목자위 엄청히 붓고, 시장기 있어 朝食은 나우 들고. 모양 수퉁하나 일찍 出勤. 文書 處理, 日記帳도 쓰고.
비 끝에 태풍인지 바람 몹시 세게 부는 편. 學校선 兒童들의 體能檢査로 全 職員 終日 活躍. 放課 後도 고추밭 除草 作業~ 井 母도 와서 한 일. ⓒ

〈1970년 6월 16일 화요일 曇〉(5. 13.)
早朝에 除草作業. 벌 쏘인 얼굴 부기는 고루 퍼진 듯 부드럽고.
朝食은 金鳳男 氏 집에서 招請 있어 應待. 그의 六旬인 듯.
魯松에게 要求대로 圖書代 주었더니 책 사려고 入淸. 購入코 歸家.
今日의 六學年 道德 授業 熱誠있게 잘한 느낌. 관격에 욕보고. ⓒ

〈1970년 6월 17일 수요일 曇〉(5. 14.)
昨夜는 吐瀉로 거의 徹夜 程度 長時間 욕 보고. 他家에서 얻어먹은 飮食 中에서 닥친 듯. 밤中에 두어 차례 柳 藥局會長 來家 看病.
벌 쏘인 顔面은 分明히 많이 가라앉아 얼굴 거이 제 모양 근사.
三男 勤務했던 外沙校로부터 電報 왔기에 梧倉 나가서 그 애의 住民登錄番號를 電文으로 回信(150313~108697).
車 없어 步行으로 佳佐 오기에 疲勞 많이 느끼고. 다섯 끼 만에 오늘 저녁 食事 허기진 듯 흰죽 한 그릇 다 먹은 셈. ⓒ

〈1970년 6월 18일 목요일 雨, 曇〉(5. 15.)
近日엔 비 자주 나리는 셈. 새벽에 나리기 시작하더니 가랑비(안개비)로는 終日 나리고.
井 母는 肉類 若干과 現金 3,000원 갖고 金溪 本家에 가서 父親께 드리고서 午後 5時頃에 來佳佐.
母親께선 '앵두' 따가지시고 12時頃에 佳佐 오시고, 點心 後 2時쯤에 本家 向發하시고. 고부間 길 어긴나 上面 못했다는 것.
昨日 梧倉서 權泰貞 親友한테 다친 팔 침 맞았으나 如前 느낌. ⓒ

〈1970년 6월 19일 금요일 가끔 雨〉(5. 16.)
反共道德 授業. 6學年 2個班 午前 午後로 一時間式 興味있게 實施.
綜合監査 對備로 全 職員 안팎으로 雨中에 不拘 奔走히 일 보는 中.
松面校 魯姬로부터 6,000원整 부쳐오고.

去 日曜日에 벌 쏘인 얼굴은 이제 完全히 부기 빠져 原相[原狀] 복구. 지저분했던 內室用 机床 설합 淸掃 整理 整頓하니 개운.
姬의 편지에 依하면 며칠 前에 서울 英信과 魯妊 배탈로 앓았다나. ⓒ

〈1970년 6월 20일 토요일 曇〉(5. 17.)
五時부터 7時 半까지 舍宅 뒤 모래밭 콩골 똘의 除草에 勞力.
蜂群勢 六枚群은 完全하다고 柳 會長이 開箱코 證言.
魯明이 越南 가기 前 服務했던 '必勝幼(稚)園'에서 卒業記念寫眞 二枚 부쳐오고~ 유치원 아기들 寫眞 귀업기 無限.
土曜日이라서 女中 二年生 魯杏이 오고. 梧倉부터는 步行으로.
다쳤던 팔(左腕) 아직 아파서 움직이는 데 困難. ⓒ

〈1970년 6월 21일 일요일 曇〉(5. 18.)
午前 中 約 六時間 동안 井 母와 함께 고추밭, 甘藷밭에 人糞 施肥 및 除草作業. 學校밭 中 類似 空閑地를 優等田으로 손질 管理한 셈.
魯杏은 下宿費 및 二期分 校納金(合 約 六什원) 갖고 下午 4時에 入淸.
蜜蜂 사겠다고 찾아온 樟南 李海星과 座談~ 柳 會長의 洋蜂群 中 1箱 할애할 모양. ⓒ

〈1970년 6월 22일 월요일 曇〉(5. 19.)
學校 家庭實習 第一日. 今日도 朝食 前에 井 母와 함께 고추밭(學校 뒤)에 人糞 주고. 除草 作業도.
越南에서 魯明으로부터 또 편지. 無事히 잘 있다고. 多幸.
한동안 不通이던 合乘車 어제부터 運行 잘 되는 셈. ⓒ

〈1970년 6월 23일 화요일 晴〉(5. 20.)
날씨 그만해서 兒童들 가정실습에 支障 없을 듯.
晝食은 金成煥 敎師 宅에서~ 논매는 일 있어 招待 있기에.
杜陵 趙亮濬 넘어와 酒席도 버러지고.
井 母는 梧倉 가서 설탕 等 물건 좀 사오고. 弼이도 同行. ○

〈1970년 6월 24일 수요일 晴, 曇〉(5. 21.)
蜂群勢 좋아지는 듯. 柳 會長과 卞 校監이 가끔 봐주기도.
서울 魯妊으로부터 편지 오고~ 25日께 온다는 答書. 住民登錄之事 있어 잠시 다녀가라고 數日 前에 편지했던 것. 食母 求해 놓라고 부탁의 사연도. ○

〈1970년 6월 25일 목요일 曇〉(5. 22.)
번천 卞 校監 招待 있어 몇 親知와 함께 건너가 點心 같이 하고. 合乘 뻐쓰는 또 어제부터 不通.
오늘쯤 온다는 消息 있던 三女 魯妊 안 와서 궁금. ⓒ

〈1970년 6월 26일 금요일 晴〉(5. 23.)
家庭實習 마치고 오늘부터 兒童들 登校 開學.
敎大附國에서 '學習指導의 現代化' 主題로 세미나 있다기에 步行 出發. 星山고개서 監査團 만나 回程. 郡 교육廳 管理課 閔 係長과 朴 主

事는 庶務關係와 經理部門 監査, 李容徽 장학士는 奬學指導 助言. 11時부터 午後 5時 半까지. 大體로 잘 되어가는 學校라고 評. 70學年度의 計劃된 行事.
서울地方은 어제 集中暴雨로 큰 난리 겪었다는 報道.
어제 나려올 豫定인 三女 魯妊이 오늘도 안 온 것이 시골도 暴雨인 생각으로 出發하지 않았는지 궁금. ⓒ

〈1970년 6월 27일 토요일 晴〉(5. 24.)
三女 魯妊 서울서 오고. 午前 11時頃 佳佐 着. 서울食口 無故한 듯.
午前 中 行事 마치고 梧倉 거쳐서 入清. 魯杏 下宿處 옮길 곳 確定. 壽洞 黃氏 家에서 西門洞으로~ 外當姑母의 女息 집.
몇 가지 物件 사서 모처럼 만에 金溪行 하여 父母님 뵙고~ 지난달 22日에 왼팔 다친 後로 처음. 아직도 팔은 다 안 났지만. 魯姬도 清州까지 왔다는데 못 만나고. 이곳서 任地로 간다나. ⓒ

〈1970년 6월 28일 일요일 晴, 曇〉(5. 25.)
金溪서 玉山 거쳐 入清. 魯姬가 사 온 책(韓國三大作家 全集) 清州서 찾아서 佳佐까지 運搬. 魯松이 읽으란다고. ○

〈1970년 6월 29일 월요일 曇, 雨〉(5. 26.)
魯妊 다리고 梧倉 와서 面에서 住民登錄證 發給手續 畢. 梧倉서 노임은 下午 三時쯤서 서울 向發. 또 無事하길 빌기도.
비 안 그치고 車는 없어 步行으로 佳佐 오니 下午 8時頃. 魯妊도 이때쯤은 늦어도 서울 着하였으리라 生覺하며 夕食. ⓒ

〈1970년 6월 30일 화요일 가끔 雨〉(5. 27.)
井 母의 宿願이던 中型 '찬장' 購入 運搬~ '校長 硏修 講習' 旅費 나오면 解結할려는 것. 內者 기뻐하고. ×

〈1970년 7월 1일 수요일 曇〉(5. 28.)
七月 生活~ 雨期. 放學 準備하는 달. 세월은 자꾸만……. ×

〈1970년 7월 2일 목요일 가끔 비〉(5. 29.)
井 母 清州行 하여 魯杏이 下宿집 옮기는 데 手苦 많았을 터. **X**

〈1970년 7월 3일 금요일 曇, 雨〉(5. 30.)
막동이(5男) '魯弼'이 六月 成績도 一位라기에 職員들에게 濁酒 一斗 提拱[提供]. 職員들 雨中에도 排球 强行에 晩留[挽留]해도 無難하다고 끝까지 快히 바우고. **X**

〈1970년 7월 4일 토요일 曇, 雨〉(6. 1.)
近日 또 連飮에 몸 지쳐 食慾 잃은 편.
五男 노필 生日이라나~ 滿 七歲가 된 셈. ⓒ

〈1970년 7월 5일 일요일 曇〉(6. 2.)
어제 謹飮했더니 食慾 若干 復舊되는 듯.
早朝부터 집일 거들고~ 고추밭 除草, 옥수수밭 施肥 손질, 감자 캐기도. 열무도 갈고, 燃料도 마련에 勞力.
越南 간 것들한테 한동안 편지 안 와 궁금 中.
今日 點心은 金成煥 교사 宅에서~ 논일 한다고. ◎

〈1970년 7월 6일 월요일 雨, 曇〉(6. 3.)

새벽부터 나리던 비 거의 終日 나리고. 多幸히 甚히 퍼붓는 비가 아니고 부슬비로 조용히 와이 고장은 別 被害 없는 듯. 그러나 放送에 依하면 서울, 釜山을 비롯한 他地方에선 人命과 家屋 等 財産 流失이 많다는 것.

몸은 完全 恢復되어 食事 相當量 다 하는 中. 다만 左腕 다친 곳이 아직 不完全하여 運身 活動에 不自由하여 걱정 中. 위로 들지 못하며 動時엔 당기고 저리한 痛症 아직 가시지 않고.

六學年 道德授業 興味 있게 進行되고 終禮 時엔 職員에게 良心을 호소~ 一齊考查 行事의 良心的 處理, 學級經營錄 記載의 充實. 完全 不飮 상쾌. ◎

〈1970년 7월 7일 화요일 曇〉(6. 4.)

早朝 起床. 뜰 갓의 除草作業에 食前 內 勞力.

學校는 六月分 一齊考查 實施로 午前 中은 全校 奔走했고.

金溪校 就任 中인 族弟 佑榮 來訪키에 點心 舍宅에서 同食.

放課 後 井 母를 도와 파 모종 끝내고. ◎

〈1970년 7월 8일 수요일 曇〉(6. 5.)

午前 中으로 終業. 全 職員 金溪校 招請으로 親睦排球試合次 13時에 出發. 金 女敎師가 日直. 난 自習한다는 6學年 2個班에 2時間式 反共道德 授業 施行.

越南戰線에 있는 振榮으로부터 오랜만에 편지 와서 반갑고. 이곳에서도 今日 書信 發送했지만.

集內 柳 某人 自家에 放火하여 六年生 男兒 鎭火에 協助.

아픈 팔 오늘은 若干 差度를 느끼고. ⓒ

〈1970년 7월 9일 목요일 雨〉(6. 6.)

昨日의 金溪校行 하여 親睦排球껨 結果는 단연 優勢하였었다는 職員들의 말. 모뎌진 學校는 金溪校, 虎竹校, 小魯校, 玉山中學, 佳佐校 以上 五個校였다고.

昨日 行事에 極히 疲勞된 듯하기에 學校行事는 午前 中으로 終業.

새벽 2時頃부터 나리는 비 거이 終日토록 오는 셈. 냇물 꽤 많이 불어서 下級生들은 越川하는 데 부축 받은 듯.

校長室에서 '새교육' 讀書하기에 어둡기 始作토록 續讀.

數日間의 謹酒에 食慾 늘어 食事 時마다 남김 없을 程度.

다친 일은 없는데 오른 무릎이 빼근히 아파 걷기에 으든한 느낌 있어 은근히 걱정~ 어제부터 아픔을 느끼는 셈.

오랜만에 內谷校 在職 中인 外從弟 朴鍾煥한테 書信 쓰고. 작은 外叔 作故 後 첫 人事도 包含. ◎

〈1970년 7월 10일 금요일 曇〉(6. 7.)

午前 授業 終了 後 全 職員 部落 出張~ 育成會 事業 推進 및 文盲者 調查.

下午 四時頃 鄭德相 敎育長 不意 來校. 學校現況 報告에 若干 당황感 있었으나 相對方의 圓滿한 感受性에 順調로이 進行되었고 建意事項[建議事項]으로서 保健場 擴張, 中學 設置, 東편 階段工事〃業. 全校 巡視에 淸潔 整頓 잘 됐다고 稱讚. 雨漏處 一個所와 하자 該當處 說明. 殘留職員 中 校監과 李恩鎬 研究敎

師 뒷받침 잘했고. ○

〈1970년 7월 11일 토요일 曇〉(6. 8.)
終業 後 柳哲相 山林稧長 집에서 一杯~ 논일 한다고.
學校는 放課 後에 職員排球試合. 며칠 後 對抗 있는 듯. ○

〈1970년 7월 12일 일요일 曇〉(6. 9.)
會議 持參 書類 作成에 硏究係 李恩鎬 교사 手苦 많이 하고. ○

〈1970년 7월 13일 월요일 曇〉(6. 10.)
校長會議에 參席~ 夏季休暇 中 生活이 主. 午前 中은 教育廳 會議室에서. 晝食 後는 道 教育會館에서…… 約 一時間 동안은 郡內 藝能 發表科目 中 舞踊 競演이 있었고. 會館 小講堂에서 管理課 所管까지 다 마쳤을 땐 下午 六時 쯤.
梧倉서 步行으로 오던 中 마침 택시 만나 큰 苦生 덜어 多幸. ○

〈1970년 7월 14일 화요일 晴〉(6. 11.)
全 職員 北一校까지 出張~ 教育會 主催 北部 支部 硏究大會 및 親睦排球試合 參加. 나는 殘留. 金 女教師와 安在潤 教師는 日直 勤務.
新製 미끄럼틀 設置에 場所 마련과 工事 監督에 애 먹고.
出張 갔던 職員들 밤 十時頃 歸校. 排球에 優勝 不能. ○

〈1970년 7월 15일 수요일 雨, 曇〉(6. 12.)
昨日 行事에 職員들 疲勞된 듯. 午前 授業으로 終業.
12號俸으로 昇級된 給料 最初로 受領~ 諸般 除코 31,000餘 원. ×

〈1970년 7월 16일 목요일 雨, 曇〉(6. 13.)
外上된 各處 酒店 等에 完拂하니 개운. 소주 우수 마신 듯. X

〈1970년 7월 17일 금요일 가끔 雨〉(6. 14.)
2, 3日間 나린 비로 개울물 나우 흐르고. 今日은 '制憲節' 22돌 慶祝日. 魯弼이가 노송과 國旗 달고. X

〈1970년 7월 18일 토요일 가끔 雨〉(6. 15.)
모처럼만에 큰애 井으로부터 편지 오고. 노운을 26일 高速뻐쓰 편으로 淸州까지 보낸다는 것. 아비 팔 다찬 消息 듣고서도 子息 노릇 못했다는 것…… 도리어 이런 말 들을 때마다 아비로서 面目이 더 없는 편. 큰 女息, 振榮, 魯妊, 魯先한테서도 엊그제 같은 消息 오고. 越南 있는 3男 明한테서도. ×

〈1970년 7월 19일 일요일 曇〉(6. 16.)
어제는 流頭, 今日은 初伏이라나.
井 母와 入淸~ 몇 군데 物品代 外上分 支拂할 일과 魯杏用 책상 마련하여 運搬해 주고, 食費도 주고. 노행 있는 집 主人은 外當姑母의 女息들 집. 主人 沈 氏와도 人事. 佳佐 梧倉 間 往來 共히 步行. 나도 井 母도 極限 被勞.
요지음 海변 地方으로 水害 많다고 報道~ 人命도 財産도.
交通事故(뻐쓰)도 빈번~ 危險〃〃.
本家에 오래간 못 가서 罪滿도 하고 궁금도 하

고. ⓒ

〈1970년 7월 20일 월요일 晴〉(6. 17.)
大鍾 氏 來訪에 一杯 待接. 本洞 消息도 듣고. 다친 팔은 많이 낳은 듯. 自由스럽던 못하나 어지간히 움직이고.
學期 末 정리에 職員들 大端히 바쁜 中. ⓒ

〈1970년 7월 21일 화요일 晴, 曇〉(6. 18.)
어제 오늘 甚히 더워 너나없이 땀 많이 흘리고. 三伏 그대로.
또 이제서 食慾 있어 잘 먹기 시작. 19日까지 數日間 口味 잃어서 食事 못 했고. 過飮 버릇 아직 못 고친 탓.
昨日부터 朝夕으로 除草作業 나우 하는 中. 明朝면 한편 밭 作業 마쳐질 듯.
朝鮮日報社 알선의 '금성(金星) 라디오' 中型으로 新購入. 代金은 4,800원인데 10月까지 納付키로. 魯松과 魯弼이 大端히 좋아하고. 小型 '나시오날'이 시원찮아서. ◎

〈1970년 7월 22일 수요일 晴, 한때 쏘나기〉(6. 19.)
今日 酷暑 30°. 執務에 流汗 無限.
學校 일 끝내고 數日 만에 濁酒 一杯. ⓒ

〈1970년 7월 23일 목요일 晴〉(6. 20.)
前日과 如한 무더위. 大暑. 31°. 越南 간 振榮과 魯明은 어떻게 바우는지? 48° 라면서.
井 母는 麥粉 만들려고 梧倉까지 다녀오고. ◎

〈1970년 7월 24일 금요일 曇〉(6. 21.)
學校선 大淸掃 後 休暇 中 生活에 對하여 職員打合會 갖고. 金英植과 金濟喆 父兄 와서 職員에게 酒類와 참외 待接.
個人生活計劃 樹立 不能. ⓒ

〈1970년 7월 25일 토요일 曇〉(6. 22.)
제1學期 終業式(放學式). '休暇 中에 튼튼한 몸으로 事故 없이 지내자고 신신당부.'
終業 後 職員들은 實習畓의 除稗 作業. 一同 簡單히 點心 會食. ×

〈1970년 7월 26일 일요일 晴, 曇, 雨〉(6. 23.)
서울서 우선 魯運만이 온다고 하여 井 母는 入淸~ 豫定대로 서로 잘 만나 點心때쯤 魯杏까지 佳佐에 無事 到着. 서울 아이들 全員은 8月 1日께 나려 온단다나. ×

〈1970년 7월 27일 월요일 雨, 晴, 曇〉(6. 24.)
이른 아침결에 비 나리더니 朝食 後엔 개이고.
學校는 今日부터 4日間 職員共同硏修~ '創意創作 工作品' 만들기로. 30日까지 豫定대로 끝내야 할 일. ×

〈1970년 7월 28일 화요일 曇, 雨, 曇〉(6. 25.)
職員 一同은 熱心이 作品 만들고. 난 來客 있어 오락가락. 卞 校監은 昨日부터 受講次 入淸~ 校長 資格 획득 講習. X

〈1970년 7월 29일 수요일 曇〉(6. 26.)
國會議員 閔機植 氏 來訪~ 休會 中 人事 온 듯. 共和黨의 事務局長 李衡馥 氏, 梧倉面長 宋在憲, 其他 數人을 帶同. 建議事項으로 地域的 問題인 中學 設立 件을 말했으나……? X

〈1970년 7월 30일 목요일 晴〉(6. 27.)
學校의 웕샾 全期間 오늘서 끝내고. 期間 中 金 女教師만이 不參큰 其外는 全員 努力. 豫定된 作品 完成 "全員 學習의 學習用具". 手苦 많았음에 深謝. 뒷받침 못 해 주었음을 反省.
校下 柳濟誠 氏 六旬 招待에 갔으나 술만은 不飮. 또 數日間 續飮된 바람에 食事 못하여 몸은 지칠 대로 지치고.
元佳 李基完, 金圭赫 等 親知 來訪에 不可避 一杯. ⓒ

〈1970년 7월 31일 금요일 曇, 晴〉(6. 28.)
井 母는 孫子 英信 오면 먹일려는 찹쌀가루 빠러 步行으로 梧倉 다녀오고. 난 菜蔬 갈 곳 除草 손질. 謹酒키로 또 深省. ◎

〈1970년 8월 1일 토요일 晴, 曇〉(6. 29.)
金溪 本家에 15日 前부터 다녀오고져 벼뤘으나 不履行에 近日 數日間 苦心초사 莫心(甚) 中 今日은 强行. 狗肉 좀 사가지고 午前 11時에 本家 着. 老兩親 無故는 하시나 勞力에 流汗 中. 저절로 落淚되고. 도리어 子息 팔 아픈 곳을 걱정되시는 樣. ⓒ

〈1970년 8월 2일 일요일 晴, 曇〉(7. 1.)
음 七月 九日 일을 말씀 드리고 佳佐 向發. 朝食 땐 '닭' 一尾 잡아 子息한테만 안겨 주시어 먹는 가슴은……? 키만.
佳佐 와 보니 豫定대로 英信 母子, 魯妊이 어제 왔다는 것. 큰애 井도 왔으나 中一正[중등1급 정교사] 講習 中이라고 數 時間 相談 後 다시 上京.
어제 오늘 무더워 金溪 가고 올 때 몸 함신 젖고. ◎

〈1970년 8월 3일 월요일 晴〉(7. 2.)
요새는 繼續 무더위. 平素如一 登校 執務 中.
永登浦 큰딸 온다더니 저물게까지 안 와 大端히 궁금. ◎

〈1970년 8월 4일 화요일 晴〉(7. 3.)
어제 올 豫定이던 큰 女息 夫婦 熙珍(外孫女) 안고 午後 4時쯤 오고. 夕食 後 사위 泰彙는 제 故鄕 杜陵 가고. ×

〈1970년 8월 5일 수요일 晴〉(7. 4.)
面內 機關長會議 있어 梧倉行. 今日 會議 主管은 梧倉國民學校. 案件 많음에 異議도 많았고, 公共團體까지 包含되어 있으므로 나도 意見 過하게 發한 듯. 點心엔 特殊하게도 조그만 백수 一尾씩.
淸州 갔던 魯姬와 함께 來佳하는데 定期 車 안 와서 釀造場 추럭에 편승. 魯姬 돈 2萬 원 우체국에 預置. X

〈1970년 8월 6일 목요일 晴〉(7. 5.)
杜陵 親知 趙亮濬 만나 酒席 길게 벌인 듯. 舍宅까지 와 또 座談한 듯. 趙 親知는 큰 女息 혼사時 중매人. ×
사위 泰휘는 上京.

〈1970년 8월 7일 금요일 晴〉(7. 6.)
午後엔 魯妊, 魯運 다리고 金溪行.
今夜에 伯父 忌故 들어 밤 中에 四寸 夢榮이 모처럼 만에 서울서 와 윈 집안 食口 반가웠고. ×

〈1970년 8월 8일 토요일 晴〉(7. 7.)

七月 七夕~ 洞里선 백중이라고 일군들 떠들석.

玉山市場에서 豫約대로 井 母 만나 모레 쓸 장 흥정. 두 뭉치 사 집까지 運搬에 內者 큰 애먹고. 鶴天 從妹 만나 돕는 바람에 無事히 到着. X

〈1970년 8월 9일 일요일 晴〉(7. 8.)

날씨 무덥고 近日 過飮되어 또 몸 쇠약. 빈 몸 움직이기만 하여도 온몸은 땀으로 주체 못 할 지경. 明日 行事 지나가기가 까마득.

桑亭과 虎溪의 두 妹弟오고.

佳佐 있던 子婦, 큰 女息도, 魯姬도 오고. 난 삼발까지 마중. 孫子 英信, 外孫女 熙珍을 번가라 안고 땀 흘리며 집까지 到着. 事情上 오기 어려운 큰애 井도 왔으나 어른들께 人事 드라고선 數 時間 後에 서울 向發~ 今日 日曜日 이용한 듯.

나의 過飮을 恒時 念慮하는 큰애 井은 今日 더욱 不快한 表意. 그 애 內意는 제 아비 몸 해쳐지는 것을 크게 근심하는 것. 父親도, 井 母도 여러 차례 나에 忠告도 했건만…… 야속할 것이지만 作心했었건만 志操 없는 탓인지? 내 몸 害쳐지는 것을 내 自身이 第一 알고 深感임은 더 말할 것 없으련만 참으로 야숙한 내 自身을 탓. 自身이 탈.

집엔 食口가 數十 名 모여 넓은 집이나 밤 잠자리에 방은 뜨거워 모기는 많고 徹夜에 全部가 苦生.

뜨거운 사랑방에서 急작이 편찮으신 老親 모시고 밤새우기에 땀 속에서 이 걱정 저 걱정하며 지내고. ○

〈1970년 8월 10일 월요일 晴〉(7. 9.)

억제로 早期 起床. 새벽부터 井 母는 女息과 妹弟들 데리고 飮食 만들기에 一大奔走.

從兄님과 손을 나누어 洞人 招請~ 兄님은 本洞(新溪), 난 아랫말.

朝食 待接엔 今般뿐 아니지만 부엌의 井 母를 비롯한 數 名 정신 잃을 程度. 밖에선 從兄님의 敏活한 活躍. 無事히 朝食 끝날 땐 해는 벌써 높아 또 뜨겁기 始作.

晝間에도 連다라 來客에 酒床 차림에 안食口들 終日토록 큰 애먹고.

난 몸 휘지고 口味 떨어져 終日토록 食事 못하고. 먹히는 건 찬물뿐. 그 때문에 老兩親은 근심 걱정 中.

서울 계신 生計處地 困難 中인 큰 當叔(主事) 오시어 극진히 待接.

日暮頃에 井 母는 孫子 英信이 없고 子婦와 함께 佳佐行.

두 妹夫와 큰 妹弟도 各己 向發.

엇저녁에 허리 아파 편찮으시던 父親 많이 가라앉으셨다고.

헛솥 걸었지만 若干씩은 아궁이에 불을 넣기도. 또 날씨 어제 오늘 最高로 더워(35°) 방은 불화로를 방불케.

밤에도 몇 분 손님 치루기도.

온 食口 휘져 뜨거운 방에서 모기 뜨끼면서도 단잠.

家庭生活 簡素化, 儀禮 簡素化 하자고 政府에서 내어 놓은 것이 이래서이리라. 當然한 일. 經濟 즉 돈 드는 問題보다 안食口들 큰 애쓰는 것을 나는 깊이 느낀 것. 然이나 난 老親 生前까진? ⓒ

〈1970년 8월 11일 화요일 晴〉(7. 10.)
어제 行事 大過 없이 지냈음을 天地神明께 빌 뿐.
이웃에서 얻어온 큰 床 等 返還. 방안, 뜰 淸掃 다 하니 또 햇살은 뜨겁게 되고.
兩 손목이 不完全하신 母親의 無限한 活動이 아니면 아무리 잘 하는 안食口들인들 當해내기 極難이었을 것을 또 느끼며 學校도 궁금하여 不得已 佳佐 오고.
多幸히 學校도 無事.
日暮 後에 큰 女息 熙珍 데리고 온다기에 번골 앞까지 마중. 그곳서 舍宅까지 내가 업고 오고. 착하고 일 잘 하는 3女 魯姃이가 同行된 것[4]. 姃은 今般 일에도 無言 率先勞力. 서울에서 지금 그렇게 있는 것을 아깝다는 것. 그러나 해야 할 일이며 不得已한 일.
舍宅 잠자리는 함석집이어서 험일가 그래도 괜찮은 편. ◎

〈1970년 8월 12일 수요일 晴〉(7. 11.)
이제서 口味 생겨 食事 어느 程度 能.
學校선 웍샾 第二次 第一日~ 全員 充實히 共同作業.
近日 어쩐지 能力不足과 誠意不足을 느끼며…… 今日은 誠意 다 하며 反省. 次後론 더욱 熱心히 할 일을 마음속으로 다짐.
上京하려던 英信 母~ 車 不通으로 傷心하며 今日도 不得已 이곳 生活.
어제도 播種했지만 學校 일 파한 다음 가을 採蔬(菜蔬) 씨 뿌리고. 魯松이 땀 흘리며 助力해 줌으로 無難 完了. ◎

4) 원문에는 붉은색 색연필로 밑줄이 그어져 있다.

〈1970년 8월 13일 목요일 晴〉(7. 12.)
午前 11時 半까지는 學校에서 執務. 교육청에 오랜만에 들려 事務 打合.
受講職員(卞 校監, 高 교사, 金丙 교사) 一堂에 招待하여 夕食을 會食. 歸校하였을 땐 밤 10時 半.
英信은 오늘 8時 半쯤 車로 서울 向發. 魯杏도 같이. 井 母가 淸州까지 옹호하여 가고.
今日은 不得已 交杯의 機會되어 若干 마시니 不安……. ○

〈1970년 8월 14일 금요일 晴, 曇〉(7. 13.)
金錢關係 함부로 말했다가 次女 魯姬가 서운하여 落淚했단 말 듣고 가슴이 찌리-. 아닌 게 아니라 姬는 아비어미에게 돈 많이 가져다 준 아이인데…… 그 애의 심정을 아프게 했다는 것은 내 自身 理解 못 할 일. 연이나 어버이로서 해도 無妨한 일일 텐데 쓸 곳 있어도 아꼈던 제 良心을 몰라주는 아버지인가 서운했던 모양. 純眞한 姬인지라 한마디 풀어주니 卽時 平和化. 자식을 잠시나마 풀기 없게 한 自身을 心中으로 많이 책망.
4男 魯松이 金溪로 저의 祖母님을 爲始하여 家族 모시러 갔다 오고. 下午 七時頃 母親과 虎溪 妹弟 아해들 둘 다리고 舍宅에 到着. 明日이 母親 生辰. 全校 召集日이기에 佳佐로 모시려는 것.
學校는 第二次 웍샾도 今日로 磨勘. 午後엔 暴陽(炎)에도 敎材園 꾸미기에 植物 採集 作業으로 땀 많이 흘리고. ◎

〈1970년 8월 15일 토요일 晴〉(7. 14.)
母親을 爲하여 朝飯 準備에 井 母, 큰 女息, 姬,

妊 일찍부터 바쁘게 活動. 난 닭만 한 마리 잡아줄 뿐. 母親께 朝飯 올릴 때 홀로 本家에 계신 父親 생각나 마음 안 됐고.
全校 召集. 第25周年 光復節 慶祝式 擧行.
母親께선 下午 5時頃에 金溪 向發하시고, 난 甥姪 鍾德이 없고 柏峴 앞까지 전송. 가시며 母親은 뒤를 자주 돌아보시고.
姬는 朝食도 채 못한 채 任地로 가겠다고 車時間 關係로 出發. 서울까지 다녀온다나.
井 母와 함께 아이들 다리고 고추밭의 除草作業. ◎

〈1970년 8월 16일 일요일 晴, 曇〉(7. 15.)
모처럼만에 벌통 열어 보고. 現 六枚群. 給餌 3合 程度. 벌 2곳 쏘이고, 무릎은 不變. 왼 손등은 나우 붓고.
11日에 播種한 菜蔬 씨앗 날 가무러 아직 發芽 못하고. ◎

〈1970년 8월 17일 월요일 雨, 曇〉(7. 16.)
새벽에 조용히 내린 비로 채소밭 해갈되어 多幸.
早朝에 배추, 무우 씨앗 지었고. 11日에 播種한 것이 發芽 못해서.
梧倉까지 出張~ 創意創作 工作品 北部支部 심사가 梧倉校에서 있었으나 總展示品 11點中 入選品 全無. 本校의 '全員學習資料'만이 努力賞으로 決定 보았을 뿐. ◎

〈1970년 8월 18일 화요일 晴〉(7. 17.)
井 母와 入淸하여 이불솜을 비롯 여러 가지 물건 같이 사고 井 母는 梧倉 거쳐 佳佐로 가고. 난 14時 直行뻐쓰로 槐山行. 朴 敎育長, 任 學務課長, 金 奬學士를 찾아 松面의 魯姬 轉勤을 부탁…… 道安, 三寶, 曾坪 3個校 中으로. 同情해 줄 눈치여서 快樂. 夕食 待接하고선 淸州로 오고. 金容榮 技士의 厚意에 感謝.
淸州 留宿을 포기하고 梧倉 와서 高 敎師와 同宿. ⓒ

〈1970년 8월 19일 수요일 晴〉(7. 18.)
自轉車 대폭 修繕하여 正午쯤에 歸校. 팔 다친 後로 約 三個月 만에 처음 타보는 自轉車.
17일의 降雨로 이제껏 發芽 못했던 菜蔬 씨앗 싹 터서 신기.
魯明으로부터 편지 왔다는 것~ 松 앞으로. 無故하다고.
學校도 無事하여 마음 놓이고. 朴相雲 校長 만나 一杯. ○

〈1970년 8월 20일 목요일 晴〉(7. 19.)
學校에 나가 公文 處理. 金 女敎師의 病暇 處理도.
아직 이곳 舍宅엔 큰 女息 母女(熙珍) 있고, 23日에 上京 豫定인 듯. 25日에 開學된다는 것. 中等校는 서울은 좀 일른 편.
妊과 運도 末頃에 간다고. 서울 간 姬와 杏은 明日 온다나. ◎

〈1970년 8월 21일 금요일 晴〉(7. 20.)
早朝 起床코 作業 나우 많이 하고~ 고추밭에 人糞 施肥 및 除草.
長期 講習 갔던 金丙翼 敎師 歸校. ○

〈1970년 8월 22일 토요일 曇, 雨〉(7. 21.)
南一面 東花國校까지 出張~ 同校 金有俊 校

長님의 停年退任式에 參席. 15年 前 內秀校 校監時節에 約 2年間 모신 분. 退任式 끝엔 淸原郡 初等教育新風運動推진會 있었고.

下午 五時頃 歸途 時부터 甘雨 오기 始作. 佳佐 梧倉 間은 自轉車로 往來. 가랑비 맞으며 暗黑路를 自轉車로 달려 舍宅에 無事 到着하였을 땐 밤 10時 좀 지났을 무렵.

서울 갔던 次女 姬와 4女 杏 에제 올 豫定인데 오늘도 아니 오고. 큰 女息은 明日 上京한다는 것. 夕飯 時엔 井 母가 병아리 2尾 잡았다나. ⓒ

〈1970년 8월 23일 일요일 曇, 雨〉(7. 22.)

큰 女息 上京 제 집 가는데 모처럼 不時로 합승 나와 돌아서는 車 타기에 井 母를 비롯한 온 食口 한동안 법석. 띠어 보내고 나니 時計, 熙珍 帽子 等 몇 가지 빠뜨리고 갔다고. 魯妊 上京 時에 보낼 수밖에 없다고. 만 20日 만에 간 것. 圓滿한 女息의 態度는 항시 믿음직하고. 井 母는 淸州까지 가서 高速뻐쓰 태워 보내고 바로 歸家.

오늘도 또 비 오고. 장마 날씨 같다고……. ○

〈1970년 8월 24일 월요일 雨, 曇〉(7. 23.)

새벽부터 數 時間 비 나리어 연약한 김장채소에 惡化.

어제 받은 振榮의 편지 內容~ 父親 70生辰 記念膳物로 '테레비' 購入券 보냈다는 것. 아직 入手 안 되어 궁금 中. ○

〈1970년 8월 25일 화요일 雨, 曇〉(7. 24.)

오늘도 아침결에는 비 좀 나리어 菜蔬에 害.

學區 內 鄕軍 訓練에 精神教養科目으로 '李舜臣 將軍'을 約 二時間 동안 자미있게 이야기해 주었고. ○

〈1970년 8월 26일 수요일 曇, 晴〉(7. 25.)

機關長會議 있어 角里校까지 佳佐서 自轉車로 달려 몸은 땀으로 함신. 親知의 勸酒에 濁酒 나우 먹었고. 그레도 自轉車로 無事 歸校하여 多幸.

振榮이가 보냈다는 '테레비' 購入證 오늘 入手되어 반가운 일.

서울 갔던 二女 魯姬, 四女 魯杏 無事 着家. **X**

〈1970년 8월 27일 목요일 晴〉(7. 26.)

數日間 若干씩 마셨던 끝에 어제 過飮되어 몸 또 찌뿌두. 午前에 탁주로 一杯한 적 有하나 家庭에 조금 있던 소주를 쏟아내 버리기도. 後로 또 謹酒할려는 意圖. 夜間엔 金丙익 교사 勸해 왔으나 酒類는 完全 謝絶코 미꾸리 안주만 若干. ⓒ

〈1970년 8월 28일 금요일 曇, 晴〉(7. 27.)

校長會議에 參席. '學校長 中心 學校 運營體制 確立'이 主案. 下午 四時 半까지 延長. 會 끝에 中央國校에 가서 '第2回 創意創作 工作品 展示會' 求景하고. 展示品 모두가 力作. 아쉬움은 職員 全員이 못 본 것.

歸路에 校監, 金溶植 만나 사양 못하고 不得已 一飮. 그 통에 今日 修繕한 접는 검정 우산 도적맞아서 억울 억울. 屋名 '화신옥'에서 생긴 일. 쓰라린 마음 안은 채 歸舍宅. 佳佐 서울집 酒店의 不滿事 金溶植 發言에도 不快感 더욱 굳어지고.

魯妊(3女)과 5女 魯運은 放學 다 됐다고 上京.

放學 中 歸家하여 잘 놀으며 제 母親 일 助力하던 생각 떠올라 섭섭한 感 多分. 無事와 發展을 빌 따름.
書間엔 母親께서 다녀가셨다고. 子息 먹으라고 人蔘을 사 오셨다나. 老親들께 사 드리지는 못했는데. ⓒ

〈1970년 8월 29일 토요일 曇〉(7. 28.)
校長室에서 거이 終日토록 執務. 行事 實施簿를 비롯한 몇 帳簿와 公文書 處理.
下午 5時 半에 병아리 한 마리 붙들어 가지고 本家行. 多幸하게도 兩親께서 康寧하시어 나의 福을 또 느끼고.
越南으로부터 振榮이가 테레비 購入證 보내온 것을 細〃히 말씀드리기도.
밤엔 내안 堂叔 祭祀에 參席. ⓒ

〈1970년 8월 30일 일요일 晴, 曇〉(7. 29.)
食前부터 채소밭 손질에 勞力~ 除草 施肥 等으로 거이 終日 걸리고. 金溪선 相當히 早朝에 出發 歸校.
次女 魯姬는 放學 마친 셈으로 오늘 낮에 松面 向發. 合乘 없어 困難 中. 추럭 壹 臺 와서 타고 나갔으므로 잘 된 셈.
金 女敎師의 夫君 尹成春 氏 만나 들으니 炳重하여 危險地境에 이르렀다고 傳하기에 딱하기만 할 뿐. ◎

〈1970년 8월 31일 월요일 曇, 雨〉(7. 30.)
長期 夏季放學(37日間)도 今日로 끝마감. 學校 나가 校長會議 傳達事項 一部 整理.
四女 魯杏이 最終으로 또 入淸. 어제는 魯姬 제 任地로 가고 今日로서 放學 되어 온 애들 中 杏이가 마감으로 간 셈. 날씨 雨天으로 梧倉까지 步行. 책가방 等은 魯松이가 自轉車로 실어다 주었고. 自轉車 若干 故障으로 魯杏 태운다는 豫定은 안 된 듯.
海岸地方으론 태풍으로 被害 많다는 放送. 이곳은 아직 無故. ◎

〈1970년 9월 1일 화요일 晴, 曇, 雨, 曇〉(8. 1.)
37日間의 長期放學이 어제로서 끝나고 今日부터 70學年度 第2學期가 되어 開學式 擧行. 第2學期의 새아침. 어젯날까지 며칠間 흐리던 날씨 오늘 아침은 개운하기도. 鄕友班別로 노래 부르며 二列登校도 明朗하게~ 第2學期 生活은 成功되었다고 開學式 때 어린이들을 칭찬하고.
下午엔 職員會를 開催하여 지난 28日의 校長會議 事項을 낱낱이 傳達~ 學務課 所管 14個項, 관리課 소관 2個項, 事務連絡 9種目. 創作作品 展示會 觀覽 所感까지. 秋季體育會 行事도 協議. 育成會 任員會도 開催 豫定이었는데 特殊事情 있어 集合 少人數로 座談的 打協만으로 散會. 體育會 通常 會費는 時代上 不可能하여 當日의 贊助金으로 經費 메꾸기로.
重病으로 臥病 後 入院 手術했었다는 金 女敎師 死亡의 悲報. 本家는 忠南 論山. 明日 弔問키로 豫定. ◎

〈1970년 9월 2일 수요일 雨, 曇〉(8. 2.)
직원조회 마치고 자전거로 오창까지. 청주서 변 교감 만나 함께 충남 논산(論山)행. 청주에서 대전까지 택시(흐름택시)로 고속로를 달려 40분 만에 大田 착. 大田서 論山까지 직행뻐쓰로 1시 10분 걸려 도착. 논산에서 노성명 두

사리까지 2리 정도.
尹成春 찾아 인사~ 金 女교사의 夫君. 死亡한 金 女교사는 지난 31일에 이미 장례 지냈다는 것. 운명으로 돌리라고 인사. 동일교 근무 직원이 사망한 일은 금번이 처음. 아동 사망도 있다는 게지만 학교 경험(교장 경력) 장기간에 단 한 번 있었던 것.
大田 논산 간 45㎞. 清州 착했을 땐 하오 19시 반. 석식 후 오창 와서 柳 회장, 卞 교감 같이 동숙. 고단함을 느끼면서 유. ⓒ

〈1970년 9월 3일 목요일 曇, 雨〉(8. 3.)
식전에 오창서 3인이 자전거로 가좌 오고. 학교선 체육회 지도에 전 직원 애 많이 쓰는 셈. 지도 일자 적은 탓.
막내 魯弼이 요청으로 금일부터 신문 '어린이 조선'을 읽도록. 하오엔 비 상당히 많이 나려 각처 똘물 벅차 흐리기도~ 가을장마 지려는지. 벼꽃 필 때인데 日本 사람들이 말하는 210일 일른지도?[5] 연약한 채소에 큰 타격.
오랜만에 월남 간 魯明 앞으로 편지 써 발송 준비. ◎

〈1970년 9월 4일 금요일 曇〉(8. 4.)
早朝에 기상하여 사택 둘레의 잡초를 깎아 길도 훤히 티우기도. 그러나 손가락 하나를 심히 베어 종일 욱신거리고.
오랜만에 월남 전선에 있는 3남 노명한테 편지 써 부치고, 그 애로부터도 마침 서신 오고~ 헬리콥터도 타 보았다나. 제 부대에서 캄란까지 약 200리를 30분 걸려서. 구미 안 당겨 식사를 통 못한다니 좀 걱정이 되어 불안. 기후 풍토 관계인지 온 전우들도 다 같다고. 이곳은 병아리도 아직 몇 마리 있는데…….
막내 노필이 밤이면 소변을 수없이 누우려고 요강을 거이 2, 3분만큼 타 앉아 무슨 병으로인지 걱정. 명일까지 상태 보아 치료하여야 할 듯.
학교선 체육회 앞둔 지도로 전 직원 열심이 움직이어 땀 흘리고.
玉山 峯店 柳在說 찾아와 모종의 증명서류 부탁하나 아직 고려할 바 있어 보류. ◎

〈1970년 9월 5일 토요일 曇〉(8. 5.)
일찍이 일어나 인분 퍼서 채소밭에 주고~ 무려 12통.
11시에 자전거로 오창까지. 청주 가선 교육청에 들려 수종의 사무 타합. 하오 1시부터 '수정식당'에서 송별 연회~ 김유준 교장님의 정년퇴임. 金海泳 관리과장의 전출 있어 행한 일.
금일까지 나우 여라 날 謹酒하였는데 한밤중에 柳在河, 金溶植 親知 찾아와 强勸하는 바람에 不得已 몇 잔 마시고. ×

〈1970년 9월 6일 일요일 曇, 晴〉(8. 6.)
今日 따라 우연찮이 여러 親知 만나 나우 飮酒한 듯.
松面校 姬는 轉勤 안 됐는지 별 소식 없어 궁금한 편. ×

〈1970년 9월 7일 월요일 晴, 曇〉(8. 7.)

5) '二百十日(にひゃくとおか)'. 입춘으로부터 210일째 되는 날. 일본인들은 이 무렵에 태풍이 많아 농작물 피해에 대비해야 하는 액일로 경계한다.

날씨 그만해서 아동들 체육지도에 다행. ○

〈1970년 9월 8일 화요일 晴, 흐림〉(8. 8.)
오늘도 무더워 30° 넘은 듯.
轉入직원 吳炳紋 교사 着任. 佳佐校 2回 卒業生. 若干의 戚分도 닿고.
魯弼이 보챔에 少年신문綴대 만들어 주기도.
退廳하고선 채소밭에 施肥(小便). ◎

〈1970년 9월 9일 수요일 曇, 雨〉(8. 9.)
보건소에서 와 전교생에 '코레라' 豫防注射 놓음에 나도 맞고.
點心때부터 나리는 비 數時間 동안 相當히 퍼부어 體育 지도 中斷되어 큰 支障 초래. 번川 내물 개웅찾다는 것이어서 兒童들 早期 下校. 天水川 水量 많아 수일간은 金溪 本家行 못할 듯. 秋夕도 며칠 안 남았는데 걱정. ⓒ

〈1970년 9월 10일 목요일 曇〉(8. 10.)
어제 많이 온 비로 또 채소에 큰 被害. 今年은 이 地域뿐만이 아니라 淸州 大田 等地의 菜蔬田園에도 빈 밭 그대로라는 말. 뿌리가 삭아서 그냥 주저앉는 病으로 씨 못 세우는 듯.
서울 큰애 魯井한테서 흠소식~ 저희들 분수에 맞는 程度의 조그만 家屋을 買入 계약했다는 것. 서울서는 시골에 시골인 地域이어서 交通 나쁘고, 뽐프샘, 建坪 14평, 垈地 35坪이라고. 아마도 數年間 전세집에 있자니 차라리 苦生이 더 할지라도 不完全 또 不便할지라도 제 집을 갖자는 意圖…… 잘한 셈이어서 반갑고 기쁘나 돈 대어 주지 못하는 것만이 恨歎. 代金은 56萬 원이라고. 하여튼 기쁜 마음 無限不禁. ⓒ

〈1970년 9월 11일 금요일 曇, 雨〉(8. 11.)
點心時間에 번천 李鍾完 氏 집에서 招待 있어 應待~ 柳 會長, 趙亮濬 親知도 同行.
去 9日의 비로 아직 냇물 많이 흐르는 中. 放課 後에 金溪行 豫定했으나 비 나리어 中止.
雨中에 趙 親知 歸家토록 두어 未顔. ⓒ

〈1970년 9월 12일 토요일 雨, 曇〉(8. 12.)
엊저녁부터 나리는 비 食前까지 繼續 나리어 秋夕장마 이루고.
學校 小體育會(운동회 總練習) 强行 中 가랑비도 若干 나렸으나 가까스로 끝날 때까지 바워서 다행. 下午 4時 半에 金溪 向發~ 玉山市場에 들려 肉類, 魚類, 酒類 若干 사가지고 本家 着. 냇물 많아 越川 難인데 高速 큰 다리를 守備員 양해 얻어 無事 通過. 家庭엔 兩親 安康 中이어서 가슴 가라앉고. ⓒ

〈1970년 9월 13일 일요일 晴〉(8. 13.)
朝食 後 곧 佳佐 오고. 井 母는 梧倉 장 갔다나. 松이는 自전車로 제 母친 마중 갔다 오도록.
柳 會長과 같이 杜陵 趙 氏가 제향行事 있어 招待에 가 厚待 받기도. 旅行 갔던 魯杏(釜山, 慶州) 無事 歸家~ 慶州선 배알이로 若干 苦痛 겪었다고. ○

〈1970년 9월 14일 월요일 曇〉(8. 14.)
秋夕 名節 선물로 반계 金溶植 親知로부터 약주와 닭을 보내와 나는 양말로 答禮. 卞 校監, 金成 교사, 閔 教師로부터도 보내오고. 떳떳한 答禮 못하여 未安.
日暮頃에 自轉車로 金溪 本家 가고~ 天水川

냇물 많아 건느기에 苦痛 大端히 겪은 셈……
水落洞 앞편으로 가고.
저녁엔 從兄과 再從兄과 歡談. ○

〈1970년 9월 15일 화요일 雨, 曇〉(8. 15.)
秋夕인데 아침 한동안 비. 차례 마쳤으나 날씨 關係로 省墓 不能. 午後엔 一家 몇 집 다니며 人事. 醉中 歸校에 自轉車는 끝내 끌었고. 姪女 魯先이가 삼발 앞까지 전송 나와서 거들은 듯. 潘溪 金漢植 宅 들려 잠시 歡談도. ×

〈1970년 9월 16일 수요일 晴, 曇〉(8. 16.)
體育大會 無事 終了. 日氣 多幸히도 바워 주어 잘 끝냈 셈.
來客과 親知들 勸酒에 또 나우 먹은 듯.
觀覽者 父兄들은 적고 姊母들이 좀 났게 온 셈.
人員 마련해선 贊助金 많이 들어온 셈. X

〈1970년 9월 17일 목요일 雨, 曇〉(8. 17.)
어젯날 잘 하더니 今朝에 暴雨 相當히 나리고. 井 母 서울行 豫定했으나 暴雨로 냇물 水量 엄청히 많아 中止. 밤 뉴-스에 서울은 集中폭우로 漢江 水位 위험선 넘었다고. 人命 被害도 數十名. 浸水 數百戶. ×

〈1970년 9월 18일 금요일 曇〉(8. 18.)
井 母 上京에 同行~ 짐이 부풀고 目的地 삭막하다기에 뒤 돌봐 주어 高速뻐쓰로 일으게 서울 着한 셈.
밤늦게까지 井 母, 魯姙, 英信 母 몇몇이 떡 等 飮食 마련에 奔走했고. 明日이 長孫 '영신' 첫 돐.

近日 飮酒 繼續에 또 몸 쇠약해져 食事 不進. 서울서 留하면서 집이 궁금하여 밤새도록 단잠 안 오고~ 魯松과 어린 魯弼뿐. ○

〈1970년 9월 19일 토요일 晴〉(8. 19.)
早朝에 井과 朝飯 먼져 먹고 나만이 歸家코져 서울서 만 8時 出發에 井이가 行路 等 돌봐 주어 順調로이 차타고~ 淸州 着하니 午前 9時 40分…… 걸린 時間 1時 40分間. 井에겐 家屋 購買 契約했대서 기쁘기에 于先 있는 돈 2萬원 보태라고 주고 나니 마음 개운하고.
오랜만에 終日토록 날씨 좋았고. 집에 와선 아이들에게 밥 지어 주고 고추 널고 等〃 바쁘게 본 셈. ⓒ

〈1970년 9월 20일 일요일 晴〉(8. 20.)
朝食과 夕食 짓는 데 魯松도 거들고. 밥 잘 지었다고 아이들이 기뻐하기도. 井 母는 明日 온다는 것.
고추 널고 채소밭도 손질. 柳 會長이 벌통도 보아 주고.
午後엔 柏峴 催氏 家에 弔問. 樊川 李병화 宅에서 招待 있어 잠간 다녀오기도. 오늘 日氣 같애선 天高馬肥 그대로. ⓒ

〈1970년 9월 21일 월요일 가랑비, 흐림〉(8. 21.)
거이 終日토록 가랑비. 井 母 서울에서 오는데 梧倉서 이곳 佳佐까진 學校 오는 食빵車 경운기로 오고~ 장時間 기다림과 옷 버렸다고 不快 表示…… 魯松은 비 맞으며 마중 갔었으나 기다리다 못해 그대로 도라왔다는 것.
서울선 돐 行事에 가외 없이 돈 많이 썼다는 井 母의 이야기에 亦 不滿足.

査頓 趙起濬 잠간 다녀가고~ 杜陵에 省墓 왔었다는 것. ©

〈1970년 9월 22일 화요일 晴〉(8. 22.)
趙南彙 氏 回甲 잔치에 초대 있어 點心시간에 卞 교감과 함께 杜陵行~ 여러 親知 만나 자미있게 놀은 셈. ○

〈1970년 9월 23일 수요일 晴〉(8. 23.)
金英植 柳在河 親知의 간곡한 强權(勸)에 못이겨 今日도 杜陵 趙義煥 先生 집 다녀오고. 歸路 中엔 趙亮濬 親知 집에서 待接 받기도. ×

〈1970년 9월 24일 목요일 晴〉(8. 24.)
직원들에게 탁주 일배라도 추석 및 체육회 행사 마치고도 접대치 못하여 미안하기에 금일은 용감히 단행. 高價 안주는 그리 작만 못했으나 웬만치는 마련되어서 다행~ 돈육 약간, 명태국, 채소 등으로.
不意로도 희소식 있기에 저녁때 金溪 本家로 달리고~ 월남 갔던 振榮 휴가차 집에 왔다는 전문 받고 自轉車로 急行한 것. 진실로 반갑고 기쁘고. 밤새도록 그곳 이야기와 경험담 듣기에 꽃피운 셈. ×

〈1970년 9월 25일 금요일 晴〉(8. 25.)
振榮이 來佳佐. 월남 생활 경험담 추가하여 또 듣고. ○

〈1970년 9월 26일 토요일 曇〉(8. 26.)
진영을 위하여 朝食 때 병아리 한 마리 잡아 볶아 같이 먹고. 今日 집 다녀서 제 누님들 찾아봅고 沃川 安南 가서 제 족하[조카] 노현도 만나겠다고 출발. 월남엔 10월 10일께 간다는 것.
노행이 步行으로 來佳佐. ×

〈1970년 9월 27일 일요일 晴〉(8. 27.)
井 母 청주행~ 채소 등 몇 가지 산다고.
柳 會長 要請으로 같이 入淸…… 住宅 建築에 關連[關聯] 있어 松面校 朴孝淳 先生 相面. 鄭善泳 校監을 비롯 여러 親知 만나 폐 기치기도. 교육청에도 잠간 들려 새 職員(서무계장)과 人事도 하고.
歸路 時엔 滿醉된 柳 會長 保護에 애쓴 셈.
노행은 入淸. 井 母는 往來 共히 경운기 타서 요동에 몸 아프다고. ×

〈1970년 9월 28일 월요일 晴, 曇, 雨〉(8. 28.)
노희까지 만나고 온 井 母는 오늘까지도 경운차에 시달린 탓이라고 몸 아프다는 것. 머리 染色약 탓인지 머리도 나우 헐고. ○

〈1970년 9월 29일 화요일〉(8. 29.)
梧倉面 內 機關長會議 있어 卞 校監 帶同코 오창행~ 學校 소개 一部, 中學 誘置[誘致]의 急先務, 嶺西地區의 道路 整備와 뻐쓰 運行 等을 力說. 點心 準備는 佳佐校 擔當 차례어서 그 周旋에 卞 校監이 一大 手苦했고. 經費도 많이 났을 터. X

〈1970년 9월 30일 수요일 曇, 雨〉(9. 1.)
또 近日間에 累日 飮酒 生活 繼續되던 中 昨日 行事에 不得已 過飮했더니 疲勞 甚한 편. 口味 떠러져 食事도 못 하고. ○

〈1970년 10월 1일 목요일 晴〉(9. 2.)
越南 간 魯明으로부터 안부 편지 와서 기뻤고. 今日은 終日 不飮하더니 卞 校監 勸酒 있기에 若干만 마셨더니 어느 程度 회복 단계. ⓒ

〈1970년 10월 2일 금요일 晴〉(9. 3.)
自由敎養大會에 參戰할 막내 魯弼은 '흥부전' 읽은 所感 卽 줄거리 쓰는 데 쩔쩔 매는 데 의아. 책 읽기를 무척 좋아도 하고 많이도 읽었는데 어찌면 그러하지? 結局은 表現力의 不足에서 온 것이리라. 學校 국어교육에서 짓기 指導와 發表力 양성이 不足한 데서 온 것을 트득. 反省. 參考가 크게 된 셈.
學校선 大淸掃와 美化 特別作業에 敎師 兒童 다 같이 큰 努力. 그러나 終禮 時에 敬意를 表했지만 앞으로 努力할 일과 不足處도 指摘. 口味 거이 回復되어 食事 잘 한 셈. ◎

〈1970년 10월 3일 토요일 晴〉(9. 4.)
남새밭 손질할 지음 전문 받고 궁금하여 入淸코 姪女 魯先에 通話하여 봤더니 생각과는 달리 問題는 없는 듯하여 安心. 청주에서 속히 만나봐야 하겠다는 電文이기에 제 問題가 무엇인가 生하였나? 하였던 것. 明日 만나기로 하고 金溪 本家行.
魯先의 婚談이라면 如此히 論議하라는 父親의 말씀 듣고 留. ◎

〈1970년 10월 4일 일요일 晴〉(9. 5.)
새벽에 起床, 등불 켜고 朝飯 짛는 老母에 민망.
入淸 途中 玉山校 體育會 및 開校 50周年이기에 '祝母校發展'의 봉투 一枚 人便에 傳하고. 魯先 만나(이화장) 事由 알으니 제 밥 主人 權氏의 就職 件으로 付託있어서라는 것. 本人 權寧勳의 人事와 眞相 이야기 듣고 5, 6日 사이로 要路에 말해본다고 結末 짓고 歸校. ○

〈1970년 10월 5일 월요일 晴〉(9. 6.)
繼續되는 좋은 날씨로 가을일 잘 하게 될 듯.
楊 校長 來訪에 別席에서 歡談하며 一杯 나누기도.
井 母는 學校 空閑地에 심었던 콩, 팥, 고추, 고구마 等 收獲[收穫] 作業으로 近日도 終日토록 바쁘게 일하는 中~ 收獲高는 各種 콩이 한 말씩, 팥도 한 말, 고추는 約 한 가마 될 듯. 고구마도 한 가마니는 넉넉하다는 것. 부즈런하여 담복장까지 빚어서 요사이 맛있게 먹는 中. 아마도 專門農家에 앞선 셈. ◎

〈1970년 10월 6일 화요일 晴〉(9. 7.)
午前 행사 마치고 入淸. 電信전화국 庶務係長인 親族弟 根榮을 面會. 姪女 魯先의 後援 당부와 權寧勳 君의 TO 昇進을 부탁. 無理 없는 순탄한 機會에 힘쓰라고.
釜山 갔었다는 振榮 만나 그 간의 消息 묻고 歸家 잘 하라고 作別코 佳佐 向發.
梧倉서 잠간 쉬었다가 歸校하니 下午 7時 半. ⓒ

〈1970년 10월 7일 수요일 晴〉(9. 8.)
'조상의 빛난 얼' 시리즈 原稿 쓰기 着手. 學區內 盛才里 朴萬淳의 先祖考 朴俊圭 氏가 三.一運動 때 竝川 만세事件 時 殉國先烈의 論 있기에 그 行蹟을 들은 대로 記錄 中.
四男 魯松이 담북장 若干 갖고 金溪 本家行.

越南서 休暇로 와 있는 中인 제 三寸 振榮도 數日 內 歸隊하므로 人事도. ◎

〈1970년 10월 8일 목요일 晴〉(9. 9.)
어제 着手했던 原稿 完成~ 21페이지로 매듭. 해 거이 다 갈 무렵에 몇 職員과 함께 虎竹 朴相復 氏 慈親喪에 人事 다녀오기도.
어제 本家에 갔던 魯松 저녁때쯤 歸家. 집에선 콩 打作 일에 조금 거들기도 했다는 것. ◎

〈1970년 10월 9일 금요일 晴, 曇〉(9. 10.)
朝食 前 勞力~ 魯松과 함께 배추밭에 施肥…… 人糞 12통.
舍宅 周圍 淸掃, 골파밭 손질. 洋蜂에 給餌도. 杜陵里 趙澤彙 先祖母忌에 人事 다녀오고.
明日 上京 豫定에 井 母는 其 準備에도 奔走~ 豆太 等 가져갈 것 마련하느라고. 밤콩, 주녀니콩도 若干씩 打作하기도. ◎

〈1970년 10월 10일 토요일 曇, 晴〉(9. 11.)
入淸. 振榮 만나 11時 半 高速뻐쓰로 上京. 魯先도 함께. 휘경洞 着하였을 땐 下午 2時 조금 지났을 무렵. 移舍(搬移) 約 1時間 前에 했다는 것. 시내뻐쓰로 忘憂洞 着. 魯井 만났을 땐 下午 3時 半頃. 移舍짐 떼어 제자리에 놓고 點心 겸 夕食을 17時쯤. 越南서 休暇 왔던 振榮이 땀 빼며 거들고~ 우연한 경우임에 뜻 깊은 感. 從弟 弼榮도 와서 助力. 큰애의 동서 金氏가 큰 애쓰는 데 感謝.
交通은 不便한 位置이나 조용한 環境. 農村을 방불케 하는 시골 氣分. 큰 방 2個에 普通방도 1, 남색 개와지붕, 하늘색 벽, 보르크 담장에 鐵門. 玄關 있고 門마다 철장. 하여튼 우리 집이란 氣分에 감개 깊었고. 둘레 淸掃에 努力. 英信도 힘껏 안아주고. 移舍짐 다루기에도 능난한 魯妊(三女)의 찬찬한 態度엔 今般에도 感淚될 程度 신통했고. 近日에 들어왔다는 食母 어린이 閔 양(16歲)도 얌존한 態度여서 다행. ◎

〈1970년 10월 11일 일요일 曇, 가랑비〉(9. 12.)
아침부터 振榮과 함께 房 修理~ 主로 장판 떠러진 곳 補修. 폼뿌샘도 技術人夫들 다려다가 補修作業.
下午 3時에 出發. 明日의 振榮 出發(金浦 비행場)을 볼 豫定인데 下鄕을 종용하기에 斷念코 망우리 주차장에서 끝끝이 作別. 無事함을 心中으로 祈願. 뒷모습 보면서…… 또다시 가슴이 메어지는 느낌.
乙支路 三街 高速뻐쓰場에서 魯先에게 票 사주고 난 먼저 出發. 淸州까지 1時間 40分 所要. 梧倉서 어두운데 自轉車로 舍宅 오니 下午 9時 반頃. 學校 및 집 無故키 多幸. 明日은 姜課長 視察 온다고. 今日 歸校 잘 한 셈. 서울 移舍 事情 井 母에 들려줌도 好景氣. ◎

〈1970년 10월 12일 월요일 雨, 曇〉(9. 13.)
今日 올 豫定을 昨日 歸校 잘 한 셈. 郡 敎育廳 姜 學務課長 來校 視察~ 各班의 授業 參觀 및 諸 帳簿 處理狀況 보고 適切한 곳 指摘. 點心과 夕食은 金成煥 교사 宅에 依賴 食事. 舍宅에 案內하여 留. 卞 校監과 함께 밤 11時까지 座談하고 就寢. ⓒ

〈1970년 10월 13일 화요일 晴〉(9. 14.)
姜 課長 아침결에 車 와서 入淸. 朝食 마련에

井 母 수고 많았고.
學校 뒷校舍 지붕 修理工事 着手.
花山 吳炳文 教師 慈親喪에 人事. 葬地서 父親도 뵙고. 歸校 後 上佳 가서 李 氏 집 初喪에도 全 職員과 함께 人事 다녀오기도. ×

〈1970년 10월 14일 수요일 晴〉(9. 15.)
校長會議에 參席~ 새로운 學校 經營 事項이 主. 歸路에 卞 校監 金溶植 만나 梧倉서 一杯씩 하고 저물게 着家. ○

〈1970년 10월 15일 목요일 晴〉(9. 16.)
朝食 中 大慘死 事故 이야기 듣고 밥 맛 없어 수저 멈추고. 이야기하는 魯松도 울울한 表情. 엊저녁부터 放送 듣고 잊혀져지지 않았을 것일 것…… 서울 京西中學 3年生 70餘 名이 顯忠祠 參拜 갔다 歸路 中 건널목에서 汽車와 충돌 되어 45名이 悲慘히도 燒死하였다는 것. 어린 넋이 된 불쌍한 學生들~ 子息 갖인 父兄치고 그 누가 가슴이 안 떨리랴. 職員朝會 時에 兒童 保護하자고 또 당부~ 내 말 자체도 떨리면서 눈시울이 흐릿해지며…… 어느 해인가 섬으로 消風 갔던 어린이들을 가라앉는 배 안에서 껴않은 채 함께 바다 속으로 묻혀버린 某 校長 이야기도 들려주기도~ 우리 믿고 보낸 學父兄들을 또 한 번 생각.
點心時間에 元佳 다녀오기도~ 李基完 親知의 生日 招待 있어서.
下午 四時 半부터 校長會議 傳達. 6時에 終了. 밤엔 校庭에서 映畵 上映~ 오창면 鄕軍會館 建立基金 한다고. ○

〈1970년 10월 16일 금요일 曇, 晴〉(9. 17.)
秋季消風 實施~全校 山台[山垈] 方面으로. 西林山[徐林山]이 目的地. 나는 學校에 殘留. 雜務 處理. 魯弼 따라 井 母는 逍風 다녀오고.
日暮頃에 柳 會長과 一杯. 遠足 갔던 兒童 教師 無事 歸校. ○

〈1970년 10월 17일 토요일 晴〉(9. 18.)
急한 일 나름대로 마치고 入淸~ 興業無盡會社의 26人組 賦金 第一回 拂込[拂入]. 固有番號 1番. 自動機 내가 돌려 24番이 當첨. 月 4,400원씩 拂込하는 것에 加入. 10萬 원 條 第一回.
잔일 몇 가지 보고 梧倉서 自轉車로 歸校. 合승 昨日부터 通行. ⓒ

〈1970년 10월 18일 일요일 晴〉(9. 19.)
어제 購入한 肉類 갖고 金溪 本家行. 去 10日에 서울 다녀온 內容 細〃히 父母님께 말씀 올리고. 뒷곁 포도나무 손질도. 아그배 종답 벼 순치시는 父親의 일도 약간 도와드리기도.
전좌리 宗土밭은 水落人 金 某人에게 도조 白米 22말로 約定하고 주셨다는 것~ 글력 부치시고 賃夫 難인데 잘 하신 셈.
歸校 時엔 母親께서 들깨 한 자루 주시어 佳佐로 운반(자전거).
井 母는 姬와 魯杏 만나러 弼과 함께 淸州 다녀오고. ⓒ

〈1970년 10월 19일 월요일 晴〉(9. 20.)
早朝 起床. 朝食 前 일 몇 가지 해치우고~ 배추밭에 물 탄 小便 주고. 公文 數 通 處理. 間服 다리기도.
6-1 反共道德 時間에 授業 興味 있게 進行 잘

된 셈. 單元은 '우리 민족의 정의감' 高麗 將軍 강조. 近世朝鮮의 허위.
요샌 몸 가든해서 諸般事 推進 잘 되는 느낌. ⓒ

〈1970년 10월 20일 화요일 晴〉(9. 21.)
安 教務와 함께 江外校 研究發表會에 參席~ 日出 前 厚濃霧 中에 梧倉까지 自轉車로 달릴 때 손끝이 몹시 시러웠고, 目的校에 到着은 겨우 時間 댄 셈. 國民教育憲章 理念 具現이 主題이며 '協同精神'이 大題. 指導 助言까지 끝났을 땐 電燈이 환히 켜졌던 六時 四十分頃. 歸校하니 밤 10時. ⓒ

〈1970년 10월 21일 수요일 晴〉(9. 22.)
秋季 家庭實習~ 25日까지.
午前 中 잔일~ 學校 雜務, 洋服 다림질, 新聞 讀破, 卞 校監 만나 相談.
點心 後엔 蜜蜂에 給餌. 物置房門戶 修理(쥐구멍 막기). 井 母의 協助 받아 菜蔬밭에 人糞(小便) 施肥.
아침결에 魯松은 家事 助力하려고 金溪 本家 行. 金溪行 豫定했으나 잔일 치루다 보니 해 늦어 못 가고.
周邊의 落葉 나우 많이 긁어 모인 셈. ⓒ

〈1970년 10월 22일 목요일 晴〉(9. 23.)
朝食 卽後 金溪行. 밀, 보리 가는 데 힘껏 勞力. 어제 갔던 4男 魯松도 땀 흘리며 熱心이 덮는 일 하고. 아그배 논의 벼도 거더 쌓기도. 今日 計劃된 일 마치고 佳佐 오니 下午 七時 되어 깜깜. 나의 한 일은 主로 堆肥 놓는 作業. ◎

〈1970년 10월 23일 금요일 曇, 雨, 曇〉(9. 24.)
大田 유성으로 職員 逍風에 同行. 유성溫泉서 沐浴. 會長 柳在河, 親知 金溶植도 帶同. 下午 3時에 歸路 出發. 淸州선 이 두 분이 待接. 집에 돌아왔을 땐 밤 10時쯤. ○

〈1970년 10월 24일 토요일 曇, 雨〉(9. 25.)
어제 온 貳女 魯姬가 사온 豚肉 맛있게 먹고. 낮車로 入淸~ 교육청 金 양 結婚式에 參席 人事.
어제부터 나리는 비 가을비치곤 過하게 오는 셈. 明日 本家 打作 豫定인데 비 때문에 作業 不能될 듯. ○

〈1970년 10월 25일 일요일 雨〉(9. 26.)
終日토록 비 나려 가을장마 이루어 農家 일에 큰 支障을 招來.
金溪 벼 打作도 不能. 魯姬도 渡河 不能되어 못 떠나고.
柳 會長 女婚談 들으며 一杯. ○

〈1970년 10월 26일 월요일 晴〉(9. 27.)
어제의 비로 各處 냇물 많아 金溪行은 當分間 안 될 듯. 얼마 되지 않는 벼 타작 때문에 老親께선 크게 걱정되실 생각하니 또 不安. 2, 3日間의 비로 다 말려 놓은 벼는 들마다 논마다 함신 젖은 볏단으로 모두들 걱정 中. ○

〈1970년 10월 27일 화요일 晴, 曇〉(9. 28.)
先進地 視察 名目으로 旅行 갔던 卞 校監 歸校.
明日 旅行 豫定인데 關係職員들한테 旅費 補助 받기도.

職員 一同 名義로도 金一封(若干). 고마운 일. ○

〈1970년 10월 28일 수요일 晴〉(9. 29.)
教育廳 豫算으로 校長團 遠距離 旅行케 되어 4班 編成 中 二班이 되어 嶺東 方面으로 가게 된 것.
새벽에 自轉車로 出發. 梧倉서 옷 찾아 입고 清州驛까지 9時 着. 모두 19名. 汽車로 堤川까지. 時間 餘裕 있어 義林池 求景. 밤 1時까지 旅館에서 待期次 休息.
밤 1時 車로 江陵行 汽車 타고. 座席 複雜하여 安席 없고. 2, 3人만이 끝까지 자리 양보. 새벽녘엔 떨리기도. 東花, 龍谷, 佳佐 三校長만은 江陵 着時까지 서서 바우고. 江陵 到着까지는 堤川부턴 實은 29日이 되는 셈. 29日 9時쯤에 강능 착. ○

〈1970년 10월 29일 목요일 晴〉(9. 30.)
江陵서 9時 半에 朝食. 뻐쓰를 貸切하여 一同은 鏡浦臺와 烏竹軒 들러보고 10餘 年 前에 槐山 長豊 時節에 보았던 곳. 注文津 거쳐 束草까지. 途中엔 38線 標柱 있어 一同은 記念撮影. 束草는 意外로 큰 港口都市임을 깨닫기도. 洛山寺 처음으로 求景~ 海邊에 있는 淨潔하고 아담한 寺刹임을 느끼기도. 點心은 時間上 굶은 채 雪岳 着. 直前엔 속초 '영랑國校'를 尋訪하여 經營 一段과 環境을 보기도 듣기도. 6.25 事變 前엔 38선 以北이었다는 것. 생각할 땐 若干 이상한 생각 들기도.
雪岳에 닿아 旅館에 들 땐 下午 5時쯤. 被勞되어 곤히 자고. ○

〈1970년 10월 30일 금요일 晴〉(10. 1.)
案內員의 說明 들으며 神興寺, 흔들바위, 계자庵. 보기에도 가외 눌릴 만치 雄壯하고 높고 큰 울산바위까지 880階段이란 無限이 높고 曲한 곳을 줄지어 조심스럽게 오르기도. 난 요새 몸이 쇠약해짐인지 승기症[현기증]이 甚함을 느끼어 相當히 괴로운 時間이었음을 못 잊을 듯. 그러나 頂上까지 克服 征服하여 無事下山하였음을 통쾌히 여기는 개운한 마음 不禁.
一同은 點心 後 膳物 사가지고 뻐쓰로 江陵까지. 江陵서 投宿. 海邊이라서 더함인지, 雪岳山서도 이곳 강능서도 몹시 선선함이 甚하여 춥기도. ⓒ

〈1970년 10월 31일 토요일 晴〉(10. 2.)
江陵 航空社에서 一同은 航空券을 購入~ 團體이며 教職者라서 3割 減하여 1,680원(一般은 2,400원)에 通過되었다는 것. 手續에 있어 住民證 公務員證 等 公正을 期하기에 複雜性을 느끼게 하였으나 過去에 KAL機 拉北事件 等 몇 번의 事故가 있었음에 鑑하여 當然한 일일 것.
KAL機 60名 乘. 10時 半에 離陸. 最初로 飛行機를 타 보는 것. 어제의 雪岳山 울산바위에서의 승기症과는 달라 安定性 높아서인지 획획 나르는 氣分 없고. 50分 만에 金浦 飛行場에 着陸. 機內에선 案內員이 茶, 砂糖 等 제공도. 大韓航空 뻐쓰로 市內까지 실어다 주기도.
一同은 內務部 構內食堂에서 고치白飯으로 晝食 後 解散. 난 보따리 든 채 市內버스로 망우리까지 달려 큰애한테 가서 留. 孫子 英信도 잘 놀고 魯運까지 一同이 無故함에 多幸. 英信

은 돌 지난 제 얼마 안 되지만 잘 걷는 셈. ◎

〈1970년 11월 1일 일요일 曇, 小雨〉(10. 3.)

저들 夫婦가 誠意껏 마련해 준 반찬으로 朝食 맛있게 많이 들고. 와이샤쓰 等 빠르게 솜씨 있께 洗濯하여 주는 3女 魯妊의 능난한 態度. 멱, 쓰루메 等 江陵 膳物 半씩 나누어 주고. 約 2週日 前에 찾아왔다는 테레비 밝게 잘 나오고. 魯運은 그 觀覽에 박힌 듯이 본다는 것.
井과 魯松 進學 問題를 相議(正規 코-스를 밟도록 하여야 한다는 井의 主張)코 10時에 佳佐 向發. 高速뻐쓰로 淸州까지 잘 오고. 梧倉선 卞 校監, 高 敎師 만나 學校 無事 消息 듣고 濁酒 나눈 後 舍宅까지 步行으로~ 오후 九時에 到着. ○

〈1970년 11월 2일 월요일 晴〉(10. 4.)

嶺東 方面 다녀온 經過를 職員들에게 簡單히 紹介. 卞 校監은 學生의 날 行事로 模範 어린이 表彰에 6學年 申윤옥 어린이가 受賞케 되어 引率코 入淸~ 行事場인 光州까지 갈른지도.
1, 2, 3年 擔任 一同은 上部 指示에 依하여 反共敎育講演大會에 參席次 午前에 終業코 入淸.
魯松에게 高校 入試를 종용했더니 不快하면서도 考慮하는 듯. ◎

〈1970년 11월 3일 화요일 晴〉(10. 5.)

日課時間 變更에 따른 終禮時間 條로 若干 부졌한 氣分이었으나 時局相에 감안하여 校長 校監 合致된 意見으로 終末 지워 개운하게 되었고.
數3日間 謹酒에 食欲 있어 끼니마다 食事가 旺盛. 또한 六學年 道德生活 授業도 圓滿히 進行. 家庭 일에도 落葉 긁기, 雜木 整備, 周圍 淸掃, 養蜂 손질 等 가든가든히 이루어지는 中.
本家 金溪를 못 가 不安 中. 明日이나 後明日 中 가 뵈일 豫定인데 意圖대로 될른지?
魯松, 魯弼 다 같이 口味 당기는지 요새 食事 잘하는 中. 井 母는 落葉 긁기와 김장 菜蔬 다루기에 바쁜 中. 健康狀態 普通이나 가끔 다리가 아푸다는 것. ◎

〈1970년 11월 4일 수요일 晴〉(10. 6.)

午前 行事 마치고 4, 5, 6學年 擔任들과 함께 淸州 出張~ 反共敎育講演會에 參席. 場所는 연초 제조창 大講堂. 13時부터 18時까지.
歸路에 梧倉서 一行 全 職員에 夕食과 酒類 提供. 柳 우체局長의 大誠意도 받고. ○

〈1970년 11월 6일 금요일 晴, 曇〉(10. 8.)

面內 機關長會議에 參席. 車便 나빠 自轉車로 往來. 點心 및 接待 主管은 油里校. 이곳도 經費 나우 난 듯.
松은 어제 金溪 本家에 달갑게 다녀와 多幸~ 4日에 사 온 魚物 갖고. 故鄕의 時祀는 어제부터 시작되었을 것. ○

〈1970년 11월 7일 토요일 曇〉(10. 9.)

井 母 金溪行~ 陰 11日이 我家에서 차리는 時祀 있어서 母親 하시는 일 도으려 간 것.
저녁 무렵에 魯杏이 淸州서 오고. 車편 나빠 梧倉서 步行으로. 제 母親 金溪 가고 없다는 말 듣고 落淚…… 어미의 사랑 아는 순진성에 感動되어 눈시울이 뜨거워지기도.

저녁食事 짓는 데 가든가든한 助力도. ○

〈1970년 11월 8일 일요일 晴, 曇〉(10. 10.)
井 母 金溪 滯留 中이라서 自炊 中.
去 6日에 牛車에서 놀다가 왼 어깨 다친 魯弼이 別無差度인 듯에 甚히 걱정 中. 뼈에 큰 傷處가 없는지 근심.
杏은 終日토록 洗濯. 해 다 가서 모처럼 온 합승에 淸州 向發. 越(超)滿員에 찡겨서 가느라고 고생 많았을 터. ○

〈1970년 11월 9일 월요일 晴, 曇, 雨〉(10. 11.)
本家에선 오늘 時祀 차례 있는 날.
金溪까지 마중 갔던 四男 魯松이 해 져서야 제 母親과 歸佳佐. 今日 行事 잘 마쳤다는 것. 바쁜 때라서 祭官 그리 많잖았다는 것. 打作도 거이 못한 實情이라나.
洋蜂 合封에 柳 會長 誠意에 越冬에 無難할른지도. 하여튼 여러 차례에 亘하여 努力 傾注. 感謝, 深謝.
初가을 날씨 좋더니 打作 무렵 와서 不順. 今夜도 비. 말려 거둔 벼 또 젖고.
新聞記事에서 깜짝~ 釜山 出張 갔던 梨月校 尹泰元 校長 旅館에서 煉炭까스로 變死라고. 7男 5女의 많은 子女에 더 同情. 참으로 어이없는 일. 조심조심할 일. ◎

〈1970년 11월 10일 화요일 雨, 曇, 태風〉(10. 12.)
새벽부터 비 많이 나리어 打作 못한 家庭 또 타격. 바람도 强하고. 마침 兒童들 登校 무렵에 '우박' 나우 쏟아져 큰 苦難 겪었을 것. 完全 노배기한 어린이들 30餘 名. 特別 保護하라고 職員들에게 당부.
井 母는 배추 뽑아 드리기에 날씨 사나운데 勞力 많고. 무우는 約 일주일 前에 뽑아 묻었던 모양.
날씨는 거이 終日토록 風雨勢 요란 터니 日暮頃엔 强颱風 생겨 소란 中 우박 쏟아져 天候 점점 惡化.
昨日엔 金成 교사가 꿩 一尾 가져오더니 今日은 閔 교사도 一尾. ◎

〈1970년 11월 11일 수요일 晴〉(10. 13.)
오창 가서 사위 趙泰彙 書類(身元證明書, 兵籍確認書 各 三通) 作成하여 發送. 우체 貯金했던 魯姬 돈 三個月분치 利子 受領. 나이 50 平生에 利子 받아 보긴 最初. 少額이나 貴重히 여겨 內者에 委任~ 그 程度의 積金 들기로 한 것.
歸校 中 高 教師 만나 같이 藩溪 가서 權 氏 回甲宴에 人事. ○

〈1970년 11월 12일 목요일 晴〉(10. 14.)
金英植 招待 받아 柏峴行~ 郡 山林稧 理事 모여 親睦稧 하는 次例라고. 오늘 나우 마신 듯. X

〈1970년 11월 13일 금요일 晴〉(10. 15.)
學校 파하고 職員 一同과 杜陵 趙亮濬 姪婚 招待에 人事. 柳 會長도 同行. ×

〈1970년 11월 14일 토요일 晴〉(10. 16.)
京仁地區로 機關長 逍風 計劃을 卞 校監이 代行토록 委託.
打作하는 集內 李용구 집과 반계 金溶植 집 柳 會長과 찾아 待接 받기도. 過酒으로 난 먼저

歸家.
魯杏이 오고. 車편 나빠 오창선 步行으로 왔다는 것. ×

〈1970년 11월 15일 일요일 晴〉(10. 17.)
卒寒. 갑자기 氣溫 나려 零下 4度. 蜜蜂에 最終 越冬用으로 給餌 六合. 柳 會長의 後援 컸고.
金甲濟 氏 집 打作飮食 맛있게 먹고.
內者는 마눌 놓느라고 勞力.
自然 入梧倉 택시 있어 魯杏이 편승 잘 했고. ×

〈1970년 11월 16일 월요일 晴〉(10. 18.)
今朝는 영하 6度까지 나렸다는 것. 打作 못 한 집 아직 우수 있는 形便.
井 母는 김장 일에 많은 애 쓰는 中.
蜂箱 包裝에 努力. 짚단 等은 金成煥 교사가 주어서 無難.
4男 魯松은 入淸하여 저 읽을 책(世界文學全集) 사오고. 高校 入試는 應하지 않겠다고 아직 제 計劃과 고집 一貫.
柳哲相 집 白米代 解決로 井 母는 心情 개운치 않은 듯~ 現金 貸與 時의 時勢와 現 時勢 差로 生한 것.
去 6日에 自轉車에 부댄 곳 近日에 惡化되어 기침 마구 못하고 누울 때도 極히 괴롬을 느끼는 中~ 右側 젖가슴 갈비(가슴뼈)가 몹시 뻐근하고 아픈 程度 甚. ⓒ

〈1970년 11월 17일 화요일 晴〉(10. 19.)
用務 있어 入淸하여 興業無盡서 일 본 後 急報 있다기로 郡 敎育廳에 들려 鄭 敎育長과 姜 課長 만나 이야기 들으니 地方의 特殊性과 時局에 비추어 行動에 變化를 가지라는 것. 地方人 접촉에 過飮 中 言辭에 모순 없도록 할 일과 明年 選擧를 앞두고 公務員다워야 한다는 것. 要는 野에 同調한다는 指目을 받고 있다는 것. 郭 校長과 卞 校監에 對하여 注目을 하고 있다는 情報가 있으니 十分 조심해야 한다는 것. 過飮의 말은 當然하나 失手 그리 없는 자신임을 스스로 慰安하면서 退廳 歸家. 상쾌한 氣分 아니면서 就寢. ⓒ

〈1970년 11월 18일 수요일 晴〉(10. 20.)
어제부터 날씨는 풀려 運身하기 活潑한 편.
朝會 時에 昨日 廳에서 겪었던 일 大體로 傳하고.
井 母는 梧倉 가서 밀가루 1包袋와 배추 몇 폭 等 사오기도.
弼의 다친 어깨는 많이 差度가 있는 듯하여 多幸. 나의 右側 가슴 뻑은한 것도 오늘엔 부드러운 氣分.
學校用 炭 실어 오는데 앞 데후[6] 없는 車여서 傾斜진 校門 앞을 못 채여 門柱 옆에 下物하는데 全 職員 애썼고. ◎

〈1970년 11월 19일 목요일 晴〉(10. 21.)
陰 10月 21日이 井 母 生日이라서 朝飯 짓기 前에 물 데우는 協力. 하기야 여느 때도 거드러 주는 때 있지만. 實은 서울 애들은 제 母親 모셔 待接하겠다는 것이지만 이곳 形便 때문에 本人이 不應한 것.

---

6) 'デフ'. '디퍼렌셜(differential)', 또는 차동장치를 이르는 일본어 표현이다.

井 母 自身이 早朝에 起床하여 朝食 지어 이곳 一家族 한 상에서 同食. 一家族이래야 아이들은 魯松과 魯弼뿐. 庚申生 51歲. 1920年生. 出嫁해 온 지 滿 24年이 되는 셈. 얼마 前에 멱좀 사다 둔 것 等으로 뜻뜻하게 끓여 먹으면서 本家에 계신 老親 생각이 간절. 더구나 요샌 한동안 가 뵙지도 못했고.
姬(次女)로부터 온 편지 사연은 제 母親 生辰에 待接 못하는 處地를 써서 기특하기도. 日後 어느 日曜日에 '엑쓰란' 샤쓰 等 膳物로 사온다나.
數日 前에 十月 末 一齊考査를 치룬 막내 魯弼(三年)은 平均 94點으로 제 班에서 一位했다고. 이 亦 年齡 不足者로서 기특한 일. 키도 제 班에서 작은 편으로 몇째 아닌데…….
高 教師 仲兄喪에 인사차 厚基까지 午後에 잠간 다녀오기도.
오늘도 날씨 많이 풀려 벌 出入 왕성했고. ◎

〈1970년 11월 20일 금요일 晴〉(10. 22.)
今日 날씨는 昨日보다도 더 따뜻하여 여름날을 방불케 하여 氣溫 16度 以上 이마에 땀 흐르고.
六學年의 道德授業 興味롭게 다뤄져서 快感 느끼고.
第27回 卒業記念寫眞 撮影.
柏峴 鄭駿模 氏 回甲宴에 招待 있어 全 職員과 함께 가서 滿足히 놀은 셈.
서울 큰 子婦 앞으로 18,000원 送金한 것 오늘쯤은 받았을 터. 五女 魯運의 無試驗進學에 따른 추첨 前 登錄金 等에 쓰라고 부친 것. 부치고 나니 이 亦 마음 개운. ⓒ

〈1970년 11월 21일 토요일 晴〉(10. 23.)
井 母는 메주 쑨다고 바쁘기에 助力~ 일찍이 큰 가마솥에 불 넣어 주고. 1말 半 程度라나. 日後 繼續 쑨다는 것. 서울分치까지. 콩은 거이 金溪 本家에서 가져온 것.
柳 會長과 함께 陳情書 作成~ 梧倉부터 杜陵까지의 道路 補修, 杜陵부터 竝川까지의 道路 補修 및 橋梁 架設 要望의 件…… 內務部長官과 兩 郡 出身 國會議員 앞으로.
魯杏 오고. 今日도 亦 梧倉부터는 步行으로. 요새 또 車便 나쁜 듯.
'朝鮮日報' 連載小說 "世宗大王"에서 太祖의 딸 '경순공주'가 女僧이 되어 經文을 읊은 것 따로이 記載「父母恩重經」11月 18, 19, 20日 三日間 것.[7] ○

〈1970년 11월 22일 일요일 晴〉(10. 24.)
角里校까지 出張~ 李丙熙 校長 教育勤續 30周年 記念式에 參席. 李 校長은 玉山 普通學校 同窓. 先輩이고 解放 卽後 母校에서 當分間 같이 勤務하기도.
自轉車로 玉山 거쳐 金溪行. 途中에 族親 大鍾氏, 俊榮 氏 만나 同甲稧 內容도 相議.
父母님께 拜謁코 밤 11時에 就寢. ×

〈1970년 11월 23일 월요일 晴〉(10. 25.)
甚한 寒冷에도 早起하신 母親은 時祭 때의 各種 魚物 뿌스러기를 모디어 至極히 맛있게 끓여 주시고.
從兄과 家事 이야기 나누고서 佳佐行. 當姪女

7) 저자는 이 『父母恩重經』을 이 해 일기가 끝나고 남은 지면에 부록으로 기록해 두었다.

敬淑의 婚日이 12月 10日이라고.
越南 있는 振榮은 12月 上旬께 올 듯. 기쁜 消息에 희열.
中途에서 李炳億 鄭愚善 親知 만나 간단히 情談 나누기도. 鄭 親知한테는 過飮하지 말라는 옳은 忠告도 받고.
角里校 職員 多數 來校~ 濁酒 待接도. 親睦排球도.
卞 校監은 今日부터 長期 講習~ 校長 資格 獲得 강습.
井 母는 몸살인지 몹시 알런 中 若干의 藥 먹고 조금 가라앉은 듯.
四女 魯杏 김장期 家庭實習으로 와 있어 약삭빠르게 일 잘 하고~ 今日도 二次 메주 쑤는데 勞力 많이 하는 듯. 實力도 제 班에서 一位. 10月末考査엔 全校에서 一位 했다는 것. 平均 93點. 特히 英語, 數學은 항시 滿點. ○

〈1970년 11월 24일 화요일 晴〉(10. 26.)
昨夜부터 감기로 辛苦. 頭痛 심하고. 눈물 콧물 많이 나기도.
學校 職員은 午前 行事 마치고 部落 出張~ 71年度 就學兒童 調査와 育成會 事業 推進次.
魯杏이 家庭實習 마치고 午後에 入清~ 車便 나빠 金顯美(淸女中 同學年)와 같이 步行 出發.
魯姬로부터 온 돈 10,000원 우체 定期預金으로 預置.
舍宅 客室에 昨日부터 孔炭 넣기 始作. 魯松만이 居處. 미심하여 밤에 몇 차례씩 사랑에 出入 確認. 都會地선 거이 날마다 까스中毒死 있다고 放送, 報道. ⓒ

〈1970년 11월 25일 수요일 曇, 가랑비눈〉(10. 27.)
감기 아직 別無差度. 편도선이 부었는지 痛症도 甚. 참다못하여 藥 사다가 服用.
날씨는 終日토록 찌푸린 채 가루눈 若干 섞인 가랑비 나리기도.
職員 5名 梧倉까지 農業 調査員 강습 受講次 出張. ◎

〈1970년 11월 26일 목요일 가랑비, 曇〉(10. 28.)
晝食 後 卜多會里 다녀오고~金相喆 慈親喪에 人事次로.
감기는 아직 別無差度이나 다만 편도선 痛症만이 약간 鎭痛됨 셈. 날씨는 終日 가랑비로 마치는 程度.
夕食 後엔 魯松과 談話~ 今年 內 自習은 將來 포부의 基礎 一部를 工夫한 셈이라고. 이제 考試學院에 入學하여 課工에 精熱을 기우린다는 것. 뜻때로 하여 보라고 격려와 安心시키고. ◎

〈1970년 11월 27일 금요일 曇, 晴〉(10. 29.)
새벽 무렵까지 흐리번 날씨가 日出 時부터 개운이 개여 온 天下 맑고 푹하여 낮엔 內衣 입은 몸은 땀 흘렸고.
緊急 校長會議 있다기에 自轉車로 梧倉까지 달려갔고. 會議는 五個所로 分團會議. 北部(梧倉, 北一, 北二面)는 教育廳에서 開催~ 主案件은 文教部 實施 綜合監査에 對備하라는 것.
서울 從弟 弼榮의 長女 婚日이 가까와 微意로 若干 送金.
外當叔 집 들려 잠시 座談도. 佳佐 도착 땐 밤

8時쯤. ◎

〈1970년 11월 28일 토요일 晴〉(10. 30.)
오늘은 매우 쌀쌀한 편.
退廳 길에 柳 會長과 함께 元佳 金奎赫 子婚에 人事. 龍頭里 朴海鳳 氏 回甲宴 招待에도 人事. 高 교사도 同行.
井 母는 淸州 가서 魯杏 만나고 오고. ⓒ

〈1970년 11월 29일 일요일 晴〉(11. 1.)
食前 日出 前 溫度 零下 4°.
魯松은 金溪 本家 다녀오고.
柳 會長 金東烈 父兄과 座談. ⓒ

〈1970년 11월 30일 월요일 晴〉(11. 2.)
零下 7°. 最初로 全校 煖爐에 불 넣고.
6-1 道德 授業에 興味 진진하여 재미있음을 느끼기도.
큰애한테서 기다리던 書信 接受~ 10日 前에 送金한 것 받았다고. 송구하다는 제 人事.
新聞 廣告欄을 유심히 밝혀 보아온 魯松은 '考試學院'에 가고파 하는 意見 表明. 제 兄들은 高校에 入學하여 正道를 밟자는 勸誘와 忠告를 하건만 高校 修學하는 것은 全혀 意圖 無한 듯. 夕食 後 再次 述懷 後 일단 明日 上京하겠다는 意向을 承諾하기도.
夕食 後엔 날씨 좀 풀린 듯. ◎

〈1970년 12월 1일 화요일 曇〉(11. 3.)
魯松은 昨日 말대로 上京~제 兄과 相議도 하고 考試學院의 入學 手續節次도 알기 겸. 이제껏 舍宅 사랑방에서 獨學의 고민生活 中 제 母親한테 지청구도 들어가며. 그것도 그럴 것이 松의 個性 自體가 가든하지도 않은데다가 잦은 일에 돌보지 않아 朝夕으로 加一層 고되기만 하니 無理도 아니리라.
막상 떠나보내고 나니 텅 빈 사랑방 보기만 해도 보고픈 생각 제 母親 心情도 마찬가지인 듯. 큰 포부 그대로 成就되기를 빌 뿐. 밤에도 빈방에 炭 가라넣는 때도 그 생각뿐.
낮엔 이모저모 찌뿌두두한 氣分인데 墻東 尹○○ 君이 來訪하여 長時間 酒醉談에 매우 진력 느꼈고. 感氣 아직 不完治. ⓒ

〈1970년 12월 2일 수요일 雨, 눈 비〉(11. 4.)
풀린 날씨이나 비바람 强하더니 午後엔 싸락눈도 나리어 대단히 추었고.
어제 떠난 4男 魯松 無事 上京하여 제 兄 잘 찾았는지 궁금.
內務 몇 가지 着〃 推進 잘 되고.
日間 本家에도, 淸州에도 다녀와야겠는데 如意 不能. ◎

〈1970년 12월 3일 목요일 曇〉(11. 5.)
비 끝이라서 午前 中은 매우 쌀쌀한 날씨 繼續되고.
1日 上京했던 魯松 歸家. 제 兄 說得에 正道 밟기로 굴복. 獨學, 考試學院 가는 것을 포기하기로 하고 두어 달 入試 準備하였다가 明年 初에 서울市內 某 高校入學試驗 치루기로 했다는 것.
큰애의 眞實한 마음가짐에 든든한 心懷 두터울 뿐 아니라 제 아우 고집장이를 마음 돌렸으니 더 한층 놀라운 手段임을 감탄 아니 할 수 없고. 眞情이고 허위 없는 제 兄의 말에는 異論할 수 없는 듯. 亦 當然之事.

明日 곧 책 싸가지고 제 兄 있는 곳으로 가기로 했다는 것. 寢具도 가져가야 하므로 不得已 제 母親과 함께 가기로 決定. 밤에 짐 싸놓기도.

從弟 弼榮으로부터 제 女婚에 請牒狀 發送의 依賴 있기로 主로 서울 市內 一家에도 住所 쓰고. 明日에 發送할 일. ◎

〈1970년 12월 4일 금요일 晴〉(11. 6.)

날씨 普通. 井 母는 魯松 다리고 上京. 이부자리 運搬에 難할 것이라 推測되어 不得已 간 것. 乘客車 없어 輕運機(耕運機?) 타고 出發. 松은 어딘가 高校 修學(進學)만은 氣分 안 맞아 고민과 不滿足感이 濃厚히 表示된 채 上京. 마음 돌려 잘 되기만을 祈願할 따름.

放課 後엔 柳 會長 金溶植과 함께 上佳 가서 千鍾煥 子婚에 人事. 歸路에 함께 舍宅 들려 一飮 座談…… 柳哲相도 同席. 피곤한 채 魯弼 다리고 就寢. ○

〈1970년 12월 5일 토요일 晴〉(11. 7.)

食前에 朱命鎬 집에서 一杯. 그의 先親 祭祀 지냈대서.

魯弼 食事 제대로 지어주지 못한 것 良心에 꺼림하기도. 저녁食事 지을 때쯤 井 母 와서 多幸. 서울도 다 無故하다는 것. 갈 때 寢具 운반에 比較的 順調로웠던 모양. ○

〈1970년 12월 6일 일요일 晴, 曇〉(11. 8.)

佳佐里 번천人 李병화 夫婦에 洞稧에서 孝行 表彰 있다고 招請하기에 參席. 祝辭에서 요즈음 朝鮮日報 連載小說 '世宗大王' 中 "父母恩重經"을 읽어 參考 되기에 이의 紹介를 하기도. 李병화는 편父에 절절이 順從하며 藥酒를 不乏토록 奉養한다는 稱讚이 있기도.

梧倉校 行事(開校 50周年 記念) 招請에 參席 不能. 金溪 本家行 計劃도 不能.

한밤中에 梧倉서 歸家 中인 金溶植 高永浩 滿醉 中에 舍宅에 들려 無理하던 中 內者 不快感 表示하기도. 親한 處地임을 양해. 相對는 不滿 품고 出家. ○

〈1970년 12월 7일 월요일·曇, 晴〉(11. 9.)

昨夜에 있었던 일로 因함인지 若干의 不快感 얼른 안 가시기도.

盛才里 朴相德 母親喪에 人事.

金溪 本家에 가서 父母님께 拜謁. 모레(9日) 父親 모시고 上京키로 約束~ 10日에 弼榮의 女息 魯敬의 結婚式 있어 參席次.

歸校 途中에 金溪校 崔相俊 教師 찾아가 人事.. 그의 婦人이 며칠 前에 死亡했대서. 아직 젊은데 탈.

步行으로 佳佐 着했을 땐 몹시 고단하기도. ×

〈1970년 12월 8일 화요일 晴〉(11. 10.)

'反共어린이 이승복' "나는 共産당이 싫어요!" 教材를 今年에도 또 다시 다룰 때 兒童들 애처러운 느낌을 보여줌에 如前히 가슴 아픔을 느끼고.

農業쎈서스로 因한 農業 調査員인 職員 5名 오늘도 午後엔 部落 出張. 한 家口 調査에 1時間 半 以上씩 所要된다는 것.

舍宅 便所 充滿되어 10餘 통 퍼내고…… 마늘밭에, 또는 묵은 밭에.

明日 上京 길에 서울 애들 갖다 주라고 떡 쪄내느라고 井 母는 분주.

오래 前부터 앓던 感氣는 아직도 完快 안 되어 오늘도 코가 빽빽. ◎

〈1970년 12월 9일 수요일 晴〉(11. 11.)
떡 보따리 等 짐이 홀가분치도 않은 큰 가방 自轉車로 梧倉까지. 淸州에 到着되었을 땐 12時 半이 헐신 지났을 무렵. 父親께선 10時쯤에 오셨다고. 點心 요기 簡單히 하고 13時 20分 車로 서울 向發. 父親은 高速뻐쓰를 最初 타시는 것.
서울 着 後 一杯 待接해 드리고 택시로 망우동까지 모시고. 택시料 370원 指針. 당신의 孫婦 解産하거든 産米하라고 손수 농사지은 쌀 나우 가져오시기도.
忘憂洞 집엔 처음 가신 父親은 기쁘고 滿足하심을 表現. 井의 內外 다 같이 飯饌, 酒類 等 사 가지고 와 공손히 待接하여 내 마음도 흡족. 테레비도 보여드리기에 誠意 다하고. ○

〈1970년 12월 10일 목요일 曇〉(11. 12.)
午前 中 T.V 觀覽하신 父親 모시고 鍾路行. 時間 餘裕 있기에 和信과 신신百貨店 求景시켜 드리기도. 酒類, 肉類 좀 대접해 드리고 禮式場으로…….
鍾路예식장에서 午後 2時부터 開式~ 當姪女 魯敬의 結婚式. 主禮는 金仁淳 氏. 義榮 兄님도 參席.
兩家 〃族 代表로 人事하라기에 몇 마디 인사하기도. 예식 終了 後 再從 點榮 兄님과 一杯하고서 佳佐 向發. 父親은 魯井이가 모실 것이어서 出發은 하였으나 罪滿感 많기도.
淸州 거쳐 梧倉부터는 自轉車로. 佳佐엔 밤 9時頃에 到着. 電격的으로 다녀온 感일 뿐. ○

〈1970년 12월 11일 금요일 曇〉(11. 13.)
元佳 李鉉三 氏 回甲宴 招待에 人事. ○

〈1970년 12월 12일 토요일 曇, 雨〉(11. 14.)
昨日부터 흐리더니 아침부터 降雨.
柳 會長 外 洞人 數 名과 酒席 座談~ 날궂이 對談. ×

〈1970년 12월 13일 일요일 雪〉(11. 15.)
새벽부터 눈보라 甚한 편. 거의 終日 눈 휘날린 셈. 요 季節 드러선 第一 많은 편~ 約 5㎝ 싸이고. 밤엔 金成煥 교사 집 安宅經에 參席 求景하기도. ○

〈1970년 12월 14일 월요일 晴〉(11. 16.)
요번 겨울 들어선 제일 추운 날씨…… 아침 水銀柱 零下 12度. 雪上强風이더니 낮 되며 많이 풀린 셈.
藩溪 秋氏 집 婚事에 招待 있어 人事.
金溪 本家 着時는 밤 8時 半. 父親께선 서울서 어제 오셨다고. 魯井을 비롯하여 집안 弟姪들이 誠意를 다하여 기쁘게 無事히 잘 있다 오셨다는 말씀도.
낮엔 佳佐에 漢雄 氏, 全壽雄, 연기 아주머니 들렸기에 濁酒 待接하기도.
밤엔 마일 다녀오신 父親과 서울 이야기로 時間 때우고. ○

〈1970년 12월 15일 화요일 曇, 晴〉(11. 17.)
날씨 개운치는 않으나 확 풀려 아침 氣溫도 零上.
食前에 從兄과 큰 當叔까지 人事. 큰 當叔(漢植 氏)은 困窮한 탓인 樣 당신의 姪 憲榮 兄님

宅에 부쳐 있는 中.

朝食 後 急步行으로 佳佐 着~ 登校 執務.

金丙익 教師 宅에서 藥用 酒肉 待接 잘 받기도. 술 못 먹는 井 母도 이 약술은 口味에 당기고 속도 편하다는 것.

夕食 後 井 母는 弼이의 졸름에 윷놀이와 화투놀이에 應하나 꼬마한테도 안 지려는 性格이 나타나 어른으로서, 어머니로서 過한 태도엔 한편 우습기도……. ⓒ

〈1970년 12월 16일 수요일 晴〉(11. 18.)

井 母의 要請으로 入淸~ 魯杏의 校納金과 食代 支拂. 막 이불감과 同 솜도 購入. 천과 솜값만도 約 4,000원 所要. 其外 잔삭다리 몇 가지 사가지고 歸佳佐. 그러나 中間에 속 많이 썩인 셈. 어두어지는데 梧倉서 佳佐行 한다는 추럭 出發이 늦었기 때문. 舍宅엔 魯弼 혼자만이 기다릴 터여서 마음 조리기도. 神經質인 井 母는 안절부절 홰만 내기도. 無理 아님을 充分히 理解. 와보니 弼은 제 또래와 함께 방안에서 놀고 있어 安定. 到着 時엔 밤 8시 若干 지났을 쯤. ○

〈1970년 12월 17일 목요일 晴〉(11. 19.)

最高 溫度 11°. 봄철을 連想.

盛才里 朴宰淳 氏 女婚 招待에 人事. ○

〈1970년 12월 18일 금요일 晴〉(11. 20.)

큰 用務 없이 藩溪 갔다가 金溶植 父兄과 上佳 李 巡警 만나 座談. 松溪까지 同行해서도 가게에서 座談. 結果的으론 李 巡경이 過用한 듯. 밤엔 金 父兄과 金 教師 舍宅까지 來訪하여 過酒談에 井 母 홰 내기도. X

〈1970년 12월 19일 토요일 晴, 曇〉(11. 21.)

서울서 魯松으로부터 喜消息 傳해 오고~ 子婦 二次 出産에 順産 生男. 14日 낮 11時라고. 둘째 孫子 본 것. 그 이름을? 큰애가 英信이니 雄信?으로…… 父親께 問議해 보기로 一段落. 16日에 英信 母 앞으로 개용돈으로 10,000원 送金한 것 多幸. 기쁘기도, 바뻐지는 生覺이 나는 듯도의 井 母의 氣色.

밤엔 柳七相 집에서 理髮所 開業 턱으로 請 있어 다녀오기도. 今日도 濁酒 나우 마신 편. ×

〈1970년 12월 20일 일요일 晴〉(11. 22.)

昨日 金溪行 豫定을 今日行. 途中에 金溶植 父兄 만나 가게에서 座談.

날 푹해 길 길어서 自轉車는 樟南에다 맡겨 놓기고 金溪着. 23人 爲親稧에 參席. 場所는 邊榮 집.

父母님께 27日(陰 至月 末日)에 不得已 參席不能(本家)의 旨과 30日엔 振榮 歸國한대서 單獨 釜山行 豫定을 말씀 드리고 저물게 歸佳佐. 父親께선 昌信으로 作名 表示. ×

〈1970년 12월 21일 월요일 晴, 曇〉(11. 23.)

類似 王蜂인 듯 의심되어 柳 會長과 함께 開箱檢視 結果 王 發見 못하여 또 落心, 궁금.

晝食時間에 柳 氏 理발所에서 全 職員 招待.

柳哲相 親知 勸告도 있고 하여 煙草 收納場 光景 보고 監定員 만나서도 人事하기로 하고 梧倉行. 李 監定員 만나 人事. 저녁엔 龍頭, 山臺 父兄의 耕作者 만나 座談하기도.

오늘 겪은 이모저모의 腐敗狀 느껴져 한심하기도. ○

〈1970년 12월 22일 화요일 小雪, 曇〉(11. 24.)
梧倉 화신옥에서 父兄들과 朝飯 食事. 9時에 入淸.
校長에 많은 자극을 받게 되는 느낌을 주는 校長會議. 午前 10時부터 下午 6時까지. 鄭 敎育長 訓示 길고도 强力했고. 70年度 學校經營 綜合診斷評價와 冬季休暇 生活 指導指針 示達이 主. 某 校長의 發言 診斷評價의 不可論에 當局者 間과 空氣 若干 不圓滿했기도.
年末 宴會는 形便上 會議室에서 簡素히 하고. 梧倉 오니 下午 七時頃. 길 形便과 車편 없고 自轉車 不完全하기로 梧倉서 留. 金時榮 親知와 古談 많이 하고 그 집에서 함께 同宿. ⓒ

〈1970년 12월 23일 수요일 晴〉(11. 25.)
梧倉서 早朝에 自轉車로 佳佐 와서 朝食 마치자 出勤.
臨時職員會 開催~ 어제 있었던 校長會議 傳達.
서울 있는 魯運으로부터 弼과 杏 앞으로 신통한 카드 오기도. ◎

〈1970년 12월 24일 목요일 晴〉(11. 26.)
氣溫은 零度인데 매우 쌀쌀한 날씨였음을 느끼고.
放學式~ 明日부터 冬季休暇. 職員에겐 學校運營 正常化, 學生 〃活指導[生活指導]. 兒童한텐 健康生活, 課題完遂 等을 當付.
昨今의 職員協議에서 느낀 點과 反省됨은 學校長 中心의 學校運營으로 보아 不圓滿感 느껴져 若干의 不快感 있으나 남 탓하기에 앞서 自家 反省함이 妥當하리라.
若干의 未備된 帳簿 整理에 放課 後에 熱心이 執務.
夕食 後엔 年賀엽서 쓰기에 時間 所要했기도. ⓒ

〈1970년 12월 25일 금요일 晴〉(11. 27.)
冬季休暇 第一日. 聖誕日. 날씨는 繼續 쌀쌀했고.
井 母는 서울 魯運, 청주 魯杏 온다고 同伴하려 入淸.
下午 五時쯤에 長男 魯井, 次男 魯絃 同行하여 와 기뻤고. 豫定대로 魯運 魯杏 제 母親과 함께 모두 5名 舍宅까지 無事 到着.
늦게서 저녁食事 마치고 井, 絃 두 兄弟와 敎育論 等 興味 있는 討論하기도.
今般의 冬休엔 보람 있게 보내려는 豫定을 다짐도 하여 보나 實踐될른지? 今日은 勤勉히 지낸 셈. ⓒ

〈1970년 12월 26일 토요일 晴〉(11. 28.)
卞 校監과 入淸~ 登廳하여 幹部에 年末人事. 李文洙 校長 子婚에도 人事.
同行한 校監과 晝食 後 모처럼 映畵 觀覽하기도. 濁酒店에서 適當히 飮酒. 칼국수로 夕食도 簡素하게. 卞 校監 案內로 '서울旅館'에서 投宿. 要領과 實踐力 있는 卞 校監의 周旋으로 極致의 娛樂도 經驗. 眞味는 모르고. ○

〈1970년 12월 27일 일요일 晴〉(11. 29.)
柳在河 會長의 女婚 있어 午前 11時에 히아신스禮式場에 參席人事. 井 母도 參與. 中國집에서 晝食 接待 받기도. 어젠 永登浦 큰 女息 夫婦도 왔다는 것. 熙珍 다리고.
今日은 陰 至月 末日 나의 生日~ 父母님께 待

接 못 하고 出他 中인 것을 大罪로 生覺. 松面校의 魯姬도 어제 왔다고. 長男 井은 祖父母 뵈이러 金溪 간다는 것. 잘한 일.
貳男 魯絃은 學校 公務로 沃川 向發.
井 母와 함께 百貨店에 가서 세-타 및 內衣 사기도…… 큰 女息의 세타, 英信 것 한 벌, 熙珍과 둘째 孫子의 內衣도 마련. 下午 5時쯤에 無事 到着. ○

〈1970년 12월 28일 월요일 晴〉(12. 1.)
井은 上京. 떡 마련 豫定이 방아 故障으로 不能. 出産한 제 며칠 안 되는 갓난애 때문에 가 보기도 해야 할 일.
사위 趙泰彙는 오늘서 上面.
낮엔 柳 會長, 卞 校監, 金溶植, 千鐘鳴 만나 座談하기도.
30日 歸國 豫定이던 振榮이 形便上 1個月 延長된다는 消息 있어, 明日 迎接次 釜山行 한다는 것은 一旦 停止. 끝날까지 武運을 빌 뿐[8]. ○

〈1970년 12월 29일 화요일 晴〉(12. 2.)
날씨 相當히 풀려 낮엔 零上 8度까지 上昇.
저녁나절에 몇 職員과 함께 龍頭 全宗岳 氏 回甲宴 招待에 人事. 밤엔 柳齊禮 氏 宅에서 洞老人들과 座談.
사위 泰彙는 修身面 다녀온다고 出發.
요새는 讀書와 新聞 읽는 것 普通 程度. ⓒ

〈1970년 12월 30일 수요일 晴〉(12. 3.)
큰 딸애 내위 해준다고 큰 암탉 잡는다는 것. 日前 큰애한테는 잡아주지도 못했는데. 우선 그대로 進行. 相當히 큰 닭.
父母님 拜謁코져 金溪行. 振榮 歸國遲延 問題와 家事 諸般 件을 말씀 드리기도. 末日(陰 至月 末日)에 못 뵈인 謝罪도.
從兄의 낫으로의 손목 大負傷 當한 點에 慰安하기도. ⓒ

〈1970년 12월 31일 목요일 晴〉(12. 4.)
새벽에 父親은 물 데우는 군불 때시는 일 한결같이 繼續. 早朝 起床에 早飯 지으시는 母親의 일 助力하기도.
辛酉生 同甲 諸位 찾아 人事. 來 1月 3日에 稧 있음도 通告 겸.
母親 계신 자리에서 從兄嫂 氏 및 몇 분 앞에서 '父母恩重經'을 朗讀. 一同 감탄.
下午 4時에 歸佳佐. 날씨는 今日도 따스한 편. 昨日 아침에 잡은 닭국물 맛보기도.
70年의 마지막 날. 無事했음을 天地神明께 感謝하고. ⓒ

〈庚戌年의 年中略記〉
約 20年間의 極貧生計에서 無限 辛苦를 겪었음은 말할 나위도 없고. 今年 들어 좀 펴난 感 들기도. 魯姬가 보내온 金錢 數萬 원 貯蓄하기도.
胸中에서 풀리지 않는 것은 老親 兩位분께서만이 金溪 本家를 지키시는 形便. 생각할수록 가슴 아픈 일. 家庭形便上 不得已하다고 하나 쓰라린 心情 不禁.
今年도 年中 365日을 望鄕 拜禮코 祈願~ "父母님의 安康, 全 家族의 健在, 客地 것들의 無

---

8) 이 문단의 밑줄은 원문에는 붉은색 색연필로 그어져 있다.

事, 越南 간 振榮과 魯明의 武運 및 無事 歸國되길, 各處 있는 것들의 所願 成就, 어린 孫子 잘 크기, 修學 中인 것들의 實力 向上, 圓滿한 學校 運營 全般, 經濟的 완화"…… 天地神明께 合掌祈願.

女高 卒業한 3女 魯妊은 上京하여 제 큰오빠 살림 돌보면서 英信(제 조카) 키우는 데 極力 助力. 살림 알뜰히 잘 하기로 有名. 清中 卒業한 4男 魯松은 獨學으로 大入[9]하겠다고 高校 入試 不應. 文學에 趣味 素質 있어 世界文學集 나우 購讀하기도. 年末頃 長男 魯井의 說得과 勸誘로 71年에 高入 計劃으로 서울 가서 課工中. 잘 풀리기를 祈願할 따름.

越南 派兵 中인 振榮은 12月 末에 派越 滿期로 歸家 除隊 豫定이 좀 延期되어 來 1月 20日에 歸國케 된다는 것. 魯明은 來 3월쯤에 滿期 歸國 除隊될 듯. 끝날까지 無事하길 祈願.

長男 魯井 서울大 師大附女中校로 異動 安着. 經濟的으론 옹색한 모양. 변두리인 忘憂洞에 제 집을 마련하기도. 多幸 〃〃.

둘째 孫子를 12月 14日에 出産~ 順産이랬대 기뻤고. 作名에 未決(昌信? 雄信? 淵信???) 이제 손주가 兄弟 있으니 大喜. 내 나이 50.

學校經營엔 大過 없으나 新年에 더 努力할 것을 心中 다짐.

〈家族狀況〉

- 父親　70歲　辛丑
- 母親　72歲　乙亥
- 筆者　50〃　辛酉
- 內者　51〃　庚申
- 長男 魯井　32살　서울大附女中 在職　乙卯
- 子婦 (金)　28〃　徽慶国校 在職　癸未
- 次男 魯絃　26〃　沃川安南国校 在職　乙酉
- 弟 振栄　26〃　派越 中(맹호) 青城校　乙酉
- 參男 魯明　24〃　派越 中(백마) 外沙校　丁亥
- 次女 魯姬　22〃　松面国校 在職　己丑
- 參女 魯姙　21〃　清女高卒, 서울 生計助力中　庚寅
- 姪女 魯先　21〃　清州電信電話局 在職　庚寅
- 四男 魯松　19〃　清中 卒, 独学 中　癸巳
- 四女 魯杏　16〃　清女中 2年(首位)　乙未
- 五女 魯運　13〃　서울 휘경国校 6年　戊戌
- 五男 魯弼　9〃　佳佐国校 3年　壬寅
- 長孫 英信　2〃　乙酉
- 次孫　1〃　庚戌

以上 18家族

"附錄" 父母恩重經

어느 때 부처는 왕사성 도위국 지수급고원[기수급고원](王舍城 都尉國 祇樹給孤園)에 대비구(大比丘) 삼만 팔천 사람과, 보살마아살중[보살마하살중](菩薩摩訶薩衆)을 데리고 계실 때 세존(世尊)은 대중을 거느리고 남으로 가시다가 길 가에 한 무더기 백골(白骨)이 쌓여 있는 것을 보셨다.

이때, 여래(如來)는 옥체(玉體)를 땅에 던지시고 고骨(枯골)을 향하여 예배(禮拜)를 하시었다. 아난(阿難)과 대중들이 세존께 아뢰었다. 如來는 삼계(三界)의 크나큰 스승이시고 사생(四生)의 慈父로서 衆生의 존경을 받으시는 터이온데 어찌해서 말라빠진 백골에 절을 하십니까.

「부처, 아란한테 말씀하신다. 네 바로 나의 으뜸가는 제자로서 출가한 지 오래거늘 일을 넓게 알지 못하는구나. 저 한 무더기 白骨은 前

9) 원문에는 붉은색 색연필로 밑줄이 그어져 있다.

生에 나의 할아비의 것인지 나의 할머니의 것인지도 모른다. 이러하므로 나는 지금 예배를 한 것이다.」

부처는 다시 아란에 이르신다. 너는 이 백골더미를 둘로 나누라. 남자의 뼈는 희고 무겁고, 여자의 뼈는 검고 가벼우니라. 아란이 묻는다. 남자는 이생에 있을 때 도포 입고 띠 띠고 모자 쓰고 신 신었으니, 곧 남자인 것을 알 수 있고, 여자는 분 바르고 연지 찍고 사향과 난초를 차서 교태를 나타내니 당장에 여자로 알아볼 수 있읍니다. 그러나 죽어서 백골이 된 후에 다 같은 뼈만 남았읍니다. 어떻게 남자의 뼈와 여자의 뼈를 구별할 수 있읍니까. 아는 방법을 제자에게 가르쳐 줍시요.

부처, 아란에게 고한다. 「남자는 살아있을 때 절에 가서 경도 읽고, 부처께 절하여 염불을 하니 뼈가 희고 무겁지만 여자는 뜻이 방자하고 마음이 음탕한데다가 자식을 나면 한 번 생산할 때 피를 서 말 서 되를 흘려야 하고 아기에게 젖을 먹이게 되면 여덟 섬 너 말이나 먹여야 하니 이 까닭에 뼈는 검고 가벼우니라.

아란은 이 말씀을 듣고 마음이 슬펐다. 오장이 쥐어짜지는 듯 했다. 울면서 아뢴다. 어찌하면 어머니의 은덕을 갚사오리까?」

부처, 아란에게 말씀하신다. 자세 들으라. 너를 위하여 이르리라. 이미 열 달 동안 자식을 배고 있을 때 무한 신고를 하느니라. 어미 자식을 배어

- 한 달이면 뱃속에 태(胎)덩이 가냘프고 약해서 마치 풀끝에 이슬 같아서 아침에 있다가 저물게 스러지기 쉽고 새벽에 있다가 낮에 스러지기 쉬우니라.
- 두 달이면 희태가 마치 차조기 풀이 엉킨 것 같고,
- 석 달이 되면 흡사 피가 엉킨 것 같고,
- 넉 달이 되면 점점 사람의 모습을 지니게 되고,
- 다섯 달이 되면 어미 뱃속에 오포(五胞)가 생기나니 어떤 것이 오포냐 한다면 머리가 한 포가 되어 생기고, 두 팔이 합해서 두 포가 되고, 두 다리가 합해서 또 두 포가 되니 이리 해서 다섯 포가 되느니라.
- 여섯 달이 되면 아기 눈과 코와 입과 귀 혀와 뜻의 여섯 정기가 열리나니, 무엇이 여섯 정기인가. 눈이 한 가지 정기요, 코가 두 가지 정기요, 입이 세째 정기요, 귀가 네째 정기요, 혀가 말을 하는 다섯째 정기요, 뜻을 가칠 수 있는 마음의 窓이 여섯째 정기니라. 이미 뱃속에
- 일곱 달이 되면 아기는 삼백육십 뼈마디가 생기고, 팔만사천 털구멍(毛孔)이 열리느니라.
- 여덜 달이 되면, 아기의 뜻과 지혜가 생겨나고 아홉 개 구멍이 열리느니라.
- 아기 아홉 달이 되면, 배 안에서 음식을 먹기 시작하나니, 복숭아와 배, 마늘 먹지 말고 오곡만 먹으라. 어미 뱃속에 생것은 아래로 향하고, 익은 것은 위로 향하여 뫼를 이룩하니 이 산 이름이 셋이 있다. 수미산(須彌山)이라고도 부르고, 業山이라고도 하고, 血山이라고도 부른다. 이 산이 뭉그러져 한줄기 피가 되어 아기의 입으로 흘러드나니라.

수미산(須彌山)이라고도 부열 달이 되면 아기 나오나니, 효자 아들은 두 손을 모아 어미를 해치지 아니하며 나오고, 오역(五逆)의 자

식들은 어미 배를 발로 걷어차고, 어미의 심간(心肝)을 손으로 끌어 잡고 어미의 환도 배를 다리로 밟나니, 어미는 마치 천 개 칼로 뱃속을 에이는 듯, 이 같은 아픔 속에서 이 몸을 낳았으니, 열 가지 은혜를 입었나니라.

어미 자식 낳는 날 오장육부가 다 쏟아지고 몸과 마음 기절이 될 듯, 피 흘려 양(羊)과 소(牛)를 잡은 듯하다. 그러나 아기 울음소리 건실타 들으면 기쁜 마음 넘쳐서, 눈물이 나고 슬픈 마음 간장에 사무치느니라.

父母의 은덕은 깊고도 중하다. 사랑이 그지없구나. 단것은 먹이고 쓴 것은 자기가 자시면서 눈썹 한 번 찡그리지 아니하시네. 사랑이 지중하니 정을 참지 못하고, 은혜 깊으니 도리어 슬프다. 다만, 아기를 배부르게 하고 자기는 주려도 말을 하지 아니하네.

어미는 진자리에 눕고 아기는 마른자리에 뉘네. 두 젖으로 목마르고 주린 것을 채워주고 깁소매로 바람과 추위를 가려 주네. 귀여워 돌보며 잠 못 이루고, 예쁘고 아름다와 즐거움 그지없다. 다만 아기아이 평온하기 바라며 자기 자신의 편안함을 구하지 아니한다.

부처, 제자들에게 말씀하신다. 부모의 은덕을 갚고자 하거든, 부모 위하여 이 經을 써서 읽으며, 저지른 죄를 뉘우치라. 그리고 부모를 위하여 삼보(三寶)를 공양하며, 부모를 위하여 재계를 받으며, 부모를 위하여 시주하고 복을 닦으라. 이리하면 효자가 될 것이오, 그렇지 아니하면 지옥으로 가리라.

※ 1970年 11月 27, 28, 29日의 "朝鮮日報" 連載小說 '世宗大王' 月灘 朴鍾和 作, 李太祖妣康 氏 소생 경순공주(敬順公主)가 興天寺의 女僧인 때 그의 아바마마 앞에서 불공한 것을 옮겨 쓴 것임. 70. 12. 31.

필 자

이정덕
전북대학교 인문과학대학 고고문화인류학과 교수

소순열
전북대학교 농업생명과학대학 농업경제학과 교수

남춘호
전북대학교 사회과학대학 사회학과 교수

임경택
전북대학교 인문과학대학 일어일문학과 교수

문만용
전북대학교 한국과학문명학 연구소 교수

안승택
서울대학교 규장각한국학연구원 HK연구교수

진양명숙
전북대학교 고고문화인류학과 BK21+사업단 연구원

박광성
중국 중앙민족대학 민족학 및 사회학 교수

곽노필
한겨레신문 선임기자

이성호
전북대학교 SSK개인기록연구실 전임연구원

손현주
전북대학교 SSK개인기록연구실 전임연구원

이태훈
전북대학교 대학원 사회학과 박사 수료

김예찬
전북대학교 대학원 고고문화인류학과 박사 수료

박성훈
전북대학교 대학원 농업경제학과 석사과정

유승환
전북대학교 대학원 사회학과 석사과정

금계일기 2 개인기록연구총서 11

초판 인쇄 | 2016년 5월 3일
초판 발행 | 2016년 5월 3일

(편)저자 이정덕 · 소순열 · 남춘호 · 임경택 · 문만용 · 안승택 · 진양명숙
박광성 · 곽노필 · 이성호 · 손현주 · 이태훈 · 김예찬 · 박성훈 · 유승환

책임편집 윤수경

발 행 처 도서출판 지식과교양
등록번호 제 2010-19호
주 소 서울시 도봉구 쌍문1동 423-43 백상 102호
전 화 (02) 900-4520 (대표) / 편집부 (02) 996-0041
팩 스 (02) 996-0043
전자우편 kncbook@hanmail.net

ISBN 978-89-6764-058-3 94810 **정가** 53.000**원**
ISBN 978-89-6764-059-0 94810 (전 2권 세트)